掌故

（五）

掌故

月刊

25

人物·風土·

一九七三年九月十日出版

中華月報

一九五三年一月創刊的「祖國周刊」，在一九六四年四月改爲月刊，出版滿二十周年之後在一九七三年四月改爲綜合性的「**中華月報**」。

這個以「**文化性、文摘性、文滙性**」爲特色的大型刊物，設有「**金聲玉振**」（學術思想）、「**秀才樂園**」（時事議論）、「**海峽西東**」（國情報導）、「**天涯比隣**」（各地通訊）、「**大衆小品**」（散文隨筆）、「**時文選萃**」（文摘選載）、「**參考資料**」（文件選錄）、「**人物評介**」、「**書刊評介**」等欄，園地公開，歡迎投稿。

在四月號和五月號的「金聲玉振」一欄中已發表李璜、張忠紱、徐復觀、夏志淸、羅錦堂、金思愷等著名學者的論文。在以「秀才未遇兵、有理來講淸」爲口號的「秀才樂園」一欄，已發表名政論家司馬長風、齊亦魯等作者的精采文章。在「人物評介」一欄中已開始連載名作家司馬桑敦的「張學良評傳」。其他各欄也都內容豐富，不及詳述。

該刊每期一百頁，零售港幣二元，訂閱一年三十元，五年一百二十元。

中華月報社：香港九龍書院道九號
友聯書報發行公司：香港九龍花園街七十三號

掌故月刊 第二五期 目錄

每月逢十日出版

掌故

第二五期
一九七三年九月十日出版
每册定價港幣二元正
全年訂費港幣二十元 美金五元

出版兼發行者：掌故月刊社
地址：九龍亞皆老街六號B
電話：K八〇八〇九一

The Journal of Historical Records
6B, Argyle Street, Mongkok,
Kowloon, Hong Kong.

督印人：鄧少卿
總編輯：岳騫
印刷者：和記印刷有限公司
新蒲崗景福街一一〇號超達工業大厦十樓
總代理：吳興記書報社
香港租庇利街十一號二樓
電話：H四五〇五六一 H四五〇七六六
星馬代理：遠東文化事業有限公司
新加坡廈門街十九號
檳城沓田仔街一七一號
泰國代理：曼谷青年文化服務社
曼谷黃橋東北路五六六號
越南代理：聯興書報社
越南堤岸新行街二十二號

其他地區代理：
澳門：可大文具店
亞庇：利民公司
千里達：中華公司
非律賓：華安書局
倫敦：東寶公司
芝加哥：杏林春
波士頓：中西公司
三藩市：新生圖書公司
元藩市：益智圖書公司
加拿大：香港商店
漢城：汎亞書籍公社
寮國：永珍圖書公司
斗湖：光明書店
非律賓：玲瓏書局
紐約：友聯圖書公司
紐約：友方圖書公司
洛杉磯：永安堂
檀香山：大元公司
三藩市：文化商店
加拿大：新國華公司

九一八事變初期的東北義勇軍

趙尺子

一、義勇軍一詞的含義

日俄戰爭時（一九〇三——一九〇五年），反俄的東三省民間武力，自動協助日軍，側擊俄軍，破壞南北滿鐵路，使俄軍防不勝防，補給困難。當年這種抗俄助日的武力便名為義勇軍。義勇軍一詞雖是南唐後主李煜所取名（九七四——九七五年），見「江南野錄」（說郛卷三引）；但日俄戰爭時重見此軍，並不是根據歷史。日俄戰爭時義勇軍的定義應是：「為了正義而英勇作戰的東三省民軍」，因為義勇軍的官兵都不是軍人，只是民團（民兵）和大股「馬賊」。民國十八、九年，筆者在東京看到日人所寫有關「馬賊」和義勇軍的大部頭書和小冊子不下數十種，有的書坦白承認日本戰勝俄國，得力於「馬賊」和義勇軍的支持。

九一八事變於民國二十年九月十八日二十三時發生後，近代民族主義者（抗日兼抗俄）領導未退出的少數東北軍（張學良殘部）、民團、「馬賊」組成隊伍，自動抗日。這些二十八年前曾經協助日軍而抗俄的東北民間武力的後代，竟而一旦變為英勇的抗日武力，這是當年日本軍閥和今天日本人士可應該反省的。

在九一八事變後的十一月，自動抗日的東北民間武力都沒有軍名和番號，只是人自為戰而已。大約在十月上旬，遼寧省警務處處長黃顯聲（警鐘）、督察長熊飛（正平），在遼寧省錦縣北街福金生百貨店內，邀集潛來錦縣求取補給槍彈的若干抗日首領和代表，研討定名，編制，統一指揮等問題。建議召開這一會議的人，現在可以公開發表了，就是田樹森，李毅夫和筆者三人，因為他兩位都已遭到中共鬥爭而死，筆者是居住在安全的台灣。當年會議裡首先討論抗日軍稱何名？各方提出者有十餘種之多。最後採用了田樹森所提「東北民眾反日義勇軍」一詞，因為日俄戰爭時田樹森在哈爾濱熟聞義勇軍一名所改。

會中除了決定抗日軍的名稱之外，記得還有三個重要決議：一、抗日武力由警務處統一編制，統一指揮；二、彈藥由十九、二十、砲各旅墊撥，再由警務處呈請北平（張學良）歸墊（決議第二點，始終未能兌現）；三、成立聯合辦事處。

截至民國二十一年元月一日（日軍進攻錦縣，張學良部開始撤退）止，「東北民眾反日義勇軍」共為三十路，首領稱為司令，「路」等於兵團，下邊可以自行擴編軍、師等單位，這是為了鼓勵義勇軍無限的發展。

二、義勇軍的背景

甲、義勇軍的思想背景——東三省本是周朝以前的殷人，就是後來的烏桓、鮮卑（錫伯）、契丹、女眞、滿洲等人的故鄉（金毓紱說）。但從戰國時代開始，便有中原人（夏殷人）絡續前往殖民。殷人說複音語，中原人由殷到周已把複音語簡化爲單音語。明朝（一三六八年）以後，更多的漢人進入東三省，遠達伯力。淸朝（一六四四年）推翻明朝的兵力，絕大多數都是由漢人組成，耿仲明、尙可喜、孔有德三大將的部衆都是漢軍。那時的東北人沒有近代的民族主義。淸初封鎖東北，嚴禁漢人移往；但乾隆（一七三六年）以後，直、魯、豫發生幾次天災，飢民大量擁往該地。光緒（一八七五年）以後，滿洲「莊園」（貴族圈佔的耕牧地）放墾，直、魯、豫移民到往更爲踴躍。截至九一八事變，東三省人口爲三千七百萬左右。其中純滿洲人不過三十萬，鮮卑人不過二十萬，達呼爾、索倫不會超過五萬，蒙古人也不會超過五萬，其餘都是漢人；而且滿洲人，鮮卑人，蒙古人大多都已揚棄了複音語而通行單音語（漢語），只有達呼爾人、索倫人在興安嶺裡還說複音語。

光緒末年至民國五年，趙爾巽、張錫鑾、段芝貴，先後任東三省總督，推廣近代教育；英國教會設立神學院醫學院；日本人設立南滿醫科大學；漢、滿、蒙、索人士也紛紛遣送子女赴北京、東京留學。民國五年，張作霖掌握東三省軍政全權，推行教育更爲努力。這種教育無論是中國人或外國人所辦，其結果都促成了近代知識的輸入，將漢、滿、鮮、達、索、蒙的族界打碎，大家都成了中國人。加以俄國侵略東三省，由尼布楚條約到日俄戰爭，使東三省人民尤其知識階級恨之入骨；日俄戰爭後，日俄分割東三省爲南滿、北滿，更造成競賽式的侵略，使近代的民族主義容易勃發。

東三省人的民族主義，雖是自發的；但孫中山先生領導的中國革命同盟會和後來由它改名的中國國民黨，分由留學北京、東京兩地的學生把三民主義帶入東三省，成爲民族主義的原動力。在光緒末年，東三省已由朱霽青奉孫先生命而秘密組成中國革命同盟會支處，他並親赴遼寧省北部內蒙古，組織「大漢光復軍」，只爲對滿淸革命的武力。另由宋教仁、戴傳賢等組織的革命武力有張榕、顧氏三傑（名已不詳）等部。淸朝駐防東三省的新軍裡更有許多的革命黨。宣統三年任奉天（後改名遼寧）諮議局（相當於省議會）議長的吳景濂則從北京輸入了主義。辛亥革命後，袁世凱妄圖稱帝；孫先生領導討袁，朱霽青組織「東北民軍第一師」，從遼寧跨過渤海，在烟台登陸，和山東省的民軍協力，光復了魯東，進迫濟南，成爲袁政權的心腹威脅。這一役，動員了所有東三省的中國革命同盟會的同志。同時吳景濂則以國會議員，脫離北京，南下參加孫先生的討袁。討袁之役結束後，東三省同志分返家鄉，從各種角落推動民族主義，北抗強俄，南抗暴日。

乙、義勇軍的社會背景——這樣，九一八事變前，東三省每一個人雖然都在痛惡日本的侵略，就是軍閥官僚地主，資本家也不例外；但除了知識份子奮臂而起，挺身而鬥之外，軍閥官僚地主和資本家確是龜縮不出。事變後，知識份子領導抗日，固然未能獲得軍閥地主，官僚地主及普通地主富農的支持，更毫未受到資本家的資助；因此知識份子所能領導的抗日武力只有民團和「馬賊」，這也就是說，東北義勇軍只有民族主義的基礎，而沒有資本主義的支持，於是遂有更壞的事，在四年作戰中發生。

三、義勇軍的產生

九一八事變前，由於日閥導演的中村大尉案、萬寶山案和朝鮮排華案一連串的刺激，東三省的民族主義知識份子業已爆發熱烈行動。朝鮮排華案發生後的七月至八月，作爲東三省心臟的瀋陽各界人士，便在蝴蝶大戲院舉行追悼旅韓遇害華僑大會，氣氛極端激昂。演說者有故監委曹德宣（時任同澤女中校長）、故監委梅公任（時任第一師範校長）和車向辰、王化一等，經大會通過：一、抵制日貨和日運（南滿鐵道運輸）；二、組織武力，軍民合作；三、要求張學良返瀋坐鎮，省會及兵工廠、飛機場遷往錦縣。次日各大報社會版頭條新聞都是報導追悼大會。這一新聞帶給東三省全體民衆一個極爲重要的概念，就是「組織武力，軍民合作」以後筆者在東三省民報、東北商工日報所寫社論，不斷鼓吹上述三點計劃。

事變後的九月二十二，中國國民黨的革命幹部（有別於張學良、張作相、萬福麟的官辦黨部）在瀋陽西關陶然里開會，錢公來主席，出席者李光忱（已殉國）、王育文（已殉國）、韋仲遠（已殉國）等人……決議：一、由李光忱、韓韜、趙尺子立即護送金哲忱、盧廣積、王化一、車向辰、閻寶航……等和反日首領赴北平，成立抗日組織；二、各縣同志「組織武力」，隸於上述反日組織之下，協助東北軍抗日。二十三日，李光忱、韓韜分別押乘揷有英國旗（向英人所辦文會書院借用者）的汽車各一輛，筆者在皇姑屯車站照料，把上述諸人安全接送登上事變後第一次通行的火車。不久，錢公來等也都脫離險地。

筆者於二十四日下午返抵錦縣，當晚就通知縣黨部書記李毅夫，召集委員會議，傳達上級決議。數日後（中秋節之前），由李毅夫邀集義縣、錦西縣、綏中縣、興城縣、盤山縣、台安縣各書記，召開擴大會議：決議：組織「遼西農民抗日軍」。錦縣推由筆者負責、錦西縣郭達、義縣朱子良、台安縣殷開山、虹螺峴田樹森（其他各縣已忘記）……並公推先嚴諱崇山爲總指揮。虹螺峴是松嶺山脈東部的一個市鎮，這是預定的根據地，也是次年東北國民救國軍指揮總監部的所在。

在同一期間，王育文先返吉林後轉遼東，韋仲達返吉林，李光忱返黑山縣……分別展開「組織武力」的工作。經過詳情，記在「東北義勇軍列傳」裡。

大約在九月中旬，遼寧省主席臧式毅就僞「遼寧省主席」後，張學良於二十五日派米春霖出任遼寧臨時省政府代主席、黃恒浩爲代秘書長，由北平進駐錦縣交大內辦公。遼寧省警務處處長黃顯聲先生也在錦縣集合撤退警察。東北軍十九旅在打虎山，二十旅在義縣，砲八旅在錦縣。十九旅旅長孫德荃、二十旅旅長常經武、砲八旅旅長劉翰東對於「遼西農民抗日軍」的編組工作都極力支持；警務處督察長熊飛尤爲熱心，凡屬各縣黨部推出的武裝首領，都由警務處發表爲某縣民團組織專員。十一月以後，警務處把各縣或聯縣的衆多名義的武力，統編爲「東北民衆反日義勇軍」，共三十路。中國同盟會老同志殷開山是第一路司令（後改由王曉春任司令），朱子良是第二路司令，耿繼周是第四路司令，欒法章是第五路司令，王全一是第六路司令，賈秉彝是第十五路司令，筆者是第二十九路司令，郭達是第三十路司令，田樹森是這三十路的總指揮。大約在錦縣撤守以後，增爲五十路，方文閣任五十路司令。這都是筆者保存的史料裡有案可查的，其餘都已不復記憶了！

四、東北民衆反日救國會的成立

瀋陽的反日首領們，經中國國民黨護送到到達北平後，大約於十月上旬，在報子街奉天會舘召開會議，決議組織東北民衆反日救國會。金哲忱、盧廣積、王化一、車向辰、閻寶航、王卓然、錢公來、梅公任……等數十人（包括東三省入關全部名人）任委員。下設總務部，盧廣積任部長、宣傳部由高崇民、車向辰任正副部長，特務部由高紀毅、彭振國（曉秋）分任正副部長。特務部的工作就是「組織武力」，和駐在錦縣的遼寧省警務處切取聯繫：凡屬警務處決定的「東北民衆反日義勇軍」司令，都由特務部以東北民衆反日救國會的名義，發給委任狀。特務部並秘密派員前往淪陷的東三省各縣，發動民團，收編「馬賊」，宣傳抵制日貨。車向辰會化裝深入東三省各縣市，直到十二月底二十幾日返回錦縣，才公開出面，召開遼西各縣民衆反日宣傳大會於青年會禮堂，到代表五六百人，強挽錦縣縣長谷金聲担任主席，車向辰、孫旅長，筆者等演說。大會後，車向辰所帶工作人員（宣傳隊）張德厚（東北大學學生）等十餘人分組前往各縣鄉村公開宣傳。車等一行工作尚未開始完成，東北軍十九、二十、砲八等三旅已奉張學良命令，放棄遼寧省打虎山以西，撤入山海關。東北三省除黑龍江以外，全部不抵抗而放棄了。

東北民衆反日救國會的活動，延續到二十一年秋季，因爲既無錢也無彈，遂由朱慶瀾字子橋（曾任廣東省長，有成績有盛名的慈善家）所組織的遼吉黑後援會所接辦；「東北民衆反日義勇軍」也由該會改編，分爲五個軍團，計第一軍團總指揮彭振國，下轄六個梯隊司令官，現在檔案裡只能查出第一軍團第六梯隊第一支隊長係岳仕臣。第二軍團總指揮王化一，副總指揮係郭景珊，下轄十二個梯隊，現有紀錄者計第二梯隊第一支隊長係項忠實，第七梯隊司令官係閻瀝環，第九梯隊司令官係陳鴻賓，其中一個中隊長係苑淸林，第十二梯隊司令官係張愚深，其中一個獨立第一支隊長係王子豐；另有一後方梯隊司令官係曹西賓。第三軍團副總指揮係郭景珊（兼）。第五軍團副總指揮係于海濱，第二梯隊司令官劉震玉，第六梯隊司令官係于海濱（兼）。王化一在九一八事變前任遼寧（或瀋陽）教育會會長。三、四、五兵團總指揮大約是高崇民、閻寶航等張系人物。

朱慶瀾領導的遼吉黑後援會，應溯源於全國各界和海外華僑支援馬占山將軍嫩江橋抗日。當時大批金錢和慰勞品擁到北平；但各界都痛恨張學良的不抵抗，而不肯將金錢物質滙交實際上由張學良派所主持的東北民衆反日救國會，乃推由朱子橋組織遼吉黑後援會。最初，遼西未撤（二十一年元月以前），朱子橋曾將金錢物資經北寧、打通、吉昂三路掃數運交馬占山將軍領收，徵信各界，於是更多的金錢物資源源而來；惜遼西不守，運送無途，遂用以接辦東北民衆反日救國會的工作並改編其義勇軍。

遼吉黑後援會成立，東北民衆反日救國會名存實亡；塘沽協定成立後，遼吉黑後援會也名存實亡。到二十四年更發生華北事變，日本特務土肥原勾結宋哲元，華北特殊化，這兩個會的大招牌都摘掉了！

五、初期義勇軍的苦戰

但東北義勇軍自二十年十月初，却苦戰到華北事變發生的二十四年四月，計三年又四個月。這是一部驚天動地，可泣可歌的民防戰史。本文只畧談筆者親身知見的初期苦戰。

甲、遼西方面的戰鬥——遼西最初作戰的是高鵬振部，由李光忱領導，以黑山縣一個小鎭爲根據地，不斷破壞北寧鐵道瀋陽到打虎山一大段，使佔領遼寧省會的日軍不能向西攻出遼寧臨時省政府所在地的錦縣。李光忱、高鵬振和各縣縣黨部領導的武力，發揮游擊戰術，困擾日軍，並和十九旅合作，消滅日軍支持的漢奸武力張學成、凌印淸兩部，把兩奸正法。他們的給養械彈完全得自日軍。

李、高所部義勇軍輕易地剪除漢奸凌、張兩部，頗似一部電影。凌印淸一向反對張作霖政權，企圖假借日軍資助，組織武力推翻張氏政權。

日軍利用這一點，豢養他在南滿鐵道的瀋陽車站。九一八之夜攻擊瀋陽商埠地，並破壞南滿鐵道（製造日軍佔領東三省的口實）的所謂「土匪」，就是凌印淸所指揮的。李光忱素奉凌爲父執高鵬振也是凌印淸便衣隊的一部分。李、高原是文會書院的同學，交誼極厚。李知道高接受凌的秘密委任，將要參加瀋陽暴動，便予以說服，因此高沒有率部參加攻擊瀋陽商埠地。九一八之後，日軍命令凌印淸、張學成兩部約七八百員名推進到打虎山，時常突擊十九旅。這時李光忱執行黨的決議，促高鵬振把所部八十餘名騎兵集合，準備抗日。爲了消滅漢奸並吞併他們的部隊，他倆便接受凌印清的命令，把部隊帶入凌印清的心腹。然後秘密通知十九旅，內外夾攻，生擒凌印清和日本特務，就地正法。

至於活捉張學成，是由高鵬振部下一位連長項忠實，奉李光忱的密令，脫離高部，接受張學成的改編。然後李光忱通知十九旅某一營把張學成部包圍，擊斃了約二十餘名（筆者第一次目覩這麽多死屍）；這位項連長乘機把張學成捕獲，解送十九旅。

這兩事的發生，先後相距未出一週。高鵬振吃掉凌、張兩部，把自己擴大到四百餘名。

乙、遼東方面的戰鬥——遼東最初作戰由王育文所領導。王育文名國富，字育文。遼寧省通化縣人。朝陽大學畢業，任瀋陽啓明學院院長，培養革命幹部。十六年冬，奉天臨時省黨部被張作霖查抄，錢公來等被捕，韓靜遠、孟廣厚、韋仲達、李桂庭（現任國大代表）、戴大鈞和育文幸免於難，潛赴南京。十七年冬，張學良效順中央，錢公來被釋出獄。十八年，東三省成立省黨部，育文雖只任吉林省黨部一名區區的幹事；但實際上奉密令負革命責任。九一八後轉回故鄉，發動遼東十縣義勇軍，組織遼東民衆自衞政治委員會，任主任委員，各縣黨部書記和抗日同志王紫宸等任委員。以這個委員會的名義，任命唐聚五爲遼東民衆自衞軍總司令。這個委員會拒絕接受臧式毅的僞「遼東省政府主席」的命令，改組了十縣政權並掌握稅收。

唐聚五，字甲洲，吉林雙城縣人。東北講武堂六期步科畢業。時任東邊鎭守使于芷山部團附。本來也是國民黨員（十八年東北軍少校以上集體入黨）。奉王育文委爲總司令，張毅任參謀長。下轄兩個方面軍，分爲十五路，第一路李春潤，第二路張爲東，第三路孫秀岩，第四路王鳳閣，第七路郭峻峰，第十一路王紫宸，騎兵司令魏德堂等。大約從十月下旬起到十二月止，自衞政治委員會主要工作是統一遼東十縣；十二月到二十一年二月，西襲南滿鐵路，破壞鞍山鐵廠和撫順煤礦，向東北佔領半條瀋海鐵路，使之徹底不通。這是各路司令人自爲戰。迨一月二日東北軍掃數入關，遼寧省臨時政府撤消，唐聚五代理遼寧省政府主席。將遼東民衆自衞軍改稱「遼寧省民衆自衞軍」，撤換了過半數國民黨籍的司令縣長和局長。王育文於次年夏化裝入關。

丙、遼北方面的戰鬥——遼北方面最初作戰的是李海山部和劉震玉部，李海山字秀芝，通遼縣蒙古人。巴哄（蒙語 bahun 而漢語僕氓）出身，高祖以木工陪滿洲格格（gege 公主）下嫁蒙古哲里木盟左翼中旗卓王，遂隷蒙籍。父永福任卓王府統領。他繼任統領。九一八事變時，他正在瀋陽。日軍特務機關長土肥原把他軟禁，而由川島浪速、川島芳子利誘他參加僞組織，關東軍委他爲「蒙古騎兵司令」。他虛與委蛇後逃回王府，先把王爺老少和全眷及自己的妻妾送到北平，奉張學良委爲遼北蒙邊騎兵第一路中將司令，立即返回王府，集合騎兵和蒙古民衆共六千餘騎，舉旗抗日。二十年十二月下旬，關東軍派松井旅團一個聯隊，野炮十二門，由蒙人韓鳳林率蒙古騎兵引導，在通遼縣境內鏖戰十餘天。李部精騎射並長於夜襲，使松井旅團蒙受不少損失。終以彈盡，向西經熱河省抵察哈省寶昌縣。沿途遭受日僞邀擊，他說：「記不起打了多少仗」。凡行軍二個月才到察北，只勝了二千多騎兵了。後由「抗日同盟軍」改編爲騎兵師長兼寶昌警備司令。

劉震玉字熙庭，遼寧省康平縣，學籍日本士官學校畢業。九一八事變前任本旗統領。經張學良派爲蒙邊騎兵第二路中將司令。當松井團掃蕩遼北蒙古抗日武力時，劉部抵抗也極劇烈，後退往熱河省開魯縣，受遼吉黑後援會編爲第五軍團第二梯隊。劉震玉直至二十二年熱河省淪陷，始終在開魯、康平、法庫三縣境游擊。後亦退入察哈爾省，受馮玉祥改編。

遼北方面義勇軍的特點，都是蒙古籍的騎兵。蒙古人士也曾爲抗日愛國付出很大的犧牲。李、劉兩人於二十四年始經筆者介紹加入中國國民黨。

丁、吉東方面的戰鬥——吉林東部的戰鬥由王德林領導。王德林名林字惠民，原籍山東省沂水人。光緒末年，朱霽青於大漢光復軍起義失敗後，赴吉林省穆棱開墾，組織救護隊，王德林爲隊員，後升任隊長。這時他可能已加入中國革命同盟會（待中央黨部查證）。民四討袁之役，王德林任營長。討袁勝利，王德林仍返穆棱，任第一旅第一團三營營長。九一八事變前，任護路隊的營長，駐防吉林省延吉縣甕石磊子。十一月二十三日，王德林在中央黨部特派員蓋文華指導之下，起義於哈巴嶺，擊斃日本測修吉會鐵路的測量員數名，宣誓於衆：「有王德林在，日人勿想修成吉會路！」吉會鐵路係日本吞併滿蒙所預定的「兩線兩港」（南滿鐵道通大連港，吉會鐵道由吉林通韓國會寧出清津港）戰畧鐵道，也就是中日外交史上的「五路交涉」中的第一鐵路，張作霖曾承認日本所提五路修築權之四路，包括吉會路在內。張作霖死後，張學良堅不承認，亦爲九一八事變主因。事變後，日軍佔領吉林，積極修建吉會路；但王德林部游擊於此路預定路線上，使日人修路計劃延緩至二十二年五月王部退入俄境爲止。

二十一年二月十日，王德林就任東北救國軍第一路司令，孔憲榮任副司令，蓋文華任總參議。十五日攻陷蛟河，二十日攻陷敦化，和劉萬魁會師，一舉進佔一面坡「是役筆者的學生車謇聞殉職」，再舉克復寧古塔，三舉攻入東京城。六月二十一日，王部姚振山司令率隊一萬五千名，大舉進攻敦化；日僞軍二千人負隅死守，最後又將敦化收復，擊斃日僞五百餘名，餘衆西竄。此役最大收穫爲把吉會路牡丹江大橋和全部築路器材焚燬。時王部由舉事的九百人發展爲步兵七個旅，騎兵三個團，砲兵分佈各旅，共爲三萬五千餘人。先後把守東寧、敦化、額穆、寧安（即寧古塔）、綏芬、密山、穆棱、安圖、劉春、汪淸等縣、人人皆稱他爲「救國將軍」而不名。二十一年五月，代表梁××來津謁見朱霽青，其人藹然一商人，也是山東籍。此後王部由東北救國軍易名東北國民救國軍。詳細名義和番號爲何？均已忘記。七七事變後，筆者才和這位農民型的「救國將軍」相識。北平淪陷，他還運出步槍數百枝，組織吉林光復軍總司令部於鄭州，深入山東省蒙陰山。

六、東北國民救國軍的組成

二十一年一月一日，日軍僅僅一個旅團集中溝幫子（北寧路營溝支線交點車站），車運到達大凌河站，分兩路進犯錦縣。時黑龍江省正規軍的抗日戰鬥——馬占山將軍領導的江橋之役已於去年十一月十九日結束，黑龍江省會齊齊哈爾淪陷，省政府撤至海倫。日軍除對遼東、遼北、吉東各路義勇軍逐漸加強壓力，痛施「圍剿」以外，只抽出一個旅團，向遼西前進。東北十九！二十、砲八共三旅，北寧路兩側和錦朝支線兩側約有義勇軍八千人：實力相加，大於日軍。田樹森、李敦夫和筆者多次分訪孫旅長、常旅長、劉旅長、黃處長，堅決主張效法馬占山，推舉孫旅長領導，創造「大凌河橋」抗戰，以與嫩江橋抗戰媲美。我們的理由是：一、補給無問題，有北寧路可通，只要打起來，便可轉化張學良的不抵抗，非予補給不可；二、遼西義勇軍本來協助東北軍，現願合編爲一旅，推黃處長爲旅長，服從指揮；三、錦、義、綏、與四縣爲產糧區，政權完整，徵獻均所方便。三個旅長都坦白相告，無不願戰；只是長官不抵抗，命令撤退，部下只有服從。黃處長、熙督察長却都採納我們的主張，並電北平請示可否改編義勇軍爲旅。結果還是不抵抗而撤退了。

二日下午一時，熊飛派員找筆者和田樹森，筆者正在遼西民衆反日宣傳和大會演說，由樹森前往接談。結果拿來一張手諭：「派田樹森爲錦縣警察所所長。處長黃顯聲」，口頭交代說：『趙尺子部集中縣城，死守勿退；田樹森指揮義勇軍，死守縣城。』二時，樹森到青年會，把我叫出會場，偕往縣黨部，邀李毅夫、劉香閣等會議。結果決定：依原定計劃，義勇軍由樹森引導向虹螺峴（屬松嶺山脈）集中；筆者父親所部向梯子溝（屬松嶺山脈）集中，建立松嶺山根據地。

四時，樹森、毅夫等送我出東門，下鄉帶隊；樹森到聯合辦事處下令各路義勇軍，當晚六時在小嶺子集合，宿營於張作相的寬大住宅。（關於先嚴率領所部集中梯子溝及以後三個月的作戰經過，詳拙著「大漢十年」，故從畧。）

日軍於三日拂曉進城，縣長谷金聲、商會會長趙香圃等迎降。同日，遼西農民抗日軍（即義勇軍二十九路）由先嚴率領結集梯子溝。十二日下午四時，日軍三百名，砲六門，進入樹森預先布置的袋形陣地。他指揮著劉春山、劉春起兄弟等所部義勇軍予以全數殲滅，獲步槍二百餘枝，輕重機槍二十餘挺，砲六門，戰馬二百餘匹。劉春山陣亡，義勇軍死傷不出三十人。劉春起的「山頭」（「馬賊」的綽號）是「亮山」，錦縣日軍說：「北有馬占山，西有劉亮山」，可知敵人是怎樣重視這一戰役了。從此日軍不敢問鼎松嶺山脈直到二十二年四月三日熱河省會承德淪陷。

二月底，筆者化裝潛抵北平向救國會報告戰况並求援，才知張學良部下掌握的救國會，早經以情況不明，將田樹森的總指揮和筆者的二十九路司令予以撤消，大約碍於情面給一特派員名義。這和張系排斥王育文是一樣的。這時東北革命領袖任中央委員的朱霽青由京赴津，準備出關抗日。筆者乃赴津向建議，建立松嶺山脈根據地，進窺遼西，並報告朱子良、周質彬、田樹森、李義忱等同志都在現地活動。他遂令我上山視察後再議。我於三月六日出關，四月偕田樹森返津報告，我奉派為東北國民救國熱河政治特派員，樹森為熱河軍事特派員，相偕出關。六月，朱委員到達東北國民救國軍獨立第四師防地的杜里馬營子，親自指揮東北國民救國軍戰鬥一年。

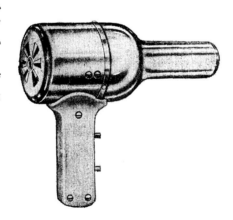

柳邊抗敵紀實

●馬嘯風●

「我們願貢獻於國家的——生命、熱血、眼淚。」

「我們願以碧血染黃沙，願以熱血灌溉祖國的原野！」

「我知道我是你們日本鬼子的刀鞘子，請你們捉住我時，不要客氣。」

這不是口號、標語，是我們抗敵當時的決心和堅志，我們要和敵人拚命，準備爲國犧牲。四十年來每當我想起這幾句話和那些往事時，心中就有無限的感慨，深切的隱痛，不停的激動及些許的驕矜。那一幕幕緊張、驚險、激烈而傷痛的情景，清晰地浮現在我眼前。想起那些爲國捐軀的志友，後死的慚疚，更使我內心隱痛難安。有人說：「回憶是苦澀的。」但我甘願沈湎在這苦澀的況味中。

一、籌組「遼北蒙邊抗日救國軍」的經過

「九一八」變起倉猝，人心惶恐不安，謠諑紛傳，均莫知所措。適有縣人高蔭周返回康平，與縣長張維周密商要事。我聽到這個消息後，便與同學二人，夜至高家求見，承他父親高拱辰老先生（道德會會長）爲之介識。我們開門見山地問他此行任務，他坦誠的告訴我們說：「我是奉命回來籌組抗日救國軍的，要在遼北蒙邊一帶，發動抗日。」又說：「我在東北作了多年事，我很瞭解日本人，這次事變，不是偶發的，更非地方性的，乃是日軍蓄謀已久一項有計劃的行動，所以不可能僅憑交涉就可以解決。日人要藉口在我東北設立僞政權，好作他們侵略的掩飾。政府派我們回來，籌組抗日救國軍的目的是：「一則可以擾亂他們佔領區，激發民眾抗日情緒，組織民眾，對日作長期抵抗。二則可打消日人所謂東北人民建立政權係出於自願的謊言。因爲既有民眾武裝抵抗，就非自願而可證明出日人的侵略行爲，以匡正國際間的視聽。我已與張縣長談好，以康平作根據地，先以縣警察隊及民眾自衛隊作基幹，然後招兵買馬，擴編抗日救國軍。你們是青年學生，學生是最愛國的。我希望你們幫助我工作，把你們認

識的同學青年們都找來，我們來共策進行。」我們三人立即答應了。以後就隨同高專員積極展開籌組抗日救國軍的工作。

1.設專員行署及編組警備

民國二十年十月初設專員行署於康平縣城。由公安局長譚永和任警備司令，（司令部設在公安局）將原有警察隊及各區民衆自衛隊擴編成警備軍，實況如下：

（一）縣城爲警備司令部所在地，將原有警察隊擴編爲警備第一團，由警察趙大隊長任團長。

（二）縣北二區民衆自衛隊擴編爲警備軍第二團，由尹鳴揚任團長。

（三）縣西北三區民衆自衛隊擴編爲警備第三團，由李梅五任團長。

（四）縣南四區民衆自衛隊擴編爲警備軍第四團，由徐煥昶任團長。

（五）縣西五區民衆自衛隊擴編爲警備軍第五團，由王××任團長。（名字記不清了。）

（六）縣西南六區民衆自衛隊擴編爲警備軍第六團，由翟化東任團長。

（七）縣西南七區民衆自衛隊擴編爲警備軍第七團，由劉××任團長。

（八）縣西八區民衆自衛隊擴編爲警備第八團，由王××任團長。

（九）縣東九區民衆自衛隊編爲警備軍第九團，由劉××（綽號劉大馬棒，曾任過奉軍團長。）任團長。

劉叙五任指揮，外設參謀二人。專員行署編一衞隊團（招募及由各區抽調組成，人數較少，不足一團。）由白夢梅任團長。

所謂「擴編」是將原有自衞隊改編外，並實行徵、募並行制，各區內凡有槍馬的人家（地主、富戶），均須出兵，如自家無壯丁，得僱人或找人代替。另一方面各團隊可募兵，收編自願參加者。編組竣，約一萬餘人。此皆係良民，並無盜匪。（任指揮、團長者，多係地方名紳。）

2.收編蒙古騎兵

康平北臨博旗，大統領包善一有騎兵數百人，原爲維持旗下治安，防禦盜匪的。於十月間有一日高專員問我說：「你有沒有聽說博旗包大統領由瀋陽兵工廠領來步槍三千枝，並且彈藥及其他輕武器，要擴建蒙古軍的事嗎？」我說：「近有耳聞，不知眞假。」

他知道我家和包大統領素有來往，交誼很深，就命令我去博旗探聽虛實。我同族兄××（隱其名）備厚禮同去博旗小蒿子包大統領家，作個「問路小石子。」

我由幫統包玉山口中得知槍已領到，乃日軍使蒙人建軍，由包大統領負責。盤桓二日，我乘機向包大統領問說：「聽說統領要招兵，不知眞假？」

他說：「是眞的，我要作司令了。」接着說：

「昨夜我告訴三管帶，留××（族兄名）在我司令部裏作參謀，你的意見怎樣？」（三管帶爲包統領第三子，與我族兄爲結義好友。）

我說：「統領這樣作，對後果有沒有考慮過？」

他說：「這事我起初考慮了很久，但據旗下留日的人講：日本這次是有計劃的行動，要久佔東三省，對我蒙人有優待，大家都主張這樣作，我也就得和他們一起行動了。」

我乘機向他痛陳利害，其中有一段話，使他爲之動容。我說：

「……日本內閣及參謀本部，都在反對關東軍這樣作，你知道日本軍人是最講服從的……再看爲什麽東北軍不抵抗，因正由中央向日本交涉。並且國聯也在干涉，日本不會惹起公憤，會有所顧慮的，……如成爲一次地方事件，日本得些好處就罷手，到時候統領將何以善其後？」

他默默良久說：「我是被人推上老虎背，只有走到那裏，算那裏了，管不了那麽許多。」

我趁機說：「統領招兵祇管招兵，司令也一樣作，不過不是爲日本人，是爲我們自己作。」我接着說。

「我倆這次來是有使命的，我是奉了高蔭周專員的命令，專誠來請統領建軍，參加抗日陣綫，爲國出力立功。……」

我將高專員奉命回康平籌組抗日救國軍的經過，向他詳爲說明。並說戰事結束後，可將所建的部隊，改編爲正規軍，國家會有適當的安排，不會虧待我們的。

他沉思一會說：「我想一想，和大家商量以後再說。」

我又暗中向包幫統游說，託他多勸說包大統領，如能與高專員合作，大家都好，將來也好下台。他完全同意我的說法，允爲盡力。（包幫統與我舅父爲結義好友，故較親密，能講私話。）

我倆回康平後便將此行經過情形報告高專員，他即設法積極進行，終將包善一所部擴編爲抗日救國軍蒙古騎兵，由包善一任司令，司令部設在小蒿子。包玉山（幫統）團進駐法庫縣城。由此遼北蒙邊抗日救國軍實力增強。（蒙古騎兵擴建很快，不足一月，即集結數千人。）

3. 收編山區義勇軍

康平西部七、八兩區多山，西與彰武縣毗連，通熱河省阜新縣，素爲騎匪出沒的地區，流竄無常，久爲地方的禍患。「九一八」事變後，股匪四起，小者數百，大者一、二千人，竄擾於熱河、遼北數縣之間，各建旗號，自稱義勇軍，（實在仍是土匪）高專員派人去收編，將願歸順的，按人數多寡，編成團營，排定番號（以支隊名之），委派妥人節制。一則可減其擾民，二則利用他們進入敵人佔領區，打游擊，擾亂敵人。計收兵約千人，編成六個支隊。

4. 進　攻

民國二十年十月末抗日救國軍編組就緒後，即派兵分頭行動：西收彰武縣，切斷打通路；迤西通熱河阜新縣（時熱河省尙未遭日軍侵佔）。南進打虎山受限。北上收通遼縣，與東路出發的蒙軍在通遼會師。這時已能與熱河省開魯縣相通；後由此路得到不少補給。南路收復法庫縣，逼近鐵嶺附近及瀋陽北郊。西南進襲新民、黑山等地。東渡遼河，屢攻開原、昌圖、梨樹、遼源各地。因無重武器，不能攻堅，祇以游擊戰，困擾敵人。並到處破壞鐵路、橋梁、及其通信設備，擾亂其佔領區治安。

5. 宣　傳

在組軍當時，高專員派我負責宣傳工作，即組成宣傳隊（多係學生）赴各處開會演講，貼標語，散傳單，喚醒民衆，鼓勵青年參加抗日救國軍。

在軍事開始行動時，派宣傳隊員（組成若干小隊）隨軍出動，每到一處，即召集當地民衆，講述日人暴行，激發民衆愛國心，號召人民詳記抗日保鄉衛國，青年多有參加抗日救國軍者，並大量散發宣傳品，藉資鼓動人心。

在瀋陽購買印刷機，於皇姑屯賃屋設小型印刷廠，秘密印製抗日宣傳品，派人分赴敵人佔領區散發，暗中積極展開宣傳工作。（上海「一二八」淞滬戰役，我們宣傳的最積極，鼓舞人心士氣很大。）

6. 改組爲第五軍區

民國二十一年春，奉命改組爲第五軍區，總部設有八大處。三月初，在康平召開第一次救國大會，到會各地抗日代表及漢、蒙抗日救國軍各部隊長，約二百餘人。會中由後方前來勞軍的華僑代表化名國而家者演講。他痛陳日人強暴及對我侵略史實，講述當前國際情勢及民族自救等問題，講到激昂處，聲淚俱下，感人至深；與會人士亦多有被感動失聲痛哭者。當時慷慨激昂情形，實非筆墨所能形容。東北同胞愛鄉愛國的熱情，實較其他省人有過之無不及，可說絕無遜色，保鄉救國，尤不後人。會中決定：籌備軍需，暫行印發「軍需票」，流通於轄區內。（以第五軍區名義發行。）廣攬人才，重新整編抗日敵國軍。並派幹員赴吉林省境山區收編各地散在的義勇軍，期能充實抗日軍實力等重要事項。會後積極準備，策劃大規模的軍事行動。夏初出兵收復遼源縣城——鄭家屯，有少數日本守備隊，稍作抵抗，即乘車南退。我軍本擬由此前進收復雙山、瞻榆、開通等縣，切斷四洮路，使收復區擴大。不幸於我軍進城時，有當地不肖份子，乘機混水摸魚，擾亂部分商民。親日漢奸竟以此藉口，將抗日軍底細，秘密電告日軍。二日後日軍由四平街大舉北上，於鄭家屯郊區激戰半日，我軍因火力不支，傷亡慘重；被迫後撤。遼源縣地方自衛團隊數百人，因參加我方與日軍作戰，亦一同退出；後編入抗日救國軍。經此次挫折，我軍決定暫不攻城，仍以游擊方式，進擾各地。

二、慘敗與犧牲

1. 日軍三路來襲

二十一年秋，我軍已擴編至三萬人。秋收後，正擬有所行動。十一月中，日軍分三路來襲：

一、由彰武方面來攻我右翼。

一、由四平街方面來攻我左翼。

一、由瀋陽、鐵嶺兩地來向我正面進攻，以鐵甲車作前驅，飛機作掩護，直撲法庫、康平。

我軍當即分路抵抗，因火力太差，僅憑士氣英勇作戰。為阻擋鐵甲車，鋸倒很多大樹作障礙物，並挖深溝，阻礙其前進。日軍以飛機數架，輪番掃射、轟炸，我騎兵因白日不敢行動，馬匹死傷纍纍。康平縣城亦被轟炸，數處起火。最不幸的是：高專員親赴前方督戰，被日軍包圍，戰敗被俘。消息傳來，軍心渙散。日軍合圍，在康平縣城雙方激戰，抗日軍傷亡甚重。此時已羣龍無首，各奔東西：英、田兩司令率屬突圍，進入吉林山區；蒙軍司令包善一早與日人暗通關節，（可能是雙跨，看情形行事。）此時乃正式歸附日人；警備司令譚永和率衆萬餘，向北退入博旗境內（蒙人包樹森帶路），徘徊兩晝夜，散失數千人。（有的逃歸鄉里，潛踪隱匿；有的化整為零，重打游擊。）迨日軍追及，方西走阜新，行至彰武北馮家窩堡，被日偽軍包圍，激戰一晝夜，傷亡甚重，部衆乘夜突圍西去的僅七百餘人。一年來聚合數縣抗日壯士，到此已傷亡星散零落殆盡。

2. 死難的一群

高蔭周專員被日軍俘去，先囚於瀋陽，後不知所終。警備軍第三團，已改編為第二十三團，團長李梅五為地方名紳。該團駐防縣西北第三區大王家窩堡。當西路日、偽軍攻入該團防地時，曾激烈抵抗，戰敗被俘人員如下：

1. 團　長：李梅五
2. 副團長：孟憲章
3. 連　長：劉兆芳
4. 排　長：劉兆舉
5. 上士班長：劉永吉、劉永棠
6. 上等兵：張國雙、趙文、劉兆祥

以上人員係被隨日軍前來的彰武縣偽警察大隊方大隊長（忘其名）所俘獲，他是十足的漢奸走狗，為向日人邀功，率部先行進入大王家窩堡，即將以上戰敗的人員虜獲，並大肆洗切，暴行甚於土匪。（此時日軍尚未進入，如他不搜索捕尋，以上諸人可免於難。）俟日軍到時，方大隊長即抓民車命居民劉兆星（劉兆祥的胞兄）趕車載李團長諸人進入縣城。（此時由正面攻來的日軍早已入城，正在附近掃蕩中。）為時不久，日軍即下令將李團長諸人一同槍決，當要槍殺趙文、劉兆祥時，方大隊長因看他倆年紀太小（均年十八、九歲），一時天良發現，立即高聲大喊，喝令停止開槍，向日軍解說此二青年不是義勇軍，乃是抓來的民伕（他們都換上便衣了），搬運虜獲武器的。趙文二人槍口下活命，真是大幸。李團長等七人殉難之日：是民國二十年陰曆十月二十日（國曆十一月二十一日）。他們家人每年於此日祭奠殉難地點：康平縣城北門。

據說當李團長諸人遇難時，忽然間狂風大作，沙土飛揚，天昏地暗，烏雲蔽空，方大隊長及執行殺人的日偽軍，都被驚獃，繼而掉頭急行向城中逸去。（這是車伕劉兆星及趙文、劉兆祥並城中人等均如斯言之。）高專員的被俘，及李梅五諸人的死難，縣人非常哀悼，有好事者編為歌謠，流傳各地，以誌不忘。

日偽軍將抗日救國軍殘餘掃蕩後，即在康平境內大肆屠殺。

先是搜索隊，偵稽隊分赴各鄉鎮，見有形迹可疑的人，就捉去拷打，便由此失踪(被日軍夜間活埋)。總之大清鄉，凡與抗日軍有瓜葛者，皆被搜捕，(散歸的抗日軍已遠避他方，無敢在家等死者。)被捕的人，便遭毒刑逼供，蔓引株連，羅織不休，到處捉人，造成大恐佈。被捉去的人，無一生還者。一夜之間曾在康平縣政府後院、活埋數百人。每日被捕殺的人，眞是無法以數字計。秋瑾先烈有句：「國破方知人種賤。」可易一字爲：「國破方知人命賤。」「人爲刀俎，我爲血肉」。弱小的只有任憑凶暴強橫的宰割屠殺。但這血海深仇，埋藏在人們的心中，等待機會報仇雪恨。

三、英．田司令的反攻，活捉日本指導官南竹治就地槍决

民國二十二年三月，英、田兩司令爲報前仇，率部由山區潛出偸襲康平縣城，拂曉攻擊，一衝入城。此時日本守備隊已撤走。僅有僞警察隊守城，被抗日軍擊斃甚衆。生擒日本指導官南竹治，召集民衆，歷數其罪，拉至南門外處死(槍斃)。羣衆高呼中華民國萬歲！抗日救國軍萬歲！一時人心大快。抗日軍知康平不可守，祇駐留一日，復行退入山區。縣內青年都有隨軍前往者，這種不屈不撓再接再厲的抗日精神，充分表現中華男兒的忠貞剛毅本色。

四、高壓與廹害

日人在東北組成僞「滿洲國」後，即以高壓政策，血腥統治，及用拉攏、利誘、收買辦法，欲使我人民就範。但我中國人凡有血性、有理智、有國家民族觀念，及有正義感者，絕不屈服。其中以青年學生抗日最爲積極，行動最爲激烈，而犧牲也最爲慘烈。五千年悠久文化所孕育的民族種性，根深蒂固，這是敵僞沒法動搖根除的。但可惜也有一些受日式奴化教育或奴化訓練的人，便喪失本性，泯滅天良，甘願爲虎作倀，殘害自己同胞，眞是可惡已極。

就以康平一地而論，日人於擊散抗日救國軍後，因仇視過甚，便由「關東州」選擇最凶狠的警特二十餘人，派到康平擔任僞警要職。復由日警官中選派曾受「特高」訓練，手段狠辣，賦性殘忍者數人，到康平主持警務。並由現地招收無知青年，施以短期訓練，使他們擔任偵察工作，名曰：「特務」。(均穿便衣)警網大張，爪牙四佈，「特務」橫行。以「反滿抗日」罪名，或「思想犯」三字，而慘遭毒刑被殺害者，實以無法數計。更以「通匪」、「隱藏私槍」等名，羅織成獄，株連所及，動輒千百人。輕則飽受毒刑，倖免一死(多已成爲殘廢)；重則捕後失踪，(運至鐵嶺五岔溝假日軍所畜養的狼犬)枉被殺害。當時的僞警察機關，縣人稱它爲：「閻羅殿」。僞警官特務有：「張剝皮」、「劉劊子手」、「張六閻王」、「李小鬼」、「王八屠戶」等等綽號；其凶殘可以想見，其罪行罄竹難書。漢奸比敵人更可恨，因敵人各爲其國，爲目的可以不擇手段。但漢奸是中國人，他們身上流的是中國人的血，他們無恥已極，忘了祖先，忘了國家民族，甘心作敵人的走狗，來殘害自己的同胞。所以說漢奸比敵人更可惡。

日人在康平嚴行「警管制」。每一名警察負責監管若干民戶。居民的生活、思想、言動，都在他監管之內；人民的自由大受限制。居民遠出，及家中來遠客，或由近處來的客人要住宿時，均須向當地警察報告。警察時常於夜間按戶檢索，或對居民來個「非常召集」；如有違犯其規定者，必受到嚴厲的處罰。在居民中，凡僞警察認爲思想可疑者，即加以「要注意人」或「要視察人」等頭銜，登上名册，由警特時予監視，嚴格限制其自由；形同軟禁。其人如言行偶有不愼，即被警特拘訊，或由此失踪。被捕的人無人敢去探問。人民在高壓恐佈中生活，動輒得咎，眞是苦不堪言。

總之，康平在「九一八」事變後，曾爲「遼北蒙邊抗日救國軍」根據地，與敵人周旋年餘，後雖慘敗，但廣播下抗日種子。縣民雖飽受日、僞迫害，但未屈服，絕不甘作順民。在形式上是由武裝抗日，轉爲地下反抗而已。用血寫成的史蹟，是使人永遠難忘的。

馬占山將軍傳

·栗直·

馬占山，字秀芳，吉林省懷德縣人。生於民國前二十五年，短小精悍，號稱馬小筒子。少年入伍，能征善戰，有勇知方，積功遞升黑龍省陸軍步兵第三旅旅長，兼黑龍河守使，駐防璦琿防次。九一八事變突起，遼吉兩省政府，相繼改制。東北邊防駐黑龍江副司令長官，兼黑龍江省政府主席萬福麟，因公留平，被阻不得出關。日軍竟乘其兵不血刃而佔領吉長之餘威，瘋狂揮軍北上，勢將指日而下龍沙。馬氏乃於十月十三日，受命代理黑龍江省政府主席，執行保土守疆之任務。不意洮遼鎮守使張海鵬携貳，公然附逆。次日率衆，侵襲泰來，大賚等地，並沿洮昂鐵路，逕向省城近郊進發。馬代主席聆悉之下，立遣徐景德騎兵團星夜抵省警備，先行炸燬嫩江江橋，阻止逆軍前進。並於十九日深夜親蒞省府所在地（齊齊哈爾市）二十日正式宣誓就職，召集全省綏靖會議，採納各方防守建議。依省黨部委員兼書記長吳煥章，省府委員兼教育廳長王賓章、縣長杜荀若等爲抗日股肱，首揭東北軍民抵抗日軍侵畧義幟。任濮炳珊爲警備司令，調程志遠、吳松林兩騎兵旅，及陸軍步兵第一旅旅長，兼呼倫貝爾警備司令蘇炳文部吳團，會同軍署衞隊徐寶珍團，布防於嫩江橋，督導黨政軍民嚴陣以待。聯合東北屯墾軍統帶苑崇穀，字敏齋，賓縣人，率其所部砲騎步混合兵力八千餘衆，加以應援，兵馬倥傯，風雲叱咤，釋放李海青等於獄中，委爲第一、二、三各路自衞軍司令，組織民衆武力，參加抗日工作。

馬占山遺像

民國二十年十月二十七日，日軍要求修復江橋，並勸馬代主席退出省垣，以謀和平解決。十一月四日，日軍長谷旅團，先以飛機掩護工兵，進襲大興陣地；十一月十二日，日軍特務機關長林義秀面致警告，要求馬代主席，善謀兩全之計，十四日派遣大軍威脅三間防陣地，十八日下總攻擊令，十九日下午二時，多門中將任指揮，率長谷旅團，矢野旅團，弦前部隊，及朝鮮軍萬餘人，輔以演松第七飛行聯隊，太刀洗第四飛行聯隊，平壤第六飛行聯隊，遍地投彈轟炸，殿以猛烈礮火，開始所謂大日本關東軍最大規模之進攻矣。江橋兩翼守軍騎兵，對於敵機投彈，馬匹無法掩蔽，首被敵軍擊潰，展開包圍戰術，馬軍如在甕中，敵軍陸空聯合作戰，實行殲滅戰術，馬氏傷亡慘重，日軍坦克車隊，復又突破正面陣地，橫衝直闖，如入無人之境。延至下午七時二十五分，馬代主席，目覩形勢不利，爲保全實力計，下令全軍撤退，採取游擊戰畧，阻止日軍前進。正在轉進中，獲得第三路自衞軍司令李海青等捷報，擊斃日軍八百餘名於拉哈站；富裕院地方團董楊致榮率衆，堵擊進襲日軍於寧年站，馬代主席聞悉之下，一次撥給楊致榮部子彈十萬發，分別嘉獎各有功人員。是役也，世稱江橋之戰，馬代主席，雖敗猶榮，名震中外，號爲東北民族英雄。使我東北軍民誓死抗日到底之意志，乃得以大白於天下，由斯已操國人抗戰勝利之金書鐵劵矣。當此大戰之後，其最應追述者，絕爲苑崇穀所部，興安屯墾軍八千健兒！全作嫩江橋邊之地下無名英雄也。

馬代主席，自江垣撤軍，即移節省政府於海倫，繼續執行省政，傳諭全省軍民，就地抗日到底，編練地方民團，遵循清季湘淮民軍遺規，以期重現肅清長毛匪患之事功。民國二十一年二月十六日，敵僞雙方以謝介石渡江爲質，（清室遺老羅振玉親信）邀請馬代主席蒞哈和談，馬代主席一時急於息戰，堅信暫可避免兵禍，及抵哈埠，方感行動不得自由，復於二十二日，威要脅出瀋陽建國會議，商定三月九日，建立滿洲國，參與會議首要，僞遼寧省長臧式毅，僞吉林省長熙洽，僞東北特別區（哈爾）行政長官張景惠，日本關東軍司令官本莊繁等。馬代主席身陷重圍，祇有虛與委蛇，會後倉皇言旋，經騎密抵黑河，袍澤額手稱慶，復於四月二日，通電全省，繼續領導抗日。委楊貴堂爲第一路指揮，張景厚爲第二路指揮，于百祿爲第三路指揮，徐海亭字子鶴，爲第四軍軍長，李常仁爲騎兵第一軍衞隊團長。布防訥河戰線，轉戰於海倫、綏楞、拜泉、慶城、北安、綏化、東山裏各縣市地帶，並與吉林抗日義勇軍，王德林部、馮占海部，互通聲援，乃力保東北民族正氣，於白山黑水之間。

民國二十二年春，東北軍民，抗戰經年，人力物力，羅掘已空，山窮水盡，面臨絕地。會馮占海部、李海青部、先後率軍西上，直達察境，候命整編。無已，馬代主席，親率所部，偕同王德林部、李杜部、蘇炳文部，共沿中東路線集結，會師滿洲里，要求隣國蘇俄予以庇護，商洽結果，移軍俄境托木斯克，暫時予以收容，卒於同年五月間，由馬代主席負責，派遣所有抗日士兵及下級軍官一萬點人，由俄境轉新疆繞道歸國；上校以上高級軍官，由托木斯克，乘火車赴莫斯科，轉波蘭經德國、瑞士、意大利乘輪歸國；所有高級軍官眷屬，乘火車赴海參威，搭輪船赴上海歸國。馬代主席等，由歐歸國，到處備受歡迎。政府禮遇有加，委爲軍委會委員，晉謁 蔣委員長於南昌行營，餐敘三次，相偕視察海會寺訓練，並由四維學會幹事韓立如，介紹與劉健羣會晤，戒除鴉片嗜好，加委杜荀若爲駐京辦事處處長，兼前方總部秘書長。七七抗戰軍興，奉命爲東北挺進軍總司令，兼松北綏靖主任。迨民國三十四年，九月二日，日本簽署降書訖，國民政府還都，馬代主席，曾蒞南京，下榻國防部招待所，草擬軍事計劃書內云：『東北一馬平原，天空地濶，河冰一結，任意馳騁，宜利用騎兵，以營爲單位，編爲若干營，一部由吉林扶餘過松花江，沿黑龍江省兩肇及大賚各地，直擣黑龍江省城齊齊哈爾；一部由吉林阿什河過松花江，沿黑龍江省巴彥木蘭各縣，背襲佳木斯市。到處組織人民自衞隊，不攻堅城，不守據點，以游擊打游擊，主力大軍，再由正面推行，定收克敵效果』。旋即飛抵北平，集合舊部，取道熱察，志在收拾白山黑水，仰望冀雲遼天，外遭蘇軍阻撓，內遇共軍破壞，久不成軍，徒呼奈何？繼而平津不守，突患肝病，逝世故都，赤禍遍地返骨家鄉之日而益遠矣。

馬占山軍抗日戰爭函電真蹟

李炎武

民國二十年九一八事變爆發，日本關東軍兵不血刃，席捲遼吉；惟黑省馬主席占山孤軍奮起抗戰，江橋一役，尤使敵人喪胆。然終以彈盡援絕，退入俄境，經歐返國，其可泣可歌之忠勇史實，遂大鳴於世，莫不以抗日英雄待之。其間李炎武將軍適為馬氏抗日總部參謀長兼監軍，抗日之戰，無役不從。馬將軍被迫退入俄境後，李將軍亦假道蘇俄，經伯力、海參威返國，携有重要實際作戰資料，至為珍貴。前歲九月十八日為九一八事變四十週年紀念之辰，中國文化學院華岡博物館舉行「東北文物展」，以資紀念。李將軍乃以其部分函電眞蹟，附有說明，於東北文物展中展出，博得各界人士之重視。茲再將李將軍之說明及其所展出之函電眞蹟，加以揭載並影印，以餉讀者。　編者附識

一、九一八事變後黑龍江馬主席秀公孤軍抗日資料部分函電列展說明

（一）參展經過　中華學術院東北研究所，在于樞機野聲鄉長倡導下，於九一八事變四十週年紀念之日，假華岡博物館舉行東北文物展覽。經王大任、張興唐兩鄉兄之特邀，乃以所藏之黑龍江馬主席秀公孤軍抗日之部分函電眞蹟參展，共襄盛舉，以資紀念。

（二）資料來源　馬主席秀公於黑省抗日戰爭，炎武曾任其抗日總部參謀處長兼監軍。訥河之役，基於戰略要求，臨時與馬公分督東西兩線各軍；不意馬公在西線被日軍抄襲壓迫，不得已退入俄境，經歐回國。炎武在東線，被迫退守興安嶺。彈盡援絕，奉中央電准。將所部化整為零，潛伏待機。黑河軍政兩署同時結束。炎武隨代主席郎官普，代副司令官徐景德，黨委王憲章等一行十二人，透過中央外交手續，假道蘇俄，經伯力，海參威回國。炎武曾携回許多實際作戰資料。大陸淪陷，炎武輾轉抵台，所有資料，並未散失，此次展出者，係當時陣中函電眞蹟之一部。

（三）炎武原名　炎武原名丕祖，字烈武。陸大畢業後，以同人同名，乃改字為名，嗣因任官，又與前任同名，復奉令更名炎武。當年佐襄馬公抗日時，即係用原名，故於展出之函電資料中，統稱丕祖，或烈武。

（四）函電細目

一、參展函電乃係有關丁超、李杜及蘇炳文三將軍函電之眞蹟。

二、炎武為在台唯一曾為馬公主持作戰之幕僚，身受馬公厚恩、無時或忘。因常夢見馬公，蓋亦日有所思，夜有所夢耳。因吟追思馬公七絕一首，並書以參展（影印附於啓末）。

三、列展資料中，有發自吉林三姓（依蘭）二電（乙、丙），一係丁超、李杜二公致甫由省垣脫離日人羈絆，馳抵黑河之馬主席秀公電，一係炎武上馬公之電；內稱李成周，係當時炎武化名。

因馬公於赴黑河前一週，密派炎武由省垣化名易名，搭乘已被日軍控制之火軍，經哈爾濱，繞木蘭、通河、間道赴三姓，晤丁李二公，協定待國聯調查團到哈爾濱時，吉黑兩軍，聯合攻哈，勝敗在所不計，目的在表示民意，反對偽滿傀儡，以正國際聽聞，而利外交措施。

四、以下（丁）電，係炎武偕丁李二公代表楊炳森上校（後任新疆軍官教育班少將教育長）遄返黑河，行抵嫩江，入我軍防區，得自由發電，故用丕祖眞名。

民國六十年辛亥九月十八日

李炎武附　啓

此係丁超，李杜兩司令，於民國二十一年國曆四月十三日由依蘭（三姓）復馬將軍之電。原文如下：

馬主席秀芳兄鑒陽酉康電奉悉我兄安抵黑河至爲欣慰弟等一切如常祈勿遠念李君成周是否由兄遣來祈速示知爲要弟丁超李杜元印

（一）蹟眞電函

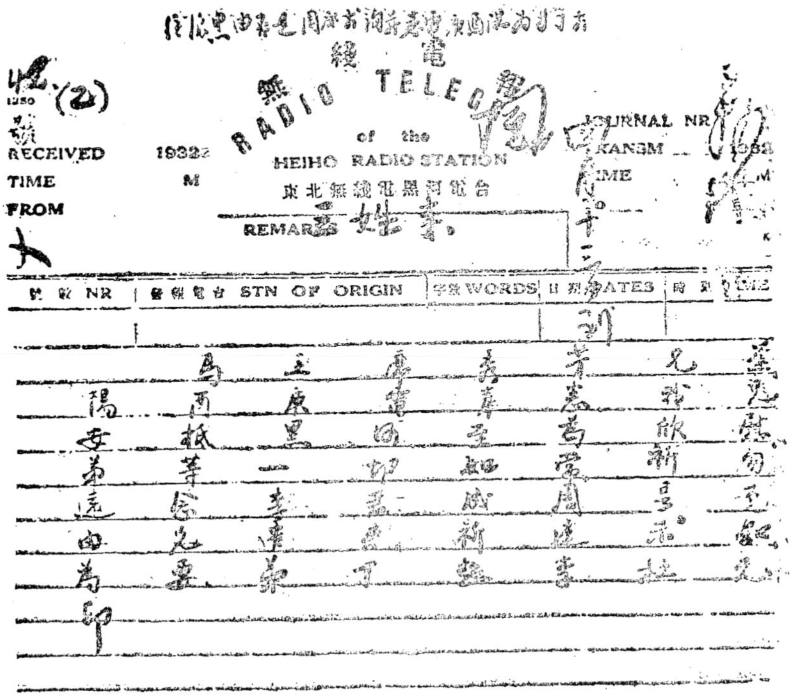
無綫電報 RADIO TELEGRAM of the HEIHO RADIO STATION 東北無綫電黑河電台

RECEIVED 1932 TIME M FROM

JOURNAL NR TRANSM TIME

REMARKS 三姓來

號數 NR	發報電台 STN OF ORIGIN	字數 WORDS	日期 DATES	時刻 TIME

馬主席秀芳兄鑒陽酉康電奉悉我兄安抵黑河至爲欣慰弟等一切如常祈勿遠念李君成周是否由兄遣來祈速示知爲要弟丁超李杜元印

此係李丕祖與丁超李杜兩司令接洽圓滿於民國二十一年國曆四月十四日由依蘭報告馬將軍之電。原文如下：

馬主席鈞鑒植翁揮淚痛慨摯切同情商洽圓滿即歸勿念成周寒叩

（二）蹟眞電函

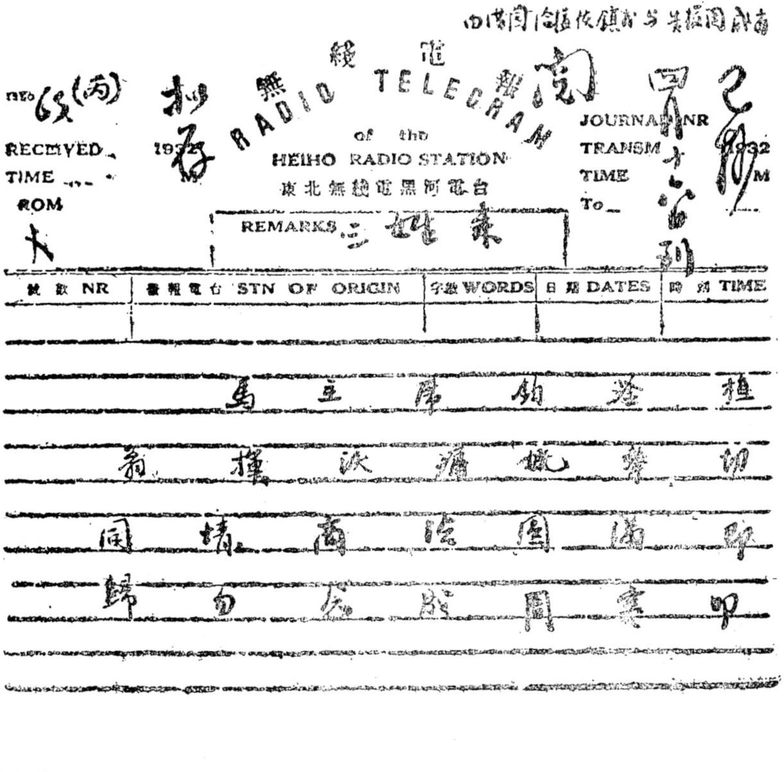
無綫電報 RADIO TELEGRAM of the HEIHO RADIO STATION 東北無綫電黑河電台

RECEIVED 1932 TIME M FROM

JOURNAL NR TRANSM TIME To

REMARKS 三姓來

號數 NR	發報電台 STN OF ORIGIN	字數 WORDS	日期 DATES	時刻 TIME

馬主席鈞鑒植翁揮淚痛慨摯切同情商洽圓滿即歸勿念成周寒叩

九一八後

東北人動態回憶錄

△栗　直▽

太史公云：「人生一世間，如白駒過隙。」論語集注謂：「三十年為一世」。回憶民國二十年「九一八」迄今，為時已屆一世而又十年矣。徐寅詩曰：「縱然一世如紅葉，猶得十年吟白雲」。檢點飄蓬行篋，不禁悵然！竟獲民國二十一年四月七日，天津大公報第四版，特載「吉林之殉國新史」一文，副標題云：「蓋文華等十三人，被日軍槍殺，從日方公布之事實，可知眞相。」文曰：『茲據吉林來津某君談其經過云：「義勇軍王德林部，於二月二十日，襲擊敦化縣城時，日軍曾以大隊往援，以道路不明，並兼天寒，被王部圍擊，損傷四百餘人，憤無所洩，疑係我方吉敦路蛟河站員司，及當地人民通消息，遂將路員五名，暨商會會長四名，又敦化縣商會會長，並省垣中處嫌疑地位者三名，擅自捕解該軍司令部，酷刑嚴詢，被捕者至求死不獲，至上月三十日，清晨六時（筆者按為三月二十九日青年節之翌晨）日軍竟用汽車，悉數載往九龍口刑場，完全處死。事先將各人雙目用布蒙閉，口中滿塞棉絮，槍決後，並以刺刀將喉管割裂，並命偽政府之公安局長，日人穀昌監刑，賣國首領熙洽，亦熟視之無如何也」閱者細心參考，當可悉其眞相』。

附日方公布之原文：『本年二月十七日早一時許，吉敦路兩處暗橋，被匪焚燬，以致列車一時不通。該項事件發生後，匪於二十日突有王德林匪軍襲擊敦化縣城，日軍出發痛擊。該匪軍仍氣勢洶洶，致日軍多數死傷。右兩事件，經吉林日人憲兵隊部特派員於吉敦沿線調查，始得眞相。該匪軍固非故意思逞，緣被反吉暴徒所勾結之所致也。至日本憲兵調查員縝密探查，蛟敦兩地涉有重大嫌疑者，陸續捕獲，日夜鞫訊。結果與南京政府相連絡，名為救國團，又稱密察團體，陰謀破壞滿州，該徒供認不諱，昨將首魁押解來省，茲將該徒姓名錄下：

當時蛟河開墾務之首魁	蓋文華（三九）
吉林西大街木商業	李冠榮（三八）
吉林利羣小學校教員	王　樽（二三）
蛟河商務會長	蕭慶功（四一）
敦化縣城商務會長	萬茂森（四六）
蛟河稅捐局長	于登雲（四二）
蛟河鎮農會長	王連恩（四六）
敦化警務段長	王滌中（三六）
敦化吉敦路工務員	胡世祺（三八）
敦化站電報係	楊邦振（二五）
敦化警務段巡官	田沛霖（三八）
敦化國際運輸運送係	傅憲周（四六）
	無名氏（三十餘歲）

發動原因，去秋事變後，九月二十七日，省城北大街；利羣小學校長韓清淪、蓋文華（係國民黨員）楊伯珩（蛟河公安局長）等三名，在韓某之家密議，向南京政府報告東三省事變後之狀

況，及善後策劃，擬與南京政府連絡，楊韓二人遂即密赴南京，就道天津，與在津黨部委員劉成章、劉不同會晤協議後，赴南京謁見中央黨部要人，討論擴張民衆之實力。得此要領後，楊韓二人於十月返吉，在利羣小學校，招集省內各地代表，雖秘密會議，運動進行方針、組織部份、實行方法、決議事項如下，恢復領土及國權，武力對抗日軍，打倒僞政府，實行三民主義，阻止建修吉會鐵路，收編舊軍，整頓財政，大規模之宣傳，在哈埠設立幹部，計劃搜羅軍敎商三種人材，先佔領吉敦線蛟河、延吉、敦化縣城；以額穆爲根據地，具體辦法，使王德林匪軍襲擊敦化。

王德林大逆不道，反對署政權，事先遣代表張會東，向各地保衛團商團公安連絡；一致由各警團隊爲應援攻陷敦化，決定再佔領額穆縣爲根據地；並由蓋文華往來斡旋，乃於二月十一日在敦化城召集連長會議，左記決定事項：

一、在敦化之諸同志，各分配銅元一枚持於手中，以資識別。

二、敦化同志連絡妥協後，擬由城內出發迫擊額穆縣城，勝利再圖襲威虎嶺。

三、如失敗時，向寧安安圖退守。上月十五日該匪軍，突攻陷蛟河，以及黃泥河子，十六日焚燒鐵橋，匪軍準備入敦化城。由南西兩城門出入，在城門上懸燈，保衛團商團虛意與匪對抗，向天空發砲，兩無損傷，各持銅證以識別。而於二十日不備之際，匪軍攻進城，用幹部名號，協議結果。當時日本屯駐軍兵數增加，尚有野砲數門，以匪軍入城爲不可能之事，一時中止，城內日軍警備極嚴重，遂即派連絡員，向沙河沿警告匪軍，雙方進路相違，詎意二十日匪軍襲取敦化城。此大陰謀實行達到省城，利羣學校會議，要求南京援助經費等項；並向各銀號稅捐局商會等捐欵援助，而南京政府助洋六千元，敦化商會長萬茂森二千二百元，哈市電話局徐箴二千元，蛟河稅捐局長于登雲三百元，南京齊鐵生五百元，助辦充實武器，敦化商會長萬茂森、蛟河商會長蕭慶功，甘願担負向各方面勸捐，乃於二月二十二日，蛟河稅捐局長于登雲會合同志，募欵三千元，援助救國團公費。該輩意旨調查明確，此種運動確被南方嗾使，致國民黨黨員分潛省城內，中東路線一面坡、濛江、汪清、延吉等地，目下甚爲猖獗云。』

筆者按：此一吉林之殉國新史，實爲東北民衆集體反滿抗日之第一聲。初名東北民衆救國團：游說王德林者爲蓋文華、趙冠民；游說李海青者爲龍春暄、梁文洲；游說誠允者爲楊炳文、趙在田。嗣成立吉黑民衆抗日救國軍政委員會於哈爾濱市，玆錄吉黑民衆救國義勇軍政委員會宣言如次：「東北被難大衆！中國親愛同胞！世界和平民族！最近殘暴日軍，破壞民族親善，毀棄國際信義，擾亂世界安寧，竟冒不韙甘與擧土一戰。自九一八事變以來，迭佔東北要衝，慘殺無辜人民，任意姦淫擄掠，到處胡作非爲，出兵通都大埠，竊據財物資源，利用無恥漢奸，侵畧領土主權，其罪大惡極，玆已擢髮難數。近更變本加厲，蔑視非戰條約，違犯國際公法，背叛和會決議，一味窮兵黷武，不顧人道公理，似此逞兵作亂，破壞世界和平之禍首，豈容再存於今日！吾人身受創痛，義憤填胸，誓率吉黑愛國健兒，爲黨爲國家，矢志奮勇殺敵，光復中國固有山河，爲眞理爲正義爲人道，竭力剷除公敵，擁護世界永久和平。頭可斷，血可流，國家不可亡；山可崩，海可涸，此志不可移。統轄十二路司令及全體士兵，共負抗日救國天職，所有委員業於本日宣誓就職，深希愛國志士，參加討日工作，共雪國破家亡之恥；黨國領袖，切實團結意志，同伸失地辱國之恨；國際聯盟，徹底維持正義，合力打破日本帝國主義之迷夢。臨書迫切，不勝盼禱！謹披血誠，望共鑒之，吉黑民衆救國義勇軍軍政委員會亥佳印。（民國二十年十二月九日哈爾濱）所有戰績，分見九一八與救國軍，歸來的檢討，血染白山黑水記，北平晨報（民國二十一年八月一日版）北平世界晚報（民國二十二年二月六日版）各書報中。蓋文華爲中國國民黨吉林省黨務特派員，吉林利羣小學爲吉林省黨部之秘密機關，無名氏爲王文錫同志，天津市人，年三十二歲，蛟河車務段司運，被捕後一言不發，日憲誤認啞吧，畧傳載於血染白山黑水記。復按如次：

一、蓋文華者，原籍山東福山人也。寄居安東，經營錢業，放目元寶山巔，揚帆鴨綠江上，痛山河之日非，懷澄清之壯志，遂秘密參加東北黨務工作，不久奉朱霽青先生之命，潛伏吉林蛟河，組織樂農社厚殖吉東革命基業。九一八事變，矢志抗日到底，卒率吉敦路線十三同志肝腦塗地，史實見東北抗暴列傳。

二、韓清淪者，遼寧遼陽人也。詩云「河水清且淪猗」故字聖波。瀋陽高師畢業，歷從哈爾濱廣益中學校長王里封遊，（王氏北京高師畢業，參加革命工作）。東北易幟，南北統一，奉派為吉林省黨部委員，不為當道所納，嗣任調查工作，任教吉林毓文中學，創立吉林利羣學校兼任校長，藉資掩護。九一八後，乃於九月二十七日，偕同楊伯珩同志，冒險入關，趕赴南京中央黨部，密報吉林現地情況，請示中央應變機要，親奉中央秘書長陳立夫先生命令：一、抵抗日軍侵畧；二、擴張民衆武力；三、破壞吉敦路線。由斯掀起東北民衆抗日種子，宣達中央抗日意旨。嗣任東北協會天津辦事處主任，往來關內關外，始終策動東北反滿抗日工作，忠黨愛國，捨生忘死，奮鬥犧牲十年如一日，不求聞達於後方殊難得也。東北光復，曾任遼寧省黨部委員，暨遼寧省政府委員，兼遼寧省政府駐錦辦事處主任，並膺選第一屆國民大會代表，對於行使創制權複決權兩案建議獨多，痛於民國五十五年國民大會第四次會議時，積勞逝世，有傳見憲政論壇。

三、楊伯珩者，黨名揚威，吉林之老同志也。九一八時，任蛟河公安局長，不甘屈服日人鐵蹄之下，力謀紓難方畧，隨同韓清淪同志赴京請願，恭聆中央黨部秘書長陳立夫先生指示之餘，泛舟五洲公園，長髯飄胸，悠哉遊哉殊不知其腑中深懷沼吳之志也。民國二十八年，被日本憲兵隊逮捕於天津市法租界，防閑嚴密，下落不明。尋悉翌年春，某日清晨，日憲押解一汽車犯人，悉命仰臥，上敷稻草，急駛馬廠町刑場，施以槍決，知者甚罕，八年抗日老卒親承陳立夫先生耳提面命者即在其中矣。次子政和，黨名雄飛，畢業軍校第十二期，七七抗戰，戰死上海近郊，長子致中，三子致誠，長女玉珍，髮妻長媳，均為窮困所迫，相繼傳染肺病而亡。楊氏一門，祇存次女玉華一人，適王非凡同志，身陷大陸。東北抗日家庭，多蹈孤兒寡母絕境，繼而默默無聞，良可慨耶。

四、徐箴者，字士達，安東興京人也。日本帝國大學畢業，民十四年，由徐守玄，梅公任，介紹入黨。初任哈爾濱市電話局長，暨黨務特派員，九一八後，開始策動抗日工作，嗣同市教育局長周天放，市土地局長臧啓芳，先後入關。繼任北平市電話局長，協助東北協會工作，旋任浙江省行政督察專員。抗戰勝利，首任遼寧省政府主席，節用愛民，倡食混合米飯，一半稻米，一半秫米，用以調和南北口腹。戡亂逆轉，東北不守，中原板蕩，偕眷來台，全家老幼共搭太平輪而遇難。徐氏聰明絕頂，應變有方，卒遭不測，寃沉海底，夫復何言？同難者有時與潮總編輯鄧蓮溪，字鏡泉，所携東北協會文獻圖書，盡付東流。長子鄧平，供職彰化紗廠，伶仃孤苦，殊感哀矜。

五、齊鐵生者，名世英，遼寧省，鐵嶺縣，范家屯人也，尊公鵬大，出身陸軍中學，為黃郛，郭松齡好友，任東北軍少將，為人矜式，夙重儀表。鐵生初肄業奉天北關省一中，繼轉天津，旋赴日本入學一高，直升東京帝大，後隨堂兄世長字繼如，留學德國。世長勤拳過度，不幸短命而逝，無已抱骨返里，就任同澤中學首任校長。同澤中學，為張學良與郭松齡所創辦，殆郭茂宸班師出關時，鐵生適任隨行秘書，事敗與蘇上達、楊夢周、蔡多輝等，避難日本駐新民領事館中，當時領事為吉田茂。此間祁大鵬，曾被軍警逮捕，因其姓名，類似齊公也。尋由留守天津高惜冰氏秘密資遣南下；飄泊京滬，從事善後事宜。嗣任中央黨部黨務委員，迨第六次全國代表大會，方當選為中央執行委員。自九一八事變以來，始終主持東北協會，爲時十有餘年，一手造成東北人民毀家紓難事蹟獨多；但結家鄉父老親友寡母孤兒之怨尤亦復不少。回憶陳述，當東北軍政權斷續之秋，其能維持中央旌節於不墜者，祇此少數僅有之東北社團而已矣。遷台以來，各居一方，殊少過從，第對復土還鄉之初衷，尚可心照而不宣也。

六、繼吉林之殉國新史之後者，南有安東事件，首領鄧士仁，亦鐵嶺人。曾任安東教育局長，爲梅佛光同學，馬愚忱學生，王廸生業師。組織體育協會，密謀救國大業，事發株連頗廣，殉難者百餘人；北有王賓章，爲中央監察委員王憲章之胞弟，奉命潛伏現地工作，曾任黑龍江省教育廳長。事發死難同志數十人，行述載於東北抗暴列傳。後有東北黨務辦事處執行委員于中和，字曉天，率同東北黨務督導員王乃政、趙靜波、張繼堯、王松齡、及幹部同志韓公槐、傅培根、鄂遇奇、池鳳桐等十二人，于民國三十年元旦，在遼寧省監候，面向南京中山陵遙祭，預祝革命成功，不久就義，何其烈耶！此外尚有「一二三〇」事件，三省黨部」事件，「五二三」事件，相繼發生，綜計死難義士，在遼寧有苗可秀、鄧鐵梅、趙璧忱、劉世恒、周振寰、楊伯龍、張輔三、王覺、孫德良、王慶喜、王度、賈自然、閻煥然、藍錫光、馮恕等，在吉林有關耀洲、呂大千、柴純然、史步雲、劉銘仁、李廣森、張成海、王春大、李玉堂、吳天民、韋仲達等，在黑龍江有楊貴堂、梁文洲、趙在田、王鴻恩、伊井衡、王耀鈞、劉崇嶽、王文宣、張濤等；領導反滿抗日名人，有馬占山、馮占海、王德林、唐聚五、李海青、李杜、蘇炳文、苑崇穀、誠允、朱霽青、孔憲榮等；被捕工作同志，繫身監禁者，有王育文、侯天民、李光忱、李繼武、何書元、張鴻學、崔榮、梁肅戎、羅大愚、石堅、譚學融、韓靜遠、關大成、田欲樸、王常裕、許俊哲、車道平、何正卓、富德淳、馮國卿、袁樹芳、信致文、張明倫、吳箴、呂銘、王守正、齊覺生、嚴武、劉郁中、張寶慈、趙岳山、高魁舉、范振民、王志勳、姚彭齡、張達平、李芳春、栗天傑、孫勃然、王漢光、丁霖、馬鳴春、張麟生、吳廣懷、張一中、楊化之、關君哲、荊可獨、修廣翰、張光、郭震華、劉大博等數百人，親友被連坐者，幾近三千人。殉難之衆，株連之廣，竟爲抗日以來，位居全國各省市之冠。九一八後東北人所受之痛苦，當屬最深且鉅。追懷死難往烈，不禁愴然若失，今皆相率湮沒而無聞。天假以年，自矢筆而出之。今日國步維艱，惟望吾後死者，同心協力，貫徹始終，精誠報國，生死弗逾。夫如是，方足以上慰東北殉國先烈之靈，下稱桑梓父老兄弟之心，掬誠膜拜東北先聖先賢列祖列宗英靈不爽，默吟「莫嫌老圃秋容淡，猶有黃花晚節香。」反滿義士，抗日國殤，雖不能休明一世，亦足以映徹九泉矣。

胡政之與大公報

陳紀瀅

胡霖，字政之，四川華陽縣人，生於民國前二十三年，歿於三十八年四月十四日。「文章自古誇西蜀，事業於今勝北巖，」——曾琦

胡政之（霖）先生遺像

一、引言

中國青年黨創始人之一曾琦（慕韓）先生，於民國三十八年九月十八日在香港所撰「敬悼畢生盡瘁新聞事業之張季鸞先生」一文中，曾有這麼一段話：「季鸞先生投身報界雖逾三十載，然其成功則在十五年大公報改組以後；僅十五年之時間，遂博得密蘇里之獎章而馳聲於國際，此雖季鸞先生心血所致，而其同事胡政之先生策劃亦大有力焉，政之先生曾環遊世界各國，考察新聞事業，於辦報事，心精力果，得未曾有。吾人於「七七」以後見大公報之移漢移渝，同時復在港在桂設分館，頗驚其辦事之敏銳，計劃之周詳，較之軍隊退却，另尋據點，秩序井然，曾何多讓。該報渝館迭遭轟炸，照常營業，其編輯發行兩部職員之犧牲奮鬥精神。誠不愧張、胡兩先生之領導。余嘗謂政之先生之於大公報，有類英國北巖爵士之於「泰晤士報」，而季鸞先生則頗似日本德富蘇峯之於「國民新聞」；故往嘗撰一聯，贈政之先生云：「文章自古誇西蜀，事業於今勝北巖。」擬倩人書以贈之而未果。政之先生與余雖屬同鄉而不常見，渠固至今本閱此聯也。余知政之先生不徒長於辦事，且亦擅長文筆，尤其國際問題，往往剖析入微；往日大公報僅出津版時，大概論內政者多為季鸞之文，談外交者多為政之之文，余以喜讀該報社論之故，輒能辨其何人之筆，有時欲取證於季鸞，季鸞先生恒笑而不答，此亦足見其能守該報之公約，不以私交而破例也。余所以謂季鸞先生頗似德富蘇峯者，非謂其主張之相同，乃指其文字影響之同樣宏大也。

「德富氏為雄據日本論壇之大文豪，國人頗多知之；昔梁任公先生編新聞叢報，時常喜譯其文字。當日俄戰爭時，日本軍器較俄為劣而士氣則較俄為盛，正如我國今日之抗戰，軍器雖遜於日，而士氣則遠勝於日；日本戰勝帝俄之後，其國人推原士氣旺之故，多歸功於德富氏文字鼓吹之力。

「緣自甲午中日之役，李鴻章施用特殊外交辣腕，運用德法俄三國干涉退還我

遼東半島後，日人即痛心疾首於俄而思有以報復之，以俄在三國中實居主要地位也。德富氏當時爲從軍記者，目覩三國干涉之事，恍然於「軍事第一」之義，認爲「力之福音」，自稱曾受「力之洗禮」，親自遼東海濱撮取一坏土，盛以玻璃瓶，歸而置諸編輯案頭，日對之而發誓曰：「如不鼓吹邦人對俄作戰再取遼東者非人也！」自時厥後，運其如椽之筆，大唱征俄之論，全國軍人受其影響，義發欲狂，閱十年而有甲辰之役，帝俄卒爲所敗。

日皇論功行賞，德富氏竟以新聞記者敕選爲貴族院議員。其人意氣自豪，垂老不衰，至今尚爲日本少壯軍人所敬禮，嘗賦詩自炫其長曰：「滿腹經綸信手裁，疏狂愧乏濟時才；何時學取韓歐筆，萬里長江一瀉來。」蓋其漢學根底頗爲深厚也。德富氏之異於季鸞先生者有二：一爲主張軍國主義者，一爲主張民主主義者，其不同一也；一爲鼓吹侵略者，一爲主張自衞者，其不同二也。然亦有相同之處：①爲屬終身從事新聞事業者。②爲同以新聞記者參加議政機關。③爲同以如椽之筆影響戰時士氣。④爲同以文人受知於軍事領袖。德富氏之見重於日俄戰時日本內閣首相桂太郎大將，亦如季鸞先生之見重於我國軍事委員會委員長蔣介石先生。」

× × ×

筆者按：德富蘇峯所創辦的「國民新聞」，就是前些月揭露中共陰謀赤化日本步驟原文及消滅田中體制，達成解放日本詭計的那家報紙。這家報紙創刊於一八八三年，爲五日刊。前此它兩次刊登獨家報導，在日本新聞界一片媚共聲中，它能夠獨樹一幟，主持正義，反對田中政府的媚共行爲，可知德富蘇峰的繼承人仍具嶙峋風格，有獨到之處。

× × ×

筆者按：北巖爵士（Alfred Charles William Harmsworth, 1865-1922) 係英國報業鉅子，擁有新聞機構甚多。北巖氏於一八六五年七月十五日生於愛爾蘭都伯林的察波里佐（Chapelizod)。他是十四口之家的長子。他父親阿弗列·哈姆斯渥（Alfred Harmsworth, 1837-1889）是老漢普夏（Hampshire） 一個家族的後裔，曾在中祠（Middle Temple）地方執行律師業務。他的母親姬瑞汀·瑪麗（Geraldine Mary)（一九二五年八月二十九日去世），一位極具智慧而有強烈個性的婦人，是威廉·馬菲（William Maffett）的女兒。

北巖的父親，於一八六七年帶他們昆仲移居倫敦。並讓他們上小學及中學。他開始寫文章是一八七八年，那時他才十三歲。十五歲時，旅遊歐洲。回倫敦後，就當了「青年雜誌」（Youth）的助理編輯。同時向晨報（The Morning Post）及聖詹姆士雜誌（St. James Gazette）投稿。

一八八四年，因健康關係，離開倫敦到康溫特瑞（Conventry）去，在伊利福父子公司（Jliffe and Sons）工作，這是個擁有無數出版機構的企業組織。一八八六年，他又回到倫敦，參加出版事業，以謀獨立發展。一八八八年六月十六日他開始創辦一份名「通訊員的覆音」（Answer to Correspondents)。這個刊物後來導引成著名世界的「混合出版公司」（Amelgamated Press。「通訊員的覆音」對於後來的通訊事業發生了巨大的影響。

一八八九年，北巖氏週遊世界，他足跡所到之處，包括歐洲、印度、非洲、加拿大及美國。

一九〇三年，他在倫敦創辦「每日鏡報」（The Daily Mirror）。

一九〇五年封爵。一九〇六年，他在紐芬蘭投下巨資，利用湖水與木材，開始造紙。

一九〇八年他擁有了泰晤士報（The Times）。他接辦之後，更新設備，推廣業務，於是這份有歷史的報紙，有了新的轉機。他之接辦泰晤士報爲畢生追求目標之一。他爲了增廣銷路，曾將每份報減價爲一辨士（One Penny）。可是因紙價已飛漲爲百分之六百，於是又被迫加價。

這時候，他又創辦了一份週刊，名「傳訊週報」(The Weekly Dispatch)這份刊物的創辦，是受了「星期觀察」（Sunday

Obseruer）的影響。同時把「每日鏡報」售於他弟弟羅斯密爾爵士(Lord Rotherm-ere）並規定他的事業所有盈利，都按成數分配於主要工作人員，爲新聞事業共同分享出資人所得利益之始。

他的報紙——泰晤士報、每日郵報（Daily Mail）與所有期刊，自一九〇〇年起，即大量刊載國內政治趨向，以及一切政黨主張。在英皇愛德華七世（Edward VII,1841—1910)、英國殖民地資本家及南非聯邦行政長官羅德茲(Cecil John Rhodes，1853—1902）當權時代，他的新聞機構力主大批造艦，維持海上霸權。在第一次大戰之前他已是國會下院的議員，曾發表演說。再進一步主張航空報國，一個國家要有制空權。發展潛艇也是他所有新聞機構中的強烈主張。「每日郵報」並曾以獎金方式鼓勵飛行。這些言論對於第一次大戰前的英國國防政策及建軍工作，都有巨大的影響力。

一九一五年四月至六月，大戰爆發，並且英國普遍遭受德國空軍的轟炸，頗受損傷。當時主持國防的大臣是季眞納爵士（Lord Kitchener），被北巖爵士的新聞媒介一陣痛罵，致丟冠下台。

一九一六年，他協助勞合喬治(Lloyd Georg, 1863—1945）把艾薩奎斯(Aspuith）首相推翻，取得政權。二次大戰時期，他遊歷英、法、比、義及美軍前線，採訪新聞。巡視戰場及報導消息獲得國內外讀者的敬佩。他多所主張，都經勞合喬治採納。可是後來爲了停戰問題，他也變爲這位首相的嚴厲的批評者。

勞合喬治曾邀請他入閣，被婉謝。在美國未參戰時期，英國政府曾希望他任駐美大使，也經他拒絕。但於一九一七年六月二日，他接受了英國皇家的一項重要任務，那便是「不列顛戰爭使團」（British War Mission）主席之職。他領了代表團到紐約，開始工作，終於拖美國「下水」參戰，赢得了最後勝利。戰後他又竭力主張與法國維持友好關係。

一九二一年七月，他又旅遊全世界，醫生曾諄囑他應多休息，他不聽，終於一九二二年八月十四日患心內膜炎潰膿逝世。北巖爵士除二弟也封爵，其餘四個弟弟，均有成就，已先後去世。

如今英語系的報紙，在文字方面，無不以泰晤士報馬首是瞻。泰晤士報言論的影響力在歐洲仍執新聞界的牛耳。可見北巖爵士的風格餘蔭仍在。

× × ×

曾氏於痛悼季鸞先生之餘，畧及政之先生，稱讚他「心精力果，得未曾有。」「大公報之馳譽國際，雖係季鸞先生心血所致，而政之先生之擘劃，大有力焉。」以及「政之先生不徒長於辦事且亦擅長文筆，尤其國際問題，往往剖析入微。」「大概論內政者多爲季鸞之文，談外交者多爲政之之文。」等等言論，極爲中肯，曾氏不愧爲深知當年大公報內情之人，所以我非常高興錄曾氏這段話，作爲本文的引言。我相信胡氏於三十八年四月十四日逝世上海時（享年六十一歲）曾氏必有專文哀悼，議論更多；可惜我一時找不到這些資料，無法使本文有更豐富的引用，至感歉然。特別是政之先生去世時，正當共軍渡江前夕，京滬畧震撼，江南已草木皆兵，他身後哀榮，以及一切細節，在時局陰霾籠罩下，所予世人的印象模糊，絕不似季鸞先生三十年九月六日病逝陪都時，那麽震驚全國，給人的記憶獨多。

筆者那時正在廣西首府籌設郵政儲金滙業局桂林分局，自廣西日報看到新聞後，急忙發一電報致唁。後來曾接到曹谷冰兄一封信，畧知葬埋情形。

二 再彈衷曲

三十八年元月八日，我率領全家還有幾位同事，在共軍包圍北平城中，在天壇機場冒險逃離故都。在南京住了幾天，就轉往上海。一到上海便知道政之先生已住虹橋醫院，恰好至友趙惜夢兄以大連市長身分駐在上海辦理善後。我倆約會好於十五日上午，相偕去醫院探望他。

虹橋醫院在滬西，地點清幽，建築新穎，名醫蝟集，設備良善。胡先生的病房在二樓。一敲門，胡夫人見是我們，就報告政之先生。我們走到床前，胡氏還滿面堆笑，問我們什麽時候到了上海與今後行止。又說：「一輩子沒生過病，這回病倒了！」我們見他只是面容稍顯消瘦，精神還很好。於是我們安慰了他一會兒，希望他安心靜養，早日復元。胡夫人把我送出來，才知道他得的是腎臟病。胡先生身材中等，體型稍胖，平時對於飲食，毫無禁忌，興致來了，也喝幾杯。那時「糖尿病」這個名詞沒今天這樣耳熟。我想胡氏所得的一定是嚴重的糖尿病，影響了腎臟功能。這種病到今天除了換腎臟仍難保險絕對有效，那時更束手無策。我們在門外安慰了胡夫人一些言語外，默默辭別。

這回是我認識胡氏以來最後的一次見面，算來將是二十四年了。

自胡氏去世後，轉瞬又將近一個世紀四分之一的時間。大公報自大陸淪陷後，最初階段總館由津遷平，備遭中共蹂躪，不但面目全非，而一派媚共言論與顚倒是非的報導，早已不是當年的報紙。自所謂大鳴大放後，整個大陸，所有大公報機構（在一九五二、三年時，大公報尚有渝、滬、津及香港四社）都被封閉，現在僅賸下香港一館。一些老人，如曹谷冰、王芸生、李子寬、金誠夫、孔昭凱、趙恩源、徐盈、彭子岡、高集、張遜之、李清芳、袁光中、李孝元等生死存亡，都不知下落。就是名噪一時，反叛大公報搖身一變爲紅朝新貴的范長江，於熱鬧了一陣，再也不見他們的名字。祇有楊剛（她是中共滲透大公報的先鋒），於初期任職僞外交部美洲司副司長，後以肺疾死亡，曾見諸香港報載。至於朱啓平，他與大公報關係不算深，韓戰時曾有過他的名字，後來也再不提及。

十六年前，我曾印行一本「報人張季鸞」以紀念一代論宗之死。兼及大公報同人，無非是悼傷一個有影響力的新聞記者及懷念一個有歷史的新聞機構，以爲現在新聞從業員的借鏡而已。那本小著出版後，備受海內外人士之愛護，十五年來，印行三版，共銷行六千册。然而那本書倉促間輯成，殊嫌草率簡陋，不足以表示我恭敬前輩的至意萬一。書出版後，又蒙前監察院院長于右老在靑田街官邸，代我召集座談會，一面爲拙著問世慶賀，一面爲小書補充資料，以便有機會編入。那次到會的有前監察委員朱宗良、現任立法委員冉寅谷及王廣慶、前主計長蔡維屛、國大代表楊爾瑛等多人。他們之中，于右老與朱委員是季鸞先生在民立報時的同事，蔡維屛、冉寅谷、楊爾瑛三位先生則是季鸞先生的同鄉。冉、楊二氏且都是楡林人。在半天時間內，他們有的回憶當年民立報季鸞先生工作時的情景，有的爲我叙述楡林張府往事，使我獲得許多珍貴資料，以備拙著的補充，同時，我又接到台南鹽廠周維亮先生的一束剪報，那是季鸞先生去世時，各項新聞報導跟悼念文字，是根據大公報桂林版的刋載。當時看了這些資料，並沒加以重視，僅認爲是一些資料而已。但十五年後我重新閱讀這些資料，則覺得因時間的轉移，世事的變遷，其因發酵所生的影響已與日倍增，所以我才決計編撰「一代論宗哀榮餘畧」一文，刋登去年九月號的「傳記文學」，以記念季鸞先生逝世三十一週年。

可是若干年來每逢我寫季鸞先生時，腦子裡總有一個影子環繞，總覺得不祇應該紀念季鸞先生，還應該撰寫政之先生。季鸞先生的如椽大筆固然已影響了中國重要的時期，使大公報的地位抬高，然而如果不是賴政之先生的擘劃經營，使報紙銷行全國，可能它的影響力要大打折扣，何況胡氏寫作能力之強，絕對與張相頡頏。所以不知有多少篇社評，出自二氏何人之手，不僅讀者不能完全辨清，就是館內同人事後也幾難確定。可知張胡二氏對世事論點相同，文字技巧也多處相似。

有一個時期，季鸞先生患病，社評撰述由政之先生負責，他每天寫不同題目，所用筆調、詞彙、主張簡直與季鸞先生一模一樣，幾乎無法辨別不是季鸞先生所寫。就是谷冰、芸生等，因受張、胡二氏多年薰陶，立論下筆的風格也與張胡二氏相做。於是「大公報體」成爲一時風尙，也塑造了一種文字典型。甘乃光先生曾在抗戰時期對人描述過大公報社評有一套「公式」。（先敘述，後引證，再加分析，態度不偏不倚，隨時注入中國人的感情。）雖不盡然，但大體說中了「要害」。因此任何一個大公報的從業員，多多少少都學會了一點「皮毛」。縱然沒能夠攫得精髓，卻也形似。

如果說，大公報的所以成功，多靠季鸞先生的一支筆是可以的；如果說，完全靠他，也不盡然。任何事業，都需要集體合作，發揮團隊精神。尤其文人更需要合作。因文人都有顯著個性。一般事業單位，往往由一個人創辦領導，其餘人都是屬員。這種事業好辦，由一個人作主，其餘的人聽命令即可。要是兩個人合辦的事業，地位既相等，能力又不分上下，社會關係差不多，除依靠合理的制度外，還需要靠道義、修養、互信和那份堅固不渝的感情，才能維持事業於不墜，才能維持友誼於永遠！何況張、胡二氏之外，還有第三位吳達詮「鼎昌」先生？

衆所週知，自民國二十年以來，我始終以「客卿」地位，担任大公報的正式職務。在十五年內，他們都沒把我當職員看待，任何高級會議，都讓我參加；若干社務都不避諱我。因此我對社務雖不是瞭解最多之人，也非一般職員可比。

我欣幸有一個時期，目覩這三位先生共同圍在一張長型編輯桌前，一邊剝花生，一隨談話、聊天、看稿、以及撰文等等情形。當時幼稚的心上，只是充滿了歡欣與感動。等在報館服務年久，入世更深，才體會「合作」的意義與「友情」的芬芳。「合作」與「友情」，互爲表裡，在人生的道路上，是多麼難以並存的兩項要素啊！

中國報業近半世紀以來，由個人領導成功的固不乏人，但以合作方式能使一樁文化事業，在短短期間，馳譽海內外，影響國家大計，被多數讀者念念不忘，於時代貢獻最大最多的恐怕再難找出多少家。

因此多年以來，基於這種意義，我想拿胡政之先生爲中心，舉許多實例，以發揚張、胡、吳三人的幽光潛德，合作美行，尤其是張、胡二氏管鮑之誼，如何在中國報業史上留下美談，爲我追求的目標。

但是寫概括印象易寫一個人的傳記則難。

因此本文只想拿大公報的成就壯麗胡氏的一生；拿大公報的幾個時代，記載時局的的變化；拿它的主張說明國家所面臨的一些問題。當然談論時，涉及季鸞先生的時候不會少。

我於出版「報人張季鸞」時曾說：「論資格我不配寫季鸞先生的一生。這個責任應屬於曹谷冰、王芸生等位先生！時代使然，地方使然！」

現在我仍然要說：「我也不配寫胡政之先生的一生。這個責任仍屬於曹谷冰、王芸生等位先生；然而，事到如今，也只有我能夠有機會，寫完了季鸞先生，再寫他老先生。討上帝的恩典，我寫這篇文章時既超過了季鸞先生的壽數（五十四歲），也比政之先生活得長（他享年六十一歲）！兩位先生九泉有知，不恥笑我的無知與無能，若能欣賞我這一片誠心，則是我馨香以祝的了！」

關於本文的題目，曾有多次斟酌，如「報業鉅子胡政之」、「報紙巨擘胡政之」等等都覺得不合適。最後決定用「胡政之與大公報」是有多方面理由的。我嫌「鉅子」具有「銅臭」味道，因爲胡氏並非大資本家；我嫌「巨擘」沾染着行業中霸道風光，因爲胡氏並非那類人物。但外國報在天津時代無不知「胡霖」（Mr. Hu Lin），我曾多次聽英、美、法國及日本人找他談話。

三、新聞企業

現代中國報業始自清末，因教育不普及，民智未開，該業不振，新聞紙的銷路始終落後。二十世紀初期，報業在歐美早已成爲企業，我們還停留在手工業及個人經營時代。民國初年，包括上海、天津與北平，僅有少數幾家報館使用輪轉機，多數仍是平面機的天下。最大銷路也不過十幾萬份，除上海有數的幾家報館靠廣告維持業務外，絕大多數以「機關報」，靠領津貼以維持生計，因此所謂「報紙企業家」與「新聞界大亨」等等名稱，都名實不符。尤其報業界管理方面，極爲落後，距離「企業」的性質，相差甚遠。

初期，報業如邵飄萍、林白水等，因政治關係成名，並非報業經營成功。黃伯惠、張竹平及史量才等爲上海方面「報業鉅子」，只是表示他們曾有商業環境，利用廣告發展新聞，至於對時代的貢獻，頗有疑問。若以影響而論，則不及北平晨報的陳博生與世界日報的成舍我，這兩位都是成功的報人，爲報業史留有光榮的一頁，足資矜式。其餘地方性的新聞事業，其中不乏影響一方，而且權威的組織與人物，然而畢竟沒遍及全國，受多數人重視。

惟有胡氏，畢生盡瘁新聞事業，從未旁騖。他於民國十五年九月一日與張季鸞、吳達詮兩位先生接辦天津大公報以後，以科學管理、現代經營，把一個報館於數年之內，歇業已久、營業不振、規模甚小、藉藉無名的新聞機構，便躋於全國報業之林，銷行之廣，影響之大，實爲空前。抗戰前開創上海館，抗戰後又創漢口版及香港館；後來又創重慶版及桂林版。在全國報業中，轉徙之勤，開闢之多，既是唯一，也是獨見。

這些事，固然大公報同人都有責任，然而主管其事，權衡利害的却是政之先生。這些經驗都不是「報業鉅子」所具有的，更不是「新聞大亨」所經歷。冒險犯難是政之先生一生最輝煌的精神發揮，積極創業更是他追求的崇高理想。我不敢說，他是民國以來報業的唯一全才，可是能夠與他匹配的，實不多見。二次大戰後，新聞事業與日俱進，不但設備進步甚多，印刷技術改良；經營的觀念與方式，也大不相同；理應有更多人才在這個時期大展宏圖，顯露頭角，以企業家的精神，開創新聞媒介的里程碑，我正以愉快的心情，拭目待之。

四、最初接觸

我知道胡氏的大名，約在中學時代。因爲我自幼兒喜歡讀報，自上高小起，祖母就容許我每月花費一元三角錢在暑期內訂閱平津報紙，以便瞭解北洋軍人互相混戰的情形。民國十一年夏，我考入保定第六中學，閱報室往往由我一人獨據。我在上海與北平（那時還叫北京）的報上，常常發現「胡政之」寫的文章。知道他是個名記者，曾採訪過巴黎和會的新聞。好像那一次也只有他一個中國記者從事採訪。

後來我由保定轉往北平上學，每天還照常讀報。同時也多知道了一些平津新聞界的情形。在那個時候，北方鄉下人很少訂閱報紙，往往一個村子，不見得有一份報紙。我原先訂的是北京「晨報」，可是天津「益世報」銷行則比較普遍，因爲張數多了四大張，北平報則僅有兩張。到了北平才知道天津報紙之所以普遍銷行於北平的理由。

原來天津是商業都市，商家要藉廣告宣傳，以推展業務；廣告須透過報紙，因此天津出版的報紙，不但量大質也精；並且因交通便捷之故，與北平報同時送到讀者之手。當時北平有「北京日報」、「社會日報」、「世界日報」、「順天時報」、「黃報」、「大衆報」、「民強報」，還有許許多多數不清的小型機關報。

當時一個印刷所，可以出多少份小型報，只換換報楣就可以了。反正印不了多少份，向出錢的機關報銷就可以了。「民強報」就是其中之一。「順天時報」是日本人辦的，裏邊除了刋載一些挑撥、離間、造謠生事的新聞外，最吸引人的是副刋上那些捧名伶與妓女的文字、和街頭巷尾所發生的社會新聞。一個署名「辻聽花」的日本人所寫。戲評那時節，也吸引了不少讀者。北平社會情形與衆不同，高階層關心的是政治動態，不是倒閣，就是學潮；中下階層則沉醉於戲劇、雜耍，跟其他消閒玩意兒。其中以晨報內容新穎，編排清晰，尤其提倡新文學及介紹世界新思潮，爲知識份子所重視。其餘世界日報也不錯，報導與言論平實，注重文敎新聞。當時我還不知道主辦人是成舍我。

京報爲邵飄萍所辦，還比較平實。只有「社會日報」，常有驚世駭俗的議論，文字有時過分火暴，跡近罵街，後來我才知道是林白水所辦。邵飄萍與他因得罪了奉系也在那時先後遇難。

天津那時除「益世報」外，還有「庸報」、「新天津」等報。益世報是天主教神父雷鳴遠所辦，傳播公教教義，遠至陝甘都是它的發行範圍，影響力最大；但副刊──「益智糉」，文字陳舊，還停留在掌故、滑稽故事、模擬古文觀止文字，諷刺時政的階段。「庸報」就好多了。當時不知什麼人辦的，後來才知道由蔣光堂與董顯光等所經營。此新的思想、科學方法，時常在副刊上出現。「新天津」則是趣味性的小型報，除了天津租界內那些烏煙瘴氣的描寫外，還得加上北平八大胡同的刻劃，才能贏得北平讀者的訂閱。其他天津方面，還有「河北日報」等等。至於「大公報」我只耳聞其名，還沒有看見過。

那時的上海報，以「申報」、「新聞報」爲代表，雖然在圖書館裏也看得到，但以內容與編排而論，實難與北方報紙相抗衡，尤其是要聞版的新聞，以大字順水排列，不加綜合，也不加標題，叫人讀起來，莫名其妙。副刊「自由談」與「快活林」內容也陳舊得很。北方商家訂閱上海的報，完全爲了張數多，可包東西。比較有朝氣一點的報紙，有「民國日報」「商報」與「時事新報」等。

從那時起，我才瞭解辦報離不開商業都市。北平雖係國都所在地，但天津則是華北最大商埠，所以新聞事業還是靠商業發展。猶之乎北伐後，南京與上海的地位相同。

閱報、投稿與「五四」以後新聞學運動的衝擊構成我後來服務新聞界與從事文學創作的最大原動力。

我懷着綜覽全國重要報紙的智識與趣味，於十五年秋到達了松花江畔的哈爾濱。不久我就和當地報紙重要負責人弄得挺熟。其中包括「國際協報」的趙惜夢、王星岷及張復生等、「晨光報」的于院非、張樹屏、袁弱水等，「哈爾濱公報」的關鴻翼、楊墨軒及畢大拙等。尤其惜夢兄他那沉著的外表、誠懇的言談與全副精神，都是吸引朋友的要素。很快的，我們變成莫逆之交，奠定後來幾十年的友誼基礎。

這是我們（當時還有許多朋友，其中之一是孔羅蓀）向他所編「國際公園」投稿，繼之共同辦「蓓蕾」周刊。「九一八」事變起，惜夢兄到江橋前線採訪，由我代替他任副刊編輯。後來日軍進佔哈爾濱，惜夢兄去北平，自認識至離別，足有四年之久，我們都保持着最密切的聯繫，情同手足，親逾骨肉。惜夢兄比我大八歲，我敬之如兄長，愛之如畏友，可謂金石之交。

那時，東北已有「大公報」在各地銷行。起初我也沒大注意，但因爲平素留心新聞之故，所以就慢慢試着閱讀，首先被它的編排式樣吸引，後來又驚異它豐富的內容，再進而欽佩其言論之公正與文字的技巧。在許多關內報紙之中，有獨特的風格與地位，是我最初對它的觀感。

當時羅隆基主持「益世報」的筆政，他那反日的言論與文字的氣勢，也風靡一時。陳博生也在主持北平「晨報」，仍保持一貫的學術地位。連「大公報」共三份平津報紙，在東北幾個通都大邑內都有很好的發行量，但仍以「大公報」銷路最好。

在「九一八」前後，我曾多次爲「北平晨報」寫文章，不只副刊，偶爾也寫通信。「益世報」也是我投稿的地方。

有一天，我接到一位署名「胡霖」先生的來信，說是由趙惜夢先生介紹，盼我把日軍進駐哈爾濱後的一切動態及社會反應，寫有系統的通信來。通信稿寄「天津法租界三十號路一八一號新記公司李大爲先生收」等語。因爲惜夢兄於不多日子以前，曾有信給我，說天津某處希望能爲他們寫通信，當時爲避免檢查，沒說明是哪個報，但影影綽綽好像指定的是「大公報」。「胡霖」先生是什麼人？當時我也不知道。（自然後來才知道是政之先生的學名。季鸞先生給我們寫信永遠簽名熾章，從不逕署季鸞，前輩先生的謙遜可佩。）

我接到胡氏的信後，一面把當時日軍侵略

吉東及松花江迤北一些動態跟自瀋陽事變後東北社會一般情況，寫了一篇概述，照地址寄李大為先生（後來才知道這僅是一個收信人的代號）。同時也回復胡氏與惜夢兄各一信。

我仔細端詳了胡先生的來信，雖然僅是一頁信箋的八行書，但無論用詞遣字及那筆龍飛鳳舞的書法，都顯示他極有修養，身居高位的人。

這封信算是我與胡氏接觸之始。

當我第一篇通信刊登在「大公報」要聞版，報紙到達哈爾濱時，我也同一天接到胡氏的第二封信。這封信對我誇讚備至，使我簡直無地自容。他又指示我隨時寫長篇通信或簡短新聞，並且注意爭取時效。於是我便暗地展開了秘密通信工作，自此以後，幾乎天天有我發的消息那些新聞通訊，與「專電」同等處理，因都是獨家報導。

我曾於前年在「傳記文學」上發表的「偽滿建國周年祕密採訪記」一文中，敘述我接當這項祕密任務的經過。現在我扼要再重複一遍，以便沒機會讀過那篇小文的人士瞭解。

我於十六年考入吉黑郵政管理局。管理局的地址在哈爾濱南崗郵政街。日軍進佔哈埠時，我是管理局的郵袋組組長兼郵件檢查處郵局方面的代表。郵件檢查處是由當地偽警務處警官與日本關東軍駐哈憲兵隊隊員聯合組織而成。「郵件檢查」也就是日本特務機關為了防範中國人反滿抗日所實行一連串鎮壓、偵察措施手段之一。當時日本軍隊一面正忙於在吉東與丁超、李杜兩將軍所率領的吉東自衛軍作戰；一面又與江橋戰役後的馬占山將軍部下在呼海路對峙。又在長春扶持溥儀傀儡登台。它的兵力分散，旁騖極多，顧此失彼，在所難免。而偽滿警察人員，大多數愛國心切，對於日本特務，敢怒而不敢言，陽奉陰違，郵件檢查，只是虛應故事。郵局人員從旁監視，如有扣留的郵件，須逐一登記，以便事後查考。我們完全持消極態度，不提任何意見。但是背地裏却把他們要扣留的平津報紙大量外洩，使成綑的報紙不受檢扣，單份的則照常送遞。當時激於一種愛國心，幹了多時的冒險事，幸虧凡拿到平津報紙的人都是愛國份子，否則將不堪設想。大約在六、七月間，平津報館知道訂戶收不到報紙了，而且北寧路交通斷絕，遂停止發報。

當時的經驗是，檢扣郵件如得不到郵局方面的合作，絕難達到目的，因為郵件堆積如山種類繁多，來源去路，何止千萬；而且郵局辦公是一天二十四小時輪流值班。每一熟練員工，對於信函性質大體上都有瞭解。檢查人員每天只辦八小時的公，當然只能抽檢。如果獲得郵局人員的合作，他們可以隨時把具有政治性質的信件送給檢查人員，那情形又將不同。

那時候，絕大多數員工因痛恨日本軍閥之侵佔東北，在檢查郵件這樁事上，採取完全不合作態度；而我因監視他們工作之故，越發得着方便。

這時我才知道「大公報」原派駐在哈埠的記者李玉侃君已被日軍捕獲。由於我的秘密通信，不但使該報的哈埠新聞報導沒有斷絕，反而加強起來。天津是日本特務機關的大本營，它怎能熟視無覩？日本人必暗中察訪這個通信員是誰，以捕獲為快。

明知我的工作，是具有相當危險性的；但一方面那時年輕不怕事，另一方面我因獨得方便之門，我如不幹，怎能對得起良心？

我多半是在家裏把通信稿寫好，用不同信封於日本檢查人員下班以後，或在封班之前不久，直接投入發往天津的信籠內，以避免眾多耳目，並期迅速。有時為了逃避同事們的注意，我也常把寄件投入管理局門口的郵筒內，同樣迅速。利用掛號或快信郵寄的時候也有。總之，隨時變換，處處小心。

最初幾個月，每個月底我收到一封自天津寄來的保險信，裏邊四張十元紅色交通銀行的鈔票，算是我一個月的稿酬。那時節，我在郵局的薪津共合哈幣一百二十元左右。這四十塊現鈔相當於我薪俸的三分之一，不能不算是較高的額外收入。而當時還有一件最大的收穫，則是常常接到政之先生的親筆信，有時幾個字，有時長篇大論。我想他綜理全社社務，哪有時間跟我這麼一個小蘿蔔頭兒的通信員親筆寫信？頂多叫編輯部的一個職員保持與我通信就夠了，何須自己寫？而且之勤之快，令我驚奇。

後來我服服帖帖願意爲大公報服務，其中原因之一，就是被胡氏勤於親筆寫信所感召。幾十年來，我也親自經歷若干成功的事業家與大人物，勤於自己寫信，乃是不可缺少條件之一。

其中一次我的保險信，也曾引起同事的懷疑。同事懷疑也是我必須注意避免的。

「誰給你來的保險信？」當信差把一封顯明是保險信遞給我手，叫我簽收的時候。

「天津的一個親戚託我買吉林參的。」我只得說假話。因爲員工的信往往送到辦公處所。

一方面郵局員工都是反日份子，不會向着日僞官員，替他們作耳目；另方面大部份人因已讀不到關內的報紙，不知報上有哈爾濱的消息，所以也就不留心，更不防備局內有人供給新聞。

所以截止到二十一年八月，我一直擔任大公報的東北特邀通訊員，在所有關內報館的通信記者，先後一一被捕。獨我倖免於難，不是我有什麽本事，乃因爲我的工作掩護好，同時我個人也特別小心。回想起來，這種秘密通信完全激於青年熾旺的愛國心；否則，以日本特務搜查的厲害，我是難以倖免的。同時我也不能不特別感激政之先生，他不但親自處理我的稿件，並且我的職業與眞實姓名他也完全保密。日本特務若是從天津方面查訪，也未嘗不可以弄得水落石出的。

五、由東北至上海

我們於二十一年八月，經過日僞當局一一審問，所有吉黑郵政管理局的三千多名員工，大約有百分之九十九的多數，都誓言情願撤退至關內繼續爲郵政服務。這是中國有史以來，空前的一次公務人員集體撤退。這樁舉動並導致抗戰以後京、滬、平、津及武漢等地的公私機關向四川重慶及大後方撤退。也未嘗不是韓戰一萬四千名義士投奔自由的啓示。因爲在此以前，國內即有戰爭，也是內戰，不管暫時屬於何方，郵政是超然於政治之外，從不移動；惟獨這次，由於國際聯盟李頓調查團調查的結果，認爲絕大多數東北同胞反日，絕大多數機關員工不樂意在日僞治下工作。日僞當局爲遵奉李頓調查團的決議，同時也怕強留，弄出禍害來；再爲了安置他們卵翼下的漢奸走狗，也樂得把位置騰出，以遂心願。

回憶二十一年春，在哈爾濱道裡中國大街莫迭爾飯店（Modern Hotel），（這是最壞的譯名，明明可譯作「現代大飯店」，甚至於摩登大旅館都好，偏偏這麽翻，這都是當年中國通事們的傑作。）以一個青年作家的身份，祕密謁見李頓調查團人員，控訴日本罪行的一幕，跟去年「九一八」四十一週年紀念日再以文藝界代表到台北濟南路二段日本大使館遞抗議書，以抗議田中角榮媚共一事，眞是感慨萬端，欲哭無淚！好像我們這大半輩子都在受日本的欺凌，命運沒一天不與日本有關。我們的厚道惹出許多痲煩，但願我們的子孫別再步其後塵，任人割宰！

八月初，在莫迭爾飯店接受日僞官員的調查審訊一幕，與後來韓戰聯軍在板門店調查一萬四千名反共義士情況相倣。八局員工一個一個地站在日僞官員前面，按次序說明自己姓名、志願。每個都異口同聲地說：

「我叫什麽什麽。我的志願是撤退到關裡去。我絕不樂意留在這裡工作。」

日僞官員雖然心裡生氣，而無表情，但也無可奈何，只好在事先預備好的名冊上加上符號，這個人就算調查過了。

當時政府作後盾，人民有志節，所以使日僞毫無辦法，只有聽任近萬員工（加遼寧區），作有秩序地撤退。這次不合作政策相當成功，充分表現了中國人的骨氣。

可是，每個員工把一個住了多年的家園毀掉，扶老携幼，奔向關內，也不是一椿輕鬆的事體。每個人的損失與路上所經歷的困難，當然是預料到的。

那時節，南京郵政總局下令東北員工可向三個郵區撤退，就是北平、河北和上海。郵局因業務關係，所劃分的區域與全國行政區不同。譬如東北、原係三省，却劃分「遼寧」與「吉黑」兩區。河北一省則劃分爲兩個郵區「北平」「天津」各有隸屬。（平漢路迤南及北平路迤北屬「北平郵區」，津浦路河北全境及北寧路河北全境及河北冀東蘇北都屬「河北郵區」，管理局設在天津。）

當時我想，我是北方人，平津爲舊遊之地，將來不愁不能再返故鄉。

大丈夫志在四方，應該往遠處跑；並且上海是全中國最大都市，不僅爲商業總滙，也是文化中心。我的志願既不完全寄託在郵局的固定職業，顯然樂意把我的前途擴大及於文化方面去。幾經考慮並徵得家人同意後，遂毅然決然選擇了上海。跟我同一志願的居然不少，大約有一二百名之多。

那年松花江決口，大水淹沒了全部道外。這裡一部份，南崗與馬家溝因地勢較高，倖免於難。我家住在馬家溝，所以在哈埠三十萬居民，有大部份備遭日軍進佔的蹂躪後，又遭了一場洪水之禍。驚慌與損失，使人民覺得眞是禍不單行，天災與人禍俱來。

我們拋棄了旅哈六年的家當，跟無數同鄉與親友，扶兒携女搭上由哈爾濱經長春、瀋陽至大連的火車。我們都有日僞機關頒發的通行證，所以沿途並沒阻攔。

到了大連住進了旅館。因等船須第二天夜裏才能離開大連去上海。晚上，領家小到熱鬧中心遊逛，見十之八九商店都是中國人開的，而且大半是冀魯籍民。偶爾也看見穿和服的日本男女在街上行走。招牌、點綴，一派東洋氣洋溢街頭，雖然比起哈爾濱來，另有一番風光，但在此刻，對我並不發生一點情趣，且處處都是國恥，件件都是傷痕。

第二天上午帶眷屬乘馬車遊逛了湯崗子公園並不是有任何興趣，無非是在旅途中增加見聞而已。晚上，便搭上了開上海的「大連丸」。進入艙內，才看見同時自哈爾濱來的郵局同人，大部份都乘這一條船。一眼望去，有七八家之多。彼此照應，也解除了彼此不少寂寞。

這是我們第一次乘坐海船。若在平時，欣賞一些海上風光，吸收一些海洋空氣，定然感覺新鮮，無如這時完全是一副難民心境；雖然離開賊窩，乘坐的還是賊船。一種既衝突又複離心理，充滿胸間；再加要去的地方，人地生疏，前途茫茫，不由得思慮萬千，憂心忡忡，所以毫無興趣去到甲板上眺望。

第二天下午路過青島，因有四小時停留，同時久慕青島盛名，問好了啓椗準確時間與幾個同伴登岸乘車遊賞市區。青島因一度租與德國人，所以若干街頭與建築，頗爲洋化，給予我印象很深。膠東盛產水菓、梨兒、葡萄，既好又便宜，就在碼頭上買了兩簍，以供孩子們吃用。

第三天下午船到上海黃浦江碼頭，上海郵務工會派員在岸上迎接照料，我記得其中有水祥雲兄。經過一番安排，所有大連丸上的郵局員工，都在進了旅館。我們住的是三馬路的孟淵旅館。我們經多日勞累，十分疲倦。八月間在哈爾濱已入深秋，著夾衣；到了上海還在盛暑，氣溫驟變，也非常不適。但畢竟到達自由區了，身心都爲之一暢。住了沒幾天，我們便找到北四川路老靶子路福生里的房子暫時安居。隨後又在北四川路橋頭上海郵政管理局報到上班。

自「九一八」事變發生後，一年之內，東北變色，國際間瀰漫着一片姑息逆流，害得三千萬人民處於水深火熱之中，整整十有四年。不過我們那時有堅定的信心，光復河山，必有一日；驅除倭寇，毫無懷疑。後來，終於實現了這種願望。

（未完待續）

趙惜夢先生的青年時期

李桂庭

老友趙惜夢於民國四十七年十二月十五日以肝疾逝世，迄今年已有十三年。在這漫長歲月中，我的腦海裡，常浮起了他的聲音笑貌，以及歷歷的往事。我當默默的想，惜夢死了！可惜我失去了一個誠摯的老友。

一般朋友都曉得惜夢是由新聞從業者，而轉政的，但對於他青年時期的經歷，曉得的人，就太少了。我現在把他青年時期的經歷，畧爲叙述，以供考證東北名人史畧者之一助。

囘憶我與惜夢初次見面時，是在民國七年秋季，那時因爲我們同時考入奉天省立第一中學，錄取的名次，他是第一，那時他的名字叫趙文萃，所以在未見面以前，已經引起了注意。及入學後，見到他那高高的身材，（不過他那時很瘦），灼灼的目光，簡截了當的談話，更使我發生了無限的敬意。

我們同學二年，使我瞭解了他的身世，和他的學品，惜夢幼年喪父，賴母撫養以生，家有薄田，僅足維持生活，故其求學費用，多仰仗師友資助。惜夢在校，攻苦異常，平時沉默寡言，甚少交遊。他最喜好文學，然英文數學史地等課，成績亦甚優異。惟對於音樂美術各課，僅求及格而已。體育方面，亦感興趣，時常參加運動。於課外常作小品文字，有似聊齋，但不談鬼狐，寄景抒情，頗能引人入勝，國文教師徐文斗康久顯兩先生，對其所作文章，甚爲欣賞，濃圈密點，滿幅佳評，有時且令同學抄讀。

惜夢雖家境清寒，學費拮据，但其性情豪爽，遇有正當花費，絕不吝惜。星期假日，偶與二三同學，在學校附近小館，飲酒便餐，必先付資，倘若他人先付，即不爭執，亦不言謝，含笑而已。

惜夢學識，雖冠同學，但對人誠懇，毫無驕衿習氣。其平時雖沉默寡言，然於研究學問，剖析事理，則滔滔不絕，縷析條分。每當課餘之暇，月白風清時候，叫齋夫沽酒一二瓶，買花生米少許，約余坐操塲平台上，飲酒望月，浩氣雄心，抱負遠大，於以知其將來之非凡。

憶民國八年秋季旅行北陵時，同學整隊出城，惜夢以人高步健，呼嘯而前，奔走如飛，諸同學追隨於後，誠所謂望塵莫及也，迨遊罷返校，康師命題，「北陵旅行記」，當時惜夢爲文，盡多佳句，同學傳誦騰歡。

惜夢在求學時期，對於處理事務，亦極負責認眞。當時一年同學，自辦伙食，每逢惜夢被推辦伙食時，必早起隨厨師一同到菜塲，親自選購蔬菜肉類。故所辦伙食較佳。頗得同學贊頌。每當週末晚膳時，必多添紅燒肉一碗，因此同學雖在放假時，亦不外出用膳，節省殊多。

民國九年，奉天有文學專門校之設置，惜夢以興趣所在，前往投考，曾記其國文試題爲：「士不可以不弘毅，任重而道遠」，考畢持題返校，至愉快。未幾發榜，果名列前茅，於此始與一中告別。但於星期假日，亦常返校，拜會師友。惜夢在文學專門改名爲趙雲鶴號鳴霄，以後常以此名，發表文章。

民十暑期，余往北平投考大學，惜夢有詩送余：「……遙指天津橋上月，兩人看時最分明。」又於是年秋，答余詩歌一首，內有：「……風風雨動動客愁，客愁百結誰能開？長歌一紙忽飛來。」此等眞摯友情，瑰麗佳句，感人最深，惜余未能全記也。

惜夢於文學專門畢業後，曾執教於省垣顏府，顏有兩女一子，均甚敏慧，因無適當學校就讀，慕惜夢文學，乃敦請教讀。適張作霖邀國民黨人趙鋤非返奉，主辦東三省民治俱進會，暨東三省民報。惜夢慕其爲人，曾往晤談，趙亦重惜夢器識，優禮有加，由於惜夢常向該報投稿，後伊從事新聞事業，亦即肇端於此。

惜夢以顏府設教，終非常計，時趙作舟任吉林榷運局懷德鹽倉廠長，邀惜夢任秘書職業，一切悉聽惜夢擘劃。我國鹽務，自昔即弊竇叢生。一般人認爲從事鹽務者，無論事之大小，視爲不易得之肥缺，惜夢佐趙，積極剔除弊端，以便民爲主旨，頗得人民稱頌，懷德爲余之故鄉，常接家信，提及惜夢公而忘私情况，甚佩吾友清操。

惜夢在懷德任職不久，即赴哈爾濱中東路局，從事新聞事業，民十六余居黑龍江雅魯縣，適有友自哈爾濱來，詢及惜夢情况，據云惜夢已與哈埠著名之交際女士張鐵蘭結婚，以惜夢之誠實，配此聰慧過人，愛好自由之女士，恐非幸福云云。及余因事赴瀋陽，路過哈埠，拜會惜夢，初見鐵蘭女士，當時他們結婚已久，然仍度著蜜月生活。家庭處理，井然有序，不似外人之揣測，深爲吾友慶幸，當時惜夢所從事之晨光報，國際協報，均爲輿論界之權威，而惜夢本人，亦漸爲時人所熟悉，迨任天津大公報副刊主編，而聲名大揚。此後雖不斷通訊，但天各一方難得聚首暢談之機會矣。

三十八年大陸淪陷，先後來台，方期與吾友，常相過從，以慰異鄉孤寂。詎知吾友，以家國勞瘁過度，而罹不治之疾，竟與世長辭！迄已十有三年，回想往事，恍如塵夢。今者國事日非，時艱無補，往日雄心，消磨殆盡，垂暮之年，未知死所，死而有知，猶覺無顏面對吾友也。

殷汝耕遺像

冀東政府興亡史

·關山月·

盧溝橋上砲聲打响以前，中日關係，實在是一篇無奇不有的爛賬。

那時，日本軍國主義者，居然在中國的土地上，公開地豢養和卵翼着三個半「向日本一面倒」的畸形政權組織。那就是：

關外的「滿洲國」；

故都近疆的「冀東防共自治政府」；

嘉卜寺的「內蒙古軍政府」。

那個以宋哲元、蕭振瀛為首的「冀察政務委員會」，名義上雖然是中國政府的行政機構，彼此之間，也似有似無地存在着一點聯繫。但是，實際上它也是由關東軍製造出來的，而且在成立的初期，親日的傾向，非常強烈。因此，把它算做當時半個「一面倒」的畸形政權組織，客觀說來並不過份。

「冀察政委會」和日本的關係，其所以後來越鬧越僵，固然一方面是由於日本軍國主義者貪而無厭，得寸進尺，引起了強烈的反感。另一方面是受到了全國人民反日高潮的壓力，再處處退讓下去，就會弄得身敗名裂。但是，眞正使雙方開始磨擦的轉捩點，還是因為「冀察政委會」本身的利益，受到了損害。這關鍵，就是殷汝耕的「冀東防共自治政府」。

談到「冀東政權」這段令人不痛快的掌故，就要先提一下「塘沽協定」的舊事。

那時，關東軍席捲了遼、吉、黑三省以後，馬上又趾高氣揚地向關內「進軍」。從猛攻山海關起，到「塘沽協定」簽字，一共只費了五個月的功夫。中間的經過，大致是這樣的：

一月三日（一九三三年）——攻佔山海關

一月十二日——攻佔九門口要塞

二月二十七日——分三路攻入熱河

三月三日——不戰而取承德

三月十日——與二十九軍大戰於長城喜峯口

三月十二日——攻佔古北口

四月十一日——攻佔冷口

四月十六日——攻佔秦皇島、北戴河、昌黎

四月十八日——攻佔灤東各縣

四月二十九日——攻佔多倫

五月十四日——攻佔灤州

五月十七日——黃郛以「行政院駐平政務整理委員會委員長」的資格，赴故都坐鎮。

五月十九日——日軍前鋒迫近通州（距故都只有十哩）

五月二十二日——雙方商議停戰

五月二十三日——雙方獲得停火協議

五月二十四日——日軍攻佔寧河

五月二十九日——雙方各退軍三十里，以利和平談判。

五月三十一日——中國代表熊斌，關東軍代表岡村寧次，正式簽署「塘沽停戰協定」。

當時的局勢，以及「塘沽協定」的內容，都可以從下面這通密電中，看出來個大概：

「南京……汪院長、南昌蔣委員長，密，親譯，極密。……各部隊兼月作戰，將士傷亡甚多，疲敝之餘，戰意已不堅決，就昨晚情形觀測，方成不戰自退之勢。……若竟任其自行崩潰，華北局面將至不可收拾。……

日方提出如下之二項條件：

①中國軍隊撤退延慶、昌平、高麗營、順義、通州、香河、寶坻、林亭口、寧河以南以西。今後不准一切挑戰之行爲。

②日本軍亦不越上之線進擊：……。

職等就此條件密商詳議，愈以此時前線情形如彼，而日人復以多金資助齊燮元、孫傳芳、白堅武等失意軍閥，有組織華北聯治政府之議，熟權利害輕重，與其放棄平津，使傀儡得資以組織僞政府，陷華北於萬刼不復，何若協商停戰，保全華北。……於是……對其所提四項條件完全接受。……肅電奉聞，伏乞鑒核，職何應欽、黃紹雄、黃郛、漾辰行秘印」（發電日期：一九三三年五月二十三日）

根據後來正式簽署的協定各條，關東軍非但不能再追擊，而且要「自動歸還至長城之線」。換句話說：就是要從淪爲戰區的冀東二十二縣（包括懷柔、密雲、順義、盧龍、灤縣、臨榆、撫寧、豐潤、玉田、樂亭、昌黎、遷化、遷安、薊縣、寧河、興隆、通縣、香河、平谷、三河、寶砥、昌平各縣，以及都山設治局），完全撤退出來，交給中國的保安隊來加接收。一時，所有在日方卵翼下的那些「漢」字號部隊，無論是李際春指揮的也好，石友三指揮的也好，趙雷、鄭燕侯、郝鵬指揮的也好，都紛紛要求中國政府把他們改成駐紮在冀東的保安隊。結果，因爲有關東軍在後面撐腰，中國只好勉強把他們留用了三分之一。其它的保安隊，就由當時的河北省主席于學忠，從自己嫡系的五十一軍裡撥出了兩個步兵團，來加以改編。——這一支隊伍就是後來殷汝耕稱孤道寡的時候，抓在自己手裡的槍桿子。

在當時的情勢之下，這二十二縣，自然而然地就成了一個特殊地帶。中國把它看做「收復區」，關東軍却把它看做「中立區」。爲了管理方便起見，黃郛索性把它分成了「薊密」和「灤榆」兩個專區，派他幕中的「日本通」——殷汝耕和陶尚銘，分任這兩區的「行政督察專員」，直接受「北平政整會」的節制。

前者的任命，出於黃郛最親信的顧問，何亞震的推荐。而後者則是出於日本武官柴山兼四郎的建議。

從此，殷汝耕這位不甘寂寞，野心特大的「日本問題專家」，就結束了他多少年來「閒員清客」的生涯，開始眞正「獨當一面」了。

殷汝耕，這個從「辛亥年的老革命」，蛻變成公認爲「賣國賊」的特殊人物，是鄭孝胥的親戚，浙江殷家的「千里駒」，日本早稻田大學的高材生，黑龍會首腦頭山滿眼中的「英才」，郭松齡倒戈時的「交涉署長」；而且也是中山先生及蔣先生在東京小住時的「翻譯官」。

然而，在中國的官場上，他却一直很坎坷，做的都是參議一類的閒差。即使在中日交涉的場合上，常常被派爲中國代表之一，但是根據當時的各次會議記錄來判斷：他大概只是「敬陪末座」而已，並沒有什麽多發議論的資格。偶爾說一兩句話，也是「忠貞」透頂，毫沒有媚日和懼日的氣味。

眞正有了辦交涉和發議論的資格，是在他搶到了「薊密專區」這塊地盤以後，也就因而和關東軍在華北的一些風雲人物，眞正搭上了私人關係。——從此，他的後台，就非正式地變成了日本少壯派的那一些人，弄得連黃郛的後任，有名的「野鷄政客」王克敏，想撤他時，都撤他不動。

「薊密」是河北的豪富之區，「灤榆」却比較清苦。决心和他搗蛋到底的王克敏，就退而求其次，不聲不响地下了個條子：要他即刻和「灤榆區督察專員」陶尙銘對調。

誰知殷的道行，也已經爐火純青，馬上向氣燄萬丈的華北駐屯軍參謀長酒井隆、北平武官室主任高橋坦，打了一個小報告，說「王克敏獨斷專行，目無軍部」。那兩個「闖禍精」，也很不高興讓別人悶在鼓裡，當然就採取「報復手段」，把到北平來「請訓」的新任「薊密區專員」陶尙銘，約往武官室，馬上不由分說，送進日本兵營去軟禁起來。

與此同時，殷汝耕却走馬上任，去接收了「灤榆專區」。新任的「薊密區專員」陶尙銘，既不能親自到任，他當然也就不必再辦什麽交代，索性化兩專區爲己有，儼然可以和于學忠、宋哲元之類的方面大員，分庭抗禮。——地盤既大，油水又多，槍桿子也頗爲可觀，這幾點因素，都使素來野心勃勃的殷汝耕，覺得他自己的確已經具有了「百尺竿頭，更進一步」的條件。

關東軍本來想在華北搞一個「聯省自治政府」。但是，像石友三、齊燮元、白堅武那様野心大於實力的人，日本並不想要。他們想要的韓復榘、閻錫山、商震、宋哲元之流的實力派，但是人人意存觀望，不冷不熱。於是只好「拿一個算一個」，先從「冀察」着手。

但這也並不是一件容易的事。根據中日雙方的野史資料，來加以判斷：當時在二十九軍和關東軍之間，很可能有了一種默契：

一方面是：關東軍大力支持，二十九軍東山再起，而且成爲華北的主宰。

另一方面是：宋哲元的二十九軍，在得志之後，要致力於「冀察自成一家」，進而至於「華北明朗化」。

否則，就當時的中日關係而論，一個剛才由於「何梅協定」而被明令免職的，二十九軍軍長兼察哈爾省主席宋哲元，絕不可能在短短的一個月之內，就拜命爲「關東軍」與「華北駐屯軍」臥榻之前的「平津衞戍司令」。

同時，他那個在喜峯口上，很給了「關東軍」一點苦頭吃的二十九軍，也絕不可忽然得到了日本軍方的同意，「特許」他們進駐平津。在這裡，最値得注意的一點是：于學忠的五十一軍，在戰鬥力和戰果上，都遠在二十九軍之下，日本軍方尙且口口聲聲稱它危險，一定要逼它「南下」，離開河北。爲什麽却又會那樣獨厚於二十九軍呢？

還有一個旁證，就是蕭振瀛在「冀察政委會」初期的紅得發紫，而且儼然成了和日本軍方辦交涉的主將，不會是偶然的。日本軍方這樣相信他，支持他，是不是正因爲他是替那個「默契」，穿針引線的人？

「何梅協定」的原動力，是在五月十日左右爆發的所謂「河北事件」。那時，「關東軍」和「駐屯軍」使用的藉口是：

A、有兩個親日份子，胡恩溥和白逾桓，忽然在天津日租界內，被人暗殺，日方認爲是中國的反日分子，在「向駐屯軍挑戰」。

B、有一支被稱爲「孫永勤股匪」的部隊，忽然從長城外，衝到遵化、遵安一帶，然後才又飄然而去。日方一口咬定：遵化縣曾經對這支隊伍，予以補給，而且還指示給他們撤退的路徑。

接着就由酒井隆和高橋坦，代表日本軍方，向「軍事委員會北平分會」，提出了四項要求。在六月十日這一天，就由何應欽與「駐屯軍」司令官梅津美治郎，共同了結了這件公案。——也就是後來的所謂「何梅協定」。

同日，中國政府也正式頒佈了一個「敦睦邦交令」；而且把「排日」的軍隊，從華北調開。「排日」的華北官吏，紛紛免職更換。使河北和平津，一時陷入了政權的眞空時代。

這時，在酒井隆之流的少壯派策劃之下，天津已經出現了一大批「團體代表」，結隊到駐屯軍司令部去請願，要求日本槍桿子支持他們，成立一個「人民自治委員會」，來「主持華北政務」。幸虧梅津美治郎這個人還頗識大體，根本對他們置之不理。——這一個迷你型的「華北自治」，才又沒有搞起來。

「何梅協定」成立了不到三個星期，失意的軍人白堅武，勾結了一些石友三的殘部，收買了一列停在豐台附近的鐵甲車，在六月二十七日的深夜，偷襲北平城，而且還公開地發表通電，說是要自己帶頭成立一個「華北國」！結果不到幾個鐘頭，就被故都的保安隊打得棄「國」而逃。——日本軍方少壯派搞出來的另一個「獨立運動」，又宣告流產。這便是所謂「豐台事件」。

第二天，比較老成持重的梅津美治郎，還特別發表了一個聲明道：

> 「我軍所要求之主點，……互相尊重信義，努力和平，以圖華北狀態之寧謐；更以便除去中日親善之障碍，苟如徒爲擴大事態，或妄行干涉內政，決不在考慮之中矣。」

這個聲明，雖然給當時的中國政府一顆定心丸；但却也很可能使他成了少壯派的眼中釘，因而丟掉了他在華北的紗帽。——八月上旬，他就被調走了。

接任的是「滿洲國」的開國功臣之一，多田駿少將，「和平解放吉林」，就是他當年的得意之作。上任伊始，他就在司令官官邸裡，舉行了一個日本記者招待會，向每人分贈一本他的大作，題名爲「帝國對支那之基礎觀念」，除掉緒言和結論以外，裡面共有這樣的五章：

對支政策之根本原則
對支態度
對國民黨及蔣之認識
支那之赤化運動
華北對策成敗之重要性

在談到「華北」時，他說：

> 「帝國須根據自主之立場，先自易於實施對支政策之地帶開始，速即實現日支共存共榮之樂土，然後逐漸擴張。……今華北地區最易實現上述樂土，且有實現之必要。……」

同時，日本大亞細亞協會的負責人中谷武世，也在華北「視察」了一番，公開發表自己的感想道：

> 「中國再建之方向，厥爲聯省自治。……華北問題並不因冀察事件解決而解決，問題寧自冀察問題解決後開始，爲期當在此九月。」

多田駿的大作，剛才公佈了一個月，離故都四十哩的地方，就又發生了所謂「香河事件」。

那時，香河縣政府改變過一次稅收辦法，引起了當地鄉民很大的不滿，就在鄉紳安厚齊，武垣的率領下，包圍了縣城，鼓噪請願。縣政府也連忙四門緊閉，登城把守。

在雙方僵持不下的時候，忽然有三個日本人，情願陪同鄉民代表陳志儒等，進城去面見縣長請願。誰知一進了城，就全部都被扣留起來。

過了不到四十八小時，就開來了二十幾個日本憲兵，把那三個日本人要了回去。接着也就由鄉民們大舉攻城，衝入縣政府，自己成立了一個「維持會」，根本不再接受河北省政府的命令。

臨近的幾縣，也隨着發生了「不穩」的消息。

這場民變，雖然有些羣衆基礎。但是，有日本軍方在幕後操縱，也是一件無可諱言的事實。所以，當時的河北省主席商震，只好親自到天津去找多田駿「鼎力相助」。這個被日本軍國主義者渲染爲

「民衆自治運動」的事件，才逐漸地平復下來。

這種種跡象，都顯示着一點：「冀察特殊化」，在關東軍和駐屯軍的心目中，是事所必行；而且也已經醞釀到了相當成熟的程度。問題只在於什麼人？什麼時候才能正式登場？

那時，日本軍國主義者已經看得很明白：山西的閻錫山、山東的韓復榘，都寧可關起門來做土皇帝，而不願意參加什麼「聯省自治」，搞個關東軍來騎在自己的頭上。綏遠的傅作義，無論從地區，威望，實力上來講，都獨自起不了什麼號召作用。「華北五省明朗化」的夢想，根本一時還沒有實現的希望，退而求其次的辦法，是先搞「冀察特殊化」。在于學忠被逼走以後，雄踞河北的只有兩個人：一個是商震；另一個是宋哲元。前者的三十二軍，根本是支「花拳綉腿」的隊伍，而且在察哈爾絕無立錐之地。後者是以察哈爾爲老家，平津爲基地的；不待日本軍方舉手之勢，它早已把「冀察」併爲一家。——從這點上來看：日本軍國主義者，一方面硬要把「冀察」拉在一起來「明朗化」；另一方面又不聲不响地幫助二十九軍，把它的勢力範圍，從察哈爾擴張到河北，造成了「冀察兩省，一家天下」的局勢，的確是有其深意在焉。

誰知地盤一大，勢力一張，身價自然也就隨之大漲。在蕭振瀛之流的肚子裡，也很淸楚：日本軍國主義者旣棄前嫌來替他們撐腰，目的不過是要利用他們來搞「冀察明朗化」而已，拖得越久，取得的代價自然也就越高。因此，宋哲元雖然早已在平津坐穩了江山，冀察兩省却依終還沒有「特殊化」起來。關東軍和駐屯軍所得到的唯一安慰，就是蕭振瀛的滿口承諾和亂開支票。

凡是當時在華北懂得點政治行情的人，都了解日本軍方對「冀察」那種騎虎難下的尷尬。這時，自作聰明的殷汝耕，就忽然心血來潮，起了個「彼可取而代之」的念頭，帶着他手下的全軍首腦——五個保安總隊長，專程到天津去找土肥原，來個毛遂自荐，表示他們决心成立一個「冀東政權，首先發難」。

萬沒有想到，土肥原居然會藉口：「塘沽協定」的遵守與否，和關東軍的信譽有關。如果在「非武裝區」突然成立了親日政權，必然會大大影响關東軍的聲威。所以，他建議他們：「囘去靜待冀察新局面的出現。到時，冀東區當然也會是一個重要的角色。」

殷汝耕在碰過釘子之後，並沒有灰心，反倒改絃更張，拚命在天津和蕭振瀛、陳覺生之流的二十九軍人物，折衝樽俎。終於在天津日租界蓬萊街的王揖唐私邸中，召開了一次「聯席會議」。參加的人，主要有：

蕭振瀛、陳覺生，以及二十九軍系統的「日本通」和策士。

殷汝耕、池宗墨，五個保安總隊長，以及這一系的「英材」。

天津的重要親日份子。

被「殷專員」特邀參加的「冀東耆紳」。

結果，一致同意了許多「必要的措施」。其中最重要的是：

A、由冀東首先發難，爭取華北自治。

B、由「薊密」和「灤榆」兩個行政區，合併而成「冀東防共自治委員會」，宣告獨立，脫離中央。

C、「冀東防共自治委員會」，以殷汝耕爲首，下轄二十二縣，首府設於通縣（距故都只有十哩）。

第二天，從早到晚，滯留在天津的土肥原，都在忙着見客。——第一批是殷汝耕和冀東的新貴。第二批是二十九軍的蕭振瀛和陳覺生。第三批是以郝鵬爲首的「冀東民意代表」。最後一個是在幕後策劃和支持這個運動的田中隆吉中佐。

他們都異口同聲地保證：「冀東獨立」，只不過是要替「冀察明朗化」，做一個開路先鋒。等到『催生』的作用消失以後，自會和冀察政權合流，而自動解消。」土肥原是和二十九軍有「默契」的牽線人，所以他堅持要使「冀察」成爲宋哲元的「一統天下」。現在，既然得到了如是其多的保證，又親眼看見蕭振瀛在爲「冀東」奔走呼號，也就順水推舟地對殷汝耕的「揭竿起義」，表示同意。

於是，「冀東獨立宣言」就在一九三五年十一月二十四日這一天，正式發佈出來了。

殷汝耕發出了「獨立宣言」的第二天，就正式成立了「冀東防共自治委員會」，使冀東二十二縣這個肥沃之區，成了「滿洲國」與中國政府之間的第三政權，撇開地盤和實力不論，先從理論上來講，已經在北方構成了一個鼎足的形勢。

又過了兩天，日本部隊連口都不開一聲，就佔領了豐台車站，刀鋒直指北平。於是，也立刻發生了預期的效果：中國政府連忙決定：

一、撤銷「軍事委員會北平分會」。

二、派何應欽爲駐平辦事長官，與宋哲元「商洽安定華北辦法」。

三、派宋哲元爲冀察綏靖主任。

商洽了十天的結果是：「冀察政務委員會」，終於出了籠；公開宣佈：在十二月十八日正式成立。——這就可見：殷汝耕的冀東獨立，的確在促使中央對二十九軍讓步，以及促使宋哲元決定登場上，起過「催生」的作用的

但是，一向野心特大的殷汝耕，嘗了一個月「南面稱尊」的滋味，就再也捨不得去而覓他，眞的投到「冀察政委會」下去爲一裨將了。支持他的那一派日本軍人，也覺得「冀察明朗化」是一件事，在「明朗化」時「統於一尊」，又是另外一回事。如果能在不統一的情形下，實現「明朗化」，日本軍方倒也許更容易控制一些。——因此，就在「冀察政委會」成立了一個星期，正在朝夕盼望「冀東政權」自動解消的時候，殷汝耕突然在通州通電宣佈：正式成立「冀東防共自治政府」，而且自任「政府長官」，兼「武裝部隊元帥」。

從這時起，「冀東政權」才眞正有一個「省政府」規模的組織。在「長官」和秘書長之下，還設立了十個部門：

A、民政廳，廳長張仁蠡
B、財政廳，廳長趙從懿
C、教育廳，廳長劉潤生
D、建設廳，廳長王厦材
E、實業廳，廳長殷休新
F、禁烟局，局長劉友蕙
G、保安處，處長劉守紀
H、外交室，主要是日本幹部
I、顧問室，同前
J、參議室，同前

在七個廳局處長中間，有黨籍的「民國官員」佔了五個；過氣的「軍閥餘孽」，只有兩個。

控制在這個政權之下的槍桿子，約畧計算一下，也有一萬七千人左右。在「元帥」銜的「保安隊總司令」殷汝耕麾下，當時一共有：

第一總隊，隊長張慶餘
第二總隊，隊長張硯田
第三總隊，隊長李允聲
第四總隊，隊長趙雷
教導總隊，隊長殷汝耕兼

除掉騎兵之外，還有炮兵。從訓練到指揮，實際上完全都抓在各隊的日本「教官」手裡。

在這支隊伍中，第一二總隊，老底子是于學忠的五十一軍。第三四總隊，完全是改編做的「漢」字號部隊。教導總隊也不過是由石友三的殘部，七拼八凑而成的。

爲了要在日本軍國主義的面前，鞏固自己的既有地位，「冀東政權」採取了兩個使「冀察政委會」不便效法，也更不便競爭的措施。一個是在教育上，全盤地「滿洲國化」。另一個是在經濟上，把自己轉化成華北走私的大本營。使得日本軍方面再也離不開它，絕不甘心讓它被「冀察政委會」，三言兩語地一口吞掉。

它在教育上的花招，可以從一九三六年二月七日的「電通社天津訊」中，看見一個大概：

「……自治政府編成之教科書，以東亞大同團結之思想，救育兒童。曾與瀋陽之「日滿文化協會」，聯絡編纂，現已脫稿，二月末印刷完畢。

從三月之新學期起，齊用新教科書，斷然排擊國民黨之思想，力言東洋民族之大同團體，採東洋固有之文化，尤其孔孟之道德思想，以爲教材，並力主中日滿三國之協調。」

這種教育方法，當然是日本軍國主義者夢寐以求的東西。二十九軍那時雖然也大談尊孔，連宋哲元都敦請了清代末科狀元劉春霖，來替他講四書；宋系人物的俱樂部，也不叫別的名字，偏偏叫做「進德社」。但是，無論蕭振瀛之流如何胆大包天，皮厚如牛，也實在還不敢公然下令，要所有的教科書，向「滿洲國」看齊。因此，殷汝耕就首先勝了一着。

在經濟方面，他更是立於不敗之地，每年的經常收入有：

A、田賦和附加捐稅，八百萬元
B、烟酒稅和統稅，六百萬元
C、鹽稅協欵，三百萬元
D、北寧鐵路協欵，一百二十萬元
E、關稅，四百二十萬元
F、鴉片烟稅，五百萬元

加在一起，一共是二千七百四十萬元以上。而這個政權的每年總支出，却只有一千五百萬元；賸下的一千二百多萬，除掉殷汝耕自己用來做「活動費」以外，大部份就拿去孝敬「關東軍」和「駐屯軍」了。

自從殷汝耕自立爲王以後，冀東馬上就成了華北的走私大本營。大批的日貨，有時根本不必繳稅，就經過這裡，源源地擁向華北、華東、華中、華南、華西的每一個角落，用廉價傾銷的方式氾濫在市場上。這樣一來，就使得中國的海關，每月都要平均損失八百萬元的收入，幾乎奪去了關稅總數的三分之一。但是，對日本的工商業來說，簡直是喜從天降，這個「冀東政權」總算幫他們發了横財。

殷汝耕接着又在他的「獨立王國」裡，宣佈了一套新的稅則，把關稅減得非常之低，使得所有的日貨，差不多都搶着用冀東來當它們的吐納口。在中國的其它海關，一袋白糖（重一百三十五斤）要收十六元的關稅，以及百分之十附加稅。但是，在冀東只要六元就夠了。一百斤人造絲，別的海關要抽一百四十元的關稅，以及百分之十的附加稅，在冀東却一共只要二十元。更何況在「冀東」繳過一次「進口稅」以後，就再也不能算做「私貨」，而且也再不能「勒令繳稅」。有些日本工商業者，本來對「走私」還覺得是作奸犯科，風險太大。現在有了冀東大開方便之門，眞是「皇天不負苦心人」，何樂而不爲？因此，光是在一年中，經過「冀東」稅關，湧入中國市場上的日貨，就有四百五十萬噸人造絲，五三〇〇〇捆海味，七千萬噸砂糖，四十二萬噸捲烟紙，二十萬捆雜貨。換句話說：也就是替日本工商業者節省了四千萬元的稅欵。在這種情形之下，他們不把「冀東政權」看做賜福的財神才怪。

混身上下，貼滿了這樣多的護身符，殷汝耕的「冀東政權」，自然可以高枕無憂，平心靜氣地坐看：「冀察政委會」和日本軍方，吵得面紅筋脹，無法下場。

「冀東政權」雖然做了「冀察政委會」的催生婆。但是，後者却「恩將仇報」一心要做前者的送葬人。

就在殷汝耕宣佈：把「自治委員會」，改組爲「自治政府」的當天，才就任了一星期「冀察政務委員長」的宋哲元，已經「御駕親征」，到天津去找土肥原，提出關於冀東問題的交涉。

這位號稱爲「東方勞倫斯」的特務機關長，自己已是贊成「二者統於一尊」的。不過，他也已經看出來：殷汝耕不再是當日的「吳下阿蒙」，要想讓他把「冀東政權解消」，問題並不太簡單。因此，第二天一早，他就專程飛往長春，去向關東軍請示。

這一段曲折，在蕭振瀛當日對報界的談話中，透露得很清楚。他說：

「察北冀東等問題，均在進行交涉之中，大體上可抱樂觀。

冀東問題，不致因當事者改稱政府，而增加困難。

土肥原飛長春後，再來與否，尚無消息。余在津曾與日司令官多田氏，晤談數次，渠派參謀長永見，奔走解決冀東之事。」

其實，「冀察政委會」在上台伊始，就把「冀東問題」咬住不放，並不見得眞正是爲了維護國家的主權，最主要的原因，倒是利益衝突。否則，像蕭振瀛那樣的媚日政客，是絕不會這麼賣力的。

從那時起，直到七七事件爆發的時候爲止，「冀察政委會」始終沒有放棄過「吞併冀東政權」的努力。總起來說，大致可以分爲這樣的四個階段：

第一階段——冀察政委會堅持「二者合流」，由於日本軍方一部份少壯派的堅決反對，而且提出來了「成立防共協定」，來做爲反要求。於是，雙方鬧得很僵。

在這段時期，除掉土肥原之外，「駐屯軍」參謀長永見俊德，日本大使館武官磯谷廉介，也都基本上是支持二十九軍的。因此，爲了冀東問題，土肥原特地飛到長春去請示以後，關東軍副參謀長板垣征四郎，又特地入關，遍訪韓復榘、宋哲元、殷汝耕、多田和土肥原，徵詢各方面的意見。然後，決定由土肥原來「妥善處理」，如何使少壯派軍人放棄對「冀東政權」的支持。

那時，負責和土肥原接洽的「冀察人物」，是蕭振瀛和兩個日本通——陳中孚與陳覺生。交涉了一個多月，情勢似乎很可樂觀。所以，宋哲元的副手秦德純，才會在一九三六年一月底，向報界說：

「冀東問題，日方亦同意將原有之組織取銷。惟善後辦法，刻仍與土肥原等繼續商談中。」

宋哲元自己也表示：

「東亞亟需中日提携，共同維持和平，故此際需要誠意的交涉。……中日雙方交涉之人的問題，亦應先做明確確定。」意在言外，就是要日本軍方只承認他是冀察的交涉對手，只此一家，別無分號。

土肥原雖然極力支持他的立場，但是在排難解紛上，也感到很棘手。所以只是含糊其詞地說：

「冀東問題，須經考慮始能談判。」

多田駿比起他來，究竟頭腦簡單得多，講得也就比較乾脆。他說：

「冀東自治政府與冀察政委會合流，鄙人對此亦甚希望。惟此兩組織性質，迥乎不同。冀東方面爲獨立防共，政委會係南京政府派令組織，故不可同日而語。

須俟兩組織性質，轉變至同一水平線上時，自能實現。

宋委員長近來對改革改務，極爲努力，如進行順利，至相當時期，冀東方面亦可望之合流」。

這段話，說得非常清楚：

A、他反映的駐屯軍少壯派的意見，和土肥原所代表的關東軍立場，頗有一點距離。

B、「合流」的條件，是要「冀察政委會」，「轉變」到冀東的「獨立防共」「水平線上」去。

C、如果「冀察政委會」，「努力」來滿足他們的要求，而且「進行順利」的話，才能以「合流」爲酬。

D、直到那時爲止，「冀察政委會」一派，和日本軍方合作得「極爲努力」。

接着就在日本發生了「二二六事件」，土肥原被調回本土去担任留守師團長，再也不能直接過問華北的事。這樣一來，眞是「將軍一去，大樹飄零」，使得

「冀察政委會」，頓時失去了一個最有力的奧援。也怪不得宋哲元自動地關上了談判之門道：

「近日日方駐華北之負責人，亦在調換，故一切問題，均成懸案。…冀東偽組織之取銷問題，近亦在擱置中。」

於是，冀東問題就進入了一個新階段。

第二階段上的特點，是日本軍部的上層，基本上已經一致同意了「合流」；而駐屯軍和關東軍的少壯派，還是堅持自己的立場，要求以「冀察明朗化」為先決條件，一面盡量地用「拖的戰術」，把冀東問題懸在那裡。

土肥原囘國以後，日本軍方的首腦部，也有過一系列的更動。寺內壽一出任陸相，梅津美治郎調任陸軍省次官，磯谷廉介調任軍務省軍務局長，板垣征四郎也眞除了關東軍的參謀長。這一批人，在土肥原的幕後活動下，居然通過了一個決議：

「冀東政權解消，與冀察政委會合流。」

而且根據這決議，向關東軍和駐屯軍發出了訓令。但是，他們當然也並不是「慈善家」，一方面雖然支持「解消合流」；另一方面卻拚命強調「華北的經濟提携」，而且還進一步由磯谷廉介出頭，推荐野鷄政客王克敏，出任冀察方面的經濟委員會主任委員。

宋哲元那時為了「合流」心切，所以馬上就電請王克敏「出山」。而王也飲水思源，下車伊始，先去拜訪喜多武官，板垣參謀長，駐屯軍司令田代皖一郎，參謀長永見俊德，然後才去向宋哲元報到。

而日本軍方也對他支持得不遺餘力，據同盟社當時發佈的消息：

「外務省對於王克敏之北上，極為重視…陸軍當局對駐屯軍司令官田代，亦已發出訓令，對王氏在華工作，一律給以最大支持。」

誰知氣燄方張的少壯派軍人，也有他們的一套。王克敏一到平津，馬上就有成千的浪人和流氓，搖旗吶喊，大喊：「王克敏滾出去！」弄得王非常難堪，同時宋哲元也似乎並非以「國士」之禮待之，自己不接見他，只派部下的張自忠，去和他「詳談一切」。因此，不到三天，這位野鷄政客就又很尷尬地回南去了。

這件事，很使主張「合流」的日本軍人氣短。於是，少壯派的咆哮之聲，就又雷鳴起來。首先是由接替了土肥原位置的松室孝良少將，開了一炮道：

「本人所負任務…在根據既定方針，與華北官兵同心協力，而圖從速完成華北之『明朗化』，以資確立東亞和平基礎。……日本駐屯軍……切望華北及早『明朗化』，俾成為人間樂土。……所望於賢明官民者，厥為充份觀察目前形勢，與日方誠意講求中日提携與救國安民之道，且斷然並肩向徹底防共並使『華北明朗化』之道路邁進。」

他們口口聲聲，不忘記「明朗化」，而「冀察政府委會」的一批人，除掉像蕭振瀛那樣的「軟體動物」以外，都還是主張「先合流，再談別的」。這樣當然會弄得雙方南轅北轍，永遠談不對頭。所以，日本軍方在一怒之下，索性把「共同防共」的法寶，重新搬了出來；由松室孝良和永見俊德，向宋哲元、蕭振瀛、陳中孚，提出了一個六點建議：

A、建立華北防共委員會，委員人選，中日各任百分之五十。

B、委員長由華人充任，副委員長由日人任之。

C、冀察如有匪踪，日軍可採取自由措施。華方不得向中央政府乞援。

D、中日合辦「防共文化機構」。

E、華北部隊，加聘日人為「顧問」。

F、「冀東政權」，原則上可以解消，惟須在「冀察政委會」有充份事實表現之後。

這等於在象棋上的「將軍」，「將了又將」，直到把宋哲元的老粗脾氣也將了上來。他乾脆一面把「媚日起家」的蕭振瀛，打入了冷宮；一面公開發表意見道：

「余與多田會見，曾交換中日兩國關係及解決冀東問題之意見。對冀東問題，多田曾表示可以解決，取銷該組織，不過遲早問題耳。

本人對任何問題，一向一談，再談，最多至三談，如仍不能解決，惟有聽其自然。

土肥原在平接洽此問題時，曾謂兩個月即可解決。然至今亦未實現，縱談亦與事無補。

此事在表面觀之，乃地方局部問題，實則於中日兩國關係重大，地方問題，又其次也。

多田、松室，均係主張取銷冀東之人，但關東軍有數人反對，因此不能解決，其原則以權限未分清之故也。現此事究由日駐屯軍，抑日關東軍負責接洽，尚屬疑問。……」

「冀察政委會」的態度，是越來越硬。日本軍方却又分裂成了兩派，一派是主張「能讓且讓，免得把冀察逼得傾向中央」；另一派却還是要「霸王硬上弓」，無論如何，想在「冀察」搞出一個「防共協定」來。

結果是鬧成了僵局，使「冀東問題」又走上了第三階段。

在這個階段中，幕後的活動，遠多於公開的談判。日本軍方斟酌了土肥原一派，以及少壯派的意見，提出了三個促使「二者合流」的新條件。那就是：

A、不謂之「解消」，只謂之「改組」。

B、「合流」之後，「冀東」仍是一個組織細胞。

C、「合流」之前，「冀察」必須聯合魯、晉、綏三省，成立一個「五省保安自治機構」，走向明朗化。

這個建議，當然更不會爲宋哲元所接受。

第四階段——「冀察政委會」一方面覺得自己的根基已固，不必再像過去那樣投鼠忌器；一方面對「冀東政權」又是生氣，又是眼紅。所以，乾脆不再打「談判」的主意，準備用「武力解決」，只要時機一到，馬上殺他個鷄犬不留再講。

因此，他們就通過靑紅幫的老頭子，馮玉祥手下的騎兵旅長張樹聲，和殷汝耕手下的第一、第二保安總隊長張慶餘、張硯田，成立了默契：一聲信號，就揭竿而起，先搞垮「冀東政權」，再把殷汝耕，綁赴軍前，送到二十九軍來，聽候宋哲元發落。

盧溝橋上砲聲打响以後，宋哲元曾經一度下了決心，要在七月二十九日這一天，對平津的日軍發動總攻擊；而且也通知了「冀東政權」的兩位張總隊長，到時一同起事。

誰知通州雖然如期起了義，而且的確扣留了殷汝耕，故都的局勢却已經急轉直下，宋哲元之流，早就坐上專車，不知所踪，華北的局面從此一發不可收拾。

殷汝耕這位花花公子，平日人緣很好，所以事到臨頭，別人也就高抬貴手，放了他一條生路。誰知千辛萬苦，逃進了北平城，却被日本憲兵隊抓去，受軍法審判。如果不是他當年的「恩師」頭山滿一力担承，恐怕還要吃很多苦頭。

他那位遠在唐山的秘書長池宗墨，雖然自作聰明地宣言道：

「殷長官於通縣殉國，臨終遺命宗墨勉任其難，責無旁貸。」

而且正式「遷都」到唐山去，勉強維持了幾個月。等到王克敏「再度出山」，來主持「臨時政府」的時候，就乾脆下了個條子，把冀東劃歸「河北省長」高凌霨，來「全盤督導」。整個「自治政府」，縮編成了一個「善後辦事處」，由陶叔仁和陳曾栻負責。——於是，喧赫一時的「冀東政權」，也就此烟消雲散了。

北洋之虎——段祺瑞

‧余 非‧

皖系首領段祺瑞，被稱爲北洋虎將，以三造共和著稱於世，爲民國初年的顯赫人物。自民國十五年退出政壇後，息影津門，深居韜晦，日以誦經下棋自遣，不復過問政事。民國二十五年病逝上海，政府以其功在民國，明令國葬。然所謂功在民國，舉其要者，不外三事：其一、辛亥之役，倡率各軍，贊助共和；其二、袁氏僭號，潔身引退，力維正義；其三、復辟變作，誓師馬廠，迅遏逆氛。自復辟事平，段委徐樹錚組「安福俱樂部」，黨同伐異，破壞法統，禍國殊深；而段氏本人，亦懷有「北方軍人纔是國族中堅」的偏見，始終不能與南方合作，梁啓超雖曾讚揚他「不顧一身利害，爲國家勇於負責，舉國中恐無人能比」，窺其一生事功，仍屬於軍閥者流。

（一）早年的軍旅生涯

段祺瑞字芝泉，晚號正道老人，安徽合肥人，與李鴻章同邑，生於同治四年（一八六五）。其祖段珮，爲淮軍名將，任銘軍三營統領，駐防宿遷。段自八歲隨祖父在營中讀書，迄光緒五年（十五歲時）珮死，始回故鄉。光緒七年，其叔從德任山東威海軍營官，乃前往投依，補營哨官缺。以後兩年，父母相繼喪亡，段受此刺激，深爲發奮，光緒十年，李鴻章在天津創辦武備學堂，段即入學習砲科，這年他二十歲。

光緒十二年，段娶吳氏爲室（次年生子宏業）。次年，段自武備學堂畢業，被派到旅順監修砲臺。光緒十四年，李鴻章奏請考選武備學生五人赴德留學，段以成績優異，得去德國習陸軍兩年。歸國以後，初任北洋軍械局委員，旋轉任威海隨營武備學堂教習。段在威海做了五年教習，正是中日甲午戰爭前後的幾年。

甲午戰後，袁世凱在小站練兵，請天津武備學堂幫辦蔭昌爲他物色人才；蔭保薦王士珍、段祺瑞、馮國璋、梁華殿四人。袁任王爲工兵統領，兼長工兵學堂；段爲砲兵統領，兼長砲兵學堂；馮爲督練營務處總辦，兼長步兵學堂。梁後於某次夜操溺斃，無聞。王、段、馮後被稱爲北洋三傑，有龍、虎、狗之目。

光緒二十五年冬，袁世凱奉命署理山東巡撫，段亦隨軍開往濟南。時段仍統帶砲隊，並總辦隨營學堂，光緒二十六年，段原配夫人吳氏死。次年，續娶袁世凱的義女張氏爲繼室。這年袁世凱做了直隸總督，段隨袁到了保定，並延蕭縣徐樹錚爲書記官。

袁世凱於就任直督未久，復奏陳再練新軍。於省城設軍政司，下分三處：兵備處以劉永慶爲總辦，參謀處以段祺瑞爲總辦，教練處以馮國璋爲總辦。三傑之一的王士珍，任步兵第一協協統，兼直隸全省操防營務處督理。

光緒二十九年十月，清廷於京都設練兵處，由慶王奕劻管理，實權操於總提調徐世昌之手。袁世凱充會辦大臣，段祺瑞充軍令司正使，馮國璋、王士珍先後任軍學司正使。光緒三十年六月，常備軍一、三鎮先後成軍，段任第三鎮統制。次年，新軍繼續編成，段祺瑞先後調任第四鎮和第六鎮統制。是年清廷於河間舉行秋操，第三鎮全鎮及第六鎮一混成協任北軍，第四鎮全鎮及第五鎮一混成協任南軍。段任北軍總司令，曾沿途預爲演習。因逢天雨，軍隊冒雨前行，操演的成績並不理想。光緒三十二年，段仍回任第三鎮統制，並任北洋武備學堂監督兼軍官學堂總辦。這年的彰德秋操，北軍由段祺瑞指揮，南軍由張彪指揮，軍容頗盛。

宣統二年十一月，段受命署江北提督，駐節清江浦（淮陰），以徐樹錚爲軍事參議。次年八月，武昌革命軍起，段受召回京，任第二軍軍統，署湖廣總督，會辦剿撫事宜。當時馮國璋率軍攻武漢，段祺瑞駐兵孝感，俱爲袁世凱所倚重。

（二）做了陸軍總長

武昌事起後，袁氏周旋於革命軍與清廷之間。清廷屢開御前會議，圖作最後決鬥。袁爲自己權位計，乃授意前敵各將領，電請清廷退位。民國元年一月二十五日，段祺瑞率同四十二將領電請清廷遜位，實行共和。清廷知局勢無可挽回，遂於二月十二日下退位詔。不久，袁世凱做了臨時大總統，唐紹儀出組內閣，任段爲陸軍總長。

民國二年五月一日，國務總理趙秉鈞因宋教仁案受各方攻擊，稱病辭職，段以陸軍總長代爲國務總理。其後，二次革命起，袁世凱對南方用兵；其間，段一直代理閣務（中間朱啓鈐曾代理過兩天）。九月十一日，熊希齡正式組第一流人才內閣，段仍任陸軍總長。其他各部的總長是外交孫寶琦，內務朱啓鈐，海軍劉冠雄，教育汪大燮，司法梁啓超，農商張謇，交通周自齊，財政由熊希齡兼理。

民國三年春，有號「白狼」者騷擾於豫鄂一帶，河南督軍張鎭芳、河南省長田文烈久剿無功，袁世凱派段祺瑞兼領河南督軍，駐信陽督剿。段到職後，重新佈署，從南北東三面合圍，自是白狼轉而西向，三月初焚掠老河口之後，即由紫荊關入陝。其後段祺瑞仍回北京任陸軍總長，河南督軍交給田文烈。

時袁世凱方破壞民元約法，欲實行專制，段頗不同意袁的做法。早在民國三年春段督師信陽之際，當時總統制之說大盛，有人詢問段的意見，段云：「總統制未嘗不可行，但恐進而益之，並總統之名義亦不要耳。」段深知袁氏之陰謀，故有此語。

袁世凱的勢力始建於小站練兵，自擁據大總統之位以後，把精力放在政治上，對軍屬的籠絡不能全神貫注。時段任陸軍總長，北洋軍人多係段的學生，袁子克定頗不放心，乃於民國三年十月編練模範團，在各師下級軍官中抽派團員。以前高級軍官在袁手裡，下級軍官在段手裡；現在下級軍官亦由袁控制，段甚不悅。因此模範團成立後，段就不常到陸軍部辦公，部務悉委於次長徐樹錚。民國四年春，當帝制呼聲此伏彼起之時，段即提請辭職，赴西山休養。段在辭職呈文說是「血虧氣鬱，脾弱肺熱」，實際上是不滿袁氏所爲。五月三十一日，袁令王士珍署陸軍總長，賜段人參四兩，醫藥費五千元，佯表慰勉，實欲去之。至六月末，徐樹錚亦被迫離開陸軍部，次長一職由田中玉繼任。

（三）國務總理時代

民國四年十二月，袁世凱準備做皇帝，雲南首先組織護國軍，宣佈獨立，各省反對的風潮迭起。段在反袁運動中，亦暗爲策劃。段之反對帝制，其謀出於徐樹錚，徐曾遣曲同豐往陝西說陳樹藩，使其逐陝督陸建章而獨立。民國五年三月下旬，袁氏爲緩和民情，宣佈廢除帝制，以徐世昌爲國務卿，段祺瑞爲參謀總長。徐、段等分電西南，告以共和重建，請息兵籌商善後。其後，徐世昌因謀和不成，呈請辭職；國務卿一職，由段祺瑞繼任。這年六月六日，袁世凱在反對聲中羞憤而死，黎元洪繼任爲大總統，段祺瑞恢復國務總理名義。段以徐樹錚爲秘書長。其閣員如下：外交唐紹儀，內務許世英，財務陳錦濤，海軍程璧光，司法張耀曾，教育孫洪伊，農商張國淦，交通汪大燮，陸軍由段自兼。其時，各省督軍如下：奉天張作霖，吉林孟恩遠，黑龍江畢桂芳，直隸朱家寶，山東張懷芝，河南趙倜，山西閻錫山，陝西陳樹藩，甘肅張廣建，江蘇馮國璋，安徽張勳，江西李純，福建李厚基，浙江呂公望，湖北王占光，湖南陳宧，四川蔡鍔，廣東陸榮廷，廣西陳炳焜，雲南唐繼堯，貴州劉顯世，新疆楊增新。

黎、段上臺以後，恢復了民元約法，續行召集國會，共和得以重建。然不久政爭又起，段素輕黎，二人常生齟齬；正面交鋒的人物，爲總統府秘書長丁世嶧和國務院秘書長徐樹錚。雙方以權限之爭，徐、丁先後下臺，這是府院鬥爭的第一幕。民國六年，歐戰方面，段祺瑞主張對德宣戰，黎元洪及國會不表贊同。四月二十五日，段召集各省督軍在津開會，圖利用督軍團的勢力，達到參戰的目的。五月七日，宣戰案提到國會；十日，衆院開會，段嗾使「公民團」到衆院請願，要求通過參戰案。事情愈鬧愈僵，十九日衆院通過議案反對段內閣，黎遂下令免段職，以李經義繼爲國務總理。段去職後，退居天津。安徽省長倪嗣冲首先宣佈獨立，其他擁段各省督軍亦相繼響應。黎在北京無法應付，於六月一日召張勳入京調停，張帶着「辮子兵」進入北京，首脅迫黎元洪解散國會，旋於七月一日擁溥儀復辟。黎元洪聞訊走避天津，請副總統馮國璋（此時兼領江蘇督軍，駐南京）代行大總統職務，並重新任命段祺瑞爲國務總理。七月三日，段在馬廠誓師，組「討逆軍」，以段芝貴、曹錕爲東西兩路司令，倪嗣冲爲皖魯豫三省聯軍總司令。其主要武力爲馮玉祥的第十六混成旅（駐廊房），和李長泰的第八師（駐馬廠）。梁啓超、湯化龍、徐樹錚等都在討逆軍總部任參贊。「討逆」戰起，段祺瑞自領第八師任中路，以李長泰當前敵，分三路進攻北京。是月十二日，張勳兵敗，逃入荷蘭使館，復辟告終。時黎元洪引咎辭職，直系的馮國璋繼任大總統，段祺瑞出組聯合內閣：秘書長張志潭，外交汪大燮，海軍劉冠雄，內務湯化龍，財政梁啓超，司法林長民，農商張國淦，交通曹汝霖，陸軍由段自兼，以徐樹錚爲次長。

復辟事件，或謂段祺瑞預先知道，其內情如何，茲且不論，張勳究爲段解除了兩大政敵，即黎元洪與國會。復辟事平後，段不僅未將國會恢復，反進行新國會的選舉，事爲粵、桂、湘、滇、黔五省反對，參加選舉的只有十四省。此次選舉，幕後籌劃的人物是徐樹錚，出面籌備的有王揖唐、王印川、曾毓雋、光雲錦等人。段挪用參戰對日大借欵二千萬元，以爲活動經費。當時北京政壇，除段系以外，以交通系首領梁士詒勢力最厚；徐樹錚邀梁氏出面幫忙，約定兩院議席與交通系平分秋色，並以參院議長相許。梁士詒鑒於南北衝突日甚，主張迅速成立國會，選一北人爲總統，南人爲副總統，以緩和局勢，乃答應合作。兩院議員選舉結果，衆院段派佔優勢，參院交通系佔優勢。其後，段設「議員俱樂部」於北京安福胡同，並對新當選的議員月送津貼三至五百元，以相籠絡。議員對段唯諾而已，時人稱爲「安福國會」。

另一方面復辟事件後，段祺瑞未恢復舊國會；孫逸仙以其破壞法統，已在廣州另組政府，與北政府對立。當時段對德宣戰的主張已經實現。遂藉機擴充軍隊，以推行其武力統一中國的政策。段的用兵計劃是由四川進攻雲貴，由湖南進攻兩廣。民國六年八月六日，任傅良佐爲湖南督軍，策劃對南用兵事宜。十月六日，王汝賢的第八師及范國璋的第二十師開始進攻湘軍，初期軍事進展頗爲順利，連下衡山、寶慶等地。但這種黷武政策，不爲馮國璋所贊同。

馮國璋是直系領袖，直系以「和平混一」爲反段的招牌。實際上，直系爲了倒段，亦欲與南方聯繫。十月二十日，蘇督李純、贛督陳光遠、鄂督王占元（即所謂長江三督）夥同直督曹錕，通電主和。十一月十四日，在前方作戰的王汝賢、范國璋亦聯名響應。段祺瑞乃憤而辭職。

（四）督辦參戰事務

直督曹錕原與段祺瑞保持友好關係，發電主和之後，覺得不安，向段解釋誤會，段遂乘機拉攏。十一月二日，段召集各地督軍及護軍使在天津開會，除蘇、贛、鄂三督外，北洋各省幾乎都有代表參加。會中決議對南用兵，分兵兩路進攻湖南：第一路推曹錕爲主帥，自京漢路南下；第二路推張懷芝（山東督軍）爲主帥，自津浦路南下。段的武力統一政策既獲各督軍的支持，馮國璋不得不同意對南用兵。十二月十六日，馮發表電令，派曹錕、張懷芝爲第一、第二路司令，率兵南下。十八日，派段祺瑞督辦參戰事務。

當時直系主要勢力爲蘇、贛、鄂三督，馮國璋在北方受段系包圍，無所施展。民國七年一月，馮以「南巡」爲名，企圖離開北京，赴長江一帶籌畫，行抵蚌埠，爲倪嗣沖（安徽督軍）所阻。直系倒段的工作，並未因此停止，奉命南征的馮玉祥，在武穴通電主和，乃是由馮國璋遣陸建章所策動。段祺瑞爲此頗恨馮國璋笑裡藏刀，遂調奉軍入關，進行驅馮；並儘速召集新國會，以便提早選舉新總統。

是年三月初，奉軍源源入關，設關內奉軍總司令部於軍糧城，張作霖自兼總司令，徐樹錚以副司令名義代行總司令職權。馮國璋不得已，復請段祺瑞出組內閣：外交陸徵祥，內務錢能訓，陸軍段芝貴，海軍劉冠雄，教育傅增湘，司法朱深，農商田文烈，交通兼財政曹汝霖。奉命南征的曹錕部將吳佩孚，此時已進抵岳州，皖系重將張敬堯却被任命爲湖南督軍，段氏此一措舉，使曹、吳爲之離心。四月二十四日，段親到漢口開了一次軍事會議。但進行得並不順利。四月二十五日吳佩孚至衡陽之後，即停止進兵。曹錕則早在四月四日即電辭兩湖宣撫使的職務，並要求將軍隊調回直隸休息。段氏至此，初欲調遣奉軍入湘作戰，繼又欲聯絡吳佩孚打擊曹錕，均無結果。

段的武力統一政策不爲直系所支持，雖然吳佩孚已兵至衡陽；是年五月贛督陳光遠又攻佔了南雄；爲繼續對南用兵，六月二十日，段又以曹錕爲川粵湘贛四省經略使，張懷芝爲援粵軍總司令，吳佩孚爲援粵軍副司令；二十二日，復令李厚基爲閩浙援粵軍總司令，童保暄爲閩浙援粵軍副司令。但吳佩孚已決心倒段，六月二十五日與湘軍成立了停戰協定。是後，屢發通電，攻擊段內閣的親日政策，並提出「息爭禦侮」的口號。段祺瑞的武力政策主要是對付南方；對於直系的挑釁，段想從政治上來解決。民國七年八月十二日，新國會開幕。皖系擬舉段爲總統，馮國璋大表反對。時馮在京畿附近有劉詢、王懷慶、陳之驥三師之衆，皖系未敢造次，乃推北洋元老徐世昌，馮知非敵手，轉而活動副總統之位，皖系復推曹錕與之抗。參院議長梁士詒以總統已選北人，副總統當選南人，對曹錕的競選，實行杯葛。其後，副總統選舉不成，梁士詒亦因調和南北失敗而辭職。民國七年十月十日，徐世昌就總統職，段辭去內閣總理，專任督辦參戰事務。馮國璋亦從此下臺，皖系勢力一時大爲擴張。幸徐世昌能居中協調並企圖貫徹直系的和平政策，主張與南方議和。

民國八年二月，南北雙方代表在上海開和平會議，南方代表要求停止參戰借欵，廢止對日軍事協定，取消參戰事。當時歐戰雖已結束，段氏圖謀自保，不肯放棄武力，亦不肯失掉外援，至會議三月，一無結果。其後，參戰軍改稱邊防軍，原來的「督辦參戰事務處」，改稱「督辦邊防事務處」，段祺瑞仍任督辦，而由靳雲鵬主其事，徐樹錚做「西北籌邊使」，督辦外蒙一切事宜。邊防軍一共編爲三師：第一師曲同豐，第二師馬良，第三師陳文運，在「中日陸軍共同防敵協定」下借日欵、購日械，餉裕械精，成爲一支勁旅。

（五）皖直戰爭

皖系勢力的擴張，引起直奉兩系的側目。民國九年四月八日，曹錕、張作霖等組八省（奉、吉、黑、直、蘇、鄂、贛、豫）聯盟，從事反皖。五月二十二日，吳佩孚自湘撤防北歸，準備驅逐安福系。吳之撤防，未經北京政府的批准，由於鄂督王占元配合，預將長江上游總司令吳光新（段氏內弟）囚禁，使其駐守岳州、荊沙一帶的二師五旅（約五萬人）之衆，不能發生遏阻作用，吳遂得順利北上。吳北上後，據河南爲基地，佈置反皖軍事。奉軍之一部，亦開抵廊房附近，向皖系壓迫。曹、吳並進一步向政府提出要求，請解散安福系，免徐樹錚職。

段祺瑞見此情形，命令邊防軍緊急動員，向北京附近集中。七月九日成立「定國軍」總司令部，自任總司令。以段芝貴爲第一路司令兼京師戒嚴總司令，曲同豐爲第二路司令兼前敵總司令，魏宗翰爲第三路司令，徐樹錚爲總參謀長，衞興武爲副官處長，丁士源爲交通處長，秦國鏞爲航空司令，曾毓雋爲參贊，傅良佐爲總參議。同時脅迫徐世昌撤吳佩孚職，曹錕褫職留任。七月十二日，曹錕、張作霖、李純、陳光遠等通電討段，直皖戰爭正式爆發。

當戰爭開始時，段芝貴以邊防軍第一師（曲同豐）、第三師（陳文運）在京漢線涿縣迤南向保定推進爲右翼（第二師馬良在山東，未參加作戰）；徐樹錚以定國軍副司令名義率軍在天津爲左翼。直方的佈置：在天津方面者爲曹錕，在京漢線方面者爲吳佩孚。交綏之後，邊防軍第一師師長曲同豐首先被俘，段芝貴庸懦退兵，右翼遂告瓦解；左翼徐樹錚與曹鍈戰於楊村，兵寡勢孤，張作霖復通電助直討皖，勝負之局遂定，七月二十八日，段祺瑞辭去督辦邊防事務，走避天津。次日，徐世昌下令通緝徐樹錚、曾毓雋、段芝貴、梁鴻志等。八月四日，並下令解散安福俱樂部。

（六）三角同盟

皖系既敗，直系的勢力如日中天。徐世昌雖仍任大總統，操縱政府的人物，却由皖系的段祺瑞，換爲直系的曹錕和吳佩孚。奉系張作霖在倒段之役中著有微勞，眼見吳佩孚的飛揚跋扈，頗爲側目。段祺瑞徐圖再起，一面與奉張親善，一面派徐樹錚赴粵會晤孫逸仙。時孫正在桂組大本營，準備北伐討直，派廖仲愷在廣州與徐接洽。其後，徐復赴桂與孫晤談，於是孫、段、張結三角同盟，合力倒直，這是民國十一年春天的事。是年四月，直奉戰爭爆發，孫逸仙擬乘機北伐，屬於皖系的浙督盧永祥亦待機而作。未幾，奉軍戰敗出關，北伐軍因陳炯明叛亂（受吳佩孚唆使）而回師，浙盧則始終沒有發動。

這次直奉戰後，直系的氣燄益盛。民國十一年六月，假恢復法統爲名，迎黎元洪復總統位，並恢復舊國會，實際上是爲曹錕賄選鋪路。民國十二年十月，曹錕當選總統，以吳佩孚爲直魯豫巡閱使，齊燮元爲蘇皖贛巡閱使，蕭耀南爲兩湖巡閱使，直系的勢力控制着長江、黃河兩流域的核心。

曹錕非法選舉，段祺瑞在天津通電攻擊，粵、奉、皖三角同盟至是進一步結合，於民國十三年春在奉天簽訂盟約。時皖系殘餘勢力尚有浙督盧永祥、淞滬護軍使何豐林、第四師長陳樂山、福建軍務督辦王永泉，和廈門總司令臧致平。段祺瑞命陳樂山在上海設立機關，連絡國民黨及閩浙各方，於是廣州、上海、天津、奉天間，信使往還，絡繹不絕。

民國十三年秋，反直戰爭醞釀成熟。九月三日，浙督盧永祥與蘇督齊燮元發生衝突，江浙戰爭開始；九月四日，張作霖通電反對曹錕；九月五日，孫逸仙在廣州宣言北伐。直系面臨三面作戰，其主戰場則在奉直之間。是年十月二日，盧永祥失敗下野；孫逸仙的北伐，亦因廣州商團之變而受阻。北方的奉直戰爭，奉方一直佔着優勢；而直系的第三軍總司令馮玉祥，因早與國民黨聯絡，至是與在津的段祺瑞接頭，索價十萬元，以爲班師驅曹之用。段籌之已久，電其事於張作霖，張立滙奉票二百萬至津，交段轉給。馮果於十月二十三日自熱河潛師回京，奉軍以此獲得全勝。

（七）出任臨時執政

直系瓦解後，馮玉祥原請黃郛出組「攝政內閣」，邀孫逸仙北上，共商國事。但奉系和皖系迫不及待，準備擁段祺瑞出山；直系殘餘齊燮元、蕭耀南等亦表支持。於是馮玉祥、張作霖、盧永祥等在天津開會，公推段爲臨時執政。是年十一月二十二日，段以奉軍吳光新部爲衛隊，入京就任，組臨時政府，人員如下：秘書長梁鴻志、外交總長唐紹儀，內務總長龔心湛、財政總長李思浩，陸軍總長吳光新，海軍總長林建章，司法總長章士釗，教育總長王九齡，農商總長楊庶堪，交通總長葉恭綽。

段祺瑞就任執政後，以王揖唐爲安徽督軍，盧永祥爲蘇皖宣撫使，頗想恢復皖系的勢力。然以馮玉祥、張作霖乘機擴張，使他無所施展。國民軍方面：胡景翼督豫，孫岳督陝，馮玉祥督甘兼爲西北邊防督辦。奉軍方面：李景林督直，張宗昌督魯，姜登選督皖，楊宇霆督蘇。當時民軍的勢力在西北，奉軍的勢力伸展於東南，段祺瑞周旋於兩大之間，執政府的官員分爲東北與西北兩派，皖系勢力遂衰。

民國十四年秋，直系勢力在南方復興。首先孫傳芳以蘇浙閩皖贛五省聯軍總司令的名義通電聯吳討奉；既而，吳佩孚在漢口就任十四省區討賊聯軍總司令，響應孫傳芳。於是段祺瑞下令南征，京漢線責成馮玉祥、岳維峻；津浦線責成張作霖、李景林。然孫、吳的勢力銳不可當，吳佩孚循京漢線至河南，與岳維峻作戰；孫傳芳循津浦線至安徽，楊宇霆、姜登選先後逃走。直魯聯軍的李景林、張宗昌突倡奉直合作，逼使國民軍的馮玉祥通電下野，北方局勢鬧到不堪收拾的地步。

（八）下野與去世

奉直既決定聯合討馮，奉軍勢力此時伸入關內。段祺瑞派人與奉軍通謀，想裡應外合把北京的國民軍解決。事爲國民軍偵知，鹿鍾麟(京畿衛戍司令)先下手爲強，把段的三個衛隊旅包圍繳械，段遂通電下野，退居天津，不復過問政事。民國二十二年移居上海，二十五年十一月二日病逝滬寓，遺囑以「八勿」戒國人：

一、勿因我見而輕啓政爭。
二、勿尚空談而不顧實際。
三、勿興不急之務而浪用民財。
四、勿信過激之說而自搖邦本。
五、講外交者勿忘鞏固國防。
六、司教育者勿忘保存國粹。
七、治國家者勿棄固有之禮教。
八、求學者勿務時尚之紛華。

十一月五日，政府令國葬。十二月七日，移靈北上，卜葬北平西山。

清季民初之廣州報業

鄺光寧

廣州之有報紙，始於前清道光七年（一八二七）出版之英文「廣東紀錄」主辦者是外國人，我國人主辦之報紙，則始於光緒十二年（一八八六）出版之「廣報」，由光緒十二年直至清代告終之宣統三年（一九一一）二十五年之間，先後在廣州出版之報紙可以稽考者，約五十種，至各府縣出版之地方性報紙，則莫能詳。

辛亥革命後，粵中民氣高張，廣州報紙出版，從而益盛，自民國元年（一九一二）以至民國十二年（一九二三），約達五六十種，不過各報的組織，尚屬單簡，印機鉛字，未臻精備，從業專才，甚形缺乏，郵電傳遞，亦極緩慢。至於各報賴以供應新聞資料者，民國八年以前，祇有個人性質主理採訪工作之訪員，民國八年起始有公開組織之通訊社，但訪員與通訊之採訪工作之範圍，囿於廣州市一隅，而非及全省全國。是以由民國元年至民國十二年廣州報業，雖視清季時期，畧有進步，但仍有未能邁進之憾。

民國十三年（一九二四）廣州因聯俄容共，一切趨勢，隨以轉變，報業處境，尤為複雜，而非民國十二年以前的情狀，故茲所述者，是清季民初兩個時期的報業事實而已。

一　清季時期之廣州報

廣報由光緒十二年（一八八六）至宣統三年（一九一一），廣州報紙最先出版者，為光緒十二年之廣報，主辦人鄺其照，是我國留學美國先進之士，光緒元年（一八七五）以李鴻章之推荐，率領第四批童生赴美，延至光緒七年，（一八八一）清廷撤銷童生留美，又由鄺其照率領童生返國，光緒十年，張之洞署兩廣總督任，以鄺其照精通英文，洞達洋務，是時正在對法和戰猶豫未決與兩廣洋務繁重之際，乃延鄺其照為督府總文案，主持華洋邊務以及勘查界線等項。光緒十二年，鄺其照遂乘時在廣州創辦廣報，光緒十五年，張之洞調署湖廣總督，鄺其照始解除兩廣督府文案之職，仍在廣州專事致力於辦理廣報。廣報於光緒十二年（一八八六）五月二十三日出版。上海申報，則於同治十一年（一八七二）出版，是廣報後於申報者十四年，故廣報以申報為師，申報在上海出版，故以「申」為名。廣報在廣州出版，故以「廣」為名。廣報版面，亦類似申報，申報報名，橫排於第一版上端之中央，廣報亦如之，廣報各版編排，均與申報相同。廣報報名左右兩旁，分別刊載館址，外埠派報處，招人投寄新聞稿及古文詩詞等，出版年月日則分刊於報名左右以外之邊緣，在極右者爲「光緒十二年」，在極左者爲「五月二十三日」，報名之下一小橫格之正中，刋「西曆×年×月×日星期×」，伴之以「敬惜字紙功德無量」字樣，此外，則劃爲直格，分排寒暑表、目錄、廣告，以次爲新聞。此爲初期版面型式，其後，版面畧有更改，首先是編著，次是新聞，新聞又分爲「本省新聞」「中外新聞」兩欄，餘爲宮門鈔、轅門報、貨價行情。新聞標題與正文，均用四號鉛字，直排而下，正文起首處加一個○，正文不點句，但句與句之間，則空一格。

廣報設在城內雙門底，出版之初，自稱爲報館，清政府認爲「館」字不適當，嚴令改用「局」字，稱爲「廣報局」。

廣報主筆，初爲吳大猷、林翰瀛，繼爲勞保勝（字亦漁南海人）武子韜（字芝麓高要人），編輯朱鶴（字雲表）等，皆當年積學之士，經理鄺五臣，是闤闠中之能者。

光緒十七年（一八九一），廣報刊載之新聞，有爲兩廣總督李瀚章所不滿者，因下令南海番禺兩縣，將廣報封禁，不准出版，李瀚章命令中有云：「辯言亂政，法所不容，廣報局妄談時事，淆亂是非，胆大妄爲，實堪痛恨，亟應嚴行查禁，以免淆惑人心」云云。廣報由是停版，計其壽命，只得六年。

「中西日報」廣報停版後，鄺其照將廣報器材遷往沙面租界，託由英商必文出面，易名中西日報，繼續出版，編輯經理兩部工作者悉爲廣報之舊員，故中西日報，實廣報之後身，但不久又停刊。

「越嶠紀聞」中西日報停刊後，再易名越嶠紀聞，接續出版，惜仍不能久持，旋又停刊。

「嶺南報」嶺南報，是廣報中西日報越嶠紀聞的人員共同主辦者，故編輯撰述，率循廣報之方針，至光緒二十三年（一八九七始停刊。）

「中西報」中西報是中西日報之後身，與嶺南報同時出版，支持者亦鄺其照，主筆爲鄭滄凡，光緒二十六年（一九○○），因登載拳匪之亂新聞，謂「拳匪獲勝，聯軍潰敗」，爲聯軍各國指爲侮辱聯軍，向廣東當局抗議，要求將該報封禁，廣東當局依照執行，該報遂停刊。

「博聞報」博聞報主辦人爲鍾榮光，該報以鼓吹新政爲旨，故同情革命而致力於革命宣傳，光緒二十六年，亦因登載拳匪之亂新聞，謂聯軍潰敗，爲聯軍各國向清政府要求封禁該報，同時該報又轉載上海報章新聞，謂西太后容貌「唇厚口大」，廣東巡撫德壽，認爲不敬，下令查究，將該報沒收，故博聞報與中西報同時被封。

「嶺海日報」光緒二十三年出版，主筆朱茇蓀，編輯楊肖歐，撰述譚荔垣，該報亦因登載拳匪獲勝，聯軍潰敗新聞，於光緒二十六年被封，與中西報博聞報同一命運。

「通報」主辦人朱秩生（朱茇蓀之兄）編輯楊肖歐、譚荔垣，該報立論與嶺海日報相同，甚爲清廷所忌，曾遭廣東巡撫許振禕警告。

「嶺學報」光緒二十三年出版，主辦人潘衍桐（嶧琴）、黎國廉（季裴），主筆朱茇蓀、譚荔垣。

「實業報」光緒二十三年出版，創辦者曾公健，翌年停刊。

「農工商報」光緒二十三年出版，編輯江俠菴。

「廣東勸業報」是農工商報的後身，宣統二年（一九一○）停刊。

「嘻笑報」光緒二十四年（一八九八）出版，創刊者朱通儒，撰述楊肖歐，譚荔垣，該報評論時政得失，每以嘻笑怒駡出之，兩廣總督李鴻章，指爲對上不敬，着南海縣查究，朱、楊等聞訊，即行逃走，遂停刊。

「商務報」光緒二十六年（一九○○）出版，是博聞報後身，主辦人許朗甫，編輯芝軒，撰述譚荔垣。

「時敏報」主辦人鄧君壽、陳劍秋、

譚少沅，主筆孔希伯，該報與時敏學堂時敏書局，三位一體。

「羊城報」主辦人鍾宰荃、莫任衡、趙秀石編輯莫天一，撰述譚荔垣、沈琼樓、蒲萃卿，該報與新少年學堂開新書局，三位一體。

「國是報」主辦人康有爲之學生徐勤，主筆黎硯彝、李雍斯、伍博典、伍憲子等，該報是保皇黨之機構。

「國事報」主辦者亦是徐勤，編撰者均爲國是報之人員，故該報亦是保皇黨報。

「亞洲日報」光緒二十九年（一九〇三）出版，總編輯謝英伯，是鼓吹革命之報紙。

「開智日報」光緒三十年（一九〇四）出版，總編輯謝英伯，亦爲鼓吹革命之報紙。

「羣報」光緒三十一年（一九〇五）出版，主筆盧諤生、胡子駿、沈厚慈，是保皇黨報對立之革命報。

「拒約報」光緒三十一年（一九〇五）出版，總編輯黃晦聞，撰述謝英伯、鄧子彭、王衍、黎起卓、鍾宰荃等，該報是以籌抵美國禁止華工苛約爲宗旨。

「珠江畫報」「時事畫報」光緒三十一年（一九〇五）出版，編輯潘達微、高劍父、何劍士、陳垣等。

「軍國民旬報」光緒三十二年（一九〇六）出版，主辦人盧諤生，盧曾著論署爲「盧騷之徒」，對於軍人，倡導民族大義，隱含策動軍人起義抗清之意，詞甚激昂，爲清廷駐廣州將軍所見，即飭巡警道王秉必捕盧懲辦，王不願捕盧，使人秘密向廣州報界公會方面透露捕盧風聲，盧即逃走，該報遂停刊。

「國民報」光緒三十二年（一九〇六）出版，主辦人盧諤生，撰述鄧子彭、李孟哲等，是鼓吹革命報紙，當盧諤生因軍國民旬報言論激烈被查究逃走後，該報由李少廷、崔秉民接辦，改由馮伯礪、易健三、鄧子彭主持筆政，繼續鼓吹革命。

「廿世紀報」是畫報後身，主筆康楚狂、黃軒胄、鄧子彬、崔肅平等，繼續與保皇黨對立。

「七十二行商報」光緒三十二年（一九〇六）出版，主辦者黃詔平、羅嘯傲，撰述馮春風等。

「半星期報」光緒三十四年（一九〇八）出版，編輯者莫梓舲。

「保國粹旬報」宣統二年（一九一〇）出版，編輯黃德鈞。

「南越報」宣統三年（一九一一）出版，是鼓吹革命之報紙，主筆盧稜諷、李滙泉、孔仲南、盧博浪、李孟哲、黃魯逸等。

「人權報」宣統三年（一九一一）出版，主筆黃健芝、陳藻卿、勞緯孟、黃霄九、梁述南、孔量全、陳耿夫、盧博浪、李孟哲、黃魯逸等。

「平民報」宣統三年（一九一一）出版，主筆鄧慕韓、潘達微、鄧警亞、王秋湄等。

「天民報」宣統三年（一九一一）出版，主筆盧諤生、郭唯滅、黃霄九、李勁生等，出版僅兩天，即被官廳指爲毀謗朝政，加以封禁，並要拘捕報冊人黃平懲辦，但報冊人黃平，實無其人，祇是虛報的，是時郭唯滅之友鄭昌平，自願冒充黃平之名投案，遂被法庭判刑一年。

「中原報」宣統三年（一九一一）出版，主筆郭唯滅、楊計黑、李勁生，亦以鼓吹革命致與天民同一命運，出版僅數天、即被封禁，郭唯滅被捕處刑一年。

「震旦報」宣統三年（一九一一）出版，投資者，天主教巍神父，主筆康仲犖、陳垣、王秋湄、朱學潮等。

「大公報」宣統三年（一九一一）出版，投資者，石室天主教神父，主筆朱學潮、王秋湄、黎丕烈等。（按：清季時期，天主教神父，在我國創辦之報館中，以「大公」爲報名者有三，一在天津，一在長沙，一在廣州。長沙大公報廣州大公報，均於民國十年以前停版，天津大公報，則於民國十五年歸胡政之張季鸞吳鼎昌之新記公司盤受，賡續出版，及胡等逝世，該報在王芸生主持下，投靠共黨，故民國十年以前之長沙大公報廣州大公報，以及民國十六年以前之天津大公報，是天主教經營之報館，至於目下仍在出版中之「大公報」，與前者之大公報，名存而質實異。

「安雅報」前身為博聞報，主辦人梁伯尹，主筆朱鶴、鍾榮光、詹菊人、黎佩詩等。

「亞洲報」主辦人陳聽香，該報因揭發粵漢鐵路公司內幕，觸犯兩廣總督之怒，以致停版，陳聽香則被番禺縣署看管。

「可報」宣統三年（一九一一）出版，是廣東省諮議局主張禁賭派之議員所辦的，主其事者陳烱明，主筆朱執信、葉夏聲、鄒魯、鍾榮光等。該報因評論溫生才行刺清廷駐廣州將軍孚琦事件被封禁。

「廣總商會報」投資者廣州總商會，主辦人金灌青，主筆魏襲侯、謝懷才。

「興論報」主辦者陳聽香。

「公言報」主辦者陳聽香。

「佗城報」主辦者陳聽香。

「廣東報」主辦者陳聽香，編撰湯冕臣，該報與公言報、佗城報，均以注重人民訴訟之紀載為號召。

「齊民報」宣統三年（一九一一）出版，編輯鄧警亞、王秋湄、梁襄武等。

「眞相畫報」「平民畫報」宣統三年（一九一一）出版，編輯者馮潤之、尹笛雲等。

此外尚有寰球報、紀南報、廣智報、粵東公報、亞東報、醒報、新報、光華報、天運報、振華五日報、南洋七日報、以及小型的游藝報、諧鈴報、新醒報等，但出版年份與主人，無從稽攷。

「嶺南新報」主辦者日本人，編撰者為中國人。

「英文新報」「英文時報」主辦者為中國人，但不久便停刊。

二　民初時期之廣州報業

由民國元年（一九一二）至民國十二年（一九二三）。

廣州各報在清季時期出版者，入民國後，僅一部份繼續存在，但存在之報館，內部人員，大都更易，而新出版者，則風起雲湧。

「七十二行商報」該報是於清季時集合小股份經營者，小股東對於該報業務，無權過問，該報業務，因而被主持人羅嘯傲操縱，入民國後該報遂為羅獨有，編撰人陳寶尊、鄺贊泉、馮春風、陳蘿生、關楚璞等。

「人權報」該報亦是於清季時期集合小股份經營者，入民國後，被主持人李祝多、李翰卿兄弟把持，對於股東黃健芝等極力排擠，股東等相繼退出後，該報亦為李家兄弟所有。編撰者梁逑南、孔量全、盧博浪、李孟哲、黃魯逸等。

「羊城報」仍是鍾宰荃、趙秀石主持，編輯沈琼樓、譚荔垣等。

「時敏報」主辦人譚壁楚，譚是國會議員。

「國是報」仍是徐勤主辦，主筆伍憲子等，入民國後不久停刊。

「亞洲日報」主辦人謝英伯，入民國後不久停刊。

「時事畫報」編輯仍是潘達微、高劍父、何劍士，民國二年被龍濟光封禁。

「國民報」主辦人仍是盧諤生，民國二年（一九一三）被龍濟光封禁。

「南越報」主辦人仍舊，民國六年（一九一七）主筆李滙泉，被陸榮廷逮捕槍決後，該報便停刊。

「天民報」民國元年（一九一二）復版，民國二年，龍濟光入粵時，將之封禁。

「平民報」主持人仍舊，民國二年（一九一三）龍濟光入粵時，將之封禁。

「震旦報」主持人仍舊，民國二年（一九一三）被龍濟光封禁，主筆康仲犖被龍濟光槍決。

「大公報」主辦者仍舊，編輯朱學潮、王秋湄、陳菊衣、黎丕烈、雷寄雲、鄺笑菴等。

「安雅報」主辦者仍舊，編撰宋民表、黎佩詩。

「廣州總商報」主筆張鏡藜、劉庸尙等。

「公言報」民國元年（一九一二）因主辦人陳聽香被陳炯明槍決，停刊。

「齊民報」民國元年（一九一三）龍濟光入粵時將之封禁。

「中原報」民國元年復版，主持人楊計黑，民國二年（一九一三）龍濟入粵時將之封禁。

「眞相畫報」「平民畫報」主持人仍舊，民國二年（一九一三）龍濟光入粵時，將之封禁。

「中國日報」民國元年（一九一二）由香港遷至廣州，繼續出版，主持人馮自由，是同盟會之宣傳機構，民國二年龍濟光入粵將之封禁。

「廣州共和報」主持人宋季緝，編撰者，譚荔垣、陸文英、潘抱眞、陳沛霖等。

「華國報」主持人胡伯孝，是民國初年成立之進步黨報。

「國報」前身是華國報，主持人胡端僧，屬保皇黨系。

「國華報」前身是國報，亦即華國報，主持人胡伯孝，編輯梁質菴。

「華嚴報」主辦人梁太倉，編撰雷寄雲、劉沛泉、陳沛霖。

「廣東中華新報」主辦人容伯挺、高鐵德，編撰陳蘿生、孫璞、鄧警亞、陳覺是、雷寄雲、吳榮新、蘇守潔、簡琴石、馮春風、甘六持、鄺笑庵等。

「民主報」主辦人陳耿夫，編撰盧博浪、李孟哲等。

「民仇報」主辦人梅放洲、撰述人郭介克等。

「民意報」主辦人鄺堯階，編輯曾子反。

「平民報」民國六年（一九一七）復版，主辦者高鐵德、鄧警亞、編撰陳覺是、雷寄雲等。

「采風報」主辦人高鐵德，編撰鄧警亞、陳覺是、雷寄雲等。

「天聲日報」主辦人甘六持，編撰馮伯礪、雷寄雲、簡琴石、陸見如。

「珠江日報」主辦人李懷霜，編撰嵇翥青。

「神州商報」投資者船業商人譚禮庭、編撰莫秉志。

「大同報」投資者潮梅鎮守使劉志陸，編撰徐天嘯、吳雙熱、黃天石等。

「現象報」投資者，賭餉承商楊杏帷、李博泉，編撰郭唯滅、林眞甫。

「廣州晨報」主辦人夏重民，該報前身是中華新報。

「覺魂報」主辦者基督教，民國初年出版民國五年停刊。

「天職報」編撰者梁懍丹、雷寄雲等。

「粵商公報」投資者粵省商團總部，編撰唐璞園。

「新民國報」主辦人劉裁甫，編撰葉菊生、麥朝樞、陳劍如、陳嘉靄、鄺笑庵等。

「廣東報」主辦人江仲雅，是英美烟草公司投資者。

「新中華報」主辦者丘棻，是法界人員。

「中國報」主辦者黃笏南。

「國民報」主辦者陳藻卿，主筆黃健芝，編輯鄺笑庵，該報創辦於清季，民國二年，被龍濟光封禁。民國八年復版，僅兩月，又被魏邦平封禁，陳藻卿被捕。

「新報」主辦者李大醒、李抗希父子（與清季時出版之新報無關係）。

「新國華報」主辦者李大醒、李抗希父子。

「眞國華報」主辦者李大醒、李抗希父子。

「眞共和報」主辦者李大醒、李抗希父子。

「快報」主辦者李抗希（是報祇記載花酒場中消息）

「天游報」「天趣報」主辦者孔仲南（亦是祇記載花酒場中消息）。

「羣報」民國十年（一九二一）出版，主辦者陳公博，編輯陳雁聲（與清季時出版之羣報無關係）。

此外，尚有討袁日報、中外商報、司法日刊、珠江晚報、互助日報、星報、國華早報、國華時報、商權報、晨鐘報、民權報、廣東國華報、乙兒報、民義報，但出版年份與主辦人等亦無從稽攷，而且大都是曇花一現者。

三　被殺害之報業人員

廣州各報人員，被政府當局拘捕殺害者：

一、公言報主筆陳聽香，民國元年（一九一二）廣東民團總局副總辦之黃世仲，被都督陳烱明殺害，陳聽香引爲不平，在公言報對陳烱明攻訐，陳烱明即令警察廳將陳聽香捕去，予以「造謠惑衆擾亂治安」罪名，將之槍決。

二、震旦報主筆康仲犖，民國二年（一九一三），龍濟光奉袁世凱命率領濟軍進入廣州時，將震旦報封禁，並將康捕去，以交通亂黨罪名，將之槍決。

三、訪員何克昌，民國四年（一九一五），何克昌以濟軍罪行新聞稿，發交各報，被龍濟光以「挑撥軍民惡感」罪名，將之槍決。

四、南越報主筆李滙泉，民國六年（一九一七）李滙泉反對桂軍陸榮廷在粵開賭，被陸派遣駐粵桂軍到南越報，將李捕去，押至督軍署附近之連新街上，將之槍決。

五、民主報陳耿夫，民國七年（一九一八）陳耿夫著論攻擊政桂系，被督署參謀長郭椿森派桂軍衝入民主報將陳捕去槍決。

六、廣州晨報社長夏重民，民國十一年（一九二二）六月十六日，陳軍「請孫下野」時，楊坤如部營長楊啓明，率隊到廣三路局將夏逮捕槍決。

七、前廣東中華新報社長容伯挺，民國十二年（一九二三）容賦閒在家，但被公安局長吳鐵城拘獲，將之槍決。

四　訪員

廣州各報，每日刊載之新聞稿件，屬於市範圍者，由訪員供應，每家訪員祇有工作者二、三人，並無若何組織，每日蒐集新聞資料，大都由主持者親自採訪，親自撰稿，其所紀述，無次序，無題目，每則內容甚簡短，長篇而有系統者，絕不易覯，其中以社會新聞爲多，政治新聞極少，縱或有之，則作概畧的報導而已，因訪員等未受過採訪訓練，無採訪見識與技能，而往昔軍事政治各機關人員，不知新聞事業之重要，不獨不與新聞界接近，且每每封鎖新聞，使訪員等無從探聽，故訪員等，鮮能深入軍事政治各機關內採訪新聞，即各報編輯人員，對於軍事政治新聞，倘非出於軍事政治當局委託發表者，亦不肯遽行登載，以免軍事政治當局查究，致發生麻煩，故各家訪員，對於軍事政治新聞稿件，極少供應。

各家訪員供應各報之新聞稿件，除社會新聞資料外，其次爲法院方面新聞，各級法院辦理之民刑各項訴訟案件，在審理期間，凡公開進行者，訪員等可以到法院旁聽，從而紀錄案情，又有訪員與法官或律師，互有聯系，可以向法官或律師方面，探詢訴訟進行情形，是以其所犯紀錄之案情，有時甚爲詳細，又法院判決之主文，是揭露於法院之公佈處，訪員亦悉依照抄錄，發交各報，督軍署省長署公佈之文告以及委任命令等，又均爲訪員等視作最佳之新聞資料，而悉行抄錄，分發各報。

訪員等每日所得之新聞資料，分別繕就，將之複印，然後於下午四五時許，送到各報，每月收取稿費，在民國五年以前，每家報館爲六元至十元，訪員之中，有應報館特約供給稿件名爲專稿，每月所得稿酬約爲二三十元，但既是專訪，則其資料、同時不能分給別報，所以稿酬較高。

各報館均無採訪部之組織，故各報並無採訪人員，即編輯部人員，亦不兼任採訪工作。

訪員發分各報之新聞稿件，所署之訪員名，有何克昌、陳文赫、公民、許海東、展民、駱中興堂、嶺南等，皆非眞姓名，亦有隨時更易共署名，或隨時停辦而又隨時恢復者，因辦理訪員業務，其主持人既不須向官廳登記，亦無須徵得各報之同意然後設立也。

五　通訊社

廣州通訊社，出現較早者，爲英人之路透社與日人之東方社，皆以供應電訊爲主，路透社（當時譯名爲勞打社）主持者黃憲昭，每日印發者，全是英文，每月稿費五十元，廣州各報，經濟力量甚薄，未能負担，故無訂用之者。東方社主持人爲八田厚志，月費較廉，並譯成中文，然後送交各報，但各報對於日本人深存疑忌之念，與避免親日之嫌，多不採用。

廣州之有通訊社而爲國人所辦理者，始自民國八年（一九一九），各通訊社供應之新聞資料，大都屬諸廣州市範圍，各縣屬之地方新聞資料較少，電訊部份，則未有舉辦，故各社組織未可與言完善。

「週循社」週循社成立於民國八年（一九一九），設在報館林立附近之打銅街，背景爲政學系領袖楊永泰，主持人高承元，緣民國八年政學系與桂系共同結合建立西南軍政府，以代國民黨之護法政府，設立七總裁，擁岑煊春爲首席總裁，以代孫中山之大元帥，故組設週循社爲最高宣傳機構，該社每日發出稿件，一部份爲社會新聞，一部爲軍事政治新聞，且常有長篇的有系統性之記述。當時各報，除與政桂系有關之中華新報等少數報章外，多不刋載該社稿件。一因並不同情岑春煊之西南軍政府，一因對政學系之楊永泰、桂系之郭椿森等無好感，爲避免利用之故，是以對於該社稿件，敬而遠之。該社每月在廣東省政府財政廳領取經費，其數甚鉅，故其支銷，雖各報編輯部支銷之總和亦所不及。該社壽命，僅一年餘，因民國九年粵軍由漳州回粵時已先行收束也。

「黎明社」民國九年，粵軍由漳州回粵後，即設立黎明社，凡粵軍方面之陳烱明系統的宣傳稿件，悉由該社發佈，該社主持者陳達材、黃毅二人，編輯俞華山。其背景爲馬育航、鍾秀南，民國十一年十二月，陳軍敗退東江，始停辦。

「民治社」民治社之創立，亦在粵軍回粵之後，主持者國民黨老黨員馮自由，馮當時供職於總統府，國民黨以及總統府兩方面宣傳稿件，悉由馮自由在民治社發出，該社與黎明社隱有競爭之勢，民國十一年六月十六日，陳軍發動「請孫下野」之役時該社始停辦。

「太平洋社」太平洋社創辦時期，亦在粵軍回粵以後，該社爲粵軍中之許崇智系統的宣傳機構，亦在陳軍「請孫下野」之役後停辦，社長爲謝小呂。

「平民社」平民社之創立，係得到陳烱明方面補助經費，雖非陳軍之嫡系機構，仍是隸屬於陳軍。其背景爲黃強、鍾秀南，社長爲莫如德，陳軍於民國十一年冬間敗退廣州後，莫仍獲得陳軍撥助經費，轉往上海創辦遠東通訊社，繼續爲陳軍宣傳。

「覺悟社」民國十一年六月，陳軍「請孫下野」之役以後，廣州已無孫中山方面之報刋，是年冬間，陳策潛回沙面，策劃部署討伐陳烱明，乃資助鄺笑庵、梁雨川二人創辦覺悟社，該社成立之初，又得桂粵聯軍總部駐廣州代表施正甫，不斷供給聯軍東下之軍訊，該社據以轉達於各報，各報均信任刋載，社務遂告展開，但不久，陳劍如加入該社工作，該社經濟權，即被陳把持，陳繼而製造不利於鄺笑庵之小情報，及利用警權，將鄺扣押於公安局，鄺獲釋後，陳又向之警告勿留居廣州，鄺於是離粵赴滬，該社乃爲陳所佔，其後，該社培養之人員，有於日軍時期參加日軍新聞機構工作者。

「中興社」是訪員「駱中興堂」所改組者，主持人駱俠挺。

「展民社」是訪員「展民」所改組者，主持人楊實公。

「公民社」是訪員「公民」所改組者，主持人楊公民。

「嶺南社」是訪員「嶺南」所改組者，主持人李嵩常。

「時事社」是訪員「北江通信」所改組者，主持人崔嘯萍。

「世界新聞社」主持人陳愚公。

以上是廣州自有通訊社以至民國十二年之間，先後所設立者，以言成就，尙無可述之事實。（待續）

清朝皇帝的生活

么樹芳

紫禁城「乾清門」外的太和、中和、保和三大殿，在清朝仍以「太和殿」爲正殿。皇帝都在正殿「坐朝」，辦理朝政，召見大臣，以及垂詢國事等。每五日有一「常朝」，「常朝」又稱「坐門」。「坐門典禮」以往都在「太和門」，後來改在「乾清門」，這項典禮到了咸豐時代就廢止了。按「太和門」和「乾清門」雖然都稱爲門，其實它們也都是很壯嚴、很輝煌、很寬敞的宮殿，只是比其他的殿多一道穿堂門而已。後來清朝的皇帝慢慢的都改在乾清殿「坐朝」，所以正殿——太和殿反而空閑起來，也只有大的慶典和每年元旦皇帝是在這裡受朝賀，趕到後來僅有光緒的大婚，和宣統的登極大典是在這裡舉行的。中和殿是皇帝大祀看版、和陳列農用器具用的。保和殿是辦理考試的地方，像殿試、覆試、朝考、大考等，有時筵宴外藩大臣也在這裡。在清朝僅有掌握大權的「軍機長」是在紫禁城裡的乾清門外，其他的吏、戶、禮、兵、刑、工六大部的衙門，就都集中在正陽門裡東西兩條大街上，也就是在皇城以外了，東邊一條街名「戶部街」，後改名「公安街」；西邊的名「法部街」，後改名「司法部街」。至於諸王則散在內城各處，像醇王府在西城太平湖，惇王府在西城二龍坑，端王府在西北城，恭王府在北城，禮王府在西城缸瓦市。豫王九爺府都在東城。

清朝皇帝「坐朝」的情形，是非常莊嚴的，因爲這是國家體制的尊嚴，誰也不敢更改。可是如果皇帝在便殿與親近的王公、大臣，或是心愛的臣子，讌居或是隨便宴居的時候，也是像家人父子，師生友朋一樣，是很隨便的，甚至還可以說些幽默風趣的話兒，以博得皇帝一樂。像乾隆年間的紀曉嵐，就常常跟皇帝吟詩飲酒，有時還說些逗樂的風趣話兒。但是皇帝每天早晨在正殿坐朝時，那就莊嚴肅穆極了，無論官位多麼高，年歲多麼大的官，奏事時都要跪着，决不可仰視。如果是重要的大臣，像軍機大臣等奏對時，往往就要跪一個多鐘頭，膝蓋當然是夠受的，雖然殿中有很厚的褥墊，還是無濟於事。所以大臣們，都得自備絲棉製的護膝，在上朝之前，綁在膝上，否則跪太久了，就疼的站不起來了，以上是皇帝和大臣們當面說話的情形，夠嚴肅的吧！至於交代公事，或是已批完的「奏摺」，就都是由太監辦理。比如昨天以前所收到的「奏摺」，經皇帝閱覽後，或准或駁，由皇帝批好，有的由皇帝面交軍機大臣；有的各部「奏摺」，則仍交回各部，這種工作都是由太監轉交，管這事的太監名「捧摺太監」，也稱「奏事太監」。他們每天早晨由皇帝處，把各部的「奏摺」領下，拿到乾清門，在門裡嚷一聲：「領奏摺」，因各部都有「捧摺官」，就將本部的「奏摺」領回，同時亦將本部新的「奏摺」交上，因爲「奏摺」都放在匣子裡，自己都認識，所以很快就辦完了。至於一般的官員「上朝」，就更麻煩了，特別是漢人作官的，因爲清朝規定漢人官員是不准住在內城的，所以這些官員都住在宣武門外，每天都要趕「早朝」，「早朝」是在每天清晨

清朝皇帝讀書的地方——武英殿

二點鐘。這些官員清晨一點鐘即須起床，趕往紫禁城東華門上朝應召奏事。這樣早只有正陽門才開門，其他城門到天亮才開，大家都須繞道正陽門進，官員到東華門外全都下轎下馬，門外立有一丈多高的「下馬碑」，上面刻着「官員人等到此下轎下馬」。可是如果大臣中有蒙皇帝特賞在紫禁城坐轎或騎馬的，就可以坐轎或騎馬進東華門了。所謂轎也只是二人抬的肩輿，坐肩輿的叫「穿朝轎」，騎馬的叫「穿朝馬」。除了這種蒙賞的官員以外，其餘無論多高的官，多大歲數的，也得步行。東華門，有兵丁差役站班，每逢有官員進門，都得嚷一聲「哦」，這叫「喝道」，不過大官經過時喊的聲音長，小官經過時聲音短，這樣才顯出宮院的威嚴。在乾清門外東邊朝東的有一道門，叫「隆宗門」，平常上朝的官員都在這門外等候，連乾清門都看不到，就是蒙賞「穿朝轎」和「穿朝馬」的也都在「隆宗門」外下來，再步行進入，所謂穿朝者，實在不能穿朝，只是一種榮譽而已，因為這裡太森嚴了。

內城的門都由步兵統領（俗稱九門提督）衙門的兵丁把守，只有「乾清門」就是由「侍衛」把守了，這種差使，從前都是由武舉充當，也有旗門中大員子弟充當的，衍到後來就都是由大員的子弟們幹了。這個「乾清門侍衛」雖是冷差使，但是機會升到「御前侍衛」，御前侍衛在皇帝坐朝時，就站在御座的後邊，雖然沒有什麼權勢，但天天可以看見皇帝，有時還可以和皇帝說幾句話，而且皇帝到那裡，他們總是跟着，也是和皇帝最接近的一種差使，所以一般親貴子弟都願意幹。每天皇帝早晨三點鐘就上朝，皇帝入座後，永遠是先見軍機大臣，以後才召見一般的大臣。至於外省的「督」、「撫」或大將軍們進京，都要先上摺請安，皇帝即有上諭：「某日召見」，則在該日晉見，小官員們無論京內京外的，有事要見皇帝，都須由有關各部派員帶領引見，皇帝每天早晨就辦這些事。你看皇帝坐朝是多麽莊嚴！可是也有輕鬆的一面，像前班被召的官員已退，下班的還未來，這段時間，

淸朝官員上朝必經之路——紫禁城

當然是很空閒，這時候站在後邊的「御前侍衞」，也常常彼此說笑話，或開點玩笑。有一次一位很胖的官員走進乾清門，因這座門離乾清殿還有一段路，中間的甬道也很長，這位官員因體胖走路很慢，有一位侍衞說：「豫王他們大爺來啦」，乾隆皇帝也大樂，因爲豫王也是個胖子。按淸朝規定，不論下多大雨，上朝的官員也不許穿雨靴雨鞋，殿前的甬道是大理石舖的，平常就很光滑，雨水落在上面就更滑了，官員們在上面走，往往被滑倒，這也是常有的事，滑倒的官員也不必驚惶，皇帝雖然看見，也裝作沒有看見，不算是失禮，上面也絕對不會怪罪的。但不常上朝的人，碰着這種事，就常常驚惶失措，有一次一位被引見的官員滑倒起來時，因自己緊張又踩住衣襟，就又跌倒，殿中的侍衞說：「這位官員恐怕要爬進殿來了」，光緒帝也大樂，當然還有很多滑稽輕鬆的故事，所以說皇帝也不是整天莊嚴的不得了，如果是那樣，皇帝的生活也眞夠呆板枯燥的。

淸朝二百多年以來，好多的管理制度，慢慢的就腐化了，形同虛文。因爲是皇家的事，沒有人顧管，也沒有人敢管。據說在東華門站班喝道的差役兵丁，對進門的官員，本應施以盤查，至少也要查顏觀色，可是後來遇着冷天，十幾個人不但不盤查，大家都躺在門洞被窩裡躲風，遇着官員們進來，只在枕頭上「吆喝」一聲便算的事，也絕沒有人管，這眞是笑話。在太和殿前的月台上（丹墀），常有人的糞便擺在那裡，也無人清掃。殿前的庭院中，更是野草叢生，高可沒人，也沒有人割除，因爲這裡皇帝是一年到頭都不來的，皇帝常經過的地方才有人整理淸除。再者由東華門到隆宗門約有二華里的路，路坎坷不平，兩旁也沒有路燈，一二百年來，都沒有人管理，像修修路，裝幾盞燈咧，這些都是皇宮裡腐敗的事情。

前塵回首憶「張三」

洵錚

讀某報副刊談及「三張」——張恨水、張慧劍、張友鸞——，指其爲昆弟，實大誤。三張雖均皖籍，而恨水隸懷寧，慧劍屬石埭；友鸞雖亦隸懷寧，而與恨水實同姓不宗。自國民政府建都南京，以迄對日抗戰勝利，二十餘年間，報壇藝苑，論文筆雅暢，撰輯精嫻者，莫不推三張爲巨擘。不佞曩客三都（指故都北平，首都南京，陪都重慶），濫竽報界，於此三子，夙接歡笑。家國滄桑，故人百變，前塵悵觸，畧記數端云爾。

× × ×

恨水與予論交最早，甲子乙丑（民國十三四年）間，恨水爲北平世界日報主編副刊「明珠」，其得名之長篇小說「春明外史」即當時逐日刊載於「明珠」者。予日讀之，暇偶投數稿，皆承采錄，且函約晤談，一見即如平生歡。予笑語之曰：「春明外史中之楊杏園，人謂即君自寫照，果然。」恨水問：「何所見而云果然爲我自寫照？」予曰：「我未見君前，腦海中想像之楊杏園，正與今所見之足下無異。」恨水遂執手大笑。此事印象極深，今忽忽將五十年矣。

× × ×

甲申（民三十三年）春仲某日，予在渝州偶暇，忽念久不見恨水，乃渡江至南溫泉訪之。恨水居一木造平房，小園花木扶疏，又距溫泉咫尺，足稱詩人之居。見予至，大喜，堅留飯，且出一紅燒大魚。重慶地形爲斜坡，西北高而東南下，長江與嘉陵江分流其南北，而水勢急不可停，故得魚至艱，加以與倭抗戰連年，百物昂貴，素有「魚龍雞鳳」之謠；恨水乃爲我設魚，足徵故人厚誼。因笑謂：「此魚正待化龍，不意竟入老饕之腹。」恨水笑曰：「誠然，幸余居南溫泉耳，若居化龍橋，君豈能享此耶？」是時予方承乏某大報主筆，報社在化龍橋，供同仁膳食甚粗劣。恨水適出機鋒，與予相顧莞爾。

× × ×

慧劍於對日抗戰前，主編南京朝報副刊，時有心裁，動人耳目，一時洛陽紙貴，朝報銷數日增，無人不知有「副刊聖手張慧劍」矣。猶憶其以水滸傳三十六天罡爲首都新聞界點將，是時程滄波氏爲中央日報社長，慧劍點爲「大刀關勝」，註曰：「架子不錯。」其於予，則擬以「青面獸楊志」，註曰：「空學得一身武藝，沒有識家，只落得天壽橋頭，賣刀餬口。」誦之蓋頗深知己之感焉。

× × ×

某部專員方君，風流倜儻，詩筆尤高，亦慧劍暱近之良友也。慧劍任重慶新民報主筆，主編副刊，一夕，予往訪之，劇談未已，而方君偕一女至，予不識方，慧劍爲介。女吳姓，年可廿三四，明眸潤膚，流光四照，而顰眉乍斂，似樂還憂。慧劍詢之曰：「請我吃酒在何時？」女嬌羞未及答，方君曰：「予爲主筆，實際彷徨無主，一切聽人招呼可也。」蓋新民報主者陳銘德鄧季惺夫婦，是時方密與中共欵洽，以爲外人不知，實則人皆知之，方君此言以謔慧劍，亦以刺新民報也。少間，方君偕吳女去，慧劍乃躍起拍予肩曰：「我得一好對聯矣。」詢其聯，則曰：「請明晨閱報。」復告我：「吳女乃有夫之婦，與其夫不相得而熱愛方君，方君亦有婦之夫，無由與吳女結合；吳女甘居側室，方君又不願屈之也。」翌晨讀新民副刊，果得一聯：「主筆無主，筆帖式耳；專員不專，員外郎乎？」以「筆帖式」與「員外郎」舊日兩官銜相對，去「筆」與「員」，則「帖式」乃主筆自嘲之辭，「外郎」爲專員新封之號，可謂銖兩悉稱，妙手天成。

× × ×

壬午(民三十一年)重陽前數日，女弟子周雪筠來告，以新從故都名廚學製重陽軟糕，屬邀渝州詩人柯堯放、熊公弼諸君於九日至其家小飲，並屬多邀藝文名流同往。予遂代約三張及湘中老詩人王步遐，重慶大學教授韓君格，君格亦雪筠之師也。不意恨水是日先有他約，慧劍亦以報社集會不至，獨友鸞應邀來，微雨初霽，偕過彈子石雪筠寓樓，與堯放公弼步遐君格諸子初見歡甚，各恨相知晚。堯放工詩善飲，步遐公弼尤豪於尊罍間，獨君格不飲。是日雪筠供上品茅台一罏，公弼要予轟飲，步遐繼之，連盡六七巨觥，席末終而予醉。及醒，堯放友鸞輩方作手談，秋意滿樓，將上燈矣。予乃索紙成一詩云：「良辰儁侶興同賒，小集江邨道韞家。一枕橫秋宜酩酊；萬方多難接幽遐。未酣雨意侵書幌；微裊風痕警暮笳。明日題糕詩競寫，渾忘憔悴在京華。」友鸞見而笑曰：「余平日作散文，自負不減太史公，而愧不能詩。今君首句用賒字爲韻，無惑乎我上桌之大負，尤以王公連莊者屢，使我潰不成軍。茲罰君用原韻作詩一章見贈，佳則明日我請吃豆花臘肉，諸公作陪；不佳則君當爲東道。」余笑諾之，乃作打油體云：「上桌無錢帳可賒，天公不佑作輸家。平生有筆追司馬，此日連莊怨步遐。巴國江邊成浩歎；楚歌垓下接悲笳。（此句下原註：此又從項羽本紀來，作者不可不追太史公也）詩成共信君當請，臘肉堆盤拌豆華。」衆傳觀皆撫掌大笑。友鸞譁曰：「此瞎湊罵我，當然作者應爲東道。」君格與堯放皆曰：「此詩打油正格，且押步遐韻尤工穩，張公似不可食言也。」於是翌日友鸞踐約，諸君與予更迭爲賓主，互一來復始已。

× × ×

友鸞雖不工詩，而常改唐人小句入妙。如曰：「日長睡起無情思，閒看夫人打小牌。」讀之使人知其伉儷情篤而生活多逸趣也。

三十六計兩說

寒心

三十六計，不知出於那一朝代？出於那一位手筆？因此許多人只曉得三十六計中，最後的一計「走爲上着」，其他三十五計，也是無從細記了，經筆者蒐集，有關三十六計，有兩種不同的說法：

一說：一、以逸待勞。二、喧賓奪主。三、聲東擊西。四、化整爲零。五、無中生有。六、投其所好。七、趁火打劫。八、投機取巧、九、遠交近攻。十、殺一儆百。十一、借刀殺人。十二、笑裡藏刀。十三、順手牽羊。十四、打草驚蛇。十五、調虎離山。十六、虎穴取子。十七、金蟬脫殼。十八、過河拆橋。十九、據高臨下。廿、張冠李戴。廿一、拋磚引玉。廿二、袖手旁觀。廿三、挑撥離間。廿四、威迫利誘。廿五、欲擒先縱。廿六、暗渡陳倉。廿七、裝癡作呆。廿八、出奇制勝。廿九、天羅地網。卅、斬草除根。卅一、美人妙計。卅二、以毒攻毒。卅三、計中有計。卅四、與計之計。卅五、先人一着。卅六、走爲上着。

又一說：一、瞞天過海。二、圍魏救趙。三、借刀殺人。四、以逸待勞。五、趁火打刧。六、聲東擊西。七、暗渡陳倉。八、挑撥離間。九、隔岸觀火。十、笑裡藏刀。十一、李代桃僵。十二、順手牽羊。十三、打草驚蛇。十四、借屍還魂。十五、調虎離山。十六、欲擒故縱。十七、拋磚引玉。十八、擒賊擒王。十九、釜底抽薪。二十、渾水摸魚。廿一、金蟬脫殼。廿二、關門擒賊。廿三、遠攻近交。廿四、假途滅號。廿五、偷樑換柱。廿六、指桑罵槐。廿七、假癡假呆。廿八、上房抽梯。廿九、樹上開花。三十、反客爲主。卅一、美人計。卅二、空城計。卅三、反間計。卅四、苦肉計。卅五、連環計。卅六、以走爲上。

梅蘭芳第一次到上海

歷歷音塵尙儼然，萬華遺蛻渺晴烟，香飄南國虛三徑，人老東風又一年。爭帥印，戰金山，英風浩氣幾人傳，神州來日無窮事，誰共生靈淚眼看。

——葉恭綽爲梅蘭芳逝世一周年作，調寄鷓鴣天。

隴西山人

梅蘭芳確屬近百年來菊壇旦角最優秀人才之一。旦行取生行代之充任「大樑」，亦即起自梅蘭芳，而他的成就，到去了上海才獲得啓示。由於北平的梨園行，多半固步自封，不求創新。南方的名伶，雖則衞道之士，指之爲海派，但海派有海派的特點，他們能求變，創新。

梅蘭芳九歲開始學藝，第一次登台爲十一歲，那只是扮飾一個不重要的角色，十四歲時加入富連成科學藝學戲，經常和該班同學演出，稍後頭角漸露，到了二十歲那年，去了一次上海，從此青雲直上，走紅了一輩子。可是此行並不簡單，其經過如后：

民國二年，上海丹桂第一台老板許少卿親自去北平邀角，那時的戲班，均以老生挑大樑；旦角祇能「跨刀」。老生一角許少卿已邀妥王鳳卿，旦角則尙未定。梅蘭芳認爲那是千載難逢的機會。但深知自己名望還嫌不夠，既未便毛遂自荐，許少卿又沒有矚眼於他，於是背地裡祇能徒呼負負。

稍後，伯母（梅雨田夫人）窺知了他的願望。梅蘭芳四歲喪父，十五歲亡母，一直由梅雨田撫養長大，梅雨田夫婦視同己出，爲了達成梅蘭芳的願望，他伯母就商於王鳳卿。原由之一，他家和王鳳卿有深厚的交情。原由之二；她已知道王鳳卿已被許少卿邀定，請王向許推荐，定必事半功倍。

王鳳卿因與梅家有親戚關係，義不容辭，並對許少卿大事吹噓；許少卿鑒於既由挑大樑老生推介，只要他們合作後能把戲唱好，樂得順水推舟；只是有一點對王鳳卿言明在先，梅的包銀不能超過一千四百元。而王鳳卿的「公事」早已談妥，每月包銀三千二百元。不超出一千四百元，亦即不到王鳳卿的一半。王鳳卿則代爲要求湊足二千元。許少卿只是搖頭；後來王鳳卿由兩千減至一千八百元；且對許少卿說：「要是你堅持一千四百元，那麽在我的包銀內扣除四百元，以這四百元加給蘭芳。」經王鳳卿這麽一說，許少卿怪不好意思，就此一口應允。

六十年前的一千八百元銀圓：等於四、五十兩赤金，在北京唱戲，名角沒有搭長期班子，包銀以戲份作計，一個月唱不滿十日八天戲，每月的收入有二、三百元，已臻大牌紅伶。那時的梅蘭芳，既未大紅大紫，二十歲年紀，第一次受上海禮聘，一千八百元包銀，足夠梅宅一家一年開支，此一可遇不可求的機遇，應歸功於王鳳卿大力週全。之後，王鳳卿的名望與藝事成就與梅蘭芳相反，甚至乏人請教，而梅蘭芳除非有特別原因，二十年如一日，邀了梅蘭芳，他的老生必然爲王鳳卿。於是有人譏諷王鳳卿一如火腿上的草繩。梅蘭芳之不願捨棄王鳳卿，就爲了圖報他第一次到上海王鳳卿的提携之恩。直至民國二十年自北平遷居上海後，二人才分手。

梅蘭芳第一次到上海，王鳳卿那次也破題兒第一遭和上海觀衆見面，但王鳳卿已享盛名，他唱汪派老生，上海觀衆對他聞名已久。梅蘭芳三字則較爲陌生，但海報廣告大放噱頭，甚麽綺年玉貌，天仙化人，文武崑亂，靑衣花旦，南北第一，馳譽全國等一連串讚美詞句，都加在他頭上。好得他不是劉阿斗，三天打泡戲下來，口碑載道，觀衆一致讚美，正是色藝雙全。一人傳十，十人傳百，百人傳千，偌大的丹桂第一台，兩千多隻座位，天天賣滿座。自此以後，來一次紅一次，上海人有兩句口頭語：「足球要看李惠堂，看戲要看梅蘭芳。」

王鳳卿、梅蘭芳二人第一次到上海演出的最高票價爲特別包廂每人一元二角。四年後第三次到上海，梅蘭芳掛頭牌，楊小樓二牌，王鳳卿已跌至三牌，票價高達三元，以物價指數推算，那時的三元，約摸等於今日港幣七十元左右，今日的平劇最高票價，如訂爲七十元，不特觀衆退避三舍，定必被人攻擊得體無完膚。

梅蘭芳第一次到上海正確的登台日期爲民國二年十一月四日起，原定演期一月，因欲罷不能，又加演了十天。三天打泡戲：第一天綵樓配，唱倒第二，大軸爲王鳳卿的硃砂痣。第二天仍唱倒第二，戲目爲玉堂春。第三天王梅合演武家坡。第二週起，若非王梅合作戲，二人輪流演唱大軸。丹桂第一台老闆許少卿，先前只肯出一千四百元包銀，演出後奉梅蘭芳似神明，由於天天客滿，銀元滾滾而來。

對梅蘭芳本身而言，他不僅名利雙收，對他往後藝事成就獲得不少啓示，他看過南方旦角的戲，尤其馮子和，回北平後對扮戲大加改進，做工、表情，排演時裝戲，予北方觀衆一新耳目。這些改進無一不學自上海。一再對人說，上海的伶人富於創造，北平同業墨守成規。又說，如果他不去上海，夜郞自大，坐井觀天，他絕不可能有那樣的成就，他由北平遷居上海，不能不說爲個中原因之一。而今某些衞道之士，認京朝派才是正宗。譏海派爲旁門左道，走筆至此，怎不令人擲筆三嘆。

梅蘭芳于民國五十年（一九六一）八月八日歿於北平，享年六十有八。至今已滿十二周年，梅如在世，也是八十歲老人了。

京音大鼓與劉寶全

·胡士方·

近來讀到「掌故」第十八期汪季蘭先生的「談京韻大鼓」覺得有些補充的地方，故也來談一談。

「京音大鼓」，爲北平流行之大鼓書，一作「京調大鼓」，或「文武大鼓」。最早因盛行於天津，故也稱「衞調大鼓」；又因歌此之藝人向爲專業，不若「梅花大鼓」之多由子弟票友充之，「梅花大鼓」都稱「清口大鼓」，所以，「京音大鼓」，則名「小口大鼓」。按此大鼓是由河北省河間府一帶之「木板大鼓」，又再吸取八旗子弟的所謂「清音子弟書」漸漸改進而來。「木板大鼓」是用河間，保定附近之土調來歌唱，過去北平人，都笑話這一帶的人說話土氣，發音「怯」，所以，也叫「怯大鼓」。

這種「怯大鼓」，初流行於河間，獻縣，肅寧，青縣，及保定諸地。形式很簡單，都是坐着唱。曲調也呆板，僅用一塊大板和一個大鼓，唱來雖是一板一眼，有說有唱，但都是長篇說部，如「隋唐」，「三國」，「列國」，「水滸」，「封神榜」等。往往一個說書人在一個莊鎮上，住上個把月，每晚在廟頭或塲邊，一回一回的說下去，到一個階級爲止。這種藝人除了鄉鎮上輪流管飯外，還給間屋子睡覺，給點錢做酬勞，但總不能拿它當專業混飯吃。隨後聽的人多了，收入也好一點，於是有的藝人，就和彈三弦的瞎子合作，增加了三弦伴奏，所以，在河北省也有叫這種大鼓爲「弦子書」。

「清音子弟書」，也簡稱「子弟書」。近來因爲許多學者對俗文學都發生興趣，研究「子弟書」者非常之多。如鄭振鐸，李家瑞，鄭騫，孫楷第，傅芸子，傅惜華，任中敏，李嘯倉，都很有成績。現在因爲是談「京音大鼓」，「子弟書」只能簡畧的一提。

說起這種曲藝的體制，係每句七字，間插襯字。短篇者不分回，長篇者由二、三回，到二十幾回不等，每回都有回目，每回之首有七言詩二首叫「詩篇」或「頭行」。每二句一叶韻，每回限一韻，也可倒韻。其韻目是簷前，發花，尤求，娑婆，灰堆，人辰，勞刀，中冬，姑蘇，懷來，江陽，衣期，也邪等，名之爲「十三轍」和「皮黃」所用韻大致相同。它的結構，頗近於唐代之「變文」，明代之「寶卷」。

「子弟書」因創始於八旗子弟，故其詞非常雅致。有東城調，西城調之分，東城調又名「東調」，音節如「高腔」，沉雄氣壯，慷慨激昂，多唱忠臣孝子，義夫節婦之故事，如「寧武關」，「白帝城託孤」，「貞娥刺虎」，「千鍾祿」等。西城調也叫「西韻」，音節如「崑曲」，柔順緩慢，曲折纏綿，多是才子佳人，兒女情長之故事。如「百花亭」，「石頭記」，「藏舟」，「永福寺」等。

子弟書的取材來源，有明清兩代的通俗小說；如羅貫中的「三國演義」，吳承恩的「西遊記」，施耐菴的「水滸傳」，蘭陵笑笑生的「金瓶梅」，曹霑的「紅樓夢」，抱甕老人的「今古奇觀」，蒲松齡的「聊齋志異」諸名著；有元明清三朝的雜劇和傳奇！如高明的「琵琶記」，王德信，關漢卿的「西廂記」施惠的

「幽閨記」，湯顯祖的「還魂記」，李漁的「風箏誤」，洪昇的「長生殿」，孔尚任的「桃花扇」，朱佐朝的「漁家樂」等戲曲名作；還有的是採取了當時北平流行之京劇劇目：如「渭水河」，「滿牀笏」，「碰碑」，「賣胭脂」，「八郎探母」，「望兒樓」，「連陞三級」等等；更有採自北平當時描述社會，風土，人情的作品：如「侍衞論」「捐納大爺」，「老斗嘆」，「潤奶奶逛二閘」，「女斛斗」，「票把兒上台」，「拐棒樓」等等。

「子弟書」的作者除由唱者自編外，也多出文人之手。如竹軒，文西園，鶴侶，漁村，煦園，雲崖，符齋，張愼儀諸人，都有作品傳世。最著名的是羅松窗，韓小窗二人。羅松窗的「西韻」如「紅拂私奔」，「離魂」，「藏舟」，「鵲橋密誓」；韓小窗的「東調」如「白帝城託孤」，「露淚緣」，「周西坡」，「徐母罵曹」，俱是不朽的名作。「子弟書」的歌唱者，有旗人貴族，有士人官商，唯多由瞎子來唱，像有名的王心遠，趙德壁便是。後來還有以說「水滸」帶腔轉調出名的「水滸王」，巧腔出名的「石先生」石玉崑，「王先生」王慶文；「醉郭」「郭棟」，以及張泰然，史廂子，都是些有名的「子弟書」藝人。

因爲「子弟書」，俚淺動人，沁人心脾，述事也清致美妙，故成了後人研究的對象。它的曲本，早年在北平大一點的蒸鍋舖，除了賣饅頭切麪外，都帶着出賃這種劇本。隆福寺、護國寺東西兩廟會，也有擺攤售賣，一向不值錢。後來蒐求的人多了，竟成了奇貨，連日本人都到中國來採集。至於出印唱本的人家，在北平最著名的是西直門大街高井胡同的百本堂，俗稱「百本張」。舉凡從乾隆時，到民國初年是世世相傳，專門鈔寫唱本的一家。「崑曲」，「高腔」，「梆子」，「皮黃」，「影戲」，以及大鼓書，時調小曲，「蓮花落」，無不應有盡有。「子弟書」也以他爲巨擘，其他如聚卷堂，別埜堂諸家出來的，也頗不少，一直成了近幾十年研究俗文學的搜集對象。

閒話休絮，且說這「子弟書」到清末時已漸漸不大盛行，就是「西韻」由石玉崑唱紅的所謂「石韻」，也不太流傳了。只有些較短的段子，改頭換面的是「奉天大鼓」，「墜子」採用了去。尤其咸同年間，農村不收成，找飯不易，許多「木板大鼓」的藝人，更採集了不少。尤其咸同年間，農村不收成，找飯不易，許多「木板大鼓」藝人，便紛紛到都市來找生活。聽說最初係天津，多是撂地唱，一段之後，用個小波籮收錢，慢慢也爲人家唱堂會。光緒末年，才開始在天津北門外的一座茶園「寶和軒」演唱。接着藝人也增多，於每年冰凍期間在天津說書唱大鼓，春天開河便到北平去唱。這「木板大鼓」流行之後，因曲調過長，一個回頭一天都說不完，已不適宜都市官民的生活，故也逐漸將回頭縮短，取消那些長篇大套。還有語言方面，唱大鼓的那種河間鄉音，保定土調，有些人就聽不懂，於是很多藝人便向「子弟書」「京戲」，和民間小調去找材料。來豐富大鼓的唱腔內容，去爭取更多的聽衆。

於是很多「清音子弟書」的段子，都改成了「木板大鼓」，發音方面也向北平音接近，來說「京片子」。並講究「平劇」的尖團，以求字正音圓，唱法也從一眼一板，改進爲三眼一板。三弦之外，更加上琵琶和四胡，更向「平劇」學會了託腔技術，使唱腔與伴奏嚴謹結合。還有表演方面，雖不能彩扮，也增加了些形象表演方法，且由坐而立，注重手、眼、身、法、步。於是「木板大鼓」在聽衆面前，也面目一新，人也開始稱它爲「衞調」，表示來自天津衞。後來平津兩地的藝人又不斷的改進，遂成了一種新恣態的「京音大鼓」。

最早提倡改變「木板大鼓」的是霍明亮，胡十和宋五。宋五是瞎子，他們從藝很早，到北平最先，在道光二十六年就進北平賣藝。霍明亮武段子最拿手，「戰長沙」，「長板坡」，「單刀會」唱得出名。胡十嗓子洪亮清楚，「拴娃娃」，「藍橋會」，便是他創的。「大西廂」，「王二姐思夫」是他當年的傑作；宋五會編曲調，「京音大鼓」著名的「大西廂」，「馬鞍山」，

「李逵奪魚」，便是他編的。唱「截江奪斗」，「火燒博望坡」享名。他們在天津唱紅，才轉北平，「京音大鼓」的基礎，可以說是他們這幾人奠定的。

這時「京音大鼓」之特點，是已盡量刨去「怯」音，而依照北平音系的四聲，所謂陰平，陽平，上，去四聲而發展。三弦之外，歌者左手按檀板，右手持鞬擊鼓，佐以四胡及琵琶，已成了定型，比「犁鏵大鼓」，「樂亭調」，「西河調」，猶腔調繁備。且有北平之「八角鼓」票友徐德莊者，截取大鼓中小段，以平劇之「西皮」，「二黃」唱之，名之謂「帶腔」。同時「怯大鼓」時代之講故事，說公案，亦已捨鉅製而取短篇。其題材曲本，因襲取「三國」，「水滸」，「紅樓夢」之「子弟書」爲多，故其句式以七字，八字，十字，十一字四種韻文構成，冠以詩篇，間也有襯字，嵌字之類。雖有曲無白，但有時也加插道白，輔以「慢板」，「緊板」之歌唱，對曲情生動不少。據近年調查所得，流行於歌場的曲本計有：「戰長沙」「馬鞍山」「華容道」，「李逵奪魚」，「烏龍院」，「斬華雄」，白帝城」，「方孝孺」，「寧武關」，「周西坡」，「千金全德」，「貞娥刺虎」，「黛玉焚稿」，「金定罵城」，「黛玉歸天」，「斬蔡陽」，「遊武廟」「單刀會」，「大西廂」，「火燒博望坡」，「古城會」，「丑末寅初」，「長板坡」，「南陽關」，「百山圖」，「探晴雯」，「拴娃娃」，「審頭刺湯」，「徐母罵曹」，「鳳儀亭」，「草船借箭」，「關黃對刀」，「馬失前蹄」，「馬前潑水」，「古人名」，「藍橋會」，「四仙得道」，「繞口令」，「十八愁」，「湘子上壽」，「層層見喜」，「羅成叫關」，「三堂會審」，「紅梅閣」，「昭君出塞」，「霸王別姬」，「百花名」，「小上墳」，「四郎坐宮」，「改良勸夫」，「七擒孟獲」，「華建遊宮」，「活捉三郎」，「太虛幻境」，「包公誇桑」等七十段左右。

「京音大鼓」自宋五，霍明亮之後，著名的藝人又出了白雲鵬、張小軒、以劉寶全，即近年所稱的「京音大鼓三傑」。白雲鵬，原係唱「大書」出身，民國八年前後，在天津即馳名。他除了有名的「探晴雯」，「黛玉焚稿」，「戰長沙」是其獨唱外，還有許多新段子如「勸各界」，「醒世金鐸」，「罵皇親」，「提倡國貨」等他的嗓音寬堂，吃調較低，運腔有味，低音受聽。「紅樓夢」的抒情段子最佳。迴腸盪氣，紆縈柔和，是其特色。「長板坡」之糜夫人投井，「喘虛虛氣短難捱腹內空，喘嬌聲汗流粉面秋波閉，低玉頸釵墜荒徑雲鬢鬆，恍忽忽眼中似有旌旗影」這一些描述，尤是他的絕唱。學他這一派的以方紅寶最好，其次是鄭蝶影，何玉鳳，金玉芳。

張小軒，早年在保定一帶有名。曾問藝於霍明亮，故擅長武段子。他的個頭生得魁偉，面貌黝黑，又生了臉大麻子，外號叫「張大麻子」。上台穿長袍馬褂，雙臉鞋，布襪子，一股子遺老氣。頭髮更是怪，四周剃光，僅在腦後留了一撮頭髮。但一出台，「聲如巨鐘，說至筋節處，叱咤叫喊，洶洶崩屋」，眞彷彿柳敬亭的影子。他的「戰長沙」，「華容道」，「長板坡」，「李逵奪魚」，享譽一時。丹田充沛，一氣呵成，無人可及。過去在漢口曾與劉寶全同過台，劉對其技藝也推崇備至。在東北，平津，濟徐，京滬，久享大名。他也有一個新段子「國恥小段」，敘述李傅相會見義大利公使伊里布，當時頗爲一般士人所激賞。他這一派，以往都稱「武大鼓」，頗不易學，僅有一位弟子宋明元，算是他的唯一傳人，但也只得六七成，殆勢不及也。

論起白雲鵬和張小軒這兩派，一派屬柔和，算是「文大鼓」。一派屬剛強，可謂「武大鼓」。唯劉寶全這一派剛柔相濟，成就最大，眞正是「文武大鼓」，堪稱一代宗匠，故就劉寶全的技藝來談一談。

劉寶全，河北深縣人，生於同治七年。父親劉能，是「木板大鼓」的「怯大鼓」藝人。他從小就跟着父親在農村走市集，趕廟會。光緒七年，深縣，武強，饒陽，安平諸縣鬧歉年，所得不足糊口，便跟父親一路說大鼓，一路經獻縣、大城，到天津謀生。結果，生活還是不能解決，冬天連棉襖都混不上，於是除了幫父親彈弦子外，還拜王慶和爲師學大鼓，並爲翟明亮彈弦子。不久他父親經不起窮困顚沛，在他二十歲時即去世了，爲了一家的生活，只得埋頭學技藝，來多賺點錢。並且又爲胡十彈過一時期弦子，更向當時綽號「琵琶王」的陸少奎討教，學了一手好琵琶；同時他還進過平劇科班唱老生，但有一次到上海演唱，唱「空城計」飾孔明，唱完「閒無事在城樓亮一亮琴音」，接着彈琴一笑再唱「我面前缺少個知音的人」，劉寶全竟將後句忘了，使司馬懿也楞住了。致台下起了一陣笑聲，因此他受了打擊後，遂又返回大鼓生涯。

劉寶全的大鼓，主要得力於霍明亮，胡十和宋五。他的嗓音好，五音全，寬宏自如，先天條件獨厚。他有平劇的根底，又旁及「石韻」，向人學「馬頭調」及「梅花調」，故運氣行腔，漸有心得，很快就成了一位有名聲的大鼓藝人。

當時北平唱「蓮花落」，「什不閑」，「八角鼓」的所謂「太平歌詞」的藝人，有玩票的「子弟」，有靠此爲生的「老合」。著名的是城內的小邳，城外的翟狗子。劉寶全最早便投在翟狗子的「玉成堂」，與萬人迷（李德錫）的相聲，德壽山，榮劍塵的單弦同台。這時劉寶全壯年充沛，可高唱入雲而爽朗悠揚，又可低迴委宛而餘音繚繞，尤其五官堂正，身材雄偉，光芒四射，有先聲奪人之勢，故大受歡迎。且已由台柱位居頭牌之壓場主脚，一直到民國三四年，北平香廠開新世界遊藝園，劉寶全仍被約爲主脚，名聲也蒸蒸日上，已成了次乎徐狗子的最受歡迎的藝人。

劉寶全早年住在北平石頭胡同天和玉客店，與「老鄉親」孫菊仙，老旦龔雲甫，楊寶忠，楊寶森的父親楊小朶都是鄰街；梅蘭芳的祖父梅巧玲，住在李鐵拐斜街，都請劉寶全唱過堂會，故與京劇的老伶工來往甚密。後來與譚鑫培，譚小培父子，楊小樓，王瑤卿，馬連良，言菊朋，更成了莫逆，切磋琢磨對其技藝大進。在譚鑫培家中唱堂會，譚就誇獎過他玩藝磁實，還提醒他家鄉的「怯音」仍存，須再下功夫，劉寶全「一字爲師」，從此更發奮努力向人請教，去鑽研北平的音腔。尤其對京劇，梆子，他都深入研究。像他唱的大鼓「帶腔」中「馬鞍山」的「二黃」，「南陽關」的「西皮」，便是拿手的玩藝。他的吃重段子「大西廂」中那段「二八的俏佳人懶梳妝，崔鶯鶯呀得了麼點兒病」，其「崔鶯鶯」三字，便是偸取「梆子」的唱腔，而成了絕調。他在唱大鼓時，有時從本嗓轉爲「立音」好似平劇的「嘎調」一樣，眞夠得「雲遮月」的唱工。他同時會運氣，唱來完全是丹田音。其得意的「數快板」也口齒伶俐，有獨到之處。

劉寶全所會的段子有五十多種，常唱的有二十餘種。其段子又分三類：一類是他幼年學的老段子，一類是老詞經他改過的段子，一類是新編的段子。他喜歡唱的是後兩種。因爲劉寶全有個朋友叫莊蔭棠，是一位旗人，本名景周，表字耀庭，對大鼓戲劇都有研究。也曾以「待餘生」筆名，在「國強報」，「羣強報」及「愛國報」寫過白話「聊齋」，和一些章回小說。比劉寶全算是前輩，飽學多才，高慶奎的平劇「哭秦庭」，便出自莊之手，德壽山的單弦「放風箏」也是莊的手筆，所以劉寶全的鼓詞，很多是莊創製的。像「活捉三郎」，「白帝城」，「徐母罵曹」，「火燒博望坡」，便是由莊改編的傑作，又經劉寶全施腔琢磨出來的。除了莊之外，劉還有位滿族的進士廣玉峰，以及名士鍾岳霖，也對劉寶全的大鼓技藝，參加過很多意見，使其盡善盡美。

所以，劉寶全在其自組的寶全堂，羅致了白雲鵬，何質臣，榮劍塵，全月如，金萬昌，德壽山，韓永先演唱時。以「華容道」，「李逵奪魚」，「大西廂」，「白帝城」，「古城會」，「寧武關」，「關黃對刀」，「草船借箭」，風靡一時，已成了獨步鼓壇的泰斗。

劉寶全南到過上海，南京，漢口，天津，濟南，青島，北到過口外，又在東北走紅，聲譽始終不衰。他在上海大世界唱「單刀會」，將「三國紛紛民不安，東吳西蜀魏中原，曹操佔了中原地，皇叔劉備駕坐西川」。唱得出神入化，車馬水龍，且贏得「鼓界大王劉寶全」的稱號。因此無論「單弦」榮劍塵也好，「梅花鼓王」金萬昌也好，甚至「河南墜子」喬清秀也好，如遇與劉寶全同台時，總是由劉來掛頭牌的。

像劉寶全一出台的裝束，多是「四季長春」的長袍，上穿馬褂，深色的長褲，褲腿繫着兩條飄帶，魚白色的布襪，又襯上一對雙臉鞋。巍巍的走上台來，烱烱的目光一掃，深深的向觀衆鞠躬致意後，掌聲一起，他老人家又脫下馬褂，露出坎肩，拿起鼓鍵，隨着弦子敲起，用溫文的京腔：「伺候各位幾十年了，今天這一回是寧武關，表的是明末周遇吉別母亂箭，一門忠烈」！嗓子一開：「傾覆社稷有前因，一力難扶枉傷心，可憐孝母忠君將，國破家亡玉石焚」。那股氣派，神情，風度，是誰也比不上的。尤其淪陷日本時代，他在濟南普利門外，南崗子北有開明戲院登台，鹿巧玲的「犂鏵大鼓」唱完，老人一登台，「白帝城託孤」的段子：「壯懷無可與天爭，淚灑重衾並枕紅」，清亮圓潤，韻味淳厚之外，更令人有「座中聞之，莫不掩泣罷酒」之概。

「京音大鼓」除了唱做之外，最重要的是鼓與弦子。鼓歸唱者，弦子歸場面。劉寶全向來講究這兩項，他的鼓套子一向出色，他的打鼓運腕之靈活，都是幾十年練出來的「掏點」與「消眼」的錯綜花梢，「搓鼓」之精湛，清快爽利，節拍合度，就是當年平劇的鼓佬如劉順，杭子和，魏希雲，都有時向劉寶全偷藝的。

劉寶全的伴奏場面，早期彈三弦的是韓永祿，拉四胡的是霍連仲，彈琵琶的是蘇起元，都藝譽頗高的。後來韓永祿的弟子白鳳岩彈三弦，韓德珍拉四胡，更是後起之秀，且新腔迭出，使劉之大鼓分外出色。按其地位猶如梅蘭芳之徐蘭沅與王少卿，譚鑫培之孫佐臣，余叔岩之王瑞芝，是相當重要的。所以，在民國十九年劉在漢口演唱時，韓德珍游水淹死於漢口，二十多歲的小伙子，使劉寶全老來談起，猶惋惜不已。

說起劉寶全來，自二十歲開始唱大鼓，一直到民國二十九年，還在北平新新戲院唱「雙玉聽琴」，和常澍田，白鳳鳴唱牌子曲「石榴花」。民國三十一年十月八日，才以七十四歲高齡逝世。說起他的一生聲譽之隆，收入之豐，是其他藝人所不及的。其自奉尤儉，他晚年居於北平宣武門外之棉花九條一座小院落裡，除了喜歡玩玩漢玉，養點時花外，別無嗜好。爲了保養嗓子是烟酒不動。膝下有一子名少卿，也會點大鼓，且已進山東濟南之齊魯大學。唯生性不羈，吃，喝，嫖，賭，吹，無所不爲，對劉寶全之積蓄揮霍甚大。徐州蘇少卿的「壽春壺齋曲話」，有談劉寶全一段中云：「有子不肖，多浪費，行事乖張，聞其父子間有一趣事，匪夷所思。一日，其子冶遊妓院，劉寶全本出堂會，有價目定例，衆妓謂劉子云：汝敢叫汝父來此唱大鼓，以資歡笑乎！劉子興發首肯，即親筆書字條：『急喚劉寶全來某妓院堂會」。寶全既至，見其子高坐堂皇，怒罵而去，衆妓因大笑，傳爲「話柄」。我想這是可能的。

劉寶全逝世之後，唱「京音大鼓」的藝人能有其造詣者，可以說沒有。雖然他留下有早年百代公司灌的唱片「八喜」，「八愛」，「馬鞍山」，「戰長沙」，及高亭公司灌的唱片「烏龍院」，「華容道」；及後來的「單刀會」，「大西廂」，但只聽其聲，不見其做派，神情，味道已差多了。至於劉寶全的傳人，依品憶之中，約有下列幾人：

白鳳鳴——爲大鼓藝人白曉山之子，白鳳岩之弟。幼功極好，嗓亦頗穩，得其兄之助，學劉寶全頗有成就。其「李逵奪魚」，「草船借箭」，「大西廂」，都很負盛譽。

小黑姑娘——姿色頗佳，在平、津、濟、徐成名後，尤在京、滬走紅。當年上海「晶報」的余大雄，步林屋；民國日報的邵力子，南社的柳亞子、楊杏佛，俱力捧之，後嫁薛良，始息影。

林紅玉——資格很老，貌不揚，每唱時嘴有時稍斜，但嗓音洪寬，吐字遒勁，無雌音，爲女流中之學劉最神似者。其「活捉三郎」，「大西廂」，「關黃對刀」，「五聖朝天」，有獨到之處，在濟南商埠「青蓮閣」獻藝時曾收兩女徒花二順，花三順，藝亦不惡。花二順尤娟美大方，後至彭城鬻藝，嫁一空軍軍官，想此女可能在台灣，恐也年已不惑矣。

常旭久——爲劉寶全之早年弟子，藝頗磁實。在平津有名，後改唱「聯珠快書」，曾與徐狗子的「雙黃」，賈鳳祥的「梅花大鼓」同過台，唯天賦所限，未能大紅，但劉寶全對其頗看重。

小綵舞——本江南人，先習平劇老生，十三四歲即在秦淮河畔清唱，殆周菊娥，王熙春之流。後始習「京音大鼓」，且拜劉寶全爲師，其行腔有劉寶全之脆亮高昂，兼有白雲鵬之細緻溫文，在鼓壇頗具名聲，今日如仍健在，恐已古稀了。

何艷樵——自在北方成名後，久在京滬一帶，學劉寶全之健者。色藝都好，以「長板坡」，「子期聽琴」，「遊武廟」，「百草山」最佳。勝利後曾以「單弦」之「牌子曲」，「八角鼓」馳名白下。

章翠鳳——河北省良鄉人，爲劉寶全晚年之女徒，爲次乎林紅玉，小綵舞之錚錚脚色。近在台灣，係海外僅存的一位大鼓藝人，其有自傳曰：「大鼓生涯的回憶」行世。

小嵐雲——在天津頗具名聲，久在天華景，小梨園演唱，嗓門很高，唯稍欠圓滑，地位與白派藝人花四寶，「單弦」的石慧儒，「樂亭調」的馬增芬，馬增芳姊妹相伯仲。

其次如劉翠仙，李蘭芬，韓小香等人，也是劉寶全一派之佼佼，餘不贅。

說到這裡，還得提一提所謂「滑稽大鼓」，一般人都另文來述之，其實它與「京音大鼓」是一樣的東西。只是多了些滑稽詞句，逗笑動人而已。勉強的來分析一下，也只能算是「京音大鼓」的支流，係北平子弟票友張雲舫所創製，張字允方，民國三十五年前後，在北平的友人曾與之相識，後來收了位弟子崔子明，以藝名老倭瓜鼻唱此調，始發揚起來。劉寶全與金萬昌同台時，也曾以老倭瓜唱中場。

「滑稽大鼓」的伴奏，也是三弦，四胡之外，左手拍檀板，右手持鼓鍵，是與「京音大鼓」一樣的。曲本歌詞，亦主要爲七字或十字之韻文，向無長篇，多出自張雲舫之手。流行於歌場者亦僅：「蔣幹盜書」，「相思計」，「花魁從良」，「蒙正教學」，「三怕婆」，「勸五迷」，「海三姐逛市場」，「濶四姐推牌九」，「燈下勸夫」，「豆蔻香」，「妓女過節」，「大雜會」，「家敗歸天」，「醜妞出閣」；「女拴娃娃」等二三十個段子。

近幾十年來，又有大笳子，架冬瓜，山藥旦興起，山藥旦爲其人，姓富，偶忘其名，抗戰期間，曾到過後方重慶，故有愛國藝人之稱。其有女名富貴花，亦歌此調，後隨人他去，山藥旦仍歌唱如故，雖工不很深，但俚淺趣時，在南北也流行了一陣子。

悼念陳大慶上將

岳騫

閱報知悉前國防部長陳養浩（大慶）將軍於中華民國六十二年八月二十二日病歿台北榮民醫院，憮然久之，特撰此文，以表悼念之意。

筆者是鄉曲之士，逃難之前，足跡很少出里閈，平日所見到的大官，文官以縣長爲尊，武官以團長爲大。因此，與當代名公巨卿皆乏淵源，相識皆是近二十幾年的事，祇有陳養浩將軍是在抗戰期間相識，心情覺得又近一層。

那是在民國三十二年的春天，湯恩伯將軍指揮數十萬大軍，正雄踞豫皖邊區。當時湯將軍本身職務是三十一集團軍總司令，司令部設在河南葉縣。同時又兼任魯蘇豫皖戰地黨政委員分會主任委員，魯蘇皖豫四省邊區總司令，總部設在安徽臨泉。前者是文職，主任委員之下設副主任委員一人，秘書長一人，後者是武職，總司令之下設副總司令一人，參謀長一人，實則兩機關合署辦公，副主任委員與副總司令向由一人兼任，秘書長與參謀長也向由一人兼任。副主任委員兼副總司令一向由沈克担任，沈克號公俠，原任一〇六師師長，爲商震舊部，秘書長與參謀長則由李銑担任，李銑號季良，是黃埔軍校一期畢業，南口戰役時曾任旅長，後以事去職，即無帶兵機會，改任副職。

陳大慶上將遺像

湯將軍主要工作還是三十一集團軍總司令，經常駐在葉縣，葉縣距臨泉三四百里，勢難兼顧，臨泉方面工作，即由沈克、李銑負責。按官階自是沈克高，總司令不在由副總司令代理亦順理成章。但沈克是雜牌出身，又失去兵權，李銑那把他看在眼裡。李銑這個人若套一句廣東話是「除去好事，也嘢都作」，以後實在鬧得不成話了，湯恩伯也有所聞，但格於多年關係，惡惡而不能去，祇把李銑外調爲界首警備司令，而將担任軍長（似是八十五軍）的陳養浩調來抵其缺。

陳將軍一到，頓時軍令一肅，風氣丕變，各方皆刮目相看。筆者當時適在臨泉受訓，主管當局請陳將軍去講話，就在操場上架好一塊黑板。陳將軍講話並不吸引人，講題是勉勵大家不要如何如何，其中有一項不敷衍，他拿筆在黑板上寫來寫去寫不好一個敷字，最後還是缺了左下方的方字，散隊後，同學們傳爲笑話，至今回憶，猶在目前。

在當時同陳將軍祇見過兩三次面，個別談話一次也沒有，他固然不認識我，我對他的印象也淺得很。

來港後，看了一些有關現代史的書，發現陳將軍實有大過人之處，畧舉幾項。

民國二十七年八月，日軍陷平津後，沿平綏路進攻南口，中央命令十三軍軍長湯恩伯爲前敵總指揮馳援南口，十三軍當時共轄兩師，第四師師長王萬齡、副師長陳大慶、參謀長王毓文，轄第十旅旅長馬勵武，第十二旅旅長石覺。共計四個團，團長是傅競芳、劉漢興、倪祖耀、蔣當翊。八十九師師長王仲廉，副師長張雪中，參謀長呂公良，轄二六五旅，旅長先是李銑，後是吳紹周（由師部參謀長調任），二六七旅旅長賴汝雄。下面四個團長是譚乃大、羅芳珪、李守正、舒榮。這批旅團長大部份後來都當到軍師長，其中以羅芳珪在南口作戰最勇，名聞全國，後來終於在台兒莊成仁。成就最大者陳大慶之外首推石覺，由十二旅旅長升第四師師長、十三軍軍長，政府退出大陸後，登步島之捷即由他指揮。最不幸的是馬勵武與吳紹周，馬勵武勝利後升任二十六軍軍長向山東前進在臨城被俘，全軍覆沒。吳紹周升為八十五軍軍長編入黃維兵團，在雙堆集被俘，均不知生死。

南口之戰，關係異常重大，如非十三軍在南口阻截日軍二十天，不僅晉綏早已失陷，恐怕陝甘均成問題，勢必影响抗戰全局。南口之戰功績最大的自是十三軍軍長兼前敵總指揮湯恩伯，但是第四師副師長陳大慶功亦不可沒，只由於他個人不喜宣傳，一直不為人知，倒是當時任大公報記者後來投共的范長江，却有一篇詳細報導。

據范長江稱：「第四師師部當初也在懷來城內的，副師長陳大慶先生在橫嶺城，組織臨時司令部，用電話指揮前線部隊作戰，聽取敵情，隨時遣調佈置，同時向後方高級長官報告，或傳達上級命令。他對於前方地形，相當熟悉，湯軍急援南口，×××僅派參議與作形勢之聯絡，對南口方面地形，還是陳大慶先生自己去摸清楚的。」

「陳大慶副師長對於地形非常清楚，接到前方某部的報告或敵情，他隨即指出某個地帶重要，應如何派兵監視敵人的行動，與某方的部隊取得聯絡，或向左向右靠近，堵防缺口，必要時他還得上前線去督戰。他說他的舖蓋，從平地泉帶到此地，沒有好好攤開睡過一夜。我們從他黑而瘦的面龐上可以看出他的憔悴來。」——「南口迂迴線上」。

此處所寫的×××是指當時任察哈爾省政府主席兼一四二師師長劉汝明。雖然范長江因敲詐劉汝明不遂，到處散播謠言攻擊劉汝明，但平心而論，抗戰初起時，二十九軍將領對中央軍開入冀察，心懷疑懼，貌合神離，亦是事實。由范長江報導中，可以看出陳養浩為人之腳踏實地的作風，但為國家作事，不計個人名利，所以立了大功亦不為人知。

另一件事更為重要，當三十八年大陸局勢逆轉時，湯伯恩將軍任京滬杭地區總司令，陳氏任上海警備司令，當時中央銀行庫存一批黃金，據傳是二十萬兩。總統密令陳氏將黃金運去台灣，最初決定由巡洋艦重慶號負責運輸，因為重慶號是海軍中噸位最大的一隻兵艦，交重慶號運送自較安全，不料重慶號艦長鄧兆祥受到中共地下人員收買，已經秘密投共，就待這批黃金上船，立時起碇開去大連。這一陰謀進行得非常秘密，中央情報機關並不知道，但陳氏有一侄在重慶號任職，地位甚低，就當起運前夕，此君回到陳公館，偶然談起重慶號上重要人員都非常緊張，並且增加了許多陌生人，言者無心，陳氏聽了却留心戒備，經過細心觀察，發現重慶號確實有問題，但在叛迹未彰之前，又

本文作者與陳將軍留影

無法予以制裁，唯一可行辦法只有不將黃金交重慶號運輸。但交重慶號運金是總統命令，重慶號艦長也知道，若是公開宣佈不交重慶號運送，是逼其速反，陳氏權衡輕重，自行決定將預定交太康號運送之銀圓運上重慶號，將黃金運上太康號。果然重慶號啓碇後即叛變，消息傳到台灣據說總統都吃一驚，因爲政府退出大陸後，庫存以此爲主，若此批黃金失去，以後維持幣信都難，軍糧民食更無處籌措。重慶號叛變次日，太康號已將黃金運抵台灣，以後一年多時間，直到韓戰爆發，美援再來，經濟情況始告穩定，此一年多時間若無此一批黃金，眞不知道如何度過難關。

以上兩件事都關乎國家命運，筆者過去對陳將軍並無深切印象，因爲發現了這些史料之後，不由得對陳將軍生出敬意，去年（一九七二）元月份去台北，十九日在台中省政府見到陳將軍，他當然不認識我，實在說我也不太認識他，時隔二十九年，彼此都變得太多，不過握手時我說明是「臨泉舊侶」，陳將軍大爲高興，態度也倍感親切。晚飯時，我將懷疑已久的央行黃金運台一事提出，請他說明眞象，並且聲明完全爲了對現代史作一交待，因爲此事久成公開秘密，但必須當事人說出，始能作爲信史。出乎意料，陳將軍一口否認，搖頭說道：「沒有這回事。」他說話時，神情肅穆，態度誠懇，我不忍再逼下去，祇得一笑作罷。但事實上人所共知眞有這回事，若在別人，宣傳尚來不及，他居然在我問到時，矢口否認，此種德性，實有古大臣之風，豈止名將而已。

另一件事是在一九七二年三四月間，陳氏仍任台灣省政府主席，某日正主持省府會議，突然發生地震，全體廳處長紛紛外逃，及至地震過後，大家回到會議室，發現主席端然正坐，紋風未動。

最後再說他這次患病及逝世經過，當陳將軍交卸台灣省政府主席，內調國防部長，尚未接事，去醫院作例行檢查，突然發現有癌症跡象，再經醫師仔細研究，確實是癌症，當即在醫院留醫，由醫師開會決定是否開刀。陳氏得到消息醫師即將開會，當即向主診醫師提出要求，希望參加會議，根據一般習慣，癌症多數要瞞着病人，以免其精神崩潰，增加痛苦，准病人列席醫務會議，全世界也無先例，主診醫師因此婉言拒絕。陳氏當時十分誠懇說道：「我是一個軍人出身，一生戎馬，隨時隨地都可以死，生死久已不在心上，如今年將七十，如果再怕死，簡直是否定自己了。我要參加醫務會議，並無他意，只是想在你們決定原則之後，我可以提供一些本身資料，供給諸位參考，在諸位開會時，我決不插口，至於開過會之後，不論我的病開不開得刀，還能不能治療，對我皆無半點影響，你們放心好了。」主診醫師爲其眞誠所感，竟破例准許列席旁聽，會後決定開刀，一直進行很順利，開刀後休養一個月大體已康復，到國防部接事，且去立法院拜會立法委員，外界皆爲陳將軍戰勝癌症而慶幸。筆者本來四月間去台北，陳將軍已在國防部處理公務，當時因其病體初癒，公務繁忙未去拜候，祇託國防部一位朋友帶一張名片，表慰問之意。孰知癌症潛伏太久，割治並未根除，再度發作，回天乏術，一代功在國家的名將，終於帶着未見九州同的遺恨離開人間。

王淦為康寧醫院盡瘁而死

□敬心

康寧互助會是天主教中國教區樞機主教于斌領導的福利機構之一，一九六六年一月十日在台北市中山堂堡壘廳舉行成立大會暨第一次會員大會選出第一屆理事二十一人，候補理事七人，監事七人，候補監事三人。名單如下：

理事：于斌、連震東、張寶樹、關吉玉、皮以書、馬星野、詹純鑑、孫連仲、呂錦花、李彌、郭鴻羣、包遵彭、郎維漢、劉勉文、劉修如、果端華、金克明、于犁伯、石九齡、胡東海、王德芳。

候補理事：范爭波、邢亞飛、楊致煥、張遐民、張漢光、艾時、林木桂。

監事：白崇禧、谷正鼎、黃季陸、黃鎭球、蔣復聰、苗培成、趙宗雲。

候補監事：田亞丹、胡嗣春、廖維藩。

王淦遺像

理事會召開首次會議，互選于斌、連震東、張寶樹、關吉玉、郭鴻羣、劉勉文、金克明等七人爲常務理事，並推請于斌總主教担任理事長，于理事長當即提請理事會聘任常務理事金克明兼任總幹事。監事會則公推谷正鼎担任常務監事。

康寧互助會乃告成立。該會宗旨與特點約分三項，其中重要者爲：

（一）參加互助者每人每月僅繳互助費新台幣五元，無性別、年齡職業之限制，完全平等互惠，且具普遍性，爲辦理便利暫限用團體名義申請參加（一切社團、法團均可參加），因負担輕微，參加互助者不致增加其經濟負担問題。

（二）參加互助者如發生死亡，可得互助金一萬元，傷殘者按其等級分類可得互助金三千元不等，疾病者如合於規定亦可依章申請互助金（詳該會互助辦法）。

（三）該會將籌資興建合於現代標準之康寧總醫院，設病床六〇〇床位，醫院建築設備費用，均不使用互助基金，但參加互助者，因傷病就醫時，則可享受優待，到時並專設有義診，免費病床。

康寧互助會成立後，即着手籌建康寧總醫院，規模也較原定者爲大，估計將有病床一千二百張，當即進行購地興建，不意引起意外風波。

中國大衆康寧互助會擬購買土地建築康寧總醫院的計劃，自有土地掮客獲悉兜售介紹，該會曾在松山等處經人介紹勘察認爲該等土地，不是太潮濕，就是空氣不暢，最後才決定購買地勢高亢，空氣新鮮的內湖十四分段土地，該段土地買賣手續，先由亞記益華營造廠向康寧會申請以墊欵計息方式代爲購買，並以代購土地附帶承包工程，條件優厚，利潤百分之廿，承包該項工程爲交換條件簽訂成交合約。

五十六年十一月亞記益華營造廠自稱資金週轉不靈，無力履行合約，同時由現任台灣省合作金庫基隆支（分）庫經理涂榮慧出面介紹林茂生（曾爲台北市立醫院院長）向康寧會申請願意承受原合約購地的權利與義務，經康寧會同意在法院公證完成合約手續，一切代購土地事宜，均係涂榮慧代表林茂生身份持林茂生私章代爲辦理。

林茂生代購該項土地，依據合約墊欵約新台幣二千萬元，該項代購土地之墊欵除應按銀行放息日息三分九厘複利計算外，並取得該土地建築工程之獨家議價承包權，康寧會並得保障林茂生承包該項工程總價百分之廿的利潤，條件可謂優厚之極，該項土地於五十七年初購買完成辦理過戶手續。

該項土地購妥後，即由買主等就土地使用權證明書交與康寧會使用，康寧會亦於五十七年五月廿七在內湖康寧社區舉行康寧總醫院奠基典禮，更未受到任何外來之阻擾，康寧會於三月間即在辦理土地移轉登記，塡報登記表冊，林茂生代表人涂榮慧在此時向康寧會表示，有代書李滿之丈夫陳郭裝在地政事務所做事，並且堅持由涂等逕行委託李滿承辦該項土地移轉登記事宜，雖然康寧會與林茂生、涂榮慧等雙方簽訂同意書後，（同意書並載明上項土地自即日起未經林茂生及中國大衆康寧互助會之共同協議，任何一方不得自由處理五十七年三月七日簽訂生效。）有關土地買賣契約移轉登記等文件，亦由林茂生委託之代書李滿取走，由是林茂生等即據以是項齊全之證件，暗中將土地私自過戶與合約無關之第三者涂君郎（涂榮慧胞弟），待過戶手續完成後，康寧總醫院奠基以後各項工程繼續施工當中，林茂生即委使劉明桐等以以土地看管人身份，進行阻擾工程進行，一面向治安單位揑詞控訴，一面又散發匿名函對康寧會任意攻訐誣蔑，致使當時一般人士對康寧會誤解頗深，該會遭受不白之怨亦甚！由於林茂生等先制於人，康寧會亦不得不向法院提出自訴，以求合理之保障，林茂生等更爲自身利慾而引成纏訟局面。

事實上林茂生等在五十七年三月七日與康寧會簽訂同意書代辦移轉過戶手續而暗中進行將土地過戶與涂君郎，林茂生墊欵代購土地的尾欵至三月底始付清，康寧會爲顧及孳息負荷過重，在五十七年五月十四日至七月十九日曾先後六次函請林茂生將土地墊欵帳目於七月卅一日以前送會，以便早日核算償還，林等均未置答，即足見其爲土地價格暴漲意欲套購貪圖上億暴利，不惜興訟以達目的。

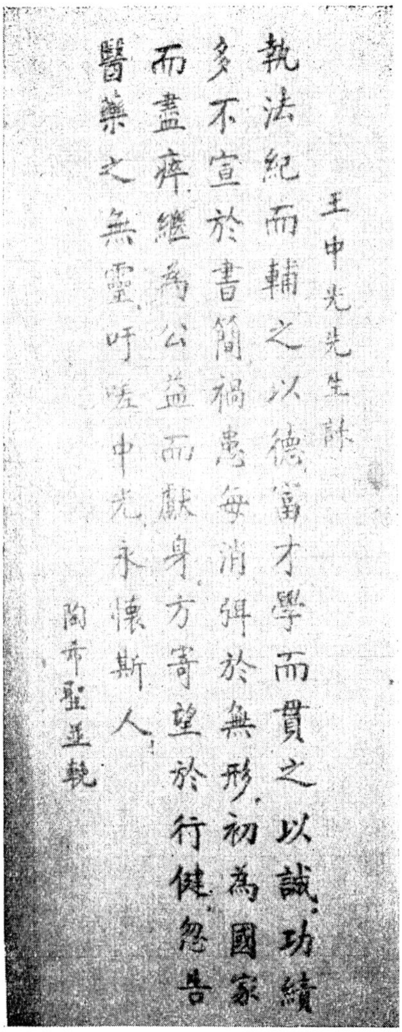
王中光先生誄
執法紀而輔之以德，富才學而貫之以誠，功績
多不宣於書簡，禍患每消弭於無形，初為國家
而盡瘁，繼為公益而獻身，方寄望於行健，忽告
醫藥之無靈，吁嗟中光，永懷斯人。
陶希聖

陶希聖誄詞原跡

這一事件引起許多案中案，林茂生此人確乎神通廣大，歷任軍政要職的鄧文儀與淡江文理學院均吃過他的虧，因託他買地而纏訟，最後實在不勝其煩，祇好自認倒楣。

就以這次事件而論中國康寧互助會委託由林茂生代購內湖十四份土地約十萬坪左右，由於合約規定「上項土地未經林茂生與中國大衆康寧互助會之共同協議任何一方不得自行處理」，而林茂生心懷叵測，於五十七年六月六日向汐止地政事務所將土地申請過戶予涂君郎，違背合約行爲，據悉該項土地過戶手續，於五十七年六月廿七日辦理完成，前後共十天就領得所有權狀，根據土地一般申請過戶領狀手續，在十天內可以辦理完成，可說是絕無僅有，汐止地政事務所的辦事效率如果每件都是如此神速，值得歌訟，但事實決非如此。

林茂生因爲過去對鄧文儀，對淡江文理學院皆佔上風，食髓知味，要吃專吃有名頭的，所以這次看上康寧總醫院。開始自不便對付樞機主教于斌，先拿總幹事金克明作槍靶，金克明堅決抵抗，始終不屈，朋友也爲金克明打氣，其中對金克明幫助最大的是司法行政部調查局處長王淦。

王淦號中光，安徽渦陽人，服務調查局三十多年，忠厚篤實，熱心助人，官階雖不高，但與當代顯要皆有深厚友誼，與于斌主教亦是忘年至交，由於王淦挺身出面奔走，訟案終於得到解決，康寧總醫院建築計劃仍得照常進行，但亦延誤了兩年多時間。

由於王淦對康寧醫院糾紛處理十分成功，于斌主教賞識其才華，就請他担任執行長，于斌主教預定爲未來的副院長（院長由于主教兼任）。王淦對于主教知遇，深爲感激，就毅然挑起這付担子。但王淦過去患肝病多年，時好時發，醫生屢次警告不能過勞。此次因負責康寧醫院建築事宜，日夜操勞，又要與各方面應酬，病勢乃加劇。友人也勸王淦節勞，王淦答以早日建成康寧醫院，可使于樞機主教開心，因爲樞機主教是國之瑰寶，若是醫院建不成，他一怒去了梵蒂崗，將是國家一大損失。

王淦本此信念，扶病辦公，終使病况惡化，八月一日病逝榮民醫院，死時僅五十七歲，消息傳出各方均表惋惜，八月十一日出殯，到靈堂致祭者數百人，最後送上墳地尚有一百多人，可見其人緣之佳。陶希聖與王淦交誼甚篤，所著誄辭（見圖）頗能盡王淦生平。康寧總醫院修成有期，惜乎王淦已不能目睹其成。

由於王淦的工作皆屬秘密性質，每次工作完成後隻字不再提，因此鮮爲人知，陶希聖誄辭，完全紀實。但就筆者從王淦親友口中透露之少許消息，皆相當重要，抗戰勝利後，共黨發動學生反政府運動，政府方面針對中共學運提出反擊，其中許多重大事件皆王淦所策劃領導，最重要者爲消弭成都大學學潮，輕易將延安派去成都領導學運的幹部勸說歸順，消弭一次有計劃的龐大學潮。還有一次就是張莘夫烈士在東北遇難之後，東北籍學生發起在重慶示威遊行，此事最初也是王淦策劃領導，終於一九四六年二月二十二日在重慶爆發了青年學生愛國遊行大會，人數在三萬人以上，參加的有中央大學、四川省教育學院、中央工業專科學校、國立藝術專科學校、國立重慶大學、東方語言專科學校、湘雅醫學院、交通大學及中小學校十幾所。以後蔓延至上海、北平，均舉行示威遊行。對當時共黨學生大力反美活動，作強有力的反擊。

近年來王淦工作對象轉至日本，與日本朝野交誼甚篤，更同在日本經商的台灣省民衆發生密切關係，透過這些關係，勸說不少台獨負責人返回台北，這一項功績，也不爲外人所知，祇到他死後，其友人才隱約透露出來。

兩個婆婆的童養媳

周恩來評傳（二十四）

嚴靜文

從一九四五到一九四九的國共四年內戰，在一九四七年以前，因雙方和談不絕如縷，進行的方式是打打談談，談談打打；一九四七以後才進入全面戰爭。一九四七年二月和談正式決裂，三月七日周恩來等率中共代表團離開南京，回到延安，未遑喘息，三月十九日胡宗南便指揮二十萬大軍進攻延安，周恩來便跟隨毛澤東在陝北展開了軍事行動。

延安撤退一分爲二

爲了應付全面內戰，毛澤東把中共中央一分爲二，五名中央書記處書記分成兩組，劉少奇偕同朱德爲一組，率領大部分中央幹部康生等，成立「中央工作委員會」，渡過黃河北岸，進入晉冀察邊區，代行中共中央職權。實質上是偏重於黨務和政治的領導；毛澤東率周恩來、任弼時（任弼時死後由陳雲補其缺）爲一組，留在陝北地區，偏重領導軍事工作。

毛澤東這一安排，帶有濃厚的英雄主義彩色，同時仍含有勒制周恩來的作用。

毛澤東當時是全黨最高領導人，照理說他應該到比較安全地區去主持中共全面工作，結果竟留在軍事緊急、地域貧脊的陝北。他所以這樣決定，是要表演一下他的「蘑菇戰術」（游擊戰術），當然也有穩定軍心、激勵士氣的作用。但是實在過於冒險，如果不是胡宗南太不長進，和太粗心大意，毛澤東有被「甕中捉鼈」，一鼓成擒的危險。胡宗南有十年的剿共戰爭經驗，握重兵監視陝北共軍也有十年之久，對毛澤東那套捉迷藏子、兜圈子的游擊戰術，居然仍沒有擬定有效的對策，結果給毛澤東如願以償，做了一次精彩表演。

毛澤東安排劉少奇、朱德過河，領導「中央工作委員會」，顯示對繼承人劉少奇的信任之專託付之重；朱德是共軍總司令，可是竟不得隨毛一起指揮軍事，跟劉少奇一起，成了閒員；照理說周恩來應該隨劉少奇一起過河，結果反留了下來，把他放在身邊。

周恩來在南京、上海住了幾年，習慣了大城市生活的舒適；現在驟然流竄荒山野嶺，打起游擊來，身體就立刻感到受不住了。

毛澤東一個警衛員關長林在所寫的「胸中自有雄兵百萬」的回憶錄中曾寫在連日急行軍之後，周恩來忽然病了。

「我們趕忙抬着担架往回緊跑。原來

周副主席過於勞累，流鼻血了，正坐在草地上休息。我們忙把担架撐開，周副主席說：『你們快點去照顧主席，我一會就好的。』正好江青同志也來了。大家再三勸說，周副主席才坐上去。

在行軍路上，周副主席和其他首長一樣忙碌，吃得少、睡得少，事無巨細，都要親自佈置和安排。有時，爲了分担主席的重任，總是睡得更遲一些，起得更早一些，除了有特急電報，總不肯驚擾主席，往往他自己睡上一兩個小時，就被秘書叫醒幾次。他的鞋子磨穿了，也不讓人知道，怕同志們爲他費神操勞。不料一上担架就，把破洞露出來了。江青同志說：『副主席，你的鞋底露出襪子來了。』周副主席笑笑說：『透了嗎？怪不得走路硌脚呢！』」

西柏村籌建政府

從以上的記述看，周恩來所担當的工作，實際上是中央軍委主席秘書長的工作；事事都得經手，但是大事拿不了主意；毛澤東睡了他才能睡，毛未起床，他得先起床。這樣的工作，看來他也作得很起勁，內心裡千辛萬苦，實不足爲外人道。

不過，這樣的生活爲時並不久，大概整整一年，於一九三八年三月。他便隨同毛澤東一起渡過黃河，到河北省平山縣西柏村（石家莊西北），與劉少奇、朱德等的「中央工作委員會」會合。從那開始，他即脫出了一夕數驚、奔波不停的軍事生活，開始定下來從事設計和推動建立政府的工作。因爲該年五月一日，中共在發表的文告中，聲言召開沒有反動分子參加的政治協商會議，討論成立民主聯合政府。

建立政權的工作，由毛澤東親自主持，周恩來也只是從旁輔助。這一工作由一九四八年九月在平山召開的政治局會議決定，見於毛澤東所定「中共中央關於九月會議的通知」：

「六、召集政治協商會議的口號，團結了國民黨區域一切民主黨派、人民團體和無黨派民主人士於我黨周圍。現在，我們正在組織國民黨區域的這些黨派和團體的代表人物來解放區，準備在一九四九年召集中國一切民主黨派、人民團體和無黨派民主人士的代表們開會，成立中華人民共和國臨時中央政府。」

這裡所說的民主黨派包括「中國國民黨革命委員會」、「中國民主同盟」、「中國民主促進會」、「致公黨」、「中國農工民主黨」、「中國人民救國會」、「三民主義同志聯合會」等。

在這裡有一個問題頗值得深思，那就是中共革命成功之後，爲什麼不以中共爲主體進行建立政權，而要利用那些黨外分子來共同建立聯合政府呢？

就周恩來說，這些民主黨派，他是會在重慶和南京期間，長期的統戰對象，把這些人網羅到新政權裡來，可以保全中共和他個人的信用，周當然是十分贊成。

就毛澤東說，當時正趨向向蘇聯一邊倒，而戰後東歐國家在史大林擬議下，都自稱人民民主國家，以別於蘇聯的社會主義國家，以突出蘇聯的先進；毛當時還不欲跨越史大林的教條。不過，「熟讀」資治通鑑的毛澤東自然還會想到，把黨外知名之士全都網羅到新政府裡來，實有使「天下英雄入吾彀中」的妙用，他們做了官，便不必再造反了。

因此召開政治協商會議，開建人民共和國，乃毛周二人會心的一項合作。

在一九四八年九月毛澤東預測前後共需五年時間才能打倒政府，完成革命。他在前述的「通知」中寫道：

「國民黨的軍事力量，在一九四六年七月爲四百三十萬人，兩年被殲和逃亡三百零九萬人，補充二百四十萬人，現有三百六十五萬人。估計今後三年尚能補充三百萬人，今後三年被殲和逃亡可能達到四百五十萬人左右。這樣五年作戰結果，國民黨的軍事力量可能只剩下二百萬人左右了。我軍現有二百八十萬人，……五年作戰結果，我軍可能接近五百萬人。如果五年作戰出現了這樣的結果，就可以說國民黨的反動統治已經從根本上被我們打倒了。」

事實上國民政府的崩潰，較毛澤東的估計快了兩年，一九四九年上半年，中共差不多已控制整個大陸了。

一九四九年一月各民主黨派代表李濟琛、沈鈞儒、馬叙倫等已自香港來到石家莊與周恩來等會商。二月共軍進入北平，三月下旬，中共中央在石家莊舉行過七屆二中全會，遷往北平。在六月舉行的政協會議中毛被推選中國政治協商會議籌備處主任，周被選爲副主任，周的助手李維漢爲秘書長。九月二十一日「中國人民政治協商會議」在北平開幕，出席代表六百三十八人，其中民主黨派和無黨派人士只有二百七十七人，其餘四〇五人全是中共選派的。在大會中通過了「中華人民共和國中央政府組織法」，毛澤東被推爲「國家主席」，朱德、宋慶齡、劉少奇、李濟琛、張瀾、高崗等六人爲副主席。政府成立，周被任命爲政務院（後改國務院）總理兼外交部長，當時周恩來已整整五十歲。

戰戰兢兢明哲自保

依照蘇聯所建立的傳統，國家元首——最高蘇維埃主席，是一個無足輕重的角色，史大林終生沒有坐過這把交椅。毛澤東雖剛剛於七月一日宣佈過向蘇聯一邊倒，但是在建立政權時，竟兼任了國家主席，此事足以說明，中共仍不能脫除兩千年來中國政治的傳統，換言之，默默中仍重視元首這個地位，因爲這個地位相當於過去的大皇帝。周恩來何等機靈，對於熟讀和愛讀資治通鑑的毛澤東，了解最爲透澈，他從六月籌備政協會議時起，即把毛抬出來做籌備主任，自己退居副主任，政權成立時再把毛抬上「主席」的寶座。

十一月一日當中共政權成立之日，毛澤東在天安門城樓上宣讀講詞時，周恩來站在毛的背後，面孔嚴肅，毫無笑容。當時他心中的情緒一定複雜萬端。

假使一九三四年下半年的第五次反圍剿戰役不犯那麼大的錯誤，不在遵義會議上栽跟斗，今天在天安門上宣佈「開國」的「舍我其誰」呢？假如皖南事件得以避免，項英不死，新四軍和國際派聯成一氣，自己就不會在一九四二年掀起整風運動中被迫自我批評了，那麼今天會做一個有實權的總理，便不會變成一個高級政治童媳養了！

他會想到兩個多月以前，一件大不愉快的事。

一九四九年四月尾，劉鄧共軍攻下了南京後不久，周恩來看到機會來了，蘇聯大使隨着國府撤退到廣州去了，可是美國大使司徒雷登却意外地在南京留下來。周立刻派貼身外交助手，在延安會與美軍特別任務代表團（一九四四年八月起由重慶派駐延安）打過交道的黃華去到南京，與司徒大使會談，對互相建交問題交換意見，並派人爲司徒大使把座機修好，只等華盛頓回電便飛往北平，正式談判建交了，可是七月一日，毛澤東不等華盛頓回電便在「論人民民主專政」的演詞中宣佈了向蘇聯一邊倒！七月十日華盛頓回電到了，訓令司徒大使勿往北平，中共與美國的外交便這樣頓挫下來，隔了二十三年才有尼克遜訪問北平之舉！

當然周恩來也心知肚明，即使沒有毛宣佈「一邊倒」，美國的外交承認也不會即刻到來。當時華盛頓對華外交正採取觀望政策，等待局勢澄清，同時也停止了對國民政府的軍事援助，料不到中共進攻台灣大軍在金門島吃了一個大敗仗，接着史大林發動韓戰，把中共牽入仇美的漩渦，如果中共和美國不中史大林之計，則最遲一九五五年必定可以達成建交了。

黃華奉周之命還在南京等華盛頓的回電，毛竟不顧事實宣佈向蘇一邊倒，這是對周恩來外交權利的抹殺和蔑視，使華盛頓了解到，周恩來的和平外交政策，在黨內並沒有堅强的後盾。

周恩來自一九四九就任總理，迄今二十四年，在位之久是個罕見的紀錄，僅次於他自己的政治局委員的紀錄（自一九二七——已四十六年）。

在這二十四年的總理任內，迄一九六七年文化大革命高潮爲止，一直處於政治童養媳的境域。這可從一件事見出端倪。

在過去二十幾年裡，他幾乎從未發表過有決定性的演說或文件。更談不上路線的和理論了。就是說，他始終是戰戰兢兢政策執行人，而不是一個決定政策的人，甚至連表面的榮譽也都避免了。過去二十幾年裡中共的重要文件多由毛澤東、劉少奇、鄧小平發表，但是周的幾個副總理如薄一波、譚震林等，則都發表過重大的政策演說。例如一九五一年十月，薄一波發表三反五反運動的報告；一九五八年五月譚震林在八屆大會二次會議上代表黨中央提出「農業發展綱要」的報告；一九五七年三月，陸定一在全國宣傳工作會議上發表鼓動鳴放運動的報告，再如一九六〇年三月李富春在二屆二次人代會上發表以農業爲基礎的經濟報告，正式改變了以工業爲主體的大躍進方針。

周恩來雖曾屢向人民代表會議或政治協商會議提出若干政策性的報告，但那是黨先有了決策之後，負責向黨外傳達而已，屬於一種例行公事。但唯一的一次具有意義的政策性的報告是一九五六年一月，是他在中共中央召開的討論知識分子問題的會議上，提出關於知識分子問題的報告。他在報告中提出充分動員和發揮知識分子的力量，爲社會主義建設服務。

那次會議和周的報告，是經過鎮壓反革命分子運動（一九五〇），三反五反運動（一九五一），肅清反革命分子運動（一九五五）等激烈風暴之後對知識分子的一種鼓勵和安撫。周恩來這一報告和一九六一年七月陳毅「對北京市高等院校應屆畢業生的講話」，都是大陸知識分子難忘的事情，在他們受夠了鎮壓、改造、肅清之後，忽聽到的和風細雨之聲。

可是在周的報告發表之後不到半年，毛澤東即逕行召開最高國務會議鼓動鳴放，一九五七年在短暫鳴放之後，繼之以「反右派」的無情鎮壓。使知識分子再遭遇了一次無情的打擊。這與一九四九年周恩來與美國進行建交試探，遭受毛澤東向蘇一邊倒聲明的打擊，前後如出一轍。

小心侍奉兩個婆婆

如艾德加·史諾在遺著「漫長的革命」中對毛澤東的批評：「毛是一位進取者，是原動力，是創始者，最喜於採取令人驚訝的局面，緊張局面與緩和局面交替出現的戰略。他不相信漫長的穩定時期，而且從來不滿足於變化的速度，可是他是重實際的，對於逐步實現一個目標有着極大的耐心。」由於毛不相信長期穩定的建設發展，總是憑心血來潮，搞風搞雨，自一九四九以來，不斷打斷中共的經濟建設，這對於執行政策的周恩來固然是打擊，對於苦心製定政策的劉少奇、彭眞、鄧小年等打擊更爲嚴重。毛這種以政治衡量經濟的舉動，也實是他和劉鄧鬧翻的基本原因。

劉少奇和毛澤東自一九五三年因農業集體化問題發生爭執留下痕跡，其後一九五六年在鳴放政策上對立，一九五八年又對「三面紅旗」政策發生分歧，伏下其後社會主義教育運動及文化大革命的遠因。

毛劉的磨擦和發展中，增加了周恩來處境的複雜和困難。在這以前他只要伺候一個婆婆，現要看兩個婆婆的臉色。尤其是在兩個婆婆互相爭吵時，周恩來便會有無所措手之感。因此從一九四九到文革前夕，周恩來處處退避出風頭，少作政策性的報告，一方面是得到的信任不夠，另一方面則爲了少生是非，免被捲入漩渦。但是有時也無法完全置身世外。在這裡舉兩件事，以見他的處境的尷尬。

一九六二年一月，在劉少奇主持的五級幹部，七千人大會上，劉少奇把毛澤東的「三面紅旗」當作歷史的錯誤來總結，「不管是黑貓是白貓，能拿耗子就是好貓」；當此之際，僅有林彪挺身爲毛的路線辯護，據陳伯達說當時周恩來只有坐在那裡，默不作聲。當時周恩來一定感到劉鄧做得太早而且過火了。他既不能附和劉鄧批毛，也沒有能力阻止或矯正劉鄧。

再如一九六五年下半年開始的中日共兩黨會談。最後是由劉少奇負責與日共書記長宮本顯治會談的，但未達成協議；日共的主要目的是聯同北韓、北越和中共倡議建立反美聯合戰線，希望中共、蘇聯暫時息爭，一致對敵。劉少奇則依照毛路線堅持，反美帝必須同時反蘇修，同時並勸說日共，不能只搞議會的合法鬥爭，應改行武裝鬥爭。結果談不攏。但是日共的主張却順利的獲得平壤、河內的贊同，並都發表了聯合公報；一九六三年三月，日共代表團從河內回到北平，劉少奇時正出國訪問，毛澤東在上海（正在秘密發動文革），於是中共由周恩來、彭眞等負責再與日共會談。大概劉少奇臨出國之前交待了會談的原則，因此與日共妥協，並且擬好了共同聲明，要旨是不攻擊蘇聯，強調反美。並準備在宮本赴上海會見毛澤東之後即行發表。在送別晚會上，彭眞首先發表講話，周恩來跟着講了話，曾大讚兩黨會談成功。顯示他只是附和劉、彭的意旨。

可是，宮本一行到了上海，毛一看共同聲明就大為光火，痛斥在北平的人太軟弱了，如果不反蘇修共同聲明，便有害無益。毛自行提筆把共同聲明改了，對宮本他們說，如果不同意他的刪改，會談就算破裂。那個宮本顯治也是一條硬漢，於是便悄然離開了上海。

在這件事情上，周恩來自己的主張究竟如何不得而知，不過聽從劉少奇的意旨主持對日共的會談，但是達成協議之後，却被毛澤東一脚踢翻；在這裡不但周恩來個人的體面和威信受到蔑視，中共的黨格和黨信也被踏得粉碎。周恩來內心的感受，便可想而知了。

當時在黨外的人看來，周恩來是僅次於毛澤東、劉少奇的第三號人物，又是全國最高行政首長，可是在毛澤東的眼裡實不過是「童養媳」，一發脾氣，連一點情面也不留。在另一方面，劉少奇也踏踏實實壓在他頭上，不要說劉少奇，即使劉的心腹彭眞，毛的心腹林彪，他都得小心應付，戰戰兢兢，夾在毛劉兩派之間，眞是動則得咎，左右為難。

只在外交上顯才能

一九五六年九月中共召開八全大會，本是中共黨內權力鬥爭的一大變化。受了莫斯科清算史大林個人崇拜的影响，乃行壓縮毛的獨裁權力，開立集體領導制。設立政治局常委會，增設五名副主席（周是副主席之一），改組書記處，取消了毛的書記處主席職務，改設總書記，由鄧小平担任；並修改黨章，刪除以毛澤東思想為全黨工作指針一條。另一面劉少奇和鄧小平則權勢日張。一九五八年，大躍進失敗之後，毛更辭去「國家主席」，由劉少奇繼任。可是在這一大變革中，周恩來的處境並沒有改變，反之，有如前述，劉少奇權位的增漲，使周的處境更為複雜和困難。因此自一九四九到一九六五這十五年裡，周恩來唯有在外交工作上畧抒懷抱。雖然也只是執行政策，並且也屢受粗暴的干涉，但是他能夠較少顧慮的發揮自己的手腕和辯才；並且委屈婉轉，為中共建立了輝煌的功績，具體的說，在敎條主義的革命外交路線之下，他在國際上留下了一線和解的機運，使中共所遭受的孤立減少到最少限度，因此文革之後能夠大踏步的與西方國家改善關係，爭得了今天的國際地位。

回顧過去二十三年的中共外交，可分作五個階段。

第一階段，一九四九年——建立政權到一九五三年七月韓戰停火；這個期間的外交方針，在共產國際上向蘇俄一邊倒，在非共世界上進行勢不兩立的敵對和鬥爭。這完全是毛澤東的外交路線。同一期間，周恩來在一九四九年中共建立政權之前曾與美國試探建交，並在韓戰之前與日本進行貿易。

第二階段，自韓戰停火到一九五八年五月，這一期間的外交重點是對非共國家採取緩和態度，一九五五年且與美國開始大使級的華沙談判，並全力爭取和日本展開貿易和文化交流，另一方面則爭取中立國家、弱小國家，一九五四年四月在萬隆會議中，提出和平共處五原則。另一方面自一九五三年史大林逝世中共對蘇外交開始冷淡。這一階段的外交路線，帶有濃厚的周恩來彩色。

第三階段，自一九五八年五月以後至一九六五年爲止這個較長的階段，中共外交路線日趨激烈。其一九五九年與蘇俄翻臉爲轉變的焦點。因爲與蘇決裂的藉口是蘇聯放棄革命與「美帝」妥協，因此大力反蘇之外，特別激烈的反美。

激烈發展到頂點則趨向盲目。本來爭取中立國家是中共一項聰明的政策，但是因反蘇的緣故引致與親蘇的印度反目，因反修的緣故，成爲反南斯拉夫的急先鋒；而印、南兩國與埃及則是中立集團不結盟國家的軸心。因此失去中立國家的同情。

上述外交的失策，使第二階段所獲得的外交進展幾完全化爲泡影。

此外，中共爲了急於打擊美蘇，不顧「一窮二白」的經濟情況，竟開始大規模的經濟援外政策，但是由於政治教條太死硬以至化費多而收穫少；例如大力援助的埃及、加納等非洲國家都與中共反目。

另一方面在亞洲，中共孤注一擲的支持和援助，對外侵畧、對外專制的印尼蘇加諾政府，在東南亞大失人心，經過一九六四年七·二〇事變，蘇加諾垮台，遂使中共在東南亞的外交完全失敗。

總括起來說，第三階段是中共外交倒退的時期，也是周恩來外交路線遭受重大摧殘的時期。大概周恩來已燭洞先機，早於一九五八年初辭去外交部長，由陳毅繼任。此舉的具體原因不詳，但是陳毅爲周的摯友，實際上周並沒有放棄外交工作，只是不忍多加過問了。

文革時幾被揪鬥

第四階段，從一九六五年文化大革命開始到一九七一年四月，乒乓外交上演之前。這個期間的外交，可統稱之爲文革外交。把毛澤東的政治教條在外交上，毫無保留的貫徹出來；結果是放火燒英國使館、在機場上毆打北韓外交官員，攻擊北越，是「越修」。到了後來，中共在全世界只剩下一個友邦，那就是誓死反蘇、堅絕反美，株守史大林主義，人口約二百萬的阿爾巴尼亞！

其實當時已經沒有外交。只是「天下大亂」禍及外交，當時外交部正不斷遭受紅衛兵的衝擊，已經不能執行日常工作。這雖非毛澤東有計劃的破壞行動，但是與他素日的看法密切相關。例如一九六六年七月八日致江青的信中說：

「全世界有一百多個黨，大多數的黨都不信馬列主義——馬克斯、列寧都被他們搞得粉碎，何況我們呢？」

依照他這種絕望心情，坐視紅衛兵燒英使館、揪打外交官員，實在並沒有什麽不安。率領紅衛兵燒英使館的姚登山，即一度成爲毛最喜愛的幹部。反之，「憂憤深廣」（魯迅的話）應是周恩來。可是當時周恩來也在被揪鬥之列，他沒有像陳毅那樣被揪出來，乃由於一項意外的因素。試看史諾在「漫長的革命」中一段驚心動魄的記載。

「……一九六七年八月，周通過談判擺脫了他在文化革命中最危險的時刻。雖然他受到青年的崇拜，但是，在人民大會堂他的辦公室裡，有兩天兩夜以上的時間，他被五十萬名極『左』的紅衛兵圍起來，這些紅衛兵的領導人（有些後來當做反革命分子被捕）企圖奪取中央委員會和周本人的文件，當時毛不在北京。周不分日夜地同一小批一小批的紅衛兵談話，逐漸說服羣衆（周對我談話時這樣稱呼他們）散去。只有在這件事發生以後，數千軍隊才奉命進入首都，開始進行解除紅衛兵的武裝和解散他們的工作——結果發生了重大的傷亡。」

上述這段話，顯然不是直言實錄，帶有相當的政治化裝，不過也足夠說明，周恩來曾是中央文革小組所要揪鬥之人，而周在千鈞一髮之際倖免於難，是否單憑他的說服便使「羣衆」散去了一點頗爲可疑。可能在「數千軍隊」進入北京，「發生重大傷亡」之後，羣衆才告散去。究竟軍隊奉何人之令進入市區的，還是個謎。當時正值文革初期，中央文革對紅衛兵有絕對威信，而江青、陳伯達、康生、林彪、謝富治等「無產階級司令部」的紅員全在北平，如果他們下令，紅衛兵必定聽從，可是他們沒有下令制止，反之，紅衛兵包圍國務院，不能不使人懷疑原是他們的主意。因此馳援周恩來的數千軍隊，顯然不是奉這些人的命令，很可能是奉周的至友中央軍委副主席葉劍英，或當時任全軍文革小組組長的徐向前的命令。

固執推行工業化

關於這件事以及周恩來在文化大革命期間的遭遇和奮鬥，要留待下一章裡再深入檢討，在這裡我們只點出周恩來慘淡經營二十年的外交工作，（也是周恩來唯一起主要作用的工作）在文革期間被毀得蕩然無存，對周的打擊是怎樣深重。而當他一九七〇年九月掌握大權以後，便立刻開足馬力加以恢復，並在原有基礎上力加擴展。

周恩來不避艱險、執拗的進取和維護外交工作，究竟爲什麽呢？是不是單單爲了能在外交工作發揮自己之所長呢？顯然沒有這麽簡單。據筆者的考察，這實與他的政治想法密切相關。他的根本見解，是必須全力實現工業化。要達到這一目的，必須與先進工業國家建立外交，擴大貿易，吸收先進技術。

關於周恩來之腐心關切工業化問題，他在一九五六年一月十四日在中共中央委員會召開的「關於知識分子問題的會議」所提出的報告中，有清晰完全的說明，爲此筆者將該報告附在這部評傳之後。這裡不再引用和說明。做爲一個突出的例證，可參攷他在一九六六年九月十五日，「各地來京革命師生大會」上的演詞。他說：

「無產階級文化大革命，是改造人們靈魂的大革命，也是促進社會生產的大革命」。這是他處心積慮爲文革下的新定義，暗中企圖扭轉「鬥爭文方向」的一項冒險。他又接着說：

「隨着無產階級文化大革命高潮的興起，我國工農業生產正在出現一個更新的面貌，更新的繁榮。

搞好工農業生產，關係很大。它關係到我國社會主義建設，關係到第三個五年計劃，關係到城鄉人民生活，關係到無產階級文化大革命。它也關係到支援越南人民的抗美救國鬥爭，關係到支援全世界各被壓迫民族的革命鬥爭。

我們一定要響應毛主席的號召，一手抓革命，一手抓生產，保證文化大革命和工農業雙勝利！」

當時毛澤東、林彪正全力發動羣衆，不惜肆言「天下大亂，越亂越好」，周恩來竟在這裡唱反調，說什麽工農業生產第一。毛澤東在所定文革「十六條」中，雖然也枝節的提到工農生產問題，但是本意在減少文革的阻力，絕非要什麽文革和生產的雙勝利。因爲周恩來這番話，在當時顯然是「黑話」。（未完・待續）

中共最近三屆中央領導人名錄：

八屆

主席：毛澤東

副主席：劉少奇 周恩來 朱德 陳雲 林彪

總書記：鄧小平

政治局委員：林伯渠 董必武 彭眞 羅榮桓 陳毅 李富春 彭德懷 劉伯承 賀龍 李先念 柯慶施 李井泉 譚震林

九屆

主席：毛澤東

副主席：林彪

政治局委員：葉羣 葉劍英 劉伯承 江青 朱德 許世友 陳伯達 陳錫聯 李先念 李作鵬 吳法憲 邱會作 張春橋 周恩來 姚文元 康生 黃永勝 董必武 謝富治

十屆

主席：毛澤東

副主席：周恩來 王洪文 康生 葉劍英 李德生

政治局委員：韋國清 劉伯承 江青 朱德 許世友 華國鋒 紀登奎 吳德 汪東興 陳永貴 陳錫聯 李先念 張春橋 姚文元 康生 董必武

（主席、副主席、總書記均爲政治局委員）

折戟沉沙記林彪

（九）

岳騫

國軍當時進攻佈署是以第十三軍由錦縣出發，沿朝錦支線北進，擊破義縣共軍後，進出阜新地區。隨後沿阜（新）赤（峯）公路向北票攻擊，攻不下北票礦區，進出建平，黑水鎮附近，當時赤峯仍在蘇軍佔領下，故國軍未能攻署赤峯。另以五十二軍主力，由黑山向錦州集結，向朝陽攻擊前進，在攻下朝陽、葉柏壽之後，向凌源、平泉進出。

一九四五年十二月二十七日國軍十三軍石覺部由錦縣向義縣進攻，二十八日正午攻抵城郊，經一度激戰後，攻克義縣，共軍分向阜新、北票退走。國軍乘機追擊，二十九日克清河門，此時林彪率領主力部隊已退走，國軍於三十一日輕易克復阜新，虜獲火車機車及軍用品甚多。

一九四六年一月三日第十三軍主力由阜新另將五十四師車運義縣，分途向北票發動攻擊，因爲五十四師行動迅速，一月四日中午即攻抵城郊，共軍未及集結兵力，倉卒應戰，經國軍數小時猛攻後，一鼓攻下北票。隨後又佔領三寶礦區，共軍未及破壞。國軍第四師當向葉柏壽前進，支持五十二軍戰鬥。一月七日五十四師向建平攻擊，一路進展迅速，十日攻佔建平，十二日包圍共軍混成旅王珩部於黑水鎮附近，戰至十二日全部解決。由於蘇軍尚未撤出赤峯，國軍也停止前進。一般來說，國軍與共軍作戰，攻城畧地容易，殲滅共軍兵力則甚難，由於共軍運動靈活，不易受國軍包圍，同時共軍在力量不敵時，也決不拚死抵抗，保衛一城一地，此次王珩旅被殲，實由國軍運動過速，未及撤退。

國軍五十二軍於一月三日由錦縣向朝陽攻擊，五日收復朝陽，九日克葉柏壽，所部第二師十日克凌源，第一九五師十三日佔領平泉。第二十五師亦在十二月二十八日收復新立屯，在三十五年一月三日收復彰武，五日收復新民，九日收復營口，三月十二日自蘇軍手中接收瀋陽。國軍各路正準備向北推進，奉到政府第一次停戰命令而中止。

熱、遼邊區，當華北、東北、察綏交通要衝，東連東北，南扼北寧路咽喉，加之區內交通便利，礦產豐富，爲用兵必爭之地。國軍出關出戰時，正值嚴冬，作戰期間，天降大雪，白晝溫度在攝氏零下十度，夜間在零下二十度左右，十三軍官兵多係南方人，生平未歷過如此嚴寒天氣，出關時僅發棉衣，實則當地人入冬非穿皮衣不可。國軍在大雪嚴寒之際，作丘陵之攻擊，艱苦非所能想像，所以能克敵致勝，由於勝利之後，士氣正銳，而十三軍軍長石覺作戰勇敢，爲國軍少有名將，自南口戰役任十二旅旅長開始，即以打硬仗聞名於世，使易他人，未必有此戰績也。

至於共軍節節敗退，主因在於武器裝備落伍，兵員亦多由當地農民補充，缺乏戰鬥經驗，眞正林彪帶出關主力，則力避犧牲，不願與國軍硬拚。

此中牽涉到另一問題，政府方面宣佈蘇軍將在東北虜獲日軍武器，全部撥交共軍，可裝備七十萬兵員，共軍之坐大也因此。此點自係事實，但其中尙有曲折，當蘇軍佔領東北後，因有中蘇友好條約之簽訂，蘇聯承認援助祇給予國民政府，墨瀋未乾，自不便公然援助共軍，同時，史大林也並不看好中共，認爲中共力量自保雖不成問題，但要取得政權代替國民政府，則無此可能。實則此種想法並非史大林如此，毛澤東亦然。筆者一九四七年遇到担任中共中級幹部之老同學，詢問他們究竟作何打算，眞預備推翻國民政府。敝同學尙答以無此可能，我們不過是以戰求和而已。

由於史大林始終不相信毛澤東能取得政權，故仍然存心與國民政府打交道，希望在國民政府允諾下取得更多權利。因此，最初並未將大部日軍武器給予林彪部，即有給予，亦係零星小數。此點自引起林彪之不滿，故林彪在東北時即對蘇方發生反感，尤其與蘇軍總司令馬林諾夫斯基更成了寃家，世人每盲目謂林彪親蘇，並不盡然，至於以後林彪是否又與蘇聯和解，政治上恩恩怨怨亦難言，但在東北時，林彪開始確未自蘇軍手中獲得大量武器，故與國軍遭遇，每戰必退。以後根據中共方面公佈資料，指出是毛澤東厘定戰畧，將鐵路線讓與國軍，自向農村發展，此種戰畧即後來所謂「人民戰爭」，以農村包圍城市的起源。當年毛澤東可能有此訓令，但就事實而論，共軍並非不願保衛大城市與鐵路線，中間且曾發生多次爭奪戰，所以終於不敵，實由於力量不足。

國軍於一九四六年三月二十日克復瀋陽附近城市遼陽、撫順及遼東平原諸據點。此時共軍遼東軍區司令員程世才率所部第二縱隊吳權、第三縱隊曾克林、第四縱隊吳克華共計七個旅兵力，退據本溪，大安平地區，構築工事，準備抵抗。程世才出身紅四方面軍，張國燾率部離開豫鄂皖開闢川陝蘇區時，任三十軍八十八師師長，旋升三十軍副軍長，抵達陝北時任三十軍軍長，軍政委李先念，在徐向前指揮下向新疆西征，在甘肅河西走廊爲馬家軍擊潰，全軍一萬二千人僅剩五百人逃入祁連山，以後逃至新疆祇剩二百人。一九三七年十二月抗戰開始後，飛回延安，入抗大受訓，一九三八年即派去冀東在宋時輪，鄧華支隊任參謀長，此時升任遼東軍區司令員。程世才在紅四方面軍時代即以慓悍善戰著稱，此時據有遼東半島地區，又有七個旅兵力，自不甘心退出，決心要同國軍打一次大戰。

（未完・待續）

謙廬隨筆

廿五

矢原謙吉遺著

一日，北洋時代之名人饒孟任，忽來余處，狀極委頓，舉止失措，逡巡久之，欲言又止。多年來，余屢歷改變，昨日猶呼風喚雨，而今日已惶惶然如喪家犬，但求覓一逃死之地者，實累見不鮮，且亦不時錫此輩以舍下，方寸之地，使避「風險」。上天有好生之德，余雖對政壇之風浪，無動於衷，寧可逆天而行，見人有危而不予以援手乎？

以是，余遂疑饒孟任之來，爲避禍耳。外間或已有其政敵之緹騎，伺於門也。遂力促其小休於余處，三數日後，再議行止。幷謂之曰：「勿沮勿憂，雖天大之事，明後日觀之，復覺其小矣！」

饒者，闓與同盟會關係極深，而於軍閥亂政時，則儼然爲司法界之魁首。北方底定之後政壇似已無其施展拳脚之地，遂改業律師，包攬訟事，所獲驚人。「推事」之流，聞其名而心動，睹其「手面」而色授魂與。於是，不旋踵而成北方律師中之第一矣。

而是時，以政客之身，善舞之袖，爲人包攬訟事，藉刀筆而享律師大名者，雖已有王章鄭魏四雌雄，惟皆在南方；與饒固「井水不犯河水」也。

余挽之既殷，饒乃意動，卒曰：

「余食不甘味者，累日矣。今當與大夫一醉，請爲我令豐澤園送一砂鍋魚翅席」來，可乎？

余罷診時，饒已於客廳中沙發上，沉酣睡矣。二人據案對酌有頃，饒始漸吐其椎心切腹之痛，蓋此來絕非與政治逃亡有關，實乃禍起閨中，紅杏出牆耳。

饒係川黔產，家有糟糠，自毋論矣。東渡負笈，與縱橫政壇之際，均迭有娶離，離娶之事。既爲律師以糊口，風光手面，均與當年相去頗遠，熱心利祿如彼者，自感寂寞特甚。一日，忽有一奇富之貴婦，駕臨饒處，囑以代辦離婚之事。饒乃食指大動，搖唇鼓舌，多方開導，授其於離婚前與離婚時，向夫「淘金」之術。其計果售，未幾遂人財兩得。不圖，此貴婦於歸饒後，仍對天下男子目光如炬。於是，乃有一身兼「潘驢小閒四德者」，忽成入幕之賓。而該貴婦遂以饒前授「淘金」之術，盡淘饒之金以去。昔日司徒，而一敗塗地以至於此，頓首呼天，亦於事無補。饒於精神恍惚，百計俱窮之際，猶思以「苦肉計」。遂其破鏡重圓之願，欲令余告其逃妻；「彼已深受刺激，神經失調，長此以往，必死無疑」，冀以此誘伊人携其重金，復歸於饒也。

余告以覆水難收，收之無味；縱令年收之，能保其明年不再覆否？饒知余不欲爲其用，默然久之，惟狂飲而已。

是夜，彼堅欲回寓，余亦唯聽之耳。越一週許，偶與余相値於東安市塲，身伴已有一珠翠遍體之麗人，而饒亦精神抖擻，恍若另一人矣。

余旋聞：此一麗人，乃北方一大軍閥之下堂妾，極富纏頭之資。既委身事饒，「饒大律師」乃又雄於資矣。後復一至余處，請爲之診鼻。蓋饒雖身材適中，豐顧有度，翩翩然有「銀行分行經理」之風，惟其鼻端紅色雜陳，俗所謂之「酒糟鼻」也。該麗人或頗以爲忤，故饒必欲去之，余辭以學非專長，介之於吾友天津日醫井上君處。自是，余遂未重逢此君。

人言：此一麗人居然曾爲「狗肉督軍」之寵妾，與饒邂逅幾達及一年，始歸」一北洋世家子。但亦有人言；麗人與「狗肉督軍」毫無關係，自歸」饒後亦從未見異恩遷，而饒遂突以瘵疾，逾年而死云。

余於饒印象特深之故，蓋彼曾屢示余書柬故數事，署名悉爲「中州」，更多稱之爲「道兄」。此外亦有署名爲秋山定輔與犬養毅者。聞其接交，睹其爲人，頗令人有撲朔迷離之感。——爲「名律師」者，其人如是，法云乎哉？「法治」云乎哉？

饒嘗介其戚萬兆芝於余，亦一政客而兼「名律師」者也。萬爲鄂產，人極圓滑，其精明過人處，與管翼賢只在伯仲間耳。萬亦常出不凡之語，一日謂余曰：

「極樂世界一域，逕可以舉足登之，但待人間無警察，無醫生，無律師時，即得之矣！何以故？無警察時，則自已無盜賊。無醫生時，則自已無疾痛。無律師時，則自已無違法亂紀之人也。」

萬與鄂系軍人，如徐源泉，何成濬，蕭之楚等，均頗有淵源。人言，渠於此鄂軍宿將之處，均例有「乾薪」，每月寄來。苟北方有所醞釀，或此三公欲與北方風雲人物有所連繫，則萬均可爲之分憂。渠等更常於風雲變換之際，電萬以求其策，依賴之殷，由此可見。

人詢萬曰：「君既爲三公所重若是，曷不襆被歸鄂，就近爲其朝夕劃策乎？」

萬笑曰：

「彼所需者，縱橫家也。而縱橫之能久保其富貴者，蓋以其身掛六國相印，而永不朝夕隨侍於一王一侯之後也。

是故，張儀豎子得以顯貴，而商鞅、孔明，鞠躬盡瘁，終至恨恨亡身也。

盖此三公，數千里外，來電求策者，需我也貴我也。

與之相隔關山，則吾之地位如客卿，如師友。

苟去而就彼，則朝夕伴食應卯，地位乃一降而爲幕僚，爲部屬矣

余豈愚至於此？」

余於日曜之日，亦難小休，故恒每年兩度，稍作遨遊。萬忽以電話詢余曰：

「余知大夫又將作小休計，其有意一遊漢臯乎？

余醉心山水，「復酷嗜古跡，而獨於三楚風光，意殊淡然，遂遜謝之。萬曰：

「余將赴漢一行，以祝何成濬夫婦之雙壽。君若同車，則兩不寂寞。何況「黃鶴樓上看翻船」之絕景，非身歷其境者，不識其味也。」

（未完·待續）

香港詩壇

七夕 癸丑

高蘊賜

七夕而今寂寂過，秋侵熱浪正揚波！
節臨仕女知何少？巧向神仙乞不多！
壘佈人間張鐵幕，船飛天上泊銀河；
洋場十里酣歌舞，那管雙星是什麽？

「摩登時代」影片觀後

萬丈光芒出巨星，不言妙絕在傳形；
滑稽多比東方朔，諷刺難如卓別靈！
勸世文兼浮世繪，開心果亦洗心經；
日新月異無窮事，幻想長驅入杳冥！

即事

電話鈴驚午夜鐘，寧知問切與誰逢？
驅車直過青山道，拾級忙攀白鴿籠；
室狹益增殘暑酷，民窮更助病魔凶！
歸途伴我惟明月，十里岑樓夢尚濃！

長城

天驕可似祖龍無？故堞重看護獨夫！
殘覇古來爭亂夏，餘威今得借防胡（蘇聯陳兵西北），雄姿萬里山河影，
浩刼千秋血淚圖！氣壓齊州烟九點，
終憐帝業與雲俱！

偶感 用谿西鷄齊啼韻

詩意凄清繞玉谿，孤吟自媚小樓西。
但知作客爲牛馬，安得成仙度犬鷄？
是道是魔容易幻，唯心唯物本難齊！
未空色相隨緣住，閒向花間聽鳥啼。

書懷

客路羊腸已幾經？難驅萬慮入蒼冥！
割貪畢竟刀無術，却老何曾藥有靈？
世事浮沉雙鬢白，詩情濃淡一燈青；
風雲動盪兵塵裡，莫向人間問醉醒！

電燈

無限光源接電源，却憑一線燭乾坤！
照殘燈下千魔影，窺盡人間萬刧痕！
明滅竟然催白髮，古今依舊燦黃昏；
夜來不教驚風雨，蠟炬銀河豈足論？

麵飽（方飽）

百年無改是觀瞻，省却煩炊價亦廉；
呼作枕頭形得似，名爲生命意能兼（香港某廠出品稱生命飽）；
應輸白飯三分飽，堪勝黃粱一點甜；
舉目哀鴻滿天下，何當如雨落窮簷？

友贈「仁心不掩詩心媚」句用成四律

仁心不掩詩心媚，舊夢長懸客夢多！
淡泊靜觀齊物論，逍遙閒唱拂塵歌；
何須野兎營三窟？肯與城狐聚一窩？
十里繁華騰蜃氣，海桑紅影落滄波！

一往江湖計未非，自栽林杏漸成圍；
仁心不掩詩心媚，左道猶橫世道微！
思漢獨留梅骨瘦，居夷誰問蕨芽肥？
窗前晴弄寒鴉色，黑陣盤空萬點飛！

聊從藕孔閱飛沉，太息蒼生二豎侵！
放眼乾坤迷衆壘，側身湖海托孤岑！
仁心不掩詩心媚，義胆同盟劍胆深！
得失閒閒歸物外，人間終古幻晴陰！

亙古豪情仰子瞻，囂塵絕入謫仙簷；
清香蘭蕙誰能抱？美味熊魚我欲兼；
性僻何難如佛靜？色空應易似僧嚴！
仁心不掩詩心媚，一枕蠻烟夢尚甜！

雲

碧落浮清影，丹霞映彩容；巫山空有夢，
蒼狗幻無踪！平步顏開仕，化身澤潤農；
人間怨風雨，出岫莫從龍！

蹉跎

離亂躬仍泰，馳驅鬢欲皤！靜因閒客少，
忙爲病人多；笑欠唯詩債，感貧是學疏！
好將新歲月，重自補蹉跎！

夜坐

重樓圍醉夢，斗室獨沉吟。百怪穿懷亂，
孤燈閱世深！境無眞善美，念有去來今；
窗隙懸明月，窺殘此夜心！

編餘漫筆

編者

時間過得眞快，本刊已經出版兩周年，從這一期起，已進入第三年。過去一年經過的困難眞是一言難盡，不過，總算支持過來。不意上月紙張突然加價，一加就是一倍，目前這種漲勢尚未停止，究竟要漲到多少，始能穩定，誰也不敢預料。此時辦文化事業，祇有努力以赴，盡其在我，前途如何，眞難言矣。由於紙張飛漲，本刊原來打算重印「蘭花幽夢」及「盧溝烽火」的計劃，也不得不暫時取消，順便向預約兩書的讀者致歉意。

本刊創始於九一八四十周年，本期又逢九一八四十二周年，特地發表有關九一八文獻五篇，皆是當事人親見親聞之作，內容充實，資料可靠，均不可多得。

中國國難雖起於百年前的鴉片戰爭，但眞眞使中國淪於萬劫不復之地，却淵源於「九一八事變」，凡是一個有血性的中國人，都不能忘記這一天，更不能忘記日本人。本刊選擇九一八事變之月出版，也是永遠留此紀念以提醒國人。

本期最有價值的文章是「胡政之與大公報」，編者上期已有介紹。這篇大文有幾點不可及之處，第一，作者實實在在是大公報的人員，地位相當高，不僅能接觸大公報最高當局胡政之與張季鸞，而且也遍交當時大公報內部重要人員如王芸生、曹谷冰，甚至費彝民，對每一個人的情況皆十分了解。第二，作者秉性忠厚，文如其人，對於一些已變爲敵人的老同事，無一句惡言相加，不僅不道其短，反而亟稱其長，修史首貴者爲史德，作者確實有史德。第三，其中許多珍貴史料皆外人所不知者，經作者整理發表，讀後不僅對大公報內情有深切了解，年青一代讀者也可以了然到我們國家當時危機之重，當局處境之苦。

本刊可以特在本期鄭重推出此篇，一是爲兩周年壯聲勢，另一點意見因爲大公報之正式爲全國人所稱誦，亦開始於九一八，若說大公報興於九一八，似不爲過，故特擇此日發表，亦紀念九一八之意。

由於作者屢次提到趙惜夢，對趙氏敬重有加，本期特發表趙惜夢先生的青年時期，以與陳文互相發明。

在九一八事變後，七七抗戰前成立的冀東政府，資料流傳甚少，本刊第七期曾發表一文，但偏重殷汝耕個人。本期又發表關山月「冀東政府興滅史」，對此一奇怪政權，始有詳細交待，本刊宗旨在搜集野史，愈是不爲人重之事，愈樂意發表。

雁飛先生因染恙，所撰「趙承綬」一文未到，下期准予刊出。

本社即將出版新書

一、謙廬隨筆，此書係日人矢原謙吉醫生遺著，矢原醫生久居故都，遍交中國北方政壇顯要，所記有勝國遺聞，有北洋舊事，皆屬親見親聞，詳實可信。矢原醫生雖係日人，但漢文造詣，不遜中國學人，文字簡練，筆觸細膩，所述當代人物，三言兩語，刻劃入神。最難得者，厥為矢原醫生並非國人，與中國當道無恩無怨，祇就所知，隨筆記載，初雖遺興之作，並無傳世之意，故無個人成見存乎其間，讀之但覺韻味無窮。大戰期間，矢原醫生由華至德，由德而美，烽火連天，滄桑屢變，是書藏之篋中，竟未受損，是知名山之作，或有神物呵護也。

矢原醫生久歸道山，是篇經其公子愉安君交本刊發表，一經問世，譽滿寰球，各地讀者交相推崇，後來還囑出專書，當即重加整編，並請其公子愉安君審閱，列為本刊叢書第一種，不日即將出版，特此預告。

二、妖姬恨，是書為岳騫著，記述中共文化大革命事，以小說體裁出之，原載某刊，現已重新整理，不日即將出版。

錦繡神州

出版者：德興文化事業公司

我國歷史悠久，文物豐富，古蹟名勝，山川毓秀。尤其歷代建築藝術，都是鬼斧神工，中華文化的優美，在世界上有崇高地位；所以要復興中華文化，更要發揚光大，我們炎黃裔胄與有榮焉。

如欲研究中華文化，考據博古文物，瀏覽名山巨川，遊歷勝景古蹟；畢一生精力，恐亦不克窺全豹。往年雖有此類圖書出版，惜皆偏於重點介紹，不能滿足讀者理想。

本公司有鑒於此，不惜巨資，聘請海內外專家搜集資料，歷三年編輯而成；圖片認真審定，詳註中英文說明，堪稱圖文並茂。內容分成四大類：「**文物精華**」「**勝景古蹟**」「**名山巨川**」「**歷代建築**」將中華文化的精英，包羅萬有，洵如書名：**錦繡神州**。並委託柯式印刷廠，以最新科技，特藝彩色精印。八開豪華精裝本，金線織錦為面，織成圖案及中英文金字，富麗堂皇。「**內容**」「**印刷**」「**訂裝**」三並重，互為爭妍；所以本書被評為出版界一大傑作，確非謬贊。

凡備有本書者，不啻珍藏中華歷代文物，已瀏覽全國名山巨川，遍歷勝景古蹟。如購贈親友，受者必感隆情厚意。

全書一巨册　港幣弍百元

經已出版。【付印無多，欲購從速。】

總代理

吳興記書報社

地址：香港租庇利街十一號二樓

電話：H四五〇五六一

Ng Hing Kee Newspaper Agency

No. 11, Judilee Street, 1st Fl.

HONG KONG

九龍經銷處

德興書店（旺角奶路臣街15號B）

吳興記分銷處（吳淞街43號）

外埠經銷處

星馬婆　遠東文化有限公司
曼谷　青年文化服務社
菲律賓　華安書店
越南　聯興書報社
紐約　友聯圖書公司
三藩市　益智圖書公司
三藩市　新生圖書公司
三藩市　文化書店
波士頓　中西公司
芝加哥　文華書局
檀香山　大元公司
倫敦　東寶公司
加拿大　香港百貨公司
澳門　可大文具店
斗湖　光明書局
亞庇　利民公司

掌故

月刊

26

野史・佚聞・人物・風土・

一九七三年十月十日出版

中華月報

一九五三年一月創刊的「祖國周刊」，在一九六四年四月改爲月刊，出版滿二十周年之後在一九七三年四月改爲綜合性的「**中華月報**」。

這個以「**文化性、文摘性、文滙性**」爲特色的大型刊物，設有「**金聲玉振**」（學術思想）、「**秀才樂園**」（時事議論）、「**海峽西東**」（國情報導）、「**天涯比隣**」（各地通訊）、「**大衆小品**」（散文隨筆）、「**時文選萃**」（文摘選載）、「**參考資料**」（文件選錄）、「**人物評介**」、「**書刊評介**」等欄，園地公開，歡迎投稿。

在四月號和五月號的「金聲玉振」一欄中已發表李璜、張忠紱、徐復觀、夏志清、羅錦堂、金思愷等著名學者的論文。在以「秀才未遇兵、有理來講清」爲口號的「秀才樂園」一欄，已發表名政論家司馬長風、齊亦魯等作者的精采文章。在「人物評介」一欄中已開始連載名作家司馬桑敦的「張學良評傳」。其他各欄也都內容豐富，不及詳述。

該刊每期一百頁，零售港幣二元，訂閱一年三十元，五年一百二十元。

中華月報社：香港九龍書院道九號

友聯書報發行公司：香港九龍花園街七十三號

掌故月刊 第二十六期 目錄

每月逢十日出版

掌故 第二十六期

中華民國六二（一九七三）年十月十日出版

每册定價港幣二元正

全年訂費港幣二十元 美金五元

出版兼發行者：掌故月刊社
地址：九龍亞皆老街六號B
電話：K八〇八〇九一

The Journal of Historical Records
6B, Argyle Street, Mongkok,
Kowloon, Hong Kong.

督印人：鄧少卿
總編輯：岳騫
印刷者：和記印刷有限公司 新蒲崗景福街一一〇號超達工業大廈十樓
總代理：吳興記書報社 香港租庇利街十一號二樓 電話：H四五〇五六一 H四五〇七六六
星馬代理：遠東文化事業有限公司 新加坡廈門街十九號 檳城杳田仔街一七一號
泰國代理：曼谷青年文化服務社 曼谷黃橋東北路五六六號
越南代理：聯興書報社 越南堤岸新行街二十二號

其他地區代理：

澳門：可大文具店
亞庇：利民公司
千里達：中華公司
菲律賓：華安書局
倫敦：東寶公司
芝加哥：杏林春
波士頓：中西公司
三藩市：新生圖書公司
元藩市：益智圖書公司
加拿大：香港商店
漢城：汎亞書籍公社
寮國：永珍圖書公司
斗湖：光明書店
菲律賓：玲瓏書局
紐約：友聯圖書公司
紐約：友方圖書公司
洛杉磯：永安堂
檀香山：大元公司
三藩市：文化商店
加拿大：新國華公司

一字之誤的歷史浩刧

△曾　永▽

於故籍中讀羣之先生作「『默殺』鑄成大錯」一書，歷述日本在遭原子彈轟擊前，早已準備接受波茨坦宣言，無條件投降，乃因一詞錯譯，被發表爲「不予理睬」，以致歷史改觀，令人浩嘆。因其特具價值，故介紹其精要於讀者之前。

一

一九四五年，在日本戰敗許多星期之後，大家還不斷地在疑問：究竟是原子彈之功，抑是蘇俄的參戰結束了這場太平洋的大戰。但是逐漸澄清的事實。指出這兩件促使日本投降的重要事件確是被過分渲染了。日本遠在一九四五年八月以前早已崩潰了。

「事實上，在廣島被毀滅原子時代正式來臨與蘇俄參戰之前，日本已在尋求和平。」這是尼米茲海軍上將親自告訴國會的話，同時其他美國軍事領袖也能證實此項報告。

那末，日本爲什麽不接受波茨坦投降的宣言呢？宣言是在一九四五年七月發表的。而一直等到八月的第三週。廣島和長崎相繼被原子彈炸成廢墟，蘇俄又開始入侵滿州，以後呢？這個問題迄無滿意的解答。

日本拒絕波茨坦宣言的眞實故事或許正是一件令人不敢相信的大錯——這個錯誤大大地使遠東歷史改觀。對於今日世界的影響實難估計——由於一個日本字的誤譯，鑄成萬刧不復的大錯。

筆者所以這麽說，是因一部份實情早在人們的腦海中逝去，這是最使歷史學家困惑的。但是另外一部份却清楚地擺在跟前。

先請回溯至一九四五年七月，那時德意志已投降，日本尚在孤立地作最後掙扎，美軍業已迫佔琉球。波茨坦會議在戰敗後的德國舉行，七月廿六日波茨坦宣言正式發表，由美、英、中三國聯合簽署，要求日本立即投降，否則將予毀滅。

盟國方面遂靜候日本的答覆。兩天後東京廣播電台和同盟社電訊才發佈消息。同盟社原是由日本政府所控制的半官方通訊社。東京所發出的電訊稱，首相鈴木貫太郎和他的內閣決定對波茨坦宣言「不理睬」。

以後的一段歷史是大家所熟知的了。不出三星期，日本轉而接受了波茨坦宣言，但是在這三星期之中，兩件大事發生了，對於整個世界的歷史影響至深且鉅。廣島與長崎被原子彈轟炸——原子時代的來臨——蘇俄向日本宣戰，向滿州東南部進軍並席捲了庫頁島——使蘇俄在遠東的地位大爲穩固。

進入日本佔領區的記者先生，在最初一段時期裡，總是向所有重要官員問那麽一個問題，眞是由於原子彈或蘇俄的參戰使日本投降的嗎？所得的回答都否定了這兩種假說，日本事實上早已崩潰，它的領袖們早已與那時尙守中立的蘇俄洽商投降——儘可能謀求有條件的投降，如果不可能，便無條件投降。問題是爲什麼日本在七月中終於拒絕了波茨坦宣言，則仍難得到答案。

這使人難以相信的事實是這樣的：日本內閣決定接受盟國哀的美敦書，但是由於首相的疏忽，發佈聲明，其意義適得其反！

第一位告訴筆者日本拒絕波茨坦宣言內幕故事的人是日本時報的主筆川井氏。這報紙是日本外務省的喉舌，在東京新聞界影響很大。一九四五年七月和八月間，川井每天總得在外務省花費幾個鐘點探訪消息。在他的日記以及投降前那段暗淡紊亂日子的記憶裡，他說出了這個極爲珍貴的故事。

當鈴木首相在東京某一次記者招待會上被詢及哀的美敦書時，日本內閣會議早已決定同意波茨坦宣言，川井說，首相告訴日本記者，他的內閣正保留「默殺」（Mokusatsu）態度，這是一個極難譯成英文的名詞。他的意思是「內閣對於哀的美敦書保留批評，最後決定尙待宣佈。」但是同盟社在翻譯鈴木首相的聲明成英語以短波向西方播送時，把「默殺」誤譯爲「不理」。等待日本答覆波茨坦宣言的盟國終於獲悉鈴木內閣不予置理投降的哀的美敦書。根據這表面的拒降，才設法毀滅日本使其屈膝，三星期後原子彈落下，蘇俄又參戰，日本終於投降。

如果川井所說的故事確實，此後的牽連實在太大了。日本若能在七月間便投降，原子彈便不致使用；更重要的，早日投降便不需蘇俄的參戰。蘇俄在戰後世界舞臺上當不會像今天這樣地猖獗。

眞的祇由於誤用一個字的錯誤使日本在七月間沒有投降嗎？一時糊塗後來便無法校正嗎？

經過好幾星期的研究日本的文件以及日本官員的日記與回憶錄，終於證實了川井的故事。雖然都値得研究之點是，爲什麼這個錯誤不予糾正。以下是這個錯誤的詳細報告，一字之錯竟使世局爲之改觀。

二

一九四五年春天，在日本政府首腦的心目中，已經覺悟到國家的危機。但是軍事高級領袖們則拒絕放下武器，同時還保證效忠天皇不惜戰死。與軍人持相反意見的是一班外交家，主要在免蹈德意志覆轍，連國家政體都不得保留。

國家命運已至絕望關頭，但眞正內情連某些閣員都無法詳悉。日本複雜而龐大的工業已被轟炸殆盡。鋼鐵的生產量減少了百分之七十九；飛機生產減了百分之六十四。至九月間，由於鋁的缺乏，將使飛機製造完全停頓。

盟機的大舉空襲，破壞了鐵路、公路和橋樑，修復工作無法進行。千千萬萬的人民被埋葬在城市的灰爐裏。上百萬的人民無家可歸。單以東京而論，半數以上的房屋被炸平，老百姓全部逃亡。盟軍在地面、空中與海底的活動使日本靠以爲生的佔領區間航運全部停頓隔絕，食糧萬分匱乏。

美國空軍在九州海外一役中擊毀了日本僅存的一支艦隊，那時正是鈴木剛上臺的四月。這位老年的首相變成沒有海軍的海軍大將。

「我們應該及早尋找機會使戰爭中止。」他在得到國家作戰資源內情後這麼說。同時重臣們亦曾在一九四五年二月間覲見裕仁，認爲不論代價如何高，投降是必需的了。

一羣外交官員並在幕後活動這件事。「和談代表團」包括高松宮親王，他是裕仁的幼弟，一度任外相的重光葵、近衛及裕仁最信任的顧問木戶等。

他們十分謹愼地說服一般人以達到和平的目的。可是値得注意的是這批人雖然致力於投降工作，並非他們對珍珠港偸襲有所反悔，而是這批膽小的外交家深信戰局已急轉直下，如果戰至最後，犧牲一定比即時投降爲大。而軍部人士尙寄一線希望於與盟軍登陸時背土一戰。所以和平運動祇能在極小心氣氛裏進行，不使軍人發覺此種設計。

在日本政府中陸軍的權力最大。最高統帥其地位僅次於裕仁，換言之，事實上沒有人可以命令他，如果內閣不同意陸相的任命，陸軍有權使內閣難產。

鈴木內閣在一九四五年四月的處境是值得仔細研究的，因爲那時和談代表團的活動漸見公開。

內閣中最重要的四個位置是首相、外相與海陸二相，外相東鄉，海相米內無疑的是和平運動的支持者。陸相阿南大將却堅決認爲戰爭應予繼續，而鈴木首相却徘徊於和平與戰爭歧途。和談代表團諸人集中全力說服首相，希望以三比一使阿南屈服。

鈴木又是最高戰畧委員會的主腦，這個委員會是由上面所說的四個人加上陸海二軍的參謀長所組成。他們都是致力於戰爭而雄心勃勃的大將，如陸軍的梅津大將和海軍的豐田大將。

在一九四五年五月以前，副參謀長以及陸海軍軍務局的主任和年青的秘書等都出席此項會議，但是就此以後會議便秘密進行。這是和談代表團的最大成就，因爲可以使最高戰畧委員會不受軍事方面的影響。如果鈴木可以轉變爲贊同和平，那末委員中便有三人同情和平（鈴木、東鄉、米內）三人反對和平（阿南、梅津、豐田）得以相互抵消，這確是達成投降的一大難關。

和平信徒終於達成了二大目標：控制了內閣並中立了最高戰畧委員會。而裕仁參加了和平的一面說服了鈴木。告訴他，繼續作戰是無望的了。由於國家工業基礎的崩潰，這位老海軍大將終於偏向和平一途。

雖然如此，軍人還期望再給予時日，他們的理由是，他們快在一次决定性的戰爭中獲得勝利，使和談洽商中條件稍寬。陸相並向內閣保證，美軍即將被驅逐出琉球。當該島陷落時，陸軍又堅持在本土戰中可以獲勝。

但是和談代表團對於這種超然說法早已大感不耐。所以與蘇俄間的秘密會談在六月中便開始。希望蘇俄從中斡旋和平。

六月三日，一度曾任駐莫斯科大使的前首相廣田，往訪蘇俄駐日大使馬立克於箱根溫泉，在那裏會談可以避免日本秘密警察的糾纏、馬立克對於和平建議態度十分冷淡。後來廣田擬再度與他繼續商談時，他竟稱病不見。

這時，裕仁最親信的顧問木戶也是和談代表團之一，木戶深感時間已經成熟，應立即投降。他隨即起草了一份備忘錄，詳述立即停戰的必要。同時建議和談代表團應携裕仁親筆函即去莫斯科求和。木戶曾在六月九日晉謁裕仁詳談此項計劃。

「我曾將和平暫行計劃向天皇陛下提出報告，並經御准即與首相和陸海外等三相洽商一切，」木戶回憶道：「天皇陛下對於戰局進展與任何人一樣地深受感動，對於所擬備忘錄尚稱滿意，特別對於大小城市因接連受到空襲而化爲灰燼，無辜人民變成無家可歸，陛下最感痛心。陛下命我立即參與和平計劃。」

木戶在與近衛商談後即會見鈴木首相、東鄉外相、米內海相及陸相阿南。向以勇猛見稱的阿南大將，這時也承認結束戰爭的必要了。

加瀨氏亦曾參與商談此項備忘錄，他是外務省美洲事務的專家，後來在東京灣密蘇里艦上受降時奉派簽字。他並作警告稱：政府應在國內作最壞的準備——那便是無條件投降。

六月十八日，最高戰畧委員會秘密集會，同時採取必要措置：「在七月初試探蘇俄態度，可能的話九月中結束戰爭。」陸相與參謀長間經過激烈辯論，終於通過了這項議决案。

爲什麽和平建議須經由莫斯科呢？因爲日本依然寄望於獲得比無條件投降較好的條件（雖然必要時也準備放棄此項願望）——那時認爲直接與英美洽商恐難辦到。除了無條件投降的任何直接建議一定會遭受斷然拒絕，使和談代表團失掉面子而難以下臺。

蘇俄是中立國家最有力量且具有熱誠

者，獲致成功的希望最大。當然，那時日本無法知道史太林已經在二月中雅爾達會議裏，答允在德意志戰敗後即參與遠東戰爭。

廣田曾與馬立克再度會商了二次，馬立克對於此項建議仍持冷淡態度。

「如果蘇俄同意作調停人，日本將以何物酬勞蘇俄？」蘇俄大使提出要求。蘇俄仍不斷予以阻礙。

七月七日裕仁又催鈴木首相加緊進行和平洽商，並說：「我們在試探蘇俄態度的當兒，可能失去最寶貴的機遇。」他建議和談代表團立即飛往莫斯科。

最高戰畧委員會也同意此舉，遂於七月十二日裕仁正式任命近衛爲和談代表。近衛所奉指示爲不計代價終止戰爭。他準備先秘密地飛往滿洲某偏僻空軍基地，然後搭蘇機去莫斯科。但是史太林與莫洛托夫外長卻來電制止，理由是彼等正忙着去波茨坦旅行。

在波茨坦會議中，史太林曾偶或和羅斯福總統提及日本談和之意向。但是這位蘇俄獨裁者竟指稱：「蘇俄因鑒於日本缺之誠意，已斷然予以拒絕。」根據美前國務卿貝爾納斯所說，那時羅斯福總統曾對蘇俄獨裁者的作法表示滿意。

「日本在原子彈落下之前早已戰敗——遠在蘇俄參戰之前，」鈴木內閣的秘書長坂光久恒亦這麽說。「爲什麽蘇俄拒絕調停？爲什麽蘇俄用種種方法阻止日本尋求和平的企圖？乃是出於卑鄙的陰謀使戰爭繼續進行，蘇俄得在最後一分鐘參戰——其後果現在大家都該清楚了吧！」

三

波茨坦宣言是一九四五年七月廿六日發表的，簽署的有美英中三國。中國的簽署使日本大吃一驚。日本政府領袖間的反響是莫名的喜悅。所列條件比預想的爲寬大。日本很快地認識，宣言中最後一項祇要求日軍無條件投降。並沒有要日本政府無條件投降。

宣言中准許保存日本國體。日本人仍可自由選擇他們的政府。日本本土的主權俟佔領完畢即行歸還。並允許供給工業上必要原料。同時日軍則遣送回國。

最重要的一點是，根據宣言的措詞看來，暗示天皇制度仍予保存。這一點乃是內閣在歷次商談投降會議中最受重視的一點。並給與相當時間讓日本仔細考慮與研讀此項條件。

在接得宣言全文後裕仁告訴外相東鄉，不必猶豫，他認爲可以接受。內閣便進行了一次全體會議，商討盟國的哀的美敦書。這次歷史性的會議正是和談代表團員們所久已期待了的。

「看來和平的實現，即在眼前，」外務省的美洲專家加瀨回憶道。

筆者曾設法收集這次重要內閣會議的一些日本文件。所有資料都證明內閣絕無一點拒絕波茨坦宣言的意向。在那七月廿七日炎熱的夏天所作決議案便是「和平」。

內閣中大多數都同意，根據宣言中那些最合理的條文與盟國密商。當然可以想得到的是，陸相阿南和參謀長不免持反對態度。

「我們應該發表一篇與波茨坦宣言針鋒相對的文告，」他們大叫道。但是內閣中其他人士終於制住了他們。

雖然，事實上內閣正在考慮接受波茨坦宣言，但他們仍難以決定，應否將此項文告讓老百姓知道。東鄉外相急於想使人民準備投降，曾作了四小時之久的脣鎗舌劍主張即刻向新聞界公開。直至傍晚六時，他終於通過軍部的反對獲得了勝利。深夜文告才向報界公開。最堪注意的一點是內閣警告報社不准在社評中批評盟國的哀的美敦書。此項文告透過馬虎的新聞檢查，祇去掉了幾個字，俾使老百姓讀了更易接受。

雖然波茨坦宣言的接受是經過如此審愼的準備與處理，卻還存在着幾個複雜問題，對於正在進行中的與蘇俄協商和平該怎麽辦？計劃中派近衛去莫斯科應否中止？日本雖已預感蘇俄的阻撓，但是最新的建議剛送莫斯科才二天。立即接受波茨坦宣言呢，抑稍候蘇俄的回音？

「我們應該立刻接受。」東鄉堅決主張。

但是，還有另外一個因素內閣不得不予以考慮。關於波茨坦盟國政策文告係從無線電收聽的。同時此項哀的美敦書並未經由正常外交途徑送給日本政府。內閣能否根據這等非正式的廣播呢？

「經過往復討論，內閣最後決定，對波茨宣言暫守緘默，靜待發展。」加瀨說。

發佈接受盟國條件不會拖延太久，同時鈴木首相預定翌日舉行記者招待會。日本記者無疑會問到他關於文告的事，他該怎麼說呢？

新聞局總裁下村弘——日本的新聞局正與德國的宣傳部相當——和內閣某閣員憶起這次可憾的會議，最後決定如果首相被詢及時，可輕描淡寫地抹過去。

「這種做法主要目的在不使正在進行中與蘇俄投降商談受影響。」下村弘說。

鈴木首相準備說的是這樣：內閣對於盟國要求尚未獲得結論，將予繼續商討。雖然是一種緘默政策，重要之點是內閣並未立即拒絕哀的美敦書，務使日本老百姓清楚地瞭解傳聞中的眞實內容。

「政府無意拒絕盟國的要求，」川井這麼說，他那時任日本時報的編輯。在那段艱苦的日子裏，他有機會深切注意內閣的每一個動作。「內閣計劃基於波茨坦條文開始談判，並擬接受一切。」

翌日，鈴木首相招待記者。他說，內閣準備接受波茨坦宣言，但不擬立予宣佈，主要理由有二：觀察蘇俄是否準備答覆日本最近調停的要求，同時等待盟國的哀的美敦書經由正常的外交途徑到達。事實上，那時史太林與莫洛托夫正在波茨坦，讓日本人看來，美國與英國正經由蘇俄作中間人在進行協商呢。

四

當鈴木首相於七月廿八日接見記者時，他說日本內閣正採取「默殺」(Mokusatsu)政策。「默殺」這一個名詞不但在英文沒有恰當的翻譯，即在日本文中意義亦很含糊。我們知道，鈴木首相的用意是說，日本內閣決定對於波茨坦宣言不予置評，並默認重要事件即將來臨。但是，日本人把自己的文字攪糊塗了。因爲「默殺」一詞除了可作「不予置評」外，亦可譯成「不予理睬」。

這個名詞在日本文中代表二個字。「Moku」指靜默，「Satsu」指殘殺。如果照字面講，應爲「在靜默中殘殺」。對於一日本人說，其意義可能指「不予理睬」，也可能指「不予置評」。

鈴木應當用的名詞是「默視」(Mokushi)，「Shi」一字指觀察，在日本文中「靜默的觀察」祇有一個意義，那末便不可能譯錯了。

不幸的事，同盟社的譯員並不清楚鈴木首相的原意。在倉促中他們便把首相的聲明譯成了英文，並且選了那個錯誤的解釋。於是，從東京無線電臺廣播出去的新聞使盟國大爲震驚，鈴木內閣居然漠視波茨坦哀的美敦書。

日本內閣對於鈴木用詞以及同盟社的誤譯十分暴怒。加瀨敏勝的反應尤爲狼狽，因爲他曾不斷地爲和平而奮鬥。

「這眞是一件有勇無智丟人之舉，」他說。「當我聽得這個消息後，立刻往訪內閣秘書長抗議。但是太遲了，東京廣播電臺已經向美國廣播過了——懲罰立刻來臨。盟軍的第一顆原子彈於八月六日轟炸廣島，轟炸的唯一理由便是鈴木的聲明，日本政府已拒絕接受波茨坦宣言。

加瀨氏曾不斷慨嘆，一字之誤遭此浩刧，不然，日本一定可以避免原子彈的轟炸與蘇俄的參戰。

「我正在靜聽收音機，忽聽得鈴木在記者招待會中用了『默殺』這一個名詞，」一位前任戰時內閣閣員內田在他的回憶錄中這麼寫着。「聽到這個消息後將信將疑。那末爲什麼又要派近衛去蘇俄呢？其後果是盟軍的原子彈與蘇俄的參戰。」

軍人對這個錯誤則大爲高興，立即開

始大事宣傳。外相東鄉並獲知陸相阿南大將竟鼓動報紙把「默殺」譯成「斷然拒絕」，同時會與新聞局的負責人下村弘商討，以這個解釋再起草一篇廣播辭。外相採取了緊急措置使此計未能得售。

「東鄉外相終於把此等非官方活動予以制止，可見日本政府的眞正態度所在。」川井氏特別指出這一點。

加瀨氏曾稱，「鈴木對於波茨坦宣言的聲明應直截了當的說「不欲批評」。如果要對宣言不予理睬則完全與內閣決策相背。這無疑是給予沒有經驗的政府首腦一大懲處。」

最大的錯誤確在鈴木用了一個意義不明的名詞，同盟社的譯員又把它誤譯造成這萬刧不復的遺恨，這位老年的首相對於誤用一個名詞的不幸遭遇當然感慨萬千後悔不及了。但是，在日本國內對於政府有意接受波茨坦哀的美敦書竟向熟悉的人說，鈴木的原意應無疑問的。

一向很平靜的股票市場由於鈴木的聲明大起波動。兩家日本最大的船公司－日本郵船株式會社與大阪商船株式會社的證券一天中直線上漲。股票交易的興旺，尤其是屬於平時工業如紡織、煙草、造紙及啤酒等，其意義至爲明顯，那便是說，和平即將來臨。

但是，讓我們再向日本以外的世界看看，很多迹象淸楚地指出，鈴木想說的是，投降的日子近了。

盟國所得到對於哀的美敦書的答覆，却是日本不予理睬的聲明。因爲這明明是經由日本政府的宣傳機構東京廣播電臺與同盟社而傳出來的。那裡會想到由於倉促間以英語向世界廣播，沒有來得及仔細推敲「默殺」這個名詞的含義。

美國那時的紀錄是這樣的：廣播辭中的意義可以從紐約時報在一九四五年七月廿八日首頁大標題「東京拒絕接受投降，盟軍艦隊大舉進攻」可見一斑。

合衆新聞社所發電訊：「日本半官方同盟社今日聲稱，盟國的哀的美敦書－投降歟毀滅歟－將不予理睬……。」

紐約時報在此後兩天裡接着刋出了佔四頁篇幅的新聞，內容是：「鈴木首相已將由美、英、中三國所簽署的勸降哀的美敦書上貼上了日本的關防『大日本帝國政府對於此項宣言將不予置理。』……」。

對於鈴木聲明的官方反應，心情十分嚴肅而沉重。杜魯門總統在波茨坦時已經接獲報告，七月十六日在新墨西哥州的原子彈爆炸試驗十分成功。這原也是波茨坦哀的美敦書發出的一個理由：使日本得到最後一個機會避免受原子彈的毀滅。

故美國陸軍部長（一九四〇－一九四五）史汀生曾在最後決定使用原子彈的報告書中（載哈堡氏雜誌一九四七年二月號）指出，「默殺」的訛舛是廣島受原子彈轟炸的直接原因。「七月廿八日，」史汀生寫道，「日本首相鈴木拒絕了波茨坦的哀的美敦書而公開聲稱『不値重視』，由於此，我們衹能表演哀的美敦書中所說的眞正意義！爲了達到這個目的，原子彈是最合適不過的武器。」

杜魯門總統在一九四五年八月六日向全世界宣佈原子彈的使用證實了這一點，因爲他亦曾引證鈴木「拒絕了波茨坦宣言」。

「爲了不使日本人民慘遭滅亡之禍，七月廿六日在波茨坦發出了哀的美敦書，日本政府領袖終於拒絕了哀的美敦書，」總統說道。

毫無疑問的，戲劇性的，「默殺」錯誤，使盟國以爲拒絕接受波茨坦條文，原子彈毀滅了廣島與長崎。但是更壞的結果還在後面。

蘇俄一方面阻撓日本的投降企圖，同時却從歐洲戰區向東進兵直迫滿洲邊界。原子彈的落下使蘇俄的參戰比預定時間表提早了一星期。

日本特務人員早已報告蘇俄紅軍集結滿洲邊界，同時日本駐莫斯科大使幾次三番想在史太林與莫洛托夫從波茨坦回國後在克里姆林宮會見。他的訪謁要求一直被嚴峻地拒絕。

但是，八月八日駐莫斯科大使佐藤忽接到電話通知，進宮往訪莫洛托夫於他的書室。這位外長精神顯然十分激動，對於日本大使彬彬有禮地問起赴德之行置若罔聞，開始高聲朗誦蘇俄對日宣戰聲明。

蘇俄的宣戰也是根據鈴木拒絕波茨坦宣言理由。「美英中三巨頭在七月廿六日要求日本軍無條件投降，終爲日本所拒絕，因此日本政府要求蘇俄作遠東戰爭中調人的建議已失去依據。」蘇俄官方文件中這麽說。

使日本最震驚不置的是，蘇俄深切明瞭日本求和的誠意，居然以鈴木聲明作爲參戰理由。史太林當然有他急於參與遠東紛爭的理由。爲了滿足領土野心，他曾在雅爾達會議中保證在日本帝國崩潰之前，蘇俄一定參戰。「默殺」一詞，不但予史太林充分時間準備進攻，同時替他找到了最好的藉口。

「我們要索取的是一枝橄欖樹枝，而所得却是一把短劍。」加瀨不勝其感慨。

蘇俄軍隊擊敗了關東軍進入滿洲，再向南進佔庫頁島，又越過興安嶺佔據了滿洲中部重鎭哈爾濱。機動部隊穿過戈壁沙漠到達滿洲南部。他們的主要目的在孤立滿洲和朝鮮。日本投降後紅軍還在大舉向內地進迫。經過相當時日後日本才請求麥帥予以阻止。至八月廿四日，距日本投降已整整十天—蘇俄軍才停止前進。當戰事初定，蘇俄在遠東的軍力不但地位穩固，並且數量龐大。

五

爲什麽日本政府講「默殺」將錯就錯不予究止呢？爲什麽對於造成不堪設想的錯誤無人提出抗議呢？以下是筆者的臆測。筆者所要說的是一串事實明證，難免有些假設的成分在內。

筆者的假設是基於一個出發點，那便是爲和平奔走的人士受到了可怕的壓力與威脅。和談代表團中在政治上稍有地位的，居處一日數易，無非懼怕秘密警察的跟踪。

他們爲了逃避軍人的監視，常常改在議會大厦集合，有時他們在空襲警報聲中集合，因爲這時秘密警察不致出現。

該時，日本陸軍已開始逮捕游說和平的人。即使高級官員的辦公室亦不能獲得保障，少壯軍人時來滋擾捕人。那時曾遭拘捕的有：日本最大的大家映畫會社的總經理，最高檢察長和以後任日本首相的吉田茂。廣田與馬立克的會談在東京郊外秘密地舉行，即可見一斑。

經過多少歲月迄未公開的和平運動，才有七月廿七日那次重要內閣會議。在那次會議裏，陸海軍青年軍官終被說服並一致決議，同意盟國條件，那時才算日本投降的奔走和平人士的危險期的中止。

由於首相的昏瞶以及同盟社的一字之誤，使軍人再度抬頭。盟國的態度愈變強硬，日本的和平人士地位再度動搖。他們那敢明目張胆地反抗？鈴木的聲明使他們大失面子，他們保持靜默不單爲了爭面子，還是爲了保全這條性命。

直至原子彈落下，蘇俄參戰以後，他們又經過了一段艱苦的奮鬥再度控制了政府。八月間最後投降經過說明了這個解釋的可靠性。

八月十四日，經過了一次在地下防空壕中戲劇性會議後戰爭才告結束。日王不顧陸相阿南參謀長的反對，無條件接受了盟國的要求並立予廣播。日王參與國家大事前所未聞。裕仁在發表投降聲明時不禁悽然淚下，而最高戰略委員會的委員與內閣閣員們則放聲大哭。

但是，連裕仁的御詔也不足以使狂熱的軍人堅守秩序。日王的投降文告錄音片午夜在皇宮中完成，預定翌日向全國廣播。

許多少壯軍官公開反對投降，和談代表團在紛亂中僅以身免。鈴木，米內與東鄉被斥爲賣國賊。一顆炸彈曾在外住宅爆炸。

叛徒們的首要目標在奪取日王所灌的錄音片，他們希望阻止皇室決策的公開發表。

當皇宮警衛軍的司令森大將拒絕與叛軍領袖合作後，他立即被鎗殺，他的副官亦被刺死。狂妄的青年軍官中有東條大將的侄子Koge少校者，竟敢發佈命令解除皇宮警衛軍的武裝，阻塞皇宮大門，並切斷與外界的通訊線路。

內閣閣員下村弘暨三位日本廣播公司的高級負責人在試驗日王錄音後離開皇宮時被捕。同時另有十四位高級官員被禁閉一斗室中，被疲勞審問錄音片放置地點。

木戶公爵和皇室內務大臣石渡那時亦在皇宮裏，幸運地逃了出來。他倆把所有重要機密文件焚燬後才逃至地下室，日王的錄音片藏在保險箱中。他倆整夜躲藏在那裏，而叛軍正四處尋找錄音片。幸整夜在空襲警報中燈火管制，彼等雖以探照燈找尋，地下室終未被發現。

叛軍並進佔東京廣播電臺，與其他幾家廣播電臺，希望投降文告無從發佈，並祈求作戰到底。空襲當中電臺原無法廣播。

同時，其他部隊繼續搜索和談代表居處。一隊人會衝進木戶的住處，他卻藏匿在皇宮裏。首相鈴木因預先有人通風報訊，當機槍襲擊他的官舍前數分鐘他才離去。首相私邸即被付之一炬。

老百姓驚惶失措之餘，成千上萬的家庭離城逃亡。一些狂熱之徒爲了抗議投降曾在皇宮前集體自殺。

那是有史以來最大慘事之一，炸彈不斷地下落，火光紅滿半天，等候最後命運的到來。

如果這正是原子彈與蘇俄參戰所帶來投降經過中的紛擾，奔走和平的人那敢對鈴木的聲明提出抗辯呢？所以筆者深信「默殺」所鑄成大錯實已無法挽救。

美國國務院和五角大厦或許像他們告訴筆者一樣地告訴你，在他們所保管的檔案中並沒有「默殺」事件的記載。但是如果你有機會去國會圖書館一查，你一定可以在日本文件中證實這節可嘆的故事。

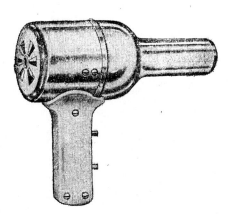

關東軍之覆滅

關山月

（一）

驕橫一世，謗滿大下的日本「關東軍」，是在一九四五年八月十六日的清晨，在裕仁的一紙詔書下，正式解消的。

當時，它還號稱「擁有七十五萬大軍」之衆。除掉陣亡，自殺和「跑上山去打遊擊」的人們以外，進了蘇聯紅軍戰俘營的，一共有五七五〇〇〇多人。但是，在五年之後，僥倖重歸故土的，只有三分之二的光景。——一部份當然是在被俘期間餓死，累死，病死和被殺掉了；另外一部份大概就是地下「關東軍」的犧牲者，在不同的境地，不同的時間，不同的國旗之下，送掉了自己寶貴的生命！

這些地下「關東軍」的任務，也各有不同，並且因時而異。最初是爲繼續發揚楠公精神，寧爲玉碎，絕不屈降而戰！然後又忽然變成了中國在內戰中的一隻「棋子」；而最後還在「抗美援朝，保家衛國」的這場表演中，扮演了一個吃力不討好的角色。

朝鮮戰場上干戈寧靜之後，那些老「關東軍」，都失去了最後的「使用價值」；這才三三兩兩，放他們回去，以便減輕一些東方陣營的糧食負担。——從此，名震一時的「關東軍」，就眞正地烟消火滅了。

（二）

遠在日本軍國主義者屈膝投降以前，它最忠實的一頭獵狗——「關東軍」，實際上早已分裂成了三個勢不共存的陣營：

A．其中最主要的人物是：

第三方面軍司令官，後宮淳大將
第二〇軍司令官，飯田祥二郎中將
第一一二師團長，中村次喜藏中將
第一三七師團長，秋山義允中將
第二航空軍司令，原田宇一郎中將
第一戰車旅團長，阿野安理少將
第一二五師團參謀長，藤田實彥大佐
第一〇七師團參謀長，河瀨繁太大佐
機動第三聯隊長，若松滿則大佐
候補生部隊長，荒木護夫少佐
第一三二獨立混合旅團長，鬼武伍一少將
第一五邊境守備隊長，西脇武大佐
東寧重炮聯隊長，渡邊馨大佐

B．第二個陣營，基本態度是「得過且過，一切唯命是聽，既不堅持打到底，也不爭取快點和平。他們的代表人物是：

關東軍司令長官，山田乙三大將

關東軍參謀長，秦彥三郎中將

關東軍總部第四課長，宮本悅雄大佐

關東軍「駐滿祭祀府」首長，橋本虎之助中將

關東軍作戰參謀，竹田宮親王中佐

第一方面軍副參謀長，坂間訓一少將

C．第三個陣營，主張面對現實，把戰爭結束得越早越好。他們的人數比較少，最重要的幾個只是：

關東軍師團長，加藤泊治郎中將

關東軍參謀，扔木少佐

關東軍總部作戰課長，草地貞吾大佐

關東軍副參謀長，池田純久中將

投降前夕的「關東軍」，雖然還號稱擁有二四個師團；但是，實際上完全一隻紙老虎，因為其中有：

八個師團和八個旅團，都是由裝備簡陋，訓練不足，素質欠佳的後備兵，勉強拼湊成的。

三個師團，是基本上只有六個步兵大隊的警備師。

有些部隊的裝備太差，平均每兩個人才有一枝步槍！而整個關東軍只配備了八〇輛戰車和蘇聯的遠東紅軍相比，是一對七〇。軍用機也只有一六〇架，和蘇聯遠東紅軍的對比，是一比三〇。

眞正的老牌「關東軍」早已在逆轉的太平洋戰爭中，爭先恐後地成了護國英靈。根據一個並不完全的統計，那一批人的下場，大致是這樣的：

第二九師團，犧牲在關島。

第九師團，第二四師團，全員戰死在琉球島。

第八師團，第一〇師團第二三師團，戰車第二師團，在呂宋全軍覆沒。

第一師團，第六八混成旅團，犧牲在列伊台。

第一四師團，全員戰死在帛琉。

第二八師團，全軍覆沒在宮古島。

第二三師團，在調往菲律賓的途中，中伏船沉，全軍盡墨。

第一二師團，在調往台灣的中途，遭遇到潛水艇的襲擊，傷亡過半，慘不成軍。

因此，在美國丟下原子彈，彈浪震盪得史達林不敢不參戰以前，關東軍的作戰力，早已像它的作戰課長草地貞吾大佐所估計的一樣：「實際上只能完成書面上五分之一的任務！」這也就難怪它會在一三〇萬蘇聯紅軍，四八〇〇架飛機，三五〇〇輛戰車的沖擊下，如湯潑雪，敗得一潰千里，不可收拾了。

（三）

其實，當太平洋戰爭完全形成了「一面倒」的局勢之後，日本皇室早已急着要爭取「榮譽和平」的早日到來。裕仁的四弟，三笠宮親王，也就在「聖上」的暗中支持下，出頭組了一個「皇族聯盟」；表面上是要「建議國是，以供參攷」。骨子裡却是要發動和平運動，想在完全被打垮以前，爭取到一些比較有利的停戰條件。

這個「聯」既然受到了裕仁的暗中支持，軍國主義者也就無無法來對它加以迫害。隨着戰局的日益逆轉，它在實力派軍人的中間，也獲得了越來越多的同情。

日本在屢敗之餘，眞正還比較完整的大兵團，只賸下了兩個。那就是「支那派遣軍」和「關東軍」。——為了爭取他們的支持，三笠宮親王就派了他的老同學，扔木少佐，到「關東軍」去搞地下工作；誰知沒有多久，日本就已經在原子彈下屈膝投降。

蘇聯用參戰來投機分贓的這件事，引起了許多關東軍官兵的強烈反感。在背城借一的最後關頭，他們還舉行過一次高度秘密

的「長春緊急會議，堅持「絕不認輸」的路線；而且馬上合組了一支「地下軍」準備退到山區去，和勝利者週旋到底！

當時在場的首腦人物，除掉由三笠宮親王派來的扔木少佐以外，至少還有八位高級將領，那就是：

加藤泊治郎中將、赤鹿中將、秋山中將、小林中將、吉川求之助少將、高橋少將、佐野少將、安田少將。

在會上，一向是「主和派」首腦的扔木少佐，忽然一變而以「寧爲玉碎，不爲瓦全」的激烈份子姿態出現；而且發言特別多。經過一番初步討論之後，大家决定了這樣幾項「應變的必要措施」：

①决不向蘇聯紅軍屈膝投降

②將殘餘部隊，盡量潛伏在山林地帶，而以長白山區爲新的根據地。

③全體加入「皇族聯盟」，以後直接聽命於三笠宮親王。

④推舉加藤中將爲總指揮官。

⑤派船戶少佐爲回國專使，化裝到日本向三笠宮親王，面陳一切；並且建立起日本與這一部隊的固定聯系來。

⑥派扔木少佐代表這一個部隊，和南京取得聯絡，接洽有條件的收編事宜。

⑦在一年之內，一切聽命於三笠宮親王的指揮。到時如果還沒有尋求到適當的解决，這支部隊中的各成員，才有權根據自己的决斷，來獨立行動。

那時，關東軍在新敗之餘，一切都陷於混亂和無政府的狀態。眞正能夠被這八個「誓死不降」的將領所掌握的戰鬥人員，各方面都在一起，也只賸下了寥寥的幾個單位。那就是：

一、加藤部隊：由加藤中將，高橋少將，安田少將，佐野少將這四部份的殘兵，合組而成。總數有四八〇〇〇人以上，因此就構成了這一支地下軍的主力。

二、赤鹿部隊：由第七師團的殘部，加上伊藤修二聯隊的全班人馬，合併在一起，總數有一五〇〇〇人上下。

三、秋山小林部隊：由陸續收容的各部殘餘，以及「關東軍」直屬的那些戰車旅團殘部，拼湊在一起，總數有三五〇〇〇人。

四、吉川部隊：是用打賸下來的「蘇、滿國境的警備隊」，合併而成的，總數有一八〇〇〇人。

五、流散在各地的零星部隊：經過適當的聯絡和收容後，大致可以搜羅到一〇〇〇〇人左右。

六、滿洲國境內的「日本武裝移民團」，總數在三〇〇〇〇人以上。

七、志願隨軍行動的日僑三四〇〇〇人上下，其中在必要時眞正能拿槍桿的，大致不會超過百分之二十。

（四）

這一支地下的「關東軍」，在最初的年月裡，由於蘇聯軍隊在搶和姦上忙得四脚朝天，跟跡而來的中國部隊，又全付精神在打內戰，因此還發展得相當順利。

「關東軍」本來就在通化建立過一個秘密的司令台，準備在局勢萬分逆轉的時候，繼續執行神經中樞的任務。八月十二日那一天，關東軍總部和「滿洲國政府」，其所以必須在危急中，倉促地遷到偏僻的通化礦區，眞正的理由就在於此。──以「地下關東軍」自任的那一支部隊，却並沒有受到這種「正統」思想的束縛，覺得凡事都要根據從前的老例去做。因此，加藤中將就在中韓交界的三水郡，設立了自己的總司令部，而由他麾下的那些部隊，「日本武裝移民團」和隨軍日僑，在長白山麓，胼手胝足地建立了一個農工商業，樣樣俱全的根據地。

在他的指揮系統之下，舊日的「關東軍」，還創造了一系列的基地，分佈在遼寧和吉林一帶。那就是：

甲、興安嶺基地──也就是秋山小林部隊的「屯墾區」。

乙、吉東基地——是由赤鹿部隊負責的「遊擊區」，但却自始至終，既沒有「遊」，也沒有「擊」過。

丙、松江基地——是由吉川部隊和六百多日僑，建立起來的。

丁、小規模而且具有相當流動性的那些基地，分佈在小興安嶺、敦化、牡丹江、鏡泊湖、延吉、佛倫一帶。

有了這些部隊和基地的「地下軍」，當然也不會受到委曲求和的東京，加以白眼。那位化裝返國報告的船戶少佐，馬上就得到了三笠宮親王的青睞；而且快馬加鞭地在愛知縣設立了一個秘密電台，但逢每月的一號，十一號，二十一號，都要加藤中將的「地下軍」，用無線電聯絡一次。

那位奉命向南京建立關係的扔木少佐，也化裝成中國人，僕僕於長春瀋陽之間，但却碰盡了熊式輝一流接收大員們的釘子。只有杜聿明還是個認爲槍桿子多多益善的人，在傾聽了他的報告以後，就在「九省保安司令部」的第二處裡，添設了一個「日軍工作班」來專辦這批人馬的收編事宜。

這個工作班裡的辦事人員，椅子還沒有坐熱，陳誠就已經飛到關外來主持一切。不久之後，也就由他親自出頭，請中國的駐日軍事代表團，向麥克阿瑟總部鄭重地提出了三項詢問：

甲、日本皇室中，是否眞有個「皇室聯盟」的秘密組織？

乙、日本是否眞有殘餘部隊，在東北潛伏不降？

丙、「皇室聯盟」是否眞和東北的地下「關東軍」有聯系？

身經巨變的日本皇室和三笠宮親王，遇見了這樣的禍事，自然是噤若寒蟬。船戶少佐在愛知縣設立的秘密電台，也就被美國的「反間諜部」在中國當局提供的材料下，查抄得乾乾凈凈。

扔木少佐的遭遇，更是慘不忍言。陳誠非但馬上撤銷了「日軍工作班」這個組織；而且還把他在「日本間諜，潛伏待機，亟圖再起」的罪名下，派兵押往南京，在「戰犯法庭」上成了「重犯」，判處了三十年徒刑。

這樣一來，就連根鏟除了加藤部隊請求南京來加以改編的夢想。——沒有過多久，陳誠自己在東北也成了釜底游魂，忽然想用「關東軍來替他「救駕」，這才一再地向前任「支那派遣軍總司令官」，岡村寧次大將電商，無論如何，要把地下「關東軍」加以「招撫」，讓他們來「戴罪圖功」。誰知這些日本丘八，早已領教過「中央」的那一套，索性連老上司岡村寧次的話，也置之不理，依然不肯下山就撫。所以，直到東北眞正易手，這一支部隊，始終在袖手旁觀，沒有爲中國的內戰放過一槍。

後來，吉東，松江這些根據地，以及零落的遊擊區，都遭受了分化，掃蕩和招撫。成千成萬失意的日本男兒，都紛紛參加了「日本東亞民族解放聯盟」，開始把秋山中將的興安嶺根據地，加藤中將的長白山根據地，變成了新政權的「專門人材無償供應站」。

因此，當加藤中將把他的長白山上「十八道溝」的基地，拱手獻上的時候，非但有人，有槍，有電力廠，電鋸木材廠，電氣化居民區，還有二十多座現化的工廠和學校。

（五）

關東軍在正式投降之後，除在逃進山區去的那支加藤「地下軍」以外，淪爲戰俘的官兵，一共有五七五〇〇〇人以上。

身爲「勝利者」的蘇聯紅軍，揚言要根據國際公法，把他們「遣返本土，各安生業」。其實却把他們編成了五六九個勞動總隊，分成三九八三〇個「工作班」，送到莫斯科外圍，裏海、俄霍茨克海、西伯利亞一帶，去做各種各樣最吃力的苦工。——不到五年功夫，就已經有七分之一的官兵，在這種非人生活的折磨下，成了異域的冤魂。

中國的內戰，在滿洲平原上打得鬼哭神號的時候，突然有人想起了「借趙雲」的辦法，要從西伯利亞的戰俘營中，借一批老「關東軍」出來，回到滿洲去當助陣的客卿。

奉命參加那個「借兵」會談的代表，是當時日共的大頭頭，小野竹千代與宮本顯治。他們自然對「中日一家」，「革命不分你我」的那一套理論，絕無反對之理。因此，馬上就同意了在戰俘中揀選覺悟分子，出借到滿洲去參戰的建議。

據當時在西伯利亞戰俘營担任「政工」，後來又乘機脫逃到西方國家來的老牌蘇聯特務，尼克萊·皮特諾茨·萊昂吉葉夫中校，在他的回憶錄中透露道：

「一個戴眼鏡，邁方步的胖子，據說是羅將軍。在彼德諾夫，西蒙諾夫，皮爾烏辛幾位將領的陪同下，帶着一羣又乾又瘦的日本人，到我們這裡來開始所謂「重判與審核」的工作。……

結果是：頭腦簡單一些，身體健壯一些的人，都挑了出去。不過，有人告訴我：在軍官中間，最大的是大尉；少佐就沒有入選的資格。曹長也是一樣，十有九個，依舊被送回營裡來。」

這時還是一九四六年的冬季，被選中的官兵，據一個不完全的統計：一共有八萬人左右。一共分成了三批，送回「滿洲」去替中國人打天下：

第一批，差不多全都是中下級的參謀人員和士官。

第二批，由各個特別兵種中選拔出來的幹部，如像空軍、海軍、裝甲兵、傘兵、炮兵、化學兵、工兵、防空兵、通訊兵，都無不應有盡有。

第三批，規模最大，幾乎包括了所有一般性的戰鬥員。

以他們為骨幹，那些正苦於沒有「內戰本錢」的人們，才開始成立了各種各樣的現代化部隊。那就是：

裝甲縱隊、佳木斯坦克學校教導團、裝甲炮兵團、航空隊、鐵道兵縱隊、交通兵縱隊、防空兵團、炮兵師。

從此以後，轉戰南北，從遼瀋平原，一直打到白浪滔天的海南島，眞是百戰功高，捨我其誰？

在當時號稱為「所向無敵」的勁旅中，至少下面這些部隊，其本上都是由「關東軍」的老丘八們來客串登台的：

「四野」第一七兵團、「四野」鋼鐵炮兵團、「太原」神炮手重炮兵團、佳木斯坦克學校英雄團、第七一軍、第二一四師、第二一六師。

他們在遼瀋，平津，太原，華中，華南的大小數百戰中，都是張衝鋒陷陣的王牌，因而也遭受到了慘重的傷亡。等到中原鼎定的時候，僥倖還沒有死的，頂多不過三萬人左右。由他們拚老命換來的那些「金字招牌」部隊，也都逐漸地自上而下，換成了純粹中國人的班底。

根據一九五一年五月的調查；這一類的人物，在中國大陸上，至少還有二六四九二人。他們既一時沒有被遣返的希望，又都不是永不能重見天日的「法西斯戰犯」。所以，日本官方才獨出心裁地把他們列進了另外一欄：「生死不明」。

（六）

韓國戰爭爆發之後，受過寒地作戰特殊訓練的「關東軍」，自然又平空增加了使用價值。於是，更多的戰俘，也獲得了戴罪圖功的機會，紛紛離開了冰雪漫天的西伯利亞，開回滿洲去「援朝」；成千成萬地做了美國火海戰術的犧牲者。

這一批重見天日的「關東軍」，和以前奉派到中國去打內戰的那些人，有一個很大的不同。他們不但是各兵種，樣樣俱全；而且連中上級官佐，都是自己人。在編制上，也大致不離「關東軍」舊日的體例；只不過人數少得多，裝備也大非昔比而已。

關東軍在一九四五年八月，放下武器的時候，一共交出了：

步槍，三〇萬枝、機關槍，一三八二五挺、大炮，三七〇〇門、戰車，六〇〇輛、飛機九二五架、各式汽車，六六〇〇輛、軍用品倉庫，八六〇座。

這些東西，全部都變成了中共後來在滿洲平原上「打內戰」的本錢。而其中正式蘇聯以「盟友」的資格，移交給南京的「戰利品」，却一共只有：

步槍三千枝、馬刀一四八把。

關東軍的全部武器，既然早已經換了主人，現在要重新裝備起來，自然完全要靠蘇聯和北韓的施捨。因此，基本上只配備了步槍一類的輕武器。

據當時的調查報告：這一支「關東軍」至少包括了六個步兵師團，五個炮兵聯隊。但是，總兵員却並沒有超過三萬人。

每個師團的下面有：三個步兵聯隊，一個通訊兵中隊，一個輸送兵中隊，一個衛生中隊，一個警衛分隊。

其他的直屬部隊，都根本沒有。輕機槍也只是每分隊才有六挺；迫擊炮和重機槍，都是配屬在大隊裡的，每種不超過四座。炮兵聯隊的裝備更差，一共只有三門野炮和六門山炮。

光從他們配備的奇陋上，就可以充分地看出來：蘇聯和北韓，雖然想用這些老「關東軍」去當炮灰，但却對他們懷有很大的戒心，絕不敢讓他們有一點「倒戈相向」的力量。

爲了避免他們很快地團結起來，在挑選的時候，還故意把許多不同單位的官兵，混合編在一起。因此，這一支三萬人的隊伍，實際上是從十多個師團的戰俘中，仔細揀出來的。那就是：

岸川健一的第六三師團，鈴木啓久的第一一七師團，椎名正健的第一二四師團，秋山義允的第一三七師團，佐佐眞之助的第三九師團，野溝武彥的第一二六師團，今利龍雄的第一二五師團，井關仞的第一三四師團，阿野安里的第一戰車旅團，北武樹的第九戰車旅團，安部孝一的第一〇七師團，北澤貞治郎的第一二三師團，人見與一的第一三五師團，桑田貞三的獨立第一三〇旅團。

這一支部隊的高級幹部，大部分都是「關東軍」的舊人；而且也都是莫斯科和平壤眼中，政治上比較可靠一些的份子。最重要的幾個是：

齋藤彌平太中將、眞中鶴吉中將、加藤泊治郎中將、岩田少將、今井少將、今村方策大佐。

其中，加藤泊治郎中將，原來就是長白山麓「地下關東軍」的總指揮，現在既已靠攏，又有人槍，自然應當身居要職，另眼看待。岩田少將，本來是關東的高級參謀，而且還在莫斯科的日本大使館裡，做過多年的陸軍武官。今村大佐，在日本投降之後，就忙着幫中共打內戰，而且先右後左，十分起勁。這樣的人材，在死灰復燃的「關東軍」中，當然會出人頭地。

據當時的實地資料，這一支人馬，始終沒有過一個正式的名稱，所謂「日本人民解放軍」也者，似乎純粹是揣度之詞。在有些文件上，它被稱爲「反法西斯縱隊」，或是「四一七部隊」。

進入北韓之後，曾經先後和「滿洲國國軍」改編成的第四〇軍，中韓共混合編成的第五四、五七軍，在一起併肩作過戰。清川江，德川，平壤，漢城，這一連串的幾個硬仗，就把那批老「關東軍」，幾乎斷送得乾乾淨淨，只賸下兩千多人被遣返回國。這也就是那一羣在運輸艦進入了日本舞鶴港的時候，高喊着「在舞鶴進行敵前登陸的「關東軍」老兵！

蔡銳霆一門義烈

——從二次革命湖口討袁之役談起——

·劉己達·

一、湖口之役

湖口之役，這是革命歷史上最重要之一頁，也是國民黨史中的二次革命；更是推翻袁世凱專政的先聲。孫中山先生洞燭機先，重新領導這一次革命，由湖口之役首先發難，並由贛督李烈鈞爲一先導，於民國二年七月十二日起義。

有關湖口之役的起義經過，本刊第十四期，史述先生以「李烈鈞湖口討袁六十年代紀念」爲題，有極盡詳細的記述極爲珍貴。中間曾述及當時李烈鈞向日本購買三八步槍三千枝，袁世凱得知後，令海圻兵艦馳至九江刧取，李烈鈞派蔡銳霆上艦交涉，海圻便以械已起走無從刧取覆命。可知蔡銳霆烈士，也是湖口之役的重要人物。惜該篇對於蔡烈士的叙述不詳，對於先烈的光榮史蹟，未能充分表彰。

筆者與蔡烈士忝屬同鄉，均係江西宜豐人，且有通家之誼，幼時聞諸父老，對於蔡烈士其人其事，不僅爲了革命，殺身成仁，滿門抄家，兄終弟及，父死子繼，犧牲之慘重，罕與倫比；而其身行徑，尤負有俠義智勇，一身是膽的傳奇，絕不可湮沒而勿彰。幸得其次公子蔡仲威兄予以補述，當更屬信而有徵。

二、討袁公啓

有關湖口之役，那時李烈鈞先生任蘇、滬、皖、閩、粵、川、贛、湘聯軍總司令兼江西討袁軍總司令職。至於江西討袁軍的副總司令，則爲蔡銳霆先生，且列名於江西對袁軍對黨團的公啓，內容如下：

「本黨各團公鑒：敬啓者，袁氏帝制自爲，務期破壞共和與全國爲公敵，橫恣無道，倒行逆施，國民之被其虐者，至慘至酷。烈鈞等目擊顚危，誠不忍諸先烈鐵血所創之共和民國，斷送於獨夫民賊之手。是以率父老子弟投袂而起，不惜以危弱之贛，與專制惡魔對壘挑戰，爲全國創（編者按：此處疑有脫字，然查革命文獻亦如是。）開戰之始。首佔瓜子嶺，再據沙河，袁軍殲者以千數計，足爲公理猶存士氣可用之佐證。我方秣馬厲兵，再接再厲，然以區區之贛，而欲悉以恢復共和之責任畀之，則強弱之勢懸殊，雖竭其能智，識者有以知其誰是，廓清全局，仍不能不望我全國公民之相繼奮起也。諸公者創民國，造成共和、希望之念既深，鞏固之志必切：旣弗忍專制之勢日漲，必尤勿忍望視與專制挑戰之贛省勢孤力竭而不一援手聽其失敗也。贛省之戰，爲鞏固共和戰，爲表示國民反對專制戰，是非贛省一部份之責任，全國國民共同之責任也。誠於此時以全國之力與袁氏戰，則羣策羣力，一致進行，專制之毒，不難肅清，共和之基，自此鞏固，是袁氏授首之日，悉諸公再造共和之功，河山無恙，日月重光，諸公之聲勢爛然，且將永爲國民所謳歌。假其不然，各爲自保之計，共作壁上之觀，贛省固不幸而一蹶不振，淪於專制政治之下，各省亦將受袁氏之蹂躪，而被毒於無窮。蓋武力專制得進步，且以團結之力，擊渙散之衆勢，猶易摧枯拉朽也。贛省之成敗，實民國之存亡，明達諸公，想不忍漠視，萬乞奮袂羣起，敵愾同心，登高一呼，衆山皆應，殲彼妖孽，恢我民權，凱歌燕市，指顧可待。烈鈞等兵力雖微，然師出之日，已矢決心，有死無二。所賴諸公指揮雄師，行籌偉劃，分途並進，以寒敵胆。贛軍一部，當效前驅，民國存亡，在此一舉。瀝血陳詞，不盡懸盼。軍旅旁午，匆請勳安！

江西討袁軍總司令李烈鈞　林虎　何子奇　耿毅　方聲濤　蔡銳霆　俞應麓　叩

民國二年七月十四晨

以上公啓原載於中國國民黨革命文獻；並由江西文獻轉載。

三、周處再世

我們如果看過國劇的「除三害」，當知周處改過遷善的傳奇與周處的膂力過人。周處絕不是文人筆下的虛構，在正史上也確有其人。蔡烈士的英勇豪邁，也正是這一類型的人物。

我家宜豐城內有四大姓，熊、胡、蔡、漆，這四姓均係大族，人文鼎盛，各族均有聞人，筆者在本刊第十五期，曾經介紹過「孤忠耿耿胡思敬」，亦曾提及。蔡銳霆先生號起蟄，係宋孝義靈椿王岑三十世孫，世代書香。太公美民先生，江西碩儒，太夫人劉太慈，俱爲同盟會耆宿。

蔡烈士兄弟五人，均係一時俊彥，烈士行二，丰姿挺秀，聰穎出衆，而且不拘小節，倜儻不羈。文有奇氣，倚馬萬言，對於孫武兵法，尤有心得。左右手均工草書，孔武有力，武藝絕倫。身能逆立於馬而馳，疾行如飛，閱者作色。有馬極其兇悍，動輒嚙人，均不敢鞭策。烈士舉之於肩，再行擲出，仆幾死，馬終馴服。

又善泅泳，涉水如履平地，曾抱五齡幼子走深潭，而水竟不及胸。經常喜遊獵，攀登峭壁，探尋幽谷，風霜雨雪，深夜常不歸。倘遇巨蟒，手扼其吭，立即氣絕而斃。精槍法，擊飛鳥，百不失一，近郊有虎爲患，烈士蹤跡得其所在，立即以槍擊之，虎害遂除。

又有一次，城市大火，先生衝焰登屋，一如受過訓練之消防隊，折斷火路，隨屋塌墮，見者爲之大駭，以爲必然葬身火窟，不久焰熄，先生自頹垣中安然脫險，祇是手面微傷，毫不介意。其賦性冒險，大率類此。

先生氣慨不可一世，視天下無難事。慷慨成性，素向任俠，揮金如土，主持公道。遇有不平之事，輒怒目一呼，衆皆折服。遠近會黨聞其聲名，諸首領均願趨拜門牆，服從指揮，先生一一加以撫馭。

先生年未冠，即偕兄復靈肄業江西武備學堂，與同學李烈鈞聲氣甚洽，先生慷慨激烈之氣，時溢言表。其時贛撫汪瑞闓兼武備學堂總辦，對先生輩特加抑制，昆仲怒而退學，同學重其義，衣冠列隊以送，一時稱盛，官吏爲之側目。

四、一身是膽

有關蔡烈士參加江西起義，以及擁戴李烈鈞將軍督贛，更留下若干驚心動魄的傳奇。據江西文獻第五期有關「蔡銳霆事略記載：「君疾清政之不綱，早負鼎革之志。同盟會興，君益喜得機會，遂命其妹仲蘭東渡贊襄總理孫公。君與兄復靈密設支部於洪都，請太夫人董其成，傾家破產，畜馬養士，預期大舉。綠營徵兵，密隸部署。

武漢起義，洪都戒嚴，復靈任縣保衞局長，命君潛入瑞州（按即高安）召集所屬，據城獨立，隨傳檄贛西諸郡縣次第反正。尋以瑞州革命軍官職讓兄，而自率隊編入北伐軍，施任潯軍政府參謀部長。

清廷廢後，洪江會黨，以與擁馬毓寶督贛，矜功跋扈，橫行無忌，閭里苦之。九江衞戍司令朱漢濤，馬心腹也，勇悍無匹，利用洪江，已爲渠魁，諸縣畏忌，莫之敢攖。君結之以武藝拳術以及江湖種種技倆，朱乃大喜，身惭不逮，傾心待君，其黨羽亦漸入彀，君引之使歸己，密與諸將謀擁烈鈞。諸將各調隊伍一部，公舉君任指揮，君臨時爲之部署，先編後伍，七伐不愆，試可，晨往圍漢濤署。

漢濤部隊嚴陣以待，意殊堅決，兩軍槍頭對指，諸將思漢濤之整也，唯恐戰禍一劇，閭閻糜爛不堪，難負戎首之咎，乃請於君，不先發難，伺其既疲而後擊之。

及日中，君念若敵自知不免，而致死突圍，則我劣矣。遂前，介兩軍而山立，師屬目之，君畫卸其佩劍手槍炸彈，雍容入署，過門，伏起，舉槍狙擊，君夷然呼口令云：『槍放下』軍士面之，稔爲君也，不覺斂槍起立正，君隨舉手荅禮。復逍遙而直上，問漢濤部若長安在？其團長固識君，趨前舉首。君云：『公等於意云何？』荅云：『匪我興戎，實逼處此，正自不能不爾。』君云：『衆寡之敵，而亦聞之矣，矧徒知糜爛，殘民以逞，何益？』團長云：『然則如何？』君云：『諸將之於公等，誼切同袍，更無芥蒂，徒以朱公之故，暱就鄙人率以聽命，朱公倘以大局爲重，俾得有所藉口，吾其永寧以退』團長云：『彼等欲剪滅我，有死而已，不能從也。』君云：『有是哉，公胡過慮，鄙人在，唯余是瞻，苟有相難，即先殺我，寧不快公心事耶？』團長領之，君前先導，漢濤部從之出，揮軍斂槍避讓，領漢濤部直趨砲台，令優遇。

漢濤見勢已去，率親近十七人，登屋而遯，諸將咸作壁上觀。君亟遣諜，偵知漢濤匿某市肆，率領往捕，敵發槍相拒，斃行道二人，君蛇行而入，師從之，漢濤復登屋，君舉槍呼云：『弗止，休矣！』漢濤素驚其技，不敢動，遂面縛之，得請政府，明正典刑。檄馬毓寶去職。

諸將請云：『公於兩軍之間，而敢往何也？』云：『敢問其不敢何也？夫兩軍相持，莫敢先發，是其間乃安全之地，何不敢之有歟？』『盡卸其武器何也？』云：『示我無奪人之心，斯人不我忌也。』云：『遇伏而不退何也？』云：『退則適引其追擊，是退亦死，故亦不敢退也。』『口令之何也？』云：『夫能舉槍殺敵，吾以知其有訓練矣，有訓練而服從其習慣，吾以長官地位臨之，彼固識我，見我無惡意，自然聽命也。』『領其團長率隊以出何也？』云：『善戰者當以不戰屈人，彼畏逼而致死，是以嚴陣而待我，日中而未及交綏，則其朝氣已惰，從而逼之，是復鼓其朝氣，適以玉成其勁敵也，吾要之以安全，是以緩其軍心，而竭其朝氣，說其部隊使離，所以剪其翼，朱不能速飛矣。』諸將云：『雖然，險矣，』云：『不入虎穴，焉得虎子，置之死地而後生，非兵家言歟？』諸將嘆服。

諸將推復靈齎書赴漢，恭迎烈鈞督贛，君任高等顧問，兼中軍官，指揮軍務，烈鈞垂拱仰成。督府集議大計，或各陳一策，而不知所擇，或擇一策而不能竟決，君從容至，或特創己見，或別擇一策，片言立決，舉座盛表贊成，僉目君爲督府之膽。

洪黨時有不軌之行，袁世凱陰賄助之，以危害江西，君以奇計次第討平，諸將出入，戒備森嚴，君獨步微行，奸慝聞風遠避。劉世鈞部兵變，欲取烈鈞而代之，君手刃數百人，從此江西洪黨之禍絕跡。

袁氏之志弗逞，乃藉口軍民分治，以削烈鈞之權，任汪瑞闓爲民政長，君揮軍逐去之。江西購槍六千，由滬轉潯，袁氏偵知，遣軍艦臨湖口及潯陽，欲取其槍，時君任水巡總監，兼節制湖口，馬當要塞，立命砲指軍艦，將擊沉之，烈鈞電令速止，軍艦亦不敢動。君輕舟赴潯，令盟弟周璧階，置重炮於江干，偕盟弟李明揚直赴軍艦，刼艦長與之約，必欲奪槍，即欲擲炸彈同歸於盡，否則署名爲盟。艦長不得已，君即取槍立盡。當時潯人見禍之將臨，莫不駭汗縮首，扶老携幼出城逃難，既而見君進退自若，深以爲奇。艦長復海軍部，謂贛軍早已將槍提卸，無從奪取而已。袁氏亦惟置之不問，其實省中諸敵黨，早已將詳情密告袁氏。

是二役也，袁氏啣恨益深，而無可如何。及復靈任參議員，袁氏命孫毓筠致意，欲勸君入京供職，願餽遺數十萬金。復靈變色，陽允回省勸弟就範，遂棄職南旋，興軍就湖口奉烈鈞起義討袁。義師敗績，君間關經湖南，短衣皂帽，自昇行篋，旁若無人，安然東渡，從者謂其一身皆是胆也。」

五、從容就義

湖口之役失敗後，由李純任江西護軍使，旋署理江西都督。其時袁世凱爪牙汪瑞闓首籍先生之家產十數萬金。先生與兄復靈及妹仲蘭，皆被懸重賞索捕，出亡在外。

先生在日本，日隨先總理孫中山先生籌商革命再起策畧，深蒙孫總理之倚畀。膠州之役，民黨乘機密謀舉事，於是派鄧鏗進攻廣東，夏之麒在浙江方面策動，先生弟兄等則對南京方面進行，以期互為犄角，互相聲援。

先生奉孫經理之命，潛行回滬，其時民黨密謀再起之消息，已為袁世凱所偵悉，時袁氏愛將鄭汝成為上海鎮守使，受命緝捕黨人，對先生更懸三十萬現金之重賞。

民黨在虹口租界亦設有秘密機關，由其妹仲蘭主持，先生經常往來其間，日夕策劃，但行踪亦極其飄忽，上海軍事當局正感棘手。

其時適有楊嵋，過去任縣口知事時，以貪污瀆職被先生予以撤職（其時先生任水巡總監駐節湖口），楊嵋去職後，懷恨在心，意圖報復。楊嵋適亦閒居上海，在重賞之下，向鄭汝成告密，自願任偵探之責。

某日，先生來到虹口，被楊嵋自後擁上抱住，大呼捉响馬（按上海呼強盜為响馬），先生不以為意，反微笑對着楊嵋說：「以我的裝束身份，難道還是响馬麼？」隨着已佈署之巡捕擁上，即將蔡先生拘捕到巡捕房。

斯時上海黨人延聘律師，百般營救，以先生係政治犯應予釋放。無如袁以重金賄英國代領事卓乃爾，並嗾使某律師，控告先生有殺人嫌疑，係刑事犯，加以手鐐脚銬，准予引渡，由鄭汝成械繫赴九江。

九江鎮守使吳金彪當即將之置於本署，並加以禮遇。袁氏當又電知李純，以蔡先生在南昌方面潛勢力頗大，解赴省垣，恐生意外，令立即在九江執行槍決。

當臨刑之時，尚拍有遺照，鬚髮叢生，兩眼無神，因繫獄太久，受盡折磨，但西裝直立，神色不變，胸飲二彈，屹然不動，三彈貫胸透頰，始仆。此照仲威兄一直保留，惟大陸淪陷時，未及携出。

六、楊嵋之死

天道好還，報施不爽。黨人既想先生之死，復恨楊嵋利令智昏。甘心為虎作倀，與民國為敵。於是密謀佈置，必將楊嵋置之死地，為蔡先生復仇。租下某地高尚樓房，以為暗殺之機關，表面上則為練習平劇之場所，每日鑼鼓齊鳴，絲竹管絃，引吭高歌，如是者有一月之久。左右鄰居，熟知此為俱樂部之日常課程，均不加以注意。

楊嵋告密之後，獲得萬金，幾同暴發戶，飽暖思淫慾，乃擬作續弦之計。黨人偵知其隱，於是由女校某校長（亦係黨內同志）為之任月下老人，在女生中任其物色。還往既久，楊嵋當亦深信不疑。

當楊嵋已看中某女生，並約期在俱樂部謀面，楊嵋遵約前往，抵達後鑼鼓之聲大作，使外間無從獲知內部舉動。楊嵋當被殺斃，時為冬季，血浸狐皮袍。畢命後，當即施以大量硝鏹水，埋之地板下，掘土既深，因之臭氣亦不致外溢。俱樂部仍繼續租用兩三月後，始退租。因此，這一椿楊嵋失蹤事件，始終無法破案，外間雖明知為黨人復仇的惡作劇，但證據毫無，亦為之無可如何。

據仲威兄述及：楊嵋所衣之狐皮袍，當殺斃後，狐裘亦被取下，一直由仲威兄家保存，後來重行改製換面，血漬尚存。仲威兄又述及，當其父在上海被巡捕房拘禁時，上海申新各報，均有詳確記載，後來他服務某海上軍事機關時，曾獲得申新兩報之同意，予以檢出，由仲威兄僱員逐日抄錄，盈篇累牘，所獲甚多，記載並爲完善，惜此抄件，亦已遺失，無法予以選錄。

七、父死子繼

蔡銳霆先生既已在九江被難，贛人聞之，悲悼殊深！贛督李純復抄其家，美民先生解省，判禁十年，四介弟康國禁四月，五介弟怒飛被執，越獄逃歿。全家老弱，悉被驅散，極盡人世間之奇慘。

其長嗣炳閭，欲繼父志，弱冠請纓，，忠勇奮發戰功卓著，尋效命於粵之廉州，求屍不獲，康國又被桂寇戕於梧州。此可說又屬慘聞，不幸中更遭不幸。至於蔡炳閭，殉難經過，據江西文獻所載如下：

「蔡炳閭烈士，號逸清，銳霆烈士之遺孤也。二次抄家時，隨母逃滬，而銳霆烈士已繫獄，未幾就義。君年尚幼，慟憤不勝，有若成人。後隨母回省，請屍暫厝，君恒慷慨激昂，誓繼父志。護法軍興，君辟妻離母，孑身赴粵請纓，滇贛軍總指揮李烈鈞嘉其志，由行伍送入韶關講武堂畢業。

李根源欲去烈鈞，特任君充機關連長，以羈縻之。烈鈞出巡，抵始興。君號召同學軍官，反正來歸。相轉戰川、湘，復返粵。援桂之役，沈鴻英陷連州，我師敗績，團長卓仁機傷臂。君以所部一連之衆，隱伏收容，俟敵大進，奮勇突出，以截其後。我師乘之，敵潰，君先登入連州，我師勢如破竹，遂入桂。君因公返粵，仁機命赴廉州撫散軍，中途遇匪失踪，竟不獲屍。

仁機爲銳霆烈士盟弟，視君猶子，君復爲之效死，益深痛悼，因對部屬述君忍苦耐勞，果敢有爲，而有條不紊，臨大敵如無事，槍林彈雨之中，周旋進退，從容自若，氣格神味，大有父風。方期永資倚畀，不圖遂被襲於小醜，指其傷折之臂泣曰：『余與偕同作戰，已折一臂，今炳閭歿，是又折余一臂矣。』

聞者感涕不能仰，遂報請烈鈞，上聞孫大總統深爲憫念，令議優卹，並追贈陸軍步兵少校。家難未紓，國步斯艱，弱冠終軍，不得永年，良堪痛惜。然忠義之業，自足千古。有其父，有其子，九泉相見，可樂可泣矣。」

八、身後榮哀

嗣袁世凱帝制失敗，纂國竟以亡身。先生之寃，得以昭雪，大總統黎元洪褒贈「見危授命」匾文，部下同志開會追悼，弔者萬人，素車白馬，極一時之盛。

民國十一年春，大元帥孫中山先生，亦曾明令褒揚，祇是江西省府無案可稽。嗣後在民國十六年十月由蔡匡等呈請發給撫卹，省府報請中央核示，全文如下：

國民政府指令

令江西省政府主席朱培德

呈一件 爲蔡匡等請發給故員蔡銳霆等撫卹一案無案可稽請示核辦由

呈悉查蔡銳霆早歲加入同盟獻身革命民國二年任江西全省水巡總監癸丑討袁頗著成功義師敗績復奔走海外續圖匡復志節可嘉民國三年奉 先總理令派回國計謀舉義討袁爲袁世凱賄囑滬英領事逮捕引渡是年十二月就義於潯其弟康國與怒飛及子炳閭又復先後因公殞命民國十一年春 大元帥孫公以蔡氏父子兄弟叔姪四人或爲公捐軀或因公殞命情殊可憫特明令追贈蔡銳霆爲陸軍中將蔡康國爲陸軍中校蔡怒飛蔡炳閭爲陸軍少校並各照贈職陣亡例從優例卹在案蔡氏一門忠烈古所難能似此成仁大節該省應有知者讀蔡氏所呈確屬實情仰即遵照前令從優議卹俾彰忠烈而勵來茲仍將辦理情形具覆備查實爲至要此令

主席李烈鈞

中華民國十六年十月 日

民國二十三年，奉本黨中央委員會議決，先生之遺體交由江西省政府公葬，先生之靈柩厝二十年，至是始得入土爲安，抑且享受到應有之殊榮。並由國民政府褒贈美民先生「一門義烈」匾文，當時合縣引爲殊榮，爲建義烈坊，以旌於縣黨部之門。

總之，先生一家爲黨國犧牲之慘，實所僅見，亦屬罕聞，然獲膺追贈，撫卹，褒揚，建坊，公葬等五大榮典，是亦足以使百世之下，聞此爲之興起。

九、明德啓後

先生之次公子爲蔡慶誾兄，後名仲威，亦即我的好友，青年英俊，奮發有爲，追隨革命，轉戰西南，歷任軍職。兩度出任江西縣長，政聲卓著，蜚聲鄉邦。我倆之謀面，即係民國廿二年在江西縣政研究會認識，得以訂交，迄於今茲，久要不忘平生之言，可說四十年如一日。

仲威兄自陸大畢業後，任西北邊防督辦公署高級參謀，其同學盛世才對仲威兄係來自中央，猜忌特甚，因而置之於獄，幾瀕於危，後幸得朱紹良予以力保，得免於難。

大陸變色時，仲威兄正任五十八軍魯道源部之參謀長，由廣西退入越南，久困富國島，後始隨軍安返台灣，因已屆退休之年，任某國營商業機構閒職。仲威兄以垂暮之年，息影寶島，詩酒自娛，間嘗從事唱和，台灣詩壇，競相傳誦。亦嘗致力於旅台同鄉之團結，故亦座上客常滿。今年某月之吉，即爲其七秩攬揆之辰，曾有七律六首，題爲「生日自悼」，也許傷心人別有懷抱。其詩如下：

馬齒徒慚歲月捐，純眞依舊似童年，愧無覇業驚天下，空有才名落酒邊，入聖淸懷悲逝水，屠龍壯志嘆炊煙，而今願效春江客，笑傲風雲弄釣船。

其二

如夢如痴七十秋，飄零早白少年頭，思親實下千行淚，報國長懷萬古憂，王粲登樓空有賦，馮唐易老志難酬，何時得遂還山願，蘆荻灘前繫釣舟。

其三

客中況味近如何，前路低迷盡坎軻，守道未嫌羅雀少，見遺方恨讀書多，時荒世亂紆籌策，身老家貧感逝波，日日思君君不至，浮雲空伴雁聲過。

其四

嶺梅初綻暗凝香，氣爽天高客恨長，空有月華明似水，歎無人影竝成雙，延平此夕悲離索，禹甸何年待復光，把酒澆愁愁不泯，寒燈孤館夜凄涼。

其五

心情恍若少年時，老至風塵不自知，膽有豪懷偏嗜酒，羌無佳況謾塡詞，鄰邦烽火連天急，亂世文章品價遲，儌儷功名慵記取，最難忘却是歸思。

其六

忽忽光陰似轉絃，新愁舊恨紀連篇，當年百戰無強敵，此日三杯愧俸錢，國破家亡身尙健，山重水複夢難圓，願將一束傷心稿，留與兒孫代代傳。

上詩鍊字鑄句，俱極工整，且憂時傷國，慷慨悲歌，大有杜工部之韻味；溫和敦厚，亦不失詩人之旨。仲威兄之祖父美民先生，原本碩儒，而且伯父復靈先生，更工古文詞，是知家學淵源，其來有自，仲威兄之詩，當屬爲儕輩所樂聞。

我素來未諳音律之學，故很少作詩，但對至好如仲威兄，當其歡度古稀大慶時，不能不爲之壽。因此勉成七律一首題爲「壽仲威兄七十」。非敢云詩，祗是紀實工作，僅錄之於下，以爲本文之殿。詩爲：

「遐齡喜屆古稀年，偉績豐功血尙鮮。迪化被囚昭信史，甘棠垂蔭入吟編。滿門忠烈家聲著；邊塞風雲漢節堅。金石交期逾廿載，且將俚句壽鄉賢。」

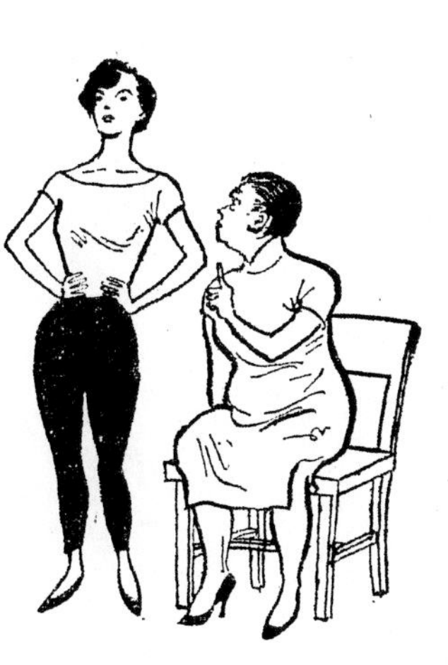

胡政之與大公報

陳紀瀅

六、初晤國聞通信社

民國二十一年八月底，我攜眷自東北退到上海以後，經過一個短時期的安頓，我們便在北四川路老靶子路福生里定居，並且在蘇州河畔的上海郵政管理局報到上班。大約不到兩週之後，我就和大公報駐上海的特派員李子寬先生有了接觸。由政之先生介紹，我去九江路辦事處拜訪他。子寬先生，武進人，是政之先生自民國八年在上海創辦國聞通訊社的老搭檔。當時這個辦公地方很特別，樓下是長長的兩大間門市，擺着大公報出版的一些書籍及國聞周報。走上樓梯，才是辦公室。下邊也可以望見上邊的辦公桌等。子寬先生因知我從東北南來不久，對僞滿情況熟習，就要求我隨時把那方面的消息供應給他，以便透過國聞通訊社發佈全國。爲了繼續與大公報保持關係，我就答應下來。

我這樣作，也有我的憑藉。因爲這時候，東北問題，不但是中國的熱門新聞，同時也是舉世矚目的所在。有關東北救亡及後援機構都集中上海，如馬占山將軍代表吳煥章、李杜將軍代表劉丕光，其他如王德林及馮占海等都有人駐守上海與各方聯繫。後來又加上了朱霽青先生的機構也設在這兒。由齊世英先生主持的東北救亡協會繼在上海成立。此外北平也有類似機構，可以說，全國上下無不以東北問題爲集中注意的所在。隨時有人自東北來上海，上海方面也隨時派員祕密赴東北。大家都在支援東北義勇軍，大家都以支援東北義勇軍來表達愛國熱潮，甚至於擴張政治資本。

當時我還有一項別人搶不到的東北新聞來源，就是吉黑郵政管理局在吉黑邊境上遺留下的十八個郵局，正好歸我管。這是中國郵政史上外一章。今天若不寫這篇文章，也無從談起；應該詳予紀載，不過在這裡因非題內之文，只好省畧。

原來東北撤局後，仍有吉黑郵區的十八個郵局還在自衛軍手中。政府既支援抗日，就不能把郵局關閉，以使軍民不便；但這些郵局因哈爾濱的吉黑郵政管理局已經撤退，等於羣龍無首，失掉了管轄。南京郵政總局遂命令由上海郵區接管。這是總局最妥善的安排。照理應該歸天津、河北郵政管理局或濱南山東郵區管理局接管，以資便捷；無如那時關內外陸路交通斷絕已久，通車通郵還不知何年何月才能實現。（後來於民國二十二年九月才恢復關內外之交通。）

這十八個郵局的名稱如下：撫遠、饒河、虎林、密山、寶淸、勃利、佳木斯、依蘭、樺川、湯原、富錦、綏濱、蘿北、同江、通河、木蘭、巴彥和綏東。這些局所過去寄關裡的信件，都是寄哈爾濱轉，這時候則需由海參威的蘇俄郵局發交上海才可以。因爲彼時僅有海上交通可以利用。

上海郵政管理局，管理當地以外的郵局，設有內地股。股長（比照目前各機關所設的處。）達爾寬先生、秘書張師翰先生，還有兩位巡員及一位股員徐公荷先生。我是股員之一。專司理吉東十八個郵局的公務。當時管理局局長姓乍佩林，法國人，胖胖的，人很和藹。我需要把每件公事翻成英文，然後由股長轉呈給他。這位局長因服務中華郵政已久，對於中國事情很有興趣，並且特別贊助中國人抗日的行動。所以有時候，他把我招去談談東北情形，以及十八個郵局所呈報的內容。他非常同情那兒的員工，有求必應，並且時常囑咐我，好好照顧他們，比內地員工多一些優待。我不十分記得如何以物質優待他們，但精神鼓勵和安慰，在我擬稿當中，總是時時多寫兩筆。乍佩林也親自核閱我所簽擬的稿件。

當時我們從上海發給他們的郵票和印紙（匯票所用）都加印「吉東」字樣，以資識別。在吉東自衞軍佔領時代，這些局所都能自足自給，無需協款資助。後來，到了二十二年秋，丁超、李杜所率領的吉東自衞軍，因不堪日本關東軍壓迫，就開始瓦解。其中有兩萬多人沿外蒙邊境向西撤守，一直撤到新疆塔城，被盛世才收容。這批人也就被盛氏作爲獲得政權的資本。

自二十一年秋至二十二年夏，我除了幫忙國聞通訊社採訪消息，並撰寫有系統的東北問題發展，及上海的文化界重要活動外，我的工作範圍相當廣泛，不僅時常有關東北的獨家報導，並且又增添了許多上海文藝界新聞。當時主持國聞通訊社的李子寬先生，見我到上海未久，就能以生力軍的姿態爲他效力，自然非常高興。當然他會把我的工作概況隨時報告了政之先生。因此政之先生不時寫信給我鼓勵。

我能夠在短期內在上海展開新聞與文藝工作，除個人興趣及職務外，當時情勢也與我有利。前邊我已說過，因爲「九一八」後，全國救援東北義勇軍工作集中上海。所以有關東北消息，我有充足來源。而且因爲我也是個從事文學創作的人，與上海文壇早有聯繫。那時申報自由談正由在台剛去世未久的黎烈文編輯。老輩報人嚴獨鶴、周瘦鵑、趙苕狂、謝六逸、趙景深、趙家壁、洪深等等。我都漸漸認識了。後來又與唐弢熟稔，因他也是郵局同事。因爲我與孔羅蓀弟先後到上海，我們倆既是郵局同事，又是在哈爾濱一塊兒從事文藝工作的好友，無形中我倆便成了東北文藝界（雖然我二人都不是東北人）參加上海文壇的先鋒。「東北作家」這一名稱，慢慢成了中國文藝史上的特別名稱，大概與我倆先到上海有些關係吧！

同時，我認識了兩位朋友，當時使我的業餘生活，起了莫大變化。一位叫張宓公，一位叫李大璋。張宓公（中央日報總編輯張客公的弟弟）湖南人，當時他是黨國元老李烈鈞（協和）先生的秘書。他在英租界辦着一個週報——「眞報」，由於吳煥章兄的介紹，他認識了我，他急於認識我的原因是請我幫忙替週報寫文章。雖然祇是對開的半張報，但每週要有人寫將近三萬字才可以塡滿篇幅，他一個人經營，實在是一樁極吃力的事。那時上海小型報多如牛毛，以晶報、社會日報消行最普遍而有影響力。但是那些小報完全以揭露社會黑暗，以及誨淫誨盜爲職志。喜歡看小報的人，化兩角小洋在報攤可以買十幾份厚厚的一叠子回家。張宓公所辦的「眞報」則反是，完全是政治性的，談的是國計民生的大題目，因此銷路奇慘，幾乎都是贈送。他跟我說了，我說，「在上海灘上辦小報，除非比晶報、社會日報更黃更黑才有銷路；否則，就得乾賠。何況又是週刊？而週刊又是半張紙？絕對沒有出路！」

他經我這麽一說，當然很洩氣。不過，他說：「無論如何，請你幫幫忙，每期寫篇兩三千字的文章，隨便你自己找題目。我情願賠定了！」

後來我才知道他辦這個週報也是有來歷的。大概他從某方面領着一筆津貼，但並不寬裕。爲了報答人家，他也有不得不辦下去的理由。

李大璋兄當時還在復旦大學讀書，他是遼寧人，修的是經濟學，是大學學生會的會長，談話斯文，有腔有調，好像一個小政客，絕不似大學生。而他交遊之廣，上自達官貴人，下至販夫走卒，無人不知，無人不曉。海灘上的一切好像都在他掌握之中。他與張宓公早是密友。從此之後，他倆就時常邀我吃館子，看熱鬧及訪朋友。我藉他倆的廣交遊，先後認識了天一公司的邵醉翁、陳玉梅夫婦及導演裘芑香等。後來又認識了張石川、鄭小秋等。至於話劇界應雲衞、金山、王瑩、袁牧之、陳波兒等都是在這個時期認識的。後來我移居北四川路永安里，與內山書店遙遙相望。魯迅那時常常來書店看店主內山完造。有一次羅蓀同我也到對面去與魯迅相晤。當時我對他的印象欠佳，除一股酸氣之外，還洋溢着冷冰冰的表情。這可能是後來我敬而遠之的原因。羅蓀則與我相反，後來他與左翼聯盟的一批份子接近，致被捧為左翼理論作家，也可能與那次會晤有重要關係。中共佔領大陸後，李大璋赫然是四川省長，我不知道是否同名同姓之人？大璋在抗戰時期就隱埋了。我很疑心他已投共。（編者按：紀瀅先生此處有誤，查李大章（非璋）生於民國前十七年，即以二十一年計，是時已三十八歲，安能在大學讀書、一也。李大章曾留學德國，民國二十五年三月任中共北方局委員，未曾在上海活動、二也。）

以上雖是我私人的事情，似與本題愈來愈遠；其實不然！我之能夠服務大公報與胡政之先生領導大公報，在抗戰時期，効忠國家，貢獻輿論，與從業員的思想都有重要關係。我這個小蘿蔔頭的背景與其發展，都匯合成了許多因素中的因素。一顆小螺旋釘往往會影響一部大機器；一粒砂子，也可以富有黏和與分離作用。由於楊剛之滲入大公報，影響了它的前途，可為佐證。一個記者、一個作家，生活面須時時擴張，才能為生命吸取營養。然而擴張的範圍，也要有限度；否則也貽患無窮。世界上有許多事，便是由於無分際惹出來的。

我在上海一年間的磨練，給予我後來的生命莫大滋榮。

七、秘密探訪偽滿政情前後

民國二十二年六月間，我在上海突然接到季鸞先生一封信，除對我所寫通信謬獎外，說很希望我於最近期間到天津報館談談，詳情見趙惜夢兄另信等語。過去，報館跟我寫信的，都是政之先生，這次忽然改了季鸞先生，使我驚異非常。果然，惜夢兄的信於次日也由北平來了。大意說，報館很盼我抽身去一躺東北，看看偽滿州國一年來的情況。還囑咐我要守秘，能否去，速報他知。

這真是個難題。作報館的人疏忽了一個小公務員的處境，那能隨便離職，說走就走？（後來季鸞先生派我去新疆，也是這麼一種情形，雖然他拿報館作為我離職的保障。）

我想了好幾天，並且與家人秘密商量。我認為這是一樁極有意義的使命，但具有相當危險性。又想，這個職務，惜夢兄可以担任，甚至於報館任何記者都可以担任；但為什麼不就近派人去？遠從上海調我去？他們明明又知道我是個小公務員，身不由己？

這些問題，在我腦海裏，盤旋了又盤旋，起伏多時，使我得到一個結論：「他們一定覺得我最合適；否則，也不會這樣費事。因此，我若能完成使命，定必也是一樁光榮的事。」

事情也很湊巧，那年六月，我服務郵局已屆滿六年。根據郵政人事規則，服務滿六年，可享受半年的長期例假（Long leave）。休假期間，可照支全薪，並且連同眷屬，可給予返里來回全程二等車票。這是當年郵政在洋人主持之下，倣照英國文官制度給予員工的合理待遇。但也不是每個員工，到了時候可以拔腿就走。這種權益，必須還經過一定程序，由上邊批准了才行。

我既有休假的意思，就向層峯探聽。起初因為東北十八個局正在緊急狀態，說我休假恐怕沒熟手接替。後來我應允把一切經手業務，絕對妥靠地教給一位叫徐克讓的同事管理，才應允了我的請求。在稍有眉目之後，我便回復季鸞先生與惜夢兒，並且告訴他們大約我起假跟到天津的日期。

那年七月一日起，我開始渡假。先把家眷孩子大人送回河北安國齊村老家。經過一番安排之後，我隻身去天津。

約在七月十五日左右的下午，我在天津法租界三十號路一八一號大公報館同時謁見了季鸞、政之二位先生。這幢高高的紅磚房子，幾乎在三十號路底。再過去就是一道河，河那邊就是義租界了。報館正門既不寬也不大，並且也不算高。我很納悶，爲什麽一個堂堂報館，有這麽一個門臉兒，後來才知道，原來這是一個工廠改建的。縱然不是改建，北方舊日習慣，除非王府官邸，一般住家都是小門深院，以象徵主人的涵養。

平常只在報楣上見過隸體「大公報」三字，如今見這三個字從右往左刻在一塊黑色不算太大的匾上，那黃色塗金的字體襯托着黑色匾底，越發顯着莊嚴遒勁。當時很吸引着我。我仰望了好久。多時不知道這三個字是什麽人寫的。我推測一定是什麽大書法家的墨寶。抗戰時期，在重慶李子壩報館，一天，偶然跟工廠刻字的崔永超君談起，他微笑着說：「你若問誰寫的這三個字？區區就是我。」當時我才明白，原來寫字的工人就是他！因爲爲這點小事，我曾請教過谷冰、芸生等，他們都答覆我說：「是個工人寫的？」我心想，哪有這麽好書法的工人？那時，我聽人介紹，說報館有一位金石家姓崔，我拿着一塊石頭去請他刻圖章，才有此發現。崔君是河北武清，我們大同鄉，從英斂之先生主持大公報時代，他就在報館刻字——缺字及題目字。同時他研習金石學。抗戰以前在天津就小有名望。以現在眼光來衡量，他早就該離開報館，以金石家的身份在外邊掛牌鬻刻了；然而他不忘本，一直跟隨報館自北向南，在工廠裏每天按着鉛坯子刻字，辛苦得很。到今天，我尚保存着崔君給我鐫刻兩顆名章，而且經常使用。每當我使用他所刻名章時，崔永超與大公報三個字的面容，便同時映入眼簾。他如健在，大概七十五歲以上。他寫那三個字時，在民國十二年以前，當時他也不過二十多歲，可知他才華出衆。據我所知最初「大公報」三字並不是隸書。

工友把我領上二樓會客室。不一會兒，兩位先生相偕自內出迎。在此以前，我連他們照片也沒見過，但我立刻能分辨他二位誰是誰。兩位先生由季鸞先生先開口，對於自「九一八」以來所寫的通信以及種種意見誇讚了一番，並且問及我的職務與生活等等。政之先生也偶而插入說幾句話。兩位先生一胖一瘦，身體中等，着中裝。時當盛暑，都穿疏羅大褂。政之先生穿的是一件淺藍色的，季鸞先生則穿一件發黃的。因爲兩位先生滿面堆笑，態度誠懇，語言親切，一剎那間，就消除了我初次會見久所嚮往名人的不安心理與形態上的拘謹。那年季鸞先生四十六歲，政之先生四十五歲，正當中年人生旺季；而且由於館務的急劇發展，事業鼎盛，從眉際之間，可以窺見兩人都是有毅力，富果斷，經驗豐沛，深具信心的人。季鸞先生言談徐緩，態度溫和；政之先生笑聲爽朗，表情分明。談了一陣子，就歸入正題。季鸞先生說：

「過去兩年來，承你幫忙，報紙增多了不少東北新聞。現在我們想今年『九一八』兩週年，出一個特刊。爲了充實內容，希望你與惜夢兒分別跑一趟日本佔領區，他去熱河，請你去東北。熱河好去，東北就麻煩些。你能夠向郵局請假最好，否則，我們實在也不好意思。』

說完之後，政之先生就接着說：

「我們曾商量好久，這個差事非你去不可！一方面你有多種關係，地方情形熟習；另方面你有應付能力，一定可完成使命。」

兩位先生雖是初次見面，但他們的言論、品德，早已久仰，他們這番談話，自然毫無虛僞，不是故意鼓勵我去冒險，自有他們的眞正評估。但以一個涉世未久的青年（那時我才二十六歲）聽來，也不免飄飄然。可是我仍是按捺住內心的喜悅，既是應該也是誠懇地答覆道：

「兩位先生對我的厚愛，實在感激。過去寫的那些不成熟的文章，承蒙不棄，已經是非常慚愧，如今又交我這樣重要的使命，更覺光榮；不過因為我的能力很差，恐怕要辜負兩位前輩的期待。」

政之先生聽後，就搶着說：「你也別客氣了，咱們研究實際問題吧。」

我就先請問：「我採訪的範圍與對象是什麽？」

季鸞先生答道：「一切都看看。日本在過去一年內，扶持溥儀傀儡皇帝又在東北施行經濟、軍事、文化侵略。你去看看，他們究竟做了些什麽？東北老百姓的反應怎樣？總之，不必有專題。站在一個記者立場，作一般性的採訪是了。」

我唯唯諾諾。

然後政之先生問我：「你打算怎麽走？萬一日本特務找你的麻煩，你怎麽應付？」

我聽後，深致感激之忱。站在報館當局立場，縱然為了獲取新聞，也不能不顧及職員的安全。然而，他們如不問，我也沒有先誇示我有萬全之策的理由。我答道：「北寧路早已停開，目前只有從塘沽至大連這一條海路可走。至於應付日本檢查人員，我已稍有安排；但是否有效，還須看我臨機應變的能力了。」

然後我把一些準備，包括證件與攜帶的東西，約畧說與二位先生聽。季鸞先生在一邊點頭，政之先生則展開了更大笑容說：「預祝你成功！」

他又交代了些事務工作，然後我便與二位告辭。

這是我自「九一八」與大公報發生關係以來，初次晤見張、胡二公。雖然僅僅約有四十分鐘晤談時間，由於他們的態度友善，對事認真，與人關切，使我留下不可磨滅的印象。我後來甘心情願為他們服務，導源於這次晤談的原因最多。

關於我怎樣去東北採訪，中途的遭遇，以及旅行東北的經過與採訪成果，我曾於六十年九月在傳記文學上撰寫「偽滿建國周年秘密採訪記」一文發表。為了避免重複，在此不再贅述；但記幾項要點如下：我乘長平丸自塘沽出發，一到大連就被日本特務拘捕至水上警察署。經我應付有力，倖免於難。我自七月下旬起，一直在東北「遨遊」兩月，收穫至多。並曾深入虎穴，獨闖偽國務院。當我回程，恰好關內開關恢復通車，在山海關又曾經歷驚險一幕。我於「九一六」回到天津，完成了一次冒險的秘密採訪。

八、一日之內寫了三萬多字

二十二年九月十六日我在山海關乘北寧路火車，於上午到達天津站，立刻住進國民飯店。等我洗浴及吃了點東西後，立刻與政之先生通電話，他叫我下午二時到報館。屆時前往，當我見了他，他對我所表現的喜悅與歡迎的那種情緒，是我畢生難忘的。他說：

「太好了！太好了！沒想到你今天能回來！」然後他轉變了一種試探口氣，問我：「累不累？」我答道：「不累！」（其實我在北寧車上擠了一天一夜沒睡覺，哪有不累的？只因為年輕好勝，豈能在長輩面前說洩氣的話？）

「好了，你從現在起，開始寫你這次採訪經過。寫一般印象，先不作專題分析。我給你地方，寫好一張稿紙，就先排一張。你晚上就住在報館，寫到明天下午，大概要三萬多字，塡滿一張報紙的四分之三。」又說：「來，來，來，到這裏來。」我就跟着政之先生進入編輯部南邊的一間屋子，他指着一張辦公桌說道：「你就在這裏寫，我叫聽差給你預備茶水、稿紙和文具。你也就在這兒吃飯。晚上在這兒睡覺。我再叫工廠小孩隨時來取稿。」於是他引我再走進裏邊的臥室，他指着一進門的一張空牀。

他又說：「你所有寄來的照片及資料都收到了，等會兒我給你拿來，以便參考。」於是一位高高大大的聽差，照胡氏的吩咐，把我所要用的東西和一杯剛沏好的香片，擺在我面前了。

從見他到我坐在椅子上，開始撰稿，

總共不到一刻鐘，眞可以說急如星火，最迅速的安排了。

原來我若不回來，就由報舘湊上一版有關東北資料與惜夢兄自熱河採訪所撰寫的文章合出半張，以作爲「九一八」二週年特刊。因爲我恰好於「九一六」回來，不先不後，還來得及刊載我的作品。所以政之先生做了臨時決定，要出一大張，也就是四版，以擴大宣傳聲勢。他這種斬釘截鐵臨時的安排，眞是報人爭取時效的最佳風範。也是我以後從事任何工作，無時或忘的一種教訓。

同時，我們交通員工對於爭取時效，素有訓練，而我交通職務之外，又以新聞事業爲副業，也是分秒必爭的工作。可以說我對時間運用，有雙重經驗，何況這裏面包藏着極高熱情與興趣！所以我不但勝任愉快，不以爲苦，反倒覺得這是一宗榮譽和一種特殊使命。

我腦子裏畧經組織，於是奮筆疾書，開始撰稿。不到一小時，已寫了二、三千字，恰好工廠取稿的小孩來了，我就叫他每隔一小時來取稿。我寫到七、八點鐘，已完成一萬五、六千字，足夠排滿一版又半。

當中，有一位杜協民先生把我從東北預寄的幾大包資料送來，很高興地對我說道：「你眞了不起，除非是你，任何人也沒有辦法搜集這麼多資料。而你又能把它安全寄回來。」

「沒什麼，別人也許沒我這麼方便。」因爲我是從郵政職業中，學會躲避檢查人員的方法，因而我的秘密文件得以平安寄達目的地。

「胡先生教我把你寄來的東西鎖在保險箱裏，誰也不許動。除了照片，資料都在這裡。」

原來政之先生已選擇照片製銅鋅版去了。協民兄當時是大公報的會計主任。後來他任職大公報駐渝特派員及抗戰時期國民公報社長。在吳鼎昌氏當貴州主席時代，他又任貴州省臨時參議會的秘書長，算是大公報資深人員之一。

那天我寫到十一時，實在太疲乏了，只好停筆休息。我在九小時之內完成二萬字，平均每小時二千多字，照古人的說法「倚馬萬言」，我當然還是「笨手」；但以一個多日辛勞，食睡不足的人能有如此成績，總算差強人意。我預計第二天，再完成一萬字，時間綽綽有餘，不必煩心了。所以那夜我睡得最香甜、最塌實。工廠小孩於「九一七」早上十點鐘又來了。他告訴我，昨天排好了的稿子都交給王芸生先生去校閱。本來任何稿件應先交給編輯校閱，然後付排，是一般通例；但這次因爲趕時間，先排後閱，整個倒置了一下。

因我一直寫到下午三時，大功告竣，內心舒坦，無與倫比。首先我到牆子河一帶去散步，欣賞河邊的風景，又跑到一家叫興池的澡堂，去洗了個熱水澡。搓背修腳來了一個全套，然後足足的睡了一大覺。睡好了覺，我又回到報社給政之先生留下一個字條，大意說：「我寫了三萬多字，全部已發交排字房，希望先生刪改，並加子題。」大公報傳統，寫文章的人都不署名，任憑報舘決定。我又告訴了宿舍工友晚上不在報舘吃飯。我跑到中國地界去下小舘。當一個人按時完成一件工作，不但情緒輕鬆，胃口也大開，所以痛痛快快吃了一頓，消除了多日緊張情緒。

我過去曾到過天津一次，但匆匆忙忙，未得暢遊市區。這天好容易得到這麼一個輕鬆機會，所以便決定趁照耀得如白晝的租界燈光下，漫步街頭，以欣賞天津的夜景。中原公司那時開幕未久，我也去逛了一道，又到英租界與日租界巡禮一番，才僱車回到報舘。

快十點鐘了。政之先生正準備寫社評，從他嘴裏才知道季鸞先生臥病家中。我煩他代致問候之意。他又帶我去大編輯室拜見同人，其中包括曹谷冰、許萱伯、王芸生、楊歷樵、馬季廉、張遜之、曹世英等。這些人都是我多年以來，從報紙與國聞周刊上讀過他們的作品，聞名已久，如今竟在一夕之間全部認識了，內心的愉快，可以想見。

九、大公報的編輯部

我又見這個大編輯室，一進門處，是四張寫字檯拼成南北竪列的長方型辦公桌，由曹谷冰與許萱伯二位各據一檯，其餘兩檯是空位，後來才知道是爲了季鸞、政之兩位先生來坐的。右首便是四排各由六張寫字檯拼成東西橫列的辦公桌。第一排由國內外要聞編輯佔用，我只記得王芸生、楊歷樵、馬季廉與孔昭凱等兄在座，其餘便不記得了。第二排由外勤首領張遜之兄領導的採訪部同人佔據，除曹世英外，好像還有何毓昌及高元禮等。第三排，我忘記是什麼人了。後來因我坐在第三排桌前達四個月之久，我才知道是「小公園」及其他副刊編輯的辦公桌。第四排是校對同仁值公之地。另外在迎門進口右首有一個套間，那裏邊是「國聞周刊」編輯室。當時主編是王芸生先生，副主編是艾大炎先生，一位留日研究經濟的留學生。在芸生以前是馬季廉。裏邊光線不足，完全靠燈光照明。當時國聞通信社業務正當鼎盛春秋，華北方面的新聞，由谷冰、萱伯從外勤採訪稿件中，摘要發往上海，再轉全國。再靠北邊牆壁，有一個櫃子和書架。靠西邊牆壁有茶几茶具及毛巾等。靠南邊迎門處有兩間小屋，便是季鸞、政之二位先生的辦公室。再過去便是會客廳了。

編輯部面積，大約有台灣的卅坪左右。張、胡二氏所佔據的屋子雖非斗室，比斗室也大不了太多。以今天台北各大報的設備而言，那時大公報的編輯部及辦公室，實在相當簡陋無法相比。却有無數名報人發稿於此。使我常常想「陋室銘」中的幾句話：「山不在高，有仙則名；水不在深，有龍則靈，斯是陋室，惟吾德馨。」

聽說以前館址在日租界旭街。（抗戰後改爲羅斯福路）「九一八」事變前，因大公報不盲目附合急進份子的眼前對日作戰的主張，曾受過炸彈的恐嚇。瀋陽事變爆發，國人爲了報復日本侵華暴行，又不時在日租界滋事。旭街一帶便成了恐怖地區。大公報迫不得已，才遷到現址，只貪圖工廠容積寬濶，便利排印，就不能再顧及辦公室是否排塲了。

我安睡通夜。第二天，不到七時我就醒了。工友把「九一八」的報紙拿給我看，一共四大張，其中一大張是「九一八」特刊。我的文章列爲篇首，以初號大字「東北勘察記」標題，然後按內容分列了若干子題。以「生人」署名。我慶幸沒用我的眞實姓名，因當時顧忌尚多，若用了眞名實姓，多所不便。至於爲什麼用「生人」二字，也並非憑空揑造，因爲在我記事中，有多處使用以「陌生人」出現在僞滿社會字樣。芸生兄在核定稿件後，就以陌生人再簡化爲「生人」向胡先生請教，以才確定我遊記的署名。我覺得這個署名很有意義，使日本特務佈滿東北各處情況下，能容許一個「生人」突破它們的包圍，闖入禁地，（那時還沒有竹幕、鐵幕等名詞）讓我一個光棍記者，如入無人之境，到處採訪，不是我能幹，實在是他們無能！

我又看了那七八張銅版照片，選擇得很好，印刷也精美。我記得有僞皇宮、僞國務院、長春（那時叫新京）街景、哈爾濱、瀋陽火車站，還有佳木斯日本移民區域等圖片，令人看了，就生「故國山河在」的感覺。

我那篇記事，首先說明我此去的意義和目標，再則描寫我在大連被日僞特務拘留在水上警察署訊問的經過。這一段是文章開始的第一個高潮，富有驚險與機智味道。然後把從大連經瀋陽再到長春沿途所見，予以深入描寫，使讀者知道東北同胞在短期內所起的生活變化。然後把獨闖僞國務院，再列入另一高潮。寫一個記者的胆識，與明瞭機關的結構。到了哈爾濱，寫東鐵、寫松花江，因日軍侵入所增加的形態。以後我把日僞軍事、政治、經濟、文化、社會、又作了輪廓性的叙述。把黑龍江、吉東、的改變也舉例涉及。日本人在佳木斯一帶殖民設施與其前瞻，也作了一般性的論述。接着，以我叔叔爲例，舉出日本人壓榨中國人之實況，預料今後若千年月中，偽滿洲國必弄得民窮財盡，家敗人亡。其中有一段寫我搜集資料及郵寄資料的經過。這一段可提供記者許多郵電常識，以及心理學的研究。再一段寫我冒險闖山海關的經過。因為日本特務已警覺有人在偽滿「遨遊」到處搜集資料，所以加強搜查。我若是在山海關被他們查到，不但功虧一簣，前功盡棄，連我的區區生命也難保。至於以後我這蘿蔔頭兒的前程與大公報的關係，則當重寫了。

最後一段寫此行觀感與展望。我平生持身平實，以「拙」「誠」為本；寫文章也好，說話也好，從來不敢誇大自詡，更不敢危言聳聽，也無神來之筆；老老實實敘述，誠誠懇懇描寫，只有不及，絕不會過火。我不敢說那是一篇洋洋灑灑的文章，但我覺得以我之誠，還可吸引人讀下去。（那時還沒有「可讀性」這個名詞。）

我從頭到尾看了一遍，除有一二詞彙增刪之外，全文照刊，霎時，不知不覺我偷偷掉下了幾滴眼淚。這幾滴眼淚，是我兩個月驚險與辛勞的結晶，也是報館對我的心血最大的報償。另一版是惜夢兄訪熱河的文章。惜夢是我的老大哥，他的文字簡鍊，感情充沛，內容好自不待言。我倆為大公報「九一八」二周年特刊，有此服務，永遠是我們友誼中可貴的紀念。

那天「社評」——「九一八」二週年感言，是政之先生寫的。首先他介紹我的記事，說是「本報不畏艱險，特派記者深入採訪，使國人明瞭東北眞象，同情東北同胞的遭遇，知道日人的野心，速起反抗日本當政的措施。同時也警告日閥，應適可而止，勿逼人太甚。」文字簡賅，條理分明，而以感情貫注，一如季鸞先生的手筆。要不是我知道季鸞先生在臥病，一定會使我誤會到仍是他寫的。由此可知，張、胡二氏因意氣相投，筆調一致，甚至詞彙用語幾不可分。

我洗完了臉，便到街上去吃豆漿油條，聊當早點。在喝豆漿時，看見顧客多人也拿着特刊閱讀，那種專注的熱情，使我這撰稿人深受感動。

十、平地起風波

大約上午十點鐘，工友傳出話來，晚上六時，胡先生請我到他公館吃飯為我洗塵並慶功。教我在報舘等候，一齊去。

這是一個很好的安排。下午五點多鐘。編輯部同人都齊集編輯室，向我致意，無非是稱讚我寫得生動、眞實等語。我當然不能自滿，只好推說，因時間過於匆忙，文字草率，希望他們今後不吝指教。

胡先生不久也來了，見了我就說：「一塊吃飯去，謝謝你的辛苦！」但他說話時的神態令我驚疑，不似前天和昨天，那麼既說又笑，輕鬆愉快。也許是我的敏感，好像出了什麼岔子。

我和許多同人到達英租界黎家花園以後，才知道胡公館原是前大總統黎元洪的住宅。胡先生是報館替他租賃的。所謂花園也不過是庭院裡植有花木而已，並非如想像中的花園。住宅是西式樓房。我所看到的，僅是客廳、飯廳和一間書房。若以今天標準衡量，那祇是極普通的住宅；而那時因人傑地靈，把一座住宅誇張得甚大。

我乘沒吃飯前，跟所有同人都周旋了一番。一方面這是我應有的禮貌，另方面藉機攀談一次，可增加彼此瞭解。這次陪我的有曹谷冰、許萱伯、王芸生、楊歷樵、馬季廉、杜協民諸位先生外，好像還有費彝民。其中楊歷樵的譯作，欽遲已久，今見其人，相當溫厚，才華不露，很是難得。他們對我所寫文章謬獎的同時，也問我其中的細節，並問我在上海的情形，我一一具答。在我當時的印象中，這批人都是謙謙君子，修養很深，充分反映看大公報一貫精神，也象徵着文如其人。我也從他們口中，得知季鸞先生的病況，說不要緊，祇要是休息些時，便可恢復工作了。

（未完待續）

憶陳春圃

用五

陳春圃是陳璧君的侄兒，於廿九年，南京「和平政府」成立後，做過「和平政府」的行政院秘書長，建設部長，及國府委員；又在黨的機構裡，做過中央組織部長，和中政會的副秘書長；後來，又出任廣東省長，兼廣州綏靖主任。日本還沒有投降，他自動辭去廣東省長和廣州綏靖主任的兼職；日本投降後，約莫一個月，他即自動投案，以漢奸罪被判處無期徒刑，囚禁於上海提籃橋監獄，到了四十五年左右，病死獄中，享年約五十三四歲。

（一）

春圃生得頎長清瘦，滿臉于思；性情却十分溫厚，恂恂然有儒者風度；生平很少疾言厲色，爭論是非；不論對家庭或對朋友，無不表現一片祥和之氣。我和春圃認識做朋友，開始於十四五年間；那時候，我們同在廣州，都是國民黨中央黨部的工作人員。十六年，我們又隨同中央到了武漢，其時國民黨分裂爲左右派，互相水火；我和春圃對黨派問題，時加討論，見解亦比較接近。武漢失敗，彼此見面的機會少了，但仍時有通訊。廿一年，洛陽國難會議後，我和春圃先後參加了僑務委員會僑教部門的工作，我的服務時間很短，春圃却一直幹了很多年，大概到了廿七年下半年，才離開僑委會的。

廿六年，對日抗戰發生；這一年冬天，國民政府由南京遷都重慶，先到漢口，逗留半年左右；廿七年八月中，才全部到重慶。在漢口期間，我和春圃見面較多，討論問題亦較頻。播越途中，時時受敵機威脅，黨政工作人員，實在沒有什麽事情可辦；朋友之間，很容易流於飲食徵逐，虛耗光陰；於是我們幾個熟朋友，便發起讀書會的組織；規定每星期開會一次，每一次開會，會員要輪流把過去一星期讀過的書籍，摘要報告，並加評論；讀書報告之外，又討論時事或褒貶當世人物；意見不必相同，無拘無束，均各有自得之樂。

（二）

讀書會成立於二十七年二月八日，最先參加的共六人，爲甘乃光，李樸生，陳春圃，王志遠，錢乃信，及筆者；過了兩個月，又加入高廷梓，郭威伯及其夫人劉蘅靜；第一次開會地點爲漢口蘭陵路甘乃光的寓所。那一天下午，日軍飛機第一次空襲武漢三鎮，在漢陽兵工廠投彈；讀書會第一次開會，恰好是這天的夜裡。

我記得這一天的讀書報告，也就是第一次的報告，是甘乃光先生作的；他讀的是日本人著的「皇漢醫學」，著者的姓名，我一時記不起了；全書主旨在於介紹並讚揚中國醫藥的優良。我們在日本侵畧的流離困頓道途中，一面受日軍飛機的轟炸威脅，一面又讀日人讚揚中國文化的著作；這時候的複雜心情，實在很難用筆墨來形容。

自此以後，我們的讀書會，不問戰局的如何變化，每星期都能夠如時開會，到會的也十分認眞，我和春圃也都作過讀書報告；直到八月中旬，全部黨政人員一律入川爲止。

（三）

我是二十七年八月十四日，由漢口坐船到重慶的；春圃甚麼時候到，已經無從查考；不過先後總不會相差很遠的，最多不過一兩星期而已。到了重慶之後，春圃的服務機關設立城內大樑子，而我的却在城外上淸寺附近，相隔既遠，交通又極不方便，大家見面的機會就不多了。讀書會後來雖也在重慶恢復起來，春圃似乎已經離開了重慶，再沒有參加的機會了。

春圃是甚麼時候離開重慶的，又怎樣離開，現在我也覺得十分模糊了。不過，二十七年十月底，港澳的朋友寄信到重慶給我，尙附筆要我代爲問候春圃，可見春圃離開重慶，應該在二十七年十一月一日以後；二十八年三月，澳門朋友寄信到重慶給我，便說在澳門見到春圃了。

（四）

現在，我要說一說我所知到的，春圃參加南京「和平運動」的經過：

春圃在他後來卅七年四月間，於更審改判後，仍覺不服，提出上訴，請求減刑的上訴書，雖說過：

「查被告（春圃自稱）以身世之累，自幼依附姻婭尊親，以迄於其背叛而形成……」（原件見後），

好似他參加「和平運動」，是出於環境造成，並非出於意願。但二十八年三月底，李樸生先生從香港經河內昆明回到抗戰首都重慶，曾經對我覆述春圃在香港對他說過的如下一段說話：

（春圃說），汪（精衞）先生最近告訴若干較爲接近的親友說，現在報國的方法有二，一是殉國，又一是救國。所謂殉國的意思，例如服務於政府，盡忠職守，鞠躬盡瘁，死而後已；不幸遇敵機來襲，亦死而不怨，這便是殉國。所謂救國，便是主張和平，主張和平是危險的；本人今年已經五十以上，要殉國甚爲容易；但本人不願爲其易，而願爲其難。

春圃轉述汪氏這一番話，一方面在表明汪氏主張和平運動的理由，另一方面也表示他是贊成這種主張的；不然的話，爲甚麼到了六月初，他因爲要隨汪氏北上，到上海和南京去，竟至於他平日十分恩愛的太太李蕙芳女士大起衝突，幾乎鬧成家庭慘劇呢？

（五）

一位和春圃夫婦平日往來很密的某太太，她從澳門寫信到重

慶，把她目擊的春圃夫婦衝突情形很詳細的報告她的丈夫，原信要點如下：

「昨晚（六月一日）收到電報，我（某太太）正和蕙芳（春圃妻）在一起，相對默然；她連日心情苦悶，我早已看出，但不便追問；……她一面流淚，一面說，她兩口子從來沒有『頂過頸』（衝突的意思），這一次他要跟姑丈（汪氏）去上海南京，而且要她一道去，因此鬧了起來，甚至說要分手：……她的姊姊勸不要如此，……她問我怎樣，……我又如何能夠說贊成分離的話呢？……最後，她却說，假如我眞的不得不離，我也不會回到家鄉去，若不幸死了，也惟有你知道我的痛苦了。……」

春圃夫婦的衝突，結果怎樣？後來能否和好如初？我都不知道；不過，事實上春圃已經跟姑丈到了上海和南京，參加了「和平運動」，在黨政兩方面都負担重要工作，地位並不平常；可見他對於「和平運動」的贊助，決不是完全由於姻婭依附，受身世之累的。他在上訴書所說的，恐怕只是應付官文書應有之筆而已。

（六）

最近，我偶然從行篋裡檢出卅七年四月八日，春圃托朋友從上海帶到南京給我的一封信，並附他向法院上訴，聲請復判，補提理由狀子的抄稿一份。他上訴的理由，在這份狀子裡說得很詳盡，至於爲甚麼要把狀子抄送給我，他在信裡說，希望我向最高法院方面說項，做到直接改判，不要再發回更審，因爲開庭次數多，甚感麻煩，應付環境亦至感頭痛云。

又當時國民大會開會，政府或將改組，人事可能更動；新舊交替，案件或有擱置；亦請我代查，如一切照常，即向有關方面關照，否則暫停進行。不過，當時的政局，正在動盪中，瞬息變化，春圃托我的事，我已無從爲力，他所希望的復判減刑，自然亦沒有甚麼結果。

現在我再仔細讀了他這一份上訴的理由書，我覺得春圃對於參加「和平運動」的動機不管怎樣；只就他最後在廣東省長任上的表現說，他當不失爲一個有抱負，肯負責的地方行政首長；可惜他在任的時間不長，成効未能大著，到現在，記得這一段事實的恐怕沒有幾人了。

（七）

他在廣東省長任上有些甚麼成績，可以値得稱道的呢？上海高等法院，卅六年十二月三日，對春圃的更審判決有如下一段話：

「被告任僞廣東省長時，曾厲行禁烟禁賭，爲民除害；並發給米貼，救濟教界；核撥欵項，嘉惠貧病；有附卷證據可考，自應於民有利；畧迹衡情，尙可貸其一死。」

這可證明，他確做了些有益地方有利人民的工作；這本是一個地方行政長官應有的責任，原不算得甚麼了不起的政績；不過，在當時日軍佔領環境之下，此等工作未必爲日軍當局所歡喜，或且認爲有碍於日軍佔領政策的推行，春圃能夠不顧艱險，毅然推行，便是很難得的了。他在聲請復判的理由書中，認爲「此種工作與抗戰同其重要」，「無異前線的浴血抗戰」；雖不免張大其詞，但亦不能謂爲是全無理由的。

（八）

筆者來到香港後，遇到廣東的老教育家，曾經在日軍佔領粵省的時代，服務教育界的；他對筆者提及，當時陳璧君如何透過廣東省政府的組織，以糧食及金錢救濟廣東各縣的教育工作人員；可見上海法院對春圃救濟教界，認為有證據可考，是很確實。

筆者前撰「陳璧君的牢獄生涯」一稿，曾記璧君在蘇州獄中對朋友說，她對廣東有貢獻，對國家亦有功勞，政府對她判罪是不公道的。璧君所說的對廣東有貢獻，根據春圃在廣東推行的政策及其實際工作看，自然也有事實可考，不是隨便說說的了。春圃是璧君的侄兒，春圃能夠出任廣東省長，自然也和這一點有關，春圃對廣東的貢獻，也就可以說是璧君對廣東的貢獻了。

（九）

筆者又曾見過一位在香港政府服務了數十年，現在已退休多年的文職公務人員某君，（原籍也是廣東）；他對筆者說，日軍佔領香港的時候，陳璧君來到香港，香港各界華人在皇后大道某大酒樓開會歡迎她；當日璧君乘車來到某大酒樓門前，看見那裡只懸掛日本國旗，非常不高興，立即停步，對在門前站立的日本憲兵隊長說，今日是中國人開會歡迎本人，並無國際意義，應該只掛中國國旗；憲兵隊長初時覺得爲難，璧君再三堅持，憲兵隊長不得不去請示；結果，日本國旗改爲青天白日滿地紅的中國國旗；璧君然後登樓參加歡迎會。

我們聽了這一齣小插曲，亦可以想見春圃之能夠不管日人願意不願意，與不管有無困難與危險，毅然推行有益地方有利人民的各種措施；這一點勇氣的由來，也不是偶然的了。

（十）

春圃聲請復判補提理由書，不僅是有關他個人參加「和平運動」，與出任地方行政首長的文獻；也是「和平政府」與日本之間，幾種交涉和協定的經過，與後來法院審判漢奸案件情形的重要參考資料。因此，這一份理由書，對於談現代掌故的，也是很有價值的，特附錄如後：（以下爲理由書原文）

爲被訴漢奸對於上海高等法院卅六年十二月三日之更審判決，**聲請復判案件補提理由書事：**

查本件經更審判決後，業由被告於法定期內，簡叙理由，聲請覆判在卷。茲再補提聲請覆判之理由於後：

按更審判決認被告「犯情本極重大」，因「被告任僞廣東省長時，曾厲行禁烟禁賭，爲民除害；並發給米貼，救濟教界；核發欵項，嘉惠貧病；有附卷證據可考，自應於民有利；畧迹衡情，尚可貸其一死。」故量處無期徒刑。但詳查所謂「犯情本極重大」之事實上認定，既有非依證據認定，而僅憑臆測者；即對於其他科刑應加審酌，及於法應減輕其刑之情形，或根本未予顧及；或雖已顧及，而仍未依法減刑，均不能謂與法令無違，特分述之。

（十一）

（一），更審判決事實欄稱，「二十八年，汪逆兆銘，通謀敵國，背叛中樞，倡言和運，反對抗戰；陳春圃與汪逆有姻親，因而變節附逆；初在香港担任聯絡工作，」云云；查被告以身世之累，自幼依附姻婭尊親，以迄於其背叛而形成；雖未能步武高陶以自拔，惟欲責以變節附逆，亦當始於廿九年，汪組僞府於南京，自任僞行政院長而畀被告以僞秘書長之名義以後，溯此而前，在港在滬，於所謂「和運」或「豔電」絕無與聞之證據；且經詳提反證，斑斑可考；原審記叙犯罪事實，於「與汪逆有姻婭親，因而變節附逆，」之下，繫以「初在香港担任聯絡工作」一語，固足增重被告之犯罪情節，然遍查判決理由，對此足以增重犯罪情節之事實，並未闡示其憑以認定之證據；則其所謂「初在香港担任聯絡工作」云云，即屬理由不備，當然違反法令。

（十二）

（二）更審判決認被告對於敵僞基本條約、大東亞宣言、對英美宣戰佈告、及敵僞同盟條約，均會參與會議；並於理由欄內舉示有附卷筆錄可稽；但查所引徵之供述問答，則僅及於「敵僞締結基本條約及同盟條約」，而不涉「大東亞宣言」，與「對英美宣戰佈告」，已嫌其理由不備；而其所謂「參與會議」，亦僅指「以副秘書長資格（中政會副秘書長）列席會義」而言；如果「列席」與「出席」皆可含混認爲「參與會議」，而毫無差別，則一切國際乃至國內之各種會議規程，又何必區分「出席」與「列席」爲兩事，而分別其責任。況查所謂基本條約之協商，自廿九年夏間起，賡續協商，至同年十一月卅日，始告簽訂；中經數月之久，協商不下數十次；如果確有被告參與其間，何至在外交部完整接收之僞檔案中，竟查無有涉及被告之資料發現？其復原審函中所稱之「無此資料」，固非僅指由何人簽著於條約而言。但外交部復致辯護人函稱之「無有關資料」，明明係指檔案內查無涉及被告參與該項條約之資料；原審未肯詳爲探討，反以「被告並非簽署之人，自無資料足徵」，爲其曲解之藉口；此種見解，顯與事實不符，即非允當。況查首都高等法院判決確定之羅君強漢奸案件，即係根據周佛海之證明，認定敵僞條約之簽訂，與羅君強無關。查羅君強與被告爲同時兼任有僞中政會副秘書長名義，且同樣列席於該項會議之人羅君強既未因列席於會議，而謂曾參與會議，增重其罪責，（請調核首都高等法院羅君強漢奸案件判決及其復判審核准之判決，）亦即無可執此偏認被告爲參與會議，應增重罪責之理由。至所謂「大東亞宣言」係日本東京舉行之「大東亞會議」所發表，被告從未隨汪東渡一次，事實上即無可能參與該項會議之任何嫌疑可指；則此所謂「大東亞宣言」之當然不能與僅得列席於僞中政會之副秘書長，即被告，發生若何之關聯，亦屬顯而易見之事。原審迄未闡示其所能憑以認定之證據，竟併此風馬牛不相及者混爲一談，資爲「犯情本極重大」之裁判理由，備極牽強。

（十三）

（三）原判於列舉被告調任僞建設部長之主管事務後，雖泛稱「策劃都市建設，水利興修，」明知興修水利等有利於人民而故不闡明；即其本國或人民有所不利，亦未說明；另稱「調任僞廣東省長，則督導所屬，推行僞政；兼任僞中央組織部長，則徵集叛徒，企圖反抗；兼任僞廣州綏靖主任，則指揮僞軍，鞏固治安，」各節，雖被指爲均屬利於敵僞，不利本國之行爲，但均未指證其具體的事證，或積極的罪行之存在；無非因其職位名義，如此臆測；爲或有其事之概括認定；顯未參核司法院解字第三一〇一號解釋，就各該僞組織之任務性質與執行手段，詳爲探究，亦即所謂非依於證據而認定之事實。

（十四）

（四）關於東渡參拜神宮，祈禱勝利，發表謬論之報紙記載，其不可採信之理由，被告於更審前及更審中，均辯解甚詳。一方面有「報紙之登載僅足供事實之參考，不能以爲唯一之罪證」之判例，（上十八年上字第三九二號）堪資辯正；他方面又提呈當時代理僞行政院長周佛海未予被告以任何名義或任務之證函，以反證被告東渡，既非假公以濟私；尤無參拜神宮，祈禱勝利，發表謬論之資格。原審亦迄未有記載此種資料之僞申報原本附卷或提示被告；已非合法存在之證據，不發生證據之能力；而原審乃堅信不疑，盡摒被告之辯解及反證於不議，則其所謂「尤足爲通謀敵國反抗本國之佐證」云者，揆諸證據法則，顯有未當。

（十五）

（五）原審更以被告曾「訪問香港寇督，密商合作」，指爲

「通謀敵國，反抗本國」之又一佐證；但又連稱「舉此相詰，堅不吐實，規避顯然；」此又顯屬於非依證據所認定之事實。究竟密商何事，如何合作，如何實行，及如何結果，均付闕如。其實被告對赴港事由，早經陳明，係因港地缺糧，難僑受飢，故在粵設難僑招待所，招致僑民回粵，以全生命，純屬有利人民之舉；而反被疑爲通謀敵國，圖謀反抗本國之佐證；核與最高法院卅五年特覆字第九十一號判例所示「懲治漢奸條例第二條各欵所列之罪，均以通謀敵國爲其構成要件；所謂通謀敵國，自係敵國政府有所勾結合謀者而言」之法意尤相違反。至於僞國府委員之形同伴食，既爲原判所是認，則其無任務之可言，已不待贅述；伴食之人，驟加罪責，衡諸前述司法院解字第三一〇一號解釋，更難符合。

上述各項，係就原判認定被告「犯情本極重大」之裁判基礎事實，指陳其理由不備，或悖於証據法則，及顯違應遵循之判解意旨；其次於引律科刑，更有重大之疏誤，謹再申叙如次：

（十六）

原判決依照附卷之確實証據，既經查明被告確有與抗戰工作同其重要之厲行禁烟及禁賭，爲民除害；救濟教育，嘉惠貧病之多種利民事實；尤其於敵寇侵畧戰爭，毒化政策，併攻兼施之下，欲遂其使我亡國滅種目的之際，被告竟嚴厲查剷烟苗，懲禁吸售，此種抗敵救國全民之工作，無異前線浴血之抗戰；非但予敵人以極大之打擊，而且與中樞認定之國策，及歷來國際公法之規定，均相符合。彼因徇友所托，營救一二地下工作人員，或保全一部份公有財物，尚得據爲協助抗戰，或有利人民，以減輕其刑；被告此種重要艱巨工作，證據確鑿，既爲原審所是認，自應予量刑後，再依照處理漢奸案件例第三條，予以減刑。而原審仍不援引同條例第三條減輕其刑，亦未於理由內說明得不減輕之原因，而僅爲畧迹衡情，僅貸一死之本刑內量處，要難謂非重大之疏漏。况被告在勝利前，係自動辭卸僞粵省長，已爲更審前之判決所認定；在勝利後，又係自動投案，亦爲原審先後兩次判決所同認；是就犯罪後之態度言，於刑之裁量，先應有所審酌。再按被告自投情形，查據中統局專員周英才函証，係在卅四年九月十七日投案，而爲坦率之自白，始經中統局轉軍統局，再送高檢處起訴。在投案之時，檢舉漢奸之命令尚未××（兩字不明）及處理漢奸案件條例（卅四年十一月廿三日公佈），該條例第三條及第六條所規定。被告何能預見尚未公布。事前又別無他人舉發，被告實有當於犯罪尚未發覺之情形，縱不合於漢奸自首條例之規定，亦仍應有刑法第六十二條之適用，參照鈞院卅七年特覆字第五二四號黃天佐漢奸一案之減刑判決事例相同，自亦應邀減刑。原審對於上述科刑，應加審酌之事項，及依法應減輕及得減輕之兩重規定，均未稍予顧及，顯失慎恤之平，亦不能謂非違背法令，合應狀請鑒核，賜將原判決撤銷，另爲依法遞減之裁判爲叩，謹狀。

（全文完）

再者：余前撰「陳璧君的牢獄生涯」一稿（見本刊第十六期），提及獄中注射麻醉藥一節；友人責余爲過分，對前輩缺乏敬意者；其實余之所以述及此事，純出於對前輩遭遇，抱悲憫同情之心，別無他意，覆按全文，即可得之；若因此而引起誤會，則余亦知過矣。本文涉及該稿，特借數行，藉以說明。　用五　一九七三年九月　日。

水利大師李儀祉

蔣君章

（一）

清季的救國運動，大體上可分為兩大派別：其一是治術救國，其二是學術救國。治術救國，又可分為兩個系統：一個是革命派，一個是革新派，前者是　國父領導的革命運動，後者是康有為領導的維新運動，後來變為保皇黨，光緒既死，無皇可保，則又流變為立憲黨。革新派對革命運動有推波助瀾之效，但不能成實際的事功；自有一部中國革命運動史和中華民國建國史為之敘述，此不多贅。但學術救國，在當時雖似為個人的行動，但對後來國家的建設，實有其重大的貢獻，許多個人，各就其所見及其興趣之所近，致力於學術的追求，造就其本身在學術上之地位，以其所長，貢獻於國家，無形中造成了學術救國的運動。

今日，我們國家的建設，每一項都有專門人才，參加設計執行的工作，成效卓著，仍然是這一運動的流風餘韻，作者曾介紹過丁文江先生的抱負及其工作成績與後來的影響，這便是學術救國運動的一部分。清季以至民初，類此人才，不勝枚舉。茲所介紹者為李儀祉先生，他是一位馳名於國際的水利工程專家。他精通中國的水利學說與水利工程，而對外國的水利學說與水利工程，更有深切的了解與獨到的心得。故對中國的水利建設，有其卓越的貢獻。若以李先生與丁先生相較，雖成就不同，但其所抱學術救國的宏願則一；丁先生對中國古籍與中國文化有其深厚的工力；而李先生對中國一般知識與過去水利方面的了解之深，實與丁先生異曲同工。

抗日戰爭期間，重慶傳有一則與李先生有關的故事。其時的重慶，已成為我國的陪都，人口集中，從原來不過三十萬左右的都市，發展到一百多萬，又因為敵機空襲頻仍的關係，大家紛向郊區發展，成渝大道近乎重慶的小村，都成為人烟稠密的市鎮，自化龍橋、沙坪壩、磁器口、山洞、老鷹岩而至歌樂山、金剛坡的三、四十里之間，市廛相聯，幾乎都成為重慶市的一部分。公路自山洞經過，有一個極具匠心的設計。那段公路，盤旋於山坡之間，穿過一個小山，陡坡急下而與另一小山相對，出山洞，則架橋相通，頗為壯觀。其時最高當局在老鷹岩設有休沐所，公暇常往休息。據說，曾有一次輕車過山洞，踰空橋，嘆為奇異的設計，特下車察看，訊問何人為此計劃？有人答稱是李儀祉。最高當局頻頻點首，謂李某人為水利專家，而對道路橋樑的設計，有此才能，殊屬難能云云。這是一則當時的傳說，不論有無其事，但是經過這段公路的人，對此無不贊嘆。李先生不僅是水利學專家，而且也是道路工程專家，其所以有此榮銜而被人尊重嘆服，實其學術上之造詣有以致之。

李儀祉先生名協，是陝西省蒲城縣人，與已故黨國元老于右任先生爲青少年時的同鄉同學。陝西省雨量稀少而變率極大，實際上是一個半沙漠性的地區。雨量驟多，則排洩不及而成水患；雨量過少，則地表龜裂、禾苗枯萎而成災。據一般估計，這一帶的農作物，大體上五年中只能豐收一次，而水旱的結果，民生疾苦，飢寒堪虞。但是古代的關中，則是物阜民富的地區，秦國以此爲基礎，成爲富強甲於諸侯的霸主，終且統一了全國，古今相較，其距離何堪以道里計。此無他，秦有水利建設之故。後世變亂頻繁，水利灌溉制度逐漸破壞，所有農地，成爲靠天田，荒旱不常，民不聊生。李先生的故鄉，適當河渭交會之口，亦即秦代鄭國渠的所在之下游。史稱韓欲疲秦，使水工鄭國爲間諜，說秦王以鑿渠之利，秦王從之，鑿涇水自中山以西抵瓠口（即池陽谷口），渠成，注塡閼之水，溉舃滷之地四萬五千頃，畝皆收一鍾。漢代至武帝時，鄭國渠已漸湮廢，趙中大夫白公另開一渠口，即在池陽谷口之上，引涇水首起谷口，尾入櫟陽，注渭中，袤二百里，溉田四千五百頃。這些嚴重的荒旱和歷史上的水利工程，對李儀祉先生日後專在水利方面下工夫，有重大的啓示。

李先生曾經回憶他家鄉旱災慘狀說：「後來大荒年來了，那個荒年，提起眞可怕，餓死的人過了大半，人吃人的事，常見不鮮，連著三年，索性連草也不長了，樹都沒皮了，一村一村完全死絕的，也不知道有多少」。

他又記着一個慘極人寰的故事：有一個老婦人，因爲得不到水喝，渴得實在難過，搖搖阢阢的從河岸上向下走到河水處，喝了一飽，帶了一小桶回來，以備後用。有一個走路的人，看見那桶水，一面向老婦請求施水，並沒有得她同意，就把那小桶水幾乎喝完，老婦見狀，內心悽苦，就跳到河裡自盡了。他又記着一則故事說：他上學的時候，常常帶着饃饃在學校中與老師同臥，中夜出去小便，因怕受寒，或遇饑狼，故置一尿盆于房中。有一天晚上，他小便後，上床不愼，把乾饃掉在溺盆中。第二天，先生見了說，那太可惜了。于是把饃上的尿水擦乾，就吃下肚去了。凡此種種，都足以說明陝西的旱災嚴重，糧食難得而可貴。而其原因，都在水利的不修，和先生後來由工程學者而轉變爲水利專家，都是有其因果關係的。

（二）

李儀祉先生雖然是陝西人，但是他們這個李家實在是從山東搬去的。根據他祖上的傳說，明朝末年，山東有位叫做李十三的，是行俠仗義的好漢，爲了打抱不平，在家鄉殺了人，逃到陝西的蒲城，就在那裡落了籍，便是他們這一李家的遷陝始祖。先生生于何年？在他自傳裡沒有明白的記載。但是他是民國二十七年謝世的，時年五十有七。由此推算，他應該生于光緒七年，即西元一八八一年。他出生的時候，家裡還有曾祖母、祖父母、父母，和一個哥哥，即李博，長李先生三歲，五年以後又生一個弟弟，名叫李協。這個李家是大家庭制，擁有農耕地不少，似乎可稱之爲小康之家。後來由于家產都被他的大伯祖父所佔，李先生的祖父母因受不過壓迫，每個人只帶了飯碗一隻、筷一雙，搬出了這個家，過着最淸苦的日子。

據李先生自己的記載，他的祖母是他所見的女子中最賢慧的一個。他們給大房鬧翻，主要的因素，是大房的子弟資質魯鈍，不堪造就。他的大伯祖妒忌他弟弟的兩個子弟可能有成就，索性禁止大家上學。而李先生的祖母堅决要把兒子送入學校的。他的大伯祖認爲違抗命令，因而成隙。在一個大荒年的時候，他的大伯祖儲糧六十石，他却不分配給兄弟食用。李先生的祖母，幸而藏有乾棗不少，大家賴以果腹。事爲大伯祖偵知，硬要把棗子搜去。其時李先生的祖母正在患病，聞訊，持木棍守于棗倉，聲言無論誰來，都要拚命。這才保有這些生命之源。他的大伯祖所以如此殘暴，據說是因娶了後妻之故。他的前妻所生之子，他也不管，依李先生筆下的父親爲生。這位堂伯，便是李先生的大伯父。李先生的父親名桐軒，伯父名仲特，入學受敎，而且都對算學有特別興趣，造詣很深，成爲陝省著名的算學家。他的大伯父後來遊宦四方，曾經到過北京、杭州、成都等地，醉心于西學。自杭州回家時，他無所携，只帶回江浙兩省官書局所印行的新學書籍，特別是數學有關的書籍，都達十幾箱，對李先生兄弟的數學方面的發展，有很大的關係。他的祖老太太要兒子們讀書，後來都考中了秀才，總算替這位老人家爭了口氣。但他們考中以後，旨趣在乎科學與實業的研究，雖曾赴鄉試，未能中式，但在陝省的知識分子中，早已成爲知名之士了。

李先生幼年，有點傻頭傻腦，只喜歡跳跳蹦蹦，不肯讀書，家中人都叫他涼涼子（傻瓜）。他另外有一個外號，叫做刨針，那是因爲他母親做針線時不小心，留着一根針在衣服上，就刺進李先生的背，他只是叫着痛，號呼不已。他祖母替他作全身檢查，發現背上紅腫了一大塊，摸着有一根細長而硬的東西，刨肉取出，爲此他祖母曾打了他母親一記耳光，他覺得很對母親不起。他在七歲時才開始識字，不知道爲什麼要認字，奉行故事而已。

他的伯父和父親，既然都是秀才，不免要設館授徒。伯父曾經帶他們兄弟二人在永豐讀書，爲時不久；便在家中延師課讀，李先生還是玩樂爲主，對讀書僅是虛應故事，十歲以後，始漸知用功。但以天才高曠，過目成誦，視讀書作文爲易事。每逢作文時，是他最逍遙的時候。其時，每五日作文一篇，先生憑其縱橫的才氣，痛快地玩了半天，第二天早上，一揮而成，繳卷以後，常得老師的激賞。

先生的伯父不喜貼括時文（八股），獨喜天文曆算與藝術，都憑天才，無師自通。他是先從算法統宗研究起，次及幾何，又次則梅定九、李士叔、華衡芳等所著的算學書，一一研究，皆能通曉其理，又能自製經緯儀、天象圖等，曆數方面，可謂有特別的天賦。先生的父親，主學古文但對數學也有興趣，故李氏兄弟在當時的陝西省，是著名數學家。時陝西省成立與圖館，即聘李氏兄弟任測量各縣地圖之職，其伯父即由此而踏上仕途。但他們對先生兄弟的教育，仍以時文爲主。他們在家塾讀書，約有兩年，得名師的指導，讀的書不少，心得也很多。十歲那年，即光緒十七年，陝西大旱，掘井三至五丈，常不得水，飲料都非常困難，上述老婦跳河，就在那年，縣官下鄉驗屍，地方上連茶水都無法招待，秋麥下種，更無希望，于是地方上便發生求雨運動，搭高台，唱大戲，求神拜仙，忙得不亦樂乎，先生兄弟和另外兩個同學，也邀同祈雨，自信比巫婆子她們要靈。先生自傳說：

「我們祈雨的法子很簡單，哥哥拿着一個鐵箸，敲着鐵鍣，我拿一個葦子去舞，其餘的人，一齊跟上，都唱「旱既太甚」之章，唱完去睡。事眞湊巧，這夜果眞雷聲震厲，大雨滂沱。我正在睡中，聽見雷聲，趕緊起來，端靜肅坐，到第二天早晨，雨停了，我問祖父：雨夠不夠？祖父說：不夠。第二天晚上，照樣又來，又是下了一整夜，天明又住，我問祖父：雨夠了嗎？祖父說：夠了，不要下了，雨放晴一天，我們就好拾地。……到晚上，我說：我們謝雨吧！于是改唱「大田甫稼」之章，這一晚雨又住了，次日天晴，人民歡呼。」

這一段話，活生生地描寫了四個大孩子的一場鬧劇，雨之來，眞是巧合；也可見先生幼時的頑皮了。

十二歲時，他應過一次小考，十三、十四兩歲，正式學作八股文和八股詩，他父親又敎他學九數通考與九章之術，這是先生學數學之始，學是學通了，還不見得有多少興趣。他父親平常愛讀楚詞，尤愛讀西學大成一書，其中包括重學、聲學、電學等，常把書中的內容講給他聽，還講梅氏叢書等算書，他的科學知識，由此奠定了一些基礎。十四歲那年，他又到縣裡考了一次小考，榜上無名；十五歲又到同州應州試落第了；也應了一次院考，又不得志，他哥哥考中了一名脩生，俗稱半個秀才。

翌年，他的伯父歸自杭州，先生應縣考，五場都是榜上有名。他伯父在家，教他們兄弟讀數學，先生對幾何代數，一聽便懂，深得他伯父的歡心。繼又學李士叔四元細草，也是一聽便會。四元即天元、地元、人元、物元，連講四晚，完全讀通，繼又命他演四元玉鑑上的各種問題和代數題，都能得心應手。又繼續學八線（即三角）、勾股等，他也都毫無困難的學會了。因此，他伯父對這位姪兒，器重備至，他帶回來的書，任他翻閱。他對諸子百家之書及四史、通鑑等書很感興趣；此外還有一部紅樓夢，一副黃楊木象棋，是他最愛看和最愛玩的，伯父恐其荒廢學業，悉收去；命他讀十三經註疏與皇清經解，先生却不感興趣。後來他中了秀才，對八股文與經書也就不再注意了。

大概是十六歲了，他又應州考，一場二場便落名了，十七歲又赴院考，主考的督學是仁和（杭州）人葉伯泉，是一位醉心於新學的。雖然正考題，依然是八股，但在考古一場的題中，却包括了算學、格致、歷史、地理等科，先生自謂他那篇八股文是胡亂謅成的，但其他各題，他眞能得心應手。考罷出場，等候榜發。他自己說：

「我正場上的密封號是西闕六，我偸上一看，見西闕六，首列第一，三哥的號數列第七，郭珍（先生的同學）第二十八。不言不語回來，炕上一坐。父親及許多的人回來，都在同一房間等候看榜的人回來。一忽兒回來一個人，說博中了。問：協呢？說莫有看見；一忽兒又回來一個人，還是同樣的話，大家都替我惋惜。我才說，你們莫有向第一名看，怪不道看不見。又進來一個第三的人，才證實我的話。大家都怪我看過榜回來的，爲什麼不說？」

由此，可知先生的幽默與善於逗笑，這是先生的得意傑作。自此，李氏兄弟的數學便出於了名。

（三）

先生在十八歲以後，開始受書院式的教育。兄弟二人和郭珍，都由他父親親自送入涇陽縣的崇實書院，這是新創立的，屬於新派，與原有的味經書院，形成對立。崇實書院的課程，有英文與數學。數學，先生已有很高的程度，聽來味同嚼蠟，英文則爲初學，進度太慢，二十六個字母的正體與草書及拼音，便化了二十六個小時，先生之不滿，由此可知。惟先生在崇實，亦有所得，則爲堂前的日晷與經緯儀。先生自己說：「大堂前面，左面設一大斜。右面中心立一橛，上書午初、午正、午既、未初等字，訊之，知爲日晷。右爲磚造之台，高約二丈，上立橫大銅圈各一，可相隨衡轉豎轉，各劃有度數，立圈上並有瞄孔，詢之，爲經緯儀，夜間可以窺天。」這大概就是先生在崇實的唯一所得了。

第二年，山長易人，由漢學家毛俊臣先生担任，對學生的體卹甚爲周到。先生兄弟重到書院，惟以對漢學缺乏興趣，故心得不深。按先生十九歲時，爲光緒十六年，義和團在河北、山東一帶已甚活躍，時魏光燾撫陝，力加阻扼，民間未受影響。革命黨與維新派的活動，也在加緊。陝中學生的風氣，業已受到影響。梁啓超的清議篇、康有爲的改革書，已有人携入關中，學生們頗有偸着看的。而革命書刊之影響尤大，于伯循（即于右任先生）實爲中心。先生對革命思想，實甚傾心，故先生兄弟與于先生交往甚密，友誼甚深，但對革命主義，只是私淑，並沒有參加革命運動。後來半哭半笑樓詩集的文字獄案，于先生正在開封應會試，先生兄弟得悉，僱急足向開封送信，先緹騎而至，于先生因得脫走。由此可知先生昆仲對革命主義與革命黨人嚮往之深了。先生等在涇陽，發起天足運動，組天足會，是爲先生熱心於社會公益之始。

光緒十六年，同州有州考，督學爲嘉興沈淇泉(衞)先生，是一個愛才很熱心的人。他知道蒲城李博、李協兩兄弟是可造之才，極盼望他們能夠參加考試。可是先生却因兄病而未能赴試。沈督學頗疑先生昆仲自鳴清高，不願參加八股舊試，表示失望。

其時各省紛設高等學堂，陝西也將三原的宏道、涇陽的味經、宏實三書院爲宏道高等學堂，西安也以關中書院改設關中高等學堂。三書院合組的高等學堂，把三書院的學生都召到三原，作了一大甄試，先生報考算學，考試未畢，而頭忽發暈，嘔吐大作。沈先生以藥相授，並特准假，自以爲此次必然無望。但榜發，仍名列前茅，故先生對沈先生感激特深，半年以後，又舉行甄別試驗一次，先生又列第一名。先生自記：「楡林張季鸞也是一時英秀，丁母憂未考；……後來沈先生見了張季鸞說：可惜你莫有考，不然，第一怎讓李協。」沈先生的愛才，也可以說是少見的了。

涇陽的高等學堂，功課也不算完整，雖然有兩位日本教席，一個叫做小山田建南，一個叫做早崎梗桔，小山田所以自名建南，據說是因爲愛慕南宋詩人陸游之故，但陸游字劍南，而他則不用「劍」字而用「建」字，也許是一知半解的關係吧？小山田担任英文、日文，早崎担任圖畫、體操、教學的效果，都不佳，先生頗有反感，只有日文和幾何畫、自在畫有些成績，曾經利用空餘時間，翻譯了一部岡田雄治的日本國史。早崎來陝就教，則是爲了收集古物，教書只是掩護而已，他在陝時間不久，但搜集的古物却不少，因此而致富。

二十三歲那年，清光緒三十年，發生日俄戰爭。先生昆仲應于右任先生之邀，赴商州中學教書，時于先生在商中負責，是年京師大學堂開辦師範館及預科，徵各省派遣學生入學。陝省的關中、宏道兩書院，各考送六人，先生昆仲都應試，且都錄取，是爲先生另一階段的教育之開始。其時的宏道的督學是朱盈範。朱盈範看到了李先生的文章，認爲和于伯循同一路數，多不平之語，但愛其才，故自優等降爲中等，此在先生，但得入學，初不講求保送時的等第。先生既被錄取，即至三原向父辭行，並轉赴家鄉，向祖父辭行。祖父送他們至一里以後，臨別還掉了兩點眼淚。他父親本嚴禁吸烟，爲使兒輩免除途中瘴氣，特別買了一大匣雲龍牌紙烟，給他們吸用。親情如海，此爲先生生平不能或忘的事。

他們到北京，是由西安省城取陸路至直隸省的順德，改乘火車北行。入京後，住在陝西會館，等候京師大學堂的覆試。考試科目有英文、算學、歷史、地理、國文、物理、化學等，凡三日，始竣事。榜發，同行六人，只一人未取，先生被分發在師範館，不願接受，由於曾是沈淇泉先生的學生，得改發預科德文班，他的哥哥李博則改入預科法文班。德文班是工程的預備班。先生之得入此班，爲後日留德學習工程的張本，其學術救國的宗旨，至此始奠定其基礎。

在京師大學堂，先生對學課，那眞的全力以赴，每月考試，不是第一，便是第二。班上有兩位德國教習，一位名先來，是動植物學家，授德文；另一位是斐普，教的是物理、化學、地質、礦物、天然地理、化學實驗。兩位德籍教習，教學都非常認眞，尤其是教德文，認眞到嚴厲的程度，學生的德文進步很快，但對老師的嚴格不滿，要求撤換，改由中國籍教習担任。新教習的脾氣很好，但德文的進步却慢了，先生對此事最爲可惜。嚴師出高徒，怕苦的學生，對於這一點是不了解的。先生在京師大學堂的最後一年，担任班長，却打了一次抱不平。其時，蘇籍學生陳錫疇，作了一篇文章，其中有云：「自漢以來，君臣之分愈嚴，上下之隔愈甚，後儒之罪，可勝誅乎！」監督劉廷珍硬說陳錫疇不純正，立即開除，各班學生不平，推各班班長向監督要求收回成命。各人都說了不少話，無效；先生進謂：「就那句文論題，也不見得其人不純正。」劉監督大怒，問其姓名，先生告之，並欲續有所述，旁的學生拉拉他的衣袖，始止，否則險些也要被開除了。

先生畢業的那一年，慈禧和光緒都死了。先生自傳裡有這樣的幾句話：「馬神廟外面景山街，打了無數的經棚，我們學生，每天也得哭兩次，腰裡勒一條白帶子。劉廷珍哭得眞悽惶，學生中也有哭出笑來的。」不得民心的專制皇帝，硬要強迫人民表示哀思，因而演出街頭的鬧劇，殊堪令人失笑噴飯。

在京師大學堂讀到畢業，先生既是極頂的聰明，又是這樣的用功，所以功課的成績分數都很高，除物理外，每科都是優等。但他物理的題目是都做對的，學部故意裁抑他，使他從優等降爲中等，這也許是爲陳錫疇抱不平的後果。他自己認爲德文、物理、化學、定量分析、地質、礦物、岩石、幾何、代數、解析幾何、微積分、圖畫、英文等，都相當的滿意。畢業後，他哥哥回省當督學，他由西潼鐵路局保送至德國留學，是他伯父推薦的。他的伯父自四川回陝後，即在省內任職。其時任西潼鐵路總辦的是關元介，其伯父則任秘書。同時被派的是關元介之子成叔，也是先生的伯父推薦的。先生的父親，其時任陝西諮議局局長。自入京求學後，中間並沒有回家，及畢業歸去，則祖父與母親都已謝世。先生自傳說：「到家，到祖父及母親墳上痛哭一場，在家裡住到二、三月，嫂嫂生了第三姪賦林之後，便得了乾血癆症，無有良醫，竟於此時逝世，哥哥：：被派往商州去了，我料理嫂嫂埋後，先到縣城，……後到省，也莫得和哥哥見面，留了一封長信，便與伯父父親拜別而去。」這一段記載，足以說明李先生的天倫之情有多深！

（四）

到德國去留學，是先生學業的另一階段，這時候先生是二十七歲，是滿清的宣統元年，西曆一九〇九年，他的放洋時間是在七月，坐的是二等艙。船在福州時，上來了一個閩籍僑胞，能說廣東、福建、上海、北京等地的本國語言，英、法、德、日、義等國的外國語，馬來語文是他的特長。他姓劉，是在檳榔嶼經營錫礦等業，氣派不小。劉先認識徐子壽，徐的父親徐郇，曾任清政府大學士，氣派也大，坐的是頭等艙；但不時到二等艙來與李先生聊天。劉姓僑胞一路和先生等談得很投機，在新加坡和檳榔嶼都招待他們一番，所以這一段旅途，不感寂寞。他們經過一個多月的海洋旅行，在比利時的安特衞普登岸，遊覽後仍坐船，直到布萊梅港 Bremenheven 登岸，徐子壽有人來接，改坐火車，並無困難地到達布萊梅（布利門）。

車抵布萊梅站，剛下車，即有一德國老先生上前詢問：「誰是李協？」先生見後，知道是他的老師沈亨德爾的家人要他來的。先生記着這件事說：

沈亨德爾先生當我離開上海啓行以前，給我寫了許多介紹信，有一封是介紹給他父親的，任在布利門，等我們的船到了意大利，他有一封寄到船上說：可以不到他家去了，因爲他接到家信，他的父親已死，所以我們不打算到他家中去。誰知沈亨德爾老太太特托布里門中學一位老先生姓衞的來車站招呼我們。當晚，把我們招呼到旅館裡，說是今天已晚，明天可同訪沈老太太，他老先生便去了。第二天打早，又來領我們到沈家。老太太看見我們，想起她已經去世的丈夫，不由得淚落，隨即重託衞先生領我們到布里門幾處地方遊玩，並參觀衞先生的學校。第二天，沈老太太同我們逛了一回公園，吃了些點心，於是我們便辭去布里門往柏林去了。沈老太太和衞先生又送我們到車站。」

先生這一段記載，十足的表現了德國人的人情味，並不亞於我們中國。想必是沈先生在向他家人的介紹信中，對李先生那樣一位傑出而純良的中國青年，有良好的稱許之故。好人是到處可以得到同情和優待的。

在柏林，先生和徐子壽本來是同祖一

間房子。徐子壽是公子哥兒的留學生，出國只是塗塗金；而先生既出身於樸實儉約的農家，又是爲了求眞實學問而留的。兩人生活興趣不同，所以各自另住了。中國駐德公使爲廕昌，是一個不管事的大員，參贊向子和倒替李先生接洽了一所大學，名 Charylofon Unry Namjliche Technische Hochschule 的土木工程系，十月間就上課了。這所大學中的教師，年齡大約在六七十歲之間，有一位隆普教授，年齡最大，而精神却是最好，其餘的教授，經驗、學識與熱忱，也都健全稱責，方法也很好。入學之初，學校監督，召集新生訓話，講些工業上的經驗，每人分發一分學校的章則和一本「科學與道德」的新書，作爲對新生的人格訓練。李先生對於這本小書，感到濃厚的興趣，譯成中文，寄到國內介紹，可惜這本稿子被人遺失了，因此對國內的大學，不能發生影響。

李先生在德國讀書，眞是盡了最大的努力。他自己說：「我在學校，很顯出一番勤奮的精神。一離課室，便入繪圖室，常常熬到晚上八點鐘才回寓所。學校規定八點鐘各繪圖室、讀書室，一齊熄燈。管理繪圖室的校役，便進來說：先生晚安，就是請還莫有去的同學出去吧！這種聲音，我聽慣了。晚上回到寓所，還要做算題、計劃題、畫圖題，到十點鐘就枕。星期日便覓中國同學去玩耍，柏林附近是好耍的地方，……或瞭山林，或泛扁舟，說不盡愉快的景趣。我除用功外，最喜歡遊覽，即覓不到伴，也常以獨遊爲樂，並且覺得獨遊勝於同許多人一塊，寂寞之中，自有天然的景象作伴。常常一個人星期日携一本書到樹林中睡覺，嘗吟曰：『一卷相隨勢不孤，林中偃臥鳥相呼；醒來神識忽顚倒，誤認青天作碧湖。』山水而外，凡柏林所有的宮殿、寺觀、園囿、博學館、美術院，都遊歷遍了。因爲別的朋友都喜歡作狎邪遊，尤其是與我同來的徐子壽，到德以後，直與我不同道而行了。他說：他有需要，（按即與女人同玩，曾自謂每宵非此不能入睡）非如是不可。我素來想靜，就不慣。有時晚間，我到同學處去耍，十點鐘一定回寓去休息。因我種種特異的性情，他又送給我一個徽號叫「聖人」；也有說我相貌像猴，把我叫阿非的。」這一段記載，簡直可以說是留德外史的一角，但由此即足以說明先生讀書玩樂，起居飲食，都有一定的時間表，與一般留德學生的生活大不相同，一星期的六天，自早晨至晚間十點鐘，都在讀書、做習題，一點時間都不浪費；星期日獨遊，也常携書而行，眞是娛樂不忘讀書了。按先生在國內，本有聖人的外號，那是因爲作文時有寫不出的字，常常自己杜撰一個，老師見之，輒加指責：你是造字的聖人嗎？同學們也跟着這樣稱他了。在京師大學堂讀書時，他因爲用功，不肯浪費時間，不願和別的同學去玩，故亦有聖人之稱，至此是第三個地方被稱爲聖人了。這個稱呼，多少帶有一些譏刺的性質，但先生不和他們同作不正常或不正當的娛樂，却是最值得我們取法的地方。

李先生對許多中國留德的學生，不願爲伍，對德國一般的學生，也是如此。他說：「德國同學中來往的也不多，因爲他們都有個團體：：等等的學生會，喫啤酒，舞劍，比鬥，弄的滿臉都是傷痕，便是他們的生活，我是不歡喜的。」觀此，可知當時的德國青年，仍有鐵血精神，今日此種風氣，大約已多改變，但吃啤酒則仍甚普遍。故先生當時的社會生活之一部分，是與基督學生接近，有一位德國教授喜研佛學，先生對此也發生好奇心。教會學生亦有勸先生接受基督教義而受洗者，先生問他們：你們是否每星期也到禮拜堂去呢？他們的答覆：「是，我們常常路過。」先生引以爲笑柄。

在柏林讀了一個學期後，先生參觀遊樂的興趣有些改變了。參觀的方向，改爲工廠、礦山、馬路工程、地下電車工程以及石礦、機器廠和材料試驗所等，暑期地質調查隊，他也參加。參加這種旅行的，多數是德國學生，他們在考試完畢後，必然是喝啤酒，酒杯既大又深，他們的習慣是一飲而盡，先生本可飲酒，對此尚能應付，但亦深以爲苦。德國學生常常喝得酩酊大醉，先生則頗知節制，適可而止，對健康的保養，頗爲注意，其不同流俗的風格，大率如此。在旅行中，他還緊記着禮記裡面的話：「孝子不登高，不臨深。」他常想：「我數萬里求學，又何必冒險呢？」

李先生所參觀過的地方，對萊比錫博覽會，最感興趣，這是在他留德一年以後的事。他說：

「博覽會規模很大，裡面分鐵道、橋樑、水土、電工、城市、衛生、工程、工程材料等部，模型、標本、圖畫甚多。各工廠有新製造，各技術家有新發明，皆爭陳於此地。看了好幾天，得益非淺。陳列之外，又有花園點綴，有日本花園一所，又有中國式客堂、住室、廚房等設置，都甚精美。尤可笑者，有一極大的啤酒桶，桶端有門，我們啓門而入，裡面原來是個啤酒肆，並且有樓，陳列桌位數十，招待的盡是女子。我們一進門，一羣女子，便同我們戲謔叢生，我們不快而出。」

由以上的記載，可知先生的假期遊樂，仍然與學業有關。他有一個與生俱來的天賦，就是不喜歡接近女孩子，如果接近，他必面紅耳赤，羞得不能抬頭。故萊城博覽會遇見了一羣招待他們的德國女孩子，便覺不快而掉頭以去了。在萊城，招待他們的萧友梅，他是學音樂的。所謂招待，不過替他們定幾個住的房間，其餘一概不理，只是自己一天到晚的唱歌彈琴。李先生對這位留德先生唯一學音樂的朋友，倒是十分的欽佩，多少年後，仍讚揚不已。

第二年的假期，他利用到工廠實習了。他的實習目標是鐵路的混凝土橋與鐵橋。實習回校，參加預考，凡歷兩個星期，所考課目，都得通過。這是德國大學的特色，先生選什麼課，由指導老師指定參考書和實習題，自己去研究，有問題，可向老師請教；自己認爲可以考試時，便要求考試。先生勤學苦讀了兩年多，便得考試及格，那是極不容易的事。

先生考試及格，相當於我國的所謂畢業，正當辛亥武昌首義的時候。消息傳至柏林，所有中國留學生都興高彩烈的慶祝着。忽有人說，革命軍失敗了，劉回子大怒，賞了他一個巴掌，因此大鬧一場。劉回子是四川人，名慶恩，以其信回教，回子遂成他的渾名。此人頗有膂力，好說誇大話，又常出手打人，有兩個德國學生就曾挨過他的打。他對李先生有意攀交，李先生常不加理會，而照常做功課，演習題，常常半個鐘頭不答一句腔，不抬一次頭。劉對李先生反是十分尊敬。那次打了人家耳光，人家回敬他的是一陣大諷刺：有本事革命，回國去打仗，在柏林，鬧什麼脾氣，發什麼狠！劉回子對諷刺，倒並不在乎；李先生則大有感觸。他本帶着一把手槍，檢視一下，立刻整整行囊，回國參加革命。他的本意，爲了速奔國門，要搭西伯利亞鐵路，轉至大連。有人警告他，帶着手槍過大連，可能還未參加革命而自己先遭危險了；所以他仍由海道回國。及抵國門，南北和議已成。他見到了許多革命黨人，曾感慨地說：「後來驗出眞革命的很少，有好幾個後來都官僚化了。」我們得注意：李先生本非革命黨人，對革命不過是同情而已，他走的是學術救國的路而不是治術救國的路；但當革命陣營需要他的時候，他毫不遲疑的投筆從戎了。所以李先生不說空話而脚踏實地的埋頭苦幹，以學術造詣來救國的抱負，最值得我們取法的。美國人既知丁文江思想是有效的反共路線，作者還要加上一句，李儀祉思想，同樣是反共的有效路線。先生返國後一年，重赴德國，入但澤大學，專修水利工程，凡三年而回國。

（五）

以上是把李先生的求學經過，作了一個概括的敘述，最後，作者要把他回國後的工作情形，作一扼要的介紹，作爲本文的結束。

李先生歸國以後，首先設法進入一所研究水利工程的大學，即是南京的河海工科大學，而親自主持教育事宜，以訓練水利工程方面的工作幹部，後來在全國各水利機關担任重要職務的，多數出身於這所大學，在台灣首任水利局長而有「水龍王」之稱的章錫綬先生，就是其中之一。此與丁文江先生創辦地質研究所的意義是相同的。

在水利人才的培養告一段落後，李先生即轉身於水利行政的工作。我們不禁又要回想到丁文江先生，他雖在實業部做地質官，但仍未脫離學術研究；後來他做官了，他認爲在中國，要做事，非有權不可；要有權，非做官不可。李先生之轉入仕途，殆即爲此。但是他不是有官就做的，所做的官，都和他的學術專長有關。如他担任陝西水利局長，陝西建設廳長，導淮委員會總工程師，黃河水利委員會等職是。黃河是我國水患最嚴重的一條河，自奪淮而淮河又生大問題；先生對於治黃、治淮都有詳盡精闢的計劃；其他如華北的永定河，有「小黃河」之稱，長江水利問題也相當的嚴重。先生對於這些重要河川的水利問題，都有研究，都有治理計劃。具見於李儀祉全集一書中，讀其遺著，可知道其學術造詣之深與學術應用之廣。

先生對黃河的治理，所費心血特多，而其工作成績，則在陝西最多。黃河在孟津以下，水行平地，全賴河堤以爲限止，河底愈淤愈高，河堤也愈築愈高，而其危險性也愈來愈深。歷來限制河身的本堤，稱爲大堤，大堤危險處的後方，另築一堤，作爲決口時擋禦洪流之準備，稱爲遙堤。大堤裡面的河身，有時也會乾涸出一部份，民間築堤而墾，稱爲民埝。先生任黃河水利會委員長時，認爲鄄城一帶民埝，與河爭地，危險殊甚，必將衝毀，主張遷民廢埝。時山東省主席韓某，是一個大草包，認爲那個時候的鄄城民埝內住有百餘人家，豈可在尙無危險發生時任意予以撤廢，力加反對，議不能行。是秋水發，董莊決口，民埝全毀，不出先生所料，居民飽魚鼈之腹者甚衆，慘不堪言。先生乃憤而辭職，堅不可挽。由是可知良好的計劃，也得要具備選擇能力的人，才能接受合作，光是有權力作本身的工作，還是不夠的。

陝西的水利建設，先生有八惠渠的計劃，而成就最大者爲涇惠渠。于右任先生李儀祉全集序說：

「涇陽味經書院爲西北開風氣之最早者。蒲城李儀祉，三原茹懷西與余同肄業其中。一日步行偕往三原。其時天旱連年，途中，懷西要人工造雨，儀祉曰：興辦水利也可。……及儀祉卒業歸國，從事教育，成就甚大，所設計八惠工程，涇惠南渠先成，關中灌溉受其益者十餘縣。……某年，余歸里，行經涇惠渠上，親見父老子弟，歌頌功德明，視若神，距當日茹、李二公言志之地，不數里也。」

由此，可知李先生對陝西水利建設貢獻之一般。

先生是學術救國者，他自己是眞的做到了，而且被人尊爲現代之水利大師；而且他也勸朋友在學術方面努力，肩負國家的未來建設。他在德國時，曾屢函于右任先生，勸他致力學問，于先生自己說：

「儀祉赴德留學，習水利以救國，其志不移。在德國，每函余，說明德國學校之情形，並勸余及時求學，謂中國之前途，非有眞實學問，不能負荷要務，強中國，先要充實自己云。」

這是于先生自己的體驗，更足以說明先生學術救國的抱負，頗有推廣之意。

最後，作者要特別提出的，先生是具有高度的愛國熱忱的志士。李儀祉全集中，有「告青年」一文？他說：

「國家是一個什麼東西呢？我們爲什麼愛他呢？得分析分析：國家的構造，外面是一個大圓圈，表示國土疆域的意義。裡面一個『或』字，或字又怎樣講呢？

『或』字的意義，翻譯成英文 Any one，就是任何一個人 Any one in the country 的意思。不管是男性，或者女性，是老年或者是幼年，是富人或者窮人，是做官的或是放牛的，都是一樣。『或』字拆開，中間一個口，表示任何一個人，都有吃飯和說話的權利，這便是民權主義。下邊一平畫，表示任何一個人，都有一片土地之權，右邊一個『戈』字，表示任何一個人，都有執干戈以保衛國家的義務，這便是民族主義。一部三民主義，包括在這個字裡面。具有上面講的兩項權利，能盡那項義務，……算一個完全的國民。……

「我們爲什麼要愛國呢？一般人說：『因爲我們在這一國裡生存，我們受這一國的保護，應當便愛這一國。』這個見解太淺薄，太不週到。假如我們經商大阪，受日本保護，便應當愛日本的國家嗎？

「愛國的心是天然的，不是人爲的，原因是人民與國家，是一個身體，不能分而爲二。……愛國的心理，便是痛癢相關的生理；愛國的事實，便是血流貫注的生理，一切都是天然的。不愛國的人們，正好比爛脚上的死肉，通敵賣國的漢奸，只好比身上的毒瘡。……

「一個國裡的人民，有的屬於單純的，例如土耳其、阿刺伯；有的是以一個大民族爲主幹，許多較小的民族，附着共同生活，比如中華民國、美國。這比如別的樹枝在一個樹幹上，也便是成了一棵樹，不再分開的。事實上證明凡是能接的樹，其種類相似，本來有親屬的關係，民族亦是如此。

「再將愛字分析：愛字可分『受』、『心』。……凡是愛一個人，必然是受那一個人，即是將那一個人，穩穩安安、深深切切地放在我心裡。於是那人的愉快，便造成我心中的愉快；那人的不安，便造成我心中不安。好講戀愛的青年們，以爲我說的對不對？

「愛國的人們，時時刻刻不能抛却這個觀念，如同心中的愛人一般，並且還要深切一層。愛人有將要脫離，頂多不過登上一回報，或者作幾首懺情詩，或者自殺。而人民脫離了國家，便自然而然的莫有再活的路，除非你要自己情願做死肉、爛肉的活着：那不叫活，那叫擺在世上放臭氣薰人，那是遺臭後世的。

……

「全國的青年男女，都是中國復活以後新組織起來或者是新組織的細胞。個個細胞都要健全組織起來，遵守生活律，輸將生命液，而成一整個的健新民族，強大而文明的國家，這才是眞正的愛國。」

李先生這篇告青年文，句句通俗，句句深刻，句句有血有肉，發自內心的誠懇到極點的話，他希望新中國的青年要眞愛國，這便是他自己的寫照，他是眞愛國者，把他一生心力都貢獻給國家，都貢獻給社會的眞愛國者。

末了，作者還要說明一點，那就是李先生立志做水利工作於青少年時代，留德卒業歸國，他一直從事於水利工作，以救國救民。但在他讀書的過程中，並沒有關於學習水利的話，而都是如何學數學，學理化，學各種工程。作者的淺見，李先生對中外水利方面的著作和實際的問題，是他隨時留心、隨時搜集和悉心探討的興趣所在，他在這一方面的知識和學問，除在但澤大學外可能都是課堂以外的自修而得。在德國受之於老師的，似乎只有水功學一門功課。今天，我們細讀李先生的遺著，他對中國的水利著作，引經據典，分析與研究，同樣下過深刻的工夫。他所討論的主要對象是中國的各主要的水利問題；但是外國相類的水利問題及其解決途徑，也都隨時舉出來，提供我們解決問題的參考資料，而實地的考察與研究，尤爲李先生工作時的必備條件。他的意見之寶貴，便是在此等地方，他之被稱爲當代水利大師，是名實相符的。水利工作，隨時和工程有關，隨時和雨量、水文、地質、土壤有關，李先生對於這些學問，也都有深厚基礎。他眞可稱爲融會貫通古今中外水工學說於一爐，而成爲完整的水利大師

悼錢納水先生

李秋生

大約在三年前，在台北和妻探視過一次納水先生。那是在他的新店寓所，他家還是那樣四壁蕭然，先生夫妻都臥病在床。回想三十年前在上海孤島時，彼此都在精力旺盛的中年，那種意氣風發、致力抗戰宣傳的情形，不禁爲之惻然。後來從哲嗣江潮兄知道先生所患是不治之症，但以爲他生命力極強，兩度重傷而卒獲康復，希望這次也能克服病魔，再度致力反共救國大業。只是胸中總像存有一個不幸的暗影。大約是本月十日左右，妻忽然提起錢先生，她和先生只有那次的匆匆一面。乃不到兩天，就接獲納水先生的噩耗。

我和先生初不相識，只知道上海出版社會科學的崑崙書店一批學人中，有一位錢鐵如。七七事變發生後，我由北平間關逃滬，當時因健康情形很差，就在租界孤島暫時定居下來。當時頗承胡南湖（鄭公）先生照顧，並助胡先生整理他的一批有關辛亥革命史料，纔知道錢先生和我在北平相識的鄺摩漢都是南湖老友，並曾一同參加當時北方革命運動。不久在胡家與納水先生相識，並承告知他就是以通譯社會科學書籍知名的錢鐵如。當時他正在主持每日譯報，我也參加上海文滙報中美日報言論工作。自國軍西撤，上海各大報相繼停刊，後來發現一條掛洋商招牌出中文報紙的路線。中美晚報文滙報首開其端，繼之是華美晚報、每日譯報、華報、大美晚報、中美日報、和後來的正言報，以至由新聞報。上海孤島雖在日僞四面包圍中，並逐漸滲入公共租界甚至法租界，各報均一稟民族正氣，發揚抗戰精神，其態度之淩厲激昂，比之國軍撤退前並無遜色，在維繫上海以及附近各地居民的愛國情緒上發揮了宏大作用。而上海一隅報人死於敵僞毒手者竟多於整個抗戰時期殉難報人的總和，其遭受僞組織拘囚甚至死難者更不知凡幾，以是已故張季鸞先生一度稱上海孤島苦鬭不懈的新聞從業員們是第一報人，而納水先生正是一度陷入毒手而獲免的一位。

每日譯報是一張相當特殊的報紙。最初，在民國二十七年開年前後，只是一張四開小型報，內容也是名副其實的譯文，譯載各西報和外國雜誌文稿。後來改成對開大型報，與其他各大報形式相同，改以電訊和新聞爲主。當時孤島各外商招牌報無不堅決抗日，擁護中央，但譯報却予人以左派面目的印象。例如新聞標題，有時使用十幾個字的長行，一望而知是模仿重慶新華日報作風。記得有一次徵求讀者，附送贈品，一種是「項英將軍言論集」，一種是「新四軍言論集」，那至少是親共表示。同時在言論中却常有堅決擁護中央，痛斥汪逆和以黨派成見中傷抗戰等行爲的文字。二十七年五月間，蔣委員長發表一篇重要文告，譯報與其他各華文報同樣以顯要地位刊出，並且受到工部局停刊三週的處分。因而感到該報表現的態度不無矛盾。後來纔知道，該報言論和編輯方針是由先生負責，力主擁護中樞，宣揚國策，而編輯人員乃多爲左派份子，主要是王任叔和梅益，雙方意見時常發生鑿枘，左派固無如先生何，先生也很難完全制止梅益等人的袒共私見。

由於錢先生以翻譯社會科學著作知名，我心目中最初認定先生也是左翼份子，復經南湖先生告知，納水先生表面上對共黨和左派虛與委蛇，實則上已不以共黨種種做法爲然，特別是抗戰前曾赴延安，親見中共在此所做所爲，更堅定他的反共信念，他表面上不動聲色，實則對左翼種種深惡痛絕。特別由於先生對於社會科學理論有深厚基礎，因而深信共黨種種不適於中國，並認爲只有在 蔣委員長領導下爭取抗戰勝利，循三民主義從事建設，纔是中國唯一出路。由於譯報是上海重要報紙之一，在青年羣中頗具影響，先生只是把穩言論編輯的基本方針，表面上仍與左派份子合作，暫時隱忍未發。

促成先生斷然與共黨及左翼劃清界限者，是二十八年八月蘇德互不侵犯協定的簽訂。法西斯與納粹一向爲共黨所痛斥，當時希特勒侵捷併奧，歐洲局勢危如纍卵，有識之士無不寄望於蘇俄與英法達成反侵略的合作安排，以遏阻納粹兇焰的蔓延，上海方面共黨與左派刊物亦復同樣作此主張。乃史大林突與希特勒化敵爲友，訂約互不侵犯，實無異爲納粹解除東顧之憂，縱其向西歐侵略。中共及左翼份子亦復一味唯莫斯科馬首是瞻，不復反納粹法西斯，却轉而抨擊英法帝國主義。本來在三十年代史大林屢興黨獄，許多老布爾什維克重鎮如布哈林季諾維埃夫和杜哈切夫斯基等紅軍元帥相繼遭受處決，已引起許多知識份子反感，至此人們更認爲史大林的共產主義也無非與納粹是一丘之貉，不再是人們心目中代表國際正義的力量。先生乃在孤島雜誌發表一文，痛斥史大林與蘇俄共黨，並暗示中共再不能視蘇俄爲可靠的朋友，中共份子亦當幡然憬悟追隨俄共路線之非計。

同時先生決心改組譯報，在南湖先生協助下，籌措一筆經費，把譯報完全接收過來，同時則將王任叔、梅益一批共黨份子清除出去，矯正了該報在過去的偏左姿態。

但先生主要着力所在仍爲敵僞鬥爭。汪逆精衞於二十八年春由河內潛赴上海，進而公開附日，先生首先著論痛斥；對於抗戰前途，則不斷根據事實，闡述日閥內在弱點斷定其必歸失敗。至於振奮人心，安定信念，更是當時各抗日報紙一致的態度。因此乃深爲敵所忌，百計破壞中傷，如文滙報即於二十八年初被英籍發行人克明出賣，以致停刊，華報出版不久亦停，中美日報也常遭日僞方面透過工部局加以種種迫害，雖有申報返滬復刊，正言報於二十九年九月出版，抗日報紙陣容稍形壯大，但所遭險阻也與日俱甚。

自汪逆投日，在極斯斐爾路七十六號設立特務機關，即專以摧殘各抗日報紙報人爲事，朱惺公張似旭李駿英等許多名報人慘遭毒手，以後又開出一項八十餘人黑名單，在滬愛國抗日知名之士多半列名其間。各報社則經常遭受手槍炸彈和歹徒騷擾的威脅。筆者因社會關係簡單，經常避在報社沙袋鐵門後面工作，趨避較易。納水先生除報社業務外，還要兼顧崑崙書店事，在二十九年十一月一天，即在公共租界白克路該書店被七十六號暴徒綁架而去。當時情形，抗日份子一遭毒手必無倖理。幸而南湖先生等人多方營救，通過許多複雜關係，終於無恙釋出，但事實上已不允許他再公開從事活動和工作，但他仍不時化名爲文，彼時筆者已在正言報主持言論和編務，即曾數度邀納水先生撰文，備受讀者讚賞，却只有極少數人知是出自先生之手。

太平洋戰爭爆發後，各報停刊，我們這些人一面要設法逃避日僞爪牙迫害，一面則積極籌備前往大後方。當時法國投降，成爲軸心與國，在上海，法租界尚未遭日僞勢力直接侵入。錢先生和我都住在法租界福履理路一帶，前此雖常因言論編輯等問題相互就商，畢竟彼此都行動不便，見面不多。至此始時相過從，正有如蒙叟所謂「泉涸，魚相處於陸，相呴以濕，相濡以沫。」同時也纔深深體會先生的弘毅篤厚，淡泊致遠，待人接物，使當之者如坐春風。偶然談到時事，他的見解往往比一般人更爲透澈深入，洞中肯綮，正有若他所寫文字一樣的感人。

後來我由上海去東南戰區，在屯溪一住四年，先生則間關赴渝，擔任中央日報主筆，勝利之後，纔在上海重行相見，並同樣服務於新聞界。到共軍渡江，上海人心動搖，先生乃不時以共黨種種警告人們，不要輕易上當。不幸聽者藐藐，過去在孤島時期共患難的同仁，有許多人未能及時逃出，至今或則困阨而死，或則備受折磨，不知他們是否也會憶起納水先生洞燭機先的警告。其至今仍在自由地區服務於新聞事業者，記憶所及，只有中央社胡傳厚兄和筆者，此外健在者還有大華晚報張志韓兄。

「死去原知萬事空，但悲不見九州同」，納水先生辭世之際相信也有同樣的遺憾。好在子女長成，克紹遺志，先生這艱苦的一生，畢竟盡到了對時代的最大貢獻。

擂台比武記

劉光興

擂台比武，這個名詞聽起來好像很新鮮，尤其是一些青年朋友，更可能感到莫明其妙。其實這是我國武林中比武時的常用名詞，可說源遠流長。昔日洋槍大砲發明以前，在戰場上兩陣對壘，克敵致果，全憑刀棍拳脚，因此武林中高手迭出，經由擂台比武，博取英名，進而從軍衞國，封侯拜相。自民國成立以來，擂台比武，就成爲歷史名詞。然而，民國二十三年，筆者在長沙讀初中一年級時，有幸看過一塲擂台比武。

時值何芸樵（鍵）主持湘政，他深感國民個個面黃肌瘦，一副東亞病夫的樣兒，所以提倡體育救國，通令各機關、學校、部隊，掀起全民體育運動，長沙各機關公務人員不分男女，早晨上班後，集體作八段錦運動半小時，學校和部隊，實行得最爲徹底，就連民衆也受到感染，每天早晨在教育坪大操塲上，在天心閣、在山崖水邊，都有男女老幼，彎腰曲腿，撲風捉影，大作八段錦運動，風起雲湧，氣象一新。

何芸樵看在眼裡，感到非常滿意，此公一不作二不休，又在長沙教育會館舊址成立一個全省性的國術館，禮聘北派武林高手顧汝章爲館長，授徒傳藝，幹得有聲有色，培植三湘武藝人才。這倒無可厚非，惟顧老師入鄉未能問俗，不瞭解湖南人有一股不信邪的天性，目中無人，把三湘武林英雄都看成草包。這樣一來，一般懂得幾招的朋友，深感不滿，但是國人素有忠恕待人的美德，儘管顧老師大言不慚，大家還是不和他計較。誰知顧老師得寸進尺，居然擺出擂台，揚言天下無敵。

在長沙武林中小有名望的朋友，聽到顧汝章的風言風語，氣得火冒三丈，馬上聯合各路英雄好漢，商討對策。但數在座英雄人物，沒有一個是顧老師的對手，大家感到非常之洩氣，只好另找高人，徐圖對付。

長沙大小報記者挖到新聞眼，不惜以巨大的篇幅，特寫的手法，報導顧汝章設擂台打天下英雄。這消息給長沙一黃姓鉅紳看到，他在家裡打着土腔的長沙話嚷道：「何斯搞的？顧汝章何許人也？」於是他登高一呼，重新連絡武林中朋友，尋找高手接下顧汝章的擂台，替湖南人爭一口氣；並許下獎金，誰能把顧汝章打垮，他願以黃金廿條相酬。重賞之下有勇夫，再經過半月的尋尋覓覓，終於把長沙武術泰斗柳森嚴找出來。起初，他還不肯露臉，他認爲好勇鬥狠，不是一個武藝高超的人應有的表現。但經不起武林朋友的慫恿，請以湖南人的榮譽爲重，才答應和顧汝章較量一下。

柳森嚴是湖南長沙人，幼孤貧，依其叔，稍長，叔入川謀生，亦隨之入川。相傳柳森嚴到達四川後，就被峨嵋山一老和尚發現他生有慧根，收做徒弟，在山上幾經苦練，學成滿身武藝。他平日西裝畢挺，脚上却是一雙草鞋，無分晴天落雨，臂下挾一把雨傘，一副怪模怪樣。

據說他的武功，簡直到了登峯造極，出神入化的地步。尤其是他的輕功更好，有人說他不但可以飛簷走壁，甚至將手脚貼在天花板上，並可久不墜地；也可以站在刀口上打拳。他還練有一種氣功，一指擊出，憑其勁風，可以把銅鑼打響；一噓氣，又可以使一丈遠的缸中清水激盪迴旋，水柱高出缸面達一、二尺高；更絕的一招，是在百步之內，噓氣迎敵，足以致人於死地。

柳森嚴與顧汝章打擂台的消息，經報紙渲染，長沙全城，像吹縐一池春水，對柳森嚴的壯舉，無不欽佩，個個都希望柳氏爲湖南人揚眉吐氣，長沙教育坪高架擂台，結燈掛綵，比賽那天，人山人海，傾城而出，眞是熱鬧非凡，台上嘉賓雲集，何鍵是當然的裁判長，另有省保安司令、省會警察局長，及省府高級官員，亦被聘爲評判人員，氣氛穆肅，場面莊嚴，顧柳二人，著緊身黑衣黑褲，一派武俠打扮，併排站在何鍵身後，向觀衆作微笑狀。

比賽開始，何鍵會致簡短的開場白：「學習武術，是強身自衛，這次比武旨在觀摩」云云。等何健說完坐下，一聲銀笛，顧柳兩人一個箭步竄到台前，向觀衆抱拳爲禮，然後兩人一個轉身面對面站定，依照武道禮節，彼此抱拳拱手。這時候台下成千上萬的觀衆鴉雀無聲，寧心靜氣的等待暴風雨的來臨，每人都目不轉睛的注視台上的動作，驀地顧汝章迎面就給柳森嚴一個雪花蓋頂，快如閃電，柳森嚴那敢怠慢，將頭微微一側，躱過顧氏一拳，接着一個縱跳，一隻腿從左後側踢過去，落在顧汝章腦後，使他情不自禁的打了一個踉蹌，但很快的就穩住了，柳森嚴一落地，以騎馬樁姿勢，半彎着腰，注意顧汝章的動作，看台下的觀衆大聲疾呼：「再踢！再踢！」柳森嚴當然曉得把握機會，乘勝攻擊，無奈顧汝章，氣冲牛斗，倏然大喊一聲：「小子，吃我一掌！」話還沒落音，一招黑虎偷心，推向柳氏胸口，就在這緊要關頭，柳森嚴運動輕功，凌空一躍，顧汝章出掌落空，柳森嚴在空中趁勢轉一個大彎，繞道顧汝章背後，打算猛踢一脚，顧汝章一看來勢兇猛，他一個滾身，使柳森嚴這一脚用力過猛，整個身子滑落地上，這時觀衆恐怕柳森嚴被顧汝章逮住，大喊大叫：「柳森嚴！趕快爬起來！」很顯然的觀衆都偏向柳森嚴，都爲他加油。柳森嚴聽到觀衆的叫喊，產生了莫大的鼓勵作用，一個鷂子翻身，很瀟洒的站起來了，觀衆見危境中的柳森嚴終於脫險，報以熱烈的掌聲，忽然銀笛一響，何鍵以裁判的身份，下令停止比賽。

何芸樵看他們兩人來了幾個回合，認定柳森嚴身手不凡，武功在顧汝章之上，但爲了顧全顧老師的顏面，和國術館的聲譽，只好宣佈平手，也阻止了一場流血慘劇，實是明智之舉。

據說，那次擂台比武中，顧汝章還吃過柳森嚴的暗虧，他爲報一箭之仇，曾往柳氏住處尋釁，柳森嚴正在吃晚飯，背門而坐，顧氏一到，就送上一鏢，柳森嚴也不含糊，他一聽身後有異響，就把身子猛向右側一閃，不但躱過一鏢之刼，還很輕功的用筷子挾住飛鏢，趕忙起身歡迎嘉賓光臨。

從此以後，顧汝章打心窩裏折服知道自己不是柳騾子的對手，自動捲舖蓋回山東老家去了。

柳森嚴自從在教育坪露了一手，武名大噪，不但長沙人知道柳森嚴的武功刮刮叫，就是全湖南的人，也無不知柳氏的英名，但他自己倒很謙冲，只是懸壺行醫，專治跌打損傷，西醫治不好的骨折內傷，到他那裏藥到病除，碰上窮苦病患，不但不收診費，還要奉送醫藥。

三十八年，大陸陷共，柳森嚴已是七十高齡的老人。但是中共還是不放過他，今日訪問，明天約談，一時惹火了他，把一個「幹部」打得鼻青臉腫，夾起尾巴就跑，不久，中共派了一個步兵連圍捕，柳森嚴一看情況不妙，一展輕功，跳上屋頂，誰知年紀大了，一時失足，跌了下來，不幸被捕，慘遭殺害。

慈航大師肉身成佛

・李春艾・

偈曰：「空手而來，空手而去，來來去去，永無休歇」。蜚聲佛教界，譽爲德、功、言、身四不朽的人天師表的慈航大師（見圖），在十九年前就如上述「空手而去」。這位深受人們尊敬的高僧——慈航大師，生前的德行風範，可與日月爭輝，爲後人歌頌樂道。尤其他的遺訓，一直爲所有皈依弟子們奉爲圭臬，實行不輟。

慈航大師，福建建寧人，俗姓艾，號繼業。父艾炳元爲清國子監生，母謝氏，系出名門。十七歲時雙親先後逝世，孑然一身，愴懷孤露，遂赴泰寧峨嵋峯出家。大師天資穎悟，在閩南佛學院求學，六載閱藏，精通教義。年卅五，任安慶迎江寺主持。翌年赴香港、仰光一帶講經，創辦仰光中國佛教學會。

大師最大的功勞是在抗戰期間，參加其恩師太虛大師所組織的「中國佛教國際訪問團」，遍歷緬甸、印度、錫蘭等國，宣傳抗戰國策，揭發日寇的陰謀，聯絡感情。是時日本向上述等國宣傳誣毀我政府摧毀佛教，作爲侵畧我國的理由。當時東南亞各國，多被日人矇蔽，聽信一面之詞。我國佛教訪問團抵達後，日人詭計，立被揭破。

抗戰勝利後，大師爲弘揚佛教，往返於星州、馬六甲、吉隆坡、怡保各地巡迴講經。在七年間先後創設星州菩提學院及佛學會、檳城菩提學校及菩提學校、雪州佛學會、怡保佛學會、佛教人間月刊社等佛教社團、學院。

民國卅七年，大師由南洋返國，在中壢圓光寺主辦台灣佛學院。不久駐錫汐止靜修院，四方學者慕名請益，青年僧伽，聞風赴至，聽法者衆。

迨民國卅九年，有總統府顧問趙恒惕等組織護法會，鳩資在汐止大光山山腰建彌勒內院。大師即在該院每天講授因明、唯識、楞嚴、楞伽、攝大乘論諸經典。前來聽教聆訓的學者，僧伽等，受益無窮。

大師為人慈悲，好濟人之困，助人之窮。一生中受他恩澤的何止千萬？在汐止靜修院時，經常有窮愁落魄的不得志者向他要求施捨，每次有求必應。他素來對身外之物的錢財看得很淡，凡施主捐欵，從來不數，扔置櫃子內。如遇有人求助時，從中信手取一包給人，究竟受幾何？施又幾何？他都無從知道，因此贏得「喜捨菩薩」之雅號。

民國四十三年五月六日，大師圓寂於彌勒內院法華關中。彌留之際，立遺囑說，遺骸不用棺木，不用火化，用缸跏趺、盤坐於後山。三年後開缸，如敗壞，葬於土；如全身，裝金入塔院。

三年後，其信徒們遵遺囑將開缸，但適值中共窺伺金馬，時局不靖，爰經衆議結果，決定俟機開缸。至民國四十八年五月十九日，圓寂五週年舉行開缸。入寂五年之久的大師，呈現於人們眼簾的竟是肉身完整、五官分明、鬚髮長生、兩手下垂、雙腿盤坐、宛然如生。這種「奇蹟」，眞是天下一大事，遂轟動海內外。在大師遺骸展覽五天中，海內外人士相競蜂湧前來參拜的絡繹不絕，途為之塞。

曾有美、西德、菲等國生物學家，與夫科學家們，為好奇心驅使下，不遠千里聯袂來汐止看個究竟。彼等對於大師的完好全身，嘖嘖稱奇之餘，無從解釋其所以然來。

大師的信徒們，遵照大師的遺矚，將其眞身金裝并供奉於彌勒內院，供人膜拜，成為台灣佛教史上第一座金身。近二十年來，慈航堂香火鼎盛，聞名海內外，成為中外觀光客們必來詣訪之所。

大師生平講說、著述頗多。經永久紀念堂編輯遺著十二冊，一百二十萬餘言，名為「慈航法師全集」，流通於世。

大師生前有十訓，諄諄告誡學生信徒，必須力行。那十訓是：一親近明師，二依附良伴，三精研三藏，四嚴持禁戒，五常念聖號，六勤行禮拜，七念衆生苦，八發菩提心，九濟物利生，十志願成佛。這遺訓，和佛陀的堅強（忍辱）、致力（精進）、正義（大悲）的教言殊途同歸。他的信徒們一直拳拳服膺的遺訓，咸信大師當含笑涅槃。

清季民初之廣州報業（下）

鄺光寧

綜合其事跡而言，其中是有不可磨滅之歷史性者存在，稽其實質，固有不平凡，亦非習見，猶諸報章新聞版之有珍貴特寫，亦是文化界之重要史料，爰就見聞所及，酌述一二以作回溯。

鄺其照編印英漢字典

創刊廣東第一之報館廣報之鄺其照（蓉階），與容閎（純甫），同爲傳達西洋文化進入我國之先導者，同光之交，清廷派遣童生赴美留學，帶領童生來回中美兩國，鄺其照均參與其任務；憶曩年在滬數訪童生之一唐紹儀時，唐每談及鄺其照，必曰「蓉階老師」，以示尊崇，可見其人其學之足式也。溯咸同年間，國人諳英文者無幾，鄺其照刦於同治七年（一八六八）編成英漢字典及英語辭典，分別印行，以供國人學習英文英語。卷首有美國耶魯、哈佛、威斯康辛、約翰、霍普金斯諸大學校長，及語言學家多人之序文，極力推重；日本國人初習英文時，亦以鄺其照編印之英漢字典英語辭典爲津樑，足見其開導文化之範圍甚廣，創刊廣報，則其一端耳。

清季各報的勇氣

清季時期，廣州各報，除保皇黨系統者外，大都攻訐清廷，鼓吹革命，議論激昂，毫無顧忌，故當時士氣，受各報所薰陶，極爲高漲；若宣統二年庚戌新軍之役，宣統三年辛亥粵督署被襲之役，以及革命黨人炸孚琦，炸鳳山等等，相繼發生，民衆皆表示同情與援助，而不懼清廷之株連；而在各報方面，雖有被封閉或被警告，記者方面，雖有被通緝或被監禁，但辦報人士，仍是再接再厲，未嘗氣餒，以當時各報，儼然具有一股勇邁無比莫可阻遏以衝破環境的力量，隱使清廷官吏，發生畏懼革命黨之心理，即如辛亥九月，廣東各界舉行響應武昌起義之會議時，粵督張鳴岐，聞風先逃，實各報事先鼓動民氣予以威脅，有以致之，故論者謂當年廣東革命之成功，各報之力，殊非淺鮮，所謂言論爲革命之母也。

潘達微安葬烈士於黃花岡

宣統三年辛亥三月二十九日，革命軍在廣州進攻粵督署，被清軍殺死者七十二人，當時忠骸，無人敢爲收殮，以致陳屍街頭，悽慘萬分，其後平民報主筆潘達微毅然冒險出爲收拾，並向各善堂以及各界呼籲援助，經三日之久，始先將七十二具忠骸集中於省諮議局前，然後運往東郊，安葬於黃花岡上。潘達微於安葬工作完成後，在其主辦之平民報將經過情形，詳細披露，潘爲標題云：「諮議局前新鬼籙，黃花岡上黨人碑。」此爲黃花岡七十二烈士公墓之所由建，而成爲革地之聖地也。潘逝世後，政府特許其附葬於黃花岡，與七十二烈士爲伴。

革命論之元祖

香港中國日報，是孫中山手創之報館，民國元年，遷設廣州，館址在第八甫，該報在大門外右端壁上，揭櫫「革命論之元祖」數大字，以示宣傳革命之鮮明使命。

龍濟光一日間封報九家

民國二年，二次革命失敗後，袁世凱命令龍濟光統率濟軍進入廣州，嚴行掃蕩革命力量，其時革命黨人已紛紛逃避，但致力宣傳革命之報章，則依然留存，龍濟光遂將之封禁，計一日之間，被封禁者，中國日報、國民報、震旦報、平民報、齊民報、天民報、中原報、時事畫報、以及眞相畫報、平民畫報等九家，被封時，震旦報主筆康仲犖並被捕槍決，是爲廣州報業最慘痛之遭遇，其未被封禁之報館，以鑒於龍濟光之兇殘，字裡行間，意氣消沉，各報編者，人人自危，厥爲廣州報業最黑暗時期。

集思廣益社收買報人

民國四年冬間，廣州帝制派分子，以蔡乃煌領導，組織「集思廣益社」，以爲對北京籌安會作應聲蟲，當時廣州各報，咸表異議，並以譏諷文字，醜詆帝制，詎未幾，時敏報之譚璧楚，通報之朱通儒，華嚴報之梁太倉等，忽轉而擁護帝制；據聞，是出於集思廣益社收買所致。譚等並代表集思廣益社，拉攏其他各報之主要人員，曾在東堤各酒樓，歡宴各報主要人，分別致以巨額賄賂。其被邀未赴席者，譚璧楚更親到報館游說，當時各報主要人員，以格於清議，多數堅決拒絕，祇少數無恥貪利之徒，甘心接納，譚璧楚因此，甚得集思廣益社之嘉獎，而許爲帝制運動之有功者。

梁太倉自稱臣記者

華嚴報梁太倉，又名梁宣武，新會人，投靠集思廣益社後，獨自致電北京籌安會，向袁世凱勸進，電文自署爲「臣記者梁宣武」，當時不與梁同流合污之各報人員，指出記者稱臣，實屬創舉，稱爲廣州報界之千古笑話。梁太倉同時又發表擁護帝制之論文，連續十餘天，意謂帝制問題，敢持反對之論者，祇有新會之梁啟超，敢持擁護之論者，祇有新會梁太倉，畢竟是我新會兩梁有胆有識云云，可謂肉麻之至。華嚴報副刊，亦有與梁太倉同一鼻孔出氣，擁護帝制之小文，作者爲陳獨尊，（後來先後易名爲陳沛霖、陳秋霖），大公報黎丕烈，即在大公報副刊，詞而闢之，故當時發生一場小筆戰。

各報被逼用洪憲年號

各報每日出版，所書之年號，自民國元年起，悉用「中華民國」字樣，但袁世凱稱帝後，廣州集思廣益社，即壓逼各報，改用「洪憲」年號，各報中，祇投靠集思廣益社者，奉命唯謹，其他各報，均不願遵從，顧在龍濟光權威之下，又難堅拒，各報乃想出一對策以應付之，即是將「洪憲」二字以最小之鉛字排出，使讀報者稍不留心，便看不見有「洪憲」二字，其意，一以順集思廣益社之要求，一以示反對帝制之深心，惟堂堂年號，而以最小字書之，當時各報人員，每引爲是滑稽的把戲。

新聞被檢查之濫觴

廣州各報新聞，遭受檢查，始於民國

四年冬間帝制議起之後，主持檢查者，是集思廣益社，該社每晚派出檢查員，親到各報編輯部，執行任務，該等檢查員，輒於深夜十一時左右，乘肩輿到達各報，但其時，各報編輯工作，業已完竣，編輯人員，亦已離館他去，從不與檢查員接觸，留在館中者，祇校對員，檢查員既至，校對員便以大樣（即大版）交給檢查員，檢查員看過後，加蓋印章，交回校對員，凡不許刊載之新聞，即由校對員轉告排字工友，將之抽起，然後付印，被抽起之新聞地位，任由空白，即所謂「開天窗」，但各報編輯人爲暗示反對檢查新聞，乃在空白地位，注明「此處新聞被檢查員檢去亡數字，以刺激讀者的靈感，至於檢查員核定禁刊之新聞，是秉承集思廣益社所指示。

進步黨報一再改名

廣州各報，具政治性背景者，一爲鼓吹革命的國民黨報，一爲與國民黨對立的進步黨報。進步黨報，是以康有爲之學生梁啓超、徐勤爲幌子，故主持者，即爲康梁之徒，民國初年，進步黨在廣州成立，會公開活動，研究系互相結合，該黨在廣州所辦之報，初名華國報，對於國民黨，迭加抨擊，因而遭國民黨抑制其出版，國華報遂去華字，改名國報，再行出版，國報抨擊國民黨愈甚，因又遭抑制而停刊，故再易報名，回復華國二字，但顛倒之，名曰國華報，繼續出版，直至政桂系掌握政權，國民黨失勢時期，乃得無恙，故華國報國報國華報，報名迭次更易，乃是同一血統，國民黨人則以保皇黨報目之。

中華新報投依政桂系

民國五年，龍濟光退出廣州後，廣東省議員容伯挺，自北京隨同新任省長朱慶瀾返粵，乃在廣州創辦廣東中華新報，標榜與上海中華新報，北京中華新報，同一陣線，擁護孫中山，協助廣東中華新報的份子，爲省議員陸孟飛、簡經綸、陳俊朋、李綺菴等，皆是國民黨黨員，故當時之廣東中華新報，不啻是國民黨黨報，馴至民國七年冬間，容伯挺忽投身政桂系，追隨岑春煊李根源章士釗楊永泰郭椿森等，並將中華新報，轉爲政桂系之宣傳機構，是時，政桂系計劃，決定對護法政府拆台，從新組織西南軍政府，推舉岑春煊爲首席總裁，而屈孫中山爲七總裁之一，政桂系之贛籍國會議員湯漪，撰著組織西南軍政府之論文，即在中華新報發表，長篇累牘，一連數天，國民黨員至此，大爲不滿，對於中華新報，咸以敵性視之，該報編撰人員鄧警亞、陳覺是、孫璞、吳榮新、雷壽雲、鄺笑庵等，均毅然辭職，總編輯陳蘿生，以爲中華新報之創立，自己功績不少，曾向容伯挺爲利益分配的談判，意欲有所索取，但爲容伯挺拒絕，容伯挺以陳蘿生矮如冬瓜，常咒陳蘿生，謂其人既矮，其人格更矮，意是鄙之也。

民國九年冬間，粵軍自漳州回粵，容伯挺自知中華新報不能繼續生存，自己亦不能留在廣州，乃將中華新報全部贈與香江晨報社長夏重民，夏接收後，易名爲廣州晨報，恢復國民黨報本來面目。

廣州晨報爲擁孫之死硬派

容伯挺以中華新報贈給香江晨報夏重民，因容夏二人私交甚篤，曾同學於日本同時加入同盟會，在容之意，一出於友誼，一藉夏以保全中華新報之資產，夏重民接收中華新報後，易名爲廣州晨報，是使香港廣州兩晨報，成爲兄弟之報，但香江晨報於廣州晨報出版後，便告結束，工作人員，一部調至廣州晨報。

廣州晨報在廣州報羣中，頗露鋒芒，夏重民又素有暴徒之稱，而爲擁護孫中山之死硬派，故甚爲陳炯明方面軍政人員所忌，十一年六月，陳軍「請孫下野」之役，即以消滅廣州晨報，爲其目的之一，於是由楊坤如部下營長楊啓明，率隊至石圍塘廣三鐵路局（時夏重民任廣三鐵路局局長）拘捕，當場槍斃，廣州晨報，遂無人主持，館內人員，又懼陳軍摧殘，紛紛星散，以致停刊，故中華新報原來資產，終不得保。

魏邦平開列報人黑名單

第一次世界大戰時，日本出兵佔領青島，民國八年，巴黎舉行和會，日本代表聲稱日本決不將青島交還我國，廣州民衆聞訊，羣起對日抗議，因而有抵制日貨事件發生，警察廳長魏邦平，曾留學日本，爲親日份子，從而力圖壓抑民氣，制止反日，因招集各界舉行會議，意在勸告勿作反日行動，當時廣州報界，亦被邀參加是項會議，當由報界公會推舉雷寄雲劉庸尙等爲出席代表，在會議席上，雷寄雲宣稱，愛國民氣，不獨不宜壓抑，實應予以扶助，我國民衆保衛領土，反日行動，理直氣壯，希望政府尊重民意，公同保衛國土云云，發言時，慷慨激昂，且擊桌助勢，魏邦平至此，以爲是次會議，是爲制止反日行動而召集，報界代表，反而主張反日，適與初意相反，因而甚形憤怒，乃陰作懲處報界之謀，而連日各報之紀載，又悉是爲反日民衆張目，遂就反日言論較多紀載反日新聞較詳之報館，密查其負責人及主要人，開列黑名單，交由軍警共同執行逮捕，據當時所傳，列入黑名單之報人，有雷寄雲、劉庸尙、陳藻卿、鄧警亞、蘇守潔、吳雙熱、梁質菴等，但魏派出軍警前往各報館搜捕時，只國民報陳藻卿一人被捕，其餘各人因陳藻卿被捕事件發生，均已聞風先逃，亦有巧爲隱匿，是以軍警雖進行搜捕，多告撲空，然黑名單中人，則有幸有不幸矣。

國民報復版後再封禁

國民報原創刊於淸季光緒年間，致力於鼓吹革命，入民國後，龍濟光入粵之初，以掃蕩革命力量之故，將之封禁，延至民國八年秋間，國民報舊人黃健芝陳藻卿公同集資，將之復版。

國民報復版時，適在民衆抵制日貨運動如火如荼之際，該報對於抵制日貨新聞紀載特詳，尤其是學生聯合組織檢查隊的行動，該報發表最多，當檢查隊進入長堤先施公司執行檢查工作時，警察廳長魏邦平得報，竟親蒞先施公司，制止學生檢查，檢查隊不聽，魏即指示該公司將大門鐵閘關閉，圍困學生於公司之內，然後一一細綁，加以毒打，該報查悉其情，據實紀錄刊載，該報主筆黃健芝，並撰社論，指斥魏邦平摧殘愛國運動，詞嚴義正，社論題爲「請軍政府殺魏邦平以謝愛國學生」，魏閱該報後，極爲激動，咆哮如雷，聲言「汝國民報要殺我魏某，我魏某却先殺汝國民報，」當時情緒，可以想見，於是對於列入於黑名單中之各人，魏乃決計先行逮捕陳藻卿。

軍警進行逮捕陳藻卿時，派出武裝部隊二百餘人，夤夜到達國民報，重重包圍，然後由主要隊員，持械衝進三樓編輯部，是時總編輯陳藻卿，編輯鄺笑庵，正在工作中，又有陳藻卿之友二人及雜役一人在場，悉行被捕，到警察廳後，魏邦平即對陳藻卿親自提訊，魏乍見陳，即擬拔槍擊殺，但爲站在其旁之警察廳秘書長陳恭受勸阻，畧謂「陳藻卿如果該處死，可交由執行者依法處理，廳長何必親自殺之，以致手染血跡，」魏聞勸乃止，以後，魏判處陳藻卿以死刑，正在以硃筆簽標押赴刑場之頃，陳恭受又對魏勸告，謂「國民報同情學生，抵制日貨運動，檢查日貨，誠屬擾亂治安的行爲，陳藻卿亦屬罪有應得，法無可恕，深信督軍署對之，亦必主張從嚴處辦，不予縱容，陳藻卿旣須伏法，不如送交督軍署辦理，廳長又何必負殺士之名，致貽社會誤解者之非議，」魏聞勸，果將硃筆放下，最後，將陳藻卿解交督軍署，由莫榮新處置，意是轉移殺士之名，以嫁於莫榮新，及陳藻卿被解到督軍署，莫榮新乃判處監禁於陸軍監獄，以徒刑三年，因莫雖爲軍人，亦不願蒙殺士之名也。至陳恭受所以一再勸魏邦平勿殺陳藻卿者，因兩陳原是相識，且有深交，陳恭受在魏怒之下，於陳藻卿，是不能直接營救，但阻魏勿遽行殺陳，則緩兵之計，徐圖設法營救，是具有深意也。陳藻卿在陸軍監獄爲期一年餘，由李福林保釋，出獄後，即追隨李福林，膺任第五軍軍部秘書長職。至於在國民報與陳藻卿同時被捕之鄺笑庵，經警察廳司法課一度審訊，當以國民報總編輯陳藻卿，亦已被捕，該報負責有人，只拘留三日，予以省釋。

當魏邦平在先施公司綑綁學生將之毒打時，住先施公司左鄰國會議員招待所（即海珠酒店）之國會議員某君，洞悉其情，認為魏邦平是舉，實橫蠻無理，因為學生隊檢查日貨，縱有越軌行動，亟應依法處理，不應綑綁毒打，乃撰文斥魏，並就魏字以「千八女鬼」咒之，可見國會議員，當時亦不直魏之所為，故發為正義之聲討，是魏之惡行，不獨國民報主殺之以謝愛國學生而已也。

素革命與素大炮

民國十一年六月十六日，陳烱明軍發動「請孫下野」之役之前，孫中山在桂林，已聞陳軍有叛變之謀，乃於四月間回師廣州，改道北伐，當由桂林返抵廣州不久，陳軍總指揮葉舉，在白雲山召集軍事會議，叛變之謀，甚為顯露，孫為揭發陳軍異動之志，公告於世，以及敦促陳軍覺悟，臨崖勒馬，乃召集軍政要員社會人士以及新聞界等，共聚於財政廳二樓，作懇切的演說，在演詞中，謂陳家軍如果暴動叛變，若以大炮來攻，我將以綠氣炮應之，因有「素革命，行乎革命，素大炮行乎大炮」之語，言時，爽朗痛快，在座各報記者，咸照紀錄，以為孫之所云，實屬名言，亦甚切貼，因孫過去在海外宣傳革命，放言高論，已博得粵諺「大炮」之譽，今復坦率言之，此其所以為革命導師也。

各記者每週朝孫一次

民國十一年十二月，劉震寰楊希閔聯軍東下，十二年一月，陳軍退出廣州，二月二十一日，孫中山自滬南返，三月成立大本營於廣州河南士敏土廠，因與各報密切聯系，由是時起，特定每星期與各報記者會見一次，各報記者參加者，不限人數，不分黨派，故每次應約者二十人左右，每次會見，由老報人亦老革命家鄧慕韓，負責安排，各記者均依照鄧慕韓安排之日期與時間，先到西堤鄧之太元公司集合，然後由鄧陪伴，自西濠口乘大本營派來迎迓之電船前往大本營庶務處，並在南園酒家，備辦各色點心，隨同回大本營，以為招待各記者之用。

各記者在大本營前碼頭上岸，即登二樓大廳，就坐後，孫先生聞各記者既到，自廳側之辦公室出，與各記者會晤，隨侍者，為黃惠龍，有時為馬湘，大廳佈置甚單簡，中間有一自南而北之長桌，孫先生坐位，在長桌之南端，是面北而坐，各記者分坐於長桌東西兩邊，桌上有茶烟及點心等，孫先生與各記者互相談話，絕無拘束，有時彼此笑聲達於大廳之外，各記者提出有關國內國外各項時事問題請示時，孫先生詳為解答，而孫先生自行講述者，範圍甚廣，有時以其他笑談，語各記者，但其所說之笑談，並非無的放矢，而是針對時事問題，以為譬喻，使各記者討論各問題時，有所了解，可見與各記者之間，極為融洽，而各記者對於每星期謁見孫先生之舉，咸認為極欣快之事。

各記者每次在太元公司會合出發時，輒以「朝見」孫先生為口頭禪，可惜此項「朝見」之舉，為時僅半年，因孫先生於八月間，親自出發東江，督師討陳，無暇賡續會見各記者，是以停頓，至於各記者對於孫先生之談話，却無詳細紀錄，以致所討論各問題，未見各報刊刊載，殆因當時參加謁見之各報記者，低能之故，遂未能着一字也。

七、各報業務進行狀況

廣州各報，編輯營業兩部進行情況概要如次：

各報編輯部，所需之新聞資料，屬諸本市者，每日由訪員或通訊社供應，屬諸各府縣者由編者從各府縣出版之地方報紙剪錄，但編者對於各府縣出版之地方報紙，是偶然檢閱，故剪錄之新聞資料不多，各報對各府縣並無通訊員之設置。

國內各省新聞資料，由編者剪自上海北京漢口各報紙，因上海北京漢口各處報紙，與廣州各報，互有交換，可資剪錄。廣州各報，如收到上海北京各處寄到之印刷稿件與不需付稿費者，亦偶錄一二，以當時廣州各報，只重視廣州之局部新聞資料，若國內各省，則極忽畧，以言特約京滬通訊員，則極罕覯。

廣州各報刋載之上海電訊，是購自香港循環日報或華字日報。廣州各報與港報買賣電訊方法，是港報委託專人在滬，每晨於滬報出版後，選擇所載較重要之新聞，依電報碼從大北電報局拍發，約下午一二時可以到港，港報收到後，照電報碼譯出，除爲自用外，另抄錄一份，交由廣九路局最後一班赴廣州之火車，帶到廣州，廣州各報，是預先商定聯合承購辦法，並由其中一家專責接收火車帶來之港報所寄出的電訊，專責接收電訊之一家，收到電訊後，便分發於預先聯合承購之各報，共同採用，至所需費用，由各報分担，每月彙交港報，如此一來，港報負担之電訊費既可減少，廣州各報負担之電報費亦較輕，但各報雖云有電訊，實則刋出者，彼此相同耳。

各報每份兩張，刋載新聞者稱正張，刋載小品文及小說者稱諧部，（即副張）每份每月收費六角，兩張所用鉛字，以四號爲主體，民國六年以後，始漸換入老五號鉛字，即電版亦在民國六年以後始有之。

編輯工作，每日下午六時許開始，約十一時完竣，因每晚須於十二時出版，趕寄鄉渡，轉往四鄉，鄉渡是於午夜開行，如逾時出版，則不能由鄉渡轉往四鄉推銷也。每逢星期日及時節與雙十國慶，黃花岡紀念，均休息一天，陽曆新年休息三天，陰曆過年休息十天，平均每月出版是二十五天。

各報編撰人員，在清季民初，大都是教學宿儒，或從事宣傳革命之士，其後有由校對員升充者，但校對員未受過新聞學訓練，故編稿製題，不重巧妙，亦不致力於採訪工作。

編輯人員薪水，甚爲菲薄，論月給酬，約二三十元，校對員約十元，副刋小品文小說等，多剪自京滬各報，特約撰述者，每月稿費約爲十五元至二十元，非特約而自動投稿者，則不致酬，投稿者，如鳳毛麟角。

有些編輯人員，利用報館爲作惡工具，毫無避忌，民國八年，學生檢查日貨運動時，某某報之盧某李某等，朋比爲奸，收受日方賄賂，對於紀載抵制日貨新聞之報紙，輒運用種種手段以危害之，又曾暗與賭徒聯絡，反對禁賭，及代賭徒游說各報編輯人員，要求贊同開賭，又利用報界集團之報界公會名義，向各方面敲詐，敲詐目標，金錢之外，兼及女色，彼等在報界中，頗有權力，社會人士及報界中之主持正義者，明知彼等的作惡行爲，亦莫奈何，又有宋某曾向某電影戲院敲詐不遂，竟杜撰新聞刋載，謂某戲院內，時有毒蛇在黑暗中橫行，觀衆閱報，對於某戲院不敢光顧，該戲院營業，乃大受影響，凡此種種，均是無賴行爲，亦可見當時有缺乏道德修養之報人也。

各報營業部，極難發展，一則當時商場，不重視宣傳，故刋登廣告者甚鮮，每月廣告費收入僅數百元，最多不逾一千五百元，二則讀報之人不多，各商店極少訂報，個人購閱亦不熱烈，以一人而購兩報者，絕對無之，每報每日銷數，最多爲三千份，少者僅二三百份。三則政府與各階層社會對於報紙，尚未具有重視觀念，以致報紙地位，並非甚高，報館經濟狀況，因此未得靈活。

報館中，有因經濟奇絀勉強支持，或從事節約作退守計，亦有因股東爭權拆夥出售，以致影響到報務發展，甚至使報館趨於停刋，故各報除部份遭受官廳壓抑者外，自取滅亡，幾於常見。

有因爭取報紙銷數，每日下午四五時出版，而名其報爲「明日報」，並使報童隨街高呼「明日報」以刺激讀者先覩爲快之心理以今日而賣「明日報」亦怪狀也。又有報館主人，垂涎別報銷數與廣告頗有成就，便爲影射計，另出一報，以僞亂眞，如「眞共和報」，是影射廣州共和，如「新國華報」、「眞國華報」、「國華早報」、「國華時報」，是影射國華報，從事此等做作者，以新報之李抗希最所優爲，因李有印務公司，堪以運用，又與報販有密切聯絡也，李同時又經營報館數家，其自行解嘲，謂多辦報館，是出於「報紙纜」計劃，意謂其所經營之報館，如有一家因發生問題停刊，但尙有其他報紙，可以繼續經營云。但事實上，李抗希所經營各報，並無若何成就，徒然爲報界中之市儈耳。

又有些報館感於經費困窘，乃在館內闢一房間，開設烟格，招致道友麕集，藉以從中漁利，聊資補助，因各區警署，對於各報館一切的一切，如非奉到上級命令，素不過問，各報遂恃此特殊立場，敢於包烟。

又有報館，在創辦時，招集股本，大都每股十元，認股者以十股之小股爲多，但主持報館業務者，儼以主人自居，逐漸將各小股權益剝奪，繼而將各小股吞沒，於是原來是股份性質之報館，變爲私人所獨有，如羅某之×××商報，宋某之於廣州××報，其例証也。

各報所在，以第七甫第八甫爲多，第七甫第八甫，改闢馬路後，易名爲光復中路，蓋以辛亥革命，光復故土，各報宣傳，不無功績，故以光復路名之，以資紀念。

八、報界公會

廣州報界公會，是各報共同組織者，具有團結各報性質，而無領導各報權能，會中職員有書記二人，主任一人，書記管理一切會務，主任由會員報館輪值，値期爲一週，主任工作，是核發各方面寄來之新聞稿件於各報，會中行政，無權主持，以行政是由會員報館舉行會議，方能决定施行也。

軍政各機關以及各社團，凡欲與全體各報有所接觸，以委託報界公會代爲轉達，如有新聞稿件交各報發表，亦可交報界公會，由主任核定，然後複印，分送各報，至各報刊載與否，由各報自決，不受報界公會任何約束，因事實上，各報是主，報界公會是賓也。

報界公會旣是各報之綜合體，於是各報人員中之狡黠者，每假報界公會之名義，或挾報界公會之權威，作招搖作惡的行爲，以致社會有對於報界公會，頗爲歧視，此爲害羣之馬有以誤之，報界公會對於此輩敗類，無權將之制止，以報界公會內部，是極度散漫，對於各報人員行動，從不干預，對於外間批判，任由毀譽而已。

九、報人羣中雋才之士

王秋湄　工書能詩，所爲章草，世所稱道，恒與黃晦聞唱酬，爲黃所膺服，逝世後，葉恭綽彙合其詩，編爲攟堂詩選，付梓行世，葉爲序文有云：「讀蒹葭樓詩，屢及秋齋，以晦聞不妄許人，知秋齋之賢且能詩」；又云：「秋齋論詩，獨與晦聞契，所作亦相類」，是可以見秋湄之學矣。

鍾榮光　前淸孝廉，但醉心新政，同情革命，故創辦博報，民國元年，任廣東省政府教育司長，其後，主持嶺南學校，使嶺南學校由中學進而爲大學，且成爲南方之最高學府，並任嶺南大學校長，時期甚長。

李懷霜　詩書文學，均極高超，嘗佐李烈鈞戎幕，李烈鈞之文書，多出其手。

鄧警亞　筆名香草，自淸季至民國，歷主各報筆政，爲報人羣中之老資格者。

陳覺是　筆名剛者、塵生，社論小說以及小品文，無不擅長，歷任各報編輯，是報人羣中之邃於學者。

朱學潮　前淸時，畢業於廣州法文丕崇書院，法文湛深，編撰工作之餘，譯有法文書籍多種，石室天主敎神父，因以主持廣州大公報之責付之。

甘六持　詩詞文藝，造詣甚深，尤精於攷古。

伍憲子　康有爲之學生，康系在廣州主辦之報館，伍皆參與編撰等工作，才高學博，蜚聲於時。

黃健芝　前淸孝廉，曾在廣州城內講

學，從學者甚衆，所育英才，若陳藻卿、梁述南等，積學甚博，而爲各報之主筆。

黃魯逸　清季時期，恒領導話劇或粵戲班，在都市及四鄉登台演唱，乘時宣傳革命，擅編劇本與撰粵謳，其所爲粵謳，與今之所謂民謠無異，每以刺諷官場及奸惡之徒爲旨，實衰世之有心人也。

葉菊生　工古文，詞藻斌美，每以古體文撰寫社論，並以古體文繙譯英文，其人雖木訥寡言，但胸羅錦繡。

雷寄雲　是民初時期最富才識之青年報人，年僅弱冠，即任各報筆政，深爲潘達微、王秋湄、朱學潮等所賞識。

馮春風　畢生服務於報界，專任撰寫社論，批判時事，極爲深刻，且有獨到之見，類於前期天津大公報之張季鸞。

沈瓊樓　寫作迅速，主持正義，甘於食貧，不慕榮利，是抱殘守闕才德兼優之報人也。

馮自由　精通中英文，孫中山創立中國日報，委與陳少白主持報務，國民黨聯俄容共時，與張繼、謝持、林森、謝英伯等堅持反對之議，爲孫不滿，幾被驅逐出黨，但並不氣餒，其志不變，固硜硜之士也。

謝英伯　清季時，不畏清吏逮捕，在廣州迭辦革命報章，抨擊清政甚烈，中英文造詣甚深，詩詞以及其他作品，豐富典雅，堪與其嘉應鄉人黃遵憲（公度）媲美，曾在上海廣州執律師業務。

兪華山　原籍浙江，以先祖服官南來，故留居粵垣，早歲即任東北及上海各報駐粵特約通信員，所作細膩明朗，尤擅小說家言，筆調類於林琴南，儕輩咸以才子稱之。

上述報人，僅就個人所知者而言之，其不知者，祇得付諸缺如，至於品德俱虧之輩，聲名狼籍之流，個人雖有所知，殊不忍併言之矣。

香港地最少香港人

廣州澳門人最多　四邑及潮州次之

在全港三百九十八哩半地方內之人口密度，創出「世界之最」紀錄；根據一九六六年戶口統計書指出，該年八月二日全港人口之數目達三百七十一萬六千四百名（按：本年之人口數目，當然不祇此數，可能已逾三百九十萬名），其中包括一百八十八萬一千九百名爲男性及一百八十三萬零七百名爲女性。

在三百七十一萬六千四百人口中，有一百零三萬九百七十人是居住在港島，六十九萬零一百八十人居住在九龍，一百三十四萬二千六百五十人住於新九龍，五十四萬二千六百人是在新界，其餘的十萬二千五百二十人則爲水上人家。因此，人口密度最高之地方，實爲港島及新九龍方面。

香港人口之年齡，一如金字塔似的，年幼者佔最多數，而年老者則佔極少部份而已；五歲至十歲男女童，總數達五十二萬九千二百六十人，但八十歲以上之長者祇有九千五百八十名，可見年青一代對社會之重要性。

至於本港人口原籍方面，以廣州及澳門鄰近地方者，佔大多數，達全部人口總數百分之四十八點二，其次爲四邑人，以潮州及中國其他地方者，而香港籍「土著」僅佔百分之六點七三。

談及婚姻方面，該報告書續指出女性實比男性早婚，在十六萬九千八百六十名十五至十九歲少女中，有八千三百五十人是已婚的，而在十九萬九千一百九十名同樣年齡青年中，僅有一千二百名，故女性早婚之人數比男性多出逾七千名。但在離婚方面，則男性比女性爲多，尤在三十五至三十九歲間者爲衆。

至於常用方言，由於香港人口大部份均屬中國人，故以粵語爲主，其次爲閩語，客家，四邑，中國其他語，英語及其他方言，講用粵語之男女市民，總數達三百零一萬五千五百六十名，佔全部人口之絕大部份。

最後有關教育程度方面，在各學校接受初小教育者有八十四萬八千九百人，佔全港就學人數百分之二十七點零一，唯接受大學教育而未畢業者，僅有二萬零二百人，佔全數百分之零點六四，可見在港能就讀於大學者，實屬奇少。

周君奇遇記

・賀廬・

周××君，浙江人，畢業於上海大夏大學，才華秀發，當年在福州省政府任職，斯時福州軍人監獄，即侯官縣署舊址，因主持者管理不善，尅扣囚糧，無弊不生，於是犯人病的病，死的死，逃的逃，陳氏決心整頓，囑周君草擬改善計劃，旋即派周君兼任監獄長。

周君於接任時，巡視各監，至監獄後，有大榕樹一株，（福州盛產榕樹，所以又稱榕城。）古幹槎枒，矢矯如龍，樹上供有仙爺神位，並設有燭台香爐，燭漬淋漓，香灰瀰漫，周君血氣方剛，以其有礙觀瞻，且易引起火患，爲求獄中氣象一新，飭將樹上神牌，加以拆除，看守長在獄中任職多年，且年事甚高，面陳此間仙爺威靈顯異，千萬不可魯莽從事，致招不利，周君因詢看守長，究竟仙爺如何靈異，他說：有一次夜裏，一個犯人，擬逃獄而出，正在換班接班的時候，例須點名，於是發覺少了一人，到處尋找，而該逃犯却在監獄後面，呼呼睡着，因加逮捕後，詢以既然打算逃獄，爲何在此熟睡，這逃犯說：當他到了監獄後面，以忽然看見一個高大的人把他攔住，遂不得出，因在此輾轉盤旋許久，不覺疲極，昏然睡下，周君說這是看守的責任，如果看守嚴密，何至有逃犯的情事發生？這與仙爺何干？仍堅持拆除，並不許再大榕樹上焚香點燭。

監獄裏的辦公室，係分建東西兩列，中間有一條走道，在夜間辦公室的電燈，向來是熄掉的，而每夜將屆全體熄燈就睡前，例由監獄長偕看守長巡視一遍，某夜，周君與看守長巡至辦公室走道時，忽然看見周君辦公室裏，電燈亮着，在周君辦公椅上坐着一個皤然白髮的老太婆，穿著古裝繡花衣裙，而且是三寸金蓮，鞋子也是繡花的，周君不禁一怔，定眼看時，倏然不見，頗覺詫異，因詢看守長有所見否？看守長答以所見，亦與周君所見同，周君認爲這或許他們以其不信仙爺，故意佈置此玄虛。

越數日，在一個下午晚飯的時候，獄中慣例，起床則吹號，吃飯則敲鐘，其時廚房已將飯桶端出，飯鐘也已敲過，正要開櫃取碗筷的時候，所有飯碗八百多個，筷子八百多對，完全不見，而這碗櫃的鎖匙，向由值日管理員保管的，那天的值日管理員，是新派來的，而他也是贊同禁止大榕樹上供奉仙爺的一個。結果，這八百多個的飯碗，和八百多對的筷子，極整齊地排列在運動場的廁所裏面，而廁所非至運動及吃飯前後，絕不開啓，鎖匙也是由這位新派來的值日管理員保管的，廁所離飯廳約三百步，所有監獄兵，也都有固定的工作，忙個不休，也絕對不會有時間來搬動這碗筷，而值日管理員除規定時間以外，也絕對不會將碗櫃及廁所的鎖匙，隨意交給任何人的，當天的晚飯，雖然照舊開出，但已延遲了一小時，周君於是對破除迷信的觀念，也有些動搖，說不信嗎？今天這一套魔術化碗筷搬家，確乎表演得相當精彩，心裏也不免暗暗喝采。說信嗎？在此光天化日，科學昌明的時代，要向迷信屈服，也是不可能的事，只好強詞奪理的說：大榕樹上燒香點燭，總屬不宜，縱使眞的有仙爺，也應該另建神龕在運動場的附近，一方面防止火患，一方面對仙爺也可以表示崇高的敬意，過了幾天，矗立運動場的附近，一座嶄新的小神龕，已經建好，裏面供奉著仙爺的神位。」—

綠島見聞錄

。洪　荒。

綠島（原名「火燒島」，民國三十八。八月一日始改今名）位於臺灣最東端，與臺東一水之隔（十八海里）。面積二七、五方公里。人口約三千餘人，除少數居住在山裡外，分佈於南寮、中寮、柴口等七個村落。居民「靠海吃海」，成天在大海中與驚濤駭浪搏鬥。西北海岸平坦，有一條公路，全長約五公里。

多變的海洋氣候

綠島屬於多變的海洋氣候，一年之中只有二至五月天氣最好，若不是偶爾刮刮南風，每天總是萬里無雲，海不揚波。四至六月是飛魚汛期，漁民們每天總是滿載而歸的，特別是雲淡風輕的好天氣，收穫量更是豐富。

六至九月是颶風季節。綠島位於巴士海峽，是熱帶暴風吹襲的區域，但是筆者居住在這個島上前後八年，眞正受到損害的，只有五十年五月二十六日那一次，其餘總是有驚無險。

十至翌年一月，是島上的風雨季。這是島民最感困擾的季節。每當捲起勁風的時候，不僅不能下海作業，而且夾着大量鹽份的勁風（本島叫做海霧）瀰漫着整個天空，好像濛濛的霧，每個角落都被淹沒無遺了。所以，在海霧沒有來臨以前，島上所有的農作物，都要築起高高的茅草籬笆，以防海霧的吹襲；否則便會像野生植物一樣，遍地一片焦黃，彷彿被火燒過似的。這也許就是「火燒島」得名的由來。

風光綺麗的六景

綠島雖小，但是它具有海島的自然美。近年來觀光事業發達，綠島也成了旅客觀光的好去處。

觀音洞：當你爬上氣喘坡往東北走，不到二百公尺，就是一片廣大的草坪。草坪中央沿着小小的蒼翠叢林，便是島民朝拜的觀音洞。洞中巨石挺立，一座慈顏美貌的觀音佛像屹立在中央，潺潺流水在洞底流過。

温泉：温泉位於島之南海岸，依山臨海，環境幽美，是島上唯一的温泉。當你洗滌了一天塵埃和汚垢、漫步在山頭欣賞盪漾的碧水，會使你心曠神怡忘懷得失。温泉以東山峯迭起，更創造了大自然的美景。

公園：公園是沿着山澗建築的，位於島之西南端，懸崖削壁，形勢雄偉。溯澗而上，怪石嶙峋。園中有三亭四榭。一是眺海亭，可以東向遠眺波濤起伏的大海。一是仰止亭，沿山腰而建，地勢高峻。一是桃源亭，抬頭仰望、雲山一色，低頭俯視、水面如鏡；置身其間，彷彿到了另一個世界。亭下有一水潭，寬約十公尺，深約三、四公尺，潭中遊魚忽沉忽浮，是垂釣的好地方。亭畔大樹蔽空，濃蔭覆蓋，夏天陰涼，冬天無風，是個冬暖夏涼的聖地。

燈塔：提起燈塔，中年人會如數家珍地講出一則動人的故事。那是民國二十六年（一九三七年）十二月二日夜晚，一艘豪華的美國郵輪「胡佛總統」號，載着十二個不同國籍的五百餘旅客，在綠島海灣上觸了礁。島上居民在黑夜裡冒着強烈的風浪，奮勇搶救落海的人員，於是全船的人員都能安全上岸，沒有一個傷亡；但是三萬一千噸的「胡佛總統」號郵輪，却在綠島外海沉沒了。「胡佛總統」號沉沒的第二年，美國爲了紀念該輪失事，特地捐欵趕造此塔。燈塔的高度是一百五呎，有一百五十四個階梯，登臨塔頂，綠島全境幾乎可以盡收眼底。

將軍岩：這是屹立在海邊的巨大礁石，奇形怪狀，彷彿從土中長出的竹筍、彷彿一株禿頂的枯樹、彷彿一個巨人屹立在大海中，蔚為奇觀。

使人困擾的三害

火燒山是島上境內最高的原始森林，海拔四百公尺。在沒有導航設備以前，島上居民在山巔放火燃燒，作為漁舟導航的標誌，因而得名。

島上的深山，與一般的森林無異，飛禽走獸比比皆是；但是沒有蟒蛇和猛獸，不會危害人類的安全。獸類中只有馴服如綿羊的獐子，甚至野猪也是罕有的。蛇類中最毒的不過是「青竹絲」；事實上青竹絲並不毒，被螫後，了不起局部紅腫之外，決無生命之虞。山中最使人困擾的，可算是螞蝗、咬人狗和漆樹，這是綠島的三害。

螞蝗：有旱螞蝗與水螞蝗兩種：旱螞蝗生長在深山中，水螞蝗生長在山洞裡。水螞蝗比較容易防範，旱螞蝗則狡如蛇蝎。當你不小心走入森林，牠會悄悄地從枝頭上掉下來，掉到你的頭上、脖子上；待你發覺的時候，牠已經吃得飽飽的，彷彿一條大蚯蚓，任你如何撲殺，牠還是牢牢釘住在你的皮膚上。

咬人狗：是一種樹，生長在東海岸的森林中與風景幽美的綠島公園裡，樹幹高不可攀，濶葉，葉上長滿細毛，碰上樹葉時，它的細毛便趁機刺入皮膚，頓時一陣劇痛，接着其癢難熬；過敏性反應的人，被刺後皮膚好像麵包一樣紅腫。

漆樹：漆樹雖然其貌不揚，沒有咬人狗的魁梧，矮小得像一枝不滿一公尺的小桔樹；葉厚如桔葉葉汁則較桔葉厚，毒汁奇烈。當你不小心沾上一點點，身上便會冒出一塊一塊的疙疸，然後迅速蔓延全身，終於由紅腫而潰爛；臉上沾上一點汁液，準會腫得像猪肝似的，甚至眼睛也睜不開。不過，每個人反應不同，有人望而中毒，有人接觸毒汁亦不中毒。

極為珍貴的名產

鹿茸：養鹿是島上居民最大的副業，也是最普遍的副業，幾乎家家戶戶都有飼養；據非正式的統計，全島共有四百頭鹿。母鹿年產一次，一隻麋鹿時價五千新臺幣。雄鹿三四月長茸，八九月間收割，一次收割（濕茸）量約三四臺斤，每臺斤去年的價格一千五百元，乾茸價更高，每台兩約二百元。

鹿茸本是補品，因為產量少，不能普遍供應內銷，所以在臺灣市面上很少見到綠島產的。每年到了八九月間，都由外商前往綠島收購，即使觀光客過境也很難買到，誠然是有價無市。

海膽：海膽這玩意，本省沿海除了澎湖、蘭嶼之外，綠島是產區之一。這是海底稀有的奇珍，屬於棘皮動物，扁圓型，硬殼，渾身長滿刺，寬約三四寸，是屬於海底爬蟲類，生長於礁石中，行動緩慢，胴體含有大量蛋黃，鮮美無比。島民食其肉之外，復將海膽殼製成烟灰缸，對於一些好奇的旅客，是一件很好的紀念品。

柴魚：柴魚是製造出來的魚乾，俗稱「炸彈魚」，經過烘烤復熏之後，堅靭如木柴，形狀更似木柴，所以又名叫「柴魚乾」。這玩意專門供居家作湯之用，食時用利刃輕削；削成如髮絲般，然後放置沸水煑湯，食之有如鷄湯般鮮美。

蝙蝠：蝙蝠原不稀奇，但綠島的蝙蝠體積特別大，展開雙翅長達兩尺；在深山中晝伏夜出，白天倒懸在樹上睡覺。島民趁着牠熟睡時，用羅網接上竹竿去捕捉，一次可以捉到二三十隻。據說其味非常鮮美，有「寧願吃一隻蝙蝠、不願吃十隻鷄」的說法。

八卦：八卦因為寄生於貝殼裡，又名叫「寄生蟹」。這是種畸型的小動物，龍蝦身、螃蟹脚，似蝦非蝦，似蟹非蟹。在牠幼小的時候，便背着重牠一倍以上的貝殼當護甲，以禦強敵。從小至大，依照體積的容納量，梯次地更換貝殼，直到沒有更大的貝殼可以護身為止，才脫離貝殼獨立生活。由於長大後在海灘上覓食困難，便移居到山上田園間，覓食地瓜和花生。因為牠酷肖螃蟹，胴體裡含有厚厚的蟹黃，食之猶如螃蟹般的鮮美。

黃山的奇景異物

雲齊

我家我鄉的黃山，卅六大峰，七十二小峰，風景奇麗，歷代文人名士已有不少的文字記載，丹青傳眞。現在我這黃山脚下的人，來告訴大家一些所見的異特景物，和所聞的傳奇的故事，我認爲不僅是供茶飯之後的談興，對史學、地質學、礦冶學專家們也是不差的資料。

放光、仙燈和雲海

我們先談黃山三奇景——放光、仙燈和雲海。

在山中遊客，會忽然看見對面山谷中，發出金光，五色燦爛，忽而樓台殿閣，忽而人物花鳥，忽而蛟龍虎豹，忽而甲冑巨神，忽而……每次數十分鐘至一小時，才漸漸消滅。這種景像似與海市蜃樓不同，因爲不但白日可見，就是夜晚也有得看見，這叫放光。而且有一種放光木，放在室內，黑夜間能放射光芒。還有一種石子，投入火中會劈剝劈剝的燃燒，幅射出五色光來，煞是美觀；當地人都認「放光」和這兩樣木石有關。

仙燈更教人迷惑。從春末到秋後，夜裡常見四圍山間，忽然飄起一二盞燈火，接着四五點而至漫山遍谷千百盞燈火，飄飄忽忽，上下浮動，東西遊行，往往成一帶形繞山腰，像一隊隊的隊伍在往前走，千邱萬壑，處處燈火，但是只能淸楚的看見一點點的燈光，而燈光那樣衆多，却照不見山上樹木。筆者幼居黃山「西海」松蘿山下南方廿里，夏天納凉，嘗常見這種景象；可是西北方的北嶽山峰就不會有一點燈火，這個我們叫「仙人會」，也叫「鬼遊行」、「鬼燒山」。

抗戰時，外鄉人起先都認爲是燐火，後來看見荒野草間那綠慘慘的燐火，跟山上黃色光芒顯然不同；尤其那衆多的燈羣。更使人不解的，次日山色依然靑翠，沒有一點火的痕跡。站在天都峰上看過日出美景之後，不久，四週遠近諸山，冒出滾滾白色霧氣，蓬蓬勃勃，絪絪縕縕，如絮如綿，迷漫四塞，只留幾個高峰浮靑凝綠，像大小島嶼羅列海上。俄而天風一捲，奔騰舒展，波濤澎湃，這時候，最爲駭人的是近處山岡，都變幻成了長鯨巨鯤，蛟龍靈龜，衝浪伏波，時隱時現，在脚下一兩丈之間，張牙舞爪，氣勢凶猛，實在令人畏恐。

這時，山中有鳥名百舌，大聲「轟轟」鳴叫，一聲、景相互應合，胆識不夠的人，眞會暈倒。但隔不多久，雲開一線，陽光像水銀瀉地，像瀑布下垂，百舌鳴聲轉變，細聲嫋嫋，彷彿玉笛洞簫，抑揚協奏，一片祥和。

「海」上浪低濤降，只見遠處千帆往來，鷗鷺飛翔，島嶼之間，漁舟悠遊；更見更遠處大都樓台宮闕，巨邑城郭，堞影，草原羊羣，鄉村田野，隱隱約約，千變萬幻，世間景象，一一呈現。雲海廣濶無垠，因此，黃山以天都、蓮花兩峰為中山區域，叫中海，前方諸山叫前海，後面羣峰叫後海，東為東海，西是西海，而不叫前後東西山的。

五神獸與三怪物

相傳山中有五神獸三怪物。一是兩神猿，山中猿猴本多，但有一白一黑兩神猿，說有幾千歲了，見人會打躬作揖的招呼；黑猿有時引領整隊猿猴覓食，而白猿少有人見，見時必是坐着竹兜，由兩猿抬着走，如遇見必有祥瑞或快意的事。二是天馬，飛騰在最高諸峰頂上，有雲氣繞四蹄下，躍跳時帶有電光，但天馬很難一見。三是白鹿，往來各處，忽隱忽現。四是青牛，其大如象，遇人立刻飛馳而去，倏忽之間不知去向。五是紫豸，頭像龍，身像鹿，尾像牛，蹄像馬，似麒麟而非麒麟。

三怪物一是納魚，四足長尾無鱗，聲如嬰語，能爬上樹木，含着水去餌鳥，捕獲了鳥做食物；但山人可以緣木求魚，魚油能點燈，久而不熄。二是盧狘，像穿山甲無鱗片，以猴子和野蜂作食物，饑餓一聲呼嘯，忽猴忽蜂自動成羣結隊趨前，任由擇肥而噬，吃飽為止，眞是怪事。三是石斑魚，只有雌魚沒有雄的。春天與蛇交產卵，這季節不能捕吃，其餘季節都可釣、網來煑吃，味甚美。

花醞、石菌、毛尖茶

靈山自有靈物，黃山靈芝、玉菌、紫朮是著名藥材；「前海」河川石是歙硯石材；西海岩石含黑色石英，是休寧石墨（鉛筆及電池等原料）更有享譽古今中外的松煙製成的徽墨，這些是人多知道的。但你聽過花醞和石蜜嗎？

花醞，似酒非酒，如露非露，芳香撲鼻，入口甘醇；是山中猿猴採百花醞釀而成，據寺僧說久飲可長生，並且治目疾，像眼膜結紅粒，流淚多，眼屎，飲一兩次即癒。但花醞不易獲得，猿猴釀時必擇危崖削壁，隱蔽的石縫小洞窟中，獲取的人，要能辯猿行跡，並有攀登崖壁的技能，這兩點，對自幼習練武術的寺僧並不難，只是猿見到人至先就將花醞飲光，所以還要偵出猿不在洞窟才行。

石蜜，是野蜂所釀，半流質，較尋常蜂蜜濃帶淡香，在岩壁四、五尺高，淺洞中可覓得，有時大樹空幹中也有的。山中各寺僧多有收儲，遇熟識香客施主偶取杯碗招待，說久服可延年益壽，雖視為珍品，但不像花醞那樣當作寶一樣。據說，寺僧獲得花醞，都要獻奉方丈。

黃山毛尖，是全國聞名的茶葉，但有種猴茶，尤為名貴，來源頗為有趣。

相傳宋代有一嗜茶名士寄讀山寺，正值冬雪，擁爐煑茗，突房門有必剝聲，以為寺僧來訪，乃開門，却見二猴，携幼猴三、四畏縮門外，士人憐憫之心油然而生，招牠們入房取暖，並以饅頭分食，如此數日，天晴後猴離去。

第二年春，大小猴忽又來，每隻兩前掌中握有數十片茶青，恭恭敬敬的送給士人，而且每日如是至夏末為止；這事寺僧當然知道了，於是每年冬季開寺門收容猴子，而猴次年也以茶相報，這是黃山雲霧毛峰茶的起源，因猴子所採摘來的，都是高峰雲霧中茶樹上幼芽，茶汁淡香，味澀而不濃。後來山中人也摘幼芽製毛峰，更有「一槍一旗」等名稱，但都屬次品。

黃帝的傳說

山中神話很多，最為黃山佬津津樂道的，是黃帝和容成子、浮邱子飛昇成仙的故事，他們強調黃帝飛昇在軒轅峯，原來黃山不稱黃山，是因黃帝在山中煉丹而至飛昇，才有今名。

山中現在除仙棋石、仙石座等有關黃帝故事，還有一種特產叫龍鬚草，長有丈餘，又細又軟，色黑而微白，可以編織簟蓆。據說是黃帝飛昇時，迎接他的龍乘坐不了許多臣子和侍從，當龍飛昇時，沒有騎上龍身的人就抓緊龍鬚不放，但龍鬚負載不了就斷落地上，以後就變成草蔓生至今，山中人編成蓆，夏天躺臥，夜晚蚊子都不敢近。

琉球憶語

楊仲揆

一、我爲甚麼偏憶首里？

琉球古爲中國藩屬，前後五百零七年，在前，琉球的古跡，幾乎百分之八十以上，與中國有關，所以遊歷琉球，眞足令人發思古之幽情。我遊琉球，雖在太平洋大戰琉球慘遭兵燹之後，但是踏訪遺跡，參以史書，益足發人深省，繫我遐思。尤其首里王城，正是當年中國人最受尊崇的所在，撫今思昔，更令人深深惋惜。

二、首里是王城也是古堡

首里，在戰前的琉球，尤其是王國時代，是名副其實的首善之區，當時，首里是政治中樞王城之所在。現在，它成了那霸市的一個區。在日治時代，琉球人爲了加意保存故國文化，曾把王城改爲一大博物館，供人遊覽，不幸在上次戰爭中全燬於炮火。戰後，琉人在廢墟上改建了一所琉球大學，一所首里高校，和一個琉球博物館。所以，首區現在隱隱然成了琉球的文化中心，附近就是一個很大的住宅區。當年的居民，盡是王侯貴族，而今全是平民，眞是「舊時王謝堂前燕，飛入尋常百姓家」了！

首里，是琉球南部最高峰之一，在整個那霸市郊範圍內，更是最高的山頭。如在今日琉球大學登高遠眺，山陬海隅，歷歷在目，大有「閭閻撲地，舸艦迷津」之勢，當年琉球中山王（至少應在宋朝時代）把王城設在此地，踞山控海，高屋建瓴，易守難攻，形勢險竣，確有見地。清初，琉球國丞相華裔大政治家蔡温，爲了破除遷都之議，曾著「三府龍脈記」，從中國地理風水觀點，說明琉球三府（自中山王、山南王、山北王舊屬之地），龍脈蜿蜒，而首在首里云云，雖屬堪輿家迷信之言，亦足以說明首里之重要性。（仲按：現在琉球北部大都市名護市市役所前大橋頭，尚有「三府龍脈碑」。）

琉球的土地，幾全是珊瑚礁上積土而成，山頭處處是礁石，首里城即用礁石依山勢疊建而成，其建成年月，更無可考，惟極堅實。上次美日琉球爭奪大戰中，駐琉球日軍司令部即深藏在王城城根礁石洞內，正在守禮門右側下面，可謂天然屏障。據說，從一九四五年五月廿四日起，以十四吋口徑大炮，猛炸首里城，又有空軍升空指導轟射一晝夜之久，至廿五日，尚未見任何裂痕。再一晝夜，始有破裂處，米蘇里號驅逐艦再移近岸邊，加強轟擊，到廿五日晚，首里城始成廢墟。（參見美人約翰克爾所著「琉球史」。）

在琉球博物館裡，我曾買到一幀舊首里王城（即中山王城）的平面圖。又在清康熙五十八年派往琉球冊封副使徐葆光所著「中山傳信錄」裡，找到中山王府插圖，兩下對照。以後又攜圖前往王城舊址（今日琉球大學），逐一按圖踏勘，希望有所發現，而結果大失所望，現在能見到的古跡，除了戰後重修的守禮門，斷瓦頹垣的圓覺寺，和面目全非的龍潭以外，其他舊物一無所有了。

三、清代册封使筆下的首里王城

歷代册封使節，例有使館，對首里王城多有描述，徐葆光中山傳信錄云：

「自天使館（仲按：在平地）至中山王府，十里。（仲按：皆登山道路）册封日，自先王廟以東，……又進半里許，有坊。曰守禮之邦（仲按：即今守禮門。）中山王匍伏迎詔於此坊下。……更進半里許爲歡會門，即中山王府城也，在山頂，蠣石城垣，四週三四里，遠望如聚骷髏，自古紀之，蓋言其形似也：（仲按：骷髏之語，來自隋書：「王之所居，壁下多聚髑髏以爲佳。」）……城外石崖上左刻龍岡，右刻虎崒，四面各一門，前歡會門，西向；後繼世門，東向；左水門，南向；右久慶門，北向。進歡會門至石崖下，爲瑞泉，上崖門，西北向，榜曰瑞泉。左右皆甬道，有左右掖門，通入王宮，更進一樓，榜曰刻漏，西向，更進爲廣福門，西北向，更進爲奉神門，左右三門并峙，西向。殿樓上供御書「中山世土」四字大榜，即王宮也。前殿庭方廣數十畝，左爲南樓，北向；右爲北宮，南向，匾曰忠順可嘉，凡宴天使，皆于此。殿屋皆固樸多柱礎，屋一間施二十柱，無華彩之飾，亦不甚巍峻，山頂多海風故也。」

中山王城依山勢建築，坐東朝西。想當年，幾棟建築，都是一層高出一層，最後是正殿，高踞山頂，西向層層俯視，直瞰海港，也確爲居高臨下之勢。而惜徐書所列建築及皇帝賜書匾額等，至今都已付諸兵燹，瓦礫無存了。

四、琉球國寶「守禮之邦」牌坊

徐錄中談到守禮之邦的坊，是舊王城碩果僅存的古跡，也是首里城的第一道門戶。原坊本已同歸於盡，大概是琉球人懷念故國，想恢復重要文化遺跡以光楣宇，所以才在一九五八年十月照原式重建，恢復舊觀。守禮門的結構、式樣、色調，純爲中國牌樓式，中嵌大紅横額，上刻「守禮之邦」四字，也是仿原本鈎金而成。原本就是西曆一五七九年明萬曆六年皇帝所頒。惜匾上未著年月、題署及爾後歷次重建年月。

守禮門是琉球國寶，也是觀光勝地，遊琉球而不瞻仰守禮門，等於只遊日本一個小島而已！

守禮門與首里王城同向，坐東朝西，横跨山頂大道，而用紅瓦紅匾金字，每當夕陽西下，光耀門楣，金碧輝煌，與海上彩霞，相映成畫，確是美極了。人們徜徉其間，緬想當年盛況，眞是令人悠然神往。我在琉球六年，去首里不下十餘次，每次往遊，總是低徊流連，不忍遽去。尤其在守禮門及王城地區，曾屢次披荆斬棘，尋碑覓瓦，總想找出當年遺跡，也好「自將磨洗認前朝」，結果，總是敗興而返。

五、琉球人何以偏愛守禮門

琉球人都喜歡守禮門，有識之士，首先倡導恢復守禮門的舊觀。我們知道是頗有深意的。第一是因爲它本身建築的壯麗古雅，金碧輝煌，可以爲東方建築藝術的典型，也可以爲現代觀光勝地。

第二是它可以代表在琉球的文化氣質與王國光輝。因爲守禮門創建的時代（明萬曆七年西元一五七九年），正是琉球史上的黃金時代。第三「守禮之邦」四個字，是中國皇帝所賜，無論從東方道德觀點看，或從琉球王國與中國的政治關係看，都是光榮的，都是值得炫耀的。當年琉球之一度成爲太平洋上的海商王國，而享有百年的黃金時代，正是因爲她保有中琉間極爲密切的政治經濟關係，這種關係曾使日本大爲妒羨。匹夫無罪，懷璧其罪，因此，也構成琉球第一次亡國的禍根。無論今日琉球政治經濟如何變遷，稍有文化知識的人，對於守禮門所代表的美好回憶與歷史光輝，是不會忘記的。

六、宴天使、划龍船

在首里王城的右下方，現在還有五處遺跡：一是圓覺寺，是古琉球王朝的宗廟，當年擁有中國人的題畫最多，二是首里孔廟，在圓覺寺旁，今只餘空地。三是圓比屋武嶽石門（明正德十四年建），在守禮門附近，現石門尚存，旁有古樹一株，也是碩果僅存的刼後餘生。四是辨財天堂（辨財天爲琉球傳說中的護國女神），在圓覺寺下，龍潭之上，堂已無存，惟餘石基，石樓及荷花池。五是龍潭，就是歷代琉球王歡宴中國天使並表演龍舟競賽的一個大水塘：當年龍潭的景況，照徐葆光中山傳信錄重陽宴條云：

「龍潭在王宮之北，圓覺寺西，長不半里，寬數十畝，潭水渟瀠，與圓覺寺前荷池相通，瑞泉下流所滙也。南岸爲神嶽，（仲按：應爲圓比屋武嶽），蕉樹攢密，不見曦月，掩映碧潭，岸無餘址。北岸長堤上，礄牆連墉，皆巨族居之。跨東西有小橋，瀦渠入田。東岸突出尖埠，跨潭之中，花樹森立，三面臨水，重陽宴爲龍舟戲，設坐於此埠之上。」

假如以上徐錄所記沒有誇大的話，那末，今日的龍潭面積，只不過當年的二分之一了。現在的龍潭，還是風景區，四周垂楊掩映，上首（即東岸）是舊有小型琉球博物館，館側新建語言教育中心，館前有伸入潭中三面環水的小土台，樹林茂密，有小亭供人憇息，想即當年國王宴中國天使之所。當年的小橋已無痕跡，惟餘兩三小亭及四面垂楊而已。

龍潭的北岸，在一九六四年前尚見殘餘礄石的園牆一角，可能即當年巨族之居的遺址。一九六六年，新建琉球博物館，用爲館址，廣闢道路及停車場後，遺址亦已蕩然無存。

不過，刼後餘生的琉球人士，兵變之後，竟然掃除灰燼，首先規復守禮門和龍潭，供人遊賞憑吊。又建首里文化區，使無數青年在古城舊址上，受新文化教育，日後徜徉於守禮門、圓覺寺與龍潭之間，以變化其氣質，決此策者，想必也是對琉球歷史有責任感的有心人士了。

七、日本武人對不起琉球

在到處尋訪古跡相當敗興之餘，我對日本軍閥之魯莽與其對琉球人命與文化之輕忽及不負責任，有極深的厭惡，遠在明末萬曆三十四年（西一六〇九年），日本鹿兒島的武人，曾經刼掠琉球一次。到處殺人放火，佔據王城大搜三日，任何財物及文化藝品，均被刼去，運往鹿兒島。近在上次美日琉球之戰，日本將這個小島選爲其本土替死的犧牲品。在區區小島上，日琉雙方（琉球無辜平民學生等）死傷二十幾萬人（當時琉球人口不過七十餘萬，日軍不到十萬）其中裹脅從役的琉球佔大多數，眞正做到寸土必爭，加上美國少爺兵捨得炮彈火藥。於是把個千年古國的每一寸土地，都炸翻一個身，眞成「可憐焦土」，而一切名勝古跡、林園古樹，甚至民居小屋，都付之一炬，可爲浩歎。假如是日本本土，他們願意把王都古蹟名勝之場，當作焦土抗戰的戰場嗎？事實上，他們選定琉球爲犧牲品，以及在遭原子彈轟炸後，馬上宣佈投降，正就是爲了避免本土文化及人民生命財產的損失。那末早知如此，又何必犧牲琉球！所以，琉球有識之士，都深知日本人是要琉球土地而不要琉球人民的！

琉球烈士林世功

光緒五年（一八七九）日本滅琉球，虜琉球王尚泰。琉球紫巾官向德宏間道赴閩轉赴北京向清廷求援，未有結果。其隨員林世功，曾爲中國國子監之生，經琉王拔擢爲世子講官，至是絕食上書總理衙門（主管外交）求救，清廷不理。林世功乃於光緒六年（一八八〇）自刎死。絕命詩：「古來忠孝幾人全，憂國思家已五年，一死猶期存社稷，高堂專賴弟兄賢。」

楊永泰被刺記

·喻舲居·

湖北省政府主席楊永泰，廣東茂名人，政學系的要角之一。民國二十四年十月二十五日，那一天，他從湖北省政府所在地武昌渡江到漢口，赴日本領事館的宴會，宴罷遄返武昌，剛剛步下江漢關碼頭，槍聲驟起，楊永泰猝不及防，當場中彈倒地，江漢關碼頭秩序一片大亂。衞士和警察奮勇追捕兇手，楊永泰的左右，還想舁送他到醫院急救，可是楊永泰傷及要害，命在須臾，左右含淚忍悲，問他可有什麽遺言？楊永泰面現苦笑的說：

「我早知必有今日，身既許國，爲國而死夫復何憾？所可惜的是志有未逮，國禍方長而已。」

言訖瞑目長逝，左右咸放悲聲。就在這個時候，衞士、警察擒獲了一名兇手，名叫譚戎軒。

楊永泰漢口遇刺，消息傳出，轟動全國。今總統 蔣公聞訊尤深震悼，急電湖北省政府治喪公葬，並且訊飭軍警緝凶，必獲歸案窮究。當時，戴雨農（笠）將軍正任軍事委員會調查統計局第二處處長，他爲了追究主使，明瞭眞相，立即廣佈線索，嚴行緝捕，他親自主持楊永泰被刺案的偵查工作，抱定鍥而不舍，追根刨底的決心，便在十一月間，有關人犯龐柏舟、張家義和楊其新等，終告無所遁形，相繼落網，從他們的供詞之中，方始獲知，刺楊一案係由所謂「新國民黨」的負責人之一，劉蘆隱所主使，而由蕭佩葦，楊筱明所策劃。於是，又尋出了一樁歷久未破的案外案來。

所謂「新國民黨」，係與廣東、廣西兩省所構成的「西南方面」有關。自從長城之役，塘沽協定簽訂後，西南方面利用全國同胞日漸高漲的抗日情緒，蓄意反抗中央，「新國民黨」乃應運而生，甘爲西南方面的政治工具。劉蘆隱躲在上海公共租界裏，密謀組織「僞中國國民黨革命軍團」、「僞中華青年抗日除奸特務隊」收買王亞樵、蕭佩葦之流的職業兇手，行刺中樞首要，高級官吏，造成恐怖氣氛。宋子文在上海北站遇刺，幸免於難，就是西南方面的一項「傑作」，在那一次大規模的行動中，王亞樵負責策劃一切，蕭佩葦擔任眼線，探明宋子文的行蹤。當行刺失敗，兇手四出逃竄，政府當局也是很快的就查出王亞樵在幕後主使，曾經通令全國軍警機關嚴行緝拿。王亞樵的黨羽被捕的頗不在少，唯獨王亞樵遠走高飛，逍遙法外。不過，經過軍法審判，王亞樵的弟弟王述樵和蕭佩葦二人，由於證據不足，宣判無罪釋放，怎知爲時未幾，他又成爲刺楊一案的幕後策劃者。

從楊永泰被刺案的初步偵破，使戴笠連想到，民國二十三年十月二十五日，外交部次長唐有壬在上海寓所被人暗殺，始終未能破案，這一件案子，多半也和「新國民黨」的負責人劉蘆隱有關，同爲西南方面的一項政治陰謀。因此，他便掌握線索，深入調查，同時採取雙管齊下的行動。將刺楊案的主從各犯一網打盡，在上海公共租界捕獲了劉蘆隱，果然悉如戴笠所料，暗殺唐有壬的兇手名叫項應昌，那時候住在西安，遂電令西安將項應昌手到擒來。

一審問，項應昌直承不諱，暗殺唐有壬確由劉蘆隱所指使，起意的則爲西南方面。從刺宋、刺唐、刺楊，再加上民國二十四年十一月一日，國民黨舉行六中全會，行政院院長汪精衛遇刺受傷，也是由戴笠指揮部屬，迅速偵破的，那次驚人案件，全都是西南方面的卑劣之舉，刺汪一案便是由西南方面的李濟琛策動，命王亞樵負責執行，暗藏毒藥的孫鳳鳴，當衆下手，然後於被捕時，仰藥身亡。西南方面想藉一連串的暗殺行動乘機生事，掀起政潮，其陰謀詭計，終被戴笠的鐵腕所粉碎，劉蘆隱以教唆殺人罪判處十年有期徒刑，其餘主從各犯一一繩之以法，西南軍閥的眞面目從而揭露無遺，更重要的一點是，使國人痛心疾首的暗殺之風，從此得以稍戢，凡此都是楊永泰被刺一案所導致。

然而，楊永泰之死，仍係國家民族的一大損失，雷嘯岑先生應中外雜誌之請，寫一位當代傑出的人物。他在中外九卷三期所發表的那一篇大作，寫的正是五十一歲英年猝卒的楊永泰、雷先生的大作對楊永泰平生的軼聞軼事記載綦詳，早期歷史則未曾述及，因此筆者深願在此稍作補充。

楊永泰，字暢卿，他是廣東高州茂名縣人，父名若增，早故。楊永泰是個遺腹子，未幾，他的母親也逝世了。所以楊永素是他的祖母撫養長大，而過繼給他的伯父楊史雲爲兼祧子的。由於他的伯母兼爲嗣母的蘇季瑞女士，溫淑賢良，教導有方，才使無父無母的楊永泰，開始步上他一生的康莊大道。他七歲入塾讀書，就顯現了迴異常兒的天賦，他不但能過目成誦，久久不忘，而且充份瞭解文義，每逢老師考問的時候，就唯有他對答如流，使大家頗爲驚奇，都稱他爲神童。

楊永泰十二歲應試，小小年紀，居然一試得售，中了秀才。這一次的嶄露頭角，對於他的一生影響很大。因爲中式未幾，清廷廢了科舉，賴他伯母排衆議，讓他到廣州，就讀於廣雅學院。那一年楊永泰才十四歲，成爲廣雅學院最小的一名學生。廣州是革命策源地，開風氣之先，廣雅學院的學生也不時爲不平的待遇而集會請願。楊永泰思想新穎，反應靈敏，年紀最小的學生反倒成爲一致擁護的學生領袖，屢屢的被推選爲代表。從這個時候起，他已經顯露出他的政治才幹。

當廣雅書院被清吏解散，楊永泰便毅然決然的離穗北上，考進了國立北京大學法律系，他在北大，並不算是用功讀書的學生，但却每逢考試，必定名列前茅。楊永泰和他的四位同班同學，後任北京司法院長的徐夢岩、廣東高等法院首席檢查官廖愈簪，還有一位地方審判廳廳長楊崑山，並稱爲北大法律系四傑。這一項榮譽，當然不是僥倖得來的。

北大畢業後，已入民國時代，楊永泰開始從事政治活動，會經膺選廣州諮議員、國民黨籍的衆議員，又與民初政壇要角李根源、谷鍾秀、張耀曾、周善培等組織政學會，起初以研究政治學術爲號召，漸漸的參與了實際政治行動。政學會的領導人物，向推楊永泰和李根源。後來，爲求自成體系，獨樹一幟，方始將遜清大吏，民初西南要人岑春煊拉了進去，也曾煊赫一時的政學系，便自此而成立。所以，當袁世凱陰謀竊國，洪憲稱帝，楊永泰就也在敦促岑春煊南下，籌設兩廣都司令部的衆人之列，他的政治活動範圍，從此由北而南。他當過兩廣都司令部的財政廳長，直到軍務院成立，袁世凱病死新華宮，黎元洪繼任大總統，楊永泰才隨同岑春煊北上，繼續擔任他的衆議員如故。

民國六年，孫中山先生倡導護法，楊永泰隨國會議員南下，擁護　中山先生在廣州成立大元帥府，由於桂系兵力強大，桂系軍閥陳炳焜、莫榮新，把持廣東軍政，楊永泰自然而然的也跟桂系軍閥合流，在他們的支持下，當過一任廣東省長，頗有一番興革。直到民國十年，桂系垮台，楊永泰便遠走上海、日本，閉門讀書。十七年北伐成功，方始東山復起，參贊國民革命軍蔣總司令戎幕，迭任豫贛皖三省勦匪總司令部祕書長，南昌行營祕書長，四川行營祕書長，頗獲今總統 蔣公倚重。民國二十三年元月，調任湖北省政府主席，他正欲施展平生抱負，展佈富國裕民經綸，而且也造出了點成績來的時候，詎料竟猝然遇刺，曾經和老桂系携手合作無間的政學系要角，竟然會慘死在西南方面賄買兇手的槍下，死時方祇五十一歲。所以當楊永泰的噩耗傳出，國人莫不深切惋惜，陡然興白雲蒼狗，世事多變的感歎。楊氏「以一介書生崛起政壇，竟罹暗殺之禍，是非不足論，然其爲傑出的非常人物，殆無疑問。」

後記：躲過一場天外橫禍

讀了喩舲居先生大著「楊永泰被刺記」之後，如煙往事，又復一幕一幕的映現在我的腦中，使我輾轉終宵不能成眠。尤其是想到我那些遭受刑詢同事的慘狀，更令我不寒而慄，心有餘悸。

眞是做夢也想不到的事！像他們那善良的小人物，會牽涉進這個轟動全國的政治陰謀凶殺案中來。而我竟能陰差陽錯的未受池魚之殃，這只能說是祖宗有德，所以天老爺在冥冥之中特意給我這樣一個奇妙的按排。

我當時是服務於陸軍獨立第三十四旅駐漢口辦事處，旅長羅啓疆，出身雲南講武堂，原爲黔軍袁祖銘所屬第一師王天培部團長。北伐軍興，旋因唐生智投効北伐軍，袁祖銘死於常德，所部星散，僅王天培率部投効中央改編爲國民革命軍第十軍，在津浦路作戰時，羅啓疆已升任第十軍第三十師師長。北伐成功，該師縮編爲一三五旅，羅不就任，由河北唐山棄職返黔，招集舊部，投効國民革命第二十二軍軍長賴心輝，任第四師師長。詎料賴心輝因公由漢口返防，道出宜昌，突被川軍劉湘，飭其駐宜警備司令郭翼，將他扣留，二十二軍羣龍無首，就此瓦解。羅啓疆因與湖北綏靖主任何雪竹（成濬）有舊，得其關說，改編爲陸軍暫編第十九旅，駐防鄂西恩施，後來再改爲陸軍獨立第三十四旅，調赴鄂北隨縣棗陽一帶勦匪。當時隨棗已成共軍的老巢，由襄陽經棗陽隨縣安陸到平漢路花園站的公路，已遭共軍破壞。羅旅接防後，埋頭苦幹，晝夜出擊，打了很多次拚命仗，不到一年，總算把這兩縣的共軍全部肅清，襄花公路也修復通車。隨縣是何雪公的家鄉，這當然使他非常高興。所以我們的部隊在那裏一駐四五年，都未他調。

民國二十四年七月，大股共軍由賀龍，鄺繼勛率領，竄擾鄂北，指向隨棗，我部守土有責，竭全力阻於隨縣之張家桃園一帶。這一仗雖然又把共軍打跑了，但官兵傷亡甚重，今 總統蔣公時兼豫鄂皖三省勦匪總司令，曾親蒞隨縣視察慰問，可見這次戰役的重要性。事後有一部份傷勢較重的官兵，就分送漢口就醫，其中有一位見習排長名叫譚文信，貴州松桃人，年齡約在二十歲左右，中等身材，學識不高，儀容俊美。他在漢口就醫期間，也常來辦事處玩，大家都是年青人，當然很容易親近。他傷愈回隊，并未復職，不久又獨自來漢，住在離辦事處很近的法租界京漢旅館。

就在這時，參謀長歐北川奉令調赴南京高教班受訓，并兼任南京通信處主任，經過漢口，交給我一紙命令，調我赴京工作，我十二萬分不願意去，一則因爲我在漢口住了四年多，從未他調，人地相宜，精神痛快，二則因這位參謀長是貴州苗族，尤其是要與他的家眷同住，更使我頭痛。但身爲軍人，命令之下，惟有服從，只好抱着怏怏心情，跟他走了。那知道一走，竟使我躲過一場天外飛來的橫禍。

政府處置公正嚴明

記得是九月初到南京，十月二十五日

漢口就鬧出了楊永泰主席被刺的事件，但我決未想到會牽涉到我們的辦事處。當時只覺很奇怪，爲什麽發出的電信，都好像泥牛入海，而同時也接不到外來片紙隻字。一直到十一月十日，才接到旅部電令，要我尅日返漢，等我到了漢口，方知刺殺楊永泰的凶手，就是譚文信，（喩舲居先生說凶手叫譚戎軒也許是化名）已當場拿獲。因爲兇手持用的護照是漢口辦事處發出，（其實後來已知道是凶手賄賂羅公館的僕人偸給他的），因此連累漢口辦事處長羅緒丞、軍需劉梓範、副官嚴子冰等全被逮捕。當我調南京時，所有護照密碼及重要文件都交嚴君保管，因此他的嫌疑最重，第一個受到嚴刑拷問，死去活來，但他矢口不招。幸好不到幾天，事態即已明朗化，他們還是被關了約三個月，罪證不足准予保釋，出獄時嚴君雙足仍不能行走，半年後方告康復。這裏面最幸運的當然是我了，將近五年都未離開漢口，恰巧在這個檔口上把我調走，使我逃過這場大禍，而讓這位到差不久的嚴子冰來替我，誠所謂命中註定，在刧難逃耶！我就是這樣又回到漢口辦事處，一直到抗戰中期武漢失守，我才回到部隊工作，那時部隊番號已改爲陸軍預備第十三師，在武昌補給新式武器及裝備，開到江西分宜整訓，升編爲調整師，再改番號爲陸軍第八十二師，撥歸第七十九軍軍長夏楚中指揮。不幸於參加二次長沙會戰後，師長羅啓疆竟因患盲腸炎病逝於岳陽黃岸市軍次，由副師長歐百川晉升師長。參加長沙三次會戰後，七十九軍奉命開赴緬甸作戰，歐於是時改調江陵師管區司令，由副師長林某（忘其名，是中央派來的）繼任師長。歐百川藉故拖延，未即移交，迨部隊由常德出發，行至漢壽縣軍山舖，他竟公然捆綁林副師長，率衆叛變（二四五團不奉亂命，獨隨軍部前進）。中央寬大爲懷。以抗戰方殷，爲顧全大局計，不忍將此一裝備優良的部隊，因私忿而受摧殘。乃採納九戰區薛長官岳的意見，派洞庭湖警備司令霍揆彰將軍親至常德石板灘，召集全體官兵，訓話安撫，幸未造成大害。歐百川仍按原令調職，另派吳劍平（貴州人）爲八十二師師長（我於此時脫離部隊轉入空軍工作）。從此以後，部隊內就時時製造問題，吳亦無法控制，直到劉禮仁接任師長，才穩定下來，大陸淪共，聽說他與歐率部投共了。

我曾編寫過八十二師隊史，所以對於系統上的嬗遞大事，尚能記憶。玆將其歷史及前因後果提綱挈領寫了出來，就可以清楚看出，這個部隊一開頭即淵源於西南，其間對於中央方面，若即若離，甚至敬而遠之，終於叛變投共。另一方面，據我所知，尙有（一）副旅長羅銳軍（廣西人）確是來自桂系，部隊資深的人，也都知道。（二）當兩廣事變，出兵湖南時，部隊正駐防貴州玉屛，羅曾電令辦事處，將他的眷屬移往漢口日本租界。從這些斑點，亦不能窺測全豹。

這次刺殺楊案件，旣經證實是「西南方面的政治陰謀」，偏巧這個凶手譚文信又是來自獨立三十四旅的幹部，那麽該部究竟是否直接與此案有關呢？未見公佈。但我們若從前述各方面去觀察，那就不難看出端倪，羅啓疆本人事前或許瞞着，但若謂部內那些偏西南份子都與此事無關，那未必盡然了。不過該部漢口辦事處所有的人，確是無辜，可見政府的處置，是公正嚴明的。

東北的蕭何

——王永江軼事

王慶吉

山繞雄城水繞山，漢秦殘壘暮雲間；春風橐筆三千里，月夜題詩第一關。劍底雄心雙淚熱，鏡中華髮幾莖斑；懵騰雲漢星辰睡，萬派潮聲落遠灣。以上是王永江氏的七言律詩，題目是「月夜過山海關」。

王永江、楊宇霆，郭松齡，號稱東北三傑，沒有這三個人，不僅奉軍不能揚威關內，日本軍人也可能早就動手了。垂涎東北三十餘年的日本野心家，到民國二十年才敢發動侵畧戰爭；這個時候恰是三位豪傑先後物化；楊宇霆和郭松齡最不幸，得到韓信同樣的結果；王永江是文人算比較幸運壽終正寢；但是去世的時候，也是在野而不在朝，亦可見事君之難矣，古人稱：「伴君如伴虎」，信哉言乎！今日溯國難之遠因，傷賢豪之凋逝，不禁感慨萬分矣！

王永江字岷源，奉天（今改遼寧）省金縣人，是東北一位傑出的政治家；眼光遠大，魄力雄厚；舉凡東北的新政；如革新警政，辦理保甲，振興教育，整理財政，創辦紡紗廠，築瀋海鐵路——由瀋陽至海龍，設公立醫院，成立瀋陽市政府，他還建議當局偃武修文，爲國家百年樹人之計，成立東北大學。岷公即以奉天省長兼任第一任校長，篳路藍縷在一片荒野之中，建立校舍與龐大的實習工廠。自民國十一年籌備東北大學，十二年正式成立開始招生，十五年春辭去奉天省長本兼各職，獨未辭東北大學校長。所以一直到十六年冬逝世止，是死在校長任內，在職逝世。溯東北大學之籌備及成立，適當第一次奉直戰爭，奉軍挫敗之後。當局爲雪恥復仇，恢復已失之霸權，生聚教訓，勵行勾踐政策積極擴充軍備，舉措既大，支應浩繁，而省庫收入有限，絀於應付，獨東北大學經費充沛，弦歌不輟。有時當適對用欵求而不得之際；張雨帥拍案大叫說：「後院辦事就有錢，我辦事就沒錢？」（當時督軍署在將軍行署，省府在其後，彼此有前後院之稱）。所謂後院辦事，不外本文前述之各項建設，尤以百年樹人之東北大學在事實看來，無關勝利，緩不濟急；而用欵甚多，豈不光火？於此可見東北大學之成立，王岷源氏用多大決心與毅力，任多少辛苦與怨謗；東北人士，尤其東北大學不可不知也。張雨亭氏雖拍案大叫，而仍能容忍。識者謂岷公之遠見與雨帥之度量，堪稱雙美，東北軍抗禦強鄰，縱橫南北，豈偶然哉？豈偶然哉？

某年東北大學學生公演話劇，措詞不愼，譬警察爲狗；以致造成學生與警察之小衝突，業已和解，事聞於岷公時仍在奉天省任內，即趕往學校集合全校師生訓話。省府各廳長等聞訊先後趕來，侍立左右，（按王氏在省長任內，上下班時，高級職員排隊送。）訓詞大意為大學之創辦成立，歷盡艱辛，警察同隸省府，為一家人，更應當互助互諒等……演講中間宣稱「請校外人避席」。一時省府人員鞠躬退出後續稱：「大學工廠的機器，（按大學工廠，廠房高大宏偉，廠房之內有鐵路數條，吊車可將鐵路機車，自甲線吊移乙線，機器購自德國，頗為充實。）別人也看着眼熱，楊鄰葛向督軍（按當時張雨亭氏已非督軍，仍沿舊稱而已。）說：「從德國花許多錢買的機器，交給學生擺弄，沒有幾天就弄壞了，豈不可惜！不如交給兵工廠，還能夠物盡其用。」督軍說把機器交給兵工廠吧！我說：「學生把機器弄壞，也是事屬可能，但是我們如果學會了製造，弄壞了舊的機器，自已造新的；要是不叫學生動手去學習，永遠也不會製造，永遠要向外國購買？」這才勉強維持機器未被接收。又說：「大學籌辦之初，日本領事來勸我們，不必辦大學，他仍願意開放南滿醫科大學和旅順工科大學，儘量多收中國學生……」內外交迫之環境，如此困難，讀書機會得來不易；應如何努力求學……」王氏講詞；有血有淚，聽者莫不感動。

民國十五年王氏下野，奉軍入關，奉票貶值，各機關薪俸階級，苦不堪；獨東北大學內地教授，仍發付現銀圓。前東北大學教授姚南枝氏，曾於某刊物言及此事，其幕後折衝斡旋之不易，可以想像，「誰知盤中飱，粒粒皆辛苦。」東大教授之現銀圓，當作如是觀。

王岷源氏下野返籍後，對東北大學雖屬遙領，毫不鬆懈，例如東大第一期曹樹鈞先生（現在台灣）入考試的名字是宋嘉厚，入學後於民國十五年申請改名，未為汪學長席珍批准，曹君乃直接上書遠在金縣之王校長，岷公手書慰勉，並准更名，此其一也。其次出身同濟大學之教授趙際昌（伯期）兼授省立第一工科高級中學德文，但因有違教授不兼外職之戒條，不敢應聘，亦由當時校長吳庭芝（字升嵐在台逝世）先生，以舊屬身份，呈送金縣，由王氏親批照准。岷公病後，東北大學及附屬中學每班派代表一名，去金縣探視，時已多日不見賓客，聞學生來探頗為高興，親自出見；並稱：「我的病是頭痛腦熱，沒什麽關係，你們回去好好唸書，我將來還要同你們一齊替國家作些事情……」孰知不久而左目失明，旋歸道山，人之云亡，邦國殄瘁，念懷前哲，無任惆悵！

甲午戰後，金縣淪陷於日本之手，王氏身歷異族壓迫，深感失地之痛苦，乃用其才智，化悲憤為力量，並學習日本明治維新後之措施，移用於奉天省政，使東北政治向現代化邁進一大步。孟祿博士批評中國教育說：「小學教育江浙不如東北，中學教育東北不如江浙。」當時東北大學尚未成立，故未言及。教育如此，其他可類推而知也。

走筆至此，憶及昔年奉天省議會，有杯葛金復兩縣議員之舉，金復州不肖子弟，難免有為虎作倀者。王氏大力支持，得保議席，當時論者。毀譽不一。「九一八」後，流亡入關，頻受歧視，始深知王氏當年心境之酸辛也！

王岷源氏之政治主張：「以為東北山環水抱，自成一區，而土地之廣，資源之富，均超越歐洲之大國，閉關自守，保境安民，埋頭建設，以求生存於強鄰覬覦之中，效法錢武肅王之偏安江浙，造福東南。內地紛爭決不參與，內地誰為盟主，遙致擁護。一隅之偏安，亦存國家之命脈也」。而張雨亭氏看法不同；第一次大戰後，聯軍統帥法籍元帥霞飛東來遊覽，携贈中國勛章二枚，分贈國務總理及張雨亭氏，益使張氏自視提高，在軍事上不作第二人想，遂有奉直戰爭，敗則須雪恥復仇，勝則待裂土酬庸。武將爭欲立功，策士尤待富貴，非有大智大慧，特殊聰明，亦實欲罷不能也。閱張雨亭氏末次入關，亦即王氏辭職之原因，當時奉直戰爭大勝之後，雖有郭松齡之變，而敉平甚速，元氣未傷，環顧中原，大有捨我其誰之感，開會研究作入關之佈署，當時開會一向由王岷源楊鄰葛分坐左右，大會已將結束，張雨亭氏忽然問起說：岷源今天一言未發？王答以我沒什麼意見，張氏又說：「不要看今天會開完了，但是你如果有意見，仍然聽你的！」王氏一再以「成事不說」爲言，張氏則再三促其發言，最後王氏始重申其保境安民，不入關內之主張。張雨亭氏作結論說：「好！一切照你的主張，不再入關。」但第二天張氏又下條諭，動員入關，部下欲富貴者多也。王氏政見不行，感古人「以道事君，不可則止」之意，憤而辭職，遞上辭呈，即返原籍，張氏自北京一再挽留，王氏稱「……江麋鹿之性，祇宜疏放山林……」迄未再返。而張氏入關未久復遭挫敗，而有黃姑屯之災，繼之以「九一八」之變，國事之壞，由此而滋！人才國之寶也，由今日之流離轉徙，中原陸沉。念昔賢之曲突徙薪，吾謀不用。不禁感慨萬千矣！北京政府當年屢次發表岷公爲內政部長，乃爲貫徹其政治主張，未離東北一步，即允許遙領，亦不肯居其虛名，大政治家之風度，固非常人之所能企及也，今 總統蔣公，於江西剿共時期，訪求王氏佐治人才；得當年民政廳長王明宇，爲國大代表兼輔仁大學國學系主任教授王靜芝先生之尊人，延見之後，頗思借重，未及發表，而王明宇氏遽因病殂謝，遂使岷公政風，永遠絕傳，良可惜也。

梁山伯的廟和墓

。戎行。

梁山伯與祝英台這一對生死與共，合葬一塚的恩愛情侶，相傳其墓地就在故鄉寧波，並建有廟宇供後人憑弔。

據傳說，梁祝當時讀書的地點，在浙江省的杭州府，他倆的家鄉，則在寧波附近。

故鄉有句諺語：「若要夫妻同到老，梁山伯廟到一到」。由此可見鄉人對梁祝恩愛相共，生死不渝的精神，表示何等的崇高與尊敬。

梁山伯廟在寧波西門郊外，約三十華里左右的鄉間，沒有公路，也沒有鐵道，僅有石板鋪砌的鄉村行人道可以通達，要不然，也能坐船去。

抗戰勝利的第二年，筆者帶着初到家鄉的太太，從大後方調回故鄉寧波機塲，會於假日偕妻兒專程前往瞻仰。

從寧波西郊，雇一隻脚划船，脚划船，船身狹長，僅能容納二三人，船頭上翹，船夫使用雙手划槳之外，並用雙脚撥動長槳，因此行船快捷，約一小時許就到達目的地。在廟前石砌的河埠頭上岸。（河埠頭爲寧波話，即靠河邊登陸用的碼頭。）

久慕的梁山伯廟，看來並不十分雄偉，前後共有兩進，是一個磚砌木造的建築，前進共有三個廟門，正門之上懸有「梁山伯廟」四個金字的木匾，進門兩廂，列有一般性的泥塑菩薩。大廳中央的神座上，則坐着一位白臉蓄鬢，和藹慈善，身穿紅袍木彫的梁山伯坐像。兩邊木柱及上方，均掛滿了對聯和橫匾，廟內客絡續不絕，香烟繞樑，多是雙雙對對的夫婦或情侶，同來誠虔禱告，抽籤跪拜。

後進建築，較前進稍狹小，共分三間，中間神台上，坐着一位頭戴鳳冠，身穿鳳袍，容貌秀麗，精神奕奕的祝英台塑像，在她的前面，香燭更是輝煌，善男信女，一對對的叩拜，口中念念有詞，想必在祝禱夫妻能夠同到老，保佑他們的意向。

右邊的廂房，陳列着琴棋書畫，書桌、書櫥、坐椅和茶几等傢具：據說是梁山伯的書房，左邊的廂房，陳設得非常精緻，正面爲一張紅漆彫刻的象牙凉床，掛着一頂花卉的夏羅蚊帳，右側靠牆，二口衣櫥，櫥頂有玻璃小櫥，內陳列着錫瓶錫壺等盛器，櫥旁有方形的櫥凳。左側近床邊有一張梳粧台，上有一面黃銅的梳粧鏡：大概梁祝那時還不會有玻璃鏡子，粧台的中央，放着一隻花瓷的洗臉盆，裡面盛水，並有不少的銀角子和其他的輔幣，據說這是給梁夫人祝英台買化粧品的費用。牙床上鋪疊着一條繡花緞被。二隻鴛鴦枕，據廟祝相告，每天爲他們整床疊被時，棉被尚有餘溫呢！當時筆者夫婦兩人，依俗會在牙床邊併肩坐了一會，據說將來可以夫妻齊眉。其實，梁祝恩愛情侶，却因愛而在年輕時去世，實在令人可惜。

出了廟門，往右拐彎，就是梁山伯和祝英台合葬的墓地，一塊石碑，一堆土塚的右上角，却用水泥做出一個花花綠綠的裙角，是據說當年祝英台出嫁馬家時，途經此處痛哭哀告，梁山伯顯靈裂開坟墓，祝英台跳入殉情，但被人扯住裙角，致這個裙角被合在墓外。這一個人工的裝飾，可能是根據傳說而安排的。

王岷源先生之事功與東北大學

曹樹鈞

東北大學創辦於民國十二年，首任校長為當時奉天省長王岷源先生。

岷源先生奉天省金縣人，舊學根底極深，工書法，面貌莊重和靄，頗似 國父孫中山先生，望之令人有敬慕親切之感。民初曾任遼陽縣警務長（縣警察局長），督率警隊，清勦股匪，頗有能名，洊升奉天省會警察廳長，負責建立警制，訓練員警，整頓戶籍，維持交通秩序，及保障地方治安，卓著勛績，頗為督軍兼省長張雨亭氏所賞識，不久擢任警務處長，對於全省警政，積極整頓，收效頗速，旋又調升財政廳長。

當時，奉天財政，尚未走上軌道，自民國四年十二月，督軍段芝貴離職時，携去現欵數十萬元，省庫即已空虛。張雨亭氏於民國五年，奉派為督軍兼省長後，行政費用及軍餉開支，頗感支絀。由於每年入不敷出，曾向日本朝鮮銀行息借鉅欵應急，債欵累積至金票（日本紙幣）二千餘萬元，約當三年之稅收數。據傳當時估計，以十年稅收節餘始能清償本息。張兼省長以岷源先生有治事長才，於調任財政廳長後，責以全權掌理財政。岷源先生獲得上峯之信任及全力支持，乃悉心擘劃，放心實施。

彼時財政上的要務，厥為開源與節流，同時並進。關於節流，為確定預算，堵塞數額過於龐大之臨時支出。關於開源，經長時深入研究，認為首須整頓稅收，剔除中飽。奉天稅收，當時以田賦（名為畝捐）為大宗，其次為貨物稅。關於田賦，因土地冊籍所載畝數，與實際情形，相差頗多，漏稅之數甚鉅，復予徵收人員以勒索中飽之空隙，乃設置全省官地清丈局，普遍重新丈量，結果，賦地增加頗多，同時實施畝捐徵收提成給獎制度，收數激增。關於貨物稅，則置重於調整稅捐機構、改進人事配備，提高比額，嚴予考成，並加強監督，陋規禁絕，中飽斂跡，稅收亦頗加多，於是每年約可增收九百餘萬元。復以日人經營之南滿鐵路及安奉鐵路，用地一再擴展，在其區域之內，我國稅務行政力量不能達到，又安東等縣隔鴨綠江與北韓接壤，延長五百餘里，凡在日本勢力範圍內之中日商民，多不納稅，甚至運貨持有日商發貨票者，亦須免稅放行。依當時（一九一八年），海關出入口統計貨價為二億六千萬兩，照稅率計，每年稅收損失頗鉅，岷源先生準備挽回，尚未收成，遽爾去職，民國十七年以軍費需要激增，主政者依其餘緒，運用各種方法，要求日本鐵路用地內商人照章納稅，並購用印花，在民國十八年及十九年，每年稅收竟增至二千數百萬元。）奉天財政逐漸走上軌道，實為岷源先生調任財政廳長之最大事功，在東北乃人所共喻。

岷源先生於整頓稅收同時，又鑒於當時幣制紊亂，奉天邊業銀行，吉林永衡官銀號及黑龍江省均各發行紙幣，因未按照規定，提存準備金，發行不免溢濫，以致錢法毛荒，商民交困。乃呈准當局，設置東三省官銀號，統一發行紙幣。幣制統一之後，金融趨於穩定，工商企業，日形活潑，於輸出貿易，更有良好影響。財政爲庶政之母，稅收金融，整頓收效之後，除行政費及軍餉開支外，頗有庫存，當局乃開始用以擴充軍事設備，發展交通及推動各項經濟建設，在此期間，岷源先生亦因功擢升代理奉天省長。

當時東北三省軍政已統一，但吉林財政，僅敷自給。黑龍江稅收較少，尚需奉天酌予補助，故東三省軍事交通及經濟建設費用，多由奉天負担，其初期項目如下：

（一）軍事方面，先後設置東北講武堂，航空處及航空學校，兵工廠，迫擊砲廠，被服廠及糧秣廠等。（二）交通方面，先後敷設打通鐵路（打虎山至通遼），瀋海鐵路（瀋陽至海龍），吉海鐵路（吉林至海龍）四洮鐵路（四平街至洮南），呼海鐵路（呼蘭至海倫）等線。（三）港務方面，創辦葫蘆島港。（四）工業方面，創辦奉天紡紗廠。（五）礦業方面，開辦日人所經營撫順、本溪、鞍山以外各礦。

東北地區，由民國六年至民國二十年，前後十五年間，建設飛躍進步，以與內地各省相較，十分突出，論者或不知其眞正原因及動力所在，實則係由岷源先生清丈土地，整頓稅收及金融之成功，奠定基礎。

上述各項建設，固屬非財不舉，但亦非人莫辦。舉國皆謂東北地區之大規模建設及鐵路交通，需才孔多，乃係就觀察所得而立論，惟東北當局則在實際上，遭遇人才不敷調配之苦。溯自着手開發，東北上下，從無排外之觀念，關於墾荒種植，招徠冀魯豫各省農胞移往耕做，厚予協助。政治上亦向由當局優禮邀攬內地各省人士前往服務，不分畛域，參與其事者，無不心悅誠服。惟因東北地區，氣候較寒，內地人士工作稍久，不無懷鄉思歸之念，頗多無法挽留。在經濟建設普遍展開後，中下階層所需建築、土木、機械、電氣、紡織人才加多，更感無法全由內地延攬。而與之配合改進之、行政司法、及涉外事件，所需政治、法律、經濟及外語人才，亦同感不敷分配。岷源先生高瞻遠矚，以東北子弟出國留學，或至平津寧滬各地就讀者雖已甚多，人數究仍有限，乃獻策當局，決定在瀋陽創辦東北大學，以宏造就。

東北大學之籌備及開學情形，東北籍人士現年五十以上者，多能言之，若干刋物，亦間有刋載，不待贅述。惟其創造緣起，則人或語焉不詳。回憶民國十四年（？）中日某項交涉（？）我方失利，奉天省城發生學潮，東北大學實居領導地位，工學院左院長制止學生外出遊行示威，致起衝突，幾爲學生所毆，風潮有擴大之勢。岷源先生爲釜底抽薪之計，擬以校長身份，親自到校訓話。左右之人以羣衆風潮，類多一時感情衝動，喪失理智，勸勿輕往，免遭非禮，岷源先生不以爲然，準時到校，登壇致詞，首先痛陳東北危機，及在國勢積弱之下，當局委屈應付涉外事件之苦衷，隨又解釋致力經濟交通建設，整軍經武及創辦東北大學之用意。希望全體同學，埋頭勤學，將來共同蔚爲國用，致力於雪恥圖強。他說：「我對東北大學的使命達成，盼望至殷，對於諸位同學的前途發展，希望最切」，因此，切盼萬勿荒廢學業，或竟至風潮擴大，流血衝突，爲謀我者所竊笑！全體同學對於岷源先生公忠體國，創校及愛護同學之誠，久所崇敬，親聆訓詞，見其披肝瀝胆，語重心長，無不深受感動，熱淚盈眶，風潮遽歸平息。

岷源先生家鄉，靠近日人所佔據之旅順、大連及「關東州」對於日人之所作所爲，耳聞目擊，所受刺激特深，故「國家民族」觀念，縈迴腦際，圖強雪恥之心，無時忘懷。民國十四年（？）奉軍再次入關之役，傳聞岷源先生曾向當局力諫勿再捲入關內政治及軍事的糾紛漩渦，以免瀋垣防務空虛，予謀我者以可乘之機，其意以爲在關外埋頭建設及不斷整軍經武，方足以抵制外力侵畧，當時並以去就力爭，惜當局另有計劃，未予採納，岷源先生遂乃去職。

岷源先生交卸奉天省長兼財政廳長後，當局念其勳勞，東北大學校長一職，仍令担任，直至憂傷臥病逝世爲止。假使當年諫阻入關之言論，能爲當局所採納，則東北的建設發展，必另有一番景象，九一八事變及隨後東北淪失，似可能不致發生。岷源先生以事與願違，竟至齎志抑鬱以歿。哲人云亡，邦國殄瘁，悲夫！

折戟沉沙記林彪（十）

岳騫

國軍方面佔領瀋陽之後，作戰目標自是沿中長路北上，攻長春及哈爾濱，收復整個東北，但留在南方遼東半島的程世才部却構成側面威脅，國軍要北上攻長春，非先肅清遼東半島不可。任何人用兵皆是如此。程世才有勇無謀，處國軍必爭之地，以共軍七旅兵力抗國軍全力，自難免失敗。

國軍當時作戰計劃以新六軍所轄第十四師，新編二十二師及配屬八十八師，由遼陽附近分三縱隊前進，保持重點於中央，依錐形迅速攻略要點，一舉攻克本溪湖。國軍指揮部同時派五十二軍一部由瀋陽南下，策應新六軍作戰。國軍右翼縱隊第八十八師（欠一團）任務在牽制共軍主力於太子河南岸，使中央縱隊便於作戰。四月二十九日右縱隊由譚家堡經湯河沿向大安平攻擊前進，三十日克响山子，進至老爺嶺附近，遭遇共軍第四縱隊吳克華部之抵抗，吳部憑藉工事堅強抵抗，雙方反復爭奪，血戰兩晝夜，國軍終於將共軍第四縱隊主力擊潰，五月二日克復老爺嶺，三日克湯河沿，四日進抵大安平，與中央縱隊會師。

國軍中央縱隊由新編第二十二師及十四師之第四十團組成，計劃以主力先擊潰皇姑墳、大嶺谷附近共軍，奪取了大河沿、鷄冠山等外圍據點，乘共軍主力未集結之前，一舉攻佔本溪。以一部渡過太子河向大安平攻擊，與第八十八師會師之後，即作為軍預備隊。

中央縱隊於四月二十八日至沙滸村集結完畢，二十九日開始攻擊，第四十團由右翼渡過太子河，連續攻佔大瓦山、連刀灣，擊破共軍第四縱隊十二旅江燮元部。五月四日克大安平，與八十八師會師，突破皇姑墳、上缸窰及大嶺各等地共軍，擊潰共軍警衛團，四月三十日續攻佔大河沿、鷄冠山等據點，擊破共軍第三縱隊第八、第九兩旅。五月一日即向本溪西南山地共軍主陣地進攻，共軍也堅強抵抗，並從大安平方面抽調四團兵力增援，國軍則奮勇衝擊，激戰至二日晚，反覆攻擊十餘次，終將共軍陣地突破。同時第五十二軍之一部，亦沿瀋安路南下，進抵本溪以北之火連寨。至此國軍合圍之勢已成，空軍更大舉轟炸，予共軍精神上極大威脅，共軍終於不支向南退却。國軍於五月三日攻佔本溪，續向太子河南岸追擊，五日佔領橋頭，黃泥山各據點，戰鬥任務完全按計劃完成。

國軍左翼縱隊由十四師組成，但欠第四十團，任務由達連溝經灰窰攻佔唐家堡及高家堡之後，構成堅固據點，阻止共軍南下增援，掩護軍之左側背，使主力方面更易達成任務。

左縱隊於四月二十九日由達連溝攻擊前進。三十日克唐家堡，九月一日克高家堡，二日克宮保山，即在當地構築工事，掩護新編二十二師左側背，及至二十二師攻克本溪後，左縱隊即於四日轉用太子河南岸，參與主力追擊戰鬥。

這次本溪戰役首尾不足一周，國軍順利攻佔本溪，共軍傷亡重大，據國軍方面公佈，是役共軍共傷亡一萬七千一百名，被俘一百三十五名，國軍傷亡官兵七百八十九員，失踪十四員。這是國軍出關後，眞眞同共軍打的一次陣地戰，也是國軍打的最有價値的一次勝仗，由於計劃周詳，對敵情判斷正確，尤其是新二十二師行動快捷，在共軍主力尚徘徊於太子河南岸未能集結時，即一舉突破共軍陣地，攻抵本溪湖附近，及至共軍明白國軍企圖，再增援反撲時，已陷於被動，此役最大成就在於壓迫共軍在不預期地點與國軍作戰，不論地理與兵員皆失掉控制。以相同的情況對陣，共軍自不是國軍對手。

然此役也看出共軍作戰特色，如傷亡官員一萬七千多人，但被俘有一百三十五名，簡直不成比例，由此也可以看出共軍控制嚴密，官兵每次作戰除戰死之外，極少能脫離部隊，被俘機會尙少，投降機會更無。

這次戰役爲杜聿明指揮，戰畧運用恰到好處，所以在新二十二師一舉攻抵本溪河，共軍即陷於被動，以後在東北作戰，國軍能取得主動機會則不多。

不過，這次共軍雖然傷亡慘重，國軍並未能達到聚殲共軍的目的，程世才率部繼續向中韓邊境退，在摩天嶺一帶構築工事，仍然成爲國軍威脅，祇是威脅力稍爲減輕。

此時林彪已逐漸得蘇軍切實援助，雖然林彪與馬林諾夫斯基之間仍然不洽，但中間負責外交折衝者，則爲中共有名人物李立三，當時剛自蘇聯囘國，改名李敏然，就留在東北担任林彪的政治顧問。

李立三在蘇聯留了十六年，受盡折磨，思想已完全搞通，史大林因此將其放囘，中共七大也選出李立三爲中央委員，當時李立三聲望甚高，皆以爲是新國際派領袖，實則曇花一現，很快就被毛澤東打下去。但李立三出現東北，確實給予林彪很大方便，以後高崗與蘇聯之間發生聯繫，開始也是李立三從中拉攏。

本溪戰鬥，共軍遭到失敗，當時國軍出動部隊爲新六軍與五十二軍，均屬美式配備精銳國軍，程世才雖善戰，但裝備不如國軍，在戰畧上也失了先機，國軍新二十二師爲入緬部隊，鄭洞國，邱清泉均曾担任此師師長，不但武器精良，官兵鬥志也旺盛，當時担任中央縱隊，攻勢發動後，迅速奪取了大河沿、鷄冠山等處據點。共軍未料國軍行動如此之快，兵力尙未集結，新二十二師已攻入本溪。此一戰役本以本溪爲重心，本溪既克，共軍失去作戰目標。新二十二師攻佔本溪後，原附屬該師之第十四師第四十團，又渡過太子河，擊破共軍第十二旅江燮元部，江燮元出身林彪紅一軍團，爲林彪嫡系將領「九大」當選中央委員，並任新疆軍區副司令員，作戰亦以慓悍出名，此時所部一旅（應有三團）竟爲國軍一團所擊敗，可見國軍戰鬥力之强。

是役國軍於四月二十九日發動攻勢，五月四日即告結束。國軍方面宣佈共軍傷亡一萬七千一百名，被俘一百三十五名。國軍傷亡官兵七百八十九員，失踪十四員。

國軍入東北之後，要以這一仗打得最精采，所以能獲得豐碩戰果，因爲本溪距瀋陽、遼陽甚近，國軍對當地情況比較熟悉，新二十二師運動快捷，一舉攻入本溪，迫使共軍在不預期之地作戰，軍事上失了先機，處於挨打的地位。

國軍攻下本溪時，北線戰事正在惡化，林彪部已佔領四平街至長春一線。東北自從日本投降，即由蘇軍進駐，蘇聯當時就派出專業人員兩千多人，至東北拆遷機器，日本在東北十四年經營，已有重工業基礎，全被蘇聯拆去，不能拆的予以破壞。沿鐵路線城市皆由蘇軍駐紮，及至中國政府派出大員抵達長春，蘇聯方面又向東北行轅主任熊式輝，行轅經濟委員會主委張嘉璈要求共同開發東北資源，並提出一項備忘錄，所列條目巨細不遺。中國政府正因簽訂中蘇友好條約，承認中蘇共管中長路，蘇軍繼續保

有旅大，受到國人詬病，自不肯再接受蘇方共同開發東北資源的條件。於是蘇方對中國政府接收東北即百般刁難。熊式輝帶了一批行政人員於民國三十四年（一九四五）十月十三日抵達長春，是時長春由蘇軍駐守，蘇軍總司令馬林諾夫斯基元帥的總部就駐長春。熊式輝一行抵達後，雖在蘇軍保護之下，但本身也有一個小型部隊，負責行轅警衞。此對共黨分子已在長春市內公開活動，不過當時林彪尚未到達，在長春附近活動的共軍指揮官周保中。

熊式輝在長春一籌莫展，要求自關內空運部隊來長春，又爲蘇軍拒絕。根據「中蘇友好條約」，蘇軍須在日軍投降後三個月內開始撤退，熊式輝担心蘇軍一旦撤退，自己一行就變成共軍俘虜，既然在長春打不開局面，就想在蘇軍撤退之先撤出長春。

其實當時情勢對國軍仍然有利，因爲蘇軍所能控制的只是鐵路線，鐵路外二十里即非蘇軍勢力所及，控制在擁護中央之地方團隊手中，再加上徬徨無依的二十萬僞滿軍，也希望政府能給予正式番號，熊式輝如果有作爲，可以秘密派人同地方團隊，僞滿軍聯絡，給予正式番號，命令他們一旦蘇軍撤退即搶先開入長春維持治安，以距離之近，而這些部隊又急於自效，一定可以在蘇軍撤退後搶先佔領長春，如此則林彪力量根本不能侵入北滿，想在東北生根就難了。

但熊式輝這個人是個典型官僚，長於肆應貪緣，太平時代作一個封疆大吏，也可以無災無難，名利雙收。遇到這種定大難，決不疑的場合，他即使有此智慧，也無此勇氣，因爲還要以地位甚至生命相搏的，如果有了失閃被共軍俘去，即使不死，今後的政治前途也完了。

同時其中可能還有一項秘密，當時任行政院軍政部長的陳誠，一向主張精兵主義，認爲勝利後關內的雜牌部隊都應當大事削減，又何況僞軍。勝利後裁兵政策自是百分之百正確，但問題要看是否眞的勝利了，如果似英美一樣，日王裕仁廣播投降之後，馬上全線戰爭停止，自然可以定期復員，裁減兵員，但中國不同**，中國事實上在內戰，對方在擴軍，自己却裁軍，所裁官員又無**法解決生活問題，只有迫使投向對方了。

熊式輝與陳誠在政治上是寃家，陳誠此時手握兵符，主管全國軍政，熊式輝不能不想到如果自己在東北秘密編組了僞滿軍，到時陳誠不承認，就變成一步死棋，非連帶要影响了現有的地位。

今日平心論此事，如果熊式輝一到東北就着手編組僞滿軍，陳誠一定反對，最後鬧到最高當局面前，吃虧的必是熊式輝，熊式輝可能因此丟官，但東北局勢則不會惡化，整個大局也就完全不同。熊式輝是聰明人，這種地方他不會看不到，但是在利害關頭，以自身地位與國家前途相比較，自是自身地位重要，只要不犯錯誤，聖眷不衰，東北行轅主任不能幹，尚有其他官可作，權衡利害之後，熊式輝終於毅然決然率領行轅人員又撤回北平。

熊式輝撤走之後，在北滿的地方團隊及僞滿軍失去與中央政府聯系的對象，在共黨游說下，紛紛加入了共軍行列，成爲林彪的主力，以後由長春打到海南島，都有這批人在內。熊式輝撤走之後，長春市內只留下吉林省政府人員，蘇軍撤退後，被共軍攻下。

蘇軍由長春撤退時，林彪尚在南滿，北滿軍事由周保中負責，政治方面負責與蘇軍聯絡的則是李立三，此時則改名李敏然。

李立三這個人，研究過中共黨史的人對他都不陌生，他是在民國十九年（一九三〇）被放逐去莫斯科，實際上是莫斯科第三國際來電召去的，李立三去時並未料到共產國際會長期羈留他，但也担心不能馬上囘來。因此在動身時，由中共中央出名給共產國際寫封信說：「我們派立三到莫斯科是爲好些組織問題，我們請求，他作完這些事就囘來。」（布爾塞維克雜誌四卷三期，此處轉引郭華倫著中共史論第二冊一〇八頁）。李立三到了莫斯科之後，受到共產國際領導一致嚴厲抨擊，最後由共產國際書記處書記，二次大戰後担任烏克蘭外長，屢次出席聯大的曼紐爾斯基作總結說：爲着罰立三同志起見，要他在這裡進一布爾什維克的學校，要他了解自己錯誤的實質，不是隨隨便便的造成，而是在日常工作中去學習。我想中央雖然只叫他來作報告，可是現在他不用回中國去。立三同志應當在這裡留這麽幾個月，同着共產國際糾正他自己的錯誤（註同上）。

李立三就這樣留在莫斯科糾正錯誤，一留竟然留了十五年。這十五年中，李立三受盡了折磨，開始一個階段是生活的折磨，因爲共產國際只是決定把他留下，並未對他的生活有所照應，也許是有意安排的勞動改造，李立三只得自尋生活門路，曾經作過小工，也挨過餓，那時正值俄國經濟最困難時期，成千上萬俄國人都餓死，何况他這個中國人，當時未死在莫斯科眞是萬幸。

以後陳紹禹任中共中央駐共產國際代表，共產國際就把李立三撥給陳紹禹調遣，這以來李立三的日子更加難過。據李立三自己後來說：我在王明同志直接領導下工作了七年，好像是過了七年小媳婦的生活，終日提心吊胆，謹小愼微，以免觸怒，但還是不免經常受到斥責（一九五六年九月二十三日在中共「八大」發言）。

也就由於李立三這份忍辱負重的精神，得到了史大林的賞識，一九四五年中共召開七全大會，李立三尙以待罪之身在莫斯科，突然在七大當選了中委，不必說外人覺得奇怪，李立三自己也莫名其妙，據李立三自己說：「在一九四五年底，忽然接到通知說，我當選做了中央委員。這完全出乎意外的事情，當然給了我莫大的興奮，但是完全不知道究竟是怎麽一回事（註同上）。

李立三當選中央委員，自是史大林所授意，一九四六年初，李立三便以林彪政治顧問身份進入東北，改名李敏然，非常受到共黨幹部尊敬，當時在國軍據守城市，與共方有時還展開談判，共方也有代表駐在當地，但人人見到李敏然都非常恭敬，聽受指示，當時住在瀋陽的共方代表有饒漱石，王首道，在中共黨內也都中委、候補中委，但一見李敏然，完全是下級對上級的態度。這樣就引起了大家、尤其是新聞記者的好奇心，不知這個李敏然究竟是什麽人，最後終於查出原來是李立三。

當時國內報紙有一個很大錯誤，都以爲李立三與陳紹禹均是國際派，林彪也同這一派接近，實際情形當然頗有出入，陳、李都親蘇，但陳、李本身就是寃家，林彪是否親蘇，大成疑問。而史大林把李立三派回東北，未嘗不有監視林彪的作用，故林彪在東北一旦站穩了脚步，李立三又銷聲匿跡了。

蘇軍撤退之後，共軍佔了長春，沿中長路向南推進到四平街，構築工事，準備與北上國軍對抗。國軍在收復瀋陽之後，繼續北進，一場進攻長春的大戰，便正式發生。

勝利後，國民政府將東北三省改劃爲九省，在舊遼寧省北部，吉林省南部劃出一遼北省，省政府設在中長路要地四平街。首任遼北省政府主席爲劉翰東。在蘇軍全線撤退時，當地本有保安隊接防。共軍乘虛發動進攻，集中主力先攻四平街。四平街地勢本險要，但國軍沒有到達，地方團隊兵力又單薄，一戰爲共軍攻下。共軍攻下四平街之後，截斷長春與瀋陽交通，再集中全力攻長春，此種戰術共軍最擅長，在江西時如此，勝利後與國軍作戰一直沿用，先截斷線，孤立點，然後逐個吃掉孤點。

國軍當時尙在瀋陽，共軍在本溪、安東一帶又集結大部兵力，瀋陽已處於腹背受敵之勢，但又不能不設法援救長春。東北保安司令長官杜聿明乃親自指揮部隊沿中長路北上，解長春之圍。沿中長路北上國軍，第一步要先攻下四平街要地。

杜聿明當時作戰方針仍分三路：

一、右翼兵團「新六軍（轄第十四師、第二零七師、新編第二十師）配屬第八十八師。」由本溪鐵道輸送至開原，經西豐、平崗，迂迴四平側背，協力中央兵團攻略四平後，分沿伊通，海龍向永吉合擊。

二、中央兵團「新一軍（轄新編第三十師，新編第三十八、第五十師）配屬第一九五師。」由瀋陽沿中長路攻擊前進，佔領四平街後，即向長春追擊。進出於松花江南岸。與右翼兵團連繫，將共軍壓迫於松花江而殲滅之。

（未完待續）

本刊一至廿四期分類目錄

香港詩壇

亦園賜和卽事疊韻賦報

涂公遂

無爲進取兩茫茫。吾黨何人狷與狂。已分餘生忘故我。不嫌四海是他鄉。風雲幾見龍蛇變。晹雨空憐鷸蚌傷。海客揚帆烽火裡。年年拭淚話南荒。

頗惜賈生費萬言。深宵讀史一燈昏。追傷屈子沉湘水。不及相如入懟門。一枕繁華聽夢語。百年陳跡看潮痕。臨安八代無城郭。海角居然片石存。

欲展奇懷未覺痴。長河沉濁有淸時。晶瑩魚目行看慣。紛落鴻毛曷足悲。啼笑故人消百感。古今名手不同棋。欲攀宋玉商秋感。又到黃花九日期。

坐倚星河待月生。靜噓海氣對山楹。歌吟自識浮生趣。枯槁何須後世名。偶爲管絃傷往事。最憐文字結高情。杞憂屈問俱無益。空想天塡萬壘平。

次韻酬公遂亦園卽事

李任難

鷄鳴不止世迷茫。雨箭風刀着意狂。紅淚滴殘仍有恨。白頭飄泊已無鄉。晨昏惟侍高堂笑。歲月長居異域傷。片席能容天亦厚。小窗甯負硯田荒。

劉季當年病大言。夕陽今已近黃昏。山川何罪罹兵刦。荆棘無端集國門。牯嶺霜嚴徒耐冷。榆關雪厚枉留痕。天涯此日長相憶。但願金甌永保存。

花前月下笑情痴。瑟瑟金風玉露時。獨往獨來吾自樂。爭王爭霸世方悲。尋秋遙指天邊雁。呼友同敲夜半棋。可喜交知多健在。高齡茂德兩相期。

曠代才人又挺生。搖天翠柏勝華楹。江西詩派鍾奇氣。浙海潮聲負盛名。筆陣堂堂驚俗世。茗邊娓娓仰幽情。玄絲雖去何須惜。應有雄心尚未平。

次亦老酬公遂卽事四律原韻

黃志鴻

風濤無限思茫茫，晞髮行吟客欲狂；避刦難存三畝宅，居夷詎作百年鄉？堂堂人物驚心盡！莽莽河山舉目傷，舊巷斜陽雙燕子，那堪巢落復兵荒。

朝野淸談轉默言，未妨坐茗度黃昏；浮雲變幻終依岫，驕雨縱橫欲撼門，彈鋏歸來歌有怨，落花飄去夢無痕，何如寄傲籬邊菊，霜後孤芳晚節存。

結習難除一輩痴，蛾眉偏妒恐非時；天開文酒當今盛，物競奢華末世悲！祇嘆狂飈吹短燭，誰安磐石轉危棋？滿樓涼雨家山遠，歸掃松楸負所期。

相逢海溢刦餘生，百萬崇樓對短楹；賴有詩書撐傲骨，長留肝膽照交情，中年漸覺繁哀樂；多難猶思隱姓名，閒把與圖看仔細，重光何日卜君平？

前題

藍戒三

往事前塵已渺茫。慣將詩酒付疏狂。從無我意隨人意。應是他鄉勝故鄉。自作多情原可恕。未能免俗抑何傷。每於靜處探玄奧。勤補空虛拙補荒。

秋山遙對竟無言。草色濛濛樹色昏。皓月當窗開萬卷。繁燈映海望千門。怕看世態新花樣。喜見家書舊酒痕。撿點情懷堪慰藉。義方教子一經存。

大智若愚我學痴。虛懷處世足趨時。偶逢舊雨劉伶醉。不問秋風宋玉悲。剛讀經書柔讀史。閑觀雲月靜觀棋。遊踪何日棃山去。莫負櫻花盛放期。

東窗爽氣月華生。入戶通明照兩楹。懸腕方知今日勁。揮毫不負舊時名。客愁湖海三秋夢。友誼雲天萬里情。世外桃源無覓處。香江歌舞正昇平。

癸丑中秋屏東待月

徐義衡

宿雨喜初晴。親朋坐環列。皓魄越山來。淸輝皎如雪。爆竹也揚聲。老幼齊欣悅。美槎一再登。桂兎均誕說。團圓敎人親。永不分畛域。

天台同待月。遙遙望大武。冰華漸澄澈。千樹被銀光。火花冲天發。昔說有嫦娥。証無廣寒闕。澄淸此神謎。淸輝示人潔。

瓜果錯雜陳。天高雲路闊。玉鏡掛藍天。歡聲起閭闔。愛月同此心。衆心疑未決。無水無物生。更愛明蟾切。普照示大同。

屏東對月

金風勁掃濕雲殘。朗朗晴空掛玉盤。大武巍峩凝翠黛。小齊幽靜溢淸寒。團圓永繫千家望。皎潔長垂萬里觀。我是天涯流浪者。月明總在客中看。

屏東賞月　調寄鵲橋仙

濕雲盡去，金風多勁，大武蒼蒼凝影，朗空千里淨無塵，招望眼，高懸明鏡。

淸輝似水，深情如夢，照向人寰同慶，陰晴圓缺幾何時，應記取，天長地永。

編餘漫筆

編者

這一期有兩篇重要性歷史文獻，一篇是「一字之誤歷史浩刼」，此篇是相當秘密的史料，過去雖然隱約有過傳說，但始終未見有系統的報導。看了這篇文字，眞使人浩歎，如果沒有這一字之誤，日本人固然不會吃原子彈，蘇軍也未必來得及參戰，日本就投降了，中國可以保存一個完整的東北，則今日的中國與整個世界形勢都完全不同。則此一字之誤，實聚九州十三縣之鐵無法鑄成，在日本是惡有惡報，中國却眞被日本累慘了。

關山月先生之關東軍覆滅，也是一件珍貴史料。從這篇文字中，可以看出關東軍爲禍中國，雖在日本投降後並未終止。竟然參加了中國內戰，一直打到海南島，這眞是寃孽了。

「胡政之與大公報」一文，首次刊出即得到各方讚美，這確是一篇好文章，兼文與史二家之長，但作者久住台北，對大陸情況稍有隔膜，凡有引用錯誤者，編者當另加註解，以供參考。因本刊傳統除年月日時人名地名有誤，隨時予以改正，此外決不更動作者原文，以存其眞。對陳先生文字，更不敢輕易改動。

用五先生在本刊連續發表有關汪精衛方面人與事，因文學誠樸，材料眞實，深受讀者歡迎，本期憶陳春圃一文，更有價值。

劉已達先生「蔡銳霆一門義烈」一文，由台北寄來，係根據各方面史料，加之劉先生與蔡氏既屬同鄉，又通家至好，此文寫蔡氏爲人眞偉丈夫，至今讀之，猶有生氣，惜乎所有檄袁氏文，其中定有脫字，編者爲此特查革命文獻，亦然，是眞不可解矣，由此亦足見保存史料之難也。

本期並刊出有關楊永泰與王永江兩氏有關文字四篇。兩人平生頗有相同之處，兩人均有命世之才，均獲當道知遇，本可有所作爲，惜王永江所輔之人，畢竟出身草莽，不諳大體，忽保境安民之旨，蹈玩火自焚之禍，王氏亦終老家園，長才未展。楊永泰則因才高遭忌，終死於自己同志之手。至今仍有人痛詆楊氏，誠然楊氏之政治操守及私人行爲，均有不檢處。但我輩老百姓祇問當政者有沒有能力，能不能爲國家辦好事，爲人民謀幸福，其私德則屬小節，於我等小百姓無干。

大抵國家用人，能才德兼備者最佳，否則寧可取其才，而不可採其虛名。如果其人品德甚佳，而一事不能辦，辦一事壞一事，則較貪贜枉法者更有害國家。在台北去世之胡宗南，即屬此類代表人物，本刊不久當發表專文，以論此事。

本社即將出版新書

一、謙廬隨筆，此書係日人矢原謙吉醫生遺著，矢原醫生久居故都，遍交中國北方政壇顯要，所記有勝國遺聞，有北洋舊事，皆屬親見親聞，詳實可信。矢原醫生雖係日人，但漢文造詣，不遜中國學人，文字簡練，筆觸細膩，所述當代人物，三言兩語，刻劃入神。最難得者，厥爲矢原醫生並非國人，與中國當道無恩無怨，祇就所知，隨筆記載，初雖遺與之作，並無傳世之意，故無個人成見存乎其間，讀之但覺韻味無窮。大戰期間，矢原醫生由華至德，由德而美，烽火連天，滄桑屢變，是書藏之篋中，竟未受損，是知名山之作，或有神物呵護也。

矢原醫生久歸道山，是篇經其公子愉安君交本刊發表，一經問世，譽滿寰球，各地讀者交相推崇，後來還囑出專書，當即重加整編，並請其公子愉安君審閱，列爲本刊叢書第一種，不日即將出版，特此預告。

二、妖姬恨，是書爲岳騫著，記述中共文化大革命事，以小說體裁出之，原載某刊，現已重新整理，不日即將出版。

掌故

月刊

27

野史·佚聞·人物·風土·

一九七三年十一月十日出版

掌故月刊 第二七期 目錄

每月逢十日出版

掌故

第二七期
中華民國六十二(一九七三)年十一月十日出版
每册定價港幣二元正
全年訂費港幣二十元 美金六元

出版兼發行者：掌故月刊社
地址：九龍亞皆老街六號B
電話：K八〇八〇九一

The Journal of Historical Records
6B, Argyle Street, Mongkok, Kowloon, Hong Kong.

督印人：鄧少卿
總編輯：岳騫
印刷者：和記印刷有限公司
新蒲崗景福街一一〇號超達工業大廈十樓
總代理：吳興記書報社
香港租庇利街十一號二樓
電話：H四五〇五六一 H四五〇七六六
星馬代理：遠東文化事業有限公司
新加坡廈門街十九號
檳城杳田仔街一七一號
泰國代理：曼谷青年文化服務社
曼谷黃橋東北路五六六號
越南代理：聯興書報社
越南堤岸新行街二十二號

其他地區代理：
澳門：可大文具店
亞庇：利民公司
千里達：中華公司
菲律賓：華安書局
倫敦：東寶公司
芝加哥：杏林春
波士頓：中西公司
三藩市：新生圖書公司
元藩市：益智圖書公司
加拿大：香港商店
漢城：汎亞書籍公社
寮國：永珍圖書公司
斗湖：光明書店
菲律賓：玲瓏書局
紐約：友聯圖書公司
紐約：友方圖書公司
洛杉磯：永安堂
檀香山：大元公司
三藩市：文化商店
加拿大：新國華公司

韓旅長斗瞻遺蹟

附事畧

張學良題

緣起

蘇俄違反協定以重兵侵我邊疆東北陸軍第十七旅旅長韓公斗瞻奉令守扎蘭諾爾苦戰兩晝夜卒因衆寡不敵利器懸殊於民國十八年十一月十八日竟以身殉同時團長林公選青張公季英及校尉士卒死者至數千人噩耗傳來

司令長官張公爲之震悼東北人士無論識與不識莫不泣下沾襟蓋公之忠勇感人者深矣

司令長官亟謀褒卹並命蒐集公之生平事跡刊布流傳用彰忠烈惟以時間迫促採訪難周僅就公之親友所述及見諸公牘函札者稍爲編次並擇其與此次戰役有關之函札若干件付諸影印雖碎錦零縑未能遽窺全豹而忠肝義膽已流露於字裡行間至公之公牘其餘手翰以及詳細事跡一俟蒐齊當續付梓俾垂不朽云爾

民國十九年三月二十五日　編者識

守邊殉國陸軍中將韓光第傳

第一節　人物之價値

有一鄉之人物。有一國之人物。有一時之人物。有千古之人物。有生榮之人物。有死哀之人物。人物同也。而其精神所占之空間時間。千差萬別。故其影響之及於天下後世。亦千差萬別。父老褒其美德。鄰里傳其軼事。此一鄉之人物也。然小忠小信。不足爲國家之重輕。量才九州。奚啻太倉之一粟。閭里之外。誰齒及焉。此一鄉之人物。不足以爲一國之人物也。細針密縷。治事有綜核之才。夜寐夙興。從公凜愼勤之訓。同僚稱爲斲輪老手。長官倚爲得力人員。此一時之人物也。然無豐功奇節足以激盪天下之人心。易世之後。衡才者不復談其行誼。讀史者無暇記其姓名。一瞑之後。遂與草木同腐。此一時之人物。不足以爲千古之人物也。位至卿相。宗族引爲光榮。家擁素封。故舊仰其鼻息。既富且貴。福莫大焉。此生榮之人物也。然有官階而毫無建白。青史不載宰相之名。擁巨產而只知守財。口碑不傳富室之事。蟪蛄委蛻。與世何關。既無甘棠之遺愛。誰撫弓劍而懷思。此生榮之人物。不足以爲死哀之人物也。人物之在空間時間上。其精神所占領之縱的範圍。與橫的範圍。既各異其分量。而緣所占範圍之廣狹。其價値之高下。即隨之而分。故由空間而論。其所占之範圍窄者。即國家之小人物也。其所占之範圍廣者。即國家之大人物也。由時間而論。其所占之範圍短者。則國家之小人物也。其所占之範圍長者。即國家之大人物也。國家需才。無論何種人物。皆堪策用。所謂木屑竹頭。可作戰爭之器。牛溲馬勃。均爲藥料之資。人物之器量雖小。亦自有用途。固不得而輕之。雖然當泯棼胥漸之秋。欲振起一時之人心。轉移社會之風氣。億兆小人物不能爲力者。往往得一二大人物。而遂能奏其效。故國家得千百小人物。不如得一二大人物。而人才器量之大小。即視其精神所支配之空間時間何如。衡才者。覘其支配之範圍。即可以定其價值。明乎此然後可以論守邊殉國之韓光第。可以知韓光第之死之價值。

韓光第何如人也。此民國之干城也。此黃種之烈士也。吾不敢知日。韓光第之軍事智識。果卓越尋常。然民國十九年來。能對外禦侮。至矢竭弦絕而不肯少退者。只有韓光第一人也。能以孤軍當數倍之強敵。日以愛國大義。策勵將士。卒偕殘卒爲守土而犧牲者。只有韓光第一人也。自甲午以後。士氣銷沉。全國將領。一聞外兵。幾於談虎色變。獨韓光第能以少禦衆。使強敵死傷相當。得不償失。覘國者知今日尚有能爲國犧牲之軍人。國民精神。爲之一振。故韓光第非只一鄉之人物。乃一國之人物也。韓光第今死矣。然殉國大節。炳若日星。他日有修民國對外戰史者。其開宗明義第一章。必讓韓光第高坐第一席。民國萬歲。即韓光第之名亦萬歲。無論時勢變遷。傳至何代。而讀民國對外戰史。韓光第之聲價。終列第一卷第一頁。故韓光第非只一時人之物。乃千古之人物也。人誰無死。然死或重於泰山。或輕於鴻毛。試一檢全國死亡統計表。每日之謝世者。車載斗量。何可勝數。然與國家社會無關。輕如鴻毛。誰樂管此等閒事。獨韓光第之死。薄海同悲。留心國事者。孰不洒雙眼之淚波。哀此將星之遽隕。奪我元良。普天共痛。後死之士。爲賦同仇。故韓光第不必爲生榮之人物。實爲死哀之人物也。讀十九年來混亂之政治史。閱牆之內戰史。神州沉沉。有如長夜。國民之失望極矣。不圖霹靂一聲。忽放異采。猶有韓光第其人者。執干戈以衛社稷。專爲國難而犧牲。於是知軍界未嘗無人。而我民族之精神。固尚未死也。嗚乎、十九年之戰爭。其死於沙場者。何可勝數。然目的在禦外侮。以一死明守土之責任。以一死勵同袍之敵愾。以一死轉移國人捨內對外之心理。曠觀全國。只有韓光第一人焉。此眞民國之恥辱也。雖然。尚有韓光第其人焉。則猶是民國之光榮也。

韓斗膽將軍遺像

堂堂勳旅
衛國執戈
捐軀赴難
氣壯山河
恒幹易毀
令名不磨
威儀照世
冠劍嵯峨
劉哲拜題

第二節　韓光第之家世及其履歷

韓公、諱光第。字斗瞻。先世居金州。清中葉遷於吉林雙城縣西鑲黃旗頭屯。家世務農。父英貴公始業儒。累官至旗署佐領。民國元年當選縣議會議長。母范太夫人。生子三。公其季也。

少聰穎。倜儻卓犖。九歲就外傅。讀書善悟。暇與羣兒嬉戲。好壘土爲城堡。英貴公奇之。民國元年。攷入省立警官高等專門學校。每試輒冠儕輩。喜讀史乘。慕韓蘄王之爲人。無何、遊日本。入東亞高等預備學校。留學二載。歸國入中央講武堂。旋轉入東三省講武堂。民國十年四月。畢業。考列前茅。時年二十有五。旣而分發吉林。歷充排長上尉副官。旋至奉天。充東三省陸軍軍士教導隊步兵科第二連中尉連附。又改充中尉副官。十三年一月升第五連連長。九月改編爲鎭威軍第一補充團第五連連長。又調充鎭威軍一三聯合衛隊軍士連連長。十月晉級少校。十四年三月。擢升鎭威軍第三軍第三補充團第三營營長。四月編入東北第七師第五旅第八十四團第三營營長。七月調充東北陸軍軍士教導隊第四期步兵第一營營長。是年冬、教導隊改編爲鎭威軍第四補充隊。改充步兵第七團中校團附。兼領機關槍第一營中校營長。旋以功擢升鎭威軍步兵第二十七旅第四十一團團長。十六年六月、第二十七旅改編爲鎭威軍第二十四師。七月以功擢升爲少將師長。先後受二等嘉禾章、三等文虎章。十七年十月。又受司令長官給予一等國徽章。旣而國家統一。施行編遣。二十四師、縮編爲東北陸軍第十七旅。改授中將旅長。十八年赤俄寇邊。調駐海拉爾。佈置一切。悉中機宜。守海境凡七十日。旋移防札蘭諾爾。俄軍數來犯。卒不得逞。及十一月十六日夜。俄軍二萬餘。猝襲擊我禿尾巴山及三十里小站。血戰兩日夜。殺傷俄軍數千。卒因軍器不足。又以寡禦衆。兵數相去懸殊。遂殉國而死。年僅三十有三。夫人計氏。妾姚氏生女四。現嗣出繼兄之子爲子。名樹聲。

第三節　韓光第之品性及學問

英雄之品性。如六角玻璃柱。從各方面觀之。皆可見其一面之特性。故守如處女。出如脫兎。非其性質之變化。實因其具有多方面之特性。故隨境遇而表現也。古來瑰琦之人物。莫不具此多角之品性。而我熱誠愛國之韓光第則亦有然。以光第之勇敢善戰。在未蒙面之人。必以爲係一暗嗚叱咤之壯士。豈知有時體貼人情。善處人家庭事。又似一理學之醇儒。其與表妹王潤珊女士書云。

……諺云。嫁出門的女。聖人說。女子生而願爲之有家。旣願爲之家矣。自應常住婿家。不應久住兄家。若以老父在堂。歸寧盡孝。一年可以作數度歸。但只可作短期的留。不可作長期的住。何以故。恐人家譏誚我們。只知有娘家之父。而不知有婆家之母也。況六哥出宰開通。千里爲官。妹不宜隨同赴任。恐人家笑我們只知慕虛榮。羣富貴。春秋責備賢者。妹妹聰明人。宜仔細思量。

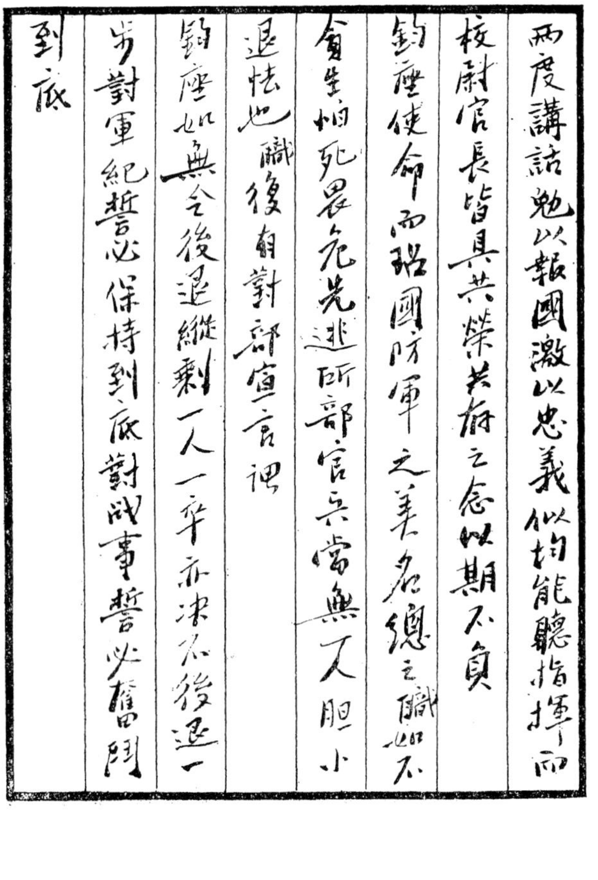
八

兩度講話勉以報國激以忠義似均能聽指揮而校尉官長皆具共榮共辱之念以期不負鈞座使命而昭國防軍之美名總之職不貪生怕死畏危先逃所部官兵當無人膽小退怯也　職復有對部宣言謂鈞座如無令後退縱剩一人一卒亦決不後退一步對軍紀誓必保持到底對戰事誓必奮鬥到底

韓光第自用箋

俗云。人無千日好。又說日久生厭。……妹心直性熱。好為忠言。雖與六嫂處得相親相愛。但日子久了。老媽當差的。未必都能盡如人意。妹妹究係外客。倘有一點不合式。吾妹何以處父。何以處兄。令姑丈與六哥。又何以處妹也。所以我說不如歸去好。……

再有一事極須忠告吾妹。人之情好。在乎兩相親愛。不但朋友如此。即夫婦亦莫不然。所以古人說交貴友須在賤時。又說貧賤夫妻。始可同亭富貴。其意蓋謂等待貴時結交。貴時匹配。則晚矣。……妹與世瞻情好雖佳。但常年遠隔。似嫌稍疏。聞在同居時。妹每好疾言厲色。盛氣凌人。動曰不指望他。此種冷語傷人。千萬不可說。常倚賴哥哥。是不成的。終須仰仗夫婿。試問你有甚麼本領。年越三十有奇。尚無男孩。更是毫無把握。人家年歲比你強。學問比你高。將來風雲得意。都是意計中的事。如造成夫妻間美中不足的欠缺。現靡有什麼關係。等到人家濶起來的時候。三房四妾去納寵。冷淡你。不理你。試問妹妹你有何良策去處置。恐怕也就是自怨自苦罷了。所以我勸妹要本夫倡婦隨之本旨。柔情和氣。牽懷掛慮。溫文爾雅。去講求夫婦情好之眞意義。總期纏綿無那。金石不磨。就是老弟們濶起來。小星棋布的時候。也不致於錯待了妹妹。濶珊你是明白人。要好好想想。……我還要告訴你。夫妻精神上情誼之援助。兄雖當了元帥六哥做了總理。也是無能為力的。兄奔波風塵。十有六載。於人情經驗閱歷上。微有心得。雖具男兒之身。對於女流之心。亦畧知一二。因為男女都不外乎人情。又兼與妹皆是三十許人。無妨將男女居室人之大倫的道理。明心見性。痛快言之。

……以後希望妹向這幾句話上努力。好給六哥與兄爭強。事夫要賢。奉婆母宜孝。對兄嫂宜恭敬和睦退讓。學吃虧。待侄女以慈愛。作個當代女英豪。方不愧為六哥之胞妹。與兄之表妹矣。

妹此次隨壻赴日讀書。學費如有不足。來信相告。兄當傾囊相助。以完成妹之素志。

職此次早具決心。嘗謂部屬前進有路後退無門。戰勝為一時之榮。戰不勝寧為玉碎而不辱。為千秋後世之榮。家事先有預囑。業已安排。薄田百餘垧。老母差堪奉養。區區之身。非所敢愛。耿耿此心。無所戀。所不能恝然忘懷者中華民國與我

司令長官
壽帅萬公 耳。專肅敬請

鈞安

旅長 韓光第 謹稟 八月八日

韓光第自用箋

九

敵不來則已來時惟有拚此
滿腔熱血以赴之

此書共十三段。上僅節錄數段。而細針密縷。為女子設身處地。無微不至。有如良師之訓子。若隱去其姓名。讀者必疑為係一年高德劭之宿儒。庸詎知乃出於英姿颯爽的武士之口筆耶。讀此慈祥愷惻之文章。我儕方以為如此人物。誠懇則有餘。剛毅恐或不足。寧知其堅強沉着。能忍人所不能忍之苦痛。又有出人意料之外者。十六年奉令停戰。退師灤東。公夜騎行山嶺間。墜馬傷左臂，封肉驗骨。碎不可復完。醫者謂宜取他人骨以接之。公謂取諸他人。無寧取諸自己。乃商定以脛骨一段代之。醫者鑿取脛骨。坎坎有聲。左右咸駭汗股慄。公一手執報紙。覽觀之餘

。談笑自若。人皆驚異。三國演義。載華佗爲關羽治病。剖骨療毒。關公神色不變。若不感苦痛然。讀史者皆震爲千古特出之人物。不圖此種堅忍不拔之品性。復於公見之。乃嘆古今人正非必不相及也。

公待骨肉雖友愛。然待骨肉又絕無所私。其不以私廢公。求諸今日。又有不可多得者。公有兄在劉海波軍中服務。不稱其職。公立函劉斥革之。玆錄其書如左。

海波弟鑒。聞家兄城璞久不到隊。逐日在外遊蕩。誠恐有碍貴隊名譽。請弟立即下令斥革。以肅軍紀而便馭衆。彼此多年知交。凡事以肝胆相照。言出至誠。望弟萬勿客氣。

民國以來。官方敗壞。軍紀廢弛。人各援引所親。曲爲廻護。其才不才勿之問也。稱職不稱職勿之顧也。對於部屬。猶且有然。若親族之隸他人麾下者。其不才溺職。與己之名譽無關。孰肯越俎代庖。懲罰所親。以傷天倫之愛耶。觀乎此而嘆公之賢於人也遠矣。

古今能建奇功樹奇節之人物。不特其所得於天者厚也。抑亦必有所養。是故欲知其人。又必先知其學。然則韓光第之學養何如。今請先言其文學。

韓光第之文學。抒情寫景。温文爾雅。讀之幾疑爲風流瀟洒之書生。誰識爲披堅執銳之勇將也。今試披露一斑。以見現代軍人之文學。

在海拉爾軍中與妻書云。「連朝積雨困人。精神至無聊賴。分兵佈陣之餘暇。看看黃公三畧文章。讀讀呂望六韜兵法。悶來時試澆幾杯潑蘭地。興來時高歌一曲滿江紅。」「寶劍當爲名將佩。紅粉應贈美人塗。」余此次出征塞上。陳兵於呼倫貝爾大戰塲。在此海天空濶之曠野。準備與黃髮虬髯兒斷殺。其亦寶劍當爲名將佩之意乎。「未酬馬上功名願。已是人間老大身」。余三十無奇功。愧爲男兒身手。前此草草虛聲。皆屬亂世功名。今玆露布邊疆上馬殺賊。天其假我以緣。使丈夫得遂功名志乎。「不向風塵磨劍戟。亦當情海對嬋娟。」情海對嬋娟耶。吾不願學怡紅公子。風塵磨劍戟乎。吾願作拿破崙也。「曾因國難披金甲。不爲家貧賣寶刀。」慨自碧眼東來。黃倭西上。神州陸沉。國幾不國。……此仇此恨。寧能戴天。丈夫從戎豈爲家。誓欲殲此大千世界殺不盡的一羣惡獠。……與魏羡唐書云。小陽催開。嶺梅已放。接故雨一枝。不勝忭舞。即古人「家信抵萬金」之句。未必盡能概括也。弟十年書劍。一無所成。雖轉學此邦。以短少時間。求繁賾課程。亦煞是難題。益以愚魯之資，直無所得。至夏間赴津。不過小作勾留。因戰事已成弩末。將告結束。一週間之駐軍。即行遄返。初無閱歷之可言……

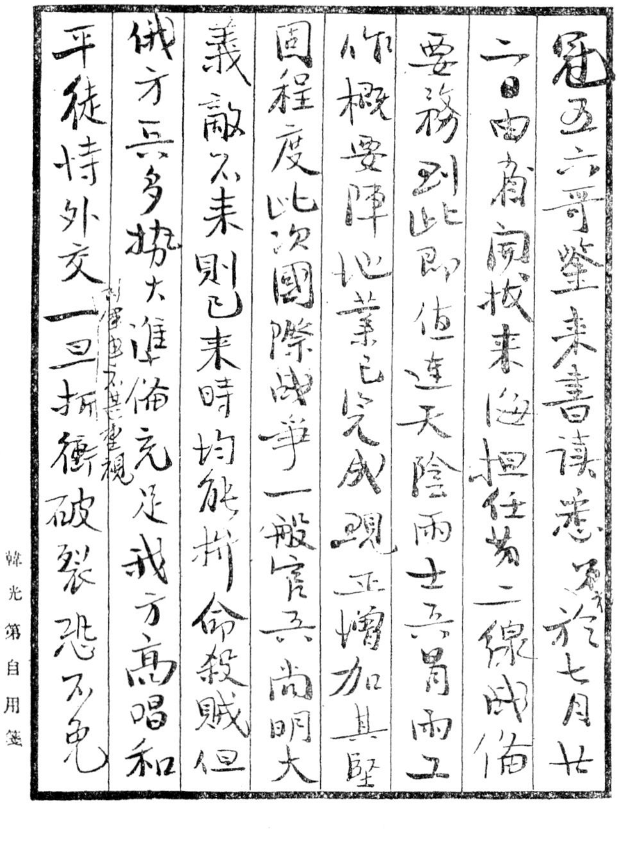
冠五六哥鑒 來書讀悉 於七月廿
二日由省回扳來海 担任第二線防備
要務 到此即值連天陰雨 士兵冒雨工
作 概要陣地業已完成 現正增加其堅
固程度 此次國際戰爭一般官兵尚明大
義 敵不来則已 来時均能拼命殺賊 但
俄方兵多勢大 準備充足 我方高唱和
平 徒恃外交 一旦折衝破裂 恐不免

韓光第自用箋

以衡兄台。曷啻碔砆比玉。今既仕版登名。……他年騰達。正未可鴻溝劃界。爾時之乘車戴笠。恐將如小巫見大巫矣。至學問識見，尤爲弟所望塵莫及。江南風景。嚮往久之。惜未能躬自一遊。此生有幸。必償所願。我兄服官滬上。得飽覽山水。備嘗佳趣。步太傅之屐齒。披叔子之裘帶。聽晚鐘於南屏。賞殘雪於斷橋。錦繡山川。一湖風月。幾爲兄之眼簾席捲殆盡矣。使久耳欲試者。不禁欽羨若狂。個中所得。尚希分潤餘光。公餘頒鯉。是所切望。塞上雖極寒。尚堪忍受。軍人之身。正當藉此鍛鍊。亦不敢以爲苦。狀況諸如平昔。請勿爲念。

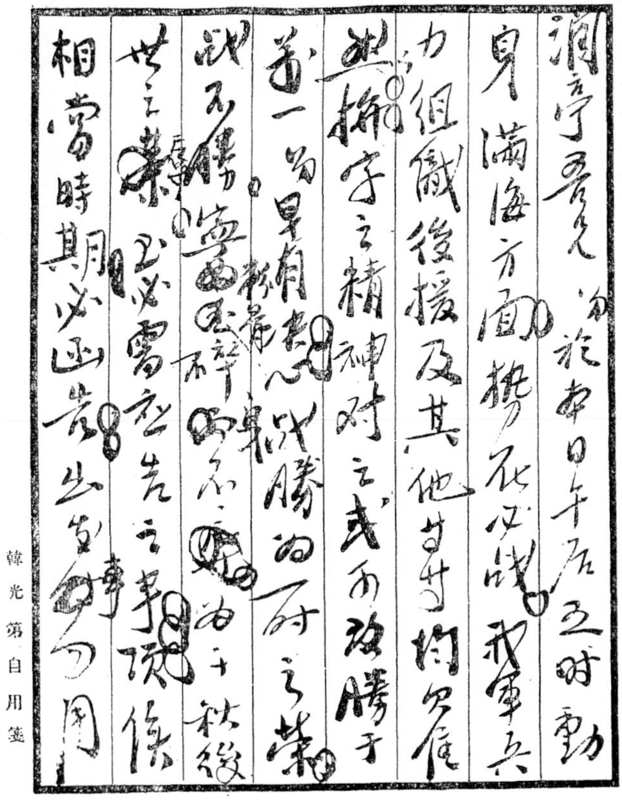

光第生平書翰甚多。節錄兩札。亦可見其文學之一斑。第一札言及對俄戰爭。灝氣英風。固不可掩。然辭藻穠艷。情致纏綿。純是詞人之吐屬。第二札爲其未達時之作。屬辭比事。愜心貴當。直同文學專家矣。以枕戈帶甲之干城。而有此摛藻揚芬之筆墨。奇乎不奇。

韓光第之文學。不徒以抒情見長也。其說理之文。亦有使人相悅以解者。玆摘錄一二。以見現代軍人性理學。

與王鼎方書云。大札誦悉。兄之求過遷善。實爲弟所望塵莫及。論及於此。弟以交最久知最深之關係。敢云比一般人確切。証以秉性難移一語。雖數十年不見。判斷當無大異也。兄之自修。在少說話。（戒誇）兄之自養。在多讀書。（減過度好動之工夫移一部分於靜）兄宜照舊鍛鍊者。在朝勤。在躬親。每動之先。宜有所思。每言之先。宜有所備。一言一動。如矢中的。百無虛發。可以無大過。可以寡過矣。……

又與王鼎方書云。古人云。臨事而懼。好謀而成。戰戰兢兢。如臨深淵。如履薄冰。努力以行吾心之所安。得失成敗。不必計及也。……前函云讀說苑立節處。有不近乎人情者。孟子曰。「盡信書則不如無書。」吾人讀書。端資借鏡。善者從之。不善者舍之。不必過於拘泥。但欲挽澆風漓俗。古人處此。亦有不得不然者。所謂舉世皆醉我獨醒。欲振聾發聵。必須大聲疾呼也。……對人不必先有成見。心中有此作主。一切對待。皆易失之於偏。日久流弊滋生。貪者不妨以廉化之。……

讀此兩札。何異宋儒之語錄。其論說苑。能見其大。尤見讀書之別有會心。說禮樂而敦詩書。郤縠古稱爲儒將。讀公性理之文。覺明心見性。比前賢正不必多讓也。嗚呼郤縠流風。去人未遠。

第四節　韓光第之軍紀

韓光第軍人也。其治兵之軍紀如何。不特爲其事業成敗之所關。亦爲其個人品格之所關。故欲知韓光第之戰功。不能不先知韓光第之軍紀。

韓光第之軍紀。其可博人贊美者。計有三項。

第一、嚴禁擾民。　光第在延慶時。有致其胞兄潤亭書云。「弟團昨日槍斃了一個兵卒。因其在外徵發驢馬。變價十元。遂依法處死矣。」夫搶奪十元之物。以刑法論。罪固不應至死。雖然，軍中之法。不能以普通之刑相繩也。民國以來。軍紀廢弛。兵士之擾閭閻。無所不至。人民對於軍隊。積忿深矣。光第此舉。縱或失之酷。然治亂國用重典。借此以懲一警百。則其為軍人恢復名譽。正非淺少也。

第二、導士卒以正義。　韓光第之治兵。非徒施以軍事之教練也。且常導以正義。冀以提高軍人之人格。茲摘錄若干。以見其對於軍隊之訓育。

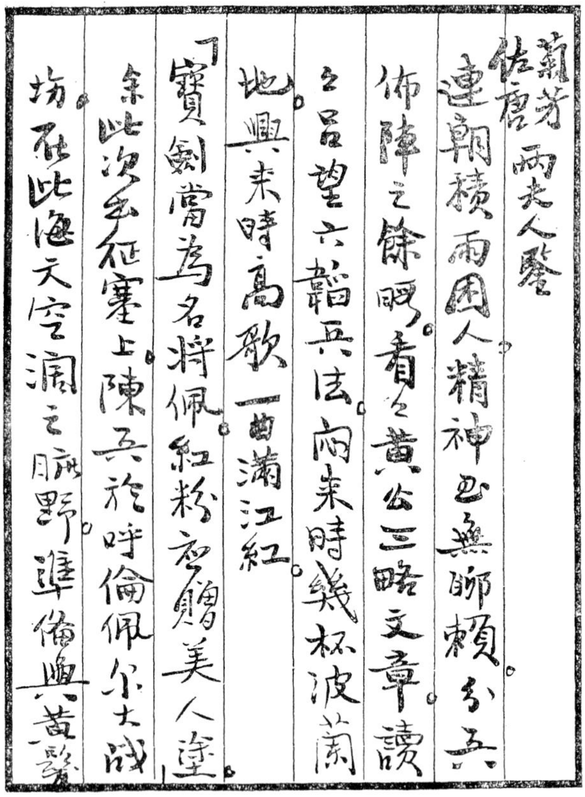

蘭芳
佐唐兩夫人鑒
連朝積雨。國人精神亦無聊賴。今天佈陣之餘暇。看看黃公三略文章。讀讀呂望六韜兵法。酒來時幾杯波蘭地。興來時高歌一曲滿江紅。「寶劍當為名將佩。紅粉應贈美人塗」。余此次出征塞上。陳兵於呼倫佩爾大戰場。在此海天空濶之曠野。準備與黃髯

韓光第自用箋

一　臨陣格言（十八年八月二十一日在海拉爾所頒）

能克己者始能克強敵。

如其苟且忍辱。為奴隸而生。不如從容就義。為英雄而死。

一夫裂眦。萬夫側目。

天助自助之人。

福在積善。禍在積惡。善者百福之所歸。惡者百禍之所攻。

（以上節錄五條）

二　訓令官長要多看書（十八年二月在江埡發）

現在社會的進步。一日千里。諸種學識。層出不窮。我們前幾年所得學識。若用之於現在。就有不適用的覺悟。這是怎麽道理呢。實在是我們不學的緣故。被進化的潮流拉下了。所以哲學家高唱天然淘汰適者獨存的學說。便是我們應該努力的一種教訓。……

三　在南障城之訓令

關於作戰經驗（二十條摘錄七條）

情況愈危險。愈緊急。愈宜鎮定。

有事時萬不要怕事。

困難關頭。犧牲一切。便可應付一切。

當機立斷貴乎速。切戒遲緩觀望。

有備無患。凡事預則立。

狀況到萬分艱苦時。宜為自己良心人格顏面名譽想一想。為他人想一想。為長官為大局想一想。自有從容辦法。

古人云。利人方能利己。不要常存自佔便宜教他人吃虧的心理。常言說，害人如害己。一點也不假。

一般官兵須知（九條摘錄五條）

曾文正公云。若遇棘手之事。當從忍耐二字痛下工夫。

人活百年誰能不死。死有重如泰山。有輕如鴻毛。男兒要將隻手撐天空。今日天快塌了。親愛之兄弟們呵。其速攜手同登此二十世紀之風雨舞台。作一個頂天的大漢。

軍紀務必尊重。百姓務必愛護。作事問得過良心。撞頭對得起青天。遇着什麽樣狂風驟雨驚濤駭浪。也不必怕他。處世對人。要激發天良。出乎本性。多吃虧。常裝傻。便是担當大任之根基。

觀上列諸格言。豈徒爲教戰教守之良規。抑亦爲希聖希賢之懿訓。畢竟儒將風流。與尋常異。吾聞其語。如見其人。

第三、勉部屬以爲國犧牲。　韓光第因抱有爲國犧牲之决心。故常以舍身殉國之大義。勉勵部曲。茲撮舉若干。以見其教忠之法。

一　一般官兵須知

死字難關。任何英雄聖賢丈夫豪傑。亦打他不過去。義參天地如關公。忠蓋古今如岳武穆。獨未能倖而免。但名垂千古。流芳百代。今日過其廟宇。景仰瞻望之下。誰不馨香拜倒。

男兒要當沙場死。臭皮囊早晚也許脫得掉。但看你是豪傑脫去否。

二　對各級官長之訓話（十八年）

我們東省。是國家東北的屏幛。現在東鄰受有帝國的壓迫。北地時有共產的陰謀。實在處在危險的環境。各官想一想。我們軍人。是否與東北這塊大地同生同死。共榮共辱呢……

三　在海拉爾所頒之臨陣格言（十八年八月）

死生早有天定。看你躲到那裡去。

國家養兵。究爲何事。際此戰端將啓。吾輩軍人。再貪生怕死。尙有何面目見父母兄弟妻子鄰里親友乎。來多也打。來少也打。剩十個人亦打。

他有五萬赤俄。我有十萬子彈。管敎他一個敵人。兩個槍眼。胆小的往後跑。三面大河隔住了。無得吃。無得住。棲風飲露蹬不住。左一步。右一步。那也靡有平安路。汽車快。騎兵速。轉瞬之間追上來。步槍一響無生路。

觀其所以勉勵將士者如此。則其所以自處者可知。故扎蘭諾爾之戰。最後雖衆寡懸殊。軍器之優劣迥異。然猶訓令將士。謂「本旅長最後之决心。到何時機。决不退讓一步。所以前方官兵。你就是如何膽小。也跑不出這個圈子去。死在前方。比死在後方。好得多啦。」臨危之時。堅决如此。鎮定如此。此斷非出於一時之偶然。蓋以殉國爲軍人不可逃之天職。其所以自勉與勉人者。夫固養之有素矣。

第五節　壯烈之殉國

韓光第驍勇善戰。常身先士卒。突破重圍。尤善以少擊衆。

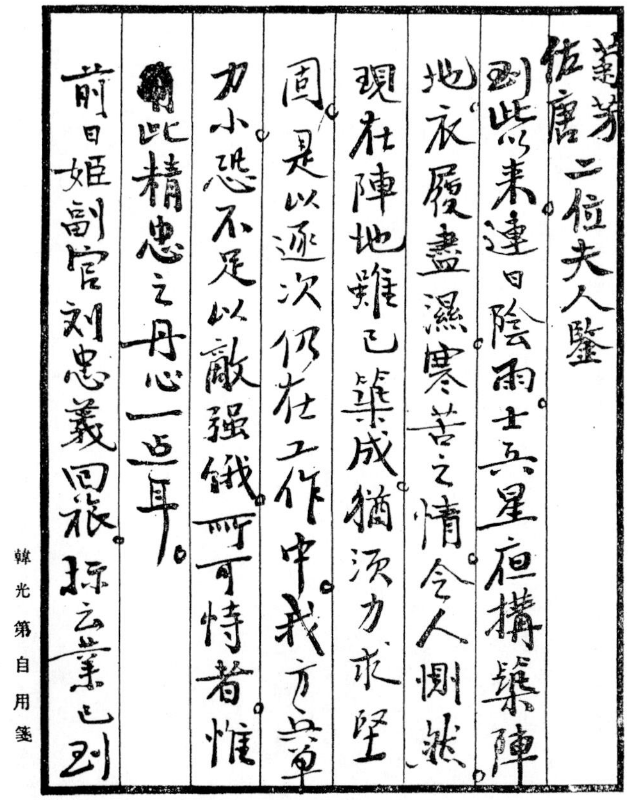
萬芳
佐唐　二位大人鑒
到此以來。連日陰雨。士兵晝夜構築陣
地。衣履盡濕。寒苦之情。令人惻然。
現在陣地雖已築成。猶須力求堅
固。是以逐次仍在工作中。我方軍
力小。恐不足以敵強俄。所可恃者。惟
有此精忠之丹心一點耳。
前日姬副官刘忠義回張。孫云業已到
韓光第自用箋

故轉戰千里。士卒咸樂用命。十六年東北軍由洛陽撤退。公以一團之兵。殿後掩護。使各軍得全師而還。以故長官深倚重之。是年由團長超升爲第二十四師師長。因疊建奇功。故有此不次之拔擢也。十八年調駐黑龍江。江省與俄接壤。邊境遼濶。而軍備空虛。公以赤俄虎視眈眈。終必有衝突之一日。乃補充軍實。勤加訓練。並書忠字神聖。勤字萬能。頒發各營。以相勗勉。洎東路交涉破裂。吾國以加入非戰公約。力守釁不自我開之戒。只陳師邊境。防其侵入而已。而赤俄遽以重兵犯邊。時而東侵。時而西擾。我軍以防區過廣。前鋒屢挫。時公駐省垣。深以不獲身臨前敵爲憾。說劍談兵。大有髀肉復生之感。然而見高鳥則思良弓。聞鼙鼓則思將帥。錐處囊中。終當脫穎。未幾遂受出防海拉爾之命。

「男兒欲報國恩重。死到沙場是善終。」古來名將。未有不樂効死邊疆者。「大丈夫不能如班定遠。立功絕域。亦當效馬伏波。以馬革裹屍。」此公所常以自况之語也。今得左執鞭弭。右屬櫜鞬。以與碧眼虬髯兒相周旋。可謂英雄得用武之地矣。故公出守海疆之後。有與其夫人書云。「余三十無奇功。愧爲男兒身手。……今茲露布邊疆。上馬殺賊。天其假我以緣。使丈夫得遂功名志乎。」得意之狀。情見乎辭。則知報國之志。乃其素抱。守海拉爾七十日。佈置一切。悉中機宜。故海境得以無事。

「前進有路。後退無門。」此公所頒之臨陣格言也。公爲保國境之安全計。又前進而移往扎蘭諾爾。扎蘭諾爾者。位於東鐵哈滿線終點之第二站。爲滿洲里與後方聯絡之咽喉。東鐵仰給之煤礦在焉。距俄境拉巴該圖。約三十華里。赤俄在該地。駐有重兵。時圖窺伺。公奉命之後。星馳前進。督率所部。踏勘地勢。挖壕築壘。日以愛國大義。激勵士卒。故士卒。雖備嘗辛苦。皆不之辭。據公與王鼎方書所言。「在海拉爾時共住七十日。做工六十日。兵士尚無怨言。及至此四十餘日。無日不在工作中。」當時兵士之勤苦。可以想見。然公所恃者。則與部屬期以決死。所謂「拚字之精神耳。」（見與長兄潤亭書）若言實力。則所部僅七千人。而其軍器。以之與赤俄比較。則飛機無有也。重炮無有也。唐克車無有也。高射炮無有也。處此科學萬能之時代。所有武器。既皆不如人。則勝負之數。本可前知。而公以殺身成仁。寧爲玉碎不爲瓦全之精神。灌輸於全軍人人之腦中。故全軍皆生氣熊熊。曾無恇怯之色。

「身當恩遇常輕敵。力盡關山未解圍。」英雄之成功。常由勇於自信。英雄之失敗。亦常由過於自信。公之率師防邊也。初以爲風雲之來。正男兒立功之機會。故其寄家書。謂「上馬殺賊。天其假我以緣。」其勇於自信。固使人敬服。既而守扎蘭諾爾月餘。赤俄屢次來犯。皆受創而歸。卒不得逞。公之善於用兵。

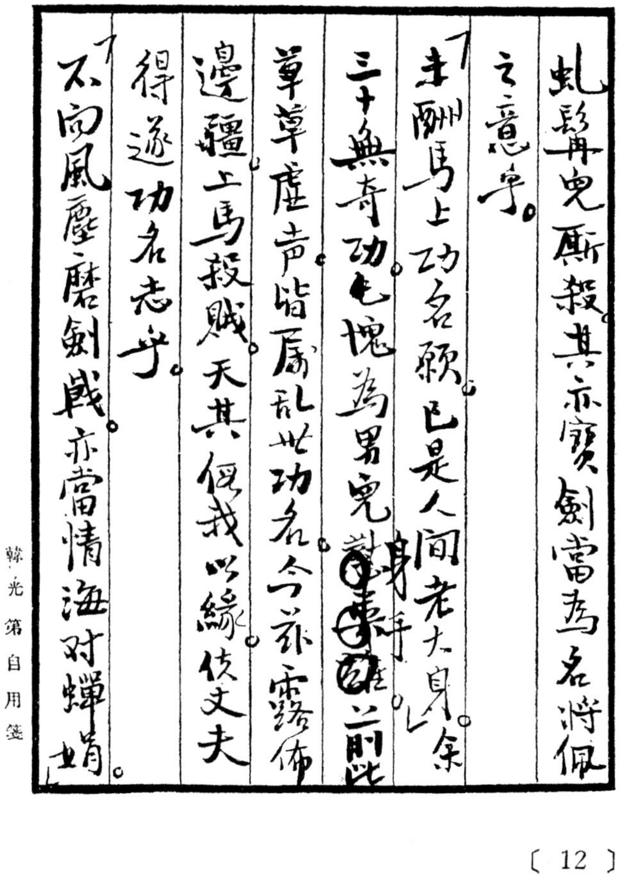
虬髯兒斷殺。其亦須劍當為名將似
之意乎。
未酬馬上功名歟。已是人間老大身。余
三十無奇功。也愧為男兒身手。前此
草草虚声皆屬亂世功名。今茲露佈
邊疆。上馬殺賊。天其假我以緣。使丈夫
得遂功名志乎。
不向風塵磨劍戟。亦當情海对蟬娟。

韓光第自用箋

於此可見。而其心亦以爲有乃公在此。金甌可以無缺矣。雖然。以偏師當大敵。敢戰之精神雖可恃。而能戰之實力。則不必可恃也。及十一月十六夜。赤敵以重砲掩護兩師之衆。突襲我第十四團第一營所佔之禿尾巴山。及第三營所佔之三十里小站。砲火轟騰。山川慘裂。又復圍以騎兵。肉薄而至。我軍數只一千二百。當此數萬之衆。而軍器又復不良。於是苦戰之餘。全數殉焉。及黎明、敵復用飛機二十一架。每架挾炸彈四枚。飛翔低空。擲我陣地。我軍以無高射砲故。無術抵禦。而敵砲五十餘門。復以彈落煙起之處爲目標。同時射擊。彈丸雨注。血肉横飛。其步兵又以機關槍百餘架。向我掃射。我軍於槍林彈雨烟霧迷濛之中。奮力抵禦。不稍退却。然戰壕之內。已積屍纍纍矣。午後一時。我軍在扎蘭諾爾車站者。復被敵騎包圍。團長林選青殉焉。公見情勢危急。一面遣人突圍赴海拉爾槎岡乞援。一面命旅預備隊一營。前往助戰。公亦率騎兵連、衞隊連、親往救援。鏖戰多時。卒以傷亡過鉅。陣地動搖。第二營郭營長。率殘卒七十餘。向煤窰退却。公亦左臂受傷。車站遂被敵佔領。三時左右。赤敵之唐克車、裝甲汽車。復由後側衝入。以機關槍射擊。騎兵步兵繼之。我煤窰又被包圍。電報電話。全被破壞。內外消息隔絕。我軍誓死血戰。短兵相接。屍骸枕藉。相持至日暮。敵知我軍之未易屈服。於是砲聲始暫沉。唐克車亦駛去。是日之惡戰。我陣地已被敵砲完全破壞。壕塹悉平。傷亡極衆。公猶元氣旺盛。指揮若定。連夜修補陣地。療養傷兵。並將第六團步兵一營。特兵連各一部。編爲突擊隊。擬俟槎岡援軍到。即行反攻。

亂山無語。白雪鋪地。寒風刺骨。笳鼓不鳴。落日胭脂。照見邊塞之戍卒、死者、傷者、立者、行者。困處重圍。凄凉萬狀。然而主將振臂一呼。全軍皆元氣淋漓。猶指天誓作殊死戰。十八日拂曉。敵之步兵。及唐克車、裝甲汽車。復向我軍衝擊。飛機及砲兵。則用溜散彈。向我市街射擊。並投炸彈。唐克車亦駛進街內。用機關槍掃射。市街火光冲天。烟塵蔽日。商民慘斃。廬舍爲墟。而唐克車復轉入我陣地。用機關槍向我散兵壕內掃射。我連長湯海泉。以手榴彈擲該車。車堅無所損。湯連長復冒彈攀登車頂。以手槍向車孔射擊。卒中敵彈。落地而亡。公此時帶副官長張德元。在前方督戰。腿部復受傷。猶奮戰如舊。團長張季英。見勢不可爲。問以他策。公厲聲曰。誓與此土共存亡。即剩一卒一兵。不退却。張德元亦以公已受傷。苦勸暫退。公曰。強敵在前。全軍將沒。寧忍以身先退乎。語未畢。而唐克車已駛上散兵壕。我手槍班被機關槍掃射殆盡。公腹部又受傷。倒地。猶手撫傷處。大呼殺敵而逝。張季英見公已歿。開槍自戕。張德元急歛取陣亡士卒之槍。向敵射擊。斃敵甚夥。迨彈藥既盡。敵兵始敢上前。張遂爲敵衆所砍斃。將帥既盡。乏人指揮。於是殘兵突圍而逃。而扎蘭諾爾遂陷。

此役我軍雖主帥陣亡。兵士死傷十之七八。而俄軍之死傷。亦達四千以上。以一旅當兩師之衆。以舊式之軍器。當重砲、飛機、唐克車、之包圍衝擊。其失敗也。敗於科學。非敗於人力也。敗於衆寡之懸殊。非敗於將士之無勇也。然猶能殺傷四千餘之赤敵。以作代價。其所摧敗之功。亦足以暴於天下矣。

第六節　韓光第之論定

韓光第何如人乎。光第之爲國犧牲。在於對外禦侮。其爲愛國之軍人。盡人而知之矣。雖然，光第之軍人。非猶尋常之軍人也。頻年內亂叠起。野心之軍人。只知窮兵黷武。誰復更知有民者。光第則抱如傷之隱。處處以民爲重。其軍中頒有一般官兵須知之訓。謂「我們未入伍以前是百姓。將來退伍以後仍是百姓。我們的父母妻子是百姓。伯叔昆弟親戚朋友鄰里鄉黨無一不是百姓。誰復忍心姦淫污辱他們。」又在延慶時。寄其胞兄潤亭書云。「百姓餓死者。傷死者。流離道路。家破物亡者。不計其數。觸目見此無惡不作之軍人。愈覺得驚心動魄。」此種悲憫之言。豈能再聞諸其他軍人之口。光第因頻見民遭兵禍。故其寄家書。

屢有「决心求去」之語。關心民瘼。隨處流露。此其不可及者一也。今之官吏。無論文武。其精神多銷磨於聲色醉飽。誰復更知讀書者。光第則雖在軍旅之中。時時不忘學問。居喜讀說苑。常勸人以共瀏覽。遇有往來燕滬者。輒託以買書。及中俄决裂之後。奉命出防海拉爾。其寄妻書。猶云「再有人來令帶如下之書籍。吳稚暉人生觀。中山名人必讀、民權初步、政治淺說、（四書在田旅拿回之書箱內）三民主義讀本、二三四冊」云云。當軍書火急之時。猶不忘此物。其勤學何如。可以想見。此其不可及者二也。故光第雖爲軍人。而其思想學問。則不能以軍人限之。能使今日全國之軍人。能學光第之愛民。何至屢動干戈於邦內。能學光第之勤學。何至違反時代之潮流。能學光第之轉移眼光以對外。何至逐歲遞增內爭之穢史。而相率以斲喪國家之元氣。嗚乎、光第往矣。而其流風餘韻。固猶足以振作人心而轉移風氣也。詩有之。高山仰止。景行行止。吾儀其人。心嚮往之。

吳　貫　因　敬　撰

遺　　墨

總司令鈞鑒謹對欲稟聞之件分別陳述如下：

一、健康爲人生幸福　鈞座一身關係國家存亡、東北大局安危。務望善保健旺之軀，統率羣僚及三省同胞，努力與國家造福。

二、遠聞外交緊急備切關心，愚者無長策以爲目前敷衍延緩俟對南澈底局面轉換後，得國人及列強多數同情之助，或可不損利權。

三、外人陰險詭詐千方百計以謀我　鈞座切勿輕身外出。

四、鈞座宜不時召請各元老訪問庶政得失及外面輿論地方民情與求治方策，作爲參攷。

五、統兵將領皆遠在外方。半年或數月進省一謁　鈞座無論若何冗忙，宜於晚間抽暇召爲一二小時之詳談，所獲外面情形必多，深資爲各方補助。若匆匆數語，未能盡其所懷，則此行爲虛亦覺失望。

六、鈞座宜親賢遠不肖。

七、鈞座宜戒除偏愛偏信偏聽之念，從而兼愛兼信兼聽如天之覆如地之載如日月之光明普及而無不照。

八、欲爲千百年長久圖存根本大計非　鈞座痛下決心排除萬難毅然以行徵兵制不可。

九、今日練兵整頓首在訓育官長，尤宜於正人心三字開始。

十、宜急急選造外交人才及政治人才軍事人才。

十一、我

先大元帥國家領袖無端被害，凡爲僚屬人民孰不痛心飲恨。此奇恥深仇在　鈞座固未嘗一刻忘報，然報之之方宜勵精圖治臥薪嘗膽有決定之決心，有充分之準備。此心此志灌輸入文武僚屬及三省有志之士之腦中，縱及身不得親手報不能目覩報亦無害，只要後來繼起之人能承接此心此志，雖經數十年數百年誓必有以報之。庶乎

鈞座及我輩武裝部屬皆可告無憾無愧於天地間矣。

十二、對于第部奉令北來不敢表示滿意與否。一則服從命令，再則以江省同爲　鈞座屬地在江無異在奉也。

十三、第部改編業經就緒，所欠之三營不久即可撥到。現正着手教育官長，爾後一切進行惟有遵照　鈞座諄諄之誥誡，努力整頓訓練待他年有事周旋戰場，或可爲　鈞座分些許之憂。引領瀋水不盡依遲。恭祝　鈞座身體健康光明宏大　專肅敬請

鈞安

旅長韓光第謹呈　十二月十九日

總司令鈞鑒謹將稟聞之件分陳於下：

一、東鐵事變外交緊急，我東北邊疆夾於野心之兩大強鄰，既難聯俄以拒日，勢必驅虎而進狼。外交上稍一不愼，軍事上再準備欠周，一旦和平破裂誠恐所謂俄日及國內野心家三大問

題同時並起。

二、興安嶺爲國防重地，宜駐相當兵力建堅固築城。前可支援滿海後可掩護龍江，乘此時機樹邊防上千百年永久根本大計，一勞永逸。

三、奉天爲東北最高大本營，攻防戰守動員計劃想早有精密籌備。江省兵力及人才之智力均覺單薄，如無 鈞座處指示援助難期奏功。

四、「武力爲外交後盾和平隨武裝爲轉移」徒，言外交決不可恃。況俄人狡詐成性，不顧信義，安知不利用外交手段來敷衍暗中調集大軍乎。「有備無患，凡事預則立」，沿站均有俄人暗通消息與彼，使知我方無備而無戰意，益足啓彼行險徼倖之心，即此時動員集中後，須兩禮拜洮昂路之江橋東鐵之罷工及破壞尤須延擱，若不早爲準備交涉，經過相當之時日，而不妥協，戰事猝發，急難應付。深恐徒失事機，使國府及他人均有所藉口矣。蓋無軍備而外交終難勝利，是欲求和平而和平反愈不可得。

五、大軍動員需欵處固亟可慮，然証以古人「有人此有土，有土此有財」之意，只要保得國家領土在，耗欵似不成問題。

六、東鐵各大站罷工漸形擴大，毀路日有所聞。原因由於路局前次拘押罷工人員無故釋放，以致散佈沿綫分途煽惑，警務機關工務各段職員紛向當局請示，迄無辦法結果。各該員等亦有置諸不理者。因軍事上運輸護路軍既不能不管，管又非其正責如長此遷延深爲東鐵路務前途危。近來時有俄之武裝便衣馬兵在沿路企圖擾亂破壞交涉，如延至河水封凍時而不決，流車通行將益猖獗，頗似河南之紅槍會便衣隊類發生。聞邊卡來人稱述俄愈橫暴時有入境搶掠殺傷之事

七、職旅除留一營守備博克圖，餘均於七月念六日先後到達海拉爾，取曲綫據點式重層配備，急亟構築陣地。主要土工堅固完成，附屬設備勉強可用。惟地係砂質，易於頹毀變形。鐵絲網尚待購運，現正搆築狼井外壕。

八、到此迭向官兵宣言：前進有路後退無門，戰勝爲一時之榮，戰不勝寧爲玉碎而不辱爲千秋後世之榮。所幸官長等皆感鈞座恩義願同情共赴國難。總之第如不貪生怕死畏危先逃所部官兵當無一人胆小退怯。抱定決心，來多也打，來少也打，剩十人也打，剩一人也打。若無上令雖餘一卒亦決不退讓一步。對軍紀誓必保持到底，對戰事誓必奮鬥到底。

九、第受 鈞座十載栽培，本良心未泯之意，總期不負北遣之使命，而報高厚深恩。敵來時惟有拚此滿腔熱血以赴之。家事先有預囑，早已安排。薄田百餘畝，老母差堪奉養。區區之身非所敢愛，耿耿此心一無掛戀所不能恝然忘懷者，中華民國與我司令長官萬督辦耳。專肅敬請

鈞安　　旅長韓光第謹稟　八月十日

督辦帥座鈞鑒：謹稟者奉諭敬悉。關於副防禦需用鐵絲網蔴袋船隻及工兵所需炸藥地雷等項，總以預籌早運前方堅固搆築爲萬全之策。若待必要時，恐鐵路一生障碍趕辦不及。需欵無多，如無戰事亦可留作別用，決不致虛受損失。「凡事預則立有備無患」，目前和平決不可恃，蓋俄人狡詐成性，恐利用交涉爲一種敷衍手段。若秘密調集大軍以求一逞，則奈之何？「武力爲外交後盾和平隨武裝爲轉移」。我方若不增集兵力，外交將歸於失敗。是欲求和平而和平反愈不可得矣。事關國家領土，黑龍江首當其衝。用本我公篤愛之誠，不揣冒昧敢請 鈞座及早圖之。動員需欵固亟可慮，然証以「有人此有土、有土此有財」之義，只要保護國家領土在，財政是次一問題耳。

今接十五旅電話：交涉暫陷於停頓，和否即在此一二日內決之。俄人準備較我似先一籌。如言和仍可續行交涉，如言戰隨時可以衝突。我方一切視彼舉止而應付，似稍立於被動地位。聞今日飛機示威尤甚，沿站均有俄人。見我方兵不加增，若密通消息與彼，亦易啓行險徼倖之心。間接得俄方情報，決裂時擬先佔滿海，

後言交涉。或繞襲興安嶺以擊我後。雖不足爲懼，亦不能不早爲之備。

據傳營長電話報告：博克圖路工罷業三十餘人。該處上下站之間破壞鐵道電桿及盜竊重要工作器，該站路警及機務人員已電哈埠當局請示迄無辦法表示。若長此漫延誠恐罷工風潮日形擴大，影響於交通者至鉅。且聞此次罷工係哈埠前此罷工人員經鐵路局一度拘押又行釋放任其自由歸國者，以致散佈沿站分途鼓吹，如同兒戲之舉，令人爲該路前途危。

職當出發來海時，行抵興安嶺曾下車爲一度之視察。此次戴參議視察該處陣地，派少校徐參謀隨往。聞決定小嶺子線地形甚好，職意宜派調必要部隊到該地搆築相當工事，一則支援前方，一則掩護省城。乘機建國防上永久大計最爲上策。此次如無事則已，有時滿洲里黑河雙方將同時發動，雖黑河方面早已有備，若早完成此處臨時亦少忙亂一處。奉天軍隊不知已否動員，以最快計之到來須兩個禮拜。若嫩江江橋及中東路生障碍更非周折。興安嶺無防省城空虛是爲險着。奉天隊伍到來時除必要使用外省城宜相當控置，以便向各方面使用。職旅傅營若歸還建制爲尤盼。

飛機高射砲等種種利器想早籌及，但載重汽車用之爲運輸或最前方警戒部隊乘用尤爲有利。敵人此次皆大批利用之。

以上稟陳各節稍關國家大計非個人勇怯問題，職受　鈞座天高地厚之恩，本良心未泯之意，「知之不敢不言，言之不敢不盡」。冀邀「狂言聖擇千慮一得」。若恐招胆怯之責而不言，則自問爲不忠也。

所部官兵因感於　鈞座深恩厚澤，頗明大義。出發前到此後經職兩度講話，勉以報國激以忠義，似均能聽指揮。而校尉官長皆具共榮共存之念，以期不負　鈞座使命而玷國防軍之美名。總之職如不貪生怕死畏危先逃所部官兵當無一人胆小退怯也。職復有對部宣言謂

鈞座如無令後退，縱剩一人一卒亦決不後退一步，對軍紀誓必保持到底，對戰事誓必奮鬥到底。

職此次早具決心，嘗謂部屬前進有路後退無門，戰勝爲一時之榮，戰不勝寧爲玉碎而不辱爲千秋後世之榮。家事先有預囑，業已安排。薄田百餘畝，老母差堪奉養區區之身非以敢愛，耿耿此心一無所戀，所不能恝然忘懷者，中華民國與我司令長官壽山萬公耳。專肅敬請

鈞安

旅長韓光第謹稟　八月八日

敵不來則已來時惟有拚此滿腔熱血以赴之

鼎方兄鑒：示悉已快函告暐如照數撥交矣。屆時可前往接洽。因收回東鐵對俄外交頗形吃緊，其邊境業有增兵之舉。此項交涉不知如何結果，一旦有事弟旅應首先出動。刻已秘備擐甲以待耳奉垣有何新聞告我。

此頌

暑安

弟韓光第拜啓　七月八日

鼎方我哥鑒：袁治培標耕書函稱學品均好，弟已委爲林團少尉連附矣。我官兵此次頗有殺敵必死之決心，弟不時向之宣誓：謂個人如胆怯先跑當爲大衆之子，天下人之子，許爾等隨時槍殺。爾等如有退縮，若不執行槍決，余亦爲大衆及天下人之子。是以接防之前士兵即自動將刺刀開刃，足徵必拚。是爲數年來內爭之所無。且渠等亦深知退後無房住無飯吃無水喝無柴燒勢必凍餓而死，不然敵之騎兵及汽車追上亦必殺而死也。因此都有寧死不退之氣概。兵法云置之死地而後生，於今益信。弟覺得比在關裡尤有許多之底也。前在海拉共住七十日，做六十日工。士兵尙無怨言。到此接十五旅之陣地現已四十餘日，無日不在工做中，預計再有一月半，尤可益臻堅固。官兵也對此工做而孜孜爲之，蓋均明瞭關係自身利害也。陣地堅固弟處與十五旅等，惟整齊美觀不如之。一則因爲該旅日期多，二則因爲材料便。掩蔽部積土（陣地要點）由兩米達三至兩米達七，無論如何砲彈炸彈不能破壞也，且有極大之外壕（地係石質非鎬不成），此爲中國從來內爭所無

之陣地，即涿州亦不能及十分之二三也。作飯住宿均在掩蔽部內，出掩蔽部即為戰壕，等如建築兩旅之營房。十五旅需材料約值現洋弍拾萬元，弟旅較少計之亦需現洋七八萬元，觀此即可知矣。弟旅前在海時，頗博得一般市民之歡迎。然聲聞過情君子恥之，弟深懼今後管理益重，倘有墜聲譽貽各方面羞也。兄處演習招宴鄉民聯絡軍民感情，開東北未有之先河，欣羡曷似，惜此處無鄉民未能仿行。請

將愛民歌寄來，明春演習時聯歡用也。立如仍在璦琿，久無書來，大約其眷屬尚未返省。我輩帶兵如作孽，若不嚴申軍紀勤加訓練勢必如野火自焚，牢水自腐，欲不下地獄豈可得乎。殷鑑之照正可借鏡，如他山也。吾輩須防己之失，勿須責人之短。已如來書所云，願與兄共勉之。專此敬頌

勛安

弟韓光第拜上　十一月一日

冠五六哥鑒：來書讀悉。弟旅於七月廿二日由省開拔來海担任第二線戰備要務，到此即值連天陰雨，士兵冒雨工作，概要陣地業已完成，現正增加其堅固程度。此次國際戰爭一般官兵尚明大義，敵不來則已來時均能拚命殺賊。但俄方兵多勢大，準備充足，我方高唱和平徒恃外交，對軍事不甚重視，一旦折衝破裂恐不免。來於黃公三畧兵法呂望六韜陰符均能誦其文撮其要以用之矣。尊狀及六妹母女安適至為慰念，但未知世瞻在吉長路充何職務？便中一告。

此番不幸而趨於戰，弟早具决心，自謂戰勝為一時之榮，戰不勝寧為玉碎而不辱為千秋後世之榮。將於呼倫貝爾大戰場舉我滿腔忠義熱血以赴之。專頌

暑安

表弟韓光第拜覆　五日

冠五六哥鑒：手示奉悉。到此搆築陣地迄今周月尚未完成，可見工程之浩大，雖應急者足可敷用，而正有待於堅固也。益以連陰不晴苦我兵矣。氣候又甚嚴酷，晝必以裌，夜必須棉。前方戰線士兵雨淋寒侵，戰不戰和不和終朝準備甚如受罪。自對俄絕交以來邊，縣關卡商民及旅俄僑胞生命喪亡者達二千以上，財產損失不可以數計。如寶韋奇乾漚浦等縣縣長迄無下落，民絕食患水天災人禍萃集一時，亂世人命如芻狗信然。敵之武器組織兵力均較我為強，如欲衝突隨時可打，特渠有不可戰之苦衷。目前或不致趨於決裂，但恐夜長夢多滋生其他變化，微論如何皆難於我方有利耳。談到國防令人齒冷，若不全國上下一心積極準備則亡國之禍翹企可待也。尤要者在各界以良善之心理公正之輿論充分之物質援助軍隊，改善整理，俾可確盡禦侮衞民之道，今人厭惡軍隊無論好壞視同一律，善者不加援助而來欺惡者不敢指摘但知懼，人心險惡可勝浩嘆。如此種因又安望其為國干城哉！年來腦力益壞如讀無味之書過目輒忘，戰畧等書非心閒志凝時讀之不為功，若一面治事一面瀏覽徒費光陰。以我方目前兵力尚用不着現學，弟所讀者為三畧及素書純係心理上及精神上之功夫。有暇看看國恥書，給官兵等講講受損失之條約，藉以鼓勵士氣或可為間接之助耳。再有問者趙世瞻之日本戀人清水登美生子否，作如何結束？知之希惠我。專覆敬請

政安

弟韓光第拜啓　九月二日

潤亭吾兄：弟於本日午後五時動身，滿海方面，勢在必戰。我軍兵力組織後援及其他等等均欠佳，然拚字之精神對之或可致勝于萬一。弟早有决心，戰勝為一時之榮，戰不勝寧粉骨碎身不為千秋後世之辱。至必需應告之事項，俟相當時期。必函告。出發事勿用母親知之，速找二先生講求妥善方法，以盡人事。專頌

時安

弟光第拜啓　七月廿一日

潤亭兄鑒：弟於前夜到此，昨早下車，當率同各級官長偵察陣地。晚間計劃搆築一切工事，及配屬方法。前方雖無衝突，一時難趨和緩。敵不來則已，來時唯有拚此滿腔忠義熱血以赴之。請

兄善侍
老母。勿庸以我為念。專頌
暑安　　胞弟光第拜啓　七月廿五日

潤亭兄鑒：十九廿二之兩函均悉。
捨生取義輕重之間自有區分，弟既不敢苟且圖存亦不能冒然輕生。國事家事無日不往來於胸中，要當臨機審其義理之所在。
張段長業已晤面，翻譯亦有一個妥當的。
海拉爾軍隊暫時歸弟，將來須蘇參謀長指揮。彈藥給養均甚充分。
前方工事冒雨築成已有六七成把握，敵不來則已來時必拚力以予之。我官兵敵愾同仇志氣甚旺。諸希勿念。專此順頌
暑安。並叩　　弟光第拜啓　七月卅日
母親大人金安

潤亭兄鑒弟：今日到扎蘭諾爾，前方防務業已佈置就緒，惟有嚴陣以待後方部隊逐漸向前推進厚為集結，此或足促赤俄之速覺也。專頌
時安　　弟第拜啓　十月七日

菊芳佐唐兩夫人鑒：昨夜平安到此，今朝赴各機關拜會，旋同團營長等乘汽車偵察陣地。酉刻歸來飢乏交困，登山時氣喘汗流，髀裡肉生英雄有賦閒之嘆。一度摔傷大有不如去年之勢，晚間計劃構築陣地匆忙萬分，幾忘有家。前方一時尚難趨和緩，敵來惟有拚此滿腔忠義熱血以赴之，望
卿等安心讀書善視諸兒勿庸以我為念。專問
近好　　拙夫斗瞻手啓　廿四日
此外另囑之事有三：
1 高處長家送禮
2 徐五爺化錢不要過事拘束，下人等缺錢化借給他們幾元。
3 計壽田張副官家眷可令搬來。

菊芳佐唐二位夫人鑒：
到此以來，連日陰雨。士兵星夜搆築陣地，衣履盡濕。寒苦之情，令人惻然。現在陣地雖已築成，猶須力求堅固，是以逐次仍在工作中。我方兵單力小，恐不足以敵強俄。所可恃者，惟此精忠之丹心一點耳。
前日姬副官劉忠義回旅，據云業已到家。關副官云並無何事。但以無書來心甚悒悒。可告知徐副官，此後如有人來，令到上屋問問有事否。無事時亦可帶一平安信，以慰遠人。
再有人來令帶如下之書籍：
吳稚暉人生觀，中山名人必讀，民權初步，政治淺說。四書在四旅拿用之書箱內。三民主義讀本二三四冊商務印書館出售。
前函囑辦之三事已否辦過？務須函告。潤亭有無信來？該事如何辦理？如無書來可以余意直接函告之。以早辦為妙。
聞十三先生來，偕同七爺歸去矣，家中一切諸希合力，謹慎榮陞，防其零吃為要。專此順頌
粧安　　拙夫光第拜啓　廿九日

菊芳佐唐兩夫人鑒：各函均悉。解副官來省領子彈，就便令捎信一件。旅部現駐車站北道勝銀行舊址，房為洋式，雖屋內器皿簡單，然在戰備時期即此亦甚難得。伙食仍為聚餐，已恢復在省時之狀態。因此地為東路重鎮，菜蔬頗賤，尤以牛肉為最廉。夫之食量大加，每飯須饅頭五枚，逐日督率士兵工作，饒有興趣。到此請客者甚多，這幾天吃人家都是三餐，一切自知珍衛，勿庸掛念。暇時輒看書以舒鬱悶。解副官回旅時，務請將前函所要之書捎來備閱，免虛度寶貴時光專請
閨安　　愚夫斗瞻手上　卅日

仙秋仙卿兩夫人鑒：（仙秋仙卿爲菊芳佐唐兩夫人之別號）

回雙，可給

畢軍械回省，令捎去頂上白蘑一斤，中等白蘑三斤。如有便人

老太太捎回二斤。應將頂好的捎回。聞樹聲來江。渠如未走，使

之捎回亦可。

時本盛暑，此逾深秋。早晚須着呢衣。夜間必蓋厚被。誰先回

旅時，可先將薄被捎來也。

來人時只捎西瓜足矣，尤以江省土產者爲佳。此間雖有賣者太

貴。其他水菓，易於近購。遠道捎來，均行朽爛矣。

陣地大要已完成，內部再增加堅固。所可慮者，兵單力少。來

時唯有決心以拚之耳。

來海從未打人。日昨雖發怒。但並未生眞氣。承

卿等之囑，惟有不親手打人及生眞氣耳。

每日除督飭各工作外。無事時即潛心讀書。智益方面，所獲頗多

。較之在省尤爲淸靜。外人雖有以紛華相邀者，均謝却之矣。專頌

愚夫光第手啓　八月三日

閨安

諸兒女均好

菊芳佐唐兩夫人鑒：

連朝積雨困人，精神至無聊賴。分兵佈陣之餘暇，看看黃公三

畧文章，讀讀呂望六韜兵法。悶來時幾杯波蘭地，興來時高歌

一曲滿江紅。

「寶劍當爲名將佩，紅粉應贈美人塗。」余此次出征塞上，陳

兵於呼倫佩爾大戰場，在此海天空濶之曠，準備與黃髮虬髯兒

斷殺，其亦寶劍當爲名將佩之意乎。

「未酬馬上功名願，已是人間老大身。」余三十無奇功，已愧

男兒身手。前此草草虛聲，皆屬亂世功名。今玆露佈邊疆，上

馬殺賊，天其假我以緣，使丈夫得遂功名志乎。

「不向風塵磨劍戟，亦當情海對嬋娟。」情海對嬋娟耶，吾不

願學怡紅公子。風塵磨劍戟乎，吾願作拿破崙也。

「會因國難披金甲，不爲家貧賣寶刀。」慨自碧眼東來，黃倭

西上，神洲陸沉，國幾不國。束我以條約，奪我關稅權。建築

鐵路。強據港灣。佔我土地。殺我人民。此仇此恨。寧能戴天

。丈夫從戎豈爲家，誓欲殲此大千世界殺不盡的一羣惡獠。專

頌讀安　愚夫光第拜談　八日

菊芳佐唐兩夫人鑒：崔上士到旅襯衣鹹菜茄子西瓜等項均已收到

。今又接付連附捎來之信，及陳子前次捎來者尚未吃了。以後可

不必再捎此物矣。邵局長所配之藥每早未起床時服用，尚有許多

。前數日臨睡時還服一次，嗣因夜間不得安睡遂改服田處長配之

安眠西藥矣。近日食量雖不如前日之多，而體重又見增加。只面

龐兒黑了許多，每晚在睡前飲幾杯酒，用點麵包或香油菓子，早

起通常在七時，晚睡在十時有時因爲熬夜早起在十時晚睡在十二

時或一時。然此等時候多日一次耳。開汽車的雖像俄人，但爲自

黨早已注意及之勿念。至戰事如何除盡我力量應行佈置者外，久

已付之達觀。蓋事關大計，此中有天數國運人命在焉。立如等之

像片及王皥如爲欵事來信，一同寄回。請妥爲保存。並附報紙上

兒歌及閨賦，閱之藉資遣興。專頌

時安　愚夫斗瞻再拜　卅日

菊芳佐唐兩夫人鑒：前天到此亂忙一陣，今日只稍安頓。昨夜敵

放荒火來擾亂我陣地，幸未受害。傍晚朔風凛冽天氣大寒今早已

下雪滿山矣。張軍需回省今將汽槍捎回。王嫣如何處置來信報告

爲要。專頌

時安　夫斗瞻手啓　九日

菊芳佐唐兩夫人鑒：

到此逐日奔忙。搆築陣地，籌備多防。而前哨與敵接近隨時可

以衝突。十三十四兩日敵之飛機來襲均被我砲兵射回。日來迭

據前方報告敵人大事活動。因我吉林同江軍失利，恐敵有大事

來攻之意。昨赴滿洲里與梁司令會商戰守之策。此地現在已不

感安全，待河水結冰恐更將多事矣

你們二人抽暇尤要安心讀書切要切要專頌

時安　夫斗瞻手啓　十六日

江東六十四屯問題與

黑龍江上的悲劇

曾慶裕

自珍寶島事件發生後，東北邊疆問題再被提起，但世人皆知珍寶島而遺忘了江東六十四屯，實則兩者相較不可同日而語。本文爲日本史學家和田清先生所著「江東六十四屯的問題」一文的節譯。原文載在他的論文集「東亞史論藪」中（一九四一年十二月出版）。此雖三十餘年前舊作，然而持論公正，迄今猶未失去其重要意義，殊堪一讀。

一　前言

「江東六十四屯」位於璦琿對岸，海蘭泡（Blagoveshensk）的南邊，南北長達一百五十里，東西寬七八十里。因爲漢滿兩族的旗民在這一塊地域裡，組成了六十四個村屯，而且據地在黑龍江的東岸，遂有「江東六十四屯」的稱呼。咸豐八年（一八五八），中俄訂立了璦琿條約，江東六十四屯雖位於黑龍江左岸，但並未陷入俄人魔掌，幾百年一直是漢滿人民安居樂業的地方。然而就在五十餘年前，即清光緒二十六年（一九〇〇），著名的庚子拳匪事變爆發時，橫暴無理的俄人藉口拳匪之亂蔓延東北，擅自出兵，蹂躪了東北全土。當其開始侵進東北的時候，首先以槍砲劍驅逐江東六十四屯萬餘的住民，並且把其中爲數約六千的良民屠殺於黑龍江上。這便是使當時全世界正義之士，感到義憤的「黑龍江上的悲劇」。

庚子拳匪事變結束後，俄人獨佔東北不還，引起日俄戰爭。但這一塊沃土却始終爲俄人所吞併。清朝以至於民國屢次向俄抗議，但俄人蠻橫無理，置之不顧，至今還是中俄間的懸案。

江東的村屯，最初似乎不是六十四屯，清史稿李金鏞傳中有如下的一句話：「俄侵佔精奇里河四十八屯，地在黑龍江東」。由此可見它是逐漸繁榮成爲六十四屯的。璦琿縣志述其鼎盛的情形說：「其自精奇里河起，至下游霍(爾)莫爾(勒)津屯對岸止，仍在舊居六十四屯，約有千餘戶，男婦萬餘人，著名大村即段山四屯，前東山，後東山，興隆山，黃山，前後霍尼胡爾哈，補丁，大泡子，二溝子等屯，每屯百八十戶，或六七十戶不等，其餘小屯，每屯僅有四五十戶至二三十戶之間，土膏腴，無水旱之虞，每垧年終獲糧，較之江左各田，浮收一倍有奇，所以庚子之先，璦城富庶，實由於斯」。同縣志中的周繼功庚子俄難始末記更說：「璦琿對岸江左居住旗屯六十四屯，面積南北一百五十里許，東西八十里許，計旗丁二千一百五十四戶土地膏腴，人民勤農爲務，年產儲糧，富甲全省，家戶居舍寬大，宅院整潔，蓄糧盈倉，豢牲皆羣」。多少誇張固然難免，但是知道黑河盆地肥饒的人，是可以明瞭上述的敘述並非完全虛構。而它的興隆似乎在庚子拳匪事變前，已達頂峯，「六十四屯」之稱，大約是這個時候產生的。

二　問題的由來

（一）璦琿條約前的中俄交涉

當歐人東漸正盛的時候，俄國在西伯利亞的經營也步步進展。萬曆十五年（一五八七）起，俄人次第築了托波兒（Tobolsk）、托木斯克（Tomsk）、及極東的雅庫(Yakutsk)、伊爾庫次克(Irkutsk)等城，繼而向東南侵進，開始窺視黑龍江流域。中國是時正值康熙大帝當政，統一的大業業已完成，遂乘勢擊潰北面的侵畧者。康熙二十八年，中俄訂立了尼布楚條約，兩國以額爾古納河、格爾必齊河及外興安嶺爲界。俄人南進的兇燄遂受到遏抑。這當然是俄人最引爲遺憾的一件事。此後乃轉而致力於東北部寒冷區的開拓。即越Chukchi半島進至北美大陸的阿剌斯加，南下堪察加半島而侵入千島羣島。但是隨着鄂霍次克海沿岸經營的日益進展，益使俄人感到利用黑龍江的必要。從此，俄人南進之野心益急，十八世紀間屢次覬覦黑龍江流域，然而始終爲中國所遏止。

不幸的是百餘年後，清朝的聲威寖衰，到十九世紀中葉，已無法阻止捲土重來的西人東侵。一方面失和於英法兩國，連戰連敗；一方面於國內惹起太平天國等之大亂，頃刻之間，清朝便萎靡不振了。北方的俄國乘機而起，一八四七年，任命木里斐岳夫（N.N.Muravyov）爲東西北利亞總督，與海將尼弗斯基（Nevclskoi）携手，屢次向黑龍江海口探視。一八五〇年在黑龍江口北部建立了彼得羅夫斯克（Petrovskoe）、廟街(Nikolayevsk)兩個要塞。一八五三年，又在奇吉（Kizi）湖畔增設了馬林依斯克（Mariinsk），在得喀斯都利斯(De Castrics)灣頭築了亞歷山大城等根據地。跟着，開始向清延要求改訂尼布楚條約。清朝的記錄，首先舉咸豐三、四年間俄羅斯屢次要求改訂界約的事實，繼而謂：

「先是，俄羅斯潛於我邊濶吞屯，博勒必屯、奇吉屯及費雅喀人等所居地，伐木通道，建築砲台，製造磚瓦軍器，設兵防守。」

即指此事而言。因爲咸豐三、四年便是公元一八五三、五四年，而濶吞屯和奇吉屯不外是馬林依斯克的別名。

俄人要求改約的動機，與其要歸咎於尼布楚條約之陳舊而欠明確，還不如說是俄廷因得密登都如夫（Middendorff）等調查員的報告，知中國多事，無力顧及黑龍江北地，乃借口改訂界約，意圖侵佔此區。不過清廷亦據理力爭，不爲所屈服。一八五四年春，歐洲克里米亞戰爭爆發，俄國與英法爲敵，英法艦隊乃繞道攻擊俄羅斯的極東，並眈視俄在堪察加半島及黑龍江口的根據地。俄人棄其顧忌清廷的態度，悍然執行南侵的政策。木里斐岳夫於是年夏，率數十艘船隻及千餘的俄兵，下航黑龍江。翌年，又蔑視清廷意向，率領大船隊，強行通航黑龍江。克里米亞戰爭結束，俄人的黑龍江經營却未中輟。馬林依斯克、密海羅夫斯克（Mikhailovsk）以下的地方，就是這個時候被開發的。在上游地方，則於一八五六年，建築了烏斯特車依斯克（Ust Zeisk）、金漢斯克(Khingansk）等城。黑龍江志稿中云：「咸豐四年五月，俄羅斯復以防禦英吉利、法蘭西爲辭，擁衆乘船，突繇黑龍江下駛，進入松花江」。在咸豐六年五月的記文中說：「俄羅斯人船，仍自駛行黑龍江，沿岸添建房舍，寄儲糧食，禁之不可。」清廷至此，亦知情勢嚴重，屢欲提訂界約。咸豐五年（一八五五），遣使至遙遠的馬林依斯克，與木里斐岳夫會談，然而未得結果。而俄人的侵迫却無稍懈弛。咸豐七、八年間，改建烏斯特車依斯克爲今日的布拉哥（即海蘭泡），經營索非夫斯克（Sofyevsk）河港以代濶吞屯。又在烏斯里江口建築了伯利（Khabarovsk）。這些城市，都位於黑龍的南岸，可見俄人不僅對黑龍江北岸，即對南岸即烏蘇里江以東的地方，亦垂涎已久。

清廷認爲尼布楚條約沒有明確規定的，只是鄂霍次克海沿岸的烏第河流域，談判的範圍應限於這一點上。而俄人則要求割讓黑龍江左岸和海口一帶的地方。俄人原來的托辭是外興安嶺東端的境界曖昧，後來自覺僅憑此一點，要割海岸一帶的地方，理由似有欠妥，乃以防英法爲名，欲達成其鯨吞的目的。這種賣空式的奸猾手段是俄人屢用的外交慣技。後來俄人又以黑龍江左岸的滿洲屯戶，對其霸佔有所不便，竟提出要求，由俄人出費將之遷移至黑龍江右岸。大清文宗實錄對於此事有如下的說明：

「中國與該國分界，以格爾必齊、興安嶺爲限，定議百數十年，從無更改，今該國所稱，興安嶺不通東海，難以爲界，是並非不知當時所定界址，特欲另闢一直達東海之路，以便其人船來往，斷難遷就允准。況黑龍江左岸，均爲打牲人等舊居，如果早爲該國所屬，豈能百餘年來並無爭競，直至今日始生異議，據稱移居費用，由該國供給，其爲情理不足，而以利引誘，顯然可見。豈有數千里江岸，可以貨取之理。」

當時中俄往復論爭的始末，爲避免煩瑣，在此畧而不談，然由上文我們便可窺見其一斑了。

俄國當時所派遣的使臣是與日本訂立通商條約的普提雅廷（Putiatin）。因交涉不得要領，沙皇乃賦木里斐岳夫以全權，令其強行。木里斐岳夫立脚於既成的事實，恫嚇昏庸糊塗的黑龍江將軍奕山，於咸豐八年（一八五八）四月，訂立了瑷琿條約。瑷琿條約共有三條，其中最重要的第一條。茲將原文抄錄於下：

「黑龍江、松花江左岸，由額爾古納河至松花江海口，作爲俄羅斯國所屬之地。右岸順江流至烏蘇里河，作爲大清國所屬之地。由烏蘇里河經彼至海，所有之地，此地如同接連兩國，交界明定之間，地方作爲兩國共管之地。由黑龍江、松花江、烏蘇里河，此後只准大清國、俄羅斯國行船，各別外國船隻，不准由此江河行走。黑龍江左岸，由精奇里河以南至豁爾莫勒津屯，原住之滿洲人等，照舊准其各在所住屯中永遠居住，仍着滿洲國大臣官員管理，俄羅斯人等和好，不得侵犯」。

條文雖然只有一條，但正如錢恂先生所說的，它包含着三項重要的意義：即（一）它是界約；黑龍江北地爲俄屬，烏蘇里江以東之地由兩國共管。（二）內河航行權的問題；允許俄人在黑龍江、烏蘇里江航行。（三）黑龍江左岸精奇里以南，豁爾莫勒津屯以北的原住民，得永遠居住，俄人不得侵犯。前兩項因與本題無關，故畧而不論；而最後的一項便是規定江東六十四屯地位的明文。精奇里河就是澤雅河（Zeya R.）的滿名，豁爾莫勒津位於黑龍江南，即今遜河的東部地區。俄人最初要求這一區的住民撤移，但因清廷堅拒，俄人遂讓步。結果是清廷給俄人以空曠之地，而原住滿人得以照舊居住。

（二）天津、北京兩條約的後果

瑷琿條約訂立以後，清廷以其讓步過甚，嚴責奕山，拒絕批准。奕山引咎辭職。事先，俄使普提雅廷由海道至天津，乘英法聯軍的危，逼迫清廷於咸豐八年五月簽訂了天津條約。此約除承認兩國平等往來之外，又以規定最惠國條欵而著名。時距瑷琿條約的締結僅兩個多禮拜。普提雅廷並不知此事，故對界約，只規定爲本條約條欵。此約清廷允俄人派遣公使，俄廷便命伊果那提業夫(Ignatiev）接任俄使。越二年，即咸豐十年（一八六〇）英法聯軍再度侵入北京，伊格那提業夫復展其故技，斡旋於中國和英法之間，以扶弱之功，頗受北京朝廷的感謝，訂立對俄非常有利的北京條約。北京條約完全承認了瑷琿條約與天津條約，並且將前年規定爲共管的烏蘇里江以東的地方，全部囊括於俄人的手中。

由於這一段交涉的經過，世人常易誤認爲清廷由於瑷琿條約而割讓黑龍江以北之地，訂立了北京條約而讓脫了烏蘇里江以東之地。其實，事實並不是如此的單純，因爲經過瑷琿條約到天津條約間的長久交涉的「結果」，直到北京條約方爲清廷所承認。而黑龍江北及烏蘇里江東之地，也從此正式爲俄所攘奪。此一項事實的証據，我們可以在北京條約裡明白地看出來。此約的第一欵說：

「議定詳明一千八百五十八年瑪乙月(Mai 即五月)十六日，即咸豐八年四月二十一日，在瑷琿城所立和約之第一條，遵照是年伊云月(Iyun 即六月)初一日，在天津地方所立的和約之第九條。此後兩國東界，定爲什勒喀，額爾古訥兩河會處即順黑龍江下流，至該江與烏蘇里河會處，其北邊地屬俄羅斯國，其南邊地至烏蘇里河口，所有地方屬中國。自烏蘇里河口而南上至興凱湖，兩國以烏蘇里及松阿察(Sungacha)二河作爲交界，其二河東之地屬俄羅斯國，二河西屬中國。自松阿察河之源，兩國交界踰興凱湖，直至白稜(Beleng)河，自白稜河口順山嶺至瑚布圖(Hubtu)河口，再由瑚布圖河口，順琿春河及海中間之嶺，至圖門江口，其東皆屬俄羅斯國，其西皆屬中國。兩國交界與圖門江之會處及該江口相距不過二十里。且遵天津和約第九條，議定繪畫地圖內，以紅色分爲交界之地，上寫俄羅斯國阿(A)巴(與)瓦(B)噶(L)達(II)耶(E)熱(IK)皆(3)伊(N)亦(I)喀(K)拉(π)瑪(M)那(H)倭(O)帕(II)啦(P)(薩)(C)土(T)烏(y)等字頭，以便易詳閱，其地圖上必須兩國欽差大臣畫押鈐印爲據。上所言者，乃空曠之地，遇有中國人住之處，及中國人所占漁獵之地，俄國均不得占，仍准中國人照常漁獵。從立界牌之後，永無更改，並不侵占附近及他處之地。」

在勘定烏蘇里江東界時，木里斐岳夫等已預先探查過這些地方。而立牌時，倉場侍郎成琦和吉林將軍景淳等亦曾到場。如此俄人設立了海濱省，開始積極經營海參威港。此一條文的首段和末尾，無疑的，它同時叙述了瑷琿條約以來事實的經過，並對江東六十四屯亦有所指示。而「：：：上所言者，乃空曠之地，遇有中國人住之處，及中國人所占漁獵之地，俄國均不得占：：：」的語氣，似較瑷琿條約中的「原住之滿洲人等，照舊准其各在所住屯中永遠居住：：：」堅強了許多。

最近百年間，中國人的域外發展漸趨強烈後，滿洲的封禁在無形中被破壞，華民一擁而湧入東北，即令是遙遠的黑龍江以北的地方，或者是爲烏蘇里江以東之地，祗要它是土壤肥沃，交通方便，便可發現他們的足跡。尤其是瑷琿以東的江東六十四屯，因位於澤雅河(即精奇里河)會合黑龍江的地點，有着黑龍江流域獨一無二的肥沃大平原，移民尤多密集於此，原來的舊瑷琿就設在這裡。因爲它是滿洲八旗的屯懇地，且有數萬的居民，暴虐貪婪的俄人亦不敢立即下手。於是在條約上有如此的明文規定。可見在儼然不可侵犯的事實面前，橫暴無理的侵畧者也無法爲所欲爲。

(三)封堆及巡視問題

世人往往喜歡一概地說，瑷琿條約簽訂以後，黑龍江北的地方完全成爲俄國的領土，其實，至少江東六十四屯是仍在清廷的統治下，日趨繁榮。然而，自從俄人占領精奇里河北的海蘭泡村屯，設置烏斯特車依斯克屯營後，他們開始認識了江東六十四屯的重要性。跟着俄市布拉哥(即海蘭泡)的日益發達，貪狠的俄人便開始窺視精奇里河南的沃土。而中俄間爲此沃壤而生的問題，也越來越煩了。琿瑷縣志(卷八)中，如此地叙述着當時的情形：

「江左旗屯，雖與俄族定約，照舊居住，則我旗屯所居，自精奇里河以南起，至陷馬溝俄屯止，長在一百四十餘里，橫自江岸，至段山屯迤東，約有八十餘里，再東並無村落，即是一個荒原，極東七百餘里，始有山林重疊，竟有俄人陸續入內，安插民戶懇種，未數年，致有二三十村，迫近我鄉，互有爭持。」

這大約是俄西伯利亞移民逐漸充實時，即光緒初年的事。光緒六年(一八八〇)：中俄二國人民間有設立封堆議，此時伊犁方面的交涉已告一個段落，與凱海湖南邊的界線，雖有爭執，然清廷因迫切感到劃定十四屯東境的需要，乃於是年，派黑龍江副都統文緒與俄委員路新會勘，設立封堆，互換字據。但是雙方的爭執，並未能因此而告消滅。光緒九年，俄阿穆爾總督廓夫派馬霍弗陸金等來議，重新勘定界線。中國被迫讓步是毫無疑問的，這些界線皆可見於清朝人屠寄所劃的黑龍江與地圖中。

此後不久，除了江東六十四屯問題外黑龍江北地的巡視亦開始發生問題。據清季外交史料中的黑龍江將軍恭鏜的奏摺所載，光緒十四年（一八八八）八月初，恭鏜等因俄人的阻碍，先前的江北巡視已經無法例行了。奏摺原文是這樣的：

「竊照黑龍江左岸地方，在咸豐八年以前，原以外興安嶺爲中俄大界。內有精奇里、蘇楚納二卡倫，每年由黑龍江副都統，輪轉官兵坐放。有精奇里河、託古河、英肯河、西力木迪河、牛曼河、西勒莫德河六封堆，每年由布特哈總管，輪派官兵巡查。均爲防俄窺邊而設，歷由乾隆三十年，至道光二年，陸續奏明，遵照辦理在案。茲據黑龍江副都統祿彭、布特哈總管巴彥孟庫等稟稱，上年遵例，查放江左卡倫封堆各處，經海蘭泡城，俄酋派兵河口，攔截官兵，不允前進。當由前任副都統成慶照會理論，答精奇里河等處，均係江左俄屬，按照條約，毋庸中國官兵查放等語。茲値輪應查放之期，俄酋既有前言，應請酌覈示辦等情前來：……」

翌年九月總理各國事務衙門慶親王奕劻等覆奏稱，江北的巡視不僅自乾隆三十年（一七六五）至道光二年（一八二〇），陸續奏明在案，即咸豐八年瑷琿條約簽訂以後，至光緒五年，曾經三次巡查，何以俄國並未阻攔，而光緒五年以後，何以該國歷任將軍又無續報。」以故奕劻力主照舊巡視。但是俄人的態度，此後日趨強硬，而清廷邊吏又對此因循苟安，江北的巡視遂告終止。

（四）犁界與蘇忠阿問題

光緒十五年（一八八九），著名辦理漠河金鑛道李金鏞勘察邊屯的時候，又與俄人會商，犁界鑿溝而三度定界。李金鏞是江蘇無錫人，爲人精明強幹，當隨吳大澂勘定了吉林界，在與俄人的交涉上，最爲成功。他曾解決了長春附近的蒙地爭訟，後又以開漠河金鑛而建大功，對於其設立六十四屯犁界事，清史稿祇云：「俄侵佔精奇里河四十八旗屯，地在黑龍江岸東，金鏞爭還補丁屯至老瓜林百七十餘里，劃河定界」。瑷琿縣志的叙述則較爲詳盡。

「中國政府派委候補道秋亭李公金鏞至瑷琿，會同瑷琿副都統，出派協佐各官渡江，在段山等屯以東，與俄員會面，商同劃界，擬議平妥，當用種地俄犁，開傷直線一道，即使大集屯衆，深挖溝壑，與明界限，二十餘日始行竣工，從此是非漸少互有相安。」

「二十餘日始行竣工，從此是非漸少……」祇是表揚李金鏞功勞的飾辭，其實，鑿溝限界之事，因遇俄人的阻梗，未能全部實現。這在後述的出使俄國大臣許景澄的照會中明白的指出來。總之，俄人在交涉上常取進擊的態度，而清則是退守的。

俄人的侵迫是永無止境的，翌年（光緒十六年）有名的蘇忠阿種地案便發生了。蘇忠阿是六十四屯一位有力的旗民，當他努力開墾屯內的荒地時，俄人稱其新墾地爲俄領而要求重稅。蘇忠阿並不依俄命，仍照慣例將租稅繳納清廷。因此事情遂擴大爲外交上的交涉案件。當時處理這一案件的是駐俄大使許景澄。我們在「許文肅公遺集」中可以看到有關此案的二、三文案。據謂蘇忠阿乃是瑷琿條約所明定的原住民，其耕地完全在清朝本來的管轄區內。光緒十七年四月初六日，許景澄照會俄外務省，中附地圖摹本，要求恢復六十四屯被侵佔的疆界，文曰：

「但圖上所繪黃色一處之地，北近精奇里河者，現被俄人占去。又南近豁爾莫勒津屯一帶地方，本屬滿人，現亦被俄人雜居。因此之故，致華人所開溝道，即圖上紅線者，不能完工，尚餘紅點之地未開。此皆實在情形，望貴大臣善體我兩國多年交好之誼，詳細察核，再請行文阿穆爾省總督，將此圖寄去，轉飭該處地方官，將俄人所占黑龍江左岸滿屯各地段，作速全行退還，滿洲人居住，彼此相安。至於蘇忠阿所種之地，當此議辦退還各屯之際，還望轉飭該處地方官廳，該華人耕種，不必納租，是所切盼。」

許景澄是後來殉難於義和團之亂的開明政治家，以他的敦厚，其種種主張，當不會是一些無稽之談。最遺憾的是至今已無法看到此一幅地圖。總之，事實的經過是俄人次第由南北向旗民住地的東境侵犯，使旗民們茹苦含辛挖成的界溝因而失效。

現因俄國方面的史料缺乏，無法詳考此項交涉的經過。總之，最後俄人置清廷的修訂要求於不顧，清廷也明白要乘機恢復舊境，不免困難重重，態度遂轉向讓步。許景澄亦捐棄前議，僅主張蘇忠阿爲原住滿人，應有屯耕之權，其光緒十八年四月二十四日的照會如下：

「江左滿民，自璦琿立約以後，歷承俄官優待，中國國家深爲欣悅，現在不必辨論地界，但爲按約保護滿民起見。查蘇忠阿係約內所云准其仍舊居住黑龍江左岸之人，非約後遷來者可比，且其地係經伊開墾多年，在廓總督西曆一千八百八十三年（即光緒九年）畫界之先，是以總署屬本大臣，設法使蘇忠阿得享永遠耕種該地之利益，不勝盼切。」

結果，蘇忠阿的租稅由俄最初所要求的每餉十五戈比減到五戈比，並取得九十二年的領種權。

諸如此類問題的發生，爲數必多，今因史料殘缺，無法詳記了。據璦琿縣志（卷八），光緒十九年（一八九三）俄官憲疾惡補丁屯賣酒舖生意隆盛，率數十馬兵，直搗酒舖三十餘家，將酒樽盡數撞破，使其蒙受三百餘萬金的損失。光緒二十四年（一八九八）春，俄又派兵調查江左各旗屯，舉凡住民的戶口、產業、房屋甚至六畜的數目，都一一予以查明，引起了江左住民一陣莫明的惶恐。回溯前時，俄自得黑龍江北地後，欲將旗民移至江左，但因清廷堅拒，俄人只得暫取空曠之地以塡其侵畧的慾壑。璦琿條約訂立以後，清廷仍認爲祇將空曠之地借與俄人，而俄人亦默認其意。然而，隨着歲月的消逝，俄人的經營與侵占有增無已。最初，禁止清廷巡邊，接着侵迫到旗民住地，終而採取暴虐的驅逐手段。接連不斷而來的封堆、巡邊、屯墾、戶口調查等問題，正是這個過程最好的說明，所謂「黑龍江上的悲劇」，不久便告爆發了。

三　悲劇的發生——庚子之變與江東失陷

當庚子拳匪之亂蔓延到東北的時候，俄人乘機藉口保護東清鐵路，分路進兵，頃刻之間，併吞了整個東北。璦琿、黑河方面首當其衝。時黑龍江將軍壽山下令璦琿副都統鳳翔、鎮邊新軍右路統領崇玉（字崑山）等抗禦俄軍。光緒二十六年六月十八、十九日，俄軍開釁，攻凡月餘。七月末，不僅是璦琿、即齊齊哈爾方面亦慘遭其蹂躪。六月二十日前後，江東六十四屯的住民與居留海蘭泡市的華民，全部被驅逐出來。王彥威的西巡大事記中有如下的記載：

「二十日及二十一日，俄派馬隊數旅，至璦琿城東，驅二十八屯居民，聚之一大屋中，焚斃無算，逸去者不及半。其在海蘭泡貿易之華商約六千餘人，先於十九日，被俄兵驅之江邊，許以派船護送歸國，商民聞言，即在江邊，忍飢露立，待候一日夜之久，二十日下午，忽有俄馬隊持槍兵三十名，持斧兵二十名，向商民擊砍，槍斧交下，商民出不意，惶遽奔逃，均墮黑河而死，其泅水得免者，僅百數人，蓋亦慘矣。」

璦琿縣志裡周繼功的「庚子俄難」更詳細的說：

「於二十一日午前十一時鐘時，遙望彼岸，俄驅無數華僑圈圍江邊，喧聲震野，細瞥俄兵，各持刀斧，東砍西劈，斷屍粉骨，音震酸鼻，傷重者斃岸，傷輕者死江，未受傷者，皆投水溺亡，骸骨漂溢，蔽滿江津，有隨浪力捱過者八十餘名，赤身露體，昏迷不能作語，當經崇統領崑山憐其慘苦，飭令隨軍官醫調治，甦後詢知慘殺溺斃華僑有五千餘名，各賞衣褲一套，分給穿服遣去」。

敘述了前時江東繁榮的情況後繼謂：

「二百餘年積蓄，迫為國難，一旦拋空，黃童離家長號，白叟戀產叫哭，扶老携幼，逃奔璦琿，對過長江阻梗，繞越不能，露守江灘，羣號慘人，幸經兵司掌關防副都統衛穆總管立齋，會同戶刑工司印務處各正副印官，懇求鳳翼長翔，乘勢所趨，准令抓船擺運，穆總管立齋熱誠援苦，義忘寢食，親同駐守臨江統領霍倫布、管帶周繼增，先行抓集商船二十餘隻，同水師營戰船，共三十餘艘，並王官醫志義自發義奮，從旁演說見義勇為古事，激勵士兵，晝夜接渡，飛棹如梭，自二十二日起，至二十四日晚，在末次渡完間，人民登船離岸，將開棹，遙望沙岸，塵土接天，頃刻俄兵馬隊一支，飛奔江邊，掛槍向船，齊射，我船見勢危急，即撥舵順下流斜渡，行漸已遠，幸未受傷，自是城之對岸，為俄兵把守，砲對我岸，竟日轟擊，城廂房屋猝中砲彈，延燒焚燬，江東屯舍，俄兵舉火燒平，愁烟蔽日，難民避宿無處，哀鴻遍野。」

其所述的時間，雖畧有出入，但事實的經過大約就是如此。又據沈桐生的光緒政要或是西巡大事記、璦琿縣志等，當時副都統鳳翔憤恨填膺，立命統領王某率兵數百進擊江東俄軍，然而這不僅無補於事，且刺激俄軍進攻東北。

不久，璦琿、黑河首先失守，墨爾根與齊齊哈爾亦相繼淪陷。亂平後，經過清廷的要求，於光緒二十八年即一九〇二年訂立交收東三省條約。黑龍江南的領土雖全部歸還清廷，但江東六十四屯則始終未能收回，致使靜待遣還的原住屯民，廬集於江南無法歸去。黑龍江志稿對於此事曾有過一段簡明的記載：

「二十六年，義和團亂起，八國聯軍內犯，陷京師，俄人遂乘機據我三省地，海蘭泡一帶僑民，悉被逐，沉於江流，死者七千餘人，於是，江東屯戶逃亡殆盡，二十八年，交收東三省條約講成，江右地方以次恢復，江左屯民謀歸業者，漸集於璦琿等處，計五六千人。」

清廷對俄人之拒絕屯民復歸，當然不會視若無睹，俟有機會，便反覆向俄提出抗議。

四 恢復失地的要求

例如日俄戰爭結束，媾和條約締結的結果，東三省恢復戰前的舊觀，清廷乘機要求俄國歸還江東六十四屯。光緒三十三年（一九〇七）東三省總督徐世昌、黑龍江巡撫程德全致文阿穆爾督要求返還江東六十四屯。次年，璦琿副都統姚福升又重申前項要。然俄人皆置之不理。並且加緊經營其侵畧得來的領土。根據姚福升的報告，光緒三十三年七月，中國曾派密探至該地調查，據謂當時已有「民二百十一家，兵三百五十二家，計大小屯店二十處」。宣統元年二月復派高純廣、徐福貴等至江東調查，俄人經營江東的進展情形，由其報告中歷歷可見。宣統元年六月，黑龍江巡撫周樹模復提前議，根據「清宣統朝外交史料「所載的周樹模的奏文，周樹模先引述璦琿條約、北京條約及光緒九年十五年分界的事實，力主中國有充分的理由和權利索還六十四屯。他說：

「庚子事起，除俄人招集華工無憑查考外，各地旗戶悉數被俄人驅逐入江，殘其生命七千餘人，據其財產三百餘萬，一切所有權利，均被俄人侵佔，違約之咎，實在俄人，所有各該屯旗戶損失，自應由俄人如數賠償，俄人侵佔地畝，自應悉數交還，滿洲人照舊居住，仍歸滿洲官員照舊管理，方昭平允，而符原約。」

俄人的答覆是「僅有居住權的原住民，業已離開該地，而現在已將該地交俄民居住礙難交還中國」。周樹模乃嚴詞予以駁斥：

「今駐京俄使乃謂，其已經離開該地者，自不能仍享此佔地之權，光緒二十六年，江左華人棄地逃回中國，現已將該地交俄民居住，則該地即為旗屯永遠之業，且前次離開該地之華人，因係俄人以強力驅逐，並非自行離開，今日請復舊業之華人，即係從前原住之華人，乃近年迭次照請交還，迄不照交，逐年遷民移住其地，謂非侵佔而何，奪其地而據，久假不歸，所貴乎條約上之保護者安在，且詳查日俄交還東三省條約的第一條，曾載明東三省地方，一如俄軍未佔據以前，仍歸中國官治理等語，該屯地方原係歸滿洲人居住，該屯旗戶原係歸滿洲大臣官員管理，自應如俄軍未佔據以前，一律交還中國，方與前後條約相符，現在旗民麕集江右者，計有四千餘戶，索求歸業，爲時既久，江左並無現居旗人，應請大部據理力爭，以保主權，而符原約，不勝企禱。」

謂索求歸業的旗民有四千餘戶，似乎近於誇大，然語多中肯，俄人既以武力驅逐住民，繼又諉稱華民自離，可謂強詞奪理，橫暴之極。

此後清廷仍不斷要求俄人反省。入民國後，張作霖亦不忘對俄提抗議。尤其是民國八、九年間蘇俄當局一再聲明無意繼承帝政府時代侵奪得來的一切權益，中國政府乃乘機要求交還江東六十四屯。民國八年，瑷琿縣勸學所長王純樂、前縣議會議員陶孜誠等向黑龍江議會提出恢復六十四屯的議案，督軍孫烈臣乃將之轉電中央政府，並派特使李餘九赴瀋陽與東三省巡閱使張作霖會商。民國九年，省議員馬清濂等復提前案，經省議會通過，省長公署爰將此案轉達外交部。結果由外交部俄事委員長劉鏡人與遠東共和國代表談判。民國十二年（一九二三）黑龍江省議員陳達光重提該案，立即得到黑龍江對俄外交討論會的響應，張作霖亦贊同此議。然而俄人對此一再延宕，依違不答。

五　結　論

回顧近三百年來的歷史，俄國南侵取得太平洋要地及黑龍江流域的野心，由來已久。而其經略的進展，在十九世紀後半葉尤爲顯著。清廷雖面對俄人兇燄，但亦無放棄這偌大一塊領土的意思。當清廷簽訂瑷琿條約與北京條約的時候，朝廷祗認爲將其中的空曠之地允俄人佔據，而並非完全的割讓。這個事實，只要我們回顧一下屢次的交涉，便可明顯地看出來。尤其是北京條約的第一條條文，表現得最爲明顯。當時俄人無疑的欲囊括黑龍江北及烏蘇里江東全部的領土，但因清廷堅拒，遂取得黑龍江左岸的使用權，及烏蘇里江右岸的開發權而止。在清廷的心目中，不管簽立任何條約，絕不是割讓領土，而俄人亦默認其意，滿洲居民之所以能照舊住原地，過着安康殷富的生活，也就是這個原因。不僅原住民得以照舊居住，甚至清廷也定期派遣官吏，巡查各要地，這事實在前文已經提過了。此後俄人經營的基礎日漸穩定，遂開始禁止清吏的巡邊，乘機驅逐住民，繼而曲解條約明文，否定了屯民的居住權。

誠然，時至今日，我們假若單憑條約的明文爲根據，則黑龍江北及烏蘇里江東的所有權是屬於俄人的；而中國只有原住的人民能夠享受特殊的佔據權。「中俄界約斠註」作者錢恂先生曾持此見。但是若從歷史的實情來詳查，則本文所述的種種推斷是毫無錯誤的，因爲俄人係利用清廷的無知，運用其陰謀毒辣的手段，以達成其鯨吞蠶食的目的。俄人在瑷琿條約中插入了意義頗爲曖昧的「松花江」三字，後竟以此爲取得松花江航行權的根據。俄人故設陷阱以欺弄缺乏國際談判經驗的清廷，故起初清廷只以爲將使用權許與俄人，但不及多時情勢顚倒，俄人反而喧賓奪主，允華民以居住權。

無論根據任何條約的解釋，清廷確保原來居住地的佔據權是千眞萬確的事實。不僅江東六十四屯是中國人的占據，就是華民曾經移住過的伯利（Habarovsk）、雙城子（Mikolisk）、蘇城溝（Suchan）等沃壤，在理論上亦應歸中國。因爲歷史上就有許多鐵的事實，証明清朝人在很早的時候，即發展到這些地方，只是他們無理被逐的時間比江東六十四屯更早並且更輕易而已。平心而論，俄領黑龍江省（阿穆爾省）海濱省南部等要地，大部分是中國人的居住地，而不顧事實與道義如何，悍然驅逐華民的俄國，顯然是違背了條約。

胡政之與大公報

陳紀瀅

那時我也不知道季鸞先生得的是肺病。肺病在古老的中國社會是受忌諱的。對於病情不便深問，也是中國社會的一種禮貌。我曾經託請谷冰兄代我問候他。

因爲我這次採訪。原是季鸞先生設計，政之先生贊同。不料我採訪歸來，季鸞先生就病倒，我無機親自向他領教，衷心不免歉然。我也不知道他看了我的作品反應如何，確實相當惦念他。

胡政之（霖）先生遺像

在就座之後，政之先生剛才嚴肅的面容，似乎稍微綻開了一點。他首先舉起杯來，向我敬酒，並且說道：

「紀瀅這次冒險成功回來，我代表報館向你致賀意！」我答道：「非常謝謝胡先生的盛意。很慚愧，寫的東西極其膚淺，以後還希望胡先生及各位多多指教！」那時節，所有在座最年輕的，也比我大個六、七歲。政之先生長我二十歲。因此我的簡單答詞，不完全是泛泛的客套，也是由衷之言。

不一會兒，酒過三巡，菜過五道。政之先生一面張着笑靨，一面也顯著神態沉重，說道：

「紀瀅，我告訴你，你千萬不要介意。咱們今天這個特刊，鋒頭是出足了，麻煩也來了！」

然後，他就把南京行政院的一封電報內容，說給大家聽。原來今天一出報，駐天津的日本總領事（忘記姓名。編者按：似是桑島）就把大公報「九一八」特刊內容告給日本駐南京大使館。日本大使館又轉報東京日外務省。外務省馬上指令有吉明公使向中國政府提出嚴重抗議。說什麼「日中兩國正在敦睦邦交聲中，天津大公報竟私派記者潛入滿洲國祕密採訪，虛構事實，破壞兩國感情，殊屬不友誼之行爲。」等語。我外交部接到抗議書後，即刻呈報行政院。行政院由院長核可，令祕書長致電報館查覆。館方於下午三時接到來電，馬上採取措施，並分別致電中樞友好，解釋原委，並盼望轉告外交部不可接受日本的無理抗議。到下午五點鐘已接到許多來電表示支持大公報的立塲了。

胡氏講這一段話時，一部份同人如谷冰、萱伯、芸生等好像都已知道這樁事了，一部份同人則跟我一樣，乍聞此訊，都表示了相當驚訝，彼此相覷。

原來那時期的行政院長是汪兆銘，他還兼任外交部長。他鑒於日本侵佔東北後，謀華北日急，爲了緩和日本的逼迫，他就公開聲明，他的外交路線，是「一面交涉，一面抵抗。」統起來，叫做什麽「睦鄰政策」。因此惹得日本敢公然拿大公報的特刊向我政府提抗議。汪兆銘雖然不惜卑躬折節媚日，但中樞尚有主張正義之士替大公報說話，我記得當時秘書長是否褚民誼，外交次長是唐有壬。因此在六點鐘胡公館的宴席上，情勢已經緩和下來，怪不得政之先生幾次進室內去聽電話。

「胡先生，我非常抱歉，替報館惹出事來！」

政之先生聽後，乃鄭重其事地答覆我：「報館既刊登你的文章，報館就負責，一切責任由報館擔當，你不必介意。」

「話雖如此，但內心實在歉然。」我說。

「有什麽歉然的？難道我們反對日本扶持傀儡不對嗎？難道我們替東北老百姓說話不對嗎？假如政府藉此壓迫我們，我們就訴諸輿論，拚命到底！報館關門也不怕！」

這番話，說得光明正大，擲地有聲，我暗暗表示歎佩之意。然而在沒有結論以前，我以「當事人」身份，還不能明白讚揚，自是正理。

然後，胡先生勸大家喝酒，他自己也連飲幾杯。

這頓飯吃得我既不安，也愉快。因為我實在沒有任何責任。報館當局堅決的態度，我深感欣然。

後來谷冰兄告訴我，「從上午十一時起，南京電報與電話不絕，就是為了這件事。政府若強硬，從外交部就該駁回去，不值得把消息轉告給我們。民間的舉動，政府可不負任何責任；何況這種舉動，又不是丟國家顏面之事？」然後他勸我：「你沒絲毫錯誤，你不必介意。我們也不會把眞實姓名洩漏出去。」

「我倒不怕他們知道『生人』是誰！」當我謝了谷冰兄之後說。

第二天，天津出版的日文「每日新聞」果然刊登着日本政府為大公報出特刊所提抗議及新聞，語意之間，極盡煽動恐嚇之能事。當時日本在華外交官窮兇極惡、興風作浪的乖戾之氣與政府對日外交的軟弱態度，都留給我極痛楚的印象。

一一、何心冷之死

九月十九日上午胡氏來館，把我召進他的辦公室，還沒坐下，他滿面堆笑，衝我說道：

「紀瀅，昨晚眞對你不起，使你心裏不舒服！現在雨過天青，一切雲消霧散了。」然後他又對南京汪兆銘及其所屬罵了個狗血噴頭。胡氏罵人的口頭語是「該死！」他對屈辱外交，不知罵了多少個「該死！」「該死！」「該死！」

「今天我找你商量一件事情，」他說：「不知你能不能答應？」

我說：「胡先生有什麽吩咐？儘管告訴我。」

然後他告訴我：「何心冷正在醫院生病，看情形一時不會好。他的職務暫由編輯部同人代理，可是他的工作相當繁重，需要一個專人承擔。所以想請你幫幫忙。」

凡是熟讀大公報的人，對於何心冷的大名，可以說無人不知，無人不曉。我剛到兩天，還沒來得及問起，哪知我睡的牀就是心冷的舖位。心冷主編「小公園」是我知道的；他所寫的文章與才華的出衆，也是我久仰的。

「心冷先生除編『小公園』外，還擔任什麽？」我問胡先生。

「還有本市副刊。」他答。

「哦，原來那也是他編的，很有趣味。」這張副刊只在天津市內發行，外埠看不到。那裏邊都是天津各行各業的調查，以及一些民風民俗輕鬆的資料。我連讀兩天，也倍感興趣。

「都是什麽時候發稿？」

「小公園是每天上午，本市副刊在夜晚。」

我見政之先生語意誠懇，好像佇待我應允。我若是有任何推託，將使他失望。但我也有我的困難。一方面我這次是從鄭局請的例假，時間僅有半年。爲去東北秘密採訪，已耗去兩個月，我正好趁這機會回故鄉去，與雙親團聚，同孩子們共度田園之樂；我若是在報館待下去，除非我從郵局辭職，也祇是個短時期，豈不兩躭誤？然而，我的心意很難啓齒。政之先生見我猶豫，就說道：

「我們很樂意你今後全部精神與時間，跟我們一同來受苦，這你要慢慢想想。我們知道你現在的職業是鐵飯碗。你暫時幫忙一個短時期，什麽時候你要走，咱們再研究。」

郵局職業那時被外界羡慕，不是憑空而來，制度好，待遇好，靠考試入局，無人情牽掛。但當時以大公報聲譽之隆，地位之高，倩人說情想入報館服務的大有人在。我若那時作决定，眞是順理成章，不費吹灰之力，然而我沒有！於是我向胡氏說：

「非常謝謝胡先生，我願意留下來，暫時幫幫忙。以後的事等以後再談吧。」又說：「但我不知道『小公園』還存有多少稿子？本市副刊的稿源哪裏來的？」

他答：「你放心，咱們的報任何一版都有豐富的稿源，只發愁用不了，不愁沒有。」

他見我答應了，高興非凡。然後就指揮工友，把心冷的舖蓋抱出去，另外叫總務給我買一牀新被褥來。怎樣包伙，怎樣上班，怎樣叫兩版的代理人與我交接，一一交代淸楚，然後他就走了。

後來我知道胡氏這樣安排，事前都曾徵得季鸞先生的同意。

從此之後，我就安心在天津暫時待下來。我給家中寫信告訴了這種不得已情形，並邀得雙親與內子的諒解。那時渡假心情與開創事業的念頭是很矛盾的。就在這種矛盾中，把我從事新聞與文藝工作的前程，又提前了一步。

第二天，一位高級助理編輯抱着一包稿件交給我。我問他：「何心冷先生病多久了？」他說：「已有兩個月。」「什麽病？」「吐血。」「怎麽樣？」「不輕。」「吐血當然就是肺病。「又是肺病！」我心中忐忑不安，因爲我睡的是他睡過的牀，但中國人認命之說，也不無道理。我一想道「認命」就減去當時心理的沉重負擔。

那時候，大公報的「小公園」，是飮譽全國的文藝性副刊。經常登載名家作品，如沈從文、張天翼、巴金、靳以、老舍、李廣田、何其芳、曹禺等人都是小公園撰稿人。

何心冷是胡政之先生於民國八年在上海創辦國聞通訊社時主角之一，另一主角即李子寬。他也是常州人，才氣橫溢，能寫能跑，並且寫得一手好字，張、胡諸氏於民國十五年九月一日自英斂之先生手中接辦大公報，心冷就是主要編輯之一，並且曾主持過許多重要採訪，如華北運動會等。

但截止到我代替他的職務，只見過他的照片，沒見過他本人。我正準備請同事陪我到醫院去探病，不料忽傳他去世了！使我大吃一驚。

噩耗傳來，編輯部籠罩一片愁雲。政之先生哭得兩眼紅腫，聲音嘶啞，一種極度惋惜之情，是顯而易見的。原來心冷逝世時剛滿三十六歲，算得還在英年。眷屬留在南方（？）他孤零零一個人在天津。我跟隨胡先生等去殯儀館爲他安排後事。第二天報紙上刊登他去世消息並附有像片。一個英年的新聞工作者的不幸，引起不少讀者的同情。胡氏把許多來信都交我保存。

跟着就預備爲他出紀念特刊。五天以後，就是心冷開弔的日子，胡先生叫我準備文章。他說他寫一篇，請谷冰寫一篇，再請子寬寫一篇。另把心冷一篇原稿製成鋅版，以彰顯他美妙有帖式的書法。再刊登他的一幀半身照片。一共佔九欄地位，與平日小公園的篇幅相等。我遵照政之先生的囑咐，悉心籌劃，胡先生的文章排首篇，谷冰的排特別欄，銅版排左上角，鋅版排右下角，務使每篇文章排在合適地位，吸引人閱讀，又怕子寬的文章來不及，我準備了一千多字的補白稿。因子寬的文章，要從上海寄來，（子寬是常州人，他倆似乎還有親戚關係，子寬輩份較高。那時還沒有航空信，只有快遞，結果前一天才收到，遂把我臨時補白的一篇撤下來。拚了版之後，我拿着大樣去請胡先生看，他認爲樣式還不錯，於是才定了版。

當然所有文章，以胡氏那篇悼詞最動人。他首先叙述在上海怎樣相遇，心冷在國聞通訊社初期的貢獻，後又談到接辦大公報的時期，心冷對編採兩方面的擘劃，以及在文字與工作上所展示的才華，隱隱約約，心冷在同人中應居首位。「摩登」（Modern）一詞就是心冷的創譯。他寫行草，頗有二王筆意。他的名片是自己寫的，上端刻着「大公報」三個隸字，非常別致美觀。當時報館每有重大採訪，心冷往往獨任艱鉅，完成使命。他在新聞工作所呈現的全能，就是在當時全國報館中，也是最傑出記者之一。

心冷之死，對胡氏來說，無異失去一隻有力的臂膀。惋惜與痛悼之情，溢於言表，使人十分感動。

那天葬禮，到的新聞界人士與讀者很多，在簡單隆重的儀式中，備極哀榮。季鸞先生雖在病中，但傳出話來，對心冷之英年不幸，也極端悲悼。

一二、我的工作

從此之後，我每天上午在臥室外的辦公桌上看來稿及發排「小公園」的文章，晚上與同人一樣上班，到大編輯部去編本市副刊。好在我在哈爾濱已有了編輯「國際協報」、「國際公園」的經驗，對於一個報副刊的環境還不算陌生。祇是大公報是一個全國性的報紙，來稿充分，而且不乏名家作品。在沙裏如何淘金，能把一個文藝性的副刊，編出個性，具有特點來，則需要一番設計加上兩隻慧眼。因爲我在上海住居一年之久，與文藝界建立了些關係，同時我又是北方人，與平津各大學教授、社會作家，平素也有來往，所以我便趁機會寫了許多信邀請他們寫稿。

當時平津及上海重要報紙文藝性作品，每千字銀圓一元，大公報則定爲兩元。每天有九欄地位，每欄一千二百字，除去標題及空白，大約每天須發一萬字的稿件。因爲稿費高昂，報紙受人注意，來稿眞是源源不絕。一個作家每個月在「小公園」內能發表二、三千字的文章兩篇，則可收入十幾塊銀元的報酬，可抵五袋麵粉的代價。那時每袋麵米粉售洋二元五角，北方以麥爲主食，家家戶戶預儲麵粉，普通一個五口之家，也不過有一袋多麵粉就夠了。所以那時候寫稿可解決生活問題，爲最好副業。平津兩地的教授靠寫文章貼補家用的，大有人在。

在何心冷編「小公園」時期，他每天撰寫一段短文章，猶如今天報紙的方塊。他生病後就斷了，我請示了胡先生後，又把它恢復起來，而綴上「編餘」二字，單署一個「瀅」字，以示負責。

大公報那時字體美，排版技術精，油墨好，紙張好，所以同是一個字模鑄出來的字，印出來格外淸晰美觀。而印刷器材齊全，工人又不怕費事。當編輯的絕對可以自由指揮，無論標題、花樣，都可由編輯先生自出心裁，他們照作不誤。

所以我每天上午，連看帶發（有時在空閒時預先閱稿）有兩小時足夠了。其餘我每天化一小時多閱讀本報及平、津、滬重要報紙。

下午，我要耗費三小時整理我自東北採訪的各種資料。原來計劃回到家去整理。我既留下了，自然要抽空在報館完成我的寫作，以竟前功。這個工作，毋寧與編「小公園」同等重要。因爲我於「九一八」自所發表的文字，僅是一種印象，泛泛之論，並非專題寫作。我要把僞滿洲國的政治、經濟、軍事、外交、社會、文化、教育，以及民間各種情況，予以具體說明；要有系統、有組織、有數目字地詳加論述，不僅是常識性的報導，還要有學術性的研究。有若干資料，在祕密探訪期間，無時間消化，這時候必須先消化了資料，並且要有參證；尤其日本爲誇大它扶持的傀儡，造一些假數目字，不能據以爲眞，我要從其中資料，闢證其僞。我有全年中東鐵路出版的偽滿經濟調查資料，有最近的分類剪報。還有英文、俄文及日文有關東北的專門論著。

因此每天下午這三小時，既是我寫作的時間，也是我研究的時刻。大約每週可寫好一篇約五、六千字的專欄，送交胡氏；由他看過了，再發編輯部，由谷冰及萱伯二位最後審核發排。有時登兩天，有時登三天才完。然後再由國聞報轉載。自二十二年九月下旬起至二十三年初，幾乎每週有我一篇記東北問題的專論，署名仍是「生人」。我文內所用的資料與數目字，截至「七七」事變發生，一直還在被專家援引，可知我這次採訪影響不小與資料搜集之不易。

晚上，我跟同人一樣按時上班下班。大公報編輯部有一位高高大大的工友「老張」，眞是訓練有素，態度從容。每位同人一坐在位置上，一個毛巾把就遞到跟前。夏天是涼水洗過的，冬天是熱騰騰的。然後沏的一杯香片跟着送來。他永遠是笑呵呵的，走路不疾不徐；動作有分寸，眉眼有高低；絕不多說一句話，也不會少說一句話。

我晚上編的是本市副刊，就是新聞以外的社會調查。也有若干社會新聞。但那時的新聞，絕少姦殺擄掠及誨淫誨盜的東西，多半是一些輕鬆的報導。一方面那時社會發展慢，沒像今天這樣複雜；另一方面大公報絕不以社會新聞與同業爭勝。因此除非關乎社會治安、人倫道德的大新聞，一般黃色消息，絕對刊登不出來。

這一版內有一位長期撰稿人林墨農先生，他在我沒接手之前，已經寫過很多調查，我接事之後不久，他來報館相晤，就認識了。他不媿是位深入天津社會裏層的新聞從業員，他不但對天津地理歷史有清楚的認識，談來如數家珍，瞭若指掌；就是各行各業，來龍去脈，他都有一份流水賬，說得有頭有尾。天津社會人物的背景與現狀，都在他掌握之中，是一位十足的「地頭蛇」。墨農兄也性情溫和、謙誠而含蓄，所以我一見了他，就被他的談吐、氣質吸引住。

他除每天供給我兩三千字的稿件外，並且時常擔任我偷閒時的嚮導。他經常帶我去下天津各色各式的小舘子，把天津幾家著名澡堂也洗遍了。他愛聽戲，我更是戲迷。在春和戲院聽章遏雲就是這個時期。後來北平戲曲學校到天津公演，我倆每天是座上客。因編稿關係，前邊兩齣戲不能欣賞，往往祇聽大軸子。什麽宋德珠、王金璐、傅德威等等表演都是那時候看的。勸業場由韓世昌領導的崑曲班，也是我經常光顧之所。我一直看到這個班解散。曲高和寡的藝術被社會無情拋棄，我親眼得見，給我留下極深刻的印象。因爲這個高陽班，從我幼兒時就在縣內藥王廟前看過多次。後來又在保定看，沒想到二十二年我在天津，竟看見它最後的命運，以後它再沒有全班演出了。這個班包括韓世昌、郝振基、侯益隆、陶顯庭、白雲生等數十位崑曲名伶。

墨農兄於抗戰前正式入大公報舘供職，抗戰時期爲報舘保管財產留津。大陸淪陷前辭職，改行業商。五十八年與我取得聯繫，他已是香港方面大商賈之一。年來不時來往於歐美進行貿易，每次來台必邀我聚談，暢談往事。爲大公報同人中，唯一與我有往來的。但時間已跳過四十年了。

不久，我向上海方面邀的稿件陸續都來了。更豐富了「小公園」版面的內容。

其實，僅是平津各大學的稿件就用不清。

那時北平國立北京大學，經常給小公園寫文章的人，有朱光潛、馮至、沈從文、楊振聲等。清華大學有朱自清、曹禺、冰心、陳夢家等，燕京大學有蕭乾等。師範大學、各私立大學，以及所有中上學校都有師生給「小公園」寫稿。天津南開大學及河北女師也有李廣田及卞之琳等供應稿件。其餘在平津、青島、濟南的作家。也不在少數。如那時老舍在濟南大學、林同愈在青島大學等，都曾給「小公園」寫過文章。

一三、關於署名

因為我每天寫一篇短文，署名一個「瀅」，於是很多人誤會編者是陳西瀅。那時陳先生早已是北京大學的著名教授，曾主編過「現代評論」，特別因為與魯迅打筆仗多年，名震文壇，遐邇皆聞。與我相比，他是前輩，自無疑問。可是，論起用這個「瀅」字使用的早晚，我則居先，他反落後。因他於民國八年以後，才寫文章用「西瀅」這個筆名。他本名「陳源」，號「通伯」，江蘇無錫人。「紀瀅」是我的學名，與生俱來就用「瀅」字。至少比他早用十二年。

因為用這個字，也惹起不少煩惱，首先早期文藝界人士誤會是一家，甚至我攀附高枝；其次，在報館字架上，「瀅」是個刻字，每回露名需要刻個新字。幸而後來它漸漸變成常用字了。其實，也恰如「胡政之」與「胡適之」並非一家一樣，也無特別關係。而「陳西瀅」的同事、好友，面前背後從來不呼他的筆名，而慣常叫他「通伯」，就是在他享譽文壇極盛的時候，也不例外。至於退出文壇以後，一直到一九六九年他逝世於倫敦，平輩與晚輩還是稱呼他「通伯」或「通伯先生」。

當時我曾接到若干封信寫着他的署名寄到報館來，我即轉寄武漢大學。那時他已是武漢大學的文學院長了。廿四年，我由上海至武漢，跟趙惜夢兄共同創辦「大光報」，我寫了一篇文章題名：「陳紀瀅訪陳西瀅」，曾引起讀者有趣味的注意。由於以上關係，我結識了通伯先生與他的夫人凌叔華女士，並成為好友。一九五九年，羅家倫先生與我拉他任中華民國筆會代表之一，參加西德法蘭克福所舉行的國際筆會(International P.E.N.)第三十屆大會。會後羅氏與我又赴倫敦和他盤桓多日。此後十年中，我們沒斷過通信。他的胞弟陳洪先生與我在立法院共事已達二十五年之久。這也算我在大公報服務初期，所留下一段佳話，特記在這裏，以資不忘。

一四、會計與人事

二十二年自秋徂冬，我逗留在大公報四個月期間，我經歷了許多事。因季鸞先生患病，到報館，僅是偶而的情形，館務與社論完全由政之先生負責，他全力主持社務，下午與晚間，都在報館，因此向他請教的機會增多。

有一天（剛去前數日），他親自要帶我去工廠參觀。工廠就在辦公大樓後面，相距也不過五十碼。有兩個單位的捲筒機「輪轉機）佔據了工廠全部面積三分之一。胡氏一面領導我參觀，一面說明這機器都是他於民國十六年親自到日本定購的。其他澆版機、切紙機及鑄字爐等，應有盡有。因為我在上海已經參觀過申報、新聞報和時報的機件，所以對那龐大無比的捲筒機並不感到特別驚訝；但令我高興的是，無論機件與排字房，却乾淨得如明鏡一般。又因為是白天的關係，光線充足，尤其因為頂棚高聳，站立在裏邊工作，沒有令人窒息驚悶之感。上海三家報紙工廠，不是黑漆漆的，便是污穢不堪。到今天我還有極清晰的對比印象。一九五九年，我在倫敦參觀「每日電訊報」與「泰晤士報」；一九六二年，我在華盛頓參觀「郵報」，在紐約參觀「前鋒論壇報」，「紐約時報」及「每日新聞」，他們捲筒機多到九十幾個單位，如「紐約時報」及「每日新聞」就是。我自然欣羡他們機件之多之新，但我最注意的，却是維護方法與清潔程度。清潔毋寧是維護機件最不可缺少的要素。一個工廠縱然「高斯機」嶄新，無奈地上案前，亂糟糟，油漬漬，我也懷疑它的工作效率。

後來我又曾去益世報工廠參觀，也不如大公報的清潔。這個力求清潔的傳統，一直延續到抗戰期間。那時在漢口與重慶，都改用平版機，而工廠建築的簡陋空前。然而儘管把機器運到防空洞內去工作，仍然保持相當清潔。所以大公報即使用陳舊機器，印刷出來的東西，依然比別人家好。印刷工廠清潔與不清潔，看來也是判斷辦報成功與否的重要因素之一。

那天參觀完了工廠，胡先生又領我去看經理部。經理部在樓下進門處。負責人是王佩之先生，好像是勝芳人。王先生是英斂之時代的舊屬，對於報館業務無不嫻熟，前曾隨胡氏去日本購買機器，深獲倚重。

我簡單地詢問了發行、廣告及工廠管理等業務。胡先生說：「東北一丟掉，咱們損失三萬多份報紙，幾乎等於一個相當不錯報館的銷行總量。」胡氏言下，不勝惋惜之意。

按「九一八」以前大公報總發行數額是十二萬份。東北區域，不包括熱河，光遼、吉、黑三省的大宗報紙是三萬兩千多份。再加直接訂閱的，約在三萬五千份左右。瀋陽、吉林、長春、哈爾濱及齊齊哈爾都設有總經銷處。如果沒有「九一八事變」發生，預計一年之內，就可達到五萬份。五年之後，可發行十萬份，不成問題。據會當過瀋陽大公報經銷主任邵尚文君後來在漢口告訴我說：「當時東北人士喜歡看大公報的程度，簡直令人不敢相信，每天總有幾十個新訂戶。發行直線上升的猛勢，幾乎叫人瘋狂。如有一天火車誤點，報紙送不到，電話鈴便不停地響。」其實，在十八、九年，大公報已穩妥地掌握了東北三省的廣大銷路。它在三省發行總額實在比平津滬漢一般報紙的總銷售量還要高。這且不說，由發行所帶來的廣告業務，更爲可觀。我不十分記得，「九一八」前，大公報東北方面的廣告收入是多少，但我相信不比上海少。

經理部人員中，包括杜協民、李清芳、袁光中、李孝元、戚家祥、費彝民等及許多中下級同人。我也初次看見中國報館有完整的會計制度。因我是郵政出身，郵局一切遵從英國制。郵局員工雖不一定人人懂得會計，但多數都會有短期及簡易會計訓練。我在哈爾濱時非常留心機關商號，是否有完整的會計制度，除中東鐵路局、海關、郵政、以及一些洋行外，中國一般商號對於記賬方法還都相當落後。幾家報館，包括國際協報及哈爾濱公報的會計都欠完整。能有一本總賬，若干分類賬的，還不太多。至於以傳票記賬的更付闕如。

大公報不但胡氏是行家、吳達詮先生那時是小四行的總裁，以銀行家指導一個報館的會計，實在綽綽有餘。所以我看了大公報的各項賬目，尤其發行的詳盡、計算成本方法的週密，使我深感現代文化企業，必須輔以完整的會計制度，才能推動發展，否則，一盤爛賬，既不精確，也難得從數目字上，找到得失。

然後胡先生又把我領到他的辦公室去，跟我談人事制度。那時，大公報已有一套比較簡單的人事錄用及獎懲章程，但還夠不上說完美；若跟會計制度來說，人事規章似乎較弱。於是我趁機會把郵政人事制度作了一番輪廓性的描述。胡先生聽得很入神，他一面記，一面打鈴叫聽差請管理人事的某先生（忘記其名）上來。那位先生到了胡氏房間，政之先生就給了他一張紙，一枝鉛筆，叫他記錄。

我大意說：郵政人事制度完全根據英國的文官制度蛻化而來，因爲專業化，加上了許多專門名詞。主要意義，是使所有員工因有生活保障，視郵政爲終身職業；靠一定的晉升辦法，得到職位上的鼓勵。既無躐等，也無倖進；一切憑考試，一切憑成績。到了服務二十五年後可申請退休，年齡到達六十五歲後則必須退休。因此，除因特別事故外，郵政員工無不是從退休中離開職位，半途而廢的，絕無少有。普通行政機構，幹上一二十年便是資深人員，在郵政方面三四十年資歷的則比比皆是。因郵政取錄人員，年齡有最高標準不能太大，學歷多數來自高中程度。入局以後，公餘進修與高考，那是另一回事。（高級郵務員招考，是近若干年事。）」

當時職員方面，有郵務佐、郵務生、郵務員（乙等郵務員）、郵務官等名義。差役方面有苦力、雜役、聽差、郵差、信差、稽查差、差長等名義。郵務佐分四等六級、郵務生又分三等四級。最低薪是多少、最高薪是多少，多少時間可晉一級。如有功過如何獎懲，都有一定之規。在成績方面又分一等報告、二等報告及三等報告等等。總之，升遷有一定時間，有一定增加的薪額。晉升迅速與遲緩。增加薪額多和少，有一點點差別，沒有十分重大的歧異。我說。

「大體上說，郵政人事規程綦詳盡，綦嚴密。在專業化，不求高深學智上而講來，足以適用；但在提拔眞實人才而言，還是不夠。因它的業務也不需要高深學智，所以也絕不會有平地一聲雷，躍然而起，一下子擢升三級之事。文化、新聞方面則不能完全憑這個。」

胡氏雖然不是人事專家，但以他的經驗閱歷，對這些事爲有不知之理？但他仍是鼓勵我說下去。

「你說說看，我很願意聽。」

「胡先生，您讓我放言狂論，眞是感謝。」我繼續說：「我以爲新聞事業得種職位，除了基本學識、學歷以外，尤其需要選擇繼續不斷的才智，也就是說，一個記者，一個編輯進了報館之後，不能完全像郵政人員那樣，一等一等的進，一級一級的升，要看他的才智發揮得怎麼樣，他的學識積累造詣如何。文章的好壞固然與學歷關係很小，採訪能力之高低，也不見得代表了等級的差別。特別是以文字表現能力的人，是否一級一級的升合適？需要考慮。」

又說：「而且，高級職員固然需要資歷培養，但最重要的還是道義結合、氣味相投；光有學識不見得是工作好同僚；祇有友誼，沒有文字緣，也不會適合新聞事業。報館眞正是以文會友，以友輔仁的大好機構。所以人事制度之外，還必須加上高度修養兼富有友誼的文字結合，才能攜手並進，合作無間。文化事業同僚間彼此利害事小，而有共同理想，追尋同一目標才爲上乘。」

胡氏對我的謬見，似乎還相當重視。不住地點頭稱是，我一面說，他也一面簡單記下。那位專管人事的同事則詳細問我郵政員工等級的差別、晉升的年限、以及錄用、敍級、考核、升遷、記過、革職，以及一切細節，我都一一具告。

郵政人員進局後都需要舖保，而且指明現金多少。換言之，某種名義，一定作某種職位；某種職位所經營的業務，就是在某種數額價值之內。但到了某種等級，就可免除金錢上之保證，因爲年資比金錢爲重，是郵政章程的重要精神。

三十四年前，輕易聽不見郵政人員舞弊案。多少年出一次，驚震全國。如今則不時有此等新聞，可知社會污染，人慾橫流，也影響到郵政人員來了。

我向胡氏作了郵政人事詳盡報告，並評其得失，供作報館參考。政之先生非常高興，說道：

「我要根據你的意見修正我們的人事章程。郵政升遷進退的許多辦法，固然不完全適用於記者、編輯；但一般業務、事務人員則有參考的價值。非常謝謝你。」

據我所知，大公報到了重慶，人事制度已粗具規模，其中有許多精神、細節，就是由我在天津這次建言而來。

一五、國聞通訊社創立經過

我既有這樣親近胡氏的機會，當然在不擾亂他工作的情況下，就時常向他請教一些問題。首先關於國聞通訊社創辦的經過。那時國聞通訊社已發稿十二年，所發消息，被國內外重要報紙採用。平均每天發出的約五千字的電信。除上海總社外，並在北京、天津、漢口等大都市成立分社，派有專門負責人員，司理採訪工作。並在全國各次要都市如青島、濟南、保定、張家口、蘭州、西安、杭州、福州、南昌、安慶、開封、鄭州、徐州等二十餘處聘有兼任通信員，負拍發電信與寫通信之責。當時因中央通訊社建立未久，基礎欠固，採訪網尚無國聞通訊社普遍，在新聞界之地位，仍嫌脆弱。因此國聞通訊社仍能保持一枝獨秀的態勢。

當年胡氏爲什麼創辦這個通訊社？據他自己說：

「我們這批辦報的人，可以說受了內

外雙重刺激，才以新聞事業為職志的。從清末到民元，是我們初出茅廬從事新聞採訪的時期。在上海時，我就為平津各大報採訪滬濱重要新聞；在平津時，就為上海各大報拍發電訊。我所採訪的對象，可以說沒固定範圍，上自總統府、督軍署、國會、軍、警、憲，以及駐京辦事處；下至巡警閣子、娼寮、飯館、澡堂，一至廟會、市場，無所不包，無所不含。達官貴人固然要訪，販夫走卒也小覷不得，都是當年記者採訪的對象。有一個時期，我每天凌晨三四點鐘要跑到崇文門門洞裏去看告示。往往某天槍斃人就於一小時前在那裏貼出告示來。因為事前誰也不知道有什麼人要處決。我看完了告示跑到電報局去拍發新聞電，正好可趕上上海報館截稿的時間。往往一個轟動全國的人物被殺了頭，北京報界莫名其妙，上海方面則赫然刊登出大新聞！舉此一例，可知一個新聞記者，要隨時隨地發掘新聞，要尋找新聞。新聞到處有，只待你去發掘。」

「民國初年全國通訊社，多如牛毛。據調查全國共有一百多家，北京最多，武漢次之。但是這些通信社都是個人組織，靠機關津貼維持業務，根本談不到對新聞事業有什麼貢獻。捧人者有之，造謠生事者有之，挑撥離間，鼓動風潮、誹謗詆毀、挾嫌攻擊，無所不用其極，只圖賣一份長期訂稿，其他都在所不計。機關、團體、首長、私人，因畏懼它散佈與自己不利消息，所以勉強拿錢訂閱一份通訊稿，以為敷衍；但真正大報館，反而不訂，更不引用它的新聞。

「因此通信社便成了一種敲詐工具，而這批人則成為社會流氓，橫行霸道、目無法紀，令人敬而遠之的一羣！所以一百多家中，眞正站在新聞立場，以輿論影響社會，以消息傳佈民情的，可以說絕無僅有！而且風氣之壞，深入裡層，蔚為一時的社會大害。

「有鑒於此，更由於我去歐洲採訪巴黎和會之後，遍訪法國的哈瓦斯社(Havas)、德國的渥爾夫社Wolf)、義大利的司丹法社(Stefam)、英國的路透社(The Reuter Telegraph Co.)；同時我又研究了美國的聯合通訊社 (The Associated Press)、澳洲的康比潤 (Corburean)、日本的電通社等等發展後，使我堅定了創辦國聞通訊社的信念。以全國新聞發揚中國新聞事業，以中國新聞提高國際新聞事業中的崇高地位。我首次爭取的對象不是機關、私人，而是全國報館的訂閱與支持。使它們每天可得到全國各地所發生的重要消息，而所費無幾。其次，我爭取的對象是工商界，靠通信社的新聞網，全國各地的商業行情與經濟趨勢，都隨時報導，以靈通消息。其初，很少私人以『面子』訂閱的，後來有若干人發現這份通信稿的價值，才來要求試讀，以期獲得比報館更迅速的新聞。

「我於民國八年獨力創辦這個通信社，一開幕就是全國性和國際性的。因為在國聞通信社以前，其他通訊社，都是僅在一個地方發稿，而且多半新聞走不出本地。也從沒有一家，在外埠派專人常駐採訪，更別說有相當規模了。所以在規模上，也是壓倒性的。國聞通信社總社在上海，總社最初一個時期專業人員多達十四五位之衆。兼職的更無計其數。平、津、漢口三社，每社都在兩員以上。北平社經常保持五六人。奉天、長沙、重慶、廣州及貴陽等分社，也都在一個人以上。當地兼職人員還不包括在內。最初每天發稿六七千字，後來多到萬餘字，就是目前還保持五千字，並且還有英、日文稿翻譯。美國聯合社、法國哈瓦斯、日本聯合社及英國路透社等，均訂有本社稿件。更經常引用本社重要新聞，發往全球，被世界各地重要報紙刊登出來。所以在國聞通信社 (Kuo Wen News Agoncy)成立以前，中國新聞傳播於海外，很少根據中國方面的採訪。而外人心存偏見，另有意圖，於是辱華新聞及許多誤會，便從此而生，形成外人文化侵畧，異邦藉新聞來箝制中國 分化中國，令人言來，無限痛心。」

於是胡氏從存篋中，找出當年創辦國聞通信社緣起及簡章給我看。這眞是一份最有價值的歷史文獻，茲抄錄如後，以供參考：

「新聞紙者國民之喉舌社會之縮影也。無論何國，欲窺見羣衆之意志與社會之現象，胥可於其新聞紙中得之。中國之有報已有年矣，顧其規模與勢力，恆不能與歐、美、日本諸國之報比擬。除通都大邑間有報紙足以代表一部份輿論外，即其他省會商埠，亦往往不能求一比較完善之報，此誠國民之羞也。

「閒嘗思之，輿論之發生，根於事實之判斷，而事實之判斷，則繫於報館之採報。因採訪之不周，或來虛僞之記載，視聽既淆，判斷易誤，輿論之根據已不確實，其不足以表現國民之眞正意志，蓋無待論。各國報館，內部有完善的組織，外部有得力之訪員，更有通信社搜集材料爲之分勢；其消息靈確，輿論健全，實由於此。中國則因報界組織不完善之故，報導歧出，眞象難明。同在一國，而南北之精神隔絕；同在一地，而甲乙所傳各別。吾人欲求新聞事業之改進，捨革新通信機關，殆無他道。同人創立茲社，志趣在此。欲本積年之經驗，訪眞確之消息，以社會服務之微忱，助海內同志之宏業。創設之始，規模雖簡，而發展之途，則期懷頗遠。尚乞明達，賜予扶持。謹具簡章，即希公鑒。」

簡章如下：

「第一條　本社以採訪各地各界確實消息，彙集發表，以供新聞界之採擇爲主旨。

第二條　本社報告，以事實爲主，不加議論。

第三條　本社職員如左：

主任一人　主持全社事務。

總編輯一人　主持編輯事宜。

編輯若干人　分華文、洋文兩部　助理編輯事宜。

事務員若干人，分任庶務、會計各事宜。

第四條　本社總社設於上海。分社設於北京、天津、奉天、漢口、長沙、重慶、廣州、貴陽等處。

第五條　本社於總支社均特約得力通信員。關於各種新聞，隨時以專電、快信爲詳確靈敏之報告。

第六條　本社除於各外國陸續聘任專員通信外，凡各國報紙重要消息，仍隨時譯述，以供報界參考。

第七條　本社通信，在上海每日發刊兩次外埠每日一次。

第八條　本社通信價目如左：

一、私人訂閱　每月四元。

二、本埠各報訂閱　每月六元。

三、外埠各報訂閱　每月八元。

四、外埠快郵訂閱　每月十元。

第九條　本社社員均係新聞界有經驗之士，願任外埠各報館特別通信職務，無論函電，均可擔任，其報酬應另行商訂。

第十條　本簡章於本社成立之日實行之。未盡事宜，隨時酌議增補。」

筆者按：中國自辦之通信社起源於北京，就是民國五年七月，邵振青所創的「新聞編譯社」。後來私人創辦通信社如雨後春筍，到了民國十二年，全國通信社，根據「中外報章類纂社」調查共有一百五十五家。仍以北京最多，武漢次之。根據戈公振所編「中國報業史」所載：「自其數目上言，誠不爲少，但實際設備甚簡，只爲一黨一派而宣傳其消息，致不爲國內報紙所信任，對外更無論矣。其中惟胡霖（政之）所主持之國聞通信社內部較有組織。現方於京、津、滬、漢各地試發電報，則四年來努力之結果也。」

「全國報界聯合會」通過之組織「國際通信社」案，原文如下：「國際情勢瞬息萬變，外交樞機，尤貴神速。苟應付之術少疏，斯禍患之來無已。千鈞一髮，稍縱即逝。報紙爲輿論代表，對於政府各種政策，皆有監督、指導、批評之責。言論必本諸記載，判斷必本諸事實。眞僞既殊，是非自別。是以採訪不厭其周詳，調查務求其眞確。良以立言之當否，影響於國家前途之安危者，至重者大也。吾國報紙，歐美情勢及外交消息，類皆取材外電，彼多爲己國之利害計，含有宣傳煽惑之作用，故常有顚倒是非變亂眞僞之舉，抄載稍一不愼，鮮不墜其術中。而各國通信社在吾國中者，其數又多，各本其主旨，任意散佈，指距爲馬，入主出奴，混淆龐雜，取信無從；報紙之評論，旣雖期中鵠；閱者之從違，自旁皇莫定。將欲矯除此弊，使對外之言論趨於一致，非自行創立一通信社，採報各國情形不可。惟茲事體非因循敷衍所能奏功，亦非一手一足所能爲力，必合羣策衆思，共同籌謀，始克有成。最近雖留法學生有「巴黎通信社」之設，然資力微弱，難稱完美。鄙意擬由「全國報界聯合會」醵集資金，組織一國際通信社，派選富有學識經驗之員，分赴歐美重要都會，協同該處留學生，將國際情形探訪調查，緩用郵告，急以電達，俾對外言論，有所遵循，不至爲外電所左右。是否有當，統俟公決。」

這兩個提案，一個發生於宣統元年，一個發生於民國九年，可見遠在五六十年以前，前輩報人對於國際宣傳之重要性，已表露無遺，祇因爲報界團結力差，成立聯合性通信社之議，始終未實現；有志新聞事業之人又無鉅大資金可以運用，有規模的私人通信社寥寥無而幾。

據我記憶所及，胡氏創辦國聞通信社，事前也並未籌得大量資金，也僅是憑一股熱情，多年經驗，而始業的。在上海總社方面，有李子寬、何心冷兩個台柱爲他的左右手，其餘各分社負責人，都是新聞界一時之選，靠能力與交遊，以稿件賺得自足自給的需用。前幾年因國聞通信社的業務突出，上海商家定閱很多，而全國各大報都普遍採用該社的稿件，收入可觀，曾有一時呈蓬勃現象；但後來同業競爭劇烈，漸有萎縮之勢。且自十七年以後，中央通信社在國民黨中央黨部竭力支持下，建立基礎，投資至鉅。雖然在民國二十一年國聞通信社仍然可以維持，但已不如以前那麼發達。當時胡氏已預料到私人通信社將漸被淘汰。國聞社之所以還能苟延殘喘，幾乎多憑大公報業務之支助。因爲自民國十五年九月一日起，凡是有國聞通信社的地方，一律兼理大公報業務。因大公報業務蒸蒸日上，大有一日千里之勢，國聞通信社之倖存多年，不能不說是沾了大公報之光。國聞通信社隨抗戰爆發自動結束，但二十二年政之先生跟我談話時，仍是雄心萬丈，對於當年創業的理想，仍具信心。現在囘想起來，半世紀之中，以私人創辦通信社業務，仍推胡氏爲最成功的第一人。

一六、國聞週報

有一天夜晚，我向政之先生請教有關國聞週報創辦的經過。一般讀者都忽畧國聞通信社的業務，却訂閱國聞週報。通信社每天發佈新聞，有時報紙在前邊加上「國聞社訊」，有時在後邊加「國聞社」，有時甚至不加，有的逕直更改爲「本報訊」。這跟現在報紙用「中央社」的情形相做。但「國聞週報」則屬於私人訂閱，每週有厚厚的一本刊物送到眼前，所以這兩個姊妹事業，國聞週報的大名，反比國聞通信社彰著，與一般人的關係，也較爲接近。

胡先生回憶民國十一年創辦這個週刊的經過時，若有無限感慨。他說：

「當我創辦國聞通信社的時候，就有意同時辦一個週刊，使通信與週刊，互爲表裡，相輔相成，但是最初通信社業務，基礎未固，自不敢輕舉妄動。後來通信社業務漸漸有了發展，而且當時國內實在需要這樣的週刊，我才不避一切艱難，在上海創辦起來。」

不堪回首當年

——從對日抗戰結束到大陸變色期間的史話——

馬五先生

春花秋月何時了，往事知多少；小樓昨夜又東風，故國不堪回首月明中，雕欄玉砌應猶在，只是朱顏改；問君能有幾多愁，恰似一江春水，向東流！

少時喜讀李後主所作的詞，只覺得他的才思贍敏，風華掩映，令人百誦不厭而已。迨避難海隅，倏逾廿餘年，惓懷身世，百感交縈，每一憶及李後主的詞句，即不勝其國破家亡之痛，溯徊往事，矍然心驚。歷史是一面瑩澈的鏡子，懲前毖後，當有助於國運之復興。乃將對日抗戰以迄大陸淪陷這階段中，自己身經目擊的若干有關治亂安危的史事，如實叙述，藉資憬悟，兼備後世史家的采擇，雖不周詳，自信絕無燕書郢說之病，差堪告慰於讀者。

在未叙述本篇內容之前，有一位衆醉獨醒的預言家，值得先向讀者介紹一下。

一九四六年——民國卅五年——八月十六日，戰時首都重慶市民聞悉日本無條件投降消息後，歡欣若狂，鞭爆之聲充溢於全市。是日午後，最高統帥蔣公偕同代參謀總長程潛，乘坐敞蓬車巡視通衢大道，羣衆麕集道旁，齊呼萬歲，聲震山谷。時有號稱為中俄共問題研究專家的朋友（現住台灣），跟我一道夾在人叢中看熱鬧，他以極興奮的心情對我說：「今後毛澤東聽到蔣介石三個字，渾身便要發抖，天下從此太平無事了。」我亦頗有同感。既而我順便趨赴當時在任的軍法總監何雪竹（成濬）先生寓所憩息，話題自不離抗戰勝利，國運興隆之說，何雪公却別有見解，他以嚴肅語氣對我言道：「你不必太過高興，國家前途荆棘孔多，說不定咱們還要過一次難民生活，亦非意外呢！」隨將一些關係重大的機密事情，提出印証（詳見後述），我聽罷，仍保持着懷疑的觀感，認為不致如此吧？越一九四九年，何雪公與我果然再到香港作難民了，他卜居港島成和道，我不時叩訪何公館，且佩其當年先見之明，擬請他介紹我去菲律賓找戴愧生先生，他問我：「你在香港時報工作，為啥要去菲律賓呢？」答以香港殊不安全。他喟然道：「我為着生計關係，不日即移家到台灣，因我係交通銀行監察人，每月可領公費，人不去，便不能遙領的。你在港既有一定的職業，大可安心幹下去。香港這地方狹小，又無生產力，只是一個貨物轉運港口，更無軍事工業或原料存在，共產黨利用此地刮外滙，坐獲厚利，決不會貿然侵佔，增加自身的包袱，何況英美海空力量擺在近旁，共黨亦不容易守住的。萬一世界大戰發生，蕞爾港島，物資稀微，誰也不注意及此，更沒有遭受原子彈投擊的資格，至少在十年之內，香港是安全的，我勸你一動不如一靜吧！」我遵從何雪公的指示，乃中止避地菲島的計劃，迄今證明他的看法是明智的。何雪公逝世已有年了，回憶他兩次所作的預言，歷歷不爽，不能不嘆服其睿智之不可及，而湧起「人之云亡，邦國殄瘁」的感想啊！

外交上過於天真

美總統羅斯福在雅爾達會議中，私擅

將併肩作戰的盟邦中國領土外蒙古和東北海港旅順、大連兩處海軍基地，慷他人之慨，割送給蘇俄，且藉口「中國人不能守秘密」的理由，不讓我政府知道，直至日本宣告投降前夕，俄軍已侵入我東北後，纔由華府通知國府，以雅爾達密約這回事。這比過去百餘年來，國際上各個帝國主義者以砲艦政策，威脅中國割地賠欵的行爲，尤爲惡劣可恥的不平等待遇，允屬史無前例的外交奇談。然而我政府當局基於中美聯盟作戰的友誼，認定美國必不負我，對於雅爾達密約這種無端斷送國土的勾當，毫無異議的泰然接受，亦不通過民意機關，即派外交部長宋子文，赴莫斯科商訂「中、蘇友好條約」，承認雅爾達密約合法化，忠實地履行別人替我們訂立的條約義務，而其所取得的代價，只是所謂中、蘇友好條約中，寫下一句「蘇聯將以精神和物質的援助給予國民政府」的空文而已。翻遍古今中外的國際史乘，任何一個獨立國家，那有這樣天眞幼稚的外交事項呢？當時宋子文亦不願意簽署這種「人爲刀俎，我爲魚肉」的條約，回到重慶後，毅然辭去外交部長，說是要避免後代子孫亦被國人唾罵的後果，而國民參政員亦有人提出反對意見，要求政府拒不簽約。無奈當國者迷信美國必不負我，另以王士杰繼任外交部長，忙不迭地趕往莫斯科完成簽約手續，從此貽禍乃無窮了！

日本宣告投降後，美國杜魯門政府發表聲明，爲促成中國的「和平、民主、統一政府」，擬派遣馬歇爾特使，來中國調解國共之爭。這原係十足地公然干涉別國內政的行爲，而所謂「和平、民主、統一」云云，明明是撫拾共黨宣傳詞令的牙慧，要把國府基礎加以動搖，換言之，即要削弱國民黨的統治權力，讓共產黨參加搗亂。所謂調停國共爭端的目的，就是打擊國民黨而扶植共產黨，用心昭然若揭。我政府當局如果沒有跟共黨平分政權的決心，對於美國公然干涉內政的聲明，自應事先協商淸楚，提出最大限度的讓步意見，取得對方同意，方可接受其特使來臨，這是常識性的決策，誰也理解得到的。然而我們始終迷信美國必不負我，無條件地歡迎馬特使東來。馬特使來到重慶，先搞「政治協商會議」，釐訂國共的軍隊編製定額；迨政府還都南京，共黨到處稱兵作亂，馬特使再搞出若干「軍調」小組，共軍吃了敗仗，馬特使即要求國府下令停戰；共軍得勝了，他却默然不作聲，這情形屢見不鮮。政府既不願放棄戡亂政策，同時又接受馬特使爲共作倀的主張，以致馬歇爾八上廬山商討和平方案，亦無結果，搞成既要戡亂，又要談和的矛盾狀況，使國軍的士氣日趨低落，這能說是妥當的外交策畧嗎？馬歇爾到重慶後，秘密告訴美國駐華使節，說他過去給國軍裝備了卅九個師，這次來華調解內爭，是要解除這卅九個師的武裝云云（見梁敬錞著「史廸威事件」一書）當時政府固未洞悉馬氏這項陰謀，以爲必不負我，然對於馬氏遇事偏袒的作風，則事證昭彰，一目了然，既不願接納其與共黨組織聯合政府的調解方法，又不能斷然拒絕其要求，敷敷衍衍，優柔不決，徒使共黨坐大，更招來馬歇爾老羞成怒，停止一切對我的軍經援助，致陷於無可收拾之境，相信美國必不負我的天眞幻想，終於自食其果了。至於中、蘇友好條約所謂「蘇聯將以精神和物質援助國民政府」的畫餅空文，史大林根本就是一句欺人之談，我們除却奉送掉外蒙古和旅順大連這些領土外，一無所獲，天眞的外交策畧之禍害，自作自受，夫復何言呢！

國府還都南京後，美、英、俄各國駐華大使的活動，唯有美大使可以隨時晋謁我最高當局，英俄使節却非事先登記靜候約見不可。一般的外交作風，表面上冠冕堂皇，一視同仁，無所厚薄，骨子裏另是一套，我們却表裏如一，好惡顯然，毫無假借。英國在對日抗戰末期，由於我們露骨的贊助印度獨立，以及修訂中英條約時，爲着九龍租借地問題，雙方爭持得很不愉快；倫敦泰晤士報著文指說我們出版的「中國之命運」一書中，特別抨擊「英帝國主義」的詞句共有二十五個 繼之以戰後大使在南京的冷落情況；還有舊金山聯合國成立大會之際，英代表工黨首領艾德里宴請我國代表團時，不特團長宋子文置之不理，其他的代表亦多不應邀，僅敎胡霖、李璜二位去敷衍了事。似此愛惡分明的外交作風，豈能免於天眞幼稚之譏？自難怪毛共政權僭立後，英國即搶先予以承認呢！古今各國政府的外交言行，決沒有表裏如一的，尤以英、俄諸國爲然。民國卅八年春間，國府南移廣州，通知各國使節，一律遷至粵垣辦公，俄國大使首先率同館員入粵，表示十分合作，英使亦毫無瞻顧，實則當當時大力爲毛共作倀的就是蘇俄，而英國對我政府亦多夙怨，但他們表面上的外交動態，好像很大方，這便是外交技術。咱們却表裏一致，處處率眞，到了戰局危急的時候，仍向英俄法各國大使表示，希望他們的政府出面調停國共爭端，那有不失望而又失格之理耶？

日本投降之始，吾國最高領袖即向世界聲明，對日本不報復，不要求賠償，表示親仁善隣的泱泱大國風度，日本人士頗爲銘感，這對未來的中、日邦交，可說是奠下了深厚基礎。可是，戰後我國派赴日本的軍事代表團主持人，盡係些「非美勿用，非美勿視，非美勿言」的唯美主義者，跟日本人士不相往來，名義是駐日本使節，事實上不啻第二個華盛頓大使，對日本各界毫無國民外交活動，使我們聲明對日不採取報復主義的偉大號召，未能發生絲毫作用。一九五六年筆者赴日本東京參加國際筆會時，晤及舊時早稻田大學的老師蘆田均，（戰後曾任內閣總理大臣），日本學人嘉治隆一，談到中、日國民外交問題，他倆皆大爲失望，說我們眼光太近視了。這能說不是外交上的天眞作風嗎？我們天眞地相信美國不會負我，結果招來了一九四九年美國發表「對華外交白皮書」聲明「一筆勾消」對華援助，民心士氣大受打擊，而整個中原河山亦淪喪了！

軍事上的失策

據軍法總監何雪竹告訴我：當日本宣告投降後，駐在北平的汪政權軍事首腦杜錫鈞（湖北人）曾致電何總監，說明自北平至武漢的平漢路沿綫，駐有日本裝備的僞軍廿萬人，由杜氏統率指揮，今後應由國府處理，目前負責維護地方治安，靜待後命，乞轉呈最高統帥核示。同時有僞滿洲國陸軍大臣臧式毅，以與何氏曾在日本士官學校同學之誼，亦致電何總監，說他掌握着日式裝備完整的陸軍部隊有四十萬人，願受國府命令調遣，乞予指導。不用說，杜、臧二人的用意，是以自已手中的兵力奉獻國家，作爲免除漢奸罪責的代價。何氏接電後，先和參謀總長兼陸軍總司令何應欽（敬之）商量此事，兩人研究結果，認爲政府目前交通工具缺乏，而各處受降工作亟須進行，對於淪陷區域的治安問題，一時照顧不及，而共黨正在積極向淪陷區發展，不如利用這些僞軍維持地方秩序，制止共黨釀亂，藉以減輕國軍的負担，迨政府還都後，再行核處，實爲計之得者。唯茲事體大，擬召集中樞有關單位開會研究討決定方案，再呈報最高統帥指示。即由參謀本部出面，邀約軍政、軍令、軍訓各部首長，暨軍法總監與中央軍委會辦公廳主任等，開會商洽，會議由何總長敬之主席，只軍政陳部長（誠）稍爲遲到。大家傳觀杜、臧二人的來電後，一致主張接受其要求。旋軍政部長亦到了，主席先將杜、臧原電交陳部長查閱，然後說明大家決議的意見。陳部長看完電文，起立發言道：「大家的決議，我無意見，不過，我要聲明，收編幾十萬僞軍後的軍餉，軍政部却沒有這筆預算」，隨即退席了。於是，大家繼續討論，認爲事屬可行，乃公推主席與何總監二人代表大家，面覲　蔣主席報告核示。兩位代表於晚飯後趨謁　蔣公，詳細陳述後，奉諭可與軍政部商洽決定。兩位代表以軍政部長對此事已公開表示不贊成，再去協商，必無結果，祇好廢然回寓，不復過問了。

杜、臧二人得不到答覆，當然自謀出路。平漢路沿綫僞軍，有的星散，有的受共黨誘惑投共，有的拖着一部份槍去打游擊，最後被共黨裹脅而去。從鄭州以北的地區，共黨勢力蔓延日甚，國府所派的華北接收大員孫連仲所部馬法五軍，就在河北境內被共軍截擊大敗，馬法五亦被俘了。假使政府對平漢路沿綫駐防的僞軍暫予收容，負責維護地方秩序，不讓共黨橫行，那是絕對有效的。

關外東北的僞滿大軍，由於國軍陸續馳赴東北，而當地共黨勢力尚微弱之故，尙存觀望態度，希望東北行營有所區處。興而杜聿明受命主持東北軍事，設置「東北軍官訓練班」，許多僞滿軍官皆樂意受訓鍍金，以求出路，然杜氏只辦過一期，即奉中央軍部命令停止了。他收編了一部分僞滿軍，成立支隊，派遣曾經受過訓的張姓軍官爲支隊司令，指定該支隊駐守營口，所負任務是：凡屬沒有中央軍部或東北行營命令而攜帶武器，或徒手成羣進入營口的，一律不許通過。所以，共黨份子此時竄入東北的很少，只有張學詩之流，以東北人的關係，得以混進去。未幾，東北行營主任換了陳誠，到任時，在瀋陽「鐵路飯店」召集東北各個中上級軍事首長會議，營口的張司令亦在座。陳主任訓話時，聲言中央決不收編僞滿軍，如果僞滿軍人要去投共，行營決不阻止，且可發給護照，俾便通行云云。駐防營口的支隊司令張某聞之，急忙回防率部譁變投共了！共黨份子林彪等即利用這個空隙，紛紛竄進東北，先用「民主聯軍」名義，到處吸收僞滿軍，再由俄軍將其刼收的日本關東軍輕重武器，交與「民主聯軍」改善裝備，擴充實力，嗣後共酋林彪的第四野戰軍，完全是收編僞滿軍而來的，并不須再訓練，而作戰能力甚強，進入關內狼奔豕突，一直打到廣州，成爲共軍最剽悍的部隊，即係拜受國府唾棄僞滿軍之賜。假使政府當年接受臧式毅輸誠，將僞滿軍一律收編，毛共雖然取得俄軍的武器供應，然兵源稀少，很難成軍，因共黨在東北并無潛力存在，而東北民衆對共產黨面生可疑，不易受其蠱惑的。再不然，若讓杜聿明的政策貫徹下去，僞滿軍的中下級官都經過一度受訓鍍金後，心理上的疙瘩即已消除，走上正路，生計無憂，共黨亦就難以煽惑裹脅的。棄却關內外的幾十萬訓練有素的兵力，讓共黨不勞而獲致勢力膨脹的捷徑，一著失錯，滿盤皆非，人謀不臧，貽禍深鉅，思之思之，豈勝悲痛哉！

日本投降之初，中國戰區參謀長兼駐華美軍司令魏德邁將軍，建議先由美軍負責接收東北地區，俟俄軍撤退，地方秩序安定後，再交還我政府統治。理由是國軍因運輸力貧乏，一時不容易派遣大軍北上，而俄軍盤踞東北，問題亦多，若由美國出面交涉，可收成半功倍之效，這是明智的策畧，善莫大焉。然我一些黨國要人，憑着一股虛憍之氣，說是中國八年抗戰犧牲慘重，爲的就是東北問題，於今抗戰勝利了，却不能直接收回東北，將何以對全國人民呢？決計婉拒魏將軍的建議，派遣外事局長何浩若向魏將軍解釋。魏氏聽罷，慨然道：「哦，我明白了，貴國政府的決策，是爲着面子問題。應知道，國家大事，決不是面子關係所能解決的！」這是何局長事後親自告訴我的經過情形，一點不假。

上述僞軍首領杜錫鈞、臧式毅的輸誠表示，以及魏德邁將軍主張，先由美軍接收東北的建議，祇要實行其一，東北即不致淪於共黨之手，俄帝雖欲扶植毛共，亦就心勞日拙，無所施其技也。

毛共自始即絕無和平共處的意念，利用美特使馬歇爾的調解勾當，積極擴充實力，到處脅迫農民參軍與散兵游勇，從事叛亂，政府非不深知，且堅持戡亂政策。詎於戡亂的軍事緊急之秋，忽然實行裁軍計劃，敵人拚命擴軍，政府却大力削減軍隊，使許多在抗戰期間出死入生的有用軍人，一旦陷於失業之境，又無善後之策，因而釀成「哭靈」的鬧劇，影響軍心滋大，這是謀國之道嗎？自來國家偃武修文，皆在太平時期，我們却在戡亂討共，鋒鏑遍地之秋，亟亟於搞這類放馬歸林的太平盛世名業，爲的是甚末，至今亦令人莫測高深呀！當哭靈鬧劇發生時，筆者適在武漢行役，曾見毛共散發一種傳單，內容是：「不要吵，不要鬧，老蔣不要，老毛要；

白軍是上蔚，紅軍是少校，武漢先登記，延安來報到。」試想這是多麽具備着煽動性的宣傳品呢！後來政府對於裁遣的各級軍官，雖設置「軍官總隊」予以收容，但軍心已形渙散，士氣爲之低落，無形中損失鉅大，沒法補救了。

共黨對和平統一問題之毫無誠意，早已昭然若揭，當馬歇爾剛到重慶不久，政治協商會議熱烈討論國共軍隊編製定額時，共軍先用平漢路北段襲擊孫連仲所率北上受降部隊馬法五軍之役，繼有攻佔東北長春之役，而馬歇爾坐視不問。迨一九四七年春，國軍進佔張家口，予共軍以重大傷亡後，馬歇爾即急忙要求國府頒佈停戰令，我政府當局明知和平統一無望，非繼續戡亂不可，然又接受馬特使偏袒共黨的要求，迭次頒佈停戰命令，却不顧因此而使士氣不振的隱患，且給共軍以從容整補，捲土重來的時機。

在戡亂戰役中，華北、關外與華中各地，皆劃定綏靖區，派遣軍事大員負責主持勦共戰事，然各個「勦匪總司令」或「綏靖主任」，却沒有調兵遣將的全權，中樞最高統帥部常常直接命令戰區某部分軍隊別調，而當地勦匪總司令或綏靖主任幷不知情，如徐州勦總劉峙，當年對筆者說過，在他指揮下的某一師人，幾時調走了，他亦不知道，這是戡亂戰役失敗的基本原因。中央統帥部既直接指揮各戰區的軍事行動，而在中樞參預乃至製訂作戰計劃的兩個高級軍事幕僚——劉斐、吳石——又係共諜，國軍一舉一動，共方瞭如指掌，一九四八年冬月，擁有美式裝備，實力雄厚的黃維兵團，奉命由皖中馳援徐州戰場時，中途被共軍截擊，全軍爲之覆沒，即係劉、吳這兩個共諜的傑作。黃維兵團既喪亡，國軍最後的一副本錢亦完了，局勢乃迅趨危急，終陷於無可挽救之境。假使在戡亂戰役中，自始即賦予各個戰區統帥以指揮全權，中樞除核定戰畧計劃外，關於戰術與部隊調遣事宜，一任戰區統帥策劃處理，至少亦不致使共方於事前即洞悉國軍的一切行動，而前方將領亦就沒有推卸責任的口實了。

一九四九年（民國卅八年）七月，華中軍政長官白崇禧統率大軍由武漢撤至衡陽，閻悉昆明盧漢態度曖昧，勢將影响黔、貴、川諸省，曾來廣州與行政院長兼國防部長閻錫山洽商决定，派遣白氏所部魯道源（滇人）兵團馳赴雲南，取代盧漢職位，魯氏亦已發出揮戈回滇通電，詎重慶的「西南軍政長官張羣」主張和平政策，認爲不宜用兵，魯氏只好停止回滇之行。假使魯氏由湘桂路領兵入滇，不需一箇月即可抵達昆明，盧漢僅有保安團一團之衆，自難抗拒，而原駐滇境的國軍余程萬第廿六軍暨李彌的第八軍，即不致被盧漢誘脅附逆，而黔、貴亦趨安定，西南局勢仍能穩住一時，不讓共軍如入無人之境，輕易佔領。當時朱家驊氏在廣州對人說：「長江以北的領土是鬧亡了的；長江以南是退亡了的」，信有徵也。

內政上的失策

國府於遷移重慶時，爲着將來對日抗戰結束的國家善後與建設事宜，必須預作準備，曾設置「中央設計委員會」，聘任若干專家爲設計委員，而以熊式輝主其事，歷時五年有奇。迨日本宣告投降後一月有餘，據吾友張國燾兄見告：某日黃昏時分，他正在私宅與三數友好玩牌中，忽接蔣主席侍從室電話，飭即晋謁 蔣公，面商要務。比至，奉諭草擬今後對付共黨的策畧，以及控制全國物價的方案，藉備採擇云。這可見所謂中央設計委員會的成績甚差，否則這些問題原係該會應有的職責，何致臨時尚要局外人越俎代謀呢？但該會亦設有一計付諸實施，即劃分原有的東三省疆域爲九省，該會主任熊式輝且攫得類乎國民政府分府的東北行營主任要職，算是不負初衷了！

中央設計委員會的成績如此，因而戰役宣告結束後的一切內政措施，漫無計劃，政出多門，久經戰火的全國人民，不特未獲休養生息之機，反而生活愈趨愁苦，語其概要，有如左列各項：

一、接收問題

日本一聲宣告投降後，早在淪陷區作地下工作的特工人員，皆紛紛鑽出地面，而以「重慶人」身份，一面逮捕漢奸，同時接收敵僞產業，如南京的特工人員周鎬，即因接收僞中央軍與儲備銀行，幾致發生武裝衝突（詳見陳公博自白書），其他各個重要都市的情形亦然。此外，政府各部會又相率分派人員從天上飛赴淪陷區接收，各都市間公私的敵僞產業，甲機關貼上封條接收了，乙機關亦照樣行事，相互爭奪，法紀蕩然。被接收的人，應付了甲方的要求，乙方和丙方又不承認，如周佛海之妻楊淑慧，即三次被捕迫交財物，最後無法應付而企圖自殺，方告省釋。汪政權大員陳羣蒐購了許多，宋明版本的古書，在南京設置着「澤存圖書館」庋藏之，他於自盡時遺言捐獻國家，希望勿令喪失，結果經過幾度接收後，珍貴版本十九皆落入私人手中，政府少有所獲。一九五〇年筆者在海隅曾見鄉人某君持着一部宋版史籍，以重價出售，書中首頁鈐有陳羣私章，某君對我坦白承認是「刼收」所得，因爲他是當年中樞某部派遣的接收人員之一。全淪陷區類此情形的所在皆是，不勝枚舉。如王耀武以統兵大員，奉命由駐防地湖南，率部赴武漢接收，他就先在湖南以官價徵購大批米糧，再以軍運名義，徵集許多木船，將米糧運至武漢高價出售。他接收武漢後，漢口商業區幾條街的房產，都變成王氏私有物了。至於私人乘機恃勢，任意刼收財物的事情，更僕難數，如中國陸軍總司令部一個掛名的參議，即在南京刼收日商的印刷廠器材和大量的白報紙，可見一斑了。

政府還都後，以輿論對接收情形，攻擊甚烈，曾組織「接收敵僞產業考察團」，分赴各地區切實稽考。大概是由於牽涉的問題太多，內容不便揭露，考查團的報告書甚爲簡單，祇說各地接收事宜，大致不差。似乎掩耳盜鈴作風，社會人士心知肚明，政府的信譽，無形中乃大受損害，適給反動分子以惑衆釀亂的的大好口實，姑息養奸之禍，豈勝言哉！

二、金融問題

政府還都之前，行政院長新換宋子文，財政部長改任俞鴻鈞。前者素以買辦方式處理財政金融事宜，但以聚歛爲能事，沒有政治知識，並不瞭解「藏富於民」之義，對國家有何關係；後者根本不是搞財經的人才，用非所長。他們於抗戰結束之際，即將民衆依法向國家銀行儲購的黃金，指說人民獲利太厚，強迫尅扣兩䞓，揚言作爲建設之用，失信於民，行同刼掠。政府復員的第一樁重大問題，即爲廣大淪陷區域的僞幣與法幣比率如何規定，應該仔細研討，作適當的處理，庶使物價不致發生大幅度的波動，而刼後人民可以減輕疾苦。據周佛海於民國卅六年秋初，在南京「老虎橋」監獄對筆者敍述此事經過情形道：「重慶方面首先來到上海的要員，即爲戴雨農、杜月笙、錢新之三位，他們跟我（周自稱）討論僞幣與法幣的比率問題，我說明僞儲備銀行現存的黃金、美鈔與銀元數量，核由發行的僞幣額數，相差不甚大；若以法幣一元折僞幣二十元作比率，保證京滬物價毫無變動，即以一元折合五十元之比率，物價亦不會過度騰踴；逾此最大限度；那就不敢保險了」。同時他把僞儲備銀行所存的金、銀與外幣，開列清單，交由戴氏訂業點收，證明無訛。旋由戴、杜、錢三人據情電達中樞核示，詎宋、俞二人竟根據中央銀行副總裁陳行在武漢調查物價指數的片面情形，規定法幣一元折合僞幣二百元的比率，通令全國遵行。於是，京滬物價大爲波動，一夕之間即扳升若干倍；其他各都市靡然從風，而且有若脫韁之馬，沒法控制。

政府還都時，中央銀行存有外滙美金九億元（這是前任財政部次長徐堪生南京公開報告的），加以接收淪陷區的敵僞產業，雖被私人「刼收」了很多，公家所得的，至少亦不致低於美金九億之數吧？然全國物價始終未能控制，以致公營事業如鐵路與郵電等，因不勝物價飛騰的壓力，竟爾帶頭加價，更助長着市面百物價格之不斷高漲，國庫固然日趨枯竭，人民生活與社會生計，尤其困苦不堪。由於物價節節上升不已的關係，市場上囤聚居奇，投機倒把之乖風乃應運而起。於是乎，除却舊有的豪門資本作祟外，又新生了一種「經理資本」。駐在全國各個地區的國軍，爲着領取餉糈與補給品的方便，皆在南京設有通訊或辦事處，由經理人員駐京主持之。中央對於國軍應有的餉項，每月終一定照發，從不拖欠的。然經理人員領到軍餉後，即赴上海先作投機事業，歷時一個月，經過了幾次倒把，再將所領欵項如數發給本軍的官兵，法幣價格逐日低落，例如一百萬元的軍餉，延遲一個月發放，實際已打了對折了。筆者有弟在駐防浦口鎮的國軍某師部作少校參謀，每月必來南京向我索零用錢，據說他在軍中隔一個月纔領得的薪餉，只夠買二十包國產的美麗牌香煙而已。由於財政金融之措置乖方，即引起物價之飛漲；由於物價之飛漲，乃激起市場投機倒把之風氣；由於投機倒把之影响，幣值瞬息貶低；由於投機倒把之遽獲厚利，軍中的經理人員乃將所領軍餉先作投機之用，逾月獲得數倍盈利後，再照原有數目，發給官兵，餓苦了桓桓戰士，養肥了經理人員。全國金融與物價，即如此因果循環，莫可究詰，無法糾正，最後由於外援停止，祇好從通貨中變戲法，時而發行金元券，時而改行銀元券，又激發搶購百貨的狂潮，終於無可收拾。

宋子文院長未去職之前，不顧國用艱難，曾以法幣二〇二元作美金一元的比率，大量出售外滙於上海工商業者，更將國庫掏空了。一九四九年以後，筆者在海隅聞及若干原係內地廠家的人士常說：「我們得有今日，不能不這謝宋院長當年拋售外滙的德政」，宋氏固然名利兼收，國家與人民却遭受了亘古罕有的奇禍喲！

三、教育問題

抗戰結束伊始，教育部部長朱家驊異想天開，認爲淪區在學的大專學生，已受過敵僞毒化教育，須重行陶冶，首先派員赴淪陷區分設「大學先修班」，規定淪陷區各公私立大專學生，必須經過「先修班」加以甄別訓練，方能取得學籍，凡在敵僞時期畢業的大專學生，政府概不承認其資格。所有淪陷區域在學的莘莘學子，一律諡之爲「僞學生」，教師是「僞教員」，這是甚末話！當年政府從淪陷區撤退時，并未號召當地人民隨着政府一道走，而讓大家在敵寇殘暴淫威之下，蕉萃呻吟，苟延殘喘。於今對外抗戰勝利了，大家痛定思痛，不指摘政府照顧未週，使他們任受敵寇蹂躪，飽嘗慘痛生活，已算很好了。政府復員之後，反而要清算他們的青年子弟讀書的往事，以漢奸相看待，這從那兒說起呢？一九四七年春間，北京大學教員湘人楊人楩，爲着這問題，代表北平各大學的員生，到南京請願，曾對筆者說：當他在請願的呈文後面所署「北平各大學僞教員代表楊某」頭銜下，加蓋私章時，忍不住泣下沾襟自問在敵僞時期，始終自愛，恪盡讀書人應有的職責，到頭來落得一個「僞教員」的汚名，怎不教人傷心呢？

戰前曾任北平市黨部委員兼組織部長，戰後奉命充任北平市黨部主任委員吳鑄人（現在台灣），於就職後，召集北平各職業團體代表會議中，有教育界代表某君起立發言道：「戰前吳主任在北平市黨部作組織部長時，本人亦係黨部工作人員一分子。迨敵寇佔領華北，本人化名潛入教育界作中學教員，藉以苟活，自愛自重，少所外騖，期望國運復興，得享太平盛世的幸福。現在抗戰勝利，日月重光了，本人却變成了僞教員，要向老長官討飯吃了！」說罷痛哭不已，舉座爲之酸鼻。

觀於上述兩項例證，即知教育部掉以輕心，厲行秕政的結果，使廣大的淪陷地區知識分子，心靈上膺受深鉅的創傷，難以平復。因而日後各區的大專學生，迭起學潮，揭出「反迫害」「反飢餓」的羌無故實之宣傳口號，雖說是共黨職業學生從中煽惑而然的，政府教育政策種下的惡因，實佔重要成份，史事昭彰，有目共覩，誰也不能否認吧？

四、漢奸問題

法國本土在二次大戰時，全部淪陷於德軍鐵蹄之下，且當元帥被德軍脅廹，出面組設「維琪政府」，維持社會秩序。迨大戰後，盟軍獲得勝利，法國流亡政府還都時，只對維琪政府元首貝當，總理賴伐爾以叛國罪判刑，藉彰國家紀綱；其他曾在僞政權服務的大小官吏，以及曾與敵軍合作過的工商企業與文教界人士，一概不問。吾國的汪僞政權所作所爲，視法國「維琪政府」，似乎尙勝一籌，如收回上海租界，取消領事裁判權，如禁止日本軍用票通行皖省等事，即其例證；而重慶的地下工作人員，或託庇於僞政權大員如周佛海住宅中，或於遭受日寇逮捕時，由僞政權人士設法保釋的，亦不乏人。

然而日本宣告投降後，在淪陷區大事捉拿漢奸，株連瓜蔓，毫無所擇，除了政治漢奸之外，還有「經濟漢奸」「文化漢奸」等名目，細大不遺，一體拿辦，而有些眞正著名的人物如任援道，又可以倖免於難，逍遙法外，但汪兆銘的厨子在南京開設一井餐室，亦在清算之列。國府早已頒佈了「懲治漢奸條例」，法院訊處漢奸罪責時，却上下其手，失出失入，一是皆以被告能否「熟性」爲量刑的準則，京滬一帶乃流行着「有條有理，無法無天」的民謠，人心之向背，已可概見。當時有人在上海「大公報」發表論文，主張政府懲治漢奸應以採取寬大政策爲宜。論文中估計全國被拿辦的大小漢奸約爲五十萬名：每人平均有直系親屬的妻室兒女三個，即爲一百五十萬人；再加每個漢奸有至親好友平均三個，共計又爲一百五十萬人；三項人數的總合，便有三百五十萬之多。這三百多萬人散在全國各地區，直接間接曾對政府心懷不滿，成爲反側之徒，實係一大隱患，希望政府權衡利害得失，適可而止。可是，這項輿論幷未發生影響，各地草薙禽獮以拿問漢奸的工作，進行罔替。

國府於一九三九年（民國廿八年）頒佈的「懲治漢奸條例」中，註明凡在本條例公佈以前，輸誠本國政府者，不在懲治之列。周佛海於本條例頒佈以前，即以「蔣信」名義，與國府軍統局長戴笠互通消息，軍統局派在上海的工作人員及其秘密電台，亦藏諸周氏私寓中，事證斑斑可考。然法院不顧政府信譽，判處周氏極刑，旋由　蔣主席下令特赦，改爲無期徒刑，這顯然與政府頒訂的煌煌法令相鑿枘，表示着「人治」精神，却不是「法治」主義。迨周氏在獄中病危時，家中妻兒請求保外就醫而不許，迅即瘐死了，周氏的兒子幼海，因此憤而潛往蘇北，投入共黨新四軍陳毅帳下，成爲共幹楊帆派在上海的秘密工作嘍囉。一九四九年春初，筆者在上海晤及周妻楊淑慧，談到佛海逝世情形，楊氏對於政府機關不許保外就醫這回事，猶忿不能平，我說，佛海的心臟病已入膏肓，接回家裏來，照樣是不救的，何必沾沾於此呢？她答道：「讓他取保回家來即刻死去，我們母子就心安理得了」。

政府明文規定的漢奸罪名，是「通謀敵國，危害祖國」，汪政權固不免有通謀敵國的行爲，却未曾危害祖國，這是事實。然汪兆銘雖死，而墳地被爆平，骸骨灰飛，慘過鞭屍，視法國僞政權元首貝當的下場，酷烈多了。筆者從民國十六年四月，汪與共黨首領陳獨秀聯名發表國共兩黨同生死的宣言以來，即一貫地鄙視他，從未跟他接近，而汪政權文武人士中，除與周佛海是學生時代相識的朋友外，一概不識不知。我是以純客觀的心情，叙述往事，幷無私人恩怨之見，潛存於其間，也就是贊同上海「大公報」關於過份懲治漢奸所產生的副作用，乃對政府得不償失的看法，認爲正確而已。

五、共諜問題

自一九二七年（民國十六年）國府奠都金陵，實行清黨以來，國共始終勢不兩立。迨對日抗戰軍興，全國各黨派共同抗禦外侮，停止內爭，但政府對於共黨之滲透顚覆陰謀，瞭解深切，防範綦嚴，決無故意放縱之事。可是，若干老共幹竟利用政治與人事關係作掩護，潛入各級文武機構中，從事釀亂者不鮮：有的是未被發覺，誤認為忠貞之士，如邵力子、劉斐等，潛伏中樞，參預密勿；有的是依附地方軍頭，播弄是非，如李任仁、劉仲容等，即在李宗仁、白崇禧庇護之下，為共作倀；甚有聲名洋溢的老共幹，亦明目張胆，滲入中央金融機構，取得高級職位，如老共冀朝鼎，却於對日抗戰中期，居然担任中央銀行經濟研究室主任；其他滲透各省府或軍中以及文化教育界的共諜，更僕難數，如迭任湖南省府委員兼民政廳長的曹伯聞，直至一九四九年湘省淪陷時纔原形畢露的。

邵力子久據中央要津，素為當道所信任，對日抗戰中期，民黨元老兼監察委員張溥泉（繼）在西安視察數月後，回至重慶出席本黨中全會時，報告西北黨政情形，力述共諜滲透之害，最後說是：「總裁左右即有共諜潛伏着」，指的就是邵力子，當時在座人士多認為張氏不免過甚其詞，未敢深信。越一九四八年十二月， 蔣總統召集中樞黨政軍高級人員會議，商討應否「引退」以與共黨和談之際，邵力子乃公然倡說「打人家不過，唯有投降」，使 蔣公為之氣結，而以民元孫大總統讓位於袁世凱的惡果，反詰邵氏，然邵并不介意，後來他以和談代表赴北平，即拒不南來覆命，坐守老家了。冀朝鼎初在美國，於抗戰初期陳光甫代表政府到美國簽訂桐油貸欵時，由美財政司長懷特（共黨分子，戰後被判處徒刑。）央託財長莫根索出面介紹，隨陳光甫回至重慶，滲入中央銀行任職。當時重慶報紙上指說冀氏係共幹，然央行總裁孔祥熙，聲言願以身家性命担保冀某決不是共產黨，寖且晉升冀氏為經濟研究室主任，負責擬訂財金政策。迨大陸淪陷後，冀朝鼎曾在上海「文滙報」發表丑表功式的文章，題目是「我怎樣搞垮了國民黨的財政金融」，說他在央行每逢提出財經問題的建議方案時，即先通過央行大員貝祖詒，轉商孔、宋同意實施，自己并不直接露面，藉避嫌疑云。劉斐仗着廣西李、白的政治背景，滲入軍部為軍令次長，主持作戰計劃，表面上對最高統帥特別忠貞，不露半點異樣的聲色。迨政府復員後，實行戡亂政策，而共諜吳石亦位居參謀本部次長，與劉斐狼狽為奸，主管軍令。還有迭居軍政顯位的陳儀，他於抗戰後期担任行政院秘書長，某次院務會議時，孔代院長祥熙提出 蔣兼院長交下的「行政三聯制」，希望在座各部會首長發表意見，陳即席抗聲道？「領袖交下的政令，政院只有遵行，焉能妄加討論？」一派忠貞詞色，使各部會首長大為驚詫。然陳於一九四九年在浙省主席任內露出狐狸尾巴，暗中教唆京滬防衛總司令湯恩伯謀叛，湯氏不從，政府纔將陳儀置之大辟。若夫潛伏文化教育界的共諜，所在多有一九四八年筆者任南京「和平日報」總主筆時，即發覺與我一起住在中山東路本報發行部的採訪組全體職員，盡係共諜。

共黨分子這樣大量滲透政府各級機關與文教界，在大陸淪陷之前，居然不會發覺而研究之，這決不是共諜特別厲害，而係我們自己太糊塗，認為癬疥之疾，不足重視。例如抗戰中期潛伏在重慶市參議會的共諜參議員周欽岳，大陸變色後，在渝市高擁權力，迄今未替。但抗戰中期筆者以渝市教育局長出席市參議會時，在報告教育問題中，說了一句「我們的辦法跟共黨不同」的話，周即與我大起衝突，要我指出參議員中誰是共產黨？我以其無理取鬧，痛加斥責，事後上級官長反說我不應該跟民意代表爭論是非。此即證明政府各級達官貴人，對共諜之滲透情形皆明知故昧，等閒視之，且以敢與共諜鬥爭的本黨同志為多事。然對於其他黨派人士在政府機關任職者，却稽考甚嚴，如在國防部久任中級職位的鈕先銘，迨查覺他是青年黨員後，乃不安於位了。

綜觀上述各項經過事實，即知政府當局於對日抗戰結束後的接收，復員，以及國家建設四大端，漫無計劃，亦沒有一定的原則，任由各部門掉以輕心，人自為政，以致民怨沸騰，士氣低落，終於釀成人心思變的土崩瓦解的形勢，中原河山，因而迅告變色了！

百粵掌故叢談

小欖菊花大會史話

·白福臻·

「烈士紀黃花。廿三年國步艱難。方今中原未定。外侮頻仍。圖展遼東思武烈。」

「明星比金萼。九百種芳名淡雅。且看老圃新栽。疏籬舊植。地疑栗里仿淵明。」

上聯係民國二十三年小欖李氏大宗祠菊花大會門聯，當時全國未統一，內憂外患，國事蜩螗之際，聯語吐屬工雅，含義尤深；語氣精警，發人深省，如今事隔三十九年讀之猶覺感慨萬千。該聯首末「烈明」二字互對，具見巧思。

談到「菊花大會」，這是吾粵中山小欖鎮六十年舉行一次的盛會。追溯前塵，攷其源始，首屆菊花大會舉行於遜清嘉慶甲戌年（公元一八一四年，距今一百五十九年）；第二屆舉行於同治甲戌十三年（公元一八七四年，距今九十九年）；第三屆舉行於中華民國二十三年（公元一九三四年，距今三十九年）；所以俗諺謂人生難得遊觀兩次菊花大會之盛況。

最早的菊花會，根據史籍記載，如「東京夢華錄」、「武林舊事」、「夢粱錄」等宋人筆記，備載重陽日舉行菊會之盛況。明人張岱「陶庵夢憶」也有幾則有關菊會之記載，僅是私人菊花展覽，供人觀賞並炫耀豪富。清代「燕京歲時記」並有紀載具體而微的菊花會。與吾粵小欖鎮菊花大會相較，小巫見大巫矣。

菊花大會之前身是「菊試」，始於乾隆丙辰年（公元一七四六年，距今二百二十七年），當時之花場設於李氏尚書四世祖祠前，及後庚申年（公元一七五〇年）改設於何氏大學士祠前。極盡鋪張揚厲，中設戲棚張燈結綵，點綴輝煌。左右兩旁蓋搭篷廠，各置盆菊其上，分三場考校，頭場要花名，二三場要某種某名。菊有正有從，紅白黃紫，其類不一，每場要正一盆從一盆，仍分別字號，若試卷然。三場畢集，堆紅砌紫，目迷五色，觀者雲集，歎賞不已。

場後演梨園（粵劇）數日，更形繁鬧。散場時，以紗緞巾扇等物分名次高下為獎勵。場期在霜降後旬，主會者春季預標參加辦法於通衢。

花式甚多，有三丫六頂、雙飛蝴蝶、扭龍頭、扒龍舟等，林林總總，不一而足。皆一莖獨上，每株分百餘枝或四五百枝不等。一枝止留一蓓蕾，扶以小竹枝，長短相從，高低有序，行列整齊，望去橫斜曲直，玲瓏剔透，且無挨枝跪泥等弊，方爲合格。尤其以花容鮮艷，葉色青翠，而不脫一葉落一瓣者爲上選。故花時開齊，層層如圓之規，幢幢若傘之蓋；每株花頭多者，動輒四五百朶，占地丁方八九尺許，儼然如一座花坵，煞是奇觀。

與試者，須預早於穀雨下種，費半載經營，始觀厥成；尤須盡地利，悉天時，備人工，完物力，方能蔚然可觀。諸菊品中，唯「一捧雪」爲絕品，因其栽培最難也。花大而瓣細，色碧如翠玉，姿更可人。花葉難齊，易爲蟲蝕，占晴課雨，糞土澆肥，因候而施，護理周密，時刻不懈，雖凡菊皆然，獨「一捧雪」倍耗心血。（據老圃云，今日之一捧雪已非正種，豈眞絕種乎？）

及後菊試停辦，改爲「菊社」，不預期檄示，不蒐奬奉酬，唯集同好共組成社，季秋雅集，携菊至社，醵金爲會，名爲「黃華會」。但會無常期，或一年一度，或十載一逢。

嘉慶甲戌，遂成立第一屆菊花大會，召集各鄉鎮坊社各姓族擴大舉行，繁鬧倍盛於疇昔，錦簇花團，頓開香國，燈火通衢，淸華罩地；大有錦作宮城，天開不夜之景象。於是鬬花塢，堆花叢，砌花路，綴花屋，拱花街，搭花橋，架花涌，蓋花樓，縱橫歷亂，高低迷離，想栗里龍光，樊川逸景，不足過也。

會期凡七日夜，張燈結綵，倩梨園作樂達十餘班，絲竹管絃之聲，集詞客吟咏，淸越拔俗。花香酒氣，舞影歌塵，氤氳蕩漾於喧豗嘈雜之中。會中各族祠宇，各坊店戶，或花之佳者，陳列於門庭院舍間，堆金叠玉，秋色無邊。點綴名人字畫及古玩珍品，開筵迎客幽香盈座。或餐英徑畔，或啜酒籬邊，邈然追高風於兩晉，悠然寄逸興於三秋。

斯時四方聯翩赴會者千千萬萬，海道舟楫相望，舳艫千里；據故老言，是屆由鶯哥咀而至海口沙口碼頭，艤岸之船隻，鱗鱗翼翼，大有舸艦迷津之象，此千載一時之盛會，遂永留史乘輝煌之一頁焉。

第二屆菊花大會舉行於同治十三年，盛會賡開，惜因風姨肆虐於會期前之中秋時節；猶幸摧殘花卉不多，籬菊晚香，競秀如昔。當時會中麥氏宗祠懸聯以紀其事。聯云：「歎風姨太過不情，奈何節近中秋，連宵竟欲摧花去。」下聯云：「幸騷客依然無恙，猶是期迎九日，隔月還能送酒來。」

詎料福無重至，禍不單行。是年九月十八日同治帝駕崩，遽逢國喪，官廳下令禁止一切娛樂。惟雜伎之紛陳，燈市之輝煌，花街之錦繡，遊侶之熙攘，繁鬧景象，猶未稍減。

第三屆菊花大會舉行於民國二十三年。據欖鎮綠芸山房居士撰「菊徑薈記」所載，可想見盛况之空前。據云：「是會也，訂期爲一，傘社爲十，而來遊者遍四方。自欖之東埒海面，一路縈回至魚洲，錦帆畫槳，絡繹不絕。客試推篷露訂一觀，覺十二瓊樓，宛然天外；而乘船至者，眞似海島浮仙，來赴餐英會也。」又據「香山攬要」載：「歲次甲戌之冬，欖市舉辦菊花賽會，凡三日夜，張燈綵，作梨園；花路、花橋、花樓，絡繹數里；蔚成花山。各族祠宇，門庭齋舍，悉選冬菊之佳者，布列點綴，間以名人字畫及古玩，尤具幽香韻致。四方來觀者，肩摩踵接，所謂『欖市花期韻欲仙』也。」

吾粤小欖乃吾粤中山縣著名藝菊之鄉鎮，晉代以愛菊著稱之詩人陶潛（淵明）曾居住江西省九江之柴桑；因此小欖又有「小柴桑」之雅號。

當年舉辦第三屆菊花大會，適値國難頻仍，同仇敵愾，抑且欖鎮蠶絲業大不景氣，原擬取消菊花大會，奈因歲首已公布舉行，皆早作準備。尤其是藝菊非比尋常，所費心血、時間、金錢不少，不能出爾反爾，遽告停辦，唯有如期舉行。當時各姓各區均有菊會小引，尤以大欖菊會小引爲最佳，駢四儷六，氣勢沉雄，全篇一氣呵成，尤以末段寓娛樂不忘救國之深義，激發圖強雪恥之志。菊花大會如賡續舉辦第四屆，亦須待二十一年之久。茲錄該小引以慰渴望，藉興思古之幽情也。

「蓋閶寒香浥露，爭傳南國奇英。晚節淩霜，不仗東皇寵錫。精如金而英如玉，殿盡羣芳，色象土而形象天，名符五美。是以芬留老圃，北平列爲市花，會啓公園，東粤疊懸獎品，由來高格，迴異凡材。我欖鎭俗仿柴桑，人精蓺菊，溯自乾隆中葉。菊試考校，二三塲迭選芳姿，逮夫嘉慶以還，菊會宏開，六十載沿爲故事，莫不備蒐名卉，萃會奇花。徑曲三三，不盡霜根露葉。秋容九九，都成酒地花天。西施醉，狀元紅，才子與佳人比美。老君眉，褒姒臉，神仙偕麗姝齊名。則有花徑迴環，花橋迢遞。九龍入洞，花港之逶迤紛歧，五嶺蟠空，花樓並峰巒聳峙。步煙橋於月下，錦繡重重，得梅洞之春先，金鈴箇箇。百花洲外，開遍萬朶千株，十二橋頭，輝映五松六路。連理樹，芳心互抱。古榕洲，茂密常留。固已極兩欖之繁華，增三秋之富麗矣。至我大欖，鄉號永寧，地鍾靈秀，訪沙溪之逸士，高格不讓名花，仰太僕之丹青，妙翰馨傳藝圃。登劍峰而覽勝，風高九日競佩萸囊，尋林步之遺蹤，節近重陽同傾菊釀。梅花泉冽，比菊水之延齡，楊柳灣長，映菊叢而並麗。南渚之塲堪蒔菊，東湖之水可灌花。皆足點綴秋芳，增輝名勝，獨惜駒光易逝，雅會久湮。念半百載前看花人，多歸零落。合五十四社開菊會，盍共提倡。用是特召菊師，重修韻事，擬甲戌而集會，指孟冬以爲期，所望鄉中人士，旅外僑商，精選名花，同襄盛舉。九百種欺霜賽雪，着意蒐羅。三百日問雨課晴，悉心培植。三丫六頂，仿蝶翼之輕盈。萬紫千紅，扭龍頭而圓好。花神稽首，祈時時甘雨和風。花事勞形，願人人齊心協力。尤冀荷囊大啓，松墨豪題。爭解贈夫蚨飛，俾集成於狐腋。會見司花有主，光分沙浦玉溪，賞菊同人，香徹蓮坊花社。沿三步而銜月，遍踏馬蹄。過雙美以品花，紛留鴻跡。別有廣開吟社，並集騷人文字結緣，珠璣勿吝。續夢得題糕之句，醉孟嘉落帽之風。斯又樂與衆同，興未能免者也。惟是櫻花會啓，東鄰裙屐歡聯，玫瑰園遊，世俗冠裳雅集。從來園林之玩賞，動關民族之精神，方合碧草黃花，涕隕中原豪傑，金戈鐵馬，心驚北地烟雲。感勁節之淩寒，益同心而禦侮。看花看劍，請纓願效前驅，養花養賢，救國資爲後盾。豈徒求林塲藝術，供詞客吟哦而已哉！申告大方，寅宣小引。」

第三屆菊花大會賽事始末，據故老憶述，當時因蠶業衰落，租項失收；富戶殷商以及祖嘗，皆形困乏，欲籌巨欵以維持會務，憂憂其難。及後鎭內紳商不欲使六十年一度之盛會停辦，且因鎭內何何（何姓分九郎十郎兩族）李麥及甘劉各姓，及大欖坊、滘口坊、下基坊、大廟前坊、五福堂坊等，在舊曆年頭早已擇定地方，雇定花王，又精心蓺菊數百盆以應大會，業已耗資不少，一旦停辦，爲山久仞功虧一簣。所以何何李麥四族鼎力維持，或將田畝按欵及變賣。甘劉二姓則向滬上殷商募捐。並將範圍縮小，僅將蓺成菊品在各族大祠堂及各坊公館門前署事陳列，以應斯會。無復如前屆之花街、花涌、花塔之盛况及唱梨園、燒烟火、賽魚燈、演雜耍等大事鋪張矣。以上係籌備菊花大會之概括情形。及至十月十七日正式開幕時，才出乎意料發現賽會極事擴展，擇錄於后，一見一斑。

欖鎭人口當時約二十萬，面積縱橫凡十五里。係何何麥李四姓聚居，此次菊會，全鎭四周遍列菊花，沿途花塔、花樓、花橋、花坊，菊品雋異殊多，如金葉菊、西湖碧、玉麒麟、綠葵龍，歎爲觀止。

何族花樓在市邊涌大宗祠前，高逾七丈。旁有花塔，高約四丈。李氏大宗祠懸掛一大燈樹，燈頭凡三百餘，以玻璃製成燈枝爪，以銅較鑲口，燃油普照，有火樹銀花金吾不禁之概。李氏花樓在尚書李氏大宗祠前，高九丈，旁之花塔高七丈五尺，內分五層。麥氏花樓高七丈五尺，旁有花塔高八丈，均在麥氏六房祠前。大欖花樓高約六丈，在妙靈宮廟前。北區花塔在滘口，高八丈。以上各花樓皆用竹搭成。唯獨北帝廟前之花塔全用杉木做成，壯觀堅固，高約六丈。

十月十八日午舉行水色賽會，水色凡十餘套，係由欖鎮各坊備辦者。所謂水色，自然與地色、飄色、馬色大相逕庭，頗爲巧妙。色女扮演諸種故事角色，立坐於水面浮起，下乘以筏，不使露水面，以船艇拖曳或後推，頗爲別致。計水色之異趣者，如牛郎織女、嫦娥奔月、武松打虎諸式，維妙維肖。色女之服裝租自廣州市，而色女則由當地女童飾演，至欵式則由當地人士獨出心裁。兩岸觀賞水色之男女老幼，萬頭攢動，雲集江干，鑼鼓艇、水色艇，使人游目騁懷，心曠神怡。

麥族祠內有一盆西施菊，廣大五六尺，花成塔形，凡六百餘朶，均蟹爪形紅白色，花如碗大，最頂一朶，大如小兒頭顱，翹立卓爾不羣，下有紅紙條寫着「價値一萬二千元，未敢稱第一之西施菊」。若以今日時値比當年幣値而論，一萬二千元今日已逾百萬之巨矣。

欖鎮四面環水，成海島形，有涌滘九枝入鎮，俗稱九龍入洞。鎮內五山分列，俗稱五嶽平均。鳳山居中央，形如梅花心，登山眺望，全鎮風光入眼簾，但見彩樓花塔，高揷雲霄凡數十處，並有戲棚醮棚十餘座，令人目不暇給。鳳山夜放東莞烟花，並有眞人化裝表演坐單車，十九路軍殺敵；六國封相；火星四濺，光芒悅目。

粵劇十二檯助慶，遍布全鎮中區、東區、南區、西區等。名班有義擎、大江南等。名伶有廖俠懷、謝醒懷、李自由等。

十月二十及廿一舉行兩晚水上夜色，紗燈，魚燈等紮作，精巧奪天工，沿岸觀者萬人空巷。

菊花大會開幕後，並於寫華堂中繼開耆英大會，各老人恒備辦壽衣，以過花街遊行，謂經此一穿，易簀時無穿壽衣不及之虞。老人穿新壽衣遊花街，亦菊會之一大特色。耆英比賽於十月十一日舉行，白髮朱顏，濟濟一堂。冠軍男爲許少文。女爲劉羅氏，精神矍鑠，健步如飛。均九十歲以上，由梁縣長代表何某頒獎章以爲紀念。

此外，菊花會在各地均有舉行，如菽莊之鷺門菊花會、廣州市菊花會（西南政府時代，由劉紀文市長主辦），愉園菊花會（民五年十月在跑馬地愉園舉行，即今養和醫院前身），近年百德新街及大會堂也曾舉行菊展，都是具體甚微之展覽會而已。台灣方面，每年十月舉行總統壽辰祝嘏菊花展覽會，在台北近郊陽明山公園舉行，規模較爲宏大，展出名種二十餘，名貴菊花八百餘盆。

「荷盡已無擎雨蓋，菊殘猶有傲霜枝！」黃花餘晚節，我們拭目以俟二十一年第四屆菊花大會之隆重舉行吧！

都江堰名聞天下

古方

故鄉灌口都江堰，是一個充滿神話治水的歷史故事。每年砍榪义開堰典禮，至今二千餘年，還是相當隆重，熱鬧非凡。按灌縣位於成都西北部，城瀕岷、沱二江分流處，適介西北山地及平原之間，依山築城，正當川康交通要衝，古稱灌口。元置灌州，明時降爲縣，直屬成都府，淸仍之。商肆繁盛，集散各種道地藥材，如川貝母、冬蟲夏草、澤瀉、川芎；山有青城玉壘之勝，水有內外二江之奇。

這內外二江，原稱南北二江，發源於岷山山脈的羊膊嶺，遙遙望去，重巒疊嶂，雲與天齊，常年積着皚皚的白雪，不斷溶化下來，逐漸滙成河流，而水淸澈如冰，疾如萬馬奔騰，聲如雷鼓震動，經梅潘、茂汶、直流灌口，縱橫全境，再折東南經成都、新津、眉山、樂山、青神、犍爲諸縣，由宜賓注入長江，昔大禹治水，導江汶川石紐，後人指爲長江正源。

都江堰，原名金堤，是我國最古老最偉大的水利工程，名聞中外，迄今世界各國罕與其匹，已有二千六百多年的歷史，遠自秦朝，蜀郡太守李冰父子的豐功偉績。據堤堰紀載：「自神禹導江正源於石紐，出汶川而南，其北無水，秦昭襄王時，蜀都太守李冰，鑿「離堆虎頭」於江中，設「象鼻」七十餘丈，首濶一丈，中濶十五丈，後濶十三丈，以及「指木」十二座，大小鈎魚護岸一百八十餘丈，橫瀦洪流，故曰「都江」

所謂都江堰，主要是將岷江上游，來自萬山奔流之水，開鑿離堆以分其勢，隔成內外二江，外江即是岷江正流，用以宣洩山洪，內江下游爲沱江，用來灌溉農田，禹貢所謂「岷山導江，東別爲沱」。其方法是用巨石在江心砌成一座石磴，稱爲魚嘴，形似三义口，上流進入魚嘴就分向南北二江，然後再分若干支流。

李冰僅用「深淘灘、低作堰」六字秘訣，而且工具極爲平常，防水堤岸，只是無數大篾籠包着卵石，制水則用榪义木；這簡陋的治水方法，却是奇功巧思，發揮了無比神效。凡水經流之域，沃野千里，禾稼如雲，故有陸海之稱，灌溉的農田，約有三百餘萬畝，使川西數十縣永遠成爲富庶之區，人民受惠無窮，從未遭到水災旱災，古稱天府之國，所以都江堰不愧是我國偉大的工程。

現在雖然科學昌明，一切進爲機械化世紀，但沒有發現比二千年以前古老的法子更爲有效，歐美水利專家參觀之後，莫不歎爲奇跡，佩服得五體投地。這不能不歸功於李冰父子，厥功不讓神禹，無怪乎廟食千秋，永垂不朽矣……。

每年春耕放水，舉行開堰典，多在二王廟隆重舉行，主祭者從前爲四川總督，以後是四川省主席，對李冰父子要行三拜九叩之禮，然後舁爲出巡，再砍榪义開堰，前往參觀者，兩岸人山人海，也有外籍來賓，砍斷榪义木，其水滾滾而下，浩浩蕩蕩，一瀉千里。

在都江堰的魚嘴上，有座安瀾索橋，寬約丈餘，長達里許，凌空駕起，分爲四段，一升一伏，蜿蜒彷彿游龍，橫跨岷江江面，煞是奇觀。上青城須經過此橋，橋門有副對聯：

大江東去無雙路　錦里西來第一橋

索橋全用碗口粗的竹纜織成，江心另植七大木架，兩岸建有石磴，磴上合豎粗木十餘根爲柱，將橫過江面的竹索繫於兩端的的圓柱上，以巨輪拉平絞緊，兩邊以竹索爲欄，中間鋪着稀疏堅厚的木板，人行其上，就會飄飄搖蕩，而橋下滔滔江水，湍急洶湧，驚險萬狀，初臨其境，令人脚軟頭昏，舉步維艱，稍或失神，似有落江之虞。其實不然，只要兩眼平視，不往下看，毫無半點驚險，有些農夫村婦，肩荷重担，來來往往，行走如飛，和履平地無異，不禁爲之咋舌。離堆中央，建了一座觀瀾亭」（原名懷古亭），屹立水上，下爲象鼻石，石面刻着都江堰則，又稱量水表：「盈一尺至十尺而止，水及六則流始足用，過則從堰減水，泄歸長江。」憑欄俯瞰，盤渦崩雷，驚濤拍岸，一波一波與堆石相激，散成銀霧飛珠，輕風掠過，又似迷濛細雨，聲勢若雷，疾如奔馬，使人怵目驚心。

離堆上面，便是「伏龍觀」，是一座飛簷碧瓦，古色古香的廟宇，隱約在萬綠叢中，巍峩高聳，畫棟浮雕，香火鼎盛，遊客絡繹不絕。遙與二郎廟相對峙，觀後即魚嘴分水處，相傳李冰當年鎖孽龍於此。正殿供奉李冰神像，殿內楹聯甚多，其中有清四川總督駱秉章所書長聯：「溯經畫於秦時，溝渠初改，阡陌新開，賢太守創立規模，遂以啓後世文廉之蹟；興利源於蜀郡，井野分疆，離堆鑿石，都人士馨香俎豆，直可追先朝叢望之祠。」此對刻畫入微，道盡治水始末。抗戰期間，水利局亦在觀內辦公，陳列水利設計模型，以及灌溉圖繪，白水綠田，非常明晰，遊人看了這些繪圖，都江形勢一目了然。

距伏龍觀不遠，便是鬥鷄台，瀕臨江畔，是一處天然名勝。據民間傳說，李冰治水之時，與孽龍在此搏鬥三晝三夜，終將孽龍制服，鎖在石杵之上。因治水和孽龍鬥法，雖然神話，而還說得過去，至於鬥法之時，人與龍同時變成兩隻公鷄，那便是神話中的神話了。

由鬥鷄台拾級而上，約有三百餘階，便是玉壘關，建於唐朝貞觀初年，原名七盤關，因是番夷往來的要衝，又名鎮夷關，左瀕滾滾的洪流，右接玉壘削壁，登臨其上，俯瞰南北二江的滔滔流水，澄如白鍊，仰望玉壘雲山，崔巍奇幻，氣象萬千。杜甫有「玉壘浮雲變古今」之句，即詠此悠悠多變的奇景。

出玉壘關，路左有坪台名叫「棲鳳窩」，此和灌城題額「雄鎮都江」三層高的「觀鳳樓」，其意相同，傳說爲楊貴妃過此紮帳歇宿之處。這是無根之談。據太眞外傳，楊元琰爲蜀州司馬生貴妃，小時經過灌口或有可能，因爲她是陝西人。後來入宮承寵，安史之亂，伴明皇西奔，中途死於馬嵬坡驛道，何曾至此？這個「棲鳳窩」，莫非附會李白「天迴玉壘作長安」的詩句吧？迤西一帶，山嶺起伏，樓閣重叠，烟嵐縹緲，風景如畫。

然而規模之大者，還算二郎廟，又名崇德廟，祀奉李冰父子，建築宏麗，較「伏龍觀」爲大，聳立激流之江邊，山門正對着岷江，重簷紅瓦，金碧輝煌，四周古木參天，松竹掩映，幽雅宜人，入門拾級而上，有大石鐫着「深淘灘低作堰」六個大字，兩旁另有玉碑各一，上書「逢正抽心，遇灣截角」的治水要訣。

後殿除供李冰父子坐像之外，尚有清朝丁寶楨塑像，因爲他做四川總督時，曾經奏撥庫銀，培修都江堰，定下石壁鐵定之謀，四川人叫他丁宮保，現在菜館流行的宮保鷄丁，就是因他而得名。其他如飛簷流丹的禹王宮，金碧輝煌的純陽殿，幽明深廣的慈雲洞，以及老君閣、魁星樓等，均是楩楠夾道，萬綠叢中的遊覽勝地。

巧合與奇遇

逸凡

那一年的暑假，我隨着留美學生省親團回國來，回來後我第一件事就是去看陳永文所經營的農場。陳是我農學院最要好的同學，他放棄出國的機會。當時他說他要在國內，在農業走下坡的今日好好苦幹一番，讓他出一點農業奇蹟，因此他將他們陳家台南鄉間那幾甲祖產，經營成一個小農場，他信上告訴我，他養了很多土鷄，如果我回國要讓我吃個飽。

見面的時候，大家那股高興勁，所謂老友久別重逢，眞情都在不言中。那天晚飯我的確吃了不少土鷄肉，在床舖上他說着他的理想，我也靜靜地聽着，他問我在國外學到了些什麼，我不知怎麼說？最後我老實告訴他，在國外尚未學到什麼，但已嘗盡空虛、寂寞及相思之苦。

他說他買了獵槍，明天一早，要帶我過白水溪到枕頭山那邊去打山鷄及野兎，我聽後興奮得一夜未能成眠。

我們走在綠油油的田野上，沿着白水溪的上游走了下去。祖國的原野在朝陽中顯得是那樣生氣蓬勃，我內心想着陳選擇的路是對的。

吃了帶來的乾糧，剛好日正當中。我們都汗流如注，身子也有些累，尤其是我。我們發現山坡下有一個花園別墅似的房子因此我們順着山的缺口走了下去，環山遍野靜悄悄地，這是一幢日式的大房子，有花園和池塘由於沒有人照顧，俱已荒蕪，一片蒼凉，我友陳永文說這地方有點像世外桃源，我却感覺有點邪氣。因爲我想到聊齋裡那些古屋花園，不覺有些毛骨悚然，好在這是一個大白天。

我們就在別墅的石階坐了下去，一人坐一邊，涼風陣陣，很快我們就睡了過去——雷聲將我們驚醒，我要陳趁早離開這裡。正當我們舉步將走之時，豆點大的雨却那樣巧地落了下來！這是南台灣有名的西北雨，一下子整個山頭佈滿黑雲，山腰間的刺竹被大風刮得咯咯叫。我們被困了下來。本想避過這陣雷雨再走。沒想到這雨一下就是幾個小時，且雷雨交加從不間斷。因此天一直暗下來，我們心裡很急，但又沒有他法。在心急如焚下，又聽得溪洪暴漲聲，混濁的洪水推動着大小溪石滾滾而下，排山倒海之勢，令這山野古宅更憑添不少恐怖氣息。現在溪也過不去，當時山間有時翻過了一個山頭，尚難找到第二個住家。因此陳說今晚就在此過夜。反正有一把獵槍，內心也跟着壯了起來。不過總不能老蹲在這屋的簷下。陳荷着獵槍，我們用力將這別墅的右廂房門擠開，是一個有地板的房間，裡面有幾件傢具，其中有兩張舊式沙發，一個茶几，左窗邊有化妝台，台上尙有幾樣亂七八糟的化妝品，正面的牆壁中央掛着一大幅抽象畫，很像是太空幻境。這些都塵封已久，窗簾很講究，看來這是一個女人的閨房。我在壁櫥上找到幾支蠟燭及燭台，我把燭台放在茶几上，陳在一邊抽着烟，眼睛看着這房子的每個角落。我要他用打火機將蠟燭點着。一時燭影搖曳。我向陳亦要了一根烟，我想將烟來壓這跳動的心腔。一下子窗外的天色全黑了下來。山內就是這樣，一旦天黑就伸手不見五指。這時竹林深處有貓頭鷹咕咕叫着。雨是停了下來，但雷電交加得更厲害。我與陳就將那兩張沙發移了過來，我們面對面坐着，吃起中午剩下的乾糧。陳的右手一直握着獵槍，話也比前少了很多。我一直躭心不知如何渡過這漫漫的長夜。想着想着一陣強烈的閃電青藍的電光將大宅猛照了一下。一時燭台火焰消失如螢，繼着雷聲暴響，就在雷聲暴響的同時，這小房間的天花板也同時塌了一大塊。一時灰塵漫漫，我們兩人同時站了起來，都有往外闖的趨勢，但到底是受過軍訓的大男人。很快我們就將這股氣沉住。我將燭台舉得高高的，地板上似乎多出了一包東西，陳與我同時走了過去，我們將身子蹲了下去，一時我們不敢去動它，只見這一大包東西被一條很標緻的絲巾包裹着，陳示意我將絲巾打開，我想了想是福是禍打開來再說。我將燭台交給陳。

絲巾打開了是厚厚大一疊信，信被一條紅絲帶絆得緊緊，我再拆開絲帶，拿起最上面的一封信，往眼前一放，我驚叫地跳了起來把個陳嚇退了一大步。我告訴陳說，發信的地址是我現在美國加州攻讀的學校。陳永文說眞的嗎？身子也爲之一震。我說沒有錯，我很快將另一封信交到他的手上，陳很快將獵槍與燭台放了下去，這些信都有編號順序疊着，我們就坐在這塵埃滿地的地板上，看完這些信件。這是一疊情意綿綿的情書，是一個在美國攻讀哲學叫李明皓的男子所寫的，給他台灣丁姓叫丁文怡女情人的信。那些情書寫得實在太美了，因此我與陳一口氣看完這些信件，早已忘了窗外的東方已呈魚肚白，然而我們却一點睡意也沒有。最奇怪的，是那些蠟燭也剛好陪伴着我們看完這一大包厚厚的信件及這漫漫的長夜。此事眞是不可思議，我們帶走了這一大包信件。

回到美國，我找到了李君，將這些信件交給他。李君說丁文怡是他大學時的女朋友三年後他們戀愛，丁女的父親極端反對他們交往，主要原因嫌他讀哲學沒出息。爲了那坎坷的愛情他遠離國門，離家兩年他們魚雁往返甚緊，而且他們的情意並不因時間及空間的拉長而冲淡。二年後某日他接到他給丁文怡的信被退了回來，同時亦接丁父信說了女月前與他人訂婚後，到鄉間的別墅自殺身死。起先他還當作丁父故意說的，心想那樣也好，反正這些年在外滄桑，至今尙一事無成，哲學碩士何用？三餐還不是洗碗洗碟換來果腹的……

我向李君告辭，只是他面無表情，無意識地向我揮揮手，走出李君的住處，州公路此時冷清清地，等我再回頭看李君時，只見李君茫然地看着天的遠方。

此事已過多年，冥冥中人間眞有鬼魂嗎？這事是奇遇還是巧合？在我內心的深處老是成個謎。

碧鷄啼徹西山曉

林　蘂

昔年曾讀華夏名聯錄，中有孫髯翁所撰的昆明大觀樓長聯一對，共一百八十字，以長短論，除青城古常觀長聯外，實無出其右，其聯道：

「五百里滇池，奔來眼底，披襟岸幘，喜茫茫空闊無邊，看東驤神駿，西翥靈儀，北走蜿蜒，南翔縞素。騷人韻士，何妨選勝登臨，趁蟹與螺洲，梳裹就風鬟霧鬢，更蘋天葦地，點綴些翠羽丹霞；莫辜負四圍香稻，萬頃晴沙，九夏芙蓉，三春楊柳；

數千年往事，注到心頭，把酒臨風，歎袞袞英雄安在？想漢習樓船，唐標鐵柱，宋揮玉斧，元跨革囊。偉績豐功，費盡移山氣力，儘珠簾畫棟捲不盡暮雨朝雲，便斷碣殘碑，都付與蒼煙落照；祇贏得幾杵疏鐘，半江漁火，兩行鴻雁，一片滄桑。」

這副對聯久已膾炙人口，海內外均稱它爲長聯最佳者。大觀樓之所以能馳名遐邇，實與這聯有關。聯懸於大觀樓下正廳。在這一百八十字中，它把昆明遠近的風物，都一一吐露無遺。

大觀樓的所在地，距昆明之西南約五公里，是滇池上的第一好去處，近華浦而臨草海，海之外，即爲滇池，風景佳勝，這兒是明末楚僧朝印的修道所，今日樓在水中央，沿河有馬路可達，康莊大道，兩旁亦可通舟楫，車馬往來，絡繹不絕。傳爲當年吳三桂鑿這河以運糧入城者，故亦稱運糧河。路的兩旁，綠楊垂蔭，柳絲拂人，每當月白風清，遊人如鯽，這時柳影花香，間以桃杏，風光之美人間少有。

人們來到大觀樓的入門處，那兒有一石坊，上嵌「大觀樓」三字，那是呈貢孫鑄所題書。樓共三層，與岳陽、黃鶴齊名。樓前荷塘，建了三座石塔，環堤如帶，垂柳如屏，好像西湖上的三潭印月。人們登臨四眺，則昆明湖光，太華山色，都一一呈現在目前了。後來清布政使佟國𦍮等增建湧月亭、澄碧堂在附近，彼此烘托，形勢益美。民國二十年改稱爲大觀公園，前後佔地約三百畝，除了煙波無際的滇池外，更加以樓臺亭榭，山影連綿，眞是我國西南不可多得的一大名勝。

昆明景色以西山爲最勝。西山，是一個總名目，廣泛的說來，五百里滇池靠西的一邊，都可以叫作西山，所有西岸、碧鷄、高嶢、華亭、太華、羅漢諸山皆是。綿亙數十里，峭峯挿雲，僻洞苔封，幽篁冷趣，俗塵滌盡，實在值得人們來這兒清遊一番呀！

於是，我們在小西門外篆塘邊上船，打從小河涌往西南蕩去，那時正風日明齋，水天映澈，此身已隨鳧鵠搖曳而進。明朝尹伸文道：「洲渚隱見，蘆檉不時開合，棹行頗澀，漁家拍浮，根株不定，土人所謂草海者也。南盼淇源，沓波澎湃。」小艇容與其間，令人寵辱偕忘。

這時我們一行已置身於滇池之中了。池水清明，山巒滴翠。這池一名昆明池，在昆明市西南，長六十九公里，廣約二十公里，周圍約一百五十公里，與昆明、呈貢、昆陽、晉寧四縣市相連。每當夏秋水漲，一如洞庭湖，常有江水倒灌之象。池周平地肥饒，農產豐碩、池水澄清，兩岸金馬、碧鷄峭立，形勢極爲雄壯。明儒楊升庵詠「昆明湖」詩道：

「昆明波濤南紀雄，金碧滉漾銀河通。
平吞萬里象馬闕，直下千仞蛟龍宮。
天外幽巒分點綴，雲閣海樹入空濛。
乘槎破浪非吾事，已斬漁竿作釣翁。」

滇池天生麗質，且冬無嚴寒，夏無炎暑，一年四季花園錦簇，四外羣山環抱，長空彩雲如蓋，由於居民耽於園藝，故湖周到處都是奇花異卉，遍地萬紫千紅，加以青山水碧，又有「花都」的雅號。這兒的花木，以茶花特著盛名，種類繁多，花樹可數丈，經冬不凋，初春盛開之際，一枝數千朵，五色繽紛，燦爛如錦。

船抵高嶢，這兒距昆明十五公里，在滇緬公路的側邊，因有船隻往來，交通非常方便。有名的碧鷄關就在這裡。它活像一隻鷄正蹲着縮頸，拍翼長鳴，唱徹朝霞共曙色，詩趣盎然。附近田疇萬頃，綠柳成蔭，遊人在這覽盡風帆片片，白鷗飛翔，風景佳絕。

高嶢山麓有一所古色古香的建築，那就是明朝楊愼的升庵祠。進門處有一大彌勒佛，旁刻一寓意極深的對聯。聯語道：

「開口便笑，笑古笑今，萬事付之一笑；
大腹能容，容天容地，於人無所不容。」

由高嶢山循公路可抵華亭寺，又稱棲雲寺，披阪松杉，干霄合抱，一路上綠蔭遍佈，非常涼翳。山上四時彩雲籠罩，華亭峯頂浮突在上，遠看宛若雲中一亭，山峯由此得名。華亭峯左枕太華之麓，右帶碧鷄之岫，爲昆明西山名勝中心。峯上有一古刹華亭寺，創建於元延祐七年（西元一三二〇年）。這寺前俯昆明湖，遙對金馬山，建築壯麗，規模宏偉，爲西山諸寺之冠，寺中大殿供毗盧佛塑像，左右列供十二圓覺，都是些元代的精心傑作。明代天順間，英宗敕賜爲「大圓覺寺」，歷代均由高僧主持，香火鼎盛。寺周花木扶疏，殿楹瑰偉。這寺每年均有受戒大典舉行，儀式極爲隆重。

由華亭再上便抵太華寺，寺雖不大，而幽雅則只有過之而無不及。寺中築有飄渺樓，登樓可以眺遠，由此再往三清閣，可以鳥瞰昆明全境，一望似幻似眞，令人神往。三清閣建在岩壁之上。閣爲元梁王避暑離宮，有飛仙閣、醉夢間、逍遙遊三所，均建於崖壁之上。飛簷雕欄，刻石畫壁，無一不見工緻。西山風景之美，要算由太華寺出去一里許，到達三清閣的路上。遊人在這段路上行走，眼界極寬，所謂五百里滇池，奔來眼底，附近省垣的呈貢、晉寧、昆陽各縣也歷歷在目，看滇池裡的朝暉夕陰，風雲變幻，眞令人感到氣象萬千。又在三清閣附近，路旁的一塊大石上，正刻着「一望澄清」四個大字，上欵寫着「民國三十四年雙十節」，下欵落的是「杜聿明題書」，頗切情景。這兒俗名羅漢壁。志書載道：「奇峯怪石，崔萃欲墜，拾級以登，高入雲表」，所以三清閣、玉皇閣、眞武殿、老君殿、靈官殿等均建在岩壁之上，其中最懸絕的是「龍門」，它更高高在上，下臨百丈懸岩，遊人來此，每感脚踝顫抖，而且路徑曲折，穴洞連綿，行來頗不易。那兒有聯道：

「高山仰止疑無路；
曲徑通幽別有天。」

總之，昆明西山，山水兼備。遊客每於拂曉登臨，憑欄遠眺，但是彩霞半天，旭日由對岸的金馬山頂跳躍而起，沒一會，光芒萬丈，倒映在滇池中，湖光躍金，雲海浮絮，這時水天一色，風帆片渡，成就了一幅人間無比的畫圖，正是：

「萬頃滇池來眼底，勞人草草此登臨。
碧鷄啼徹西山曉，喚醒人間處處砧。」

戰後南韶連區教救工作概況

郭永亮

這是傳教士堅善美神父（Antony Kirschner）於一九四五年至一九四八年間所作的紀錄。我們摒棄教會方面的觀點，純以國家社會歷史方面來看，在現代一部地區史上，它是一部不可磨滅的事實紀錄。我們今將他的紀錄，摘要譯錄如下，以為歷史研究者之參攷：

一　教務概況

韶州教區在三十年前係屬廣東巴黎外方傳教會管轄，現由鮑斯高會教士管理，全教區轄屬有曲江、南雄、始興、仁化、樂昌、連縣、翁源、連山、連南、陽江、乳源、英德等十二縣。分南、始；樂、仁；韶、英；連、陽四個總鐸區。耿故主教棄世後，却由南始區白社卓（意籍），樂仁區福增爵（意籍），韶英區榮富哲（法籍），連陽區汪德中（南斯拉夫籍）等四位總司鐸互選代理主教，而選舉結果，汪德忠司鐸榮膺代理主教。遠東區鮑斯高會會長畢嘉理司鐸、郭怡雅司鐸及恩澤民司鐸等協助教務，頗得于斌總主教讚許。

本教區自一九四五年汪德忠總司鐸調為代理主教，湯廸先（國籍）司鐸調派南雄後，所缺總司鐸一職，則派査其威（意籍）司鐸暫代，由堅善美（匈籍）司鐸協助，並另調新入國門之薛（波蘭籍）、王（美籍）二位司鐸分任東陂、淇潭兩本堂司鐸，本鐸區戰前原有總堂、及東陂、淇潭兩本堂，陽山、二度水、澤梓潭、雅料塘、湖江頭等分堂，男女宣道員各一員，當時除淇潭設有男宣道員，由嚴守中先生兼本堂學校校長外，另於湖江頭、東坡、淇潭、陽山等各級女宣道員一員，而總室則由顯主修會朱、鄧兩位修女員傳教。

教廷首任駐華公使黎培理蒞臨華南視察教務，於一九四七年三月由廣州抵韶，鮑斯高會遠東區會長畢嘉理、汪德忠代主教，教友代表及當地機關長官，均到車站熱烈歡迎。是年六月，上海南市鮑斯高會聖若瑟書院負責人歐彌額（意籍）司鐸奉派為韶州區主教，並於該書院聖堂中由黎公使主持祝聖。

二　設立學校

本總鐸區戰前各堂設有小學五所，戰時亦保留一所，戰後已次第復員。查當時復員小學中以總堂廣仁小學成績最佳，該校校長係唐素蓮女士，辦有六級，計學生有三百多人，其次為淇潭駿德小學，校長由宣道員嚴守中兼任，辦有六級四班，有學生七十餘人，其後更於連縣籌設僑民學一所，該校負責人是王龍源（美籍）司鐸，經費由政府撥欵補助，除供學生膳宿外，並另派給衣物書籍文具，若成績優異者，得繼續升入師範肄業，造就僑民小學師資，展開化僑工作。

三　救濟工作

廣東救濟分署曲江第三工作隊委托連縣總堂設立營養救濟站，並有東陂、三江

行政院善後救濟總署廣東分署第三工作隊
仁化天主堂散發兒童新衣情形1947

、星子、陽山、洪潭各分站，每天受賑領粥貧民千餘人，辦理達六個月之久，爲廣東各站服務最長者，頗得救濟當局及社會賢達好評，曲江工作隊以該站辦理完善，咨請附設製衣工場一所，撥發大批布匹，招請車衣工人，以工代賑。

汪德忠總司鐸雖被選任爲代理主教，但對本鐸區仍表留戀未捨，與各司鐸議辦診療所，聯同連南縣府（前安化局）會銜電請上海鮑斯高會，遠東分會會長畢嘉理，廣州魏總主教，廣東省社會處等協助，準備籌建一座設備完善之醫院。

連縣至東陂公路，爲當時湘粵交通要道，來往客商甚衆，前日軍迫境時，沿途破壞，行旅甚感不便，如遇天雨，更覺泥濘難行，教友協會有見及此，請領救濟品一批，由本鐸區協助，以工代賑並派員赴連東公路勘量，橋樑路面，不久即恢復通車。

仁化縣地偏廣東東北隅，山嶺重疊，交通不便，文化落後，復因一九四五年日軍過境時，損失甚重，勝利後由縣長林錫熊，黨部書記侯温良，聯函請廣東韶州教區主教派堅善美神父來縣，辦理救濟工作。堅神父自奉派縣後，充任救濟會副主任委員，積極開展救濟工作，不辭勞怨，計八個月來，分設附城、董塘、康溪等三救濟站，另設康溪，附城兩營養站，天主堂平民食堂一間，計撥出牛奶九萬次，自助飯餐四萬份，施粥三萬五千份，領米者一萬人，領出衣服二千件，又協助恢復仁化縣內瓦廠一間及紙廠一間，並辦理平民識字班，俱深得各方人士讚許，由仁化縣黨部及救濟會第三工作隊各贈予錦旗留念。

樂昌縣及粵北重鎮，且爲交通要道，其善後救濟工作更屬重要，亦托交本縣天主堂福基道利如漢兩神父負責辦理，工作美滿，受惠者衆。蓋樂昌曾爲我敵兩軍爭奪據點，民衆顛沛流離，田多失耕，勝利後復遭荒旱歉收，貧民茹葉食莖，餓斃頻仍，天主堂兩神父，立即分設附城東鄉、白山北鄉等施粥站，逐日施發，活命無數。更有缺乏營養者，皆鵠形菜色，孱弱不支，天主堂神父即推動分設營養站，計達十七個之多，利貧者得就近領取營養品。

以上兩者乃治標救急方法，其後則策劃長久性福利事業，如改良道路，興辦水利，提倡教育等，先後促進，茲畧舉大者要者於后：

一　道路方面：甲、樂昌至廊田公路，長十五公里，為樂邑要道，行旅運輸多經此，該路因戰時破壞，戰後仍未修復通車，利如漢神父請准第三工作隊撥米三頓，以工代賑僱工修路，旬日間修復通車；乙、樓下至白山原道路，平時已崎嶇傾側，遇雨則泥濘，行動艱難，故亦以工代賑，將該路砌上石塊，使成康莊大道。

二　水利方面：甲、東鄉官陂糧田萬畝，向因不得灌溉，遂荒廢，一九四六年十月間，由天主堂神父及工作隊隊長認為地失其利，深為嘆息，乃請准撥賑米六十一噸，賑衣十六包，以工代賑開闢水利，以兩個多月而完成，從前萬畝荒田，今則成為沃土；白山高溝陂之水源，因地勢關係，不能作灌溉飲料之用，非但使該區數千畝田荒旱，即數百家村民飲料，亦取給困難，故請准獲賑米二十噸代賑興工，使水流改道，村民取用及灌溉，兩者稱便。

三　教育方面：白山地瘠民貧，風氣蔽塞，應提倡以資改進，乃撥賑米修建小學校舍，使得復課。又鑒於婦女乃家庭基幹，家政訓練及手工業等有助婦女生產能力，故在樂昌女修院內，開設貧苦婦女家政訓練班，由本神父負責，交由母佑會管理，教以車縫工作，使貧苦婦女學成一藝。

四　醫藥方面：樂昌天主堂設有醫療所，於一九四一年由福基道神父創辦，除向富有者收取最廉藥費外，其貧病之人概不收費，六七年來治癒病人不下十萬，該所藥物由中華天主教福利會及救濟分署第三工作隊所撥贈。

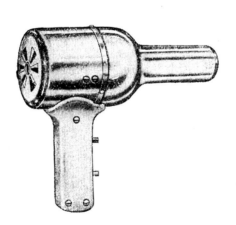

中東路戰役始末

吳相湘

自民國十六年以來，我國東三省地方當局及我政府委派的中東鐵路督辦，面對蘇俄人員種種違法擅權事實，即力圖用和平方法糾正補救，達到保護本國權益目的，曾經再三與俄人協商切實履行中俄有關管理中東路協定的辦法，尤其着重在修訂路局章程限制局長權限，但俄人始終用狡獪的態度拖延時間，絕不願問題的解決，如民國十八年七月十六日東路督辦呂榮寰通電所說的：

「俄方始則口頭大體承認，繼則書面陰示推翻；治據理駁詰，則又願開談判，表示接近；及經促其實現，忽又枝節橫生，差以千里。揆其經過情形，可謂毫無誠意……我依協定爲根據，奉公理以周旋……而俄人始終支吾，悍然不顧，近且變本加厲，局長違法侵權之事，層見疊出，不勝枚舉。」

中國政府經過這種的經驗，既又證實俄人絲毫沒有履行中俄協定字面與精神的誠意，而鐵路地區的共產宣傳陰謀組織又與日俱增，民國十八年（一九二九年）五月初，我東三省北部特區警察管理局搜獲俄共黨的哈爾濱機關報新生活報刊載文字完全係利用中東路通訊，而海參威赤塔傳遞而來的確證後，又得到俄共利用哈爾濱俄領事館集會的情報；這一切都是違犯國際公法及中俄協定的，因此，五月二十七日，我警察局即斷然採取行動，進入哈埠俄領事館搜查，當場捕獲華俄共黨數十人，其首要分子竟爲蘇俄遠東國家貿易局總經理次目巴力，蘇俄商船監查員打拉洛夫，中東路局商務處委員斯達吉維赤等，並當場檢獲圖謀擾亂中國秘密文件多種，其關係重要的約如左述：

一、一九二九年（民國十八年）一月十六日，由哈爾濱經海參威致莫斯科第三國際電報（原註續上年七月二十七日報告）其要點有云：甲、在南京奉天瀋陽間及其他要埠實行暗殺主義，至中東路一帶以後斟酌情形。乙、即使鐵路讓渡，而電報可由吾國可靠之人保護。

二、同年同月十八日，第三國際自莫斯科經海參威致哈埠東鐵電務處轉SIP（第三國際代表）電令：一、如實行暗殺時以何種中國共產團體爲最可靠，此項團體在東三省內約有若干？需要何種材料，及經費如何；二、爆炸物是否適用？利用氯氣之計劃如何？三、按照報告可否及何時將所有暗殺材料供給暗殺南京政府人物？設使將中東路沿線加算在內，何處可以集中錢欵？並請將華籍實際工作人員審愼具報。四、所有共產機關之文件，亟應改編妥存於機密處所，特別命令未到之前，暫守秘密，機關舊存及新購之文藝書籍發往蒙古沿邊各處。

三、同年二月二十日，莫斯科經海參威拍至哈埠電報：中東路中俄平均用人一節，宜加以阻碍，其無正式蘇聯國籍之人亦須予以開除，以便儘量補充黨員。

四、同年一月二十日，自哈埠向莫斯科第三國際發出電報：奉天與南京妥協後，吾人應具秘密強固之戰線，反抗南京與奉天妥協，蓋彼等聯絡，勢須對各黨各團體組織實行追究，請追加經費金盧布三十萬元為施行暗殺工作之費。至吾黨嗣後如有不順利時，第三國際應組織秘密破壞軍以實行毀壞東省鐵路各計劃。

由這幾件文證，蘇俄憑藉中東路擾亂中國的陰謀，實已暴露無遺。為着破壞中國的統一——所謂南京奉天妥協，即指民國十七年十二月東北易幟服從中央而言——甚至不惜使用暗殺手段及企圖毀壞東省鐵路，用心陰險毒辣真令人髮指！

長期協商既無結果，擾亂陰謀確證又已獲得，中國政府認定實在應該迅速採取行動了；但東路督辦呂榮寰仍於七月十日與俄籍會辦協商，作解決懸案的最後要求，而俄人絕無讓步表示，於是我政府決心採取行動以實行中俄協定所規定的條欵，當日呂榮寰即以鐵路督辦名義命令路局局長：均應會同華副局長簽字，否則不生效力，又車務、機務、商務、財務、電務，各處，均交由華籍處長管理；但俄局竟抗不遵命，於是呂榮寰下令在理事會未解決前，暫停俄籍局長職權，委任華副局長范其光代理局長，旋由范代局長遵照督辦命令調動車機等處俄籍處長職務，另派華員繼任。

其時，哈爾濱地方負責長官，見解決路局局長職權及一切懸案的必要手續，已付實行，而自哈埠俄領館搜獲文件後，當地蘇維埃職工會及號稱商業團體的俄籍各種機關，如遠東貿易局等，含有極端危險的破壞性已昭然若揭，因亦於七月十一日下令分別封閉，但封閉而不作進一步的防範，危險益甚，故又將陽作中東路職員陰為上述團體最有勢力的俄員數十人遣送回俄。

蘇俄決心絕對控有中東路的政策既如上述，現在面對中國的斷然處置，當然是顯現其「利爪」的時機了：於是七月十三日向我提出最後通牒限期三日答復後，十七日即宣布對中國絕交，召回其駐華外交領事人員商務代表，及中東路蘇俄政府委任的職員，並明令斷絕中俄間一切鐵路交通，要求中國外交領事人員速離俄境——其實自民國十六年十二月十四日以後，我政府即以撤銷承認蘇俄使領，中俄邦交早在畸形變態狀況下，如大公報社評所形容的：「本已無交，何須再斷？國人持之以冷靜可也」；就已明白指出蘇俄的絕交通牒是不能發生恫嚇作用的。而十九日俄國飛機坦克軍艦就開始向我綏芬河、滿洲里及拉哈斯（松花江黑龍江合流點）黑河沿岸轟擊挑衅，同時又嗾使中東路沿線俄籍職工總罷工，並使用爆炸、拔釘、拆軌等手段以破壞鐵道全線的運轉及擾亂哈爾濱的秩序。

這許多消極的騷擾，事實上，不過是大規模武力進犯暴行的前奏：當時在遠東的俄軍原約三萬人，為着加強侵畧，蘇俄又由西伯利亞居民徵召壯丁十萬人入伍，並自其本土遣派秘密警察隊七千人，及坦克飛機等由加倫(Galens)担任遠東特別軍總軍團長，設總部於赤塔，指揮赤塔、大烏里、黑河、伯力、海參威、伊爾庫次克等處俄軍分途推進。八月八日、九日，俄軍遂大舉侵襲我國邊境，十一日，自東線綏芬河亙西線滿洲里中俄國境線若干要點都遭受俄軍陸海空軍的猛烈轟擊，公然破壞非戰公約侵襲中國疆土。

因為我國邊防軍的奮勇迎戰，使俄軍擾亂我邊疆的計劃未能大逞，在蘇俄拒絕非戰公約簽字國美英法等國調停後，史達林為玩弄國際外交，竟表示願接受德國的撮合，與我試行和平協商。但初步接觸甫行開始，九月六日，俄軍又大舉向我滿洲里綏芬河進攻，且聲勢較前更為猛烈，同時莫斯科以及海參威各地均有大規模民衆示威運動，狂聲叫囂，主張對中國宣戰，各地報紙遵奉俄政府指示更一致著論表示：「我等決不能亦決不甘將中東路返之於中國現政府之手，將來俟中國蘇維埃政府成立之日，再議交還可耳，不然決不」！充分暴露蘇俄對於中國的侵略不達到「革命征服」的陰謀是絕不會停止的。

九月十九日，我吉林綏濱城被俄艦炮火及飛機轟炸，縣府民房焚燬一空，全城化為灰燼，十月二日晨，俄軍騎炮兵萬餘人又大規模向我國境攻擊，經我軍高雲鵬團長所部奮勇擊退，同時東線俄軍亦全力攻擊我三江口、同江，十四日，同江失而復得，三十日、三十一日，俄海陸軍又突攻我富錦、綏寧各縣，十一月二日，且縱火焚燬兩縣公私建築，十七日俄軍又大舉猛攻滿洲里、札蘭諾爾、密山、穆陵、綏芬河，致我東西國境防務，均見緊張。

滿洲里、札蘭諾爾，是中國國境的門戶，我國守軍曾幾次奮勇擊退俄軍的攻擊，十七日俄軍的攻勢是戰爭發生以來最猛烈的一次，飛機坦克大炮互相配合猛轟，同時復利用路工破壞我後方鐵道及電報話線，使我陣地完全孤立後，俄步騎兵又連繼猛衝；但在這種情況下，我守軍在韓光第梁忠甲旅長林選青團長等的激勵下——韓旅長對官兵說：「今日正吾軍人為國宣勞之時，頭可斷，不可退；如有退後，軍法從事，苟全軍覆沒，吾則以身殉」——士氣極盛，曾幾次將原陣地奪回，俄軍再三增援，我軍始終奮勇迎擊。激戰三晝夜，二十日，我軍死傷枕藉，後援不繼，扎蘭諾爾不幸失陷，韓光第林選青等均為國死難，梁忠甲生死不明。十二月十五日，俄軍又引蒙古青年黨徒入據海拉爾，聲稱將援唐努烏梁海例，吞併海拉爾建立「索倫共和國」。

先是：自俄人宣佈對我絕交以後，即利用其遍佈世界各地的共產黨羽歪曲事實，顛倒是非，作有利於俄國的宣傳，而俄國政府再三向世界宣佈採取武力行動是「自衞措施」，是「攻擊中國政府利用的白俄軍隊」，歐美各國的報紙與論因此有被其迷惑蒙蔽的，但自是年九月，蘇俄再四的增兵侵我邊地，事實勝於雄辯，歐美與論界遂開始覺悟以前的錯誤，而轉為儘量暴露指責蘇俄的侵略行為了，例如法國民友報即很平實說：「世人試一閱地圖即知並非中國侵犯蘇俄，蘇俄實侵犯中國」！紐約美國報則在指斥蘇俄侵略行為之外，並鄭重的向自由世界提出警告說：「世界民治主義者，似當及早覺悟，接受其挑戰，以與此俄國暴政鬥」，蓋今日蘇俄政府之橫暴實不減於俄皇，而今日俄國之暴政不能以其自稱為民衆政府而減其橫暴」

因為我國政府在俄軍寇邊之初，即決定下列對策：一面力謀鞏固國家地位維護民族利益，一面暴露俄國侵略的野心，使世人盡知赤俄假藉共產主義侵略的眞面目；故雖在日本與蘇俄默契，阻我利用南滿路運兵北上以及馮玉祥在豫鄂叛變的種種困難情勢下，我邊防軍仍不顧一切誓死守禦國土，及至蘇俄侵略眞面目完全暴露，十二月三日美國又邀請非戰公約簽字國家採取集體行動呼籲中俄兩國停戰，我政府因授權東三省地方當局與俄代表進行和平協商，十二月二十六日，中俄預備會議在伯力開會，訂立草約十條，即所謂「伯力議定書」，先行恢復和平狀態，再舉行正式會議，討論中東路一切問題。

民國十九年二月十五日國民政府正式下令，特派莫德惠為中俄會議代表，解決中東路善後問題。

莫氏受命以後，於五月一日赴俄，九日抵莫斯科，蘇俄政府也任命加拉罕為中俄會議全權代表。但莫德惠於中俄會議談判中，提議將贖回中東路列入大會首要議程，加拉罕表示反對，會議遂陷於停頓。

十月十一日中俄正式會議開幕，舉行第一次正式會議，即因伯力協定承認問題發生爭端，無結果而散。十二月四日始開第二次會議，僅決定討論問題，分中東路、通商、復交三組進行討論。第二次會議後，莫氏奉命返國報告，民國二十年三月二十一日莫氏再起啓赴俄，先後與俄代表開會二十五次，均無任何成績。及至九一八事變發生，中東路為日本所佔，會議乃告停止。

——節自「俄帝侵略中國史」——

八一三抗日戰爭中

向四行倉庫守軍獻旗經過

·楊惠敏

民國二十六年上海八一三戰爭，血戰三月，中國軍終於被迫退出。祇有八十八師五二四團堅守四行倉庫不退，震驚世界。本刊十二期「八百壯士的謳歌」曾有詳細敘述。惟有女童軍楊惠敏獻旗一事，似嫌簡畧，茲查該段經過已發表於楊女士著「八百壯士與我」一書茲節錄於次。

編者

我伸手接過市商會會長王曉籟先生手裡的國旗，我的兩臂不禁微微的發抖，王先生並沒有立即把國旗交給我，他兩眼凜然不可犯的注視着我，臉上泛着莊嚴的神情，沉沉的問我：

「你的手……你害怕？」

心情激動的使我有點說不出話來：

「不，我……我是太興奮了，我有榮幸來做這一件事！」

「你知道國旗代表的意義嗎？」

「我知道！」

「你能夠達成這個任務嗎？」

「我願意盡我的力量達成這個任務。」

「無論什麽情況？」

「即使犧牲！」

「好！」王先生高高舉起國旗，端重的放在我的手上，然後用一種慈母般的柔和愛憐的聲調說：

「去吧，萬一你有什麽……我們會轉告你的家裡，我們將永遠紀念你。又假如萬一你犧牲了，我們一定在市區內做一個銅像紀念你。」

說完，他輕輕按着我的頭，低着頭吻我的面頰，我發覺頰上一陣濕熱，抬頭看他，糢糊一片，他臉上掛着淚痕，我也流淚了。

我將外衣脫去，把國旗緊緊的裹在我的內衣外面，再穿上制服，入夜以後，溜到茶葉大樓的俱樂部，這時英國衞兵與俱樂部裡的人差不多都認識我了，沒有遇到什麽麻煩，他們稱呼我：

「Number 41（四十一號）！」

我們互相交換小禮物，簽名，甚至交換帽子，玩得很痛快。夜半以後，我便趁機溜出了茶葉大樓。

夜空是黝黑的，遠處有英國衞兵走動的影子，馬路外面，四行倉庫像一個巨人，凜然的俯視着我，我觀察了一下地形，若是溜過馬路，勢必要被左右的英國兵發現，而把我當靶子。四行倉庫樓下，有重重鐵絲網，我不能從昨天運送慰勞品的側門進去，那樣便會被英國兵發現，唯一的辦法，只有沿着樓下鐵絲網的工事，爬到另一面缺口，從窗子爬進去。主意打定，便準備爬過馬路。

剛想起步，側面起了脚步聲，我機警的臥倒，一個英國士兵，醉醺醺的在我身旁撒了一泡尿。等他走了，我便一寸一步的往前爬。

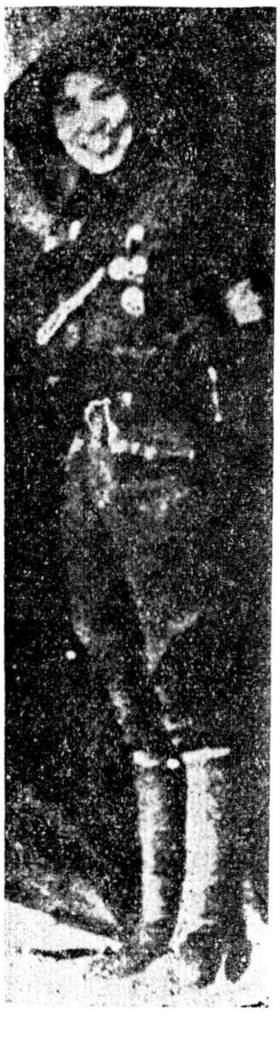

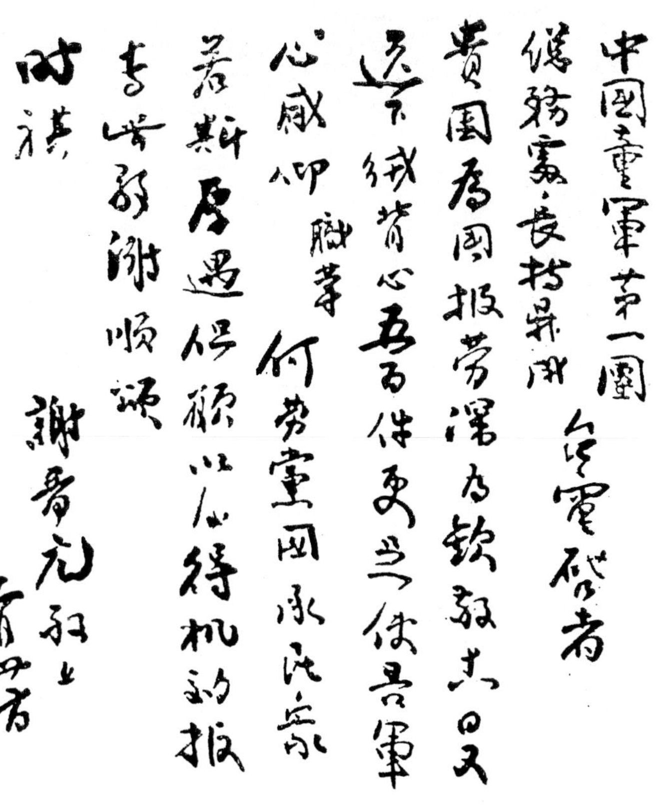

爬過馬路，我急劇跳動的心剛穩定下來，忽然槍聲大作，我以爲被敵人或是英國兵發現了，忙倒在戰壕裏不敢動，紅綠的火舌在我頭上飛舞，原來是白天的廣播引起了敵人的妒意，向四行倉庫發動進攻呢。好在敵人不敢過份放手進攻，因爲隔河對岸，英租界裏矗立着一排大汽油桶，一顆子彈飛錯了方向，全上海市民即使連日本人也不例外，都要遭受浩刼。

不久，槍聲沉寂下去，我又開始慢慢爬，終於爬到了東側的樓下，一根繩子自樓上垂下，王先生白天已通知守軍，我知道這根繩子是迎接我的，我拉動繩子，樓上的人迅速的將我吊進窗子。

謝晉元團長、上官志標團附、楊瑞符營長，還有好幾個高級軍官，早已在窗口迎接我。我脫下外衣，將浸透了汗水的國旗呈獻在他們面前時，朦朧的燈光下，這一羣捍衞祖國的英雄，都激動得流下淚來！謝晉元團長一把緊擁着我，大顆大顆的熱淚從他臉上流到我的臉上，這位百戰英雄，在敵人的砲火下沒有使他唉過半聲，這時却泣不成聲的說：

「勇敢的孩子，你給我們送來的豈僅僅是一面崇高的國旗，而是我中華民族誓死不屈的堅毅精神！」

他立刻吩咐部下準備昇旗，因爲屋頂沒有旗桿，臨時用兩根竹竿紮成旗桿。這時東方已現魚肚白，曙色曦微中，平台上稀落的站了一二十個人，都莊重的舉手向國旗敬禮，沒有音樂，沒有排場，但是那神聖而肅穆的氣氛，單調而悲壯的場面，却是感人至深的，我一輩子永遠也不會忘記。

謝團長更是神采奕奕，他帶我參觀倉庫的工事，許多弟兄躺在血泊中呻吟，我問他：「你們打算守到什麼時候？」

「死守！」

他簡短有力的語調，我感動得哭了，我要求說：

「我求求你們，把你們的名字抄給我，萬一以後，全國的老百姓也好知道你們的名字！」

他們抄了一張名單給我，這時槍聲又起了，謝團長送我走，我不肯走，我說：「讓我留下爲你們服務！」

他們堅持要我離開，說：「爲了你的安全，爲了你更可以爲國服務？」

「不，我不能離去，我不忍心離開你們……」

說着我又哭了起來：這時空中槍聲大作，謝團長開了朝蘇州河的邊門把我推了出去：「四十一號，我們永遠記得你，感激你，去吧，衝過去，跳下河！」我回頭看時，門已關上了，「嘎」的一聲，子彈從我身邊飛過，我知道這時再也不能遲疑了。

我一個猛衝，躍下蘇州河，頭上的槍聲便大作起來，我知道敵人已發現我了。這時我平日的游泳技術救了我，我深潛入水，游至對河公共租界登岸，抬頭看時，蘇州河畔已站滿了人紛紛向四行倉庫屋頂迎着朝陽招展的美麗國旗歡呼招手！

康澤將軍的哀思

筱臣

一　噩耗驚傳傷逝者

筆者曾於去年在本刊第七期，以「別動總隊之回憶」爲題，根據親身經歷，對於該隊之組織與任務，以及該隊總隊長康澤將軍之抱負及其領導能力，有所報導。

筆者追隨康將軍達五年之久，他對我素不相識，毫無淵源，當時只因代表江西省黨部參加勦共工作，因此得有同事機會。乃蒙信任有加，坦誠相待，先畀以軍法主持重任，繼再參加密勿，有時並爲之主持全總隊事宜，綜攬一切，依畀之重，得未曾有。

嗣後我兼任三民主義青年團江西支團部幹事，其時康先生正任三民主義青年團中央團部組織處處長，筆者之獲任該職，當係由康先生提名。此後團的工作，一直是在康先生領導之下，眞可說是多年追隨，備承指導。

康澤將軍字兆民，中央軍校第三期畢業，一度曾赴俄留學，歸來即任中央黨務學校指導員，嗣後在委員長侍從室工作，因之亦見知於最高軍事當局，獲得高度的信任。

他性情極爽邁，豪氣干雲，從不作洩氣衰歇之語，對於用人方面，亦不拘囿於一格，廣事延攬，各方搜羅，是以各省三民主義青年團的分支團主任及其幹部人選，都是一時俊彥，團的開展工作，因此亦至爲迅速。

他對於領袖的命令，只是絕對服從。那一種忠心耿耿，忠義赤忱，亦隨時流露於他的日常舉止言談，任憑大難當前，他的蹈湯赴火，也是絕對在所不辭的。

我之對於他，印象至爲深刻；而對他之青睞有加，不擇細流，更是負龔知重，感激有加。民國三十六年春，我因赴南京參加全國第一次地政會議，其時兆民先生亦正任立法委員，與眷屬居住南京，我專誠往謁，得與之敘舊，杯酒言歡，老友重逢，倍增愉悅。此後即已天各一方，晤面無由，今且幽明異路，既傷逝者，躬自悼矣！

二　集會追悼誌哀思

據聞康兆民先生逝世的消息，在台北方面，因聞香港大公報已正式揭載，才獲知的。噩耗傳來，康先生的親友故舊，曾於八月五日齊集台北市的善導寺，由某軍事機關代發通知，並未登報，但仍到有親友數百人，舉行了盛大的追思會，以誌哀悼！惜筆者未獲通知，致未能參加，深引為憾。

後來據台北中國時報，在九月某日公佈了這個追思會的消息，並說：

「康將軍是在二十五年前，受命於危難之際，出任襄陽第十五綏靖區司令官的。襄樊當南北要衝，自古為兵家必爭之地。他到任後，即部署兵力，構築工事，組訓民衆，積極備戰，使襄陽城固若金湯，後來因一個旅被華中剿總調走，兵力驟致單薄。

三十七年七月襄樊保衛戰展開，共軍以數十萬計的兵力分路猛撲襄樊，康將軍率部經十餘日的浴血苦戰，終因彈盡援竭，遂告城陷，康將軍舉槍自戕，因受重傷不能行動而被俘。

三　公佈了一項密件

中國時報又說：在集會中，公佈了一件十多年前的一項機密文件，對康將軍的抗節不屈，有如下的概述：

「記得在前年黨務工作會議裡，我經曾提到康澤同志在大陸上被俘囚禁之中，十幾年來抗節不屈的情形，今天我願意重複提出來再說一回。康同志遭受共匪煉獄的折磨，身體早已衰謝不堪，據說他的牙齒都脫落得快沒有了，這十多年，眞不知道他是怎樣熬過的？他的〇〇曾經見到他，其時正是大陸隆冬天氣，可是他還是破衣一襲，寒徹骨髓，他對〇〇表示，無論共匪鼎鑊刀鋸，任何威脅利誘手段，都不能磨損他革命的意志。當他的〇〇將要回來與他告別的時候，他曾經很低聲的叮嚀着說『你回去要告訴在台灣的同志，國民黨只要能團結，就有希望，就必成功。』康同志這種見死不更其守，凜然的節概，實在使人懷念和感嘆！」

筆者謹按上項說話的口吻，當係中國國民黨蔣總裁所宣佈的。

中國時報又說：

「據知道內情的人說：康將軍經被判「勞改」十一次，包括入零下二十七度的佳木斯集中營；他的牙齒被共黨用老虎鉗一顆顆拔落，手指的指甲，也被硬生生的剝光。他曾被判死刑三次，終因誓死不降，而沒有執行，受盡苦難，乃至於終。

四　襄陽失守另一說

上面曾述及襄陽失守經過的大概，但我從另一友好蔡仲威兄口中又獲知失守眞相。蔡仲威兄雖不是親身參加這一次戰役的人，但他的陸大同學郭勛祺，卻就是當時第十五綏靖區副司令官，亦即康將軍的助手，這一個失守的眞相，又是郭勛祺告知他的。

據仲威兄說：郭勛祺（號翼之）四川華陽人，由行伍而不次擢升為第五十軍軍長（廿集團軍唐式遵部）抗戰期間，民國二十八年，担任西鄱陽湖防衛作戰。二十九年調升廿集團軍中將副總司令，旋經特准入陸軍大學特別班第五期，與我同期，卅一年畢業。襄陽保衛之戰，他即奉派充任該綏靖區的副司令官。

蔡仲威兄又說：郭勛祺富有氣魄，慷慨好義，作戰勇敢，文學亦佳，行書甚好，當共軍劉伯誠部傾巢來犯時，郭君曾向康司令建議『以所部主力，扼守襄陽外圍據點，以一小部固守城池，相機移轉攻勢，以擊破當面之敵。』康司令則以守衛襄陽責任重大，必須『以主力固守襄陽城，而另以一小部扼守外圍據點。』並即以此決心，分報華中長官部及最高統帥部。

郭君以其建議未被採納，乃電報華中白長官崇禧請其轉商康司令變更作戰計劃，白長官對郭君意見，甚為嘉許，曾飭康司令變更計劃。聞康司令曾以業經呈奉最高統帥部核准，無法變更等語具覆。

當襄陽保衛戰爆發時，劉伯誠部以雷霆萬鈞之力，猛攻外圍各據點，因衆寡懸殊，各據點遂先後被敵奪取，進而猛攻縣城，雖經守軍苦戰多日，終以彈盡援絕而竟告陷落，康郭被俘。

第二天，劉伯誠趕來到襄陽傳見郭君，因劉伯誠前在劉湘部與郭均任團長，劉因犯罪，經劉湘判處死刑，嗣經郭之力保，始免執行，故郭君實為劉伯誠過去之恩人。劉為報答計，乃飭郭即回四川休養，康司令官亦即押離襄陽，以上為襄陽作戰之另一說。

據蔡仲威兄又說：郭君因作戰關係，耳已震聾，身體亦甚為衰弱，此可見當時作戰之慘烈。郭於抵達漢口時，曾將以上實情面告，並畧稱襄陽之敗，由於渠之建議未邀採納，同時所屬部隊，又無歷史關係，故不能指揮如意，痛定思痛，殊感愧怍！

五　沉痛典麗的輓章

中國時報又說，在追思會的輓聯，出自他的舊屬萬君子霖手筆，哀慟之深，文情並茂，足以綜觀將軍的志節，堪與日月爭光。聯為：

「襄陽當南北要衝，彈盡而莫之濟，糧竭而莫之援，十七日閣部揚州，贏卒孤城已分百死；

忠節昭黨國史乘，勞改而終不變，酷刑而終不屈，廿五載文山土室，丹心正氣獨有千秋！」

謹按萬子霖兄亦係四川人，與筆者在別動總部同事有年，大陸易手，他亦來台灣，供職教育部督學亦十餘年，現已退休。他的文學素養，素所欽遲。上聯運用典實，極為恰當，而且對仗亦至為工穩，將康將軍比之於史可法死守揚州；更媲美於正氣歌作者之文天祥，名垂千古，康將軍死而有知，當可以瞑目矣。

就在開追思會的不久，至友涂公邃兄從香港來台灣，到立法院報到，參加會議。他專程辱臨寓所，寒暄之餘，當談及康將軍逝世噩耗，他說曾奉到追思通知，因其時在香港未能趕來參加。並出示以「哭康公兆民」為題輓詩七律兩首：

其一：

十年憂患依生死，二十六年隔死生。
一念不忘存正氣；百身莫贖苦千城。
音容奕奕如昨在；肝胆稜稜更誰傾。
終見王師光大夏，英靈待我九歌迎。

其二：

意氣常憑酒後豪，攘夷平寇屬吾曹。
國疆北展三千里；海艦東陳十萬艘。
青白旗揚王道遠；玄黃血洗漢威高。
雄懷今也成哀憶，詰恨霜雲一雁號。

謹按涂公邃兄為現任立法委員，江西修水人，該縣前有黃山谷，近代則有詩人陳三立，文風向來丕著。公邃兄家學淵源，歷任河南大學以及南洋大學，清華書院等教授，現仍任珠海書院教授。以詩書畫享譽於時，其書畫似均為詩名所掩。本刊香港時壇，亦時披露他的作品，此為騷人墨客所共知聞。

由於涂公邃兄亦與康將軍共事有年，先在別動總隊，嗣後又在三民主義青年團，計連續有十餘年之久。是以詩一開首即說「十年憂患依生死」，至於「二十六年隔死生」，則係康將軍之被因，歷盡折磨酷刑，以至於死，整整為二十六年。

康將軍亦善飲，酒後更是豪情萬丈，氣魄雄壯，經常以攘夷平寇，攘外安內為我們這一代人天職。至於「國疆北展三千里」，則係指對俄，而「海艦東陳十萬艘」則係抗日。以上均屬他的平夙抱負。公邃兄引來，均有所本，語不泛設，而悲慟之深，更是情文周至，不禁同聲一哭！

以上二詩一聯，雖屬吉光片羽，但對康將軍之懷念與追思，已情見乎詞，而康將軍之身後是非，亦可以從此大白於天下，謹錄之以供治史者之參考。

中東路創痛的回憶和檢討

王盛濤

中東路是建築在中國土地上，由中國人出錢，由中國人出勞力，而僅由俄國担個名義所建設的一條侵畧中國的鐵路，雖於民國九年經張作霖以武力收回，奈當時北京政府懦弱無能，不能即時利用外交方式辦妥一切法律的收回手續。而於民國九年及十三年又先後與蘇俄簽訂共同管理中東路的協定，留此禍根。作爲蘇俄侵畧與赤化中國的工具，終引起民國十八年的中東路事件。結果，除犧牲一萬多人外，還賠償三十萬元了事。玆將中東路前後糾紛之經過及檢討畧述如後：

中東路之建設

俄國在我東北建設鐵路的動機，是遵照尼古拉一世臨死時所留下的一個東侵遺策。根據史載；當尼古拉彌留時，用他垂危之手，向東指着，令其國人，向東侵畧我東北。後當一八九六年五月二十二日，即清光緒二十二年四月二十二日，當李鴻章訪俄時，與其外交大臣羅班諾夫及財政大臣維特在莫斯科簽訂一項密約，由是才使俄國在我東北取得借地築路權。

這條路原起自滿洲里至旅大，當光緒二十六年（一九〇〇）俄國乘中國拳匪之亂，乃派兵二十萬，利用這條中東路侵佔我東北。亂平後，仍不撤兵，擬從此久佔東北。當時英日兩國爲了各自利益，遂於一九〇一年訂立防守同盟，以對付俄國。後因俄國設置一個「亞東大總督」並宣佈俄國在中國的勢力範圍，當日本得知朝鮮亦包括在此一勢力範圍內時，遂引起日俄之戰。結果俄敗，遂將長春劃爲鴻溝，長春以北爲中東路，長春以南爲南滿路。

這條鐵路開始建設時，在名義上是中俄兩國合建之鐵路，但在實際上，完全是中國人自己出錢、出地、出人力所建設的一條鐵路。當中俄密約成立時，在其約內規定：中俄兩國共同出錢成立「華俄道勝銀行」，然後委託這家銀行承辦修築鐵路一切事宜。當由清廷交股本金計庫平銀五百萬兩，道勝銀行即以此五百萬兩庫平銀爲基金，發行紙幣，東北人把這種紙幣叫做羌帖。該行就利用此種羌帖，收買土地、材料、募集勞工，進行建築鐵路。後當俄國於一九〇〇年侵佔東北後，將此股本金五百萬兩庫平完全沒收，改「道勝銀行」爲「俄亞銀行」，當日俄戰後，俄國戰敗，所留下東北的羌帖，完全成爲廢紙。當筆者童年時，還看到許多家庭用這些作廢的羌帖貼在墻壁上，作爲傷心的回憶。我們現在詳討中東路的建築，完全是中國所付出的金錢、勞力，與土地而建成的鐵路，帝俄僅憑一紙密約，不祇騙去了五百萬兩庫平銀，還覇佔我們的中東鐵路，作爲侵畧的工具。後當九一八事變後，又擅自將此路賣給日本，獨得日金一億四千萬元。當抗戰勝利後，又恢復其中東路及旅大的租界權。世界上的人種，再狡猾，再無賴，也沒有像俄國人這種狡猾與無賴，可惜我們竟願意上其大當，甘心受騙，以致弄成今天大陸上的悲慘命運。

中東路收復的經過

俄國視中東鐵路爲其領土之延長，在附屬地內掌握一切軍政大權，置兵守備，努力擴張，在經濟方面，支持海參威的繁榮，更在鐵路沿線，課以世界上最高的運費，使東北各地的貨物，無法侵入。

民國六年（一九一七）三月十四日，俄國革命的消息第一次傳到哈爾濱，遂使北滿的俄國人人心動搖，其中的革命急進派，更大事活動，弄得秩序大亂。於是北京政府給吉林督軍孟恩遠一道命令，叫他取締俄國的過激份子，乃由駐哈爾濱的第十八混成旅旅長陶祥貴發出一份佈告：「中東路附屬地，根據中俄特別協定，受中國委託，由俄國管理附屬地行政及經營鐵路。今有某種團體，意圖奪取，其行動乃侵犯中國的主權，中國只有派兵取締，以保護中外人民，並維持附屬地治安。各地區兵額現已配置就緒，望各國僑民勿生誤會。」

第十八混成旅於十二月十日開進哈爾濱；同時高士儐的第四旅亦由吉林調進哈爾濱增援。至二十六日遂將駐哈爾濱的俄國軍隊兩營解除武裝，接着中國軍隊又分駐中東路沿線，此爲中國收囘俄國附屬地的第一步。

此時中東路已成爲眞空狀態，東北當局由解除中東路沿線的俄軍武裝，進而收復一切權利。民國七年八月，在哈爾濱設立護路軍司令部，以吉林督軍鮑貴卿兼任司令，旋在中東路沿線駐守兩師兵力，至此算是收囘守備鐵路權。

民國九年，張作霖指示吉林督軍鮑貴卿到哈爾濱去找俄籍鐵路管理局長霍爾瓦特，提出收囘中東路的意見，經過幾次強硬交涉，均未得結果。

不久，中東路俄籍員工罷工，這給中國收囘中東路最好的一個機會；張作霖看準這步棋，此時正當俄國新舊脫節之際，乃不顧什麼條約協定，即給黑龍江督軍打個電報，叫他參謀長張煥相到奉天來，張作霖於接見張煥相後，即當面授以機宜，告訴他囘去，即派兵收囘老毛子霸佔中東路附屬地所有權利。張煥相於囘去後，即將中東路附屬地行政、司法、駐軍、警察、土地等權利全部收囘來。這時北京政府就應配合地方武力，運用外交方式，結束此一懸案。不幸當時北京政府，只顧內亂，無暇對外，坐失大好機會，仍使蘇俄保留此一侵略中國的伏線。

當俄國布爾什維克黨（東北人管他叫做窮黨）的政權安定後，中國方面乃與蘇俄先後簽訂三個有關於中東路管理事項的協定：一個是簽訂於民國九年十月二日的「管理東三省鐵路續訂合同七條」，一個是簽訂於民國十三年五月三十一日的「中俄解決懸案大綱協定十五條」，另一個是東北當局於民國十三年九月二十日與蘇俄所簽訂的「協定六條十一項兩份聲明書」；包括鐵路合辦，土地主權及航運、稅則、禁令和條文解釋等細款。在協定中規定，鐵路由兩國合辦，完全是屬於商業性質的經營。至於過去存在於中東路附屬地所有不合理的條件，完全取消。終張作霖一生，亦未見大鼻子敢在中東路有任何軌外行動，由此也可以看出張作霖當年在兩大強敵之間的聲勢。

民國十八年中東路事件起因

民國十八年夏五月間，中國方面於得知國際共產黨利用俄國哈爾濱總領事館召開一個秘密共產黨會議消息後，即於是年五月二十七日派警察前往突擊，當場捉住四十名俄國領事館館員，以及來自東北各地區的中國共產黨員，並搜索出兩卡車宣傳文件及書刊，由於這次的搜索，得知中東路的職員均參加共產主義之宣傳與活動。

這時中國當局決定驅逐所有俄國人出境，收囘中東鐵路。在俄國方面也覺着自己違反民國十三年（一九二四）與北京當局所簽訂的協定，向中國方面表示：願意自動出境，放棄中東路，要求中國方面不要採取「驅逐」手段。但是中國此時正高唱「革命外交」，對於俄國人要求自動撤離，不感興趣，遂斷然拒絕，乃指定東北當局用武力將俄人驅逐出境，收囘中東路。

東北當局於這年七月十日遵命派遣部隊收囘中東鐵路局，解散所有蘇俄工會，並逮捕一千二百名鐵路局工作人員和工作頭目，拘留在哈爾濱附近的鐵路局空房子裡。當然，俄國對於這種極端手段，表示反抗，於是宣告對華絕交。並封閉各地中國領事館，拘捕華僑，於是中東戰事遂起。

中東戰役之經過

民國十八年秋東北部隊開始向中俄邊境移動，此時筆者適在撫順一中讀書，曾到火車站歡送馮庸大學同學赴滿洲里參加抗俄。當時東北當局以王樹常及胡毓坤分任東西兩戰場指揮官，以十七旅及十五旅担任札蘭諾爾及滿洲里之正面防禦。俄軍由加侖統率遠東特別紅軍三十萬，進犯我滿洲里及札蘭諾之線；當以步兵八個旅、騎砲兵各一旅，並配屬大批飛機及坦克車，於民國十八年十一月十六日由阿巴該圖出發，越過封冰之鄂爾古納河，集中全力，向我第一線陣地迂迴猛攻。我十七旅及十五旅首當其衝，官兵浴血抗戰，激戰兩晝夜，最後全軍覆沒，蘇俄先後佔領同江、綏芬河、札蘭諾爾、滿洲里、札蘭屯等地。

此役以十七旅戰鬥最爲激烈，戰至最後，韓光第旅長率領少數部隊堅守禿尾巴山，與敵死拚，最後自己身中十四彈壯烈殉國；爲民國以來抗俄殉國的第一位高級將領，死年僅三十三歲，經國民政府追贈爲陸軍上將，並明令褒揚，以彰忠烈。

韓光第字斗瞻，吉林雙城縣人，生於民國十五年（一八六七），清光緒二十三年，東北講武堂四期畢業。初任東北教導隊營長，與西安事變事後殉難的王以哲先生爲莫逆之交。後任十七旅團長，旋升爲該旅旅長。韓將軍長於軍事教育，愛兵如子弟，故能與部屬共生死。當十八年冬抗俄戰役時，其指揮步兵一旅，担任六十華里寬正面防禦陣地，鼓舞士氣，與十倍優勢之敵，激戰於冰天雪地之下，自己嘗慨然歎曰：「國事千鈞重，一死鴻毛輕。」其感懷國事之心情，溢於言表。「多難國家懸百恥，死亡將士足千秋。」這是筆者在當時爲抗俄殉國將士們所寫的哀悼詩中最沉動的兩句話，曾經刊載於撫順一中校刊上，現在回憶起來，猶有無限的哀痛。

中東路事件之檢討

中東路戰事起後，美國國務卿史汀生根據非戰公約義務，要求中蘇兩國停止戰鬥行動。並以通牒分致英國、法國、日本、意大利、德國等五個國家，請求一致行動，促使兩國停止戰鬥，而日本反對第三國干涉，遂使德法冷淡，蓋其本意樂觀中蘇兩國繼續打下去，以便日本從中得漁人之利。

此次戰爭的起因；原由我們當時所採取的革命外交手段——驅逐俄人離境。事不能了，就應全國動員，以應付此戰局。不幸我們當時雖然名曰統一，而實際上仍是局部對外，正應了東北人一句俗話：「有法請神，無法退神。」結果，把戰爭惹來，僅由東北地方軍隊接應，而蘇聯是全國總動員，派遣遠東紅軍三十萬壓境，以戰史戰例眼光來窺測，在未戰以前，就斷定當時東北局部失敗的命運，終於成立伯力協定，由東北地方賠償三十萬元了事。

從這次中東路事件的考驗，就把我們的弱點充份地暴露在兩大敵國眼前。我們仍然是表演滿清那一套沒有整個對外的能力；接着日本就敢在民國二十年發動九一八事變，如果說九一八事變，是中東路事件所勾引起來的連貫性外患，也不算爲過。

伯力協定是外交部哈爾濱交涉員蔡運升與蘇俄駐伯力交涉員西蒙諾夫斯基於民國十八年十一月三十日所簽訂的「伯力議定書」，中央不承認此議定書，認爲蔡運升有越權行爲，而俄國態度突然轉爲強硬，有再度發生戰爭的危險。於是東北當局派莫德惠先生親赴中央，痛陳利害，始承認伯力協定。茲將莫先生當年自己所記載的一段文字抄錄如後，以見其實：「札蘭諾爾之役，我十七旅旅長韓光第中將陣亡，滿洲里之役，我十五旅旅長梁忠甲被俘，形勢岌岌可危，外交部哈爾濱交涉員蔡運升乃與蘇俄駐伯力交涉員西蒙諾夫斯基，於是年十一月三十日簽訂「伯力議定書」，中央不承認此議定書，因是人心惶惶，事態頗爲嚴重，地方多人認爲應派員赴中央陳情，余被推前往。余首至上海，由張市長岳軍陪同西上。蔣公時爲國民政府主席，召開會議，聽取本人報告；有五院院長中樞要員在座，當經說明此來係代表東北地方當局向中央請命，無論中央如何處分，絕對服從，問題在於外交方面如何進行，必須中央與地方一致對外，方有力量，此點關係東北四千萬民衆生命財產，請中央審酌。」於是由中央再派莫德惠先生赴莫斯科與俄國外次加拉罕作正式交涉，終於承認伯力協定，迎接俄人回來，再主持中東鐵路。

回首江漢憶古剎

·陳鍾岱·

歸元寺爲我湖北漢陽古剎之一，位於漢陽縣城西門外三里坡附近，此寺在清季以前，即已聞名遐邇，舊名「開元寺」。據說當時是一位天竺達摩法師由印度來漢陽所建，規模宏大，佔漢陽西關外面積三分之一。迨順治年間，修葺重建一次，即已享譽一時，洪楊之亂，此寺大部份被焚燬，道光二十二年（公元一八六九年）由僧大道法師募化重修，費時三年之久，始告完成，改名「歸元寺」。面積雖較前縮小，但一切建築，更甚於前，寺外高墻圍繞，墻面金色輝煌，遠望高瞻，儼若皇城，顯得十分莊嚴肅穆，內面畫棟彫樑，富麗堂皇，其陳設尤爲齊備，有古式的藏經閣，有偉大的五百羅漢堂，有若干年前的白骨塔，還有舍利亭、放生堂，及大小殿二十餘座，招待香客的客廳宿舍數十間，風光綺美，建築華麗，遠盛於杭州的靈隱寺。此寺經常住有僧侶在千人以上，紀律嚴明，平時進廟遊覽，看不見僧侶一人，除有職務者外，均在禪堂打座，一日兩餐，開餐前十五分鐘擊大木魚三響，（此木魚有丈餘長懸在餐堂門口）前五分鐘擊大鐘三響，全寺僧侶一起動員，分四路進入餐廳，依次就座，迨方丈到達升座後，羣聲誦經五分鐘，即開始進餐，餐畢仍分四路依次返回禪堂，井井有條，絲毫不紊，千餘僧侶出進，默默無聲，較軍隊組織尤爲嚴肅。最令人欣賞者，此寺內部有相當組織，除方丈爲一廟之主總其成外，另設有八大執事，各司其責，有糾察司主持全寺紀律，韋馱司主持經典，知客司主持交際，知俗司主持迎送，財庫司主持財產，訓教司主持訓練，整潔司主持清潔衞生，報到司主持登記。方丈及八大執事均每三年改選一次，除方丈任期規定三年不得連任外，其他執事均可連任，但以三年爲限，凡曾在此寺充當八大執事在三年以上者，均有被選方丈資格。每次選舉人，約在數千人以上，每屆大選之年，均在年前八月十五在大雄寶殿舉行，敦請當地縣官親臨大殿拈選，拈出後須經三次順卦方獲當選，否則另選，典禮異常隆重。一經當選，備極尊榮。次年正月十五日舉行升座大典，是日懸燈結綵，全寺僧侶一體出動，齊赴郊外列隊歡迎，鼓樂喧天，熱鬧非凡，方丈身穿大紅細花袈裟披肩，頭戴蓮花大冠，乘八人選轎進廟，由侍者四人扶轎，到大雄寶殿登座，接受全寺僧侶參拜，禮成後入方丈室休息，並派侍者（侍者亦此廟僧侶一種頭銜）四人，隨侍左右。以後方丈無論出入任何地方，均由此四位侍者隨從，可謂隆重莊嚴。至選八大執事與選方丈情形大致相同，所不同者，八月十五日請是日進廟第一位香客拈選，拈出後亦須經三次順卦，方獲當選。此寺田產甚多，自給自足，向不對外募化，每年臘月初八日舉行傳戒一次，遠道來此寺受戒者，僧尼成千成萬，不計其數，禮節繁多，不及詳敘，亦爲此寺每年大典之一。

再談此寺形勢：門前豎着兩個大石獅子，有一丈餘高，左邊樹着幾塊大碑，高度亦在一丈以上，面上刻有碑文，記載此寺興建的歷史經過。碑文是清乾隆皇帝的御筆，字體工整秀麗，遠近遊客來此進客，多搨帖幾張，帶回送給親友。進入寺內，兩旁種有奇花異木，左邊是一座大鐘樓，右邊是一座大鼓樓，中間是一座大規模的烏龜池，專爲放生之用。水池對面墻上，由名書家何紹基先生親書「存慈悲心莫打烏龜」八個大字，字垂千古。池內養有大小烏龜不計其數，最大者有如棹面，有成長數百年者。凡到此寺遊客，莫不先購買炒米一二筒，投下池內，一時池內烏龜羣起浮出水上搶食，頗感興趣。此寺分五大進，另一特進，進門第一進是一座彌勒佛，彌勒佛對面是韋陀殿，兩旁是「哼」「哈」二大將，金盔金甲，玉袍束帶，形狀非常威猛，其高度在二人以上，凡來此寺進香者，均先到此殿求籤，靈驗非常。旁邊另有一小室，置一座金色鐘，一座銀色鐘，將凡來此求詢者，先將兩眼用紗布遮蓋，用錢幣射擊，射中金色鐘宜男，射中銀色鐘者宜女，奇應無比。每到農曆正月初間，來此求問者，人山人海，擁擠非常，常有連來數日不得一擊者。再進一層上面，是一座大雄寶殿，供奉一尊大釋迦牟尼佛，它的修建，是用八根石柱直立，直柱直徑，約爲五尺，一人還抱不住，石柱的巔端，又用石條橫陳，架設精巧，石條上彫刻各色人物，各類花卉，眞是栩栩如生。後面是一尊偉大的南海觀世音，大殿兩旁，是彩繪的佛經故事，凡空白的地方，均是刻印的名人聯對，或題筆留字，此殿能容納數千人，每逢寺有大典，均在此殿舉行。大殿外左邊是一間大飯堂，爲全寺僧侶用餐之所，大殿外右邊是香客招待所，內有樓房平房四間。大殿後面第三進，是一座大禪堂，爲全寺僧侶打座之所，左邊第四進，是一座藏經閣，收藏的各種文字經典數以萬部計，爲全省各寺廟藏經之冠。每日在藏經閣閱經者，不下數百僧尼，藏經閣前有一座大水池，池內栽種荷花，清香撲鼻，非常幽雅，水池四週，有石棹石椅供遊客休息欣賞，右邊進去第五進，是一座白骨塔，潔白的塔身，金黃的塔頂，斜映夕陽，不時傳出幾次悠悠鐘聲，實幽雅萬分。此塔是歷年在此寺充過方丈及八大執事在三年以上，對經典學識高深，死後白骨葬身之所，塔內有墓碑，雕像，半身像，紀念板，及其他紀念物，隨處可見，要澈底欣賞，非一日時間不可。此塔四邊有一座舍利亭，內藏數千年前傳下的一粒大舍利子，凡來參觀者，所看顏色，各不相同，有的看見是紅色，有的看見是綠色，有的看見是黃色，有的看見是白色，有的看見是黑色，以看到紅色者爲最幸運，看到黑色者爲最不吉利，百試百驗，其靈無比。白骨塔下面有一間放生堂，畜有五爪猪羊鷄鴨數千頭（隻）凡有五爪牲畜送來放生者，盡量收容。最後一特進，是五百羅漢堂，進去四週，有四大天王，一尊抱着一個琵琶，一尊摟着一把大傘，一尊張嘴一口大牙，一尊張開一對大乾瞪眼，脚下踩的及胯下坐的，全是一些瘦骨如柴的小鬼。羅漢堂左邊是一座地藏王殿，兩旁是十殿閣羅王像，羅漢堂右邊，是一尊捧持降魔寶杵的韋馱，個個意態生動，呼之欲活。中間正殿一進去，就是一尊濟公活佛，正中供奉的爲釋迦牟尼佛，左爲阿彌陀佛，右爲彌勒佛，稱爲三大士，又名本寺。左邊還有一尊文殊菩薩騎着一隻大麒麟，右邊還有一尊普賢菩薩，騎着一隻大象，無一不是雕塑藝術的上乘品。在釋迦牟尼佛對面還有一尊千手的大觀音菩薩像，至五百羅漢像，是從三大士之左側向兩翼排列進去，有眉毛狠長的，有鬍鬚打鬈的，有的笑瞇瞇的，有莊嚴肅穆的，有滿面怒容的，乘龍騎虎，或坐或臥，姿態神情，無一相同，每尊均以赤金帖身，頗有高度藝術的價值。五百羅漢的來歷，有幾種不同的說法，有謂十八羅漢是五百羅漢中傑出者。法苑珠林說：「過去九十一刼，有一婆羅門，好學廣博，常敎五百蠻族童子，今五百羅漢是。故今各佛寺中多供奉五百羅漢，考之佛經，其說不一，蓋佛既累次轉生，此五百童子，自亦累次轉生，其五百羅漢面貌不同之原因在此。」又在羅漢堂後面，另外一幢殿內，供奉十九尊佛像，正面中間是釋迦牟尼佛，左爲普賢菩薩，右爲文殊菩薩，三尊之左右側，分列十六尊塑像，每面八尊，這就是「十八羅漢」中之十六位。十八羅漢爲甚麼只有十六位呢？本來羅漢中只有十六位，乃是釋迦牟尼佛的十六位得力弟子，後來把「降龍」「伏虎」兩尊者加上去了，故有十八羅漢之數。此又是一種說法，是否屬實亦不敢斷定，姑作參考而已。又羅漢堂還有一種習俗，「叫着數羅漢」。每屆農曆正月初間，善男信女赴羅漢堂拜佛者，有如潮湧，所燒檀香，烟塵如霧，無法張眼，但遊客仍源源而入，擠得水洩不通，多半是為數羅漢而來，所謂數羅漢者，是從本身的年齡這一號羅漢數起，（如當年五十歲即從第五十號羅漢數起。）依次順數，再數到五十個羅漢（即第一百號羅漢）止。還有一種數法，即隨便選一尊羅漢數起，數到當年本身的年齡那一號止。兩種數法，均是數到最後一尊羅漢，如其面帶笑容者，當年運氣一定好，其面帶愁容或怒容者，當年運氣一定壞，百試百驗。其餘大小年齡，均依次類推。

再談此寺進香特殊情形：每屆農曆正月間，萬方來此進香的男女香客，絡繹不絕，而尤以正月初九日（俗名上元節）為最盛。所擺長蛇陣竟達十餘里之長，凡遠道而來者，均是結隊成羣，旗羅傘蓋，鼓樂喧天，進香者都是頭頂香爐，身穿花背，十步一跪，五步一揖，口中唸着「阿彌陀佛」四字，一直到廟不停。一日之間，有多少隊，四路而來，熱鬧非凡，為空前未有之盛舉，這一月間，廟之前後周圍，萬商雲集，百藝雜陳，應有盡有，較現時的商展，不知超過若干倍。筆者生長於此地，在幼年時代，每逢農曆正月初間，時常在此寺遊覽，是以對於此寺的風俗習慣，知之最深。流光荏苒，轉瞬數十年，今已虛度七十四矣。山河雖然依舊，地方人物早已全非，撫今思昔，不勝滄桑之感。

食八怪記

數日前，一位在綠島任職的陳叔叔來台北度假，為我們家帶來了一件稀奇的禮物。

這八怪可確實夠得上一個「怪」字，乍看起來覺得有點像龍蝦，但仔細看起來，又覺得有點像蜘蛛，大致上說：頭部像龍蝦，而尾部及六足像蜘蛛，腰身署細，頭部的前緣生有兩個大鉗子，有點兒像螃蟹，但比螃蟹的要大的多，口在頭部的下方，旁邊生有兩隻長滿了毛的「脚」，大概是用來攫取食物的。此外，在頭部還生有一對比原子筆蕊還要粗的觸鬚，我會使足了勁都沒法把它拔斷，其堅韌可見。八怪全身披有厚甲，脚上及關節處都生有硬毛，摸起來有點兒札手呢！它的體積約相當於一個大湯鉢那樣大小，可是陳叔叔說，這只能算是隻小號的。

「八怪」只產於綠島四周的淺海裡，常上岸來尋找食物，尤其是在大雨後的晚上，瓜田裡常可發現它的蹤跡，所以要想找到它並不難，可是要想捕捉它卻不簡單，因為它那雙大鉗子可將筷子般粗細的鉛管夾斷，如果不小心手指被夾了一下，可就慘了。尤其是「八怪」走起路來，並不一定是向前直走，或像螃蟹一樣的橫着走，而是前、後、左、右，四面八方的亂走，所以一不當心就很容易被它夾上。

由於「八怪」在箱子被打開時已經死了，為了怕放久了會腐壞，陳叔叔建議馬上就煑來吃，但媽媽說她做了一輩子的菜，沒做過這玩意，最後只得像燉雞一樣的，加一點水到鍋裡煑一煑了事。晚餐時，「八怪」終於上桌子了，雖然它沒有燉雞的香味，但它的吸引力，比燉雞還要強的多。「八怪」首先遭我們家人瓜分的，是它那五隻脚及兩個大鉗子，但是要吃它時却發生了問題，因為筷子太粗了，想把肉挑出來很不方便，如果想把它咬破了再吃，那就更難了，牙齦都咬的發痲了，它還是絲毫不為所動，最後只得更換餐具，將家中的老虎鉗、鎯頭全部搬了出來，爸爸開玩笑的說道：「外國人吃西餐，桌上擺滿了刀叉，已經夠野蠻的了，但是如果和我們相比，可就成了小巫見大巫了。

老虎鉗畢竟是老虎鉗，「八怪」之甲雖硬，也不得不在其面前低頭，可是「八怪」腹部的那塊甲，足足讓我用鎯頭猛敲了四下才敲開，背部的甲則根本無法敲開。「八怪」的肉跟一般魚蝦並不一樣，像香煙上的濾嘴一絲一絲的。我沾了點薑汁嚐了嚐，除了薑汁的味道什麼也沒嚐出來，也不知道大家是覺得好吃，還是好奇，居然你搶我奪的爭着吃，一時鎯頭之聲此起彼落，真是有趣極了。八怪的頭部，還有些像凍豆腐的東西，可能是它的腦，我瞧了瞧實在沒有勇氣去嘗試，後來在父親的激將下，嘗了一點，放在口裡連忙嚥下，因此到底是個什麼滋味，我一點也沒嘗出來。這餐飯在大家七鬧八鬧的氣氛下，足足吃了一個多鐘頭，雖然不能算是最長，可是在我的記憶中該是最有趣的一餐。

．許盛永．

折戟沉沙記林彪（十一）

岳騫

三、左翼兵團：第七十一軍（轄八十七、九十一師欠八十八師）於秦皇島登陸後，由新民經法庫攻擊四平側背，協力中央兵團攻略四平後，沿四洮線向遼源攻擊，阻止共軍熱、遼軍之增援，掩護主力左側背，使右、中兩兵團作戰較易。

三月十九日，國軍中央兵團首按既定部署，由瀋陽沿中長路北進，二十三日克鐵嶺，二十七日克開原。以時值天氣漸暖，寒冰乍解，遍地泥濘，沿途橋樑復遭共軍澈底破壞，共軍更藉堅強工事頑抗，致國軍進展遲緩。杜聿明乃飭甫自秦皇島登陸之第七十一軍（欠第八十八師）任左翼兵團，由新民經法庫向昌圖、四平側擊，並抽調遼南之第五十二軍之第一九五師，加入中央兵團正面作戰。四月四日，國軍分克昌圖、法庫，繼續推進，惟共軍憑既設工事，死力拒守，與國軍相持於牛拉山、舊四平、八面城之線。迄二十四日，國軍中央兵團雖排除萬難，並藉空軍協力，攻佔牛拉山；左翼兵團亦攻克舊四平、八面城，對新四平形成三面包圍。惟共軍已乘蘇軍撤退之際，以優勢兵力猛犯長春，國軍守軍保二、保四總隊，孤軍苦戰四日，以衆寡懸殊，卒於四月十八日陷落。共軍陷長春後，乃傾其主力南下，圖乘國軍兵力未集中前，由西豐迂迴開原、鐵嶺，以遮斷國軍中央兵團之後方連絡線。而國軍中央兵團亦以沿途苦戰月餘，兵員彈藥消耗過鉅，攻擊力量大減，遂與共軍形成僵持之局。幸國軍新六軍以神速之行動，不一週即將本溪方面共軍之主力擊破，迅速移師北指，擔任右翼兵團展開對四平之最後攻勢，僵持之局始獲打開。

本溪湖收復後，新六軍未暇休息，即奉命兼程北上，自本溪迂迴前進直趨鐵嶺，於五月十二日於鐵嶺附近，將企圖威脅瀋陽並阻斷通四平中長鐵路之共軍擊敗後，並迅速在開原集結。五月十四日，新六軍復自開原開始行動，循中長路右側，即在鐵路以南地區以平東為目標，向四平共軍包抄進攻。同時中長路正面之新一軍，因共軍壓力減輕，亦展開全面攻擊，擔任左翼之七十一軍，亦以梨樹為目標，壓廹共軍向後撤退。新一軍、新六軍，均係全部機械化部隊，戰車、裝甲車，各種型式巨炮，一應齊全，為國軍中之王牌。在對日抗戰期間，遠征緬甸與日本精銳部隊對壘，將日軍連連擊敗，打通滇緬公路，對國軍貢獻至大，新一軍且於英軍在緬甸敗退之際，營救英軍於日本包圍網中而名震國際。新一軍、第六軍、七十一軍共約兵力十萬人；堅守四平之林彪部，在此時亦已擴充到十萬人，遂在四平形成一個大會戰。共軍在四平附近深溝高壘，並有日本砲兵俘虜之助，砲火亦相當旺盛，林彪本人則隱藏距四平很近的貂皮屯指揮作戰。林彪在貂皮屯消息嗣為國軍偵知，於五月十五日乃派出一隊精銳部隊，自開原出發銜枚疾走，連夜鑽隙向貂皮屯突擊。第二天黎明時國軍空軍亦飛臨貂皮屯上空予以猛烈轟炸，屯內共軍被炸斃極多，因而失去抵抗意志，我突擊隊的一小隊人員遂突入貂皮屯內，眼見共軍數十人遠遠的倉惶向東北方逃竄而去。事後判斷，均相信自貂皮屯逃出之數十人，即係林彪及其作戰總部人員，惟當時突入屯內國軍人數單薄，未克跟踪追擊將其捕獲，致使其脫逃而去，林彪雖未被捕，但其作戰總部作戰科科長王維芳中校，則被七十一軍捕獲投誠，在其口供中，得悉共軍在東北各地區部署全貌。共軍當時在東北部署情形爲：在四平前線約有十萬人，至於公主嶺、長春、哈爾濱等沿中長鐵路要衝，僅有少量部隊；本溪湖以南地區，爲共軍另一主力所在，原有三、四萬人，因新被五十二軍擊敗，損失甚大，其他各地則等於眞空地帶。鄭洞國等國軍高級將領，對王維芳所供各點，均抱存疑態度而不敢深信，深恐其供詞有詐，使國軍進入陷阱中，一如十一戰區馬法五、高樹勛等部隊，在冀南邯鄲被劉伯承所敗之覆轍。嗣杜聿明自鐵嶺抵最前線作戰，經其親自訊問王維芳後，立刻判斷所供係事實，不可能爲謊言，遂親自部署向松花江地區大進攻計劃。

杜聿明認爲：「林彪最初率其三萬人，自河北、山東交界，繞太行山，經熱河至東北，僅較國軍早出關兩個月，加上沿途裹脅及吸收其他土共，至東北時亦僅四、五萬人，嗣得李運昌部隊補充，及在東北當地裹脅，至三十五年五月時，在約八個月時間擴充成爲十萬餘人之大部隊已屬不易，絕不可能再有更多部隊。」杜聿明並認爲：「鄭洞國等將領所顧慮，共軍在東北各地區業已深入生根一點不大可能，至於像關內共軍，以優勢兵力圍困消滅國軍大部隊之事，在當時尚不致發生」。杜聿明遂決定，國軍立刻展開全面猛攻，務須一舉將四平當面之共軍擊潰，並即刻跟踪共軍之後，不使其有喘息立足之機會，

五月十七日，四平外圍國軍，在杜聿明親自率領下，展開空前猛烈攻擊，坦克車、裝甲車，在戰場縱橫往返衝殺，再加以大隊飛機低空掃射助戰，當日即獲得決定性進展；左翼新六軍兵團，佔領西豐、平崗等地；左翼兵團七十一軍，攻抵太平嶺，因而包抄四平共軍之側背，正面之新一軍，亦攻克共軍賴以拱衛新四平街之東南方各要點；是日共軍堅守不退，致死傷人數相當重大，較杜聿明所預期之效果更爲有利。十八日國軍一九五師攻哈福屯，共軍非死即俘無一逃脫者，新一軍之新卅師乘夜間繼續猛攻四平，遂於十九日一舉攻入新四平街，並沿中長路向北追擊，共軍堅守月餘之四平街戰役遂告結束，而共軍亦因傷亡過重，形成全面崩潰。

新四平街既告光復，杜聿明再度拒絕其他將領所謂「步步爲營，穩紮穩打」之勸告，下令國軍，毋須有所顧忌，進行廣濶的全面追擊。新一軍、新六軍、七十一軍、二〇七師、一九五師、八十八師，遂向遼北省、吉林省各城鎮，分頭齊進。除二十一日，新一軍在公主嶺與共軍發生激戰，再使共軍蒙受重大打擊外，其他各地共軍根本無法立足。等於與國軍一前一後向松花江流域賽跑，在此數日之間，國軍各部進展各約二百公里，甚至有一日即進展一百廿公里者；計廿三日光復長春、九台、拉法、樺甸、老爺嶺，廿四日光復吉林、小豐滿，廿五日佔農安各地，廿六佔領松花江畔重城德惠，並越過松花江，佔領陶賴昭橋頭堡，繼續向哈爾濱進攻。青年軍二〇七師雄獅部隊，向遼北省南部掃蕩，數日之間佔領北豐、西安、東豐、平海、伊通、盤石、海龍、朝陽、煙筒山等地。七十一軍向遼北省北部進擊，佔八面城、金賽、遼源、梨樹，進出臥虎山。總計此役共光復七十一個有名城鎮，廣及遼北省及吉林省大部地區。時共軍得能渡松花江向哈爾濱退却者，僅四萬人左右，倘國軍繼續跟踪追擊，哈爾濱等地之光復，當在指顧之間。當時共軍已開始撤離哈爾濱，向佳木斯等地分頭逃竄，由於馬歇爾再三請求政府下令東北地區停戰，一步之差，竟使一敗塗地之共軍，得以喘息而坐大。設當時國軍，如能將哈爾濱佔領，並控制其附近區域，則共軍所能立足區域，皆爲人

烟稀少荒涼之地，僅憑尚停留城鄉狀態之佳木斯及其他類似地區，絕對無法容養大量部隊，僞滿遺留部隊亦不易爲其控制與接收；如此共軍縱得俄國交來日本關東軍武器，亦無法於一年間擴充成爲具有五十萬實力之大部隊。國軍在東北亦不致迅速由強變弱，白山黑水間局勢，固不可能驟然運轉，整個戡亂戰史，亦當另寫了。

長春收復後，東北軍事當局首先發表新六軍軍長廖耀湘爲長春警備司令，由新六軍負責長春地區治安責任。立即引起了新一軍軍長孫立人的不滿。在當年似乎有一個不成文規定，凡收復地區首先入城之部隊長，即爲該地區警備司令；五十二軍首先進入瀋陽，五十二軍趙軍長公武爲瀋陽警備司令，其後趙軍長南征北討，警備司令事宜始終由副司令彭璧生主持。現在長春光復之戰，究竟誰先入城，新一軍與新六軍各執一詞，兩軍皆自稱係首先攻入長春者，東北保安司令部也無法判斷。蓋共軍於四平崩潰後，新一軍係沿中國長春鐵路追擊，可能順鐵路首先進入長春新市區；新六軍係沿中國長春鐵路南側公路追擊，也可能是首先攻入長春舊市區的南城。新一軍方面認爲，即使是新一軍與新六軍同時入城，也應由新一軍來警備長春，蓋新一軍在四平街激戰，戰鬪時間最長，出力亦最大。新六軍則認爲，新六軍自本溪移師鐵嶺，四平街前線膠着局面始行打開，共軍之全面崩潰，實由於新六軍之力量，故新六軍功勞最大。以上雙方見解均係實情，但以個人關係而論，杜聿明與廖耀湘較爲密切，因此孫立人益形不滿。但不久之後，終於由新六軍讓步，調出長春，警備司令一職由孫立人擔任，問題在表面上好像了結，但杜、孫間就此有了裂痕，在卅六年三月；共軍第四次攻勢時，終於導致了公開決裂。

就整個作戰方針而言，國軍因受政略之影響，專注重城市及交通之佔領，忽略殲滅共軍之主力，故選定遙遠之松花江南岸爲殲滅共軍之目標，而未逕以分進合擊包圍共軍於四平街附近予以殲滅。爾後再向松花江南岸進出，殊爲可惜。再由於作戰方針與兵力部署，亦似未盡吻合，即兵力之使用，有陷逐次使用之嫌，以致四平街久攻不下，其後增加兵力，亦未嘗着重在四平附近殲滅共軍之措施，迨既攻下，即爲離心之推進，而成爲廣泛之驅逐，故終未能捕捉而殲滅共軍。復次，國軍於作戰初期，因兼顧遼東、遼南之作戰，僅以新一軍擔負攻略四平及解長春圍困之雙重任務，兵力不足，以致四平久攻不下。長春淪入共軍之手；爾後次第以第七十一及新六兩軍加入，雖獲得四平最後決戰之勝利，然已遷延兩月以上之時間，使共軍從容逃脫戰場，貽爾後東北軍事以無窮之後患，此亦四平戰鬥之失着。

當時中共在東北軍事方面最高指揮官雖爲林彪，黨方領導人則爲彭眞，兩人不斷發生衝突，互向中共中央告訐，最後彭眞失敗被調回。一直到二十年後，林彪在杭州政治局擴大會議提及此事，猶恨恨不已說：「彭眞在東北拒不執行黨中央和毛主席的指示。在砲火連天的時候，他幻想和平，幻想和國民黨蔣介石談判，沒有戰爭打算，幻想在談判桌上來取得勝利。他沒有一點馬克思列寧主義和毛澤東思想的味道，不搞階級鬭爭。他不把重點放在農村，不把幹部和主力派到農村去建立根據地，戀戀不捨大城市，不願意離開大城市，撤出瀋陽，還賴在郊區不走。搬到本溪，搬到撫順，又搬到梅河口，不肯在農村安家，不準備打、只準備和。在東北，他想把主力孤注一擲，和敵人硬拚，以軍事上的冒險主義掩蓋他政治上的投降主義。他借口照顧山頭，實際上是培植他個人的實力。他不注意補充主力，只是從散兵游勇中收編和建立一些地方部隊，後來這些部隊都叛變了，成了「坐山雕」。他說反山頭，就是他在搞山頭，招降納叛，搞他自己的軍隊，搞小圈子，搞桃園三結義。」是則林彪當年在東北之爭已埋伏以後文化大革命林彪擁毛反劉之種子。

（未完・待續）

周曹通信集

第二輯出版

本書第一輯出版後，轟動一時，實因知堂老人不僅文字優美，性情和善；更難得的是在那種情況尙不失其幽默感，其中有關近代史料者亦甚多，特摘要介紹。

如有關抗戰時北京大學事：「但是有一點，僞文學院成立是在民國廿八年的秋天，而我遇見刺客却在廿七年元旦，錢玄同君也就在正月中去世，這是時間差得很多。因他的文章，又得知余又蓀遇車禍的消息，這人死得很可惜。」

又如由孫伏園去世談到晨報及魯迅：

（一）晨報附刋初出時名叫「晨報副鐫」，這乃是蒲伯英的主意，（他乃是前淸參議員、國會議員，四川爭路代表之一，本是翰林，人頗明白亦有理解，屬於研究系。）從前報紙本有「附張」，他要別出心裁，所以起了那麽一個名字。此事與魯迅絲毫無關，研究系——報紙內部我們能干預乎？（二）他的辭職自說因爲劉榮擅自撤去「失戀」的原稿，實是內部的編輯權限之爭。（三）「必讀書」的魯迅答案實乃他的高調——不必讀書——之一，說得不好聽一點，他的立異唱高，故意的與別人拗一調，他另外有給朋友的兒子開的書目，却是十分簡要的。胡適之提倡「少談主義」，「多談問題」，在「每週評論」上曾展開討論過，那時反對的方面記得有李大釗，而他並不參加。後來說他曾反對胡適等有功，與李大釗並重，這也是追加的神話罷了。陸放翁說：「死後是非誰管得，滿村聽唱蔡中郎」，就是那麽的一回事。

又有些幽默挖苦的筆調，如：

蔣百里評傳正在看，覺得很有興趣，有如喝新煮的泉水自有一種味道，喝消毒了的自來水多了，便特別覺得這水有特殊佳味。

最後一封不知寄與何人，對曹聚仁孤身在港，室家不能團聚事，亦很明顯叙述：

曹聚仁君近日見到否？敝玉已有月餘無信札，不知有無生病，此君年歲不大，而常說老病，想因記者生活太勞之故。我曾勸其移家至港，可少爲安樂，但其夫人以在國內有職業未能辦到也。

皮裡陽秋，只可意會，無論研究文學、史學，此書均不可不讀。

南天書業公司出版

精裝一百二十元·平裝一百元

毛劉相爭·周翁得利

周恩來評傳（二十五）

嚴靜文

假使不是發生文化大革命，周恩來也許就以八面玲瓏，大事不能做的紅朝宰相終其一生；在適當的時期告老退出政壇，讓位給雄心勃勃，等待已久的彭眞，或者剛正不阿，有爲有言的鄧小平。可是令人難以置信的文化大革命爆發了，這個伏櫪二十五年的老驥，機緣湊合，再次躍登權力寶座，得以施展平生抱負，對周當然意外的驚喜，不過並非異想天開。

任何事業的成功，都需要客觀的機會和主觀的條件；文化大革命是中共黨內兩個最有權勢的領導人，毛劉二人的火併，這時周恩來是脫出「軌道」躍起當權的絕佳機會，同時周恩來在軍隊裡潛在影响和他個人的才幹，使他抓住了這個機會，而收攬了大權。

不知底牌之人

一九六七年八月三十一日，毛澤東偕林彪會見阿爾巴尼亞軍事代表團，說明發動文化大革命的經過時，林彪在旁插話說道：

「有人說毛澤東同志就是拉一派打一派，現在中央領導同志，凡是在革命羣衆中有威信的，全是毛主席事先將文化大革命的底交給他們，所以他們沒有犯錯誤。」

這裡所說「交底」，即是事前參與文革機密的人，也就是所謂「無產階級司令部」的人。而毛澤東並沒有向周恩來「交底」，因此文革開始後，周恩來的行動跟不上形勢，並且幾次瀕臨被揪鬥的邊緣。這說明直到文革開始後，毛對周仍是不信任的，而且抱有相當的敵意。

盡人皆知，毛澤東發動文革的首要目的即在打倒以劉少奇爲首的走資本主義道路的當權派。可是文革自一九六五年十一月揭開序幕，到一九六六年十月，已經搞了一年，周恩來「似乎」還摸不清毛的底牌，因此在同年十月二十四日召開的中央工作會議上一再碰釘子。

①當毛澤東提陳獨秀、王明、李立三犯路線錯誤不知改正，周恩來在旁插話說道：「李立三思想上沒改，不管什麼小集團，什麼門頭都要關緊關嚴，只要改過來，意見一致團結就好。要准劉鄧革命，允許改。你們說我是和稀泥，我就是和稀泥的人。」

此處所說「你們」，大概是指江青、陳伯達、林彪等人而言。他們說周「和稀泥」，顯然是斥責，因爲他們都已知毛的底牌，而周似乎仍在悶葫蘆裡。

②、在同一會議上，毛澤東提及當時形勢說：「兩頭小，中間大」，即是說「

敢字當頭」，積極支持造反的幹部很少，但是頑固反對文革的也很少。他說：「眞正的四頭幹部（右派）也就是百分之一、二、三。（總理說，現在已經大大超過了。）多了不怕，將來平反嘛，有的不能在本地工作，可以調到別的地方工作。」

周恩來在這裡無異揭破毛的謊話，毛說反革命的幹部只有百分之一、二、三，周則說「大大超過」。周在這個地方認眞「核對」，顯然不曉得毛已胸有成竹。

③、會議上毛談到「大串連」的問題，周恩來說：「需要有準備地的進行」。毛馬上接口說道：「要什麼準備？走到那裡沒飯吃！」

毛發動紅衞兵「大串連」，是以「中央文革」直屬紅衞兵爲種子細胞，散佈各地去建立効忠「無產階級司令部」的紅衞兵和造反派，由中央文革控制指揮來揪鬥黨政軍裡的走資當權派。所以說，要「天下大亂，越亂越好」。對此，周則持反對意見，顯示兩人想法格格不入。

④、同年七月二十二日毛在中央工作會議講話時反映了毛對周以及國務院的立場。

毛：「北京市委不要那麼多人，人多了就要打電話，發號施令，秘書統統砍掉。我在前線的時候有個秘書叫項北，以後撤退的時候就沒有秘書了。有個收發文件就夠了。（康生插話：主席談了四件事：一是改組北京市委，照辦了。二是改組中宣部，也照辦了。三是取消文化革命五人小組，也照辦了。四是有些部改成科沒有辦。）是呵，部長。部長管事的可以不改。作部長、司長、局長、處長，不管事的就改，改成冶金科、煤炭科。……」

康生的談話透露出來，早在十一中全會（一九六六年八月舉行，毛以半數多一點的票數通過了「文革十六條」，使文革有了合法根據）之前，毛已要求改組國務院，而周迄未照辦。康生插這段話，實有指責周恩來抗拒「主席」意旨的意味。此事足以說明，周恩來在文革初期的立場。同年八月紅衞兵起來了，十月即開始衝擊國務院各部，部長紛紛被揪鬥，連周的秘書長周榮鑫都被揪出鬥倒鬥臭（一九七三年九月已復起任職）了。

⑤、同年七月二十一日，毛在一次談話中，兩次提到國務院：

a「……南京新華日報被包圍，我看可以包圍三天不出報，有甚麼了不起，你不革命就要革到你的頭上來，爲甚麼不准包圍省市委、報館、國務院？……」

b「……工作組出來後，有些要復辟，復辟也不要緊。我們有的部長就那樣可靠嗎？有些部長、報館是誰掌握呀？」

c毛在七月二十二日的講話中說道：「……工作組阻碍革命勢必變成反革命。西安交大不讓人家打電話，不讓人家派人到中央，爲什麼怕人到中央？讓他們來包圍國務院。文件要寫上，可以打電話，也可以派人。那樣怕能行嗎？所以西安、南京報館被圍三天。吓得魂不附體，就那麼怕？你們這些人呀，你們不革命，就革到自己頭上來了。有的地方不准包圍報館、不准到省委、不准到國務院。爲什麼這麼怕？到了國務院接待的又是無名小將說不清。爲什麼這樣？你們不出面我就出面，……這幾天康生、陳伯達、江青都下去了。……」

上述三段話，都是指斥國務院，尤其是第三段聲色俱厲，暗示國務院是文革要打擊的一大目標，換言之也是文革一大主力。

以上的說明與分析，足以看出文革初期毛周的關係以及周恩來對文革的立場。

維護余秋里的苦心

從以上資料，使我們得一印象，在文革初期周恩來對毛澤東掀起的文化大革命，採取極微妙的立場，他一方面附和毛的文革方針，一方面不斷企圖阻止文革的進展。以周恩來的經驗和聰明，對毛澤東發動文革的企圖應該早已洞如觀火了，而他素來又是極圓滑謹慎的人，居然竟屢在中央工作會議，觸毛的「逆鱗」，顯然是反常的舉動；進一步來說，是有用意、有圖謀的舉動。據我的觀察，他所以這麼做，是做給「當權派」看的，要他們知道他是他們的同情者，起碼與毛林不是一條戰線。

毛澤東在文革初期，即將周恩來關在門外（沒交底），足以說明他對周的不信任；並且把周所領導的國務院，當作造反奪權的一大目標。但是，沒有一開始就揪鬥周恩來，這有好多原因：（一）怕打擊面太大，必須各個擊破，先打劉鄧，然後再打周恩來；（二）為了應付國際觀瞻，必須保留國務院和周恩來，直到造反派能控制局勢，接手外交時為止。關於這一點，江青的親信之一，中央文革小組成員戚本禹（與康生、關鋒和江青都是山東同鄉），在一九六七年八、八月開一次紅衛兵大會上，曾勸止貼大字報攻擊周恩來的紅衛兵說：「……總理在國內外是很有威望的，你們不能反。我們（指陳伯達、葉羣、謝富治等）給你們講過這些，那不是個人意見，是組織意見，……政治鬥爭不是兒戲！你們做過了頭，你們就會被動，人家就會貼你們的大字報『反對周總理就是反革命』，外國人就造謠，說陳伯達和總理分裂了，……。」（1）（三）在劉鄧當權時期（一九五九——一九六六）周恩來並非劉鄧一派的核心分子，如以左中右的角度來分，周是個中派；另外周曾盡力圓滑、謹慎的侍奉毛氏，使文革派不感到他是迫切的敵人。（四）毛自知文革前途艱難處分，並無勝算的把握，如他一九六六年七月八日致江青函所說：「事物總是走向反面的，吹得越高跌得越重。我是準備跌得粉身碎骨的，這有什麼要緊。物質不滅，不過粉碎罷了。全世界有一百多個黨，大多數的黨都不信馬列主義了，馬克斯、列寧都被他們搞得粉碎，何況我們呢？……」從其後的事實發現，毛澤東所以有「準備跌得粉身粉骨」的悲壯心情，主要因為他沒有信心獲得共軍的充分支持。在這種情況下，隨時會發生意外事件（如「二月逆流」及「武漢兵變」），需要像周恩來這樣一個八面玲瓏的人，來排難解紛。

大概在上述形勢之下，毛的無產階級司令部，可能把周恩來列入第二期要對付的走資派，或者假如周能及時承認錯誤（像遵義會議及延安整風時期的表現），跟從文革路線，仍可以讓他享譽不倒翁的綽號。事實上周的表現，遠不如毛派的期望，他不但不積極的遵行文革路線，並且成了文革的絆脚石，尤其是在對劉鄧的立場上，他不僅是「和稀泥」，有時簡直明目張胆的維護劉鄧，使文革派怒火難抑。大概說來，從一九六五、十一月文革開始到一九六六年底，周恩來採取了「和稀泥」的立場，在一九六七年初，則採取了維護走資當權派分子的立場。以下說幾件事實：

①、據一九六七年一月二十四日合衆社自東京發的報導稱，因紅衛兵鬥死煤炭工業部長張霖之，周恩來抨擊紅衛兵，報導說：「周恩來說，公開批判前北京市長彭眞是不需要的」。又說：「對劉少奇及鄧少平的批判是無効的。」

②、在同一時期的一次紅衛兵集會中，當周恩來要講話時，羣衆高叫打到劉少奇、鄧小平，周恩來斥責他們說：「劉少奇、鄧小平仍是中央政治局常務委員，我是代表黨中央來講話的，在我面前喊打倒他二人，使我的立場發生困難。」羣衆仍繼續喊，他就把面背過去，直等紅衛兵改變了口號，說打倒「以劉鄧為代表的資產階級路線」，周才轉回身來，開始講話。

③、在一九六七年「一月風暴」裡，周曾極力維護石油工業部長余秋里、外交部長陳毅、財政部長李先念、對外貿易部長姚依林、鐵道部長呂正操等。尤其是維護余秋里，他幾乎拚老命。他舌蔽唇焦的說：

「余秋里誠懇檢討，檢討後生了心臟病。余秋里還是內部矛盾，大慶油田有成績。……在前五年最困難的時候，速度最快的是石油、化肥。主席提出學大慶，六二、六三年我二次去大慶，六六年又去一次發現大慶有些舖張，但余秋里已不在。秋里是六三年到計委，二年時間把三線計劃和第三個五年計劃搞出來了。當然不是他一個人，但是一切事情總有組織的人，下決定的人。……他認識是誠懇的，檢討六次，心臟病復發，現在還沒好。我們需要他，黨中央需要他。他是從少當兵起來的，你們看身上傷處就知道了。他不是吃老本，靠老資格，這幾年有新的創造，是部長、主委主任一級的標兵。……」(2)

周恩來奮盡全力保余秋里，並非僅為了余是他的優秀的部屬，實與他的政治見解有關。即是利用知識分子，吸收外國先進技術，加速發展工業；余秋里的貢獻，是實現這一見解主張的具體典型；同時周心理有數，開發渤海灣蘊藏的石油，是累積工業化資金的根本來源，對余秋里的倚重來日方長。

二月逆流‧旋乾轉坤

以上我們概述了周恩來在文革初期的立場態度。不由得使人感到奇怪，周恩來對毛一向必恭必敬，唯唯諾諾，這一次為什麼竟敢和毛作對呢？當然懷有目的。簡單說來，周當時必定看出，文革發展不會順利，當權派「打着紅旗反紅旗、挑撥羣衆鬥羣衆」（另建一派紅衞兵組織與中央文革派建立的紅衞兵對抗來保護自己）的戰術，並與地方實力軍人相結托，毛澤東難以對付在長期對抗和混亂中，將是他攏絡軍人復起當權的絕佳機會。用一句難聽的話來說，周恩來有意「渾水摸魚」。從客觀情勢來說則是「毛劉相爭，漁翁得利。」

關於周恩來在文革過程中怎樣攬權的具體詳情，非本文所能盡述，在這裡只能概述三大關鍵

（一）二月逆流——一九六七年的「一月風暴」文革派在各省市開始奪權，準備建立「公社」；因遭「二月逆流」打擊，而改建「革命委員會」。但是所謂「二月逆流」究竟是怎麼回事，迄今無人把它搞清楚。據當時中共官方發表的材料來看，所謂「二月逆流」只是以譚震林為首，在國務院農林部門，恢復黨委權力，對造反派進行「反攻倒算」。結果揪出了黑幹將譚震林，事情就告結束了。文革派為了擴大宣傳譚震林的印象，把其它各地對抗文革的人都稱之為「老譚」。如黃永勝被稱為「廣老譚」，陳再造被稱為「武老譚」，陳錫聯被稱為「遼老譚」等等。

其實這只是官方的障眼法。「二月逆流」的實質是左列各重大事實：

①、二月十六日朱德、葉劍英、陳毅、李先念、鄧子恢、徐向前、譚震林等一羣共軍元老，曾在中南海懷仁堂集會，攻擊江青和中央文革小組。譚震林大發牢騷說，追隨毛搞了四十年革命搞錯了，葉劍英則抱怨，中央文革小組不制止紅衞兵揪鬥老幹部。幸虧周恩來及時趕到，勸諭大家散會。毛澤東聽說之後，在二月十八日把這羣人找出大肆咆哮：「誰反對中央文革小組，我就反對誰。如果你們想這樣做可以把王明和張國燾找來。我帶葉羣到南方去。把江青和康生留給你們。可砍江青的頭、可將康生從軍。」(3)在周恩來調停之下，只處分了譚震林一人（一九七三年八月二十六日已復起，並在十全大會當選中央委員）。

②、二月中旬（十四日、十五日）在中央軍委擴大會議中，為了軍中文革問題及「聯合行動委員會」（高幹子弟所建立的紅衞兵組織，曾遭中央文革鎮壓），全軍文革小組長徐向前曾與林彪發生激辯，徐向前被迫辭職。

③、在同一時期，多數大軍區，曾因紅衞兵批判朱德、葉劍英、陳毅三「元帥」，而發生武裝遊行示威。在這之前，江青和葉劍英曾因「二‧一七軍委來信」事件（葉劍英負責發出信件支持當權派鎮壓紅衞兵）發生正面衝突，被江青當衆撕掉。(4)

上述三件事加在一起的壓力，迫使文革派改弦更張。

原來計劃，奪取「公社」，現在改建「革命委員會」。革命委員會以「三結合」方式建立，那就是軍人、幹部和革命羣衆代表。未建立革委會的省市，成立革委會籌備小組，小組長多由軍區司令或政委担任。從那開始，地方的革委會，其後「整黨建黨」所成立的黨委會，一直都由地

方實力軍人控制，多數直接掌握領導，少數則居二把手地位，也暗操實權。

「二月逆流」使周恩來成爲「中央文革」和實力軍人討價還價的橋樑，毛爲了穩定局勢，周成了他不可少的人了，爲了應付文革派的進攻，和及時妥協，周又成了實力軍人不可少的人了；況且周是紅軍眞正的創建人，是實力軍人最初十年（一九二五——一九三五）的最高權威，現在他們在文革風暴中，相對唏噓，相濡以沫，一方面感到恍如隔世，同時又同病相憐。互相接近，互相依存是勢所必至的發展。而軍人早在一月間，獲得「三支兩軍」(5)的大權。

揪鬥周恩來爲時已晚

（二）武漢兵變——「二月逆流」之後，毛澤東安撫了軍人，但是對於黨政機構的造反奪權，依然猛烈進行。尤其是周恩來二十年來經營的外交部，成爲奪權的重點目標。由於周恩來和陳毅都待人寬和，外交部的造反組織，多是保守派；毛澤東如此，不惜選新從印尼調回的姚登山爲主將，在外交部以外的紅衞兵組織支援下，大肆進攻外交部，揪鬥陳毅，放火燒英國大使館，揭周恩來的底牌，在外國人面前撕破周恩來的尊嚴。爲了鼓勵姚登山，毛和江青不惜左右挽着姚登山的手臂，拍照刊在「人民日報」上。

在這個時候，毛顯然有意狠狠打擊周恩來了。可是周的羽毛已盛，不是吳下阿蒙了。

毛在「二月逆流」以後的戰畧，顯然是以權力賄賂實力軍人，要求他們「支左」——支持中央文革派的紅衞兵和造反組織，打垮當權機構的當權派，以及當權派所操縱的羣衆組織。更明瞭的說，毛想分化當權派，使軍人和幹部分開，但是並沒有達成預期效果。因爲那些軍人已從反革派紅衞兵的行動得到教訓，如果完全聽信毛的話，信任羣衆、依靠羣衆，對羣衆不加提防的話，他們自己也隨時有被揪鬥的危險。要避免這種危險，必須做到兩個條件：第一是支持一派羣衆組織，與文革派的組織糾纏鬥爭來保護自己；第二爲達上述目的，所屬軍事單位必須團結一致，換言之必須形成一個同利害、共榮辱的「山頭」。共同抗拒一切打擊。做好這兩個條件，而且獲得重大的成功的是黃永勝的廣州軍區、許世友的南京軍區、陳錫聯的瀋陽軍區、陳再道的武漢軍區、楊得志的濟南軍區、韓先楚的福州軍區。當時他們的內據「山頭」之險，外持互爲犄角的保守派羣衆組織，硬着頭皮頂住文革的風浪。

毛澤東爲了落實軍隊「支左」，特派中央文革大員分赴各地巡視（王力、謝富治去西南華中，關鋒等則去東北），向當地的軍人指出那些組織是中央文革所認定的左派組織，那些是對抗的右派組織，被打擊的左派，要平反，對右派則要求予以打擊。換言之，啓斥軍人支左打右。但是，所有的右派組織都是軍人自己搞的，你讓他打擊自己所建立所支持的組織，等於迫人殺自己的子女，或者等於迫人吃掉自己拉出來的屎。那些軍人只好唯唯諾諾，陽奉陰違；有的則惱羞成怒，跳起來拚命了。後者便是武漢軍區司令陳再道。

陳再道支持的造反組織的總稱是「百萬雄師」，把中央文革所組建和支持的造反組織打得落花流水，王力、謝富治、余立金跑去告訴他支左支錯了，並且要求陳檢討錯誤，陳便搞武裝遊行恫嚇他們，指使「百萬雄師」把他們抓了起來，意見最激烈的王力還被押遊街示衆。

王、謝、余都是奉毛及文革小組之命前來宣達中央意旨的大員，所謂「毛主席派來的親人」拘禁和侮辱他們，那也是不折不扣的造反。並且不是娃娃造反，而是帶兵的將領造反。

關於武漢事件解決的具體經過，至今仍是未揭破的謎。中共官方發表的消息，是擁毛的羣衆擊敗了「百萬雄師」，釋放了王、謝、余三個人，揪出了陳再道、鍾漢華。另據一些紅衞兵報紙說，毛林曾率東海艦隊，親赴武漢指揮軍事，迫使陳再道投降。顯然都不足信。不過有一件事最值得注意，那就是在局勢緊張達高潮之際，周恩來曾四次飛往武漢調停（七月十日、十四日、十八日和二十一日）。武漢問題戲劇化的解決，與周恩來的奔走調停有不可分的關係。

周恩來被圍兩天兩夜

武漢兵變的主角陳再道、鍾漢華（軍區政委），雖然「被解往」北京（紅衛兵報刊如此說），並受了批判，但是始終稱他爲同志，並且未受任何刑事處分，而且很快就復起任職，據知陳現任廣州軍區副司令員，鍾漢華現任瀋陽軍區副政委。從文革過程來看，犯錯誤最嚴重的是陳、鍾二人，復起最快也是他二人。這已是一大疑點。此外，還有幾件有關連的事實。

①、武漢兵變前，往各地傳令支左的王力、關鋒等，於兵變之後一個多月，即九月初即失勢垮台，而且至今未能復出。

②、武漢兵變問題剛解決不久，八月間毛澤東即外出巡視，偕帶張春橋、楊成武、汪東興、余立金等前往河北、河南、湖南、湖北、江西、浙江、上海七省市宣撫地方軍人。即在毛出巡期間，北京發生了揪鬥周恩來的事來。以下是周恩來親口對已故美記者艾德加·史諾說的一番話：

「……一九六七年八月，周恩來通過談判擺脫了他在文化革命中最危險的時刻。雖然他受到青年的崇拜，但是，在人民大會堂他的辦公室裡，有兩天兩夜的時間，他被五十萬名極『左』紅衛兵圍起來。這些紅衛兵的領導人（有些後來當做反革命分子被捕）企圖奪取中央委員會和周本人的文件。當時毛不在北京。周不分日夜地同一小批一小批的紅衛兵談話，逐漸說服羣衆（周對我談話時這樣稱呼他們）散去。只有在這件事發生之後，數千軍隊才進入首都，開始進行解除紅衛兵的武裝和解散他們的工作——結果發生了重大的傷亡。」

上述的話値得注意的有下列幾點。第一、北京的人口六百餘萬，紅衛兵總數也不過五、六十萬人（當時大串連已中止，外地紅衛兵均已各回本地）；因此包圍周恩來的紅衛兵，接近紅衛兵的總數；說他們是「極左」紅衛兵，顯然不符事實。而後來被解散的極左紅衛兵組織「五·一六兵團」，據說只有「一小撮」人。據此可知，當時包圍周恩來兩天兩夜的紅衛兵，是北京紅衛兵的總動員，並非少數極左派。

第二、既是北京紅衛兵總動員包圍國務院，總管紅衛兵的中央文革小組不會不知情，北京市的警察、公安部隊不會不知情；駐軍也不會不知情。而當時軍事最高負責人林彪、中央文革小組組長陳伯達、副組長江青、北京市革命委員會主任、公安部長謝富治、代總參謀長楊成武、衛戍司令傅崇碧等這些有權有責保護國務院和周恩來的關鍵人物全都在北京，可是都作壁上觀，似乎蓄意讓周恩來被鬥。反過來說，毛離開北京，乘機讓紅衛兵揪鬥周恩來，是當時毛澤東和中央文革的一項決定。

第三、紅衛兵包圍國務院兩天兩夜，顯然是對周恩來一項嚴重的行動，他們本可像對劉少奇、鄧小平一樣，把周揪出來鬥爭，但是竟被說服散去，究竟怎樣散去的，還値得推敲。是毛的原來計劃只想恫嚇周恩來呢，還是紅衛兵眞的被說服了呢，還是城外的軍隊要進城保護周恩來，見形勢不佳而罷手撤退的呢？還是五十萬紅衛兵內部也分成兩派，擁周一派的對抗，把揪鬥的計劃打消了呢？

試看其後北京街上紅衛兵所貼「炮打周恩來解放國務院」的一張大字報的一段話：

「很久以前，毛主席就曾指出周恩來是秦邦憲、張聞天的左傾機會主義路線的支持者。之後，他並沒有好好改造自己，反而成爲王明的投降主義路線的主要促成者。其後他長時期留在白區，染上了無可救藥的小資產階級習氣，他表面擁護毛主席，背地裡支持劉少奇，是黨內最大的兩面派。

文化大革命運動展開之後，周恩來始

終是搖擺不定，長期和革命羣衆作對。他不但袒護劉、鄧，包庇陳毅，而且惡意地阻止革命羣衆串連，公開誣蔑革命小將的造反運動。」

上述兩段話，除了侮蔑的字眼，所說都是事實，可反映毛一派對他的眞實看法。從這一看法出發，決定把他揪出來鬥爭絕非稀罕。

武漢兵變事件對毛的無產階級司令部打擊之大，仍可從左列幾件事看出來。

①、文革的燈塔——紅旗雜誌，十一月號出版後即停刊，到一九六八年七月才復刊。停刊的原因，是號召「揪軍內一小撮」，換言之得罪了軍人。

②、文革小組紅員、代宣傳部長、武漢兵變事件的受難者王力，文革小組紅員、紅旗副總編輯關鋒及戚本禹（關戚二人皆江青的山東同鄉）都自九月相繼失勢垮台。合稱之爲「王關戚」事件。當時中央文革宣佈時語意曖昧，江青並嚴令紅衞兵不要貼他們的大字報，不准追究原因。

③、武漢兵變之後不到一個月，大概在周恩來被五十萬紅衞兵包圍事件之後不久，八月十六日由周恩來出頭向三軍黨委部宣佈，出動軍隊制止武鬥、停止串連，恢復秩序。同日凌晨周恩來偕同陳伯達、江青等接見紅衞兵核心小組成員，駁斥他們對形勢的看法和主張，正處於「反革命復辟前夕」，必須發動「第三次大串連」，「戰爭解決問題」，「武裝奪取政權」。

在這之前周恩來在文革中一直是個跑龍套的可憐配角，八月十六日他主持兩項重大政策宣佈，顯示文革發生了重大轉折，周恩來在武漢兵變後似已獲得多數軍人支持。

九月五日江青向紅衞兵再次宣佈，停止武鬥，已經在周的宣佈三星期之後。可見周已居主動地位，江青已只能跟從走了。難怪紅衞兵大喊是「反革命復辟前夕」了。

文武兩班子相繼垮台

楊、傅、余事件——在一九六七年下半年，「王、關、戚」垮台，紅衞兵的造反權遭受抑制，「紅旗」雜誌被迫停刊，這一連串事件都顯示，中央文革小組處於越來越不利的形勢，換言之，毛澤東一派從劉鄧手中奪來的大權，正移轉向地方實力軍人之手，而周恩來成了實力軍人的代言人。

實力軍人既然以「武漢兵變」事件爲契機挫折了文革的鋒銳，迫使北京向他們讓步妥協，之後，他們不可避免的會繼續使用壓力，來伸展他們的意志，尤其是盡先來消除切身的危險。

前面已經說過，那些地方的實力軍人，所以支持一派紅衞兵，對抗中央文革小組的紅衞兵，目的在自保；免受揪鬥；這樣一來他們已經和中央文革站在對立面了，軍人與中央文革之間遂失去互相信任，勢必接着鬥下去。

其次是，實力軍人所感受的威脅，除了紅衞兵的衝和揪之外，還有來自中央軍事當局的壓力，這些壓力包括「易地革命」，即調職，例如將蘭州軍區司令員張達志，調北京裝甲兵司令員，使張與自己的山頭——蘭州軍區——脫離，張到北京便消失了對抗力，蘭州軍區也就容易打入和收拾了。再如提昇副手爲正職，擠走原來的領導，如成都軍區副司令員梁興初，昇爲軍區司令員，原來的軍區司令員黃新廷即英雄無用武之地。還有更嚴重的支持紅衞兵衝擊軍事機關，揪鬥軍事首長。

中央軍事最高當局是毛澤東和林彪，實力軍人不能妄肆攻擊，於是乃集矢於中央軍委秘書長、代總參謀長楊成武。一九六八年三月乃發生「楊、傅、余」事件。楊成武及「北京衞戍區司令」傅崇碧、空軍政委余立金等，被打倒下台。值得注意的是，對三人的撤職令，不由林彪宣讀，而由周恩來於一九六八年三月二十七日在十萬人軍民大會上宣讀。也顯示周的地位，與軍人的關係有進一步發展。

「王關戚」是中央文革文人班子的主將，「楊傅余」是武人班子的主將，前者指揮紅衛兵衝擊軍區、揪鬥首長，後者則配合紅衛兵的衝和揪，從事「挖牆角」、「摻沙子」（毛澤東語）。這兩部分人都是地方實力軍人的死敵，他們之垮台，出於實力軍人的鬥爭，洞若觀火。

把「王關戚」鬥倒之前，一九六七年十二月，廣州軍區副司令員、黃永勝的心腹温玉成已出任北京衛戍區司令員，一九六八年三月，黃永勝乃繼楊成武出任中央軍委秘書長及總參謀長。當時黃永勝是實力軍人集團的代表，又是黨中央及國務院軍事管制(各部門皆派駐軍代表)的最高負責人，權力之大，無人能與爭鋒，可是此人放牛出圈，不懂政治，最糟糕的是掌權之後，大搞「山頭主義」，又與林彪有所結托，乃引起其他實力軍人許世友、陳錫聯等的不滿，遂於一九七一年九月林彪事件發生時，周恩來在這些實力軍人支持下，以閃電手法將黃永勝及其在北京的羽翼剪除了。黃永勝一派的垮台，使實力軍人依恃周恩來的必要性與日俱增，繼黃主持中央軍委及總參謀部工作的葉劍英、徐向前、張才千等，都與周恩來有密切的私人關係。一九七三年四月鄧小平復起，八月譚震林復起，對於實力軍人的掌握更爲增強。葉、徐、鄧、譚，實是當今中共人物中，對軍隊影響力最大者，而又都是江青一派人之死敵。

上述「三大關鍵」，是文革派權勢削弱的關鍵，也是周恩來逐步攬權的關鍵。

一九七〇年五月二十日毛澤東方在天安門上大呼：「全世界的人民團結起來，打倒美帝國主義及其走狗！」當時蘇聯邊界談判代表也在天安門上。可是同年十月，周恩來即向艾德加·史諾表示願與美國談判，並暗示不堅持以武力解放台灣，緊接着十二月，毛再向史諾表示，歡迎尼克遜訪問。一九七一年四月乃有乒乓外交上演，七月基辛加訪北京，翌年二月尼克遜便在中南海毛澤東的書齋裡握手歡談了。這一連串的戲劇性的發展，都與周恩來的切實當權有關。一些性急的觀察家，認爲自乒乓外交之後，中共已進入周恩來時代。

注解

（1）：原載一九六七年十月九日廣州市機關紅司八二〇通訊社，上海新化工總部「動態」編輯部主編的「文革通訊」。

（2）：一九六七年一月廿六日，接見工交口各革命造反派的講話，載一九六七年二月十九日中央戲劇學院紅色造反團主辦的「紅色造反報」。

（3）：日本「思想運動研究所」編一九七三「中共要人錄」。

（4）：一九六七年五月七日「成都工人造反兵團」主編「兵團戰報」。

（5）：「三支兩軍」是「支左」、「支農」、「支工」及「軍訓」、「軍管」的畧稱。

謙廬隨筆

廿六

矢原謙吉遺著

（二）

余對何成××軍所識無多，僅有三面之緣而已；最後一次所談者，則泰半爲養生滋補之道，以及男子更年期間之若干現象。余覺彼與多數政要迥然不同之處，即在其緘口不談政海人事新聞，亦對現實問題，甚鮮議論。所談者無非攝生與風月，嘉餚與美饌而已。言時亦諄諄然，如一老嫗，談天寶故事於其繞膝子孫之間。深沉穩重，殊少粗獷之氣。絕不似北方之綰兵符者，雖綸巾羽扇，談笑風生，而猶令人有「殺氣騰騰」之感。

惟何之舉止意趣，亦絕不類一現代之新軍人；而與泰西及扶桑之所謂「儒將」，亦逕庭遠甚。

何之軼事逸聞，余於赴漢途中，已自萬兆芝口中，得有相當印象。旋於漢臯酬酢中，得識江漢關監督謝道智，遂如入寶山，有取之不竭之勢矣。

謝之「紗帽」雖不若何之大，而海關乃半洋機構，收入之巨，絕非理地方財政者所可望其項背。更有「洋員」以備諮詢，地位自於無形中提高不少。故何謝二人於誼屬同鄉之外，復爲「牌友」，「嫖友」，幾於無日不一聚首，無話不談。

謝性豪爽，極似燕趙人物。虎背狼腰，聲如洪鐘，斯人一出，衆皆辟易，人皆戲稱之爲「大花臉」，蓋每有謝出場之處，輒當衆「哇啦啦」大叫，而能令在場者自慚形穢，鴉雀無聲，頗似張飛李逵逕闖中軍之情景也。

謝「大花臉」，與余至友丁春膏君爲至友，曾同在宜昌，百計倒袁，以應義師。故甫經介紹，即一見如故。堅邀至其如夫人之處，促膝「作竟夜之談」。此公之如夫人，亦豐頤如戲台上之「大花臉」人物，而對謝馴順溫柔，幾使人疑其產自三島。不旋踵，已有二男童長拜於堂下，蓋其子也。

謝一一爲介余之曰：此余之二雛，「和尙」與「猴子」也。旋即告余以命名之意：「和尙」者以其呱呱墜地之際，頭如牛山濯濯也。「猴子」者以其在襁褓中，面瘦而多皺紋也。

未幾，謝復挾余呼嘯而去，往晤其「正宮」太太。謝入內室，叱之如雷而後起。旋又有二子，年較長者，長拜而入。謝爲余介之曰：

「此余之二小犬，「和尚」與「猴子」也，」

余以在「如夫人」處，已識其「和尚」與「猴子」；何以此間又有「和尚」與「猴子」乎？

謝似窺余意，笑以目止之曰：

「和尚」者，以其靜也。「猴子」者以其動而不停也。」

余瞠目不知何以爲對，惟有効京中應酬之慣例，頻呼：「好相貌，眞好相貌」而已。

有頃，謝復扶余臂而起，長笑出門，驅余登車，另訪其「小眷」。余不能耐，遂於車中詢其何以有二「和尚」與二「猴子」之故？

謝笑曰：

「余之「側室」，乃所謂「兩頭大」者，蓋於婚嫁之初，明知幷非元配，而欲自立門戶，自封「正宮」者也。

故於酬酢場中，人皆必以「謝太太」稱之，而不能冠以「謝二太太」之惡名也。

此兩婦人，碍於「兩頭大」之故雖未能於其名銜中，爭風吃醋。而於其所出，輒斤斤計較不休。

余遂冠以同名，而其母不知也。

是故，余在「側室」前，即偶憶及「元配」之幼子，或在「元配」前，憶及「側室」之長子，其名則一，而其母則亦以爲余意在渠子，而不以爲忤也。」

余惟嘆曰：

「御妻術精如君者，今世不作第二人想矣！」

謝之「小眷」，年甫及笄，對之頻作小鳥依人之態。謝顧而樂之曰：

「余垂垂老矣，有此尤物以助余還我青春也。伊歸余半年，余已自覺元氣充沛，筋血健旺，數倍於前。「雪公」所言，實不我欺！」

「雪公」者，何××在鄂之尊稱也。

謝語余：何既貌如老猴，遂有善相者告之曰：

「此乃大貴之相，或即史間所謂峨嵋古猿，吸收千百年日月精華後所化作者也。

自是，何雖聞人以猴況之，名之，亦毫不介懷。且於床笫風月間，誅求無厭，惟猿是肖。自在武漢拜受「上方寶劍」之後，威勢赫赫，誰敢忤之？第何深信「採補」之說，又私以「臨凡孫大聖」自況，遂致「頻召處子」，非此不樂，非此亦不能入眠！

何在鄂爲王者數年，苟謝道智與萬兆芝所談者，未悉屬向壁虛構，則身爲其子民者苦矣！其身爲子民而未破瓜者尤苦矣！悲夫！

謝云：此公於採補術，自信頗有所得，故已視「處子」爲藥，一煎而服，再煎則已等「藥渣」矣。其副官衞士，稔之甚詳，故常以「搜求處子」爲大事。始則求諸偶然，繼則多方尋問，終則坐守於女校之前，以待貧寒家女。

聞此一「再世孫大聖」之官邸，頗富林園之勝。後園中有一精舍，孤立遠懸，花木重重，雖驚呼絕叫，外間亦弗聞也。此公夜夜必來，以資「採補」而「補」畢即去。補藥爲何人？何年？何家子？何以來此？均不置一問。「進補」所餘者，自即入「藥渣」之選，均「資遣之」；而亦有爲他人所收納者。

此公既悉僅在「補」，絕無戀眷之意纏，故雖不欲女識其面貌，一以避日後之糾纏，亦恐女見其「猿相」而大驚，致敗雙方之情緒也。

人云：亦有副官與衞士，鍾情於民家女，而屢遭女家峻拒，未能遂乘龍之願者，遂先假虎威，強「娶」之入官邸後園精舍中，明知僅此一夕之後，則伊人必歸我矣。

（未完．待續）

香港詩壇

旅美遊咏

姚　琮

顧氏山林

故宅多喬木。羈離好養生。菊花寒更瘦。
松韻老逾清。近市園林靜。依山道路平。
桃源無此樂。幸勿動歸情。

美海軍陸戰隊紀念銅像

出師征絕島。立幟事垂成。甲冑知多少。
燕然獨隸名。

憶　家

舉止將何據。羣魔夜打門。蒼黃離故土。
慘怛望中原。海濶魚無信。天清鶴在樊。
兒孫多不識。孤淚與誰論。

重遊格萊德瀑布

足跡半天下。淸奇獨再遊。四山圍絕壁。
萬石束羣流。舟楫終難過。波瀾不肯留。
瞿唐無此險。杜老漫含愁。

白　宮

會主葵邱會。何時致太平。唐虞眞有則。
楚漢漫相爭。前席千年計。登樓萬里情。
還當執牛耳。端不負蒼生。

徐　步

托身萬里外。泉石獨相親。客久驚逾老。
詩成儻一新。長松江上月。細柳嶺頭春。
負杖常徐步。風流肯讓人。

亦老公遂卽事唱和詩，諸賢皆有作，感次元玉

伍醉書

墜夢流塵付渺茫，聊依滄海作詩狂，群飛終見棲無樹，小住何期醉有鄉。秋盡魚龍猶寂寞，夜寒風露足憂傷。等閒莫話人間世，靜鎖芝田事事荒。

回首岡陵黯靡言，秋風秋雨自朝昏。星槎遵海歸蓬島。雲風鍾山望白門。幾日清霜遲作訊，中宵野燒尚留痕。驚心豈待歌黃竹，目擊當時道已存。

從狐謀革世猶痴，不是尋常語默時。肯信巨君能下士，相逢微子但興悲。沐冠爭笑千塲戲，危局誰廻一着棋？白雁數聲星欲落，凭欄重與訊還期。

栖栖未了悵勞生，風雨橫江臥一楹，豈有岫雲迷去住，微憐草木昧身名。斯文默默人多喪，曠刦悠悠佛動情。慚愿孤懷難作健，窮荒計日望昇平。

秋病殢人，重陽未出，悵結有詩，亦卽事之意也。

伍醉書

白衣舊約苦思存，斗室幽棲黯客魂，避地信難雞犬共，憑高誰念雨花繁？羈情都付叢開菊，心事長懸未了旛。賸與西風較蕭瑟，茶烟如夢落襟痕。

悠悠去日總難量，自惜牢愁却酒漿。橫海潮來秋有訊，危欄客凭日初黃。文章悞我浮名薄，風雨勞人兩鬢蒼。身欲奮飛飛不得，天南抱病過重陽。

暫起搵衣向藥欄，鬖霜草樹半叢殘。殷憂未療遑論病，佳節能逢靳作歡。有限秋光閒處老，新添詩骨雨中寒。平岡斷水都憔悴，黃獨荒來一臥難。

盍簪高會未能攀，且擘茱萸伴瘦顏。鍵戶眞疑成遯世，登樓聊復飽看山。更無消息堪强意，似此浮生亦等閒。今夜亶聞霜雁過，半窗寒月夢江關。

題紉詩女史遺作牡丹圖卷

黃志鴻

丹青縱不染塵埃，太息斯人去不回！絳蕋留誰爲點綴？天香從此剩低徊。茫茫世事都成幻，惻惻風花合惹哀！最憶當年推許厚，可堪連抱已非材。

晚　晴

客起登樓興，欄邊夕照明。霞光飛斷岸，山色落孤城；晚景原無限，天心倍有情。如何能不愛？寸晷惜平生。

鷗　盟

古今韻府作長城，負手沈吟共此情。太息水濱多逐臭！無多青眼識鷗盟。

七　夕

神僊眷屬水迢迢，歌詠千秋酒半瓢。不有鵲橋成好事；難禁風露可憐宵！銀燭金盤迹已陳，虛聞今夕是良辰。一從鼓吹新潮後，不見登樓乞巧人。

旗山中秋賞日卽景

鬢影爐峯月影妍，人間羅綺鬥嬋娟。短裙席地冰肌冷，偎向郎懷不並肩。

編餘漫筆

編者

這一期重心在揭載蘇俄侵畧中國史實，最珍貴的史料是韓光第將軍的遺著及有關紀念文章，韓將軍不但是民國以來第一個抗俄殉國的先烈，也是民國史上第一個抵禦外侮殉國的英雄，觀其遺書可想見其爲人，不僅是視死如歸的勇將，也是讀書有得的君子，所以始能見危授命，義無反顧。本月爲韓將軍殉國二十四年，特在本期發表，以誌悼念。其他幾篇與此事有關的文章，有吳貫因、吳相湘、王盛濤三先生之作。今日論中東路事件，蘇俄之處心侵畧固是主因，但張學良應付不當，亦不能辭其咎，否則事件何以不發生於張作霖在世之日。關於張學良爲人。近代有兩位學人對之有頗恰當批評，左舜生先生於長城戰役時在北平晤張學良，認爲其人言談舉止與張宗昌相去不遠，以後著文稱之爲「小老粗」。傅斯年先生在西安事變發生時，批評張學良「最聰明也不過像一個高級中學學生，不能長時間集中精神於一事」。以一個最多不過像高級中學學生的小老粗，再加上荒於毒、色，傅斯年指他「不能集中精神於一事」，韓光第將軍勸他「善保健旺之軀」，請他多抽出時間接見僚屬，也都是指此而言。以這麼一塊材料，又在生活極端糜爛之下，要他肆應兩大強隣，其不僨事者難矣哉。故中東路事變後不到兩年而有九一八之變，張學良之罪大矣。二十四年後論此事，猶感到無限痛心，因當時東北情況，以國家處境，不能不用張學良，以張學良之才與德就不能不誤國，終成死結。

「黑龍江上悲劇」爲叙述俄人侵佔我國江東六十四屯事，是時尚是沙俄政府，其手段較蘇俄尤爲慘毒。此事已隔七十餘年，我死難義民白骨久已成灰，但生者對此刻骨深仇決不應忘記，而江東六十四屯更百分之百是我國領土，祇要國人永不忘記，遲早終有收復之日。

馬五先生「不堪回首話當年」透露了許多人所不知的珍貴史料，此文刊出，也許會引起一些人的不快，但本刊立場祇要內容眞實，不揭人陰私，所談皆屬公事範圍，一律照刊。馬五先生文中對許多要人仍以隱語代之，如某主任、某長官之類，我輩一看即知所指何人，但年輕讀者要費一番考證矣，爲省事起見，編者一律將人名寫出，如張羣、陳誠、熊式輝皆編者所加，匆忙間未得作者同意，特此致歉。

其他各篇均有價值，尤其郭永亮與白福臻兩先生大作，有關廣東文獻，本刊亟願多刊出此類作品，仍盼作者多多賜稿。

本社即將出版新書

一、謙廬隨筆，此書係日人矢原謙吉醫生遺著，矢原醫生久居故都，遍交中國北方政壇顯要，所記有勝國遺聞，有北洋舊事，皆屬親見親聞，詳實可信。矢原醫生雖係日人，但漢文造詣，不遜中國學人，文字簡練，筆觸細膩，所述當代人物，三言兩語，刻劃入神。最難得者，厥爲矢原醫生並非國人，與中國當道無恩無怨，祇就所知，隨筆記載，初雖遺與之作，並無傳世之意，故無個人成見存乎其間，讀之但覺韻味無窮。大戰期間，矢原醫生由華至德，由德而美，烽火連天，滄桑屢變，是書藏之篋中，竟未受損，是知名山之作，或有神物呵護也。

矢原醫生久歸道山，是篇經其公子愉安君交本刊發表，一經問世，譽滿寰球，各地讀者交相推崇，後來還囑出專書，當即重加整編，並請其公子愉安君審閱，列爲本刊叢書第一種，不日即將出版，特此預告。

二、妖姬恨，是書爲岳騫著，記述中共文化大革命事，以小說體裁出之，原載某刊，現已重新整理，不日即將出版。

錦繡神州

出版者：德興文化事業公司

我國歷史悠久，文物豐富，古蹟名勝，山川毓秀。尤其歷代建築藝術，都是鬼斧神工，中華文化的優美，在世界上有崇高地位；所以要復興中華文化，更要發揚光大，我們炎黃裔冑與有榮焉。

如欲研究中華文化，考據博古文物，瀏覽名山巨川，遊歷勝景古蹟；畢一生精力，恐亦不克窺全豹。往年雖有此類圖書出版，惜皆偏於重點介紹，不能滿足讀者理想。

本公司有鑒於此，不惜巨資，聘請海內外專家搜集資料，歷三年編輯而成；圖片認真審定，詳註中英文說明，堪稱圖文並茂。內容分成四大類：「**文物精華**」「**勝景古蹟**」「**名山巨川**」「**歷代建築**」將中華文化的精英，包羅萬有，洵如書名：**錦繡神州**。並委託柯式印刷廠，以最新科技，特藝彩色精印。八開豪華精裝本，金線織錦為面，織成圖案及中英文金字，富麗堂皇。「**內容**」「**印刷**」「**訂裝**」三並重，互為爭妍；所以本書被評為出版界一大傑作，確非謬贊。

凡備有本書者，不啻珍藏中華歷代文物，已瀏覽全國名山巨川，遍歷勝景古蹟。如購贈親友，受者必感隆情厚意。

全書一巨冊　港幣弍百元

經已出版。【付印無多，欲購從速。】

總代理

吳興記書報社

地址：香港租庇利街十一號二樓

電話：H四五〇五六一

Ng Hing Kee Newspaper Agency

No. 11, Judilee Street, 1st Fl, HONG KONG

九龍經銷處

德興書店（旺角奶路臣街15號B）

吳興記分銷處（吳淞街43號）

外埠經銷處

星馬婆　遠東文化有限公司
曼谷　青年文化服務社
菲律賓　華安書店
越南　聯興書報社
紐約　友聯圖書公司
三藩市　益智圖書公司
三藩市　新生圖書公司
三藩市　文化書店
波士頓　中西公司
芝加哥　文華書局
檀香山　大元公司
倫敦　東寶公司
加拿大　香港百貨公司
澳門　可大文具店
斗湖　光明書局
亞庇　利民公司

月刊

掌故

28

野史・佚聞・
人物・風土・

一九七三年十二月十日出版

中華月報

一九五三年一月創刊的「祖國周刊」，在一九六四年四月改爲月刊，出版滿二十周年之後在一九七三年四月改爲綜合性的「**中華月報**」。

這個以「**文化性、文摘性、文滙性**」爲特色的大型刊物，設有「**金聲玉振**」（學術思想）、「**秀才樂園**」（時事議論）、「**海峽西東**」（國情報導）、「**天涯比隣**」（各地通訊）、「**大衆小品**」（散文隨筆）、「**時文選萃**」（文摘選載）、「**參考資料**」（文件選錄）、「**人物評介**」、「**書刊評介**」等欄，園地公開，歡迎投稿。

在四月號和五月號的「金聲玉振」一欄中已發表李璜、張忠紱、徐復觀、夏志清、羅錦堂、金思愷等著名學者的論文。在以「秀才未遇兵、有理來講清」爲口號的「秀才樂園」一欄，已發表名政論家司馬長風、齊亦魯等作者的精采文章。在「人物評介」一欄中已開始連載名作家司馬桑敦的「張學良評傳」。其他各欄也都內容豐富，不及詳述。

該刊每期一百頁，零售港幣二元，訂閱一年三十元，五年一百二十元。

中華月報社：香港九龍書院道九號

友聯書報發行公司：香港九龍花園街七十三號

掌故月刊 第二八期 目錄

每月逢十日出版

掌故

第二八期

中華民國六十二（一九七三）年十二月十日出版

每册定價港幣二元正

全年訂費港幣二十元 美金六元

出版兼發行者：掌故月刊社
地址：九龍亞皆老街六號B
電話：K八〇八〇九一

The Journal of Historical Records
6B, Argyle Street, Mongkok,
Kowloon, Hong Kong.

督印人：鄧少卿
總編輯：岳騫
印刷者：和記印刷有限公司
新蒲崗景福街一一〇號超達工業大厦十樓
總代理：吳興記書報社
香港租庇利街十一號二樓
電話：H四五〇五六一 H四五〇七六六

星馬代理：遠東文化事業有限公司
新加坡廈門街十九號
檳城杳田仔街一七一號

泰國代理：曼谷青年文化服務社
曼谷黃橋東北路五六六號

越南代理：聯興書報社
越南堤岸新行街二十二號

其他地區代理：
澳門：可大文具店
亞庇：利民公司
千里達：中華公司
菲律賓：華安書局
倫敦：東寶公司
芝加哥：杏林春
波士頓：中西公司
三藩市：新生圖書公司
元藩市：益智圖書公司
加拿大：香港商店
漢城：汎亞書籍公社
寮國：永珍圖書公司
斗湖：光明書店
菲律賓：玲瓏書局
紐約：友聯圖書公司
紐約：友方圖書公司
洛杉磯：永安堂
檀香山：大元公司
三藩市：文化商店
加拿大：新國華公司

血戰常德三十年

（編者按）一九四二年底的常德會戰，是抗戰期間最激烈的一次戰役，是役守城之七十四五軍十七師將士幾全部殉國，奉命增援常德部隊復陣亡預備第十師師長孫明瑾，暫編第五師師長彭士量，一百五十師師長許國璋。中國軍奮戰之勇，犧牲之烈，震驚世界。五十七師師長余程萬一戰成名，戰役結束後，名小說家張恨水著「虎賁萬歲」一書，描述此戰。蘇州吳姓女子閱讀後，心慕「虎賁將軍」，輾轉連繫，終嬪余將軍，名詩人張維翰賀以詩：「激烈壯懷傳虎嘯，風流文采引鳳來」，一時傳爲佳話。大陸變色後，余將軍挈眷僑居新界唐人新村，某夜竟爲穿窬之盜所戕，蛟龍失水，扼於沙蟲，殊堪惋惜。本文原是常德戰後由該師人員所編，內容豐富眞實，爲難得之史料，惜流傳不廣。茲加以刪汰發表，以存正史而慰是次戰役殉國戰士在天之靈。

余程萬將軍遺像

常德會戰，主動雖在日方，但日本當時在外交軍事均處逆境，希望能攻略常德沅陵，西上威脅重慶，南下側擊長沙，以雪三敗長沙之恥。故悉起精銳，指揮官爲十一軍司令横山勇，指揮第三師團山本三男，第十三師團赤鹿理、第三十九師團澄田睞四郎、第六十八師團佐久間盛人、第一一六師團岩永汪，此外尚有第三十四團及第四十師團、獨立第十七旅團各一部，另有當地僞軍四個師。

中國軍方面以第六戰區爲主，司令長官孫連仲，指揮第二十九集團軍王纘績，第十集團軍王敬久，第二十六集團軍周喦，第三十三集團軍馮治安、王耀武兵團，第九戰區由薛岳指揮李玉堂兵團，歐震兵團共計十一個師參戰。

民國三十二年十一月二日，日軍開始進攻外圍，大戰事發生則在十一月四日。

一、保衛戰的部署

十一月四日，余師奉令進入常德附近的既設陣地，加强工事，嚴整戰備，余師長程萬隨召開第一次的幕僚會議，策定防禦作戰指揮的腹案，六日奉到軍部的電令，以一七一團防守太陽山，並於玉皇菴，解家橋，兩個連據點，及三十里舖，大龍站，黑山尾，長嶺崗，茶園崗，齊陽橋各據點派隊據守，和浮海坪的五十一師取得聯絡，一方面於淸化驛張家灣派隊向北警戒，十三日

陸軍第五十七師常德會戰戰鬥經過要圖

三十二年十一月十八日至十二月十日

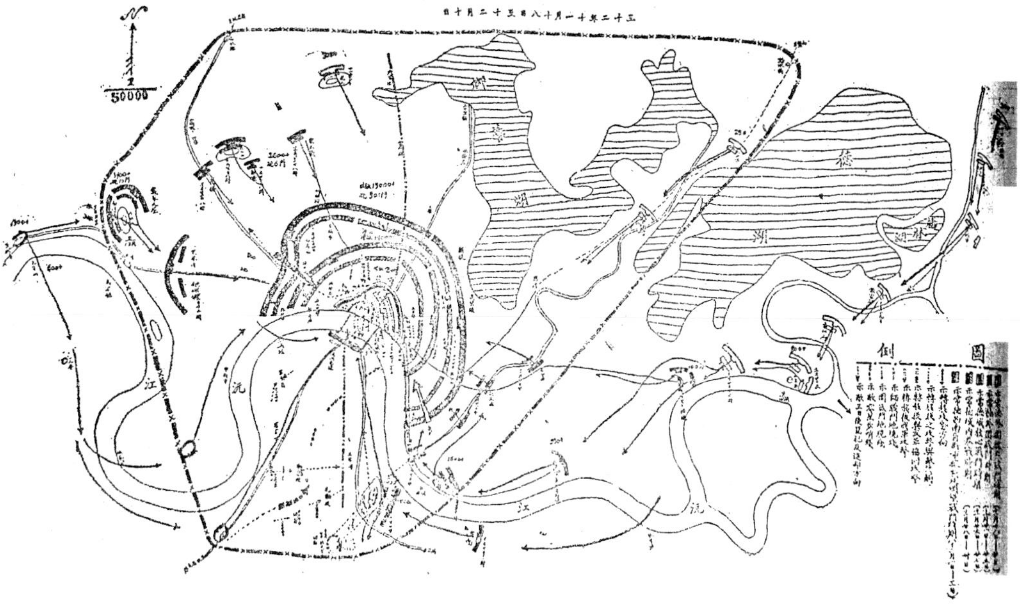

奉令改留一個加強營，守太陽山，其餘開回常德城，十六日拂曉，太陽山的據點也奉令交給第四十四軍一六二師四八六團了，一七一團的一營當晚開回常德城，担任由常德西門外洛路口到河洑間河堤據點工事的構築，一七一團（欠第一營）附迫擊炮營一個連，無線電排一班，於十五日的午刻，進入了河洑山的既設陣地，特別注意由河洑經石板灘太陽山踏水橋德山這一條線的連繫，當時第六戰區劃定第二十九集團軍和五十七師作戰地區為踏水橋、大龍站、長嶺崗、石板灘之線，線上屬第二十九集團軍，由踏水橋亙石板灘（不合）之線，由石板灘至河洑之線，線上屬五十七師，日軍向這路進犯的是第三師團和一一六師團，另外還有個獨立的一一七旅團，人數總在三四萬人，若在數量上看，當然五十七師是估壓倒性的優勢，不過這裡有兩種解釋，認為可以減輕負担，第一是這方面的友軍，我們也有兩個師，第二是我們取守勢，可憑築好了的工事，打擊敵人，據五十七師的作戰參謀說：「第三師團的本領如何，我們不知道，若說到一一六師團，倒是我們手下敗軍之將，我們有充分自信心，打退敵寇，他又說，我們不敢說敵人不闖進大門，但我們望在大門之外，給他們一個無情的打擊，充量的消耗，那末大門以內，我們就可以逸待勞容易將他打垮了」。

善戰者，致人而不致於人，守軍作戰的部署，是本着這樣的一個原則的，先是余師長召開第二次幕僚會議，策定防禦的計劃，即「師為確保戰畧的要點，以固守防禦的目的，在常德城郊及其迤西河洑山之線，佔領縱深陣地，加強工事而固守之，待敵攻勢頓挫，及我外線各友軍反包圍態勢形成時，以主力由常德城西北郊轉移攻勢與友軍協力將敵壓迫於洞庭湖西畔而殲滅之」的方針指導作戰，分一二三期，第一期（一）敵人若以他的主力由德山進犯常德的時候，德山的守備隊堅守抵抗，給他們打擊消耗後，右地區隊即乘機有力的一部，由新民橋下馬湖向它的側背襲擊，協力把它壓迫擊滅於沅江洞庭湖間的三角地帶，（二）敵人若以他

陸軍第五十七師常德會戰巷戰時期經過要圖

三十二年十一月二十八日至十二月五日

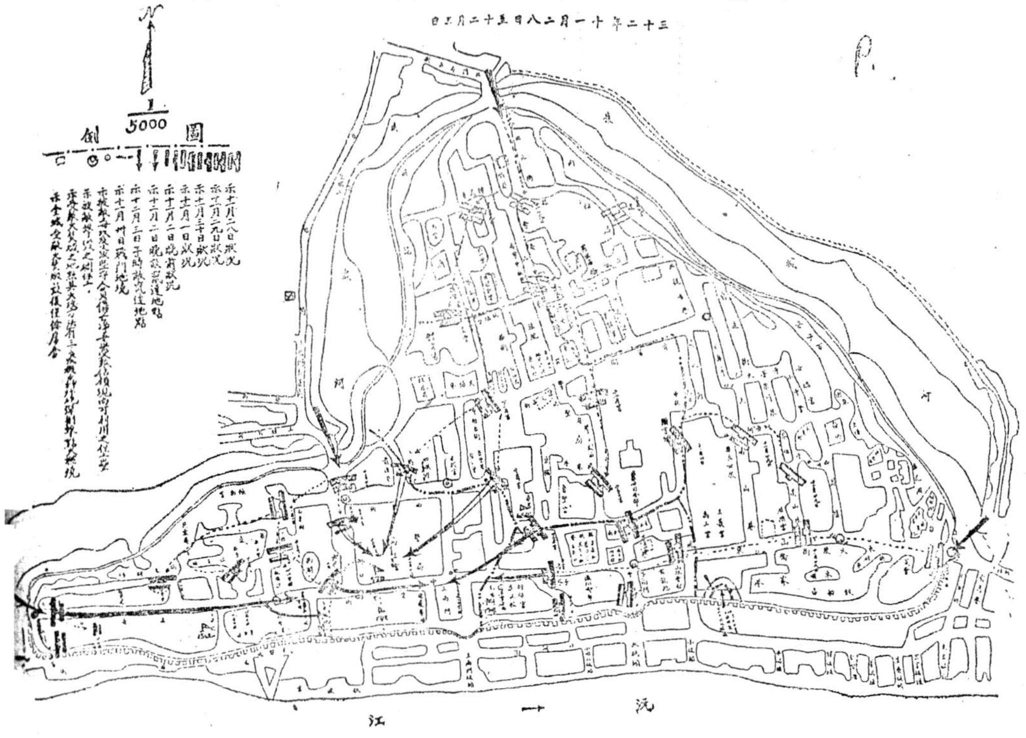

的主力由河洑山進犯常德的時候，河洑山的守備隊堅強抵抗，給它打擊消耗後，左地區隊即乘機以有力的一部由高堤傳兵堤向它側背攻擊，協力把敵包圍擊滅於河洑東北的地區。(三)敵人若以它的主力由黃土山直犯常德的時候，左地區隊堅強逐次抵抗，給它痛擊，等他攻勢頹挫，將即用預備隊由興隆橋竹根潭向它反攻，河洑山的守備隊和他協力把敵人包圍殲滅於黃土山河洑山間的地區。(四)敵人若以他的主力由德山河洑山東西兩面向常德同時進犯，企圖夾擊或四面圍攻時，師即以持久抵抗的手段，堅守常德外圍各據點，吸引敵人的主力，竭力給它消耗打擊以空間爭取時間，等到我外線各路的友軍對常德向心包圍的態勢造成時，即舉全力由常德西北郊轉移攻勢，和友軍協力包圍壓迫殲滅於洞庭湖的西畔而殲滅之。(五)各地區隊的一部若被敵突破時，應乘它立足未穩之際，用預備隊決行果敢的逆襲，壓倒敵人，速圖恢復，鄰接地區隊及炮兵應適時給以火力支援，第二期，(六)敵人若屢被消耗，屢行增援，把我壓迫於城垣核心內間城垣猛犯時，城垣的守備隊，應行堅強的抵抗，其餘轉移城內的各隊及炮兵隊，立刻調整，不失時機，加強城垣的戰鬥，並不斷行局部的逆襲，給它打擊消耗，確實的固守，等到我外圍各友軍對常德向心包圍態勢形成而即乘敵人攻勢挫折，按第一期第四案的要領和友軍協力把敵殲滅。(七)敵人如以一部偷襲城垣突入城內時，城垣的守備隊，應不失時機，把突入的口嚴密封鎖，爾後迅以一部協力城內機動部隊把敵企圖捕滅。第三期(八)敵人如和我相持日久，繼續增加頑犯，乘我傷亡奇重突進城內時，我即利用城內各街巷堡壘工事和家屋據點拚死堅決抵抗，並用小部隊不斷的逆襲，給它消耗打擊，等到外圍各路友軍向常德城心包圍迫近和敵攻勢萎靡時，復按第一期第四案的要領，和友軍協力把敵夾擊殲滅，此外律定炮兵的陣地，協同步兵作戰，十一月十四日得到的情報，堤工局方面的敵人仍不時利用便衣和汽艇企圖向我進犯，渡口和津澧方面的敵人，正和我四十四軍鏖戰，又石門南犯的敵人，它的先頭亦已渡過澧水，後續部隊繼續向南急進，它大舉進犯常德的企圖，已完全暴露了，余師長程萬遂於亥刻頒佈作戰命令。

當時的佈置是這樣的，（一）一九六團第三營營長孟繼冬為德山守備隊長，指揮該營附軍戰車防禦炮營第一連，以主力佔領德山南岸老碼頭，烏峯嶺，德山市既設的據點陣地，確實固守，一個加強連佔領牛鼻灘的前進據點，並由該連以一個排佔領涂家湖市對東北方面嚴密戒備，努力拒阻敵人的西進，德山，牛鼻灘間的大關廟和馬家舖派兵警戒。（二）一六九團團長柴意新為右地區隊長，指揮該團（欠第二營）佔據常德東門外，岩埡、經指路碑，護城障、高坪頭，新堤，左迄七里橋（含）之線的縱深陣地，對黃木關、新民橋、石公廟，羅灣警戒陣地和八人崗、雙橋崗，二十里舖等前進據點，派隊佔領，對流花口，韓公廟方面及湖西嚴密警備。（三）一七零團團長孫進賢為左地區隊長，指揮該團（欠第三營）佔領右自七星橋(不含)經夏家崗、沙港、半舖市、白馬廟、長安橋，左迄洛路口之線的縱深陣地，對金牛堆、三千橋、上六家溶、栗木橋、竹根潭、楊家橋、黃土山等前進據點，派隊佔領，對北嚴密戒備。(四)第一七一團團長杜鼎為河洑山守備隊長指揮該團（欠第一營）附師迫擊營第二連，無線電一班，佔領河洑山既設據點陣地，確實固守，對灌溪市窰岑上等處派隊警戒，對西北嚴密戒備。(五)一七零團第三營的城垣守備隊，歸師直接指揮，佔領城垣的核心陣地，幷派出對空警戒部隊，協助防空部隊的防空。（六）一七一團第一營為師預備隊，位置常德城，同時又命軍砲兵團長金定洲指揮該團的一個營，以一個連進入常德北門的附近，主力則進入常德南站的附近，迫擊砲營（欠第二連）於兩地區隊守備的地區內偵察陣地，高射砲第四十二團第九連第一排進入常德南站的附近，專任常德城區的防空，工兵營協助左右兩地區和德山河洑兩守備隊地雷埋設，與城南江岸水面及城內障碍物的設置，一部担任船舶的監護，通訊兵連担任各方的通訊連絡，規劃詳確，任務分明。各部隊均得預為之備

，十七日余師長奉到最高統帥蔣公戌篠一元壬的電令，訓示注意常德的防空，並疏散居民，以便作戰，論者謂常德的人口物資，全靠余師長為之救全。申刻綜合各方面的情報，得知堤工局方面的敵人，不時利用汽艇，企圖向我涂家湖市窺犯，陳家咀的敵人約三千，向西運動，津市澧縣方面的敵人約三四千，有南犯的趨勢，又石門的敵人約二萬餘，正和我五十八師在扁担埡、赤松山、啞門關之線對戰，來勢洶洶，積極南犯，這一天，風雨飄搖，那西北角外圍的砲聲，隨風送進每個人的耳鼓，這象徵敵人已在敲常德的大門了，情勢極度的緊張，但我虎賁的健兒，「恃吾有以待之」，沉着如故，他們矢志，敵如來犯，即給它打個落花流水，在此保衛戰的前夕，遠望這水上城市的常德像隻龐大的獅子似的，伏在沅水的岸邊，牠準備要待敵人發來第一砲的時候，站起來向敵搏噬。

二、外圍戰鬥

十一月十八日清晨五時，堤工局方面敵寇的先頭部隊二百餘，在飛機的掩護下，利用汽艇向我涂家湖一九六團警戒部隊第九連余排進犯，保衛常德的一顆子彈發出了，我士兵的情緒，非常高漲，予敵寇以嚴重的打擊後，十九日晨，戰鬥轉移於沙泡進行，六時，另一股的敵人由涂家湖藉汽艇向崇河市竄犯，和我苗排遭遇，我苗余兩排，即合力抗拒，當地的警察民衆感我官兵忠勇，亦糾合百餘自動參加作戰，激戰至午，敵人增到七八百，並驅飛機轟炸低空掃射，乘機分由小灣向我右後迂迴，在這衆寡懸殊的情形之下，我守軍遂於黃昏時轉到濠州廟和談家河的附近，這時候，另一般的敵人二百餘，突向濠州廟偷竄到牛鼻灘東北湖堤的附近。向牛鼻灘猛撲，韓公渡方面的敵人二千餘，亦向大山咀進犯，迄至八時，犯牛鼻灘的敵人，被我守軍擊退，犯大山咀的敵人，我守軍予以重創後，轉移到謝家障支撐仍極劇烈。余師長以戰事

已漸踏入緊要的階段，遂把司令部搬到中央銀行去，當日余師長奉到最高統帥蔣公手令戌皓未命（一）已電令飭速譯轉第一百軍施軍長要旨如下：（一）當面敵人的補給之困難日增，（二）我第十集團軍向敵之兩側背奮力壓迫，（三）第七十四軍，第四十四軍，第一百軍，應盡全力在常德西北地區與敵決戰，保衛常德，而與之共存亡。後來以第六十三師第一八八團奉令撥歸余師長指揮，爲常德守備部隊，接替第一六九團第三營德山的防務，主力佔領蘇家渡、老碼頭，並以一個加強營佔領德山市，及洛路口羅家灣，新民橋之線，對五房咀、馬家舖、遇仙橋、梅家坳等要點派隊佔領，對東北警戒，第一六九團第三營除牛鼻灘仍留第九連防守外，其餘歸還建制。此時的情報，青化驛方面兵力不明的敵人，辰刻南竄到八里舖的鰲山，我一六二師的主力在太陽山，一五零師已轉移太浮山，羊毛灘以南，七十四軍的主力則在慈利東南白鶴山、星德山、祖師殿、和落馬坡羊角山之線與敵第三十四師團佐禾支隊第十三師團全部激戰。余師長爲加強常德的外圍和核心的守備力量計，二十日上午十一時把河洑山的佈署變更，留一七一團一個加強營防守河洑，其餘兩個營爲城垣守備隊，一七零團第三營改爲師預備隊，一方面嚴令各團營連排確實掌握部隊沉着應戰。二時，敵後援到千餘人之多，藉飛機大砲的掩護，續向牛鼻灘猛犯，鏖戰至午，巨砲響聲隆隆不絕，這時候敵步騎乃大批掩到，我一六九團第九連浴血苦戰，反復撲殺，傷亡過半，情勢極度危急，幸第七連連長張鳳閣率部及時趕到，在士兵們的勇敢作戰之下，使得來犯的敵人，受到嚴重的打擊，但敵恃它優勢的火力，寸寸進迫，我不得已轉移到芷灣市附近。當戰鬥正進行激烈的時候，第六三師一八八團不能把握戰機，適時將他們的主力南調，造成極大的錯誤。八時，敵人三百餘由大龍站南犯，竄到花山和我一六九及一七零團警戒部隊竟日激戰，我予它消耗後下午轉移到馮家園和花山以南的地區，綜觀敵人以上動向，不外是牽制我們的兵力，不會有多大的作用。

二十一日拂曉，牛鼻灘方面的敵人千餘，再向芷灣猛犯，飛機凌空狂炸，我一六九團七、九兩連浴血搏鬥，不稍示弱，激戰至午，敵人再援猛撲，一部由上曾家迂迴夾攻，張連長鳳閣率隊和敵肉搏，因以寡敵衆，傷亡慘重，乃轉移到馬家舖，這時候七、九兩連的兵力，湊合已不足一連，但支拒仍烈。八時敵人另一部三百餘竄到洛路口，與我一六九團第三營和六十三師一八八團第三營的警備部隊發生接觸，同時，犯馬家舖的敵人亦增到四百餘，來勢洶洶，我七、九兩連，喘息未定，陷於苦戰，而洛路口的敵人，復向我迂迴包圍，態勢極不利，迫得轉移德山，敵乃乘勝以全力直趨，我一六九團第三營奮勇迎擊，敵不得進，以飛機大炮集中猛轟。先是余師長以德山和我南岸援軍聯絡的要點，也是常德城區東路的重要據點，一地的得失，輒繫全局，一再嚴令死守，詎鄧團德山的防務空虛，僅以一個加強連防守，等到敵人來犯，該連稍事抵抗，即又撤回德山南岸，以致敵人乘隙湧進，造成不可挽回的危局。至孟營獨力的撐持，是有限度的，他們實已盡了他們一切可能的力量，最後官兵幾全部戰死，餘衆迫不得已轉移到黃木關、新民橋、石公廟之線，這時候，敵人另一部千餘由蔡家咀南渡分向蘇家渡烏峰嶺進犯，與德山南岸的鄧團激戰。

九時，浮海坪東犯的敵人第三師團的先頭步隊九百餘，以它一部步兵五百餘，騎兵百餘，藉飛機的掩護，由戴家大屋向我河洑山第一七一團第二營的陣地猛撲，另敵人第一一六師團一部由缸市犯我左地區的前進據點，一部騎兵千餘，炮十餘門，由盤龍橋直犯陬市，它們到陬市之後，又分兩路，一路用民船木排南渡沅江直犯桃源，一路回轉東犯，企圖和戴家大屋那路敵人合流會犯，詭計甚毒，余師長審度敵情，特別指出敵寇犯陬山這着棋的毒辣。他說：「敵分明想截斷常德和西南路的聯絡，但我們也可以看到敵人的路線，拉得這樣的長，側翼是很暴露，而孤軍深入，亦犯兵家的大忌，不過，桃源若告不守，敵人一定有個大迂迴，進犯常德南的斗姆鎮那時常德是四面包圍了，因此，余師長很注意河洑方面的情形，嚴令阮營決死拒戰，一方面竭力握着沅江南岸那個V字形的地區。此時就我整個常德的兵力而言，根本就是以一敵八的，那時我守軍的兵力縱然過少，但也不能在表面上絲毫露出，免得懈怠軍心，常時就有人担心，以守軍的力量，能否顧及到南岸的問題，但余師長從容計劃，殊不稍動。是日，敵寇之來犯我河洑山，前後猛撲十餘次，我士卒矢死不退，營長阮志芳，更和士卒共誓，苟一息存，决不使敵前進，即戰至一人一槍亦不輕棄寸土，故敵騎一再突入，重層包圍，始終屹立，申刻，敵被擊退，殪其高級指揮官一，斃敵八百餘，生擒第三師團六十八聯隊軍曹松本次一名，並獲其輕機槍二挺，步槍銅盔文件等戰利品其多。當午向黃土山方面進犯的敵人，繼續增千餘，炮四門，我一七零團鄧營奮勇阻擊，敵無進展，乃復舉全力猛攻，血戰至夜，我陣地全燬，遂轉移到高橋、新橋等處鏖戰，這時候，敵人已三面迫近常德了，兵臨城下，余師長接着各方面的情報，知道敵人的動向，西路敵人的一部已竄抵桃源，大部份敵人萬餘，由陬市缸市東進，東線牛鼻灘方面敵人立刻要對常德作攻城戰，因爲敵酋驕蹇，亟欲以此眩其戰功，我守城主將明瞭它的陰謀，因亦貫注全部的精神，在計劃整個作戰局面，爲確保常德鞏固外圍及核心起見，辰刻遂決心先把軍炮兵團欠着兩個營的炮兵和高射炮之一排，調到常德城內，服行原任務，軍炮兵之一營，且準備對南岸射擊，與對江面上下游的封鎖，未刻，爲針對南岸及江面作戰，復頒作戰的命令，將三個團的步兵集中使用，一六九團守岩至東門外太古碼頭（含）沿江之線，一七一團守太古碼頭（不含）至電燈公司之線，針對由西南陬市攻來的敵人，並防着敵人由桃源繞到沅江南岸的抄襲部隊，和隔江南站來的援軍呼應，一七零團守電燈公司（不含）至洛路口間沿江之線，針對缸市來犯的敵人，此外，沅江攔住了常德守軍的退路，也攔阻了援軍的來路，整個常德，就是一個置之死地而後生的背水陣，乃一再命令柴團長意薪，杜團長鼎，對陣地前面的防務，須確實用火力控制，當晚十時，奉到第六戰區代司令長官孫仲連的來電說：友軍新五師已到益陽，第十軍之一九零師宥日可到益陽，第十軍全部約艷日可到遠常德的附近。

二十二日早，敵人又發動拂曉的攻勢，河洑方面的敵人，步騎增至二千餘，復藉飛機十餘架的掩護，分由尹家祠，羅家冲，高灣坡，三面向我全面猛撲，我阮營官兵挾昨日殺敵的聲威，與敵白刃肉搏，自卯至巳，陣地反復爭奪十餘次，然敵終被我擊退。午刻，敵寇老羞成怒，竟驅飛機在我羅家冲高灣坡螺絲嶺等處更番低飛，轟炸掃射，並集大炮十餘門，對我守軍的工事輪流轟擊，守兵與工事同殉，敵寇隨以它的波伏密集部隊衝鋒，我守軍連排長均親自出戰壕和敵人肉搏，單是羅家冲一處，我們就這樣憑肉搏打退敵人八次的波伏隊衝鋒，第六連連長劉貴棨，兩處負傷不退，唐排長安華感到劉連長的忠勇，親率兵衝入敵陣，右臂重傷，則以左手持槍指揮，結果，敵勢頓挫，陣地賴以穩定，忠勇壯烈，洵足以動天地，泣鬼神，而勵我三軍同仇的敵愾。下午二時，敵寇又增援，分數路仍以它的波狀密集部隊向高坡灣，螺絲嶺我第五六兩連的陣地猛撲，尤以螺絲嶺最爲慘烈，先是余師長以敵人竄到陬市，早猜它必然分開兵力沿江來攻河洑的核心地帶所以自始就在螺絲嶺警戒，雖然犯着兵力單薄的毛病，但第五連作大敵當前的砥柱，已盡其一切可能的力量，當向敵人衝鋒的時候，開槍已是來不及，但我官兵却能向來犯的敵人，先開一排槍，然後舉起刺刀，向着敵人狂奔過去，結果撲進的敵寇，被殲大半，它看到我守軍這樣的肯死拚，於是紛紛轉身後退，這一戰可算一個決定的勝利了，我國的軍事家說：在肉搏之前最好是能有一次射擊，我們國軍都有這種訓練的。

敵寇慘敗之後，申刻，復增援猛撲最後我陣地工事盡被燬，血肉之軀，再擋不住敵炮的轟擊，至是敵騎乘隙突入，迄晚和我在河洑山的核心陣地搏鬥，在河洑戰事的進行中，同日午前八時黃土山方面的敵人，亦增到千餘，藉飛機的掩護，向栗木橋、新橋、高橋一七零團酆鴻鈞營的陣地猛犯，敵寇以它的密集部隊進攻，多至八隊，我正面守軍第五連就這樣擋住敵人六次的猛撲，敵炮敵機對着我們的陣地猛轟，猛炸，工事被燬了，只好在工事外抵抗，王連長振芳身受重傷，排長祝克修率領餘衆向敵反撲，中彈殉職，其餘的官兵，亦戰死過半，乃先後移到竹根潭，楊家灣、岩橋子等處，又同時犯黃木關新民橋石公廟的敵增至二千餘，繼起猛撲，企圖由該處陣地前的小河強渡，守兵在我炮兵熾盛的火力支持下，愈戰愈勇，斃敵甚多，但敵寇的後續部隊，仍陸續增加。我守軍據守鵰子港小河西的大堤，和敵激戰。自然，守軍所扼守的地形，是有一度小河攔住了敵人的前進路的，但也有個很大的毛病，就是西岸的大堤和東岸的大堤，同是一樣的高，我守兵伏在工事裏，即不能看到敵人來路的一片平原，不過，敵人要想由那個堤跨過河來也不是容易的，我一六九團第三營原防守於此，後來交由第一營接替。時到黃昏，德山市的敵寇一部南渡，和老碼頭的守軍激戰，八時，敵寇渡河向茅灣進犯，這時候，電訊中斷，派往聯絡的人未見回來，情況不明了。

右地區當面的敵人，是日亦續增到四千餘，炮十七八門，集中炮火，並施放毒氣煙幕，拂曉開始向黃木關、新民橋、石公廟間猛攻，企圖由該處強渡，一六九團第一營奮力阻擊，浴血苦戰。這時候，敵寇波狀攻擊發展的最高峰，要算在新民橋了，敵機九架臨空掩護，前面說過，我守軍既不能在河西的大堤上控制石公廟那一片平原，亦無法制止敵人在堤下爬上，敵人雖遭受我軍的痛擊，但卒被它以木板綁紮木筏搶渡而過，不得已移到岩埡，但敵爲速獲戰果計，渡河後即分南北幾路向岩埡續撲，我守軍以兩連八字形的放在五里山和楊家冲之間，對指路碑來犯的敵人，伸出兩個鉗子，但我守軍一面要策應北郊的防地，一面又要提防敵人由德山市黃木關沿着沅江而來，當時的處境，是相當艱苦的。我們知道，在五里山之南的葉家崗，爲敵向岩埡來的前進路線，敵機羣不斷在那裡盤旋，第一連連長胡德秀親率一排的兵力在那裡扼守，迄到下午，敵寇的黃昏攻勢提前，除飛機集中轟炸外，德山和新民橋的炮都集中向巖埡一帶的陣地轟擊，火焰籠罩前後週圍千碼的地方，耳朵所聽到的全是爆炸之聲，敵人對這一據點所付出的代價，可說是不惜工本，而我們工事的外面，是絕大的霧天，簡直不見天日，以這情形判斷，敵人是想進撲岩埡抄到黃木關的後面，然後和德山來的敵人合流，順着江邊公路直攻常德的大東門，所以它於炮擊轟炸之後，它的部隊即在沅江岸拉着一條縱線，由烏鷄港、武廟山、葉家崗、五量山分五路向岩埡猛撲，隨着炮彈又給他開路，飛機車輪似的掃射和投彈，在這種情形之下，守軍兩連的兵力，當然是攔不住敵人的攻勢的，同時敵炮停止了，它步騎就繼續猛進，每路均有五個以上的波隊，來勢洶洶，楊營長維鈞，身先士卒出而指揮，但敵寇已衝到岩埡之後，於是岩埡的陣地失陷。我柴團長意新立親率隊一連反攻，軍炮兵團團長金定洲復親臨觀察所，指揮炮兵以強大火力支援，我守軍的士氣，因之奮勇無比，敵寇包圍衝殺，九時，岩埡奪回，敵寇遺屍達四百餘具。

再說北路的敵人，也分東西兩路，和正面兩路來犯的，敵人是和正面來犯的敵人取得聯絡的，整個陣線是弧形的，由軍安橋穿過竹根潭，到唐家舖的敵人，總數約在一萬五千左右，附炮三十餘門，這裡左地區是一七零團第二營酆鴻鈞營，右地區是一六九團第三營郭嘉章營，我軍和敵人的兵力的比率，是一比十，二十二日的下午，敵寇的波狀密集部隊，分作五路向我進攻，我酆營浴血死守，傷亡慘重，後來守軍爲制敵寇的波狀密集部隊，命軍炮兵團第三營以炮兵對付，我炮兵爲觀測容易，遵余師長的指示，將電話裝設於班排長戰鬥指揮的位置間，故觀察確實容易，簡直沒有一顆礮彈落空，礮彈落地開花，打得敵兵和塵土一齊飛濺。

我守軍是把敵人的波狀攻擊停止了，但我守軍的防禦工事也被敵礮燬了，黃昏，敵寇增援突入，酆營長親率餘衆乘敵人立足未穩的時候，施行逆襲，終因犧牲殆盡，轉移到駐守望城巷米舖市、白馬廟，長安橋的附近，右地區第一線一六九團郭營八人崗、雙橋崗，二十里舖等處的警戒部隊，原各有一班人駐守，可是敵寇對此也盡了它的全力，每個小據點都用一二百人包圍着打，我每個據點的一班人，反復衝殺，由午至酉，全部陣亡。

河洑山的戰事，演變到二十三日，阮營的官兵已盡它一切可能的力量了，但敵兵的後續部隊，仍不斷的猛攻，並且一再乞靈於毒氣，余師長為消滅敵寇波狀密集的部隊，命阮營用迫擊炮將敵制壓，並在樹上建築鳥巢工事，以俯瞰它的行動，這雖是一種對策，但河洑的守軍，只有兩尊迫擊炮，而且炮彈還是受着限制，鳥巢工事最好是用輕機槍，而我軍的機槍，在支持地面工事，已感不夠了，在此困難情形下，僅得以兩名士兵，兩枝步槍和幾個手榴彈而已，然這已是慘淡經營，拂曉，敵炮集中對河洑核心作遠距離的射擊，飛機二十四架低飛轟炸，敵炮復以轟炸為爆發點作目標，實行猛擊，我守軍和陣地共存亡的已是十之八九，敵寇旋又用它密集部隊猛撲，阮營長志芳親率衆衝出防線，實行逆襲，作個自殺性的攻勢，像瘋狂的衝過去，在守軍肯拚命這種場合，敵寇也只有後退，然而阮營長以下全部戰死了，所餘輕傷的，繼續搏殺，重傷的料着同不到陣地，也不願負累别人來担架，各人把槍口對着自己喊一聲「虎賁萬歲」「中華民國萬歲」「最高統帥萬歲」自殺了。這塲惡戰，守軍僅剩二十餘人，後來轉進到黑家壋南湖舖之線。但敵恃着它優勢的火力，乘勝跟蹤迫攻，逐次突至洛路口和長安橋的附近，我一七零團張照普營嚴陣以待，馮繼異副團長且親臨指揮，嚴督官兵沉着應戰，敵寇雖傾它全力猛撲，然終未得逞。沅江在常德的城南，流成一個倒寫的英文字母V字，守軍的出路，就在那V字包圍中的一塊河口裏，援軍要來救常德，也就由那裏來，當天上午兩路河洑的敵寇七百餘，附炮兩門，在V字左一直的上角甲街寺渡過了沅江，進到東岸的蔡碼頭了。東路德山的敵寇千餘，亦渡過沅江，竄到V字右邊一直下端的烏峰嶺，這時候和西路來的敵寇，合流同犯V字頂點的南站，南站東在南門的對岸，就是說守軍的南路，也被敵人截斷了。常德城在四面包圍中，有一個星期之久，南路始終沒有槍聲，因為有了槍聲，就證明援軍到了，但現在即使有聲音，援軍也不容易到達了，敵寇於是四方八面把銅鐵燒成的火流，向我這個斗大的城區灌注，五十七師在槍林彈雨裏，在炮彈堆裏，在火海裏，一切的壓迫，都加在他們身上了，可是他們會害怕嗎？不！他們的答復，是血，是死，是光榮，尤其是守城主將余程萬師長雍容的坐鎮，給予士兵們振奮甚大，古人說：「兵可挫，而氣不挫，氣可偶挫，而志不可挫」，蓋在危險艱難的時候，能提振士氣的，全靠將官的德行，無疑的，余師長的鎮定，就能使到士卒効命，常德四面被敵圍攻了，敵機每次二十餘架更番轟炸城廂大西門上下南門的市街房屋多被炸毀，北門外投下燒夷彈甚多，因風起火，火焰沖天，儲糧的倉庫，亦中彈焚燒，我官兵悲憤塡胸，咸具滅此朝食的決心，地面的高射炮和高射機槍亦顯他的神威，敵機被擊落一架，殘骸降落在柳葉湖內，按常德城原已是四面都為槍聲所包圍，現在却再加上天上，地下兩種的聲音，這時候，使人想到鼓兒詞上形容戰爭所謂風雲色變，日月無光，確實無訛，在此恐怖和緊張的局面下，余師長却很安閒的偕同皮代參謀長宣猷，出門指揮所部救火，入夜，敵寇又提前黃昏的攻勢，四面的炮，有如半空裡爆發的炸雷，機槍也如掀開了瀑布的水閘，向着我陣地狂流，西北風越來越勁，鑽過火洞，向街上堆排，這種聲色俱厲的塲合，任你是戰塲老手，也不免怔忡，這時候，整個的天空都是火與煙焦糊和硫磺的氣味，籠罩着全城，人是站在火光裡，計是日斃敵指揮官三，人馬將近兩千，入夜城郊的敵寇，陸續增到萬餘，炮三十餘門，和我在巖埡，指路碑，護國障、新堤、七星橋、沙港、羊舖市、白馬廟、長安橋，迄洛路口的主陣地帶，四面徹夜血戰。

二十四日拂曉，敵寇全線猛攻，敵機十六架，再來狂炸，敵炮亦集中猛轟，並施放毒氣，東西城郊搏鬥慘烈，敵寇屢以它的波狀密集部隊，向我巖忡指路碑陣地猛撲，遭我一六九團第一營堅強的抵抗，我陣地被燬，盡成焦土，旋轉移到陡碼頭附近，繼續和敵斷殺。右地區，左第一線的郭營和新堤、南坪崗，七星橋當面的敵寇自晨至暮，竟日血戰，敵由東西北三面向我夾擊，我南坪崗陣地全燬，移守到七里橋，左地區的一七零團正面，沙港、羊舖市、白馬廟、長安橋、洛路口，爭奪亦烈，孫團長進賢親在長安橋指揮。敵仍以它的慣技，集中炮火施放毒氣，利用煙幕，波狀密集部隊分向長安橋，洛路口再四的衝撲，我守軍即行果敢的逆襲，斃它人馬甚多。洛路口方面則由馮副團長繼巽率隊反撲，輾轉惡戰，斃敵尤衆。午刻，長安橋的情況危急，張營長庭林立下必死的決心，率衆和敵衝殺，負傷再三，猶裹創指揮，手刃敵兵十餘，終至成仁報國，第二營第八連連長喬振起，重傷不能行走，立即以步槍自盡成仁，下午四時，我守軍於興隆橋，漁父中學，龍王廟，洛路口之線，搏鬥仍烈，這時候，常德南岸的蔡碼頭及南站的敵人五百餘，企圖由南站強渡，撲我南城，被我守軍發覺，立以迫擊炮和輕重機槍制壓，擊沉敵人的汽艇和民船甚多，敵計未能逞，愴惶回去。余師長以「敵寇白晝強渡不成，晚間必再重來」，因令原在西郊防守的一七一團第三營即進城防守南城江岸的一帶，五時許南城的敵人，果如所料，藉它炮火煙幕的掩護，強渡再撲我南城，我江岸水星樓下靠西的一帶，由第七連連長喬雲率領一排防守，並以機槍第三連之一排於南牆水星樓下的一段防守，支拒甚烈，敵寇受阻，再乞靈於毒氣，並以大炮作全面的猛轟，我江岸陣地全毀，喬連長重傷，機槍第三連之唐國棟排，全部與地俱殉，敵寇遂得渡河。一部五百餘，乘機由東南城角的水星樓脚下進犯，一部百餘乘隙突入沅慶街附近，當和一七一團第三營發生激烈的巷戰，余師長以我尚在外圍作戰，該敵突入，實爲心腹大患，立親率一七一團前往攔截，並令迫擊營營長孔溢虞，派連長涂大鳳率兵兩排，歸杜團長指揮，同時面諭張營長照善親率三班的手榴彈由城上和城內的牆脚下，向水星樓衝鋒，並以精細勇敢的官員一員，率領一排穿着我軍鹵獲的敵軍衣帽，繞入敵後街道埋伏，等待敵寇前進，實行在後擾亂，或施行襲擊，實行鬥智，先是余師長率領的一七一團已在敵後將它包圍，張營長親率的手榴彈班亦和敵寇接近，到手榴彈無法投擲的程度，乃用刺刀猛烈的劈刺。這時候，敵我相隔不過十公尺，因爲距離迫近，遠處的部隊，都不敢開火相助，眞是『長巷短兵相接處，殺入如草不聞聲』。敵寇深入，究竟是虛的，經過我一陣血刃的肉搏，抱頭向城外鼠竄，我守軍乃從容饗以手榴彈，城外包圍的部隊，同時趕到，合力將他圍殲，計被逃脫的十餘人，退到江邊，正遇穿上敵軍衣帽的伏兵，兵寇誤認同伴，奔向相就，結果被我伏兵悄打活靶，並生俘兵第三師團第六十八聯隊一等兵鈴木秀夫，藏本富治，村尾義一，第一一六師團第一三三聯隊兵曹山本正一等四名，鹵獲輕重機槍十九挺，步槍一百四十餘枝及其他重要的文件甚多，時正二十五日正午一時，至是敵兵五百餘無一生還。同日，我一六九團又生俘敵第四十師團二三四聯隊上等兵佐藤次郎，一等兵長谷川德兩名，生俘敵第一一六師團一三零聯隊二等兵角野義仁，一名，並鹵獲輕機槍五挺，步槍七十餘枝，敵第六師團大隊長中村東雄亦被我擊斃，黃昏時候，余師長先後奉到孫代長官的來電，以該師迭挫敵鋒，大爲嘉勉，並說常德的存亡，關係着整個的全局，着激勵虎賁官兵堅守待援，發揚革命軍人犧牲的精神。余師長當再申令督勉所部官兵沉着應戰，以報長官的期望，該師四面血戰已達七晝夜了，官兵傷亡固極慘重，而糧彈的補給日感困難，尤以八二砲彈，七六二砲彈，俱已無存，遂電請飭兵站緊急空運接濟，並請飭外線的友軍立時挺進。

敵寇於水星樓吃了大虧，覺得守城的五十七師，實在不容易搖撼，於是決下毒手，把常德城作過根本的解決，來過不分目標的濫炸，所以水星樓戰事結束不到半小時，敵機二十餘架，就以臨空低飛作更番轟炸，投下燃燒彈甚多，尤其是東北角城圍，燒炸最烈，一叢火焰，天空直冲，外圍的敵寇，就對着火焰猛烈的地方，用密集砲火射擊，先是東門外的敵寇，爲策應水星樓的戰事，廿五日拂曉，它的後續部隊陸續增至萬餘，砲三十餘門，全線猛撲，城垣東西北三門的附近地區，在敵機爛炸掃射助戰之下，往復搏鬥極烈，東門外右地區的一六九團方面，在岩橋、三里港、七星橋南側，北門外附近地區，拉鋸搏殺，往復衝鋒八次，陳代副師長嘘雲，啣余師長之命，親臨督戰，我守軍前仆後繼、，愈戰愈勇，迭挫敵鋒，西門外地區的一七零團方面，在船碼頭、興隆橋、漁父中學附近地區戰鬥，更是慘烈，敵寇傾它全力波狀猛衝十餘次，均被擊退，這時候，我守軍因各種砲彈均已用罄，至黃昏，敵寇攻勢，變本加厲，敵機去後，常德四面的敵寇，包括沅江南岸的敵寇在內，山砲，迫擊砲，輕重機槍，步槍，一齊發展，各對了他們面臨着的陣地，盡量抛出他們的火藥與銅鐵，我守軍憑此一個星期的經驗，絲毫不爲這聲色俱厲的情況所動搖，但彈藥匱乏，是一個很大的顧慮，不過根據長官的來電，都說援軍二十六日可以趕到，我守軍以憑着這七八日苦戰的經驗，再支撐一日一夜，是決沒有問題的，因此我守軍除沉着應戰外，還添了不少興奮，他們陣地毀，在工事外抵抗，決不後退，一六九及一七零兩團官兵的爭先赴難，尤足動人心魄，其後一六九團郭營長嘉章和一七零團團鄧營長鴻鈞既於七里橋南側和長安橋附近，同時以身殉國，下午十一時，敵寇遂乘機鑽隙迫近城垣，至此余師長乃依防禦作戰指導腹案，先以電話傳令一七零團殘餘的官兵三四十人，由北門小西門轉入城內調整，繼令一六九團殘餘由東北兩門轉入城內繼續作戰，因爲戰事已進入一重要階段了，這時候，孫代長官來電說：『我第十軍於二十六日準可抵達德山或常德』，余師長綜覽情形，爲固守常德，即申令各隊於廿六日上午二時前調整佈署如次：(一)一六九團(欠第三營欠兩個連)爲東門城垣守備隊，右自萬壽碼頭(含)起，經太古碼頭東門及東門外，左迄東萬緣橋(不含)之線，城垣核心的陣地，(二)一七一團爲北門迄大西門間城垣守備隊，佔領右自東萬緣橋(含)起，經北門及北門外，小西門大西門外，左邊筆架城(含)之線，城垣核心的陣地，俟一六九團及一七零團將上下南門及東門附近的陣地接收完畢後，再行移就新部署。(三)一七零團爲上下南門城垣守備隊，佔領右自筆架城『不含』經上南門，下南門左迄萬壽碼頭『不含』之線，對沅江南岸嚴密警備，阻敵強渡。(四)軍砲兵團(欠兩個營)附戰防砲第一連及高射砲之一排，仍服行原任務，協助城垣各守備隊之戰鬥，必要時軍砲兵團第三營應以全力，担任右自大西門(含)經城西南角左迄筆架城(含)間城垣之守備，協助一七一團的作戰，(五)迫擊砲營，工兵營，示範隊，担任城內街巷堡壘的佔領，歸迫擊砲營營長孔益虞統一指揮，(六)一六九團第三營(欠兩個連)爲師預備隊，控置於興街口文昌廟的附近，通訊兵連仍以中央銀行爲基點完成各部的通訊連絡，是日，敵機二十餘架，整日狂炸，城廂遍投燒夷彈，東北兩門家屋數處大火，逐次蔓延全城，撲不勝撲，我守軍的救火隊，即協同常德縣政府留置城內的警察消防隊，和縣府組織的鄉鎮戰時任務隊，在火焰與敵機砲轟炸之下，冒險救撲，死傷雖衆，但我事前有綿密消防組織，經軍民努力的施救，乃拆牆取棟，截斷火路，火勢至是稍遏，但敵寇愈迫愈烈，空炸，砲擊，毒氣，燒夷並用，我守軍損害殊大，下午四時半，孫代長官又有電說：『德山附近的敵寇，數日來有一千餘名開往太子廟，七百餘開往桃源』動態不明，余師長綜合情報，即判斷開往太子廟及桃源方面的敵寇爲它的後續部隊，它企圖在掩護側背，阻繞我援軍的前進，因申令各級官兵堅苦不撓，再接再厲，殲滅醜虜，發揚革命軍人的精神，光大本軍的輝煌的戰績，如有作戰不力，決予嚴懲，我士卒既凛軍律之森嚴，復知保衛名城的光榮任務，故盛兢兢，和敵斷殺，官佐雜兵伕紛請殺敵，即輕傷兵，亦裹傷自請參加戰鬥，以期建立殊功。(待續)

見危授命之王主席寧華

——粟直——

王寧華先生

王寧華，學名治邦，以字行。吉林省永吉縣鄉十區江密峰人，生於民元前八年十月十日。吉林省立第一師範學校，第十五班高材生也。與十班王承舜，十六班駱同寅友善，王君黨名君培，黃埔軍校第一期生，抗戰勝利後乘飛機罹難。駱君入武漢軍校，戰死清共之役。王氏初任哈爾濱廣益中學訓導主任，整飭校風，不遺餘力，深受校長王希禹之倚仗，年僅二十有五，頭髮脫落殆盡而頂若峪矣。繼而升學北平，畢業於國立北京大學政治系，執教吉林省立女子中學，兼任訓導主任。校長林萃庭，爲五四運動之一員，極信賴之。迨九一八事變，每日晚餐後，即不約而聚於吉林省立圖書館，其常在座者有館長信益三，女師曲行簡，市中劉秀石，吉大傅仲霖，師範校長張乃仁等師友，交換禦侮消息，商討救亡辦法，倡議組織吉林民衆救國會，一月有餘，最後共決二策：一則積極從事抗日工作，二則立刻脫離淪陷地區。是以密約多人入關寄居北平，旋任青島女中訓導主任，先後約請曲行簡劉秀石屢青執敎，共同掩護，抗日工作，策劃禦侮方畧，嗣入日本東京帝國大學研究院，蓋欲申其不入虎穴，不得虎子之抱負也。由日歸國，歷任財經業務，七七抗戰後，轉任農民銀行主任秘書，勤勞奉公，政績斐然。民國三十四年，東北光復，受命吉林省政府委員兼任財政廳長，於三十五年一月九日飛抵長春，時東北行營設於長春，詎意蘇軍阻接收，嗾使共黨稱亂，行營被迫撤離，吉林省治永吉竟被共軍竊據，長春殊感危機四伏，吉林省主席鄭道儒，稱病留平就醫，委派財政廳長代理主席之職，茲以桑梓攸關，感於責無旁貸，毅然就任，堅苦奮鬥。事實共軍羽翼已成，長春守備不足，勢同累卵，王代主席一面協助軍事，一面接收九台農安兩縣，委紀慕天爲農安縣長，喬樹芳爲九台縣長，而以九台爲收復吉林省會之基地，共軍此時雲集長春外圍，由周保忠率領，共四萬餘人，並接受蘇俄野炮戰車接濟，火力極爲熾烈，省府高級人員，迫不獲已，紛紛轉移，王代主席，目擊時艱，義憤塡胸，乃誓死以保全長春爲己任。

初東北行營副參謀長董彥平中將等四十餘官員，於三十四年十月九日，飛抵長春，次日爲雙十節，於行館廣場行升旗典禮象徵東北四千三百萬同胞光復於青天白日之下。至十一月五日，陸續到達，東北各省市接收高級人員，總數已達三百餘人，東北行營主任熊式輝上將，於十月十二日，蒞臨長春，以僞滿大臣丁鑑修住宅爲臨時官邸，除外交特派員公署（設於僞滿大臣谷次亨住宅）及第十四地區空軍司令部，分駐他處外，所有接收人員，均集中於東北行營所在地，即前滿洲炭礦重工業株式會社大樓，簡稱滿炭大樓，爲飛機型四層巨厦。無分職級，共聚一堂，風雪聯床，聞鷄起舞。起居雖云安適，但行動尚不能完全自由耳。有出此大樓一步者，蘇軍即不負安全之保衞矣。十一月十三日，中長鐵路公司理監事會，方告正式成立，此爲實行中蘇條約之第一措施，依該約之規定，理事會理事中蘇各五人，我方理事之一爲理事長，蘇方副之，監事會監事中蘇各三人，蘇方監事之一爲監事長，我方副之，我方理事在長春者，爲理事長張嘉璈，助理理事長王徵，理事劉哲，萬異。副監事長莫德惠。蘇方理監事在長春者，爲副理事長喀爾根（加爾金），助理副理事長馬里意（馬利），理事柯茲洛夫，葉夫斯基，監事長萊氏紹夫，助理監事長杜魯皮，監事李芳諾夫。並要求開闢中蘇民營航線，一由赤塔經齊齊哈爾，哈爾濱，牡丹江至海參威；一由伯力經佳木斯，哈爾濱，長春，瀋陽至大連。十一月十六日東北行營感受意外壓迫，蘇軍總司令部將長春市長曹肇元撤職，委劾忠蘇俄共產黨員劉居英接充，公安局保安大隊長吳樹勳，被迫解職，另任共產黨員賀貴藩接替，召集長春市治安諮議會，組織聯合政府。並以輕重機槍，包圍行營大樓，嚴禁出入，強迫守衞繳械，事態嚴重，電水停止，終日斷炊。因此東北宣慰使兼東北行營政治委員會委員莫德惠，東北外交特派員蔣經國、及劉哲、鄭道儒、沈怡等由長春飛返北平，在長中央官員三百餘人，均擬全部撤退北平待命，東北行營，移駐山海關。十二月九日，外交特派員蔣經國偕軍事代表團團長董彥平中將，於下午一時，重晤蘇聯紅軍馬林諾夫斯基元帥，及其參謀長特洛會科，續談國軍空運來長問題，雙方協議結果地面警戒全由蘇軍負責，我方空運部隊可以隨時着陸。十二月十五日，蔣經國偕軍需署長陳良，第十四地區空軍司令金思心，長春市長趙君邁等由平飛長蒞新，趙市長於十二月二十二日正午十二時，正式視事，前任市長曹肇元，延聘爲市府參議，各局局長及所有職員，完全留任原職。是日東北行營經濟委員會主任委員長張嘉璈，偕同交通部特派員陳延烱，瀋陽市長董文琦，長春鐵路監事高綸等蒞長。張主任委員首次招待記者。宣告長春中央銀行於十二月二十二日，正式開幕，重新建立東北銀行制度。四十五年一月五日，我軍首批空運部隊，由北平飛抵長春，斯爲中國有史以來，開大批空運國軍之先河，一月二十二日，蔣夫人乘美齡號專機，由周至柔、董顯光扈從，偕蔣經國、孔令維多人，蒞臨長春，行轅設於呂榮寰住宅，分發蔣主席慰勞蘇軍將士書四十萬份，並代表蔣主席存問東北民衆，除慰勞蘇軍外，並帶來慰勞品三十噸，分裝十一機，空運抵此。復於二十四日下午一時二十分，在長春中央銀行廣播電台，向東北民衆致慰問詞。二月十一日美英蘇三方同時公佈雅爾達秘密協定，承認恢復帝俄時代在東北之權利，及外蒙獨立，爲蘇俄對日宣戰之條件。三月十三日，吉林中共份子積極活動，已由所謂人民代表大會，產生吉林省政府，公推周保中担任主席，自蘇軍進入東北後，周保中化名黃中校，策動反動工作，東北之「土八路」爲渠一手造成。據稱吉林省人民代表大會，係由人民自衞軍所召開者，並稱人民自衞軍即抗日聯軍之化身。因此東北之重鎮長春，吉林之要邑，僞滿之首都，日人眼中之新京，又爲東北光復後一大禍亂之淵藪矣。

民國三十五年，四月一日，共軍揭開進攻長春序幕，由范家屯、大嶺、新立城各方，圍攻大屯，警察四十名保安隊五十各全部犧牲，並佔據靠山屯。四月九日，九台縣及永吉小豐滿發電所陷入共手。四月十三日，長春蘇軍城防司令，卡爾洛夫少將，聲明奉命撤軍回國，卡爾洛夫，短小精悍，於日軍投降後，八月二十日，奉馬林諾夫斯基元帥之命，率領降落部隊閃擊而佔領長春者，表面雖然曲意友好，實際嗾使共軍翌日發動攻擊。回憶蘇軍參加抗日戰事，祇有六日，不戰而獲勝利，接受日本關東軍六十萬精銳，無條件投降，自三十四年，八月二十日，進入長春以來，迄今歷時已二百三十有日矣。行營經濟委員會主任委員張嘉璈與蘇方經濟顧問斯拉德考夫斯基會晤，提出蘇方要求，包括東北一百五十四工礦事業（重工業佔十分之八以上），中蘇雙方合作問題，並云如經濟獲得協議，政治僵局，自然可以開朗矣，根據一九四五年八月十四日中蘇友好同盟條約之協定：「在日本投降後，蘇軍於三個月內撤完」實已一再延岩矣。王代主席，乃親率長春城防司令陳家珍少將應戰。指揮團警七千人，當共軍四萬之衆，並將姚家燒鍋，進犯共軍擊潰（距長春七公里）斯時文職人員，環請吉林省政府轉進。王代主席，慷慨而言：『余職專命方面，今日臨難苟免，實屬有傷人心士氣，恐有不利於防守者』。因峻拒之，四月十四日晨，華籍紅軍軍官黃中校，率衆實施人海戰術，蜂擁來撲，戰車數輛，大炮數十門，集中火力開始猛攻，尤以蘇軍之炮火爲甚，國軍決死突圍，吉林省政府保安隊，長春市警察，及東北行營保安第二第四兩總隊。堅守中央銀行，負嵎痛擊，孤軍奮鬥酣戰四夜晝，終因彈盡援絕，遂於四月十八日，身與長春陣地共陷敵手矣。斯役也，陳司令家珍負重傷入紅十字會病院，官兵死傷四千餘名，市民死傷二千餘人，國軍第五團團長申紹志，及十二團團長唐國衡，均以身殉，警察局局長張瑛自戕，前僞滿國務院，軍事部及市政府，均燬於火。長春市長趙君邁（趙恒惕公子），及市府秘書長張大同，科長曹志珊，合江省黨部主任委員張麟生，化名李泰昌，與東北行營所屬各機關高級人員三十餘名均被俘虜。共拘禁於前僞滿大臣呂榮寰住宅。中長鐵路理事劉哲、萬異，及其屬員十七人，圍困於鐵路理事會內，由蘇方武裝人員，加以保護。先是中共中央東北局已移長春，聯合水八路（內地由水上來東北者），與土八路，（在東北當地者）組成東北民主聯軍，總司令部及總政治部，亦設長春。由吉林共軍首領周保中、張慶和等，委劉居英爲僞長春市長，嚴稽被俘人員。王代主席，首先應曰：『我是吉林省政府王代主席，一切由我一人負責，餘者不必苛求矣。』共軍因感傷亡慘重，遂加以戰犯禍首等罪名。乃將械繫於獄。

同年五月二十一日，國軍第二次進軍長春，共匪開始撤退，遂解被俘人員北去，會於哈爾濱停留數日，復於三十日，押往佳木斯市。遼北省政府財政廳專員邢世芳，字桂五，農安人，曾任東北屯墾區設治委員（同縣長級）共軍於三月十七日進攻遼北省治四平街之際，我方數千團警，犧牲殆盡，劉主席翰東，徐秘書長健青，張民政廳長式綸，王警務處長泰興等十四人奉令突圍，於二十六日到達長春，邢世芳隨同財政廳長傅堅白，教育廳長白世昌，建設廳長李充國，及接收專員秘書科長等二十餘人被俘，中共四平省副省長栗又文，曾約渠參加組織遼北聯合政府，以創東北，接收各省之先例，被痛拒不果。係其老友，共因一獄，爲先其被俘者，蒿目時艱，相對飲泣，因其年衰多病，方於三十六年冬，予以釋放，路經長春，行囊空虛，告急於合江省黨部，叙其近況如上述。

民國四十年四月間，王代主席成仁於佳木斯獄中，囚居朔北，共有五年，此中歲月，度日如年，絕食數次，越獄一次，中共認爲頑固分子，絕無利用價值，故令其瘦死獄中，而爲反共者戒。綜其有生之年，僅四十有八歲。

忻口抗戰殉國之

郝夢齡將軍

張秉鈞

郝夢齡將軍字錫九，世居河北省蒿城縣莊合村，保定軍官學校第六期畢業，歷任第五十四師師長，第九軍軍長，參加討逆，剿共諸戰役，戰績輝煌，忠勇素著，爲抗戰時期我軍長殉職之第一人。

民國二十六年十月初，日酋板桓征四郎率第五師團附關東之兩旅團，分由平型關、茹越口突入內長城，進犯太原（按是役共軍三五九旅王震，一方迎敵，一面對抗國軍於平型關），是役將軍奉命榮任中央兵團長，指揮劉家騏師，李仙洲師，守備忻口陣地，扼同蒲鐵路及公路之要衝，決心迎擊敵人，乘其立足未穩，轉移攻勢而殲滅之。

十月十二日，擊退敵之偵察部隊。十三日拂曉，敵一部依飛機戰車及重炮之支援，開始攻擊，我軍靜待接近，以手榴彈擊退之，毀其戰車七輛。八時許，敵開展主力指向鐵路西側之南懷化攻擊，激戰至十時，該地附近雲中河畔工事盡毀，守兵傷亡殆盡，敵遂渡過雲中河，超越南懷化，進佔我陣地之鎖鑰點——一三〇〇高地。將軍督率預備隊——李仙洲師之步兵兩團，斷然逆襲而擊退之，奪回一三〇〇高地，午後，壓迫敵人於雲中河畔，大部就殲，毀其戰車十五輛，殘敵死守南懷化，負隅頑抗。是夜長官部乘敵攻擊頓挫，投入預備軍，由中央地區出擊。

十四日未時，將軍督率所部兩師及增援之于鎮河旅，夜襲南懷化方面之敵。適敵援大至，激戰甚烈。午前董其武旅進佔雲中河前岸鐵路西側之弓家莊，董其武身負重傷，仍督部擊潰敵反復之逆襲。全盤戰況有利進展中，午刻，李仙洲師長，于鎮河旅長相繼負傷，午後，敵步兵三千餘，戰車三十餘輛來援，南懷化仍陷敵手。

十五日，我軍調整部署，再興攻勢，將軍督率舊部及新增之鄭廷珍旅，身先士卒，競爲先登，於十六日未明，逐次攻略南懷化外圍各要點，擊潰逆襲之敵，斬獲無算。董其武旅（孫蘭峰兼代）由弓家莊向左迴旋攻佔南懷化北側之雲中河岸，左右翼兩兵團國軍亦有進展，迄十六日午，方冀圍殲頑敵，突破敵陣，光榮結束本會戰，不意將軍與劉家騏師長，鄭廷珍旅長於全勝在望中，同時陣亡，在決戰關頭喪失三將軍，致本戰鬥仍陷僵局，殊堪惋惜，是役激戰不過五日，我將官三人，相繼負傷，三人同時陣亡，其所部奮戰犧牲之壯烈，可以想見。浩然正氣，發揮極至，史所罕覯。「出師未捷身先死，長使英雄淚滿襟。」古今同慨，爲國捐軀，死有重於泰山矣。

回憶民國十二年夏，余與將軍及劉家騏、韓光第兩將軍，萬君平君同連服務，萬君擅相術，預言將軍與劉、韓兩將軍乃烈士相，皆驗。蓋忠勇天成，溢於顏面，生爲人傑，死爲國殤，豈偶然哉。

南海詩人

黃晦聞

陳敬之

先從章太炎的一篇傳畧說起

忽聞鄰女艷陽歌，南國詩人近若何？
欲寄數行相問訊，落花如雨亂愁多！

這是詩僧蘇曼殊爲了寄懷他的好友黃晦聞所寫下來的七絕一首。黃晦聞（一八七三——一九三五），名節，廣東順德人。他不僅是蘇曼殊詩中所稱的「南國詩人」；而且由於他早以能詩而馳譽於南國詩壇，所以他也就成爲中國第一個革命文藝團體——「南社」的重要社員之一。

「關於黃晦聞其人、其行以至其詩究竟怎樣呢？」假如這在讀者的心目中認爲是一個亟欲獲致解答的先决問題的話，那就不用說，下面所引錄的出自古文家章太炎（炳麟）手筆的一篇像「黃晦聞小傳」似的文章，當然就要算是針對讀者此一問題且有以饜其所望的一個比較良好而平實的答覆了：

晦聞諱節，廣東順德人，弱冠，事同縣簡先生朝亮。簡先生者，與康有爲同師，而學不務詭怪，性尤清峻、寡交遊。事之數歲，通貫大體，冠其儕。歸獨佛寺讀，又十年。學既就，會清廷失敗，羣仳用事，遂走上海，與同學鄧實等，剏國學保存會，蒐集明清間禁書數十種，作國粹學報，以辨夷夏之義。時炳麟方出繫，東避日本，作民報以相應，士大夫傾心克服自此始。簡先生聞二先生抗言，以爲狂，頗風止焉；而二先生持論如故。時兩江總督端方，知不可奈何，欲以賄傾之，不能得。香山孫公主中國同盟會，聞晦聞賢，以書招之，亦不就。及民國興，諸危言士大抵通顯，晦聞獨寂寂無所附，其介特蓋天性也。始自廣東學堂監督，歷京師大學文史教授，凡在北平十七年，中間曾出任廣東教育廳長，通志館長，歲餘即解去。其爲學無所不窺，而歸之修己自植。然猶好詩，時託意歌詠，亦往往以授弟子，以爲小家琦說，際亂而起，與之辯論則致譏訟，終不可止。詩者在性情之際，學者浸潤其辭，足以自得，雖好異者，不能奪也。其夙旨大抵近白沙，而自爲激昂廉峻過之。自漢魏樂府及魏三祖、陳王、阮籍、謝靈運、謝眺、鮑照詩，皆爲箋釋。最後好崑山顧氏詩，蓋以自擬云。……

由於章太炎的這篇文章，寫得極其簡潔而古樸，儘管對於黃晦聞自其性行、師承、學養、經歷，以至其詩的成就，雖已爲我們一一道及，而我們由此也可獲有一個簡明的瞭解；但由於其中畧而不詳，闕而未備之處，究亦在所難免。故我們如果爲了要進一步的求詳求備，使對其人、其行，以至其詩，更能悉爲瞭然，則根據有關資料的種種記載，筆者認爲仍有選擇重點再予補充說明之必要。

黃晦聞遺像

在清末未曾宣佈廢除科學制度之前，凡是讀書人，要無不以獵取功名爲其一生志事之所在。這自黃晦聞而言，當亦沒有例外。但前引章太炎一文，於此一事亦既迄無一語道及；而有的人則謂：

晦聞少自負，不應童子試，讀書求大義，不屑屑章句。

（引見：「中國近代學人像傳」。）

其言似亦有欠正確。實則晦聞於縣試獲雋以後，曾經一度前赴北闈參與順天鄉試，這是清光緒二十八年壬寅（一九〇二）的事，這時，晦聞的年齡則已在廿八、九歲之間了。是科主考官爲滿人裕德，而其時袁季九（嘉穀）則亦奉派衡文。他由於對晦聞的試卷特別激賞，雖曾爲之力荐於裕，然以竟不獲請，遂從黜落。季九爲之大憤，乃就晦聞所作十三藝，以自費代梓行，並遍示同好，於是晦聞之名，遂由是而漸爲士林所矚目。實則季九與晦聞並無絲毫瓜葛，其所以好事如此，蓋全基於愛才一念有以使然。這固然是老輩風範的最足感人之處，然而晦聞自此次鄉試失敗後，即已絕意於科名了。在晦聞的「蒹葭樓詩集」裡，曾載有「閏五月十八夜大雨題壬寅試卷」七律一首，其詩道：

陳言不愛今重省，對此疑非我所爲。感激捨才論文藝；艱難愛士見吾師。禮傷江夏虛徒步；淚墮秦風記有辭。一似暑窗風雨過，廿年前事十年悲。

這詩便是晦聞爲了追紀當年其荐卷被黜一事而作。這時袁季九殆已下世有年，故其詩對之感念彌篤而寄慨遙深。在晦聞詩集裡，又載有「哭袁季九師」古詩四首，其中之一云：

俯仰十四年，今朝始一慟。閉居得噩耗，殺身詎爲恫！所哭知我考，遇我不以衆。乃無國士報，飲恨隔幽洞。

又一云：

百思所報難，一瞑此何救。世衰論出處，不辱副期厚。餘生未可卜，斯志竊自守。重泉若有知，惼惼見左右。

這則顯然是晦聞爲了痛悼其師袁季九的遽歸道山而作。我們如持此二作以與其詩合看，則更知晦聞之載拜師德，生死不渝，固已充分流露於其楮墨間了。此就晦聞始則有意於科名而終則完全放棄一事而言，首應為之補充說明者。

由矢志革命到絕意仕進

其次，章太炎雖於文中曾如此說到：

（晦聞）學既就，會清廷失敗，羣仳用事，遂走上海，與同學鄧實等，刱國學保存會，蒐集明清間禁書數十種，作國粹學報，以辨夷夏之義。……

所言固屬不錯；但晦聞在清末初遊滬上之時，與之過從頗密的，則除了鄧實（秋枚）而外，尚有蘇曼殊、章太炎、劉師培、黃賓虹、劉三，和諸貞壯諸人，而其中與蘇曼殊則不唯交稱莫逆，且以蘇曼殊聰慧好學，身歷坎坷，故尤愛其才而悲其遇。他曾與曼殊一度同寓於上海「風雨樓」，這是鄧實之所居，其中藏書甚豐，與羅振玉的「唐風樓」，可稱「無獨有偶」。其時晦聞以與曼殊日夕相接，藉知曼殊生性浪漫，縱酒食冰，深恐曼殊將因此而戕賊身心，故屢加規戒，曼殊雖深信其言，然越日復狂放如故，殊使晦聞深感無可如何。迄至民國元年，晦聞再度由粵至滬，往探曼殊，而此時曼殊則早已由滬赴日了。故晦聞詩集裡，有是年「十一月十一日月中懷曼殊」七律一首，其詩道：

四載離悰感索居，憶君東渡又年餘。未達蹤跡人間世；稍慰平安海外書。向晚梅花纔數點；當頭明月滿前除。絕勝風景懷人地，回首江樓却不如。

末句即為追思昔日同寓江上風雨樓而發，其意殊至顯然。不僅如此；而且當晦聞在清末民初寓居上海之時，他為了提倡民族氣節和鼓吹革命排滿運動，儘管有如章文所說，他曾和「同學鄧實等，刱國學保存會，……作國粹學報，……」然此猶僅說出他的有關活動的一面；至於晦聞參加時正組成於上海的「南社」，並以擅長於詩而見重於同社中人，並與社友諸貞壯因各樹一幟而益見精彩（按：諸於詩尊唐而黃則尚宋）。此則為其有關活動之另一面，實屬毫無疑義。可是這在章太炎的文章裡，則略而未詳。揆諸章氏之意，殆以前者為晦聞所創發，而後者則為晦聞所附和，故有此一闕畧，亦未可知。實則就事論事，此二者皆於當時所謂「辨別種族，發揚民義」，大有幫助和影響，似不應因心存輕重而有所軒輊於其間。此則又應為之補充說明者。

再次，章太炎在文中又曾如此說到：

及民國興，諸危言士大抵通顯，晦聞獨寂寂無所附，其介特蓋天性也。

其言雖簡，而於晦聞之為人，則已為之和盤托出。正唯晦聞天性「介特」，所以自入民國後，儘管他並未「通顯」，而「獨寂寂無所附」；但他却仍能於必要時，基於其忠愛國家民族的精神，發而為剛正果敢的行動，雖至言人所不敢言，為人所不敢為，亦復視為性分中之所宜然而迄鮮顧忌。例如在民國四年，袁項城意圖篡竊國柄，帝制自為，竟先組織所謂「籌安會」以為其御用的宣傳機構。晦聞聞而深感痛憤，乃逕致書籌安會六位發起人之一的劉師培，針對他們引為藉口的所謂「國體問題」，據理仗義，痛加駁斥。其書道：

聞報見籌安會啓，諸君標論愛國，言徵切礴，情或難知，語則有據。顧往史不可誣，國衆不可欺，若摭拾外人言論，欲以鉗制人口，一言不智，莫斯之甚。會啓謂革命之際，國家與人民所歷危險痛苦，由於國體不善。亦知明祖戡亂，中更十八年，滿清剿明，亦越二十年，史之所書，慘殺夷戮，分崩割據，其危害苦，視今倍蓰。共和創國四年，反側雖興，旋踵即戢，士不從亂，民無去心，非力能奮，死不能致也；徒以共和維繫迴異夫專于一人，私于一家，舉國之士，所以不爭也。自黃帝立國，君主世及，至摯以不善禪，堯病世及，舉舜民間，三代之盛，不由君主世及，著有明效。今欲復君主不世及制，則湯猶難，即從斯制，亦祇蔽欺一時，塗飾視聽，是則一易君主，必為世及承嗣或賢，而威福玉食，供奉增加，何待易世，盤遊亂德，始足爲禍，雖有憲治，爲救已末矣。夫根本解決，不在君主之制，而在人民知有國家，革命之初，諸將解兵，陳書勸遜清之臣庶，豈盡忘君，蓋爲改建民國，非讓人以君位，是以不嫌而不讎，故根本解決，定於當日。今若復倡君主，則對於舊君，爲有慚德，對於民國，爲負初志，長官雖忍隱讚同，而亞旅師氏，能無貳議。且國一變，承認待人，強鄰在旁，誅求無已，我以賂免討耶？鄰能遍賂，民亦能遍耶？斯議倡起，未及逾旬，而士大夫之明恥者，相携而去，已有所聞矣，義不可以利取，事不能以言飾也。傾覆民國，是爲內亂，聚黨開會，爲成謀，豈與米博士泛論國體，著書私言，所可同語。僕以爲斯議一出，動搖國本，招致禍敗，心所謂危，願因足下，以告諸君，深察得失，速爲罷止。民國四年八月十八日黃節頓首。

此則不僅是晦聞生平一篇有光有熱和可傳可誦的大作；且亦爲當年一篇揭發袁項城包藏禍心、窺竊神器的重要文獻。它的價值和影響，殆可與梁啓超所發表的那篇「異哉所謂國體問題者」同時媲美。故亦應爲引錄於此。是則我們雖視此文爲前引章文的補充說明，恐怕也不會有什麼不當吧。

復次，根據章文所述，我們獲知晦聞生平雖係以致力教學爲其職志；但其間却也曾一度出任廣東省教育廳長和通志館長之職，然僅歲餘即已辭去，這是由於詩人學者乃是以吟詠著述爲其本色，而於做官之道則非其所知亦非其所宜的緣故。晦聞之出任廣東省教育廳長，是在民國十一年的冬天，時值徐紹楨繼胡展堂任廣東省長，因政務廳長人選物色困難，特謁　國父孫中山先生請示，　國父告以陳樹人新自加拿大返國，現居香港，可往徵詢其意見。徐遂遵囑往訪樹人並獲得其同意，乃偕由香港同返廣州。樹人因荐晦聞爲教育廳長，並親自北上訪黃勸駕（時晦聞任教北京大學）。迄既應邀偕同返穗，革命黨人馮自由乃假廣州正陽樓設宴歡待他們，即席口占，因有「千古騷人無此福，正陽樓上吃涮鍋」之句，故一時傳爲美談。

至於晦聞之所以辭去廣東省教育廳長的職務，雖是由於他在教育決策上極力主張男女分校，被人抨擊，遂致憤而請辭爲其主要因素，然而爲了他只善於治學而拙於做官，致感肆應維艱，心情煩苦，當亦成爲促成他決意擇了此一紗帽的內在因素。其他且不俱說，即以他在任內所主持的廣東全省運動會一事而言，他爲了這一運動會的會歌之作，就曾因遭受當時新聞界的明譏暗刺和熱嘲冷罵，使他感到有些吃不消！據說：

這回運動會的會歌，不曉得是那位秘書科長執的筆，但有人說是他親自做的，中間一段的結句爲：「矯如猿，捷如熊，挾東海，超華嵩，挾東海，超華嵩」。或許是一時大意了，或許是只顧叶韻，猿的矯自說得過去，但熊是個笨傢伙，那能稱捷？東海能挾更不像話，見者譁然，香港小報便開起玩笑來了，登出一首「挾東海」歌，歌云：「亞東之東有東海，詩人挾之超華嵩，矯如猿，捷如熊，高跨菊花壽頭鞋，寬袍大袖御長風，我聞五鼠翻江有蔣平，又聞梁山李俊混江龍，詩人說道一般傢伙都第九，我還勝過一個觔斗十萬八千里之悟空，甘省連年苦旱魃，土壤龜拆如隆冬，詩人濟以東海水，從茲五湖十澤還崆峒，龜者潤，拆者豐，四海賡歌聲隆隆，吁嗟乎！微詩人之力不爲功。我來作歌壽詩翁，詩成擲筆捧腹如蝦公」。晦聞讀到了，也覺啼笑皆非，連說：「豈有此理！豈有此理」！（芝翁：「黃晦聞之風節文章」。）

即此一例，可概其餘，其事雖小，可以喻大。以晦聞的天性介特，持身謹嚴，又何能常爲此等無謂的煩苦事而自亂方寸，時招羞辱？這便是他於辭去廣東省教育廳長一職之後，從此即絕意仕進而以教讀著述終其一生之所以然。這自晦聞一生的進退出處而言，似亦應爲補充說明者。

其詩格澹而奇，趣新而妙

最後，便要就晦聞在詩的造詣和成就上一加論列了。章太炎在前文中，曾這樣的說到晦聞的詩：

其風旨大抵近白沙，而自爲激昂痛峻過之。……最好崑山顧氏詩，蓋以自擬云。

其言，與張研田序晦聞的詩，至比之於元遺山、屈翁山、顧亭林，殆如出一轍。此則不僅使人可知晦聞之詩，而晦聞之高風亮節，也可於此窺見其一斑了。

晦聞有「蒹葭樓詩」兩卷，始於乙未，迄於癸酉（一八九五——一九三三），此爲其所手定，亦爲其三十八年來整個心力之所萃集。自其詩的意境和工力而言，不用說，當然都臻上乘。散原老人陳三立。因讀晦聞的詩，曾有如左的兩則評語，其一云：

格澹而奇，趣新而妙，造意鑄語，冥闢羣界，自成孤詣。莊藐生稱姑社之仙人，肌膚若凝雪，綽約若處子。又杜陵稱一洗萬古凡馬空，詩境似之。

又一云：

卷中七律疑尤勝，效古而莫尋轍跡，此類於山谷爲近，然有過之而無不及也。

散原老人以「格澹而奇，趣新而妙」這八個字來品評晦聞的詩，洵屬精審之極，正確之極。實在說來，這不僅晦聞之詩爲然，即其爲人亦莫不如此。此蓋由於晦聞的貞固蘊於中而閒澹形諸外，故發而爲詩，乃能「格澹而奇，趣新而妙」。所謂「詩如其人」，這自晦聞而言，則正復爾爾。

在晦聞的「蒹葭樓詩集」裡，諸如古近各體，固然是無一不有，亦無一不佳；但在比較上，正如散原老人所說，其中要以七律爲尤勝。茲除前所引述者外，特再爲選錄數首於左，藉供讀者共同欣賞：

五年北客傷時語，一日逢君語更深。
廿載故交吾已負；九城寒氣雨初沉。
可憐赤手拏龍學；憤付黃金買醉吟。
莫問歸期且言別，依依玄鳥向陽心。
（「都門遇何劍芙」。）

世事如斯豈所期，當年與子辨夏夷。
數人心力能回變；廿載流光坐致悲。
不反江河仍日下；每聞風雨動吾思。
重逢莫作嗟跎語，正爲栖栖在亂離。
（「滬上重晤秋枚」。）

且從湖上說宣南，到後能爲數月譚。
汝已楊花傷逝水；我終秋夢了優曇。
兩人結習今俱盡；一世沉冥孰更堪？
閒着夏來勞倦意，坐看山翠作浮嵐。
（「賓虹爲貞壯寫楊花圖予題一律」。）

誰喻湖干竚立人，纔從江上息車塵。
來尋種蠡圖存地！少聚萍蓬遇合身。
長客自嗟逾壯後；好山難買避兵鄰。
眼前菱藕魚蝦美，不該他年孰主賓。
（「湖上示賓虹並簡貞壯」。）

一棺江舍未經時，冒暑來尋或有知。
已負死生元伯語；更哀塵露嗣宗詩。
尺書病革猶相問；晚歲樓居不可期。
可有茫茫憂患意，亂蟬斜照共啣悲。
（「江干與賓虹視曼殊殯」。）

負手花前意自深，晚秋蟬吹久銷沉。
端知人本如流水；却爲來書一動心。
佛鬱如愁誰可辨，愛癡爲職豈能任？
壯懷待盡中年後，此意憑君作好音。
（「答秋湄書意」。）

坐聞世論自騰譁，倦客哀時信靡涯。
獨對古人稱死後；豈知亡國在官邪。

蕭條徐泗君安往？惙怛東南各有家。
辭說贈詩沉痛意，不堪長此共看花。
（「和胡夔文贈韻」。）

上引諸詩，雖未可一一視爲晦聞七律詩中的代表作；然要皆爲晦聞所自感滿意且於其所致友人書中曾爲之先後道及者。而散原老人曾批評其詩「格澹而奇，趣新而妙」，要亦於此可資印證。又曾有人如此認爲：

晦聞之詩，佳則佳矣；但語意悽惋，惻惻動人，使人讀之寡歡。

其言殊亦有見！例如前引「江干與賓虹曼殊殯」一律，其情辭的悲鬱與韻致的凄涼，即予人以一種「不忍卒讀」之感；而「和胡夔文贈韻」一律，亦大率類此。至就他的斷章散句而言，諸如「秋後風懷人比菊；夢中鄉事柳成圍」，「題巾我欲無言答；去駱情隨一日增」，「徒結中衣雙絹白；可期滄海一桑紅」，「恐我不堪憔悴死，狂歌度日復如何」……等等，則皆是凄麗之音，悲婉之詞，更使讀者爲之感不絕於其心！揆諸晦聞的詩之所以致此，乃是由於他所處的時代有以使然。他生於晚清同治之最末，而死於對日抗戰發生的前兩年，在這六十年間，正是內憂外患與國危民困交相洊迫的一個時代。加以他的天性耿介，所如又不盡愜意。故即其所聞、所見、所思、所感，便只有將之一付諸於詩，而至以詩爲其心聲喉舌之所寄了。由是而知晦聞一生的喜、怒、哀、樂……，皆係藉着他的詩以發洩之，以表達之，此則不僅是詩人的敏感，且亦爲世俗之常情，抑又有何足怪？

由於晦聞一生係以致力於詩爲其專業，故他的著述亦以關於「詩」的方面者爲多，計有「漢魏樂府風箋」、「鮑參軍詩註」、「謝康樂詩註」、「阮步兵詠懷詩注」、「曹子建詩註」及「顧亭林詩註」等，都凡九種，如併其自著「蒹葭樓詩集」而共計之，則合爲十種。餘如「中國文學史」、「周秦諸子學」、「黃史」以及「中國通史」等，則皆爲其早年之作了。由此，可見晦聞的致力之勤，用心之專，著述之豐，和成就之偉。

此外，還應爲之附帶提及的，那就是晦聞不僅是一個大詩人；而且也是一個書法家。中山李仙根（蟠）有「禁庭書風」七絕五十一首，係爲評論粵中自宋李昂以降的各代書家而作。其中之一云：

晚近頤巢入北海，研深吳郡是蕭山；
羅江曾自珍書格，雅愛蒹葭一味閒。

此詩末句「雅愛蒹葭一味閒」，即是指晦聞的「書格」而言。作者於詩後「自註」中，又謂：

晦聞黃節，大有唐人寫經神氣。曾語余云：「我詩未足傳，我書閒澹頗自熹」。其然豈其然乎？

由此，可見晦聞的書格其所以不同於有宋以來的粵中諸家而能獨樹一幟者，乃在李仙根「雅愛蒹葭一味閒」句中的這一個「閒」字。唯其「閒」，故晦聞本人固以此引爲「自熹」；而書評家李仙則根以此而深致其傾服之忱。實在說來，這一個「閒」字，如自晦聞而言，則不僅其書格如此；而其詩格和人格，要亦莫不如此。——這便是晦聞其人、其詩、其書之所以必傳於世的基本緣由之所在。

林海峯棋藝震東瀛

張磊

以圍棋神童東渡日本，於廿五歲登上本因坊寶座，進而稱霸日本棋壇，殺遍日本圍棋高手的林海峯，一直是國人最關心的一位旅居海外的遊子。這兩年來，由於林海峯碰上了勁敵——石田秀芳，不僅在本因坊的衞冕戰中和挑戰賽中，敗給石田，就是在本屆名人賽中，也岌岌可危，在連敗三局之後，在國人的嗟嘆聲中，又鼓足勇氣連過三關，終於在最後關頭，抱着背水一戰的決心，使出渾身解數，總算保住了名人頭銜。這可以說是林海峯圍棋生涯的一個「轉捩點」，不僅讓日本圍棋高手們對林海峯的棋力作一次重新的估價，而且也帶給國人們無限的歡欣與鼓舞。他給人們的啓示是臨危不亂與不屈不撓。

當林海峯在本屆名人賽的前三局屢戰屢敗之時，日本的圍棋界人士，莫不額手稱慶，認爲這是「林海峯時代」的結束，代之而起的是「石田時代」的來臨。而以中國人的看法則莫不認爲日本圍棋界說這話時，未嘗沒有意味着；中國棋士稱霸日本棋壇的時代已經結束。這在日本棋壇來說該是一件多麼重大的事，因此，當林海峯節節失利之時，正是心胸狹窄的日本人士，歡欣若狂之際。以日本人重視圍棋的情形來看，能夠有一位日本的年輕棋士，來擊敗一位中國高手，其興奮、愉快之情，是一種非常自然的反應，因爲任何一個人都會有這一份民族的情感。就以在國際體壇處處領先的美國來看，當我們的少棒接二連三，獲得世界少棒盟主之時，他們乃憤憤不平的嚷着要調查我們小國手的年齡，這何嘗不是狹義的民族意識在作祟嗎？基於此一心理，國人們對林海峯多年來稱霸日本棋壇，未嘗沒有與有榮焉的感受。

於民國五十四年秋天一仗打敗坂田，一直稱霸到現在的林海峯，在日本舉辦的十一屆名人賽中，獨霸了六屆名人的榮銜，那是第四、五、六、八、十和十一屆，佔了總數的一半以上，實在是林海峯最大的光榮，也是每一個中國人的光榮。從以上的數字可以看出，第七屆和第九屆名人的頭銜，曾被人奪去，但都在次年又被海峯予以奪回，那就是一九六八年輸給高川，次年予以奪回；一九七〇年又復輸給藤澤，次年再度鼓足勇氣，重返名人寶座。這在日本圍棋史是空前未有現象。據日本棋院統計，在日本圍棋史上，將寶座失而復得的人，以林海峯為第一人。因此，當林海峯兩次憑着勇氣、耐力和信心，將名人頭銜自他人手中奪回之時，除了震驚了日本圍棋界，就是一般愛好圍棋的日本人，幾乎在圍棋這一行上，失去了民族自信心，而興起「日本人眞的不如中國人」的感慨。同時也給林名人取了一個「不二敗」的綽號，那就是說，林海峯雖然也會失敗，但是絕不會連着敗兩次。由此可見日本人，對林海峯是既妒且愛的了。

在日本圍棋界，除了「名人」榮銜以外，尚有這一次海峯與石田作殊死戰的本因坊及十傑等榮銜，莫不是所有棋士全力爭奪的對象，而這位浙江籍的中國棋士，在其巔峯時期曾同時保有本因坊與名人兩種頭銜，直到廿六屆本因坊挑戰賽中，才敗給了廿二歲的石田秀芳，到廿七屆林海峯再一次「過關斬將」獲得挑戰權，向石田本因坊挑戰，此時，正值海峯返國與王來弟小姐結婚未久，但是不幸又一次失敗，從此「不二敗」的綽號也隨之而去，這對林海峯來說，實在是一大打擊。但是林海峯個性穩重，儘管他在連着兩次本因坊大賽中都輸給了石田，但是當他接受日本記者訪問之時，他仍舊風度翩翩的一再推重石田秀芳的棋力，而且非常幽默的說：到底是年輕人厲害。言下雖然有「棋江後浪推前浪」的感觸，但這句話出自廿五歲便稱霸日本圍棋界，迄今不過卅郎當歲的林海峯口中，却有點讓其他日本棋士啼笑皆非之感。因為在日本享有九段榮銜的棋士大有人在，但在其一生之中，從未享有本因坊或名人等榮銜者實在太多了。以林海峯的恩師吳清源大國手來說，便是一個例子。吳清源在日本雖然沒有享有本因坊等頭銜，但其棋力之凌厲與造詣，可以說是登棋造極的了，直到目前，大家在談論新秀石田秀芳之時，仍舊拿他與吳清源九段相提並論，咸認石田的棋路與吳九段同出一轍，不僅穩鍊，而且能守善攻，在失利之時，能夠堅忍不拔，在稍見勝利的曙光之時，必能乘勢毫不留情的來個大殺着，凡是與他對過壘的莫不認為石田在發揮其潛力之時，眞是銳不可當，完全像當年吳清源大國手一樣。就是林海峯跟石田幾度交手之後，也頻頻稱讚石田着

名人棋賽第七局全譜（一—二二八）

白：林海峯（名人）

黑：石田秀芳（本因坊）除五目

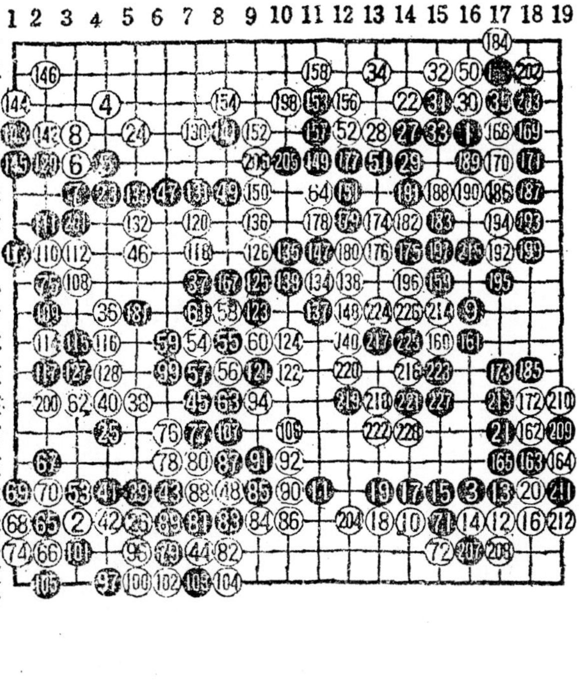

73—2十七刼，93 2十六粘，95—8十一刼，119，98 7十一刼，166 8十二刼。

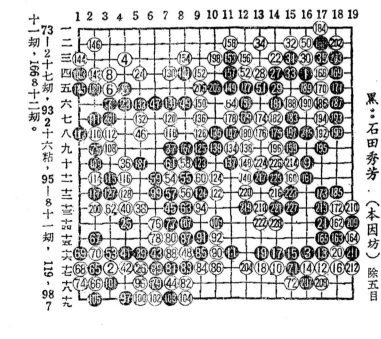

棋之手法與風采與其師完全一樣，由此，可以看出林海峯對石田是頗爲推崇的了。

但是石田秀芳在日本棋壇雖然如旭日之東升，凌銳難當，而被一般日本人稱之爲「電腦人」，但是，當他與林海峯對壘之時，則是非常沉重的，儘管他已在本因坊中，連着兩次贏了海峯，但每當他談到海峯之時，仍舊自然而然流露出敬畏的神情，他認爲林海峯是在平凡之中，有一股懾人之力，加上林海峯耐力強、體力好，善於打持久戰。每遇強敵之時，那股堅毅、沉着，有條不紊，運用智慧把棋弄得複雜不堪，然後與對手展開體力消耗戰，這是所有棋士都難以抵擋的手法，以「剃刀」綽號享譽日本棋壇的坂田，也曾在林海峯此一絕招之下棄甲落荒，實在叫人害怕。

當這次林海峯與石田再度作殊死戰之時，林海峯再度引用絕招，但是石田比他更年輕，而在耐力上也高人一等，致使林海峯無法施展長才，連着敗下三局。此時一般圍棋界人士都認爲林海峯過於墨守成規，甚至有人認爲林海峯限於智力，恐怕難以突破了。即使能夠突破，也將是三、五年之後，但是正當大家一致認爲林海峯時代將暫告一段落，石田時代來臨之時，林海峯却向世人展露了他的才華，立即向石田還以顏色，連着贏了石田三局，實在是日本圍棋史上罕見的情形。這充分說明了林海峯的潛力驚人，也許他的確有點墨守成規，但當他體驗出情形不對時，便能及時修正，實非有信心、有耐力、有潛力的人，所能做得到的。在圍棋上實在很難以勝敗論英雄，這就如吳大國手在日本棋院雖未曾擁有雙冠王等的頭銜，仍深受棋界人士的敬重，而林海峯在這次比賽中，能夠在連敗三局之後，氣不浮、意不亂，修正自己的偏差，研究對方的缺點，然後連着又贏了三局，這是林海峯在對自已挑戰，而不是對石田，一個經得起考驗，忍受得住失敗的痛苦的人，絕非平凡的人。

林海峯在圍棋上的造詣，使他成爲了一個譽滿世界的「名人」，但是其本人却跟他的棋一樣，看來非常平凡和樸實，待人接物更是謙虛有禮，絕對沒有一點我是世界圍棋王國的雙冠王的傲氣，在收入上，他絕對不比所謂「享譽東瀛的名歌星」差，但是從未見他有一點崇尚浮華、虛榮的情形，一襲半舊的西裝，連領帶都很少打。以一個十來歲便隻身前往異國，潛心研練棋藝，每天在老師的督促下，背棋譜，研棋譜，參加各種大小比賽，個中艱苦，絕非一般人所能忍受得了的。更難能可貴的是當他譽滿全日本之後，並未把自己的生活改變一點，這絕非一般年輕人所能做得到的。以林海峯的性格與苦幹的精神，來做爲青年們的楷模，相信誰也不會有異議的。

獵雁者

蓮萍

故鄉湖北荊門，港灣交錯，漁帆縱橫，每入秋季，北國鴻雁即結隊南飛，棲息於斯。

雁係候鳥，秋來春去。當夜幕低垂之時，雁羣即選擇人烟稀少的湖濱降落，開始其南來之新生活，公雁與母雁俱爲原配，爲雁羣生活組織之單位，倘失其一，永不續配，習稱爲孤雁。當雁羣定居之後，其安全之瞭望與巡邏，都由孤雁擔任，遇有侵襲，則鳴聲示警，負責盡職，爲動物組織中爭取生存之另一法門。

由於雁羣之組織嚴密，警覺性甚高，故獵者須使用一番心戰功夫，方可收效。獵戶取用之武器，一是鴻雁鳥，一是罐子砲，都係有烟火藥之原始武器。鴻雁鳥射程較遠，但裝藥耗時，罐子砲裝彈雖快，而其射程甚近，但均須在百五十公尺左右爲最佳射程，而此一距離，甚少脫逃孤雁之監視。

獵者分乘小船，向棲息之雁羣推進，接近約五百公尺處停止，在船上以火光搖晃，警戒之孤雁發覺後，立刻齊鳴報警，聞雁聲，隨即熄滅火光，當被驚醒之雁羣，循警衞發現火光之方向偵視時，却又寂寞無異狀，紛紛喋喋不休而又睡去，似責警衞之不盡職而謊報軍情，獵人隨之出示第二次火光，此時孤雁報警之聲又作，並較第一次爲大，以示其所報實在，火光又隨之滅去，雁羣無動靜，且爭啄孤雁，以示懲罰，然後相互依偎睡去，正當孤雁含寃憤憤不平之際，第三次火花又告出現，孤雁此時不但不鳴聲報警，且低飛離羣而去，如此，獵人便可大膽推船前進。

胡政之與大公報

陳紀瀅

胡政之（霖）先生遺像

「我請問胡先生，你當初創辦國聞週報的動機是什麼？」

政之先生見我進一步深究，不免滿臉張笑，以很平靜的語氣跟我說道：「紀瀅，今天有工夫談談我們這一代從事新聞事業的動機是很難得的。因爲幹這一行的人，天天忙亂，食宿都不安，很難靜下心來談問題，你能使我有機會談談當年的理想，連我自己也高興。」然後他喝了口茶，（政之先生不吸烟。季鸞先生吸烟，但不多。）振了振精神繼續說道：「我們這一代肩負了清末外交的恥辱、內政的窳敗，以及國計民生艱難所加給的刺激，在原則上，是內求進步，外爭獨立；以公正輿論促進國家現代化，以翔實新聞協助民主制度的建立；並且掃除中國人舊日玩弄文字的積弊，以科學化爲一切施政之母。我們距離西方進步情形至少相差一個世紀，距離日本也相差五十年，怎樣能使中國踏入進步的世界之林，是我們從事新聞事業人士所追尋的最大目標；進而發揚中國文化，傳佈於全球各個角落，也是我們的責任。」胡氏又說：「所以我創辦了國聞通信社之後，辦報與辦雜誌，自然成了緊跟着的兩個步驟；不過，因爲我們對於辦報都是驚弓之鳥，不敢輕於嘗試，冒昧從事。（註：在此以前，民國二年，胡氏曾在上海主辦大共和報）於是在通信社之外，再創辦一個週刊，以爲通信業務之助，並藉文字的具體表現擴張新聞事業的影響。」

我又向胡氏請教「外爭獨立」與「中國人玩弄文字的積弊」的含意。他說：「我這裡所說『外爭獨立』是包括『領土主權』的獨立與新聞傳播的獨立。你要知道，中國多年積弱，政治腐敗，自己不爭氣，固然是最重要原因，可是烈強的剝奪中國主權，在中國境內實行次殖民地政策，也是不可忽畧的因素。今天文人報國首先須求解除國家的桎梏，精神獲得獨立，然後才能及於其他。至於新聞傳播的獨立，對新聞界來說，毋寧更重要。你知道，帝國主義者不但侵佔中國的領土主權，而且也操縱中國人的視聽。」

他們在中國境內辦報紙辦通訊社，混淆聽聞，製造是非，以求達到他們的自己利益。如今天的『路透』『哈瓦斯』『德通』『電通』等等通訊社都在中國設有廣大的通訊網。中國發生一個大事，中國人自己不能報導，反倒讓外國通訊社搶先傳播，而他們不是隔靴搔癢，就是曲解事實，以致造成許多誤解。所以我之辦通訊社就是與外國通訊社爭取中國新聞報導的獨立。辦雜誌是爭取輿論的獨立。以眞實報導，爭取國人的信賴；以公正態度批論是非。獲得讀者的共鳴。如今通信社與週報僥倖都已成功，差堪告慰。但最初這些家外國通訊社都不肯引用我們的消息，慢慢不但引用，而有時還大量刋載。密勒氏評論報經常翻譯週報的言論與專論。要說大公報、國聞週報與國聞通訊社對國家有什麽貢獻？實在說，我們是在外國箝制中國輿論、操縱中國新聞的情勢下，改變了中國人讀報、聽新聞的信心，與建立了中國人論中國事的透澈的自尊。」

按當時美聯社在外國通信社中，在中國影響還很小。

「關於中國人玩弄文字的積弊，」政之先生說：「這是中國多少世紀以來的情形，詩、詞、歌、賦，以及文學作品，雖是以文字表達，但並非完全消閒作品。民國以來，有一種文字玩弄，那便是軍人，政客『通電』的電文。近來已少見，想想十年以前，報紙上天天有某人某人的通電，儘管他作的是男盜女娼，但由於文人之被僱用，可以把他描寫成如仙似佛。至於報紙副刋，仍刋載無病呻吟的唱和，都屬於玩弄文字的積弊。國聞週報雖有「詩海」一欄，但我已囑咐看稿人，完全屬於病態的吟詠，絕對割愛。」

胡氏又說：「今天辦報與過去不同。過去是個人組織，一個人有能有才就行了，如今則需要集體力量，不但要有財，還要有智。過去是手工業，今天是重工業；過去是一個人開舖子，賺了鈔入私人荷包；今天是大家開舖子，賺了鈔利益均沾。過去是個人事業，今天是企業；過去是個人英雄，今天大夥兒爭榮冠。」

我又向他請教今後報業的前途。他皺了皺眉頭說道：「今後報業將越發艱苦。因爲日本人野心不死，佔領了東北，華北已是它第二目標。政府爲剿共已非常吃力，怎樣抵擋日本的再繼續侵畧，實在不令人樂觀。以咱們大公報來說，東北一失，掉了三萬多份報，在收入方面影響實在不小；倘若天津，再處於戰時，前途更不堪設想。對辦報有信心，對報館前途，實在感到迷惘。主要的是，任何人、任何事業都脫不掉與國家命運的關係，祇有走了一步再說一步！」

胡氏一向是樂觀的人。這段話當時給我的印象甚深。後來不幸而言中，足見胡氏並非盲目的樂觀主義者。

胡氏又說：「截至現在止，國聞週報每期發行五萬多份，雖然不是雜誌中最大的發行量，然而却是中國同類刋物中發行量最大、影響最深遠的週刋。有了國聞週刋，讀者才培養成讀有系統文章的習慣，才有收藏資料的興趣。同時本報重要文章藉週報的轉載，便利讀者珍存，以賡續新聞的連貫性。而且，定閱週報的人，比訂閱任何其他種期刋的人，智識水準高、專門性較爲嚴格，因此所發生影響力也最大。不過，還有許多地方不夠理想，如特約文章不夠多，趣味性還嫌不足。

筆者按：當時在南方有商務印書館所出版的「東方雜誌」與生活書店的「生活」與中華書局的「新中華」，是三份比較暢銷的雜誌。然因商務與中華的出版物都是月刋，不能與國聞週報抗衡；而「生活」周刋，因受「人民陣線」的支持，言論左傾，態度鹵莽，祇能蠱惑青年，不能悅服廣大民衆，兼缺少學術性，故不爲高級知識份子所重視。在北方，由胡適先生所支持的「獨立評論」是一份政治、文藝性的綜合刋物，廣受知識界愛護，但也因偏重學者的論據，缺乏新聞紙的廣被性，銷不過國聞週報，其他週刋、雜誌更不用論了。

國聞週報每期十六開本平均五十頁，有時論、專論、通訊、一週述評、掌故、詩海與文藝。每期至少有一篇至兩篇未經大公報所刋載過的時論與專論，大約佔二十頁左右。一週述評佔四頁。掌故佔四頁，詩海佔兩頁，文藝佔十頁，其他佔十頁。時論中，有關政治、軍事、外交、經濟無不應有盡有，而且都是知名之士、專家所寫。專論中都是某一行業中權威之作，屬於知識性的介紹也多。「一週述評」則多半由主編人執筆。這一欄，當時很受注意，一方面可供中學生寫週記之使用，另一方面為綜合性的記述，俾留心時事者的參考。在夾敘夾議中，提供讀者事實的輪廓。「掌故」中，有一個時期被凌霄一士所包辦。凌霄一士本名徐凌霄，在北平幾個公私立大學兼課，授中國歷史，腹笥甚廣，記憶特強，尤其對清朝文物、軼事所知非常多，所以他這欄擁有極大讀者羣。「詩海」是舊詩的領域，為遺老與退休的詞章家發洩感情的地盤，也有它的羣衆。文藝欄內，有許多名家曾在上邊登載過作品，如沈從文的「湘西邊事」，就是在國聞週報上發表的。張天翼、丁玲、巴金、李同愈等都有小說在那裡刊登。最先介紹美國人的文章是楊歷樵所譯辛克萊·劉易士(Sinclair Lewis, 1885—1951)所寫的「大街」(Main Street)。在此以前，中國文壇偏重歐洲作品，自「大街」後，美國文學才漸漸引進中國文學領域。

這份週刊是政之先生所創辦，但他自己很少發表文章，就是有時發表，也是署一個別的名字，他的署名之一是「靜觀」。以先我也不知道「靜觀」就是他，有一次他去青島回來，第二天有一篇文章記青島之行，用的是這個名字，我才知道「靜觀」是他。這也同季鸞先生抗戰時期用「老兵」，早年用「一葦」的一樣。

我常常聽張、胡二公說：「報紙雖然是咱們辦的，但地盤永遠公諸大衆。報館主持人，縱然寫文章，也要隱藏在背後。你若是拿大家當你的跟隨，那個報刊永遠不會發達。幹報館的人最忌諱時常把你自己的名字刊在報紙上。」大公報始終保持這個傳統，為中國新聞事業樹立楷模。

民國二十一年十二月十日，季鸞先生在國聞週報上發表「國聞週報十週年紀念感言」一文。這篇文章不但敘及創辦歷史，也勾劃出言論救國的環境與同人努力的方向，算得是一篇有關國聞週報的重要文獻，茲抄錄如後：

「民國元年，余與胡政之兄同服務於上海民立圖書公司。二年，余由北京出獄歸上海，落拓無聊，政之時主大共和報，余亦任譯員，復同於中國公學授課。民五以後，又同在華北報界。八年，余再居上海，主中華新報，政之亦自歐洲歸來，創設國聞通信社。館址為鄰，而居家同里，如是者且四五年。迨十三年冬，余失業北來，而政之先生移居北京，仍朝夕過從，十五年秋，更同辦大公報，日月匆匆，已六年矣。二十年來，同業友人，或死或散，或改業為官吏，其慘者，殉身國事，不可復見。獨與政之蹤跡不離，亦都不改業，年來且同服務於一報，遇合之佳，生平無二也。國聞週報原為國聞通信社之附屬事業，創刊之時，余亦在滬，深讚賞之。十三年，吳達銓兄與政之及余，議發起新聞事業，並日報、週報、通信社而一之。達詮為東京留學時代之友，與政之且同學。民國以來，達詮投身於財政經濟界，而余等業報，跡疏情親，國士相許。達詮於新聞事業，見解獨卓，興趣亦厚，以為須有獨立資本，集中人才，全力為之，方可成功。十三年在滬所議如此，然未幾因余北來，議遂中輟。迨十四年冬，國聞通信社營業不支，政之擬停辦，並商於余，於是舊議復活，擬先擴充國聞週報，余允贊助而尚未能。然因達詮之主持，國聞社事業基礎，自是固矣。十五年，北局大變，余滯留津門，徬徨無所之，達詮、政之乃勸余歸滬，主持國聞週報，余病其為週刊，不足滿勞動之慾，以為必兼辦日報，庶幾可以週旋也。然政之與余，辦報既久，飽經世變，如鳥驚弓，設非適有大公報停辦之事實，及進行接辦之利便，余大抵再作上海人矣。大公報即續刊，國聞週刊，遂亦移津發行，而余精力不足，於週報竟無貢獻。年來此姐妹事業，較見發展，今週報忽已屆十週年紀念之日，回首前塵，萬端感慨，用述吾數人合作之往事如此。夫國逾二十年矣，言論救國，其效為何？破碎河山，窮愁民衆，悲愧之情，如何可已！敬告讀者！吾儕尚將加倍努力以報社會，並望讀者教訓之，兼致意全社同人，愛國自愛，努力前途，俾吾日報與民國創業同底於成功！早衰如余，仍將與達詮、政之爲全國新興言論界之老兵弱卒，爲民族生存之大問題，而隨同奮鬥也。」

據我近十五年來參觀世界各大圖書館的經驗，國聞週報是它們珍藏中國雜誌的一種。出版了十六年的國聞週報，遂成了檢查中國歷史最有參考價值的文獻。

一六、一個插曲

在我停留天津期間，有一天，我去益世報看總編輯劉豁軒先生。因「九一八」前，我也曾是該報投稿人之一。豁軒自大公報上知道我到了天津，打電話要來看我。我婉謝了他，定期去看他，主要藉機會可參觀益世報的設備。

當我參觀完了，他就問起哈爾濱國際協報的一位朋友王研石君。王君於「九一八」前，曾担任平津滬漢十幾個報紙的駐哈特派員與記者名義，包辦哈埠附近迤東迤北新聞，一如當時的何冰如君在濟南，統發山東新聞，惟何冰如另有一通信社機構，研石則沒有。

當時研石是國際協報的採訪主任，另一個記者王歧山君也是個活躍人物，也担任着國內次大報的通信記者的職務。研石以採訪萬寶山慘案新聞馳名國內。他的本事是：同一新聞，針對某報經濟能力、愛好與在者心目中的地位、發佈長短不同，深淺合度與趣味大小的消息，教人讀起來，好像不是一個人發的。所以像上海申報、新聞報、時報與時事新報，都是他一手包辦，但每天各報的新聞，多半不雷同，這也算他的特長。天津，他的新聞則只發益世報。益世報注重東北新聞，因此他每天發往外埠的電訊，以益世報量最大，質最精。無形中，益世報也最倚重他。

等「九一八」事變爆發，日軍隨後進入哈市，有一個時期他被日本憲兵隊捕去。不知怎麽個經過，不久又把他放了，我於二十二年七月下旬至九月上旬，重返哈埠時，曾到國際協報去看他。他偷偷向我示意，願意離開哈爾濱到華北新聞界工作，他拜託我向益世報進行工作，我答應他。

我就趁機會在豁軒面前替他鼓吹。恰好，益世報的採訪主任出缺。劉先生就向我打聽他的爲人與家庭環境。我自然講了他許多好話。豁軒跟我商量來到天津之後，怎樣報酬他？我說：「你不能按他在哈爾濱的收入，他担任那麽多通訊員的工作，自然不少；你祇能按你報社的待遇。」於是規定月薪九十元，另加津貼二十元，名義是採訪主任。那時候，豁軒好像還兼任總經理職位，他一言九鼎，說了就算。拜託我立刻寫信給他，愈快愈好。

我回到大公報，立刻以祕密通信方法寫信給研石，說明交涉經過。不到十天，他便由哈埠來到天津，第二天就在益世報上班了。

研石工作能力強，自不待言。但他也有缺點。由於過去他在哈爾濱新聞界一手遮天，冠蓋羣倫，使他養成目空一切，唯我獨尊的神氣，換句話說，就是驕傲。

可能爲了力求工作表現，有一天碰了一個極大釘子，在電話裡不住地向我訴苦。他說：「找我麻煩，不是別人，就是你們大公報的張遜之！」

原來十月間，羅文榦以中央特使名義巡視新疆後，自蘇俄海參威搭輪回國，船要在塘沽停留一夜，再續駛上海。天津記者當然不會錯過訪問的機會，於是當載羅文榦的輪船靠近塘沽碼頭的時候，記者羣一擁而上，獨有王研石被留在碼頭上，不得登船。據說指使碼頭警察攔阻他的人，不是別人，就是張遜之！他的理由是王研石還沒有加入記者團體，他沒有採訪權。」我聽後，就勸他暫時息怒，容我問問張遜之再說。

張遜之兄，河北束鹿縣人，什麽學歷我不清楚，祇知道他是天津青幫的頭兒。他常年在惠中大飯店包着房間，來往的人不是各軍事機關駐天津的代表就是政客、警憲首領，以及各工人團體的負責人。總之，天津的三教九流，他無一不熟；地痞流氓，更是他的好友。爲人慷慨義氣，手頭大方闊綽，天津人都呼他「張三爺！」大公報爲什麽延攬這麽一個人物，我也不知道。

我曾慕名到惠中飲店去拜訪過他一次，房間內排場與氣派給我印象不凡。等到每天晚上到了報館，他就儼然是另一人。他那種循規蹈矩，低頭哈腰，悄悄講話，堆滿笑容。彬彬有禮，絕對不會令人想到他在旅館喊：「來人哪」的神氣。而且不是偶然如此。我默默察看，他到了大公報編輯部，則雖另一副形態，並不感覺他是造作，也蠻自然的。

晚上，我見他寫完了稿，就悄悄地說：「遜之兄，能不能請到我房裡去請教一件事？」他不知什麼事，就茫茫然跟我走進我那間臥室。等我說明眞象，他便道：「老兄何不早說？」

遜之又道：「其實也不是我的主意，新天津報一個小老弟，說王研石這傢伙目中無人，到處搶新聞，也不打招呼，總得給他點顏色看。所以我才教警察阻止他登上船去。」

我說：「這個人在哈爾濱與我是朋友，並且同事。這次是我從中介紹才來益世報服務的。怪我疏忽，沒先領他來看您。」

「沒什麼！沒什麼！說過去，就算了！」

第二天下午，我陪研石去惠中飯店拜訪他，就向他深致歉意。遜之當然很會應付這種場面，使研石滿意而歸。

經過這一次小事件，研石的鋒頭稍斂。他原先稱雄一方的霸氣也降低了許多。虎不離山，龍不離水；改換了碼頭，就得另拜神靈。這是封建社會的通常現象。這種現象竟出於新聞界，而且在三十年代，毋寧是我始料所不及。

可能由於研石的個性，也可能由於他的像貌，影響了他一生命運。我是非常反對命運學說的人。我從來主張「命運操之在我」、「教育與家庭背境形成一個人的個性。個性影響環境，環境支配人生。」但由於王研石兄「武漢時期，易名王公敢。則使我的主張無法自圓其說。爲什麼？研石兄的一生坎坷，註定坐監獄的命，豈是他個性所促成？」

他在哈爾濱被日本人捕過兩次，吃了不少苦頭。「七七事變」後，在天津，又被日本特務機關押了半年。民國二十七年，他從天津逃到武漢，爲香港的星島日報當特派員，一張電報稿（洩漏軍事機密）就被我軍方捕去，坐監七年，抗戰末期才服刑期滿。勝利後回到天津益世報，等大陸淪陷，又被共黨逮捕，生死莫卜。他一生倒有三分之一的時間，與鐵窗結不解緣，你說怪不怪？

此君寬臉促額，兩肩不平，走起路來，蹣蹣跚跚，有如醉漢，但說話溫和，態度也相當斯文。只是搶新聞及文字上不饒人的作風，一生未改。有一次，在重慶中一路的公共汽車站，我遇見同一模型的一個人，使我幾誤認是研石兄的化身。攀談之後，他牢騷滿腹，他說：「你的朋友若像我，他一定不會有好運道。因爲我一生註定了是坐監獄的命。我剛剛從土橋放出來還沒有回家。」重慶南岸土橋是軍事監獄所在地。我望見他，滿眼含淚，若不勝感歎身世凋零的意味。

如果站在生理學、心理學與統計學來探測一個人的發展，或不是完全無根據。但我仍很懷疑命相之論，姑妄言之，爲飯後消化之一助可也。

一七、大公報一萬號紀念辭

有一天，我又向胡氏請教英斂之先生當年創辦大公報的經過與他們三人（吳達詮、張季鸞與胡政之）接辦始末與所標榜「不黨」、「不賣」、「不私」「不盲」四大信條的含義。政之先生忙從國聞週報合訂本中，找出「大公報一萬號紀念詞」一文，是二十年五月二十二日所發表的。過去曾讀過這篇文章，依稀還記得，今經胡氏找出來，使我有機會再重溫一下，越覺有意義，這篇文章雖是季鸞先生執筆，却是三位先生的共同意見。季鸞先生寫完後，曾分別請達詮、政之兩位先生核正。

原文如下：

本報創刊於清光緒二十八年五月十二日，即一九零二年六月十七日，中華民國二十年五月二十二日，發行滿一萬號，其去三十年初度，餘二十五日，同人謹於今日徵文中外，以誌紀念，而爲之辭，辭曰：

近代中國改革之先驅者爲報紙。大公報其一也。中國之衰，極於甲午，至庚子而瀕於亡。海內志士用是發憤呼號，期自強以救國，其工具爲日報與叢刊。其在北方最著名之日報爲大公報，蓋創辦人英君斂之目擊庚子之禍，痛國亡之無日糾資辦報，名以大公。發刊以來，直言談論，傾動一時。入民國後，英君漸老，社務中衰。民國六、七年曾經整理，營業再振，復因頓挫，至十四年冬而休刊。現在服務本社同人之接辦，爲民國十五年九月一日。英君創辦，承庚子八國聯軍奇禍之後，同人續刊，則當國民革命運動勃發之時。此三十年來，中國受內憂外患猛烈之壓迫，舊秩序已崩潰，新改革未成功，國民苦痛煩悶掙扎奮鬥之狀，實表現於社會一切方面。本報誕生成長於此時代背景之下，而前後同人復同爲親身經歷甲午、庚子以來之痛史者。今當紀念本報一萬號之日，而回首此三十年之中國，誠感慨萬端，不能自已者也。以清末壬寅前後與今日較，中國政治、經濟、社會各方面，實已經重大之變遷。蓋由帝制以至共和，由憲政以至黨政，由籌備立憲以至國民革命，就中國論，爲開創五千年未有之新局；就世界言，亦足包括其數世紀進化之階段。然民國以來，其實質未變，或愈變愈烈者，則民生愈困苦，吏治愈貪汚，教育實業，俱少進步。民國十數年所增加者，徒爲若干軍閥買辦與無數游民盜匪。蓋有清末之僞立憲，而後起辛亥義師，復因北洋之僞共和，而後有國民革命。此雖近代史上之兩個時期，而實爲一大問題之繼續演進，而迄今未臻完全解決者。是以三十年來，本社前後同人之苦痛煩悶，同時即爲四萬萬同胞共同之苦痛煩悶，今猶待於掙扎奮鬥者也。近代國家報紙負重要使命，而在改革過度時代之國家爲尤重。中國有志者知其然也，故言論報國之風，自甲午後而大興，至庚子後而極興。然清末南北著名報紙，民國後多受壓迫而夭折，新興報紙處高壓之下，亦鮮能發展。報紙疊興，殉者無數。其規模宏闊之報，或庇外力以營業，或藉緘默以圖全，近十餘年來，除革命機關之非商業性質者外，求如清末之報紙之慨然論天下事者，反不多見。

現在同人等之投身報界也，早者始於辛亥之役，其晚者亦多逾十年以上。浪迹南北，株守徒勞。故於十五年天津反動政治最高潮之時，更毅然接辦本報，再爲鉛刀之試，期挽狂瀾之倒。歲月忽忽，又數年矣！而所謂言論報國者如何？際茲紀念，悲愧交并矣。此國人今日願訴諸全國讀者諸君者一也。

雖然，亦有可畧告慰於國民者，自英君斂之創刊，以至同人接辦，本社營業，始終賴本國商股，不受政治投資，不納外人資本。同人接辦之日，深感於中國獨立的輿論之亟待養成，故進一步決定以微資獨立經營，不爲一般之募股，負責同人並相約不兼任政治上任何有酬之職務。當續刊之第一日，嘗以四事昭告國人：曰不黨，「純以公民之地位，發表意見，此外無成見，無背景。凡其行爲利於國者擁護之；其害國者，糾彈之。」曰不賣，「聲明不以言論作交易，不受一切帶有政治性質之金錢補助，且不接受政治方面之入股投資。是以吾人之言論或不免囿於知識及感情，而斷不爲金錢所左右。」曰不私，「本社同人除願忠於報紙固有之職務外，並無他圖。易言之，對於報紙並無私用。願向全國開放，使爲公衆喉舌。」曰不盲，「夫隨聲附和，是謂盲從。」一知半解，是謂盲信。感情所動，不事詳求，是謂盲動。評詆激烈，昧於事實，是謂盲爭。吾人誠不明，而不願陷於盲。」以上四端爲當時環境下所能表示之最大限，亦同人自守自勵之最小限。今者檢查過去，幸未背創辦人之精神，得勉盡同人公開之誓約。雖然，其志是矣，其效則微。現代任何事業，無不受社會連帶原則之支配，當本報續刊之日，正南北大戰之時，天津在舊式軍閥政治之下，全國處空前革命巨潮之中，試回首此數年間，從張、褚督直，至北伐成功，從晉閻衞戍，至中央討伐，從國共混淆，至清黨剿匪；從張雨亭開府北京，至東三省擁護統一；其變化之劇烈，動如南北之極端，本社同人微論智力上應接不暇，即事實上亦障礙叢起，雖依時立言，勉效清議，然亦有時不能言所欲言，或竟不免言所不欲言，其牢摶斷舵以與驚濤駭浪戰者，惟賴其無成見，無背景，不以言論作交易，不自甘為盲從、盲信、盲動、盲爭之一點精神，或足以邀天下之共諒而已。且因戰事屢興，營業損失，金價昂貴，打擊尤重。而因華北商業之蕭條，廣告發行，皆受嚴重影響。營業既不能充分發展，兼紙面之整理，新聞之充實，皆不能如計劃以行。

同人雖薄具經驗，志切改良，而限於環境及能力，實未能貫徹其理想於萬一！今當發行一萬號之日，縱自省志趣未衰，而無奈成績太少。念各界之同情，感萬分之悚愧！此同人今日願訴諸全國讀者諸君者又一也。

惟念中國自國民革命運動勃發以來，精神上實有顯著之進步，而世界經濟潮流，復迫令中國必須工業化、科學化。以政治言，必須民主化，及社會主義化，在近世中國中，代表此時代潮流而率先奮鬥者，首推　孫中山先生，故經三十年之混爭，而中國統一於其三民主義原則指導之下，此時代必然之事實，非無因而至者也。

中國將來政治之演進，與政治人物之浮沉，誠不可預知，而有可絕對而言者，曰：一定前進，其前進之目標，必達到全民樂利進步，與國家自由平等。而為達此目標之計，國民必須更聰明、更勇敢、更廉潔、更富於知識，更有犧牲小我服務大衆之決心。而更須先之以教育及宣傳。故在此新時代中，報紙任務更趨於重大，而其經營方法，乃更趨於複雜及繁密。本報過去，少有成就，同人學識，尤淺陋無狀，誠不足以負喚起輿論之重責。惟追念中國近代之痛苦，感於時事之所需，深願貢獻此一畧有基礎之小事業於全國國民之前。自今日始，更願聽全國國民之指責督導，而期其援助與合作。蓋同人始終抱一理想焉，以為輿論之養成，非偶然也，必也集全國最高知識之權威，而辯論，而研究之，最後鍛鍊而成之結晶體，始為輿論。依此輿論而行之政治及社會事業，始能不誤輕重緩急，不入迷途。國家果有此等輿論，始可永免內亂，可不受障礙而邁進。夫報紙者，表現輿論之工具，其本身不得為輿論，即同人自念，其所有者，惟若干經驗與常識耳。建國大業，何知何能，是惟有公開於全國國民，請求其充分指導、督責、援助、合作，敢望全國之政治家、教育家各種科學之專門家，及各種產業之事業家，凡所欲言，可在本報言之，其互辯者，在本報辯之。凡在法律所許之範圍以內，同人決忠實介紹，聽國民為最後之批判，期以五年十年，中國將能形成真正之輿論。抑中國地廣民衆，交通未開，中國人不惟少知世界，且少知中國。而中國現狀，百分九十之人口為鄉農，在今日工業幼稚之時，農為國本，而鄉間狀況，都會不詳，是以中國革命之第一要務，為普遍調查民生疾苦而宣揚之，此固報紙天職，而力亦不逮，故必須望全國讀者之努力合作，凡屬真確見聞，隨時不吝相告，期使本報成為全國人民生活之縮圖。俾政治教育各界隨時得參考研究之資料。倘以為本報言論有謬誤，或同人之志趣有疑點，以及對於報紙一般內容之不滿意，凡所批評，竭誠接受，隨時改進，惟力是視。此同人今日願訴諸讀者諸君又一也。

本報於十五年續刊之第一日，曾曰：「報紙天職，應絕對擁護國民公共之利益，隨時為國民宣傳正確實用之知識，以裨益國家。宜不媚強梁，亦不阿羣衆。而其最後之結論曰：吾人惟本其良知所昭示，忍耐步趨，以求卒達於光明自由之路。」今當紀念一萬號之日，同人敢誓約於國民者仍如此。同人今日敬謝賜文題詞之國民政府各省市政府各局諸先生、學術文藝界諸先生，及應徵批評之一般讀者諸先生。而各友邦政府當局及學界報界諸先生賜文本報，以致親善之意於中國國民者，非特同人之光榮，宜為公衆所同謝。本報過去既賴政府國民各方面之愛護，得以漸臻發達，今後更願挾全國讀者之同情與援助，謹隨國民之後，努力解除國家人民之苦痛煩悶，掙扎奮鬥，一掃近世以來內憂外患，以求光明自由的新中國之成功。

政之先生又為我談英歛之先生的為人，他說，英先生是滿人，却信奉天主教。英氏目擊滿清政府的腐敗，不惟不稍加庇護，而大張撻伐，所以大公報在一開始，便是一張勇於發言的報紙。它的業務雖然兩度發生問題，但仍一本書生辦報的精神，不接受交易式的金錢；實在辦不下去，寧肯關門大吉，也不向人伸手要錢。英先生的風格如此，令人可敬。所以本報同人接辦之初，以前人之辦報德行為續刊之榮。英氏知道我這批人的作風，也以交代有人為樂。

按當時吳、張、胡三人是以新記公司的名義接辦大公報的。新記公司以吳為董事長，由吳醵資銀洋五萬員，張、吳二公以人力為股。政之先生為總經理、季鸞先生為副總經理，季鸞先生為總編輯，政之先生為副總編輯。小事可自行作主，大事採協商辦法，並約定誰也不担任有報酬的公職。事業前進，個人後退。他們三人君子協定，有言在先，所以在大裡來說，可媲美桃園結義；在張、胡二公來說，又是管鮑之誼。民國以來，像這樣合作創辦事業的，可以說絕無僅有，為一時佳話。

這篇文章代表了大公報同人的心聲，也反映了文人報國的最高情操，我每讀起來，無不低徊不已，感慨良多。其中我最喜愛的句子，如「四不」裡邊的「以公民之地位，發表意見，此外無成見，無背景。凡其行為利於國者維護之；其害國者糾彈之。」「不以言論作交易，不受一切帶有政治性質之金錢補助，且不接受政治方面之人股投資。是以吾人之言論或不免囿於知識及感情，而斷不為金鈔所左右。」「本社同人除願忠於報紙固有之職務外，並無他圖。易言之，對於報紙並無私用。願向全國開放，使為公衆喉舌。」「隨聲附和，是謂盲從。一知半解是謂盲信。感情所動，不事詳求，是謂盲動。評詆激烈，昧於事實，是為盲事。吾人誠不明，而不願陷於盲。」

這幾段話，不但意思好，而文字也俏皮。至其所隱藏的人格骨氣，更可擲地有聲，具金石音。

其次關於「向全國開放，使為公衆喉舌。」「敢望全國政治家教育家各種科學之專門家，及各種產業之事業家，凡所欲言，可在本報言之，其互辯者，在本報辯之。」「是以中國革命之第一要務，為普遍調查民生疾苦而宣揚之。凡屬眞確見聞，隨時不吝相告，期使本報成為全國人民生活之縮圖。」

從來報紙都以「向全國開放，為公衆口舌」相標榜。但實際說來，究竟有多少家能實踐這種允諾的？不無疑問。今天台灣多數報紙的「封閉」現象，報館當局可能不察，也許無意，但在讀者心目中，則越來越深。除副刊內容量較大，不得不使用來稿外；在要聞版內，專著及一般記載，幾乎一週之中，難得有一篇社外文章。回想大陸時代，特別是北方報紙，每天可讀到至少一兩篇專家學者的撰著。有的配合時事，以析解新聞的內容，發抒專家的議論；有的提出自己的主張，不同凡響，向社會換取共鳴。報館也以擁有某專家、某學者、某名流的獨家刊載為榮。今天試把台灣幾家大報作一檢查，除了屬於自己的海外通信、本報記者的報導外，一週之內，能有幾篇專論的外稿？

有一個時期，某報曾經營了一陣子專論，很吸引了讀者一時的注意力，後來不知為什麼斷了，甚是可惜。以今日情形而論，再也沒有比台灣專家、學者之多，人才集中的了；假若報館能動員這批人寫文章，豈祇百花齊放、百家爭鳴？（當然不是共黨那樣的用意。）須知人類患有疏懶的通病，專家學者有研究的興趣，不見得人人有寫文章的慾望。有慾望沒人督促，可能一疏懶就把許多偉論高見死在胎中。報館編輯部就是一部人類知識發動機，報館老闆就是操縱發動機的人。自己不懂得的問題，請教專家；需要廣徵輿論的事情，問道學者。最忌諱的是掌握着一張報，扳起面孔，貼出「閑人免進」的封帖來，拒人於千里之外。縱非故意，却是實情，奈何！

我說這話，並非一竿子打翻一篙船，判定家家如此，其實不然，有的正在這條路上走，但太少了！並且做得還不夠！

我更無意誇張我參加過的新聞機構是怎樣了不起！我只是說眞話，盼望主持報館的「中年才俊」，回顧過去，展望將來，而且要眼射四方，虛懷若谷，眞心把新聞事業「向全國開放，使爲公衆喉舌。」千萬不要以大公報主辦人的心胸爲滿足，要有更新的創見，使一張報天天集合全國人的智慧，時時反映廣大羣衆的意見；作時代的先鋒，爲萬世創基業！

請看大公報怎樣實踐「向全國開放，使爲公衆喉舌」的諾言？

截至二十二年冬季止，大公報已開闢「星期論文」一欄，廣邀國內外學者撰寫文章，每星期一篇，以新五號字，排在第二版的左首。有時三、四千字，有時五、六千字不等。有「星期論文」，本社「社評」即停止。

蔡元培、胡適、丁文江、傅斯年、蔣廷黻、翁文灝、李儀祉、陳振先、錢端升、周炳琳、吳景超、馮友蘭、張申府、袁同禮、蔣夢麟、羅家倫、朱光潛、陳衡哲、任鴻雋等數十人，已在大公報「星期論文」欄內發表過文章。（我不十分記得，這一欄究是二十一年開創的，抑二十二年開創的？但在「九一八」以後是絕對的。）在開創以前，政之、季鸞兩位先生聯袂曾去北平，在東興樓歡宴北平文化界教育人士數十人，爲「星期論文」邀稿。特別說明除抵觸法律外，絕不干涉內容，不更改字義，以尊重作者的地位。最初每篇稿酬銀元四十圓，後來漲到每篇銀元八十圓及一百圓。「七七事變」前，好像就是一百銀圓一篇了。

抗戰時期，經常爲這一欄寫論文的有：蔣百里、王芃生、邵毓麟、龔德柏、張其昀、沙學浚、崔書琴、程滄波、林同濟、費孝通等人。

由於大公報創辦「星期論文」，曾引起全國報界之倣效。不久，天津益世報、北平晨報及上海申、新等報都跟着增添類似的專欄，使南北學者、專家都激起發表興趣，對於學術研究、知識傳播發生了巨大影响，蔚爲一時文風的鼎盛春秋。在這一欄裡與專家學者發揮了自己領域內的高度智慧，也提供了不同意見，使輿論的範疇擴大，藉主張考驗公衆。光輝燦爛，蘭蕙俱陳，爲思想界開闢一條廣濶的道路，在學術上更滋潤了無限肥沃。

十八、怎樣公諸大衆

各項專刊的開闢。截至那年冬，大公報除「星期論文」不久即接受全國讀者之重視外，每天所增加一個專刊，更吸引了不同領域的讀者。

一、「圖書」週刊，由北平圖書館負責編輯，主其事者乃該館館長袁同禮（守和）氏。袁先生是我國圖書館學家前輩，曾先後畢業於紐約州立大學及哥倫比亞大學，於一九二一至一九二三年曾服務於美國國會圖書館。袁先生以專家身份經營這個週刊，爲當時吸引人閱讀刊物之一。這個週刊，不但介紹了全國最新出版物，也介紹世界重要的出版物。有書評，有考證，既無腐氣，又不以洋味炫耀，極具學術性，但同時也富趣味性。這個刊物對於引導一般人讀書，頗奏功效。至今回憶起來，談起的同類刊物，還沒有一個可與它媲美。

二、「哲學」週刊。我只記得主編人是張申府。張氏當時是清華大學的教授，在北方文教界是很有名氣的。他的哲學理論怎麼樣？當時我並不清楚。因爲他雖係主編，但刊物上他的文章並不多。比較起來，介紹西洋哲學較繁。知識性的作品爲主。馮友蘭、方東美及北大、師大的教授們都爲這個刊物寫稿。抗戰後，張氏與上海人民陣線一批人沆瀣一氣，轉向左傾；又因太太劉清揚思想偏激，喜出鋒頭，遂一變而爲共黨御用學者。惟當初他所編的「哲學週刊」還不失爲學術性刊物中有份量者之一。

三、「經濟」週刊。這個刊物由南開大學經濟研究所主辦，由所長方顯庭負責。經濟學一門，自五四以後才漸漸爲人注意。一切學說思想來自西洋，當初一般青年多不重視。到了「九一八」前後，各大學選這門課的人才逐漸增多。馬爾薩斯人口論及凱恩思的貨幣學等學說，在中國報刊上也慢慢出現。南開大學經濟研究所，是那時北方唯一的經濟學術機構。對於指數研究與統計學等科門，竭力提倡。從那時起，一般讀者才漸漸瞭解這門學問與自己生活的密切。「經濟週刊」以通俗文字介紹高深學理，用簡易辭彙解釋專門術語，使人人有經濟學常識，使人人不摒棄於學理之外，功莫大焉！想想看，自世界經濟危機、美元貶值，台幣升值以來，財力大過當年大公報的若干倍的諸大報館，爲什麼迄今還不經營一個專門性的經濟週刊呢？是報館瞧不起？是化整爲零？是根本無此頭腦。

四、「科學」週刊。我記不清楚這個週刊是不是自上海邀來的？好像是。中國自五四以後，提倡「民主」「科學」。實際上，多年來，止於口頭說說，認眞實行的，少之又少。當年上海有一份科學畫報，印得很精美，也擁有大量讀者。大公報有鑒於此，就開闢了這麽一個週刊，對於世界科學發明每期有介紹，對於中國科學發展，也有記載。

五、「教育」週刊。我也記不清楚這個週刊是何人主辦了。好像由北平師範大學方面負責。那時杜威教育哲學差不多已接近尾聲，道爾敦制也漸漸很少人再提了，比較熱門的則是晏陽初領導的定縣平民教育會（簡稱「平教會」）和梁漱溟領導鄒村的鄉村建設，正風起雲湧，在全國各地爲討論的話題。因爲這兩個運動，既爲社會運動，又是教育運動，跟周作人於民國十一年所介紹日本作家武者小路實篤所提倡的「新村運動」有相倣的意義，所以受全國教育界人士的注意。於是平漢路上、膠濟途中嚮往的人士絡繹不絕，大有慕道唯恐落後之概。同時，陶行知在曉莊師範所發明（？）的「小先生制」也不久成了討論的中心。於是教育界頗不寂寞，討論新興運動，討論學制改變，討論教育風氣、討論教育思想。這些作者專家，多半沒跳出教育界，那種活潑高興的氣氛，至今還有印象。

六、「醫學」週刊。這個週刊是由北平協和醫院所主持，以西洋醫學爲主，對於醫學常識、衞生常識、新藥發明、醫理剖析都有撰著。在當時，大公報發行這一特刊，算是很勇敢的舉措，因中西醫之爭，迄今無定論，那時在北方更爲保守，何況北平是名醫（中醫）的天下？報館獨排衆議，爲西醫開闢天地，也爲「不盲」之證。

七、「文藝」週刊，二十二年十月創辦，是由沈從文、楊振聲、朱光潛等支持，由在燕京大學讀書的蕭秉乾（筆名蕭乾）出面編輯。由於蕭乾對沈從文極爲崇拜，他倆在北平有密切交往，由沈從文提議向報館交涉，他推荐蕭乾任搜集稿件之責。這個刊物的報頭「文藝」二字，也由從文書寫。每期十二欄，即當年大公報半張紙的版型全頁。這是大公報進一步發展文學創作、文藝批評、文藝介紹之具體表現。蕭乾後來也藉此正式入報館服務，有名的倫敦通信，便由此而起。稿件由蕭乾在北平把稿子編好寄天津，由報館派專人負責，發排、校對及安排版式。最初就由我幫忙，後因我顧不過來，就交給一位助理編輯司理。

這個時候是沈從文創作最旺盛時代，寫湘西、寫丁玲，都是代表作。蕭乾尚在他培育時期。蕭乾文字風格很像從文，所以從文就拿這個週刊做爲提掖他的開始。

（未完待續）

登臨釣魚台

宇業熒

釣魚台是釣魚台列嶼中的主島，面積有〇．六平方公里，島體高出海面三百七十公尺，南爲懸崖，北端傾斜。附屬於她的有七個小島，爲黃尾嶼、赤尾嶼、飛瀨嶼、北小礁、南小礁、冲北岩、冲南岩。

飛瀨嶼、冲北岩、冲南岩面積小，附近暗礁很多，多少年來附近海域只有南方澳一帶漁民到那裡作業，很少登陸，島上不僅無人居住，甚至連人跡也難得見到。鄰近主島的北小礁、南小礁，雖然也是「無人島」，到底還有漢醫、漁民常去，也有打撈公司駐紮打撈過沉船。

清末曾經出任過郵傳部尙書的盛宣懷氏族常至釣魚台、黃尾嶼、赤尾嶼採藥，製成藥丸進獻慈禧太后治病，因頗有效驗，三島被賜爲盛家私產。

盛家這份遺產日後遺贈四房盛恩頤，盛恩頤有女盛毓眞，得父傳爲繼承人，保有詔諭與釣魚台地理圖說，因僑居美國，未暇經營。

卅八年秋天，盛毓眞的侄兒盛承楠從江蘇武進移居台灣，重開祖上的廣仁堂中藥房，才又開始渡海至三島採藥，最常到的是釣魚台、黃尾嶼。有時隨到隨返，有時隔宿始歸。

盛承楠列嶼之行經常遇到的，爲南方澳、蘇澳、萬里的漁民。這些漁民經常捕得鯖魚、鰹魚，滿載而歸。

偶而漁民們也結隊至島上過夜，在島上拾取鳥蛋，夜則營火處處，通宵達旦。

遇上風也狂雨也狂的時節，南小礁、北小礁之間的蛇峽，就是漁船的天然避風港。

漁民因島上多鳥，習慣稱呼釣魚台爲大鳥山，黃尾嶼爲鳥港，又因南北小礁多蛇而稱蛇島，蛇島就形勢上看應爲一島，因地質變化一分爲二，即北小礁、南小礁，兩礁之間陷落的海面，即是蛇峽。

自有沉船事故之後，列嶼地區又出現了從台灣趕去打撈沉船的人員。

天使企業公司在南小礁打撈沉船銀峰號，自建簡易碼頭、工寮，赤膊短褲的工人，乘小艇、操竹排，與浪濤、礁磐搏鬥經年，流過汗，也流過血。

龍門打撈公司在黃尾嶼打撈沉船海生二號，建有工寮、台車鐵道、鑿山洞、闢地種植菜蔬，舟舶往來基隆港之間，自五十六年至五十七年。每月二至三次，至今尚留有部份器材在島上。

筆者五十九年八月廿七日，先與同事劉永寧在台北訪問廣仁堂漢醫盛承楠、龍門打撈公司負責人張雲蔚，多蒙指點。九月一日與姚琢奇、劉永寧，至基隆會同蔡篤勝，組隊前往一探究竟。

成行之時已黃昏，水產試驗船海憲號船長王德泉介紹工作人員後啓航，前半夜風平浪靜，天將亮時風強浪高，孤舟已至釣魚台海域。

海憲號上

前進中的海憲號水產試驗船，像患了寒熱症似的，猛然間全身震顫搖幌起來，矇矓中身子在艙房的木壳上撞了一下，醒來，再也沒法子入睡了。

海憲號是一艘九十三噸位的機動木壳船，船身本來狹窄，機房、廚房、甲板之外，所謂艙房，也只是狹小的甬道邊幾個相連的雙人舖。看她那玲瓏苗條的架勢，簡直讓人懷疑能不能担當飄洋過海重任。

穿着昨夜睡時未脫的衣，從伙伴頭上跨過，看他們身子跟着船身搖動的樣子，像是並沒睡熟，也沒有完全清醒。

廚房已很嘈雜，早起的水手正裸着古銅色肌膚，擠着打臉水找地方漱洗，有機會開幾句玩笑，已成海上生活者晨間的餘興節目。

船機聲統制一切，聽不見風聲，聞不到雨聲，木甲板上却薄薄地積了一層水。船身搖動傾斜度大時，這層水像在洗刷甲板似的，隨着船身忽左忽右，一部份從船舷基部空隙注入大海，雨水與濺上來的海水，立刻給予補充。本就乾淨的甲板，這一來油光發亮的，更潔淨了。

並不是因爲怕弄髒甲板不忍踏上甲板，實在是忽大忽小的雨點，阻碍了清晨上大甲板面海長嘯之志。

風勢也頗不弱，把大海弄得一波接着一波，後浪推着前浪，都像是唯恐趕不及似的，爭搶着前來吞噬海上的孤舟。放眼望去，灰濛濛的天底下，再也找不着一片安全隱蔽之處。

不知是天，不知是風或雨，也許是風雨與天約好的，海水被染成灰色了，只浪頭上留些白色水花，濺到臉上，鹹鹹的，畧帶些腥澀。

船頭的左側前方遙遠處，浪頭上露出孤島的影子，也是灰灰的，比天色、海色更暗。

水手遙指雨霧濛瀧的島影，那就是海憲號不知已經去過多少次的釣魚台。

「現在是六級風大浪，不曉得能不能登陸了。」

怎麼攪的，昨天黃昏從基隆啓航時天氣還好好的，一夜工夫，海上就變成這副境況？

差不多全船的人都起身了，起來的人都遙望着島影，沉默不語。

早餐桌上氣氛也沉悶起來了，只有老船長於勸客加餐之外，穿插一些過去在釣魚台島上的見聞。

老船長當然了解，他的話彌補不了頭一次到釣魚台不能登陸者的失望。

登陸

早餐後，悶坐廚房兼餐廳的狹小艙內，默默禱求此行不會落空，悵望海天雲色，期待雨霽日出。

海憲號比黎明時搖擺的更急，艙房傳來嘔吐聲，同伴有人早餐不受用，如同向大海抗議！抗議海的挑戰。但海已瘋狂了，嘔吐的微弱聲音漸大，海發怒時，格外顯得微不足道。

海是那麽深邃不可測，當海憲改爲慢俥前進，機聲減弱時，海竟像要吞沒一切似的咆哮。聽過籠中猛虎怒吼嗎？海發怒時也像那樣，聲震時空，亙古的迴響從不可知的天邊迭回。

也許雨也怕見海怒，七點多鐘居然停了，隨着水手的歡呼踉蹌奔出艙外，東方雲層下已射出陽光的金色射線。

雖然風還未止，海也未靜，厚厚的雲層仍壓着海空。但陽光是個好預兆，她漸漸壓輕了風，驅走了雲，只有海濤仍然洶湧湍急。

吃剩的罐頭盒子，映着陽光投入奔競的海流，眼睛來不及眨一下，就在怒濤中翻滾兩下子，消逝無踪。

海憲號正繞釣魚台兜圈子，慢吞吞的，還猛搖幌，浪花高過船舷時，臉上感受如天仍落着細雨。但這時陽光已經普照，海藍的像寶石，釣魚台近得磋峨亂石可數，彷彿島上風吹草動，都可以用肉眼看得見。

一個鐘頭之後，海憲號已繞釣魚台轉了三圈。南小礁、北小礁於海憲號繞釣魚台兜圈圈時，時隱時現。

海風被突起的島勢一擋更弱了，這裡是釣魚台的背風處，海憲號離天然的峽灣遙遙停了隆隆機聲，却因海流湍急，無法下錨。

老船長王德泉吆喝着指揮，幾十隻強健的手，抬起俯臥甲板上的登陸小舟，繫上纜繩，緩緩地沿船舷下降，浪濤聲、吆喝聲、纜繩與船舷磨擦的響聲混成一片，嘈雜、豪放，自自然然形成一股英雄氣概，嘔吐的也不暈船了。

登陸小舟終於下海，浪濤中撞擊母船，發着「咯通、咯通」響聲，小舟與母船之間依賴纜繩維繫。等五名水手都順着纜繩爬進小舟，馬達也吊下安置妥貼。

水手們再大聲吆喝着控制小舟，幫助四名乘客從母船上順着纜往下爬，但小舟不聽控制，照樣撞擊母船。於是，大船、小舟上都佈滿陣陣驚呼。

「手不要扶到船邊！」「腿不要被船身夾到！」「抓緊繩子！」「脚蹬着大船！」嚷成一片。

此時此刻，再懦弱的人也得鼓起勇氣，不是英雄也會被磨煉成英雄。因爲人人都明白，換船時半途丟掉勇氣即等於丟掉生命，失手不僅屍骨無尋，就是一隻腿在母船、小舟之間被夾擊一下，也會變成一團肉醬。

船長是稍後從母船攀繩躍下小舟的，小舟跟着一個劇烈搖顫，馬達已經發動，像脫弦的箭似的，脫離母船，衝向迎面撲來的碎浪。

浪，濺個半天高，籠罩小舟，沒頭沒臉罩着人澆下來。人，一個個都成了落湯鷄。

浪，拍打峽灣兩旁邊的礁岩，忽而噴泉似的遮住視線，忽而碎珠子似的抖落，撞碎在暗黑怪狀岩石上，岩石變得蜂窩似的，周身痲痲點點。

峽灣窄得只容小舟出入，船一進入就減速緩行，提防着不讓船身碰着礁岩，終於免不了還聽到淒厲的擦碰聲音。不得已只好止住動力，靠長竹竿撐持前進。半個小時過了，才到達釣魚台岸邊。

老船長一個箭步首先往灘頭上跳，船身一個退後，人落入深不可測的水中，好一會才看他掙扎着露出頭來，幸而靠着他的引道，登陸的願望終於沒有落空。

釣魚台

差不多可夠建造一個兒童足球塲的灘頭上，靜悄悄的，陽光照晒，除了石頭還是石頭，這就是釣魚台最大的平原了。

這裡已久無人長住，盛家祖先盛宣懷蒙前清慈禧太后之賜，成爲釣魚台的業主，盛家後人並沒有善爲經營，因此釣魚台還大部份係留着本來的天然面目。只有宜蘭一帶漁民留下的爐灰、蛋殼、魚骨，顯示漁民曾在島上作膳弄炊，但這裡未開發前尙非久居之地，淡水與補給上的困難，是他們常來但不常住的原因之一。

灘頭反射的陽光耀眼，但從中央高地那一面偸偸溜過來的習習海風，輕柔地拂着面頰，風力弱得僅足以掀起少女膝上的迷你裙，正好調劑了寸草不生的灘頭蒸熱。

海水有節奏地擊打岸邊，千古不移的島磐上，蠕動着千千萬萬黑色小蟹，悉悉索索地，被不速之客的脚步驚動，爭先恐後鑽進礁磐上密密麻麻的小洞眼去了。這些仍然潮濕的洞眼，不知是蟹族自已營建的家，還是千古不息浪濤冲擊完成的。

海浪、蒼天、荒野，騷人墨客易興「寄蜉蝣於天地，渺蒼海之一粟」幽思，英雄豪傑之士，自當振衣而上，舉大旗面海長嘯放歌。

時間受潮起潮落限制，歸舟停待岸邊，登陸的只好分兩組在島上活動。

一組繞島踏石而行，半個小時後，受阻於岸邊折回。

一組背海攀登，坡勢不算急，漁民、漢醫斧鑿留下的窄徑也不算難行，但這只是起頭，再上去就漸行漸遠漸無路，石岡遮住視線的那一面，竟不知是一個什麽樣世界。

離開灘頭，緩慢傾斜下來的岡上，觸目盡是奇草異樹，有叫出名字的，有叫不出名字的，棵棵都那麽樣的矮壯有力，是暴雨狂風鍛煉成的，還是植物求生的本能？

山葡萄、野蕃薯，這是常到釣魚台水手叫出來的，因爲葡萄沒結，蕃薯未生，不能嘗其味，只好看看綠葉。

有一種被叫作野蒜的植物，莖葉像蒜，花却像白百合一樣展露笑顏，烈日下散發陣陣幽香。難得的是那些生命力特強的木本植物，莖矮榦壯，強勁的根黏着稀薄砂土，像龍爪似的緊緊纏蜷着磐石。簡直沒法了解這些堅忍不拔的生命力從何而來。

兒時生活魚米之鄉的農村，好與遊伴躺在稻草堆中，爲捕捉到的蜻蜓編一些大人們沒懂的名字。體積不大，薄而透明的翼外，全身透紅的一種，習慣上被稱爲「紅辣椒」。想不到背井離鄉後長居城市，廿多年沒見蜻蜓了，居然能在海上荒島與「紅辣椒」久別重逢。像他鄉遇故知，感情變複雜了，不忍心打擾她停翅山葡萄葉子上的安寧，也不捨得不打個招呼離去。

「紅辣椒」的出現，更增加了釣魚台的可愛，那風聲、那濤韻、那數不盡的奇景，那深藏着的神秘，都值得追思回味。

如有人問他何處可開闢海上樂園，請抬頭遙對基隆東北方一百廿海浬處，海濶天空的釣魚台。

踏上母船

海潮磨擦礁石，送出陣陣呼聲。

未曾下錨的海憲號，兜了半天風，由遠漸近，影子更清晰了，如在緊急召喚歸去。

在老船長的呼喚下，忙着面海揷大旗的一羣，默默爬下礁岩，穿過來時的灘頭，到達登陸小舟旁邊。

潮落的太快，帶着萬馬奔騰之勢，不理會岸上人羣的呼喊，緊急撤退。小舟只好抬着下水，推出來，才一發動，「卜」的一聲，熄火了，帶來了好一陣子驚呼、亂忙，等馬達抬到岸上修好，峽灣水淺已可站人。

老船長從容不迫指揮，千鈞一髮中，總算把小舟弄出峽灣，小舟上的人，也沒被遺留荒島絕糧過夜。可是，海上風浪又起，小舟在浪頭上翻滾，使有經驗的水手們也戰戰兢兢。

喊叫還繼續着，遙喚海憲號轉頭方向，避免船頭大浪造成覆舟慘劇，只惜風浪掩蓋了喊叫，母船上聽不到，大船、小舟仍然頭對頭破浪前進。

最怕的小舟馬達再度熄火，果若如此，當前進速度突然失去，大浪中失掉平衡時，覆舟與葬身魚腹的事，簡直難於倖免。

最緊張的四十分鐘萬幸渡過了，踏上母船鬆口氣，把一切歸罪於天氣。而天氣却是晴朗的。遙遠的天空，只飄浮着幾朵白雲。

中午飯端到甲板時，船頭上空飛來了海鳥。一隻、兩隻、三隻、四隻，數着數着就數不清了。片刻工夫，就像雲似的，從北小礁的峰頂，一直連到海憲號甲板上空，低空翻飛着，嘶嘶鳴叫着，黑色身影被陽光投射到船上，一副目中無人神態，都像是女巫的魔法變出來的，畧帶些恐怖感。

南小礁上空也盤旋着另一層「雲」，與北小礁來的鳥羣如同分了家似的，井水不犯河水，雙方不相往來，陽光下隱隱約約反射的羽翼光彩是白色的。兩種海鳥看上去不屬於同一個「民族」，却相互間似有默契，和平共處於鳥類的世界。

黑鳥的家鄉北小礁，就像神話中魔王作亂弄斷的天柱，直直的一頭插在海中，一頭插進霄漢，斷了，令人不能逼視，似乎連鳥類都無法立足，人簡直不曉得該用什麽辦法攀登。

隔一個窄窄蛇峽，近得使人想一躍而過的南小礁，地勢却很低平，灘頭平地比釣魚台上的寬廣，天使企業公司打撈沉船的工寮還在。

海上氣候變幻太快，叱咤間風雲變色，選好南小礁登陸地點，却弄得又是風又是雨的登陸不成，繞島大兜圈子，等到雨止，等不到風停。

水手們在半休息狀態下，繩索繫彩色尼龍布條丢下海，船行三、五十碼就釣上一條魚。青色的爲鯖魚，美如塗脂抹粉摩登豔婦，却中看不中吃，皮厚肉粗，不鮮反腥。黑色的是鰹魚，醜的像顆炸彈，却肉細皮薄，入口即化，牙縫不留渣兒。

釣之而食之，水手們先來個剁腹切片，醬油、醋泡生薑辣椒，代替「沙西米」，不分主客圍着大啖生魚片，嚼着，吆喝着，好一個熱鬧「宴會」。

南小礁登陸不成而航向黃尾嶼，見到她濛瀧睡影已薄暮，海憲號未曾接近即轉調了船頭。

歸航

舉手告別飄揚釣魚台上的旗幟，懷着何日再來心情航向歸途，半個小時後，黑暗海面上遇到浮盪的燈光，水手告知那是從蘇澳一帶出海的漁民，釣魚台離台灣本島竟如此近，近到漁民划着竹筏就到了。

從海上歸來了，心境久久難得平靜。

東北海面上，釣魚台列嶼在呼喚，激盪的浪濤，海鷗的輕鳴，在遙遙地呼喚。

從海上歸來了，一分淡淡悒鬱，蟄伏心的深處。

人生成了掙扎的命運，海最工於考驗。

志士的家園本非安樂鄉，須記取，何處是歸程！

武當山峻秀絕塵寰

蒲光宇

俗語說：「未見廬山眞面目，只緣身在此山中」。這句話也可以用來形容武當山，武當山的宮觀廟宇眞是三里一庵，五里一堂，十里一宮，環繞武當山週圍八百里，統稱爲官山，所謂官山，就是國有的山，不屬州管，亦不屬縣轄，只要是山均有廟宇，廟宇裡面均有道士主持，以供善男信女們進香拜神作引號工作，地方政府亦不得收取官山賦稅全部用於供養道士及護神之資，所以道士們的生活優裕，較一般平民享受爲高。道士及道姑數約三萬餘人，設道總一人管領着全武當山的道士道姑，這些道士與道姑，分配在各宮觀廟宇與庵堂去供奉神主，至於講到宮觀廟宇與庵堂的建築，也不得不將規模宏偉者順便一提，如今先說建於均縣城內的廟宇，在縣城內有兩宮，就是永樂宮和淨樂宮，永樂宮原是永樂大帝明成祖的寢宮，它的左鄰是淨樂宮，裡面供奉的都是武當祖師，兩宮外還圍繞着皇城墻約三尺厚，一丈高，墻面塗以硃紅，在宮的正門口兩邊豎着兩個鐵獅子，有一丈來高，走進宮門以內一排整齊的石板路，有一丈來寬，石頭的兩邊，種着奇花異木，再往裡走約一里再上一個石臺階，即到內殿的前院，有四個龜亭，亭高二丈有餘，亭內地上臥石龜一條，頭尾一丈八尺，龜的背上馱着一個大碑石，高度亦在二丈以上，碑上刻着碑文，紀着武當形勢，以及興建武當山的意義；碑文是由穆駙馬親自撰書，字體工整秀拔，吾鄉稱穆駙馬所撰書的字體爲「太和體」，遠近的字畫店石印局均來本縣搥帖，以作爲仿太和字體的影本，在殿宇內部的建造，純仿南京宮殿樣式，除墻壁概以大磚砌成，地上均舖以青石板，畫棟彫樑，富麗堂皇，無論正殿、偏殿所供奉者都是武當祖師聖像，說起祖師聖像也有一個來歷，本來武當祖師是明惠帝的化身，但現在的祖師却是明成祖朱棣，成祖當時是要叫人專塑惠帝像，但那些塑像的工匠從來未見過惠帝，無所憑藉所塑出來的聖像，均不能令成祖滿意，不知殺了多少塑像的工匠，以後徵調來的工匠乾脆面見成祖，情願引頸受戮，也不願塑造出勞而無功的聖像，成祖恰在這時剛沐浴更衣之際，看到這些工匠都是涕淚滂沱，發了慈悲的心腸，就說：「你們照寡人塑像好了」；那時成祖尚未戴冠着履，所以現在武當祖師聖像是披髮赤脚，聖像塑成凡武當山所有廟宇千篇一律都是披髮赤脚的祖師。

上面所說的都是永樂宮和淨樂宮，武當有三大宮三小宮兩中宮，永樂宮是三大宮中的大宮，淨樂宮是三小宮中的一小宮，三大宮的第二大宮是南崖宮，該宮建於武當山南的半山上，與永樂宮的建築一般無貳，距武當金頂三十五里，是順着山勢的陡隘曲折而興造，有道士千餘人住持宮內，凡朝山進香的善男信女必到此宮，宮內有金鐘室，金錢室各一所，供衆香客求男卜女決疑而設，香客們可用錢幣自由投擲，打中金鐘者有宜男，打中金錢者卜淑女，奇應無比，另在迴廊邊懸崖上彫以石龍頭伸出，龍頭上擺香爐一個，供香客們供龍頭香，龍頭香非一般香客所能燒得到的，是在香客中有在家父母病危，許下香願，如父母病愈到武當山的南岩宮燒龍頭頭香，石龍頭僅容一人，進三步，退三步的狹小空間，稍一不愼，即跌下萬丈岩下，粉身碎骨，又在龍頭香左側三百公尺處的崖壳裡揷了一隻金亮的寶劍，以鎭此山，我感到不解的是這支寶劍派那一位高手放到崖壳裡給揷上去的，因爲那個危崖無路可通，祇有祖師老爺派那位神仙飛到崖壳裡揷上去的。再爬十五里的坡路就到了紫霄宮，此宮爲二宮中的一宮，建築華麗，環境淸幽，風光旖旎，又是避暑勝地，遠路香客（俗稱齋供）均趕到此宮打醮休息，以備第二天淸晨再上二十里就到武當金頂，金頂又稱天柱峰，凡在此打尖的在沐浴禮神後，即在殿前擺起桌椅，拿出各地區所携帶來的樂器吹奏起來，使聽衆們陶醉欲酥，直吹奏到更深夜靜衆多的齋供們才慢慢地散去，畧事休息，第二天整理行裝去朝拜武當金頂，金頂又稱天柱峰，從紫霄到山頂這一段最難走的坡路，坡度之陡險狹窄，眞是觸目驚心，稍有不愼即有滾下山巖之虞，從上路起順着山坡所鋪就的石級拾級而登，不敢後顧，爬十五里到了新宮，每位齋供都已累得氣喘吁吁，在宮內外寬敞的房廊下畧事休憩，再向上爬，到頂宮尙有五里，這五里路幾乎近於筆直的陡坡。看着一級接着一級的石階，兩邊嵌以石欄，欄柱兩邊又鑲以鐵鏈，供香客們攀附而上，不敢回顧與斜視。到了金頂（頂宮）向祖師聖像參拜訖，再到後殿參拜聖父聖母，回頭四顧，看到萬山千頭倒向金頂這叫「萬山來朝」，山頂的建築全以西藏銅爲之，鄉人稱之爲「鋅磨銅」據說此類金屬較金價爲高，武當山大小宮觀廟宇所供之聖像均屬鋅磨銅所鑄造，爲與修武當所費之浩大於此可見。

上面說過武當神山宮觀廟宇之多，以及所佔地區之廣，爲全國之冠的却不是聳人聽聞的誇張之詞，再讓我們多費一點筆墨，介紹一下武當山麓的較大宮觀，靠草店鎭附近有一個周府庵，還有晋庵、紫陽庵，金花樹、玄嶽門、遇眞宮，元和宮、老營宮，先說周府庵，此庵最大，抗戰期間第五戰區幹訓團設在此庵，於民國二十九年秋改爲中央陸軍軍官學校第八分校，殿宇異常寬廣，明初此庵香火鼎盛時有道衆千餘人，佔地面積廣濶，外圍高墻，正殿前院，有古柏一棵，約五丈來高，靠主幹三尺高的地方，用柏枝盤成磨盤形的圓週，可供香客們坐臥其上，而樹頂枝葉繁茂，遮蓋天日，尤在夏日乘涼其下，陣陣凉風，舒暢莫名，此庵並代管着附近的紫陽庵、晋府庵、金花樹、玄嶽門與遇眞宮，紫陽與晋府兩庵是由蓄髮的道姑所住持，此兩庵畧可以與泰山的斗母宮比擬，但我曾在山東泰安隨部隊駐防時在那裡住過一段時期，斗母宮在建築上與紫陽與晋府兩庵相比仍是稍遜一籌，但紫陽晋府兩庵在武當山的宮觀廟宇比較之下，那這兩庵就小得可憐了。金花樹供着純陽呂祖神位，建於草店鎭的西端，一個山凹裡，由道姑護持香火，內部陳設齊備，有香客的客房，有誦經房，環境淸幽，風光旖旎，花木繁茂，抗戰時第五戰區醫務人員訓練班就設在呂祖庵（金花樹），距呂祖庵一里半的西南隅，就是玄嶽門，還要走三百六十個石級才到，玄嶽門，它的修建是用八石柱直立，石柱直徑爲五尺，一人還抱不着，石柱的巔端又由石條橫陳，架設精巧，石條上彫刻着各色人物，各類花卉，眞是栩栩如生，法國巴黎的凱旋門我在電影上看到，覺得它的建築無甚出奇，只有我們武當山下的玄嶽門，無論它的建築與及藝術上的價值，與法國巴黎的凱旋門相比並無遜色；未到過武當山的人認爲我太誇大，如果到都武當山遊歷過的人，就不會把我的話斥之爲妄議了。

大家又該知道；武當技擊泰斗張三豐的故事，提起張三豐幾乎是無人不知，無人不曉，尤以武林中人物爲然，張三豐我鄉人叫他做骯髒張，可見他在日常生活上不修邊幅，亦不講儀節，他在明成祖監修武當時出了很大的力，擔任炊事方面的總管，只有他才能統領得了衆多的人工，武當修成後他也得道升天了，後人爲紀念他的豐功偉蹟，特在遇眞宮的偏殿給他修了一個小小的地殿堂，殿堂雖小，但化費却極浩大，我當民國二十八年在第五戰區幹訓團受訓時曾由周府庵遷來遇眞宮（距周府庵西十里）那時遇眞宮的建築完整無缺，張三豐的廟就在宮內廣塲靠右奠了一個石臺，有十八級的臺階，石級及欄杆均用白玉鋪成，廟內供有張三豐的古銅像，像身戴着銅製草笠，身穿素袍，脚蹬蔴鞋，手持釣竿，望去是一個隱居的高人，其實身懷絕技爲武當技擊正派祖師，我們站在武林前輩聖像之前，油然興起仰慕之思。

再向西三里即到元和觀，鄰近上山孔道「好漢坡」，直上十五里，坡度極爲陡峻，中間無休息地方，一直走到磨針井才能得到休息，磨針井據傳說是明惠帝入武當之後，偶思凡塵，棄山下塵世」，走到井旁看到一個老太太在那裏用鐵杵在石上研磨，惠帝問他磨到何時？她說：「這是鐵杵我要把它磨成繡針，只要功夫深，鐵杵也能磨成針」說完化陣清風轉眼不見，惠帝感悟觀音點化，重復到山中修煉，卒成正果。就在磨針井旁立廟祀奉觀音大士，再上八里到了老君堂，廟宇建在武當北鄙的半山上，廟宇的建築與所佔面積畧與遇眞宮相埒，廟裡正殿供老君李聃聖像，武當鄉公所與武當鄉中心國民學校設於此廟，也是我服務桑梓濫竽教育界的最後離職從軍的地方，再由老君堂出發迤邐南走，順着斜坡平行前進，走了五里就到了太子坡，有太子廟（就是明惠帝），廟內有三五百道家，此廟爲太子入山後在此修煉的地方，廟的構造甚爲考究，順坡度陡狹而建築起來的，老遠望去猶如孤懸空際，廟內有太子的寢宮、彫玉龍床、更衣室、沐浴室、御餐室，廟內還有保存着太子平常所用盥洗用具，衣物等，供香客們參調，出了太子坡一路下坡到谷底，這是武當最有名的「十八盤」朝武當必走此路，否則無路可通金頂，下十八盤爲什麼把路鋪成彎弓曲折哩？因爲坡度太陡，只有廻環的路才能無險，使人在這一石路上盤過來，彎過去，只覺得輕鬆愉悅，精神振奮，一直盤到谷底，才聽到流水潺潺，蟲叫、鳥鳴、相映和，廟裡的鐘聲，住家的鷄鳴犬吠，使人恍如進了桃花源，置身於太虛幻境，有終老是鄉之慨！朝金頂還要上十八盤，與原在對山下走的十八盤並無二致，等上完了十八盤就到了烏鴉嶺，那就沒有谷底那末靜悄了，頭頂上的烏鴉羣往來叫鬧，只等香客們拋食空中，羣烏接食而去，才算過嶺。

還有一大宮是五龍宮，在武當之東，及老營宮在武當北麓，距草店鎭向西十五里，我在孩提時代聽父母說兩宮被土匪焚燒，路經老營宮看到殘壁頹垣，眞是令人難過，宮廷內外種着農作物，正如箕子過殷都看到皇宮內外殘破之局不覺淚下。

朝山拜頂的人，不盡是武當山附近的人，它包括了河南、安徽、山西、陝西、四川、湖南、江西、山東、江浙一帶的善男信女，各省的朝山進香者，都是每年一次，結成香社，結隊朝山，就如山西的香客們到武當山不知有幾千里，他（她）們曉行夜宿，虔心敬意地來朝聖地，每到一個市鎭，必須撐起旗鑼傘蓋，打起鐃鈸鼓吹，引得市鎭上的男公婦孺竚立門口觀看，在香客中有還大心願的都是頭頂香爐，十步一跪，五步一揖，口中喊着「無量壽佛」四字。以誌摯誠，每年從春節後萬方來朝的香客即絡繹於道，每年朝山的香客總在千萬人以上，武當山在天氣清朗時，站在草店鎭的任何一個地方，均可看到武當山色，眞是峰嵐疊翠，古木參天，天柱峰頂高出雲表，我很欣幸生於是鄉，飽覽了全國第一勝地，爲了這些廣大而雄渾的建築也曾冥想到若非神助如何能把喏大的石碑架上石龜的背部？又金頂上的銅香案重在五千斤以上，怎麽抬得上去？就因爲這些使人費解的工程才能吸引了遠方的遊客，他們不遠千里而來，是想探求武當奧秘，武當名山較大的宮觀都有騷人墨客贊頌的詩，我很慚愧未讀過萬卷書，却行過了萬里路，也經歷了不少名山大川，但眞能與武當比美的山川及寺廟，我在外走遍了全國大半的土地，尙未發現到超過武當之右的。我在五戰區幹訓團受訓的時候，教育長張任民中將咏武當詩有句「武當峻秀絕塵寰」，由於這句詩的寓意：已道盡了武當山的華美超俗；最後我以前人咏武當絕句一首，作爲我這一報導的總結：

「欲尋勝境武當遊，四面雲山入眼收，
古寺無人來翠鳥，疏疏林葉滿山秋。」

積雪廬山度除夕

柔遠

廬山在江西九江縣之南，爲中國名山之一，蘇東坡有詠廬山詩曰：「橫看成嶺側成峰，遠近高低各不同；不識廬山眞面目，只緣身在此山中」。東坡此詩，係就廬山的大輪廓而言，至於廬山的內容，邱壑之勝，林泉之美，則非山中人不能盡情領會。正是：「深識廬山邱壑美，只緣久住此山中。」

廬山袤延甚廣，名勝甚多，山北有牯牛嶺簡稱牯嶺（地勢頗高），嶺旁有平地，兩山環抱，風景幽美。清光緒二十一年，爲英人李德立 Little 所發見，在此購地建屋，租與外人，爲避暑之地，由英美德法各國僑民自組董事會，設牯嶺辦事房，執行警政工務衛生等事宜，儼同租界，清廷不敢過問，國民政府成立後，始收回自管，仍准外人居住。長江流域的外僑及達官富人，夏天避暑大都到牯嶺。牯嶺並非廬山最涼爽最幽美之地，只因別墅最多，潤客麕集，遂有市塲，在此避暑，有山居的情趣，也有城市的便利，因此，大家便以牯嶺代表整個的廬山。但牯嶺的旺季，每年不到三個月，大約在每年端午節之後，七月底之前是山上的極盛時期，過了七月，避暑客人紛紛下山，山上的別墅房屋便都空閒無人居住，市塲也冷冷清清了。

我到廬山兩次。第一次是在民國三四年間，原有朋友羅俠仙先生，全家定居牯嶺之約八華里的三逸鄕，承他借予一間茅屋，勾留一月有餘即下山，那時牯嶺還是租界時代。第二次是民國十八年八月間（是時牯嶺的警政已由我政府收回），我住的地點在牯嶺之南，地名「蘆林」，距牯嶺約五華里，原是德國僑民避暑之區，俗稱爲德租界，在第一次世界大戰之後，蘆林已非「德租界」，居民也無德國人，我的大姊適黃，全眷都住在蘆林的邊沿名「蘆林埂」，地距蘆林約一華里，我上山之前，託姊丈爲我租得蘆林五十號別墅一棟，上下兩層，屋式如一塊方麵包，環境也不好，第二年春末覓得附近一所別墅，三房一廳，一寬走廊正棟之後另有廚廁與下房，年租銀元一百四十元，我即租下，原來廬山的避暑房屋，只能出租一個夏季，其餘三季都空着，我是長住的，因此以一季的房租，得住整年的房屋，房東也省了一筆看守空房的費用，樂於成約，我家除在武昌就學的兒女外，在山眷屬五口另一雇工老陳，別墅雖小，尚勉可容納。

在蘆林住了三年半，過了四個陰曆除夕，回想起來，以民國二十年的除夕最值回念。

廬山夏季的風景與氣候，爲大家所知，但廬山的秋冬景色則非久住山中者不能領略，蘆林的四周有無數的松柏烏柏與楓樹，一到秋深，松柏的濃綠，與烏柏楓樹葉的鮮紅，相映成彩，有如仙境。冬則白雪將松柏襯托成黑色，黑白對比，也不似人間境界。

在山上久住相識的有李一平君，他在我的對面約一里左右開設了一個學校，自任校長，學生數十人，他的學校，如果說是舊式的私塾，却教英文數學。若說是新制學校，却不遵照教方制度，也沒有立案。而管理與教法尤其特殊，他所延聘的教員甚少，我所認識的有杜某教數學，有樂煥之教英文。但杜樂兩師，只教最高班，以高班的學生教低班，一層一層教下去，學生們除了讀書之外，還須勞作。學校中要烹飪打掃挑水，却不用校役。要開荒築路種菜植樹却不僱工人，一切以學生任之。因此，學生做工時多，求知時少。縱然上課用僅識英文拼音的學生，教低一級學生識單字。教者不夠教，學生無所得。但李的管理却極嚴格，學生如不聽話工作不力則鞭撻隨之。李是雲南人，他所收的學生，全是李的同鄉朋友，以子弟相託，山高家遠學生縱感困苦，也無法逃學。我對李表示，反對他的教育方式，他不接受。他的數學教員杜君，英文教員樂君也表不滿先後離去，我下山後聞最高當局到廬山時，對李所辦之學校不滿，李的學校維持不下去，回到昆明，做了龍雲時代的省參議會副議長，杜君離山不知何往，樂煥之囘到上海，中國對日抗戰爆發後，我在重慶，聽到淪陷區傳來消息，上海有「樂幻智」其人，打太極拳甚有造詣，學密宗，有神通能醫術，爲日人所重視，欲援引入僞組織，但樂不肯附從日本，亦不離開上海，我疑此人莫非就是在蘆林相識的「樂煥之？」三十六年，我從重慶調職南京行政院再打聽樂幻智，知他住在上海，特到馬斯南路去拜訪樂智幻，他剛從外面囘家，相見之下，果然即是故人樂煥之，他曾經兩度改名，先將「煥之」改爲「愚知」，再改爲「幻智」，問他是否受到日本佔領軍的逼誘，他說：日本人曾要求他在僞組織任職，他謝絕了。恃教拳行醫維持生活，幸日本人未加迫害，問他有無神通，能在遠距離打人，他承認有之，我要求他對我一試，他固執不肯。我囘南京後，樂曾到南京行政院宿舍來看我。我有姪兒名寧保，頸部生瘰癧，他自告奮勇醫治，將寧保抱在懷中，用手掌緊按他的頸部，約半小時，據寧保言：樂手按處熾熱深入腠理，頗感舒適。樂允爲繼續療治，但他不能常到南京，我也不能經常將姪兒送到上海，事遂中輟。聞當時交通部故次長彭學沛奉樂幻智如神明，往還甚密，以後聞樂應無錫紗業鉅子榮宗敬之聘，任江南大學副校長。大陸淪共後榮家事業充公，樂的下落亦無所悉，我到台灣，民國四十一二年間，在「自由談」發表「記樂煥之」一文，曾接到當時世界書局李鴻儒（？）先生來函，謂與樂亦屬相識，並說樂的神通，係屬事實云云。我與樂同在廬山學太極拳，知道他兼通英文德文，研究尼采哲學及佛學，我的太極拳，下山後就中斷了一無成就。而樂却鍥而不捨，功夫之好，是可想見的，至於他的密宗學問與神通，乃是蘆林分別以後的事，眞相如何便不可究詰了。

高山上的冬天，大雪封山是經常的事，我在廬山住了四個冬天，以二十年冬天的雪爲最大，在二十年除夕之前，差不多斷斷續續下了十天的雪，廬山上一般別墅的牆都是就地採石砌成，擁靑別墅的牆，厚一尺有餘，窗高三尺。那一次的積雪平窗，也近三尺，全山都被雪封，只有大路，還可辨識，小路皆不可見，因爲時雪時晴，下雪之後，表面一層溶化被大風吹成薄冰。雪再下時，積在冰上。如此往復多次便使山上的平地與路面被冰與雪的尖層所覆蓋，這樣的路，如被人踏上，脚便深陷入雪，直抵冰層，如左脚陷入，用右脚掙扎，則右脚又陷。左脚如再著力，脚下冰層雖穿，陷下更深一層。如此左右先後下陷，結果是兩腿都陷雪中，不能自拔。旁人亦難相助，久住山中的人到了冬天，必須預積十日之糧，以防路斷，我家住在蘆林，初期是上牯嶺市場採購生活必需品，牯嶺距蘆林約華里五里，中途須越過「猴子嶺」，嶺路坡度甚急，僱工老陳，經常跑這條山路，以後山居較久，漸漸有自山南星子縣赴牯嶺的担販，畧過蘆林，上門兜售，魚肉菜蔬都有，價格遠較牯嶺店舖爲廉，且省山路往返十里之勞。二十年臘月的大雪，封山過久，到了除夕，家中只賸有食米油鹽及少許白菜蘿蔔，其餘都已用罄。必須補購魚肉之類作爲度歲之需，雪雖已停，但老陳不敢上牯嶺，第一、大路雖有廬山管理局負責清掃，但從擁青別墅通到大路的小徑，還有半里之遙，小徑雪封，難以通過。第二、即使勉強走上大路，「猴子嶺」的坡路，既陡且滑，老陳雖健，也無甚把握，買旣難買，借也無法，一家六口，相對無策，此時天已近午，忽聞門前有叫賣之聲，大家都知道是張吼（讀音平）子挑貨上山來了。

張吼子者山南星子縣人，年已六十左右，似久患哮喘失音俗稱發音沙啞者爲「吼（讀陰平）子」張遂被稱爲「吼子」，其本名反無人知道。他經常從星子縣挑一些菜蔬魚肉之類，爬上廬山到牯嶺去賣，他不識字，數字也不了了。其拙少有，身體雖瘦小，却很健康，他大概以種菜爲本業，販賣的東西大半是他自己田地的出產，蛋是自養鷄鴨生的，只有魚肉是批購而來，魚是鄱陽湖的出產，味鮮美不下於從九江來的長江魚，猪肉是在星子縣批購，進價自然遠低於九江，因此他的貨頗爲牯嶺商店居民所歡迎，不獨以其價格低於九江，尤其因爲他易受欺騙，因爲他缺乏商業腦筋，不能正確計算成本，他用錢買進的魚肉，還勉強可以記得起原價，至於水菓菜蔬鷄鴨蛋全是自家生產，他無法知道九江的批價，只能打聽牯嶺的市價，但他不能將貨品照牯嶺的市價賣出，魚肉的售價照進價稍高賣出，而於自產品，便馬馬虎虎，自定一個價格。只要進錢便算盈利，星子縣至廬山從山邊走上，須經過一條二十里左右陡急的山徑，到山上「含鄱口」，此路有不規則的石坡四千四百餘級，（這是我與兒女外甥們從含鄱口走到星子縣路程時，輪班數級所得到的數字。）他挑着担子，爬到牯嶺，然後下山，來回五十餘里，風雨冰雪，都習以爲常，而那五十里的山路所付出的勞力，張吼子却不計入成本之內。他經常挑着一個担子，只有鷄蛋四五十枚，賣得五六角錢，便欣然回家，因爲蛋是自己鷄鴨生的，沒有付出代價，而自己勞力的代價，他從不計入成本之內。

除夕絕糧之際，忽然張吼子來到，眞是一大喜事。

張吼子這一天穿着短棉襖棉袴，赤足草鞋。棉襖之上，罩着一件紫色有花棉背心，從背心的式樣與顏色看來，顯然不是男人穿的衣服。

張吼子走到我擁青別墅的後門口，首先與他打交道的是老陳。老陳看見吼子大笑道：「吼子！你穿的是兒媳婦的背心麽？」

吼子搖搖頭：「這是兒子媽的衣物，她已去世了，留下衣服，只好我自己穿，這件背心，還是絲棉的咧，完全是好的，不破不爛只是顏色太艷了！」

我走出後門，看見張吼子的神情與衣着，也不禁大笑。

吼子這一次上來的貨物，十分豐富，有魚有肉有菜蔬，有洋芋鷄蛋。我問了價格，全部買下來。我的年飯菜辦足了，在他也是一筆不小的生意。同時使他欣喜的，是省却了從蘆林到牯嶺來回十里的路程，包括一個陡峻的猴子嶺，多少可以提早一小時回家。

午飯菜業已買到，所差的是酒。除夕與元旦祭祖要酒，吃午夜飯，也須要酒，汾酒，紹興酒以及白蘭地，威士忌，牯嶺都有貨。國產酒價，高於山下五分之一。洋酒則高於山下四分之一。貴賤倒不在乎，根本此時去牯嶺的路不通，如得不到酒，只好供祖與年飯都不用酒，大家都想這個問題，忽然我的二女兒提出了一個答案：「何不去向伊凡諾夫買？他的存酒，一定很豐富。」

伊凡諾夫是一個俄國老者，我猜想他是白俄，可能在沙皇時代是貴族，一九一七年十月革命後，他隻身逃到中國，不知怎的選擇了廬山蘆林作爲僑居之地。他到廬山甚早，自建一棟石屋，在擁青別墅之北，背負峻巖如石牆，前臨一塊平地。他在平地上種植了許多草莓，以草莓釀酒送到牯嶺去賣，背後石巖之下有一山洞，被利用作爲酒窖，藏儲待賣的草莓酒。

伊凡諾夫是有藏酒的，問題在他肯不肯零賣或借。我想：我與伊凡諾夫，尙屬相識，在我初搬到擁青別墅時，伊凡諾夫是一個最近的鄰居，我曾經去拜訪他，他以草莓酒相款待，並贈我以一包新摘的草莓。以後我曾經在猴子嶺大路上與他相遇，彼此招呼，他健步上嶺，我也並行，愈走愈快，那時我方壯年，伊凡諾夫却已在六十左右，但我已氣喘，他似毫不在乎，勉強並跑，似是中國人與俄國人體力的競賽，誰也不服輸，好不容易走下了猴子嶺，彼此相視一笑，各自分途。從那時以後，我並且曾經幫助過伊凡諾夫，某一天伊凡諾夫從擁青別墅門前小路上走過，我正站在路旁他走向我身邊向我舉手招呼，用半中半英的語言向我說：「Mister 周你聽，噹噹噹……然後用手扶着頭偏着頭，閉眼一會，皺眉搖頭再睜眼：「你看：噹，噹，噹！」說時用手指指着擁青別墅的對面，那正是李一平所辦學校的方向「I can not sleep！」這一串拼湊而支離的話，含意很易領會，原來李一平是一個佛教信徒，他偶發奇想，掛一口鐘在他學校附近的流泉中裝置簡單的木製轉輪，利用湍急的山泉衝力使杵撞鐘，那一口鐘便成徹夜噹噹噹作響，毋須人力，這個不停的鐘聲，遍滿廬林，當地居民皆以爲苦，而伊凡諾夫的住所背後的石壁擋住音波，特別響亮，使老人晝不能安，夜不能睡，伊凡諾夫不能堪忍，却無法對我抗議，只好向我訴苦。我點頭表示願向李勸阻他撤除那座水力撞鐘。過了一天，我去拜訪李一平，問他：「爲何要裝設那座鐘？」李說：「暮鼓晨鐘，發人深省，這是功德呀！」

我說：「所謂暮鼓晨鐘者，清晨一次，傍晚一次，才可發人深省。你這口鐘像一鬧鐘日夜不停，除了使聽者煩惱以外，如何能發人深省？

李佛然無語，過了幾天那水鐘撤除了，全蘆林的居民，恢復了安靜，對於伊凡諾夫的益處，自非淺尠，因此，伊凡諾夫雖然平素神情冷漠，有此一段因緣，我向他要酒，買也好借也好，應無碰釘子之理！

從擁青別墅到伊凡老人石屋距離很近，山路雖有積雪，亦不太難走，二女兒自告奮勇去要酒，老陳願意陪往，二女兒身輕似燕，老陳強健，並富有山路經驗，兩人同行，應無陷雪的危險，我同意二女兒的建議，不到一小時之久，她們終於達成任務，向伊凡諾夫要了一大瓶草莓酒回來。據說：伊凡諾夫不肯收錢，並且贈送一個酒瓶，有了酒，不獨祭祖如儀，而年夜飯也多彩多姿了。

萬事俱備，所缺的只是紙菸，在牯嶺市場有一種土產紙菸，牌名是「美傘」，包封上印一個美女撐一柄傘，菸味約相當於台灣的雙喜，每包價一角，其他英美與南洋出產的較高級紙菸，也都有出售，問題仍出通牯嶺的路太遠，冰雪載途，難於通過，常言「人貴難得之物」，愈得不到愈是想念，癮君子過年豈可無菸？當時的情況是：我一家山居五口，只我一人有菸癖，其餘都不吸烟，因此我想酒，所得到的是家人「共鳴」，而我想菸，所得到的祇是「同情」而已，但家人之間的「同情」，究不等閑，他們商量許久，如何得到一包菸，以彌補僅有的缺憾，久久不得結論，我也放棄這念頭了。

是日傍晚，四妹與二女兒忽抬出一個面盆，內盛大雪球一個，放在飯廳的方桌上，要求我猜雪球內所藏何物，我胡亂猜了五六次，終無一當，最後只得打破雪球查看：

「哦！是一罐三五紙烟！」

原來二妹隨我上山時，將我的一罐菸，隨手放在她的衣箱裡，事隔兩年餘，已被遺忘。直到此時缺菸，二妹苦思力索，恍惚有一罐烟，不記藏在何處。她到房中搜索箱篋，竟然找到。他年少頑皮，走去後門外，捧了一堆雪，搏成大雪球，藏菸球中，讓我猜測，結果給我一個驚喜。

現在是一切圓滿，如得神助，這一個陰曆年，沒有來客，無須出門拜年，沒有賀年片寄來，自然也無須寄發賀年片，應該有的魚肉菜蔬酒與紙菸都有了，不必有的事物都省却了，祭祖之後家人圍坐吃了一頓豐盛的年飯，微醉之餘，進入書房中，是日雪霽風停，室外的溫度是攝氏零下五度，因爲石牆甚厚風不能入，雪不能侵，書房內燃着一個木炭火盆，室內溫度是華氏五十度，樓上燃着一盞煤油保險燈，照得滿室通明，稍晚，家人都已就寢，萬籟皆寂，只有一種響聲如敲木魚，原來是桌子上一個掛錶秒鐘的響聲，我想我用此錶多年，居在都市時，從來不聞秒針響聲，何以此時響得如此震耳？到此才覺悟到，所謂「靜」乃是相對的，當置身在城市中時人聲、禽獸聲、車輛飛機聲，以及其他各種來源的聲音湊和而成為喧鬧，此外還有許多細微的響聲，如蚊蠅蟲鼠鐘錶等等的聲音，彼此混合滙成一片聲音之海，小聲為大聲所吞蝕，遠聲為近聲所淹沒，但聲音本身都不失却其存在，目前在積雪深山之中，遠聲不到，大聲不發，於是小掛錶秒針的響音，遂脫穎而出，隆隆震耳了，但我相信仍舊有些聲音，遠之如雲飛葉落，近之如我的脈搏跳動，都非絕對無聲，只是微弱到人類聽覺的能感度以下，列為無感之聲而已，因此，目前的境界，尚不失為一個逼近「聲音眞空」的境界，也就十分難得可貴了。

在那間書房中，獨自守歲坐到深夜，看看錶已是一時，我忽然想起武進莊姓才女詠除夕的一首詞，其中有名句曰：「又增一年，又減一年」，現在業已是二十一年的開始了，那一夜晚，我吸了十餘支紙菸，在滿室輕烟中思潮騰湧，想到上年政府在北方進行的討伐戰爭，寫了一首七律：「一歲纔如一夢回，愁心撫序但傾杯；雲乘遠岫迷天野，帝遺寒微到草萊。已分墉穿從鼠肆，敢忘城火有魚哀；世間龍象蕭條極，誰撥深爐百丈灰」。

漫談喝茶

吳清飛

可以說，全世界的人多半都愛喝茶，至少，喝茶的人總比喝咖啡的來得更多，也更普遍。現今，喝茶不單是一種情調，同時也普遍的成為生活情趣的享受了。講究喝茶的，更視喝茶為生活藝術。

在英國，一般家庭主婦每在丈夫下班時，都準備了一頓下午茶，讓在外邊辛勞了整天的丈夫享受一下家庭的溫馨。

有趣的是，在英國喝下午茶是由女性為男士們服務的，加糖、加奶啦這些事情男士們可以不必動手，因之喝下午茶對英國男士來說，是最過癮的了。當然，前面指的是流行於英國的「下午茶」，目前本港也逐漸有流行的趨勢。的確，喝下午茶是蠻有意思的，特別是對於白天在寫字間工作的小姐們，這一道下午茶的作用更大，它將可以讓妳鬆弛一下精神上的疲勞。

至於我國的蘇州人或廣州人，上茶舘早已成習慣。蘇州人，在「日上三竿」以後，街上是靜悄悄的，因大多數的人都在茶樓裡斯文的品茶。廣州人呢？因為廣州是個動的社會，街上行人行色匆匆，茶樓上的茶客說話聲嗡嗡，「三茶兩飯」便是他們的生活，即早午晚飲三次茶，而每天吃兩頓飯。廣州人上茶樓，是有一定茶樓，一定茶座，和一定茶葉的，在他們飲茶時所談的，除了國家大事以外，舉凡街頭巷尾，生意經及事業的發展，都是在此時來決定的，因之茶樓自然的就成為他們的交易所，議事廳了。

據說，我國的蒙古人也非常的愛喝茶，不過他們煑茶的方式跟我們漢人有別罷了。蒙古人所喝的茶叫作「酥油茶」，是用茶葉和大量的乳酪，加上淸水煑濃而成的確是一味營養豐富的補品。

通常，我們愛喝茶，原只是喜歡它的味道，或者喜歡它能提神，喜歡它有若干幫助消化，以及去除油膩之功。

而喝茶之被視為生活藝術，日本人正是此中代表，原因是日本人將喝茶認為是一門學問，稱為「茶道」。在日本的本土上，就有不少茶道學校專門教授喝茶煑茶的方法和種種儀節，而且更像他們的插花藝術那樣，竟還有不少流派之分，像什麽「表千家派」，「里千家派」等，即是其中之代表者，這些「茶道學校」的學生，不論什麽階級身份或年齡性別的人都有，尤其是婚前的日本少女，更視學習「茶道」為必修科目。

我們都知道，喝茶除了頗能提神醒目外，它還可以用來療疾，我國的古醫書本草綱目中，著者李時珍對喝茶的見解是：「茶苦而寒，最能降火，若少壯胃健之人，心肺脾胃之火多盛，與茶相宜，又兼解酒食之毒，使人神思淸爽，此茶之功也。」

此外，歷代有關茶的著述俯拾即是，而且都頗有見地，其中著名的有陸羽的茶經、丁渭的北苑茶錄、毛文錫的茶譜、蔡宗顏的茶對，對茶的性味功能都有相當詳盡的論述，好此道者不妨參考。同時，這令到我們聯想到喝茶的歷史，我們中國人實在要比任何人都來得早。

蒙學會與蒙學畫報

五鳳樓

陳榮袞字子褒，廣東新會外海鄉人。生於同治元年，光緒十九年癸巳中式第五名舉人，與他同榜中式第十名舉人的就是南海康有爲（祖詒）。他雖然名列康氏之前，但他讀過康有爲的文章之後，便知道自己的學問遠不如康氏。於是做了「萬木草堂」康有爲的弟子，與梁啓超、啓勳兄弟，及盧湘父等爲同學。他的新思想新智識，便從此孕育起來。曾於光緒二十五年己亥，發表過一篇「文言之禍亡中國」的文章。有聲於時，爲我國主張用白話文的第一人。

戊戌政變之後，他逃到日本，乘時考察中小學教育。回國後專心致力教育事業，尤以改良蒙學教育爲職志。在澳門荷蘭園正街設立「蒙學書塾」一時從遊者甚衆。又創辦蒙學會，編輯「婦孺須知」「七級字課」「蒙學畫報」等書刊，把自己稱做「婦孺之僕」。

據說當時這本「蒙學畫報」，最受一般家長歡迎。因爲內容充實，封面印彩色人物花卉，約爲五寸半乘九寸的線裝本。可作爲圖文並茂的兒童讀物，可惜出版至第十四期便不再刊行。距今百年前後的這本刊物，相信今天存在不多。筆者家藏一整套（首期至十四期），頗爲珍惜，現在把它的「緣起」及「凡例」錄出，便可意會到這是一本有價値的畫報了。

蒙學畫報緣起——本館做這種畫報，是因爲中國現在蒙學堂太少。七八歲的小孩子不能個個進學堂，就是進學堂的也不能個個自備各種教科書。有些初等小學內，每種教科書備了一份，叫學生去傳抄，試問七八歲的小孩子怎樣抄得。所以雖然進學堂，實在仍舊未有科學的好處。本館爲普及教育起見，欽遵學部奏定初等小學章程將極淺近的修身、國文、算術、地理、歷史、理科、圖畫、樂歌、手工、體操各科，依次分課編輯。再加名勝、新聞、童謠、俗語、笑話、小說六門。每科每門純用圖畫官話解釋明白，只須教者畧爲指點，小孩子便一目瞭然。就是不進學堂的在家有這本畫報，每日當課本讀，也同進學堂差不多了。我有個比方，蒙學譬如一條黑路，畫報譬如引路的燈，這條黑路自然可以通過去。倘蒙熱心教育大家，看本報所編科學門徑，大旨不差，時時賜教改良。廣勸有小孩子家的父兄，都買這

蒙學畫報

國文第二十四課　盲瞎

一盲子騎瞎馬臨深池最危險

國文

十二　第三期

報給小孩子看，傳送開去愈推愈廣，無人不看報，那就達到本館普及教育之目的了。

凡例——一、本報月出兩期，每期一冊每年共出廿四冊。一、本報編目欽遵學部現新定章署爲變通，首修身次國文次算術……後附名勝新聞童謠俗語笑話小說。凡可以增長兒童學識者無不隨時增添，總期有美必收十全後已。一、學部定章，初等小學每一星期教修身一課、國文四課、算術三課、歷史地理樂歌圖畫手工體操理科各一課，適供兩星期功課。一、本報編輯宗旨，由淺及深自簡而繁，以學爲經以遊戲爲緯。大概以德育智育兩大端開發兒童心思鼓動兒童興趣爲導線，其無關德育智育之事概不闌入，以端養正根本。

以上就是它的緣起和凡例，至於報內所附「新聞」一節。現在節錄一二如下，俾知其概：「本年四月十四日，上海輿論日報載北京專電說道：學部張相國之洞叫督學局議定……」。「……日本二辰丸私運軍火……所以廣東張制台人駿就將這船扣留……」。

從上面的跡象看來，可見該社在清光緒年間出版。在百年前有此具體性的兒童讀物固然難得，同時印製彩色封面及插圖，尤見難能可貴。作爲今天小學課本的參考，相信也有寶貴的價值。（附圖蒙學畫報封面及內容面貌）

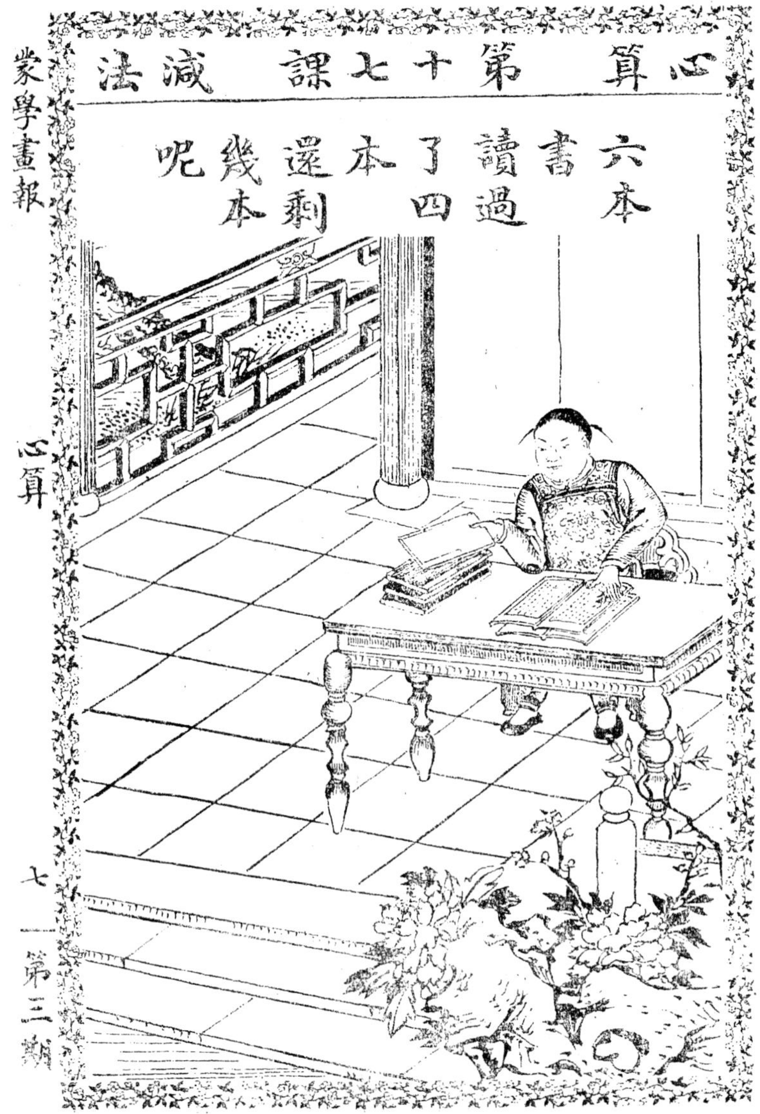

閒話相聲

胡士方

相聲是曲藝的一種，在北方最流行。兩口子生了氣，同事之間鬧意見，心裡起了疙瘩，一聽相聲，當場一樂，甚麼悶氣疙瘩，亦隨着笑散了。有時聽到好段子，不僅當場笑，一路笑，就是回到家，躺在牀上，想起來還是笑，可知相聲是多麼大的魅力。

相就是像，聲就是聲音，相聲說，學，逗，唱，學什麼像什麽。相聲一開口，不用拿手「胳肢」你的腋窩，你得笑，這才是相聲的本領。說起這一行確是不易，太想叫人笑，過猶不及，便流於貧咀。不夠火候，便難引得人家樂，眞是冷雋通雅，恰到好處，好的相聲藝人，一出台，人前一立，那份揍相，便叫人看着想樂，張口一說，更得使人笑得合不上嘴。

相聲起於何時，這個難題。司馬遷的史記「滑稽列傳」：「淳于髡，仰天大笑，齊威王橫行；優孟搖頭而歌，負薪者以封，優旃臨檻疾呼，陛楯得以半更，豈不亦偉哉」。就是相聲。楊蔭深撰「中國俗文學概論」，說相聲起於唐代的「弄參軍」，並且引了高亮休唐闕史記李可及條云：

「咸通中，優人奇可及者，滑稽諧戲，獨出輩流，雖不能託諷匡正，然智巧敏捷，亦不可多得。嘗因延慶節目緇黃講論畢，次及倡優爲戲，可及乃儒服巾，褒衣博帶，攝齊以升講座，自稱三教論衡。其隅坐者問曰：「既言博通三教，釋迦如來是何人」？對曰：「是婦人」。問者驚曰：「何也」？對曰：「金剛經云，敷座而坐，或非婦人，何煩夫坐然後兒坐也」？上爲之啓齒。又問曰：「太上老君何人也「？對曰：「亦婦人也」。問者益所不喻。乃曰：「道德經云，吾有大患，是吾有身；及吾無身，吾復何患？倘非婦人，何患乎有娠乎」？上大悅。又問：「文宣王何人也」？對曰：「婦人也」。問者曰：「何以知之」？對曰：「論語云，沽之哉，沽之哉，吾待賈者也。向非婦人，待嫁奚爲」？上意極歡，寵錫甚厚。翌日，授環衞之員外職」。

這種正話歪說，不對瞪着眼楞說對，也正是相聲。但做爲起源，都未免太早了。

張笑俠「相聲集」云：「所創大約在前清末葉，有人說是清人阿刺兒及朱少文（即窮不怕）等所創」，這倒差不多，窮不怕是光緒庚子前後，在北平天橋擺地攤逗笑的相聲藝人。廣東東莞張江裁，居故都多年，其寫「天橋八怪」，就介紹過說：「窮不怕，原名朱少文，漢軍旗人。世居地安門外毡子房。幼習二黃小花臉，會搭嵩祝成班，因不能唱紅，遂棄本業，改習架子花臉。後來獨出心裁，改爲太平歌詞，與說相聲的孫丑子爲師兄弟。擅長用手指捏白土子，撒地成字。又時時作丈二大福、壽、虎等雙鈎字，每當遊人圍滿時，他先撒一幅對聯，一手持兩竹牌，隨敲隨唱，所持竹板，上刻有：「滿腹文章窮不怕，五車書史落地貧」。捏粉撒字，引人聽相聲，斂錢討生活，想以窮不怕爲先河。

光緒三十年左右，有位名張崑山者，開場子於北平之什剎海，天橋諸地。專以口技之鳥叫鷄啼招徠。「學來禽語韵低昂，都下傳來百鳥張」，人都稱其百鳥張，這也是相聲的先驅。以後如人人樓的五子鬧學，蛤蟆頭的方言貨聲，小海的流口轍，醜孫子與其徒弟相聲恩子的摔喪盆，披蔴戴孝哭爸爸；小范的戲曲相聲，以及瞪眼玉子的拿康小八，也陸續出現於天橋，尤其有位說相聲的阿二，既不唱曲，又少口技，純以虛子混混的故事，諷嘲社會，可以說正式來說相聲。其名聲也著，官場在旗的人，是最喜歡聽阿二的玩藝。「江湖阿二舊知名，矮凳高棚說相聲」，在天橋是沒有人不知的。

不過相聲由在攤而上台，在書場自立一個單檔兒，還是自萬人迷始。按萬人迷本名李德錫，一隻瞎眼，在北平的天橋最紅。精於馬頭調，時時拿着一隻破鞋當鏡子，學婦女化粧梳頭，扭扭捏捏的前後來照，引人發笑。其比相聲恩子，阿二都吃香。相聲開始雙口兒，一說一捧，名之謂對口相聲，亦以萬人迷爲典型。他的拍檔是有名的張麻子，張麻子一上台，老是笑瞇瞇的一副滑稽相，與萬人迷的哭喪臉，一喜一哀，一個裝傻吃虧，一個扮精佔便宜，旗鼓相當，笑趣湧出，可謂一時瑜亮。民初張麻子逝世，萬人迷不善單春，無張麻子便有孤掌難鳴之嘆，後以盧三繼之，技屬下駟，已無昔日的精彩。

萬人迷在相聲界的地位，猶若劉寶全之於京音大鼓，金萬全之梅花調，是執牛耳的好手。在天橋就憑一張嘴臉，而紅遍京華。平時收入之豐，幾爲書場之冠，故其門下學藝的也不少。如高麻子、小范、玉隆、焦德海、周蛤蟆，都是他的徒弟。其中以焦德海名聲最大，不獨聞名北平，華北幾省，聽過相聲的人，沒有不知道焦德海的。他的上手捧哏的是廣潤泉和劉德智，也是好手。今日流行的段子，像「小神仙」、「吃西瓜」、「娃娃哥哥」、「砸鍋醫生」，就是他的拿手活。

相聲流行於平津之後，據說在光緒三十二年，肅親王善耆，在北京任九門提督時，他的衙門在地安門外南鑼鼓巷西頭的帽兒胡同。有一次他坐着轎子出巡，叫跟差開道之際，看見一大堆人圍住，便命跟差問問是幹甚麼的，差人回稟說是說相聲的。肅親王一聽大不高興，因爲他過去在護國寺聽葷口相聲時，遇到過熟人，弄得很尷尬。爲了假道學遮醜，曾向人發牢騷，說相聲不說人話，胡說八道。現在自己管的地面也有相聲，豈不丟面子。於是吩咐管地面的將說相聲的驅散，那天說相聲的是魏坤志，有一股子倔脾氣，便大聲呼冤，和管地面的吵起來。跟差的便將魏坤志抓到肅親王面前，魏坤志說：「王爺，我是不是人？爲什麼說我們不說人話呢」？肅親王那把口，那能說過說相聲的，三言兩句也給問住了。便一口氣將魏坤志帶進衙門裡，不問皂白的打了十鞭子，枷法三天，並傳諭在北京城不准說相聲，相聲在北平也絕跡了。

雖然有一些旗人公子哥兒，好玩的官僚仍喜歡聽含有色情的葷相聲，時常叫堂會，把相聲藝人召到家中，在外書房聽，不叫女眷來聽，葷口相聲因此都名之爲「外書房」，偷偷摸摸的存在了一個時期。但三天打魚，兩天曬網，收入有限，大家吃甚麼？於是改行的改行，跑外的跑外，像魏坤志改說評書，焦德海改唱竹板書，范長利底子就是梨園行，便改唱平劇。著名的萬人迷、張麻子，去保定，轉到天津。郭瑞林、李麻子跑關外，去了長春。一時北京城裡眞是無相聲聽了。

一直到宣統元年，淸廷腐敗，政令鬆弛，肅親王已不任九門提督，相聲才又復甦起來。同時葷口已沒有以前那樣厲害，像焦德海的徒弟們，張壽臣，白雲亭，駱彩翔，于別波，都成了名，在各書場都有了檔子。

張壽臣在書場享譽最久，近幾十年來，他與常連安、吉評三，都稱相聲三傑。尤長單口相聲。筆者聽過他與周蛤蟆、劉寶瑞合作的相聲，周蛤蟆是前淸時代的一位太監，輩份比張壽臣還高，兩人都有滿腹的「包袱」，使人樂不可支。劉寶瑞比起來是後起之秀，淸脆利落，吐詞別致，「連陞三級」幌「怯拉車」最好。要不是鴉片烟吸得他骨瘦如柴，走了樣子，其前途是不可限量的。其時張壽臣的單口相聲說的最多，有一次在一段開場白上說：

「在我小時候，倒退五十年兒，那年夏天這個熱呀！是木頭的不能坐，不能挨，一摸就燙的慌，老年間舖眼兒掛的幌子是錫的，太陽地兒掛着，都叫太陽給曬扁啦，往下掉錫珠兒，要上哪去辦點甚麽事呀，得晚上去，白天沒人敢走，白天打太陽地兒一過，「嗤啦」一下子，頭髮都燒光了，能燒得一根頭髮都沒有，亮光亮光的，這是熱。要到冷的時候，眞冷啊！上年紀人留鬍子，出門兒的時候還挺好，回來凍冰啦！趕緊拿熱水燙。耳朵凍木啦，一扒啦就掉。吐口唾沫掉地下摔兩瓣兒——凍成冰啦！街上熟人不敢拉手兒，『上哪啊』？一拉手兒，壞啦！兩隻手凍一塊兒啦！怎麽辦？過年開春兒化了凍再鬆手！受的了嗎？從這兒留了古語啦：『某人跟某人他倆掰不開的交情』，掰不開啦嘛，那怎麽辦哪？上茶樓哇上澡堂子弄壺熱水呀上澆！要不怎麽叫『交（澆）朋友』哪！」

張壽臣不疾不徐的說來，人家笑，他却不笑，這是人所不及的。

在焦德海、張壽臣之外，另有一種雲裏飛的滑稽京劇，在場子上，穿着麵粉袋染紅的戲衣，拿着葦桿兒拴着紅絲繩子的馬鞭以不倫不類的扮像，大唱荒腔走板的二黃，也兼以相聲出名，在天橋走紅，歷久不衰。按老雲裏飛，原名慶有軒，是落魄的旗人，住西牌樓北大紅羅廠，本爲梨園行。在光緒庚子前，充四喜班武行。庚子後，北平前門外大柵欄之三慶班燬於火，搭班無門，便在天橋亂唱鬥哏，引人笑樂而糊口。雲裏飛是他的兒子，本名白寶山，藝名畢來鳳，幼時佐其父老雲裏飛在天橋設場子，人都管他叫「雲裡飛場」。「捉放曹」、「借東風」、珠簾寨」、「擊鼓罵曹」、「打魚殺家」、「梅龍鎭」，甚麽都唱，唱不上一段，就插上些奇腔怪調，來逗人樂。他的徒弟也很多，男的有郭全寶，女的有馬艷華，夏麗華，均能說能唱。白寶山的兒子白全福，取了藝名則叫飛不動，因爲雲裏飛場子中有平劇，有相聲，還有雜耍戲法，故徒弟們，都學了一身玩藝。近幾十年來，白全福和郭全寶，都在相聲界成了台柱。

民國十幾年，天橋的焦德海徒弟中，還有一位郭啓儒，也頗有名，其與于俊波，張壽臣都合過檔。「賣布頭」、「酸點燈」，「歪批三國」，都說得很精彩。唯愛葷口，說粗話，女人聽不得。一直到後來收了個徒弟侯寶林成了名，他降爲上手，爲他徒弟捧哏，才慢慢規矩起來。說起侯寶林，口齒伶俐，隨機應變，玩藝新鮮，確是好手。香港至今仍有他的唱片流行。如與郭啓儒合說的「相面」、「戲劇雜談」、「歪批三國」等，聽來仍然動聽。其餘如他的「各地方言」、「醉酒」、「三請諸葛亮」、「一貫道」、「庸醫」，也出色，記得有一段說：

「有個人哪！有一次患盲腸，醫生說要開刀，不開就得死，開吧！開完了刀沒事。第二天，醫生來啦！說不行，把紗布掉在肚裏，得要開刀拿出來。眞倒霉。又開又縫，又是一回。可是過兩天，醫生又來說，又得開刀，說這回剪子忘了肚子裡。甚麽辦法？又得進醫院，醫生再把原來的線拆開，才把剪子找出來。剛要給縫！這病人說話啦：「你不用縫啦！你給我安個拉鍊吧！再落進東西，拉開隨便拿吧」！

又如「買單車」的段子：

「甲：一狠心，買輛自行車，花了這個整兒，這個零兒。

乙：一百八？

甲：十八塊！

乙：十八塊買車呀！

甲：買舊的。

乙：那能騎嗎？

甲：你別看他錢不多，車還可以。

乙：還騎得過兒？

甲：反正除了鈴不响，剩下哪兒都响。

乙：都要散啦！

一時都膾炙人口，使人忍俊不止。還有侯寶林常念的繞口令如「從南邊來了個喇嘛，提拉着五斤鰨鰢，從北邊來了個啞巴，腰裡別着喇叭，提拉鰨鰢的喇嘛，要拿鰨鰢換別喇叭啞巴的喇叭，別喇叭的啞巴，不願意拿喇叭換提拉鰨鰢喇嘛的鰨鰢，提拉鰨鰢的喇嘛，拿鰨鰢打了別喇叭的啞巴一鰨鰢，別喇叭的啞巴，拿喇叭打了提拉鰨鰢的喇嘛一喇叭，也不知提拉鰨鰢的喇嘛拿鰨鰢打壞了別喇叭啞巴的喇叭，也不知別喇叭的啞巴拿喇叭打壞了提拉鰨鰢喇嘛的鰨鰢，提拉鰨鰢的喇嘛燉鰨鰢，別喇叭啞巴吹喇叭」。這種拗口絆嘴的段子，他却說來清楚流麗，一點也顯不出脖粗臉紅，可見訓練到家。

相聲在天津比北平還流行。當時有名的藝人如吉評三、張傻子、劉德海、馬三立，以及常連安等人。其中劉德海資格最老，他在焦德海紅的時候，即一起和焦獻藝，後來老了，便久在天津，為人捧哏充上手。張傻子佐劉寶全很久，說段子以緊湊清新見長，詞句都很大方，在大書場頗得人望。吉評三是一位旗人，早年與王兆麟說對口相聲享譽一時，著名的「對對子」，「歪講三字經」、「百家姓」，笑料之豐富，耐人尋味，為人所不及。民國二十年後即多說單口相聲，到過南京、上海、漢口、濟南、開封。連說帶唱的「太公賣麪」、「韓信算卦」、「鬧天官」、「讀文祭」，都相當叫座。他有一女藝名荷花女，在平津書場以唱蕩湖調出名，馬三立是相聲中擅於「經勵科」的人材，約角組班多出其手。他的輩份比侯寶林、劉寶瑞都高，藝在郭啓儒之上。唯不輕易登台，故名不甚彰。最了不起還是常連安，他是早年喜連成科班學平劇出身，與馬連良、小翠花、劉連榮是師兄弟。因為倒嗓，唱不出聲來，才開始學變戲法糊口。北方天寒時，能冷到零下二十度，冬天變戲法手都伸不出來，便兼說相聲。最初在天橋，以後便在天津，常連安的戲法是中國的古老戲法，仙人搬家，水現活魚都拿手。他的相聲一個人說，兩個人逗，三個人湊，都有工夫。「黃半仙」、「空城計」、「君臣鬥」，是他的精彩段子。

常連安的大兒子常寶堃，即著名的小蘑菇。次子常寶霖即二菇，三子常寶霆為三蘑菇，四子常寶華為四蘑菇；除了女兒常寶珊不說相聲，連老八寶慶，老九寶豐，都是相聲，一家泡蘑菇，眞是如假包換的相聲世家。

小蘑菇青出於藍，詞句新顯，機智清雋，猶過乃父。其受人歡迎，不弱於侯寶林。唱平劇、快板書、數來寶、雙黃、單春，樣樣精通，並有得自父親的戲法。他的相聲，最佳不落俗套，就是傳統的老段子，也有他的新詞穿插。日本鬼子佔領北平時代，老百姓生活困苦，麵粉尤漲價不已。從兩三塊錢一袋，貴到十幾塊。這位小蘑菇可有詞啦！他說：「大家不要急，再過十多月，麵粉準便宜」。人家問：「怎麼會便宜呢」？小蘑菇說：「人都餓死啦！沒有人吃，不就便宜了嗎」？結果日本狗腿子聽見了。便將小蘑菇關起來，後來百般解釋才被放出來。

還有一次，他在相聲中說麵粉慢慢就便宜了。兩塊錢就能買一袋，不過袋小了點兒。人家問他是用甚麼袋？他說改成用牙粉袋啦！當時惹的哄堂大笑。北方的小學生都會說：「牙粉袋裝麵粉，麵粉便宜啦」！

小蘑菇說相聲，貫活中的趟子，不但利落，咬字發聲也清亮好聽，像「地理圖」，「八錦扇」，那些段子都拿手。甚麽「關公大戰秦瓊」，「麒麟童賣報紙」、「邱君吉爾與羅君斯福喝豆汁」，胡謅八扯，同「聊齋」上之「從關聖征蚩尤未歸」，眞有異曲同工之妙。小蘑菇在台上沉着自然，謙虛親切，你笑他打楞，已臻瀟灑，漂亮，俏皮的境界。同時笑料所謂「色袱兒」也多，冷嘲熱諷也恰到好處，學甚麽像甚麽，聽得有滋味，有一次，小蘑菇和京音大鼓劉寶全同台，前場是他的相聲，他就學起劉的大鼓來，不但火候到家，連劉的咳嗽、漱口、脫馬褂，拿手巾抹嘴，那些小動作都學得爲妙爲肖，等到劉寶全一上台，觀衆都想起小蘑菇學的那一套來，無形中便情不自禁的都在笑，弄的劉寶全也莫明其妙發了楞，認爲自己出了毛病。後來才知道是小蘑菇拿他來說了相聲，大罵小蘑菇，說他是「混飯等死，早晚餵狗的東西」。以後說相聲都拿這句話爲口頭禪，便是由此起。

小蘑菇的大弟弟二蘑菇常寶霖，也是好手。台風穩健，氣口勻稱，說逗都很到家，能在情理中，使你痛痛快快的笑一場，絕無牽強貧嘴的毛病。他得意的段子是「學聾啞」、「洋藥方」、「搶弦子」、「戲魔」、「賣西瓜」、「週遊列國」等，其在台下的人緣頗好，對常連安最孝順。

三蘑菇常寶霆，小時曾從常連安的師兄弟曹造孝學過戲，但捨不得家傳行道，終於還是說相聲。他的台風活潑，口鋒犀利，在台上神相交錯，左右逢源，逗笑生趣，不弱於小蘑菇，尤以學唱見長。他的「打砂鍋」、「賣布頭」、「拉洋片」、「鬧公堂」，都有相當造詣。學余叔岩、馬連良的老生；梅蘭芳的青衣，金少山的花臉，以至蕭長華的笑，雷喜福的道白，都到家。楊小樓的「且住！昨晚四更時分，與曹兵截殺往來，今已天明，不知主公家眷逃往何方去了」那幾口，眞可以亂眞，連轉口換氣都學出來。

四蘑菇常寶華，擅長細致的描述，「賣針線」、「請竈王」、「瘸女婿」，是他的精彩節目。常寶慶、常寶豐，雖初出茅廬，玩藝也都不俗。聽說後來小蘑菇的兒子常貴田，二蘑菇的兒子常貴昇，又是祖傳衣鉢說相聲。三代同堂，七子同科，常連安偶而帶着蘑菇兒子，携着孫子，登台來段「老少對」，小孫子在台上拉着嗓子：「老爺子，今天和您同台啦！台上沒大小，下台立規矩」；常連安接着說：「嗅！台上沒大小，你拿我來找碴，好哇！不是下台立規矩嗎？回頭下台我一人打你十板子」……情趣迭出，令人喜樂。

民國三十四年左右，日本鬼子投了降，萬衆歡騰，人人都在興奮中，娛樂方面更是蓬勃，相聲當然也活躍起來。尤其在淪陷區說相聲，東不敢講，西不敢說，一肚子癟氣，也於此際發洩出來了。當時郭啓儒、侯寶林、郭全寶、高桂田、都在北平。常家的蘑菇們都在天津，吉評三聽說去了上海，劉寶瑞獻藝南京。筆者那時正在濟南，商埠大觀園有馬三立組班晨光茶社，張壽臣領導的中華茶社，及來福如、來小如兩母子的檔子，新市場則有崔金霖，趵突泉對面的勸業場又有田茂堂，眞是相聲四起，聽不勝聽。

先說晨光茶社吧，領班頭牌爲馬三立，老前輩，玩藝地道，自不待言，最出色的是劉廣文，他的口才，比之小蘑菇、侯寶林，也不遜色。「怯拉車」、「開粥廠」、「廣播電台」，都是他的絕活，學電台報新聞，令人捧腹。王樹田生得像隻活狗熊，崩牙、冬瓜臉，外加一對逗眼，但「鬧公堂」，學荀慧生那股爹勁，欲語還羞，秋波送嬌，却令人笑出淚來。尤其他的雙黃，在頭頂貼上一個紅綳小辮，兩隻逗眼，一個大嘴，用白粉小抹，衣領向裏一掖，在前面表演不出聲，後面是孫少文出聲，一段小調過後，跟着是流口轍，最後不是生孩子，便是向觀衆認爸爸。王樹田生孩子，生得死去活來，就是生不出來，孫少文硬叫他生，認爸爸，指着觀衆：「你是我爸爸」！「不是，不是」，指來指去始終也認不出爸爸。王樹田才把辮子一扯「不幹啦」！到背後扭着孫少文的耳朵拉出來，使觀衆沒個不樂的。

說起雙黃來，是相聲藝人附帶的特技，據說創自淸代之黃輔臣。李斐叔所著「梅邊雜憶」云：「黃約咸同間人，面目奇醜，初亦說書之流。以一人能學做各種人物動態，故名雙黃，其後始分爲兩人學做一人也」。今日都爲二人表演，顯前者表演動態不出聲，匿後者出聲不露臉，在指手畫脚，不在唱工好歹」。雙黃做的精彩，要互相貼合，天衣無縫，一若後者之聲出於前者之口才行。如常連安、高德光、高德明、白全福、王樹田等等，都善演雙黃的。

這再回頭說濟南大觀園的中華茶社，則是由張壽臣、周蛤蟆爲台柱。其陣容雖不及晨光茶社，但張壽臣的相聲，却是人所不及的。至於來福如的是一位三十多歲在旗女人，聽說也是貴胄之後，家道中落，才在江湖出頭露面說相聲，講的一口上流的京片子，但有時和她的兒子來小如說起相聲來，却也有樂而不淫的下流話的。唯母女唱平劇，唱牌子曲都佳，有一次筆者聽過她的一段「太平年」，輕快俏皮，眞有謝芮芝的味兒。

濟南新市場的崔金霖，是以東方言說相聲的老手。「轉生兎子」、「周遊列國」、「兩口子趕集」，俚俗有趣，這是北京派所無有的。他的古老戲法也精彩，能拿件袍子一披，立刻接連着變出十缸活生生的金魚來；還會仙人飛蝶，用紙疊個蝴蝶，扇子一扇，蝴蝶即繞屋飛旋。他的拍檔如李大成、黃景利，也都是雙黃、戲法，樣樣精通的全材藝人。不過聽他們的相聲，一段完結，即須要錢，且不能一要錢就走，所謂有錢捧個錢場，無錢捧個人場。若聽完要錢即走，他們必會說些不三不四的損人話，像「這位先生不走不行呀！老婆正在家裡偷人呀！捉姦捉雙，遲了捉不着啦」這一類的話。

還有勸業場的田茂堂，乃和他的徒弟吳景春、吳煥文，設了個檔子說相聲，也是土相聲。以唱「打牙牌」，「拴娃娃」等小調著名。因爲其臨檔是鄧九如的山東洋琴，爲山東曲藝的精英，說的也最好，筆者時時去聽，便也常聽田茂堂的相聲。其中吳煥文爲中學畢業，撤雙鈎隷字最佳，揑一把土粉子在地上，順手就是磅礡的擘窠大字，其寫曹全碑，也有幾分工夫。他曾寫過一幀扇面送給我，惜抽大烟太厲害，漸已不似人形，家居小北門內路東一小宅中，我還去過一次，後亦不知所終。

提起相聲，在勝利後，的確熱鬧了一段日子。不幸干戈四起，繼之神州易手，這受歡迎的玩藝，也跟着「解放」進去了。以後如老一輩的周蛤蟆、張壽臣、常連安、吉評三、馬三立、李壽增，壯一代的如劉廣文，小蘑菇、侯寶林、白全福等，也都得「學習」、「改造」了。

最慘的是民國四十一年韓戰爆發，梅蘭芳，馬連良都得出發到鴨綠江去演唱慰勞，小蘑菇那個開心果自不能例外，結果在北韓正在表演時，「美帝」一顆炸彈投下，這位小蘑菇竟成了「常寶堃烈士」。

前幾年，所謂「文化大革命」，聽說相聲也變了大毒草，侯寶林也成了罪人。據聞紅衛兵在羣衆面前要侯寶林下跪認罪，但侯却說：「我的罪太大了，下跪不夠。乾脆，讓我躺下吧」！即臥地不起，若果有此事，眞是相聲中的相聲也。

說起相聲在香港，早幾年荔園也有楊三義、陸柏鹿、裴揚華、大皮包等人演過一個時期。其中除了道友的裴揚華，有點上海滑稽底子，還湊付一氣，其餘簡直滿不是那麽一回事。近年台灣有吳兆南諸人，也有相聲獻演，尚不知如何？按相聲是北平話的精華，不但能使人喜樂解頤，且能使人知道北平話的技巧，是値得提倡的。香港有位國語專家，主張學國語要朗誦詩文。我以爲照本念字的朗誦甚麽「慈母手中線，遊子身上衣」之類的詩句，尚不如平劇「法門寺」上的賈桂「跪在丹墀，高聲朗誦」，來得受聽，更不如說說相聲，受歡迎人。

特技演員出生入死

周盛淵

不久前上演的「海神號」影片中，有一個高潮，那就是當海神號翻覆後的時候，整個船身到轉過來，於是許多的乘客、大量的杯盤、燭台紛紛從地板掉下天花板，讓人難以忘懷的是：有一個乘客直接落入天花板的電燈中，電觸和玻璃刺，使得這個乘客當場殞命。

飾演這個乘客的人，活生生地於幾天前來到台灣，除了可能有隱藏於袖中的小傷口之外，他一切一切都是好好的。

這個人是羅斯·宋德士(Russ Saunders)，他被稱作「替身大王」，事實上他就是一位特技演員。

以往的廿年特技演員生涯，他「出生入死」地演出過近千部的電影。

因此，依據他的經驗而言，「海神號」中的死並不是他所經歷過最慘的「死」！

雖然沒有眞的「上刀山、下油鍋」，但是一個具有如許歷史的特技演員，宋德士以往的生活確實是充滿了驚險與刺激。

「你猜，從『海神號』的地板摔下來，有多高？」宋德士神秘地說：「只不過卅呎」

然後他加重語氣地強調：「我從比這個高度要多出一半以上的距離，都不知道掉過多少次！」

作爲一個特技演員，並不光是「掉」就夠了，他還要具備有其他許多才能，譬如：騎馬、擲飛刀、跳高、柔道、空手道、舞蹈、舉重技巧……。

宋德士就具有這些才能，所以他才能在「原野奇俠」裡代替阿倫烈特從急馳的馬背上摔下來；在「賓漢」裡，代替却爾登希斯頓高速駕馭雙輪馬車，然後與他車相撞；在「斯巴達」裡，代替寇克道格拉斯從高聳的城堡中跳滾下來；在「大海盜」裡，代替湯尼寇蒂斯與人肉搏廝殺……。

宋德士苦笑着說；廿五年一千多部片子，我實在記不清楚那麼多了。

可是他記得，幾乎好萊塢所有的大明星，都曾與他同戲演出，或者是讓他作替身。

早期的泰倫鮑華，就曾在多部片中與他合作，而且他記得：最驚險的是泰倫鮑華飾演俠盜羅賓漢的一部片子，他隨着外景團去到西班牙，在叢林中的一次飛躍裡，他幾乎被樹枝戳穿！

却爾登希斯頓的「馬戲世界」中，那個技術出神入化的空中飛人，不是希斯頓本人，就是宋德士。「斷刀上尉」影集中馳馬如飛的上尉，也是宋德士。「洋場私探」裡，曼尼克斯老是被車撞或打傷，吃苦的也是宋德士。「霸王妖姬」裡，被亂石所砸的，還是宋德士……。

由於他本身具有特技才能，而且累積了太多的經驗，因此到了後來，他不僅是一個特技演員，也是許得片中的特技鏡頭指導，譬如「霸王妖姬」中，域陀美曹氣壯山河地力推神殿圓柱，光這一鏡頭，域陀美曹就向宋德士學習了五天，練習肌肉的運用。

在一些西部片中或非洲蠻荒片中，投擲飛刀與標槍，也是宋德士的專長。

這兩年來，他逐漸從幕前轉移到幕後，指導演戲要比親身演戲的機會更多，他說：廿多年的特技演員生涯，已經夠長了。

事實上他並不厭煩特技影片，尤其是現代的影片，特技演員在種種完全措施維護下，受傷的機會越來越少。近代電影「蒙泰奇」的運用，已使特技演員漸漸感到英雄無用武之地。

宋德士強調說：雖然電影裡常有許多令人咋舌的驚險鏡頭，可是這不光是特技演員之功，而是電影通體攝製過程的結果。

「原野奇俠」裡，阿倫烈特在雜貨店裡打架那一幕，銀幕上只出現五分鐘，但是在排演與練習上，整整花了三個星期，阿倫烈特和宋德士都一致佩服製作的嚴謹和對安全的顧慮。

作爲一個特技演員，是否眞有「視死如歸」的精神呢？宋德士笑着解釋說：苦比別人吃得多，危險比別人担得大，但是，死不見得比別人容易吧？

雖然這樣，特技演員因爲工作而喪生的，每年最少一個人。

世界性的「特技演員協會」，共有成員一百人左右，但始終超不過這個數目，宋德士是成員之一。他們分佈在世界各處，專挑較危險的工作幹，生命受威脅的程度自然也比別人大，這可能就是爲什麽特技演員數目老是無法增加的緣故。

與宋德士同來的寶拉．戴爾，也是一個女特技演員，她所作的解釋就足以對這個問題提出答案，她說：「女性特技演員最多的時候只有廿五人，今年已有三個死亡，只賸廿二人，而以往，也從來沒有比這更多的。」

有人視危險如兒戲，但總不能老拿生命開玩笑，特技演員雖有人繼續担任，却永不會像其他演員般越來越多的。

寶拉在「美人魚」中是伊漱蕙蓮絲的替身，以後，她以爲桃樂絲黛、艾娃嘉寶、茱蒂安德魯絲等等名女演員作過替身。

女性當替身，不是更危險嗎？

寶拉笑笑說：我不是當了多年的特技演員，如今仍還好好的嗎？

當然，寶拉也和宋德士一般，具有多項才能，像水上運動與舞蹈都是專長之一，這次他們到台，就不是以特技演員的身份出現了，他們將隨同美國水上芭蕾舞團演出。

宋德士和寶拉很有自信地笑着表示：以我們都曾是水上運動的佼佼者而言，我們相信水上芭蕾舞表演一定不會比我們當特技演員差。

浙東的丐戶

莊　練

在浙東的紹興、寧波一帶，有一部份人，被稱爲「丐戶」；俗語則稱之爲「墮民」，或「惰民」。

這是一種非常奇特的名稱。明人王士性所撰的廣志繹說「其非不有身手長大，面目姣好，與產業殷富者。然家雖千金，閭里亦不與之締婚。此種自相爲嫁娶，將及萬人。即乞人亦淩虐之，謂我貧民，非似爾惰民也。」照這裏的說法看來，所謂丐戶，或墮民，惰民，乃是居於四民之下的一種賤民，其地位最低，雖乞兒亦不肖與之並列，所以然之故，據傳說是由於政治上的原因。

由於丐戶是一種等級最低的賤民，所以他們所操的職業也與人不同。男人大率爲樂工，爲轎夫，爲人打夜狐逐鬼，或捕捉鱔魚、青蛙、收買破爛雜物、賣餳糖、鍛爐鐵、編機扣，塑土牛等；女人則專門爲人服役，遇有婚喪喜慶，則各有認定門戶的丐戶婦女自動前來幫忙執役，或爲新嫁女作扶拜伴送換裝梳髮等事的喜娘，或下廚炊爨，各處伺候招呼，猶如人家的世僕。這些行業，多爲一般小民所不屑爲者。而一般小民所從事的行業，則又不是他們所敢去作的。

在紹興，他們或她們並且都有一種專門的稱呼，男的被稱爲「墮平」（照紹興方言，似即「墮民」二字的音轉）女的被稱爲「勞縵」（老縵）。這些人不但所操**行業各有一定，即所穿衣著及所住房屋，**亦與常人有異。他們所住的房屋，低矮窄小。男人戴狗頭帽，女人著青衣藍裙，鬢如蟬翼，出門必帶雨傘及包裹。只要一看外表，就可以知道他們（或她們）是什麼樣的人。在民國以前，良賤有別，社會人民特重出身。丐戶既被列爲「賤民」，自不得與士民相等夷。因此，他們及她們的子孫永遠不得讀書仕進，即有產業，亦不得充糧長里正等役。自明淸以來，屢屢見於浙東各地方志的記載，其歷史淵源，最少已有五、六百年。

丐戶的起源何自？各書籍的記載，殊不一致。明代所修的上虞縣志，以爲是「宋罪俘之遺」。淸代所修的餘姚縣志釋「罪俘」之義，說是「宋南遷，將卒背叛，乘機肆毒。及渠魁以勦捕見戮，其餘焦光瓚等貶爲墮民，散處浙東的寧紹。」照此說法，則墮民的開始出現，應是宋室南渡以後的事，距今約七百餘年。但王士性的廣志繹及沈德符的野獲編等書，則以明太祖始定制貶墮民。依此推算，則其出現時間又不過只六百年。

廣志繹並且以爲墮民是由元朝所遺的勳戚貶降而來。關於這一點，不同的說法就多了。唐弢撰「墮民猥談」，以爲焦光瓚所部的後裔被明太祖降爲墮民，是因爲他們降金之故。此說與前面所引一說大致相同，惟其中畧有分別，一爲亂兵，一爲降兵。王覺源撰忘機隨筆，以爲他們本是蒙古駐軍的後裔，在明初被降爲墮民。此說與廣志繹之說又相近似，惟其中亦有分別，一爲元代勳戚，一爲蒙古駐軍。諸說之同異如此，不經考辨，很難確定那一種說法是可資採信的。

按，宋金兩國交戰時，降金的兵將不在少數，何以只焦光瓚的一支在後來被貶爲墮民，而其他降將降兵的後裔不聞有同樣的待遇？若以焦光瓚乃亂兵而非降將，則南宋的對待亂兵，不聞有如此嚴厲之重刑峻法，何况焦光瓚其人之名，更不會見於史傳呢？至於墮民出於元人後裔之說，明太祖滅元之後，對於各省的元朝勳戚或蒙古駐軍，其待遇理當一樣。何以別省的元人後裔不會有被貶爲墮民之事，而獨浙東寧紹的元人後裔蒙此酷虐的待遇呢？所以，以上諸種論及墮民起源的說法，看似有理，其實都經不起深入考究。

明代名將戚繼光，一身文武兼資。所著除紀效新書、練兵實紀等武學名著外，尚有止止堂集。集中有一條論士君子出身處世不可有一毫差錯，初引漢代的名儒蔡邕爲例，說：「蔡邕哭董卓，自期千古，而不知傳奇詼諧之書乃以琵琶記歸之邕，不惟不忠，併棄其孝名焉。」次以宋代的奸臣秦檜爲例，說：「秦檜子孫在越婺號丐戶者，雖至微至賤而不認其祖。嗚呼，可爲世鑒也。」這一條記載，說到丐戶的起源原來是由秦檜的子孫貶降而來，其說與上述各說完全不同，很值得注意。味其語氣，其中似乎包含着兩種意義：①戚繼光已經知道秦檜的子孫貶爲墮民之事。②戚繼光曾經從墮民的口中聽到此事，他們雖然也知道自己本是秦檜的子孫，然而決不肯承認秦檜爲其祖先。假若戚繼光的話中確實包含着兩種意義，那麽，墮民起源於秦檜之說，似乎可信。按，秦檜係江寧人，其妻王氏則浙人也。世傳秦檜無子，以妻姪爲子，則其後裔之定居浙東，自屬必然。殊不知秦檜子孫在何時始被貶爲墮民耳。

雍正東華錄卷一，記有雍正元年九月乙未，詔除紹興府墮民丐籍之事。據同書卷五所載雍正五年四月癸丑上諭，則雍正所以要廢除紹興府墮民的丐籍，其目的在轉移社會風俗，使墮民子孫在免除丐籍之後，能夠振拔向上，得有自新之路。但雍正的立意雖好，在紹興等地的丐戶——墮民或惰民，却依舊不肯自求上進。自雍正至清末，歷時將近二百年之久，他們依舊世操舊業，代代不改。近人的筆記中更有一條有趣的記載，說是民國鼎革之後，紹興某家以爲現在連皇帝都被革命黨革掉了，從前的良賤等差，自然也不應該繼續存在。因此對前來他家執役的墮民說，現在已經是革命了，從此大家都一律平等，你們以後也可不必再到我家來走動了。不料他們聽了此話之後大不高興，說：「這是什麽話？我們已經走了幾百年，即使老爺太太不高興我們，我們也是要千年萬代地走下去的！」習俗中人之深如此，眞是使人難以想像的事。假若他們眞是秦檜的子孫，秦檜地下有知，當他聽到他子孫如此甘心爲人奴下的時候，不知道他亦有「悔不當初」之感否？

古廟魅影

·湫忱

我在寫這個故事以前，我必需聲明，在現代科學昌明的年代，「鬼魂」這一個名詞或許不太合適。因爲人類一旦宣告死亡，不久屍骨便逐漸腐爛，如若火葬立刻化爲灰燼，何來鬼怪之有？但世界上莫名其妙的事情很多，歐洲人一向崇信基督教，贊成要破除迷信。事實上英國倫敦有若干古屋，迄今報章雜誌，經常登載着有關「鬧鬼」的故事，而且言之鑿鑿，繪影繪聲，若有其事。

這裡我所要寫的是我在中學時所發生之事實，也可以說是自己親身看到的一件眞實的故事。值得一提的是，這奇怪的事一共出現了兩次，第一次有若干人看到，可稱「有目共睹」。第二次是我自己看見，完全眞實不虛。讀者如果以純科學的眼光判斷，那可能是我一時眼花，換言之即視覺有錯，甚至說我的神經有問題，但是我可以肯定的說：我當時確實神智異常「清醒」。爲着證明我是否在做夢，我曾經用我自己的右手猛擊我的頭部，感覺疼痛不已。事後我却大病一場，幾乎向閻王報到！誠不幸中之大幸，讀者姑妄聽之可也。

民國二十八年秋天，我國抗日戰爭已進入最艱苦的階段，其時上海南京徐州等各重要城市皆相繼淪陷，日軍已逐漸深入我軍腹地，而敵機瘋狂的轟炸，迫使我們的學校無法在城市開課，不得已遷移至鄉間，找尋僻靜的廟宇作爲棲身之所。

浙江紹興是一個山明水秀景色優美的城鎮，它是我的故鄉。也是我們浙江省立紹興中學所在地，當時由於日機不斷的騷擾，學校當局便決定遷往紹興的鄉郊一個歷史悠久頗具規模名叫「顯聖寺」的寺廟中，繼續絃歌不輟。

在學校尚未正式上課的前一天，同學紛紛來校辦理入學手續，並將行李搬入校內準備住宿，時在深夜十二時左右，我因白天從家裡一早坐船到校（紹興鄉下河流縱橫，船是惟一的交通工具），匆匆整理行裝，疲倦特甚，正朦朧入睡時，驀地，一陣陣尖銳叫聲衝破着這寧靜的深夜，揚起在本校女生宿舍中。

我立刻被這突如其來的叫喊聲所驚醒，同時學校的體育教官（他即住在我們宿舍的隔壁）以及其他很多的男同學，一齊覺得非常驚訝，都不約而同的趕到女生宿舍門口，因爲女生宿舍規定男生不得入內，何況時值夜晚當然更不便打擾。但是室內此起彼落的呻吟聲不絕於耳，爲顧慮女生們發生意外，更欲明瞭其中眞相起見，體育教官立刻出面請另一位中年婦女（因學校尚未正式開課，女舍監未及派定，管理缺人），入內一探詳細情形。

據聞，當時宿舍內的女生，已有若干已橫七豎八的從床上翻滾到地下，她們都用手蒙着臉，嘴上喃喃不斷地說「可怕，可怕」等語。問她們究竟看到了什麽，她們已嚇成一團，不願意再講話了，那位中年婦人只好將窗戶關上，囑咐她們不必害怕，好好安心睡覺，這一夜總算平安的過去。

第二天，我們一羣男生在課外活動時，爲了好奇心所驅使順便去詢問發生事故的女同學，究竟昨晚看到了什麽？起先她們都不肯回答，最後經不起我們一再的追問，僅有二三位女同學說：「她們在睡覺後，不到三小時，在迷糊中忽聽見窗外有『擦擦』之聲，緩緩自遠而近，等到她們發覺聲音有異，一齊用驚奇的眼光向窗外窺視時，忽見一紅色的火球，猛然自外投入。她們因受驚過度，登時大喊大叫，也不辨方向地直向床下滾進，以後情形怎樣，她們也記不淸了」。言下從她們的臉上依然流露出驚悸的顏色。

事情過去後，我也把它淡淡地忘去了，不料，有一天，在月考的前夕，我爲應付翌日的考試，不得已想加開夜車。這天晚上一輪明月高懸空際，照耀如同白晝，我懷着一顆緊張的心，從床上一躍而起，沿着走廊走向教室。猛然，一個黑影阻擋着我的視線，他大約距離我五六公尺，背部向着我，長髮披肩，一直拖到腰部，面部無法看清楚，似乎朝向月亮有所沉思。我因不明瞭對方是何等樣人，更懷疑他可能是小偸，便大喝一聲「誰」？在這萬籟俱寂月明如晝的深夜裡，如此大聲除非對方是聾子，否則一定聽得很淸楚。但這個魅影好像無動於衷似的始終屹立不動。我腦筋一想，八成可能是中了邪，絕對不能到教室去，因爲如果要穿過去，必須要經過他的身旁，萬一他轉回頭，這一副恐怖的臉色，準會把我嚇得魂飛魄散，我想到這裡，立刻返身便走，匆匆地跑回宿舍，上床蒙頭便睡，心中不停忐忑不安冷汗直冒，但是神智十分淸楚，想起現在是否處在夢中，曾用手擊打我的頭部，感覺有些疼痛。但愈想愈害怕，一夜無法入眠。

上一次發生的女生宿舍恐怖事件，由於學校方面忙着開課，也無暇加以追究。而這一次又生出類似的情形，我們認爲有深入調査非弄到「水落石出」不可。

幾天過後，我便偕同數位同學，藉拜訪爲名去會晤該廟的主持人——方丈，並將兩次發生奇怪事件之詳情，一一而告。那位方丈年齡已七十餘歲，鬚髮皆白，精神萎靡，他喃喃地說出下面一段話：「你們不必大驚小怪，本廟在二十年前，香火原是非常旺盛，平常附近信佛人士，以及遠道香客前來本廟焚香膜拜的信徒，實在不可計數，和尙最多時亦達一百多人。後來因爲風水關係噩運當頭，一年之內和尙感染疫疾，接連死亡甚多，其中甚至有數位是無緣無故地，用刀自刎而死的，頓時全寺風聲鶴唳，惶惶不可終日，和尙咸認此廟爲不祥之所，紛紛相繼離去。從此香火冷落乏人問津。目前僅有一二位和尙看守此廟。你們所看到這種事情，我以前也見過，我一向抱「敬鬼神而遠之」的態度處之，迄今倒也相安無事。

我與同學們聽了他的一番話，仍然感到信疑參半，請他解釋所謂「風水」二字。他却笑而不答。這種恐怖的幻覺，始終困擾着我們的心靈，間接地亦影響了我們讀書之情緒，幸而學校不久便遷往他處上課，而我却在這一學期將要終了時忽然患起病來，便離校返家休養，經過整整一年的細心醫療和休養，身子才漸漸復原，不知是否中邪之關係。

事情經過，屈指算來，迄今已經卅多個年頭了。但在我因爲印象太深刻，所以每一憶起，便歷歷如在目前。當時同在紹興中學求學而現在臺灣做事的同學，可能不止我一人，如果我說半句虛話，他們一定會出來否定的。

評介兩部周恩來傳記

周恩來評傳（二十六）

嚴靜文

在「文化大革命」之前，周恩來雖是中共政治局裡最老的成員，且自一九四九年以來長任國務總理，被稱爲政治不倒翁，但是沒有人特別注意他，因爲「不倒翁」無論地位多高，也不過是仰俯隨人的人，其重要性也就很有限了。到該時爲止，中外人士所寫毛澤東的傳已達二十種，朱德的傳記已有數種，可是從沒有人對周恩來的歷史做過認眞的研究。

文化大革命以後，周恩來的地位驟然重要，而且與日俱增；他才被舉世的中共研究家刮目相看。尤其是在一九七一年林彪事件以後，假使不了解周恩來，即無法了解中共，對中國今後局勢也難有確切判斷了。近年來周恩來的傳記陸續出現。一九六八年有旅美學人許芥煜所著「周恩來」(CHOU EN-LAI: CHANA'S GRAY EMINENCE)及日本人梨木裕平所著「周恩來」出版，一九七〇年則有台北李天民所著「周恩來」（英文）出版。此外評論周恩來的文字幾乎風起雲湧。

在上述三部傳記中，許著已被譯成法、日、瑞士、意大利四國文字，中文譯本正由本港明報月刊轉載；已成爲研究周恩來第一熱門參考書；李著已被譯成日文出版，並在英語國家越來越受重視。本文僅對這兩部傳記畧作述評。

寫周恩來童年最成功

許著「周恩來」，爲袖珍本，僅約二百頁。篇目簡明，序言之外僅十二章，兹先列明目錄以見全書的梗概。

第　一　章：二母與六伯父
第　二　章：從學校到牢獄
第　三　章：留法——共產主義者的第一步
第　四　章：滲透、謀畧、起義
第　五　章：血的洗禮
第　六　章：無謬的布爾雪維克　無愧的孝子
第　七　章：長征途上鬍鬚佬政委
第　八　章：從延安窰洞來的使者
第　九　章：毛的部下還是蔣的部下
第　十　章：談判的時候與戰鬥的時候
第十一章：王國的守護者
第十二章：革命之神與流血之魔

第一、二兩章，敘述周恩來的家世，童年及少年的生活，寫得相當精彩。披露了許多新鮮的史料。將周氏四歲喪母，過繼二伯父收養，後再轉由四伯父教養；孤苦伶仃，寄人籬下的不幸生活寫得歷歷如畫。本書化了相當多的篇幅描述周恩來對南開中學時代的感情。由於家庭缺乏溫暖，南開中學時代的生活遂對於周氏發生了深刻的影响；有個時期，他似乎把南開當做了家。南開卒業後周氏去日本留法，未及正式入學，五四的浪潮把他捲回天津，這一年他二十一歲，正是少年的結束成人的開始。五四運動對於周恩來，意義實在豐富，不僅使他涉足政治，並且促成他與鄧穎超的戀愛，同時使他嚐到牢獄的滋味，之後去法國「勤工儉學」，在那裡結識了中共創立人陳獨秀的兩個兒子陳延年、陳喬年，以及從湖南來的，毛澤東的幾個摯友蔡和森、向警予、李富春等。這些人把他牽引到共產主義之路。

周氏在歐洲住了四年，時期相當長，而且是他走向共產主義革命的關鍵，本書僅以一章（第三章）的篇幅，輕描淡寫的掠過，未免稍嫌簡畧。

周恩來一九二五年五月自歐洲回國就任黃埔軍校政治部副主任（主任戴季陶未到職實際上周氏爲代主任，後眞除），到一九二七年四月國共分裂，這整整兩年期間是周氏一生中最多彩多姿，而且是以後八年掌握軍事大權，成爲中共第一號實力人物的關鍵，本書也僅以一章（第四章）的篇幅輕輕放過，是本書一大缺陷。

第五、六、七這三章，是寫從一九二七到一九三五那八年期間的事蹟，篇幅雖不算少，但是著者的筆墨多化在文學興趣上面，對當時中共的形勢，周氏所處的地位都沒能勾劃清楚。

第八、九、十這三章，寫周氏在西安事變前後到抗日戰爭的一個階段所扮演的角色，可惜著者的識力和筆力都有所不逮，致不能掌握大勢，揭明眞相。

第十一、十二兩章，錄述周氏生平的政治主張和見解，並對周氏的才能、功績做了一總的評述。擺列的資料雖甚豐富，但是讀過之後，都得不到一清晰的完整印象。

總括說來，本書是一部文學性較強的人物評傳；某些描述極引人入勝，但是由於所寫的年代太長、範圍太廣，同時篇幅太少；而且從一九一九到一九六五這個階段，中國的政治情勢太複雜，而周恩來則是這一極度複雜情勢中最微妙的關鍵人物；如果對於這一時期的史實沒有深透了解，那麽許多對中共及周氏的論斷和觀點自然不能中肯和深入了。在迄今尚無一部可讀的中國現代史的情況下，我們沒有理由對著者求全責備。但是，鑒於周恩來今後對中國局勢的重要，對書中若干關鍵性的疑點，畧抒所見供識者參考。

中共史上的大疑團

第一、書中第六章（七十五頁）第十段說道：

「從一九二八到一九三一的中共，一直在潰滅的危機中。一方面有李立三所領導的中央委員會，與活動於地方的毛澤東之對立；周恩來竭力調停而支持中央。接着是李立三與第三國際的對立。周恩來幾次闡明雙方的歧見而支持了李立三。在這一激烈的黨內鬥爭時期，周恩來由於譴責毛澤東支持李立三，曾參與清除數百名軍人，包括他們的指揮官和若干中央委員會的成員。」

在接續的下一段話開頭，作者直稱李立三爲中共總書記。

一九二八到一九三一這個時期，是研究中共歷史者最感吃力的階段之一。因爲領導人事轉變太大，又因中共中央轉入地下，遺下的可靠資料非常之少。而中共在延安定下來之後，對這段歷史的總結則偏見顯著，眞相曖昧。多數的中共研究家不得不跟着中共官方文件指引的方向走，以至誤入歧途。

例如，中共一切歷史著述都一致概稱一九二八到一九三一的階段爲「二次左傾路線時期」（一次爲瞿秋白的盲動主義時期，三次爲一次王明路線時期）也就是李立三的冒險主義時期，或「立三路線時期」，其實大謬不然！

查考有關的史料得知李立三領導中共

中央爲時不過三個多月，這可以由毛澤東兩次談話爲證：

①「但是立三路線在黨內的統治時間也很短（不到四個月時期）。」①這段話是在延安時代講的。

②「一九二八年黨的第六次代表大會以後，李立三神氣起來了。從一九三〇年六月至九月，他搞了三個月的立三路線，他主張打大城市，一省數省首先勝利，他搞的那一套我不贊成，到六屆三中全會，李立三就倒台了。」②這段話是在一九七二年八、九月間，赴各地巡視時講的。

這兩段話前後一貫都確切的說，李立三路線的統治時期只有三個多月，即一九三〇年的六月、七月、八月。那麼在這三個月之外的兩年多時間，又是誰的路線在統治中共呢？百分之九十的中共研究家都忽畧了這個疑問。而這一疑問正是究明那個時期史家的鑰匙。據我所知，從一九二八到一九三一的整個期間，周恩來是中共的實際領導人，一九三〇年六至九月所以出現了立三路線，因爲周恩來自四月奉召赴莫斯科，九月才回來。立三路線恰恰發生在周恩來赴莫斯科的期間。換言之，如果周恩來不離開中國，立三路線應不會發生。

當時的中共中央，由船夫出身的向忠發任總書記，周恩來任組織部長、軍事部長兼特工首長，李立三只是一宣傳部長（從未做過總書記），因爲向忠發不管事，大權盡入周恩來手，李立三不過是周的助手罷了。因周去莫斯科，李才代周領導中共中央，爲時不過三個多月如此而已。

那麼，中共官方歷史爲什麼把這個階段，概稱李立三冒險主義時期呢？這無非是爲周恩來隱諱錯誤，因爲一九四二年延安整風運動後，周已獲得毛的充分諒解，而且一直居於高位，中共史官不能不隱飾周的歷史錯誤。

抗戰初期陳紹禹當權

第二個較重大，値得商榷之處，是該書第九章，第七段（一三一頁）說明，一九三七年十月到十一月中共在延安舉行六中全會期間，周恩來不待會畢即携毛的親筆函往武漢晤蔣委員長一事之後，在第八段中做如左的結論：

「在作這樣具象徵意義的表示的同時，這個蘇維埃政權的首腦和中央革命軍委主席的毛澤東任命了周恩來是中共對外唯一的發言人。陳紹禹被調回了延安」。

這一簡短的結論，含有多方面重大的疑問。

第一、從第九章前半部整個的說明看來，六中全會當時，毛澤東的權勢已凌駕陳紹禹，毛澤東並在六中全會中對陳進行了批判。這一點頗値得懷疑。據我的考察，自一九三七年十月陳紹禹自莫斯科回到延安，到一九四一年一月新四軍事件之前，陳紹禹實是中共黨內最有權力之人。尤其是陳紹禹剛從莫斯科回來的階段，手握上方寶劍，自擬名單改組中央領導人事；其後更將國際派巨頭分據要津；如楊尚昆任北方局書記，直接領導八路軍，項英爲東南分局書記，直接領導新四軍，自己兼任長江局書記長駐武漢居中領導全局，並代表中共與國民政府辦交涉。六中全會時，陳紹禹的權勢正如日中天。該次會議遂通過毛澤東所作「論新階段」的報告，但該報告是王明路線的產物，換言之是奉承陳紹禹的意志寫的，致蔣的親筆函恐怕也是陳的主意。那兩個文件是毛澤東一生裡態度最卑屈的產品，對蔣委員長的恭維使人感到肉麻。因此「論新階段」一文，被擯除於毛選之外。那是毛澤東生平一個恥辱紀錄。

一九三七到一九四一，中共史稱「二次王明路線時期」，即足以說明，那個期間陳紹禹（王明）的權力和地位了。

一九三七年九月，陳紹禹自武漢回延安，是爲了出席六中全會，並不是毛澤東把他調回去的。十一月六中全會結束後，武漢已在進攻日軍的大包圍中，國民政府已遷往重慶。陳紹禹自然不能再回武漢，而逕往重慶。所主持的長江局也改稱南方局。直到一九四〇年下半年，他還在重慶，一直是中共代表團團長。該書作者說，自六中全會，周恩來携毛函晤蔣時，毛即任命周爲中共唯一對外發言人，恐怕是誤用了錯誤的材料。

周恩來一度韜光養晦

第三、同書第九章，在說明一九四一年一月新四軍事件之後，國共軍隊磨擦日熾，雙方展開會談，該書有左列一段記載：

「中共當然起用周恩來爲首席代表，並且由參加長征活着抵達目的地曾有重大貢獻的勇將，今天被推爲毛澤東法定繼承人的林彪及國民政府所予共軍新番號第十八集團軍的司令官葉劍英二人輔助。當討論到的問題涉及到召集國民大會，準備起草國家等純政治問題時，爭論就在有第三黨派及無黨派人士代表參加的國民參政會上進行。在國民參政會裡的中共代表團也由周恩來領導，由董必武，一個老學人，曾在滿清科舉獲得功名，其後代表共產黨在舊金山參加創立聯合國，沉默寡言的老同志吳玉章，能言善辯的陳紹禹和他的親密伙伴，曾任中共總書記的秦邦憲，是個沒有耐性容易吵架的人；還有王若飛，周在巴黎的助手之一，一個輕浮的人。」

這一大段話，也是問題重重。（一一）、周恩來並不是參政員，一九三八年三月國民政府所聘中共分子七參政員名單如下：毛澤東、陳紹禹、董必武、吳玉章、秦邦憲、林祖涵和周妻鄧穎超。（二）、中共代表團的活動迄一九四〇年下半年爲止一直由陳紹禹領導，當時陳紹禹的職務上還是周的頂頭上司。陳是南方局書記，秦邦憲是組織部長，周是統戰部長。（三）、葉劍英從未担任第十八集團司令，只是參謀長，司令是朱德。（四）、一九四一年新四軍事件之後，林彪於一九四一年十月在西安會晤蔣委員長，一九四二年三月十八日林由周恩來陪同與何應欽會談，所談全是軍事問題，沒有結果而結束。一九四四年五月談判重開，共方由林祖涵領銜，國民政府方面由王世杰爲首在西安談判。在此次談判中林祖涵才開始提出政治問題。據我的考察，周恩來自一九四二到一九四五，在延安正受整風運動的糾纏，在重慶時間極少；而陳紹禹自一九四〇年秋返延安，再沒有去重慶參加參政會活動。

筆者生平極不喜歡批評他人的著作，尤其討厭吹毛求疵，但是作爲「周恩來評傳」的作者，對上述的重大疑問，有不得不提出公開討論的苦衷，這因爲我在「周恩來評傳」中，對同一史實的說明和分析，與許著相去太遠，必引起讀者的惶惑，而莫知所歸。以上提出的三組問題，都是關係全局，即關係周的歷史地位者；其它的次節、細節這裡一概不加討論。因爲周恩來一生涉及的歷史如此之長、如此之廣和複雜，在現代史著一片荒蕪（自一九一一到現在，尙無一本通史）的現狀下，寫這樣一個大人物的傳記，幾乎毫無憑藉，一字一句都要披荊斬棘，有若干遺漏和錯誤實無可避免。反之，當本人下筆寫「周恩來評傳」時，因有許、李兩部周傳作參考，無形中省了好多氣力，尤其是關於周恩來童年的部分，這兩部書幾乎是唯一的參考資料。

首言周創建紅軍

李天民著「周恩來」，十六開本，全書四百二十六面，內文三七九面，較許著作量多近一倍。書分十七章，篇目如左：

第一章：導論——共產主義闖入二十世紀中國
第二章：周的家族和童年
第三章：在法國，他的紅色事業之始
第四章：中共軍事力量的創建者
第五章：北伐
第六章：在一九二七領導暴動
第七章：既支持又反對李立三路線
第八章：特工首長和被通緝的謀殺犯
第九章：江西蘇區時代
第十章：西向流竄
第十一章：統一戰線——中日戰爭前夕
第十二章：在抗日戰爭期間的聯合與鬥

爭

第十三章：戰後時期——從談判到戰鬥

第十四章：紅色總理二十年

第十五章：周在外交上扮演的角色

第十六章：文革時期

第十七章：周的側面及其未來

與許著比較，本書的優點是體系明備。從周的家世、童年一直到文革風暴，按照年代、階段，做了銜接的說明，不像許著那樣，在周氏生命中揀出幾個精彩的片斷來集中說明。僅此一端可知，李著比許著所化功夫要大得多。

本書第四章，了當具體的說明周恩來是共軍的創建者，是不同凡響的手筆。據筆者所知這還是舉世第一人。雖然，認眞研讀自一九二五到一九二七有關資料的人，很容易得出相同的結論，但是把這一史實揭明於世界者還得歸功於李氏。

自第七到第十幾章所說明的幾個階段即南昌暴動後，周恩來在上海主持地下工作時期，江西蘇維埃時期以及長征時期，這都是中共歷史上資料最少最難下筆的階段，作者却能掌握一定的資料，作了條理分明的敘述，非常難得。雖沒有卓絕的發現和見解，但是平平實實，頗見功力。

最使人驚奇的是。本書在台北出版，但是作者頗能抑制反共觀點，從頭到尾甚少八股氣，大概因此之故，僅有英文版問世，而且在台灣也未聞公開發售。

大體說來，這是一部及格的周恩來傳，但是也有若干問題值得討論。

周恩來並非參政員

第一、在該書第十二章，第一節談及中共六中全會前後的形勢時有一段話如左：

「事實上，毛的政策在那個時期與陳的政策並沒有多大不同。他所表現的和陳的爭論，目的在防制陳的地位再行昇高。毛雖獲得六中全會這一回的勝利，但還不是絕對的勝利。陳的權力被縮小了，但尚未被排除，直到一九四二年，他在黨的整風運動中被擊倒。」

上述的論斷問題相當大。在評許著時已說過，自一九三七年十月到一九四〇年下半年，是「二次王明路線時期」，尤其是一九三八年十月中共召開六中全會時，正是陳紹禹權力達到頂峰之際。六中全會所通過的「抗日民族自衛戰爭與抗日民族統一戰線發展的新階段」即是王明路線的產物，這個文件雖是毛澤東提出報告，但是綱領則依照陳紹禹的方針，因爲毛澤東選集不收錄這篇「新階段」，因爲那是毛澤東對陳屈從的一個紀錄。

李氏在本章中另有一項小的錯誤，與許著相同，那就是誤以爲周恩來是中共七名參政員之一。

第二、該書在第十一章，第三節在述及西安事變之後，一九三七年一月國共雙方進行商談收編紅軍時，該書寫道：

「周恩來在這次談判中第一項收穫是成功的主張共軍部隊超過兩萬人，在實際上他共有八千人。這個在後來抗日戰爭期間成了他慣用的戰術。」

這裡所舉列的共軍數字是顯然的錯誤。據我所知西安事變之前的共軍實包括四部分，一是彭德懷所率領的紅一方面軍（彭的三軍團及林彪的一軍團），自包坐與張國燾所部不告而別北上時約有八千人，沿途遭中央軍截擊抵達陝北時約爲六千人；陝北土共和來自鄂豫皖蘇區的徐海東部（張國燾紅四方面軍的一支）約三千餘人，當時稱十五軍團，張國燾的西路軍（主力東路軍由徐向前、陳昌浩率領，在甘肅河西走廊遭馬家軍殲滅）約一萬二千人，另一支爲賀龍、任弼時的二方面軍約二千餘人。以上四部分加在一起約二萬三千人。

李天民氏誤認爲當時陝北共軍只有八千人，大概只計算了毛彭所率的一方面軍。

誤解周恩來無權無勢

第三、該書最後一章論述中共及周恩來的未來，許多論點和結論，都非筆者所能同意。類如他說，周恩來是一個無權無勢，自求明哲保身的人：

「……周恩來在黨內雖有支持他的人，但是他的力量不能集中，並且不能有效的運用。他對解放軍的影響不及林彪，他在黨內的影響力不及過去的劉少奇和鄧小平，也不如現在的江青。他沒有被尊崇到建立環繞他自己的個人崇拜。……許多的證據顯示周恩來在文化革命中扮演了一個重要的角色；可是他不過只是與毛林站在一起以保護他自己」又：「據最後的分析，周所做的保護自己的企圖只獲得部分成功。他在過去三年的混亂中沒有失去地位。但是他的親密助手很少留在一九六九年九大所建的政治局裡。很顯然他的影響，只限於黨中央機構之內。還有其他的黨派，甚至有名無實的都已被文革掃清。因此統戰也不再需要了。在這一考慮下看，周的地位必將削弱。」

以上是該書的結論。這個結論雖已被一九七一年九月林彪事件以來的形勢完全推翻，但所說若干論點仍值得推敲，因為還有很多人與李氏持有相同看法。

關於周恩來對軍隊的影響力一點，李氏顯然忽略周恩來自一九二七到一九三五長期是紅軍的締造者和領導者的事實。一九三五年一月遵義會議，他雖然失去了中央軍委主席的職位，但一直以副主席的地位參與紅軍工作，直到一九四〇年之後才完全脫離了軍事工作。從上述歷史考察他對軍隊的影響力僅次於毛澤東，實非林彪所可比擬。而在文革風暴中，因實力軍人抗拒文革，迫使中央文革一再退却，改變政策，周奔走於軍人與毛林之間達成妥協，穩定了局勢；最明顯的是一九六七年八月武漢兵變，周恩來的奔走發生了決定性的影響。在上述的調停中，周恩來攏絡了實力軍人，而形成了今天中共內部的當權派，這是周恩來在文革期間屢次搖而不倒的基本原因。對此美國記者艾德加·史諾在遺著「漫長的革命」中有極重要的透露。

「……一九六七年八月，周通過談判擺脫了他在文化革命中最危險的時刻；……在人民大會堂他的辦公室裡，有兩天兩夜以上的時間，他被五十萬名極『左』紅衛兵圍起來。這些紅衛兵的領導人（有些後來當作反革命分子被捕）企圖奪取中央委員會和周本人的文件，當時毛不在北京。周不分日夜地同一小批一小批的紅衛兵談話，逐漸說服羣衆（周對我談話時這樣稱呼他們）散去。只有在這件事件發生以後，數千軍隊才奉命進入首都，開始進行解除紅衛兵的武裝和解散他們的工作──結果發生了重大的傷亡。」

這段話透露，周曾是江青手下紅衛兵揪鬥的對象，他幾乎被揪出鬥爭，幸虧有軍隊開入市區，解救了他。據知當時北京市區駐有軍隊、警察、公安部隊、中央警衛團，可是都對被圍的周恩來坐視不救，以至等外面的軍隊進入市區，這部分軍隊究竟奉誰的命令開入市區大堪玩味，但是顯而易見他們是「勤王之師」，是為解救、保護周恩來而來。此事足以說明周恩來對軍隊的影響力。

共軍幹部言忠於毛周

再據一九七二年八月二十三日合衆社天津電訊稱，駐天津附近的人民解放軍一九六師的政委丁禹華（音譯）帶同一羣政工人員告訴合衆社記者：「……他們一邊吃西瓜和桃一邊逐一的保證，人民解放軍是忠於毛澤東主席和周恩來總理的。」

不管該師的政委是有意透露還是無意透露，居然把周恩來與毛並列為効忠對象，那是前所未有之事。也足以說明周恩來潛在軍隊的影響力，文革之後逐漸發露出來。

許多人甚至連那些研究中共的專家都有一個錯誤印象，以為周恩來是一個沒有確定主張，仰俯隨人的紅色政客，如該書所說，是但求自保的人。對此史諾在同一書中也有很值得注意的見解。他評論周氏說：

「總理小心謹慎地避免強求任何個人權力，而在貫徹實行國家和革命政權的政策時，則一向是一個熱心的工作人員。他的謙和的態度，遮掩着堅強不屈和順從人意的混合的腑臟。……」

很多人只看到他外表的「順從人意」，忽畧他內心的「堅強不屈」。

以這次的文化大革命來說，他始終堅持要小心維護工農業生產，爲此不惜與毛林齟齬。但是在力所不逮或時機不熟的情況下，他總是圓滑地的避免對立和决裂。但是轉彎抹角堅持所信的原則。例如最近（一九七三年八月）因恢復大專學校入學筆試，引起文革派激烈抨擊（他們要求上山下鄉知識青年只要羣衆選評，單位批准，即應無條件入學），周恩來佯作不知，在十大的政治報告中則含蓄的表示要「硬着頭皮頂住」。這一點仍將是今後（十大之後）兩派鬥爭的一個焦點。如果周恩來確是仰俯隨人，則林彪敗亡之後，中共內部即不應再有任何巨大鬥爭了。因爲唯有周恩來是毛以外最有權力的人，周如果百事順從毛的意旨，試問鬥爭如何發生呢？

筆者對李氏「周恩來」一書的疑問當然不止以上各點，但從上述疑點，亦可見主要分歧所在。不過，筆者願由衷的說，這是一部相當踏實，值得參考的一部周傳。

註

①毛手訂「關於若干歷史問題的決議」，毛選第三卷九六一——九六三頁。

②「毛主席在外地巡視期間同沿途各地負責同志的談話紀要」。中共中央文件中發（一九七二）十二號。

（全文完）

中國共產黨歷屆中委名單

資料室

第六屆（截至一九四五年七大開幕時）

毛澤東、陳紹禹、張聞天、秦邦憲、劉少奇、周恩來、朱德、康生、鄧發、何凱豐、陳雲、林祖涵、董必武、吳玉章、陳潭秋、王稼祥、任弼時、李富春、候補羅邁、李維漢。

第七屆

中委四十四人：毛澤東、朱德、劉少奇、任弼時、林祖涵、林彪、董必武、陳雲、徐向前、關向應、陳潭秋、高崗、李富春、饒漱石、李立三、羅榮桓、康生、彭眞、王若飛、張雲逸、賀龍、陳毅、周恩來、劉伯承、鄭位三、張聞天、蔡暢、鄧小平、陸定一、曾山、葉劍英、聶榮臻、彭德懷、鄧子恢、吳玉章、林楓、滕代遠、張鼎丞、李先念、徐特立、譚震林、薄一波、陳紹禹、秦邦憲。

候補中委三十三人：廖承志、王稼祥、陳伯達、黃克誠、王首道、黎玉、鄧穎超、陳少敏、劉曉、譚政、程子華、劉長勝、粟裕、王震、宋任窮、張際春、雲澤（烏蘭夫）趙振聲、王維舟、萬毅、古大存、曾鏡冰、陳郁、馬明方、呂正操、羅瑞卿、劉子久、張宗遜、陳賡、王從吾、習仲勳、、蕭勁光、劉瀾濤。

第八屆

中央委員：

毛澤東　劉少奇　林伯渠　鄧小平
朱　德　周恩來　董必武　陳　雲
林　彪　吳玉章　陳伯達　蔡　暢
李富春　羅榮桓　徐特立　陸定一
羅瑞卿　徐向前　鄧穎超　劉伯承
陳　毅　彭德懷　廖承志　李先念
陳　賡　聶榮臻　林　楓　張鼎丞

彭眞 烏蘭夫 黃克誠 滕代遠
蕭勁光 譚政 柯慶施 粟裕
賀龍 王首道 王維舟 鄧子恢
李克農 楊尙昆 葉劍英 宋任窮
張雲逸 劉曉 李維漢 王稼祥
康生 葉季壯 劉瀾濤 劉寧一
薄一波 胡喬木 楊秀峰 舒同
賴若愚 張際春 程子華 陳郁
劉長勝 伍修權 蕭克 錢瑛
王從吾 鄧華 馬明方 張聞天
譚震林 劉亞樓 李雪峰 陳少敏
李葆華 許光達 王震 曾山
林鐵 鄭位三 徐海東 蕭華
胡耀邦 趙爾陸 歐陽欽 習仲勳
劉格平 謝富治 安子文 賈拓夫
李立三 黃敬 李井泉 吳芝圃
呂正操 王樹聲 陶鑄 曾希聖
陳紹禹

候補中央委員：
楊獻珍 王恩茂 楊得志 韋國清
羅貴波 張經武 謝覺哉 葉飛
楊成武 甘泗淇 章漢夫 潘自力
李大章 許世友 帥孟奇 楊勇
劉仁 陳錫聯 方毅 張宗遜
周揚 黃火青 李濤 陳奇涵
陳漫遠 徐子榮 黃歐東 古大存
李志民 劉瀾波 蘇振華 馮白駒
周保中 吳德 奎璧 張德生
區夢覺 范文瀾 朱德海 邵式平
張啓龍 黃永勝 李堅眞 馬文瑞
張霖之 張璽 王世泰 閻紅彥
桑吉悅希 張達志 高克林 賽福鼎
廖漢生 洪學智 章蘊 徐冰
江渭清 廖魯言 宋時輪 譚啓龍
周桓 鍾期光 陳丕顯 趙健民
蔡樹藩 錢俊瑞 潘復生 蔣南翔
江華 韓光 李昌 王鶴壽 陳正人

（一）中央委員會主席：毛澤東
副主席：劉少奇 周恩來 朱德
陳雲 林彪
總書記：鄧小平

（二）中央政治局委員：毛澤東 劉少奇
周恩來 朱德 陳雲 鄧小平
林彪 林伯渠 董必武 彭眞
羅榮桓 陳毅 李富春 彭德懷
劉伯承 賀龍 李先念 譚震林
李井泉 陶鑄
候補委員：烏蘭夫 張聞天 陸定
一 陳伯達 康生 薄一波

（三）中央政治局常務委員會委員：
毛澤東 劉少奇 周恩來 朱德
陳雲 林彪 鄧小平

（四）中央書記處書記：鄧小平 彭眞
王稼祥 譚震林 譚政 黃克誠
李雪峰 李富春 李先念 羅瑞卿
候補書記：劉瀾濤 楊尙昆
胡喬木

（五）中央監察委員會委員（按姓氏筆畫排列）：王從吾 王維舟 王維綱
帥孟奇 劉格平 劉錫五 劉瀾濤
李士英 李楚離 蕭華 吳溉之
高克林 高揚 馬明方 張鼎丞
董必武 錢瑛
候補委員（按姓氏筆畫排列）：
王翰 劉其人 李景膺 龔子榮
書記：董必武
副書記：劉瀾濤 蕭華 王從吾
錢瑛 劉錫五

第九屆

中央委員一百七十人
主席毛澤東 副主席林彪
（以下按姓氏筆劃次序排列）
丁盛 于桑 馬福全 王震
王白旦 王進喜 王宏坤 王秀珍（女） 王秉璋 王國藩 王洪文
王樹聲 王首道 王效禹 王淮湘
王超柱 王輝球 王新亭 鄧子恢
鄧穎超（女） 韋國清 天寶
孔石泉 葉羣（女） 葉劍英
龍書金 鄺任農 田華貴 申茂功
皮定均 劉豐 劉偉 劉子厚
劉興元 劉伯承 劉均益 劉賢權
劉建勛 劉結挺 劉格平 劉盛田
劉錫昌 江青（女） 江禮銀
江擁輝 江燮元 朱德 華國鋒
許世友 任思忠 年繼榮 紀登奎

陳雲 陳郁 陳康 陳毅
陳士榘 陳永貴 陳先瑞 陳伯達
陳奇涵 陳錫聯 李　强 李　震
李大章 李天佑 李水清 李四光
李先念 李作鵬 李順達 李素文（
女） 李雪峰 李富春 李瑞山
李德生 吳　濤 吳　德 吳大勝
吳法憲 吳桂賢（女） 吳瑞林
呂玉蘭（女） 張才千 張天雲
張雲逸 張達志 張池明 張體學
張國華 張恒雲 張春橋 張富貴
張福恒 張鼎丞 張翼翔 汪東興
邱創成 邱會作 邱國光 楊春甫
楊得志 楊富珍（女） 杜　平
蘇　靜 蕭勁光 余秋里 周　興
周赤萍 周建人 周恩來 鄭維山
寶日勒岱（女） 范文瀾 宗希雲
冼恒漢 胡繼宗 姚文元 南　萍
饒興禮 耿　飈 徐向前 徐海東
徐景賢 聶榮臻 唐岐山 唐忠富
錢之光 郭沫若 袁升平 倪志福
夏邦銀 莫顯耀 高維嵩 梁興初
康　生 黃　鎮 黃永勝 曹里懷
曹軼歐（女） 尉鳳英（女）
鹿田計 曾　山 曾紹山 曾國華
曾思玉 彭紹輝 魯瑞林 韓先楚
粟　裕 温玉成 董必武 董明會
程世清 謝家祥 謝富治 賴際發
解學恭 譚甫仁 賽福鼎 蔡　暢（
女） 蔡協斌 蔡樹梅（女）
滕代遠 滕海清 潘世告 潘復生
魏秉奎

候補中央委員一百零九人：
七林旺丹 馬天水 王　體 王　新
王六生 王光臨 王志強 王恩茂
王維國 方　銘 方　毅 鄧　華
韋祖珍 尤太忠 文香蘭（女）
石少華 馮占武 央　宗（女）
劉西堯 劉春樵 劉浩天 劉振華
朱光亞 華林森 達洛 肉孜吐爾迪
阮泊生 陳仁麒 陳華堂 陳勵耘
陳和發 陳敢峰 李　立 李化民
李書茂 李再含 李守林 李定山
李躍松 吳　忠 吳純仁 吳金全
呂　和 呂存姐（女） 張日清
張世忠 張令彬 張延成 張江霖
張西挺（女） 張秀川 張泗洲
張英才 張積慧 汪家道 楊俊生
楊煥民 宋雙來 岑國榮 羅元發
羅春娣（女） 羅錫康 鄭三生
金祖敏 易耀彩 胡　煒 胡良才
姚連蔚 趙　峰 趙興元 趙啓民
耿起昌 徐　馳 聶元梓（女）
唐　亮 錢學森 郭玉峰 郭宏杰
梁錦棠 康　林 康健民 黃文明
黃成連 黃作珍 黃志勇 黃榮海
崔修范 崔海龍 閻仲川 盤美英（
女） 隆光前 曾雍雅 彭　冲
彭貴和 魯大東 韓英 傅傳作
焦林義 舒積成 蔣寶娣（女）
謝家塘 謝望春（女）藍亦農 藍榮玉
譚啓龍 裴周玉 樊孝菊（女）
樊德玲 黎　原

中央委員會主　席：毛澤東
中央委員會副主席：林　彪
中央政治局常務委員會委員：
毛澤東 林　彪
周恩來 陳伯達 康　生
中央政治局委員：
毛澤東 林　彪
（以下按姓氏筆劃爲序）
葉　羣 葉劍英 劉伯承 江　青
朱　德 許世友 陳伯達 陳錫聯
李先念 李作鵬 吳法憲 張春橋
邱會作 周恩來 姚文元 康　生
黃永勝 董必武 謝富治
中央政治局候補委員：
紀登奎 李雪峰 李德生 汪東興
編者按：（此表係應新加坡讀者邱思先生之請而刋。）

折戟沉沙記林彪（十二）

岳騫

國軍大舉進攻，克復松花江以南地區，共軍渡松花江北退，當時總兵力只餘四萬左右，是爲林彪在東北處境最黯淡時期。幸而馬歇爾堅決要求政府下令停戰，國軍未渡江進攻哈爾濱，共軍始獲得喘息機會。當時共軍以哈爾濱爲前哨，佳木斯爲後方根據地，在佳木斯設有各種軍事訓練學校，直至今日，共軍各兵種幹部出身佳木斯軍校者甚多，這批人都可算入林彪系統。

在日本投降之前，中共已準備搶佔東北，故重要幹部皆派往東北，勝利後隨部隊出關者計有彭眞、李富春、陳雲、高崗、林彪、蕭勁光等，陳雲在東北勾留時間較短，即回關內。其他各人均長期留在東北工作。

但林彪與彭眞之衝突也影响了共軍內部團結，中共中央終於調回彭眞而予以冷藏，實由於軍事時期槍桿子至上，不能不遷就林彪，另一方面反對彭眞者並非林彪一人，尙有高崗及其一系幹部。在中共中央，林彪勢力自不抵彭眞，因爲彭眞受到劉少奇堅决支持，劉少奇不但在中共黨內已成爲第二號人物，而在九一八之前就担任過滿洲省委書記，在東北仍有相當潛勢力。林彪雖然可以得到毛澤東及周恩來支持，但均不會出以全力。結果彭眞居然敗下陣來，主要還是形勢使然，因爲東北方面共軍正處於不利形勢，更換政委尙可，更換司令員就會影响到官兵戰鬥力，因此彭眞敗下陣來。但劉少奇對此自不甘心，以後高崗被整肅，林彪受株連，一直到文化大革命林彪支持毛澤東整肅劉少奇、彭眞，都是一條線索演變下來。

林彪率部退松花江北之後，即進行大規模擴軍，準備下一次的戰鬥。共軍失長春及松花江以南各縣，時在民國三十五年五月底，到了十一月十二日，林彪已有力指揮共軍向松花江以南發動攻勢，雖然武器由蘇聯接濟，但共產黨組織力之強，確實驚人。

林彪指揮之第一次攻勢，在民國三十五年十一月十二日發動，第二次攻勢在民國三十六年元月五日，第三次攻勢在三十六年二月二十一日，出動共軍係第一縱隊萬毅，第二縱隊陳光，第六縱隊楊國富。三次攻勢大同小異，均向德惠、農安、長春作有限度之攻擊。因時間短促，規模不大，經國軍擊退，共軍退回松花江北岸，國軍亦未渡江追擊，仍保持原來態勢。但共軍攻勢一次比一次堅強，第二次與第三次進攻，國軍出動空軍轟炸，P51戰鬥機先後出動一八四架次，共軍傷亡達一萬餘人，國軍地面部隊所以能穩住形勢，得力於空軍支持甚大，足見共軍攻擊力日趨強大，國軍優勢逐漸消失。

經過三次攻勢之後，林彪對國軍戰力及佈署情況逐漸了解，乃積極準備第四次攻勢。在第三次攻勢過後，共軍第一縱隊退至松花江北岸榆樹以北地區，第二縱隊退據三岔河以北地區，第三縱隊退至五家站以西地區，另獨立第二師，保一旅也退到江北陶賴昭西北地區，積極整理補充。

民國三十五年三月七日，共軍發動第四次攻勢，先以松江、田松部隊及吉北軍區等部，由白旗屯、法特哈門渡過松花江，又以第一縱隊（配屬炮兵第一團）、第二縱隊、第六縱隊（配屬第三五九旅，炮兵兩團）分由秀水甸子、五棵樹、陶賴昭、五家站渡過松花江、廣正面直薄南下，與國軍在五台、城子街、德惠及德惠、農安間地區發生激戰。由於國軍士氣旺盛，陸空配合無間，空軍第四大隊先後出動P 51戰鬥機一四一架次，始將共軍擊退，於三月十八日退回松花江北岸。第四次攻勢，共軍不論在人數，裝備及戰術方面都與前不同，整個主動權完全落在共軍手中，國軍既不能渡江追擊，在松花江南沿中長鐵路處處設防，備少力分，是以在兵力上雖佔優勢，而在戰鬥時却反而處於劣勢。

共軍自從第四次攻勢失敗後，退回松花江北岸積極整補，中間衹經過一月時間，又發動第五次攻勢。共軍於四月下旬備戰完畢，開始進攻。林彪這次確有攻下瀋陽，把國軍趕入山海關的雄心，所以悉起精銳，能調動兵力全部投入戰場。計有第一、第二、第三、第四、第六、第八，各縱隊，及松江、遼南、吉北、遼寧、遼吉、熱遼、熱河等軍區部隊，東蒙自治軍（轄騎兵七個師）、田松部隊、中朝亂成縱隊（轄四個師）、中朝混成師、回民獨立師、遼北獨立師、獨立第一、第二、第三、第四、第五、第六各師、第七十一旅、保一旅、保二旅、遼南獨立第一、第二、第三各師、第二師、保安旅、松江獨立第一、第二師、東滿中朝獨立第一，第二各師、警衛第一、第二各旅、哈市獨立第七旅、李紅光支隊，炮兵師、炮兵旅。兵力共四十餘萬，重炮、野炮、山炮二百多門。此時林彪部與出關時完全不同，裝備與國軍已不相上下。

由於林彪這次決心要奪取中長路，盡驅國軍出東北，故一開始就進行大規模進攻，與過去試探、騷擾的攻擊不同。林彪進攻重心在中長路，着眼點在長春、瀋陽之間要地四平街。但共軍攻擊開始於民國三十五年四月下旬，却先從遼東、遼南、遼西、秦皇島、山海關各地發動攻勢，使國軍處處設防，不能輕易調動，到五月十三日，共軍始發動大規模正面進攻。

林彪當時企圖先擊破國軍遼東、遼北之野戰軍，然後將共軍集結於中長路以東地區，迫使國軍進行決戰，一戰能擊敗國軍全部野戰軍，東北自然全落入共軍之手，戰而不勝，亦可撤走。

共軍發動大規模進攻之後，先對長春、吉林進行牽制性圍攻，主力則由懷德南下，直撲四平街，如果攻下四平，長春守軍就陷於孤立，林彪這一着棋相當毒辣，與共軍在江西及陝北時戰略完全不同，自四平之戰後，此種戰略始爲共軍普遍採用。

守四平國軍爲七十一軍，軍長陳明仁，湖南人，出身黃埔軍校一期，驍勇善戰，所轄第八十七師、第八十八師均是自一二八以來即馳名全國的勁旅，此外南有九十一師及配屬七十一軍指揮之五十四師。共軍對其他據點均屬佯攻以牽制國軍，使不得增援四平，對四平則傾其全力。五月二十一日被圍，六月十一日展開市區戰鬥，逐屋戰鬥達十九晝夜，慘烈程度，祇有抗戰初期三十一師池峰城守台兒莊，抗戰後期五十七師余程萬守常德，第十軍方先覺守衡陽差可比擬。

政府當局對四平街之戰特別重視，命令東北保安司令長官部迅派援兵解圍，是時司令長官杜聿明臥病不能視事，由副長官鄭洞國負責指揮。

當時部署是：

右翼兵團　新一軍某師，指揮官該師師長。部署於昌圖車站以東地區。

左翼兵團　第五十三軍（欠一師）指揮官該軍軍長周福成中將。集結於通江口東南地區。

中央兵團　第九十三軍（欠第十八師）指揮官該軍軍長盧濬

泉中將。展開於馬中河、昌圖，一部激戰於滿井、英守堡。

預備兵團　新六軍指揮官該軍軍長廖耀湘中將。集結於中固、鐵嶺之間。

炮兵部隊　重炮團（欠一營）指揮官團長杜顯信少將。裝甲汽車一連。

飛機數架。

鄭洞國用兵，以謹愼周密見長，非至全般狀況明瞭，不輕易使用決定性之兵力。此時也改變原則，用第十八師在中央先頭作連續的，而又鮮收效果的突擊行動，其原因是林彪尚有八個師的兵力究竟隱藏何處，尙未獲得結果。目前祇知其有三個師困擾四平，四個師扼守於滿井、英守堡之線。林彪此時尙未編成縱隊，而以師爲最高建制單位，計十五個師，另有幾個獨立旅。國軍指揮部會派出四組諜員偵察，已時逾一週，尙無一人回報。就地形方面研討，滿井、昌圖以東，地形高亢，車輛部隊運動不便。其西爲遼河及其支流由北向南流經鐵嶺，對大兵團之施展，亦值得顧慮。因此之故，不敢採一翼迂迴，甚至兩翼包圍之戰法。林彪即利用此種地形，將梅河口、草市戰後撤回之兵力隱藏於大慶陽、威遠堡、貂皮屯之間，期國軍全部越過中固、孫家台後，即抄躡後方，佔領中固、鐵嶺，斷國軍後路，使國軍北阻於滿井、英守堡之線，西扼於遼河流域，進退不得，將國軍圍殲於遼河以東之昌圖地區。

數日以來，國防部連電催促進兵，最後則謂若四平失守，解圍部隊之指揮官應解京訊辦。鄭之判斷是林彪若志在四平，必以數倍兵力速戰速決，不待解圍大軍之集中，就先已得手了。此明明是以「打援」的目的！但又查不出其主力之所在。今迫於形勢，不得不不顧一切，決心改變中央突破戰法爲一翼迂迴。以兵力部署之態勢言，應由控制於通江口地區之左翼兵團周福成部由左迂迴較爲便捷。但又顧慮萬一迂迴失敗，則轉移受到河流阻滯，終非上策。採右翼迂迴，而右翼僅兵力一師，難期達成任務。於是決定命左翼兵團接替預備兵團之任務，以預備兵團爲迂迴部隊，由右迂迴。二十六日凌晨一時，命令已下達各部，限是日十六時前接替完畢，二十七日拂曉，迂迴部隊開始行動。同時命中央兵團繼續猛攻，飛機已凌空投彈，地面部隊以烟幕彈指示轟炸目標。

二十六日九時，派出四組諜員中之一人，由海豐鐵路繞瀋陽轉至鐵嶺指揮部報告，謂大慶陽、貂皮屯一帶，滿佈共軍，交通全被封鎖，無法回部等語。於此，始知數日無一諜員回報的原因，林彪隱藏之主力位置，也才得以確定。復按地理形勢，林彪之企圖行動，完全在指揮部計算之中，鄭當即與參謀長舒適存（新六軍副軍長臨時派兼指揮部參謀長）作戰組長唐策時研討後，決定暫緩實施迂迴戰法，各部加強工事防守，仍由正面強攻。這一臨時改變，沒有下達文字命令，三人分頭，鄭到廖兵團，舒到盧兵團，唐到周兵團親自轉達，故除了他們三人及廖盧周外，餘均不知有變。原來指揮部有一中校參謀名趙敏，係潛伏之共諜，（華北剿共總部破獲共諜時，知趙底細，但趙已逃走了。）彼將國軍迂迴計劃及行動報給共軍，但臨時改變之計劃則趙敏不知。林彪按趙敏事先之報告，預計於二十七日拂曉，率隱藏於大慶陽、貂皮屯之全部共軍，向廖兵團進犯，見廖部堅守如故，並無絲毫移動跡象，已知投入陷阱；但大兵團之行動，其勢非即刻可以遏止或轉變的，明知不能戰而不得不戰，乃冒險進攻，戰至十二時，傷亡慘重，狼狽潰逃。然其正面滿井、英守堡之線，賴其工事堅固，仍頑強抵抗，以掩護其主力敗逃。指揮部此時則不因共軍之頑抗，令左翼兵團五十三軍大胆向敵側挺進，以八面城、三江口爲目標。該兵團在毫無阻滯之行動下，進展甚速。

二十七日，十八師第一團整日向英守堡、長春堡之共軍陣地猛攻，裝甲車首次參加攻擊、飛機亦臨空助戰，共軍難當國軍強大火力之壓迫，且其企圖已被粉碎，堅守徒遭毀滅。二十八日凌晨三時，共軍分股向陣地攻擊，半小時即被國軍擊退。第一團團長李達人判斷此乃其潰退時之欺騙行動，因第一、自與共軍接觸以來，共軍就沒有離開陣地向國軍攻擊過。第二、作戰僅半小時即被國軍擊退，足見共軍無大企圖。第三、軍部已通知國軍左翼兵團於二十七日十三時已開始向共軍側挺進，則共軍之後路有被截斷之虞。基此情況，判斷共軍已開始撤退，懼國軍拂曉進攻，故作此欺騙行動而已。於是下令第一線迅作攻擊準備，並速派小組向共軍陣地作試探攻擊，共軍陣地之炮火已大不如前，證實共軍已開始潰退，乃命全面猛攻，拂曉完全佔領敵陣，毫不停留的命第一營爲右翼追擊隊，命便衣隊特務排及第六連由少校團附段忠統率爲左翼追擊隊，向雙廟子西側追擊。第四、三營迅速集結，隨後跟進。十五時過雙廟子，仍枵腹跟進。二十九日一時，抵桓鈎子，僅遇小部抵抗，停兩個鐘頭吃飯，又連夜前進。三十日拂曉，先頭施以謙營已抵芒牛哨。晨八時進入四平與守軍會師，圍遂解。

會師後，十八師即退出四平，在芒牛哨休息二日，徒步南旋。第二十師則至距四平四十里即停止前進，因此時第五十三軍先頭已抵八面城，一個師則指向三江口，四平共軍，已向十家堡、榆樹台北退。前後二十餘日的四平戰役，至此已告結束。

四平之戰是國軍戡亂戰事中少有的一場硬仗，七十一軍最後祇剩了一個完整的排，排長姓廖，曾獲青天白日勛章，以排長而得此榮譽，爲前所未有。是見戰事之艱難及政府對此役之重視。

四平戰役就表面看，國軍已得到完全勝利，澈底粉碎了林彪「圍點打援」「阻援吃點」的企圖，保障了四平的安全，維護了長瀋間的交通，對民心士氣的振奮鼓舞，發生了極大的功效，這是無可否認的事實。然實際方面，東北局勢的危機，到此已正式顯露。在此以前，雖也感到力薄兵單，不敷調配，常常顧此失彼，應付維艱，但都能勉力度過，未現危局；今則事實昭然，欲蓋彌彰了。

爲了抽調第九十三軍，便被迫放棄了熱河全省五分之四的土地，僅保持了西南角的承德、隆化、灤平，及東南的阜新、北票、朝陽，其餘均全部放棄，錦古線從此即告中斷。不僅此也，熱河共軍李運昌，乘國軍北上激戰於昌圖、滿井之際，集中全力，向第十八師景陽部之防區阜新、北票、金嶺寺、朝陽進犯，一夜之間，交通全被破壞，各地頓成孤點，師長景陽向錦州總部告急，總部根本無一兵一卒可派，乃命其放棄朝陽，集中兵力馳援北票、阜新守軍，是一個加強營，由副團長戴傅林、營長許學邵防守，北票是由王成蔭營防守；北票距師部所在地較近，得以迅速解圍，保住了陣地，損失不大，阜新則因馳援不及，守軍難當八倍之敵猛政，在傷亡慘重的情況下，陣地便告失陷。雖失後一日，援軍即趕到收復，而原來守軍除一部突出重圍外，餘則不死即傷，傷而成俘，一個加強營之兵力，損失已逾一半。又爲了增厚防禦力量，便無兵力規復朝陽。

遼北及吉、長地區，四平被圍之前，遼源及其以西要地，即已被迫放棄，此次五十三軍雖進抵八面城，而其西也僅止於三江口，無力過東遼河以規復遼源。吉林戰機，日漸顯露，不久即發生戰鬥，雖將共軍擊退，但補給線時被截斷，永吉隨時有陷於孤立之虞，不得不予以放棄。

所以四平之戰實在是雙方勝敗一個轉捩點，也是林彪在東北最後吃的一次敗仗，過此之後，即使互有勝負，共軍損失也比較小，而國軍損失則日益增加，終於陷於全面崩潰之境。

四平之戰還有一個重要關鍵，即國軍內部紛爭從此表面化。當時杜聿明患病在身，不能指揮，呈請辭職，中央也鑒於東北形勢嚴重，下令改組，派參謀總長陳誠兼任東北行轅主任，陳誠下車之始，先免去陳明仁之職，陳明仁本已調爲保安司令長官公署副長官，此時祇得離開東北回南京聽差。陳明仁爲人自非善類，但守四平之功決不可沒，陳誠專憑個人意氣、恩怨以處理國家大事，國事安得不壞。故四平一戰，不僅關乎東北興亡也。

（未完待續）

回憶金陵定鼎時（上）

·齊憲爲·

中華民國十六年四月十八日國民政府奠都南京，南京國民政府的第一任主席是胡漢民先生，但只虛懸名義並不在南京，且爲時短暫，故知之者不多。當時府內組織簡單，以秘書處爲中心，鈕永建任秘書長，主持一切，大小職員祇有三十四人，後來增加到七十餘人。府內工作由秘書組領導，當時幾位中心人物是許靜芝先生主機要；王惜寸先生主文書；楊熙績先生和朱文中先生主總務。副官處更簡單，附屬於秘書處，中心人物是副官蕭芹，管理警衞等事。國府地址在城北丁家橋省議會原址內，洋式建築，有一圓頂禮堂，頗爲美觀。後面空地甚大，種有菜蔬黍米等物，缺少花木佈置，有如一個菜園。

國府委員會，常備西餐招待，可是備的多吃的少，職員們常得分饗一份。府內也備有幾輛汽車，乃高級人員，或因公時所用。車前綁一小旗，有「國民政府」四字，乘此出入城門，不獨可免檢查，衞兵還會向車中人舉槍致敬。職員出入國府禁門，都佩有「國民政府職員」字樣的紅綢小條一枚，以資識別。因軍事甫定，秩序未復，佩此小條，乘坐火車，來回京滬，都可免票。其後秩序復常，就規定必須使用軍警半價票，職員出入，也改用證章了。

十六年九月十一日國民黨寧漢滬三方各派代表廿五人，在上海假伍朝樞的公館開會，公推譚延闓爲主席，會議三天，決定組織中央特別委員會，代行中央執監委員會職權，十五日發表宣言，團結黨內，繼續北伐。廿一日國民政府發表通電，敦促 蔣公再起。而 蔣公辭職返甬後又赴日本遊歷四十多天。到了十一月十日方才回國。十二月一日與夫人宋美齡女士在上海結婚。十七年一月四日進京呈報復職。一月十八日特任北伐軍總司令，繼續北伐。

十七年二月國民政府改組，設置委員會及五院，並推譚延闓、于右任、張人傑、李烈鈞、蔡元培爲常務委員，譚延闓爲主席。於此國民政府又重開新頁，府址也由丁家橋搬到了大行宮。就是今後國民政府的所在地。

府址剪影

這所府址，原是前清的制台（兩江總督）台衙門，據說還是太平天國時的天王府。地盤廣大，房屋櫛比，鼎革後督軍衙門時代又加建洋式辦公廳，乃是一所中西合璧千門萬戶的大院落。內有東西兩花園，東花園就是行政院院址。西花園是軍事委員會和參謀本部的辦公所在。各有大門出入，內部則互有邊門可通。東花園早已有名無實，祇有房屋沒有花園了。至於西花園正式名稱應爲「煦園」還保存着古色古香畫棟雕樑的宮殿式建築，假山荷塘，樓台亭榭，應有盡有，佈置精巧，別具匠心。著名的天發神讖碑石刻，就在此園之內，經常有人入園摹拓，但因原係斷碑，雖有廊欄保護，歲月一久，早已剝落模糊了。

園中池塘很大，四周用磚砌成，岸線彎曲有致，像一長方形的樹葉，池中泊一石船，船艙爲宮殿式雕欄，艙內有一橫額，題

「不繫舟」三字。此舟乃當年宴飲歌詠的佳處，可是一池死水，遇到乾旱燠熱天氣，燻臭難當。假山佈置曲折玲瓏，「印心石屋」石刻，藏在假山洞中。昔年曾有同事李君，與未婚妻在山洞內談情說愛，當時風氣未開，衞士見到，認爲有違紀律，報告上峰，弄得文武員工，多來圍看熱鬧，笑話一塲，可是就因此促使他倆趕快結婚了。

花園後身，原有小小花神廟一座，國府遷來不久，就把它拆去。記得廟前池旁，有垂絲海棠一株，枝幹蒼勁多致，花垂朶朶，隨風輕飄，美艷絕俗。筆者每天飯後，常偕二三同事，散步花下，徘徊欣賞，流連忘返。回想當年情景，歷歷在目，不知這株垂絲海棠，目前尚能開花否？

內務雜談

改組後的國民政府，合併了武漢政府一部分人員，被裁的當然很多。幕後主其事的是楊熙績先生，名單發表時，人頭擠擠，有如學生看榜，榜上有名的，安心留任，榜上無名的悄然離去，默無一言。蓋當時尙保存着一種合則留不合則去的君子作風，要在現在，如不發出一筆滿意的遣散費，定會鬧得不亦樂乎。

寧漢合作後，國民政府秘書長，爲連聲海先生，繼由呂苾籌先生代理，譚主席不常在京，府務多由李委員協和（烈鈞）代理，竟有很多人但知有李不知有譚的，因此外間來文，也多有寫成李主席的。這時因 蔣公復職，後方黨政協調，軍威大震，北伐進展，勢如破竹，十六年十二月十六日重克徐州。十七年五月克濟南，第三集團軍克保定，第二集團軍克河間，第一集團軍克滄縣。張作霖停佈停戰，奉軍總退卻。六月四日張作霖在皇姑屯被日軍狙擊炸斃，東北軍陸續撤出關外。七月十五日 蔣公在北平西山考慮對奉軍辦法。主張和平統一，以至誠促使奉軍來歸，於是南京與奉天之間，信使往返，協謀善後，終在十二月廿九日張學良、張作相、萬福麟等通電易幟，服從中央。從此全國統一，北伐完成。

十七年六月八日，第三集團軍入北京，更名「北京」爲「北平」。國府曾派楊熙績先生，前往接收舊府院，帶回了一部份舊政府的職員同時也接收了鑄印、製章、印刷工廠，國民政府才開始自行鑄頒印信，製發勳章，刊行公報，這時的國民政府已熔寧漢和北京政府的人員於一爐。起初不無有些隔閡，日子一久，也就無分彼此了。

李協公主持的紀念週

譚主席的一任爲期甚短，大部時間是李協和代理。協公豪氣萬千，不拘小節，平常愛穿黃卡其布中山裝，馬褲，黑眼鏡，黑氈帽，我們遇見時，或向致敬，或不加理會橫衝而過，也不以爲忤。批改公文，多用大字筆。辦公廳裡設有臥床，時常食宿在內。

國民政府紀念週，性質非常重要，因爲政府的政治軍事外交政策和動向，多在紀念週上闡明，所以成爲新聞的源泉。其次紀念週上協公談到人員調動問題，他大聲道：「儘管調來調去，總離不了這五百尊羅漢」。這雖是一句諧語，倒頗有哲理，大體說來，多年來的政治舞台，你來我往，還不是五百尊羅漢在走馬換將嗎？

有一次何應欽將軍出席紀念週，何將軍任第一路總指揮，掃蕩京滬，克敵龍潭，厥功至偉。且每戰必勝，有福將之稱。協公就在紀念週上大加表揚，譽之爲「楚霸王」。按楚霸王的勇猛，盡人皆知，然烏江自刎並非成功之人，用來比擬何將軍，雖嘉其勇，殊不相稱，不過一笑而已！

又有一次協公在紀念週報告後，遍詢出席人員，有無話講，可不拘內容不論官階，隨意上台發言。當時有蜀將楊森的代表某君，上台致詞，方把來歷說明，協公立稱：楊森一再抗命，他的代表豈容在此講話，就走到講台中央，把此君擠到台邊，此君面紅耳赤，不知所措。而台下副官蕭芹，斥曰：「主席叫你下來，你還不下來麼？」場面的尷尬和緊張，令人瞠目結舌。此君下台以後，馬上向協公陳明，原意所要報告的，正爲解釋誤會，表明楊森擁護中央之誠。協公至此，方知魯莽，亟與握手說：「我爲了國家不得不如此……」。第二天國民政府發表一道褒揚楊森的明令。

馮玉祥的草帽、大餅、和汽車

馮玉祥來到南京第一次參加紀念週時，穿着一套深藍布緊袖式樣別致的軍裝，協公請他上台講話，馮手拿草帽，躡手躡脚，好像不勝謙卑惶恐的樣子，低頭彎腰走上講台後，把草帽放在地下，靠在講台旁的痰盂邊，在台上講了許多窮話，他說：「我這頂草帽祇值十七個銅板，所以不配放在桌上，祇好放在地上」。這種裝模作樣，莫明其妙的神情，看來眞是好笑，論他的目的，無非想中央政府多補助他幾個軍餉而已。

某次一個名叫孫永貴的勤務兵（就是現在的工友），對筆者說，昨天晚上國府委員招待馮玉祥在會議廳內吃西餐，馮玉祥在席上聲淚俱下，說西北的弟兄沒有得穿，沒有得吃，我在這裡看了這樣豐盛的席面，不免想起了西北的弟兄，心裡眞是難過，實在吃不下去，叫人買了些大餅來充飢，弄得赴宴的人都不歡而散。

又一天在城南公共體育場開民衆大會，馮玉祥也去參加，乘的是一部卡車，坐在司機旁邊，幾個衞兵在後面車斗內，那時候卡車都是裝垃圾用的，社會風氣還很閉塞，士大夫不會願意坐司機台，更不肯坐垃圾車，在他無非想在民衆面前，表現出平民化和刻苦精神罷了，其實坐卡車消耗的汽油比小汽車還要多呢！

冤獄驚魂

協公在代理主席時期，有一次曾召見秘書處全體職員，按照名冊一一接談，見過的用大筆在名單上一點。這些職員中；本來有很多資深學優的人士，屈居下位，協公傳見後，一下就提升了七位科員和書記官改任爲處員，處員的職稱，是國民政府特有的（現在早已廢止），地位低於簡任秘書，高於薦任科員，就記憶所及，這七位是：彭昭賢、陳海澄、安劍平、湯增璧、黃琴、賀舜華、嚴壽民。這七位中的彭昭賢先後曾經歷任省府秘書長、次長、南疆省主席；陳海澄現任立法委員，湯增璧不獨國學有深厚基礎，也做過不少要事，協公的慧眼識人，又肯破格擢用，是值得稱頌的。

可是有一件事協公做來未免令人心悸，在七位擢升處員不久，忽然公佈處員陳海澄通敵，定於×月×日槍決，一面下令副官處把海澄先生拘留在衞士隊裡，一面要副官處籌辦將人犯遊街示衆後槍決。受命主辦其事的又是副官蕭芹。聽說棺材已經買好，只等次晨執行了。至於忽然發生這種奇事的原因，乃因衞戍機關查出一份與敵人秘密通信的文件，署名「劍秋」，「劍秋」是陳先生的別號，投郵地點，又和陳先生住址相近，因此推斷發信人就是陳海澄，即據以呈報國民政府處理。此事一發生，府內職員全體譁然。認爲未經審理遽判死刑，實爲亙古未有之奇事，無不力代奔走營救。

當時槍決陳先生的國民政府令稿已經辦好。那時秘書長連聲海，深感此案處理，過於草率，不肯簽署。協公大爲生氣，面謂：「你身爲秘書長，部下通敵都不知道，已經查出，還抗命不簽，這樣還當秘書長嗎？」連公終未從命，隨即掛冠而去。連公到任不久，和海澄先生一無私交，可能尚未認識，爲維持正義，愛護下屬，不惜掛冠以爭，古道熱腸或敬可感，而連公竟從此未見顯達，並聞年前已歸道山，想來君子崇德，不會拍馬鑽營耳。

此事因秘書長的不肯簽署，而暫緩執行，那時許靜芝先生主持機要，得有機會爲之策劃營救，邀人連夜赴滬，請譚主席回京，一面分向各委員陳明原委。譚主席趕回後，協公就把令稿送簽，主席離京，係由協公代行，主席回京理當自簽，譚公在稿面愼重簽上大名後，很輕鬆地向協公道：這事很重要，還是報告一下府會再發表吧！隨手將令稿收起。至此協公縱然固執，也再無理由可予反對。

於此，我們在這一動作上可以看出譚公的政治風度和智慧，確實高人一等，也就能在這一簡單的小動作上解決哄動一時的大事。因爲譚公如向之爭論是非，必生齟齬，如使用主席職權否決其事。協公必拂袖而去，釀成政治風潮，影響團結。如屈從協公之意，則國民政府違法失態，無以交代國人，所以大政治家的處理國事，全在潛移默化，不知不覺之間，這種學養，眞是值得我們深思效法。就此亦可知譚公生有如此的彪炳功業，也絕非偶然的了。

又有人認爲譚公如能延壽幾年，幾次內爭和黨內糾紛，或可幸免，不幸釀成，歷史也將重寫，這種看法！確有見地，但天不假年，又有什麽辦法呢？這是閒話，按下不提。

此事一經報告府會後，當然都會注意到法律觀點，決定交軍事機關審詢，當時實際的處理情形，已記憶不清，好像是由秘書處派員會審的，當時担任記錄的是秘書處同事王大爲先生。王先生事後告訴筆者，證據上的筆跡，有幾處和陳的筆跡顯有不同。不久就無罪釋放。後被胡院長漢民邀到立法院去任事了。現在協公的墓木已拱，而海老迄尙健在。

大堂比劍

各位也許還記得張作霖麾下的一位大將李景林先生，勤練太極拳，並精劍術。有一天下午，忽見譚主席李協公，和一羣官員衞士簇擁着向前面大堂走去。筆者好奇，跟着去看熱鬧。到了大堂前，就見空場上，有李景林等多人，携帶刀劍等件正在等候，方知是同來看國術表演的。大堂上未備座椅，協公大喊一聲，就地翻了一個筋斗，一屁股坐在水泥地上，隨着連喊坐下坐下！譚主席一行，也只好席地而坐。首先表演太極拳，其中有位女士，據說是李景林先生的如夫人，表演得相當好。

接下表演舞劍，舞完劍，開始比劍，雙方用的都是木劍，劍尖上用布包白粉，一着身上，就有白粉印記，分出勝敗。有位先生連敗二人，劍術高明異常，因在場已無敵手，大家就慫恿李景林和他一比。李含笑登場，劍尖多不用布包，初一出手，就覺得不同凡響，忽上忽下，忽正忽反，忽又左右易手，劍尖點擊，快似疾風，密如雨點，眞是神出鬼沒，莫測高深，劍頭所向，都圍繞對方手腕，此君一連着了幾下，把劍不住，脫手落地，若是眞劍，手臂早被斬成幾段了。至此不能再比，祇得抱拳稱降。

筆者看了這場比劍，才體會到中文字彙裡「擊劍」二字的「擊」的意味，可惜對劍術外行，文墨淺陋，對於「擊」劍的妙境，祇感自己看來入神，這枝禿筆可無法把當時的眞情實景，用武俠小說的筆法來寫供旁人欣賞，實在抱愧之至。

末後有位壯漢，把頭和脚分擱在兩張長櫈上，脤胸懸空，用約兩尺見方，四五寸厚的一塊巨石，壓在肚子上，另一大漢用一大錘，對石猛擊，石碎粉落，而此君無恙，這套玩意，看來驚心動魄，若沒有十分眞實工夫，一錘下去，就要腰斷骨折了。

就因這一次的國術表演，引起府內同人的興趣。請求公家聘了一位拳教師到府裡來傳授國術，參加的人很多，筆者曾練完十二路譚腿，和兩套拳脚，可是現在已完全忘記了。

漫譚節敬

十七年的端午節，府內曾正式公布放假乙天，此後的端午節，就沒有放假之例了。這次呂代秘書長曾出私囊，購買摺扇，請譚主席親筆書寫分送同仁，作爲節敬。寫到「節敬」二字，不無有點感想。或有以爲主席和秘書長之賜，是應當稱爲「節賞」，而不宜稱之爲「敬」的

然而，此說並不盡然，按三十餘年前的官場，雖然階級觀念頗深，下對上固應絕得服從，但長官與屬僚之間的人情味一般都

很濃厚，對下的禮遇態度，也都非常講究的。即就筆者個人的經驗來說，當年不過一個芝蔴綠豆小官，而每逢年節都是長官賞賜禮品，或是現金，或是實物，平素，留餐宴飲更是常事，這也是做官的風度，當時的風氣也大體如此。受之者除以忠誠努力，服從領導，報効公務外，抱着長者賜不敢辭的敬意，儘可以照單全收，毋庸回禮。

可是，到了現世，一切變質，似乎年年送禮，都該是下對上的例規。而上對下的「節敬」「年敬」「炭敬」……等等道理，都蕩然無存了。還記得當年文書局有位姓沈的書記，帶了四瓶酒和一些食物，去送給局長楊熙績先生，楊先生把他大罵一頓，送去的東西立刻推棄門外，可見當年的公務人員，都滿有自尊之心，對於「禮」是非常重視的，苟不在「禮」，既不可送，也不肯收，否則準會自討沒趣的。

右老督課

大家都知道國民革命的完成，是要經過三個時期——軍政時期、訓政時期、憲政時期。因爲軍事進展和結束得太快，所以訓政工作，更加繁重。當時的口號是「以黨治國」。對於驟然擴展而來的碩大政治區域，都立刻要去實施「黨治」，推行「訓政」。可想而知的，黨政工作人員的量和質都大成問題。

就拿國民政府的職員來講，其中受過革命薰陶，讀過三民主義的，可能還不足三分之一。其他各機關的情形，也都相髣髴，一般工作人員對於三民主義的意識，既然深感不足，對於「訓政」前途，是惶恐萬分的。

當局有鑒於此，曾經飭令各級公務人員，必須研究，總理遺教和黨義。國民政府首先實行，並且實行得很認眞。當時請了于右任先生擔任講解。教室就設在大禮堂內，每天早晨七時半開始（時間或有出入，已記憶不淸）右老從不遲到，有時爲趕鐘點匆匆來，好像臉都不洗。

各職員座位都編號排定，秘書長以次都親到聽講，如有缺席，坐號空出，一望即知，大家都不敢偸懶。右老督課，非常認眞，建國大綱二十五條，逐條講解後，次日要背。桌上原放有座號籤筒，預備右老抽籤答背之用。而右老不常抽籤，專找年青職員，指名背書，有兩位年輕秘書先生，常把書舉得高高，頭彎得低低，臉面不給看見，眞是好笑。

有位姚姓報務員，祗有十八九歲，常被指定背書。可是此君太不用功，時常背不出。有一次右老不客氣了，指著他說：「下次再背不出來，要叫你站到院子裏晒太陽了。」

以上拉拉雜雜，談了些府裏的陳年屑事，暫且告一段落。

寧漢合作以後，民國十七年二月至三月，譚主席的一任內，雖然爲時短暫的過渡時期，而正當軍務倥傯，各方政見分歧的環境下，能負擔着團結後方，穩定中央政府的施政基礎，任務艱巨，關係重大。要非譚主席的大智若愚和寬閎容衆的汪汪大度，革命事業的開展，是不會這樣順利的。

蔣公親任國民政府主席

民國十七年雙十節，蔣公就任國民政府主席職，並依照組織法改組國民政府，選任譚延闓爲行政院院長，王寵惠爲司法院院長，戴傳賢爲考試院院長，蔡元培爲監察院院長。蔣公等在中央黨部大禮堂舉行宣誓就任典禮，由吳敬恒授印。蔣主席發表「立國四道」曰：

「一、發育國民強毅之體力，以挽救萎靡文弱之頹風。二、保持中國固有之德性，以剷除苟且自私之習慣。三、增進科學必需之常識，以闢除愚昧錮蔽之迷信。四、灌輸世界之最新文化，以力求國家社會的進步。上舉四端，爲我國國家存亡之所關，亦我民族消長之所係，尤爲我今日建設新中國不可缺一之要道。願我同胞，共同一致，身體力行，以奠定民國自強之基。」

這「立國四道」，雖然是蔣公在三十多年前所提出，而時至今日，又那一道不是我們所應共同一致身體力行的呢？

蔣公就任主席後，內部組織和人事大有變動，原有秘書副官兩處，改爲文官參軍兩處。因譚主席已改任行政院長，原代秘書呂芯壽，也改任行政院秘書長，府內首任參軍長是何成濬將軍。文官長王樹翰先生因未到職，由葉楚傖先生代理。

葉公謙和禮下，公私交接，温暖如春。性嗜杯中物，據侍從云：辦公桌上的小茶壺內，盛的不是香片，而是高粱。古應芬先生在職較長，性情與葉公相反，對下嚴肅，面貌怪醜，然而一筆行書寫得秀麗之至，如看字而狀其人，必然會當他是白面書生，殊不知乃鍾馗下凡也。

以後的國民政府，因爲時局開朗，各項建設工作突飛猛進，公務的處理方式和工作情緒，也大異往昔，特再在這大機關裏找一些小事聊聊。

宿舍趣聞

因譚主席的行政院院長，和呂代秘書長改任行政院秘書長後，有很多職員都跟着去改任爲行政院職員。

行政院和國民政府僅一牆之隔，中間有門可通，從此府院變成一家，筆者就和調到行政院的同事，一同擠在他們的宿舍裏。有一度還在他們伙食團裏包飯。談起行政院的伙食團，還曾請過譚院長的有名「曹廚」包過飯。起先幾天口味確實不錯，日子一久，也就不行了。不過，如肯破費一些，另外加菜，還是別有滋味的，八毛錢一道的火放芽白，就夠逗人胃口的了。

有一位國民政府的女職員，也借住在行政院裏，住的是單人房間，有一天夜裏，一位少年軍官走進了她的香閨，久久不去。值崗衛兵大爲詫異，注意守候到交班時，還未見出來，就遞交次班監視，不料竟通宵未出。天亮以後，就去報告長官。因事關風紀，有的主張敲門進去檢查一下，有的親爲住的是國民政府高級女職員，行政院警衛不可造次，還是等候開門再說。

因她房門正當禮堂的通道，上班的同事和下班的衛士，都三三兩兩站在窗前門旁，議論紛紜。好不容易等到八點多鐘，戛然一聲，閨門開處，全體眼睛都集中凝視，果然走出一男一女，她們一看，外面圍上這許多人物，羞得粉面緋紅，此一青年軍人，個子矮矮，面目嬌好，原來是位花木蘭，乃軍事委員會的女職員方女士，因爲穿了軍裝，打了綁腿，撲朔迷離，逗引衛兵白忙一夜。這和前文所記西花園假山洞的笑話，有異曲同工之妙。

國民政府女職員是賀女士，在抗戰時，病逝上海寧波醫院，筆者曾在醫院裏見她最後一面，彌留時，祇有老母在旁，哭得眼腫聲嘶，悽慘已極。方女士後來歸朱文中先生，朱君中年不壽，病逝重慶，幸方女士學有專長，任職法界，茹苦撫孤，兒女多已長大，三十八年避難在滬，執行律師職務，上海陷共後，生活艱困，現其長女平三，已逃離大陸，偕夫婿子女抵港。

璽印的故事

國民政府接收北平舊府院時，前已說過，曾帶了鑄印製章，編印公報等事。

國民政府大印原先是木質包錫，印鑄局成立後就改鑄爲銀印。嗣又議製中華民國國璽。此事在古文官長任內進行，曾由秘書李蟠在廣東物色到翠玉一塊，化了七千餘元買來作製璽之用，此玉質雖好，而在綠翠之內間雜花白，顏色不純，但如全玉碧綠，那就成爲無價之寶，七千餘元也買不來了。此玉體積甚大，玉璽製成後，四週裁下小塊碎玉，廢物利用，製成圖章多方。各位秘書曾各分潤一塊留作紀念，不知有無存留到今帶來臺灣的？此璽是蓋國書等用。國內行文都是用銀印的。

後來新疆省政府送來良玉一塊，此玉外貌和大號卵石完全一樣，頂端切開一片，好像開了一個蓋子。切開處清晰看到約有一公分厚的土黃外皮，內包潔淨白玉，要不是切開後看到玉質，眞是丢在路旁也無人去檢拾的。

（未完待續）

正宗京菜
名厨烹調
真材實料
設備豪華
服務周到
交通便利
價錢相宜
新知舊雨
敬請移玉

謙廬隨筆

廿七

矢原謙吉遺著

此一巨公，何以行為荒誕若是？殊難得人諒解。或謂其志在「採補」，故每日非「新藥」不可。或謂其過信相者之言，以古猿自況。而前人有說云：「猴非八妻不樂；猿則以一雄而對十二雌。彭祖其人，亦半猿也。」總之，其御鄂女之衆，破瓜之頻，則余於謝萬二人口中，已可見其一斑矣！

惟余聞此公遇其下頗厚，追隨者多德之，或閉目不問其「採補」之事。渠以中原大戰，天下板蕩之際，苦守平漢一綫，屢為敵挫，而雖敗不怯，故為當道所重，倚為華中之萬里長城，而與湖南何鍵同稱「異數」。年深日久，二人遂儼然「土皇帝」矣。萬謂余：一夕長沙鬧市有狂士以「燈謎」見奇。一謎語曰

「三國丁廖，翹首鄂湘。」

揭之既久，苦無應之者。遂乃揭曉其「謎底」曰：「奉化之輩，奈何奈何？」

此二何者，蓋指何鍵與何××也。未兩日，設謎者已為何鍵之緹騎補去，聞旋即以「惑衆歹徒，滋事為非」之罪名定讞，從此莫知所終。

一言喪邦，雖不足信；一言傷命，則是時是地，誠信矣哉！

（三）

余滯漢臯時，正欲為匡廬之行，謝道智忽持一電來告余曰：「丁春膏適來電，即將抵漢，作入川之行。君曷稍待？」

翌日，丁即抵埠，把握甚歡。據云：「中央刻正驅軍入黔川各省，其意蓋在乘此統而一之也。軍事方面已有精銳萬人，別動隊一總隊，憲兵一團挺進入川矣。隨之而入者，明有行營主任賀國光，財政特派員關吉玉。而暗則有身份不明機構之女代表周敦瑜，財孔之銀行界秘使龔農瞻，稅收方面秘使我也。」

丁雖銜命行，意殊不舒。私告我：財孔以其祖丁文誠公，清末督川多年，極為川民所愛重，父老至今念之不忘。財孔欲闢巴蜀，為一重要財源，而又欲於肇始之際，盡量收斂民心。彼深悉丁在北方極富清廉明正之譽，故擬假其為已之金字招牌，藉以順利「收川」。

是時，丁為中法儲蓄會之執行董事，代李思浩輩負責維持該會於風雨飄搖之中，而財孔則屢欲收該會為己有，壓力頻頻，益使該會深感自危。是故，當財孔向丁折簡相招，密挽其作四川稅務秘使之行，丁迫於中法儲蓄會之厄運在望，不能不一行以敷衍之也。

丁「秘使」之任，雖身為四川財政特派員關吉玉者，財孔亦未使與聞其事。故丁此行，乃簡從輕裝，除一价外，惟偕陳姓郎姓之兩「視察」耳。而此二君亦皆作

僕役裝，俾不致觸當地軍閥與「關特務員」之忌。

丁復凄然謂我曰：「余此行實非得已，心煩意亂，度日如年。今幸遇故人於此，而更幸故人之有暇遨遊，曷即伴我一遊三峽乎？再至重慶，俗務紛紜，自不敢再瀆清神。則君或登峨嵋；或往探黔中山水，以至桂林天下絕秀之地，或則再遊三峽坿輪而下，均隨君自便也。」

余立諾之。遂偕登重慶民生公司之一「巨輪」，但憶其名爲「民×」，係川中實業巨子盧作孚所有，噸位雖不及外輪，而整潔有序，則實過之，輪上員工，均着灰色制服，彬彬有禮，一如歐西經營有方之輪渡。余與丁均甚異之。

途中風景，愈行愈奇，令人有觀賞無盡之感。輪至雲陽，舟子遙指山巔一點紅曰：

「此張飛廟也。」

於時，碧空萬里，浮雲冉冉，遠山處烟籠霧漫，時隱時現，如在仙境。而此一張飛廟則矗立絕峰，戟指藍天，一若有所不甘雌伏者。如此奇景，令人心醉，余乃力說丁作半日之遊，明晨更附民生公司它輪溯江而上可也。丁然之，乃欣然偕陳郎二君「遞飄」登岸。「遞飄」者，是處無碼頭，必須藉扁舟以上下也。

雲陽市街，既陋且隘，殊無足觀。旅舍皆置一燈籠於門外曰：

「未晚先投宿，
鷄鳴早看天。」

或曰：

「日之夕矣君何往？
鷄既鳴兮我不留！」

十人有九，纏頭以巾，口叼烟袋，盤膝坐於茶館之中。鄉人告丁曰：

「此地有張飛廟二。一在山脚，名張侯廟，一在山頂，曰桓侯廟。後者，參拜甚難。惟神像後有古井一口，傳即范疆、張達殺張飛之後，獻首於孫權，孫以避禍故，棄之於是，土人珍之，投於一枯井；而潤之以油。故張頭平時深沉井底，有人灌入油百升時，頭即浮至井口矣！」

以余記憶所及，雲陽既無電燈，亦未見一汽車。上山時，余曾遇三五戎裝者，挺胸躍馬而來；其馬均奇小如驢，乘者二足幾已及地，似此僅較泰西警犬畧大之馬，非目睹絕不信其有也。而猶稀不可得，欲登山至張飛廟者，唯有乘「滑竿」耳。

「滑竿」者，以二長竹爲之，中間有一鍋狀之坐具，或爲竹製，或爲繩製，或爲米袋。二人掮之而行，上下如飛，似履平地。登山時，且行且歌，似皆爲相互警惕行路安全之意。余僅憶其一，前者歌曰

「脚下石子亮堂堂，」

後者立和曰：

「上坡下坡莫要慌！」

路似匪遙，而抵廟時已近黃昏，誠非初料所及。丁固猶遊興盎然，而隨行之郎陳二君，已憂形於色，蓋深慮夜行山路，必逢盜匪也。

廟中除住持外，僅有山僧三二人，濃眉大眼，與想像中之化外緇衣，迥不相同。張頭深沉井底，灌油百升之後，即可一睹之說，似非虛語。惟住持言：年來民生凋敝，來此觀張頭者，歲無一二；寺僧又慮人盜此古物，故已覆一大石臼於其上。必須先去石臼，始可灌油入井也。

臼既去，而暮色已濃，廟內陰暗低沉，益增肅殺之氣。而廟外山風頻起，蕭蕭而過，更令人有置身鬼域之感。移時，油滿幾及井口之際，遂突有一黑物，其大如一椅墊，泛泛然而上。餘暉慘淡中，實不能辨其究爲何物？而住持已令山僧與余等羅拜井旁，喃喃謝罪曰：

「有勞三將軍大駕」！

旋即呼衆以臼覆之如前，余回顧郎會二君，已張目無言，呆如木鷄矣。

余與丁各奉「佈施」之後，住持復堅留我等一飯於寺。且曰：

「我輩僧衆，居此廟以侍張桓侯者，不忌葷腥，自當以山鷄野味

，一快先生之朶頤也。」

余等遜謝，而丁慮特合時宜，改請住持假山僧一二人；於夜色中導余等下山。住持亦一解人，大笑而起曰：彼當自任之，且囑一徒以為助。行前更携來「松明」數枚，以利步武。「松明」者，以槍枝為束之「火把」也。

丁私告余：

「君向聞「買路錢」一詞乎？此時此地，非此不可。」

余遂與丁各出三十蚨，付諸住持之手，倩其沿途妥為安排一切。住持以手拍胸曰：

「有我出家人在，就沒得「棒老二」！」

「棒老二」者，匪之別名也，以棒擊路人，而掠其財去，故有是名。

住持深慮余等沿途胆戰心驚，遂盡起全廟僧衆，前呼後擁，以為「保鏢」之用。途中果有三數次，路邊黑影幢幢，語音嘹亮，似有多人在焉。而住持應答如流，寒喧數語，余等之「滑竿」，即得安然而過。余非身歷其境，絕不信有其事。唯有默坐「滑竿」之上，嗟嘆「天下之大」而已。

既抵雲陽，余與丁復宴衆僧於逆旅之斗室中，殊衆僧皆嗜肉，且豪於飲，亦一奇事也，對酌間，住持始告余等：剃度前，彼乃川中軍閥但懋辛部一團附也，殺人如麻，而有子女近十人。一年，時疫流行，子女盡歿，其妻臨終時謂之曰：

「汝殺人多矣，傷德多矣，故有是報！」

彼悔恨交併，乃大悟人生，棄官而遁，以張侯廟地僻人稀，易於隱居避禍，遂剃度焉。而未幾舊性復發，盡逐廟內諸僧，而自為主持；幷結納四週之「棒老二」與「納哥」以自保。後數年中，復有多人，來求「掛單」。彼僅留其三，對餘衆皆拒而不納。此三人者，悉昔年之丘八也，而尤以一田頌堯部之機槍連長為最。夜深酒酣時，彼曾為余道其平生得意之作，歷歷如繪曰：

「老子三挺馬克沁，擺開在湖堤上，只朝着人多的地方，卜卜卜卜卜，殺得他龜兒子血流成河，只跑脫了十三四個「屁娃」！」

盤桓經宵後，衆僧復殷勤送至江干，依依作別。

「遞飄」赴輪之際，丁忽忍笑告住持曰：

「長老勿罪，此君乃余之老友，一日人醫生也。」

衆僧聞此，怪眼圓睜，莫知所措，而其住持忽撫余肩大笑曰：

「格老子，朗個日本龜兒子同老子擺得倒龍門陣？××的媽！你龜兒子硬是要得，上有青天，下有黃泉，你龜兒子同老子莫「蹭蹬」，老子同你刀山進，刀山出！誰個「屁娃」敢拔你龜兒子一根毛，老子的人馬，不殺他個七進七出，你叫我「錘子」」！」

嗣後，丁告余曰：「四川土語中「朗個」者緣何也。「硬是」者實係也。「蹭蹬者」謊言或胡為也。「屁娃」者「斷袖」之人也。錘子者日人所謂「男根」也。

（未完待續）

請介紹，

請訂閱，

請批評，

請指教。

香港詩壇

病中口占

亦園

天將小厄遏吾狂。辜負嶺梅淡淡香。元化奏刀能起死。蘇髯留命待還鄉。胸中猶有騰雲氣。枕上難忘辟穀方。一笑老夫眞自得。連宵夢裡見羲皇。

禍福原知未易猜。無端噩夢笑重回。勉登耄耋生何戀。飽歷滄桑刼自哀。紅日不隨飛鳥去。白雲常與故人來。病中一事關懷甚。詩會可曾繼續開。

次韻慰亦老

吳稼秋

滄江流寓作詩狂，卅載騷壇姓氏香，一蹶只緣迷倦眼，千愁無那是離鄉，且傾黃菊扶頭酒，好接青囊續骨方，猶喜元龍豪氣在，國魂重振日堂皇。氣數無憑莫亂猜，嶺梅又孕小春囘，客途巘嶮溪山改，身世淒淸籥管哀，厄後裁詩詩思遠，枕邊迎友友朋來，報君一語期相慰，猶及題襟曉茗開。

慰亦老次病中口占韻

包天白

未妨惆悵是淸狂。風送梅花撲枕香。一蹶尋常思蜀道。廿年辛苦憶鱸鄉。莫憑好夢消長夜。儘有佳章動遠方。共願來朝飛躍起。香江詩陣待張皇。一踣何因漫費猜。惺忪疑是夢初囘。原知骨氣狂猶在。莫嘆崎嶇道可哀。好句自從黃菊得。多情喜有白衣來。行看一擲羲皇枕。待共樓頭倦眼開。

前題

徐義衡

今世何人笑楚狂。梅孤菊傲自飄香。袁枚耄耋多佳詠。王粲流離念故鄉。綠螘新醅延壽酒。青囊早著續筋方。小春正是陽和候。靜養龍城學上皇。不須惆悵不須猜。無賴詩魔去復囘。月轉下弦牛女渺。夷于左股斗辰哀。胸中塊磊閑中盡。夢裡乾坤靜裡來。莫道幽居無可戀。梅花枝上待君開。

前題

張方

君是詩狂我酒狂。詩城酒國共傳香。偶因小極延元化。且把炎荒作故鄉。步履縱難行遠道。吟哦定以動遐方。平居頤養天年樂。一笑熙熙古上皇。無門禍福最難猜。一蹶驚如鶴夢囘。辭海文緣頻自喜。吉人天相復何哀。山浮嵐氣春還在。嶺放梅花香又來。有待騷壇勞主宰。江城詩會着重開。

前題

黃天碩

多才從古屬淸狂。詩入品題句自香。一蹶文星光滿地。重生詞客韻成鄉。環山草木延年藥。渡海神仙壽世方。息慮寗心長不老。怡然寄夢到羲皇。漫因禍福就龜猜。一夢遼西去又囘。鶴唳不驚應自慰。鷗鳴猶在且休哀。稍傷梅骨香難滅。待聽鶯聲春復來。寄語放翁好珍重。收京還仗鉅篇開。

次亦老病中口占韻

文叠山

天留孤嶼且容狂。客裡寒梅帶墨香。小謫新瘥醫有藥。兕年久戰世無方。長空雁陣來衡浦。浩海烟波戀梓鄉。一角園林供嘯傲。眼前風物尙皇皇。戰局彌漫孰可猜。和平之鴿望天回。小春送暖添詩興。皓月重光掃刼哀。曉霧迷籠

羈客夢。好風常送故人來。窗明几淨無塵擾。目睹雲山面面開。

奉和亦園老兄傷臉入院養疴

大均乞正

曾克耑

釀夢金丹引汝狂。阿香索餅語猶香。竟夷左股哀衰季。忍嘔孤心憶故鄉。落落聲詩試訓畬。森森刀七漫平章。養疴丈室吟呻久。咳唾飄珠自裔皇。天意沈冥絕世猜。顛依元化待春囘。百骸老去俱爲累。萬族呻來孰見哀。排日蝻星含笑侍。不時舊雨挾詩來。荔園菊了寒梅孕。艷吐看君笑口開。

登三桃寺望旗山

徐義衡

路直輕車疾。農勤晚稻肥。山如旗陣展。溪似玉腰圍。一鎮鍾靈秀。千家映翠暉。何時金鼓動。綠野見龍飛。

關子嶺溫泉

翠谷環關嶺。修篁繞碧谿。雙橋連市闠。短瀑掛岩西。霧重山如夢。泉溫色似泥。小樓人不寐。午夜喜聞鷄。

關子嶺水火同源

造化多奇跡。水火竟同源。火從水下去。水向火中滲。互生還互長。相並不相煎。朝朝與暮暮。歲歲復年年。我冒傾盆雨。來看此異徵。滂沱澆不息。烈焰自如焚。颷風吹不滅。更助起氤氳。可知造化力。能解萬類爭。如何不運此。改動向羣倫。互不相侵犯。永弭天下兵。

九月既望由台北乘光華號返屏東夜涼如水月明如晝感而賦此

久雨初晴快客心。開窗喜見月華臨。淸輝不減團圓樣。良夜頻添接蹀吟。紫陌風淸驚歲晚。黃花人瘦惜秋深。今宵又向屏東去。一夢依稀返故岑。

編餘漫筆

編者

這一期出版適值常德會戰三十周年，這次戰役是抗戰八年中一場慘烈性的戰鬥，就八年抗戰而論，中國軍憑城血戰，寧死不退的事，前後有四次：一、台兒莊大戰，二、長沙第三次會戰，三、常德會戰，四、衡陽之戰。這四次戰役，守城時間最長者是衡陽之戰，但衡陽終告失守，守將且被俘。常德之戰雖然到最後也等於失守，但城內仍有據點在中國軍手中，在援軍到達後，守軍仍能配合援軍夾擊日軍，不能算是失守。而是次戰役高級將領傷亡也超出另三次戰役，守城官兵大部犧牲，援軍則陣亡師長三員。對於當年爲國犧牲的官兵，至今提起仍有無限敬意，惜乎三十年後的今天，知道常德之戰的人已漸少。因此，本刊要將全部史料刊出，也使年輕讀者知道，我們的國家能以生存是如何的不易。

周恩來評傳本期已刊完，這篇大文在本刊連載二十六期，受到海內外讀者普遍重視與稱讚，日本中央公論雜誌且曾譯載，華文報刊轉載者亦多，編者對於嚴靜文先生之大力支持，至爲感謝。這本書不久將出單行本，屆時本刊當有預告。

胡士方先生閑話相聲，是一篇好文章，更是一篇有價值史料，對於中國民間藝術，過去不太受人注意，除去從崑曲演變下來到平劇，是廟堂娛樂，有騷人雅士肯花心血去改進，等而下之，就全由藝人自己創造，讀書人即使受聽，也不大措意，即以相聲而言，愛好者甚多，但知其所以然者則絕少，胡先生一貫留意民間戲曲，以前在本刊發表多篇，均能考其正韻，述其源流，實不可及。

本刊發表遊記文字較多，內容均佳，各極其妙。釣魚台問題曾喧嚷一時，但眞正到過釣魚台的人則絕少，看了本文之後，使人對釣魚台悠然神往，相信世界上人跡不到小島，仍然很多，只有釣魚台因發生領土爭執而出名。是釣魚台之幸。

最後要說說本刊的問題，白報紙荒的嚴重性，在本港已摧毀了兩家刊物，這是指與本刊同類刊物而言。至於其他不大熟悉的報刊，究竟停了多少，不太了解。這祇是一個訊號，一般估計白報紙的大飢荒還在明年，最少有十二個月到十八個月的時間。最使人担憂的尚不是白報紙漲價，而是有一天可能有錢也買不到。本刊自開辦也未有贏餘，今後當然更困難，祇有努力支撐，如果支持不下去，自當向讀者有所交待，也希望讀者能諒解這種世界性的風潮，絕非一個小刊物所能抵擋得了。

本社即將出版新書

一、謙廬隨筆，此書係日人矢原謙吉醫生遺著，矢原醫生久居故都，遍交中國北方政壇顯要，所記有勝國遺聞，有北洋舊事，皆屬親見親聞，詳實可信。矢原醫生雖係日人，但漢文造詣，不遜中國學人，文字簡練，筆觸細膩，所述當代人物，三言兩語，刻劃入神。最難得者，厥爲矢原醫生並非國人，與中國當道無恩無怨，祇就所知，隨筆記載，初雖遺與之作，並無傳世之意，故無個人成見存乎其間，讀之但覺韻味無窮。大戰期間，矢原醫生由華至德，由德而美，烽火連天，滄桑屢變，是書藏之篋中，竟未受損，是知名山之作，或有神物呵護也。

矢原醫生久歸道山，是篇經其公子愉安君交本刊發表，一經問世，譽滿寰球，各地讀者交相推崇，後來還囑出專書，當即重加整編，並請其公子愉安君審閱，列爲本刊叢書第一種，不日即將出版，特此預告。

二、妖姬恨，是書爲岳騫著，記述中共文化大革命事，以小說體裁出之，原載某刊，現已重新整理，不日即將出版。

錦繡神州

出版者：德興文化事業公司

我國歷史悠久，文物豐富，古蹟名勝，山川毓秀。尤其歷代建築藝術，都是鬼斧神工，中華文化的優美，在世界上有崇高地位；所以要復興中華文化，更要發揚光大，我們炎黃裔冑與有榮焉。

如欲研究中華文化，考據博古文物，瀏覽名山巨川，遊歷勝景古蹟；畢一生精力，恐亦不克窺全豹。往年雖有此類圖書出版，惜皆偏於重點介紹，不能滿足讀者理想。

本公司有鑒於此，不惜巨資，聘請海內外專家搜集資料，歷三年編輯而成；圖片認真審定，詳註中英文說明，堪稱圖文並茂。內容分成四大類：「**文物精華**」「**勝景古蹟**」「**名山巨川**」「**歷代建築**」將中華文化的精英，包羅萬有，洵如書名：**錦繡神州**。並委託柯式印刷廠，以最新科技，特藝彩色精印。八開豪華精裝本，金線織錦為面，織成圖案及中英文金字，富麗堂皇。「**內容**」「**印刷**」「**訂裝**」三並重，互為爭妍；所以本書被評為出版界一大傑作，確非謬贊。

凡備有本書者，不啻珍藏中華歷代文物，已瀏覽全國名山巨川，遍歷勝景古蹟。如購贈親友，受者必感隆情厚意。

全書一巨冊　港幣弍百元

經已出版。【付印無多，欲購從速。】

總代理

吳興記書報社

地址：香港租庇利街十一號二樓

電話：H四五〇五六一

Ng Hing Kee Newspaper Agency

No. 11, Judilee Street, 1st Fl, HONG KONG

九龍經銷處

德興書店（旺角奶路臣街15號B）

吳興記分銷處（吳淞街43號）

外埠經銷處

星馬婆　遠東文化有限公司
曼谷　青年文化服務社
菲律賓　華安書店
越南　聯興書報社
紐約　友聯圖書公司
三藩市　益智圖書公司
三藩市　新生圖書公司
三藩市　文化書店
波士頓　中西公司
芝加哥　文華書局
檀香山　大元公司
倫敦　東寶公司
加拿大　香港百貨公司
澳門　可大文具店
斗湖　光明書局
亞庇　利民公司

掌故

月刊

29

人物・風土・

一九七四年一月十日出版

掌故月刊 第二九期 目錄

每月逢十日出版

掌故

第二九期

中華民國六十三（一九七四）年一月十日出版

每册定價港幣二元正

全年訂費港幣二十元　美金六元

出版兼發行者：掌故月刊社

地址：九龍亞皆老街六號B

電話：K八〇八〇九一

The Journal of Historical Records

6B, Argyle Street, Mongkok, Kowloon, Hong Kong.

督印人：鄧少卿

總編輯：岳騫

印刷者：和記印刷有限公司　新蒲崗景福街一一〇號超達工業大厦十樓

總代理：吳興記書報社　香港租庇利街十一號二樓　電話：H四五〇五六一　H四五〇七六六

星馬代理：遠東文化事業有限公司　新加坡廈門街十九號　檳城香田仔街一七一號

泰國代理：曼谷青年文化服務社　曼谷黃橋東北路五六六號

越南代理：聯興書報社　越南堤岸新行街二十二號

其他地區代理：

澳門：可大文具店　漢城：汎亞書籍公社
亞庇：利民公司　寮國：永珍圖書公司
千里達：中華公司　斗湖：光明書店
菲律賓：華安書局　菲律賓：玲瓏書局
倫敦：東寶公司　紐約：友聯圖書公司
芝加哥：杏林春　紐約：友方圖書公司
波士頓：中西公司　洛杉磯：永安堂
三藩市：新生圖書公司　檀香山：大元公司
元藩市：益智圖書公司　三藩市：文化商店
加拿大：香港商店　加拿大：新國華公司

悼念李彌將軍

胡養之

中華民國六十二年（一九七三）十二月七日，以心臟病突發而逝世於台北的前雲南省政府主席李彌將軍，係在抗戰和戡亂期間給予筆者以最深刻印象的國軍將領之一。因爲李彌在第八軍軍長任內，曾經先後在滇西與膠東，兩度與第五十四軍併肩作戰，而筆者當年也曾服役於五十四軍多時。因此，對李彌將軍在戰場上指揮作戰時的沉着勇敢，及其冒險犯難的不屈精神，迄仍記憶猶新。其與那些貪生怕死，失節投共的所謂方面主將如傅作義、杜聿明之流相比較，實不可同日而語！茲謹爲文記述如下：

李彌將軍經歷簡介

李彌，原籍雲南省蓮山縣，其後徙居著名的騰衝（唐時南詔蒙氏置軟化府，後白部徙居於此，改騰衝府，元代內附，改騰越州。清時爲騰越廳治，民初置騰越道，旋又改爲縣。地據龍川江西岸，扼滇、緬衝途，而爲西南的重鎮。清光緒二十三年，與英訂滇緬續約，開爲商埠。設有稅關及英國領事署，與緬甸通商頗盛。其西爲蠻允鎮，位大盈江北岸，當由緬入滇首衝，亦爲騰衝的外戶。再西八莫，本屬我國領土，以庚子滇緬界約，與漢龍、天馬、虎踞、鐵壁四關外之地，悉淪於英），出生於民國前九年（一九〇二），享年七十二歲。

李彌原爲世家子弟，先世多明達，他父親便是晚清的官吏，清光緒末年，曾經統領鄉團武裝，進行清剿滇、緬及滇、越等邊界的土匪，爲地方消除禍害，服務桑梓，頗得鄉人愛戴。李彌早年於滇西的騰衝縣立中學畢業後，他那隱居林泉的老父

李彌任滇邊游擊總指揮時，設在大興山前之總指揮部。

李彌總指揮巡視部隊途中。民國四十一年丁作韶博士攝。

，鑒於內亂方殷，外侮日亟，乃促其子李彌投筆從戎。可是，當時滇省的交通尚不發達，從雲南前來廣州黃埔軍校求學，必須經過越南的河內、海防，然後乘船才能抵達。因此，當年黃埔軍官學校第四期的雲南籍學生，簡直沒有幾個。根據李彌的同班同學前五十四軍參謀長王青雲的紀憶所及：李彌入伍時的個子矮小，又瘦又黑，編在他那一班的第十一名（十二人為一班），亦即倒數第二名，故有「雲南小馬」的綽號（雲南境內馱鹽的馬羣，通常短小精悍，善於行走山路），但每次打野外或爬山比賽，李彌則照例都高踞第一名。

民國十五年（一九二六）畢業後，李彌初時被派到入伍生團爲見習官；半年期滿後即正式調爲第三軍官教育團任中尉排長。而當時該軍官教育團團長不是別人，就是目前舉世皆知的中共要人朱德。儘管朱德當時還打着國民革命軍的旗號，而精明的李彌察其言行，則認爲朱德絕非善類；於是暗中約集同時分發到該團的同期同學十餘人，趁着同年過陰曆年放假的時機，就毅然集體離團入川，從而投到第二十軍的第四師去工作。民國十七年（一九二八）李彌在連長任內，即奉命率軍參與黔、湘邊區的剿共諸役，尋以戰功調升爲二十二軍第一師第二團營長。自此一帆風順，至民國十九年（一九三〇）即升任該師第三團團長，參加了贛南的剿共之役；民國二十二年（一九三三）至二十四年（一九三五）間，李彌再被調返湘、桂、黔、滇等省邊區剿共，並奉命截擊西竄的紅軍，在黔省境內作戰頗有斬獲。

抗戰軍興，民國二十七（一九三八）至二十九年（一九四〇）間，李彌担任獨立旅旅長暨副師長等職，曾先後分別參與湘北和桂南會戰，崑崙關一役，戰績卓著。民國二十九年當日軍佔我宜昌後，更企圖進犯我陪都重慶的時候，李彌已升任爲榮譽第一師師長，其時不單是統率該師與日寇對峙；且不斷地向敵人出擊，阻止寇軍繼續西犯。同時爲了策應長沙會戰，李氏曾經率師强渡長江，予敵以側面打擊有助於長沙第三次大捷。論功行賞，所以，李氏於民國三十一年（一九四二）即升任第八軍副軍長，兼湘西芷江師管區司令。

到了民國三十三年春，當第八軍參加遠征緬甸時，第五十四軍亦隨第二十集團軍霍揆彰入滇，因而在騰衝、密芝那等地併肩對敵作戰。這對李彌個人來說，顯然是一大轉捩點。因爲滇緬相毗鄰，而滇西騰衝一帶又正是李彌的故鄉，得地利人和，所以士氣特別旺盛，當時由李彌指揮他的基本部隊榮譽第一師，曾以閃電的行動渡過了怒江，增援松山，一舉擊潰了日軍第五十六師團的主力，從而扭轉了滇邊的戰局，開滇、緬全勝的先聲。因之，李彌以戰功升爲第八軍軍長，其後轉戰於滇、緬邊區各地。

入魯後的雙重任務

民國三十四年（一九四五）七月，李彌的第八軍奉命離開滇西，正在開拔途中，日本便宣佈無條件投降，捷報傳來，該軍又奉到新的命令，首先抵達廣東待命，繼而歸第二十集團軍指揮，於同年十一月北上山東，接收膠濟鐵路線上——包括膠州、高密、濰縣、昌樂、昌邑等地。當時第二十集團軍司令夏楚中的直轄部隊，除了李彌的第八軍外，尚有霍守義的第十二軍，廖運澤的第九十六軍（該軍繼任軍長爲陳金城）。其餘還有第四十六軍及韓濬的七十三軍，也歸二十集團軍指揮。因此，在山東大半地區——特別是在膠濟鐵路線上，更全部由該集團軍負責接收。

當李彌的第八軍初入山東時，其主要任務係負責接收膠、濰（膠州至濰縣）段線上的日軍裝備，及協助管理和遣送日軍戰俘等工作；後來因中共宣佈全面叛亂，從而與國軍競爭接收並不斷發生衝突時，該軍始奉命進行戡亂任務的。記得在民國三十五年（一九四七）秋間，第五十四軍分別光復膠縣、高密各地時，膠西方面的國軍主力部隊，便以第八軍爲基幹。該軍的建制爲三個師，計有：第一百零二師（原爲李彌的基本師所改編，師長姓名已忘）；第一百零三師，師長爲王百勳；第一百六十六師，師長則是王叔。而該軍負責掃蕩的範圍及其防區，則包括以濰縣爲基地，東至掖縣、龍口、平度；東南至安邱、高密；西南至昌樂、益都、臨朐；西北至壽光及渤海沿岸；防區相當遼濶。好在到了民國三十五年以後，膠東方面又增加了第五十四和六十四兩個軍，使共軍對八軍的壓力減輕。

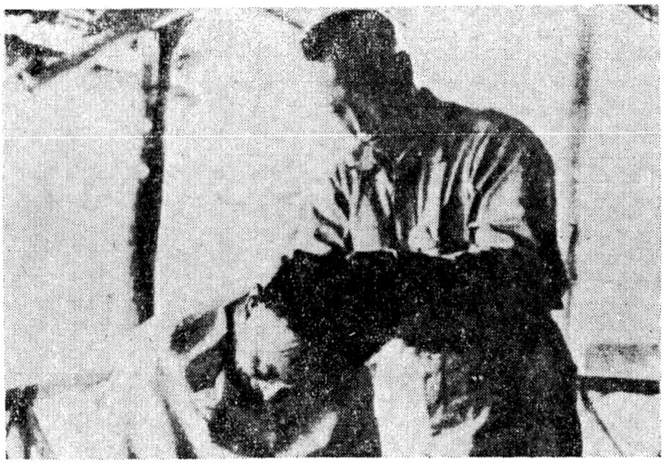

在滇邊游擊區中，李彌總指揮爲丁作韶博士理髮。民國四十一年三月二日李夫人攝於猛撒。

筆者在山東第一次見到李彌將軍，大概是民國三十五年八月中旬，當五十四軍與第八軍會師於高密之後的事，由於前五十四軍軍長闕漢騫，邀請李彌會商如何防守膠、高及濰縣間的作戰計劃，和應付共軍不斷偸襲的策畧；加以李氏的留守處及其私人眷屬，也住在青島市區內，因此，李氏應邀來到了高密後即趨車入膠州城，跟他的老同學闕漢騫、副軍長葉佩高及王青雲等會晤。

在我的印象中，李彌當時身穿一套舊式的嗶吱呢軍裝，足登一雙白底布鞋，外表文質彬彬，中等個子而體格却很紮實，棕色的皮膚，長形的「日」字面龐，經常帶着笑容，對人和藹有禮。但他對於共軍游擊戰，却頗有經驗。原因是第八軍北上山東剿共，在時間上比第五十四軍大約早了八個月，該軍對共軍作戰的次數也較多；是故，李彌認爲：打共軍比打日本人更要小心，對日本人作戰是打陣地仗，可以說是硬拚；對詭計多端的共軍，則好比貓捉老鼠，必須具有耐心而不可着急，否則爲它所乘，非上當不可！

他對於當局要求堅守膠、高至濰縣這一段地區，確保膠濟鐵路繼續通車一點，也不完全同意。他認爲：國家施行全面戡亂舉措，顯然是整個的問題，不是一城一地的得失問題。理由是中共在山東境內的武裝實力，並不弱於國軍，單就陳毅的四個野戰軍團而言，相當可觀，計有：韓先楚、宋時輪、王建安、陳士榘等部共約十一個軍（多由快速縱隊改編）；此外，尚附有若干特種兵團。其中分佈於魯東和魯南的計有：二十軍、二十一軍、二十三軍及三十五軍；盤據蘇北而隨時可以滲入魯境的則有二十四、廿六、十四等軍。其餘的第九縱隊、十三縱隊及各地數以萬計的土共游擊隊，還不包括在內。以是，要想確保膠州以東和以西每一城市，即絕非兩、三個軍所能爲力的。

濰縣幾被俘化裝脫險

本來在民國三十五年的戰況顯示，國軍處處都佔着上風，五十四軍開入山東還不到三個月，不獨先後光復了青島東北和西北面的若干城市；且一舉打通了膠濟鐵路的東半段，並與西半段的第八軍會合，從而造成了膠濟路全線通車的奇蹟。假定

在滇邊游擊時期，李彌總指揮、李夫人，與空軍人員合攝於猛撒機場。

情況繼續於國軍有利的話，預料到民國三十六年杪，起碼可以肅清盤據山東半島東端的許世友所屬各部共軍。但共方正爲了要援救膠濟路以東的共軍，却不容我長期隔斷其東西的連繫，而非突破濰縣至高密間的缺口，便不能挽救被消滅的命運！因此，到了民國三十六年九月以後，第八軍防區中心的濰縣即腹背受敵，共方集中了膠東、渤海及魯中等三個「軍區」的武裝實力，分別進攻第八軍的防區，牽制了各師的行動而不能互相策應；致令該軍軍部也一度被重重包圍，軍長李彌將軍更化裝小販脫險！而駐在膠州的五十四軍也遭受威脅，迫使該軍軍部退回城陽。

當時第八軍的主要防區是濰縣，軍區司令部便一直駐在這裡。按濰縣位於膠濟鐵路的中心點，東距青島一百八十五公里，西距濟南二百零九公里（膠濟路全長共三百九十四公里）。也就是在省境中部平原，濰水西岸的一大商埠。自清光緒三十年（一九〇四）開闢以來，濰縣的貿易日漸繁盛。其輸出品以豆、麥、烟草、棉布、黃絲、草帽緶、髮網、錫器等爲大宗。東關外市肆櫛比，向稱濰縣的商務中心。由於這裡是烟、濰公路的起點，可直達掖縣、黃縣、蓬萊（登州）以及烟台各地。因此，濰縣成爲共軍必爭的咽喉之地。尤其縣城的東南郊區有坊子鎮，更以產煤聞名。最早爲德國人所經營，後被日本人佔

據，產量甚豐，也成為共軍垂涎的對象。是故，第八軍的作戰重點，便一直置於濰縣至高密一帶；其主要目的在與五十四軍合作，企圖早日肅清膠濟線以東地區的共軍，以確保該線的安全通車。

不料共軍陳毅部則以主力進犯高、濰兩城，徹底破壞了高、濰間約一百公里的鐵路。其進犯主力除了上述各共軍單位外；同時，徐向前的一部份共軍也來助戰，令到兵力極為分散的第八軍，一時措手不及；三個師的駐地均遭襲擊，致使坊子鎮一役失利。而勇敢善戰的李彌將軍，因為身先士卒親臨前線指揮，而不慎與直轄部隊隔開了的緣故，他險些兒差點被俘！幸好第八軍在濰縣一帶紀律嚴明，李彌與當地民衆處得非常融洽，獲得各級行政機關和社會團體的愛戴，以致在千鈞一髮的情況之下，李彌趕快躲入了民房中，受到當地民衆的掩護與協助下，立即換上了老百姓的裝束，使到矇查查的共軍無法辨別，倖免於難。

經過那次共軍的猛烈偷襲之後，第八軍的主力部隊雖未受到重大的損失，可是自濰縣至膠州間沿膠濟線上的情況，却有顯著的惡化！由於沿線的守軍多已提高警惕，轉移了陣地，致使若干個城鎮，一度成為眞空狀態。而躲藏在百姓家裡的李彌將軍，心情則異常焦急，為了迅速脫離混亂的危險地區，而希望與友軍取得聯絡，不得已乃要求濰縣商會派出兩個可靠而又熟識地形路線的行商，混雜李彌及其副官之間，大家都分別推着單輪小車或担着籮筐，冒充單幫客人（當時因膠濟路中斷，各縣都有類似的單幫商人往青島購買日常用品，輸入共區零售），向膠州、青島方面進發。可是當時的五十四軍司令部已撤回城陽，而該軍的第八師，也退守膠州以南地區了。因之，千辛萬苦跋涉抵達膠縣的李彌，仍不得要領。幸而那兩個陪同他們出走的當地商人，不僅無意出賣他，並且儘量設法掩護李彌的身份，才能賺過了一百多公里的危險地帶，終於與五十四軍的前線部隊取得接觸。當李彌自李哥莊（距膠州城以東十四公里）向城陽發出電報時，闕漢騫軍長驚喜交集，除立即下令沿途駐軍對李軍長嚴密保護外，特別派人前往至藍村（距城陽二十一公里）迎接李彌。

李彌將軍抵達南泉一九八師的師部時，大約是在一個晚上的九點左右。筆者當時，正在南泉車站，看見他頭戴一頂開了花的沙鍋帽，身穿一襲破舊的青色粗布長衫，腰束一條白布帶，寬大的袴脚襯着一雙前面有兩條樑的布鞋布襪，純粹是當地土著的裝束；加以李彌的面型長方而帶棕色皮膚，化起裝來酷肖矮壯的「山東老鄉」。假如你是從未跟他接觸過的話，那你絕對不會相信他就是煊赫一時的第八軍軍長。奇怪的是獲送李彌脫險的兩位商人，也跟李彌的外型差不多。他們很夠義氣，到青島後曾堅決拒絕李彌的報酬，只買了一些日常用品東西帶回去，作掩飾，足見山東人是恨共黨而愛護國軍的。但據一位從濰縣逃來香港的王先生告訴我，當濰縣於民國三十八年淪陷後，商會會長以下各理事和那位護送李彌的行商，都遭共黨清算殺害了！

原來共區的行商，多半前往青島做小買賣，有如「老馬識途」。據李彌事後透露：這些跑單幫的商人，很熟識共軍的情況，他們知道那裡是共軍的哨卡；那裡是遊擊隊出沒之地，都一一繞道避開，因而沿途未曾遭遇困難。結果造成「天相吉人」，有驚無險的奇蹟。而另一個奇蹟則是：李彌經過那次的虎口餘生，不但沒有受到任何人的批評，反而受到了最高當局的重視，認為他胆大心細，敢面對現實，履險如夷。以故，不久即發表李彌為第十三兵團司令官（原與闕漢騫分任該兵團副司令），轄第八、三十九兩個軍。前者由一〇三師師長王百勳升充，後者則由一六六師師長王叔担任；而所屬八軍原有三個師的官兵，則平均分為兩軍的幹部。這樣一來，李彌因禍得福。

重返故鄉滇西打游擊

不過，李彌升任第十三兵團以後，他

的命運也隨國運逐漸走上了坎坷的道路！由於民國三十六年底當李彌臨危受命十三兵團司令時，正是「魯難未已」之際；原有的第八軍經過將近兩年的掃蕩戰役，實力早已消耗了一大部份；其後補充的兩個師，均由魯東的保安團隊所改編，名義上為兩個軍，實際實力還不夠五個師。民國三十七年（一九四八）二月，新成立一個補充旅，由他的老同學王青雲負責率領，人數也只有五個營。加以這些新改編的部隊，缺乏足夠的訓練和作戰經驗，而隨即參加了徐蚌會戰。故在陳官莊一役，邱清泉兵團被圍；李彌兵團亦於苦戰之餘而告失利，大多數的將校級幹部——包括數名師、團長——被俘，補充旅長王青雲生死不明，而李彌與第八軍軍長王百勳等則逃至上海。

民國三十八年（一九四九）五月廿五日上海棄守，華南局勢轉趨危險之際，李彌奉命為第四編練司令，乃與其舊屬王百勳等收容第八軍舊部，輾轉入滇成立司令部。同年八月廿三日，國民黨總裁蔣中正先生，由台北乘專機飛抵廣州，次日即轉飛重慶，駐節林園。前西南軍政長官張羣，前貴州省政府主席谷正倫，前四川省政府主席王陵基，前西康省政府主席劉文輝等，均齊集重慶。由於李宗仁與共方進行和談之後，滇、黔、川、康地方軍人與少數政客，企圖與共方謀「局部和平」。張羣、王陵基及前重慶市長楊森等力持反對。和談雖告失敗，而西南一隅的糾紛未息。蔣總裁到重慶後，便召集有關同志，盡力調解，並要求各省軍、政人士團結一致，反共救國。同時電召雲南省政府主席、兼綏靖主任盧漢前往重慶，對他指示反共方針，曉以民族大義；並要求他必須與進駐雲南的國軍將領如李彌、余程萬等團結合作，一致對共軍作戰，希望使雲南局勢轉趨安定。同年九月廿二日，蔣總裁飛抵昆明，在機再度接見盧漢，他還表示絕對遵照指示行事。

但到同年十月十三日，國民政府由廣州遷重慶後，而代總統李宗仁則留在南寧，其後宣佈赴美養病的緣故，許多投機政客認為大勢已去。而盧漢又受了他義兄前雲南省政府主席龍雲、前湖南省政府主席程潛等叛徒的影响，思想也發生了動搖，終於十月底秘密投共了；他並把前西南軍政長官張羣扣留一天一晚！李彌當時在昆明綏署，也一度失去自由。因此，余程萬、王百勳及呂國銓等國軍將領，立刻召開了緊急會議，以對付盧漢此舉。可是滇省局勢却已開始混亂，隨即急轉直下，李彌與前第二十六軍軍長余程萬商討軍事大計後，決定分向省境的西南部逐步轉進，佔領保山、騰衝、鎮原以及滇南的阿密、蒙自一帶，保衛瀾滄江兩岸地區，及滇、越鐵路沿線。是時政府已明令派李彌繼任雲南省政府主席，余程萬任雲南綏靖主任；在雲南境內的所有各地方部隊均歸兩人統轄。

民國三十九年（一九五〇）春，余程萬認為事無可為，乃獨自走香港，所屬第二十六軍尚有一萬五千餘人交由李彌率領；李彌即以該軍九十三師師長呂國銓代理軍長，並未影响國軍士氣，故不久政府電召李彌赴台，商討游擊計劃，並指示他未來的軍政事宜。他返回滇省後，即將游擊範圍擴大，包括整個滇、緬邊區——西起印緬邊境，中經未定界區的野人山、密芝那、八莫、南坎；南至臘戍、景棟直延伸至海濱。人數全部共約二萬五千至三萬人之間，就其所據守的戰線却達九百餘里，簡直堵塞了中國大陸的後門。

至民國四十年（一九五一）春夏之交，李彌的游擊部隊便逐漸縮短了戰線，陸續向野人山及未定界以西地區轉進，集中兵力以與共軍作戰。由於此後，李彌以滇省主席的身份，經常往來於台、緬之間，神出鬼沒，僕僕風塵。而把那支舉世矚目的緬邊孤軍，則交由二十六軍軍長呂國銓負起了實際的領導責任。其實，呂國銓的資歷甚深，論學歷，他是黃埔軍校第二期畢業生；年齡方面，他也長於李彌兩歲；且其原籍為廣西容縣，亦佔地利人和。

呂國銓別號劍雄，中等身材，不吸烟，不飲酒，為一純潔的軍人。尤其個性剛強，他雖出生廣西，但對桂系却沒有好感。其原因是在民國二十九年（一九四〇），當他任九十三師師長時，歸第六軍甘麗初指揮，參加崑崙關之役，呂以一師兵力，在南寧附近的三塘與四塘之間，激戰多日，殲敵甚衆。不料敵人由橫縣、永湻方面迂迴賓陽，截斷了呂部後路。其時桂林行營主任白崇禧硬要他留在南寧附近打游擊，不准撤出。呂以敵我衆寡懸殊，坐以待斃，認爲白的命令，完全不合乎情理，也違背了戰畧原則，於是深表不滿。

呂國銓負責指揮游擊隊

呂國銓對於緬甸的情形則很熟識，因爲他在二次大戰期間，曾被派爲中國入緬的遠征軍，駐防緬信。所部紀律嚴明，給予緬甸朝野以良好印象，所以呂國銓的新夫人，是緬甸第一任總統蕭恢塔（撣邦土司）的侄女，也是在戰時認識的。當時李彌付托呂氏以艱鉅責任，大半因爲他有這種關係。而且游擊隊裡面，亦以九十三師爲骨幹。他們在呂國銓領導下，截至一九五一年爲止，前後經過五十多次大小戰爭。

不過，國軍游擊隊退入緬邊後，聲勢仍然強大，令到緬甸政府不安，因爲他們遭受雙重威脅：一面對付中共，另一面則與緬軍發生衝突。加以緬甸政府首先承認了北平中共政權；因此在民國四十一年（一九五二），緬甸政府在中共的壓力下，便向聯合國大會提出這一批逗留緬北的國軍游擊隊問題，故在民國四十二至四十三年（一九五三——五四）間，由美國協助空運工具，從緬北撤退國軍武裝部隊約七千人，其餘一萬五千餘人，多爲滇省籍的官兵，則仍留在滇西及緬北地區，潛伏於少數民族之間，相處得很融洽。這些人之中，多數是李彌返滇後始收編而來的，包括前第八軍舊部及在鄉軍人。由於緬北地帶，原先多是中國領土，居民也與雲南境內各地的生活習慣相同；他們特別憎恨共黨，所以，不僅對國軍游擊隊人員儘力掩護，而且多數都已通婚結社，儼如反共游擊人員的第二故鄉。

實際說來，當年李彌的游擊隊，的確未曾離開中國的土地。只要翻開地圖一查，便可知道這條長達二千多里的中緬邊界線上，有不少的中國土地都被劃爲未定界區。而游擊隊也絕對無意威脅緬甸。而邊區各地居民，無不仰慕李彌及呂國銓兩將軍的威名，認爲他們重臨舊地，加緊部署基地而與共軍作殊死鬥，對居民將有保障，局勢尚有可爲。中共，爲了急於消滅國軍游擊隊，則不惜將這些未定界區，視爲緬甸領土，要求緬甸政府派兵聯合夾擊。由於民國四十四年（一九五五）十二月間，中共「總理」周恩來曾率領一個數逾三百人的代表團，前往緬甸訪問，表面上是說簽訂雙方和平協定，實際上則是與緬甸當局商討解決這批潛在緬北的反共游擊隊問題。所討論事項如下：

（一）中共同意給予緬甸宇努政府三千萬英鎊的無息貸款，不附任何條件；即等於買通緬甸政府來作攻打國軍的幫兇。

（二）要求緬甸陸軍與當時駐雲南的陳賡共軍，作密切的聯合行動，以期肅清此一共同「敵人」的存在。其目的更爲顯著。

（三）在聯合展開掃蕩戰的時期中，必須組織邊境各少數民族，協助雙方軍隊徹底肅清游擊隊，而斷然阻止它們掩護游擊隊的行動。

民國四十五年（一九五六）一月，當緬甸與中共軍聯合進行叢林戰的時候，曾發現游擊隊中有着大量美式武器裝備，認爲這是美國直接援助李彌的游擊隊的。因之，在中共的慫恿下，即導致緬甸劇烈的反美運動：抗議美國破壞了緬甸和平，迫得美國政府下令徹查此項武器的來源。在緬甸和中共的心目中，又認定這批武器可能是由台北方面接濟的成份居多。但台北當局不僅加以否認，也懷疑是美國對李彌私相授受的；一時令到李彌的處境相當困難。從此，李彌將軍似已不爲當局所信任，且曾一度盛傳禁止李氏返回游擊區呢。

緬邊游擊隊的處境

唯其如此，所以華府方面於煩擾之餘

，便準備獻議協助撤退是批華籍反共武裝游擊部隊；尤其是在同年二月十五日那天，突有一架台北國民政府的飛機——美製「解放者」四引擎飛機，因飛臨緬邊上空而遭緬甸空軍「海怒」式戰鬥機擊落墜於泰國境內之後，更使華府感到惴惴不安！其實，那時正是農曆新年，中華民國政府特別派了一架非武裝的美製飛機，飛赴緬北空投供應品——包括一些食物與日用品，含有慰勞逃亡緬甸的中國難民的意義，實則是接濟滇、緬邊境的游擊隊。事後經泰國當局派員檢查結果，證實機上的確沒有武器設備，事情總算告一段落。

至於那些美式武器的來源問題，根據李彌將軍後來的透露：既非美方援助，也不是台北接濟，而是原先由第二十六軍和第八軍所保有的。民國四十三年（一九五四）撤退七千名游擊隊所帶走的大多是普通武器，其餘的則全是美式裝備。因之，經過六、七年的不斷作戰，緬軍和中共軍儘管進行夾攻，也都無法肅清，這一股反共武力；且其人數逐漸增多。其原因係由於從內地逃至緬甸的反共青年，和當地的少數民族都願參加游擊行列，故由一萬五千人又再度增至二萬七千乃至三萬人不等；並曾向雲南省境內進行襲擊達二十五次之多。後來緬甸同意中共派正規武裝部隊五萬人入緬，聯合緬軍三萬五千合共八萬五千人，李彌的游擊隊還抵抗了七個多月始向泰、寮邊境撤退的。

照李彌將軍返回台北後表示：至少還有兩萬人在滇、緬邊區，原因是當時的三萬人中，有眷屬的多數退入泰、寮邊境，不久便被解除了武裝，通過有關當局與泰、寮的外交關係，就陸續分批運去台灣歸隊；但為數不過五、六千人，其餘還有兩萬多人則始終沒有離開緬北山區，他們將武器埋藏後，即混雜於少數民族中落戶生根。這批人當中有百分之八十是雲南人，年齡最大的可能已超六十五歲，最年輕的現時亦已四十出頭。不過，他們多數都跟當地女子結了婚，生有子女，下一代又能入伍服役了。當中共與緬甸談判邊界問題時，初傳密芝那、八莫等地都給中共管理，目的即在防止游擊隊的再起。其時若干少數民族強烈反對。但由於一九六三年重訂滇緬界約時，野人山以西和以南仍劃為未定界區。故此這二千多里長的滇緬邊界線，還是華籍反共游擊健兒的潛滋所在。而當年領導這些游擊隊的李彌將軍，則賫志以歿。

二十年前滇邊行（一）

羅石補

編者按：羅石補先生此文寫於二十年前，對於滇緬泰寮邊區風土人情有詳細生動之敘述。直到今日尚未有人深入該三角地區實地旅行過，而寫出如此生動之文章。當年手創邊區游擊根據地之李彌將軍最近病逝台北，國運方艱，英雄已逝，前塵回首，感慨無端。特將羅先生此文發表，以紀念李彌將軍。

從青城到傜家寨

——滇緬泰寮邊區行脚之一——

朝雨挹輕塵，驅車訪古城，千年餘佛像；三國劃江分。

隔岸迷鋒火，僑民畏赤氛，王師曾到處；父老仰威名。

一九五二年八月，筆者從泰國青來府，冒雨赴泰北極邊的青城，準備以非洲探險的精神，遍遊寮滇泰緬接壤的原始森林地帶。事前和幾位馬幫商人約定，以青城爲會合出發地點。這裡雖然只是一個小市鎮，但隔着一條湄公河的北岸便是寮國，西渡直布羅河便到緬甸。這一塊突出的三角地帶，不但兩水縱橫，劃分三國，並且國界接壤之處，橫亙着高聳雲霄的大山。

鎮上有着百數十戶人家，經商的多半是華僑，他們住着木板樓，操船業漁的都是越僑，大都以船作家。住着竹屋的貧苦農民房才是土著的泰人。

我們住在一位僑胞陳先生家裡，他帶着我們遍遊青城的古蹟。離鎮約半里路的南面，有古城遺址，城下有佛寺遺蹟，雖斷瓦殘垣，但古佛石像，還巍然存在。據說青城是一千多年前，泰人最初建國的首都，以後漸次南移，經濟文化重心才轉到曼谷。泰國人到了這裡，很有點像我們到了長安咸陽一樣，頓起了懷古的心情。只是他們缺乏信史的記載，不能像我們一樣，對秦皇漢武故都往事，都在心頭。

地臨三國的青城，自古都是四戰之地，二次大戰期間，日軍在這裡駐過重兵。作爲進軍寮緬的基地，當時我第六軍便在青城對岸和日軍接戰。筆者到青城時，正值越共侵寮，鑾巴喇邦緊急，緬軍和李彌將軍的反共軍激戰。這小鎮上雖然是隔岸觀烽火，但僑胞們人人自危，深恐寮國陷共，使他們在國破家亡之餘，又將僑居無地。

他們對法國人的印象最壞，不論華僑，越僑和泰國官民。更不瞭解緬軍爲什麽要攻擊反共軍？據說對岸的寮境，在前幾年有一枝反共軍常常渡河向「自由寮」的土共出擊，很有幾次使土共受了重創，故不得不轉移根據地到猛信。那枝反共軍的領袖姓王，說話是河南口音，他的部隊是中緬越寮青年混合組成的，王將軍自稱是李彌將軍的部下。這是鎮上一位在昆明呆過八年的越南商人告訴我的，他說那幾年他還常常到寮國和雲南邊境去作買賣，曾經親自見過王將軍。反共軍對來往的商人，雖要切實盤查，但必定熱誠照顧，決不留難。

可惜不久法國人對李彌將軍提出嚴重的抗議，迫使反共軍撤出寮境。法軍立即派幾十人到對河來接防。從此以後，「自由寮」土共部隊又活躍起來了，法軍大概是招架不住土共的晝夜襲擊，沒有駐紮多久，便把營房放了一把火而自行撤退，這裡便成了土共的天下，這位越南商人和我僑胞言下都不勝感慨！

我們在鎮上住了整整三天，馬幫領袖馬老板才派人來接我們渡河。一見面他們先替馬老板深致歉意，說是因爲集中各幫的武力，驅逐對岸寮境土共，以致遲了三天，目今一切都準備好了，只等待我們渡河便可起程。當晚，我們一行登上馬老板早就準備好了的漁船，一鈎新月，照着滾滾河流，風送扁舟，安然抵達了彼岸的寮國境地。

捨舟登陸，望着無路可通，菁密叢莽的大山，大有前路茫茫，行不得也之感！突然聽到接我們的那位馬幫英雄，一聲呼哨，從叢林中鑽出幾位彪形大漢，一手提鎗，一手牽着駿馬。我們原以爲是遭遇了打刼的響馬，誰知他們正是馬老板派來接我們的夥計。

大家跨上馬背，由一位接我們的人牽着領頭的馬帶路。這種路，與其說是路，不如說是水溝，在這原始森林的崇山峻嶺中根本沒有人跡，縱使要開出一條羊腸小道，披荆斬棘，也要費很大的工程，所以只得以水溝爲路。這期間正值小雨季，遇到低窪積水前進。水深到無法徒涉時，便要傍水穿樹披荆，下馬徒步。走了三小時，才抵達目的地，馬老板已在門外歡迎我們。

一宿無話，到了第二天起身，馬老板已經是殺猪宰牛，以大碗酒，大塊肉來爲我們洗塵。這些馬幫英雄都是豪爽萬分！輕生死，重信義，有古俠士遺風。席間：我問馬老板：在這寮國戰事緊急，泰寮兩方面都已嚴密封鎖着國境交通——尤其是湄公河面，這些堆積如山的貨物是如何集中的？我們昨夜闖關渡河，如入無人之境，這些關卡又是用什麽辦法打通的？

馬老板趁着三分酒意，意氣自豪地說：我們馬幫的幫歌說得很明白：

當田賣地，將本求利，
開關放卡，金銀任取，
膽敢阻路，人頭落地！

我們滇南的馬幫，祖宗相傳，積數百年之經驗，一手拿鎗，一手拿錢，出入國境，橫行無阻。這些邊區官吏，既怕死，又貪財，「金銀任取」，正是投其所好；「人頭落地」恰是制其所畏。懂得這點奧妙。便無往而不利。

這一席酒，我喫得酩酊大醉，陶然入夢，醒來時，又是日高三竿。我們住的是半山中的阿卡寨；因爲馬老板要等另一批貨物和人馬集中，所以一住便是五天。日長無事，白天和幾位年輕的馬窩頭到阿卡家裡去找美麗的姑娘「搖騷」（即竄門之意，但這種竄門，每家必定讓年輕的姑娘或婦女來陪你談話，不過，僅僅只能談情說愛，決不能動手）。晚上和夥計們談些馬幫的故事。在五天的盤桓中，使我知道阿卡族和馬幫生活的梗概。

這一帶地區——滇緬越寮泰接壤處——民族複雜，僅舉人口比較繁盛的民族；有擺夷（緬稱撣人，泰越均稱泰族，中國歷史稱哀牢夷），阿卡，傈黑，傈粟，卡瓦，傜家，珉家等。擺夷人的文化最高而好和平，完全住在平地的水邊，所以又稱水擺夷。關于這些民族的生活和社會組織以及奇風異俗等到以後再叙。現在先說阿卡：

當我第一次看到阿卡寨的寨門上，高懸着一根木棍，頭尖很粗並染着紅顏色，中間較細，看起來很像男子生殖器的形狀，以後看到每一個寨門口都懸着同樣的一根木頭，始終不知道是什麽標誌。經過馬幫伙計的解釋，才知道阿卡族是拜男子生殖器爲祖爲神，各寨所高懸的，正是文明人不敢示人，偶一暴露便認爲有傷風化的傢伙。

兩位年輕的馬窩頭領導着我們到另外一個寨子裡去搖騷，據說那裡有一位嬌好的女郎，可惜已是羅敷有夫，不然，馬窩頭們花上一筆錢，便可以充作這一地區的行轅夫人。這裡的阿卡接近擺夷區。婚姻風俗和擺夷差不多。只要男女相愛悅，便可以到頭人（村長）那裡去註冊，約花五至十個銀盾。家人是不加干涉的。但這裡是女嫁男，與擺夷的男子嫁給女子不同。有錢的中國馬幫商人，他們懂得各族的語言，更能贏得各族女人的歡心。因爲每年要在這些地區往來，大多數在各地都娶有家室。

我們抵達目的地，緣慳得很，只有一位四十多歲的婦人和老公公在家。她倆似乎早知來意所在，我們剛進門，兩位嚮導還沒有開口，主人便很客氣的請我們席地而坐，並說明他媳婦下田去了，立即就去喚她回來陪客。女主人在殷懃地招呼我們，男主人立即外出，沒有好久，我們所要拜訪的那位女郎果然聞訊歸來。她穿着短僅及膝的紗籠，和女童子軍的裙子相彷彿，上身披着藍布對襟短褂，頭上盤着高髻，額前垂了一排短髮。臉色黑而不粗，映照着明眸皓齒，配合她那健康的體格，可稱健美。

她一進門檻，便對客人笑臉相迎，我們兩位嚮導和她似曾相識，一見面，便談笑風生，我們雖然不懂阿卡話，但從談笑的神情，和眉目聲音之間，可以領畧到一些話中情趣。女郎似乎覺得冷落了我們幾位生客，轉過來向我們打招呼，經過窩頭的翻譯：我知道她是詢問我們幾時來的？沒有好好招待我們，表示歉意！我們遵着嚮導事前所囑，大大稱讚她的美麗，並說明看到了她，比任何招待都舒服！當嚮導把我們的話意翻譯後，她立即眉飛色舞：眼波橫睇，另有一種風情！

女郎的父母升火烹茶，先是以二塊磚頭支起一隻鐵鍋。老者外面取了一根約兩尺長的新竹筒交給她，她立即由竹節一端的小孔內注入清水，再放進一些茶葉。然後用竹葉把所開的小孔塞住，將這一端斜放在鍋裡的沸水中，熊熊的烈火，不僅燒着鍋底，竹筒露在鍋外的一端也有火焰燻着，古人有所謂烹茶，這才是名副其實的「烹」。我們常常所喫的茶，都只能稱做泡或煑。

大約經過半小時之久，竹筒被火炙着的一端雖然燻得黑，但並沒有破裂而漏水。等到把竹筒取出水來拔開塞子，倒入茶杯，眞是清香撲鼻，入口更覺香甜。

當女郎背着我收拾烹茶器皿時，我突然發現了奇觀：她那短僅及膝的紗籠之內，並沒有穿短褲，偶一低頭，在背後的人，可以看到她的臀部畢露。這種顧前不顧後的女子服裝，實在令我們有些少見多怪。

阿卡族都是喜歡住在半山上，因爲缺水，完全植旱稻和雜糧。他們種地的方式：是先把樹木伐倒，然後放一把火使草木一齊燒焦。再把土翻過來下種。且常常更換種植地區，以免施肥手續，這就是歷史上所謂刀耕火種。這一族的人和住在水邊的擺夷居處相隔最近，生活上的關聯也最多。譬如阿卡會種棉花，但不能紡織，擺夷女人能紡織又不會種棉花。因此阿卡要下山用棉花向擺夷換布，他們能種芝麻、菜子，會剝造紙的桑皮，但他們只能用以向擺夷人換油換紙。

這裡雖然是屬于寮國，受過法蘭西人一百多年的統治，但法國人從來不到這原始森林的山區，阿卡族的人除到泰族區的村寨去作買賣而外，更從不到住着法國人的都市。因此，共產黨人要喚起他的仇法心理，高談所謂「民族解放」，他們是毫無興趣根本不懂的。

至于所謂共產分田的那一套，對這些原始共產社會的人，更是畫蛇添足。他們所歡迎的，是鹽巴、布疋、金銀和鴉片。寮共翁背部曾經盤據過這一地區，結果被馬幫驅逐下山。原因是共產黨對他們所開下不大使他們有興趣的空頭支票，抵不住馬幫所給的兌現實惠。

寮共在和馬幫的鬬爭失敗後，曾經改變策畧哄騙阿卡青年到泰族區去訓練，準備作來控制阿卡區的基本幹部。不料馬幫來一個秘密的號召：用黃金來向他們購槍，這樣一來，被共黨哄騙去的阿卡青年，都拐槍彈上山出賣，使共黨哭笑不得。

在阿卡寨一住五天，馬老板才傳知大家準備出發。馬幫的行動，完全採取軍事部署。在行動之前，先有一小部份人馬擔任偵察和開路，然後跟着前進。我們先是沿着山腰向西走，每天大約走七八十里路，中午常常喫不到飯，只能以預備的乾糧果腹，每晚總要趕到寨子住宿。

我眞佩服馬幫商人豐富的山地經驗：譬如他們在偶然迷失了路徑時，到高處或爬上樹梢一望，便知道向那兒走可以找到人家。菁密林深，萬山重叠，在這些地區，縱使相隔僅百數十步遠，也看不到村落，聽不到人聲的，他們瞭望，一定是另有標誌。

馬老板告訴我：在山中只要看到竹子便可找到人家。因爲這些山地民族的生活完全脫離不了竹子的，住的是竹房子，用的是竹器，連挑水儲米都是用竹筒。這才知道竹子便是他們瞭望村落的標誌。

幾天之後，我們開始爬山，路徑的險阻艱難，眞令人驚心蕩魄！崎嶇坎坷僅能容一人騎的小徑，一面是懸崖峭壁的高山。另一邊是深不見底的河流；稍一不愼，馬失前蹄，立即會粉身碎骨。我的騎術本不大高明，雖然馬老板派人替我拉韁繩，但因爲坐騎一直在向上爬山，我是伏在馬背上，但偶一抬頭或低頭，都使我膽戰心悸，到最險峻處，我寧願下馬步行。

有一天我們沒有趕到宿站，因爲先一天晚上大風拔樹，橫阻了我們的去路，有時倒在路上的大樹大到人馬不能超越要從荆棘叢莽間另闢小徑繞過障礙物。這些原始森林中的樹，大概因爲長得太密，彼此都無法求橫的發展，只有向上延伸，所以很多高到十幾丈的喬木。樹大招風，往往被風吹折或連根拔倒。這些倒下的樹，每每給行路者頻添了不少的麻煩，這一天，我們沿途都感受到這種困惱。

尤其是下午遇到一處絕境，左面是無法攀登的峭壁，右面是不可飛渡的深溝，突然遇到從懸崖之上倒下來的四五人合抱的大樹，而且交叉橫叠，旣不能超越，又無法繞過，對此良材大木，只有徒呼奈何；在萬不得已中，想出了借用火攻的辦法，找了一些枯枝和易燃的草木，圍着樹身點着一把火，整整燒了一夜，才算是把這橫阻道路的龐大物毁了一部份，讓人馬差可通過。

這一夜的露宿，幸虧馬幫早有準備，有乾糧、有魚乾、有帳蓬，使我們不致凍餓。夜靜更深，月光如水，當我走出帳蓬，正在欣賞點點烈火，掩映着樹篩月影，隨着樹梢風動，使低樹的濶葉上瀉着點點銀光。再加上猿啼蟲唱，比聽爵士樂還要悅耳。我想這些大山區，在昆蟲和禽獸的心目中，正是人類的巴黎紐約，也許牠們正把這兒作夜總會。

當我在這樣幻想時，突然聽到長嘯數聲，山鳴谷應，立即使我毛髮悚然。再看看正分散在各處嚙草嚙得津津有味的牲口，都不約而同的蜷伏着不敢動。我知道這是虎豹，立即回到帳蓬裡喊起幾位馬窩頭。他們很淡然地說：「不必怕！虎豹蟲豸，在深夜中都不敢近火焰」。我這才瞭解原始人類在夜晚要團聚在火光週圍的原因。

經過連日的爬山，漸漸到了這一枝山脈的最高峰。說也奇怪！這山的高處到比較我們前幾天經過的地區人煙反而稠密，而且服飾和生活也很不相同，據說這支山脈的最高峰，便是泰、寮、緬三國的分水嶺。所有嶺上的居民都是傜家。我們抵達傜家寨，第一件使我們感到親切的，是傜家都會說漢話，其次是他們用筷子喫飯，並且到處可以看到中國字，堂屋中間貼着天地君親師和歷代祖先的神位，頓使人有置身內地之感！

馬老板帶我下榻在趙土司家裡，雖然是竹木兩種材料建成的樓房，在這裡便算是大厦。我所住的土司官家裡的學房。這時候正放農假所以房屋空出來了；主持學房的老夫子周錦明先生是四川人，他是抗戰時期隨遠征軍流落到這裡。他告訴筆者：這一族的人是所有邊區民族最漢化的，他們不但相沿着中國內地的習俗，還講究讀中國的古書。我看到學生的課本，有百家姓，千字文，和小蒙童，人之初等類的書籍。有些是抄本，大多數是油印的。上面寫着反共大學政治部印贈：像人之初後面還加上了新的教材，如蔣總統的事功，和反共抗俄與中國及世界的前途，大約這是李彌將軍游擊部隊送給他們的。

周老師學房裡有幾位學童，據說每一學童每年的學俸是四十斤鴉片土，待遇算是很高。這種學房不止此一所，凡是人煙較多的傜寨都有。只是漢家老師不容易找到。我想如果在大陸淪共時，一般讀書人知道有此噉飯處，都會不避艱險來尋此世外桃源。

我在沒有親歷傜區以前，便聽說傜家的女郎都歡迎與漢人一宿，並且這是公開而不為家人所阻止的。因此的第三天晚上，我親眼看到了在好來塢都看不到的奇境。那是一個月明的夜晚，當許多傜家女郎和我們同來的年輕馬幫伙計們在月光下經過一度歌舞之後。我在樓頭望到我們的伙伴都已入室就寢，但那女郎返家後的不久，又一個個分別走到馬幫住處的門外若有所待。

我很奇怪地想看「月上柳梢頭，人約黃昏後」的究竟。果然沒有好久，一位年輕的馬幫伙伴出門小解後，被幾位女郎包圍着，結果，男方在其中選擇了一位，携手走到樹影深處，還隱約地看到他和她調情甚至寬衣解帶的動作。

那班未中選的女郎，依然候着，候着，接連又出來幾個馬幫伙伴，同樣的在包圍他的女郎中選出一位對象，並肩携手到樹林裡去尋鴛夢。剩下一些經過幾次落選而又落選的女郎，她們失望地從屋後到門外徘徊；也有偶然伸着頭頸向窗口眺望的，但並不進門。有時向窗內投進一個石子，更有人用細竹竿從窗口塞進屋內，接着大家發出一陣吃吃的笑聲：這大概是她們等得不耐煩，想驚醒室內人的鼾夢。

經過一陣混亂之後，突然聽到一陣鑼鼓聲，夾着嘈雜的人聲。接着在山後湧出來許多男男女女的傜民。我替那班正尋鴛夢的伙伴們揑了一把汗，滿以為事情糟了！定是女郎們的親屬出來干涉，這將何以為情？

誰知事出意外，那些擁抱着婦女到山林中去的伙伴並沒有逃匿，依然絜着他的對象親蜜地走到羣衆的面前。而人羣中立即有人出來把這些女人一一披紅掛花，分別把她抬回去。在月光下可以清晰地看到：那些女郎們的面部表情沒有羞澀，只有驕傲。

我在看過這一幕幕奇情變幻的演出後，精神十分興奮而無法入夢。把周老師和馬老板喊起。當我把剛才看到的情形大畧說出後，他們異口同聲地說我小見多怪。

據他們說傜家的風俗，在他們同族人的彼此之間，對性關係是決不能隨便的。女人們無論已婚未婚都守着中國婦女一樣的禮教。只是女人們有機會能與漢人春風一度，一家都認為是無上的光榮！但這種風俗是如何形成的，他們都找不出答案。

第二天，趙司官（土人對土司的尊稱）請我們喫酒，周老師和馬老板都在座，另外還有一位黎敏之先生，他是廣西的世家子弟，對歷史頗有研究，不過他之所以來到這地區，並不是為了研究邊區民族或傜家史，而是為了自己的鴉片癮，這兒正是癮君子的樂園，鴉片王國——這是黎先生的坦率而幽默的自我申明。

黎先生說他初來此地不久，對這一民族的居處和語言文字風俗習慣發生了幾個疑問。（一）這一帶傜家的漢化程度，比較內地如兩廣貴州的族民都要高，在這裡四圍的環境如緬泰越人都不如傜家的漢化，其他少數民族如擺夷、卡瓦、阿卡，都不通中國語言，因此，他斷定這一支傜人不僅是來自中國內地，南來的期間，就較邊區其他民族都要後，而且再經過一度與漢人雜居的同化。這是他對第一個問題的假定。

（二）這枝傜家的居處，為什麼要選擇在最高的山頭上，飲水極其困難，到旱季常常要用竹卡到幾十里路的山下去背水，漢人的居處，雖然也有在山中的，但一定不住在缺水的地方，像這樣生活困難，交通梗阻的地方，漢人決不喜歡。依他們漢化程度，便不應該選擇這種居地，他又假定這枝傜家南來較後，理想的地區早爲他族所佔，在經過各族的武裝驅逐，只有來到這人棄我取的最高峰。而且這最高峰是舉足便可進入另一國境。譬如我們這裡是緬甸境，但那邊便是泰國，容易逃避某一國家的攻擊。

他曾經假定過這枝傜家的漢化是因爲當年的中國駐軍，譬如趙司官最初來的祖人是清朝的千總，以後便住在這裡作世襲的土司，但他以後從趙司官祖上所遺的滿淸政府的文件中，他知道這一帶地區，每一民族的居處都駐有重兵，如泰國的淸邁，在光緒十七年以前還設有宣撫司，寮國的猛信設有把總。緬甸的景棟設有宣慰使，猛撤設有把總。緬北的八莫一帶，根本屬於雲南的騰越道，如果說傜家的漢化是因爲當年中國的駐兵，其他泰越緬當年駐着中國軍更多的地區的土人，爲什麽漢化程度反不如傜家？因此，這一答案不能成立。

至予傜家的婦女以與漢人一接引爲無上光榮的習俗，更使人不解，而且影响前幾個問題的假定，漢家女人最講貞操的，照理說傜家在邊區所有民族之中比較漢化程度深，對貞操觀念雖不能盡如漢人，至少也要跟其他比較野蠻的民族一樣，但擺夷、阿卡都無此風尙，雖婚姻極端自由，但性關係决不能隨便。

這些橫梗在心頭的問題，一直找不到滿意的答案。以後他到了一個黎家寨，大家要認他作本家，年老的人並說他們祖上也是來自廣西，並有族譜可憑。經他索閱黎氏家族的家譜，知道他們確實在明末來自廣西平樂，經過貴州興義，由雲南到緬甸。

由於這一線索，再參考傜家其他各族的家譜，知道他們多半是隨明桂王入緬的。照明史的記載：桂王被迫南遷，由李定國的迎駕，經過樂平，有傜王多人率衆相隨，以後被淸軍所迫，這些部隊一直保護着桂王由廣西、貴州、雲南至緬甸。桂王被緬甸引渡交還吳三桂後，李定國部並沒有離開緬境，史稱李氏率部佔據景棟，以後更被迫進入深山中。

大概他們憑着這枝傜兵，和原來住在這裡的傜人，由于言語和同族的關係而合流，佔據了這些三國交界的最高峰，即可避免外人注意，且縱使緬軍窮追，亦隨時翻山進入泰越國境，以後這批傜人，經過和漢兵的多年相處，自然會加深漢化程度。

關于傜女與漢人一接爲榮的風俗，經過大家研討的結果，認爲李定國所率的一枝明軍，雖然置身蠻荒絕域，但無時不忘反攻大陸的任務。他們既不能令將士與土女結婚，恐因家室之累而影响反攻士氣，但年復一年性生活的苦悶在道德無法長期壓制之下，定會發生越軌行動。提倡傜家婦女以與漢人發生性關係爲光榮，這是當時那種環境中最聰明的辦法。既可使將士長期壓制下的性苦悶，得到一個發洩的機會，又可不因家室加重部隊擔負和影響反攻士氣。這比今日的營妓辦法要高明得多，我們認爲這種推測是很有理由的。

這一枝傜人，我們與其說他是漢化，不如說是漢人傜家化，因爲大多數都是漢族混血種，他們的膚色，都比較同一區域中其他民族要白得多。

八方風雨訪漢營

——滇緬泰寮邊區行脚之二——

赤氛如火雨絲如，敵友安危不自知，
鐵鳥穿雲摧砥柱；夷民遮道阻王師，
山深樹大乾坤小，夜深更闌虎豹嘶，
行盡薩江江畔路，纍纍戰骨草離離。

我們最初所到的傜家山，是泰、寮兩國接壤的分水嶺；以後沿着這最高峰，從寮緬的分界線到泰緬分界線；山南是泰國的昌來府，山北是緬甸的南撣邦。此後我們下山北行，一直到卡瓦山滇緬交界處，這七百多里路，都是近年來馬幫的官道，因爲這一帶全是反共軍控制的地區。

商民既可通行無阻，不必衝關突卡，需索買路錢。而道路雖然崎嶇，總算看起來還像一條路。只是我們經過時，緬軍對反共軍陸空進逼，飛機不斷轟炸掃射，反共軍本來是以緬境爲後方訓練基地，主力都在滇邊。緬軍的突然進攻，使他們受訓的學生和補充部隊受了包圍，便不得不轉移滇邊的對共武力到緬境來對付緬軍。

反共軍的目的，原來只是要解救被緬軍包圍的部隊，使全部移入滇邊。不料當地夷民，視他們自己的軍隊如仇敵。反共軍每撤出一地，夷民扶老携幼，舉家相隨。筆者看到我軍在薩爾温江西岸撤守時，軍民相依，大有劉豫州襄陽撤退時之慨！

當地夷民，對反共軍之所以相隨不捨，出於多種原因：首先是撣邦夷民，他們在歷史上，除看到中國兵而外，任何兵到了他們的家鄉都認爲是不應該的。這裏在光緒十七年以前，還是中國的屬國——撣人國，較大的市鎮如猛撒，猛毛，邦央都駐有中國的千總把總。到割給英國以後，番邦和緬甸並屬于印緬總督，英國從不敢到這地區駐軍。一直到目前，這裡的土司還是使用清政府給他們的龍印。因此，他們稱兵爲「大漢」，意思是說，兵是代漢家聲威的。像緬甸人也要當兵，到這裡來耀武揚威，夷民認爲這簡直不像話，在心理上，他們不願受中國兵以外的軍隊保護。

其次是緬軍最好姦淫，擺族婦女儘管結婚離婚十分自由，但最講節操，緬軍強征婦女陪宿，這使夷民無法忍受！夷區和雲南毗鄰，知道共產黨統治的殘酷；他們深切瞭解，反共軍一旦撤出，緬軍是無法抵禦中共緬共的夾擊，最後只有讓他們淪入鐵幕，所以他們不得不緊跟着反共軍轉移。這却給我們反共英雄頻添了無窮的煩惱，背起了沉重的包袱。讓他們自己組織起反共自衛武裝，是安定夷民，保衛緬甸的最後辦法，也是反共軍離緬前的臨別之贈。

筆者那首詩是寫實之作，應該標題爲哀緬甸。薩爾温江南岸，是緬軍和反共軍的戰場，戰骨壘壘，完全爲了緬甸在共軍的壓迫和策動下，不許緬甸有反共武力存在而引起。可是當我反共軍作撤離準備時，擺夷人正紛紛組織反共自衛隊。白香山的詩有：「離離原上草，一歲一枯榮，野火燒不盡，春風吹又生」。緬境的反共武裝。正是離離原上草，野火又那能燒盡牠的根？

至于這一地區的民情風俗，廣土衆民，在擺夷區，使我們相信桃花源確非虛構；無懷氏葛天氏之民再見于今日。在卡瓦山和滇邊，看到土人對諸葛武侯的崇拜，和生卡瓦以籐爲衣，剛起病便啞不能言，頓使人記起三國誌記載武侯南征，所遇的籐甲兵和啞泉正是這一地區。反共游擊隊的英勇事蹟，可歌可泣，使人如讀游俠傳，小五義。這種種，筆者眞不知從何談起；只有途次的見聞，逐程敘述，使讀者可以臥遊，瞭解這一區域的梗概。

當我們準備離開傜山北上緬境南撣邦的前一天早上。傜民轟傳山下到了太子兵。我在樓頭的瞭望台上，用望遠鏡看到山的南麓，有不少武裝整齊的軍隊在叢林中搜索，不知道那裡出了什麽事？

馬老板告訴我：太子兵是當地人稱泰國軍警的代名詞，含有好看而不能作戰的譏刺意味。的確，他們也眞有令人可笑的地方，譬如一個多月以前，有少數的煙幫利用傜家背着煙土到泰境去出售。不料原已打通的關節，因軍警換防而沒有接上線，被捕的傜民除完全繳出所背的貨物外，別無油水可揩。軍警從傜民口中知道了煙幫的存貨就在此山之下，不願放棄這一發財的機會，因此來一個大包圍搜索，想一鼓把他們的貨物全數奪去。

誰知煙幫並不示弱，負隅頑抗，以致發生一場激戰，泰國軍警傷亡了八十多人，整整經過三日夜的攻擊，甚至出動了空軍，才算把煙幫擊退。可是所有貨物完全運走了！實際煙幫只有三條槍，一枝半重機槍，一枝卡柄，一枝步槍，只是他們守住了日本人當年所築的鋼骨水泥工事，加上地形熟悉，一直守到貨物完全運走，只傷了一人。從此以後，泰國軍警便常來搜山，大概是想對煙幫有所報復，同時想發一筆意外之財。

傜山是馬幫煙幫的走私根據地，幸而泰國是反共的，緬境的傜山下面都是反共軍控制着。不然，一旦中共軍進入了這一地區，以此爲南進基地，泰、緬、高、寮各國將無寧日。不過這裡也在醞釀着一種新的危機——據馬幫商人說：泰國爲顧及緬甸的邦交，不得不加緊對反共軍駐地南撣邦的封鎖，以致馬幫正常的交易，如土貨的輸出，以及日用品的輸入都在封鎖之列。這却使馬幫無路可走。

當年馬幫是從雲南到緬北各地，從景棟到泰國的清邁，從大其力到泰國的米賽，寮國的淵莊，高棉的金邊，通行無阻，生意興隆，而今雲南的後路斷了，緬北被封鎖，景棟逮捕僑商，寮高兩國烽火連天，不敢冒險。只剩下泰國一條路，如果再不暢通，商人坐食山空之後，只有挺而走險，這些有槍有馬充滿了英雄氣味的馬幫商人，如果逼上梁山，如果爲共黨利用，東南亞的前途眞不堪設想。

不過泰國當局似乎已經注意到這一點，我所跟隨的馬幫，他們在幾天之內，要售出和購進的貨物都如願以償，只是不能公然由大路運輸，向都市直接買賣而已，不知道這究竟是由于馬幫商人的本領大？還是泰國當局有意給他們一條生路，以免爲叢驅雀？

我們終於離開傜山了！當居停主人們向我握別時，禁不住離愁別緒，齊上心頭。不但和離開阿卡寨時的心情不同，甚至比離開青城時還要難過！這完全由于和傜家的語言相通，雖僅僅只經過短暫的盤桓，彼此已種下了深厚的友誼！從這裡：我們可以看出語言和友誼的關係。

從傜家入緬境，是一直下山北行。「上山容易下山難」，可作這一路行人的寫照！山高，路狹，坡陡，加上這期間已接近大雨季，每日都有滂沱大雨，泥濘路滑，偶一不愼，馬失前蹄，便會將你掀下馬背，滾得滿頭滿臉都是黃泥，大家都會笑你在唱落馬湖。幸喜這一條路都在山中，並不是萬丈深坑的河谷，雖落馬亦不致有生命的危險！

沿途最令人煩惱的，是螞蝗和馬鹿虱的偸襲。在國內，有時也會碰到螞蝗咬你一口，但這僅限於在泥水中行動的時候。這裡的山區，完全是旱螞蝗，不過也要到雨季才大肆活動。我們上路的第一天，便遭遇到牠們嚴重的襲擊。在中午休息時，我發現從綁腿裡面流出很多的鮮血，立即解了綁腿，捲起褲脚，看到血肉模糊的兩腿，頓使我驚惶不定，全身旣了無苦痛，究竟是如何受傷流血的，連自已都不知道。

有經驗的馬幫伙伴告訴我：這是由于螞蝗的侵襲。當牠們成羣結隊地侵入你的身體，直到鑽進你的血管吸飽了血，你是不會有任何感覺的。到牠果腹以後，抽身脫離你的肉體，這期間會在牠吸血的創口裡，流出牠吸去的等量的血，創口也就自然會平復，這才感覺到一陣癢。

我奇怪的是：這些螞蝗如何襲入了我那綁紮得嚴密萬分的兩腿上，而且這半日的行程，我根本沒有下過馬！也是說：兩腿並未粘泥，何以牠們能越過馬腹到達我的身上？馬幫伙伴笑說：你以爲牠們一定要以泥地爲襲擊人身的根據地麽？其實牠們多半在空中建立了橋頭堡，那是從樹枝葉上落到你的衣帽邊沿，至馬鞍馬背，再從衣縫中接近你的肉體，因爲螞蝗的身體是可大可小的，在牠沒有吸飽血時，可以縮到像虱蛋那樣小。

從這一次，我學會了防禦螞蝗侵襲的妙法。用馬幫們隨身携帶的竹製水煙筒裡面的水，隨時擦在身上，尤其是兩腿！螞蝗是最怕這種味道的。只要煙水滴到牠身上，立刻便會使牠化成一泡水！我眞想不到這竹煙筒在馬幫們手裡，會有雙重功效！

接着又遇到了馬鹿虱。那傢伙有點像牛虱，嘴長，頭尖，尾部像一粒黑豆。牠比螞蝗更可惡，把頭部鑽入人體吸飽了血後，便作長期居留，而且「鑽頭不管屁股」，尾部露在外面。如果我不識高低，用手揑住牠露在皮外的尾部，想把牠整個的拔出來，那就糟了！因為牠的尾部沒有作用，反而成了牠鑽入人體的累墜！你用力倒拔，牠恰好借此擺脫了牽制，頭尾脫離，可以到你身體上自由活動。正當的辦法，是用醫生的鉗子，挖開一點皮肉，夾住牠的頭部將牠取出來！

在這一路與行人為敵的蟲豸，除掉螞蝗，馬鹿虱而外，當然還有蚊蟲。這裡的蚊蟲種類之多，恐怕是集全世界之大成。大的大到像蜻蜓，小的小到要在顯微鏡下才看得見。雖然大蚊子要咬了你一口，會使你感到像雞啄了一樣的痛，但究竟牠體積大，容易被人發現而加以驅逐，所以被牠咬的機會並不太多。據說這裡大蚊是以獸類為獵取食料的對象。只有那種看不見的小蚊蟲，實在令人防不勝防！最初，在發現身上起了許多紅斑點而有奇癢，滿以為是皮膚病，馬幫伙計告訴我，才知道是小蚊的侵襲。

防禦的辦法很麻煩，也很簡單，最科學的是擦上防蚊藥水，其次是騎在馬背上不斷的抽煙！抽夷人自製的土烟，還有一種簡單的辦法，是把衣服遮不到的地方都擦上泥，如兩手，兩腿。當小蚊要向你侵襲，牠立即會粘在泥上，因此，擦上黃泥的兩腿，不久便成黑色，完全是小蚊的屍體佈滿了！

據馬幫伙計們說：這種辦法，他們是從夷區的牛學來的的確，這裡的牛，整天都是把全身滾上爛泥，等晒乾了，又重新來一次，這就等於是牠的隨身蚊帳，動物是會適應環境的。這裡的牛，不但會防蚊，還會防虎豹的組織。夷人不像中國農人對牛那樣重視，既不餵料，每晚也不把牠圈在欄裡！也根本沒有牛欄。每當夕陽西下，每一村寮的牛都自動集中到一地區，大概都在平坦地。大伙兒圍成一個圈圈，頭對內，尾朝外的蹲下睡覺。可總有四條牛是站立着把頭分別對着東、南、西、北四方，據說：這便是牠們的守衛者，以防夜間虎豹的進襲。

有一天夜晚，我親眼看到這種牛圍和虎豹的戰鬥，既驚險而又精彩。這是我們已經下了大山，只差一天的行程，就可進入壩子（夷人稱山中的盆地）的前夕。睡到半夜，反共軍的哨兵喊起睡夢中的馬幫老板，說是他們發現了後山有一羣虎豹，企圖襲入本村，要大家起來共同照顧馬匹。

當然，騾馬是馬幫的重要資本，他們決不能坐視牠去餵虎豹肚，馬幫伙計立即動員，荷槍實彈加以戒備。一直到東方現出了魚白，戒備的人都感到疲倦了。我在竹樟的窗口，突然看到寨後的牛羣發生擾亂。原來有一隻黑豹從山林中竄到寨後，大概是想找欄內的猪羊作食料。不料其間隔着一羣牛，警衛的牛發出一聲呼嘯。全羣的牛立刻奮起準備迎戰。黑豹看到牛羣來勢洶湧，不敢進攻，但也不撤退，牛羣的態勢似乎只是迎戰而不挑戰，牠們對來犯的黑豹。除加以注視而外，並不作進一步的驅逐。

最令我奇怪的是：這圍成一圈的牛；並不因為發現了敵人而全體轉向，一致面對着黑豹。牠們依然是分對着四方八面。當我正在懷疑時，突然看到從黑圈的反對方向又來了一隻大虎，再對着這方向的牛，同樣的發出呼嘯，似乎是告訴牠的戰友們：這一面又發現了來犯的敵人。我這才瞭解，虎豹的獵取食物是有計劃的兩路進攻，牛的防禦陣勢是四圍鐵桶陣。假如牠們一致面對着首先來犯的敵人，突然遇到另一枝後路進犯的強敵，那就糟了！

天已大亮了！虎豹都先後從容退入叢林，牛羣已經解散，保護騾馬的鬥士們也放下了武器來埋鍋造飯。當我把虎豹進犯羣牛的情形告訴大家時，他們的答覆是：戒備的人比我看得還清楚。我問他們為什麼不開槍射擊？馬老板說：打虎豹不像打麞鹿那麼簡單。因為一槍打不死牠，勢必要接連幾槍都打中牠的要害才能喪命。但牠中了一彈之後，會立刻向槍聲起處猛撲，必定要從另一方向再發一彈，使牠又調轉方向，如此四面發槍，使牠疲於奔命而致於死，這才不會傷害自己。所以獵取虎豹，要四面埋伏，晚間是決不可孟浪的。不過牠們也知趣得很，只要發現了你有槍在手，或數人結伴，牠決不會向你攻擊的。

早餐後，大家又整裝就道。因爲這是從高山到平原最後的一段山路，大家走起來比較起勁。離開了宿營地不過二里多路，突然有一匹馱騾說什麽也不走，鞭撻驅使無效，整個隊伍都因此歇下來。經過大家的研究，決定牠並不是生病！但又找不出牠的究竟？結果有人發現山的高處蹲着一隻白額虎，正對着這匹騾子虎視耽耽。這才找出牠不敢前進的理由。沒有辦法，大家決定只有放棄牠繼續前進，在解下牠背上的貨物時，那位馬伕說：這畜生是註定要餵大蟲，看到老虎便筋骨都軟了！

我們繼續前進不遠，我在馬背上留心那隻老虎的行動，看到牠漸漸向着那隻騾子留下的地方走去。當我們走到對面的小山坡上，忽然聽到長嘯一聲，山鳴谷應，樹枝上的枯葉紛紛下落。所有的騾馬驚得不敢行動。馬老板告訴我，這是那大蟲準備對付留下的那匹騾子的先聲。隊伍暫時停止前進，我好奇地爬上一棵大樹取望遠鏡向那邊山腰望去，只見那隻白額虎將那匹騾子用虎尾一挑，抛到一丈多高兩三丈遠。如此不斷地拋擲，轉眼便拋入叢莽之中不知去向。

我們的騾馬因久不聞老虎的聲息，已漸漸恢復了常態。大家再整鞍上馬，繼續前行。經過三個多鐘頭的行程，已經由山徑到達了平原。一望無際的田疇，多半種上了綠油油的水稻。眼界頓寬，胸襟爲之一爽。同伴告訴我：這是擺夷的壩子，今晚可以抵達猛漢鎮。

當我正在欣賞着田疇村舍，小橋流水，鷄犬人家，感到大有江南風味時，突然看到前面有一輛中型吉甫車駛過，車上載着幾位穿軍服的人物。幾十天來，我又看到公路和汽車，而且車上所載的是中國軍人，頓使我精神振作起來了！這時我們也開始走上公路，路口站着看反共軍的健兒，開始檢查這一幫人馬的通行證及貨物登記，態度和藹親切，使人感到無限的温暖。

這是一條新擴修的路，與其說是公路，不如說是大路。汽車勉強可以行動，在此雨季，路面的泥常常把車輛陷住了，幸虧兩旁都是大樹，中型吉甫可以靠絞盤拖着節節前進。

當天下午，我們抵達猛漢，幾十天來，又開始在這裡享受到物質文明。這裡有可口可樂，有冰箱，可以飲到冷飲料，有三個五和加力克香烟出售。有咖啡館。市面相當熱鬧。據說自景栅被緬軍封鎖後，所有薩爾温江夷區壩子裡的貨物都改由泰國清邁進口，華僑商人都以猛漢爲集散地，所以這裏是馬幫們的新樂園。出我們在這裡看到反共軍政治部所放的電影，演的滇劇，隨時隨在可以聽到雲南話，大有置身昆明之感！

馬老板關照我：他們在猛漢要住廿天到一個月，問我還是要先訪問擺夷區？或是先訪問反共軍？據說：反共軍在離猛漢六十多里路的「絆馬牽」地方，設有一所反共抗俄大學，受訓的學生有中、緬、越、寮、高、泰、馬各國的青年。如果騎馬去只有大半天的路程，搭汽車只要兩個鐘點。他說：無論我訪問夷人或反共軍，他都替我派定了翻譯和嚮導。

第二天，我站在鎮上認識了反共軍的一位軍民合作站的站長，他們都稱他做瞿博士。我和他接觸不久，發現他實在淵博得很：他不但三教九流無所不通，而且對擺夷、裸黑、緬、寮、泰的語言都通；尤其是對擺夷和這裡的民族人情風俗習慣都瞭解得很透澈。

他告訴筆者：擺夷是這邊區所有民族中最進化，最和平的民族，在這地區旅行懂得擺夷話，等於到歐美旅行懂得英語一樣便利。擺夷不但不願意參加戰爭，連家庭和鄉黨鄰里從來不吵嘴的。這裡是女性中心社會，男人到女家上門，男女雙方情投意合時，只要到頭人處（鄉公所）去舉行登記，便成爲法律上的夫妻。假如夫妻發生了不愉快事件，到某一方面認爲不能忍受時，便只有準備離婚。離婚的手續簡單而十分有趣：如果離婚是男方爲主動，他只要挑一擔水回家，女方便立亦即將男方的衣服等物收拾好，準備他回到娘家去，並雙雙到頭人處去取銷夫妻關係。若是由女方主動，只要當着人面前，女人把脚蹺起到與男子的額齊頭，男方便收拾行李，辦理離婚手續回家。

擺夷人男子是決不挑水的，這種鐵定爲女子的工作，如果男的突然擔負起來，這便是表示看不起女方。女子的脚在他們眼裡認爲最下賤。把脚向丈夫抬起，也是和男人挑水對女性同樣的侮辱。

鄰里不和發生糾紛時，他和她們既不相打相罵，也不訴之於法律，唯一的傳統辦法，就是某一方面遷居。因爲他們的生活簡單，全家只有一肩行李，收的谷子雖然很多，以及猪鷄牛羊傢俱什物，他們在搬家時都大都放棄，田地山場屋宇，更在放棄之列。

到他們遷至另一村庄時，先到該村的頭人處去申請，頭人再召集全村會議，詢問大家是否歡迎這一新戶？照例大家都會表示歡迎。經過這一番手續之後，全村的人都來替這新來戶蓋房子，送傢俱，分贈糧食，牛羊鷄犬，再分田地給他。這些地區一望平原，已耕的田不過二分之一，河流縱橫，到處都有灌溉魚蝦之利。如果全部開發，這眞是最好的產糧區。尤其是這裡的氣候和土質，每年雨季開始種田。這一期間，每天都有幾陣雨，肥沃的泥土，根本不必施肥，從栽秧到割谷。只有兩層手續，稻谷便可以進倉。

擺夷區家家的谷子都喫不完。所以任何過住的客人，家家都可免費供給食宿。像馬幫的人數太多，他們無此大鍋可以招待這成羣的過客時，食米還是照常供應。如果你給他米錢，那是認爲你看他不起，這是很不禮貌的，不過自反共軍到這裡駐紮後，已經把他們的觀念改變不少。因爲反共軍是規定對民間的餘糧，必定要價購的。據說：最初要夷民接受糧欵，實在費盡了唇舌。

這些年來，擺夷人的生活由於反共軍的駐紮，已經有了不少的進步。這些民族本來是最懶惰的，其實也有他們原因存在，過去他們的生活簡單，多生產沒有用，谷子換不到錢，能換到錢的土產，錢的用途也很少。除掉買點金銀裝飾在身上或埋在土裡而外，其他的用途實在太有限了。自從馬幫商人因反共軍和大量遷來的華僑的需要，運來各洋貨，開設雜貨食品店。夷人感到牛奶，糖果比土紅糖甜，肉絲麵小籠包比白飯好喫，綢緞比土布好穿好看，他和她都在用勞力來增加生產。尤其是荒地開墾得多，糧食不斷的增產。我親眼看到兩位擺夷姑娘上咖啡館，她們在品茗時，似乎覺得津津有味。

接着瞿博士帶我們去參觀鎮上的菜塲，那是一個太陽還沒有向山後露出臉來的清晨。在朝霧瀰漫中，一兩百擔菜便已集中到菜市塲。奇怪得很，所有賣菜的都是女人，而且服色裝束有十多種。瞿先生指示我，那是擺夷，這是裸黑，那是傈傈，那又是黎家，這是傜家，那是山頭人那是阿卡人……這菜塲簡直是一個民族展覽會。

她們所賣的菜蔬：有蘿蔔，有白菜，有荳芽，有蒜葱，還有一些我向來沒有看見過的菜，沒有聽到過的名稱。據說這裡的人向來不大種菜，因爲他們每頓喫點糯米飯；不大喫蔬菜。反共軍最初來到這裡，糯米飯已經不大喫得慣，再加上蔬菜荒，實在是很大的威脅。經過提倡之後，近來的小菜勉可供應。我看到士兵紛紛購菜，他們和各族的人都言語相通，感到十分驚奇。等我向瞿博士問及士兵如何都會說各族的語言時？他笑着說：士兵多半只會擺夷話，因爲要下山來作生意的各族女人，她們早就學會了擺夷話。這才打破了我的疑團。

這些各族的女人中，以擺夷人的裝束最美麗而比較時尚。她們下面穿着長及脚跟的五顏六色，而鮮艷奪目的紗籠，上身穿着白色短袖短衫，裡面襯着奶罩，到天氣熱起來時，便脫下上衣，只剩奶罩，像西洋女人穿着晚禮服一樣的肉感！頭上一律拖着長辮，前面是一排短髮，皮膚也比較白嫩；只是一雙赤足，脚板皮厚得很難看，這是美中不足之處。

我剛剛離開菜場，偶然在街頭邂逅了一位故人。這位陸軍大學的老教官，到任何部隊都被稱爲杜老師的老者，他居然老當益壯，在邊區作了反共游擊英雄。他親切地招待我，在舉杯相對時，告訴我：他參加游擊的經過，和近年來的工作情形。據說他本來在瀾滄、車里一帶擔任方面指揮。這些年來，因補給困難，雖不能深入雲南，收復失地；但不斷的出擊，每次都會解救出不少誓死脫離鐵幕的青年。這些矢志反共的邊區人民，投到游擊區來之後，首先是送到這裡的反共大學受訓，一面加以思想考核，一面加以政治訓練，再加上游擊戰術的學習研究。兩年來滇邊游擊隊的大量發展，便是反共大學的成就。

其次每一枝游擊隊在滇邊經過一塲惡戰之後，他即交由另一枝隊伍接防，把他們全部調回反共大學訓練，休息，整補。並把他們在戰地和作戰的經驗，以及獲得的匪情一一提供出來共同研究，改革……。這些實際經驗，就是反共大學活的教材。這裡的部隊有不斷的進步，對匪情也不斷地增加新的認識，便是由於這種輪番作戰和訓練的辦法。只是游擊隊人多槍少，每次調回整補訓練的都把武器交給戰場的部隊，回到學校之後，只有竹槍木砲。

本來這一訓練基地，和緬甸的地方當局是有過君子協定的，既不會有任何武裝衝突，對同站在反共陣線的盟友，自不必防備他的突然攻擊，不料事出意外，從四十一年底，緬軍在薩爾温江以西居然發動了攻勢，反共軍最初是節節退讓。到四十二年三月間，緬方調動大軍，把反共軍完全以整訓爲目的的部隊加以重重包圍，分兵三路，陸空協同，企圖一舉把反共軍所有在緬境後的部隊殲滅。情形一度緊張萬分！他們爲了解救後方，便不得不放棄面對的共軍，從緬邊撤回一部份部隊來對付緬軍。

杜老師酒至半酣，沉重地說：三個月前這裡的情形實在危急萬分！當時緬軍以三個團的兵力強渡薩江，我方在緬境的作戰部隊僅有一個營，分散在縱橫幾百里的地區；所以和緬渡江部隊週旋的只有一個連。他當時在滇邊前線，奉令馳援，可是部隊不能立即全部後撤，只得自己先抽調兩個排星夜趕到。本來只準備使戰局不至惡化，俟大部隊分頭馳至，才能把學校的員生解出重圍。

這老教官又意氣自豪地說：天下事往往出人意外！誰知他們抵達前線。那位帶着一連人和緬軍三團人週旋四十多天之久的鄒營長，不但沒有疲容，不要求部隊下來休息整補，反而向他建議說是：要戰局不再惡化，只有作一次英勇的出擊，使緬軍不知援軍的虛實，不敢輕於進犯，要能攻能守。鄒營長並自動請求擔任出擊的前鋒。他爲這年輕人的豪氣所激動，理由所說服，經過一夜的考慮，便決定作出擊的部署。因爲衆寡懸殊太甚，他便把學校的學員也調到戰地的第二線去助威兼救護。

不料旗開得勝！鄒營第一天得了意外的勝利，緬軍銳氣大挫。第二天夜晚，離他預定的拂曉攻擊時間尚遠時，已聽到喊殺連天，原來學生夜半徒手偷營，奪回了緬軍的武器，奮不顧身的向前攻擊。他立即改變命令，把攻擊時間提早，鄒營得到學生們生力軍的助威，竟一致把緬軍擊潰，渡江逃遁，這一出於意外的勝利，完全是由於士氣的激昂。

杜先生是一位文學修養很深的人，他在述說這場戰局時盛讚那位淮上健兒年輕鄒營長的膽識，他曾經贈了一首詩，因爲其人可欽，其詩可誦，我至今還清晰地記得：

孤肩荷重任，前線建殊功：慷慨英雄漢；從容大將風。
一身都是膽；百戰無疲容，讀史誰相似？常山趙子龍。

我要求杜先生帶我到反共大學去參觀訪問。他表示十分應該。不過他要到薩爾温江附近去視察江防，問我有沒有同去的興趣和勇氣。這正投所好的邀請，我立即滿口應承。抵足暢談，一宵易過。不料第二天早晨，有人送來一份電報，杜先生告訴我，行期有阻，他奉令在此等候一位大員！何日成行，現在還不能預定，我也只有耐心等着了。

鐵路先進

詹天佑

蔣君章

（一）

詹天佑先生。是清政府第一批派遣留美幼童之一，尙較後來在清末民初馳名於中國政壇的唐紹儀爲早，唐是第三批的留美幼童之一。就年齡來說，詹先生也較丁文江、李儀祉爲長，就讀書的際遇來說，詹先生也較丁李兩位先生爲佳。丁先生在美英有一段很困苦的歷程，李先生則由官費派送出國，故無費用匱乏之虞，已勝於丁先生；而詹先生則自幼由國家派赴美國，一切供應，都由國家負担；而且還有專門帶隊的人，語文不通，並有隨行的或臨時聘請的翻譯人員，所以詹先生是一位時代的幸運的寵兒。他之所以獲此寵幸，第一應該歸其故於容閎先生，第二應該歸其故於父執譚伯村先生。

爲什麼容閎先生對詹天佑先生的留美有極大的關係呢？談起這位容閎先生，對同光之間的新政，佔有關鍵性的重要地位。大家熟知一則胡林翼先生太平天國之役，督師於安慶，有一次他在江邊視察，發現江中有有一怪物，乘風破浪，鼓輪直上，詢問左右：這是什麼東西？左右答稱：是英國的兵艦。胡氏聞言，震驚倒地，認爲此種兵艦，將視中國水師爲無物，對我國家的危險，實在太大了。又李鴻章在上海組織洋槍隊，把蘇常一帶的太平軍李秀成都打得落花流水，讓曾國荃的湘軍，得以完成對天京（南京）的包圍。故同治時代的湘淮軍統帥，對西洋的堅船利砲和機械的重要性，都有相當的認識。及曾國藩任兩江總督，遂有江南機器局的設置。粵人容閎，受聘而主持其事。

容閎是廣東人，是中國最早的留美學生。他在道光二十七年（一八四七年）即留學美國，肄業於耶魯大學，先後達七年之久，至咸豐四年，始行返國，專門傳播西方學術，以救國家。但在那個時候的中國，對於西學，仍然是深閉固拒，所以容氏的努力，未能發生影響，鬱鬱不能得志，不得已，經營茶業，以資餬口，經常往來於上海、九江之間。時曾文正公督師江上，駐節安慶。幕賓中有以容閎其人的所學向曾氏陳述者。曾乃召而見之。曾氏的意思，要在上海創辦一所機器廠，要派容閎赴美，採購機器。但容氏的初意，是要說動曾國藩，派幼童赴美留學，習彼邦之所長，濟國家的需要。但以初次見面，未便即行提出，故此計劃尙未爲曾國藩所知。這是同治二年（一八六三年）的事。

同治四年，容閎採辦機器歸國，設廠於虹口，是爲中國最早的機器廠，其主要產品爲槍械，所以也可稱之爲中國最早的兵工廠。此廠後來遷設於上海南市的高昌廟，規模擴大，是爲江南製造局的前身。容氏在機器廠完成以後，似又赴美國，其任務似仍爲機器的採購，對派遣幼童留學之事，仍未能向曾氏陳述：但容氏對此，仍不斷的注意，不斷的尋找機會，以實現其主張。同治五年，清政府核准左宗棠的奏疏，在福州下游的閩江岸的馬尾，設廠製造輪船，而由沈葆楨總其事，容氏回閩，即在船政局任事。同治六年，曾國藩回任兩江總督，視察江南製造局，對容氏的工作成績，表示滿意，但容氏仍未敢以派遣幼童留美事，向曾氏陳述，僅建議製造局應附設一學堂，以便造就中國的技術人才，曾氏立即採納。以曾氏的地位及其開明的態度以及對國家處境的了解，容氏當時如提出此一計劃必爲曾氏所贊同，可惜容氏過於謹愼，吶吶於口，而未有所建議；而把這個計劃向江蘇巡撫丁日昌說了。

詹天佑遺像

丁日昌和容氏頗有交誼，對於容氏的建議，十分贊成，囑其草擬詳細計劃。容氏草擬計劃時，仍有很深顧慮，以爲此一前所未有的創舉，恐遭嚴厲的批評而不能實現，乃作四項建議：（一）創辦國人自營之輪船公司，（二）派遣幼童赴美留學，（三）開採礦產與建築鐵路，（四）限制外人傳教，並不得干預中國內政與包庇土豪劣紳。這四項建議，都極關重要，但容氏主旨實在第二項，其所以不列爲第一項者，便是因爲恐怕遭人抨擊之故。容氏派遣幼童留學的內容，凡分四點：（一）派遣之幼童，以十二歲至十四歲爲目標；（二）每次派遣人數，以三十人爲限；（三）試行四年，共派一百二十人，以觀後效；（四）留學期間以十五年爲度。丁日昌把容閎的計劃，轉報軍機大臣文祥。但以文祥不久去職，此計劃被擱置了兩年。同治九年，天津發生歐斃法領事案，曾國藩與丁日昌等都被派爲交涉人員。丁日昌乃約容閎任翻譯。容氏乃向曾丁二氏續提其原有的建義，乃得移文總理各國事務衙門，實行容氏計劃。所以派遣幼童留美一案，經過容氏多年繼續不斷的努力，始得實現。但尚遭物議，一般人仍以爲「天文算法可令欽監天文生習之，製造工作可責成工部督匠役習之，文儒近臣，不當崇尚技能，師法夷裔。」然以曾國藩、李鴻章等都竭力贊成，故無法阻礙。由此可知容氏草擬計劃時的顧慮，是有見解的。由此更可知在弊政已深的政府統治下之改革的困難。

同治十年春間，清廷鄭重其事的在上海設立出洋局，由陳蘭彬、容閎任監督，印製章程，開始招生。規定的條件有三：（一）身家必須清白，（二）須具殷實舖保，（二）須檢查身體合格，考試科目僅一項，即國文寫讀；如已習英文者，則加考英文。凡考試合格的人，須由家長出具志願出洋書，然後至出洋局，接受中英文的補習，陳蘭彬就是負責中文補習的，其英文的補習，則由容氏任之。時國內風氣蔽塞，幼童出洋，前所未聞，故招生地區，以南方接觸西方文化較早，風氣較為開通的廣東為主。詹先生時年適為十二歲，正合考試規定的最低年齡，先生之父，對此並不注意，亦無遣先生應考之意。但是先生的父執譚伯村先生，是他父親興洪先生的至友，力勸興洪先生應該讓先生應此項考試。興洪先生尚猶豫不決，經不起伯村先生的再三敦促，乃率先生赴香港應試，竟獲榜上題名，因得造成此一代的鐵路人才。故詹先生的得以幼童身份留美，得到譚伯村先生的助力為多。

（二）

詹天佑先生是廣東南海人，然其先世來自安徽省徽州府的婺源縣。婺源是皖南的產茶名區之一。先生的曾祖本是一位太學生，棄學從商，在乾隆年間以皖茶運至廣東銷售，時往來於皖粵間。其時的東西通商，集中於廣州，而中國貨物之輸往歐洲者，以茶葉居首位。故詹氏經滬而粵，往來紛繁。及詹先生之祖繼其業，已有在粵落籍之意，家於廣州，但仍繫以婺源本籍。故詹氏居粵，至天佑先生，不過四世。婺源縣誌仍有關於其祖父世鸞先生的記載，謂其「資禀雄偉，見義勇為，佐父理舊業，償夙逋千餘金，……並立文社，置祀田，建黌宮，修會館（當為徽州會館，徽人擅經商，所至常組會館，以董理同鄉之喪葬等事宜）多揮金不惜」。據此，詹氏雖以經營茶葉致富，但仍是書香門第的本色，其致富則在天佑先生的祖父時代。詹先生的父親名興洪，仍營舊業，但規模已不如前，乃遷居南海，以節開支。興洪先生娶於肇慶（今稱高要）陳氏，生二子二女，天佑先生居次，其兄則天佐也。

咸豐十一年（一八六一年），天佑出世。其時的廣州，尚在英人的佔領期間。這是因為結束鴉片戰爭的江寧條約，開上海、寧波、福州、廈門、廣州為商埠，是為五口通商；但粵人拒絕英商入廣州，觸怒英人，遂有英法聯軍之役，兩廣總督葉名琛，就在這一役中被英人擄去，囚於印度的加爾各答；而英法聯軍則繼續北上，陷北京，焚燬圓明園，咸豐帝避往熱河，即於是年死於避暑山莊。又太平天國起事於廣西，時在道光三十年，出廣西，趨長沙，下武漢，浮江而下，以南京為天京。至咸豐十年，浙江亦陷，並及詹氏原籍的徽州，氣勢盛極一時。故先生出世時，滿清政府正處於極度的內憂外患之中。

先生四歲時，為同治三年，南京被湘軍曾國荃部攻破，太平天國敗亡。翌年，先生五歲，英國商人杜蘭德在北京宣武門外，建築鐵路一段，行駛小火車，是為鐵路與火車進入我國之始。北京人士，見此前所未見的怪物，羣相駭怪，謠諑紛起，步軍統領衙門，相當於今日的首都衛戍司令部，命其拆毀，足證當時我國對於新式交通工具所採取的排拒態度之一般。同治六年，先生七歲，始讀書於私塾。對機器最感興趣，最歡喜收集機器的零件，曾用泥土製成玩具模型，故先生對於機器的愛好，實出於天賦。同治七年，先生年八歲，仍在私塾肄業。是年中美兩國在華府訂立有似文化協定的條約，規定兩國人民各在對方有自由旅行居住的權利；中國人欲入美國大小公立學校，須照最惠國人民，一體優待，美國人亦可在中國的外人居留地區，設立學堂，中國人在美國亦可同樣辦理，這便是所謂蒲安臣條約，為中國學生留美開闢一條便利之路，也是後來派遣幼童留學美國的條約根據：容閎向丁日昌初次提出派遣幼童留美，亦在是年。同治九年，先生十歲，仍在私塾讀書，是年幼童留學案成立。翌年，出洋局成立，着手籌備招考留學幼童事宜。同治十一年，先生十二歲，出洋局在香港招生，先生由父興洪先生率往投考，竟獲錄取，興洪先生爲具留學志願書云：「茲有幼子天佑，情願送赴憲局（出洋局），帶往花旗國（美國），學習技藝；回來之日，聽從差遣，不得在國外逗留生理。倘有疾病生死，各安天命，此結是實。」並註云：「童男詹天佑，年十二歲，身中，面圓白，徽州婺源縣人氏，曾祖文賢，祖世鸞，父興洪。」由此，可知清政府對這批幼童，學成後不肯回國，頗有事先防範。又出洋須塡三代姓名，這當然是身家清白的一種證明了。同榜錄取的三十名幼童，非廣東籍的，只有石錦堂山東濟寧人，錢文魁江蘇上海人，黃錫寶福建同安人，曾吉福江蘇川沙人，牛尙濟江蘇嘉定人，其餘都是廣東籍人，先生雖稱婺源人，實亦廣東學生。我們如再加分析，除濟南係內地外，即江蘇學生也都是在上海附近的人。可見當時對幼童留學事，只有通商口岸附近及接觸西方文化最早地區的人，才會願意應考。出洋局的注意在廣東地區的招生。其顧慮是周詳的。這三十名幼童，除中途死亡的二人外，其餘悉數回國，都在鐵路、礦務、電報、海軍、海關和外交界服務，這一計劃的本身是完全成功的。

詹天佑既被錄取，即赴出洋局的預備學堂肄業；補習中英文，先後凡四月，至是年七月（陰曆），由監督之一的陳蘭彬率領赴美。另一監督容閎則提前赴美，爲諸生的入學事作籌備。陳蘭彬等先至日本的橫濱，換船赴美，在舊金山登岸，改乘火車赴美國東部，以康乃的克州爲目標，與容閎在赫德城會合。容氏先行赴美，即與其母校耶魯大學教授哈特萊 James Hadlei 和康州教育當局諾斯洛普 B. G. Northrop 會商安置這批學童的辦法。美方建議不要把他們集中在一處，應該以兩人或三人爲一組，安置在附近的美人家中，一方面便於英語的學習，一方面使他們了解美國人的生活方式。容氏同意此項意見，即作具體的接洽。所以這批學童到達美東的赫城後，住宿問題，即告解決。由此，可知容閎辦事的計劃之周密。他們的住處，有的是牧師的家中，有的在醫師的家中，也有的是在教師的家中，他們都能得熱心而親切的照顧，只是服裝方面，仍然遺有不少的遺憾，例如：他們在腦袋瓜子後面，都拖着很長的一條髮辮，讓美國人看來，既覺新奇，又覺好笑；他們一律長袍馬褂，像一個小大人，美國人對他們辨不清是男還是女；他們在入學以後，仍有很多的美國留學生，取笑他們，或竟以中國女孩子稱他們。從這一方面看，清朝政府的官吏，在那個時候，對入境問俗，仍然想不通，而且還以一條豚尾來作爲清朝人的標記，尤其是頑固不化的一種陋習。但是當時又有誰敢於建議剪去髮辮呢？如果學生改穿西裝而仍由辮子，那不是成爲四不像的怪物，更爲外國學生所恥笑嗎？故這批幼童仍穿長袍馬褂，而不改穿西裝，當時大概經過考慮的。

容閎在這批學生到達美東後，即在赫城設置留美學生監督辦事處，作爲管理和照顧他們的中心，監督住在那裡，教育中文的老師也住在那裡，不時把這批學生招到那裡，給他們教授中文。這是容氏原計劃的一部分，也是清政府所堅持的一點。因爲他們深恐這批幼童，從小出國，習於英文，而忘去了本國的文字。所以這批幼童，中文仍有根低，照現在的情形來看，出國僑胞，每在第二代即不很會講本國話，對本國文字則生疏更甚。容氏當時的計劃，倒是很值得注意的事了。

詹天佑等既至赫城，首先進入康州西港 West Haven 的一所預備學校，名海濱幼童補習所 Seaside Insitufe of Boys，是一所私人創辦的學校，專爲中國及南美洲各國的來美幼童，講習英文及美國風俗而設。詹天佑天資聰慧，又肯用心聽，故在不久之後，即能直接聽講而無需舌人爲之翻譯了。幼童的可塑性最大，詹先生對美人的生活，不久亦能習慣。至留學監督辦事處的中文補習，也是按照規定，前往受課，中文的進步，也相當的快。這是同治十三年的事，先生年十四歲。在西港幼校，先生共讀三個年頭的書，其間出洋局監督辦事處，人事上頗有滄桑之感。監督陳蘭彬與副監督容閎之間，意見漸有紛歧。陳蘭彬對幼童們的生活逐漸美化，表示不滿，要設法補救；容閎久在美國，當然了解這些情形是無法可以避免的，因爲他們所處的是美國，所接觸的是美人，陳氏出身於科舉，熟讀四書五經，連孟子所說的「一齊人傅之，衆楚人咻之」的道理都不通，他眞是一個食古不化的頑固之人。後來陳蘭彬調任爲中國第一任駐美公使，容爲副使，新來的監督，與容氏意見更相左，容乃請辭，未邀准，仍兼副監督，其時容氏四批幼童出國計劃，已完全實現了。

在新港幼童補校畢業後，先生考入新港 New Haven 山屋高等學堂 Hillhouse High School 肄業，其程度相當於中學，課餘，愛好棒球的運動，他是中國第一個棒球的運動員。新監督吳子登，對學生們不肯讀中文，不尊師長，歡喜運動，有剪辮改裝而信基督教者，因責容閎放縱學生，給予太多的自由，對學生要求，多不接受，反以此種情形，屢向清廷報告，故幼童留學，自此停止。吳子登誠可謂中國接受西洋文化的罪人。這是光緒二年（一八七六年）的事，先生時年十六歲。這一年，英人敷設小鐵路於上海吳淞間，被當地人民反對，由中國政府備價購回而拆毀之。國內對鐵路的反對，仍未改變。先生在山屋高等學堂肄業凡三年而畢業。至光緒四年五月間考入耶魯大學工學院，時年十八歲。所習課程爲土木工程與鐵路工程，而其成績最佳的課程則爲數學，得算學成績優異獎狀多次。至光緒七年五月卒業，得土木工科學士學位。吳子登屢次對留學生的攻訐報告，清政府採納之；至此，總理各國事務衙門下令召回所有出國的幼童，一律歸國。故容閎計劃至此遭受破壞，先生等是第一批的出國幼童，尚能在美接受大學教育而卒其業，其二、三、四批幼童，有的正在受大學教育，有的尚未進入大學之門而竟受迫回國；但是也有不甘心如入寶藏山而空手以還的，故拒絕回國，然僅數人而已。計受全大學教育者僅先生與歐陽賡二人，時先生年二十一歲。

光緒七年（一八八一年）七月間，容閎不得已，率領教師與學生一百零五人回國，道出舊金山，中國學生組織棒球隊，與美國奧克蘭棒球隊，舉行比賽。梁敦彥任投手，先生則爲隊員。是爲中國學生第一次與美國球隊，比賽棒球，距今已九十多年了。由此，可知美國棒球運動發展之早，故被稱爲世界棒球王國；不意九十年後，棒球王國的頭銜竟歸於中華民國，中華民族下一代的優秀而肯努力，故有此成績，誠屬難能而可貴了。

（三）

光緒七年秋，容閎率領四批留美幼童回抵上海，是爲先生另一階段生活的開始。是年唐山至胥各莊的一段鐵路，約九公里，於十一月間完工，這是滿清政府承認鐵路建築的一件大事。其間英人遊說建築鐵路者甚多，國人郭嵩濤、劉銘傳等議建路，清政府皆不採納。這段鐵路的建築完成，好像是歡迎在美專學土木與鐵路的詹先生。但先生回國後，清政府派給他的職務，是在福州船政局實習，先生的工作，是跟隨一位英國教官在水師學堂學習駕駛。清政府之不能善用出國留學生的專長而隨便派給一個職務，實屬無知與無能。由此說來，丁文江學地質，回國後獲任地質科長，較詹先生的際遇幸運得多，但此幾爲三十年後的事情。如在光緒初年，也不過隨便給一個職務，虛應故事罷了。

光緒八年，先生習駕駛期滿，名列第一，船政大臣奏請賞五品頂戴（帽子上綴的是水晶頂。）派揚武兵艦服務。以一專學鐵路的留學生，改在海軍工作，而且眞的做了海軍官員，眞可令人發笑，然先生雖有不甘，而安之若素一個不過二十二歲的青年，而其胸懷寬大如此，亦屬難得，翌年，仍回水師學堂任英文教習；又翌年，仍回揚武艦，但仍兼英文教習。在法艦襲擊馬尾時，先生在揚武艦上，奮力作戰，發炮甚多。

光緒十一年，先生年二十五歲。是年中法戰爭結束，海疆形勢，更爲嚴重。時張之洞任兩廣總督，調詹先生兼任測繪廣東沿海形勢圖的工作。先生竟能於短期間完成其任務，頗爲張之洞所賞識，邀其在博學館任職。張之洞以爲詹天佑眞的是學海軍的，特將廣東博學館改爲水師學堂，水師學堂習英文，陸師學堂習德文。在這個學堂中，聘有中國教習十一人，西方教習三人，詹先生則爲中國教習中的英文教習。

在詹先生服役海軍期間，中國的鐵路建設，有了新的進展。唐胥鐵路完成後，營業興隆，大家都稱便利，因有擴充的計劃。其發動者仍然是建築唐胥鐵路的英人金達，他向李鴻章（時任直隸總督）陳述展築這一段鐵路的利益，李氏從其議，組織官商合辦的開平鐵路公司，派伍廷芳爲總理，唐廷樞爲經理。伍唐兩氏均爲粵人，唐乃李鴻章幕中熟悉洋務的幹員，伍氏爲英國留學生，爲日人伊藤博文所推介，而見重於李氏。這一公司，先將唐胥鐵路作價收購，其預定的築路計劃，以蘆台爲終點，光緒十二年完成，時先生正在廣東水陸師學堂任教習。翌年，先生二十七歲，與譚伯村先生的四女結婚。

光緒十三年（一八八七年），即先生結婚之年，海軍衙門奏請建築鐵路，以固國防。清廷交李鴻章迅速籌劃，李氏乃將開平鐵路公司改組爲中國鐵路公司，定爲官督商辦，仍由伍廷芳任總理，其路線擬展築至天津，資本爲庫平銀二百萬兩。翌年，伍廷芳聘請詹先生爲中國鐵路公司的工程師。詹先生乃辭退粵方職務，北上就新職，先生才得到以其所學的專長，貢獻於國家，而開始其另一階段的生活。

（四）

詹先生是在光緒十四年的春天就任新職。其時，中國鐵路公司的工程事務，仍由英人金達主持，其路線已展至塘沽。先生就在金達指揮之下担任塘沽至天津段的路軌之鋪設，七月完成通車。九月，李鴻章親往勘查，認爲滿意，惟公司資金則已告罄，暫時沒有新的計劃。一年以後，唐胥路線向東伸展，先生仍任敷軌工作，到了光緒十六年，先生三十歲的那年，李鴻章認爲東北的國防問題，異常嚴重，爲了應付東北問題，決定將該線展築至山海關，復擬延長至關外的瀋陽，是即後日的京奉鐵路，今稱北寧鐵路，當時稱謂關內外鐵路，我們不妨簡稱爲津奉鐵路。清政府一一照准，津奉鐵路的延長工程，始得進行。李氏奉清政府命，督辦關東的鐵路建築，先生仍任鋪設鐵軌的工作，其名義爲關內的工程師，金達則爲總工程師，先生仍是在金達指揮之下。

光緒十八年（一八九二年），關內段的敷軌工作，已展至灤縣，灤縣瀕灤河，爲冀東走廊的第一大河，鐵路須架橋而過，先生乃得發揮其建橋工作的才能。這一條鐵橋的長度，和以後的鐵路橋樑相比，並不算大，但在當時則爲唯一的大工程了。灤河水深，勢急，橋墩的建築，非普通方法所能完成，先生乃採西方的壓氣沉箱，以解決其困難，這是中國第一次使用沉箱築墩，而且由中國工程師負責進行，先生在鐵路建築方面，至此嶄露其頭角。這條鐵橋共有十七孔，最大的鋼架孔有五個，均長二百英呎，其次爲一百英尺的十孔，再次爲三十英尺的二孔，當時的確是一個艱鉅的大工程。先生在津奉段工作，先後凡歷四年，路線築至山海關，時年三十四歲。關外段即於此時開工，英國土木工程師協會特選先生爲會員，也是在這一年。國人之爲英國土木工程師會會員者，以先生爲第一人，是一項特殊的榮譽，是先生艱苦工作而獲有卓著成績的結果，榮譽是無法可以倖致的。時中日之間，爲朝鮮問題而發生戰爭，是即甲午之戰：關外鐵路，進展迅速，但受軍事影響，至綏中而暫時停頓。

甲午之戰，使李鴻章深感鐵路不能直達北京的不便，乃奏請把津奉線延長至北京，而以盧（一作蘆）溝橋爲終點。盧溝即永定河，在北京的南方不遠。清廷核准李鴻章的建議，設津盧鐵路督辦，由胡燏棻主其事。詹先生被調爲津盧鐵路的工程師。所謂津盧鐵路即後來北寧鐵路的最西段。我們從北寧鐵路的逐段延長，可知當時的清政府大員，包括李鴻章在內，對鐵路建設，並沒有完整的計劃，只是應付一時之急，零零碎碎的一段一段的延長。先生在津盧任工程師一年多，至光緒二十二年底，路線築至豐台，實際上已達北京，但原案爲津盧鐵路，故於豐台築一支線至盧溝橋。由此，可知清政府辦事之拘泥。翌年，路線築至北京的永定門外，先生的任務，至此完全達成。時先生年三十七歲。翌年，京奉關外段，自綏中向東展築，先生自津盧鐵路工程師調任錦州總段工程師，先生在鐵路界的職位，總算官升一級。

光緒二十五年，關外鐵路在先生主持下，自錦縣（舊稱錦州，今稱錦州市）展築至溝幫子，即建一支線的營口，使北寧東段有一出口港，以疏暢由鐵路收集的貨物。故此段工程，先生悉力經營，營口北向，溝幫子南向，同時進行，於四月間合軌，是爲先生的重大貢獻之一。其向東展築之路線，則達大虎山，一作打虎山，距瀋陽已經不遠。路線積極進行中，適逢拳匪之亂與八國聯軍之後，工作因而停頓，先生則改主萍株鐵路的工程。

萍株鐵路就是由萍鄉至株州的鐵路，萍鄉產煤，適於煉焦以冶鐵。株州則在湘水之濱，爲湘水與淥水的會口，是水運的要站。這一條鐵路的建築，是應漢陽鐵廠的需要。時張之洞任湘廣總督，對於實業的提倡，煉大冶之鐵，而萍鄉煤之運輸，惟賴陸路車運，不經濟，不便利，故築此鐵路，使萍鄉煤與湘水水運路線相啣接。這一段三十八公里的鐵路，經先生的努力，不過幾個月，就完全通車了。由此，可知先生工作效率之高。此段鐵路後來就是浙贛鐵路的西段。

株萍鐵路完工後，先生仍回關外。關外這一段鐵路，八國聯軍統帥德人瓦德西交由俄軍佔領，運費悉被俄軍侵佔，設備也盡遭破壞。先生重整舊業，一面與俄人竭力交涉，收回路權；一面竭力籌劃路線之養護與關內外的通車；另一面又須完成至瀋陽的路軌之敷設，故備極辛勞。先生正在苦心經營京奉路時，不識國計民生與國家處境的慈禧太后，忘記了八國聯軍攻破北京時狼狽兎脫的艱苦，却在回京後，下令要在明年春間往西陵謁陵。西陵是在河北新城縣高碑店的西方四十餘公里，高碑店乃平漢鐵路上的一個站，清政府官員爲了討好慈禧太后，使她旅途安適，特撥庫銀六十餘萬兩，自高碑售築一支線至西陵。**慈禧的命令是先緒二十八年秋間下的**，距其往西陵的時間不過半年，在這樣的短時間內，從測量起到路線敷設完成止，非有幹練人員經辦不可。於是這一責任，又落到詹先生的雙肩了。先生接任爲總工程師時，只有四個月的期限了。其時，已屆隆冬，河水結冰，架橋困難，而材料又極度的缺乏。在無可奈何中，以京奉路的舊軌爲岔道，枕木只好疏疏的排列，橋樑只好以便橋暫代，務期在謁陵之前，完成此項任務，先生晝夜督工，每日工作常達十五、六小時。眞是辛勞備至，故能如限通車。此路的建築，先生的收穫，是總工程師的頭銜，和慈禧太后的賞識，贈以知府官銜，只可稱爲聊勝於無。詹先生年四十二歲。是年丁父憂返粤奔喪。詹先生鐵路專家之名，已聞於國外，雖在守制期間，民營的潮汕鐵路請先生爲顧問工程師，北返經滬時滬寧鐵路亦請先生爲顧問，道清鐵路的收回估價亦由先生任查察估價之責，先生誠可謂鐵路界最紅最忙的人了。及道清路估價竣事，仍回關外任原職，清政府爲酬其對北寧路之貢獻，以道員選用，也只是一種虛銜而已。新民段的完成，即在此時，但以日俄戰起，至瀋陽一段，仍難建築。

（五）

然先生對鐵路建築的最大貢獻，實爲

京張鐵路的設計與施工。京張鐵路自北京至張家口，就是後來平綏鐵路的東段。

京張鐵路最早發起建築的是商人李明和，他在光緒二十九年申請建築，自稱籌集資本爲紋銀六百萬兩，商部認爲資金不足，不准興辦。又有商人李春，作同樣申請；另一商人張錫玉透過御史瑞琛而奏請之，都以同樣的理由，駁斥不准。翌年，北方日俄戰起，而俄人對蒙古覬覦亦深，北方的國防問題，也在嚴重地發展着，清政府頗感威脅；於是有國營京張路之議。時袁世凱督辦關內外鐵路，盈利甚多，也建議以關內外鐵路的盈餘，撥作建設京張鐵路之用。惟關內外鐵路借有英國資金，以鐵路收入爲抵償；所以袁世凱的建議，引起了英人的注意。英方要求，如果建築京張鐵路而移用京奉鐵路的盈利，須以英人爲總工程師，堅持甚力；俄人聞此消息，也起而要求投資的權利，它的根據是滿清曾經同意如果由東向北建築鐵路，先向俄商借欵，因對英人的要求，出而阻止之。滿清政府折衝於英俄之間經年，英人始同意關內段借欵先付六個月本息之後，可以移用其盈餘，亦不堅持英人任總工程師的條件。英人之所以作此讓步，預料建築京張鐵路，中國無此人才，亦無此資金，最後必須仰仗英國的工程人員與資金，這是欲擒故縱之計。英人且在外報撰論，謂中國建築此路的人才，尚未出生，作爲對我國的識刺。英人此說，實緣京張路，須經軍都山脈，即陰山向東延伸之餘脈，自京北上，級級上升，中間自南口以北，復有八達嶺居庸關之天險，此等盤山而築的鐵路，工程艱鉅，尚須鑿山開洞，所需資金器材，都是特別的多，故認爲此路必將落入英人之手，與其多費唇舌，不如靜以觀變。因滿清政府此時堅持不僱外國工程師，亦不接受外人之干涉，俄人既知難而退，英人亦不欲堅持其原則，以觸滿清政府之怒。

滿清政府既欲以本國人才與本國資金建築京張鐵路，但資金容尚易於設法，而人才確亦難得。袁世凱以詹天佑能在短期間內完成高碑店至西陵的鐵路，已足證明其對鐵路建設之專長，且具有相當豐富的經驗與堅強的毅力，乃決先派詹先生前往查勘路線，並作初步的設計。先生接受此項委任，前往實地考察。時光緒三十年，先生年四十四歲。在萬山叢中，沿路踏勘，艱難困苦，自不待言。然此爲先生對國家貢獻其技術才能之最佳機會，且可以一雪西人藐視我國工程師之恥辱，故甘之如飴，竟能在短期間完成查勘與設計工作。當時，先生提出的調查報告，茲摘錄其要點，畧如下述：

（一）路線，自北京至張家口，通常的路程（驛路）爲四百二十里，按測量而鋪設鐵路，則可縮短爲三百六十里，約合二百零七公里。

（二）工程，沿途高山峻嶺甚多，石工最爲艱鉅，橋樑建築，亦須七千餘尺，工程艱險，爲他路所僅見，估計每里的建築費約需銀二萬兩。

（三）南段，由豐台至南口，長一百零四里，應先動工，以便運送器材，且可發售車票，畧有收入，以充工程之進行。

（四）第二段，自南口至岔道城，長三十三里，在第一段開工後，即派工程師率隊分駐關溝等地方，詳作測量和比較，以便採取比較經濟和合理的路線，這是京張鐵路最難施工的一段中間須鑿隧道，所需器材，先用騾馬馱運。

（五）工程預計，若兩端同時興工，經費不發生困難，則三年內，必可通至張家口，其關鍵則在溝山洞之鑿通，山洞通，則全路通車之期必近。

（六）經濟價值，京張往來，貨物每担的運費，需銀一兩二錢，每人旅費則需銀三兩五錢。鐵路築通後，每担運費可減爲二錢五分，每年可獲利一百八十萬兩，客運每日以五百人計，每里以制錢五文計，可獲利約二十六萬兩，養護費則每年約需一百三十萬兩。宣化的鷄鳴山煤苗甚多而佳，燃料無虞匱乏，鐵路開通後，可作進一步的開採，亦可獲利。

先生的報告上達後，認爲可行，乃於翌年，復率工程隊，自豐台起，再作詳細測量，二月開始，六月竣事，光緒三十一年四月，奉准設置京張鐵路總辦，以陳昭常任之，而以詹先生爲會辦兼總工程師。這是中國工程師負責建設一大的鐵路工程之開端，五月，設鐵路總局於天津，分局於北京。六月初八日，先生與總辦陳昭常會銜提出報告，畧云：

「査京張一路，由豐台至張家口，延袤雖僅三百六十餘里，而中隔居庸關、八達嶺，石峭實多。徧考各行省所修之路，以此爲最難，即泰西鐵路諸書，亦視此等工程至爲艱鉅。：：：謹就管見所及，擬分三大段興修：第一段由豐台至彰儀門，仍擬就原勘線開築之路，修至南口。：：：：：施工尚易。第二段由南口至八達嶺，高低相距一百八十丈（五百七十餘公尺）：：：：必須開鑿山洞，長六千餘尺：：：：：計自南口修築，每四十尺即須墊高一尺：：：：俟路成開車，南口與岔道城兩處須各備機車，以便上下斜坡，用兩機車推挽，幫助壓力，以昭愼重。第三段由岔道城經懷來、宣化等地達張家口，：：：：中間之上花園距鷄鳴驛二十里，地名蛇腰彎、老龍背等處，下臨羊河，：：：：現擬依山沿河，取山石墊高約六、七里，冀免開山鑿洞。由此至半坡街，石崗斜依十餘里，高低不一，彎曲又多，石質又極堅硬。必須逢曲取直，就低培高。：：：此次勘路所過大小城鎮，均不寂寞，沿途民戶亦繁，口外貨車，更源源不絕。此路早成一日，公家即早獲一日之利益，商旅亦早享一日之便安，外人亦可早杜一日之覬覦。」

在這個報告書中，並附有詳細的路線經過圖與地形剖面圖以及施工計劃及費用概算等，完全是一分科學根據的報告，當然是詹先生心血的結晶。袁世凱據以奏聞，奉准於九月初四日開工，十二月十二日開始在豐台敷軌，其第一口道釘，即由先生親自釘下的。八達嶺以上，爲了避免過陡的山坡和關溝六千餘尺的山洞，改經石佛寺後，向東迂斜，由青龍橋之東溝，以「之」字型路線上山，然後依計劃建築。

在工程進行中，先生所遭遇的困難有二，一即工程人才之缺乏，一即工人之難招。爲了解決第一個問題，特辦工程練習生與工程畢業生制，凡未受工科教育而入路工作的優秀端正青年，派爲工程練習生，施以基本工程教育，六年畢業，按其成績資歷，授以幫工程師與副工程師的職位，待遇從優，故人人知奮，對工程進行，裨益殊多。關於後一問題，附近百姓，風氣閉塞，不肯應募，不得已自他路調一部分，而開山鑿石，則改用炸藥，這是中國建設應用炸藥之始。先生又鑒於我國鐵路，沿自唐胥，多用英制，觀瞻所及，殊失體制，故京張路所用工程名詞等一律改用中文及中國的度量衡，而附以公制，此即後日先生創議編輯中華工學詞彙的濫觴。光緒三十三年，京張路第一段竣工，是年陳昭常調往東北任職，先生升總辦。光緒三十四年居庸關山洞與八達嶺山洞均完工。其時已設郵傳部，對先生特別傳諭嘉獎。畧謂：「該路最長之八達嶺洞工，實過於各路最長之工兩倍有餘。該總工程師詹天佑殫心測勘，督率在工各員勤奮開鑿，在工各員亦不避艱險，昕夕從事，用能剋期奏功，前經逐節履勘，均臻妥善，實深嘉許，着傳諭獎勵。」先生至此，始得到精神上之安慰。先生亦於洞工完成後，邀請外國工程界人士及關內外鐵路總工程師英人金達及工程師英人科克斯等至工地參觀，金達對先生之成就，極表敬佩，外人從此不再有建築京張路的中國工程師尚未誕生的謬論，先生眞是使中國工程界揚眉吐氣一番。由於京張路最艱難的部分，經已次第完成，清政府遂有展築至歸綏的決策，不用說這又是先生義不容辭的責任了。宣統元年五月十七日，京張路鋪軌至張家口，全線即告通車，是皆先生蓽路藍縷之創造精神的結晶。八月十九日舉行通車典禮，以南口車站爲禮場，中外來賓，數逾萬人。郵傳部尚書徐世昌致詞勗勉，有云：

「方路工經始以來，外人議者，咸以爲我國工程師不若歐美，因預料全工之不克完成，幾若衆口一詞，據爲定論。乃曾幾何時，全路險且巨之大工，人所聞而驚懼者，卒能履險如夷，剋期告蕆，以有今日之盛會。然則此路一成，非徒增長我華工程師之名譽，而後此之從事工程者，亦得以益堅其自信力，而勇於圖成。……此甚非細事」。

徐世昌對詹先生努力之成功，蓋已推許備至了。此項典禮中，先生是主人，當然也要說幾句話，他結結巴巴的說了一陣，總算敷衍過去。事後，先生問其友人：「余主辦京張鐵路最困難之事爲何？」友人以八達嶺山洞爲答，先生說：「非也，我頃報告致詞，乃比開山洞更爲困難。」蓋先生拙於詞令，故以大庭廣衆之間致詞爲最難。孔子說：「剛毅木訥近仁」，其先生之謂乎！不避艱難困苦，開創中國自己建築鐵路的新風氣，此種精神，我們無以名之，稱之爲詹天佑精神。此一精神，永垂於中國的鐵路史；鐵路當局爲了紀念他對鐵路建築的功績，南口建有詹天佑銅像，其精神永遠存在於國人的心目中，凡乘平綏鐵路而過南口者，見先生之銅像，無不肅然起敬。詹先生眞是永遠值得我們青年崇拜的以學術與技術救國的偉人！

悼東北抗敵英雄羅大愚

張慶凱

民國六十二年五月十日下午三時五十五分，東北抗敵英雄羅大愚先生仰臥在榮民總醫院二十七病房二十號病床上，沒有一句遺言地終止了他最後一次脈搏，告別了患難與共的太太—劉郁中女士，以及他共同革命奮鬥的同志，結束了他六十三載的可歌可泣的一生。

大愚先生籍遼寧遼陽，原名羅慶春，字澤南，參加革命黨時改名大愚。他畢業於北平輔仁大學和中國大學以及日本法政大學研究院。我在民國二十八年赴日讀書時，大愚先生已前我返回東北展開工作，未得識荊。但在留日同學以及東北青年朋友的耳語相傳中已經盛傳有位「魏中誠」者，奉中央秘令，正在東北現地從事抗敵革命工作。我歸國後方才知道那就是大愚先生的化名。

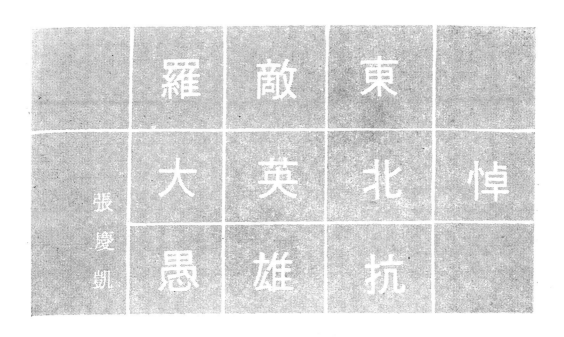

民國三十一年冬，我有機會在瀋陽小西關「魁星旅舍」二樓一間小房間裏，會晤到渴慕已久的「魏中誠」（當時只稱負責人），他修長的身體上穿著一套「協和服」腿上纏著遠在膝下的裹腿（當時這是日人對一般民衆的要求），他誠摯而和藹的面孔上微顯出蒼白與清瘦。他對革命與工作的堅定口吻的談話，給我留下一生難忘的印象。我記得當時在場的還有張寶慈同志（即「滾滾遼河」中的書記長）；事實上張寶慈同志我們在民國三十年即有多次會晤了。

我不願意像記「豆腐帳」那樣嘮叨大愚先生的行誼，因爲治喪委員會諸公已有適當的記述了；我也不願意歌頌大愚先生對黨的貢獻的豐功偉績，因爲那樣以我對當時革命工作的貧弱的了解。將掛一漏萬；事實上，當時革命工作在組織形態上，在領導原則上，在工作技術上，以及在工作實績上，眞是千頭萬緒，好像一部廿四史，使人不知從何說起。在此我所要說的只是就我所知的當年東北地下抗敵革命工作的若干點，尤其有關大愚先生的領導觀念所表現於革命行動上的深刻影響，畧抒所懷，藉以悼念大愚先生。如果現在的青年朋友都能對當年的青年們所作的不計個人利害，追求理想，奮鬥犧牲的革命行動；有深一層的認識，從而有所感應；這篇悼文就算有它的代價了。

一、東北青年有了報國的機會

在敵僞高壓而嚴密的統治下，從事地下抗敵工作，是艱苦而危險的。在中央的支援困難（自三十一年天津租界被日人強佔後，中央的支援幾乎已經中斷）等於獨立作戰的情況下，發展組織，對敵鬥爭，更是艱苦的。它需要超人的革命精神與靈巧的工作技術；而且要有豐富的知識、高度的智慧，正確的認識與無比的勇氣。大愚先生所領導的組織，在中央的支援不絕如縷的情況下，繼續達六、七年之久；在敵人嚴密控制地區（當時敵僞控制戶口調查極爲徹底，特務網星羅棋佈，出入境必須持有特定證明文件，食糧均屬配給制度，每戶必有配給食糧的「通帳」，旅行須有身份證明。旅館夜間不時有軍警「查店」，村裏均實施保甲連坐，眞可謂天羅地網一般）建立據點，作爲領導中心；發展組織，向敵人各階層浸透，實非易事。到了民國三十二年我們的組織已經在各省縣市普遍地建立起來；雖然敵人不斷搜捕到一部份同志，但被捕同志沒有一個供出組織關係（當時多屬單線關係，同志間均無橫的聯繫，故甚難株連），所以始終未受到嚴重的破壞，相反地，一般青年因爲輾轉聽到了革命黨人零星被捕的消息，得悉中央政府已派員深入東北推展抗日工作，都異常興奮，以爲自己已有了報國的機會；乃紛紛參加革命的陣營。所以搜捕若干同志反成爲我們展開宣傳發展組織的有力機會。「野火燒不盡，春風吹又生。」革命組織在各省縣市各階層普遍建立起來以後，使敵人感到風聲鶴唳，草木皆兵；頗感身邊無可信之人，亦無可用之兵。這份心理恐懼，使他們安定內部的保安工作，與支援前線作戰的生產建設工作，都受到了無比的打擊。

羅大愚近照

二、「五二三」事件

到了民國三十三年七月二十九日，盟軍B29飛機第一次大舉空襲東北，炸毀東亞最大煉鋼廠「鞍山製鋼所」的熔礦爐；「負責人」乃配合此一時機，宣佈自此時起，我們的秘密工作階段，轉變爲半公開階段；革命鬥爭日急，敵人的恐懼益深，我們的的革命「總部」，已由東北的工商中心——瀋陽——轉進到僞敵的政治心臟地帶的長春（當時的敵僞首都新京）。爲了配合國軍的反攻進展，東北現地的公開武裝鬥爭，已迫近眉睫。不幸到了三十四年五月二十三日，革命組織的最大一次被破壞事件發生了（在那以前亦曾有兩次較大的事件，一爲民國三十年十二月卅日的事件，一爲「三省黨部事件」，前者又稱爲「一二三〇事件」，犧牲同志多人）；大愚先生在長春被捕了，書記長張寶慈同志在瀋陽被捕了，各地領導幹部亦同時有多人被捕。（筆者則於五月廿九被捕入敵僞錦州監獄。）革命組織受了嚴重的打擊；此即著名的「五二三事件」。可是革命工作早有應變準備；所以有第二負責人與第三負責人之設。第三負責人是社長高士嘉同志，（現任成大教授）沉著應變，督率全體未被捕同志，整頓組織，部署據點，繼續推展工作。大愚先生身繫囹圄，雖身受酷刑，仍努力保衛組織，並展開獄中工作。艱苦卓絕，毫不鬆懈，以抵於民國三十四年八月東北光復。至今仍然使人難忘的「五二三紀念歌」，就是那時獄中感懷之作。其詞曰（按黎錦暉所作「總理紀念歌」歌譜塡成）：

五月二三，黨人蒙難，蒙難苦如飴；
嘗盡了辛酸，受遍了嚴刑，發揚了民族正氣。
患難相助，生死與俱，大家親愛精誠，難中加倍淬礪；

× × × × × ×

生存一日，奮鬥一日，抗敵莫休止；
激勵我同志，整編我組織，補充我戰鬥實力；
獄中工作，積極開闢，大家要再接再厲，爭取最後勝利；

× × × × × ×

黑山白水，久遭塗炭，收復事業鉅；
武器的流血，秘密的鬥爭，十餘年前仆後繼；
打破枷鎖，拿起武器，大家要奮勇殺敵，重見青天白日。

三、生命和血所堆砌的工作

羅先生所領導的東北現地抗敵革命工作可以引用「滾滾遼河中」一段文字來形容。那就是：

那是一個什麼時代？那是一個偉大而悲慘的時代！那是一個用生命寫歷史，用血寫詩的時代！那是一個用生命寫什麼工作？那是一種偉大而悲慘的工作！那是一種以生命和血所堆砌成的工作！那是一種事實上確已存在而令人懷疑它是否曾發生過的工作。

那個時代，我們都自然而然地，拋棄了一切地，做了那種工作。」

這段偉大而悲慘的，以生命和血所堆砌的工作，究竟對我國全面抗戰有什麼樣的貢獻？至今很少被人們注意與研究；也只有將來待歷史家來探討評價了。今天，我以一個身臨其境躬逢其盛的一員來說，只能勉強對它的若干特徵作粗淺的分析，供應史家將來評價的參考而已。

四、青年知識份子的怒吼

很顯然地，參加這次以生命作孤注一擲的革命同志有著幾種特徵：

第一個特徵：這是一羣青年人的愛國革命團體，也是一羣知識分子的革命團體。

青年的特徵是有勇氣不計利害，不怕危險，並能追求理想的；知識分子的特性是能認識眞理明辨是非，常常爲民衆先鋒的。國父領導革命推翻滿清，以及 總統領導革命完成北伐與抗戰，都是以青年爲骨幹，東北現地革命抗敵工作也是如此，也是以青年知識分子爲中心的革命行動。這個革命組織裏青年知識分子佔百分之九十以上；可以說是以青年知識分子爲骨幹的革命集團。

當時參加此一革命組織的同志，年齡均在十八歲到三十歲之間（例如：大愚先生於民國廿七年由日本潛回東北主持工作時年僅廿九歲，書記長張寶慈與社長高士嘉，先後由日返國，當時亦不過廿四、五歲。如以民國三十年爲準，計算當時同志的年齡的話，其年齡較大者爲王常裕、許俊哲、田裕樸、項潤崑等幾位，只不過三十歲左右。而實際上他（她）們參加工作的時間則尤早。至於一般同志多在廿歲左右；其中最年輕者爲史惟亮、杜慶毅、秦學明、衞繼堃、朴維廣諸人；年僅十七八歲而已。（筆者當時爲廿四歲。）濟濟羣英，頭角崢嶸，都把他（她）們的寶貴生命無條件地貢獻出來。

這些人的學歷都在高中以上；有的是大學在學，有的是大學畢業或國外留學歸來。他（她）們認識到國土淪喪，同胞備受凌辱；整個中華民族已瀕臨到存亡絕續的關頭；他們認爲只有獻出自己，在敵人的心腹地帶——東北陷區——與敵人作殊死周旋，方能予敵人有力的打擊，以援救國家的危亡，爭取最後勝利。這正是當大家毅然參加抗敵組織的原因。至於這項革命行動能否成功？以至於何時能成功？在當時大家的心中，都根本沒有作太多的考慮。這些青年之參加革命，在意識上僅是一項奉獻，也就是在國家危急存亡之秋，大家只有把自己的一切，包括生命，無條件地奉獻給這苦難的國家而已。

這些青年，他們的抗日思想組織形成，可以說是由來已久；「冰凍三尺非一日之寒」了。回想在民國十幾年間（九一八事變前），因爲日本的侵畧行動，已在東北着着進逼；東北各界乃紛紛展開抗日運動。尤其在教育界，許多先進，早已倡導起抗日教育。曾記得在民國十七年春季，筆者的故鄉——遼陽——城北大紙房村，舉行北區各小學校聯合運動大會，筆者當時正在城北小煙台小學就讀，故能躬逢其盛；在大會開始各校代表入場繞場一周時，大家唱的就是抗日進行曲。其詞畧曰：

「日本小鬼眞正頑，奪我旅順大連灣……癸亥三月廿六日，強迫我允許更是頑。……」（其全詞已難盡記）。

全場高聲合唱，響徹雲霄；抗日思想，早已在小學兒童們心底萌芽。民國十八年我入遼陽縣的最高學府——東師範——讀初中，當時校中已設有「黨義」課程（即三民主義），由馬冀北先生任敎；其社會學科各老師亦多將國家民族思想揉雜於各科敎學之中。有一位敎地理的姜××老師（名字已遺忘），當講到安東省地理的時候，他就提起了鴨綠江大橋的故事：他說連接我國安東與朝鮮新義州的鴨綠江大橋，正是日本經由朝鮮直通我國東北的侵畧捷徑；此橋竣工後，則日本侵畧東北的行動，即可朝發夕至，爲我國心腹之憂。他並舉出某愛國詩人的一首詩來驚惕我們，其詩曰：

「仰天長嘯嘆遼東，默默愁雲遍太空，
鴨綠江橋工竣後，江山半壁有無中。」

並高聲朗誦給我們聽，慷慨悲歌，聲淚俱下；在我們幼稚的心靈上，留下了難以磨滅的印象。所以至今難忘此詩。

民國廿年九月十八日，震驚世界的砲聲響了，日本軍閥多年來處心積慮「進軍滿州」的事變發生了；東北的政治經濟文化中心——瀋陽——被日軍佔領了；當時我正在遼陽東師範讀初三，當晚大家還不知道這項驚人的消息。次日（九月十九日）早飯後，學校老「堂役」（當時稱校工爲堂役）一面搖鈴（當時上下課均以打「點」爲號，只有緊急集合才搖鈴），一面口裏喊著「全體同學到科學館前面集合」；同學們都不知道發生了什麼大事。集合好以後，校長（孫爾昌先生字鑑謀）上台發表說：「現在，我們東北完了！我們中國危險了！日本人昨夜已經發動事變，進軍瀋陽了！說到這裏已泣不成聲，無法繼續說下去；全體師生一齊淚如雨下，被這突然的消息驚呆了。接著有一位南方籍的祖敬亞老師，上台講了一段東北及中國形勢，並簡單分析了日本此次發動侵畧的前途問題；結論是救亡圖存只有靠青年們的一致奮起。孫校長的幾句話，深深地浸入了每個同學的心底深處，匯成了以後抗日革命的源泉。

我寫這段事實經過，在說明東北青年知識分子的抗日思想，早已根深蒂固；日本佔領整個東北成立傀儡政權——滿州國——後，荼毒我同胞，凌辱我華夏，東北青年早已磨拳擦掌，準備與之一拚了；可是苦無門路和領導人可尋。大愚先生密銜本黨中央使命，深入東北工作，這些青年知識分子欣然參加組織，蔚成革命洪流，也可以說是非常自然的事。青年知識分子是時代的先鋒，當國家危急存亡之秋，奮然起來，勇敢的擔負起國家興亡的責任，也是當然的事。

五、挽救國家的危亡，追求自由平等的理想生活

談到第二個特徵，那就是這羣青年知識分子，他們之所以參加革命，是在挽救國家的危亡，追求自由平等的生活。

自由平等是可貴的，可是獲得自由平等的代價是昂貴的。溫飽是人們共同所需要的，可是，當自由平等與溫飽二者不可兼得的時候，青年知識分子就會毫不考慮地爲了獲得自由平等而放棄溫飽。家庭幸福，財產名位也是人們所經常追求的，可是，當它與自由平等相衝突的時候，青年知識分子又會放棄家庭幸福與財產名位，而追求自由平等的理想生活。生命是寶貴的，可是，當國家危亡，生命享受不到自由平等的時候，青年知識分子又會毅然地犧牲小我的生命，而爭取大我的自由平等，以挽救國家的危亡。正因爲自由平等與國家民族的價值高於溫飽、家庭幸福、財產名位，甚至於生命，所以才有寧願犧牲後者而獻身革命以爭取自由平等的行動。這些話正可以說明了這羣青年知識何以捨棄自己的溫飽生活、家庭幸福、財產名位，甚至不惜犧牲自己的生命而參加抗敵工作，以爭取自由，挽救國家危亡的原因了。

這羣參加東北現地抗敵工作的青年，都受過良好的教育，有著溫飽的生活和幸福的家庭；如果想明哲保身，當起日本的「順民」，以追求個人的財富和名位，大體上是沒有困難的。可是他（她）却捨此不顧，偏偏地要參加抗敵組織，寧願用小我的生命，來反抗敵人，以換取大我的自由平等，挽救國家民族的危亡；這正可看出青年知識分子的犧牲，以及自由平等與國家民族的可貴了。

這羣東北現地抗敵分子有許多是留日學生，有許多是醫生、大學教授與學生、作家、新聞工作人員、中小學教師、工程師、公司職員、法官、以及中上級官吏、軍官等等；他們在個人生活上是沒有任何困難的，甚至有許多是享受日本人的優遇的；但他（她）們却棄之如敝屣，參加了革命組織，變成了反滿抗日的先鋒，過起在生死線上掙扎的生活。不懂青年特質的人，常會引爲不可思議；今天說起來，還有點令人難以置信。

不過，大愚先生所領導的革命組織，是不輕易吸收一個同志的；他要愼選又愼選，要先經過「物色」，再經嚴格的考查，然後方能正式吸收。一方面要考查他的品德，一方面要考查他的來歷和革命意識。這當然是爲了保衛組織，防止敵人的滲透；更是爲了保持組織成員的水準。因此，這個組織的成員眞是既純潔又高尙。

六、威武不屈的硬漢

第三個特徵，是他（她）們都是威武不能屈、堅忍不拔的硬漢。

這項鐵與血的革命工作，既危險又艱苦；要做一般人所不能做或不敢做的事，需要有冒險犯難的精神，要有堅苦卓絕的毅力，要膽大心細，要沉着勇敢，常常要廢寢忘餐，日以繼夜的工作；常常要滅絕私人的感情甚至愛情，常常要忍受他人所不能忍受的卑視與歧視；爲了工作，爲了工作成功，這些人常常要過著非人的生活（有些同志因爲工作環境惡劣，滿身蚤子，而自我解嘲名之日「革命蟲」）。尤其當他們不幸被敵人逮入獄的時候，爲了保衛組織，他們必須咬緊牙關，忍受酷刑，絕不能株連其他同志；這是這羣革命青年每個人必守的信條。因此，這個革命組織才能在敵人嚴密的統治下歷經了七、八年的時間，仍然能屹立不動，且能日益發展的原因。

日本人的刑訊是殘酷的，是非人道的；他們用「上大掛」、「灌涼水」、「灌辣椒水」、「過電」、「毒打」、「疲勞審訊」、「跪磚頭」、「用馬尾透生殖器」、「由香烟頭燒身體」、「壓槓子」、「斷水」、「斷食」……等等非刑，來對付被捕

的同志；實在是非人類肉體所可忍受的。可是，很奇怪的，人類的堅強的意志與威武不屈的精神，却常常可以克服這些嚴酷難忍的非刑。儘管日本人用這些非刑來折磨我們，被捕的同志仍然能咬緊牙關不牽連其他同志，使日本特務束手無策，無法從被捕同志口中得到有關組織方面的任何資料。這就是革命同志們的威武不屈堅毅不拔的精神表現。

曾記得「五二三事件」發生後，筆者與若干同志於五月廿九日同時在錦州被捕，（被捕者並非因同志的口供被株連，乃係長春總部被破壞，一部份組織資料被蒐取的原因。）受過一個多月的刑訊，仍然沒有一個同志供出組織來。最後日本的特務們看看實在沒有辦法了，只好說：「好了！我不再問你們還有誰了！我知道打死你們仍然誰都不肯供出組織關係來，現在只要你們告訴我，你們個人作了什麼就夠了；反正你們無論如何是不會供出其他人來的。眞奇怪！你們每個人都一樣，誰都不肯供出其他人來。」正因爲如此，未被捕的同志方能安然地繼續工作，組織屹立不移。這話說起來，已是廿九年前的往事了。現在回想起來，我自己都不明白爲什麼那時候有那樣堅強的意志，能熬過那樣可怕的酷刑。

當年曾讀過論語裏的「朝聞道夕死可矣！」、「匹夫不可奪志也」、「仁以爲己任，不亦重乎？」、「仁者不憂、勇者不懼」、「內省不疚，夫何憂何懼」、「志士仁人，無求生以害仁，有殺身以成仁」、「回也三月不違仁，其餘日月至焉而已」諸語；雖然這些警句過經業師郝倡九老先生詳細講解過，但始終感覺到這些「道」、「仁」等都是玄妙之理，高不可攀；對它的眞實意境，未能確切把握。可是，這次在獄中，這些格言警句都起了極大作用，都被用來作爲安慰自己心靈抵抗酷刑的原動力。在獄中百受折磨之餘，才漸漸對它有了較深的領悟。感覺到自己現在的不屈不撓地爲了大我而犧牲奮鬥，毫無私利私欲；這也許就是志「道」而居「仁」的境界。因而在即將被判死刑結束人生之旅的當口，自己却以爲求仁得仁，內心坦蕩平靜，了無凡俗雜念；既無愁苦感覺又無恐懼心理；只是靜待死神的到來。其內心境界，非僅前此所未有，亦以後所絕無；也許這種心境就是儒家所樂道的「仁」的境界吧！而這些同志他們之所以能艱苦卓絕地以血肉之軀抵抗酷刑，就是發自「仁」的力量吧！經過這次經驗，我深深地體會到「仁」「道」不屬於知識的了解，而是生活的體驗；換言之，儒家之「仁」「道」，不是單純可以用知識去了解的，而是要透過經驗來體會的。「仰之彌高，鑽之彌堅」；那是缺乏經驗僅用知識的追求，當然無法領會「仁」、「道」的；陽明先生如果不身陷龍場的困厄環境裏，可能仍然無法理解出聖人之道的。

第四個特徵，是這羣青年知識分子的革命者多半是了解日本，並且是了解日語的。他們有許多是留學日本歸來的學生。「負責人」羅大愚先生，第二負責人的書記長張寶慈同志，第三負責人的社長高士嘉同志，固然都是留日的；其他如張鴻學，王孝華、張渠、及筆者，亦係留日學生。其他在淪陷區讀書，亦多了解日文日語，並且深刻地了解日本。此等人的抗日精神，反特別高昂激烈，成爲抗敵的急先鋒。日人逮捕此等同志後，發現此一現象，乃至爲驚訝，自認是日本人的最大失敗。他們本以爲經過他們教育培養的青年，應該是他們的親信，結果反倒是他們最激烈的敵人；使他們對自己的殖民地政策都發生了極大的懷疑。這也算是我們抗敵工作的另一項附帶影響吧！

記得筆者被敵人審訊時，審訊人員始終都是由日本人來擔任，全部都是用日語對話；而不用翻譯人員。我自己常常感到好笑，自己學會了日文，原來是準備作受審訊用的？

七、不讓鬚眉

第五個特徵，是這個革命組織裏有大批的女性同志。

在抗戰時期有一個極流行的口號，那就是「人不分男女老幼，地不分東南西北」；在東北現地抗敵革命陣營裏，充分實踐了這句話。除了男性青年外，有大批的婦女同胞，也參加了工作。羅先生的夫人——劉郁中女士、書記長夫人——澄波、社長夫人——王素清、田欲璞夫人——項潤崑、以及王大華夫人、姚彭齡夫人、許俊哲夫人、張渠夫人、齊覺生夫人、何廣文夫人、孫廷奇夫人、孫寶珊夫人——李維嘉……等等，都參加的工作；並且都有英勇的表演。除此之外，其他只要有眷的同志，他們的夫人（已無法作一一指出）大都參與了工作，協助先生，奮勇抗敵。筆者內子——王效孟—也蒙組織核准，參與革命行列，擔任接待同志，保管刋物，懸掛信號，傳遞消息等工作。其不避危險，沉着鎮定的工夫，尤爲我所不及。「五二三事件」發生後，我被捕入獄，始終未供出她的關係，所以她仍然逍遙事外，用「密寫」方法與獄中的我聯繫。遼西若干同志的未被捕獲（吳尹生同志即其一例），我的許多秘密文件的未被搜到，都是她的傑作。至於一般同志中的女性，爲數也不少。例如在台的張淑筠、劉作相、元翠蘭等，以及在「五二三事難廿週年紀念文集」中與「滾滾遼河」小說中所記載的女同志，有的獨立單任戰鬥任務，有的與男同志作假夫妻，以掩護工作；表現都極爲英勇。以後「五二三事件」發生，她們也被捕入獄，備受非刑；眞是悲壯慷慨，不讓鬚眉。

八、結語

「時代考驗青年，青年創造時代」，這羣東北現地抗敵青年，在國家危亡民族命脉不絕如縷的當兒，不計個人利害，拋却家庭幸福，不顧名位利祿，摒絕私人感情，爲了追求理想生活，爲了挽救國家危亡，毅然决然地參加革命組織，將自己寶貴的生命，無條件地爲國家民族貢獻出來；那種精神，只可以拿一句「驚天地、泣鬼神」的話來形容。他（她）們算是盡了作一個中國人，作一個中國青年的義務；可以說「仰不愧於天，俯不怍於人」，因此乃能有「雖千萬人吾往矣」的大無畏精神；那種「富貴不淫、威武不屈」的心裏情況、可以說已上達到「仁以爲己任」的境界。

今天我們的國家又面臨到了新的強敵，我們深信，現在的青年朋友會像前一輩青年一樣，不計個人利害，爲了追求眞理，勇敢地擔負起反共復國的時代責任。

當年的那羣青年抗敵分子，他們的參加抗敵，是純眞的，是毫無私利私欲的。是不折不扣的革命者。據統計總數約三千餘人。他（她）們中的一部分有幸逃離大陸，輾轉來台；可是一部分則淪陷大陸，受著凌辱摧殘；死難者將遠較抗日時期的犧牲者爲多；今日大陸的即或僥倖未死，也是在生死線上掙扎，過著人間地獄的生活。當此「負責人」羅大愚先生在台仙逝，我們撫今追昔深致哀悼的當兒，對那些不死於抗戰而死於共患的同志們，我們的內心能不興起無限的激奮與哀傷嗎？

請介紹，

請訂閱，

請批評，

請指教。

闕漢騫將軍傳

蕭天石

闕將軍漢騫，字撥雲，民國前十一年夏曆十二月初十日，出生於湖南省寧遠縣北鄉，距九嶷山約六十里之闕家莊。遠祖始自元季，三遷而至闕家莊，世代耕讀，崇尚孝弟儉樸，忠誠篤實，相習成風。將軍鍾山水之靈氣，幼而挺拔，英勇異於常人，六歲延師課讀，倫英小學畢業後，入十三聯合中學，後考入法政學校，每試輒列前茅。

民國九年，奉父母之命與歐陽康鸞（字楊如）女士結婚。嗣以國事日非，深感「天下興亡，匹夫有責。」便爾投筆從戎，考入教導團。時革命思潮瀰漫，將軍決心從事革命，經楊熙績、覃理鳴二先生介紹，加入國民黨，旋即考入黃埔軍官學校四期，畢業後即服務於武漢分校。

民國十九年國民革命軍教導第三師成立，武漢分校錢教育長大鈞出任師長，將軍調充學兵連連長，復歷任營長、團長。教三師旋改第十四師，師長為陳故副總統辭公，將軍以勇敢善戰，足智多謀，深獲辭公賞識，於民國二十六年即升為少將旅長，二十八年夏，升任第十四師師長。

自託兵間，大小百餘戰，其間尤以十四師七十九團團長任內，廣昌下坪之役，共軍以十倍於我之人海戰術，猛攻廣昌，戰至午夜，兩翼友軍為共軍突破，倘將軍扼守下坪腹背之天府山不守，則戰局不堪設想，當此千鈞一髮之際，將軍身先士卒，奮不顧身，親擲手榴彈數十枚，全團官兵士氣大振，勇猛衝殺，共屍遍野，戰局始轉危為安，上峰特加獎許，並加發官兵恩餉兩月，明令記升，此役之重要由此可見。次為雩都流坑口之役，其戰鬥之猛烈，亦屬罕見，實為江西剿共最後之一戰。

抗戰軍興，羅店洛陽橋之役，將軍率部英勇奮戰，迨上海轉進時，奉命担任掩護任務，於誓節渡一役，白刃相接，反復肉搏，使敵胆寒，而泣鬼神。又如二十八年冬，粤北會戰，出奇兵進擊，一鼓而下翁源、花縣，迫敵倉皇敗退至廣州近郊。二十九年夏，師次柳州，將軍尊翁興富公仙逝，以戰事方殷，將軍移孝作忠，墨經以從是年秋復有崑崙關之役，迄滇邊告緊，將軍奉命進駐雲南，推進至越南邊境，以呼應印緬之戰。三十三年將軍親率十四及五十兩師空運緬甸，解盟軍密支那之圍，復以戰功，榮升五十四軍軍長，於是年秋，強渡怒江，進攻高黎貢山，克騰衝、芒市，與盟軍會師畹町。開抗戰勝利之先聲，蜚聲中外，譽及層峰。三十四年秋，將軍奉命率部反攻南寧，軍次百色，敵寇投降，八年苦戰，於焉結束。後將軍奉命受降廣州，並兼任廣州警備司令。

抗戰勝利，共軍逞亂，將軍奉命率部馳援膠東，甫抵青島，即墨已告不守，而青島亦岌岌可危，將軍即命一九八師擊潰城陽共軍，進克即墨，又命第八師卅六師強渡大沽河，收復膠縣，鏖戰高密，進迫益都，打通膠濟路，攻克烟台，膠東剿共戰役，厥功甚偉。三十七年春，將軍奉命赴援遼西；是年冬回師蚌埠，以解友軍之圍。三十八年五月，受命為浦東兵團司令官，保衛上海，完成掩護任務後，安全轉進台灣。

來台後，奉命任中部防守司令官，是年冬辭斯職，就任台灣防衛副總司令；三十九年夏，調任東部防守司令官；四十一年調任澎湖防衛司令官，職責兼重，積勞過甚，健康欠佳，恐負重託，堅辭現職，以資調養。

將軍在軍中先後凡三十餘年，北伐、剿共、抗戰、戡亂無役不與，在其數名戰役中，尤能指揮若定，雖古之名將罕有過之也，豈僅功在黨國而已哉！曾以戰功榮獲雲麾勳章多座、寶鼎勳章多座，以及美國棕色勳章等，可引為殊榮也。

將軍生平持身謹嚴，生活簡樸，待人寬厚，處事公正，且復直道而行，嫉惡如仇，剛方自守，不稍假借，不事阿附，凡深知其為人者，莫不坦然相處，久而彌敬也。將軍一生除於書法有偏愛外，無其他嗜好，於軍中數十年，常以文具相隨，日臨擘窠大字數百，即在戎馬倥傯之時，亦無一日間斷，其學書也，於古人碑帖，觀摩多於臨摹，不拘一格，心之所好，隨興而書亦不刻意求其酷肖，取其形態骨氣神韻而已，故常有狂獷之筆，別具風格，已故黨國元老吳稚暉先生，曾譽之為撥雲體。四十八年曾於台北中山堂開個人書展，其飛草正氣歌及行、草、楷、隸四體千字文，尤獲各方佳評，備極一時之盛。不數年曾以心臟病住院治療，時癒時發，遍延名醫，未能根治。

五十二年曾以一度中風，矧致半身不遂，步履維艱，仍每日讀書習字，並日以誦經念佛為小課，藉以增益身心，安泰恬靜，而怡養其天年也。五十七年將軍又以氣管炎，入榮民總醫院治療，不幸再次中風，致全身麻痺，漸失知覺住院期間，闕夫人及長公子定正，親侍湯藥，未離左右。而闕夫人焦慮過甚，致右目失明。翌年次公子至正於美國得碩士學位，回國省親時，始悉上情，即放棄攻讀博士原意，侍奉左右。而女公子天正、培正，孫女利滇均不時自美歸省，用親慈澤、而盡孝思，實不可多得也。民國六十一年十一月十一日（夏曆十月初六）下午三時半，終於醫藥罔效，與世長辭，夫人及公子等均隨侍在側。

將軍夫人係出名門，大家風範，於民國九年結褵迄今，凡五十二年，相敬如賓，教子有方；長子定正畢業於國立中山大學，政工幹校研究班，美國民事學校，現任教中正理工學院；次子至正畢業於國立台灣大學，美國印第安那大學碩士，現任職中信局，兼教淡江文理學院；長女天正畢業於國立台灣大學，美國印第安那大學碩士；次女培正畢業於靜宜女子文理學院；長孫女利滇，畢業於銘傳商專，現均隨夫在美。長孫光儒現就讀於仁愛國中；次孫女利麗，現就讀於金華國中。

張靈甫將軍事略

周志道

張靈甫同學，陝西長安人，黃埔軍校第四期畢業後，分發第一師，歷任排、連、營團長，參加北伐、剿共各役，智勇兼備，迭著戰功。民二十五年離第一師，投効陸軍第五十一師，任司令部上校高參，抗戰軍興，隨軍參加淞滬會戰，同年十月調一五三旅三〇五團團長，上海撤退，余奉命率部扼守望亭，掩護友軍進入錫澄新陣地。時將軍隸屬本旅指揮，余即以將軍所屬之三〇五團佔領京滬鐵路一三七號鐵橋，及運河鐵橋，迎接犯敵，阻敵窮追，於二十一日拂曉，敵挾陸、炮、空優勢，向我陣地猛撲，我一三七號鐵橋守軍，因死傷重大，形勢危急，將軍親臨督戰，將頑敵擊退，穩定戰局，激戰至二十四日黃昏我友軍部署完竣，任務達成，我即令將軍炸燬一三七號鐵橋，向無錫以西紅菱鎮歸建。同年十二月保衛首都，於水西門、莫愁湖之線，與敵鏖戰兼旬，敵未敢越雷池一步，於九日夜，我雨花台友軍棄守，中華門被敵突入一部，將軍奉令率部入城增援，激戰一晝夜，敵勢稍挫，十二日政府忍痛下令放棄首都，將軍遂率部轉進江北，繼續奮鬥。二十七年五月上旬，參加豫東會戰，於蘭封，毛姑砦，三義砦各役，將土肥原主力擊潰，擄獲機要文件甚多，我軍盡悉奸謀，有利整個戰局，厥功甚偉。同年秋晉升一五三旅少將旅長，參加贛北會戰，於張古山、長嶺、箭爐蘇各役，將敵一〇六師團主力殲滅，造成開國二十七年雙十節之大捷，寫下抗戰史上光榮之一頁。二十八年三月敵集結一〇一、一〇六兩師團進犯南昌，另一部渡修河，陷奉新，迫近高安，大有席捲我贛西北之形態，師奉令馳援，以一五三旅於祥符觀，楊家祥之線，堵擊犯敵，鏖戰竟日，相持不下，敵復由萬壽宮方面大量增援，我祥符觀陣地，被敵突破，將軍即親冒鋒鏑，督隊掃蕩，使滲入之敵，一一就殲，而將軍左腿亦不幸中彈骨折，經年始愈。三十年秋，升代五八師師長，參加衢洲、鄂西、常德諸大會戰，因功奉頒四等雲麾勳章。三十四年春，日寇坂西一良率衆十餘萬，傾巢西犯，圖奪沅、芷，進窺陪都，將軍於雪峰山麓，與敵血戰二十餘日，將敵完全擊潰，造成湘西大捷，八年艱苦抗戰，此爲最後一役。將軍因功奉頒四等寶鼎勳章，並晉任七十四軍副軍長，三十五年五月晉任軍長兼首都警備司令，同年移師蘇北，收復兩淮，嗣又協同陸軍第一百軍攻克新安、郯城、臨沂諸縣鎮，使陳匪狼狽北逃，因功晉授三等雲麾章。三十六年五月上旬，奉令由垛莊向坦埠匪巢攻擊，因該軍裝備笨重，不適合山地作戰，將軍奉命後，即向上峰申請改變任務，未蒙核准，遂於十一日對坦埠之共軍作果敢攻擊，匪雖頑抗，終受該軍猛烈打擊，不支後退，當日佔領馬牧池，水塘崗之線，軍部推進柳汶附近，十二月共軍以一部增援坦埠，另以有力股共軍，向該軍兩翼迂迴，十三日拂曉，該軍渡汶河繼續猛攻，共軍死亡枕藉，被迫後撤，至黃昏攻佔桃花峪、火箭山、佛山、李家莊等地，軍部推進至高家岩，是日(十三)晚，共軍以一、二、三、五、七、八各縱隊，均加入戰鬥，開始向該軍猛烈反擊，將軍鎮定指揮，仍令全線向共軍猛攻，共軍頓挫，十四日左翼二十五軍黃斗山陣地，於黎明前被共軍攻陷，共軍乘隙沿汶河西岸南犯，致該軍右翼及後側背完全暴露，感受重大威脅，正面之共軍，復以全力猛撲，將軍深感情勢嚴重，遂將狀況演變經過，向湯司令官恩伯報告，蒙示以孟良崮爲核心，吸引陳毅主力於該方面，然後會合援軍而擊滅之。將軍受命後，於十一時開始行動，在轉進途中，遭共軍處處襲擊，行李輜重，損失頗重，其餘部隊均按照計劃撤至賈家莊、石旺岩、馮家莊、焦家峪、雞窩廬山孟良崮五四〇之線，佔領新陣地繼續戰鬥。陳毅蜂湧跟至，同時集中火炮向我猛擊，戰況異常慘烈，卒因官兵奮勇抵抗，共軍未得逞。十五日共軍以有力一部繞道攻陷垛莊，切斷該軍後路，至此該軍四面受敵，戰鬥更爲艱苦，同時共軍以人海戰術，向各師陣地輪番衝殺，鏖戰竟日，斬獲無算，各師陣地，仍屹立無恙。十六日拂曉，共軍攻勢益猛，孟良崮五二〇高地爲共軍攻陷，共軍勢益形猖獗，乃不顧死活，瘋狂猛撲，我因死傷重大，將軍爲節約兵力，及顧慮爾後持久戰鬥，乃决心調整陣地，以孟良崮軍指揮所爲核心，繼續鼓勵士氣，與共軍白刃肉搏，誓與陣地共存亡，但孟良崮全是岩石組成，無法構築工事，人馬暴露，毫無遮蓋，兼之水糧俱絕，飢餓難忍，一旦遭共軍炮擊，岩石與槍彈齊飛，殺聲與哀聲共響，忠骸遍野，血流成渠，戰至午後，卒因衆寡懸殊，死傷殆盡，將軍知大勢已去，無力挽救，於是拍發最後電報，向上峰報告戰鬥經過，然後集合少數官兵，高呼「中華民國萬歲！」「蔣主席萬歲！」將軍另寫好之遺書，交楊占春少校保存，囑其脫險後，送交其妻王氏。至十八時許，遂與少將副軍長蔡仁傑，五十八師少將師長盧醒，少將副師長明燦，少將團長周少賓，參謀處長劉立梓等舉槍自戕，集體成仁。斯時余率部行抵青駝寺附近，忽烏雲四合，雷雨交加，地面上的塵埃被狂風掀起千餘丈之高，天空落下的冰雹，比拳頭還大，不斷向我們頭頂上打來，於是官兵雨具全毀，也有被冰雹擊傷的。在這短暫時光，眞是日月無光，山河變色，我從軍數十年，從未看見過這樣陰陽舛氣的天候，因此，我心裡便有一種預感，其預感是：「天干反常，地支不和」，我七十四軍的命運，在最短期間，恐怕有一場大災大難，和無可挽救的浩刧。迨至深夜，忽然有一位七十四軍五十一師第一五二團第三營少校營長張清忱前來報告該軍全軍覆沒經過，噩耗傳來，肝胆俱裂，且七十四軍在八年抗戰及兩年平亂，用全軍官兵的血肉，保衛了中華民族的生存和救護了許多同胞的生命財產，今干城已毀，棟樑已折，從此國家多事，國民難以安枕了。將軍治軍二十餘年，獻身黨國，勳猷卓著，死事壯烈，曾蒙 總統蔣公飭勘魯南山區一部爲靈甫縣，另以巡洋艦一艘命名爲靈甫號，又軍人魂訓詞內叙列第一人，頒發第三號旌忠狀，榮典優異矜式羣倫，惜將軍年邁老父尚陷大陸，生死未卜，遺妻張王玉玲於三十九年携子去美，因魚雁鮮通，近狀未悉，懷念烈屬，悲感不已！謹將靈甫同學生平事蹟及壯烈殉國情形，概畧追述，以彰忠烈，而資紀念云耳！

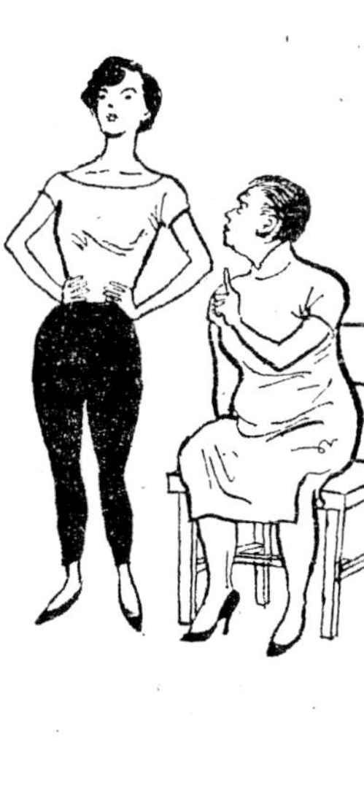

李涵秋軼事

— 囈醒 —

涵秋先生已離開人間四十餘年，尚未爲人所遺忘，爰就余以後生追隨涵秋先生相交往還之經歷，以及知其生平一鱗一爪，尚未爲報章雜誌記載道及者，特予補記。

涵秋先生每由其家中至第五師範學校授課，在揚城尚未有黃包車時，乘獨輪車，俗所謂一輪明月，有黃包車時，乘黃包車，每行至途中，在車上低頭垂目，頭左右搖動，似熟睡者然，其友某君向其詢問曰：「君在車中，均昏然入睡，豈車中有催眠劑耶。」涵秋曰：「余實未睡，無他，余不願見道旁途中相識之傖夫俗子，與之頷首交談，故寧閉目僞睡，不見一物，樂得眼前清靜，免傖俗氣沾染吾身耳。」

涵秋蓄有一黑驢，繫於北門城門外船戶錢駝子家，每月給錢工資爲其飼養，驢每日食最佳飼料，錢駝子又不斷爲之洗滌，肥碩清潔，黑毛一片，光可鑒人，極爲涵秋所喜愛。每於春秋假日，在朝曒初上，湖中尚無游人，或夕陽西下，游客已紛紛泛舟回歸之時，涵秋騎黑驢或沿湖濱長堤而至小金山，或由天寧門外高崗而至平山堂，飽覽湖光山色，往往執轡四顧，輒以爲韓蘄王不能專美於前。

錢駝子有童養媳，名小二子，同時有小銀子者，爲彼時瘦西湖中船娘之翹楚，實則係爲鄉女村姑，首如飛蓬，面似凍梨，所謂「三更擁抱黃泥腿」，「一夜同眠黑炭頭」，一類人也；物以稀爲貴，湖上少年，趨之如鶩，爭坐其船，余與三數友人，亦時乘二女之舟，遊行於平山堂、小金山之間。二女對涵秋極尊敬，皆稱其爲太老師。小二子夫兄某，在上海陶樂春菜館爲廚司，善製北方菜，每當其請假回家時，小二子請涵秋與余等至彼家，飽嘗其夫兄所燒製北方菜風味。同時小銀子家人，亦善製家鄉菜肴，紅燒獅子頭，冰糖燒猪蹄，清炒蝦仁。尤以在其大門外塲地內，新摘之莧菜，佐以火腿，腐皮相炒，新擷回湖上之芹菜，拌以麻醬油及蝦米，其鮮美不可勝言。小銀子亦不時請涵秋及余等至彼家食其家人所製之菜餚，每至兩家相食時，均在其家大門外廣塲上，幕天席地，狂飲大嚼，放浪骸形。涵秋每於酒酣耳熱之時，道及其少年時風流韻事，豪氣勃發，熱情洋溢，座中聞者無不爲之眉飛色舞，共敬一觴，此五十年前賞心樂事，迄今回憶，已如一夢。彼時每次相約，食後酬以番佛三、五尊，輒稱謝不已，足見彼時物價之低廉。

清末民初，吾鄉評話家張麗夫，以善演講彈唱弦詞，極負盛名。相傳麗夫擅長演講之書爲七部半，皆爲販夫走卒，村婦鄉嫗所嗜聽鄙俚俗惡不堪入目之七字段小書。涵秋每於麗夫在書場演講彈唱時，獨坐人不注目之一角落，閉目凝聽，風雨無阻，從未間斷。其友某君曾向其詰問謂：「吾揚善演講評話者不一其人，君何以酷愛傖夫俗子嗜聽張麗夫的演講彈七字段小書，君殆有逐臭之癖耶？」涵秋莞爾而言曰「張麗夫演講彈唱之絃詞，雖爲七字段小書，但經其先人延請文人名士將原有脚本重爲刪潤編排，共爲八部，其中有二部，係爲汪容甫手筆，其他各部亦爲彼時知名之士執筆；惟有一部甫成半部時，執筆者忽死亡，無人爲之續，故麗夫所演彈唱絃絲之書爲七部半，經此編排刪潤後，書中原有之鄙語俚詞以及荒誕不經之情節，悉予刪除，造句遣詞，情文並茂；狀事形物，合情入理，言談說白，各如分際，層次井然，故事動人，尤其彈唱之詞句，均爲叶韻清麗可誦之詩章，麗夫又能專心鑽研，心無他用，數十年如一日，故其演講時之人與事，均能傳神阿堵，描寫如生，刻劃入微。此外麗夫擅彈琵琶，獨步大江南北，爲任何名家所不及。麗夫每於彈唱時，琵琶聲與歌聲，宛轉鏗鏘，令人聞而忘倦，故余認爲張麗夫演講彈唱絃詞之脚本，爲最佳脚本，張麗夫亦爲吾揚目前最佳之評話家，非其他一般庸俗評話家所能相比」。涵秋更不諱言，彼所寫小說中之資料，甚多因聆聽張麗夫演講彈唱絃詞之所得，而畧加以渲染改寫，故始終不斷聆聽其絃詞，某君因領首無言而去。

涵秋先代在吾揚城內開設菸店，累世相承，自其父逝世後，店務因無人照料，過替與他人開設。因此淵源，涵秋畏家中煩囂，在宛虹橋菸業會館爲撰寫小說之所。菸業會館管理人，爲大生裕菸店經理，高郵人劉傑三。劉曾青一衿，學優而商。其人工詩文，極風趣，無市俗氣，與涵秋臭味相投，極爲契厚。劉知涵秋有潔癖，在會館修理一大房間，明窗淨几，中無纖塵，並專派一工人伺應。涵秋除在該房內撰寫外，友朋訪晤，亦大多在其中。涵秋特約撰寫小說，往往同時有八、九部之多，涵秋通常每日爲日報副刊寫小說稿三、四篇，陸續爲週刊雜誌寫小說稿四、五篇，每篇均在二、三千字之間。涵秋寫稿時，並不牽就一部從首到尾予以撰寫，書桌上堆置所裁若干小紙條，暝坐思索，得有某部資料時，取一小紙條執筆疾書，寫未及半，或將完未完時，忽思得他部材料，取另一小紙條，另寫他部，然後再寫已寫之各部，如此回環書寫，迄於完成，即將所寫各小紙條，按照其所寫各部，予以粘貼，遂成爲一篇完成之稿，既無多錯落，字亦羅羅清楚，如有因塗改難於辨識，由其長女公子再行謄清。涵秋同時周而復始，錯綜複雜，撰寫數部小說稿，均能有條不紊，前後啣接，毫無錯亂以及情節不能吻合之處，此其智慧及記憶力，實爲任何人所不及，而其畢生心血，亦嘔盡於此，千古文人，同此遭遇，洵令人慨歎無已。

涵秋因在夜間撰稿，以鴉片刺激精神，積久成癮。惟不善養土燒泡，每於撰稿完畢後，在附近地藏庵巷徐錫侯家吸食鴉片過癮。徐爲阮慕白之弟子（慕白爲芸台太傅曾孫，幼年即加入青幫，爲大字班，門弟子幾達萬人，慕白家世清華，而又行俠仗義，淮南北長江上下游各省，以及粵桂川滇黔，平津晉魯豫，關外東三省，西北陝甘各省，顯宦士紳，富商大賈，甚至綠林豪客，江湖術士，無不知有阮五爺其人，因其行五，人皆稱其爲阮五爺。國父聯合全國各幫會，推翻滿清，慕白率其徒衆首先響應，並加入同盟會，與方潛、茅祖權等從事革命工作，辛亥武昌起義後，並向林述慶保釋徐寶山，光復揚州，號稱上海三大亨之黃金榮、杜月笙皆尊其爲前輩，執禮甚恭，其生平事蹟，當另爲文以記之，茲不贅。）

錫侯亦爲世家子弟，因慕阮慕白之爲人，且有世誼，故爲其門弟子。其家雖中落，但住宅宏敞，佈置亦極淸潔。錫侯對於涵秋，素極崇敬，又爲其師至友，故邀請涵秋至其家吸食鴉片。錫侯爲其養土外，並於吸食時，爲之燒泡對火。錫侯亦有其師行俠仗義好結交賓客作風，因此貴介子弟，闤闠中人，江湖豪客，市井負販，無不與之論交。其家坐客常滿，涵秋於鴉片癮過足，精神飽滿之時，與坐客抵掌縱談，上下古今，歷代興亡，以及其所聞所見，與其及身之遭遇。包羅萬象，無所不談。坐客亦將其在江湖中所作所爲，以及若干之遺聞軼事，與目前里巷中瑣聞屑事，無不一一相告，涵秋甚多取以爲其小說資料。涵秋並擅長書畫，錫侯雖不免染江湖粗豪習氣，但極好風雅，時向涵秋索求書畫，涵秋對於求書者無不立應，向不輕易爲人作畫，惟對於錫侯所求，無不立即揮毫，所畫均爲花卉，尤以荷花爲最多，澹雅淸雋，每幅均題有詩句，可謂詩書畫三絕。錫侯死後，其妻與子不知珍藏，任其散失，惜哉。

民十夏初，北洋政府任張弧爲財政部長，兼鹽務署長，因托由方澤三（爾咸）延請涵秋爲財政部秘書，專爲其作應酬文字，並敎讀其幼妾，另月給館穀三百元，食宿均在其家中，並可不按時上班。涵秋以所得甚豐，不但可以節每日操筆撰寫之勞，且事極淸閒，更可以藉此娛老，當時欣然樂就。時張弧在滬，因約涵秋至滬與彼共同赴京就職。適王三麻子（洪壽）來揚，在大舞台演唱，蔣貞金（太華）時任上海招商局公學校長，暑假返里，阮慕白因在倉巷小花園設席爲涵秋餞行，三麻子、蔣貞金洗塵接風，並邀余與其妹婿宣茹蘭，其弟蓮仲作陪。涵秋與三麻子在漢口時即相識，因談及其在漢口被誣，幾有生命危險經過情形，言時似尙有餘悸。三麻子道及其在梨園數十年之經歷，以及若干舊事遺聞，慕白歷述其在江湖中行俠仗義之事，坐中無不舉杯高呼，鼓掌稱快。三麻子雖爲伶人，極耽風雅，喜與文人往還，篋中滿貯對其投贈之作。知涵秋與貞金皆爲詩文名家，因向其索詩以爲紀念，涵秋與貞金操筆立就，各爲七絕一則，三麻子稱謝不已，將近十時，賓主盡歡而散。（按王三麻子爲吾縣——江都宜陵鎭人，在其八、九齡時爲其父送入某一徽班中學戲，稍長，即隨同衆伶登台演唱，迨其藝成而後，某徽班忽因故解散，三麻子因此至滬、漢各地演唱，工文武老生及靠把生，所唱均爲徽調，梨園中稱其爲「灰（諧徽）鉢子」是也。最擅長之戲，爲掃松下書，徐策跑城，硃砂痣，桑園寄子等，唱做俱佳，聲容並茂。麒麟童極負盛名，所唱之掃松下書、徐策跑城，均皆從三麻子所學。淸末上海金桂茶園所演連台戲若干本鐵公鷄，即爲三麻子所編，尤以三本向榮赴宴，眞刀眞槍打武，驚險動人。劇中李春來飾張嘉祥，沈韵秋飾陳國瑞，鐵金翅似爲李春利所飾，三麻子飾向榮，被放火焚燒時，在火中跌撲翻躍，亦頗見工力。後三麻子專演關羽戲，即梨園中人所謂之「老爺戲」，三麻子每於演唱時，齋戒沐浴，素食一日。至後台時，閉目獨坐，不與人交一言，故出演時，莊嚴肅穆，令人見而無不凜然敬畏。曾一度在平演唱，時北平各戲園，久不演唱關羽戲，見三麻子來平演唱關戲，無不視爲新奇，爭相觀覽，轟動一時。譚鑫培向來挾藝自重，對於平戲中人均少所許可，尤其對於上海平劇中人，更加輕視，稱其爲「海派」。因其時平人極讚賞三麻子所演唱關戲，極爲恚憤，因謂三麻子所演老爺戲，我未往觀，不知其如何好法，我亦演唱一齣老爺戲，給大家瞧瞧。因與大李五（順亭）在某戲院合演戰長沙，李飾黃忠，譚飾關羽，演時愈益聚精會神，不獨唱做俱佳，尤以舞刀時刀花大如斗，爲譚之絕技。三麻子聞而自知不如，次日即輟演回滬。某年夏月珊兄弟所開設新舞台，從城內遷至西門九畝地時，編關公走麥城八本，於開幕時由三麻子飾關羽出演，藉以號召觀客。詎是日中午，新舞台忽大火全部焚燬，迷信者謂係觸怒關羽所致。三麻子深自悔恨，發誓永不演走麥城一劇。林樹森所演唱關羽戲以及掃松下書、徐策跑城，俱從三麻子所學。夏月潤、趙如泉、麒麟童所演唱關羽戲，均私淑三麻子，皆貌似而神非。惟其徒小三麻子較佳，所得亦不過十之五、六耳。三麻子在揚演唱時，年屆花甲，頗露衰頹氣象。行路時須人扶持，但一經登台，精神奕奕，體力強壯，尤以亮相、舞刀、躺馬、旋轉靈活，無異當年。余曾在席間，向其詢問，係操何術方能如此。三麻子笑答謂：「我係一副唱戲窮命，在台下時，艱於行動，登台時精神油然而生，氣力充沛，無殊往昔，非唱戲窮命而何？」言畢，與余撫掌狂笑不已。以上所述，因係為五十年來梨園中一小掌故，並因三麻子為吾鄉伶人中一代宗匠，故附記於此。

涵秋至滬後，因直皖兩系軍閥發生衝突，已瀕臨破裂邊緣，直系軍閥猛烈攻擊張弧，反對其為財政部長，因此財政部長另易他人，張弧不能到任，涵秋亦不能隨其同往北京任職，在滬正感失望徬徨，為狄楚青（平子）所知，延其主編小時報，同時世界書局延其編輯快活十日刊，因此涵秋在滬賃屋久居，並邀其長婿弟吳訒之來滬與之同居，照料其起居飲食，並為之整理抄錄文稿，助編刊物。此時涵秋在滬，每晚十時至十二時在時報館編輯小時報，並寫小言一則，撰「怪家庭」小說若干言，有時更寫筆記一則，同時為晶報撰寫「愛克司光錄」，為「快活」撰寫「十年目睹之怪現狀」，為新聞報似寫「鏡中人影」各小說。此外尚有滬、漢、津各地報紙副刊雜誌三數家，請其撰寫小說，雖經堅辭，終因碍於情誼，不得不為其撰寫，因此涵秋勞勞終日，手不停揮，與友朋鮮少往還。某日忽有對其不滿者，投稿於申報館，謂時報館因涵秋編撰，疵誤百出，已將其辭退。為周瘦鵑所見，以電話向涵秋相詢，有無其事，涵秋聞而深為詫異，當答「並無其事」，係為造謠，旋即至申報館向瘦鵑謝其關切。涵秋時已衰弱，至三樓瘦鵑編輯室時，已喘息不能語言。瘦鵑邀其入坐啜茗，休息片刻，方能發言向瘦鵑道謝。迨辭出下樓時，不敢乘電梯，由瘦鵑派工友二人扶其下樓，此事瘦鵑曾將其記載於其主編半月雜誌中。涵秋因健康不良，不久辭去小時報主編職務，而返回揚州家中。

民十三、四年間，貢少芹為涵秋編有專書，並予出版，書名即為李涵秋，封面「李涵秋」三字，為張丹斧所書，對於涵秋家世，及其一生事蹟，生活習慣，趣事軼聞，詩文小說，均詳述無遺，惟對其童年遭遇，頗為隱諱。末附廣陵潮中人索引，謂雲麟係為涵秋本人，現身說法，但其所戀伍淑儀，並非其姨妹，其人姓陸，工詩文，善唱崑曲及揚州小調，有才媛之稱。涵秋因以同一數目字「陸」與「伍」相影射，後嫁涵秋盟弟某君，涵秋引為終身恨事，故影射其為富玉鸞，梟首以洩其積恨，實則並無其事，陸女士與某君白首偕老，因索引未揭露某君為何人，余曾向少芹詢問，少芹方語余係為某君。少芹因與某君為至交，故隱諱其名，並堅囑余守秘；不可為他人道也，余因謹守諾言，始終不能道出某君係為何人。惟按某君與召棠有世誼，與余為忘年交，不僅詩書畫三絕，並具有多方面之藝能，為吾揚近百年來罕有之才人。涵秋僅有胞妹一人，嫁與累世開設旱菸店戴某為妻，戴父並未為涵秋家中所開設店中管事，乘其父死亡後而過替其店。戴某為一誠實商人，並非如其所寫之田福恩惡行怪狀，令人憎鄙，索引中曾予記明。至石茂椿為李石泉、季石壺，為李石湖、古慕孔為古守素，喬家運為張丹斧，索引中亦均予記明。至明珠似為吾揚章氏三女傑中之三妹，其姊妹於光復時參加女子北伐隊，民元與沈佩貞、唐羣英等在北京爭女子參政權，民十左右其三妹與郭堅忍、朱劍霞等從事女權運動，極為活躍。眞都督為陳英士先烈，陳先烈始終未有娶吾揚女子為妻之事，所謂明似珠嫁眞都督，槍斃林雨生，均係子虛烏有，實無其事，索引對於此點並未述及，因就余所知，予以補記。此外索引尚多未述明書中之人與事，要而言之，小說家言，大都羌無故實，寓言八九，若不欲刻舟求劍，掘土尋穴，不免多費心思，徒自增困擾耳。

涵秋所作小說，召棠在其所著蝸涎集中一一列舉，並詳記其出版年代及在何書局出版。

南社的懷念

胥端甫

一、引言

「南社」在中國文藝史上，要算是最早的革命文藝集團，每一個社友都是才氣縱橫，放歌豪飲的革命文士，所以無論詩和文氣象光昌，熱血沸騰，在革命思潮中發生了無比的鼓動力量。可是，到臺灣來這十餘年中，在報紙期刊上却很少有人提起，除了在陳敬之「文苑風雲二十年」和王平陵「三十年文壇滄桑錄」裏有點兒敍述外，再也不見有其他的記載。南社詩文集，我在中學時代，就是一個狂熱的讀者，所以到今天這個危難的關頭，對她更彌深懷念，這或許也是文人的積習使然。

去歲南行，在南部一位本省友人家中，徵得一本「南社十五集」，不料一置隔年，偶然翻出，拱璧視之，懷念之情，又油然興起。這個集子的封面，係「勿酓」署耑，前面有南社第十二次雅集、十三次雅集，和臨時雅集攝影三幀，南社亡友六人遺像，遺像的背面，並分別註明簡歷：一爲張通典，字伯純，湖南湘鄉人；二爲陳以義，字仲權，號西溪，浙江嘉興人；三爲徐天復，字血兒，江蘇金壇人；四爲張漢英，字惠風，號蕙芬，湖南醴陵人；五爲姚志强，字勇忱，浙江吳興人；六爲華龍，字子翙，號无悶，江蘇無錫人。這個集子是民國五年一月出版，發行所爲上海棋盤街中華書局和廣益書局。民國四年就雅集了十三次，死亡的只有六人，可見她成立時間之早，對革命貢獻之大。

二、源起

王平陵滄桑錄中說：「我竭力從腦系的縐縫裏，回憶三十年前的中國時壇，最富於鼓動性的作品，自然要算是梁任公的飲冰室文集，戴季陶的天仇文集，以及葉楚傖、蘇曼殊、李叔同這些詩人們所組織的南社，定期出版的南社詩人集」。就南社的起源言，說得未免太簡略。只有陳敬之的文苑風雲二十年，較爲詳細了。他說：

中國文藝團體，應自南社始。它是在己酉年（一九〇五），由陳去病、柳亞子、高天梅等所倡導組成的，也是應和同盟會而起的革命文藝團體。它所出版的「南社」刊物，大多數作家都爲同盟會會員。它所糾集的既爲全國才氣縱橫，放歌豪飲的革命文士，故所選刊的內容，都是慷慨激昂的詩歌，熱情充沛的散文，烈士殉難的傳記，幾至沒有一篇不是天地間的至文，也沒有一篇不是中華民族魂的一種結晶品。這在文藝的觀點上，確稱得起是一些不朽的有着永久生命的作品。「南社」先後出版到二十餘期，歷時也有數年之久，直到民初始行停刊。它不僅在推動革命文藝上盡了最大的努力；而後來新文藝團體之相繼而起，也是肇始於此」。按己酉正是清宣統元年，也正是革命達到高潮的時期。

這段記載很具體而簡單地說出了「南社」組成的時間，發起的人，和組成的份子。至於刊物的內容和所發生的作用與價值，都是確切的判定。不過據我所知，如劉三、諸貞壯和上述的葉、蘇、李等，都是發起人；廣東方面，也有個南社，則爲黃晦聞、蔡哲夫、鄧秋枚等負責，都是作排滿詩文，而鼓吹革命。我說他們對革命貢獻之大，理由在此。

三、組成份子

南社的概畧既如上述，但它的社友又是那些呢？以上三次雅集，時間都是民國四年，月日的時間不同，地點兩同一異，列會的人都有紀錄：「中華民國四年五月九日，即舊曆三月十六日，南社舉行第十二次雅集於海上愚園雲起樓，社友先後蒞止者爲朱屏子、余疚儂、王蓴農、高吹萬、姚石子、陸澹盦、周瘦鵑、陳巢南、徐只一、杜仲慮、余十眉、章巨摩、錢新之、白中壘、周景瞻、張荔丹、朱無射、李一民、蔡冶民、周芷畦、汪蘭臯、葉楚傖、李心冥、陳仲權、周湘蘭、徐懺慧、許蘇華、蔡景明、鄭佩宜、徐小淑、陳匪石、劉雪耘、劉筱墅、馮心俠、狄君武、柳亞子、陳布雷、顧旦平、胡寄塵、邵力子、曾勇父、宋癡萍，共四十二人，曾勇父先去，宋癡萍後至，故攝影止社友四十人，又馮超塵、馮皎月、葉南三人」。此紀錄一；「中華民國四年十月十七日，即舊曆九月九日，南社舉行第十三次雅集於海上愚園雲起樓，先後蒞止者爲鄭仄塵、葉楚傖、陸秋心、周芷畦、汪蘭臯、劉筱墅、姜杏癡、陳匪石、黃賓孫、李心冥、王均卿、余十眉、張荔丹、申睨觀、李一民、蔡恕庵、胡寄塵、張冥飛、邵力子、王道民、鐘衡臧、劉雪耘、朱屏子、王粲君、姚石子、狄君武、蔡冶民、共社友二十七人，又王兆堃、姚昆玉兩人」。此記錄二；「中華民國四年五月十六日，即舊曆四月三日，南社舉行臨時雅集於杭州西湖孤山之西冷印社，社友先後蒞止者爲林好修、顧婉娟、鄭佩宜、高倚雲、王粲君、林憇南、高君介、邱梅白、楊聘之、平復蘇、周佚生、酈賡九、邱檻玉、陳越流、姚石子、丁展庵、高吹萬、姜敬盧、丁不識、李息霜、程弢堂、柳亞子、王幼度、徐病無、張心蕪、王海帆、樓辛壺，共二十七人」。此紀錄三。

至於此集，計文一百二篇，作者三十七人；詩七百十一首，作者五十六人；詞一百二十二闋，作者二十七人。共計作者一百二十人中，並和前三次蒞會社友比對，去其重複者而外，則有蘇玄瑛、孫璞、潘飛聲、黃節、黃懺華、馬駿聲、周剛、周明、周張帆、林百舉、古直、黃瀾、馬和、林之夏、林學衡、陳光譽、丘復，丘翊華、謝樹瓊、張光厚、任鴻雋、張昭漢、譚作民、李德羣、唐羣英、張燾、王競、鄭澤、傅專、劉澤湘、劉謙、潘世謨、黃堃、孔昭綬、陳家鼎、汪洋、程善之、景定成、沈宗畸、温見、龔爾位、周詠、張漢英、文灰、方榮杲、奚侗、方廷楷、胡韞玉、胡懷琛、李光、程長碧、程華魂、沈鈞、陶牧、胡先驌、楊銓、徐大純、蕭篤平，徐自華、徐蘊華、沈礪、周斌、李雲夔、李拙、戴德章、李絳雲、余一、譚天、錢厚貽、張長、蔡守、劉鵬年、周亮才等七十三人，再去三次雅集之重複者，合計社友約一百五十餘人，上海約四五十人，實際上民國元年全體社友不過二百餘人，散居東南各省，上海約四五十人，可稱少數中之多數。社友是那些，這勉強可以作一個約畧的答覆。據容天圻、「弘一法師李叔同」一文裏面，說李叔同於民國元年離開天津，到上海任教城東女學音樂教習的三月十三日南社雅集，他應邀參加，與會者還有朱少屏、黃賓虹、胡樸安、雷鐵崖、黃季剛、馬小進、陳柱尊、曾孝穀等四十餘人。從上面這個名單看來，東南各省的俊彥，都集合在南社一個集團了，號召影響的力量是非常大的。在中國新文學運動未曾展開以前，這個革命文藝集團，實在光輝了整個東南半壁，且爲革命運動激起了很大的浪潮，辛亥革命的成功，在暗流中得了不少的助力。

四、民族革命精神的內涵

何以故？上面已經述及，王平陵的滄桑錄也有說明。他說：「民元前後的南社詩壇，可說是繼承明末復社的遺風，那時參加的詩人才士，也像陳定生、冒辟疆、侯方域諸君子的風流倜儻，熱情奔放，發爲慷慨悲歌，氣吞長虹的民族詩文，使民元以來的革命志士，直接間接感受深切的薰陶，迄今展誦舊作，詞藻富麗，才氣磅礡，無不流露着愛國愛民，復興民族的至情。」他說這些詩人才士，更「力圖在他們的熱情文學中，放射冲天的光燄，燒燬陳腐的典型，照亮彪炳全國的民族精神，使頹唐的古國，從垂死的病床上振作起來，而能長春不老，永遠年青」。這些讚評，千眞萬確。集中有太湖李少華贈穉蘭七古一首，前面有序，他說：「立國二年四月十日，穉蘭投我長書，血淚模糊，不知是字非字，有字無字，通夜視之，爲之不寢。早起，忽忽若有所失，欣欣若有所得，走筆作歌報之，亦不知是字非字，有字無字也。穉蘭見之，或亦若有所失，若有所得乎？」單看這幾筆序言。詩的內容，就可想見了。詩云：

「交臂失君龍江樓，傾心遇我虎林道；湖海新憐邂逅遲，風塵舊愧交遊早。爲君一笑脫形骸，爲君兩淚落懷抱；君之意氣何軒昂？君之顏色何枯槁？君之頭角何崢嶸？君之情緒何草恅？知君不屑伍絳灌，知君不屑師郊島；知君不爲魯二生，知君不爲漢四皓；知君腸斷君猶迴；知君心碎君猶擣；神憎鬼瞰知君忘，人亡邦瘁知君惱。我爲君獻破酒瓢，我爲君獻賸詩稿；祝君莫使書劍廢，祝君莫負身手好。英雄寧受時勢羈。時勢原仗英雄造。龍江之龍龍已顚，虎林之虎虎已倒，邊氛願君投筆掃，逆虜願君飛檄討。踏天割雲日杲杲，時利雖逝風偃草。君乎君乎愼勿等閒老，痌瘝求之香花禱。」

穉蘭是何許人？我們固不得而知，但就詩言詩已思之過半了。開頭四句，言彼此的遇合，爲君兩句，言對穉蘭的傾心。以下正寫穉蘭，以四個「君之」，八個「知君」，把穉蘭這個人的志趣之高，懷抱之大，和精神之崇偉，以及遭遇之艱難困頓，都具體而栩栩然活畫紙上。再以「我爲君獻」和「祝君莫使」、「祝君莫負」以期望之，而揭出「英雄寧受時勢羈，時勢原仗英雄造」兩句，這種鼓動力量，不啻千鈞。龍江之龍，虎林之虎，回應起句，具有無限情懷，也有無限意趣，最後仍以「邊氛」「逆虜」之掃之討，希望穉蘭，拿出踏天割雲的工夫，樹立風行草偃的功效，再以「痌瘝求之香花禱」結之，這是何等的力量？怎不把垂死在病床上的人振作起來！還有一些小詩，如景定成題王猛臺：「未遇苻大王，空謁桓司馬；幾令北海雄，老死華山下。」周詠康民國四年五月十日誌哀時客南洋，一云：「獨立望中華，蒼茫日已斜；天涯孤客淚，非止怨無家。」二云：「一霎鯨吞恨，千秋歷史羞；摘瓜猶未已，誰與唱同仇。」著墨不多，刺人肺腑，在南社詩文集中，像這些作品，俯拾皆是，且皆一字一淚，完全從肺腑中流露出來，感人極爲深至。

再畧舉一點，如葉楚傖的夢吳江中，自不消說是革命文藝中的傑作，就是雷鐵崖哭廣州殉難諸烈士四首，讀來又多麼地動人？玆舉前兩首，詩云：

「誓扺黃龍聚義兵，復仇匪羨帝王名；却憐逐鹿干戈起，辜負昆陽雷雨聲；子弟八千殉項羽，英雄五百死田橫；胡兒漫喜根株盡，得遇春風吹又生。」

「漢家元氣滿中州，風虎雲龍大義投；夜月杜鵑猶泣蜀，蠻荆泰伯忍忘周；九華峯冷紅顏史，五嶺山橫白骨秋；兒女英雄歸一塚，珠江嗚咽水西流。」

這些詩，又雄壯，又悲愴，又堅強，字面看來，好像有些衰颯氣，骨子裏却元氣淋漓，循聲朗誦，令人悲歌起舞。弘一上人李叔同，於光緒三十一年，把母親靈柩送到天津營葬之後，就東渡留學。起程前填一闋金縷曲，留別祖國，並呈同學諸子。詞云：

「披髮佯狂走，莽中原暮鴉啼徹，幾株衰柳。破碎河山誰收拾？零落西風依舊。更惹得離人消瘦。行矣臨流重嘆息，說相思刻骨雙紅豆。愁黯黯，濃於酒。深情不斷淞波溜。恨年年絮飄萍泊，遽難回首。二十文章驚海內，畢竟空談何有？聽匣底蒼龍狂吼。長夜淒風眠不得，度羣生那得心肝剖。是祖國。忍辜負！」

弘一是南社的發起人，他的主旨就是愛國救國，這一闋詞是怎樣的內容，不再加以註釋，也足夠沁人心脾，發生無限的感傷振奮的作用了。民國元年，是辛亥革命成功之年，他填滿江紅一闋，致祝賀的感情。詞云：

「皎皎崑崙山，山頂月、有人長嘯。看囊底、寶刀如雪，恩仇多少。雙手裂開鼷鼠膽，寸金鑄出民權腦。算此生，不負是男兒，頭顱好。 荊軻墓，咸陽道；聶政死，屍骸暴。儘大江東去，餘情還繞。魂魄化成精衛鳥，血花濺作紅心草。看從今、一擔好山河，英雄造。」

這些詞，是何等胸襟？是何等懷抱？聲音是何等的高亢昂揚，讀之令人神魂飛越，你一腔的熱血，也要不禁而自然地沸騰起來；精神上、放出你革命的火花，這就是文學的力量。他倡導學術革命，力主政治維新，這是先烈先進們的一致願望，也就是革命的主旨與企圖，所以發而為詩歌詞曲，自不免有感傷主義的氣氛，但內容主旨卻都是積極向上的精神。以上不過是舉一以概其餘罷了。

弘一以憂世傷懷，突於七年七月十三日入大慈寺絕食三週，皈依佛教，但仍念念不忘故國。七七蘆溝橋事變，嘗於食時潸然淚下。有求書法者，常以「唸佛不忘救國，救國不必須唸佛」為贈。像弘一上人這樣的人，在南社的初期，着實不少。在他們的作品中，無論駢散詩歌詞曲，都是充滿了民族的血淚熱情，宇宙的綱常正氣，在當時帝制的統制下，放射出時代的火花，在民族革命運動史中，寫下了光榮的一頁。

民國二十九年，柳亞子序郁曼陀靜遠堂詩畫集，他說：「三十年前，余與同人結南社，思以文章氣節為當世倡，一時盟敦盤而奉壇坫者，鈍初、英士以降，不乏斷頭瀝血之雄；其後有議建南社烈士祠於吳門虎阜者，事雖未集，風雲之盛，概可想見。」這種斷頭瀝血之雄，何以產生在那個時代呢？王平陵的答覆，完全是由於熱情文藝的激盪。在滄桑錄中，他把葉楚傖、李叔同、蘇曼殊三人，特別敍述了一番，連帶述及滿清統治數百年，把中國讀書人愛國、愛民族的熱情，全部冷却、凍結，變成僵硬的冰塊以後，接着就說：「他們在留日時期，便是國父孫先生的信徒，看到清廷不綱，外侮日急，瓜分滅種的慘禍，迫在眉睫，就抱着愛祖國、愛自由的熱情發為熱情的詩文，作為南社文壇的臺柱，在冷冰冰的社會，投下熱情的火種；他們雖然是隆冬天氣透過重重霧霾的弱光，但也憑藉這一點微弱的熱度，把結了冰塊的情緒，漸漸融化，使麻木不仁的人心，打一個噴嚏，因而激動那時期一般有血性的青年們，由於熱情的共鳴，熱情文學的感召，情願拋棄嬌妻田園，不計個人的利害，為了烈烈轟轟的民族革命運動，貢獻他們的一切，犧牲他們的一切。」是「斷頭瀝血之雄」就這樣產生出來了。我對南社的懷念，職此之由。

五、孔家店打倒後的悲哀

試問今天又是什麼樣的一個時代呢？詩壇文壇又有些什麼人物，什麼作品呢？柳亞子在靜遠堂詩畫集序中，深致歎於社會敗類之橫行，故對郁曼陀更加讚美，他說：

「顧自嵎夷構難，中原板蕩。反顏事仇，頗多敗類；而富陽郁曼陀，獨能守正不撓，烈烈以死，謂非吾社之光榮哉？君詩才俊逸，尤善繪事，兼治法家言，晚任上海江蘇高等法院第二分院刑庭庭長，累歲以賢明著聲於時。淞滬淪陷以還，魑魅魍魎，咸跳梁都市間，搏人而噬，黃金在前，白刃在後，利誘威脅，君毅然不爲所動，卒以身殉。嗚呼！是可與馬革裹屍爭烈矣！

是郁曼陀爲文章氣節中人，守正不阿以死，而魑魅魍魎之輩，却反頗事仇，以致是非顚倒，公理不存，人心腐化，社會敗類充斥，士大夫喪其所守，最後戡亂未能成功，以致錦繡山河，淪爲鐵幕，眞正敗類，反更舞爪張牙，民族善良，悉被奴役折磨，清算鬬爭，當年讚美郁曼陀的人，又而今安在？而南社中像郁曼陀這樣的人，恐怕更是少之又少了，追懷之餘，彌致愴痛？

南社作品的體製，詩是古近體，文是古文辭，和革命先烈們血淚之作，同出一轍，原係民族革命文藝的一類，和新文藝作品殊科，從中國新文學大系以下的各種著述，對南社不提片字隻詞，原不足怪。但造成中華民族今天這種災難，却是五四新文學運動，打倒孔家店以來所產生的後果。王平陵三十年文壇滄桑錄中也有說明。他以爲新文學運動中的工具白話文學，被魔鬼所竊取、所操縱、所控制、誘騙一般盲目者，從高的山巖，滑跌在萬丈的深淵，最後是聽憑魔鬼的唆使策動，昧着天良。乖乖地爲他們販賣毒藥，散佈毒素，使中華民族遭受曠古未有的大災難，這些無故無辜而抛丟了生命的人，最保守的估計，快要超過三千餘萬的數字了，堆積的頭顱，就是希瑪拉亞山的最高峰。怕也不能比擬。白話文學的影響國家民族如此嚴重，今後，我們必須從魔鬼手裏奪回來。王平陵是當年提倡民族主義文學的發起人，是左聯分子的對抗者，所以對這一段歷史了解最深，得失是非，最爲明白，因而只有他不忘南社，也是事所必至，理有固然，至於說中共竊纂了五四運動的成果，尤其是竊纂了文學革命的成果，這是鐵一般一事實。

今天作古詩古辭的人，不是沒有；南社的社友，我想也不是沒有存在，試問他們所作的文章詩詞，究有幾篇、幾首、幾闋，可歌可泣，能引起時代的共鳴，能在冷冰冰的社會，投下熱情的火種，使已死的人心，由凍結融化而活躍起來。李承晚慶州佛國寺懷古有「羣山不語前朝事，流水猶傳故國聲」，像這樣平淡而沉痛的作品，今天的詩壇，恐怕是鳳毛麟角。社會腐化，生活折磨，極權威脅，使民族氣節，掃地以盡，那裏有由衷之言的創作？所以南社的人物作品，能令人嚮往追懷的或許也不止我一個，這篇小文，主旨在抛磚引玉，錯誤之處，在所難免，尚望南社先輩和一般博雅君子，進而敎之。

樂昌淪陷記

郭永亮

「掌故月刊」編輯先生，於一九七三年十一月十日第二十七期的該刊裡，發表了拙文「戰後南韶連區敎救工作概況」，同時編者又在他的「編餘漫筆」一文裡謂：「……郭永亮與白福臻兩先生大作，有關廣東文獻，本刊亟願多刊出此類作品，……」。爲此，今將手頭上所有的一點資料，再拿來供諸參攷。（按本文資料仍爲敎士堅善美所供，可與「戰後南韶連區敎救工作概況」一文，互爲參照。）

一

樂昌係於民國三十四年元月二十四日淪于敵手者，事實因各地戰事影响，早已造成不少之難民流離失所，呼號無告，情殊可憫，亦復堪憐。敎士堅善美適於淪陷前三天，奉敎區主敎耿其光委派負責辦理樂昌難民區事業，而當時之難民更日多一日，於是堅氏即在天主堂成立臨時難民所及贈醫留產所。然審力薄難支，且復經費支絀，點金乏術，乃即行與避難於該天主堂之各紳商與文化界，成立慈善會，如梁志崧、江學仁、郭贊孫、霍儉臣、江正舟等，均欣然踴躍參加。至於經費，除由天主堂竭力所能負担外，餘均向外募捐而各界仁翁，亦深明大義，慨爲將伯。因經費有着，由是難民源源而來，計第一日二千餘名，次日又一千餘名，接踵而至，其後或出或入，處此數日中，總計不下萬餘名，於是先搭難民宿舍三所，而床板用具，則多爲各界善長仁翁幫助，且時值天寒雪飛，彼等遠道奔逃及遭切一光者。堅氏雖竭盡棉力，奔走四方，發起募捐寒衣與糧食之舉，惜僧多粥少，實爲遺憾。

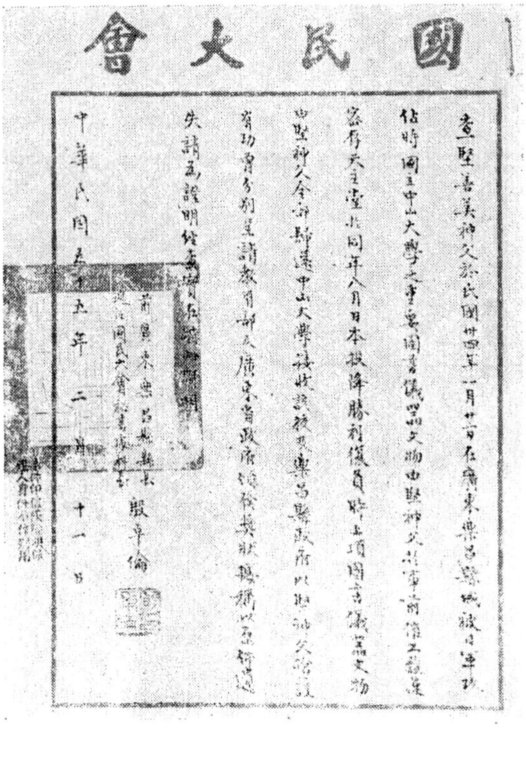
國民大會

中華民國三十五年二月十一日

二

同溯全樂昌淪陷之第一日，搶掠自不待言，其無惡不作之事，亦罄竹難書，尤其是搜索取「花姑娘」者，最爲緊張，婦女之躲避藏慝於家庭者，日兵不得其門而入，遂強行攀緣屋頂以進，以至我良家婦女由家躍出，或竟投塘自盡者亦復不少，速行奔投於天主堂，請求收留者，更不乏人，均由本堂救護，得免玷辱，而保全貞，迨於是日黃昏之際，日兵復縱火焚燒各大店戶，煙彌全城，哭號之聲，徹夜不息。堅氏對此，殊覺不忍，於是奮一已慈念，拯彼災黎，憤然趨赴日軍警備司令部，陳說己之慈心，請勿加害此無辜之平民，幾經費盡唇舌，始得獲彼首肯，以故樂昌不至成爲廢墟。

三

其後，日兵對於本難民所，則亦變本加厲，特別注意，一言一動，均受其監視，雖一日之內，竟有搜索二十次者，凡金銀飾物法幣手錶及其最愛之墨水筆等，無不予取予携，囊括而有之，即堅氏所有者更不能倖免，蓋屬洋貨也。

四

其最可惡者，則爲於元月三十日夜晚九時許之事矣。蓋是夜有日本醫官數人手持汽燈，逕到天主堂鐵柵門外。原本爲日本司令部，擬借天主保母佑會修女所辦之女子小學爲前方傷兵醫療所。強行要求即刻交出「花姑娘」幾名，堅氏遂厲聲答以此處爲道德中心點，又係慈善機構之天主堂，所有婦女皆係良善純正者，實不悉「花姑娘」爲何物。後彼等自知理虧，悄然而走。但迨至十一時許，又有日兵數名，秘密攀登屋瓦直達本堂頂樓，企圖強姦之獸行，堅氏乃即命各男性盡登二三樓，關閉窗戶，並準備面盆鈴鐘等爲警號，以便告警，又一面燃着燈火，使全體男女，朗誦聖歌，高聲祈禱，求主護佑，卒獲天庇，日兵終不敢冒犯，直至天明，始潛伏而逃。

五

日兵既無所施，乃迭來教堂以搜索交通器材爲題，聲色俱厲，猙獰盡露，然堅氏仍答以無此器材，始負負而去。然事有湊巧，乃於翌晨，忽在教堂草地，發現有遺棄電話機兩架，一有「中英庚欵」字樣，一爲枱機，始悉有人盜竊粵漢鐵路之物，因日本搜索緊張，拋棄於教堂者。在此情況之下，堅氏認爲破壞與拋棄，均屬無益，而又殊爲可惜，若交與日軍，則有違國法，故惟有冒險秘藏，以期勝利之來臨，璧還堂當局，終於民國三十四年九月二十日，粵漢鐵路局以正式公函領囘矣。

六

時至八月初旬，漸悉盟軍勝利，暴日將降，乃於十二日堅氏與難民等，正在祈禱世界和平之際，據悉日兵在南環廟，將中山大學圖書而焚燬之，堅氏遂奮然前往，查察廟門時，見貼有「華人免進」等字樣，其時火勢正盛，斯不可數計之文化珍寶，尙有未化爲灰燼者，遂不顧一切，急向日憲兵部交涉，謂「此項圖書，絕非抗日書籍，且外國學術之輸入中國，與乎我五千年文化傳揚於海外，均爲我天主公教神父利瑪竇等之努力，今科學書籍遭此浩刧，殊感不忍，且如此措置，而付之一炬，亦屬不當，茲者，我天主堂向以保存文獻，推廣文化爲懷，希允搶救保存」等語而說之，幾經交涉，又卒能如願以償，遂即與寶源君從事整理，僱夫搬運，得囘英國百科全書、英國社會百科全書、法國法令參攷書、德國文學史、英法名錄、天文學、飛機學、無線電學、電政學、土木工程學、四部叢刊、四庫全書叢編、萬有文庫、國學基本叢書、暨各學院系之參考書籍，共計四千二百拾餘册，約値當日國幣二千餘萬元，同時更檢得中山大學圖書舘主任杜先生之心血著作，原稿拾陸册，（杜君前曾廣告於全城，懸賞欲得囘者），均經一一奉還原主，并後得前中山大學校長會澄與杜主任來函申謝，并蒙大光報於十月十八日刊載全校長鳴謝原函，并謂將經過事實，呈請教部褒獎等。

七

尤其怪異者，爲當時樂昌縣城之某印度醫師，謂有日人來診病時說堅氏爲西班牙人而非匃牙利籍，并携手槍、是中央之間諜，爾宜小心等語。對此，堅氏答曰：

「神父乃公教救世之工具，天主所愛護者，為救世利民福國之人，即 蔣委座亦為天主所心選，以為拯我中華四萬萬五千萬人民於水深火熱之中，驅除暴日，而建設我新中國於未來者，至於我之手槍乃一無子彈之十字架，若云國籍問題，予已有歷年之護照為證，不必置辯也。」該印人唯唯，而堅氏則未為日兵所檢查。

八

然難民日增，蓋遠近人士均悉該堂較為安全之故，於是長途跋涉，來自窮鄉僻壤者，日必數起，且因驚怒過度，飢寒交迫而致生病者，為數至夥，臨產及產後者，亦大不乏人，均由福基道神父一手療治，況此種危症，更須時刻照料，於是自朝至暮無可閒矣，更有於深夜常有呼救命之哀鳴，以至於達旦者，福神父莫不立予治理，其最慘酷者，則為被日軍擄去之担伕，由衡陽、贛州、南雄各地逃回，均屬面青似菜、骨瘦如柴，氣息奄奄行將待斃，況復體無完膚，頭腫腹漲，此種種重症，如救治稍遲，即喪九泉矣，福神父心殊不忍，一本天主愛人如己之義，盡心竭力，卒能將病者得痊，計自元月二十四日起至八月初止，彼六十餘歲之福神父，竟能晝夜不息，不辭勞苦，活人無算。此全樂昌人士所知者。

九

回憶事變之來，勢頗倉卒，人民之未及一遷者，一見日軍，則扶老攜幼，倉皇四散，呼號悲泣，遐邇可聞，蓋多無歸宿之故，因而父失其子、妻失其夫，不轉瞬而樂昌遂成死市，十室九空，餘則重門加鎖耳，然彼等之南針則為天主堂，故多來投者，迨日軍屈膝，國土重光，彼等流離失所之男男女女，均奔至天主堂查看，得以領回團聚者，不知凡幾，睹此情形，傷屬悲喜交集，潸然淚下。

十

又樂昌所屬北鄉，油鹽尤感缺乏之故該處教堂主任司鐸賴神父，睹此情形，乃又收留難民數百人，并常到縣城搶購物資，以給難民之用，且某次此鄉自衛隊與日兵作戰，竟有一自衛隊員負傷，適於是賴神父經其地，自衛隊乃請求彼將負傷之隊員救出，於是賴神父亦奮然為之，卒能救出，交回自衛隊為之療治，然世事有恩將仇報者，反疑該賴神父有向外之行為，殊不知天主教實無國籍之關係，一本十誡為行為，至善至公至正為其一生之目標，其彼日人之不槍殺賴神父者，以其慈善為懷之故耳，然數日後，賴神父竟以失踪聞，又數日噩耗傳來，竟爾魂歸天國，死於非命，至今含冤莫白，誰實為之？

十一

以上樂昌淪陷記，雖單指教會在樂昌淪陷時所為一切之工作，然實非為邀功，而乃表白教會在樂昌，當時所舉之慈善事業，與乎文化之推進也。曲江縣長殷卓倫，於一九四九年一月一日參觀該天主堂時，曾題詞「仁慈之本，方便之門」云：

『當中日戰爭時，樂昌城淪陷日軍手中，市區內接着發生無數困難，無一處安靜之土，該地天主教神父，堅善美按照韶州教區主教耿其光之指示，立刻創辦樂昌國際難民區，以超聖之精神，戰勝種種困難，及挽救無數生命之危險，當時救濟及幫助解決困難之民衆不可勝數，迨余接任曲江縣長，覺到天主堂拜會歐主教，同時認識堅神父，他和藹可親，觀其辦理國際難民之精神及所獲致之效果，不獨受益者蒙德非鮮，余亦大為感動，於中即為題贈紀念冊云「仁慈之門」，方便之行，聊作永誌不忘之微意耳。』

殷縣長對堅氏挽救中山大學圖書一事所給的證明云：

「查善美神父於民國三十四年一月二十二日在廣東樂昌縣城被日軍攻佔時，國立中山大學之重要圖書儀器文物，由堅神父於事前僱工護運密存天主堂，於同年八月日本投降勝利復員時，上項圖書儀器文物，由堅神父全部歸還中山大學接收，該校及樂昌縣政府以堅神父搶救有功，曾分別呈請教育部及廣東省政府頒發獎狀，據稱以原件遺失，請為證明，經查實在特以證明。」

前廣東樂昌縣縣長 殷卓倫
現任國民大會秘書處科長
中華民國五十五年二月十一日

血戰常德三十年（二）

資料室

三、核心作戰

十一月廿六日起，我守軍已作巷戰的積極準備，與街口的中央銀行師司令部大門口，也作巷戰的準備了，我官兵不分日夜的在建築石堅防線，據說只要時間許可，他們這道防線，決盡量的向四城發展，這時候我守軍四面臨敵，情勢極爲危急，但綜觀整個大局，則於我有大利，故士卒均勇氣百倍，沉着迎戰，余師長在此危險的關頭，他也只知道如何計劃整個作戰的局面，陳代副師長嘘雲，皮代參謀長宣猷，周指揮官義重，都在四面坐着，似乎在等着一種重要的指示，突然余師長臉上泛出一種不可遏止的笑容，他說：『也許你們都已見解到這一點了，這一次敵人發動湘西的戰爭，它最大的企圖，是想進犯沅陵，所以它的第一路主力第三師團由彌陀市登陸，箭頭一直向西，直撲五峰的邊境，折轉南下，進犯石門，他若是順利的，當然一直由慈利大庸以拊沅陵之背，再說他的第二路主力，第一一六師團的大部份由公安進犯大偃壋，也是針對了石門的，只有洞庭湖西岸登陸的敵軍，是直撲常德，敵寇集合十萬人，原是決鬥，但爲了我們在常德死守，他們在洞庭湖西岸登陸的軍隊，也就無法策應了，北路它的主力，既在西邊山地遭遇我友軍的抵擋，又以常德尚在我手，截至目前所得的情報，敵人並沒有後續部隊前來，縱然是有，也遠水不救近火，你想十萬大軍都在常德區這一點，後面補給線那樣長，彈藥糧秣怎麽能說不缺乏，何況我們的空軍，和盟國的空軍，天天在炸這條不絕如縷的供應線，他決難持久，此外，我西面的友軍，和東面的友軍，正對他取包圍，使得他的後路隨時隨地都受到威脅，所以他越把大軍聚拋到常德這一點，他後路越空，我們外圍的友軍越是可以佔他一個大便宜，而我們常德守軍越支持得久，也就是敵人的消耗越大，他們的前方拚命消耗，後方接濟不上，沒有被包圍的危險，也不是萬全之策，而今我們友軍也慢慢的辦到了合圍之勢，他對常德的攻勢，無論達到什麽階段，也非慘敗不可，請問：十萬大軍接濟是能靠飛機投擲的嗎？不過局勢演變到這種局面之下，敵人不攻下常德，有受核心部隊和外圍部隊夾攻之危，就是突圍也不容易，但敵人不願失這個面子，我判斷在最

余程萬將軍遺像

近兩天，敵人一定不顧一切要先攻下常德，然後掉頭去應付我們外圍的軍隊，以便逃避包圍，在這不顧一切的情況下，一定還放大量的毒氣，但我們要完成這次會戰的勝利，決不能放棄吸引敵人的手段，也就是不讓他們在湘鄂邊境站穩或撤退，好讓我們友軍來個大殲滅戰，我想我們能把城區守到十二月一日，無論援軍到與不到，外圍的友軍，一定把常德這個大陷阱，佈置妥當，那時我們成功是成功了，成仁也是成功了，我們和全師的官兵，要咬緊牙根闖過難關，讓抗戰史上寫下了一篇常德大捷』這篇理論和情感並重的演講，大家認爲是很正確的，於是必勝的信念，一瞬間復遍傳各部，當日，除一七〇團和一七一團筆架城至萬壽碼頭城垣的防務，因情况突緊，未能即時交接外，其餘均於二十六日上午十二時各就新的佈署完畢，拂曉，東門外的敵寇，增到七千餘，附炮四十餘門，集中炮火兵力，向城內猛衝，柴團長意新，率部反復衝殺，不稍顧慮，敵寇死傷枕藉，申刻，敵復增援，集輕重的火器，並施放大量的毒氣，柴團以傷亡過重，陣地已頻不保，幸得第一營副營長董慶霞和機槍連連長宋汝謙，率部出敵不意的衝鋒，敵寇狼狽奔潰，陣地從是穩定了，而董副營長和宋連長也隨爲國犧牲了。

北門方面，敵炮二十餘門，頻向城內賈家巷的一帶猛轟，先是余師長令調在城外的一六九團第二營殘餘的官兵入城整編，由一七一團第一營第三連接替北門的防務，敵寇乘我守軍兵力轉用的時候，突抽調敵兵五百餘，並藉它的炮火掩護，向賈家巷猛撲，殷排長惠仁率部駐守，敵炮先將賈家巷的民房燬成平地，再把殷排的後路作徹底的破壞，敵機往返的逡巡。在北門外和賈家巷之間一面轟炸，一面掃射，殷排沉着的隱伏在工事裡，絲毫未動，敵寇猜我陣地已毀壞，就用火牛陣衝鋒，按此原是中國二千年前的老戲法，當年田單爲齊固守即墨城，曾用此法破燕兵，先把耕牛身上塗着五彩，在它的角上，縛着利刃，然後把牛幾百頭，列成一排，在它的角尾上，縛着引火之物，同時燃燒起來，牛燒的痛，就向前面亂衝，戰國之時，戰陣多用車戰，燕國的兵，看見五彩怪獸猛衝，一時無法抵禦，車子行列，就讓火牛衝得七零八落，結果大敗，敵寇對常德作戰效顰此法，以耕牛數十調到前線，以軍毯將牛頭裹包，復在牛尾繫於火把，令它衝動，當火牛衝到我守軍散兵壕和機關槍陣地的時候，它們的步兵，就乘勢擁上，起初，我守軍沒有防備，吃過大虧，其後我守軍已經有了經驗，根本不爲介意，當火牛衝上，指揮士兵不動位置，到最近的距離，就用步槍射擊，牛的目標很大，總是隨槍倒地的，一面用機槍壓制牛陣後的敵寇密集部隊，但敵寇對於北門，志在必得沒有了牛，就把波狀攻擊來當火牛陣，由飛機投彈爆炸之後，敵炮就以彈餤爲目標，瘋狂的轟擊，賈家巷前後的一片地，全遭炮火洗刷過了，陣地全燬，殷排長就以最後的一顆手榴彈與陣地同盡，未刻，賈家巷失陷，但是我守軍那奇異的忠勇，雖死猶存，敵寇於陷賈家巷後，遂利用城外的街市房屋逐次向我守軍接近。施放大量的催淚性和噴嚏性毒氣，迄至午夜，敵攻勢雖稍挫，但它野心仍不戢。

在北門外戰鬥激烈的時候，余師長以在大小西門外作戰的一七〇團經連日苦鬥，損失達四分三，乃令該團殘餘的官兵入城整編，西門的防務，由一七一團接替，拂曉，敵寇七千餘已集結到西北城角的外邊，敵炮四十餘門即向城內猛轟，此時盤旋天空的敵機，亦偵得我一七〇團轉進城內了，乃抽調敵兵四百餘，撲上大西門，我一七一團第三營第九連與它死鬥，李排長少興，担任西路正面掩護的任務，在大西門外的鼎新電燈公司指揮，前面說過，常德城是個三角形，如果我們把北門作頂角，沿着沅江的城牆，那就是三角形的底邊了。大西門是由北到西，和由西到東兩線相交的對角，城牆早已拆毀，城外的護城河，緊護着這對角的西北線，所以敵雖由北門來犯，但他必須繞過護城河，穿上大西門城外的正街，這裡由第九連另外一個排担任阻敵，因有護城河障碍了敵寇的發展，敵寇就沿着堤道向南張開，策應西門正面的攻擊主力，敵寇的主力，是對鼎新電燈公司攻擊的，李少興排長只率一排的兵力在這裡駐守，敵炮排着三個炮的陣地，對着鼎新公司一帶交义着作面的射擊，據說單是這三個的陣地，就有五十多門的炮，加上西北角對城內轟射的，前後的炮已達百門之多，不說機槍步槍聲了，就是這百門炮發出來的炮彈，它在空中的彈道已交織成天羅地網，烟霧瀰漫了，敵寇於瘋狂炮轟過之後，就用波狀的密集部隊在西路正面連續衝鋒，李排長在這天羅地網的中心，像泰山的一般，屹立不動，鏖戰兩小時，敵寇在我陣地前的遺屍已逾五百具，戰况的慘烈，敵寇的傷亡，可以想見，敵寇分明知道我守軍力量是不多的，竟會受到這樣大的損失，不禁心驚胆寒，下午二時，敵再援一部作正面的攻擊，一部五百餘，折由鼎新電燈公司的西北面漁父中學附近，向我守軍側擊，並以平射炮四門迫近我守軍的碉堡，輪流轟擊，激戰時許，我守軍的碉堡盡毀，守兵都在烟火裡陣亡，僅剩李少興排長一人，徒手與敵肉搏，自然，他是不會回來的，西路正面的陣地喪失了，於是敵寇迫到大西門，澈夜的血戰，計是日我又斃敵人馬二千餘，生俘第一一六師團一二〇聯隊二等兵中谷勝夫一名，鹵獲輕重機槍二十七挺，一二八式步槍一百六十一枝，地圖文件無算，中央銀行爲我五十七師司令部的所在，是日敵機二十餘架凌空更番的狂炸，中的甚衆，當它俯衝投彈掃射的時候，又爲我守軍擊落一架，隨即起火焚燒，計自攻防以來，初冬雨量風速均小，天氣晴朗，所以敵機的活動晨暮無間，其予我威脅極大，余師長爲發揚激勵無前的士氣，乃請我空軍掩護助戰，並轟炸城垣四週的敵寇，這時候，奉到第九戰區司令長官薛岳的來電：「岳以大軍援兒，敵必潰退，望傳令將士，堅守成功。」並說：「我軍廿六日可攻達，德山附近敵已開始向常德東北地區逃竄，余師長至是又申令各部，告以援軍日內攻達，務望死守據點，寸步不移，立功報國，這是千載的良機，這時候，余師長心裡雖極鎮定，但他有個很大的負担，他把全師的實力統計一下，參戰人員八千三百十五員名，現在僅剩餘戰鬥官兵五百餘員名了，彈藥的消耗已過大半，如再經寸土寸血的惡鬥，人員的損失；彈藥的消耗，總要超過已往的平均比率的，所以他在表面上儘覺援軍將到，很可樂觀，其實他心裡希望飛機輸送彈藥，比盼望援軍更爲迫切，他每日都有電報發出，要求接濟，但這種回響，却比援軍要來的回響，還要遙遠得多，就在這個時候，有個意外的喜訊，就是據城裡的警察報告，警察局裡面埋藏了一部份子彈，立刻派人掘發，共得步槍彈一萬粒，木柄手榴彈五百枚，槍榴彈二百餘枚，雖然爲數有限，但在此時日多得一分力量，總是不無小補，余師長把這些子彈，立刻分配到各部隊，並下手令『自即刻起，所有排連營長均不得變更位置』。一面將師的直屬部隊和輸送兵担架兵編入戰鬥，一面由炮兵團抽出三百餘員名撥入步兵戰鬥，這樣戰鬥員兵的數目又增加了四五百人，還有那輕傷的士兵，把創口裹好了，也紛紛回隊，余師長覺得士氣還十分旺盛，在敵寇黃昏攻勢的開始，他覺得又到了一個緊要關頭了，他把師司令部的責任交給陳代副師長噓雲，他自己分巡城防去。

常德城事實上，只有靠南岸臨沅江的一面，其餘這些品字形的東北西北和正北面，早已拆毀了，這一天，由東門城外到西北城，外敵人的炮兵陣地，對城作了個弧形的包圍，共有炮三百門以上，再加上南岸的敵炮，常德城已是抗拒着四百門炮的轟射。

廿七日的拂曉，敵機廿一架，又來狂炸，大炮，迫擊炮，平射炮，都牽引着高低的火線，向城頭發射，像海裡的颶風，括起如山的潮浪，帶了翻天覆地的響聲，向城裡倒捲下來，五十七師的官兵，都是久經戰陣的英雄，像這般的炮火高潮，據說竟沒有經歷過，而余師長親冒矢石，巡視防務，予士氣尤以莫大的鼓舞，八時，敵人全線猛撲，東門外的敵人，前後向城內猛撲三次一六九團團長柴意新率部將敵擊退，又北門外的敵寇，因佔了賈家巷，旋竄到北門外的正街，乘暗夜以密集炮火，籠罩了北門外那條大路，並以一部敵兵約四百餘，在火光之下，密集的向我守軍陣地猛撲，一七一團第一營吳營長鴻賓，率同第三連連長馬寶珍擊退敵寇四次的衝鋒，余師長出巡至此，見此路的敵人兇猛，乃親在團指揮所裡督戰，這時候大炮聲隆隆不絕，指揮所的前後左右，中的甚衆，他未之顧，團長杜鼎見師長親冒矢石，乃激勵所部必須更勇敢的對付敵寇，這次的衝鋒，果然十分鐘後，敵寇又是波狀的部隊衝上，所有的官兵均奮不顧身的又將敵寇第五次衝鋒擊退，當北門戰鬥進行的時候，大小西門亦有惡戰，先是敵寇藉它的炮火毒氣的掩護向我守軍反復衝殺，小西門外的敵寇，因有護城河的阻隔，不能迫近，於是敵將它的輕重機槍移到護城河對岸的堤上，計其數最少在五百挺以上，向我守軍陣地陣起陣落的發射，大西門及西南城角的爭奪尤見劇烈，敵寇分途鼠竄，我守軍予以側翼的截擊，敵勢頓挫，旋北門的敵寇五百餘，轉向大西門方面運動，血戰續起，迄至下午十時，敵寇前後放毒氣猛撲十數次，均被一七一團和軍炮兵團合力擊潰，敵屍遍積，南門外方面的敵寇四百餘，三次用木梯爬城，均未獲逞，上午十一時敵機兩架又被我守軍擊傷，我高射炮亦被炸毀一門，炮長炮兵，同時殉職，這時候，我守軍傷亡相繼，彈藥迄無補給，而敵寇的攻迫，愈緊愈烈，在此危險的關頭，我守軍上自師長下到雜兵，莫不拚命，最後連政工人員，官佐屬等也自告奮勇，加入戰鬥了，是日，各方的來電，都很足以鼓勵士氣，薛長官的來電說：『我軍已向敵猛烈進攻，感必到德山，傳令將士，堅守成功』又說：『我軍確於感（廿七日）寅攻到常德南郊，正激戰中』，其後又來電說『我軍感（廿七）日攻至近郊與敵激戰，現繼續猛烈進攻，期儉（廿八）日與兄握手，本部已令飛彈彈藥給兄』又孫代長官以守軍迭挫敵鋒大勝，獎洋十萬元激勵，軍部亦來電說『（一）軍於有已由周張唐各師分派鑽隙支隊向陬市河洑山常德鑽進，襲擊敵之側背，希即取連絡。（二）我軍主力于儉（廿八）可由陬市河洑山攻擊前進』。余師長接到以上的好消息，即再傳命將士堅守待援，全師官兵興奮不已，午夜炮火之聲，漸漸的稀疏，突然一切聲音都沒有了，使人有一種欣慰而又驚奇的感覺，這時候，各部的哨兵報告，城外的敵寇，都向東北角運動，士卒大喜，可是沒有任何的象徵，可以證明敵寇是被壓迫撤退的，所有援軍的消息，還是和以前各種消息相同，而最大的證明，就是還沒有聽到遠處的槍聲，和炮聲，於是余師長申令第一線的部隊要嚴密的戒備，這片刻的沉寂，那是敵人重新調整部署，以它的主力，於明日向我決死的猛攻，這一次的企圖，定比以前更毒狠，其後據派往分向四城去視察的參謀副官報告，在東北角上黑烟向上伸冒，大概敵是在燒它獸兵的屍首，此外，沒有什麽動靜，城垣的高處，樹立着一枝挺立的旗竿，青天白日滿地紅的國旗，高懸在竿的最高處，正隨風飄盪，中華民族之魂，高臨着天空，也在俯瞰着面前的敵人。

四、巷戰肉搏猛攻

余師長對敵情的判斷，是相當的正確，廿八日的拂曉，常德城週圍的炮火，又開始向城內進攻了，敵機二十餘架，隨之狂炸，火攻，毒氣，導以步騎兵全面猛攻，，戰事推演到了今天，確已到了無可再加的高潮，軍人以身許國，隨時都可以死，而今天這隨時可死的可能性，就十分的大了，敵寇久攻常德不下，師老氣衰，日皇裕仁赫然大怒，詔令第三師團的新主力於二日內進佔常德，否則，全體官兵槍殺，敵既凜於皇命的難違，復感我守軍力量的不可撼，故敵首山本三男師團長集它的全體官兵訓話時，涕泗交流，爲我前線的官兵及諜探人員見到，我官兵欣聞此訊，知它的氣勢，已不可用，我但誘鰲出頭，刀俎已具，我余師長亦諭官兵，利它的衰竭，謀亟聚殲，敵寇以這次生死所關，故抵死作困獸鬥，而我守軍亦早預爲之備，不成功，即成仁，以求獲得空前的勝利和光榮的戰績，事實上，在這種情形之下，什麽叫死亡？什麽叫恐怖？人落在這種狂浪的場面裡，一切都丟開了，先是東門外的敵寇六百餘，拂曉就在東門的北側，藉炮火的掩護，逐次鑽進和我一六九團激戰，寸土寸血的肉搏猛攻，守兵犧牲殆盡，敵兵逐乘隙竄到海月巷的附近，一六九團副團長高子曰即率編併的官佐屬伙伕雜兵四十餘人，利用手榴彈，大刀，長矛，向敵側背猛衝，以刀矛等如此的原始武器和敵廝殺，自是萬分不得已之舉，而大家也就自始下的決心，預備了最後一滴血，隨時肉搏，結果卒將突入之敵全部殲滅，這樣，敵鑒於少數部隊突入不易站脚，乃放棄這個辦法，依然以四十門以上的炮，集中一點連續發射，陣地工事被轟平了，守兵全部犧牲了，敵寇遂再乘隙突入，柴團東門一帶的部隊，不得不調到稍後的地方調整佈署，逐次佔領永安商會，舞花洞間之街巷，並佔領左至萬緣橋一帶城牆，和三板橋巷口的工事。這時候，敵既推進到東門，就分着兩股進犯，一股六七百人，沿着南牆城外河街竄到水星樓下，一股四五百人在東門裡再分若干股由民房裡，廢墟磚瓦堆裡，肆處亂竄，這種辦法，自然給我守軍一種困難。余師長得了報告，即命令代參謀長皮宣猷親自前往督戰，將城東南角劃一條縱線，指揮示範隊駐守封鎖，一面指揮一六九團的士兵，利用民房牆壁，分點駐守，不必顧慮其他，凡發現敵人，就用手榴彈去轟擊，這樣，敵人小股滲透陣地的辦法，又遇到我們守軍的打擊，陣地還是不能動搖。同時，敵寇爲策應東門的戰事，在北門小西門三處，先後發動進犯，北門進撲的敵寇爲數七百餘，來勢洶洶，先施濃密的毒氣，繼藉猛烈的炮火及烟幕的掩護，密集五股，向我守軍陣地逐步逼近，我一七一團第一營吳營長鴻賓，以和敵前後已肉搏七八次，我官兵傷亡殊衆，計這時能衝鋒的士兵已不足一班，所以命向來帶着部下出去衝鋒的馬寶珍連長，這次就在陣地守着，待敵迫近，以手榴彈饗之，馬連長眼望了前面的敵寇，逐次迫近，一胸熱血，無從發洩，心極不耐，這時候，一陣衝鋒的號聲突由他的身邊吹起，這是號兵在散兵坑裡吹的，士兵們以未得着連長預備衝鋒的命令，聽到衝鋒號而連長又沒有動作，正在猶豫，而見前面的敵人，均已抱頭後跑了，我們還沒有動脚，它聽衝鋒號就跑，畏我們如此，可知他心虛胆怯的醜態，已完全外露，我號兵沒有得着命令，突然吹奏衝鋒號，據說，是因爲看到敵人上來，一時情急，這可算是我常德抗戰中的一個佳話，可是後來敵寇終就疑心我們守軍的虛實，吹過衝鋒號而沒有士兵出來，當是疑兵之計，不過，他們又想或者守軍果眞的衝過來，依然是會遇着肉搏之苦的，因此胆寒，自此以後，乃改以大炮五十餘門，連續轟擊，第三連連長馬寶珍，第五連連長戴敬亮均負重傷，士卒傷亡無數，此時，三五兩連的士兵湊起已不足一排，敵在炮轟過後，循例步騎開始衝鋒，杜團長鼎親率機槍第二連連長溫鳳奎起與敵搏，溫連長又死，這時候，第一線的工事既被敵炮盡燬，守兵亦全部戰死，乃逐次佔領天主堂，瑪腦巷，亙體育塲的既設巷戰工事，又小西門外的敵寇三百餘和北門的敵寇，同時猛撲，均經我守軍迅速增援擊退。

大西門方面的敵寇，是和小西門的進攻部隊聯成一氣的，敵炮十五六門，拂曉即向小西門正面和大西門南城角連續轟擊，繼而飛機導以步騎兵千餘，波狀密集的猛撲，我第一七一團第一營張營長照普率部作堅強的抵抗，軍炮兵團的第三營，因連日作戰傷亡過半，而餘衆又無炮彈可資用，已改編爲步兵，由營長何曾佩督率，協助張營作戰，我城垣防禦工事，經敵連日不斷炮擊，多半被燬，我守軍一面用機槍手榴彈和敵人進撲的部隊作戰，一面派士兵把每一缺口堵上，血肉之軀，隨着炮彈紛飛，後來我守軍冒着敵寇的猛烈炮火，挑着麻布袋盛的土，抬着石頭，終把城垣的工事維持住了，入夜，城垣內外的四面，都是光火，至究竟是多少的火頭呢？無法統計，但彷彿所有的火，已連成一個大火圈，把五十七師的陣地完全圍在火燄深處了，眼前到處是光，到處是火，加上那一片衝鋒的喊殺聲，幾乎令人不相信是在宇宙間。又南門的敵寇四百餘，傍午時分，又開始向我守軍猛撲，一七〇團副團長馮繼異督部死守，水星樓的城牆外，敵屍枕藉，而我守軍傷亡亦衆。入夜，孫團的左翼，復受東門突入的敵寇威脅，陷於兩面作戰之苦，但我守軍不屈不撓，浴血苦戰，終將敵寇擊退。十時許，敵寇旋全面總攻，勢甚兇猛，炮擊，撒毒，火攻，壓力重重，我守軍以有限的人數，連日苦戰，戰鬥員兵死傷將盡了，乃以雜兵加入苦撐，說到雜兵，可以說是集各種人物之大成，幕僚，官佐，政工人員，伕子全備，就以抽調去作戰的士兵而論，有炮兵，有工兵，有輜重兵，有通信兵，有担架兵，此外還有留駐常德担任二十九分監常德分站監護勤務之第七十三軍士兵一班，留城警察四十餘名，也加入了戰鬥，總之，常德城裡的人，全在殺敵了，此一日爲戰鬥最慘烈的一日，亦爲常德最危急的一日，是日敵寇突入城區後，乃以飛機發傳單，意圖搖我的軍心，但我守軍士氣素旺，全體官兵復知此一戰乃關係國家的生死存亡，故咸忠勇奮發，而我民衆的躍踴爭先爲軍工作事實，可和守城的將士相得益彰，而爲敵寇荒謬傳單最好的答復。下午七時，孫代長官的來電說：『敵確已紛紛向東北潰退，我第一六二師已到城北沙港，第三師已到德山，務必拚命支持，以竟全功』。然在這時候，沙港德山是始終沒有槍聲，援軍是否到達？並不可靠。余師長即電呈復實情，同時電呈最高統帥說：『職師孤軍血戰十一晝夜，官兵傷亡殆盡，人少彈罄，立懇援軍馳援』，下午二時，守軍接到我飛機送來彈藥一批，計萬餘粒，惜僅半數堪用，乃電請繼續飛送，並請注意投城內的西南角，有黨國旗爲聯絡記號，計截至今日，守軍苦戰十一晝夜，各級指揮官傷亡已達百分之九十五以上，雜兵編入戰鬥，亦相繼的犧牲將盡，重武器被敵擊毀百分之九十，餘衆非傷即病，戰鬥精神雖極旺盛，而形勢則極爲惡劣。

二十九日的拂曉，東門外的敵寇繼續流竄，南面它因受了城牆的限制不得進，乃沿牆脚向北伸張，於舞花洞，坐樓後街，箭道街，局北街，三板橋，羅祖廟，與一六九團展開激烈的巷戰。高副團長子曰在碉堡內指揮，敵人的平射炮和迫擊炮，對着碉堡轟擊，中的甚衆，我們憑經過去經驗，不待碉堡坍倒，就移到碉堡的覆廊裡據守，繼續死拚，敵寇愈迫愈近，然我守軍亦嚴陣以待，儘管戰事已打到了城圈之內，整個的局面，却還相當的穩定，隨高子曰副團長在這正面作戰的約有兩個排，大半是新編併的雜兵，在街兩面的廢墟上，利用着磚堆牆基，以及炮彈打的彈坑，分佈了許多據點，因爲自二十七日下午以來，我守軍成了人自爲戰的局面，雖是每個據點，只有三兩個士兵，但大家都能秉他長官意志發揮了最崇高的武德，若是沒有命令轉移，不稍顧慮的都和陣地同盡，五十七師的官兵是訓練有素的，幾個據點，由一個班長聯絡，依然進退自如，在這無人不戰，無戰不勇的情形下，敵人每走一條路，每佔一幢民房，都必須付出無比的代價，敵寇詭譎，乃又變更戰鬥方式，一面用山炮向城中心輪流不息的發射燒夷彈，一面用汽油澆在殘存的民房上，四處放火，就是在街心的碉堡裡或覆廊裡據守的官兵，也被火災的烟燻，感到作戰的困難，守軍一方面作戰，一方面撲火，敵機二十餘架又在城區上空輪流轟炸，掃射，但我每個官兵均不置理，他們在火炮空襲三面夾攻之下，和敵作戰，敵寇衝來，就以刺刀或刀矛和它肉搏，在這樣的惡劣環境，非常的戰蹟，亦隨之而出現。敵寇見我守軍這樣的拚死，乃又藉它的迫擊炮重機關槍密集射擊，到晚間十一時，東門碉堡工事，均被敵炮擊毀，守兵亦隨之而殉，北門方面的敵寇，也如東門一樣，拂曉，分向我天主堂，體育場等處猛撲，一七一團第三營堅決苦鬥，兩敗俱傷，敵旋增援，至是水星樓被敵炮擊中倒坍，在最後的一刻，遠處聽見由水星樓裡送出宏壯的歌聲，和『最高統帥萬歲』『中華民國萬歲』的呼聲，聽的人哭了，唱的人從容戰死了，附近的守兵，磨掌擦拳，誓爲死難水星樓的戰友復仇，下午十時戰鬥仍烈。

是日的午後一時許，我機續輸送來彈藥一批，計子彈二千餘發，並投下大批報紙，全國以至全世界都在讚許五十七師。勉勵五十七師，尤其對守城主將余程萬師長推崇不置，皆說孤軍的苦鬥，實爲七七以來最光榮的一頁，余師的官兵，得到這樣的榮譽軍，更是興奮不得，士氣因益大振，嗣奉到薛長官的來電說：『我軍激戰至倫（廿八）午，已將沅江南岸之敵，完全擊潰，刻向倉港，牛鼻灘，蘇家渡，德山，茅灣，斗湖姆之敵猛攻中，殘敵現紛紛渡沅向常德東北方逃竄』，又軍部以奉通報『第一六二師已進至常德北門外五華山處』是否確實，即查報，又說『一，我第十九師及第一五一團之加強團先頭艷子（廿九日）到達黃花橋附近，與敵激戰，並向河洑攻擊前進。二，該師即分派別派員與友軍切取連絡。余師長以德山蘇家渡，斗姆湖，友軍並未開到，又第一六二師亦未至常德城北沙港地區，且未聞槍炮聲』。乃急電層峰報告實情，並立懇設法飛送八二迫炮彈，手榴彈，及七六二山炮彈，計本（二十九）晨起，敵竟日的空炸，炮擊，放毒，火攻，街巷的碉堡工事俱毀，我殘餘地，僅憑城內的西南角和敵斷殺。又余師長爲壯士氣，請空軍助戰，轟炸周家店，柳葉湖，敵後的補給線及渡口。

先是余師長出巡東門及北門的防線，爲了敵人卅日的拂曉攻擊，趕回中央銀行師司令部指揮，詎敵機羣早已臨空，它們是早已知道中央銀行是常德的神經中樞，又知道中央銀行是青磚和一部份鋼骨水泥的建築，普通炸彈不會發生效力的，所以就在師部前後右左亂投燒夷彈，在巷戰外圍的迫擊炮，再外圍的山炮，就向這火燄的目標射擊。火叢飛舞，撲不勝撲，幸我軍事前在師部週圍拆開火巷，倖免於難，上午二時，東北西門的敵寇，分向城內大慶街，大小高山巷，局北街，中山南路體育塲等處猛撲，以它的慣技，炮轟，火攻，毒氣，燒夷並用，東門裡的中山東路，大慶街，大小高山巷，及北門裡的三板橋，羅祖廟，天主堂附近的家屋碉堡工事，大部被燬，因爲師長有令，無論在何種的情形下，守軍不得變更位置，因之那些作點防禦的官兵，連人和槍，一齊被埋在土裡，後來守軍於中山東路，泥鰍巷，局北街南端，圖書館，關後街北端和法院正街，利用斷牆，破屋，炸彈坑，炮彈坑，繼續抵抗，同時體育塲的敵寇，亦逐次向我守軍據點猛撲未逞，下南門的敵寇，續向水星樓猛撲，前後六次，均被我守軍擊退。

大西門小西門這兩道的防線，守軍始終是守得最堅固的，駐守小西門第一線的部隊，是第一七一團第一營第一連，鄧連長學志，率領賴大瓊、趙相卿、趙登元三個排長，身先士卒的參加作戰，自二十六日起，敵寇就是不斷的向我城內炮擊，飛機的轟炸，波狀部隊的衝鋒，到二十九日的午後，敵炮更正對了小西門一段的我守軍防禦工事猛轟，因爲小西門內一條大街，是直達興街口中央銀行的司令部最短的一條直徑，按大西門到師部約二百五十公尺，小西門到師部至多不過是二百公尺，所以嚴格的說，小西門就是師司令部的外圍，敵人爲了要一舉而打擊我們的守城主腦部，固已費盡心力，而我守小西門的官兵，也就誓死的不肯後退，當敵寇炮轟到三十日拂曉的時候，它一再施放毒氣，但我官兵對於毒氣，根本就是置之不理，防毒面具缺乏了，以手巾漬水圍口鼻際，浴血殺敵，敵放過毒氣之後，它的步騎兵七八百，就組織了十幾個的波狀部隊向城內衝鋒，吳營長鴻賓見情勢危急，即率第二連連長方宗瑤，親在西門作側面的射擊，這時候，全面的士兵僅得三十餘名，但大家不顧犧牲的伏在陣地，對着敵寇的每個波隊輪流集中射擊，守小西門正面的趙相卿排長，全排戰死僅剩士兵五人，而且全是負傷的，於是他等待敵人接近，即率五名受傷的士兵連人帶彈的和敵寇同歸於盡，敵寇看到我守軍這樣的死拚，無不驚心動魄，一部退却，一部百餘人冒死的衝進小西門一直順了大街向文昌廟衝來，這文昌廟是小西門內的一個十字街口，距中央銀行不過一百公尺，像敵人那樣的猛衝，五分鐘內，就可以衝到師司令部了，幸興街口的工事，重重叠叠，作得十分週到，在文廟街的十字街口，就是一座石砌的碉堡，由那裡到師司令部，就是覆廊的工事，阻了敵人前進的道路，在碉堡附近，據守的是一六九團第三營的殘部一共只有二十四個人，而且一部份是受過傷的，在敵寇來勢洶洶的情況下，實在很難招架，孟，營長繼冬一面親用機槍掃射，一面令兵士跳出碉堡用手榴彈死拚余師長以敵焰方張，立命一七一團第二營營長吳鴻賓率部下出城抄襲敵人的左側面，一面調集師直屬部隊的雜兵三十餘名和炮兵團的一班人，交第一營副營長劉崑率領，由殘破的民房鑽牆穿牆，抄襲敵人的右側面，余師長本人則親率特務連的一排，向文廟方面急進，這時候，在這一道防線的一六九團第三營殘部又傷亡過半，生死存亡，千鈞一髮，幸余師長適時趕到，首先把敵人的來路擋住，甫經接觸，右側面的第一七一團第一營副營長劉崑部已由西觀街民房裡鑽出來，到達箭道街，劉副營長奮不顧身的逼到敵人的前面，猛抛手榴彈，不幸負傷，可是他仍裹創的指揮，兵卒冒着敵人的彈雨，把箭道各散兵坑障碍物掩護所佔住，同時把敵人向東擴展的地面擋住，那敵人左側面的吳鴻賓部也由西牆北側那裡鑽出來了，三方面的人，齊聲喊殺，聲震城郊，接連向敵人白刃衝鋒，復把十字街口向東西面擴展的敵人，追着向文昌廟十字街口中心集予以圍殲，這時候，適我輸送子彈的飛機由正北飛來，低低的繞着西北城盤旋，敵寇驚愕，行陣大亂，劉副營長趁着這個良好迂迴的機會，留一部在箭道街口向十字街中心射擊，親率一部由小西城基倒襲，敵寇受着四面的圍攻，全部被殲，計鹵獲輕機槍六挺，三八式步槍八十餘枝，戰刀七把，和第一一六師團作戰命令日記及地圖等甚多，第一二〇聯隊長和爾基隆亦戰死，我鄧連長學志，方連長宗瑤兩次負傷，排長賴大瓊，趙登元，繼趙相卿陣亡，下午二時敵復增援頑攻，四處豕突，終又被它突入文昌廟的附近。

當下南門及小西門的敵人守軍猛撲的時候，大西門及西南城角激戰又起，這裡的城防，由一七一團杜團長鼎率領的第三營殘部百餘人另新編併的雜兵四五十名，和警察二十名，及軍炮兵團團長金定洲率領由炮兵改編的步兵四十餘名，和雜兵編併的補充隊四十餘名，人數合計不足三百人，一部且乃無槍的，但憑空拳苦戰，先是西門的城垣工事，經敵寇連日的炮轟，已成了很大的缺口，我守軍一面沉着應戰，一面挑搬石頭把缺口堵塞，杜金兩團長都成了戰鬥列兵，各持步槍向敵射擊，敵寇乃施他的慣技，將山炮，迫擊炮，平射炮，對着我守軍防禦工事，輪流轟擊，參謀主任龍出雲，奉余師長的命令，親在這裡督戰，，計由拂曉苦鬥至午，敵寇猛撲五六次，我陣地却絲毫沒有移動，第三營營長張照普，頭部負重傷，由盧團附孔文代他指揮，率部和敵肉搏，漸不支，隨余師長來的特務連一排，也加入作戰，悉力拒遏，敵寇稍挫，戰至下午十一時，敵卒未逞，但是城內的敵寇徹夜的火攻，常德的核心區，變成了火海，人在下風頭，簡直立不住脚，但余師長再三手令，不許變更位置，守兵縱然受到烟薰火燒，還是不能動的，這時候，他們不約而同的喊出了一個口號：『有一牆守一牆，有一壕守一壕，有一坑守一坑』，這樣戰到深夜，陣地雖沒有變更，但糧盡彈缺，官兵枵腹空拳，這是最堪顧慮的，當時，余師長爲鞏固防禦爭取時間計，乃決心調整部署，亥刻頒令如次：（一）一六九團（欠第三營兩個連）佔領關廟，關廟後街，法院正街，皇經台，絲瓜井巷，箭道巷，各北端，迄小西門（不含）間之各街巷，（二）一七〇團佔領水星樓，大慶街兩端，（含）警察局北端（含）關廟（含）魯聖宮，華嚴巷，舊聖宮各北端，（含）上南門間各街巷，並佔領右自上南門（含）經下南門左迄水星樓之間。（三）一七一團佔領上南門（不含）中山西路，雙忠街，翰文中學，白菜樹，迄金家巷之各街巷，並佔領右自金家巷起，經大西門，石城灣，筆架城，左迄上南門（不含）間之城垣，（四）師司令部各處及直屬各部隊，一六九團第三營（欠兩連）之殘餘官佐兵伕，悉數編併，由迫擊炮營營長孔溢虞指揮，仍佔領興街口，上南門北門，小西門，和文昌廟間各街巷。（五）軍炮兵團（欠兩營）附戰炮營第一連，佔領中山西路，萬壽街間各街巷，並佔領大西門至西南城角間城垣，協助一七一團的作戰，高射炮之一排，担任防空，必要時協助軍炮兵團的戰門。（六）各部限十二月一日上午一時卅分前調整部署完畢。

七十年前的——

武昌風貌

·萬耀煌·

我今年已八十有三，最近幾年來，害了兩次心臟病，要不是發覺得早，治療得法，恐早已結束了生命。前年（一九七一年）曾開了三次刀，裝了一個心律調節器，因此對社會一切及至親友完全脫節。再加眼光神散，兩手顫抖，又常健忘，幾乎成爲廢人。但閒靜無事，總不無所思，因而回憶起七十年前的湖北省會武昌城，依稀還能記得許多事物，惟時間過久，全憑個人記憶，遺漏之處難免，錯誤的地方更多，我想現在海外的中年以上的湖北人，知道，定也知道不少，在這裡特別提出，請留心武昌往事的同鄉們，詳加補充，使後進青年，對故園產生嚮往之心，藉免數典忘祖，這也是我們應負的責任。

閱近人所記武昌名勝，常把奧畧樓和抱冰堂，誤寫爲張文襄自建，並爲其宴遊休憩之所，與事實不符，特先說明。張之洞督鄂廿年，興學整軍，創辦實業，爲鄂人所稱頌，嗣入閣先充協辦大學士後爲體仁閣大學士，紳商各界，在黃鶴樓建樓紀念，命名曰「風度樓」，呈獻文襄後，被更名爲奧畧樓，但匾額爲張親書。軍界又建一由文襄命名之「抱冰堂」，亦爲紀念去思的建築物，後人往遊者多以訛傳訛，誤爲文襄所自建，在此特予更正。

武昌城原有九門，後因武長鐵路的興建，又增闢一門名曰通湘門，合爲十門，茲由漢陽門說起。

一、漢陽門：是武昌出入人口最多最繁盛的城門，也是過江往漢口最便利的碼頭，七十年前，有小火輪船由漢口上往新堤，下往黃州武昌（後改爲鄂城），內往仙桃鎮，是時還沒有渡江的輪渡，不過正有商人在動腦筋，彷彿第二年就有商輪渡江，這時只有擺江和划子排列江邊，往來於漢口龍王廟，由武昌渡江去漢口的人，百分之九十，都是由漢陽過江，另一種則爲挑水的人，武昌的居民，烹茶煑飯造菜，概用江水，其他就用井水，所以漢陽門水碼頭，挑水的工人。自朝而暮，永遠不斷的挑，因此城門洞像河溝一樣，內外皆是濕漉漉的，惟城門洞兩旁有較高的行人道。漢陽門外，北行數十步有一衙門，門額爲「武昌關」三字，門內空坪，有抽風火爐一座，大塊紋銀，化爲液體，傾入排列的模型內，便成爲五十兩一隻的元寶，每次鑄四隻，然後裝箱，武昌關沿江，有一條很長的街，名爲筷子街，專製竹筷子兼製竹床竹椅各樣竹器用具，江邊的竹排由湖南放入水內運來，供筷子街做竹器的原料。筷子街後面沿城一小路可到北城角外，有一所初等小學堂，前與筷子街啣接，出街就到了大堤口。

二、武勝門：又名草湖門，爲武昌面北的唯一城門，城外有一條不算整齊的街道，又沒有什麽生意，以鴨蛋行爲多，東邊爲草湖，粵漢鐵路沿湖畔經過，湖內常有大批受人豢養的鴨羣。距城門大約五六里，有新開的「農務學堂」，環繞農務學堂四週，種着各種農作物，其西有新劃的四馬路，聞張香帥要在此建築新式商場，但理想與事實不符，故馬路雖修，却無人願在此地做房屋。武勝門外有一横街……？這條街都是些老住戶，也有書香世家，再西是大堤口，爲渡江碼頭，沿江多爲船戶和茶館，因通青山的旱路與水路，又有凱字營統領吳元凱營房，也通下新河氈呢廠，所以小飯館茶館特別多，這一帶也算熱鬧碼頭，據說洪幫的朋友多集於此。

三、孝忠門：又名小東門，由武勝門外沿城東行，小路畧帶崎嶇，住戶極少，至鐵路邊——也是城角，折而南行，沿鐵路走約二三里，便是小東門，此城門較小，城外人戶也不多，越過鐵路，地名沙子嶺，乃荒涼空曠之地，也有茶館，但出入小東門的人，人數最少，其出入的人，多半是鼓架坡花園在城外種有花木前往施肥除草的人，及販賣鮮魚蔬菜的小販。

四、賓陽門：又名大東門，由小東門南行，越過蛇山尾，就到了大東門，歷來戰爭及太平天國洪楊之戰，均以此門爲作戰樞紐，城外靠東的護城河，還依然存在。由大東門出城的道路，乃通往鄂南及湘贛兩省的大道，較爲寬濶，沿途房屋也較爲整齊，離城數里，有長春觀，爲著名之道觀，再東爲博文書院，爲基督教會所辦，亦爲培植教徒之所，再往東行，爲東嶽廟，內祀東嶽大帝，配以十殿閻羅，森嚴恐怖，每年農曆三月二十八日，爲東嶽大帝誕辰，値暮春三月，草長鶯飛，傾城仕女，來此踏青遊覽，稱爲遊洪山，而洪山寶通寺，又爲佛教十方叢林，有常住靜修及掛單和尙二三百人，香火鼎盛。洪山寶塔，又爲遊人必往登臨之名勝地，洪山有著名之特產—紫菜苔。距寶通寺垣東。有岳武穆廟與羅忠節——（澤南）祠，相得益彰。太平天國據守武昌、羅率兵自贛來攻，在洪山殉節，故清廷詔建專祠于此。再東爲卓刀泉，有關帝廟在焉，更往東爲東湖門，有營堡城門遺址，乃古戰場，此間距大東門已二十里矣！又大東門沿城南行數里，至盡頭，內有護城河，外有鐵路，鐵路外，荒塚纍纍，有無數白骨塔點綴其間，成爲鬼域世界，此皆爲洪楊浩刼所遺，令人觸目驚心。戰爭戰爭！敵我平等，滿眼枯骨，徒供後人憑弔耳！可嘆！

五、通湘門：新闢之通湘門，門雖闢而常關，鐵路既未通車，誰也不願走此門，東邊城牆盡處，折而西行，爲中和門，此門迤東三四里，有蓮溪寺，地雖偏辟，風景絕佳，適於修行。

六、中和門：中和門內有楚望台，其地爲駐軍固定之軍械庫，常有重兵守城垣，城外有深濠，僅用吊橋可通，足見此門之重要，另有街市，與保安門外之街道（十字街）相接，爲至南湖練兵之要道。

七、保安門：居武昌南邊三座城門之正中，城外街道也較爲繁庶，由於修築武泰閘幫了大忙，因武泰閘工程鉅大，工程師亦專由外國聘來，即監工也是候補知府知縣，當時保安門城外正街，給供應工程人員一切需要的供應站，該地任何生意及所有住戶，都發了不小的財。

八、望山門：是武昌城最右首的一座門，面臨鮎魚套，爲大小帆船避風之所，武昌玻璃廠，也就在鮎魚套，有大橋（王惠橋）可通，同時粵漢鐵路車站，亦設於此，鮎魚套有魚行、有炭行、有柴行，因新堤嘉魚牌洲各地所產的魚、柴、竹、木，以及湖南的煤炭，還有漢川的蘆葦，無一不是武昌市民所需，更有糧行，各種糧食，均由上游用船載運到此，所以望山門特別繁盛，也可以算武昌第一位。

九、文昌門：此門面臨長江，城外寬敞整潔，其左面住戶，亦有世家巨族，有陳寶書者，出身兩湖書院，曾中光緒壬寅鄉試，其右爲皇華館，設備堂皇，爲迎接欽差大員臨時休憇之所。循文昌門上行，即鮎魚套，常泊有兵艦楚材號及其他楚字號兵艦及魚雷艇一二艘不等，以保護總督之安全，皇華館之後，有幾幢特別講究的公館，爲總督衙門重要人員居住之所。皇華館之左爲絲麻四局，即繅絲局，製麻局（湖北產麻均爲日本人收買）紡紗局，織布局，四局所佔面積甚廣，煙卣林立，面對大江，氣魄雄偉，每日工人上下班，均聽煙卣所發之長嘯聲爲準，此種長嘯，聲極粗厲，三鎮均可聞及。江岸碼頭有躉船，起卸棉蔴紗布等，極爲便利。此是張香帥振興實業的新政之一。

十、平湖門：即面對大江城門之中間城門，正對隔江之漢陽，爲武昌漢陽間渡船往返最頻繁的碼頭，供應市民日用必需之煤炭行糧食行亦最多，挑水伕雖不及漢陽門之多，但亦不在少數。平湖門城門，爲便於四局工人上下工，雖不時啓閉，但對男女工亦便利不少。由平湖門右行，城牆面臨江岸，僅有不甚寬廣之小路可通，且距黃鵠磯頭頗近，繞過磯頭，即是漢陽門。

以上說明武昌十座城門及城外的情形，再談城內情形。

一、蛇山：蛇山橫亙武昌，自黃鶴樓至山尾，約六華里長，將整個武昌城，截爲山前與山後，武昌的十個城門，七個在山前，山後只有三個。山後還有胭脂山、花園山、崇福山、鳳凰山，僅有司湖一塘死水，也快乾涸了，而山前則有紫陽湖、長湖、菱湖，還有不知名的湖，而無一山，這是山前山後不同之處。

二、名勝古蹟：進漢陽門右轉上坡，即是黃鶴樓前孔明燈塔，塔旁有兩尊巨型土砲，砲身盈丈，口徑約十五公分，均有木架，此處乃城牆垛，砲口則對漢口與漢陽，由燈塔後上十餘步石級，砌成巨門，兩旁石柱上，刊出：「爽氣西來，雲霧掃開天地憾；大江東去，波濤洗盡古今愁。」之對聯，其文句之磅礴壯偉，令人頓開胸臆，上完石階，即黃鶴樓舊址所在，原樓凡三層，八角圓形毀于光緒十八年秋，因値天氣乾燥，筷子街大火，有蘆蓆着火，被風吹上黃鶴樓，遂遭焚燬，張之洞就原址建一不倫不類不中不西之警鐘樓，底下紅磚兩層，鐘樓則有四層，上置大鐘四面，蛇山頂另設有午砲一門，每日十一時半鐘，樓頭懸一球，至十二點，鐘聲一响，球隨聲落，午砲隨球而放，三鎭居民，對鐘對錶，均以午砲爲準。樓址高出地面十餘丈，原址寬濶平坦，兩旁均以石牆圍護，原有樓柱石墩數十個，仍散置于石牆內。由鐘樓往後行，往北有一石亭，刻有「湧月臺」三字，兩旁刊一聯，文曰「曾是當年觴月地，而今又作台上人。」又上數台階，旁有顯眞樓照像館在焉。靠南有「懷白樓」，爲商販經營茶舘及點心之所，四週均有玻璃窗，俯瞰大江，波濤滾滾，遠望晴川鸚鵡，歷歷在目，風景如畫。再上數級，正面爲官文胡文忠林翼合祠，內祀官文胡林翼牌位，看相算命卜課等江湖術士，麕集于此。祠右爲呂祖閣，祀仙人呂洞賓，有坐像還有睡像，香火極盛，江湖術士更多。墻上鐫有掃葉瘋僧像，傳爲濟公化身戲秦檜之像，另一墻壁前豎巨碑，鐫有王羲之一筆所書之「鵝」字，地下有一丈徑中有尺徑圓孔，荷葉邊之巨大紅銅盤一只，爲舊黃鶴樓頂承頂錐的銅盤，又有一石，鐫「清平如意」四字，實則爲像形之一瓶一如意二物而已，結構頗具奇思。呂仙閣後面，又有仙棗亭、抱膝亭，（亭前有一人多高葫蘆形銅錐即老黃鶴樓的銅頂）。算是黃鶴樓最高的地方，過此不能通行。下了黃鶴樓，有兩條路通往大街，一條沿墻脚外，有一道石墻維護，石墻外即是人家屋頂，從這裡可到斗級營，另一條路便是回到漢陽門。

三、漢陽門正街：這條街一直通到撫臺衙門，可是分成了三段，漢陽正街僅到司門口爲止，沒有大商店，彷彿記得堆積建築材料爲多，武昌知府衙門即在此，知府梁鼎芬（字節菴，廣東人）綽號梁鬍子，他的鬍子多而且長，是張制軍與端（方）撫台最紅的人物，也是兩湖師範的監督，梁出身翰林，舊學淵深，爲一般學者所敬佩，梁愛才也肯培植人才，張之洞督鄂興學梁出力最多。勺庭書院也在此街。司門口即藩台衙門，又稱布政司照壁，時布政司爲蜀人李珉琛，不作事不多事，不斂財，能守財，乃一循規蹈榘的標準官吏，所用的知縣，如黃岡知縣楊壽昌，也是蜀人，一任十餘年，地方人士都說是好官，楊字葆初，士人稱楊葆公，即其一例。由司門口到橫街頭一段，爲察院坡，以書店文具筆墨店舖爲主，如師竹友梅館，所賣筆、墨、紙、硯各種圓扇、摺扇爲最上上品，出入該館的，都爲文豪雅士。察院坡另一特點爲鴉片烟館，有三四家，門面高大，每日在店內當街用大鍋熬煑烟膏，再裝入骨頭盒內出賣，這些熬大煙的店舘，都豎有大招牌，且距藩台衙門最近，在衙門斜對面。撫台要往制台衙，必由此店經過，遠遠就可聞到鴉片烟香味，癮君子到此便可引發烟癮了。此街還有一家科學儀器工藝社，黃楊木新式招牌，刻着梁鼎芬書的字，呈碧綠色，主人是李老闆國鏞。近鄰爲劉天保中藥舖，門面寬敞整潔，膏丹丸散，應有盡有，招牌字之大，恐爲武昌第一家。過橫街頭，爲撫院街，住在此街的，都是客棧和公舘，東頭即撫台衙門，時巡撫即端方，號午橋，滿人，張之洞行新政，端方盡全力助之，爲滿人中較有新知識者，本張香帥意旨與梁鼎芬選拔優秀青年，分送東西洋深造，留歐留日學生之多，固爲張香帥之倡，端與梁均與有力焉。撫衙再東行爲龍神廟街，轉灣接忠孝門正街。

四、鳳凰山要塞：進武勝門右轉，即可上鳳凰山，上有砲台，本係禁地，台官以我年少，且所請求又合理，曾允許我進內參觀，且詳細說明並操作。此種要塞砲，在武昌只有兩門，口徑爲十五生的，射程可達漢口礁家磯五通口，隱顯砲塔，方位完好，瞄準精確，即可將砲塔升起發射，發射畢砲身自動下降至原位置，又可旋轉一週三百六十度，東面可射洪山以東或可達東湖門，威力極強大。彈藥庫在地洞內，砲台官兵均住在地下室，凰鳳山幾乎全是隧道，非常整潔，且空氣流通，光線充足，因南面爲貢院屋頂，絕對秘密。兩門砲均購自德國克魯伯廠，裝設位置及工程設計，均係德國工程師所爲。據說：田家鎮的大砲，亦與鳳凰山相同，我當時何幸而獲得參觀武昌惟一的要塞砲，至今猶感意外。

鳳凰山東抵武勝門，西端至北極閣，其高度僅較城墻高出少許，山頭平坦，綠草如茵，砲塔掩護適宜，即在山上也看不出係要塞砲陣地，但常禁止任何人上山。至出入要塞，則另有鐵門，守兵出入則由鐵門旁一小門，普通人如不特別留心也看不出來，僅認爲普通城門守兵之休息室耳！

五、武勝門正街：右爲貢院，圍墻中有一小門，內爲供給所，設有小學一所。此街，均爲做木器傢俱小店，另外僅有當舖一所，聽說是劉維楨開的，武昌有幾家當舖，都是劉家的。左邊有幾條小巷到花園山，另有一條長巷，名戈甲營，設軍醫學堂一所，此外全是公舘住宅。接着就是曇華林，時東路高等小學正在建築中。又有常平倉，聽說擬改爲武昌府師範學堂。以上都是背靠城墻的。其對面爲文華書院，乃教會所辦，凡能住文華的學生，都是富家子弟，其出路爲郵政、電報、海關、鐵路、招商局等優差，住文華書院的學生，外國語文特長。記得文華書院四字乃石刻，旁有小字，好像爲同治七年。該堂學生，年青體健，與他校學生，以觀念不同，思想各異，除私人關係外，毫無校際運動，文華當局與地方政府，亦無關連。文華書院佔地頗廣，其後多爲花圃。又曇華林有一座仁濟醫院，也是教會所辦，就醫的多爲附近平民，士紳多看不起西醫的醫術，更不喜住醫院。

花園山西端，距武勝門正街極近有幾條小巷，均可通花園山，山北是戈甲營住宅後門，西端即鼓架坡的花圃，與孫森茂花園相連接，山並不高，山上除一個尼姑庵外，其餘都是花園，種花出售，也有餘屋出租，租客大多是讀書的士子，取其幽靜價廉。我隨族叔又是姨丈信民公在此讀書，山上有天主教堂一所，規模甚大，正門未見開過，無從窺其玄奧。山下有兩條巷道，一爲高家巷，有府城隍廟，正擬改作學堂，有一天城隍升天，武昌知府梁鼎芬，乘座四人藍呢大轎，亮藍頂子，朝珠黼服，翎鼎輝煌，脚穿黑緞朝靴，滿臉大鬍子，在廟門外下轎，步行至大殿，紅燭早已高燒，鐘鼓齊奏，鳴鞭炮，焚黃表，讀祝文，梁太守親自拈香，恭恭敬敬的拜了四拜，行禮如儀後，梁命撤去香案，由十六名大漢，將木雕城隍神像，抬到丹墀大堆乾柴上面，舉火焚熱，道士痛哭，如喪考妣，這武昌府城隍升天一幕，是我所親見的往事。

六、聖公會，在高家巷東首，大門常開，設有閱報室，每禮拜天做禮拜講道，革命排滿之說，我是在此處初次聽得的，日本俄國，要在東三省打仗，也是在這裡聽的。後來才知道有個什麽日知會，原來是藉聖公會做革命宣傳，增加我新知識不少。從高家巷出去，便是候補街。

七、花園山下另一條巷道，名孝子巷，也是通候補街的。候補街也有一座廟，叫「正覺寺」不是大叢林，只是少數和尚清修之所。由候補街東行爲雙柏廟，我萬姓總祠在此，自明朝至今，內部殘破不堪，大樓門上，懸有「世進士」匾額一方，是幾百年的老古董，最後一排正廳尙整齊，有祖先神位，族人每年聚會祭奠一番。過了雙柏廟，是涵三宮街。

八、涵三宮街有一巨大公館，懸有「尙書第」直匾，係劉維楨尙書的住宅，劉是黃岡東鄉楊鷹嶺人，在太平天國時，以戰功封王，辦理糧台，時遇胡林翼駐節黃州之巴河，因黃州爲劉之故鄉，劉的親族故舊爲胡招致，命他們向劉說服，劉遂獻糧投降，使陳玉成大敗而逃，以功見信，胡乃奏明清廷，賜封提督，後因張之洞需欵興學練兵，親往拜會劉氏，慨贈六十萬兩庫紋銀，張復奏請清廷加尙書銜，劉善經營，黃岡東鄉及浠水兩縣，每年可收稻谷十一萬石。黃州有巨第，收藏書籍甚多，武昌有幾個當舖，又有幾艘輪船，經常走黃州漢口。他的住宅，除鄉間楊鷹嶺，聽說很講究外，在武昌有涵三宮巨第，胭脂山尙書巷內的尙書第，其內部的樓台亭閣，水榭花池，據傳爲武昌第一。劉氏到武昌，即住在脂胭宅內，聽說他家在武昌房屋很多，而且也是大公館，他的妻妾成羣，有十一個兒子，不知有多少女兒。又聽說他在黃州修整赤壁，並建築高等小學，規模仿照武普通中學，總之；劉維楨乃一豪富之家，但爲人樂善好施，相貌堂皇，所有的人，都稱他爲劉長毛，因爲他是太平天國的舊部，所有太平天國的人，當時在民間都總稱爲長毛。

九、涵三宮有一所私立日新中學堂，我家芥眉大哥，在該校充國文教員。經候補街由宜鳳道到糧還街，宜鳳道有張仲炘太史宅第，張仲炘爲武昌有學問的名人，張之洞總督甚敬重他，其對面有一當舖，彷彿名叫「維新」。

另一條通往糧還街的巷子，名糧道大巷。糧道街以糧道衙門所在得名，其東爲巡道嶺，有江漢書院和崇文書局。糧道街另一端，有大菜市場，出街西即府街口，有同仁醫院，也是教會所辦，設備簡陋，醫術不佳。由此西行爲青龍巷，往南爲橫街頭，兩街交叉處，有一特別粉舘，沒有招牌，大門內有極大的鍋灶，鍋內所煑的湯，乃最鮮的魚羹和粉條，再加油條，取價甚廉，每晨在天明以前即告客滿，後來者即站在門外街面上立食，所有食客都是苦力，挑者、抬者，賣菜賣魚的。聽說粉湯之味，鮮美無窮，油條又長又脆，爲武昌第一。這種粉舘，穿長衫者不屑一顧，儘管味美，却無人肯去一嘗。橫街頭全是舊書店，有時可買到古版書籍，這是聽許多舊學者說的。

十、糧道街後就是胭脂山前面，胭脂山不大高，正面向北，其西半爲尙書巷，即劉維楨宅第，西進朱家巷，啓黃中學即在此，乃黃州府的私立學堂，胭脂山後，多爲住家小戶，山下即爲三道街，有道台衙門，又有存古學堂，其西端即橫街頭，東端爲撫台衙門，撫衙前面對蛇山。

十一、貢院：貢院在城北，後依鳳凰山，堂堂正正，四四方方，坐北朝南，爲讀書人科舉考試之地，也是全省人才產生之所，東邊佔武勝門正街之半，西邊爲雄楚樓，正門有貢院直匾，大門宏壯寬濶，門內又有一門，即儀門，有一大橫匾，書「天開文運」四個大字，貢院前街，距大門二百餘步，有大牌坊一座，鐫「惟楚有材」四字，每字約兩尺見方，據說：係前湖廣總督李瀚章手筆所書，字體似柳宗元，絕佳。貢院有東捲棚西捲棚，各長二百尺，寬與街齊。柱子中間，均備有固定之長條橙，供科考士子入場前休息之用，平時則爲乞丐棲息之所，每到夜間，更成了乞兒們成排睡眠吸鴉片煙的安全地帶，當日全國公開吸鴉片，富貴之家，一家幾支烟槍極平常。

貢院前街「惟楚有材」匾旁，是科舉時期的外供給所，此時已改爲初等小學堂，我的姨丈信民公和我的堂兄芀眉商量，命我進這所初等小學肆業，因芀眉大哥在此校敎書，另一敎員，乃應山聶輯五先生，他是兩湖師範畢業，奉派充敎習的。同學有聶老師之子聶洸與其侄聶世馨，還有四位敎習，已記不清姓名了。因我進校不久，便又考入兩湖師範附屬高等小學之故。貢院前街以裱畫店著名，還有鄢東昇壽材舖，其技術爲武昌第一，武昌縉紳之家，爲老父母準備壽器，沒有不出自鄢東昇的。

育嬰堂街也在貢街院前街，通武勝門正街的一條橫街。街內曾出一件奇事，有胡某富人，中了大獎五萬現洋，他只有一個獨生子，當然寵愛逾常，他本是富厚之家，聘了一位老學究，敎這個兒子攻讀，孩子年近廿餘，俊秀聰慧，頗有文名，殊料中了五萬大獎後，書也不讀了，一次買了幾名美女，閉門縱慾，時間不到一年，家敗人亡，此事在當地流傳普遍，引爲青年發意外財之戒。

貢院前街南行，有兩條巷道，一爲青龍巷，以繡花店着名，幾乎全巷都是繡花店，巷尾面對藩台衙門圍牆，有一家小舘專賣水餃，自早至晚整天都客滿，是武昌有名的水餃舘。察院坡察院大巷內，有一家專製最新輿地圖的店，亞新地學社爲鄒代鈞主持，與師竹友梅舘的文具，同爲學界所重視，至貢院西之雄楚樓接北城角，有北路高等小學，又有青石橋都府堤街柯逢時公舘，因柯爲某省巡撫，所以府後街等，均爲山後有名的街巷。

十二、再談司門口：司門口就在藩台衙照壁前面，藩台的正名，叫布政使司，總全省的正印官和州縣官，都由他簡放，總督巡撫反而無權直接任免，全省糧錢也由他管理，他在一省中是有實權的大官，司門口即是藩司衙門口的意思。這裡是武昌商業中心，也是山前與山後唯一的交通要道，所以極爲繁華，洋廣雜貨銀樓錢莊，都集中在此。另有一條通往黃鶴樓的背街，叫斗級營，也由此處進去，斗級營的特色，爲襪子舖多，那時都用布襪，有線衲的襪底，有土布也有洋布面子，店名有「可乙齋」「老可乙齋」「眞可乙齋」「眞老可乙齋」，大半條街都是「可乙齋」襪子舖。其次就是棧房多，候補的官員老爺們，多住在這些棧房候缺，因距藩台衙門近，到衙門打探消息也容易。還有一家徽州酒舘，名同慶樓，候補老爺們，多在此舘請客。又此街爲上黃鶴樓的正路，往來的人特多，更顯得熱鬧。司門口有一家最大綢緞舖名叫天生祥，也有一塊特大招牌，這些大店舖裡，都懸有「一言堂」金字橫匾，表示不二價。過此即「南樓」，俗稱「鼓樓洞」，洞幷不長，過往的人，幷不覺此處即爲截斷蛇山爲山前山後的唯一通道，因爲兩邊都是大商店，也是最繁盛場所，而且洞內兩旁，滿是看相的買畫的，且光線充足與洞外無異。鼓樓洞前街，有馮正興銅器舖，馬人和花粉舖，有官錢局，出湖北官票，兌換銀錢。斜對面有中路高等小學堂，該校隔壁，曹祥泰雜貨舖對過，即萃豐巷，每年正月初三開始到元宵（十五）節止，各色各樣花燈聚集於此出售，凡購花燈的男女小孩，都來此採購，熱鬧異常，一年一度，歷史悠久。

十三、長街——有十里長街之說，有無十里，我從未考究過，不過從司門口起至望山門止，是一條極長的寬濶青石大街，兩旁店舖密集，每相隔不遠，便有巷道。長街是總名，實際分爲幾段。司門口，鼓樓前街，芝麻嶺，蘭陵街，望山門正街等段，如何分法，我記不清楚了，其中有幾種行業的店舖較爲特別分誌如後：

一、帽莊：鼓樓前馬人和花粉舖，右鄰有幾家帽庄，招牌記不起來，所製以瓜皮小帽爲主，因爲是春秋兩季每人必戴的必需品，其緞製的有帽結，又有大帽，凡有功名的士子官紳，除夏季用涼帽外，一年有三季必戴的禮帽，紅帽纓子，有金頂子，秀才舉人必備之物，有品級的頂戴，由白石頂，水晶頂，暗藍頂，亮藍頂，至於紅頂,只有京師可買,尤其紅寶石頂，則爲王公所戴,外省根本無從購買,藍鈴有賣的,花鈴少有,所以帽庄生意以瓜皮爲主。

二、鞋靴店，鞋子有緞面、布面、厚底、薄底之分，靴子有官靴快靴之別，官靴爲厚布底，快靴則爲薄底，官場所着爲官靴，學生則爲快靴，以輕巧行動快捷爲所長，着布鞋的人，多爲自作，中國家庭婦女的副業，就是做鞋子給丈夫給兒子，至於靴子則非家庭婦女所能爲。

三、在芝蔴嶺的生意，最多的爲彈棉被店，好像這是江西幫的專業。

四、蘭陵街則爲成衣庄的天下，普通的單夾棉袍店，多爲黃陂人開設，皮衣皮統店，爲山西太谷人所開的爲多。

另就記得的幾家商店提出來談談，如伍億豐大雜貨舖，係石庫門面，有兩個大門，凡武昌住戶，沒有不知伍億豐和曹祥泰的，又有劉有餘堂中藥舖也是石庫大門，是江夏巨紳劉鵠臣開的，劉鵠臣曾捐了一個什麽官，我忘了，但我知他是武昌商會會長，與官場往來極密，是那時最有名的人物。長街西邊平湖門至文昌門之間，有可記的地方，如學宮街，有文廟（孔子聖廟）紅牆黃瓦，莊嚴巍峨。轅門外刋有「文武官員人等至此下馬」石碑，豎立兩旁，行人必須繞泮池而行。武昌府儒學教官徐旭東，黃陂人，兼北路高等小學堂堂長。平湖門正街，有按察使司衙門 當時的按察使姓施，四川人，主管全省刑法。在此區內有西路高等小學堂，堂長蕭仲湘，湖南人，又有善後局，有兩湖書院，後改爲兩湖師範，監督即爲梁鼎芬，還設有兩湖師範附屬高等小學堂，（一般學生稱爲小師範）我是甲辰年考入此堂肆業的，堂長原爲胡鈞，（字千之）奉派去德國留學，繼任的爲沔陽拔貢胡百年(字經庭)先生。兩湖書院有兩個湖，一個在學堂正中，其北有兩層樓大廈，正面匾額，刋「正學堂」三個大金字，正門抱柱對聯爲：「志在春秋，行在孝經，此爲臣鵠子鵠；雖有文事，必有武備，法我先聖先師。」「正學堂」廳頗大，沒有陳設，僅備有八尺高大自鳴鐘一個，與黃鶴樓頭報時鐘一樣，也係同時所置。由正學堂兩邊行進，沿湖均有走廊，木柱瓦頂直通大門。沿湖一週可二三里，湖右有兩棟大厦，稱爲南書庫北書庫，所藏經、史、子、集及國內善本書籍，供學者研讀，湖左（即東邊）爲書齋，按天、地、玄、黃編號，每號若干房間，每人住一間做學問，每月由書院山長出題考試，按等級給予膏火資，由幾兩銀子不等，這便是書院制度，現在改爲學堂，便改建爲講堂，所有大門兩旁，新建洋樓均爲教室，教育方式早已改變，教育內容自與從前不同。書院制度隨時代進步，也改爲學堂制度了。正學堂後面有一個禮堂，供有孔夫子的神位，每月朔日（初一）梁監督親臨，領導學生行四叩首禮，不發一言而散。書院後門也有走廊，至附屬高小學操場而止。書院後即小師範，右爲後湖，又稱爲菱湖，面積較內湖尤爲廣大，與善後局街相通。由大版橋可到湖西，距城牆不遠，湖心有一島，爲「八旗順直會館」所在，有一長橋通花堤街巷，兩湖書院前門名書院街，東邊爲武昌圖書館，內容貧乏，異常冷落。書院街南爲文昌門正街，有江夏縣衙門及模範監獄，再南即大都司巷，有鎭台衙門在望山門內，亦即武昌城西南角，爲湖廣總督衙門，又稱兩湖總督，俗呼制台衙門，總督即張之洞，字孝達號香濤，官場通稱爲張香帥，張氏督鄂多年，做的事不算少，尤其辦學爲全國之冠，各省辦學爭向湖北聘請人才，聞張香帥幕僚人才特多，我當時係少年，不過聽人傳說而已。制台衙門西轅門外，爲豹頭堤，幾乎全爲制軍的幕賓及執事人員的住宅。

十四、再說長街以東，萃豐巷很短，一邊爲官錢局，後面爲雲貴會舘，其側有一巷道較整齊，由此巷小徑可上蛇山，有大觀書院電話局，湖南會舘（即曾文正祠）其下即閱馬廠，有閱兵台。萃豐巷另一端、爲後長街、火巷、雙眼井、轉魏家巷、西大街、中營街、西廠口至閱馬廠。再南爲百壽巷，有巡警道衙門，巡警道馮啓鈞字少竹，廣東人、湖北初設巡警，僅數年歷史，警察教練所，在隔壁萬壽宮內，道衙後有一土墩，有亭曰「梳粧台」，相傳爲楚王妃的故宮。東口至閱馬廠，再南爲三佛閣。文普通中學堂在焉，總辦紀香聰，紀文達之後裔，該堂學生與兩湖師範同，非秀才不能考試入學。其東爲造幣廠，鑄造銀元并發行當十銅幣，銅幣係紫銅製，採自日本。每天街上，推紫銅磚塊的獨輪車，不絕于途均由平湖門起卸。造幣廠街前面爲中州會館，附近居民，皆係該廠員工。再東爲大朝街，街東爲武普通中學堂，武普通學生皆是二十歲左右，年青體壯，每個人都是雄糾糾氣昂昂，令人羡慕，武普通有大樓三幢，成品字形，操場也大，氣象威嚴。

十五、王府口連水陸街也是一條較寬較長的街，商店很少，全爲住宅，王氏義莊爲王魯湘的宅第，藏書甚豐，王係黃岡陽邏海棠灣人，時任貴州巡撫。武昌甲棧及皇殿均在此，有紫陽湖紫陽橋。又大朝街直通至保安門正街，與長街平行，紫陽湖畔又有小朝街，武昌丁棧即在小朝街北端。皇殿後武普通學堂前，爲南路高等小學，也是武昌最初辦的一所高等小學。長街有勸業場在焉，位于王府口與水陸街之間，內有各貨攤位，規模頗大，遊人較多而購物者較少。後有茶園面紫陽湖，風景極佳。

十六、水陸街在王府口之南，也有若干巨宅，大半都是現任大官或二品道員的公館，學務公所也在此，各學堂都歸學務公所管理，留學西洋的學生，每月都有安家費，由學務公所發給。例如嚴式超留學俄國，每月由乃弟嚴際宗到公所，領取大洋二十七元，作安家費。考學堂的在此，看榜也在此。水陸街附近有恤孤巷、崔家巷、蕭家巷、津水閘等等地方，詳情已記不清楚。其南爲保安門正街，有名「大公館」者，據說是科場大主考的公館，又保安門正街，可直通長街總督衙門的東轅門。

閱馬廠東邊爲東廠口，方言學堂、多寶寺、長湖堤、都在閱馬廠東邊，又黃土坡直通中和門，中和門有楚望台軍械庫在焉。黃土坡有將弁學堂，後改爲武備學堂，有兩個大營盤，在大東門內，是護軍左旗，在中和門內的，是護軍右旗，紫陽橋東端分水嶺即工程營。江夏人兩江總督陳鑾的陳氏義莊，在黃土坡以東，即是軍營後面。

十七、當時兵勇，頭上均用青布包頭，穿的衣服前胸後背，均綴一勇字，纏青布綁腿，請假外出時，除了服裝整齊，還有一隻三尺長三寸寬白色紅頭差假板子，規規矩矩拿在手中，儘管如此嚴格，每遇警察常有打架行爲，因爲兵勇見警察欺侮百姓，便打抱不平，因此站崗的警察畏懼兵勇，但也是警察未建立威信的原故。

十八、交通工具：當時一般人都是坐轎代步，故所有公館式房屋，大門內都有兩道門，有天井、有轎廳、至少備轎一乘，也有多備兩乘轎的，大官和有錢的大家庭，平時都養四人或六人一班轎伕，出門時先在轎廳上轎，進門則在轎廳下轎。至一般士子和婦女，多雇用二人抬的小黑殼子轎，每一巷口都經常停有三五頂轎子，各城門外都有此種轎班，尤其漢陽門外江邊一帶最多。

十九、此時已有東洋車（即人力車）木製車身，車輪用鐵皮，武昌大街小巷，都是用麻石條舖的道路，不甚平滑，坐在車上，好像懸空顛播，更感不舒適，所以較有地位的人，很少坐東洋車。不過東洋車很便宜，由候補街到水陸街那一段長路，祇要二十四個制錢，因此坐車的人也漸漸多了。抬轎子的生意，便慢慢差了。

二十、以上是七十年前，癸卯甲辰年間的武昌一般概況，僅憑個人記憶所及，祇記事實，不重修辭的好壞，拉雜寫出。但因時間過去太久，而我又年邁，記憶力早已衰退，遺漏和錯誤，自知絕對難免。尚希同鄉諸君子，加以補充修正，使其系統完備，留作後起者共同參考，也是誌書上不可少的重要資料。

胡政之與大公報

陳紀瀅

筆者按：天下事無獨有偶，民國三十六年春，在北平沈從文的一個學生，叫吳少若（北大三年級學生）有一天來找我，說要我與他老師共同支持一個文學性週刊，但要我去向「華北日報」張明煒兄去交涉要地盤，談條件。隨後從文也來訪我，說明眞象。當我知道從文有意開闢一個寫作園地，（這時候，大公報「文藝」仍發刊，由在上海的楊剛彙發津滬渝港四社）提携他這位新弟子，我又讀了少若的許多作品，驚歎他與從文作品格調相倣，就毅然決然慨允去向張明煒兄試探，結果成功。那時華北日報與卜青茂所主持的天津「民國日報」爲中國國民黨在北方的兩大黨報，因主持人的積極態度，內容充實，一掃過去讀者對它的不良印象。民國日報有朱光潛支持的「文學週刊」，很精彩。華北日報正要辦一個同類刊物，苦於找不到適當的人，所以我去接洽，一拍即合。我撮合成功之後，也很愉快。我就和從文與少若說：「我但願做一個投稿人，千萬莫說我是支持人。」這個刊物名「文藝週刊」加「週刊」二字，以別於大公報。發刊詞是由從文跟我共同琢磨的，以編者之名發表。

胡政之（霖）先生遺像

在北平辦一個文學性刊物太容易了。莫說有廣大的作者羣，就是各大學的教授作品，就用不完。而少若年輕老成，除北大外，清華、燕京及師大，都是他拉稿的地方。最初怕稿荒，以後積稿盈尺，用不完。

大公報既增添了「文藝」週刊，全國作家都爭着向它投稿，加以它的發行量之大與聲望之高，不久就成了文壇重鎭，隱然爲作家的中心。民國二十四年，政之先生與季鸞先生商議創辦文藝獎金，以獎勵作家，做爲提高創作水準，鼓舞文藝運動的藉助。

結果何其芳、李廣田、卞之琳與曹禺等四人獲得大公報的文藝獎金，每人銀圓五千元，算是中國近代文學史上文藝獎金的嚆矢。民國二十四年，五千銀元值現在台幣若干？

何其芳得的是詩歌獎金。李廣田散文、卞之琳小說、曹禺是戲劇。這是當時來說，是中國文壇一件大事。因從來沒有一家報館舉辦文藝獎金的，而獎金數額的鉅大，又是空前！

照規矩，如沈從文、李健吾、張天翼等都爲大公報寫文章多年，而其著作享譽全國，都有獲得這項獎金的資格。但那時政之、季鸞兩先生着眼於「青年作家」與尙不爲廣大社會所熟知的新秀，以便他們脫穎而出，一新耳目。所以已有聲望的資深作家只好讓賢了！

那時曹禺第一個劇本——雷雨，正在華北與江南普遍展開演出。白楊的四鳳，風靡故都。其後，唐槐秋所領導的「中國旅行劇團」（簡稱「中旅」），靠「雷雨」一劇，征服了全國觀衆。觀衆對曹禺所寫的劇本「北京人」「日出」「蛻變」「原野」簡直愛之若狂，開中國戲劇史上的先例。「曹禺時代」一直度過了抗戰八年，而迄未稍衰。曹禺創作之旺盛，雖不完全得力於大公報的獎金，但也不能說毫無關係。可知激發人之上進，鼓勵雖不是唯一方法，却是最好的方法！

大公報每天除新聞、社評與「小公園」外，每天提供一個專門性的特刊，開擴知識領域。每一特刊又由專家、學者負責編輯。而每個特刊背後，都擁有無數投稿的人。近在平津，遠在嶺南，它都在爲團結作家貢獻巨大力量，對讀者所發生的知識影响，更不能以數字核計。我嘗說：「報紙雖是自己辦的，却爲讀者服務；把篇幅時時刻刻讓給讀者利用，自己隱藏在後面，才是一個領導輿論的正當態度。誠心誠意把報紙許爲公有，大公報雖非十全十美，然而能跟它相比擬的，却不多見。」

在「大公報一萬號」一文內，曾有這樣一段話：

「抑中國地廣民衆，交通未開，中國人不僅少知世界，且少知中國。而中國現狀，百分之九十以上之人口爲鄉農，在今日工業幼稚之時，農爲國本，而鄉間狀况，都會不詳，是以中國革命之第一要務，爲普遍調查農民疾苦而宣揚之。此固報紙天職，而力亦不逮，故必須望全國讀者之努力合作，凡屬眞確見聞，隨時不吝相告，期使本報成爲全國人民生活之縮圖，俾政治教育各界隨時得到參考研究之資料。」

大公報在政之、季鸞二位先生主持之下，爲實踐普遍調查農民痛苦起見，特於二十二年起，一直到二十四年，派遣畫家趙望雲深入河北農村，以寫生畫報導農民家况。

趙望雲河北東鹿縣人，北平藝專畢業。他未受聘於大公報前，曾在定縣平教會工作，以擅長寫生著名。又因爲他來自田間，所以他的寫生，又偏重鄉土風味。大公報聘請他旅行河北省內地的大小鄉鎭，描寫農民風俗、習慣及疾苦，每日一幅，附帶文字紀事。望雲當時所採的路線，是先沿平漢路南下，由保定到冀中然後到冀南；再轉津浦路，往冀東。他幾乎把河北省一百三十二個縣走遍了。後來又去察綏，時間經歷將近兩年。

因望雲本人既來自田間，熟習人民生活，而對人民疾苦，付予高度同情：再加上他繪畫技巧，十分純熟。所以在他筆下，不但地方四季分明，景色參差，而民間生活習俗，在大同中尋找小異，隨着節令描繪耕耘的情景。秋收冬藏的農民樂，莊稼漢趕集上廟，冬天穿着厚棉襖，在太陽下曬暖等等情景，在他的畫幅上呈現栩栩如生。一顰一笑，都像活的一般。其工細處，大可媲美於米勒的田園畫。

那兩年當中，全國讀者（包括江南）一拿到大公報，都爭着看趙望雲的農村畫。而望雲的新聞嗅覺也極高。諸如迷信、守舊、固執、不衞生、不科學的種種落後現象，也不隱瞞；而地方官吏魚肉鄉民；土豪劣紳作威作福，他也不畏揭發。使人看了他的畫，有親切感；比文字更較眞切動人。後來大公報曾把他的畫輯印成書，受到讀者的普遍歡迎。他也因此一躍而爲馮玉祥將軍的幕賓。抗戰時期在蘭州教書。大陸淪陷前，他在那裡就不知道了。

另外，大公報將報紙公諸社會的例證，是特約通信之多，全國報界無出其右。大公報在編輯部裡特設「通信課」，以與外埠通信員聯繫。這在當時，是非常特別而極繁重的工作。

大公報在天津時代，曾有幾百個通信員散佈全國。這些通信員不但背景不同、興趣各異，包括撰稿的目的也有紛歧。如何使他們的立場公正、不存偏私，而都能爲報館服務，固然要靠大公報的聲望維繫，也依賴有正確的指導與密切聯繫。通訊課的工作，便是不憚煩地時常與通訊員通信，不但要指導他採訪，也預防他做與報館不利的事。他們的來稿，多半經過通信課人員看過，才發交編輯同人去採用。通信課負責登記來稿、權衡內容、考核成績，以及計算稿費等事，所以相當繁重，但很有趣。當然通信課爲通信員的瑣事服務時常有。我不知道今天各報館怎樣處理外埠通信員的來信來稿。當年大公報確實具有特色。

大公報把「報紙公諸社會」的另一例證。是不怕給人名義。

抗戰以前，出國的人沒有像今天這麽多，旅遊沒有如今日這麽容易。所以那時候視國外通信爲奇葩，旅行紀事不經常有。只有少數報館才有駐外專員，多數則靠外人供給。出國的人往往爲了搜集資料，需要一個記者名義。據我所知，大公報對於贈予名義最不吝嗇。當年謝貽徵跟隨蔣百里先生訪歐，黎秀石藉某種機會赴英，都是大公報贈予記者名義，以便利了他們的採訪。抗戰前期，蕭乾與楊剛實際上已脫離報館，但仍獲得大公報的記者頭銜去英去美。大公報也藉此付有限稿費，却獲得有特派員在倫敦與華府，獲得獨家報導撰述，一舉兩得，眞是相得益彰，彼此有利！然而，這種現象在當時，却少見施之於其他報館。

政之先生嘗說：「一個報館無論擁有多少專家，絕對不如社會多，報館無論消息怎樣靈通，消息却來自社會；一張報紙的得失，全憑運用社會力量的大小。把新聞事業公諸大衆，比把持新聞事業不能開創好得多。把社會力量溶合於報紙，才構成輿論，報館本身無輿論。」

這些話在他與季鸞先生的文章屢次發現，可知其信念之深。

根據我四十年來的仔細觀察與體驗，大公報運用社外的力量壯大新聞的陣容與充實新聞的版面，雖非唯一的一家，却是最徹底與最成功的一家。如今欣見少數台灣報紙懷此胸襟，可知此道不孤，畢竟尚有有心人！

十九、「不盲」的含義

關於「不盲」的含義，大公報發揮最多，尤其「九一八」事變既起，「一二八」淞滬戰之後，全國人心鼎沸，青年學生及激進分子紛紛向政府請願上書、遊行、罷課，再加上有政治野心的人士乘機蠱惑，主張對日宣戰。其中以上海「生活書店」派最爲顯著，所謂「七君子」及「新生事件」，就是那時陸續發生。

大公報因不隨聲附合「即日抗戰」之說，觸怒羣衆，竟饗以炸彈，向原設在日租界旭街的社址投擲。

政之先生跟我談起這樁事來，不住地搖頭。他說：

「一個報館反對政府容易，攻擊權貴也不困難，祇是拂逆社會大衆最不簡單！大衆，也可能就是你的全部訂戶，一種一窩風的主張來了，你不附合，你不盲信，致激怒了他們，他們可以砸報館，投炸彈，這還不算，最厲害的莫過於不訂你的報！」胡氏又說：「當時我們商量，在這個時候，中國絕無力量對日作戰。中央正在江西剿共，所有精銳都集中於此一事。各省割據的局面雖然比前較好，但還沒傾心擁護中樞，如果我們也與社會大衆一樣鼓噪，逼迫政府向日宣戰，不但有違國民的良知，也與我們發刋誓言不合。所以我們寧肯挨炸彈、受恐嚇，也不做『盲從』、『盲信』、『盲動』與『盲爭』之事。當然，我們須做理性的開導與根據事實向國民有所說明。

這裡有三篇文章，可爲胡氏談話之助。

其一、「青年思想的出路」一文，刋二十年四月十二日，即「九一八」前五個月，原文如下：

昨有投書本報摩登欄，以「青年思想的出路」問題相詢者，其詞甚懇。茲畧其原函，而貢獻吾人一部分之意見如左，願與全國爲思想問題之青年共討論之。

為思想的出路而感覺煩悶之青年，乃社會最優秀最有用之一部分，人類之幸福，世界之進化，皆賴此輩求之。就中國論，亦只患無思想，並不患青年有煩悶。新中國之建設，必完成於今日眞正感覺煩悶者之手也。是以吾人對於眞爲思想出路煩悶之青年，實衷心感覺同情與愛惜。夫所以煩悶者，無他，世界一大事而已。人類行爲動機之最貴重者亦因愛人類之故，而欲求人類共同永久之幸福，達到世界永久之和平，古今東西志士仁人所思索所努力者，皆爲此一大問題，其所以煩悶者，用何方法，始能達到此一目的是也。此一大問題之中，尚有最切身最急迫者，則爲時代的區域的問題，人類固憧憬未來，不能不解決現在，雖博愛人類，不能不先救濟本族，是以志士仁人，無時不應有兩種煩悶：其一，如何措世界人類於永久幸福和平；其二，如何先增進現代本國人民之幸福和平，而後之煩悶，在亂世弱國爲尤烈。

中國優秀青年，利己心少利他心多之青年，對茲世界，處此中國，滿目悲哀，發願救濟，其感煩悶而求出路，誠當然而必然之事。抑惟其有此等爲求人類求同胞幸福而思索而煩悶之青年，中國民族始有生命，有前進；亦惟有此等青年，此頽廢的、怯懦的、冷酷的社會始感覺能救濟，始令人不悲觀！

然則爲中國現在之青年計，將如之何？曰：坦率言之，吾人亦感覺煩悶者之一部分也。是以吾人之能力，殊不足爲青年解決出路，僅願向青年貢獻解決出路之方法。蓋以吾人所信，最後解決此世界一大事，仍在知識。易言之，在科學。古代志士仁人多矣，以中國論，在號稱東洋文化的陶鎔之中，而終古貧愚，人民百分九十以上，常不能樂其生。西洋古代，亦類中國，治時少而亂日多，人民享受極劣，戰爭無已時。誠無他，古代人類之知識，不足解決此一大問題是也。近代世界文明之猛進，由於自然科學之勃興，此西人對人類之一大貢獻。中國上古，雖早有發明，然發達中止，故自然科學之功蹟，不能不讓白族。抑自此等科學的利用厚生之道大興，人類生活，完全一變，而弊害亦隨之，於是社會繼之盛起，將就工業革命後新時代之狀態，用科學方法，以謀解決數千年未解決之大問題，此種努力，今仍在各別考慮及試驗之中，雖依然未得解決，而人類知識，已較豐富，較正確，繼此努力，必有豁然貫通之日也。中國青年凡欲成爲第一等人者，俱應矢志爲同胞求幸福，進一步爲全人類求和平，此種志向應一致抱定，不可爲頽廢的、怯懦的、冷酷的人物。至於本身的出路，則宜就才智所宜，分爲兩部分邁進：其一，趨自然科學，加速度的學習西人所已能，更發明其所未能，求現代的利用厚生之技術，以救中國同胞之窮；其二，則趨社會科學，根據外國學者研究結果爲基礎，再思索之，討論之，以求眞理之最後之歸宿，決中國永久之針路，此二者互相關聯，而同爲有用者也。至對於國家人民目前之困難與苦痛，凡是良知者，焉能不關切、不焦慮？惟在知識未充實之青年，與其廢學奔走，毋寧致力學問。

蓋人類爲利他的遠大的目的，固應不辭一己之犧牲，然第一，必須先充實發展自己之能力，擇一效果最大，利他最宏之途徑與方法，而貢獻自己於人羣，否則爲自暴自棄；二、共同行動，必須擇人，然擇人極不易，往往有純潔青年徒受人累，既害己而不利羣，是以非認眞證明志同道合，不應與人負連帶責任。方今黨國訓政，責任有屬，吾人願勸天下青年尚感煩悶者，勤研究、愼行動，俱勉爲第一等人，同時，勿作輕率之犧牲者，庶幾減少時代的悲劇，而冀將來能有眞知識、眞科學，以解決永久和平幸福之大問題焉，此吾人竭誠希望者也。

× × ×

這篇社評發表於「九一八」前夕，正是所謂三十年代初期。中國三十年代知識分子及青年的思想背景，與社會背景是怎麼一個樣子？今天中年人可能剛剛觸及，並未親身體驗；但是六七十歲年齡的人應該不會忘記。時代所加於知識分子及青年的，眞是「煩悶」與「痛苦」的重重桎梏，集於一身。於是左傾的言論及有組織的反政府行動，在全國各地隨時可見可聞。尤其上海一隅的左派出版機構，以「生活書店」中心，「讀書生活出版社」「新知書店」等等，隨聲附和，蠱惑青年，煽動羣衆，效法蘇聯「十月革命」的「精神」，推行「普羅階級生活」，以「勞工神聖」爲藉口，散佈階級觀念。毛共在江西被圍剿，却在上海租界擴大共產思想的傳播。全國罷工、罷課、遊行之事，在首都南京、上海、平津及武漢等大都市，時常發生：一些偏激、暴戾之氣，洋溢社會，而眞正憂國憂民、主持正義、公忠謀國之聲，反而充耳不聞，就是有，也是微弱得很。這股逆流，更冲沒了血氣方剛的青年學生，於是，有的被脅迫成了左派的幫兇；有的則徬徨失措，無所適從。但一些刊物，沒了適合青年學生的心理，順勢搧火，以標榜前進；敢拂逆潮湧一般的「時代之聲」的，實如鳳毛麟角。

大公報這篇文章，從大處着眼，勸青年探利他的途徑，服務人羣；從小處着手，勉獻身於科學，勤研究，愼行動，而不作煽動的言詞，這就是「不盲」之一例。

其二，「望軍政各方大覺悟」，發表於二十年十月六日，也就是「九一八」事變後，不到二十天，閩變突起後數日。原文如下：

自日軍攻佔遼吉，國辱民奴，於是促成統一運動之急進。統一，本家常事也；統一不必即能雪國恥、紓國難；而不統一更無以雪國恥、紓國難，是以國民在切齒外患、悲憤塡膺之際，聞國民黨內鬨之可望結束，政府之可望統一，極以爲不幸中之幸，而日盼望其成功之宣布。

自陳、蔡、張三代表赴粵以來，所傳消息，皆傾向成功。迄昨日止，雖尚未見正式發表，但事既至此，逆料當無重大變化，上海會議，當可召開，政府統一，當可速現，此一般之觀察如是也。然在統一垂成聲中，上海公債市塲，日來反日趨跌落，前晚粵訊，和議問題，大致已決，或者昨日便能宣布，而昨日債市跌落仍甚。大統一者，國家最佳之消息，乃仍不能起市之衰，或更表現人心之惶惑。即由此一端，亦可證明國家全局危險至何地步！此誠願全國軍政各界，朝野各方加以痛切考慮者也。

往事如烟，不堪回首！國家今日受此奇辱，人民遭此奇刼，凡過去現在在政治上負責之人，雖自責亦無法謝國民。一筆誤國殃民帳，實已不堪算，不能算！而今日外患憑陵，兆民水火，國家人格被汚盡，民族名譽被毀盡！且事實上最近日軍不惟未預備撤退，且反而擴張侵畧。王以哲部自十八夜即遠退，近乃追擊不已，且日軍飛機四出蹂躪，遠及於吉林腹地。遼省府因日軍佔瀋，主席被囚，不能行使職權，故有暫移錦州之舉，然日軍乃公然宣言否認此省府。而於瀋陽勾結極少數不肖華人，使成立種種機關；而藉華人名義以歌頌佔領軍功德。袁金鎧之治安維持會，已卑屈極矣，乃猶以爲未足，尙組織所謂時局討論會、四民維持會。蓋日軍不惟欲佔領中國之土地，且欲佔領名分，欲假中國民意拱手奉送之形式，以償其大慾焉！張學良，中國之官吏，其與日本之一切關係，乃以中國之官吏資格行之，今日本對華，國交仍在，乃瀋陽日軍最近公然宣言絕對反對張學良及受張之命令而行事者。是根本不認爲中國爲一國家，其行動並非甲國對乙國之行動，乃如入無主之僻鄉，而行其征服之手段！此誠百年來中國外患史上所未有，現代世界國際間所未有。事之至此，利權問題、鐵道問題等，皆成小事。中國國民尙欲在此後之世界生存，則勢不得不集舉國一致之力，爲國家民族爭回一尋常人格！不然，則奴隸而已矣！

夫中國之問題、世界之問題也，世界公論，無形之權威自在。轉眼十月十四日之後，國聯自仍必發言，即北美蘇聯皆無漠視之理。然此爲世界所應管，而非中國所當靠。況中國爲受害之事主，欲鄰人主公道，必須事主能自立。不然，事主之家已瓦解潰散，成爲無主之羣，則雖有仗義鄰人，亦只是廢然興歎已耳！國際之間，何獨不然！是以吾人願大聲疾呼以告朝野各方曰：無論如何，須恢復統一，須維持舞台，須絕對不起內爭，尤其不許有兵爭！須以羣力維持金融財政！在朝者應極力向國人謝罪，在野者則不應乘機有所企圖。至於官吏個人進退之間，應以其之適不適，需不需爲準，適者需者皆可留，不適不需者皆可去。然在官者皆應恪盡職守，去職者，亦須援助政府；而多年在野之一切人物，當此時機，苟有所貢獻於國家，應努力貢獻；無所貢獻，則姑靜觀之，勿加國家以困難，勿畀世界以笑料！吾茲所論者，爲心理與態度的問題，非制壓方法的問題。否以爲凡與政治有關的人，應一致覺悟：在過去政治舞台有得意、有失意、有寃親、有恩怨，而今則絕對無之。恩怨皆消，怨親同盡！所餘者，只破碎之山河，危辱之民衆，當此時機，惟有同聲一慟，尙何處須策畧，何事值競爭哉？果皆能具此心理與態度，則內政之困難，必徐可解除，而外交之肆應，則立生反響；然後國家民族之人格，得以卓立於天地間！是則凌辱踐踏我者，將必然受其應得之報。近聞和議垂成，而外患更急，故披瀝愚誠，以告當世，凡不甘沉淪爲奴者，其必有同感也。

× × ×

「九一八」事變發生未久，閩變又起。當時國內輿論，極爲紛歧；尤其左派分子乘機滋事，而人民因東三省之淪陷，歸咎政府。在此千鈞一髮之際，大公報在思想鼎沸中，呼籲政治舞台人物，同聲一哭，以謝天下！我們今天緬懷當時情景，猶有餘悸。表面上，這篇文章解勸重於斥責，感動多於說理，實際上，也是「不盲」的一種。政治舞台上推波助瀾，永遠是渣滓。

其三，「興亡歧路生死關頭」，刊載於二十一年二月二十日。原文如下：日本於佔奪東三省破壞淞滬之後，向中國提出要求，以庚子拳匪之議和條件迫中國；將欲使之廢除吳淞要塞，永撤淞滬駐軍，且更保留其對於撤兵區域以外因所謂保僑而起之自由行動。此誠加重侵畧我主權，破壞我獨立，中國苟不甘作亡國之民，當然不能予以承認。

國家對外，在有利害輕重可衡之時，始有政策之選擇。今日中國，已被迫置於無可選擇政策之地位，因已無利害輕重之可衡。屈服則亡國已耳，故惟有死裡求生。吾人痛念，自今日起淞滬一帶將完全化爲戰場。我忠勇將士之犧牲，與各界市民生命財產之損失，誠令全國同胞最大之悲痛。然而今日之事，一切乃不可避免，苟圖避免，犧牲更大，且不可復興。是以今日軍民之犧牲，乃爲國家爭人格，爲子孫保基礎，其事慘烈，而終獲偉大的代價者也。

國民全體須對此戰有明確認識。蓋今日以後之戰，與半月來又不同，誠以一經接火，斷非短期可了，日本不久恐再增兵，戰事規模恐日擴大。而中國一旦被迫自衞，則無論如何，必須抵拒至最後之日，非將中國自日本侵畧征服主義，完全解放，對日無和平之可求。此非主張也，事實如是也。今日者世界輿論，惡日本已極，國聯之報告書，直等於戟指詬罵。雖然，國民勿望外援也！外援非不可得，然至早亦必在證明中國全國有自衞決心及其能力之後。夫決心早有矣，今日以往，在亟須證明其能力如何？世界輿論發揮威力之程度，將與中國已身表現之能力永爲正比例！是以今日中國不可希冀外援，惟當製造時勢；換言之，此一大國際問題，中國已身應爲指導者，不作乞憐人！

日本之所以如此悍然威壓，徒以中國之弱也。夫中國多年來內亂之紛紜，政治之墮落，一般社會之頹廢不振，皆爲積弱之因，而有招侮之道；故大難之來，其根本原因在於自己。今日者，興亡歧路，生死關頭，凡我國民，對過去須徹底懺悔，對未來則徹底奮鬥，其道無他，中國兵士本爲最優秀之愛國分子，精神體力，皆足負衞國之責，其所遜者，惟武裝耳。然物質之欠缺，可以精神的要素補之，兩旬來十九路軍之戰績，即其明證。在今後之自衞戰事中，最要者爲政府中樞軍事領袖之絕對一致，就外交軍事之環境，定其最善的軍略，勝固勿驕，敗亦勿沮！鼓勵將士，長期抵禦。吾深信全國兵士人人皆有犧牲生命爲國求榮之決心，而在守勢戰事中，堅強之意志，可以減了武裝之弱點。

財政之事誠難矣，然中國今日，軍士所需者，食物與醫藥已耳，此外尚何所求？自政府起，以及全國各界，其皆極端節約，以供軍食！所有後方之交通商業，一切秩序，勿自紊亂！共擁中央，應此大難。至於事關軍機者，當局自有權衡，不在評論之列；惟有一言喚起國民注意者，自此滬戰自衛起，從此神州禹城，不容輕棄寸土，步步設防，處處掘壘，無論戰果如何，斷無人以代表中國之名義承認屈服辱國之要求！全國上下誠抱定此同一決心，則中國境內，僅民間槍支，已不下數百萬，登高一呼，此皆衛國之人。且西南西北，邊防要隘，如陝甘四川各軍，鄉居無事，皆應負担一種責任；川軍尤多，一省不下四十萬，而軍費所需，可以自籌，出三峽以赴國難，此實其時矣。

中國興亡，確繫於此日！世界一切國民，方注目以視中國能否自救，故中國誠能表現能力數月以至期年，定能挽回衰運，雪恥建國。今當國民負責救亡之第一日，南天在望，誠不勝馨香禱盼矣。

× × ×

這篇文章發表於「一二八」後，不足一月內。當日本於摧毀我淞滬市區後，並且以拳匪之議和條件，向我提出，咄咄逼人，欺人忒甚。若干輿論懼於日本的恐嚇，隱然以在某種情況下可與之磋商，以確保上海一帶的生命財產。大公報特以這篇文章闢駁之。當年國際的一個特別委員會正在比京布魯塞爾開會，全世界都在注視中國人自衛的態度，以確定聲援的政策。因此大公報既對高調不盲從，就是低調也不能隨聲附合。淞滬之戰雖然後來終於撤軍，但是在一場血戰，痛創日軍的戰果後才獲致的；假如不戰而撤兵，則「七七事變」可能賡續連演，毋須再待五年！

其四，「警告政府國民反省」一文，刊於二十一年四月十七日。原文如下：

自淞滬退兵，迄今一月有半，全國一切陷於沉悶麻痺之中，其最大問題，惟國聯調查團之酬應，與夫上海停戰會議之舌戰，全國視線與焉集中。然時至今日，調查團仍滯留北平，停戰會議已圖窮匕見，頃者當局又注意於國聯特別委員會矣。自九一八以至今日，中國國家之行動，始終不離國聯。從失瀋至失滬，數省河山，千萬民命，億兆財產，節節斷送於呼籲國聯之聲浪中；而今日支配空氣，咸認爲重要問題者，仍是國聯調查團如何，國聯特別委員會如何，此誠無聊之象徵，單調之極致，可爲慨然太息者也。國聯非不宜於呼籲也，一切國際形勢之運用，亦非不宜重視也，然究之乃在人之事耳，而在我者如何？吾今敢提出一問曰：此半年之重大外患中，究竟政府自身盡職何事？國民一般努力如何？此半年，軍事有何改良？財政有何整理？軍需製造有何籌圖？交通機關有何發展？各省各縣之政治有何策進？貪汚去否？練兵勤否？各地人民太甚之苦痛會謀減除否？各級公務員之工作增加緊張否？凡此皆吾人所不知也。再問一般社會：自國難以來，個人生活俱向上否？奢惰之習俱改革否？教授之研究，學生之用功，果進步否？凡此亦吾人所不知也。

夫以政府論，全國政務，刻之待進，平時且不應懈怠，國難期間，更須絕對緊張，以社會論，人生本須勞作，進步不可暫停，況在危急存亡之秋，更宜加緊工作，加緊進步。然試加詳察，則政府與一般社會，似專注力於外交，而疎畧於己身之進步。易言之，惟忙於望其在人，而不能盡其在我。尤自滬戰以來，一切問題，似全停頓；徹上徹下，似俱無暇立永久計劃，自動的加緊奮鬥，徒瞻望形勢，應付目前；各省政務，全然廢弛；國立學校，幾乎停辦；金融工商，亦一切不敢進行。故吾曰全國一切已陷於沉悶麻痺之中，此誠最劣之現象，亟有待於糾正者也。

吾人對中國遠大的前途，固絕對樂觀，然對於現在政治界及各界之中堅社會則以爲悲觀資料日多一日，殆已萬萬不能勝此建國中興之重大責任。夫中國本可以自由意思自定其計劃，而自建設之，徒以人謀不臧，致受日閥重大破壞。惟日閥之禍，終無如我何，任令日閥如何橫行，斷不能吞大中國下咽，縱吞一部，亦炸彈也，自究極言之，毫無可以畏懼之理由。惟國家與社會之進步，必須以自力步步經營而得之，猶如築大厦，一磚一石，皆賴勞動喘汗以建之，斷無神奇變化，頃刻可以出現崇樓。所謂外交者，特牽制外患之具耳，欲專賴外交以鞏固國家，必無是理。況中國所缺者，並非國際形勢，就形勢論，中國遠較日本有利；其所缺者，只是本身之力量，非特物質的力量也，精神之力量關係亦巨。吾敢斷言：苟中國之政治能對得起四萬萬人民，則必然可以攘外而中興。再縮言之，一切中堅社會分子之行動，苟皆對得起己身，對得起民衆，則中國必然爲光榮之國。然觀現狀，何其沉悶而痲痹之甚哉！倘長此以往，微論國際公論之於我，終將愛莫能助，即萬一局面突變，對日羣起而攻，然中國仍將遭殃，至少現在之中堅社會將一齊遭殃，隨巨潮以俱盡耳！究竟自己之工作與努力何在？進步與改革若何？此吾人願警告政府國民，速加嚴重反省者也。

× × ×

這篇文章發表於淞滬撤兵一個半月以後。那時政府與民間所呈現的一派沓泄之氣達於極點，大公報及時發出警告，以促全國上下速謀救亡圖存之道。當時政府誤信國聯可以主張正義，以制止日本的侵畧；因而鑄成國民依賴外人心理，不知自強。一般報紙不是仍然責罵國聯，就是怒斥日本，根本忘記「物必先腐也，而後虫生之；人必自侮也，而後人侮之」的道理，不知痛下決心，自本身作起。大公報在張、胡二公主持之下，抱着「先天下之憂而憂，後天下之樂而樂」的心理，再加上新聞記者對時事的敏銳反應，及時進言，實在是當務之急。新聞事業，既不可譁衆取寵，也不可隨聲附和。說些不關痛癢的話，尤其忌諱。在相當時刻，勇於發言，不怕觸怒任何方面，才是記者的天職。

以上四篇文章雖然對於「盲從」「盲信」「盲動」「盲爭」的含義，未見完全切合，但在精神上，是充分彰顯了「不盲」的自信。抗戰後，這類文章還要多。因爲這裡記載的是二十二年我親向胡氏領教後，以那時以前的言論，證明前輩的誓言，並非說說就算完了。

二、關於費彝民

費彝民是今天香港大公報的社長，替中共在海外肩負統戰任務。在周榆瑞兄於七、八年前脫離中共時，曾有對於他的處境詳細描寫。他被中共箝制早失自由，仰人鼻息爲人效力，可笑也可憐。我曾於民國五十五年九月三十日撰寫、十月四日由香港時報發表「寄大公報諸同文」一文，特別提到他。我對於他的處境非常同情，希望他尋找機會投奔自由。雖然這些忠言至今沒兌現，但我每一聽人說起「香港大公報」來，不由得便想起他；一想起他便忘不了他招待我的一幕與他的風采及歌聲。

却說我於二十二年秋冬之季停留天津大公報期間，編輯部同人常常拉我去下小館，或者到他們府上吃便飯。他們偶然於飯後打打小牌，我因不會，只坐壁上觀。我覺得大公報同人之間有一種說不出的默契。這種默契正象徵着高階層眞實友情的昇華與其影響。我常常想，文人相處須有兩種重要因素，才能維持關係於永恒：一種是學識的結合，一種是道義的結合。兩種結合鑄成一個人的修養。以彼此高深的修養相接觸，而後形成一種氣氛。大公報編輯部同人謙謙君子之風，是我在任何場合所少看見的。最初我很懷疑這批人的才能，久而久之，我終於發現，乍看這批是「老實人」或者說「沒有什麼了不起的人」；但工作起來個個是「筆杆子的鬥士」「個個了不起」，加在一塊兒，則「生龍活虎」「神氣十足」？這都是張、胡二公培育之功。善駕馭人的，可把「庸才」變爲「幹才」，不會駕馭人的，則把「幹才」變成「庸才」。俗語說：「千兵易得，一將難求。」武人需要將才，文人又何獨不然？

（未完待續）

後記

周恩來評傳

嚴靜文

我能化費兩年多的時間寫出這部「周恩來評傳」，首先要感謝岳騫兄的鼓勵。自一九七〇年前後起，我本來計劃寫一部毛澤東評傳，事實上已經列好大綱，並寫出了五章，可是由於有關的雜誌建議，等到毛逝世後再開始發表，因此毛傳的寫作便停頓下來。但是因寫毛傳的緣故，買了很多參考書和資料，從這些資料我整理了有關周恩來評傳的線索，恰巧「掌故」於一九七一年九月創刊，岳騫兄就出題目讓我寫這部周傳，在當時因爲材料未充，運思未熟，老實說我頗感躊躇，可是抵不住岳騫兄的「循循善誘」終於橫下心思開始了爲時兩年多的「長征」。

由於周恩來的家世和幼年生活資料奇少，我不得不借重李天民與許芥煜兩先生所著「周恩來」傳，因此頭三章的內容可以說是參酌兩傳所叙基材，做了新觀點的解釋。在這裡謹向兩位先生致敬謝之忱。可是，自周恩來「勤工儉學」去法國留學以後各章，無論在資料上還是論斷上，都與李許兩著截然分途。關於這一點的具體意見，都已經在「評兩部周恩來傳記」一文中詳細說明了，這裡不再重複。

急就章的苦衷

在這裡我必須向讀者報告我撰寫本書時的生活情况。這使我回想起一九六一年，開始寫「明天的中國」一書時，李達生兄曾建議，不要急於開筆，應化十年功夫蒐集資料，加深研究，寫一部傳世之作；對他這意見我十分欽佩，可是今天在香港，一個靠筆耕爲活的人，能有這樣從容的時間嗎？我深知當時如果不一鼓作氣寫出來，可能永遠也寫不出來了。這部周傳也是如此，而且生活情况比六十年代還要緊張。

過去兩年，我每天必須寫五千字來維持生活。寫的文字達十種以上，常用的筆名超過二十個。在這種賣文療飢的情勢中，每月我只能化兩天到三天的時間，來給

「掌故」寫周傳。仍必須維持每天五千字的速度才能寫得出來。這樣的急就章，自然難以用學術的尺度來做嚴格的衡量了。不過我竭力保持，絕不輕易信從沒有充分證據和論證的記載。有所新發現，也都經過反覆比對和考證才敢下筆。

治中共史的人都知道，最大的險灘是從一九二八到一九三六那一階段，包括上海地下工作時期、江西蘇區時期、長征時期、陝北時期；這四個時期資料少，說法紛紜，極難判明事實眞相。筆者在這個險灘上曾進行了艱苦的奮鬥。爲了理清大脈大絡，先行備了一個大事年表（既有的兩個大事年表都錯漏太多，不忍卒睹）。每天利用晚飯前後的功夫，搞了三個月，總算弄出一個大致可信的年表來。有了這個年表，中國的形勢，中共的形勢，周恩來所處的形勢，都立刻綱舉目張，擴淸了很多疑誤，對全書的寫作助益至大。

三大疑點的探奇

重新校閱全書之後，筆者感到本書至少有左列各點對研究中共歷史的人有所貢獻：

（一）是所謂「三次左傾路線時期」，即瞿秋白的盲動主義、李立三的冒險主義、王明的左傾主義；即自一九二七年到一九三五年的時期，周恩來在這三個時期的實際地位究竟如何，以往的史家都沒有明確的交代，而本書作了較明確的說明，並且認爲基本上都是周恩來當權的時期。

（二）關於一九三五年一月的遵義會議，迄今爲止是中共史上一個謎，本書查定在某種程度上是一個成功的軍事政變。並認定這是軍人在中共黨內獲得重要發言權的開始。在那以前誰控制黨中央誰就當權，那以後誰控制軍隊誰就當權。

（三）周恩來自遵義會議被罷去「中央軍委主席」之後，到一九四二年毛澤東在延安發動「整風」爲止這個期間，他所處地位和打算也是一個迄今被人忽畧的問題，而這個期間實是周恩來一生環境最複雜，轉折最大的階段。許多人認爲他自遵義會議以後即成爲毛的忠誠助手，其實大謬。要知道這個期間包含着「二次王明路線」時期（一九三七年十月——一九四一年），周恩來曾依靠留俄派對毛澤東進行持久的對抗；直到一九四二年「整風」開始，才被毛澤東制伏。而周在整風運動遭受相當沉重的打擊。

一部書一個生命

任何一部書都是一個生命，都是作者孕育出來的一個生命。因此這本書，縱然未能從容的做到它應有的水準，看着它出版也忍不住滿心歡喜。尤其是在當前的時代，人們這樣需要了解中國，而周恩來是中共的焦點人物，在他沒有蓋棺論定之前，迫切需要一部說明、分析這個人的書，就這一點來說，本書不失爲一面鏡子。

一九七三年十二月七日

繼園上里

回憶金陵定鼎時（中）

·齊憲爲·

於此，想到古時的卞和，好心獻玉，爲什麽會被楚王處以刖刑了。可是筆者不明當初卞和爲什麽不也把它先開一個蓋子，顯明玉質後再獻去呢？此玉稱羊脂白玉，顏色好像冲熟的藕粉，並不很白。可是質地純正，不見疵瑕。當時因「中華民國之璽」已用翠玉製成，就用此另製「榮典之璽」。凡頒發勳章證書和題頒匾額等有關榮典的文書上都蓋用此璽。凡用過璽的文件證書，多有「國民政府典璽官」的簽章，典璽官規定由文書局局長兼任，祇是一個榮銜而已。

這兩塊璽相當太，也相當重，不能像普通大印抓起把子在印泥匣裏搕上印色再蓋的，筆者觀他們用璽時，仍由監印官處理，典璽官的簽章，也由監印官代蓋的，首先愼重其事的打開錦繡包袱，把璽仰臥在錦匣蓋裏，將印泥盛在小布囊內，向璽面塗拍均勻，再用紙合上，然後在背面用圓潤磁器推摩，蓋一件很要費些時間。

「榮典之璽」製成後，隔了很久，國民政府收到新疆老百姓來了一件呈文，稱有一塊羊脂玉被省政府取用，迄未付償玉價云云，這件公文筆者曾看到，處理辦法好像是「交新疆省政府」，下文如何就不得而知了。

關於鑄印的情形，也頗爲講究，順便在這裏談談。北平舊政府過來兩位鑄印技師——「技師」這個官名，沿用很久，後來大家認爲稱呼不雅，乃正名爲技正和技士。一位是王禔先生，字福庵，一位是唐源鄴先生，字醉石，這兩位對於金石一道，已是第一流的名家，王的綫篆，唐的魏碑，寫來都是脫俗超羣，還有一位劉雲逸先生，字心僧，原是丁家橋時期的老職員，也能刻能書能畫，此外馮康侯陳學超二君也曾任職鑄印工作，他們都有點名士風度，過不慣簽到上班坐辦公廳的生活，王先生到職不久，就辭職赴滬鬻藝去了。馮陳二氏亦相繼離去，餘下唐劉二位和幾位技士共同辦理鑄印工作。

唐先生在金石界的地位有南唐北齊（齊白石）之稱，其被人重視可知。據唐先生的意見，凡屬官印一道，一個朝代應有一個朝代的特點，國民政府成立以後，對於官印的體裁，就應當自有獨特的作風，不可與前政府混淆。他們就設計建議採用了現行的印體，所以直到現在，國民政府所屬各機關的官印，官章完全是一個模樣，可是其中印文的篆法，章法就變化無窮了。

例如財政部每年用印過多，常換新印，雖然仍是四個字，篆文的寫法和字體的安排沒有一個相同的。篆文這玩意，雖然像圖畫一樣可以隨意變化，但差了一點，或多上一筆，或少彎了一下，都會另成一字，偶不小心，就會寫出「別」字來，故除應嫻於小學，熟習說文解字外，還得時時留心，方免笑話。因爲古今篆法，變化太多，縱屬內行，還是記不清楚的。這些年來，所頒大印官章之中，篆有「別」字的，據說還不祇一次呢？不過外間不注意罷了。

印鑄局除鑄頒官印外，還兼做私章，雖不招攬營業，各機關人員多可備價請製。做一個紫銅章，二元至六七塊銀元不等，價格高下，隨大小和印紐繁簡而別。除獅、龜、瓦蓋等紐外，還可按十二個生肖分別刻製，刻工精緻，維妙維肖。屬虎的刻虎紐，屬龍的刻龍紐。用以送贈戚友是最有意義的禮品。

印坯印紐，多是技工所做，印文是由技師篆好，交工敲刻，刻好後再呈技師，用刀修改，然後發出。有許多技工經驗豐富，能篆能刻，以為技師的最後動力，無非官樣文章，可不必多此一舉，殊不知一經削改，雅俗立見，甚至只在邊框上刻上一二處缺口，趣味就大不相同了。這是眞眞的藝術，誠非淺學之士所能了解的。

勳章的故事

勳章的鑄造，是由技師施震華先生主其事，施先生是早年留學瑞士，專攻此道的唯一專門人才，據說當年囘國時有很多機關爭着延聘，而此員性好安逸，與世無爭，一生光陰都消磨在印鑄局裏，此外並無什麼發展和成就。

關於勳章的體制和頒授，都有條例規定，不必多講。這裏約畧來談一談它的概貌。勳章的名稱很多，就一般的演進情況言之，可大別為三類：

一類是規定在「勳章條例」之內，由國民政府授予的，計有：采玉大綬勳章，卿雲和景星勳章；第二類是規定「陸海空軍勳賞條例」之內的，有國光、青天白日、寶鼎、忠勇、雲麾、忠勤等六種；第三類包括在：「空軍勳奬條例」之內的，有：大同、河圖、洛書、乾元和復興榮譽勳章等五種，其餘的都是奬章了。

我們常看到各級軍官在左胸別滿了各式各樣的勳章勳表，其實內中勳章很少，奬章為多，因勳章是不易輕得的。至於普通所習見習聞的勳章，概有青天白日勳章，采玉大綬勳章，寶鼎、卿雲、雲麾、景星，和抗戰勝利後所發的勝利勳章，現在即就這幾種勳章來隨便談談。

青天白日勳章不分等級，是貴重的一種，要捍禦外侮，保衞國家，戰功卓著者，才得頒給，得過的人很少，　蔣公常喜歡佩帶此章。采玉大綬勳章是最尊貴的一種，以前采玉勳章曾分過等級，一流大員，和國際友人有功於我的，也曾頒贈過，後來改稱「采玉大綬勳章」不分等級，規定國民政府主常佩帶此章，並規定得特贈友邦元首，並得派專使齎送。此章定名「采玉」顧名思義，勳章上一定鑲有一塊采玉的了。

但事實不然，以前鑲的乃是一塊假玉——料。聞有一位國際友人某夫人，協助我國辦理慈善事業，不遺餘力。國民政府頒采玉勳章乙座，某夫人以為中國乃產玉國家，此一采玉一定名貴非常，所以滿懷希望，親來受勛，那知典禮中看到的並非眞玉，立時面色大變，弄得參加典禮的官方人士，大家不好意思。

又一次，我國有位大使，在國外一次集會完了以後，發現所佩勛章上的那塊采玉不見了，正要找尋，侍役已經拾起這塊假料送來。害得他大出洋相，囘國後大發牢騷。當初命名時，祇顧名稱好聽，忽畧了實際問題，鬧出笑話。因此後來改變規定，不再輕易發出，並向國外採購眞玉鑲製，價值雖貴，因限於贈勛外國元首才發，用量不多，也就無所謂了。

上次馬拉加西總統訪華，所贈的就是這種「采玉大綬勳章」。佩帶時因馬總統身體魁梧，綬帶太短，幾乎套不上去。眞是急人，後來趕忙特製一條，約加長了三分之一。

寶鼎和雲麾勛章，多分九等，寶鼎是頒給陸海空軍軍人捍禦外侮，或鎮懾內亂立有功績者，現在的高級將領中，得有此章的人很多。卿雲勛章得授給國內或友邦公務員或人民。景星勛章最為普通也分九等。資深的公務員得過的人很多，抗戰時期老百姓捐一萬元以上，就可得一座七等景星了。勝利勛章，是抗戰勝利後特頒文武有功人員的，共一萬多座，當初毛澤東周恩來等因歸順國民政府參加抗日，亦各發給一座。

（未完待續）

折戟沉沙記林彪（十三）

岳騫

四平街戰役之後，雖然國軍擊退了林彪攻勢，終於守住了四平街，但一般人對東北前途，已不敢樂觀，中央方面也開始檢討東北的前途與作戰方針。

在檢討全盤局勢時，有一部份人認爲共軍已急遽坐大，國軍兵力顯感不足，與其以有限兵力分散各處，等待共軍各個擊破，不如將瀋陽以北各據點，如四平、長春、吉林、小豐滿等據點兵力一律撤出，以全力維護以瀋陽爲中心各據點，並對瀋陽與關內交通之北寧鐵路加以確保藉以培養戰力；在適當時機尋求與共軍進行決戰，國軍只要在一、二次重要戰役中獲勝，再行反攻，那麽國軍兩年前出關時「攻必取，戰必勝」的盛况仍可再度出現，今日放棄的城鎮，他日亦可一一收回。

另一派則持相反的看法，他們認爲長春爲僞滿時之國都，在今天仍爲僅次於瀋陽之東北第二政治大城，有長春在，不但國人在心理上感覺到安全，國際上之觀瞻也會認爲東北局勢仍控制在政府手中，長春與瀋陽之間交通雖已發生問題，政府仍可藉空運予以維持，空運耗費雖大，但與長春仍能確保的價值上比較仍是微不足道的。假使國軍放棄長春退守瀋陽，在國際上的印象必以爲國軍雖仍在東北，但因長春之失，形勢上顯示出國軍只控制著東北的部份地區，大部份重要地區殆已爲共軍部隊所掌握。同時保留長春作爲國軍在敵後之重要據點，必可牽掣共軍同等或更多的力量，我們如把長春各據點撤守，共軍去掉後顧之憂，其力量同樣的亦可集中進攻瀋陽，且其運用靈活，尤較國軍更爲有益，此外長春等地國軍在目前能否安全撤出，更無十分把握。

檢討的結果最後採納了第二派主張，對瀋陽以北各大據點仍予堅守，由飛機維持補給工作，並爲加强瀋陽地區武力，將長春新一軍兩個師僅携帶隨身武器，秘密空運至瀋陽戍守，留在長春的新一軍兩個師，分別就地擴充對外號稱爲兩個軍（素質與戰鬥力當然大不如前），這樣長春、吉林便成了敵後孤島，九省之都的瀋陽成了大前方。

我政府當局，爲了挽回東北既成之頹勢，乃免去東北行轅熊主任式輝職務，改調參謀總長陳誠兼任東北行轅主任，命令係三十六年八月二十九日公佈，陳誠於九月一日即行飛抵瀋陽。九月三日正式就任。

評論一個歷史人物，不能執一概全，此爲讀史者所共知，尤其評中國近代人物，更應如此。因爲近三十年來中國變化太大，許多前半世有光輝歷史的人物，不幸後半世墮於深淵，有的出於自願，有的則受到命運捉弄。也有平生犯了大錯的人，晚節可稱。對於前者不能因其晚節不終，而將過去的成就一筆抹煞，對於後者，也不能於晚年有功於國家，而將以前的錯誤避而不談。總之，歷史不能僞造，也不能隱瞞，是者是，非者非，不僅對後世有益，即對當世人亦然。

以陳誠而論，政府三十八年由大陸撤退時，如果陳誠也步了程潛、盧漢、陳明仁的後塵，則今日已無中華民國。即在政府遷台之後，受命於危難之際，安定台澎，厲行土地改革，使台灣趨於安定，由安定而繁榮，始有今日中興氣象，此雖由總統信任之專，但亦由陳誠任事之勇，其功永不可沒。

但也不能因爲陳誠在台灣的成就，而抵消失去大陸應負的責任。就以東北而論，即使陳誠不繼任東北行轅主任，東北也決不能保有，此由於國際形勢不利，國內人心不安，國軍與共軍戰術上的優劣，在在均走向崩潰之途，但使陳誠不去東北或不致失守如此之快，假如眞換了一個大有才具的人，東北也不見得不能保留一部份。

陳誠一生最大缺點是果於自信，而不能容納異己，因此就在國民黨及政府內部，大部皆是敵人，在南京倒還不大顯著，一到了東北，不得人和便處處碰壁，非貽誤大局不可了。

東北自以東北人爲重，要想建設東北，自應取得東北人的協力，但陳誠對東北人並不重視，尤其東北有聲望的元老，試以張作相爲例：

張作相爲張作霖掌握東北霸權時的第二號人物，當張作霖被日人陰謀炸傷逝世後，東北軍政領袖在瀋陽集議時，有一大部份人以張學良年事太輕主張擁老成持重的張作相出掌東北大權，但張作相基於中國人幾千年的傳統義氣，堅決拒絕，提議由張學良「子繼父職」，並自願仍居副位。其後張學良出任東北邊防司令長官，張作相則爲副邊防司令長官兼吉林省政府主席，並對張學良堅決擁護與絕對服從，其厚道之處，頗符合中國人的道德觀點，而被東北人一致讚美。九一八事變發生後，東北整個土地不久即爲日本所佔領，過去張作霖時代老人，如張景惠、臧式毅、熙洽、于芷山、張海鵬等先後落水作了漢奸；只有張作相雖未似東北年輕將領們，跟着張學良去武漢、陝西等地，但他息影天津，不再出仕。七七事變後，全面抗日戰爭爆發，張作相蟄居天津爲日人所悉，曾強迫他出任僞職均爲其拒絕，其忠貞不屈，更爲國人所稱讚。

但陳誠同張作相之間始終沒有接觸，直到衛立煌繼任東北剿匪總司令時，始邀張作相出任政務委員會主任委員，亦未成事實。其他如舉世知名的抗日名將馬占山均未被重用。

其次，陳誠同東北主要將領亦未能相處融洽，試舉陳明仁與廖耀湘爲例：

陳明仁固守四平街成名，但其人驕橫異常，駐守四平街時，平素與遼北各省各界相處不大融合，省主席劉翰東根本不在他眼中。四平街大會戰發生時，陳明仁不准四平街與戰鬥無關的公務員與人民疏散，他說：「平素你們養尊處優，有福你們享，有了情況你們就先跑，什麼事都是我們軍人來擔當，這樣有碍軍心士氣。」他遂下令嚴禁任何人離開四平。當大戰正酣時，所有預先建築工事與陣地均已棄守，守軍爲了應急，一袋一袋的大豆或高粱均代替了砂包以構成臨時工事，車站前的大豆堆棧亦被焚毀。因此四平街這一仗打下來，軍民雙方死傷均重，財物損失更屬空前浩大，再加上四平大戰結束後，死戰匝月之士兵，在百戰不死之餘，對殘破渺無人烟之市區遺留下的財物，也難免有少數趁機下手收爲已有。由於以上各種事實，遼北省地方上對陳明仁當然痛恨萬分，他們財物損失尚屬其次，但對拉住市民不准疏散，造成重大傷亡，無論如何不肯原諒，於是告到東北行轅，因此陳明仁也被免了職，由中央訓練團東北分團主任劉安祺繼任七十一軍軍長。

（未完待續）

謙廬隨筆

廿八

矢原謙吉遺著

（四）

余既伴老友丁春膏入三峽，初抵山城重慶，即覺其囂塵逼人，與余所習慣之燕京幽靜氣氛，大相逕庭；遂欲附次日之輪東下九皋，以登匡廬。

殊財孔之另一秘使龔農瞻，時已在渝鵠候丁數日。見余後，更大露親切之狀，蓋渠乃十餘年前之留日學生，平日頗乏機緣，於川中一談其日語。故堅欲「一盡地主之誼」且力邀余赴渠之故鄉江津一遊。

龔係蜀產，家有良田千頃，又爲川中財閥康氏兄弟股肱之臣，久以美豐銀行爲其禁臠，位尊而多金，實已臻人間飽滿之境。第其人熱中官場，「紗帽」之癮奇大，故乃樂爲財孔所用。且自度其政壇名望，不若宮保世家之丁，故雖同爲秘使，而實如司道，遇事輒請示於丁。頗予人以逢迎惟恐不週之感。

余深悉吾老友丁君，淡泊耿介，志在激濁揚清，而不在名利場中大打擂台。故龔事之愈卑謹，丁亦輕之愈甚。而惜乎今世似龔之人特多，而若丁者已少於鳳毛麟角矣。

龔之故里，爲江津近郊龍門灘，江流湍湍，至此險灘重重，且有一地，下洩如瀑，亦美亦險。登岸時，已有華貴之「滑竿」二乘、佇候余等。行約一句鐘，始抵龔府，其處深宅大院，屋宇連綿，雄踞於小阜之上。遠遠望之，頗有侯門氣象。

飯後，龔復偕余小步遠眺，以示其故鄉之美，實則如是云云而已。唯一足記者，厥爲散居於其府四周之「佃戶」人家，均在小康之境，鷄鴨滿園，猪羊成羣。而身爲家主之人，則均是日爲我等掮「滑竿」之力伕也。余爲之大詫，而龔笑曰：

「此間，非如是不足以示佃戶對「東家」之忠，亦不足以揚「東家」對佃戶之威嚴也。此輩出外時，皆賃「滑竿」以代步，而每逢余家需「代步」時，則責無旁貸，概由彼等自任「力伕」矣。」

此爲余作龍門灘之遊時，大開眼界之一端。孰意於翌晨閒步間，即又得親歷一平生聞所未聞之事。

余晨興時，龔尚高臥未起，幸其園庭廣衆，足供閒步消遣。抵前院時，忽見龔之介弟「厶老爺」，與其婦「厶嫂子」，正向昨日掮滑竿之佃戶及陌生者多人，指手劃脚，發號施令。

「厶老爺」刻充乃兄府中之管事，龔對之亦爲「部屬待遇」。故龔與余相對之時，「厶老爺」皆不與焉。以是，彼亦不甚了了，余於漢語，究解幾何？是晨，與余互唱喏後，即對庭前佃戶繼續發令。

余於此十餘分鐘內所耳聞者，實令余愧憤交併。蓋「厶嫂子」正向佃戶各派其「份」，而「厶老爺」則書之於「賬簿」

，以資查核也。

「么嫂子」之語，余不解者有半，大畧謂：

二老爺現有貴賓在家，自當每日五餐伺候。

此五餐者，除晚夕二「點」之外，必須「尊主敬客」，採取「吃一揀二眼觀三」之制。是故，府中厨房待汝今晨交來油母鷄若干隻；待渠交來上好精肉若干斤；待彼交來肘子若干對；待伊交來鷄蛋若干枚；待爾交來上等豆油若干桶；待汝交來鮮菓若干籃；待爾交來上好茉莉花茶若干筒；……其餘蔬菜西瓜，平均分配，人各若干挑。……」

余既不忍亦不敢一窺衆佃戶之面情表情，惟有自恨魯莽，來此徒增彼輩終歲辛勤者之無聊負担耳。

反復思之，益不能耐，乃立趨龔之寢處，鵠候其興。見則告之曰：

「余決速歸，即日東下。此來爲銘謝與道別也。」

龔見余堅不欲留，遂即摒擋諸事，草草登程。捐余等之「滑竿」者，則仍爲其府傍猪羊成羣，糧穀滿倉之「佃戶」也。

輪次抵渝，余卒詢龔曰：

「貴地有「吃一揀二眼觀三」之語，此何謂也？」

龔撫膝大笑曰：

「此其先生匆匆言旋之故乎？吾弟婦「么嫂子」，夙以此術，令諸佃戶供其每年薰臘所需之猪鷄也！」

余仍固請其告以「吃一揀二眼觀三」之涵意。

龔對曰：

「吾鄉之大「紳糧」，有數載難逢之貴賓來時，輒以「吃一揀二眼觀三」之盛宴待之。

此語，蓋以「比例」言之。意謂上桌之菜，天下皆謂爲美味者，至少當有六分之一；味美而喜惡由人者，當有六分之二；悅目壯觀而其味平平者，亦須有二分之一。故菜上桌時，琳琅滿目也。」

余始返渝，是夕即於宴前邂逅重慶仁濟醫院一外醫，以及求精學校美籍之貝牧師；二人皆應龔所邀以晤余者。殊甫經把握，該外醫即以英語告余曰：

「川中軍閥多如牛毛，此傾彼覆殆爲常事。

惟年來此輩已得一斂聚民心之捷徑，厥爲高呼「以日爲仇」是也。呼此最响者，雖未必定能底定巴蜀，而捐欵之來已以萬計。君爲日醫，無端冒此巨險，實爲不智。倘好事之徒，以殺君爲獎劵，藉以名利雙收，則君之命運慘矣！」

歸時，乘「滑竿」經一巨宅，門首大書曰：「國民革命軍第二十軍少年軍部」。門前有年可十二三之童子四人，皆着灰色軍服，背負單刀，手持步槍，槍猶高於其頂。外童值此稚年，當屬「黃金時代」。睹此，令人憐愛交併。余意：中土地廣人多，不乏壯士，雖黃口亦有汪錡之志；寧忍失天下父母之心，令乳臭小兒，暴骨疆埸，馬革裹尸乎？

翌日，余乃乘輪東下，登廬敝廬以作小休。丁春膏送余至江干，喟然曰：

「君與吾籍屬兩邦，而困境則同；蓋我二人均欲處於汚泥而不染耳。余之官場，君之日本，其非汚泥也何？」

（未完待續）

香港詩壇

病榻續占 亦園

羣囂又起曙星明。塞上風來吼有聲。小院療傷心尚靜。高台還債事難平。人天生死交情在。草木榮枯歲月更。慚愧老奴無一用。空將豪氣壓江城。

鹿車聲近歲將新。我也殷殷盼老人。海外神仙能解厄。山中宰相待回春。身經艱險方知重。道入虛無莫謂貧。正是梅花好時節。淡香疏影漾清塵。

癸丑月當頭夜次病榻續占韻慰亦老 徐義衡

月姊凝眸萬象明。寒林歸鳥起微聲。塡膺浩氣迎風嘯。續股新痊喜路平。高臥如如空五蘊。長吟兀兀越三更。斜欄倦倚看南斗。直把龍城作鳳城。

菊花梅香促歲新。滿庭疏影媚騷人。百年難覺邯鄲夢。一念空明草木春。樂水樂山還樂友。憂時憂道不憂貧。此生應與天同命。不怕寰塵萬丈塵。

亦老失足受傷就醫近月病中有作和者紛紛謹依原韻賦此以慰之 李任難

夷居何碍接輿狂。坐對黃花浥晚香。傲骨早欽元亮節。吟情猶寄杜陵鄉。九州人物樽前論。萬象瘡痍肘後方。世事盈虧同得失。病中高臥亦羲皇。

茫茫人事漫相猜。小厄知君有幾回。病裡不忘吟嘯樂。夢中猶為子遺哀。豪情好遣愁懷去。千慮何妨一失來。日暖春回光大地。老梅先占百花開。

次亦園丈病中口占韻奉慰 陳伯祺

懷才嫉俗自清狂。管領詩壇晚節香。播道時煩青鳥使。登樓遙矚白雲鄉。深憐和緩療肢劑。幸有岐黃續命方。上藥神鍼功日起。心無罣礙未張皇。

人生順逆漫相猜。志士寧論衣錦回。祇許鏡台無作色。執敎鴿野有餘哀。綱珠兩集傳名久。出岫閒雲入戶來。濟濟文盟關切甚。何時詩會可重開。

前題 高飆賜

青蓮以後可無狂。黃菊而今尚有香。裹足身經離險境。安心人便隔愁鄉。綱珠早備娛生術。鑄句眞成益壽方。折得梅花春不遠。天留極艷待東皇。

明日陰晴事莫猜。昔時甘苦味寧回。廿年離亂埋千劫。十里繁華掩百哀。傲骨憐公剛易折。忙身笑我近難來。樓頭茗椀香應在。更待詩壇祭酒開。

癸丑仲冬與天白公遂任難諸兄荔園賞菊寄調浣溪沙

（一）人字崖菊 徐義衡

秋色當門展字形。雙張玉臂示歡迎。娉婷婀娜不勝情。 千點流星懸碎錦。一枝老幹育繁英。風姿綽約下神京。

（二）異種白（飛舞菊類）

異種雙蕾出遠方。肌膚勝雪傲清霜。輕紗不著舞霓裳。 陶令采來添酒趣。楚臣餐後惜秋光。低吟淺酌齒留香。

（三）火 舞（異種飛舞菊類）

火舞飛姿意態妍。瓊肌玉骨倩誰憐。含情脈脈怯無言。 掌上香痕心上影。眼中秀色夢中仙。人間能得幾回看。

（四）二 香（蟹爪雙花）

蟹爪雙葩共一根。雲鬟媚態壓羣倫。絳蕾紫蒂倍生春。 微展花唇容滴露。悄移蓮步舞銷魂。清風隨處簸香痕。

（五）大立菊（開花一千八百朵）

孤梗撐天巨傘張。千花齊放陣堂堂。黃濃綠淡展新妝。 欲向寒林爭一席。好將冷艷冠羣芳。精工巧奪也成王。

前 調 人字崖菊和義衡韻 包天白

雁字牽愁共此形，嬌依籬畔為誰迎，相看脈脈倍含情。 三徑孤標非俗艷，十分清氣發層英，桂慚梅妒下瑤京。

前 調（異種白菊） 包天白

雪彩冰姿不可方，後庭舞罷月如霜，依稀初卸藕絲裳。 瘦蕾自開花浹露，晚芳猶比玉分光，祇憐纖蕊小苞香。

前 調（火舞菊） 包天白

瑤朶金葩各自妍，風簾斜日兩堪憐，最銷魂處是忘言。 隱現猩紅疑舞火，散搖霜彩擬飛仙，那時曾記畫中看。

前 調（二喬菊） 包天白

絕艷雙嬌並一根，兩般顰笑漫同倫，肯移銅雀共爭春。 背影厮磨難比翼，浮光掩映易銷魂，悠悠秋思了無痕。

前 調（大立菊） 包天白

千八繁英作蓋張，擷來細瑣憶中堂，捲簾誰向鬢邊妝。 坐對西風思正色，邀同南埭賞孤芳，分黃笑日共賓王。

編餘漫筆

編者

這一期出版適值新年，本刊已進入第四年頭，可眞是不易，當茲紙價日貴的情況下，是否能進入第五年確無把握了。關於紙價騰漲經過，順便向讀者報告一下，七月份紙價二十三元一令，到了本期已過七十而且仍在猛漲中，這眞是文化事業的一次大刧！希望很快能平復；即使不能恢復原狀，起碼也不要再漲，辦雜誌始可以有個預算。

李彌將軍病逝台北消息聞者均感惋惜，本來人皆有死，李將軍享壽已過七十，並非夭壽，但國人所以惋惜者，才大未盡其用也。胡養之先生與李將軍有相知之雅，所述皆是信史也是遊記，對滇緬邊區少數民族情況報導之詳，爲一般記載所不及。

另一篇悼念去年在台病逝的東北抗日英雄羅大愚的文章，爲羅先生當年戰友張先生執筆，文字親切，允稱佳作。

詹天佑先生爲我國鐵路工程奇才，所建平綏鐵路，至今仍受到中外鐵路人員稱讚。目前火車之間所用掛鈎，即詹先生所發明，故外國名之爲「詹天佑」。在此之前，火車掛鈎是用兩鈎相掛，用於平地，一向無事，但詹先生初次用於平綏路要爬山時，掛鈎脫落釀成事故，乃苦思焦慮，根據中國太極圖，造出目前掛鈎，風行世界。「詹天佑」一出，世界火車行駛，少了無數慘劇，不知少死了多少萬人，功德眞勝過良相良醫也。本刊前曾發表紀念詹先生之文，本篇係由另一角度着筆，亦較爲詳盡。

同樣情況，本期又發表「李涵秋軼事」，爲以前「李涵秋一夢揚州」之補充。李涵秋之名—海外讀者知道的不多，但在當時其作品確擁有廣大讀者，風頭之健，不亞於今日許多名作家也。

南社的懷念—也是一篇珍貴史料，國人知道南社的很多，但是熟知南社眞正情況的人並不多，南社究竟是由那些人組成，更加糢糊。本文係根據南社雅集紀錄，刊出社員名單，其中大多數人身世已經不詳，但是幸有此篇史料，將姓名留下，以供治史者參考。

郭永亮先生之「樂昌淪陷記」介紹天主教神父在抗戰期間援助難民，保存文物，厥功之偉。若非郭先生大文發表，此種史實或會湮沒。此本刊所以特別重視鄉邦文獻的原因。

本期出版適值新曆年之後，舊曆年之前，謹向作者、讀者恭賀新禧，願各位今年事業順遂，身體健康。

錦繡神州

出版者：德興文化事業公司

我國歷史悠久，文物豐富，古蹟名勝，山川毓秀。尤其歷代建築藝術，都是鬼斧神工，中華文化的優美，在世界上有崇高地位；所以要復興中華文化，更要發揚光大，我們炎黃裔胄與有榮焉。

如欲研究中華文化，考據博古文物，瀏覽名山巨川，遊歷勝景古蹟；畢一生精力，恐亦不克窺全豹。往年雖有此類圖書出版，惜皆偏於重點介紹，不能滿足讀者理想。

本公司有鑒於此，不惜巨資，聘請海內外專家搜集資料，歷三年編輯而成；圖片認真審定，詳註中英文説明，堪稱圖文並茂。內容分成四大類：「**文物精華**」「**勝景古蹟**」「**名山巨川**」「**歷代建築**」將中華文化的精英，包羅萬有，洵如書名：**錦繡神州**。並委託柯式印刷廠，以最新科技，特藝彩色精印。八開豪華精裝本，金線織錦為面，織成圖案及中英文金字，富麗堂皇。「**內容**」「**印刷**」「**訂裝**」三並重，互為爭妍；所以本書被評為出版界一大傑作，確非謬贊。

凡備有本書者，不啻珍藏中華歷代文物，已瀏覽全國名山巨川，遍歷勝景古蹟。如購贈親友，受者必感隆情厚意。

全書一巨册　港幣弍百元

經已出版。【付印無多，欲購從速。】

總代理

吳興記書報社

地址：香港租庇利街十一號二樓

電話：H四五〇五六一

Ng Hing Kee Newspaper Agency

No. 11, Judilee Street, 1st Fl,

HONG KONG

九龍經銷處

德興書店（旺角奶路臣街15號B）

吳興記分銷處（吳淞街43號）

外埠經銷處

星馬婆	遠東文化有限公司
曼谷	青年文化服務社
菲律賓	華安書店
越南	聯興書報社
紐約	友聯圖書公司
三藩市	益智圖書公司
三藩市	新生圖書公司
三藩市	文化書店
波士頓	中西公司
芝加哥	文華書局
檀香山	大元公司
倫敦	東寶公司
加拿大	香港百貨公司
澳門	可大文具店
斗湖	光明書局
亞庇	利民公司

掌故

月刊

30

野史·佚聞·
人物·風土·

一九七四年二月十日出版

掌故月刊 第三〇期 目錄

每月逢十日出版

掌故 第三〇期

中華民國六十三（一九七四）年二月十日出版

每冊定價港幣二元正

全年訂費港幣二十元 美金六元

出版兼發行者：**掌故月刊社**

地址：九龍亞皆老街六號B

電話：K八〇八〇九一

The Journal of Historical Records

6B, Argyle Street, Mongkok, Kowloon, Hong Kong.

督印人：**鄧少卿**

總編輯：岳騫

印刷者：**和記印刷有限公司**

新蒲崗景福街一一〇號超達工業大廈十樓

總代理：**吳興記書報社**

香港租庇利街十一號二樓

電話：H四五〇五六一 H四五〇七六六

星馬代理：**遠東文化事業有限公司**

新加坡廈門街十九號

檳城杳田仔街一七一號

泰國代理：**曼谷青年文化服務社**

曼谷黃橋東北路五六六號

越南代理：**聯興書報社**

越南堤岸新行街二十二號

其他地區代理：

澳門：可大文具店
亞庇：利民公司
千里達：中華公司
菲律賓：華安書局
倫敦：東寶公司
芝加哥：杏林春
波士頓：中西公司
三藩市：新生圖書公司
元藩市：益智圖書公司
加拿大：香港商店

漢城：汎亞書籍公社
寮國：永珍圖書公司
斗湖：光明書店
菲律賓：玲瓏書局
紐約：友聯圖書公司
紐約：友方圖書公司
洛杉磯：永安堂
檀香山：大元公司
三藩市：文化商店
加拿大：新國華公司

胡政之先生二三事

李璜

半年來，在岳騫先生所編輯的掌故月刊上讀到陳紀瀅先生寫的「胡政之與大公報」一連四期；近又在台北出版的傳記文學雜誌上讀了「重慶時代的大公報」一文，令我懷念這一位前輩先生的爲人風格及其政治見地。學校寒假有半月休息，因抽暇，特爲「掌故」寫出這篇「胡政之先生二三事」的短文。

政之先生生於民前二十三年，雖只長我八歲，但無論在做人的風格上，執業的專一上，政治的見解上，以及出道的早遲上，皆應該算是我的前一輩人。比之我們在五四運動後起來的這一代，其做人、執業以及對社會政治的看法與作法，皆有所不同；簡單言之，有古典派與羅曼派之分。

我認識政之先生，是在民國二年（一九一三）的秋季。其時我年十八歲，夏季自成都去到上海考大學；到了上海後，不期而遇的四川同鄉青年來就學者，有隆昌的曾琦、蓬安的魏嗣鑾、榮縣的趙炯（詩人趙熙之子），成都的周太玄及政之先生九弟胡選之等。彼此年齡皆在二十歲上下，碰頭或在四川商店（即川商在上海坐莊買貨的旅店，其時三餐一宿只費大洋八角，月租則減爲十五元），或在大學報名處。大家皆土頭土腦，但憑年少一股衝勁，從家鄉闖到這個十分生疏的十里洋場；上海話既一句不懂，而同鄉商家又感到這類毛頭小子，不受家庭約束，而出來妄冀非份，不大理睬我們。因此猩猩相惜，彼此立刻成爲好友，高談濶論之餘，我記得還同在彼時上海五馬路「都一處」川菜館聚餐，猜拳痛飲，大醉過兩場。醉後總是由胡九選之叫黃包車將我們幾個人一一分別送回旅店。因爲選之會說兩句上海話，他比我早到上海幾月，住在他的老兄政之先生處，而他又有語言天才，故叫車指路，大爲方便，竟成導者。

秋季開學，我與曾琦考入震旦大學，魏嗣鑾、趙炯、胡選之考入同濟大學；惟有周太玄，沒錢交學費，不免惶惶然，大家都爲他着急起來。其時政之先生自日本留學歸國後，在上海吳淞中國公學教書兼任某報主編；於是選之領着太玄去見政之先生，他立允爲之担保學費，太玄始得進入吳淞公學，安心讀書，且受政之先生的教益不少。故周太玄雖後來留學法國習生物學，而從事大學教育，但與大公報始終關係都相當的深切，其淵源乃在於此。

秋季開學不久，選之來言，其兄政之要請我們這一夥去吃午飯。我們感激他爲太玄担保學費，全體欣然應約而往。趙炯、嗣鑾、太玄與我四人皆同庚，都是十八歲，相當幼稚，席間只由主人一一詢問我們的讀書經過與打算學習何科，恭敬對答而已。惟慕韓（曾琦字）特長我們四歲，並曾參加過辛亥重慶革命之役，因有勇氣與主人上下其議論。其時二次革命剛剛瓦解，革命黨人紛紛逃亡。慕韓因詢主人以革命前途，及其在日本留學時所見革命黨人情形，因慕韓也有意去日本留學也。我記得政之先生答慕韓的一段話，即可以見其性格沉着，見解深切，有清末一輩留學生的作人規模與執業見解，而不似我們當時之富於幻想，海濶天空。政之答慕韓道：『革命黨人在日本，人數不少，但大抵鬼混者多，既不讀書，而又不去留意日本所以富強之道；江湖習氣正重，感染了日本的浪人作風。要知日本的建設人才，並不是出身浪人，而大半好學深思，對於西方的科學組織與工商各業各有所見，各有所專，埋頭創造，且多有能建樹者。因之日本的富強，並不是只靠幾個有名的軍人與政客，而是有無數的建設人才在各方面努力並有所成就，方能將國家興盛起來。像我們今天這些革命黨人，對於其學既無所精；對於其業又無所主；隨波逐流，惟恃一腔熱血；像這樣，只會搗亂，即所謂革命的本領；便在這回將袁世凱打倒了，他們也無法將民國建設得起來的；何況他們搗亂的本領並不及袁世凱那班人來得凶毒陰險！』

這一席話，至今回味起來，與清末從日本回國在四川成都辦學者，如胡雨嵐（成都高等學堂監督），陸繹之（成都女子師範初稱淑行女學的創辦人我妻我姊皆出其門），王章祜（成都男子師範創辦人我的叔岳父）等皆同一論調；也如湖南的胡子靖，天津的嚴範孫，畢生以教育專業，來謀根本救國之道。——是皆清末我們前一輩的建設人才，故畢竟各有所樹立。而且因彼此氣味相投，我的叔岳父王章祜後來與政之先生成爲兒女親家，我便眞的成爲他的姻晚；自民十四之後，我兩人往還較多。故下面特述出我親受親見的「政之先生的二三事」；這類事皆與大公報並無多大關係，不過藉此足見政之先生對大公報三字報頭下面的英文字「無黨無私」（Impartial）這一義，尚能自己做到起碼不苟且的工夫。

先談我所親受的兩件小事：（一）我第二次晤見政之先生，已是在民八（一九一九）的夏末我在巴黎留學的時候。他是趁着第一次大戰後來歐洲游歷考察的。其時我到巴黎已半年，而周太玄只到了三月。我們兩人應上海、北京各報徵求凡爾塞和會消息的需要，自四月初開始，合辦了一個「巴黎通信社」，由我任外勤與翻譯，而太玄任寫稿與印寄，每週寄稿一次，大都是長篇敘述和會的動態與我國代表團在和會的處境等情形，對於五四學生風潮似乎發生掀動的作用（詳見我的學鈍室回憶錄四十二頁）。政之先生到巴黎後，看見我們的工作勤敏，甚爲嘉許，這或者也給予他是年秋回國在上海創辦國聞通信社的一個激刺或暗示。不過政之同時知道我在幫李石曾先生的忙，招待留法勤工儉學生，他便不大贊成。他對我說：『李石曾鼓吹這樣多的留法勤工儉學生來，既無語文根底來求學，又無費用來當寓公，而要求他們來做苦工，一定要鬧笑話，後果可慮。你犯不上去幫他做那種「誤人子弟」的吃力工作。』他說過後，我並未注意。但他函告我的叔岳父，說我在巴黎求學，並不讀書，務外可憂。家父得知，來信斥責，我方設法脫離李石曾先生的糾纏，遠赴法南，安心讀書。不久留法勤工儉學生在法國大鬧風潮，爲俄共第三國際所乘，派特務來巴黎招收周恩來、王若飛、李立三、李富春等一百餘人，成爲共黨幹部，加強中共的後來的國內活動。這足見政之先生見事之深切而不苟且，所言竟驗，但彼當時所稱之「後果可慮」，也未料到其可慮竟到如此之厲害也（詳見我的回憶錄四八——一〇七頁）！

（二）民十三（一九二四）秋，我自法回國，即赴湖北武昌大學教書。是年冬放寒假時，慕韓自上海來信囑我趁寒假去北京一行，以探孫中山先生北上，鼓吹召開國民大會的政情前途。其時我的叔岳父王章祜正在天津寓居，我先去看他，在王寓吃飯中，又得第三次晤見政之先生。政之問我，在武昌教書才半年，又到北京來，有何打算？我答他，爲探政情而來；並請教孫、段、張聯盟一事，前途如何？政之大不贊成中山此行，認爲上當；而且對於當時北京的軍人政客批評得相當嚴格而且尖刻。他向我說：『中山北來，如爲宣傳政治主張，使北方民衆也知道他的三民主義，則未可厚非；如果說是要以他多年革命的聲光或者他的政治作法來打動北京這班軍人政客，則簡直是以水投石，不生甚麼影響的。自袁世凱使奸使詐以來，已將北洋軍頭教練得腦子相當複雜，長於因應，口是心非；如何能相信甚麼主義的一套！至於北京的政客，則腦子愈來愈變得很簡單，只知道一件東西才重要了！我問政之，一件甚麼東西？他笑道：『現大洋！』

（三）在八年抗日戰爭中，政之先生與我同在國民參政會共事，在重慶見面時多，但彼此皆忙，甚少機會長談。政之在國民參政會大會中也甚少發言。惟在民三十三（一九四四）九月國民參政會的第三屆第三次大會中，政之先生為調和國共糾紛，站出來說了一番話，甚為精彩，博得參政員中的中立派大為讚賞，鼓掌如雷。事緣新四軍事變後，中共認為政府趁抗戰有意消滅異己，中共籍的參政員拒不出席大會，並表示要報復，於是中立的各黨派與無黨派的參政員提案要政府派員與中共派員來大會報告，以便大會判斷曲直，從事政治解決；國人不能容忍在國難緊急關頭，又再掀起內戰。中立派的參政員推舉胡霖（政之大名）參政員在國共報告前說兩句話。他的話說得有分量，足見本領！他說：『參政會同仁大都是中國政治界多少年來的戰士，希望今天國共代表到參政會來報告，要以公開坦白的態度來說明眞相。因為理論宣傳到參政會來沒有用，政治界老戰士的參政員不是宣傳那一套可以動搖得了的。每一位都有獨立判斷。我們並不是要審判，但我們要據事實來判斷一下。本席並敢武斷的說，不僅是參政員有判斷的能力；抗戰以來，一般老百姓的智識已增加很多，所以老百姓也不是可以欺騙得了的。總之，今天在會中，不是理論與空洞好聽的話可以欺騙得過去，我們一定要看事實……』及至政府代表張治中，中共代表林祖涵報告新四軍事變經過後，胡霖參政員又登台說：『本席聽過報告，有一個感想，就是雙方的意思，雙方的報告，各有重點：政府在要求軍令政令統一，這個不僅是政府的意思，也可以說這是四萬萬五千萬人公共的意思。中共要求的是促進民主政治，這個也不僅是中共的意思，而原是四萬萬五千萬人的意思……。現在在枝節方面看來，彷彿雙方的意見距離尚遠，但是中共代表已聲明絕不願意破裂，願意根據抗日的原意向前走。政府方面，剛才張治中部長的聲明，也說政治解決的方針絕不變更，還是繼續下去。這就很好。所有中間的枝節問題，如果我們就事論事，用政治解決，我們同仁便希望用快刀斬亂麻，不要再拖下去……。』（詳見台北出版「國民參政會史料」三九八至四一三頁）

（四）民三十四（一九四五）的四月至六月，政之先生與我同時被特任為中華民國派赴美國舊金山聯合國製憲大會的代表團代表，我兩人雖同寓一個大旅館中，然而各人担任一組出席的任務，他担任的是「經濟、教育、社會」一組，我担任的是「會員與會議總則」一組，各有所司，彼此皆忙，只每日早八時一碰頭，開大會時一聚會，兩個多月之中都無暇傾談。在六月二十六日舉行大會閉幕式，杜魯門總統自美京趕來致辭，會後延見各國代表團。延見的儀節安排得不免荒唐，以致政之無法忍受，一怒而走。于此我又發現政之的為人絕不苟且之處。延見的儀節在舊金山市政府的大客廳舉行。我們四十餘國的代表團如時進入大廳之中，乃見空廳而無一椅一案的設置。按照國名第一字母的先後次序，間隔三尺遠近豎起各國國旗，而令各國代表分別站立在自己國旗之下，聽候呼國名，然後一國一國的代表們被導入廳左側室之中，去與杜魯門握手，寒暄數語而出。于是從A字數起，費時就很大了！中國是C字頭；但還須等候AB等數國，站着彼此相望，仍是有點難受。政之便對我道：『如此五蠻進貢的儍樣，實在使人難堪，豈有此理！』言畢即越衆出門而去。我也覺得無聊，隨之溜走。夜間，政之約我在一間法人所開的餐館吃巴黎菜。他感嘆道：『美國人如此粗疏不通世情，難乎其勝任世界之盟主也！』

以上所述的為我所親受親見的不大不小的事情，為「掌故」寫了出來，以見胡政之先生的為人風格與政治見地。

一月十四日。

閻錫山與日本

關山月

在民國政海風雲人物中，閻錫山的善變多變，而像馮玉祥的善於倒戈一樣，簡直成了自己的一塊金字招牌。

撇開他在國內羣雄之間翻雲覆雨的絕技不談，就連惡毒凶險兼而有之的日本軍國主義者，也曾經一再地被他玩弄於股掌之上。弄得啼笑皆非。

「中原大戰」之後，他成了一個「喪家之犬」，逃到大連去受日本人的「政治保護」。本來很難有東山再起的希望；但他却通過「日本士官」時代的老同學，土肥原賢二，和關東軍成立了一個「日閻諒解」。要點有兩個：

A、關東軍負責把他安全送回「寶座」，而且支持他成爲華北的主人。

B、華北的事，由他作主。東北的將來，他完全不過問。

事後，又由他「士官時代」的老師，板垣征四郎，代表關東軍，用兩萬元的代價，找來了一位敢於冒險的航空員，駕飛機送他回大同去。萬一路上出了事，他可以完全裝胡塗，整個血海干係，自有那日本航空員來一人承担。

那時，他還在「關東軍」的幕後支持之下，建立了「西北實業公司」，大搞其所謂「造產救國十年計劃」；基本上是要養成山西在軍火方面的自給自足。與此相應，就使得閻的「太原兵工廠」，發展成了關內最重要的兵工業基地；每月至少可以生產：

槍彈、三〇〇萬發

迫擊炮、二〇〇門

一〇．五公分口徑大炮、二〇門

步槍、三五〇〇枝

手提機關槍、三〇〇挺

誰知閻在重新當了「山西王」之後，覺得這種「土皇帝」的滋味越來越好，比日本軍國主義者那套「華北特殊化」的把戲，更能吸引他。「寧爲鷄口，不爲牛後」的心理，就使得他對「在日本太上皇之下，來獨霸華北的興趣，越來越淡。日本需要他來搞「華北五省獨立」，而他却需要日本來幫他「關起門來做皇帝」。——這種認識，就使得他在思想上，越來越脫掉日本的依賴性。

從這種純個人利益出發，閻錫山對日本軍國主義者的態度，就忽然發生了一個很大的變化。先是從親密到敷衍，再從敷衍到不敷衍，最後是把臉一板，乾脆再也不賣賬。

結果，弄得日本軍國主義者大起反感，索性用重價在太原新城，買來了一塊對山西省政府「居高臨下的高地，修建了一座三層樓高的碉堡，來做爲「日本駐太原特務機關」的辦公廳，在牆上挖了許多炮口，都正對着閻的大本營。另外還修了一條自用的地道，可以直通到太原城郊。——這樣一來，就更加惡化了雙方的關係。

因此，這個特務機關的負責人，河野悅次郎中佐，還特別在「華北駐屯軍情報會議」上，着重地指出：

「山西當局，現正極力鼓動民衆情緒，組織抗日團體，對日本在晉居民的一切行動，均嚴密監視。」

就連日本在華北的頭號特務，松室孝良少將，也在他有名的「松室孝良報告書中，把閻和公開反日的「馮玉祥系統」，「陝北共軍」，指爲一邱之貉道：

「務宜防馮系勢力，與閻張，和陝北共軍的聯合一致，而實現其抗日。」

那時太原的日僑，武田末雄和田中芳太郎，爲了租房子訂金的事，和房東大起衝突，鬧進了警察局。結果不但沒有把訂金拿回來，反倒被閻手令「押解出境」；而且還要在動身之前，在門口「自動」張貼一張鳴謝狀道：

「今因山西省政府採取賢明態度，本屋問題得以圓滿解決；謹致謝忱。」

第二天，還一定要「日本駐太原特務機關長」，河野中佐親自出面，在豪華的「山西大飯店」裡，「歡宴各界人士，解釋誤會。」

但是，閻錫山覺得還不十分過癮。過了不久，就索性正式向日提出要求，要他們「停止在太原特務機關的活動，將全部工作人員調離山西。」

華北駐屯軍一面接受了他的要求；一面在河北、河南、察哈爾、綏遠，這四省靠近山西的地區，建立了許多特務據點，來把山西團團圍住。更撥了一大筆經費，來收買山西的三教九流，進行親日反閻的活動。

日本軍國主義者對他由愛而恨，乖覺的閻錫山，當然不會不體會到。於是，連忙又耍了兩個花招，來平靜一下那些「東洋佬」的情緒。一個是高唱「中日大戰，山西無恙」的論調，來表示自己決不會爲了即將到來的戰爭，而和日本兵戎相見。另一個是派了幾位最親信的老部下，南桂馨、蘇體仁和高步青，留在平津，去和駐屯軍保持直接連繫。

在日本軍國主義者的眼裡，閻是華北羣雄中唯一對日本「受恩深重」的人。現在居然敢公開地「忘恩負義，反臉無情」，不把他鬥垮鬥臭，又哪裡出得了胸中這口惡氣？因此，盧溝橋上砲聲一响，馬上就對他大張撻伐，不再給這位老朋友留一點餘地。

當時，日本在最吃重的淞滬前線，投入了九個師團和兩個縱隊。而在閻所指揮的「第二戰區」，也殺來了九個師團，三〇〇架飛機，二五〇門重炮，一五〇輛戰車！並且是由板垣征四郎，東條英機，鈴木重康，土肥原賢二這些煞星，親自出馬。在兩個月之內，就席捲掉閻錫山辛苦經營了三十年的整個江山，迫得他老人家藏到荒村野店的窰洞中去「待變」。

這時，他預先安置在平津的那幾顆棋子，就發生了作用。在他的默許下，由蘇步青出面，接受了日本佔領軍的邀請，來出任「山西省長。」然後又通過蘇這個橋梁，一步步地恢復了他和日本軍國主義者的交情。

復交的第一個結晶，就是一九三九年十一月的「臨汾會議」。雙方談判了局部停火的問題，還同意了這樣幾點：

A、日軍退出六個重要據點。

B、日軍發還山西政要們的財產。

C、日軍供給晉綏軍的軍火需要，而且要出兵助剿。

D、晉綏軍的一部分，改編爲「抗日忠勇先鋒隊」負責「清剿」。

當時代表閻出席的是第六集團軍總司令陳長捷，第十三集團軍總司令王靖國。代表「日本北支派遣軍」的是清水師團參謀山下中佐。

過了不久，日本有名的「中國通」，大矢進計，還代表「北支派遣軍」，去和閻錫山當面約定了「山西停戰，物資交換」的「合作方案」。

接着，他還派了自己的侄孫閻立人，到太原的日本軍部去，非正式地報聘了一番。這樣一來，他和日本軍國主義者的關係，不但在公的方面，就是在私的方面，也重新和好無間。

那時，原在中國幹過二十年特務工作的田中隆吉，正由陸軍省軍務課長的任上，調到山西去担任第一兵團參謀長。他是「山西省長」蘇體仁的老朋友，又對閻和談誠意，極有信心。所以，一到太原，就馬上着手於和談的準備工作。他的老上司，板垣征四郎，也以支那派遣軍參謀長的身分，熱誠地支持這個招降計劃，而且還親筆寫了一封信給閻，友情洋溢地向他勸和一通。

閻囘信的方式，的確很妙，並沒有寫一個字，只是把華僑領袖陳嘉庚在報上的談話，剪了一段，附在信封裡寄來。

在這份剪報中的警句是：

「打開中日的僵局，并不是不可能的。只要雙方都有決心就行。」

日本對這個答覆，認爲很滿意，馬上不聲不响地發還了要人們在太原的私產；而且口頭向閻保證：

「只要中條山的戰事一結束，閻閣下就可以啓駕囘返太原。」

他們接着又正式提出了一個「友好合作方案」。其中的要點是：

A、日軍自動讓出六個重要據點。

B、合力「清勦」。

C、閻要囘太原去，繼續當他的第二戰區司令長官也可以；要到故都去當「華北政務委員會委員長」也可以。

這個本案的起草人田中隆吉，還一再表示：

「只要閻閣下肯加以考慮，任何條件都可以商量」。

但是，還沒有來得及商量，新上任的日本陸相，東條英機，就急如星火地把田中調囘東京去，出任軍務局長這個要職。同「閻閣下」談和的任務，也就此落在後任楠山秀吉少將的肩上。

在「蕭規曹隨」的原則下，談得相當順利。日本除掉答應讓出一系列重要據點以外，還願意供給閻三〇個步兵團的新裝備。

於是，不久就由趙承綬和「北支派遣軍」的高級參謀宮內中佐出面，正式簽訂了一個「白壁關協定」：

A、日軍自動讓出孝義，「以表誠意」。

B、雙方「會勦」。

C、合作提携

田中隆吉雖然當了陸軍省軍務局長，成了東條手下的第一號紅人。但却依舊不能忘情於他在山西的未竟之功。特地不遠萬里而來，親自在太原和「閻閣下」派來的機要秘書劉廸吉，簽訂了一個妥協的「協議書」——這也就是後來的「汾陽協定」的藍本。

在正式簽訂「汾陽協定」的時候，閻錫山充份地表現過一次他那「善變」的特技。當時的日方代表「北支派遣軍」參謀長，田邊盛武中將，帶來了總司令官岡村寧次的「指派書」，很具體地寫明了他此來的任務。而閻的代表，第七集團軍總司令趙承綬，却只帶來了一張「第二戰區司令長官部的信紙，上面只寥寥地寫了一句話道：

「茲委派趙承綬爲全權代表。」

代表誰和誰談？談些什麽？都一字也沒有提。

這個協定的主要內容是：

A、共同防共，外交一致，內政自理，共存共榮

B、停止敵對，友好親善

C、把山西的政權，壁還給閻。閻也立刻宣佈獨立，並將黃河渡口，讓給日方。

D、日方交給閻：

重機槍、五〇〇挺

輕機槍、五〇〇〇挺

步槍、五〇〇〇〇枝

閻軍全部給養

現欵經費、二〇〇〇萬元

由閻本人支配的「機密費」，七〇〇萬元

壯丁，五〇〇個團。以後再根據情況，續交五

○個團

但是，閻軍中營以上的單位，都要添設日本顧問和教官。

E、閻的總部，先回孝義，再回太原，最後「駐節」故都

出任「華北政務委員會委員長」，兼南京汪政權的「國府副主席」，暨「軍事委員會委員長」。

從一九三九年十一月一日起，到「汾陽協定」的簽字，日閻和談，整整地進行了二十一個月和十五天，現在才總算眞正有了結果。

正像田中隆吉自己說的一樣：

「橫亙在日本方面的障碍，眞是多如牛毛。……參謀本部要想把和閻談妥的條件，一一付諸實施，當然很有問題。

但是，只要我們全力以赴，只要我們假以時日，相信是一定能夠得到圓滿的効果的。」

從此，雙方都在互忍互讓上，煞費苦心。閻軍一到，日軍馬上自動讓防。而閻軍也奉到了嚴令：如敢再向日軍開槍，主管官當受重懲，而且要勒令他把消耗掉的軍火，掃數加以賠償！

大家儘管這樣「相敬如賓」，然而一碰到錢和槍桿子的問題，就僵得下不了台。閻一口咬定那「協定」上的「元」，乃是「日元」，或是「聯合票」。而日方却堅持要給「汪政權」所發行的「國幣」。前者的幣値，要比後者大六倍，所以雙方都不肯吃這個眼前虧。

軍火方面，日方只肯「分期撥付」；「閻閣下」却要他們一次付清。壯丁的供應，也是個大問題。日方只肯讓閻自行招募，而不肯替他去拉人來入伍。

結果是：「經費只拿到了六成的「聯合票」，賸下的還是汪政權的「國幣」。武器只先拿到了一千枝步槍，給養也只先領來了五萬石雜糧。

「閻閣下」當然也對自己的諾言，打了個一折八扣。除掉正式在太原、汾陽、臨汾和運城，都設立了自己的辦事處以外，「宣佈獨立」的電報，却始終沒有打出去。

太平洋戰爭爆發之後，日本軍國主義者當然認爲自己的行情「看漲」；那條老狐狸閻錫山却對他們「看落」。於是，雙方自然地就鬧得不大愉快。新任的「山西派遣軍」參謀長花谷正，一再地表示：

「閻閣下在拿到「汾陽協定」中的那些東西以前，一定要先發表「獨立通電」才行。」

而閻也忽然向重慶的中國統帥部，重遞秋波，表示和談可以「從長計議」；但是，第二戰區所需的軍費、壯丁、物資和補給，却「刻不容緩」。

誰知田中隆吉那一派，始終認爲「結束中國事變」，全力對付英美，是當今唯一上上之策。所以就訓令「山西派遣軍」要「恩威並施」，硬迫着「閻閣下」履行他的「汾陽協定」。

於是，在轟炸機的不斷盤旋示威之下，這位「第二戰區司令長官」，就親自跑到山西吉縣的安平村去，和「山西派遣軍」司令官岩松義雄中將，舉行過一次會談。這也就是後來被日本「新聞班」大肆宣傳過的「安平會議」。」

在會上，閻表示：願意本着「共同防共，外交一致，內政自理」的原則，推戴日本爲亞洲盟主，「共存共榮」。至於通電獨立的事，即還要「假以時日」才行。

本來，日方代表還帶來了一大隊馱馬，滿載着槍枝，鈔票和給養，做爲會議後送給閻的「大奉仕」。誰知閻却把這些馱馬隊，當做了「伏兵」，連忙在休息期間，倉惶出走，當然連「再會」也沒有說一聲。

日本代表們在會議室中空等了幾小時，才知道上了大當，當下一怒而去。馬上就把閻會談的照片，用飛機散發在中國的大後方；而且還在山西大貼其佈告道：

「我山西省派遣軍會有五月二十五日之佈告，闡明與山西軍斷絕友好，而成爲敵對關係。……山西省民，務須不拘舊日因緣，凡與山西軍之關係，一概解除……須盡力協助我軍對山西軍正在實施中之經濟封鎖。……閻錫山雖口喊反共，倡導和平……却將私有財產，存於英美銀行。……」

隨着這張佈告，「山西派遣軍」又擺出了一付馬上要「揮軍直搗閻總部」的架子。正在這緊急關頭，「閻閣下」又耍了個「寸楮退萬兵」的花招，寫信去責備岩松義雄：爲什麽要對一個「同情你們的人」，做得如此絕情？豈不令天下士聞之而心寒？

這幾句空話，居然又恢復了日本軍國主義者對他的舊情，非但沒有再向他進攻，而且還大大放鬆了對他的經濟封鎖。

那時，盟軍在太平洋上，正走着下坡，「閻閣下」向日本靠攏的念頭，又再度勢如潮湧。一九四二年六月，他就又和「山西派遣軍」達成了一項協議：把一部份閻軍，以「戰敗被俘」的方式，交給日方，改編爲「山西勦共軍」，來分担「皇軍」的重責，使他們可以多集中一些力量，去打「英美帝國主義」。

過了不到一年，日方覺得很有和「閻閣下」進一步合作的必要，就正式提出了一個「政治、軍事、經濟合作方案。」閻也予取予求，表現得非常合作，而且在太原，由他的辦事處長梁綖武出面，和「山西派遣軍」成立了一個「太原秘密協定」，雙方同意：

A、日方再讓出九個重要據點

B、閻派人參加日方組織的政權

C、佔領區內的官員，可到閻的長官部去「受訓」。畢業之後，由日方審核委用

D、雙方「會勦」收復區交閻接管。

接着，又由閻派第六一軍軍長梁培璜爲代表，和日方簽訂了一個「臨汾協定」；又稱爲「部隊與日軍協定」。它的主要內容是：

甲、各部隊進行清勦時，軍火、給養、經費，都由日方負責補給。

乙、在「清勦」中，日軍可以隨時調用各部隊。

丙、各部隊接受日軍的指揮。

這裡的所謂「各部隊」，當然就是指的閻軍。

自從太平洋戰爭，形成「一面倒」的局勢之後，「閻閣下」雖然還在和日本軍國主義者，且談且拖，談個不停。但却再沒有談「和」，而只是在談「合作」和「會勦」。即這一點，就可見閻這個人的城府之深，做事之老練，能在不動聲色之中，大變特變。

奇怪的是：日本軍國主義者，直到最後一剎那，還不大了解「閻閣下」這種「風頭不對，搖身一變」的特性；在一九四五年的八月初旬，還派了「華北派遣軍」參謀長高橋坦中將，專程到閻的總部去勸他：

皇軍不久就將結束這個戰爭，尙望閣下能早日命駕北平，出任華北政務委員會委員長，來主持一切善後工作。

這時，閻當然不會再來跳。他和日本軍國主義者的一段香火緣，也就至此戛然而止。

至於後來有一部份山西的日本戰俘，在留用的名義之下，幫助閻錫山抵抗共軍進攻太原；那只是他利用當時戰敗者的絕境，個別地說動了少數人上鈎，是不能算在日本軍國主義的賬上去的。

請介紹，

請訂閱，

請批評，

請指教。

當代奇人

楊森

——劉勝言——

歲月，對一般人來說，只有徒增臉上的痕紋，逐漸走向老態龍鍾的衰境，但是，對一生充滿傳奇性的楊森將軍而言，却愈老愈壯，令人欣羡。

今年已九十二高齡的「楊老將」，幹了十五年的中華全國體育協進會理事長後把棒子交給黎玉璽將軍。

這位沙場及體壇老將並不因爲他的「退位」，而脫離他關心、熱愛的體育工作，他說：今後的每星期一、三、五，仍將到中華全國體協「上班」。不管他上班做些什麼事情，但是，這種老而彌堅的精神，就像他爬山仍不用拐杖一樣，始終如一，有頭有尾。

看上去像七十來歲的楊老將，對今後的生活作息時間，安排得妥妥當當，經常有人對他祝福說：希望你活到一百歲。

「誰限制我只能活一百歲？我還想活到一百二十歲呢！」楊老將經常半開玩笑的「教訓」祝福他的人。

已經脫離十五年之久的理事長職位，楊森對國內體育運動，充滿了懷念，在這懷念之中，也洶湧着不少感觸。他慶幸體協有的新領導人，但也希望國內的體育運動今後能急速發展，令人耳目一新。

我問他應如何積極發展全民體育？提高運動水準？

「要做的事情太多了，不過，籠統的說，還不是廣籌經費，興建體育運動場所，加强國際間之聯繫等老套。」楊老將又補充：「說來說去，最重要的還是財源的問題，因爲萬事非錢難辦啊！」

「目前，中華全國體協每個月的經費只有兩萬元，這些錢，作人事費及雜費都不夠，那有盈餘推展體育運動？」

「不過，改組後的中華民國體育協進會可就不同了，相信，今後的體協會有驚人的發展，令人耳目一新。」

有一件事情，楊老將始終耿耿於懷，那就是興建體協大樓的計劃。

三年前，裕隆汽車公司老闆——中華民國籃球協會理事長嚴慶齡，與中國石油公司總經理——中華民國游泳協會理事會理事長胡新南，曾提出就體協現有破爛房舍改建二十層大樓的計劃，但因該地主權屬國有財產局，難以妥善解決，興建大樓的計劃，也就擱置下來。根據構想中的計劃，將與商人合資建樓，再按比例瓜分所有權，如此，體協一方面有棲身之處，一方面也可以靠房屋租金維持經費。

楊森認爲：無論如何，沒有好好利用體協寬大的土地，總是一件很可惜的事情。

談到這裡，楊老將想到了最近外電報導韓國體育當局正在足球總會大廈附近建築一個可以容納十萬多名觀衆的足球場。韓國目前只有一個容納三萬五千人的國家運動場，上月底在漢城舉行的世界杯足球賽亞洲區外圍預賽中，球迷多得擁擠不堪，尤其在韓國與以色列代表隊爭奪冠軍時，有三萬五千人不得其門而入，秩序大亂。

將可以容納十萬多名觀衆的韓國新足球場建成後，不但可提供其國家選手較多的場地訓練，更可吸引外國勁敵前往對抗。這種情形和我國比較，簡直相形見絀，以最標準的台北市立體育場而言，也不過只能容納二萬多人。

話題轉到另一面。

對楊老將來說，他的過去及現在，像一本翻不爛的書；五十多年的軍旅生涯，遍走神州，多次出生入死，千鈞一髮，均能化險爲夷。傳說中，楊老將軍不但有「養生秘方」，更有「數不清的妻子兒女」。

雖然，他當年馳騁沙場，却喜歡談他與體育運動相關的一面。

自民國初年領軍到主掌四川、貴州省政及民國卅八年轉進來台之前，楊老將說：我走到那裡，運動會就跟到那裡。

八年抗戰期間，他的大軍駐紮湘北一帶，舉辦六次運動會；北伐以前，有兩次全國運動會分別在上海及南京舉行，四川省的代表隊均由楊總司令的軍隊成員組成；民國十二年至十四年及民國卅三年至卅六年，主持四川及貴州省政時期，大小運動會年年開，時時舉行。

一位當年會跟隨楊總司令的體育界人士指出：楊總司令主持四川及貴州省政的時期，規定省內國民，在清早起床一律要做健身操，跑步運動。

談到他「數不清的妻子兒女」，楊森說：在楊氏家譜裡，他有四十三個兒女，其中女兒廿一人，兒子廿二人，孫兒輩則無法計算。由於兒女泰半陷在共區，目前在台的僅有九人，其中女兒五人，兒子四人。

至於傳說中他有許多房妻子，健談的楊老將並不否認，不過，瞭解楊老將的人士說：他絕沒有對不起他的元配夫人，多年來，一直生活在一起，唯身體羸弱長期臥床休息，目前仍居於新店稻子園楊森住處，年八十餘歲。

楊老將笑着說：太太多了實在易滋誤會。

在他所撰的沙場廿年一文中，曾記載以下一段趣事：

「普天之下，多妻的男人到處皆有，回教和基督教摩門教徒，甚至把多妻作爲教規。中國人三妻四妾委實不算稀奇，就算當年平江，太太比我多的一定大有人在。然而由於一些報章雜誌的渲染附會，彷彿我太太多特別出名，我一到平江的時候，連鄉下人都聽說楊總司令的太太多得很。」

「有一次，我召開高級軍官會議，開完會請我部下吃飯，通知上註明歡迎携眷參加。因此那一天聚餐開了二十多桌酒席，司令部裡擺不下，我吩咐乾脆擺在大壩子上。」

「我本來帶了一位太太住在平江，照料我的生活起居。聚餐那天，因爲重慶家裡有事，我叫她回去看看。於是我雖然有好幾位太太，但是當天却成了孤家寡人一個。」

「開飯的時候，二十多位高級軍官的太太應邀而來，她們個個燙頭髮、穿旗袍、年輕漂亮，打扮入時。平江地方風氣蔽塞，平時那裡見過這麼多摩登貴婦？於是附近的老百姓一下子轟動了起來，我們在大壩子上喝酒吃飯，他們就站在周圍看熱鬧，指手劃脚，品頭論足，悄聲的在議論紛紜：

「哎呀，總司令有二十多個太太啊！」

「個個都那麼年輕好漂亮哇！」

我被他們說得面紅耳赤，啼笑皆非，又不便公然的去向他們解釋。」

那麼，楊老將又如何的「養生保健」？

他說：我向來不喝酒、不抽烟，也不吃藥，外面却傳說我吃了什麼藥方才這麼健康，尤其是還聽說有什麼「楊森酒」、「楊森藥」，嗨！簡直是無稽之談。

他說：養生之道，就是生活有規律，食不過量，早睡早起，我每天晚上九時半一定就寢，清晨五時起床，鍛鍊身體，包括作體操，打太極拳，練一練「昆吾劍」和「三才劍」以及打打羽毛球等，然後，七時進早餐，八時準時到達體協上班，日日如此，從未間斷。

楊老將說，每一個人都應有喜好，他本人在西北時，就喜收藏刀、槍、與名馬，當時好友送禮，也都贈送刀、槍、名駒。楊森說，他從未流過眼淚，但在民國卅七年離開重慶時，面對一大羣心愛的馬匹，却不禁流下淚來。

人的嗜好，隨環境與年齡之不同而改變。楊森將軍來台後，熱衷打獵，因此，槍與狗是他新的收藏與餵養對象。近期，楊森由於轉向登山，而對手杖，從發生「感情」，進而極具心得。

楊老將談到他第一次對手杖的認識，是在民國四十五年，當他携持竹質直桿式的手杖，在登山時，才發現手杖頂端爲何要彎鈎。他說，當要爬登高坡時，倒舉手杖鈎住樹枝即可助一臂之力，往高處爬。

楊老將表示：每逢假日，一定要爬山、郊遊，不幹別的事情；穿一襲花襯衫，踏一雙輕履，爬上與世無爭的高山，當是老年境況的最高享受。根據「紀錄」，台灣的玉山、大壩尖山、合歡山、五指山等大小五十餘峰，他都登過，他寓意深長的說：登泰山而小天下。

在登山紀錄中，楊老將自認爲最値得回憶的是民國五十五年八月十四日率登山祝嘏隊，在零下五度之下，歷經近兩天時間，攀上玉山極峰，爲總統祝壽。另一次於民國六十年重陽佳節，以九十高齡，再順利登上玉峰，並題詩誌盛：「今日重來登玉山，同行恐後盡爭先，羣峰日出永不老，人當努力學少年」。

這位被目爲傳奇人物的「老人」，目前每星期天都參加中華全國山岳協會舉辦的登山活動，令後生自嘆弗如。在他的新店稻子園住處，擁有廣大的山坡荒地，他說：今後將利用空餘時間，開墾荒地，種植農作物。

楊老將的生活領域，猶如一個小天地，也猶如嚼橄欖，愈嚼愈有味，這亦非常人所能體驗得到的。

楊森表演舞劍

憶邵鴻基

·正平·

「九一八」事變後，監察院曾經有兩位監察委員具文彈劾東北行政長官張學良「失職誤國」，當時轟動一時，人皆以「鐵面御史」目之，這兩位委員，一是邵鴻基，一是高友唐。高後來不知轉任何項職務，至於邵，却是到河北省做了行政督察專員，大概他是覺得「言官」之不易爲，不如行政工作來得比較實際些，才改換了工作吧！

邵字承彥，河北獻縣人，他任河北省行政督察專員的時候，是在冀南大名方面，不管抗戰前後以及抗戰期間，河北省政數易其人，但他這個行政專員却是「金字招牌」，屹然無恙，誰也沒有動過他的腦筋，這不僅因他資格老，政績斐然，而且因他統率着一部份地方團隊，在那個地區和敵人以及共軍雙方面週旋，幹得有聲有色，所經歷的艱險，不是常人所能應付得了的。

筆者和他認識的較晚，那已經是卅三年深秋的事了，但對他的大名印在腦筋裡至少也在十年以上，就是他在敵後活動的事蹟，也常聽一些當年和他共事一方者當做「傳奇故事」般的談論着。認識他的那次，是在河南西坪，西坪是河南內鄉一個村鎮，但當時却是河南省政府所在地，當我們參加了河南省主席劉茂恩的就職典禮後，驅車去西安，行車前，由冀察戰區總司令高樹勛介紹，才認識了他。

那是一座軍用大卡車，沒有棚蓋，同車的有十多個人，可是這十多個人都是來自各方面，其身分地位是很難分辨的，戰時交通工具困難，能搭乘到這麽一座車，已經算是難能可貴了。那天邵穿着一套草黃色士兵棉軍服，因爲才換上的，所以顯得還乾淨新鮮，可是脚下却穿着粗線襪和土造布鞋，鞋上面還沾滿了黃泥；光着頭，兩鬢雖然有點斑白，頂上頭髮也有點稀疏，然而兩頰紅潤，兩隻眼睛透着精神。從他那胖而且圓的面龐上，黑黑的膚色上，高大的身軀上，感覺到他是久歷風吹日晒，但也表現了他身軀的結實和健康。那時他的年齡已逾六十，可當得起「老當益壯」四個字。

晤談之下，你會感覺到他的誠懇和樸

實，相信他所以能夠以一個行政工作者的文人，去統馭幾萬地方團隊，在敵後和兩面的敵人去作戰，就是靠了他的誠摯感人的。他那次由敵後到內地來，是向第一戰區司令長官述職，他是化裝成爲一個普通商旅，連個僕從都不帶，數千里長途跋涉，登山越水，直待到達西坪，才順便搭上這座軍用卡車，但當時戰區司令長官部已經移駐漢中，他到了西安，還要到漢中去。不過他對抗戰前途充滿着信心，完全不以這種長途旅行爲辛苦。

一個月之後，我們又在河南盧氏縣城碰到面了，他那時是從漢中述職回來，準備趕回敵後部隊駐地去，可是這個時候，他的裝束又變了，他穿着一套藍布棉衣褲，灰樸樸的，看去眞是一個鄉下老頭兒。當時第四集團軍總司令孫蔚如駐在盧氏，不過他和這般人毫無往來，所以他也不去拜候他們，他是臨時住在一家小客棧裡，那種小客棧，汚濁簡陋，黑暗湫溢，然而他毫不以爲苦，他是取道由盧氏沿洛寧、洛陽去鄭州，沿途還要和當地游擊部隊地方團隊連絡一下，盧氏只是他的大休息站，過此再往東，便要進入敵人控制區域了。

對於這樣一個「爲國宣勞」的老人，單憑了他個人的兩條腿，要間關萬里的奔波勞碌，我們有時眞爲他的安全而担心，但還好，一個月之後，接到了他的電報，知道他已經安全回到他的防區。他那次由西安遄返防地，隨身携帶的旅費，不過法幣十萬元，折合黃金市價，也不過是三兩而已，在這區區旅費中，他還要撙節使用，剩下來的錢，還要帶交給部隊作爲一部分經費。

在敵後活動，是件極端困難的事，首先，要顧慮敵人的「掃蕩」和共軍的偸襲，二者比較之下，前者還容易對付，後者却防不勝防，所以隨時都在作戰狀戰中。其次，除了戰鬥動作之外，還要照顧到全部官兵衣食鞋襪以及安置隨軍眷屬等等問題。至於糧秣彈藥的補充，薪給餉糈的發放，在在都要顧慮到，處境的困難，眞非過來人不能想像得到。所以當卅一年的時候，在敵後活動的部隊便已經紛紛請求內調，而邵居然在那些地方又堅持了數年之久，單憑這股堅強不撓的毅力，就不是尋常人所能及的。

抗戰勝利後，中共擴大了它們的叛變面，對於像邵所保持在河北省南部那麽一塊政府區域，當時爲它們無限嫉恨，尤其「獨眼龍」劉伯承，當時盤踞在所謂「晉冀魯豫邊區」地帶，更是邵的死對頭。它們多少年來就糾纏在一起，鬧得難解難分，因此劉伯承千方百計的，無所不用其極的，去打擊邵，並且欲將邵置之死地而後甘心。邵怎樣爲劉伯承所吞噬的，筆者缺乏充份的資料，因爲當時在那個地區，情形非常混亂，但當勝利初，河北省政府改組，他至少應該到河南新鄉或者到北平去述職一次，然而他却因爲防務重要，分身不得，始終沒有看到他來，慢慢的，甚至得不到他的消息了。以他個人的智慧和精力，去單獨對付一個詭詐萬端的共黨，其最後遭了暗算，是沒有什麽奇怪的！

胡政之與大公報　陳紀瀅

。

然而，我最初對彝民印象，則甚獨特

彝民那時和我的年紀相倣，但他的瀟灑、精明，不知勝過我多少倍。他在編經兩部幾十個同人中，有不尋常的漂亮和洒脫的外表，那口江蘇國語（彝民，江蘇吳縣人。聞電影導演費穆是他哥哥），也蠻動聽；他應對態度，極爲圓通而活躍。總之，在大公報同人中，他呈現着相當的鋒芒，與不同的風格，因他是震旦畢業的會法文。以前他在經理會計部門工作，我

胡政之（霖）先生遺像

去後不久，才調到編輯部來，負責翻譯哈瓦斯的電信。

那天去他家的人，我記得有芸生、清芳、恩源與他太太徐文蘭女士等。在飯前，有清唱，彝民以主人的身分，首先開鑼，他唱的是「法門寺」中郿塢縣令「行路」一折，把一個七品縣令的感歎，表達無遺。那時馬連良的這張唱片發售未久，而且他前期聲音沒有後來蒼老，韻味也不及後期，而彝民的唱工的確悠揚哀婉，有餘音繞樑之感。後來，「燕人李清芳」及徐文蘭女士等都有分別唱黑頭及青衣的戲。我能夠親自看見他們的業餘生活，非常高興。彝民留給我的印象是生動的。當時他在報館中的地位，並不高。但我已默默中認識，此君非池中物，遲早必露頭角。

後來，大公報於二十五年開創上海版，彝民便成了經理部的要角。當初他怎樣進入報館，我未查考，但我相信與李子寬、許萱伯和何心冷等人有關。因胡先生辦國聞通信社與國聞週報，都在上海起家，所以大公報的人事陣容，一部份是江蘇人，一部份是河北人。

彝民在抗戰期間，留在上海，他被日軍捕去，押在滬西，汪僞政權成立後，他飽受刑笞，所以三十二年自滬逃脫，間道到重慶，大公報同人在李子壩館內，以英雄式的宴會歡迎他，距離我初次在天津見他，匆匆已逾十年！

大公報香港館於抗戰勝利後恢復，彝民奉命主持。沒想到所謂「文化大革命」期間，平、滬、渝各館，次第關閉，只賸下香港一館，與文滙報同被御用，爲海外文化統戰的工具，內部重要人事，完全受共方的操縱，僅留下彝民、馬廷棟與李俠文等少數人充當傀儡，爲毛共作傳聲筒，其處境的尷尬可知。對於一個失去自由的人，還有什麼值得斥責的？

二十、大公報編輯部素描

民國二十二年十一月某晚八點鐘，一個偌大的編輯部，燈火輝煌，兩隻鐵筒煤火爐所散發的熱氣，使室內溫煦如春。所有人員都埋頭工作。有的以紅筆改正錯誤，有的拿剪刀裁選新聞，有的奮筆疾書，有的對外通電話，頰上塗着黑墨的工廠小孩送來的小樣，等候校對先捉蝨子；另一個較大的技工在問訊題目字。工友老張一會兒送茶，一會兒遞手巾把。熱騰騰的毛巾擦在臉上，驅除了外邊的寒冷，一盅剛沏的香片喝在口中，不在解渴，而在提神。

進門處，谷冰與萱伯並坐在外邊由四張寫字桌拼成的大檯前，已開始看由自設電台抄來各方面拍來的專電，有的則是電報局送來的，先一句句地讀通了，然後再一個字一個字地加以修飾，實在存疑的，還得向電台查問。

不一會兒，外電湧至。路透、哈瓦斯、德通、電通和聯合社的國際新聞電的譯稿，都陸續遞到他倆面前。該併的併，該丟的丟，在一張電稿上，剪的剪，貼的貼，黑筆標了題，還要用紅筆使用字號。題目字幾欄長？新聞稿內容排一欄？兩欄？三欄？加不加框？加雙線？空一行？兩行？子題幾號字？雙子題？副題？抽條？加？對開？等等純技術性的安排，都要憑經驗，智慧衡量它在當日所佔的新聞重要性，預想排在什麼地方，加以標註。大公報則因傳統，有兩項不成文的規定：一是（本報訊）及「本地某報專電（每個字的旁邊加黑點，以促注意。不是本報專訊或專電就免了。另外一項規定，即標欄長，以劃圈為記。譬如說，題目字要三欄長，就畫三個圈就代表了。再如「邊欄」不叫「邊欄」，叫「特別欄」，最大的字體，叫「出號字」等。有的同人不樂意紅黑筆並用；於是光用黑筆也可。

不一會兒，季鸞、政之、達詮三位先生陸續自外邊進入編輯部。他們是應酬完畢後一同來到報舘的。季鸞先生仍甚虛弱，不過他精神蠻好，滿臉堆着笑容。政之先生則一邊擦臉，一邊問谷冰：「有什麼特別消息？」達詮先生則繞道裡邊去坐在萱伯對面。三個人都脫了大氅，擦了臉，季鸞先生落坐在谷冰對面，政之先生則跨坐在大檯子橫頭的竹椅上；但他們進入編輯部，並未驚擾其他任何人。同人仍是照常工作。

只有谷冰與萱伯把剛剛看過的電稿；一張張地遞給三位先生。他們最注意的是上海南京本報電信。那時，李子寬負責拍發上海一切新聞，特別金融及商塲消息，吳氏最注意，因為他是小四行（鹽業、中南、金城、大陸）的總裁，常駐天津，但他有時須去上海。金融界情形，不僅關乎他個人的事業，也以他的瞭解最權威。季鸞先生則憂心國事，注意政府的施政。那時金誠夫兄駐南京，每天發不少字的電報，報導各種變化。政之先生因為季鸞先生還沒有恢復工作，他綜攬一切，但他比較注意國際新聞。

三個人一邊閱電稿，一邊談天。因為恐怕擾亂同人的文思，所以雖然是在談天，聲音却是悄悄的。季鸞先生不時指示處理某條電信的意見。政之先生則拿着電稿走出走進。因為「社評」要他寫，所以要有時叫工塲小孩把某一張電稿再多打一份送上來，他便拿進他那間與編輯部相通的總經理室去，以便等會兒作參考。

電話鈴響了。整個編輯部只有一具電話，而且設在外勤（採訪）同人辦公桌上。

工友去請政之先生聽電話。

因為電話就在我前一張桌上，我聽得很清楚，但我不明白說的什麼，只知道在講日本話。政之先生日本話的流利，我是知道的；但當面聽他說，還是第一次。他講了大約有三分鐘，才擱下聽筒。

「朝日新聞記者要來看我。」他對季鸞、達詮先生說。日本記者到了天津，時常要求政之先生接見他們。他們探測中國輿論，完全以大公報為憑。朝日、每日及讀賣三個日本大報經常派記者與更高級報人到天津，專誠拜訪政之先生。在日本報上，胡霖之名，特別響亮。有的，還稱他為「中國報業大王」。

這個時候，接見日本新聞界人物是非常尷尬的。因爲在日閥箝制言論政策之下，不容許他們有忠實的報導。在中國方面則認爲，在此時刻能緩和日本侵畧華北一天是一天。所謂「睦鄰政策」、「一面交涉」、「一面抵抗」，只是拖延時間，不使大局更惡化的一種手段。新聞界怎樣對付這批幫兇？當然也煞費心機。

「上次讀賣新聞記者藤井來看我，我把本社社評『日本之法西斯蒂運動』及『日本所謂東洋門羅主義』兩文解釋給他聽，並給他全文，他帶回去，登是登了，但太簡畧。」政之先生對達詮及季鸞先生說：「剛才這個傢伙叫什麽竹內，是由天津總領事介紹的。我請他明天下午來，並且問他，是不是一般漫談，或是談專題？他說：都要談。他答應一定照我說的報導，至於東京登不登，權不在他；但他要寫信要求不得擅改。」

季鸞先生聽了笑着說：「但願日本記者識大體。」

九點鐘。工友送來一包帶殼兒的落花生，擺在三個中間，是達詮先生叫買的。天津附近幾縣出的大花生，在冬天特別好吃，香脆可口，常常當作夜晚談天的擋嘴物。工友又沏了茶，三個人一邊剝花生，一邊談日本。自犬養毅被刺到荒木貞夫的談話，預料不久即可占領北平等等。不時聽見政之先生的罵聲：「該死！」

電話鈴又響了，還是找胡先生的。

政之先生又走過來，接過聽筒，稍一遲誤，是個英國人，從上海來看胡氏，是路透社記者。胡氏與他約定明天上午十一時在報館候駕。胡氏說英文也是我初次聽見。他的發音標準，應對流暢，使我立刻推測到十幾年前採訪巴黎和會時，他的活躍情景。我從此知道胡氏英、日語文都有超水準的造詣，所以幾次參加國際會議，應付裕如，不發生語言障礙。他的日文是在日本學的，我是知道的；但他的英文從哪裏學來的？至今對我還是個謎。

本社專電、外國通訊社的電稿越來越多。只見谷冰、萱伯忙得抬不起頭來。一會兒打鈴叫小孩，一會分稿給隔壁桌的國際版的楊歷樵，一會兒又遞給恩源一疊小樣。有人在接收北平來的長途電告，孔昭昭在報告政委會的新聞，剛接完了，又有喜峯口及冀東新聞。

曹世英也接收體育記者的採訪報告。

張遜之也忙於向治安機關證實一個搶案。

「喂，喂，搶了多少錢？幾點鐘？到底在牆子河？還是在四面鐘？」

娛樂版的記者也在以電話問北平幾個戲院的戲碼。

我白天已發排了後天出版的「小公園」稿，並且看完了明天見報的大樣。我這時也把「本市副刊」的稿發排完畢，只等再親自校對一篇特寫，以免排錯若干更改的字句。大約十分鐘以後才能送上小樣來。時間快十點半鐘了。

芸生有時也從另一間編輯室走出走進，他正來編「國聞週報」。

沒留神，季鸞先生、達詮先生二位業已散去。只有政之先生已去伏案構思了。從大編輯部遙見他那以木板隔間的總經理室，燈光照頂，工廠小孩悄悄地在門外等候。

校對長拿着一篇稿子到谷冰面前查問字。

約十一時。九、十點鐘那陣忙亂已過，一切靜悄悄的。谷冰與萱伯嘴上叼着香烟，態度很悠閒。芸生滿面笑容，偶然到谷冰面前說兩句笑話。萱伯雖然很緘默，但輕鬆的時刻，他不言則已，言則必中。這邊大豎排編輯檯前的楊歷樵剛剛翻完一篇「外交季刊」上的有關中國東北的論文，他拿來交給谷冰核發。馬季廉也自倫敦「經濟人報」上選定了一篇英國人對遠東的論文，正翻譯了一半，準備接歷樵的一篇刊第三版。第二版已有一篇國內專家論「西北建設」的文章。這一天由谷冰所寫的短評，就是介紹這篇文稿的。

彝民、大炎已把哈瓦斯與電通社的電信譯得差不多了。大家又擦了個臉。站起來，伸伸腰，好像暫且告一段落。

十一點整，宵夜來了，編輯部一旁放着三張桌子，上邊擺着稀飯、饅頭、花生米、豆腐干、春不老和油酥豆。稀飯冒着熱騰騰的氣，饅頭蒸得也起發。雖然不是狼吞虎嚥，每人吃的速度較白天爲快。張遜之先生第一個吃完，說聲「再見」便擦擦嘴先走了。跟着走的，是曹世英。還有幾位地方版的編輯也離去。

二十分鐘後。編輯部只賸下谷冰、季廉、彝民、大炎和校對室幾個人。芸生與一位助理編輯，還在爲「一週述評」趕工。一個五十頁的週刊，由兩個人負責，連發代校，也不輕鬆。每逢星期六出版，星期四就截稿，只有星期五一天印刷與裝訂的時間，所以必須有三分之二的稿件，於星期二以前發排完畢。到星期四則是安排有時間性文章的最後期限了。只有辦刊物的人，時間觀念最敏銳。

這時候，大部份人一面等候最後本報專電及各通訊社的偶發電稿，一面再親自校對重要新聞及特別欄，儘可能減少錯字。

這時政之先生所寫社評小樣也來了，首先送他自己校閱。然後把校閱畢的小樣，再交給谷冰與萱伯。胡先生也好，同人也好，寫稿的用紙，就是印報紙，大小十六開，裁得一疊疊的，供大家使用。那時候，鋼筆使用未久，還不普遍，人人都用毛筆，政之先生一篇兩千字左右的社評，因爲他龍飛鳳舞的書法，須有十幾頁稿紙才敷用。排字工人不發愁字小，也不愁勾抹得不清楚，只發愁字草。政之先生的草書並不難認，僅是「草字離了格，神仙認不得。」爲了求快，難免離了格可是排社評的工人，訓練有素，就是離了格也認得。

谷冰看了政之先生的校樣，剛剛發交小孩，胡先生又回來，告訴谷冰某字句應再改正。自某句起，應另成一行。某一個標點用錯了。有時候自公館裏午夜以電話通知谷冰或萱伯，社評中某句下，應再加一句什麽，諸如此類的指示，差不多過了清晨二時上版前才停止。政之先生所寫社評改正多。季鸞先生所寫社評改正少，字體至少也小一半。政之先生的稿件如大草，季鸞先生的稿件如八分。

過了午夜一時，各版的大樣都先後送到谷冰與萱伯面前，他倆分別細閱。首先看版式及查看新聞的準頭，是否排倒了行。再依每段新聞看標題，數字數。有不合內容的還要換字，雷同的要改變花樣。務使整版既無錯字、別字，還要美觀醒目，使它既具新聞性，也要藝術化。

這是新聞與讀者見面最後一關，草率不得。然而這個時刻又躭誤不得。一刻值千金，只有在看大樣才顯示意義。精細、迅速、慧眼的功夫，在這一刹那間都用得上，這全套本事却自多年經驗中得來。一個報人熬上「看大樣」的職位，不知已流了多少血汗啊！

如果沒有突發新聞，清晨二時後，只有工廠開始忙碌，印刷開始發出隆隆之聲。這時，編輯部已人跡稀少，若干燈火已熄，鐵爐已不再加煤塊，顯得冷清多了。若有突發新聞，換頭條、拆版，加寫短評，還得忙碌一陣。

谷冰、萱伯二人喫了最後一口茶，擦了把臉，鎖上抽屜，整理一下桌子上的文具，看看丟在字紙簍裏的文稿紙片，悄悄的，走出編輯部。到了門外，望望天空的雲彩，晨星，閃爍着亮光。他倆默默的走回家去。編輯部燈火都熄，頓然變得黑暗。

租界內無晨鷄報曉，只有一片曙白。

二一、曹谷冰、王芸生、楊歷樵等

我在前文已把曹谷冰先生畧有介紹，但不夠詳盡，這裡再加補充。谷冰兄原籍上海，浦東高橋鎮出生。他父親曹成甫先生，於民國初年曾和季鸞先生在天津共同創辦民立報。不久，該報就停刊，但季鸞先生與成甫先生由此建立了極厚的友誼。谷冰兄於上海同濟大學畢業後，就去德國入柏林大學學經濟，於十四年歸國。十五年張、胡、吳三公接辦大公報，谷冰兄遂被季鸞先生推薦入報館工作。他雖然不是學新聞的，但因他學識淵博，英德文都好，且爲人正直無私；入館不久，就受到三位創辦人的重視與倚畀。所以大公報在天津創辦期間，曹谷冰與許萱伯兩位，實在是張、胡二公倚靠最早的助手。大公報也從他二位起，便創下了不成文的傳統，即在編輯部主編要聞版後，升任爲經理部的經理。在他們以前如王佩之完全由業務人員擢升爲經理，並非出身業務部。從他倆之後，無一不是先在編輯部負責，而後再在經理部負責。如李子寬、金誠夫、王文彬與費彝民等是。

這制度有什麽好處？第一，他必是位資深人員，洞曉一個報館「智囊」之所在，到了經理部處理業務，不致有與編輯部扞格不入之弊。第二，經理部對外是推廣業務，對內則服務同人，凡在編輯部待過的，對於熬夜而絞腦汁的同人會付予較多同情。第三，資深、經驗、社會關係爲從事業務的必要條件。年紀太了，熬夜不合適，改任業務可發揮所長。有以上三個原因，大公報在抗戰前後，在上海、漢口、香港、重慶及桂林都實行這一制度，以谷冰爲首創。

民國十九年，大公報派谷冰跟隨中東鐵路督辦莫德惠（柳忱）氏到蘇俄採訪新聞，爲時四個月。這也是谷冰自德留學回國後初次再出國。他雖然不懂俄文，但俄國高級社會能操德語及英文的還不算少，所以他成功的完成了這次採訪。

歸後作「蘇俄視察記」一書，起先是一篇篇地刊登在大公報上，由國聞週報轉載，然後輯印成書。

谷冰這本書包容至廣，對於蘇俄十月革命後的政治制度、政府機構、共產制度下的土地改革、人民生活，以至對外關係等等，都有詳盡紀述。他又曾赴列寧格勒、基輔等處考察，於礦工、農民、集體農場等設施皆有論列。「蘇俄視察記」算是中國新聞第一手資料的第一本著作。因此一經出版，就被讀者紛紛爭購，不到一年工夫，銷行三版。我在時已銷行六版了，約售四萬冊。

以文字而論，谷冰受季鸞先生的影響最多最深。不用典、不用晦澀奧僻的字句，以理勝、以誠勝；如行雲、如流水，而隱隱然埋藏着對人物的一種豐沛的感情。他寫的社評也是如此，有時與季鸞先生所寫分辨不出，可知薰陶之力。

民國二十二年秋冬之季，我在天津時，「六十年來中國與日本」一書，已出滿厚厚三巨冊，正在印行第四冊。「王芸生」的大名，已譽滿全國，凡是留心國事的人，無不爭先購讀這本書，以期瞭解日本侵華的過去及清末民初中國之肆應經過。芸生於二十年「九一八」瀋陽事變後，深感幾十年來，中國受日本的欺凌，至侵佔東北達於極致。但中國人健忘，對歷史之傷痛，往往因事過境遷而消失。謀國者又多忌諱，不知從歷史中獲取教訓，以爲釐定政策之方針。青年學子更昧於現狀，徒逞一時之勇，無補時艱。所以他奉張、胡二公之命，搜求自明治維新（一八六八）以來，中日兩國間關係之發展，縷述事實及經過，以期國人撫今憶昔，鑑往知來，爲日本侵華脚註；藉眼前之痛，溯過去之悲。全國上下，熟知歷史，庶幾乎發奮圖強，共抗頑敵。原來芸生也在編要聞版，張、胡二氏爲了使他集中精神經營這一專題「六十年來中國與日本」，才調編國聞週報，以免被新聞紛擾。

芸生爲搜集資料，常常去國立北平圖書館去參閱典籍。後來南京外交部也爲這件事，特別予以方便，准許他參閱舊檔案。所以有時爲了某一段史蹟，在北平解決不了，他須去南京求證。而若干日本問題專家與史學家，羣起協助，隨時提供了翔實的資料，因此他文章的內容，非常充實。

自二十年十月以來，他平均每週有一萬字的資料發表，然後再由「國聞」轉載。那時，我承他親自題名贈三巨冊書，如獲至寶。

（未完待續）

二十年前滇邊行

羅石補

弔今古戰場

——滇緬泰寮邊區行脚之三——

孤軍北上入三迤，威震南天號鐵騎，
邊塞人民迎義旅；中原父老望旌旗。
天驚地泣將軍令，谷應山鳴戰馬嘶；
遙念昆明同灑淚，何堪子夜聽猿啼！

（一）

我到反共抗俄大學去參觀時，恰好遇到那裡有一枝部隊誓師北上；他們是半年多以前從雲南麗江的哀牢山區來這裡受訓的，當時雖然離結業還有一段時期，但以緬境的反共軍要撤回臺灣，使他們不得不提前孤軍北上，打破鐵幕，仍回到雲南邊區。這枝部隊一向是以鐵軍馳名的，幾年來，他們在哀牢山縱橫幾百里的地區內，時常給共軍以無情的打擊。

這些反共英雄，眞可稱得上游擊隊的鼻祖，他們從民國卅一年起，便在滇緬邊區和日軍作游擊戰。大家總會記得我遠征軍第一次入緬抗日，他們便是從遠征軍退到哀牢山區的，當時因爲歸路隔斷，迫使他們不得不從死裡求生，發動邊胞組織抗日游擊隊。在二次大戰期間，這枝游擊隊曾經建下了不少的功績。最大的收穫，還是給邊胞灌輸了愛國的思想，使他們衷心內向。

抗戰勝利以後，部隊雖然解散，但大多數的官兵都在這裡成家立業，解甲而沒有還鄉。不久，雲南土共朱家璧、萬寶康各部又來擾亂滇西南部，哀牢山區自然是他們理想的根據地，平靜的山區，又充滿了赤色的恐怖！又迫使這批抗日的英雄，不得不重新披上征衣，組成了一枝反共自衛隊；這是民國卅八年的事。恰好這時被派到滇南剿共的廿六軍鄧紹華部，是他們遠征緬甸時的戰友，一方面使他們反共的行動不得不更加積極，另一方面他們的武器彈藥也得了鄧部的資助不少。

雲南陷共後，滇南方面不願投降的國軍部隊都紛紛投向了這一山區，頓使他們的聲勢壯大。李彌將軍反攻雲南時，他們便是左翼的先鋒，以後因爲形勢不利，一度隨大軍退入緬境，經過短期的整補，又揮軍北上，衝過共軍的封鎖線，依然回到原來的山區。

反共大學成立，哀牢山的游擊英雄們，深感反共抗俄的戰爭，不僅是武力和武力的對比，文化思想，更是戰爭勝利的重要因素。因此，他們選拔了一百多位青年幹部，再殺出鐵幕，來到緬境的後方，在他們的眼光中，鐵幕實在阻止不了他們的行動，問題只是大規模的反攻軍事，如何得到源源不斷的補給。

在反共大學受訓的一百八十三位哀牢山區的游擊英雄，是由李××將軍帶隊。這位李將軍的綽號叫做李元霸，其勇敢的程度便不難想見。尤其是他會說擺夷、裸黑、阿卡各族的語言，無怪乎他能率領這些多半不識國語的各族幹部來受訓。在每次聽課之後，他要用各種語言重加翻譯一遍。

李將軍告訴我：他帶來受訓的是一百八十三位，可是跟着他回去的有八百多人。因爲同學們知道不久要撤回臺灣，他們覺得旣不能在緬境立足，與其遠走臺灣，不如拚命殺回雲南，所以大家都願意隨他北上。

我和李將軍分別訪問北上的英雄們時，無意中發現一位在昆明曾經救我性命的譚上校。他本來是第八砲兵團長。當盧漢投共，我們一羣反共的人被關在牢獄裡引頸待戮時，第八軍將士不願降共，積極向昆明進攻，打開了牢獄救出我們的便是這位譚上校。故人邂逅，不知是喜是悲，伸手相握，相對無言，彼此都迸出了一眶熱淚！滿腔離緒，不知從何說起。

晚間，我們暢談別後，才知道他這些年來的經過，不僅是可歌可泣，而且有一段傳奇性的故事，其驚險之處，是武俠電影和小說上所找不到的。

原來他隨第八軍退到滇西後，蒙自一戰，他所率的砲兵大半星散，隨着他突圍出來數十人只帶了一點輕便武器。經過一個多月艱險的跋涉，算是在騰龍邊境的山區紮住了脚。接着失散了的國軍和不願作奴隸的地方部隊又接二連三的來歸，當地的青年也望風起義，到了四十年已奠下了很像樣的根基。不久，李彌將軍把這裡劃爲滇西軍區，派來了一位年輕有爲的許司令，更加强了這裡的反共聲勢。

這一山區緊接着緬北的克欽邦。緬境的克欽族人和雲南的山頭人是同族而異名，在他們之間，根本不知道有所謂中緬國界之分，甚至有弟兄叔侄分住滇緬兩地，或一個村寨跨在兩國之間。中共利用緬共羅相引誘克欽人，緬甸政府在無可如何時，自然希望這枝反共游擊隊强大起來，替他們隔斷中共豢養的羅相不能進入克欽邦。因此，他們在緬方的默認下，便以緬北爲補給的後方。

譚上校一向是出入緬北籌劃補給的。緬甸官吏不但不加干涉，而且暗中加以支助。不料四十一年年底，緬方的態度突然改變，他在梅廟警方逮捕反共華僑的行動中，也被關入監獄。不久，他又接到地下人員的秘密通知；說是許司令被緬方所刺，部隊遭到了緬方的封鎖，和克欽自衞隊的攻擊，已經化整爲零。有一部分反共華僑，被緬方送交滇共，在畹町用汽油燒死，眞是慘極人寰！

他知道情勢不妙，只有私自計劃如何越獄？可是緬方知道他的身分，已經加上了手銬脚鐐。雖然他有一身武藝，在這種情形之下也無法施展。天不絕人，在某一天晚上，他看到牢獄內新進來的一位犯人，是和他相識的當地警員。譚上校問起他犯罪的情由，那位警員說是由於他追捕一位竊犯，偶然開了兩槍，這是緬政府認爲犯罪的。原來這一區是緬甸的風景區，英人和各國駐緬使節多到這裡避暑，所以政府規定軍警不得隨便開槍，除非是對方先行開槍射擊。

言者無心，聽者有意，這一席話，給譚上校越獄計劃一個最新的啓示。他自問只要解除了鐐銬，只要守衞的警察不能開槍。他憑着一根竹竿便可跳出牆外，憑着兩隻鐵掌可以打出這裡僅有三、四十個警員的包圍。問題是如何打開鐐銬？

情急智生，他經過一夜的計劃，第二天決定假裝痢疾，因爲犯人解手時，必定要打開鐐銬的。白天由兩個鐘頭一次大解，到一個鐘頭一次，管理員已不勝其煩。晚上他一見到那位管理員剛要入睡時，便喊醒他要入廁，到了半夜，那位管理人實在支撐不住，索性打開鐐銬把他鎖在廁所裡，讓自己好睡上一覺。

譚上校知道時機到了！他聽到管理人的鼾聲，立即偷偷爬出廁屋的窗戶。再藉一根竹竿一躍過了牆頭，偷過了衞兵的視線，不料正慶幸重獲得自由時，遠遠看見前面來了巡邏隊。兩邊都無法躲避，他只得大模大樣一直前進，等到巡邏隊向他查問時，他立即出其不意地拳足交加，連打倒了四、五人。其餘的人看到情勢不妙，都不敢與他交手，立即響起警笛。三、四十個警員，一齊來對他圍攻。他把一條大毛巾打濕，憑着這僅有的武器，風馳電掣的左右飛舞，接近他的人手中的槍枝都紛紛落地，其餘的人都目瞪口呆，不敢近前。

乘此時機，他決定立即衝出包圍圈。不料步伐太快，被一塊大石絆倒！警員們便迅即上來壓在他的身上。因爲出其不意的一交跌倒，已經使他的勇氣受了一個打擊；再加七、八名警員站在他背上，用皮鞋來踐踏，用槍托在敲打，更使他一時無法立起。可是他當時腦筋尚十分清醒，而且他又是練過內功的人，在這情勢下，只得慢慢地用兩肘撐在地面，使上身空懸，不與地面相接，以免胸肺各部受傷。再運用內功，重振精神，乘警員們以爲他已氣絕時，出其不意，忽地爬起，站在他背上的人，都倒跌了一丈多遠，其餘的人也驚得手足失措。他早看準了左前方有一個作運動時用的高木架上豎着一根繩子，便以迅雷不及掩耳的行動，兩手緊握長繩，像打鞦韆似的一躍翻過左面的高牆。一鼓作氣地一直跑到郊外十里才躲到山中去休息。

第二天清晨，他料到警察局會向臘戍的路上去阻截他，便改道向景棟方面走。而他知道到騰龍邊區是暫時無望，到南撣邦李總部的後方去，總可以等候機緣。他這次北上的目的，依然是想從哀牢山區，去打聽他原部的消息。

徹夜長談，使我像讀一篇極驚險的武俠小說。再談到昆明的故舊，據譚上校在緬北所得到的消息，多半已成新鬼，眞令人悲憤塡膺！深山中子夜猿啼，如泣如訴，更使人想到今日昆明的悲慘氣象！遙念金馬碧鷄，西山滇池，何時得重臨舊地，爲已死的故人招魂？爲劫餘的黎庶重整田園？種種問題，橫梗在胸，一直無法入夢。第二天我送着北上第一梯隊出發，戰馬長嘶，號令森嚴，將士勇往直前，與共軍不共戴天的精神，隨處可以表現，頓使人相信返回大陸的時期不會太遠！

（二）

反共大學是建築在一個深山中，到處都是高聳雲霄的大樹，幾百棟房屋，都是全校員生自己動手建築起來的，這裡有容納一千人的大禮堂，有四壁圖畫，佈置建築都非常雅觀的中山堂。我初時看到屋頂上蓋着的不知道是什麽瓦？等到詳細的研詰，才知道是山中一種特產的樹葉。這種樹葉比普通煙葉還要大，靱性很強，雖經長期的日晒雨淋，也不會破碎。他們把竹絲將這葉子編起來用以蓋屋，實在是合用而美觀。只是有一種缺點；因爲這裡的樹木太高，上面落下來的果實，可以直穿屋頂打破你的頭。

我到這裡時，恰値他們已經停了課，大家都在整裝待發，準備撤回臺灣。這裡的將士們原來都是拒絕撤離的，他們曾經向聯合國建議；與其資助他們撤回正待反攻大陸的臺灣；不如援助他們直接打回大陸。假如聯合國不能援助，只要制止緬軍對他們的攻擊行動，他們還是可打回滇邊的。

可是緬方的軍事行動一直不停，聯合國援助他們打回雲南也無望。這樣僵持了將近半年，一直到總統派出特使邵毓麟博士到邊區去宣達意旨，他們才決然接受撤離。

學校員生的物質享受很苦，他們每餐只有兩碗糯米飯。因爲夷人都喫糯米，漢人不但喫不慣而且不敢喫飽，多喫便會生病，整天在半饑不飽的生活中已經覺得很痛苦，而且副食費只有兩元老盾，約合新臺幣十餘元。所以他們要靠自己種菜、養豬，還有個辦法便是出獵。好在這深山大澤中有的是虎豹熊羆獐鹿，只要費幾個子彈，便可得到鮮美的野味。

我在那時，他們爲了歡迎我這遠來的客人，曾經出獵數次，有一次獵獲一隻野牛，學生們無法拖回，只得回來招集許多人去就地解剖，結果取回來的牛肉共有兩千多斤，全校的員生喫了幾天。又一次打到了一隻大熊，他們用熊掌來饗客，我算是平生第一次喫到了新鮮熊掌；這味道比較猪脚的味要濃重，入口更鮮。據主人說：作熊掌要靠炙的功夫，必須先將泥厚厚地糊上，然後放在炭火上烤，這就叫做炙，一直烤到熊掌的皮毛脫落，使裡面的腥氣都出到泥裡面？這才能放在鷄鴨湯裡面煑，無怪乎喫來特別鮮美。

在反共學校住了幾天，前方的情形又發生變化，本來他們決定了撤離，部隊自然要集中待命。不料緬軍又渡江進攻，牽制了他們集中的行動，而緬軍的攻擊一天天的加緊，這又迫使他們不得不重作全面自衞的部署，杜先生受命去部署江防，我也樂得同去一新耳目。

我們一行六人，冒雨出發，經過兩天一晚，已到達了薩爾溫江江濱的沙拉。我們在途中遇到兩次緬機轟炸，那是一種英製噴氣式機，上面裝有機關砲，還帶着小型的殺傷彈。不知道是由於地上高射的火網太密，還是緬空軍的技術太差，投彈的偏差實在太大了。當我們在離戰場還有十多華里時，發現早上兩架緬機在這裡投了兩顆殺傷彈，一顆投在空地上，炸死兩隻牛，另一顆投在夷民家裡，炸死了一位孕婦，另一個十多歲的女孩損失了一隻腿，房屋也完全倒塌。這位刼後餘生的家主，正在悲慘地辦理善後，我們都寄以無限的同情！杜先生並送他一點錢，贏得他行了一個跪拜的大禮。

據說緬政府為了這一次對反共軍作戰，用去了原預算三年的國防經費，爲了向聯合國控訴，早就派出大批的外交人員到各國去活動，花去了十年的外交經費。這種化友爲敵，自撤藩籬的舉動已經是愚蠢得可悲；而今反共軍已決定撤出緬境，緬軍又加緊進攻，牽制着他們撤離行動，使緬甸人民無辜遭受轟炸，這實在令人不解？

我們抵達沙拉時，前方正是砲火連天，據擔任這一地區江防的陳大隊長說：三日以前，緬軍曾由打龍渡過江，當時反共軍大部已經出發，多半在準備集中待撤的途中，僅留在江岸的一點小部隊，完全在緬軍包圍中，因此迫使他們不得不中途折回來援救被圍的部隊。

緬軍經過這一反擊，因爲損失慘重，只得渡回江西，但這幾日來，又增兵進犯，企圖渡過薩江。究竟緬軍是何居心？據陳大隊長的分析：由于緬政府受緬共隱蔽分子的操縱，他之所以向聯合國控告，其目的並不在反共軍撤出緬境，而是希望借此影響國府在聯合國的席位。如今反共軍要眞正撤離，在共黨看起來，緬軍失去了敵對的對象，將轉移目標來剿緬共，所以這次的渡江攻擊，其目的是牽制反共軍不令撤退，留着他們和緬軍兵連禍結，讓緬共武裝從容坐大。而且緬政府等待下屆聯合國大會時，又可控訴中華民國。

經他這一分析，我才恍悟到緬方出爾反爾自相矛盾的原因，也令人更爲東南亞的前途擔憂。

沙拉在四十二年春間曾經過一次會戰，在二次大戰時我遠征軍和日軍也在這裡作過一次激烈的爭奪戰爭，這裡是今戰場，也是古戰場。以我親身參加過遠征戰役的人，重臨舊地，在炮火連天之下，對戰骨壘壘的荒塚，其感慨之情，眞不可以言語形容。

我想這些爲保衞緬甸而葬身異域的遠征將士們，决不會想到他們曾經用生命爭得到獨立後的緬甸，看到我們家破人亡，不但不加以同情的援手，反而甘爲共黨侵畧者的工具，對我們以怨報德。魂兮有知，亦當悲憤塡膺，護我反共健兒安全撤退！

緬軍的裝備很好；可是因爲獨立不久，指揮官缺少戰場經驗，而士兵也承襲了英國的精神，把棄槍投降看成家常便飯，所以反共軍方面俘虜的緬軍很多，但都是立即釋回，只開導他們認淸敵友，說明反共軍的目的在反攻雲南，並可使緬甸不會遭到共黨的侵畧。有些緬軍俘虜不願回去，理由是怕再和反共軍作戰。我曾經訪問過志願留下來的戰俘，他們說：緬軍都是招來的，每人每月有一百到一百五十元的緬幣（約合港幣一百五十元），另外家屬還有津貼。這次和反共軍作戰的，多半是克欽兵，所以他們都會說雲南話。

這些緬兵都是住在雲南鄰近的克欽人，因爲緬共羅相在那些邊區擾亂，迫使他們逃入緬北，爲生活而參軍，這一族的緬人比較勇敢耐勞，是緬政府招兵的對象，而且又最長于山地戰，所以緬政府用他們來打反共軍。只是他們深恨共黨侵害了他的田園家室，要用他們來和同仇敵愾的反共軍作戰，無怪乎他們望風歸降而不願釋囘！

夜晚，槍砲聲完全停止了，一切恢復了夜的靜寂，只聽到四壁蟲鳴猿啼虎嘯！我懷疑前線的緬軍已經撤退，但將士們告訴我緬軍是向來不打夜戰的，除非我們對他夜襲。更有趣的，是他們告訴我們許多關于緬軍的故事：

趙上尉說：他是卅九年最先被迫退入緬境的，當時他們有兩百多人到達了緬境的景棟區，那邊的緬軍立即對他採取包圍行動，迫使他們不得不採取自衛的部署。不料正當他們嚴陣以待時，緬軍送來一紙戰書，勸他們迅速退入滇邊，並希望於第二天十二時以前撤退完畢，否則十二時二十分他們便開始攻擊。一紙書來，使大家發生了種種懷疑揣測，廿世紀的戰爭，那裡還會有先下戰書約定時間作戰的怪事？緬軍這一行動，又是出的什麽花樣？

大家在懷疑中加強戒備，以等事態的變化，可是一夜之間，緬軍沒有任何動作，翌日上午，依然沒有聽到對方的槍聲，當大家正在猜想緬軍大約是想用威嚇手段來迫使我軍撤退時，突然槍砲聲四起，緬軍已採取攻擊行動，看看時鐘正指在十二點廿分。

這一次的戰爭，整整經過了四十多天，他們最初只是防衛，可是以後彈藥將盡，不得不準備採取攻擊，把對方的主力打垮，當地的華僑每天晚上越過敵軍的包圍線送給養，他們向我軍獻策，主張我軍來一次夜襲！必定會使緬軍聞風喪膽。一位緬甸部隊當過兵的華僑說：緬軍的官兵，無論在前線後方，甚至在戰場都帶着家眷，沒有家眷的，也就地征了婦女陪睡，所以夜間是決不作戰的。緬甸部隊不是集體開伙，到喫飯的時間，各人自己去想各人的辦法，所以喫飯時也是不打仗的。如果對他來一次夜襲，不但可以使他們束手就縛，而且可以得到不少的武器彈藥。夜襲的計劃被採用，在一個月黑風高的夜晚，悄悄地突進緬軍的營地，乘着他們正摟抱着軟玉溫香，作着綺麗的春夢時，一聲喊殺，人頭滾滾，血濺羅衫，反共軍因爲沒有彈藥，完全使用刺刀，而睡眼朦朧的緬軍，看到這批殺神，來不及逃命的便都俯首投降。這一場血戰，使緬軍從此看到反共軍便亡魂喪膽。

從卅九年到四十一年底，反共軍已在滇邊建了很多基地，只借緬境爲訓練的後方，以及作戰時出入的臨時假道，這是爲緬甸駐軍當局所默認的。只是要通過公路時，必定要先通知一聲，並且規定在夜晚。這種君子協定，一直遵守到四十二年的春天，由于緬軍採取大規模的攻擊方才破壞。

據反共軍的將士們一致公認：這些年來，緬軍作戰能力已大有進步。而今不但不先下戰書，並且會打埋伏。在春間的沙拉戰役中，他們發現緬軍有許多改進，首先是在陣地不許帶眷屬，只是就地強拉女人陪睡和強征牛馬猪羊的事件仍是相沿不改，給養也是公家統籌，並且每頓都分發罐頭，連香烟水菓都配發。

指揮官也不像從前的冒失，陸空配合，步砲協同，完全是穩紮穩打。不過還有許多可笑的事件，譬如自己的飛機打毀了自己的飛機—在俯衝投彈時兩機相撞。這些都是奇聞。有一次他們在陣地上拾到了緬機投下來的紙片。原以爲是什麽傳單標語，誰知都是緬軍將士的家書，多半是希望她的親人快點囘去。並責備收信人不帶她同行，且事先沒有說明，只偷偷地離開了家。

更妙的是有一封信，責備她新婚的丈夫不該遠行，說明她深閨的寂寞，要求丈夫快點囘去，不應該深入螞蝗虎豹喫人的山區，假如他一月不囘，她立即另找愛人，這種兒女私情，本來是人所難免，奇怪的是緬政府用飛機把這些書信送到前線，根本沒有考慮到所收的効果？因此，反共軍特別設法把這些信送到緬軍陣地，以瓦解他的軍心。

杜先生經過了三天的部署，要把打龍渡的敵軍橋頭堡摧毀，擊潰敵軍的主力，以便用很少的部隊可以擔任防江，其餘的部隊好安然集中等待撤囘臺灣。一次拂曉攻擊，緬軍顯然是在睡夢中驚魂未定，反共將士的攻擊精神，眞是驚天動地，一波一波的衝鋒，後面的部隊踏着前人的血跡，奪下敵人的武器彈藥一往直前，每一個幹部都是身先士卒，無怪乎傷亡的都是幹部居多。

緬軍死守住江岸的堡壘，那是鋼骨水泥的工事，顯然的，用血肉和輕武器進攻，那是白白犧牲。突然間砲聲連響，谷應山鳴，這些聲音比較緬軍所發的砲聲要響亮得多，我斷定這是反共軍在開始發射重砲。彈無虛發，像雨點一般地打在敵陣，打在緬軍死守的工事上摧毀了最後的堡壘，更打垮了緬軍的戰鬪意志。

反共英雄像潮水一樣地湧過去，喊殺連天，擴大器更用緬語英語挪威話國語廣播着叫緬軍投降，一戰定江防，緬軍渡江的企圖完全被粉碎了。在短期之內，他們沒有渡江出擊的力量，也不敢有這種意志。當這一戰結束時，將士們都有這種自信。

但是我有點不解，這裡的反共軍本沒有砲，這次摧毀緬軍堡壘的大砲不知從何而來？當我向他們詢問時，杜先生幽默地說：這大砲是我們襲取草船借箭的故智，向緬軍借來的。經過是這樣：早幾天反共軍方面因沒有重砲，無法摧毀緬軍堡壘而感到無限苦惱，並且經過一次夜襲想偸過火網去把堡壘佔領，結果整整犧牲了一排，這更迫使他們只有設法如何取得敵人的大砲？用偸營的方法想把敵陣的大砲奪回，可是幾次都沒有達到目的。

前兩天，當地頭人前來報告：緬軍又新增援來了一部分砲兵，有重砲四門，要他派人帶路。陳大隊長計上心來，私自和頭人計劃，要他悄悄告訴帶路的人，乘着我軍黑夜進攻時，緬軍砲兵要他帶路時，他即乘機轉入我軍陣地！並約定暗號和會晤地點。

這一計劃果然實現了！因爲緬軍根本摸不淸這裡的道路地形，尤其是黑夜裡聽到四圍槍聲震耳，完全聽着帶路人的擺佈，等到完全進入我軍預先佈置好的天羅地網後，一聲吶喊，他們立即投降，繳出四門重砲和彈藥。等到戰事結果時，我親眼看到釋放這些砲手時，他們臨別還交代一番這些砲的用法和性能，似乎恐怕反共軍不會使用。

血戰常德三十年（三）

資料室

五、複廓家屋據點碉堡戰

十二月一日拂曉，敵機二十餘架導敵四面向中央銀行師司令部進撲。勢比以前更洶，在前昨兩日敵寇的戰法，是燒一節路，攻一節路，但燒到今日的拂曉，他們看到並不能把五十七師降服，乃又改變它的戰鬥方式，把所有的平射炮，掃數移到了東西北三條進攻的主要正面上，向着對面的碉堡連續猛射，我守軍以敵烈火猛烈，乃儘量的利用街兩旁的短牆，向左右散開，敵來即出和它肉搏，敵寇甚怕，因它在常德的內外圍連續十餘日的戰鬥，感到肉搏是它最大的威脅，於是他們想盡可能的避免，敵寇知道我守軍向街的兩旁散開，就在陣線前面由北到南畫一條橫線，排上二十餘門的迫擊炮，對着面前的民房，一幢一幢的轟擊，守兵悉死於它的炮火下，皇經台，關廟後街，春申墓，中山東路，十字街口，下南門，沙石彈片齊飛，烟燄始終不斷，一六九團團長柴意新，一七零團團長孫進賢，均在這條炮火線上，親自拿槍率領所部向敵反擊，前後六次，孫團長且負傷，戰到黃昏，北側圖書館的敵寇一股向鷄鵝巷，上春申墓我一個小碉堡進撲，敵炮毒氣狂恣轟放，守兵俱死，春申墓毀了，北側關廟後街，南側中山東路的陣線，都因而受到了威脅，這時候掩護中山東路十字街口左翼的守兵，全部中毒，工事被佔，我一六九團第一營第三連胡連長德秀，率中毒較輕的兵士三名，大胆的走上街口，以手榴彈面對一羣敵寇猛擲，敵寇不知這裡的虛實，人馬顚墜，抱頭急遁，至北門側關帝廟那邊，自敵佔了春申墓後，即以一股二百餘竄犯，這廟牆的我守軍，作了個小城，三面架槍迎敵，輸送連士兵一班，在此協助作戰，敵寇不易窺知我守軍這裡的虛實，不敢迫近肉搏，僅以迫擊炮，向廟後亂轟，又下南門附近的碉堡也被敵炮轟燬，守兵全部犧牲，至大小西門方面的敵寇，它固知道中央銀行的五十七師司令部去小西門不遠，師部在此可望而不可即，於是實行火攻，興街口的北面和西端火燄，把這核心的一個地方重重抱住，守兵冒火架起臨時的工事，將敵寇的來路擋住，小西門文昌廟的敵寇既南衝不得，就西竄白果樹，再由白菓樹南竄三雅亭，迂迴到師司令部的後路，這時常德城東南北三面，都是敵人炮擊，火燒，陣地俱燬，只有興街口經中山西路，和大西門這一片的城區，還完全歸我守軍掌握之中，大西門的城防，由一七一團雜兵把守，幸未被它衝破，然敵既到三雅亭，則立刻可以截斷師司令部到大西門的聯絡，守軍核心的地方，就更要縮小了，大家都已感到最後的五分鐘，形勢極端嚴重，這時候孫代長官來電說：『已飭第七十九軍即抽一師兵力限世申到達常德附近，我六十三師於世亥佔領桃源，第五十一師之加強團已進至長嶺崗，第十軍正攻擊常德東南側』軍部並電飭余師長速派員連絡，余師長以迄未聞第七十九軍的槍炮聲，且從前派了許多次官兵前往聯絡，都沒消息，乃令代副師長陳嘘雲即率參謀一人，諜報人員六人，乘夜鑽隙前往長嶺崗，和五十一師一五一團連絡，而我最高統帥，日理萬機，猶極懸念常德戰局的進展，孫代長官轉來告電說：『奉　委座面諭：此次守衛常德，與蘇聯史大林格勒之保衛價值相等，實爲國家民族之光榮，各關係援軍即到，務必苦撐到勝利爲盼』，薛長官來電說：『已令周師先佔德山部隊立派一團速到常德城西南岸，支援貴師，及入城協助』，下午二時，敵機又盲目的狂炸，我地面的防空部隊，將它擊落一架，士卒狂喜，這時候，薛長官又來電說：『周慶祥復電，陷（卅日）申已確佔常德，遵令與友軍連絡，已令即派敢死隊一千人，或一團速到常德西南支援友軍，並入城助戰，先覺立率朱孫兩師擊破石門橋，放羊坪附近之敵，進至蘇家渡，二里崗作戰』。同時接到第十軍方軍長先覺的來電說：第三師已於陷（卅）日攻佔德山附近，及其以南的地區，盼連絡，余師長得到援軍的消息，立即傳令各部將士堅守，並派便衣偸渡南岸前往德山，向友軍連絡，下午四時，敵寇更增加平射炮推進到各巷口，將我守軍殘破碉堡工事節節推殘，敵步騎兵繼以猛撲，下南門，警察局，關廟後街北端，法院正街，小西門內的碉堡和人槍均同歸於盡，敵遂乘機將下南門佔領，分數路向興街口中央銀行師司令部猛撲，我守軍憑僅有的殘破碉堡工事和家屋據點，和敵掙扎，搏鬥，十時，我守軍便探引來第三師諜報員，他是由常德南岸偸渡入城的，面呈第三師周慶祥師長十二月一日上午九時由德山寫給余師長的信，原函如下：

余副軍長石堅兄鑒：本師於十一月三十日晨到達德山以南地區，開始向德山攻擊，經一晝夜之激戰，於同日午後五時三十分確實佔領德山，並控制其東南之線，惟以遠道馳援，常德敵我情況，諸多不明，故特着本部諜報員龔志雄黃茂林兩員，前來聯絡，請將一般情況詳爲示知爲感，即頌

勛祺

弟周慶祥鞠躬十二月一日

另附有名片是周慶祥師長見着守軍諜報員補充的答覆。背面寫着，來函及名片所示均悉，本部已派第七團於本日下午五時，由德山向常德西南挺進，並即入城協助，除該團爾後請兄直接指揮外，但該團到達後渡河事宜，請兄妥爲準備並協助爲感，此致

余副軍長石堅兄

弟名正爾

余師長得悉右函後，問明諜報員龔志雄，據說：黃茂林半路被流彈擊傷，沒有渡河。余師長隨即函復，並令周指揮官義重率參謀副官等人員，隨第三師的諜報員乘夜偸渡南岸，鑽隙前往德山，與第三路連絡，這時候，余師長向周指揮官表示：只圖這一仗光榮的結束，他並不要功，他此時此地而有此表示，是相當要緊的，由此我們亦可以看到余師長的謙虛，和狂寇所謂爲師長余程萬一人之名譽而爲無益抗戰的荒謬，周指揮官去後，他又把數路友軍已達常德外圍的情形，通令各部要大家格外努力的爭取時間，這時候代參謀長皮宣猷，參謀主任龍出雲，都在外督戰去了，余師長即復方軍長先覺電，大意說：（一）周師攻佔德山，已取連絡，懇立飭以一團於本晚星夜在常德南站渡口入城，共策勝利，其餘部隊，分由德山芮家河，夾街市附近渡江以收夾擊之功效。（二）常德正面之敵，傷亡甚重，本師已準備船隻，南岸民衆藏船尚多，可儘量徵用』。

周指揮官義重晚十二時到達德山的第三師司令部，將常德敵我戰況及迎接周師入城的意旨，面報周慶祥師長，周師長當令第七團即向常德鑽進，詎到達南站約七華里處和敵遭遇，無法前進，第七團撤返茅灣，這時候，敵寇以爲我援軍到了，乃於城內和城外加緊猛攻，澈夜放毒，我守軍陷於苦戰，時間在炮火裡面緩緩的消耗，二日拂曉，敵寇陸續增加，愈迫愈烈，是日起，因爲敵酋已違背它天皇的佔領常德期限的命令，它的惶悚，我們當可

想像，而它的抵死決鬥，也在我們意料之中，故我守軍戒愼恐懼，不稍懈忽，敵寇炮擊，空炸，毒攻，殘酷不減往昔，且變本加厲，最迫近師部的陣線，是興街北頭，駐守覆廊裡面的官兵，都被烟火熏死，敵寇在廢墟上繼續推進，此時距離師部的門口，僅八十公尺，迫擊炮營營長孔溢虞，率領一六九團第三營的殘部和所有的官佐兵伕，不及五十個人，駐守那裡，他知道敵人離師部太近了，不能讓敵人再多進一公尺，在覆廊裡逐節守着的士卒，他們也知道此爲生與死的分界，於是人就像生鐵鑄下似的，不稍妄動，敵寇要由興街口直接攻來，覆廊裡的守兵，就用槍和手榴彈在兩面打他，敵寇在正面推進不動，它在小西門的部隊，就分兩面伸開，一面向大西門伸展，一面向北面伸展，企圖和原來兩處的敵寇混合，北門和文廟相接的防地，由一六九團第一營駐守，楊營長維鈞，一面須擋住正北敵人的火燒，炮轟，一面又防止小西門敵人的抄襲，處境是十分艱苦的，聞說援軍來了，他又要殺開一條血路，想把援軍引進，於是親率十餘名的士兵，實施反襲，雖奪得敵人機槍子彈而歸，然楊營長和它十餘名的士兵，也全部犧牲了，至大西門方面的敵寇，仍施它的慣技，照例的炮轟，炮火瀰天，計它城外的大炮四十餘門，炮轟之後，敵機又到狂炸，我守兵大部戰死，敵寇旋撒放毒氣，等待毒氣稀薄了，敵兵二三百即携擲彈筒擁到，一七一團盧團長孔文，率部白刃衝鋒，敵斃於我手榴彈下的甚衆，敵寇知難敗退，而我盧團長亦隨而中彈陣亡，此時友軍第三師仍無入城的消息，計自攻防戰連續至今，我守軍作戰，晝夜從未間歇，而援軍始終未至，殊令人焦灼不置，保護興街口的一六九團第三營殘部，由南到北，不但把師司令部面前一端街道把握住，師部附近房屋均被炮燬，殊無據點可守，敵寇以師部火燒不過，乃由文昌廟斜着向東南和箭道巷南下和舊營署而來的兩股敵人會合，猛攻中央銀行的後牆，最近的只隔三十公尺，遠的也是六七十公尺，因爲相隔是這樣的近，中央銀行又是目標顯然的，敵寇乃集中它所有的擲彈筒猛擊，師部的後面盡是一片的爆炸聲，西北面的火，雖隔着火巷，可是濃密的烟燄，却衝着師部的大門，這時候，敵機羣又來轟炸了，大家心裡都存着隨時可以了的念頭，敵寇眞無辦法撼動五十七師了，於是又撒發白報鉛印的方號傳單，原文如下：

告五十七師將兵

一，第十軍在黃土店以北全部消滅，軍長方先覺及其師長陣亡。

二，援救汝等各路渝軍，完全絕望，五十七師將兵殲滅在即。

三，無論渝軍或五十七師將兵，活捉余程萬賞五十萬元。

四，殺余程萬將首級送來投降賞三十萬元。

大日本軍司令官

我們看到上面的傳單，可說是它的『色厲內荏』。俗語說：『狗急跳牆』，敵人急了，才出此下策，抗戰八年，以一個師固守一座城，彈盡糧絕，房屋燒光，戰到十六晝夜，並不多見，飛機大炮，毒氣，大火，既搖不動五十七師的心，難怪狂寇之徬徨無計，如此這麽的一張傳單，决是不會發生作用的，兵法上說：『攻心爲上，攻城次之』那就是說：要在未攻城之先，就去攻心，攻城不下，那就是攻心不下，世上的那一個脆弱的士心能可以堅守城池的，常德攻不下，那就是說五十七師的心，不是飛機大炮毒氣大火所能搖動的，五十萬元，三十萬元難道比那些東西還厲害嗎？這正是敵酋告訴我們，它快要崩潰了，我虎賁的官兵，知道只能堅忍到最後五分鐘，也就能成功了，因此益加賣力，常德除了興街口的中央銀行師司令部外，還有上南門裡的天后宮，雙忠街的老四海萬壽宮東端的華晶玻璃廠，和亞州旅館，一共五座房子，經敵寇炸燒轟之後，已是十六日晝夜了，屹然存在，下午四時，大西門的守軍炮兵團金團長定洲，率第三營何營長曾佩和餘衆三十餘人向中山西路北側楊家牌坊的敵寇作一個猛烈的逆襲，先是由觀音庵分着前後兩路，這時候，敵寇由小西門分來一股，敵人竄致觀音庵的北面，原想穿過倒襲大西門，迫擊炮一連串的發着開路，金團長何營長由廟的前門衝出，抄襲敵寇的右翼，這羣兵士，個個要作英雄好漢，逢牆推牆，逢磚堆跳磚堆，擁到敵的前面，幾乎到了面對面的時候，才把手榴彈發放，敵寇沒有提防這種夾擊，自相踐踏，傷於我手榴彈下無算，而我金團長亦負傷，『何營長和三十餘的兵卒全部犧牲，敵寇經此打擊，攻勢頓挫，大西門後路的威脅，暫算解除了，先是在余師長判斷的，在三十日後，敵非把全城燒光不止，所以就在我守軍還能完全控制的所在，包括中央銀行在內，選擇五所高大堅固的房屋，作爲巷戰的據點，把據點以外的民房，各拆到五公尺和二十公尺的寬，讓任何大火燒不過，據點四週，各用石頭沙包堆起防禦工事，除了中央銀行之外，每個據點留一班人控制，目的在爭取守城的時間，等候援軍入城，計是日全師的官兵只有三百餘人，輕機槍七挺，步槍三十餘枝，而且子彈也將要完了，兵力是這樣的少，任何一條防線都沒有火力把敵人擋住的把握，這時候，敵寇分股亂竄，東門的敵寇，已竄和北門的敵寇合流，對師部後牆的一帶民房，一面燒，一面迫近，中山東路的敵寇，則用迫擊炮平射炮，對了街上的碉堡，複廊作梯形的射擊，柴意新團長，親在上南門附近一個碉堡駐守，才把敵寇攔住，但由北來的敵寇，已抄到這碉堡的後面，這後面另一碉堡是在興街口南端，由特務連據守，控制前面那個碉堡的一截馬路，掩護上南門碉堡的後路，但這形勢已十分嚴重了，只有大西門，還由杜鼎團長固守，因之由大西門到上南門的那段南牆，和這段南牆平行的中山西路，還在我守軍手上，由師部向南取得對岸友軍的聯絡，就靠這一段路了，敵人既知我們援軍已經突進常德的城外，它若不把城內守軍的陣地佔領，它就有腹背受敵之虞，因之它在二日的下午，把戰鬥的方法用兩種的手腕並行，一面把步騎兵分股竄擾，和守軍佔據一座破屋，一堵殘牆的散兵，各處包圍接觸，一面調集所有的大炮，對着守軍還佔據的五座完整房屋，集中轟射，中央銀行的師司令部，前後中彈五十餘枚，炮擊過後，文昌廟的敵寇上面放毒，一面放槍，一面喊殺，讓我守軍不能安心防毒，而圖一逞，孔溢虞營長所率的一六九團第三營殘兵和師直屬部隊的雜兵，戰了兩日兩夜，在機炮燒夷毒氣下，忍死防守，不肯變更位置，守兵一層一層的和陣地同亡，槍彈幾乎是沒有了，防線太長，人員太少，不能不再縮短防線，只把守到師部大門外五十公尺的地方，柴團長於上南門碉堡轟燬之後，也退到雙忠街指揮，那已是師司令部南面三十公尺之內了，戰至下午七時，守軍的兵力越戰越少，而且少得不成比例了，敵寇依然用波狀密集部隊向師部週圍湧進，短兵相接，雙方死傷均重，旋大批敵騎擁到我退守師部圍牆裡面，利用了圍牆的沙包石條工事，同步槍對敵寇射擊，這時候，師部對外的通訊連絡中斷了，余師長以下有四十人，都想着敵寇若是再衝了進來，大家就拚個同歸於盡，其後果然發現敵寇一股約二百餘人，已擺佈在興街口正面的街上，劍拔弩張，躍躍欲動，我一七零團團長孫進賢思有制之，即率官兵二十餘人，由雙忠街工事衝出，由興街口兩旁的民房鑽隙，走前師部的附近，將所有的步槍求敵側背猛擊，孔營長聽到南面自己的槍聲，認爲是裡外夾擊的機會，乃率在師部圍牆裡的官兵，爬出衝鋒，此時孫進賢部已由房裡跳出，和敵人混合在一條十餘尺寬的街上猛烈砍殺，兩軍戰線犬牙相錯，余師長以敵狡黠，恐爲所乘，乃飛躍出來，親守着門口那一挺關係師部存亡的機槍，監視兩軍的肉搏，敵寇不支後退，北走四五十公尺，師部大門雖解了圍，但我守兵又有二十餘人在師部門前殉職了。

敵寇是知道我守軍糧竭彈又缺，兵寡而力薄的，乃由四出流竄，但我守城主將左右盪決，殊未少屈，然敵四面環合，攻勢益急，在此敵勢洶洶的時候，即令孫團長守住師部的大門，他說天色黑了，我們可以發揮我們巷戰的特長，一般軍心是畏懼巷戰，但守軍是不畏懼的，余師長說：『以少數的兵力，憑藉熟識的地形，實我防禦戰中最有利的條件』，八時，五十一師鑽隙支隊之敢死便衣隊數名，和守軍的的聯絡兵一名，由沅江南岸渡河鑽進了師部，他們的報告，五十一師的挺進部隊，仍在戴公坡，會岩，長嶺崗附近，（按長嶺崗距離常德城約百餘里）彼等在沅江南岸時聽到德山有些稀疏的槍聲，越聞越遠，以此判斷，恐怕南岸友軍今晚上不能進城，除非常德派兵協助，余師長得了這個報告，心裡很不痛快，但表面却還鎮定，接着杜團長報告，一股敵寇由余家牌坊衝去，截斷了中山西路，在西門作戰的官兵，全部陣亡，一七一團的殘部現僅保守上老鴉池到雙忠街一段的陣地，傷兵太多，能戰鬥的只有雜兵七十人，武器不全，彈藥缺乏，余師長令他盡量支持，等候命令，這時候，形勢更是危急了，物論紛擾，但余師長雍容如初，因爲他有制敵之本，絕不爲此百變的情景所動搖，後來余師長爲要達成守城任務，乃由核心轉移到外圍該師陣地內繼續作戰。

六、內外線作戰

十二月三日上午二時許，余師長令一七零團團長孫進賢將防守南牆的兵士渡河，在魯家河集中，向德山一帶，策應迎接友軍，又令第一七一團團長杜鼎率領一七一團炮兵團師直屬部隊，由南牆渡過沅江，再由那邊繞到河洑附近，過了江上，迎接友軍，務和孫團在南岸取得聯絡，互相策應，這時候，敵寇槍聲稍停，但徵諸以往的經驗，這是暴風雨前的必然現象，片刻的沉寂正，是敵寇在覓取一個更毒狠的攻擊機會，其後據南岸的電話報告說：『過江的部隊在三里外和敵人遭遇，發生激戰，負責指揮的孫團長負傷，乞另派一位官長過河指揮』，余師長令一六九團柴團長意新前往，但柴團長說他率領的官兵守在街南口移動不得，又說，他守城比過河有把握，能支持幾時就撐到幾時，況且過河的官兵各團和直屬部隊居多，不是他帶的隊伍，所以沒有把握，他又說到：若是遇着友軍他們也決不會聽到他一個團長的命令，余師長以他說的，自有道理，但是過河的部隊，沒人指揮，不但不能達成任務，反有全部犧牲之虞，正在思量間，柴團長續繼的說，那是沒有問題的，師長去指揮就解決了，南岸也是我們的陣地，師長又不是離開陣地，河這岸，河那岸，是沒有什麽分別，而且附城的周師一團，根本是歸師長指揮的，師長去指揮了，可以指揮他們，過河的電話線也架好了，師長指揮城內，也沒有問題。至是，余師長審度敵我的形勢，以自己的指揮位置，並無固定在城區，爲達保常德的任務，即有一線希望，亦不能放棄，乃決定以一六九團的殘部附一七一團的一部由柴團長統一指揮，留置城內，牽制頑敵，他率師司令部的殘部人員，且戰且過河去指揮，是晚，狂風怒吼，黑雲密佈，天空星月俱無，伸手不見五指，他到了江邊，那裡有破殘的木划一隻，但苦無划槳的工具，他一行登船，幸得風力將船吹去，一似天意的幫助這位保衛常德的主將者。

余師長一行到南岸後，即迂迴江邊，在公路沅江之間，鑽隙南進，到達魯家河，這時兩團的人數，計二百四十員名，官長多於士兵，官兵之間，沒有武裝的，還佔三分之一，余師長即令孫杜兩人所率領的官兵，各編成一連，團長執行連長的任務，營長執行排長的任務，營長以下的官長，執行班長的任務，其餘全是戰鬥列兵，編整完畢後，他作簡單的講話說：『我現在要告訴大家當面的敵情，北面蔡碼頭，南面斗姆鎮，都有敵人，西邊毛家渡也有敵人，我們的友軍，係由西南角前來，以情況判斷，該是被毛家渡一帶敵人所隔斷，七家渡離城約五里，再說：我的任務，是迎接友軍，應當穿過這西邊的傅家，鑽着空隙，先佔領毛家渡，因爲我們的友軍，若要北上常德，一定要佔領毛家渡南邊的毛灣，那裡是個重要據點，同樣的敵人要攔阻，我們的友軍前進，也要佔領毛灣，爲友軍打開大門，就必須佔領毛家渡，我看大家戰鬥情緒還很旺盛，不過四週全是敵寇，我們要提高警覺性，最後，我還要告訴大家，我們担任保衛常德是很光榮的，這光榮是領袖賜給我們，我們要報答國家，報答最高統帥，不要讓這光榮有一點汚漬，我們爲要達到守城的任務，乃由核心轉移到外圍本師陣地，繼續作戰，而且城內還有我們的部隊，我們立刻要打回去。』

他說話完畢，立率領所部向李家湖前進，將到目的地的南面一道長堤上，發現大股敵人，把這裡前進的路線攔住，於是大家，立刻在堤上臥倒，等敵迫近，二百餘員名的官兵一齊跳起向敵猛撲，余師長在這極短距離的遭遇狀況下，也變成了戰鬥列兵，隨在隊伍裡後面衝鋒，敵寇的後續部隊陸續增加，由他的行列估計，至少在二千餘人，正是一對十比數的壓倒優勢，但是虎賁官兵仍向敵寇猛撲，像這樣的冒着敵人火網衝鋒，本是極危險的事，可是官兵那樣的猛衝，乃是人類發揮在死亡線上最後掙扎的天性，也就是兵家所謂置之死地而後生的一個機會，在這種戰鬥情緒發揮到最高漸的狀況之下，實在也不能遏止，唯有聽其自然的發展。余師長以官兵傷亡極衆，乃鑽隙回魯家河集中，這次接觸，又是損失所率領的一半人數，此時官員僅存一百零八員名，這已是下午四時，隨向羅家崗開拔，入夜到達，至留城牽制頑敵的柴意新團長，守着興街口上一個碉堡，到三日的拂曉，還沒有移動，後來敵寇用平射炮將碉堡轟毀，柴團長乃親率殘部向敵猛衝，發揚軍人最高度的攻擊精神，不幸中彈殉國，這時候城裡已經僅有的一排人，分開數股，盡量的找着地點去牽制敵寇。再說，我們這一百零八員名的戰士，夜在羅家崗宿營，四日拂曉，敵寇輸送隊由南邊魯家河的大路走來，判斷這是由此經過前往常德的，余師長即令孫團長率一排人由村後繞出，掩護在那道長堤下，任敵寇在堤裡的大路經過，聽到槍聲，在後夾擊，又令杜團長率一班人立刻出村南口，攔截敵寇，敵寇不知，貿然而來，杜團長見敵已走進我步槍射擊最有効的距離，乃發槍向敵射擊，孫團長率領的一排隨聲在後夾擊，敵寇完全被我解决了。計鹵敵騾馬六匹，輕機關槍五挺，步槍二十五枝，子彈二十箱，手榴彈一百五十六枚，糧食甚多，在這糧彈兩缺的時候，有此大收獲，可謂天無絕人之路。後來，余師長以今天整個日子都是鑽隙前進，爲減少累贅，乃將糧食騾馬藏在老百姓的家中，槍彈按着徒手的人先行領用，因另有重大的任務，隨向毛家渡前進，敵機羣不斷的在沅江兩岸盤旋，我們爲了避免不讓敵人發現，掩護在一所小村裡，直到下午五時才繼續向東南角進展，路的左側，即烏峰嶺的山麓，烏峰嶺是一座小山，上面是密密的松樹和雜樹，那地方援救常德的我軍，和敵寇曾作了多次的拉鋸戰，敵寇就佔了這個據點，北面控制德山，南面控制毛灣，在這山麓上，他們佈下了警戒哨步步監視着山外這條人行路，當我余師長一行等經過，山上的輕機關槍，立予發射，到黃昏的時候，余師長以這正是衝破敵警戒線的最好機會，乃將鹵獲的日本機槍架在一道的長堤上，向着山麓敵寇那輕機槍陣地猛烈四射，敵寇聽到是自己機槍的響聲，立刻停下射擊，意是打探究竟的，在此一瞬間，我們的官兵早已把這個山麓的警戒哨衝過了，我們跑到離毛家渡二里之處，探悉敵寇在河面上已搭好了浮橋，似有向這裡增援的模樣，余師長令杜團長率領一排佔領毛家渡，孫團長率領一連佔領河面敵寇架好的浮橋，他自己則率領一部在毛家渡東邊那堤道上，以便接應，後來浮橋終被我們佔領了，乃急渡過浮橋，向上游繞進，是時敵兵千餘，向浮橋蜂擁而來，我們畧事抵抗，因以寡敵衆，萬不能在敵寇下面暴露，且我們的目的，乃志在渡過浮橋，所以余師長下令很迅速的脫離陣地，向西北迂迴，這時候已是五日上午六時了，敵寇知我軍在沅江南岸鑽隙前進，因遣飛機不斷在空中逡巡偵察，我們這一百零八員的官兵，經一日一夜的鑽，幸沒有死傷，迄至下午五時，敵機逸去，我們乃從一條小村出動，翻過對面的蛇螺嶺，即是毛灣，在這山嶺下面，有條人行大路，越過這條路，鑽進樹林，地形複雜，輕裝夜襲，是個最理想的地帶，其時因我軍擊斃敵哨兵，驚動敵寇的警戒線，敵大隊覺，我們乃停止正面攻擊，向右翼迂迴，敵寇看透這一點，乃用機槍迫炮左右翼攔着，由黃昏戰到深夜，我以這樣單薄的兵力，和敵寇這樣的糾纏，決不是辦法，乃留下一員營長率領五名士兵，作後衞，釘住敵寇槍炮最熱烈的一點，其餘的人，立刻脫離陣地，回到右邊，到達一小村落，夜深二時，我們由前面脫離陣地的兵士引着洞庭湖警備司令部的連絡員進來，據說傅秉司令仲芳派他與余師長聯絡的，余師長當請先將粮彈運來，旋據探兵回來報告，西南角的傅家有敵三千餘，余師長以打開大門，無論如何，要拿下毛灣，毛灣附近可用的據點就是傅家，因命孫杜兩團長，各率一排去佔領村右一帶的高地，將敵吸引，他自己親率雜兵和特務排的殘部一共三十餘名，迂迴村後衝進，六日拂曉到傅家西南角一里的地方，這時候，師長也變排長了，直接指揮任何一個戰鬥員，孫杜兩部和敵寇接觸，余師長即以疾風掃落葉之勢，向傅家村落猛衝，敵寇不及防，奪路狂奔，其時據報，敵寇尚有一部的兵力死據毛灣，而我們的友軍新十一師也離毛灣不遠，因此拿下毛灣最爲重要，余師長一行，乘夜向毛灣前進，七日的拂曉，進襲傅家的戰鬥方式，由孫杜兩團長率領三分之二的士兵，佔領鎮東口的高地，截擊敵寇，余師長本人率領三分之一的士兵，由西口直襲毛灣街上，孫杜兩部猛烈向敵射擊，在西口的余師長即以一部零星用步槍還射，吸引敵寇，他自己率領一部，爬到街後向街心衝擊，旋續向東衝鋒，敵寇受着我們前後的夾擊，又是狼狽的急竄了。

七日的拂曉，五十七師佔領毛灣了，余師長以大門已開，但應當怎樣使友軍知道去進，正在思量間，下午八時許，第二期，增援的部隊新十一師三十二團，李團長來見，余師長拍案大喜的說，迎接友軍的任務終於達成了，旋據李團長報告，初到這裡，地形既然生疏，敵情也不明瞭，亟願聽從師長的指揮，余師長以常德城仍有自己的官兵苦撐，此行不過是親自來打開大門，迎接友軍，共同完成任務，因此即和李團長議定進軍的計劃，當時余師長入城的計劃，第一要找個渡過沅江的好據點，德山北面的老碼頭是最理想的，因爲老碼頭對江即德山市，乃城東郊一個重要的據點，可是要到達老碼頭，必須穿過德山的烏峰嶺，那裡有敵寇一部據守，敵寇還不會料到我有一個團後軍來到，趁着敵寇沒有防備，先把烏峰嶺拿下，那老碼頭也不難到手了，彼此約定，晚間十二時出發，五十七師的一百零八員名，歸心似箭的戰士，在前面引路，他們爲了避免敵人的發覺，完全由平原直線上行，不經過敵寇警戒的人行路，夜深一時，已摸到烏峰嶺的山脚下了，敵寇發現，立以機槍對着我們到達的平地上掃射，三十二團的迫擊炮，在預定的計劃下，對着敵寇機槍陣地猛轟，於是敵寇機槍寂然，余師長見敵寇沒有猛烈的抵抗，料它必定是急於脫離陣地，過江期圖和大股的敵寇會合，若它由老碼頭退去，江南船隻，一定完全被他調走，這樣，我們就沒法渡江了，因以我們所有的迫擊炮壓住敵寇的左翼，讓它不能北渡，敵寇的右翼，我們可以讓它西竄，那我們就有前進路了，果如所料的，敵寇左翼遭我們的迫擊炮和機槍的猛射後，即向西往沅江南南岸的南站狂奔，三十二團左翼的機槍，不肯放過，續行疾風追擊的掃射，知己知彼，百戰百勝，余師長恐怕躭誤時機，即令向正面推進，加緊搶渡，五十七師官兵是知道地形的，他們跑到江邊，看見停着沒有動的船隻，余師長大喜，爲了計出萬全，他即向李團長指示，繼續佔領對岸的德山市街，先是李團用迫擊炮向正面北面佯攻，作掩護渡江之勢，我們的主力，立刻開往下游，直撲德山市，余師長率領孫杜兩團殘部先行，三十二團繼後，在德山市的敵寇，以爲渡江的我軍必然志在直撲常德，所以並沒有把火力封鎖下游江面，我五十七師官船划近德山市的碼頭，即努力向岸邊猛撲，以掩護後面的三十二團官兵登岸，大概敵寇的兵力單薄，也沒有什麽的猛烈抵抗。

這時候，聽到零碎的槍聲，正是我們潛伏在城裡的官兵發出的，於是大家在那座炮火轟成土堆的水星樓，衝過城垣，踏着前幾天自己官兵洒的血蹟，向城中心飛奔，杜團長鼎一人率隊當先，早在一堵斷牆角上看到一股敵寇，眞是火從心起，幾十把槍上的刺刀，射箭一般的將它解决，這時繼柴團長留城牽制頑敵的高子曰副團長，出和師長相見，悲喜交集，這時候城裡的敵寇都已調到東門作戰，北門小西門還有敵寇一部經常德和我們潛伏城裡的官兵接觸，余師長以新十一師三十二團還在東門外和敵寇相持，爲和西路的友軍打開大門，並令杜團長將城牆上一枝旗杆的日旗落下，將我們的國旗升上，隨風飄展，余師長即率領官兵高呼『中華民國萬歲』『蔣委員長萬歲』，這時候我機一架，正由東北角飛來，到了南門上空，它正是發現了我們的國旗，官兵又是一陣的歡呼，余師長雖然興奮，但他時刻都注意到陣地的變化，當即率部衝到小西門將敵寇的警戒哨解決，是時被隔斷在太陽山的五十七師官兵二百員名，由張副營長統率，昨日連夜向小西門回撲，回到這裡，聽說自己的部隊克復小西門了，興奮了不得，於是從容走進，余師長以敵寇在東門已經動搖，不能讓友軍三十二團老擱在城外，即命張副營長率領所部向東門夾擊，到魯聖宮，隔着一大片瓦礫場已看到敵寇分兩股竄去，一股沿城基北走，想出北門，一股順中山東路西走，想出西門，張副營長即以機槍在斷牆下面，分着兩面掃射，敵寇且戰且走，後來東門外的三十二團亦蜂湧而來，十二月十日上午十時，我軍遂全部佔領常德，殘敵敗走，余師長即令三十二團，速行猛烈勇敢的戰場追擊，重予打擊，五十七師担任搜索城裡的殘敵工作，並積極清掃戰場，掩埋忠骸，我守軍至是光榮的達成保守常德的任務，以敵軍炮火所摧毀的瓦礫，做了埋葬敵寇的掩土，十二月十四日清掃戰場完畢，十五日下午六時，奉軍部的命令在常德河洑間整理，余師長遂命一六九團在楊家港附近，一七零團在周家坪附近，一七一團在上下羅家湖附近，師直屬部隊在河洑以南三汊港附近，各部除工兵營留置常德担任掘發敵埋藏的地雷　暨五十七師殉國烈士墓的建築外，餘均於十六日下午六時前先後到達指定的地區，至是敵包圍我的陰謀，爲我反包圍所敗，洞庭不波，沅水無恙，常德的大會戰，遂在我祝捷聲中閉幕了。

回憶金陵定鼎時（下）

•齊憲爲•

中國的勛章多用銀質鍍金，以前施工用料，還能考究，後來預算日緊，銀質變差，鍍金也少，安放日久就會變色。於是又引起一種議論，認爲勛章的意義，主要在於紀念功勳。所用質料金銀銅鐵都無不可。某國就有鐵十字勳章代表最高榮譽。那末，就應當金是金，銀是銀。茲用銀質鍍金，在中國民間的習慣上非常普遍，固不足爲奇，而在某些外國人看來，還以爲用白銀來假冒黃金呢？

此說自有其合理的觀點，但做一座眞金勳章，至少要二兩以上黃金，政府一發許多座，那來這許多金子。如用白銀，容易變黑，用銅鐵鋁等未免太賤，所以現在仍是沿照我國以往習慣白銀鍍金辦理。不過，一旦光復大陸，勳獎必多，製作原則宜必改良，否則定會困難更多。

參事的滄桑

國民政府的參事，和其他各機關參事的職掌與地位，不大相同，因當年國民政府感於中國幅員廣大，有隨時諮詢地方情形的必要，規定由每一省政府保舉一人，由國民政府簡派爲參事，留駐中央，辦理與中央和地方的聯絡事宜。所以有很多位參事，都兼任各該省政府辦事處處長的。最盛時期，有二十幾位參事。在府裡雖然設有辦公室，但很少有交辦的公文，所忙的乃是黨政軍的幕後活動和官場酬酢，其中當然有很多裨益於國家大事，但有些也祇是無事忙而已。並且政局一安定下來，重要性也就差勁，漸漸形同閒員了。

參事先生之中，有很多博學碩望之士，如周介陶、陳屺懷的書法；李鴻文、魯岱的詩文，都名重文壇。其餘活躍在黨政之間，也頗不乏人。

總之各省所保來的，都是與主席有相當關係的上選人物，眞是羣賢畢集，濟濟多士，但是日子一久各省主席不免調動，留在中央的橋樑人物，發生了人事處理上的糾紛。曾有一省，請把前任免去，另保新人，這就是當初規定省保參事的原意和省府自身的需要來講，省主席更替另保新人是必然的。但就法律觀點來看：參事是中央的官吏，省府怎會冒瀆請免呢？當時各位參事先生，也都不免有兎死狐悲之情，於是羣議力爭，一度發生風潮。中央政府爲息事寧人，祇好任而不免，默許了雙包並案，此後參事的作用，日見減少，等到抗戰發生，還都前夕，就全被資遣了。

閒話黨務

在國民政府時代，是「以黨治國」，黨權高於一切 所以黨的活動關係重要，黨員提議於區分部裡的意見 很容易反映到上級，轉而影響到同級或中央政府予以採納，付諸實施。所以一般工作情緒，頗爲熱烈。

最初國民政府範圍劃爲特別黨部，後改第九區黨部，分劃有好幾個區分部，那時區分部的人數很多，採委員制，每一區分部，分常務、組織、訓練各主其事。回想當年筆者所在的區分部裡，共有四十七位同志，大部是高級職員，和國民政府委員等。所選出的三位委員是年齡最小的，這當然是老同志陶冶新進的意思。那時他們雖然年青職微，而對黨紀的執行毫不客氣，不管他是委員也罷，主管也罷，對於缺席人員，組織委員就會當場宣佈：「某同志某次會未出席也未請假，請以後注意」云云，因爲同志是不分官階一律平等的人。所以四十七位同志，出席數經常在四十二三位之間。至於執行上級命令，和討論提案的認眞態度更是不言可喻了。

國民政府特別黨部，有次假座大禮堂一角，舉行會議，上級參加人是葉楚傖，主席是王大爲同志，宣佈開會之後，很禮貌地口稱：「各位同志」，才說得這一句，忽有人搶前打了主席一個嘴巴，罵道：「你身爲黨員，連老子都不認識了，還革什麼命！」弄得全體愕然。

原來王同志的父親文藻先生，也出席會議，主席祇稱：「各位同志」而未喚「爸爸」，爸爸生氣了。當時幾位資深同志，大不以爲然，認爲在黨言黨，王同志受命擔任主席，在座人員多以黨員身份出席會議，互稱「同志」並無不當。至倫常關係，乃家庭之私，豈可行之於黨內。出席黨員而竟掌摑主席，不惟擾亂秩序，違反紀律，抑且侮辱了「黨」。於是羣情激奮，主張呈報中央黨部，嚴予處分，有幾位同志好說說歹，先把老同志勸離會場，主席方得含淚將會草草開完。因各同志氣憤未消，仍在討論如何予以處分之事，大爲先生秉性至孝，轉向各同志一一作揖道歉，各同志看在兒子面上，也就不好再提了。大爲回家向嚴父長跪請罪，而父親餘怒未已，不獨不予諒解，反而痛責一頓。

執筆至此，思念故人，闇然欲淚，爲此特將王氏家世便筆一敘。王先生文藻早年曾在革命巨人陳其美先生麾下任過司令官（屬於侍衛方面），膝下二子，長大作，字紹文，出身軍旅，次大爲，字曉雯，早年任職大元帥府，寧漢合作後，父子三人，一同任職國府。

藻老以軍人轉職文事國府僅以科員任用，眼看往年同寅，多已分任要職，己則屈居下位，牢騷滿腹，常對筆者述說當年英勇事蹟，並送筆者一張腰掛指揮刀、脚穿長統靴的戎裝照片，可見他還沉醉於往事，不滿於現實，因此鬱鬱不樂，難免心理變態，一受刺激，就把兒子出氣，昆仲二位，多已成家立業，還常罰跪挨打，而戒懼忍受，毫無怨言，可謂孝且順矣。

大作先生雖出身武職，而有文藝天才，正草隸篆，可隨筆應世；尤擅金石，曾用鋸刀特製刻刀乙把，鋒利無比，不管石牙銅銀，信手可成，因兒女衆多，生活艱苦，債累滿身，又因家庭環境的影響，性情古怪，與人格格不入，三十八年隨政府遷蜀，未及撤出，全家流落成都。

大爲先生青年有爲，才氣橫溢，論其資格，早應出人頭地，奈因與嚴父同在一處服務，長官雖有意提拔，而終礙兒子不能高過老子的古怪私情，自甘埋沒，眞是無可奈何。俟其父逝世，方得升遷，然已光陰不再，資歷限定了。

大爲先生於三十八年患癌症在上海逝世，身後蕭條，一無子嗣，生前仗義好客，交友至廣，因適當兵荒馬亂之際，參加喪儀的除未亡人徐容宛女士，和他的義女夫婦外，祇有一位好友某君，和國府的老同事筆者一人而已。經向上海市政府請得公墓一穴，葬於滬郊。事後聽說他夫人已回松江娘家，現狀如何，不得而知了。

在憶寫當年黨務情景時，夾入王氏父子這一段，似乎畫蛇添足多此一舉。然筆者之意乃有感於王氏喬梓三人，個個忠黨愛國，畢生事業，雖無大就，而精神足式，尤其爲人子者能終年順受嚴父的非常管束，而無怨言，是很不容易的事。

一般老輩的人，往往會把「革命」看成橫逆。家裡有參加革命的子弟，想像中一定悖逆父母，不講禮法，胡亂作爲之人。而近人因受民主觀念的影響，又多以爲爭取自由應當脫離禮教束縛，不可能再爲古老的家庭制度所範圍。殊不知革命的骨幹在乎四維八德，唯因王氏昆仲具有堅強的革命性才會重視孝親之道，而唯父命是從，凡能實行孝親的人，才會守紀律負責任擔當繼往開來的大業。不過他父親的固執暴戾是不足爲義方之訓的。

筆者曾接觸過很多青年學生或黨員，在談吐之間，多誤把「政客」的無聊活動，當作就是「政黨」的活動；把「官僚作風」當作就是「革命行動」。因此有志氣，有理想的青年，多會厭棄革命，不滿現實。

我們不能任令有作爲的青年志士們有這樣的誤會，必須促使他們都能認淸「革命」的眞諦，一德一心同爲國家民族奮鬥，復國建國的前途，才有早日完成的希望。爲此恭錄 國父對於「革命」意義的幾句遺訓作爲本節的結論。

國父一生好學，祇要有錢，第一件事是買書讀。 國父這樣喜愛書本，究竟目的何在呢？下引邵元冲先生與 國父的一段談話，可以充分見到。

問：「先生平日所治甚博，於政治、經濟、社會、工業、法律諸籍，皆篤嗜無倦，畢竟以何者爲專攻？」

答：「余無所謂專也。「

問：「然則先生所治者，究竟何種學問乎？」

答：「余所治者，乃革命之學問也。凡一切學術，有可以助余革命之智識及能力者，余皆用以爲革命之原料，而組成余之革命學也。」

可見所謂「革命」，是眞才實學，不是空泛官僚政客播弄是非擅權竊柄之謂。這是我們所應深察猛省的。以 國父學養智能的淵博，尚且窮年累月孜孜不倦地在力求充實。現世高喊民主自由的人，如果眞懷經國濟世之志，應當切實效法 國父多讀書多研究才是。

粵秀樓有功衛士

甯漢合作，國民政府改組後，護衛國民政府的，不是普通軍警而是勇敢善戰的國民政府衛士隊。這批衛士隊，幾乎全是廣東籍，他們隨着革命勢力的發展而到了南京。他們不獨軍紀嚴明，還有一段非常光榮的歷史。

民國十一年陳炯明心懷異志，日謀響應北方軍閥，粵垣人心一夕數驚。 國父令胡漢民留守韶關大本營，親率衛士回駐廣州總統府鎭懾，六月十五日陳炯明嗾使粵軍第二師於昏夜發難，槍擊不已，繼以發砲縱火。十六日淸晨三時，逆部洪兆麟率隊圍攻總統府， 國父擬一死殉國，被從員強挽出府，逆軍猛攻 國父所住的粵秀樓。當時國府衛士祇有數十人，在 國父離府以後，仍拚命和逆軍數千人血戰，堅守甚久。得誘住逆軍的注意方向，而使 國父得以從容脫險。這場血戰，眞眞的以一當百，氣壯山河，充分發揮了革命軍人捨身取義的精神。

後來這些參預戰役的僅存衛士，前總統府特頒獎狀，並發給終身恩餉。筆者記得祇有二三十人，總金額好像每月祇有六百一十五元，抗戰期間幣值低落，也曾予以調整。勝利還都後，似乎還繼續在發。現在的情形不知道了。

所發獎狀，筆者曾見過，中印 國父訓詞一篇，大意是講：革命軍的力量，是和別種軍隊不同的，必要以一當百，才算合格，革命精神，就是奮鬥精神，不怕死的精神，軍人到了不怕死，還怕不能打勝仗嗎？……等褒勉之詞，詳細內容記不淸了。

有一位曾侍從過 國父後升特務員的老衛士對筆者講：當年國府衛士隊訓練完畢後， 國父曾請 蔣公校閱（時任黃埔軍校校長），閱畢， 蔣公說：「訓練很好，不過還有個把人精神仍嫌不足。」當時大家對 蔣公眞是佩服得五體投地，原來那一天確有一位衛士，生病才好，勉強列隊充數，竟被一眼看出，豈非奇蹟。

因爲衛士隊的訓練良好，當時如有轉入軍官學校深造的，可毋庸經過考試，也是一項殊榮。自從調到南京侍衛國府後，確屬紀律嚴明，與衆不同。國府職員進出大門，喊出立正敬禮的口令，好不響亮莊嚴，並且全照步兵操典，在六步以外目迎目送，眼珠睜得圓圓，毫不馬虎。他們對於門禁是全憑證章不認人，凡佩證章不管年齡服裝，一律敬禮，如果沒掛證章，那末無論你的官有多大，也休想通融進入。

衛士隊的崗位交班，儀節很認眞，首先雙方相對，立正舉槍敬禮後，由交班人將所值崗位上的勤務要項，一一向接班人詳細說明，再行立正敬禮，手續方告完畢。雖然每天每班說來說去仍是這幾句話，可是決不省畧，刻版照做。還有職員們最要注意的，當他們交班中，切勿亂撞，一定要等交代完畢方可通過，否則會被很不禮貌喝止。新來的職員有的不懂這規矩，就會和他們起衝突，弄不下台時，就請你到衛兵司令那裡去講理了。直到民國十八年總理陵園建成，這批忠勇衛士，全部被調護陵，國民政府衛士隊又重調新人換防了。

奉安大典和小插曲

國父於民國十四年三月十二日九時三十分在北平逝世。先在十一日晨神智淸醒，令將所備遺囑進呈，由夫人扶腕用鋼筆親自簽字。並囑「余死之後，可葬於南京紫金山麓，遺體可用科學方法，永久保存。」十二日午後將遺體送協和醫院施行防腐手術。十五日上午十時入殮。十九日十時移靈，參加行列的有十餘萬人。十二時抵中央公園社稷壇大殿安放，廿四日發喪，公祭至四月一日止。四月二日護靈至北平西山碧雲寺石塔內停厝。

先是 蔣公在東征中率黃埔軍校學生於三月廿日攻入興甯隨接胡漢民電，訃聞 總理之喪。廿二日在興甯縣北門外刁屋壩開追悼大元帥及陣亡將士大會。 蔣公宣讀誓詞曰：「我陸軍軍官學校全體黨員，敬遵 總理遺囑，繼承 總理之志，實行國民革命，至死不渝，謹誓。」繼由政治部主任讀 蔣公祭文，畧謂：「……英士既死，吾師期我以繼英士之事業；執信踵亡，吾師並以執信之責任，歸諸中正，……憶自侍從以來，患難多而安樂少，每於出入生死之間，悲歌慷慨，唏噓悽愴，但對終日以心傳心之情景，誰復知之。黃埔一役，吾師以民國之文天祥自恃，而以陸秀夫視中正。……主義不行，責任未盡，鞠躬盡瘁，死而後已，成敗利鈍，非所逆覩。今惟有教養學子，訓練黨軍，繼續革命，復興中華，以慰在天之靈而已。」

致祭時 蔣公泣下嗚咽。後果不負 國父的期許，祇過兩年就克復南京。再一年統一全國，又一年陵園建成，遵照遺囑於民國十八年迎櫬奉安。

民國十八年二月九日，中央執行委員會議決， 總理葬期定於六月一日舉行，派林森等北上迎櫬。五月二十日，公子孫科約同協和醫院醫士將遺體重施手術，更新衣履，換入銅棺。二十六日上午移靈北平前門車站，下午四時上車，五時南下。廿七日上午抵濟南，下午過徐州。廿八日下午三時抵蚌埠。 蔣公偕夫人在此上車，謁靈行禮，隨侍南下。各機關文武官吏和各級黨部人員。於廿八日上午分在浦口及南京指定地點集合。

在各機關人員過江迎靈的輪渡中，中央委員吳稚暉先生也在其內。過江輪渡是要錢的，平時小販閒人，藏藏躲躲，揩油的也是很多。每次警察隨同查票。稚老擠在百姓之中，上了輪渡，查票到來，身無分文，就滔滔不絕地訴說，我身上原帶幾個銅板，買了些什麼，還剩下幾個又買了些什麼，通通用完，所以無錢補票，隨查警察聽得頗不耐煩，仍是催他補票，稚老迫不得已，取出一張名片，自我介紹說，我是吳稚暉，誰知這位警察粗惡昏暴之極，看他一身打扮，認係鄉下土老，就破口罵道：「什麼吳稚暉什麽灰！」隨手一個嘴巴。

同渡人員中有認識稚老的，立代不平，拉住警察，說明他是中央委員，豈可如此無禮。稚老被打氣憤已極，說：「我不下船了！」一時風聲傳出，輪渡主管和警衛官長，知已闖了大禍，都趕來賠禮道歉，並立將此警扣押，稚老碍於衆情，祇好寬恕爲懷，自認倒霉了。

二十八日上午十時，靈櫬抵浦口站， 蔣公及國府委員行禮畢，就移上威勝軍艦，十一時卅分渡江，下午二時奉移到中央黨部禮堂。中央黨部所在地，就是丁家橋國民政府原址，訂定五月二十九日至卅一日爲各機構團體民衆公祭之期。

國民政府職員爲參加奉安大典，一律新製白線布學生裝的制服，質料分甲乙兩種，那時物價便宜，甲種布料稍厚，每套連工三元二角，乙種稍薄，每套二元八角。都是自己化錢，由公家統籌代辦。我們同到中央黨部去公祭時，都穿上了整潔的白制服。國父靈櫬是銅棺玻璃蓋。與祭的人，魚貫而入，一一三鞠躬致敬。並瞻仰遺容。筆者很幸運就在這次看到了 國父的眞面目，有感遺體似稍縮小，面容微呈紫色。

六月一日清晨二時 蔣公往陵園迎孫夫人赴中央黨部。四時起靈，四時一刻獅子山炮台鳴炮一〇一響，四時廿五分靈車起行，上覆黨國旗，備極莊嚴。那時有十八個國家特派專使參加典禮。各穿本國的大禮服，形形色色，隨同出發，送殯行列，計分十列，從頭至尾，綿亙五六里。 國父故舊日人犬養毅亦在後恭送。那時中山大道，新建完成，沿途蓋有松柏和青布牌二十餘座，靈車經過，民衆均脫帽肅立敬禮。

九時廿分靈車抵陵墓前，靈櫬降車換輿，輿夫是由北平請來，抬槓的有六十四名，穿着一色制服，足登薄底靴，有一個領隊，手擎木鐸，敲出各種快慢不同的聲響，用來指揮輿夫的行動。他們所抬的靈櫬平穩異常，據說縱然放上一碗水，抬着走時，也不作興潑出來的。他們在平時就是這樣練習的，是不是如此，要等老北平來考據了。靈櫬起輿前進時，緩緩移動，步伐整齊，祇聽到沙沙的聲響，個個肅穆端莊，精神貫注，絕不說話，也不東張西望，好看極了。

九時三刻起槓，步上石級前，因爲要保持靈櫬的水平，所以領隊的人非常緊張，要指揮輿夫，就地形高低，按輿夫前後層次，分別來配合換肩或用臂托，或用手提，縱然石級忽斜忽平，靈櫬頂面，一路上總是保持平穩的。

十時一刻靈櫬停於陵墓祭堂中央，舉行奉安典禮，由 蔣公主祭，譚延闓、胡漢民、王寵惠、戴傳賢、蔡元培陪祭，行禮如儀後，靈櫬移進墓門，奉安壙內，其時鳴炮一〇一響致敬，全國民衆，一律停止工作，默哀三分鐘，在十二時正奉安畢。

國民政府職員參加奉安大典的行列，是站在墓前左方的斜坡上，那時陵園工程，除正中墓道石級已完成外 兩旁尚未佈置修築，坡斜石亂，各機關人員勉強分列排隊，在國民政府行列之上，是教育部人員。正當默哀的時候，在教育部隊裡 有兩位先生在講話吃東西。國府隊裡有位劉秘書看不入眼，就罵他們「失儀、大不敬」。等到典禮完畢，這兩位先生心有不甘，也在上面大罵下來：「我在革命的時候出生入死，槍疤猶在，你們現在來神氣些什麽？」大概教育部的兩位和劉秘書以往可能認識，在雙方罵來罵去的話句裡，似乎劉罵他們跨黨反革命，他們罵劉腐化不革命。

正在相罵之時，國府隊裡有位劉毅夫先生（劉先生也是老同志和在台名記者劉毅夫君姓名相同，可是此劉非那劉）迎了上去，吼着說：「不管你革命也好，有槍疤也好，在奉安大典默哀時吵鬧就是失儀不敬……。」那兩位由上衝下，體壯力強，來勢凶猛，毅夫先生則聲大氣粗，而肢體衰弱，正想上去抓他，被乘勢一推，即時仰面朝天，這一下跌在亂石子上，眞還不輕。國府隊裡，見有人被打，動了衆怒。那兩位又是離開本隊衝入國府隊來尋釁的，更覺氣惱萬分。正巧高秘書在旁，上去拉住了此君背上的熱水瓶皮帶，有位蔣錦田先生，順手在他背上捶了幾下。雖然七手八脚打了起來。可是究竟書生本色，拳頭祇會由上而下，使不出勁，也傷不了人。拉拉掣掣，鬧鬧而已。後經鄰隊勸開，各自打道回衙。回府以後，大家七嘴八舌，都認此人大典不敬，還要行凶，非予嚴懲不可。就請由國民政府下令，把那位撤職了事。原令好像還有永不敘用字樣，究竟如何？此君姓甚名誰，都記憶不清了。

紀念報告者的素描

前節已經提過，國府紀念週告，是新聞的泉源，所以非常重要。就筆者多年來的觀察，對於各要人的報告姿態恭爲素描一番。

李協公在紀念週上，向來隨心所欲，有時說得驚心動魄，有時逸趣橫生，哄堂大笑，唯此公的聲望與地位，乃可如此，他人則不足爲訓。

胡漢民担任主席讀 總理遺囑，像老學究背古文，有韻有調。報告時出口成章，滔滔不絕，一講就會個把鐘點，速記員最難處理，因這長篇大論，盡是文章，並無廢話，所以句句要記，不可省畧。由此可知胡先生的學問，確實淵博，革命精神尤屬可佩。論者有以爲他的言辭每太深刻，不能像譚公的寬容，這或許就是他一生的瑕疵罷！

譚延闓講話，老老實實，分軍事、內政、外交三類，扼要清楚，端莊厚重，完全是大政治家的身分，在這三十餘年來，留心政治舞台。像譚公這樣的風度，是很少見到的。

趙戴文個子很矮，皮鞋的跟特別高，每講必論孟子，大有想用孟子治天下之概。

于右老講話扼要堅定，富有革命性，不過土音太重，言辭不暢爲苦。

戴傳賢很能講話，頭頭是道。蔡元培和張靜江筆者沒有聽過他們的演說。張靜老下半身癱瘓，出出進進，都是坐着小椅，由兩名侍從抬起走的。那時禮堂裡沒有坐位，紀念週參加人全是站着的，祇有張靜老一人有坐的特權。

蔣公在紀念週講話時，一定有重要問題發表，或有嚴厲的訓諭，關係着國家大計，所以人人注意傾聽。以前國府曾請過一位速記員替 蔣公記的一篇講詞， 蔣公核閱大違原意，起先還隨筆修改，後來愈讀愈不合式，就在原稿上批着；大意是：不會聽話的人以後不要派他担任速記。此員隨即辭退，另向上海物色到一位速記能手黃孝先先生，主持這項工作，從此速記一道也在南京逐漸擴展了起來。 蔣公非必要不常登台講話，有時命秘書錢昌照代爲報告。提到錢昌照其人，頗有胆量，也很有見識。他在紀念週代主席報告時，常會說：「兄弟有一個感想」。因此大家對他都有批評，認爲他的身份是受命主席代爲報告，應當闡明主席所要說的話，現在竟來「兄弟有一個感想」，那是自己變成主席在講話，而非代表主席了。這雖是一點小疏忽，然而祇顧自己的表現，忘了禮義大體，他後來的謀國不忠，媚共變節，當非無因的。

最後還要一提汪精衛，汪精衛善於辭令，面部的表情；身軀的姿態，以及擧手握拳，揮掌擊桌等動作，無一不和言詞或情緒配合。雖然仍帶廣東口音的國語，而口齒清楚，說來動聽，確具演說天才。但其內容則遠不及胡先生的結實，因彼華而不實，終竟叛國，可恥！可惜！

大禮堂的改造

國府大禮堂，原是利用二堂旁邊的五開間花廳，勉強應用，遇有大典，來賓一多，就難容納，時常會站到階下天井裡去，文武官員原分兩廂站立，而文多武少，當擠擠擾擾之際，往往文入武班，頗形混亂，不雅之至。

當時國運日隆，典禮漸多，爲配合需要，曾鳩工擴大改建，把原先天井一併包括改造在內，增添地盤不少，全部安裝地板，雖不富麗，也還寬敞。但就其地位佈置，主席台祇可坐北朝南，而禮堂之門，必須東。有一次，某國大使呈遞國書。照例一進禮堂就應行一鞠躬禮。這一鞠躬是在遠遠的門口，由東向西行的，主席在禮堂中央，南面而立，如不注意側視，不易見到。此次竟疏未還禮，有點不好意思，因此感到門向不正，實不足以當大典，乃又決心重加改造，硬把南面隔牆打通，另闢正門，再在門前加建甬道，配上紅漆宮殿式圖案，美侖美奐。來賓先由甬道進入，再由南向正門步入禮堂。這樣纔算解決了舉行大典時的麻煩，然亦煞費苦心了。

同寅佚聞

前節已經提過，國民政府職員是融洽甯漢和少數北平舊政府人員而來的，不過這是初期。蔣公就任主席後，總司令部也轉來了好多位。嗣後也陸續有很多位撥調進府，最後還有侍從室的兼併，這是後話，暫且不談。

由軍方調到國府的人員中，因爲所任職務的性質不同，雖在國府職員之列，而仍各負其機要職務，並不在府內辦公。這批同仁中，日後顯達的也有，倒霉的也不少。大體武的轉職警察界，文的轉職電信界的居多，回想當年，各位年輕同事，常在一起聊天談相。遇有一位善相的，會遍相同人，衆貌平平，祇有一位主貴，謂將來有千把人要靠他吃飯，後來果然應驗。此公即謝耿民先生，謝先生兩長財廳，靠他吃飯的又何止千把人呢？

文官處有一位祇比工友高一級的小小職員，姓楊名連生，原是輪船茶房，祇能勉強在簽到簿上畫上三個大字，而爲人忠勤爽直，派任管理伕子，監督洒掃工作，職事原很簡單，但此君勞筋苦骨，無間晝夜，都在爲公服務。平時親督伕役，監視整潔工作，見有動作欠當，或偷懶畏難之人，就會大聲斥罵，隨即脫去大褂，無論上屋下溝，親自動手，伕子們雖不樂意他的吼罵，而因能同甘共苦，以身作則，多無怨言。

他除正式工作之外，一有餘閒就督率在後院空地，花木盆景，各式皆備。每逢清秋，菊花季節，辦公廳前和甬道樓梯兩旁，一路佈滿黃花，全是此君辛勞之作。其接種蓄殖情形，比之一般花圃，毫無遜色，因此不獨公家毋庸耗費花木之費，而同人家中偶索盆景一二，亦可叨光。不過定要俟公用有餘，且是次等的方可。否則決不隨便私做人情。如有同事或眷屬，任意攀折，就大聲申斥，毫不容情。庶務主任做了很多木牌，遍插院庭，寫着：「好花人人愛，愛花請勿採。」警惕同人，免生齟齬。同人對他這種粗魯態度雖感不滿，然因他是赤心爲公，莫之奈何，祇好原諒一二了。

清寒同事，或工友，如不幸家有喪事，請他幫忙，就會率領伕子親自動手，凡洗身、穿衣、入殮抬槓挖土安葬等事，可一概代辦，諸事完了。喪主備便肴數色，白乾幾杯，請他和伕子們飽餐一頓，就算報酬了。至於搬家，更是常事，一喊就到。多年來爲同事們不知省下了多少用費，但因胸無點墨，祇能終老末職，他也安之若素，從無非份之想。

像這種小人物，所作的又是細末粗事，本無足道，然此一粗人，不獨能做守紀律負責任，而更能不徇私不畏難，憑一己努力，誠摯爲公，協助同事，裨益機關，求諸士大夫之間，尚不多見。再和近代一般工作人員，管理鬆懈，忽視責任情形相比，更覺其難能可貴了。苟有時賢作家，能不吝椽筆，替他寫篇傳記，例是一件有益世人心的事。尤其時當復國建國的階段，這樣實幹苦幹的小公務員是何等的需要呀！

× × × × × ×

西宛道上

呂佛庭

民國三十三年四月廿一日晨，洗漱畢，命工友龔文松擔行李發魯山，是日塵霾蔽天，北風慘烈，行五里而至滍河，考滍水源出魯山，流至葉縣入沙河。左傳：「楚子與晉師夾泜而軍」。漢書：「漢光武破王尋兵於昆陽，士卒溺死，泜水爲之不流」。案泜即滍水也。以河灘太濶，水多潛流，故不克舟行。過河西南行，經瀼河鎭、劉秀城、黃土嶺、鐵牛廟約五十里至鴉路關，兩山如門，關樓雄峙，自古即爲宛洛要衝，漢光武用兵，嘗經過於此。又十里至南召店。盡日行深峽中，至此南望，豁然開朗，心目爲之一快。西望鹿鳴山三峯鼎峙，娟秀媚人。又三里至南召縣，時已薄暮，遂就宿於東關小店。入夜陰雲四合，雨意甚濃，掩被悵然不能成寐。

南召原爲南陽之一鎭，至明始分置南召縣，山環水合，城小而固。全境皆山地，民多以養蠶織綢爲業，風俗儉約，人性勇悍，蓋地理環境所致也。

廿二日晨發南召，夜宿柳村，廿三日，黎明即起，束裝出南門正南行，約二里至白河，時洪流方至，波濤洶湧，乃揭裳解履而渡。西南行，過漆樹園，南河店，沿溪前進，夾道綠柳佈蔭，水田縱橫。西南望五朶山，群峯插天，爭奇競秀，越土嶺深峽，峯廻路轉，寂無人煙。捨溪躋嶺，山峻道荒，林密草深。陂陀而上，又八里至嶺巔，上有土垣，高不盈丈，連綿數嶺，宛如長城。蓋爲鄉民避洪、楊亂之遺蹟也。立山頂環顧，重巒疊巘，合沓交互。南楊白河，歷歷在目，下嶺西南行，又數里抵廣慈寺。寺在群山環抱中，背山面溪，松篁翳日，乃余舊遊地也。入山門見牡丹盛開，花大如斗，本高丈餘，實爲僅見。至客堂晤海修上人，承殷勤欵待，遂止宿焉。

廿四日，天氣晴朗，拂曉別寺僧南去，五十里至菩提寺。寺爲隋菩提禪師開建，古木參天，殿宇崇閎，其附近有菩提崖、禪虎洞、彭公祠、法華茅蓬諸勝。亦爲余舊遊地也。入寺晤蘭芬和尙及洗凡法師一叙即興辭而去。洗凡送至龍山頂，乃合掌而別。過接官亭，二十五里抵鎭平縣，遂覓旅店宿焉。按鎭平在漢爲涅陽縣，隋爲課陽縣，金始改今名。城北有安國城及漢劉崇墓。自抗戰軍興以來，人口激增，商業繁盛，爲宛西重鎭。

廿五日晨五時發鎭平，出西門循公路前進，八十五里至湍河，河之兩岸，荒灘甚濶，前經故別廷芳先生開渠築堰，今悉改爲水田矣。河上新建大橋，濶三丈，長一里，共三十餘孔，鋼骨水泥，極其堅固。不惟便利行旅，亦且足以點綴風景。過橋又一里即內鄉縣城。東關有菊潭園，內有陣亡將士紀念碑，別公祠，及別公紀念碑亭。夜止宿於故人劉振夏君寄寓。

考內鄉本漢酈縣，隋更名菊潭。曩日

以交通不便，故教育建設均不發達。自別香齋先生提倡自治以來，政治各部門大有可觀。城南有富春山，相傳爲嚴光隱處。（按子陵釣台在浙江富春江。）

廿六日晨，工友龔文松思親歸里，余偕聖會上人負行李作伴同行，離內鄉城五十餘里至丹水鎭。鎭在河南，三面環山，一面臨水，竹木暢茂，風景清佳。鎭東南數里有菊花山，山上有泉，名曰「菊潭」。甘芳清冽，飲者多壽。風俗通曰：「南陽酈縣有甘谷，谷中水甘美，云其上有大菊，水從山上流下，得其滋液，谷中有三十餘家，不復穿井，悉飲此水。上壽百二三十，中壽百餘，下七十八十者，名之大夭。」山水清潔，最宜衞生，此說似屬可信。依山沿溪行，又數里至七峪街。街首有古柏一株，大數人圍，蓋千年以上物也。坐樹蔭下少憩，仍復前進，又十餘里至屈原岡。岡上有廟，祀三閭大夫塑像。瞻拜忠烈遺容，不禁感慨系之。相傳楚懷王伐秦，屈原諫，不聽。及折兵敗歸，過此嘆曰：「悔不聽三閭大夫之言，致有今日，」後人遂以屈原名岡云。考此地爲戰國楚秦用兵之孔道，度勢揆情，或不盡爲子虛。又十餘里至紅石橋，即古莊河橋。自內鄉來百餘里，榆柳夾道，水田縱橫，不圖窮山荒谷中猶有此一段佳境也。越埡又十餘里至西峽口。時暝色四合，遂下榻於南門外興盛客棧。西峽口爲宛西重鎭，尤爲豫陝公路之要衝。兩砦毘連，市廛櫛比，居民稠密，商業繁盛。市內有國立十中及中心學校各一處，教育亦頗發達。砦四面環山。西門外有淅河，發源於盧氏境之朱陽關。砦東有水力磨電廠，入夜市民多使用電燈，抗戰事起，汴垣陷敵，省府所在，亦無此等享受矣。

廿七日曉霞擁日，光射晴川。早膳後策杖步至西門外遊覽中山公園。園門東向，內有廳軒十餘間，花木而外，尙有珍禽異獸，尤以修剪之刺柏作獅、猴、鹿、鶴、照壁、牌坊等形，千態萬狀，呈爲奇觀。離園入砦至中心學校訪梁校長一叙，遂出東門謁別公墓。循馬路行，約二里許，登崇岡見有石坊一道，額曰「忠義光昭」，爲國民政府所頒賜。聯云：「行陣早搴旗，鼙鼓中原思猛將；修途驚折軸，金戈滿地失干城」。爲蔣委員長題。後面額曰「賚志戎旃」，爲林主席題。道左有別香齋先生紀念碑一道，爲吾鄉韓自步先生撰文。前進又百餘步北行，迎面又一石坊，額曰：「別公墓園」，前左有紀念碑。再前進有享堂三間，後爲公衣冠塚。別公名廷芳，字香齋，內鄉丹水鎭人。壯年崛起於鄉里，助鎭平彭禹廷先生倡導鄉村自治。辦民團、興學校、治河改道、畜牧造林，利無不興，害無不除。宜其歿後，邑人念念弗忘也。公生平未嘗學問，初未受國家一命之榮。獨能投袂而起，爲鄉里捍患難、謀福利。誠皎然大丈夫哉！

午後與聖會上人同移中心學校。承梁校長招待殷渥，盛誼可感。

三十日晨起，黃霧四塞，沙塵蔽日。六時發西峽口，渡淅河西北行，過老鸛河、靈官岈、白鶴灣、茅河口，三十五里至丁河店進中飯。丁河店爲一山市，店舖百餘家，半業陸陳。時早市方集，男女熙熙攘攘，肩爲之摩矣。市南石山壁立，廻巒重複，層出不窮。上有砦曰青雲寨，傳爲洪楊亂時人民避難處也。自此前進，山廻路轉，青松翠柏，夾道陰森。又三十餘里上坡至青石鎭。（即內淅兩縣分水嶺。）山巔有碉堡數座，皆爲別公所督建，用以防匪患者。又三里至八廟，時飛煙冥垂，遂覓店宿焉。此間纏足風甚盛，弓鞋纖小，即行三五步亦須拄杖扶壁，眞陋俗也。

五月一日拂曉發八廟鎭。時天宇澄朗，霞染魚白。沿途村莊，無非清流激湍，茂林修竹。二十餘里過花園關，至西坪鎭。西坪爲淅川縣重鎭，四面環山，砦外皆水田。西門外有汽車站及飯舖棧房十餘房。西北行過琪水、尙家店、西官莊，又二十餘里至羅家莊，越山埡即入陝西境。過富水關，越嶺至富水街，爲入陝第一鎭。按富水又名漢王城，相傳沛公入關時所築。四面童山濯濯，荒涼殊甚。又二十里渡冰河抵商南縣。商南明始置縣，清屬商州。民國屬陝西漢中道，乃戰國秦商於之地也。

。張儀謂楚王曰：「秦願獻商於之地六百里」，蓋即指此。城西北依山，東南臨河。余在南門外覓店少憩即往城內遊覽。縣城街道極狹，商業亦不景氣。民衆教育館爲一破廟，滿庭蓬蒿，不類人境。見該館王館長借閱商南縣志，詎料無有存著。比辭出，日色已暮，遂步出城外，歸店宿焉。

二日黎明發商南。沿公路西北行，三十餘里至雙廟嶺，對面山埡有樓巍然，曰竇門關，梯磴插天，地稱險要。在公路未闢之前，往來商旅均經此道，今則無人問津矣。自此下嶺，坡度極陡峻，車馬過此，稍疏即有竭蹶之虞。沿澗行，見道側煤苗甚豐，惜尚未開採。又數里至東磨溝，兩邊灌莽叢生，人煙稀少。每過林木深處，輒覺毛髮悚然。越漫嶺過清流河竇溝口，兩邊山崖多銀砂水晶，可見秦省地下寶藏之富。陂陀而上。凡十餘里至分水嶺，爲入商縣界。下嶺沿澗西行，可十里至武關河，河源出商縣東南山，經武關迤邐而南，至商南縣西南注入丹江。水清流急，未能通航也。河兩岸皆高山，石壁陡峻，滑不留足。又十餘里至武關。考武關在戰國時爲秦之南關，即春秋少習也。漢高祖滅秦降子嬰即從此入。史記所謂：「趙高已殺二世，沛公用張良計，使酈生陸賈往說秦將，啗以利，因襲攻武關破之」是也。關一面背山，三面臨水，亂山重疊，較潼關尤爲險要。上有居民百餘家，瓦屋鱗次，匝以土垣。過武關西北行二里許，路復歧爲二：南爲舊道，北係公路。舊道雖捷近，惟山高路險不易行也。渡河循公路西北行，十八里至十里舖，時落照擁樹，暝色四合，且聖會足繭，艱於行，遂覓店止宿於此。

三日天微明發十里舖，五十五里至龍駒寨。龍駒寨爲秦省東南重鎭，亦爲水陸要衝。砦長四五里，居民千餘家。往日百貨雲屯。商業繁盛。今則市肆冷落。遠非昔日比。砦北依鷄冠山，南臨丹江。自此以下，可通舟楫。史稱：「清順治二年六月潼關破，自成遂棄西安，由龍駒寨走武岡」即指此。

丹水發源於陝西商縣西北塚嶺山，東南流經商南縣，又東入河南經內鄉淅川，東注商水。商南有秦置丹水故城遺址，堯戰丹水之浦，以服苗蠻，舜封丹朱於丹水，皆即此。

離龍駒寨西行，沿路皆平疇沃野，二麥甫秀，豆亦初花，道邊多胡桃樹，濃蔭蔽日，如撐傘蓋。過界牌岈十餘里至南洛鎭。鎭西南有四皓墓。一墓在道南，三墓在道北。土壟皆高丈餘，並有古柏數十株，頂禿枝卷，彌覺凄涼。墓前有碑一道，刻「商山四皓墓」五大字。爲明嘉靖廿八年陝西巡撫傅翱書。考商山四皓乃漢之隱士，東園公、綺里季、夏黃公、甪里先生也。秦始皇時避亂隱於商雒山中。四人皆鬚眉皓白，故謂之四皓。漢高祖欲廢太子，呂后用留侯計，卑辭安車迎之，從太子見高祖，高祖曰：羽翼成矣，太子賴以不廢。商山在鎭南，有七盤十二繂。亦名商嶺商坂，四皓初即隱此。李青蓮詩云：「我行至商洛，幽獨訪神仙，園綺復安在？雲羅尚宛然。荒凉千古跡，蕪沒四墳連。」吾今亦有同感矣。又十五里至茶房村，遂止宿於小店。村南山崖峭削，有石洞百餘穴，縱橫皆成行列。遠望宛如鴿巢，亦鄉人避難所也。是夜月明如晝，坐村首聽鄉農話秦皇修長城故事，娓娓不倦。

四日晨，東方微白即整裝啓程。過李家河二十里至塔溝村。公路隨水闢山，壯如曲廊。崩崖上覆，令人不敢仰視。又四十餘里至大柳樹灣，夾道垂柳佈蔭，斜陽弄暉，風光十分綺麗。又二十餘里至商縣城。商縣在漢爲上洛縣，晉爲上洛郡。後魏置洛州。唐改商州。清爲直隸州。民初廢州改縣。城當丹水之上游，爲東出豫鄂之通衢。惟四面多山，公路雖通，猶不免險巇也。城四門三關，周約八里。城內市肆連雲，商業尚稱繁盛。城外地土肥沃，居民富庶。穿城而過，行五里宿於四皓廟。廟前有四皓衣冠塚，荒壟巍然，供人憑弔而已。

五日朝暾初紅發四皓廟。溯丹水而上，峯廻路轉，十五里飯於洋橋，此地即古仙娥驛也。有一小山，名仙娥峯，狀如海島，下有水名符娥溪。繞山脚注入丹水。過橋越嶺，至馬蘭峪，又西爲野人峪，林谷邃深，人煙稀少。又二十里至麻澗，澗以宜麻得名。南望熊耳山，雙峯聳峙，宛如兩耳，誠名符其實矣。計六十里至黑龍口，乃山中一小荒鎮。僅飯店數十家，無商業可言。於此西望秦嶺，重巒叠嶂，玉笋瑤籤，森列無際。更行二十里，天近黃昏，乃止宿於鐵爐子。

六日天氣陰翳，油然有雨意。拂曉發鐵爐子西北行，山狹水仄，林深路曲。兩邊奇峯散矗，怪石環列，蒼松翠柏，倒掛巖際，風景勝絕。五里入老君峽，峽長數里，澗度不及三丈。左右黝壁峭立千仞。上覆下掀，如壁如削。仰視天光一線，如行深巷之中，岑嘉州詩：「雙崖倚天立，萬仞從地劈」，此地亦有之矣。上躋秦嶺，公路盤旋皆作「之」字形。又二十里抵達絕頂，即牧護關也。北風勁烈，寒逾隆冬。回望過來諸山，青翠相連，悉伏足底。考秦嶺發脈於崑崙山中支，自四川與甘肅交界處迤邐而東，入陝西境曰秦嶺山脈，亦曰南山脈。至商南洛南二縣東入河南，爲漢水、渭水之分水嶺，主峯在長安西鄠縣南，名太白山。太華、陳倉、商山，皆其支峯最著者。世俗皆知此山爲秦嶺，而不知陝西之山皆秦嶺也。

越秦嶺下山北行，又三里至韓家坪，時已初夏，此間桃李始花，二麥尚未起箭。較平地氣候相差一月，其地勢高寒可想。余因有句曰：「谷暗人眠早，山寒花放遲。」蓋紀實也。十五里至張家坪，細雨霏微，寒風刺骨，雖衣重綿不得溫也。撐傘疾趨前進，兩邊懸崖峭立，下臨深澗，時見飛泉懸瀑，壯如匹練掛空，震耳欲聾。又二十里入藍田谷，見對岸依巖架木有棧道遺蹟。又十五里出谷至坳溝口。計自內鄉來，八百里皆綿亙大山，日行峽中如坐井底。至此豁然開朗，始見平原，令人心目一爽。於此飯訖遂行，又五里至藍橋。橋在霸水上，相傳即唐裴航遇雲英處，今其地有藍橋廢驛。考霸水爲關中八川之一，即古滋水，亦名藍田谷水，即秦嶺水之下流也。源出於牧護關，西北流納輞水。又西北經長安東過霸橋與滻水會，北流注於渭。水經渭水條注云：「霸者，水上地名也，古曰滋水矣。秦穆公霸世，更名滋水爲霸水，以顯霸功。」於此可知霸水名稱之由來矣。

過藍橋西北行，入藍田川。路平沙軟，步健神怡。又十里至雷家河，夾道良田美池，煙村相望。回首東南，青峯翠嶂，白雲吞吐，成爲一幅美麗圖畫。西望兩山夾峙者，即輞川谷口。川水出谷，北流入霸，聞其路係隨山麓鑿石爲之，甚狹險。過此則豁然開朗，四顧山麓掩映，若無路然。但轉折而南，路愈曲景愈奇。計二十里有鹿苑寺，即唐王維別業。摩詰藍田山石門精舍詩云：「落日山水好，漾舟信歸人，玩奇不覺遠，因以緣源窮。遙愛雲木秀，初疑路不同。安知清流轉，偶與前山通。捨舟理輕策，果然愜所適，老僧四五風，逍遙陰松柏。……」又錢仲文遊輞川至南山寄谷口王十六詩云：「山色不厭遠，我行隨趣深，蹟幽青蘿徑，思絕孤霞琴。獨鶴引過浦，鳴猿呼入林。褰裳百泉裡，一步一清心。王子在何處？隔雲鷄犬音。折麻定延佇，乘月期招尋。」二子之詩，皆紀實也。

又二十五里至藍田縣，下榻於南關旅店。藍田縣漢置，因藍田山得名，山在縣東，乃驪山之南阜。因出美玉，故亦曰玉山。縣城東北，高踞崇原，西南俯臨霸水，亦形要地也。

七日黎明發藍田縣。水涵霽色，山靄晴嵐。十里飯於十里舖。其西有平岡一道，曰「白鹿原」。長安志云：「白鹿原在縣東南二十里，自藍田縣界至霸水川，盡東西一十五里。南接終南，北至霸川，盡南北一十里。」原高約五里，梯田層疊，村落雜錯，鷄鳴犬吠，如在雲中。史記漢高祖本紀云：「漢元年十月，沛公兵遂先諸侯至霸上，」即指此地。原上有漢文帝陵，名曰：「霸陵」。

又十里至洩湖，其東有銅人原，故霸陵城在原上，即故正陽也。關中記云：「

秦爲金人十二，董卓壞以爲錢。餘二枚，魏明帝欲徙詣洛陽，到霸城重不可致，今在霸城大道南，」故名曰銅人原。按正陽爲秦昭襄王墓地。史記秦始皇本紀云：「昭襄王享國五十六年。葬正陽。」前人多誤認霸陵城與霸陵爲一地，故主霸城在霸水之西。惟近人閻文儒著西京勝蹟考引水經注及關中記之說：斷定霸城在霸水之東銅人原上。余今度其地形，亦以閻氏之說爲近理可信。

又二十里飯於新街。市上有賣合烙麪者，余買少許啖之，覺味惡幾不能下咽。然當地人食之則津津有味也。語云：「一方水土養一方人，」信不誤矣。又一里渡霸河入長安縣境。前行見村民房舍甚少，多住土窰。窰之深廣不等，富室之窰有鑿兩重者，望之儼若樓居，門外尙築有院牆，以防盜匪。白鹿原北崖有藥王廟一座，黝瓦層樓，縹緲玲瓏。

又三十里至滻河，考滻水亦爲關中八川之一。源出陝西藍田縣南谷中。西北流經焦戴鎮，爲焦戴河。又西北經長安會霸水入於渭。河床皆冲積沙石，蓋冬春水落，夏秋則往往氾濫，冲沒農田。又十里越平坂，瞥見兩浮圖矗立天表者，則大小雁塔也。城樓高聳，雉堞相屬者，西安省垣也。西安北臨渭水，南對終南，襟山帶河，憑高據深，故蘇秦謂爲天府之區。天下之雄國也。又五里進東門入城，下榻於同鄉李其蘇先生家。

西安在禹貢爲雍州。周爲王畿。東遷以後屬秦。秦併六國置內史郡。漢初爲渭南郡，尋復改爲內史郡。西漢景帝二年置左右內史。武帝太初元年改京兆尹與左馮翊，右扶風並爲三輔，後漢因之。三國曹魏改尹爲守，又爲京兆。晉以後或爲郡、爲府、爲軍，改置不一。元爲西安路。明初改爲西安府。淸因之。民國改縣。長安爲漢唐之都，文物之盛，擧世罕匹。班固西都賦云：「漢之西都，在於雍州，實曰長安，左據函谷二崤之阻，表以太華終南之山；右界褒斜隴首之險，帶以洪河涇渭之川，」周以龍興，秦以虎視。自古有事中原者，無不屬意於此。

漢長安故城在今西安城西北十三里，渭河南岸，創建於漢惠帝時。隋開皇三年築城龍首川曰大興城，此城遂廢。今之西安城即唐代西京，初曰京城。天寶元年曰西京，至德二載曰中京，上元二年復曰西京，肅宗元年曰上京。創建於隋開皇二年，三年由漢長安城徙此。西京坊市之整齊，制度之完備，實爲前古所未有。宋呂大防云：「隋氏設都雖不能盡循先王之法，然畦分棋布，閭巷皆中繩墨，坊有墉，墉有門；逋亡姦僞，無所容足，而朝廷官司民居市區不復相參，亦一代之精制也。」

唐長安城於昭宗天祐元年正月爲朱全忠所毀。長安志圖卷云：「新城唐天祐元年匡國節度使韓建築。時朱全忠遷昭宗於洛，毁長安宮室百司及民廬舍，長安遂墟。建遂去宮城，又去外郭城。重修子城。南閉朱雀門，又閉延喜安福門；北開玄武門，是爲新城。城之制內外二重，四門，門各三重。今存者爲二重。內重其址尙在。」今城與唐城之範圍相差甚多，而其位置之出入亦頗大。明洪武中都督濮英增修。周四十里，高三丈，門四：東長樂，西安定，南永寧，北安遠。四隅角樓四，敵樓九十八，嘉靖五年巡撫王藎重修。隆慶二年巡撫張祉甃以磚。崇禎末巡撫陳極新重修。康熙元年總督白如梅、巡撫賈漢復再加修葺。城周共四萬三千七百八十五尺，合二十四里一百一十七步。

洛陽白馬寺

王世成

東都寺冗立蒼茫，香火姻緣歲月長；萬里傳經勞白馬，千秋浩劫紀紅羊。
崇臺兀自承朝露，古塔依然對夕陽；昔日繁華銷歇盡，無端感慨付滄桑。
民國，了歷遊白馬寺紀勝句

河南省原爲豫州，古九州之一也，初，周武王遷殷民於洛水之濱，作爲洛邑，是謂東都，平王遷都於此。及東漢、魏、晉、梁、後魏、隋、唐、與五代晉、梁、唐、十朝以此爲京，又稱汴京，「有「九朝都會」雅號，其實還多出一朝。但此「九朝都會」，誠爲古代政治中心。亦爲我國五大都城（南京、北平、長安、開封、洛陽）之一。在周、漢以降，皆有豫州之置，惟疆域日狹，治所迭遷，東漢豫州刺史治譙，即今安徽省亳縣；晉治項，則今河南省項縣也；南朝，宋分淮東爲南豫州、淮西爲西豫州，其後又由分而復合；南齊治歷陽，即今安徽和縣縣治；唐改汝南郡；五代時，遷徙無定，遼以後廢置。

所以豫省古稱中州，向爲中原腹地，因位洛水之陽，故以洛陽稱。在黃河南岸，洛水北岸，背即邙山而面伊洛，左嵩高（登封）而右崤坂，東控牢固（鞏縣）、函峪，黃濤滔滔自境北流，形勢雄勝，古來中原有事，莫不以此爲樞紐；對日戰爭「一二八」滬戰發生後，曾以此處爲我國行都。今隴海路，東通東海，西達潼關，交通益形便利。

談洛陽輒易想及洛神。此洛水之神，傳說實有四種：一爲洛伯，竹書紀年曰：洛伯用興河伯馮異鬥。二爲宓妃，水經注稱今洛陽故城南舊伊洛合流處乃洛神宓妃之所在。攷宓妃，伏羲女，下嫁諸侯，夫死，妃投洛水以殉，遂祀焉。漢志：袁紹子婦甄氏，魏曹丕納爲后，後被郭后讒死，曹植爲作感甄賦以哀之，丕聞，索觀其賦，植懼，是題爲洛神賦，辭極淫靡，遂使宓妃蒙數千年之誣，甚有以甄后即洛神者。三爲駱子淵，據伽藍記載一怪誕之神話，洛神爲駱子淵，以溺死之童子鼻中血作酒，尤屬慘酷不經。四爲龍神，洛陽志拾遺記武后時一老者爲龍之神話，在洛水中能呼風喚雨云。今一般皆以爲女性，且有圖之者，陋矣。

洛陽爲內陸之古城，白馬寺在洛陽東二十里，亦隴海鐵路線上，四周一望無際，依史籍載，謂寺在洛陽雍關之西，即故城之西三里，照當時形勢推測，當然在接近城道繁盛之地。不無因爲朝代更替，世遠年湮，洛陽城亦滄桑迭易。所以古稱白馬寺在城西，以今朝變爲在城東，此係城之遷移所致，非是寺之遷移也。清一統志：「漢明帝時摩騰，竺法蘭初自西域以白馬馱經而來，舍於鴻臚寺，按鴻臚寺爲待四裔賓客之所。遂取寺爲名，創置白馬寺，此僧寺之始也。」

佛教傳入中國，首先是建白馬寺創於漢明帝；爲東來之嚆矢，亦稱中國之第一古刹。其實早自漢武帝獲休屠王金人，列於甘泉宮，不祭祀，只焚香禮拜，迨王莽之臣景顯，從大月氏王使伊存，口受浮圖經事，可知公元前二年，即有佛教傳入中國，不過西漢尚未盛行耳。到東漢明帝時，楚王英篤信佛教，永平八年（公元六五年）明帝賜其詔書，已有「浮屠」、「桑門」、「伊蒲塞」之佛教名詞。據云帝夜夢金神，頂有白光，飛行殿廷，醒召羣臣問兆，大臣傅毅稱爲西天之「佛」。帝乃敕中郎蔡愔，博士王遵等十八人，西尋佛法至印度國。延加葉攝摩騰，竺法蘭二人，應聘來歸。以白氈繪釋迦像及四十二章經一卷，載以白馬，以永平十年歲次丁卯十二月三十日至洛陽，兩沙門舍於鴻臚寺，帝悅乃取寺爲名，在洛陽雍關之西，創建白馬寺。迦葉譯佛經四十二章，竺又譯十住經，是爲佛教正式東流之始，亦是我國人，知有佛經中之奧妙法理。所以白馬寺即中國僧寺之創始者，迄今已有一千九百餘年。亦爲我國最古名寺。迦葉摩騰及竺法蘭二位高僧，居洛陽六十年，先後圓寂，即葬於白馬寺側。

寺門之外，立着一匹白石馬，門口匾額大書「佛教源流」四字。四圍垣墻，整齊修潔，據云乃民國二十一年戴季陶張溥泉諸先生所重修。而所書之佛教源流，當然始自漢明帝，由蔡愔偕天竺僧人攝摩騰與竺法蘭同還洛陽，創白馬寺，自然大有歷史上極重要之價值在焉。在中國才有沙門及跪拜之法，距今將及兩千年，在中國有佛寺中，白馬寺可算爲鼻祖矣。

進寺門後，是一座空院，左右兩側牆下，即迦葉摩騰與竺法蘭之墓，蓋碑矗立，字跡雖經風雨剝蝕，依然清楚。據墓誌載，兩位高僧皆中天竺人，明帝時，奉經像至中土，翻譯四十二章經等。爲白馬寺之總持及圓通，先後示寂雒陽。院內另有若干斷碑，多是古代遺留，惜字跡殘缺，無法辨識。據云從前殿壁，多爲晉唐藝術所造之像。現已無存。但年代久遠，陵谷變遷，其始規模宏大，氣象軒昂，歷經兵燹，屢遭毀損，經過唐睿宗垂拱二年，宋太宗淳化三年，先後重修後，清因之，民以保留古蹟，申令不准毀壞。故梵宇經樓，雖丹青剝落，而古色斑爛，苔痕侵階，草色垂檐，大雄寶殿，遺制莊嚴。至於門前所雕塑白馬一匹，作振鬣長鳴狀，確是爲該寺之特別標誌。日寇侵華，幸免毀圮，或者由於日人崇仰佛教，敬禮如來，不然者，難逃刼數矣。

寺後有清涼臺，乃堆土而成，高約四十尺，周圍四百尺，臺上有毗盧閣及僧舍，閣牆上嵌有漢譯四十二章佛經之石刻。閣前有甘露井，古柏兩株，石碑數塊，閣內有明帝時畫工所繪佛像，極有藝術價值。據寺僧談，此座佛殿畫像，當時因畫此像時，有兩家互爭此宗生意，後由兩家分承，將大殿從中隔開，各畫一半，完工後，拆開間隔，竟能無分軒輊，可見當時畫工之巧技神奇。

又閣上有迦葉摩騰與竺法蘭之造像，亦很奇古，還有一尊三尺高的緬甸玉佛，是前考試院長戴季陶先生所獻。閣下有清涼臺，山後有方形石器，下頭下面有小孔，石質細緻，花紋亦精美，但相當殘破，不但不敢言是何代之物，亦不敢斷定其爲何物。

寺內還有洛陽八景之一：「馬寺鐘聲」，此座鐘原置於清涼臺畔，現不知去向。沿白馬寺四周，雖非綠陰如蓋，却有疏落參天松柏。聞在唐宋以前，有「白馬甜榴，一實值牛」之說，可知其名貴，惟至今日，榴樹是無一株，何處有甜榴，而古諺之留傳，亦方爲今日之佳話。

白馬寺前東南半里，有舍利塔，是在一個土阜之上，作方形十三層。原塔係於後漢明帝時所建九層，高二百尺，名齊雲塔，後來倒榻，至金大定十五年五月初八日間重修有寺塔記碑，改作十三層。明嘉靖三年，孟夏吉日修寺塔記碑，各一通，記述甚詳。此塔又曾重修一次，但至今已。再據漢明帝時，白馬寺東南土阜，夜有呈破毀。又說此塔，始建於唐，恐不正確。再據漢明帝時，白馬寺東南土阜、夜有光明，明帝以問摩騰，摩騰答下有舍利，拜之果有圓光形三法身，於是詔塔其上。此塔雖非東漢故物，亦有八百餘歲，惜下層無門，祇能四面瞻仰。惟此塔有點奇怪，俗名「蝦蟆叫」，即用磚試擲一次，上面即叫「閣」一聲，擲兩次有「閣閣」兩聲，非常清楚，所以稱「蝦蟆叫」。

從舍利塔下，向西南走不遠，有狄梁公墓，梁公仕武則天朝爲宰相，以忠鯁見稱，維持士類，引薦忠良，匡復中宗，全唐社稷，爲唐朝有數忠臣，墓前有碑，題有「唐忠臣狄梁公墓」。據碑旁題欵，原爲宋大觀元年龍圖閣學士，留守范致虛所建。明萬曆二十一年八月重立。元安撫完顏綱刻詩立碑於旁，其原句云：「神器旁遷幾不留，曾將忠義破陰謀，淡煙衰草平林月，猶帶當年帝子愁。」

尚有一段傳說，謂唐三藏玄奘大師圓寂後，一日所伴大師取經之白馬，突然不知所踪，寺僧乃乘馬四出尋覓，東去潼關，戍卒急報剛有白馬闖關逃脫，復竄過新舊函峪關，僧追至馬又不復在，後有人發現此白馬竄抵洛陽城郊，沿竹林他去無踪。後乃在竹林築此白馬寺。寺旁一鄉鎮，改爲白馬鎮，說得有聲有色，皆是附會之談，亦記述之。

但洛陽一地從此佛教流傳中土，至北魏時，即有佛寺千座，後魏人楊衒之著「洛陽伽藍記」中，對千寺各院描述甚詳。

其後印度佛僧先後來洛陽達三千人，是以佛教受外來影響更大。

上•大•人新解

德明

從前大陸私塾，老師教導啓蒙學童習字時，大多是先從「上大人」開始寫起，往下是「孔乙己」、「化三千」、「七十士」、「八九子」、「爾小生」、「佳作人」、寫到「可知禮」爲止。這種習字格式，大家習以爲常，很少有去過問這些字句的來源。記得我進中學時，家鄉仍然有私塾。家父的意思：認爲僅讀的、了、嗎不夠，要增加固有國學基礎，便叫我在暑假中參加，父親爲考驗私塾老先生，便以上大人爲題，向老夫子請敎，看看是不是可以難倒他，誰知道這老先生一點不含糊，不但立刻解釋說：「這是崔鶯鶯思念張生所作的曲調，習字時是只取每一句的第一個字」，並且一口氣把全部曲調朗誦出來，此事至今印象猶深，茲將原曲抄錄於後，藉供讀者共賞：

「上」綉樓把奴的心思想壞。「大」不該命紅娘勾引前來。「人」說是張君瑞風流可愛。「孔」聖門讀詩書頗有奇才。「乙」那年高得中鄉科發解。「己」已年赴京都兩下分開。「化」鯉魚跳龍門魂飛天外。「三」場畢你就該早早歸來。「千」思想萬思量百無聊賴。「七」弦琴撫不出懶把墨研。「十」里亭奴也曾叮嚀百拜。「士」君子爲功名拋下裙釵。「八」行書寫不盡奴的恩愛。「九」璉環解不開綉樓情懷。「子」時到奴也曾去把月拜。「爾」臨時焚香案跪在塵埃。「小」寃家到今朝言語何在。「生」同榻死同穴盟過誓來。「佳」偶兒成怨偶古今同載。「作」情書寫情書淚流滿懷。「人」閒言母不諒前生孽債。「可」憐我閨閣女怎樣安排。「知」心話難傾吐能把誰怪，「禮」部堂做高官你倒快哉。

中文電腦字典應運問世

·段建安·

隨着電腦時代的到來，「中文電腦」又成爲目前最時髦的問題之一。由於電腦是外國人發明的，在實用上乃是依照西洋文字設計的，要想以中文來操作，事實上辦不到的，中文未能電腦化，是我國發展電腦科學最大的障礙。

電腦專家范光陵博士說：「如中文電腦問題不能解決，則我國教育現代化與科學化的理想，可能落於空談。」又說：「中文電腦問題之解決，應自電腦中文化及中文電腦化雙方同時着手」，足見「中文電腦」在今天的重要。

科學界人士競相設計

基於此一情勢的體認，因此，近年以來，激發起國內科學界人士的雄心，一同致力於設計一套適合的「軟體」程式，使電子計算機不僅僅是外文的專利品。

要把電子計算機改用中文，目前最大的問題，在於輸入與輸出。解決中文輸入電腦的方法，大致可分爲中文圖形輸入法、中文音標輸入法和中文直接輸入法三種。這三種方法也是一件廣泛討論的題目，見仁見智，各具意見。

國內學術工程界從事電子計算機有關問題研究單位，分別提出各自的研究結果之後，現在一位服務於空軍總部的中校軍官張漢賢，經過兩年多的工作研究，更完成了兩巨冊「中文電腦語言字典」，使電子計算機中文操作達到了完成階段。而使價廉而又方便的中文電子計算機的出現，更向前邁進了一大步。

本字典集萬二千單字

旅美電子計算機專家華晨暉博士曾說過：「如果要使計算機中文化，那就必須新編一部中文字典或辭典，爲中文電子計算機要處理的是中國話，而不是一個個的中國字。」張漢賢中校這本「中文電腦語言字典」，就是採用中文音標輸入法，由中文變爲電腦語言，來解決此一困難的問題。

中文電腦語言字典，分上下兩部，上部爲用國音字母查字法，下部是用中文筆劃查字法，共收集單字約一萬二千字，以二進位法變成「中文電腦語言」。字典的編排，在上部中，先列國音字母符號，次列中文字，再列數目號碼及中文電腦字，凡懂國音拼字者即可查用，如整字不懂，不認識，則可按數字筆劃多少，在下部所需劃數之部中查得。

這種字典不僅可使中文資料直接運用在電腦中，解決中文字輸入電腦的困擾，並且兼具有價廉、簡單、快速等多種優點。同時，中文電腦字還可作密碼運用，並能爲士、農、工、商、黨、政、軍各界人士的資料、統計、管理（含圖書管理）及檔案等運用，凡目前電腦可運用的資料，該字典的中文電腦字，均可運用。

中文字變成電腦語言字，也是用「0」與「1」兩字組成的，如何將中文字變為「0」與「1」的組合字數元組，這就是本字典的著述內容。

由中文變為「電腦可認識的字」共分為三個程序。也即是三個步驟：一是中文字變為國音拼音字，二是由國音拼音變為號碼，三是由號碼以二進位變為「0」與「1」數元組，即是「電腦字」——電腦可認識的字。

編列號碼分別同音字

由於中文字的特色，是有「聲調」與「輕聲」之分別，此四聲的同音字很多，輕聲的字很少，為了使電腦認識聲調，也用「0」與「1」組合表示出來，按順序編列號碼，放在國音字母拼音字之後，有了號碼，電腦就可一一認識了。

目前中文音標輸入電腦所遭遇到最大問題，為同音字太多，有的僅有一個，有的多到百多個字，易生混淆，且記憶不便，如張系國博士便採取一種音檢與形檢混合輸入法，以便克服這種同音問題，但這種方法最主要的缺點是速度太慢。針對此一問題，張中校乃把中文中同聲字加以整理編列「號碼」，按中文字筆劃由簡而繁，以數目順序編列，以分別出每一個字的不同，然後再由電腦變成二進法「0」與「1」的組合數元組，這樣每一個字均有一個不同的號碼，電腦便可認識了。於此，全部中文電腦語音字典便告編成了。

目前外國製的電腦，機械本身就沒有具備中文字的機器，中文輸入與輸出的電子機械化機器，尚待我們來發明解決，張中校對輸入的構想，就是用「國音字典鍵盤」直接輸入的，鍵盤已經設計完成。如果我們要電腦做一件工作，或問電腦一個問題，造些資料，寫文章及程式時，即可直接用國音字母鍵盤一一輸入了。

中文應該有中文電腦

中文經過國音字鍵盤輸入，經由輸出部門把處理的結果造到輸出介體上。這時可由電波道直接由電腦傳入「中文字的轉換機器」，或稱中文字印刷機—用光學照相印刷機，即可輸出中文字來了。不過，張中校表示：這種機器尚待我們以本字典為藍本及用本中文電腦字的排列法則來發明。

「中文電腦語言字典」是發展中文電腦的踏脚石，是中文用在電腦中的工具，有了此一工具，我們便可運用電腦。空軍機校畢業的張漢賢說，我國應自立自強，中文應有中文電腦，不應以其他的文字來代替中文電腦，基於此一原則，因而編成中文電腦語言字典，以作為今後發展以我國文字為本位的電腦，創造我國電腦與作法。

天下第一聯

姜渭水

書法是中國獨特的藝術，對世界各國而言，所寫的字祇不過是語言的代表而已。同時書之有法，亦以中國最爲擅長，因爲中國的字，除了精神及智慧的表現外，尚包括有圖畫底美；思想底美；乃至心靈的蘊蓄底美。

書法藝術的功能，對團體組織來說，它係宣揚民族文化的利器，發展精神教育的工具，培養高尚氣質的洪爐；對個人來講，是人們不可或缺的生活方式的技能之一。尤其是知識份子研究學問，發抒情感，以及獲得職業的先決條件，給予人類的方便和益處，洵屬不言可喩。

由於書法在藝術領域中，有如此普遍性的優異表現，一方面滿足了人類精神的感受；另一方面並改變了人類生存的境界，所以自古迄今，凡是講究學問的人，無不鍥而不捨，樂斯不疲，俾求躋身于書法之林。其作品的精湛、筆陣的森嚴、結構的茂密、體勢的姸媸、變化的神奇，尤足令人折服，愛勿忍釋。

筆者研究書法有年，盱衡歷代作品，單從字的本身來衡量，則諸家碑帖，汗牛充棟，不可勝數。大抵膾炙人口之作，既要求字有風神，更須文多韻致，二者兼而有之，才是珠聯璧合的不朽佳構；而能夠得上稱爲天下第一的，自當以陳摶的楹聯最有份量。

陳摶是位歷史小說中的神秘人物；正史上說他是宋代眞源人，字圖南，後唐末舉進士不第，遂隱于武當山九室巖，服氣避穀，終居華山，每寢處，常常百餘日不醒，拒絕接受周世宗諫議大夫的召喚。太平興國中來朝，太宗極重之，賜號希夷先生。生平苦讀易經，自號扶搖子，端拱初年自謂死期至而歿，著有指玄篇八十一章，論導養與還丹訣覈，幷有三峯寓言、高陽集、釣潭集等書。

華山遺存陳摶的名跡頗多，其最令人嚮往之處，厥爲他與當年黃袍加身的都檢點趙匡胤下棋亭。趙匡胤在未即天子位前，曾以天下無敵手的雄心，和陳摶較量象棋，連戰皆北，身上已一文不名，無錢下注，惟不甘雌伏，堅欲續奕。幷謂節制華山，倘再輸，當以此爲質，誰知未走十餘步，即被「將軍」，擲碁而去。等到登九五，爲踐前言，果下聖旨，華山終歲不納賦稅。當地居民驚其所爲，尊摶爲老祖，奉爲神明，而宋太祖以華山作棋局之佳話，遂爲世人所津津樂道。

這幅對聯的十個字「開張天岸馬，奇逸人中龍」，字大徑寸，本來並不成文成對，乃是後人所組集的，但對得天衣無縫，妙造自然。特別是筆勢遒勁，峻嶇蒼渾，如龍跳天門，虎臥鳳闕，如黃河澎湃，一瀉千里，令人目擊之餘，眼界頓然豁開，氣慨陡冲斗牛。一股飛翔騰躍之勢，把人昇華到盡善盡美的境地，怡然陶醉，不知其所以。可以說亙古以來，的確再也找不到比這更好的楹聯書法了。

該聯原蹟輾轉流傳，歷有年所，張大千的老師清道人李梅盦珍藏甚久，一度被康有爲借去欣賞，抵賴不還。民國九年李氏謝世，易簀時猶以索回不絕于口，賴曾農髯求沈寐叟（子培）致函出面追討，始得珠還合浦。曾老名重書壇，且與清道人交稱莫逆，特爲題云：「此十字冊嚮藏嵩山，好事者改爲十字聯，海內轉相勾刻，但具皮相，今觀墨跡，直使古今畫家，一齊俯首，蓋別有仙骨，非臨池所能」。不久，清道人之侄李仲乾，爲償先人夙願，替清道人在南京兩江師範內興建玉花梅庵，需欵甚鉅，不惜以五千銀洋，割愛讓與同鄉趙恆惕。

趙氏亦有跋云：「開張天岸馬，奇逸人中龍墨跡，爲宋陳希夷先生所書。按是聯畧有三奇：相傳宋太祖微時，在華山與希夷對奕，希夷詢以何爲注？太祖戲曰：『即以華山爲注何如』！太祖棋敗。後即帝位，爲希夷令免華山徵捐，世所謂『贏得華山一局棋』是也，是人奇。宋詩家石曼卿謂是聯書法『俯視羲獻皆庸工』，清畫家曾農髯更謂是聯『直使古今書家一齊俯首』，是書奇。是聯造語浩邁，破石驚天，是語奇。凡盛傳開國，恆有高人奇士，點綴期間，爲江山生色，如嚴子陵之于漢光武，虬髯客之于唐太宗皆是。是聯存吾篋數十年，無人言及。近張岳軍先生屢促影印，小兒佛重遵即印就，英光逸氣，儼嚴子陵，虬髯客之重履人間。此聯上首復有明成祖國師沙門道衍題爲希夷仙跡云」。

這幅對聯除上述各家題跋外，上聯「開張天岸馬」的上端，是歐陽修的契友石曼卿（延年）題詩：「希夷先生人中龍，天岸夢逐東王公，酣睡忽醒骨靈通，腕指拂拂來天風，鸞舞廣漠鳳翔空，俯視羲獻皆庸工，投筆再拜稱技窮，太華少華白雲封。」下端尚有隸書題跋：「金華宋氏被黨難，此聯遂入內府，後賜頒貽李曾園家。乙酉冬日，太末劉松客持來，以秦漢印二百方，漢雙魚飛鴻洗，初搨醴泉銘，大觀龍鳳熏子強易得之，宇宙靈英，飛入吾手，豈非奇福乎哉？順治八年秋九月陽夏謝存仁識於莧灣精舍。」至于下聯上下端則爲曾農髯。趙恆惕（夷午）所題跋，文見前述，由此可見是聯上下共有四人跋字，爲任何楹聯所未有，何况還是從皇宮的內府所流出。

我曾查考該聯的年代，石曼卿題欵爲康定庚辰，迄茲已逾九百卅餘年；而後唐長興年間，相當於民國紀元前九八二年，宋太宗端拱，則在民國紀元前九二四年，試想一件字畫，曾逾十個世紀之久猶巍然獨存，受到千萬人的瞻仰和謳歌，它的價值是多麽地永恆不朽啊！

由於目前保存者趙恆惕先生已歸道山，筆者特地畧作介紹，同時謹獻瓣香，祝此聯安然無恙！

·胡士方·

——汪派傳人——

王鳳卿

平劇的老生，最早是安徽潛山的程長庚，北平的張二奎，及湖北羅田的余三勝，亦代表徽、京、漢三大流派。繼起而有成就者，則爲孫菊仙，汪桂芬，譚鑫培，劉鴻昇，及汪笑儂，且各自成派。其中學孫者有雙處，福芝圃，韋久峰，時慧寶。學劉者有張雨庭，高慶奎，劉榮昇，及早年的高百歲。學汪笑儂者有黃智斌，金桂芬，王福寶。學譚者最多，若王雨田，貴俊卿，余叔岩，王又宸，言菊朋，譚小培，貫大元，羅小寶，馬連良，譚富英，吳鐵菴，邢君明，楊寶森，王少樓等，眞如過江之鯽。早年北平有位王垿，字覺生，山東萊陽人。光緒己丑翰林，做過法部右侍郎、實錄舘副總裁、弼德院顧問大臣。寫得一筆平頭正臉的舘閣體，北平商家的牌匾多出其手。所以，北平就有句「無匾不書垿，無伶不學譚」的流行話，可見譚派之時興。說起汪派來，算是最少。早之鄧遠芳曇花一現，後之王斌芬出科即卒，勉強羅致一下，亦僅郭仲衡，白蓉普，和王鳳卿而已。

郭仲衡，北平人，本爲協和醫院學醫出身，早與賈洪林交遊，酷愛戲劇，遂立志學汪派。民國三年，樊棣生與王君直，陳彥衡，程繼仙，金仲仁等人，發起組「春陽友社」票房。推李經畬爲名譽會長，假北平三里河東大浙慈會舘鑽研平劇時，郭便參加其中。與恩禹芝，喬藎臣，松介眉，王又荃，林鈞甫這群票友一齊延師學戲，故唱功頗有造詣。且以「四郎探母」，「戰長沙」，「取成都」，「文昭關」「完璧歸趙」馳名一時。程硯秋因未成名時，隨業師榮蝶仙在「春陽友社」練過戲，與郭交往頗深，故民國十幾年程硯秋南下上海，便以郭爲跨刀老生，從此列入名脚之林。但嗓音過窄，不久即沒落無聞。有子名少衡，亦習老生，曾與現在台灣的名丑于金驊，佐董玉苓很久。細長枯瘦，嗓音近左，更差矣。

白蓉普，滿洲旗人。本名濟阿朗，曾任職參謀本部。但拜小生德珺如爲師後，即下海鬻藝。嗓音雖佳，但尖銳處有似劉鴻昇處，故也算不得汪派之正宗。

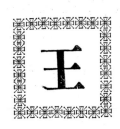

談到汪桂芬這一派的傳人，還是以王鳳卿足以當之，故就所知，來介紹一下。

王鳳卿，原名祥臻，字仁齋，江蘇清江浦人，生於光緒九年六月初九日。父親王彩林，字耀庭，藝名絢雲，「品花寶鑑」一書中魏聘才所云：「京裡有個甚麽四大名班，請了一位教師，到蘇州買了十個孩子，都不過十四五歲；還有十二三歲的，用兩個太平船，由水路進京」。王彩林幼年便是像此種情形，以蘇揚小民，隨運糧船，跟一位姓李的到北平的。舉目無親，回頭無路，從崑腔小生謝肅玉學崑旦，又做相公，便在北平落了戶。初在四喜班奏藝，與陳德霖的師傅田寶琳是同門。在

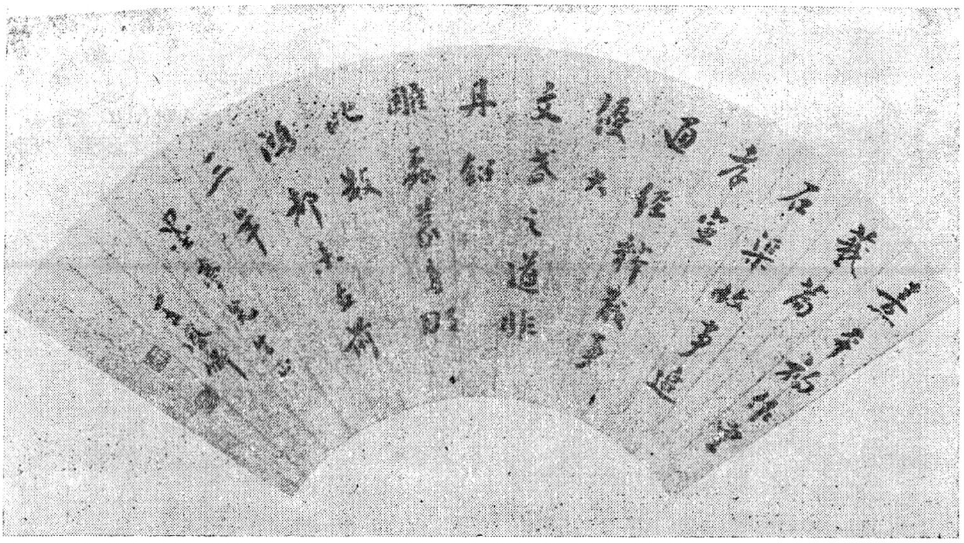

同治年間，和名旦朱蓮芬，朱秋芬，小生徐小香都同過台。鳳卿的哥哥即大名鼎鼎的通天教主王瑤卿。在鳳卿小時，其父親彩林因爲是從淸江浦，被「老優買之，教歌舞以媚人者」，深知此行都視爲下賤，故不願鳳卿們再學戲，想叫兩個兒子讀點書學生意。但環境不好，田寶琳苦勸，才開始學戲。鳳卿與其兄瑤卿，乃從田寶琳學「彩樓配」。在鳳卿八歲時，王彩林即逝世，生計更差，祇得死心塌地的入了戲行。

光緒十七年，鳳卿與瑤卿一同到三慶班下處學武工。那時四大徽班所謂三慶，四喜，春台，和春，只剩下三慶和四喜。這兩班都有專爲外省來京戲人居停的下處，在下處且有教戲的師傅。鳳卿和瑤卿，便在下處從唱武二花的崇富貴學武功。崇富貴，旗人，係程長庚大老板掌三慶時代的左右手，以無嗓音，故專門教戲爲生。一向厲害，打戲最狠，在他手下出錯，他一棍打下能使人暈半天，故外號人稱「崇剝皮」。他的徒弟，多是玩藝磁實，出類拔萃的好手。如錢金福，張長寶，胡金祥，李九兒，李玉林，李壽山，李壽峰兄弟；以及李鑫甫，遲月亭，李磨子，程招官，都是在梨園界有相當聲譽的。

鳳卿跟崇富貴學「大頂」，「虎跳」，「絆子」，「搶背」，「吊毛」，「圍腰」，「耗頂」；和「燈籠泡」，「救急槍」，「二龍頭」，「甩槍」，「十六槍」，所謂「小五套」，便吃苦不少，却奠定了武生的基本功夫。同時更請當時的名短打武生陳春元教授「石秀探莊」，「一箭仇」，「蜈蚣嶺」，「花蝴蝶」等戲。雖然學的是武生戲，但嗓子甚高亢，發聲亦結實，頗適合唱老生，遂改學老生戲。其得力於賈麗川最多。按賈麗川爲名崑曲小生賈阿三之子，譚派健將賈洪林即爲其姪，向以教戲著名，故鳳卿在賈麗川門下進步甚速，出聲又頗近於汪桂芬，故發奮學汪派。初搭福壽班時，即以汪派戲做號召，後來瑤卿在內廷與汪桂芬同台，故將乃弟，介紹於汪。雖未正式叩頭拜師，汪却教了許多汪派戲，如「硃砂痣」，「文昭關」，「取成都」，「魚藏劍」，都是汪指教過的。

故王鳳卿演於長春班，及應各王爺的堂會，聲名漸起，人都目爲汪桂芬之後繼。其時汪桂芬在宮中，因神經不正常，時時誤場，雖懲治多次，汪也不稍改，許多戲有時便是王鳳卿來承當，故頗得顧曲們的重視。尤其光緒三十四年二十六歲，被召進宮爲「供奉」後，正式頂替汪桂芬所唱的脚色，聲譽更隨之而起。像慈禧太后所喜歡的譚鑫培的「戰長沙」，便是由鳳卿來飾演關公，且使慈禧大爲喜歡。當時有位李順亭，外號大李五，和譚鑫培是同輩，藝兼文武，崑亂不擋，嗓音之高，能及上字調，哨吶腔尤其精彩，「龍虎門」趙匡胤雪夜訪趙普爲其絕唱。甚至「截江奪斗」的趙雲，「鐵籠山」的姜維，他都有獨到之處。慈禧太后爲了愛惜鳳卿，便傳旨李順亭來教王鳳卿，王的靠把戲，便是由大李五來教的。

王鳳卿之藝得之於汪，亦以汪之狂慢而多有機會演出，故汪對王鳳卿影响至大。所以，現在回頭說一說這位汪派創始人汪桂芬。

汪桂芬，安徽人，字硯庭，係春台班武生汪連寶之子。小時係陳丹仙經營之春茂堂私寓出身，背低頭大，身材不佳，人都呼其爲「大頭相公」。但「井以甘竭，李以苦存」，汪却生意不佳，得保其身。初學老生，唯倒嗓後即不能復原，乃苦研胡琴。因父親汪連寶是當時的名脚，與程大老板長庚是安徽同鄉，於是便介紹到程長庚處，繼樊三（樊景泰）之後成爲程之琴師。手音托腔，竟得程的賞識，程大老板有生之日，却未曾離開過。程的唱腔，他最熟習。光緒五年，程大老板逝世，汪無以爲計，遂又唱老生。嗓音居然不減曩昔，「文昭關」一戲，且紅遍京華，都目爲程大老板再世。迨慈安太后「國喪」之後，其清唱於北平前門外之玉順茶園，尤博得盛譽。俞菊笙主持之春台班，田際雲主持之廣興園，他都効過力，故汪和俞，田，最爲相知。

汪桂芬的唱腔，可得程長庚之眞髓，沉壯彌滿，渾厚充沛，貴在「腦後音」，腔重於調，純是徽調正宗。功力猶在孫菊仙，譚鑫培之上，做工道白稍差。但「取成都」。「狀元譜」，「捉放曹」，「群英會」，「天水關」，「戰長沙」，「華容道」，及老旦戲「釣金龜」，「遊六殿」，「行路哭靈」等戲，除程長庚外，可謂無人可及。因際雲在福壽堂發起義務戲，有全部的「群英會」。汪之魯肅，王桂官之周瑜，黃潤甫之曹操，金秀山之黃蓋，王雨田之孔明，羅百歲之蔣幹，珠聯璧合，轟動一時。以汪演得最好。迄今百年，仍爲人所樂道。

汪桂芬與肅親王之弟善二爺爲莫逆，故其組寶勝和班演於北平之汾陽會館，汪也參加演出，仍紅極菊部。唯汪生性怪僻，傲骨嶙峋，又篤信佛教，法號德生。在上海演出時，且一度赴普陀山參禪，平素亦以長髮道袍，若頭陀狀出現，後來世間流行的那份遺照，便是以此裝束。

汪桂芬在內廷演出，雖亦得慈禧太后及諸王爺的激賞，但有時裝瘋扮魔，演戲誤場，故漸不爲人喜，遂使王鳳卿受人重視。尤其光緒三十二年，汪桂芬以四十七歲英年，坐化一破廟中之後，王鳳卿即將汪的戲，都來承担起來，正式成了「供奉」了。

王鳳卿的嗓音比汪鳳卿爲窄，但武工比汪爲佳。其對咬字行腔，也下過一番功夫，四聲準確，又不尚花巧，一如汪之以拙取勝。一般人都批評他開口音不如閉口音，喜用人辰轍，衣齊轍，其比汪不及，比當時一般名伶，却是錚錚而有實力的脚色。後來因爲瑤卿與譚鑫培在宮中同台，演對手戲多年，譚的唱做，瑤卿知之最深，所以，許多身段表情都教給了鳳卿，鳳卿的做派，也比一般人爲細膩。即如他與梅蘭芳的「四郎探母」，「武家坡」，「汾河灣」，「寶蓮燈」，以及「西施」，「太眞外傳」等戲；後輩中如余叔岩，貫大元，馬連良，譚富英，楊寶森，都不及他的。

同時王鳳卿扮像富麗堂皇，擅長王帽戲，他的「文昭關」，「魚藏劍」，「硃砂痣」，「舉鼎觀畫」，「蘇武牧羊」，得自汪桂芬不用說；他的關公戲，也有功夫，純是當年米喜子，程長庚，那一派傳下來的。就以他與貫大元，張榮奎諸人合演的「戰長沙」而言，在長錘中慢步出場，「某奉軍師將令差」一句倒板，實大聲洪，响遏行雲，開打後的亮相，右手握住青龍偃月刀身後一豎，左手拂住髯口，將頭稍偏，雙眼一瞪，既邊式，又美觀，眞是妙絕。尤其硃砂揉臉，壯嚴肅穆。比起程永龍，唐韻笙，李洪春，小三麻子（李吉來），蓋天紅（王福連），白玉崑，賈玉峰，林樹森，白家麟，那些關公戲，可典雅多了。

王鳳卿的舞台生活，起自與乃兄十五六歲時之搭三慶班，次棣長春班，進而為「供奉」。最紅的時期是端午橋，李直繩，陳彥衡，鄭子褒諸人力捧後的民國四五年之際。在故都有一次，楊小樓假第一舞台唱「長板坡」，「漢津口」，王瑤卿的糜夫人，黃潤甫的曹操，錢金福的張飛；由楊小樓的趙雲，配以王鳳卿的關公，旗鼓相當，可嘆觀止，那時郝壽臣還輪不到出台呢！

民國二年，上海丹桂第一舞台的許少卿，到北平約王鳳卿南下。梅蘭芳因為未去過上海，故鳳卿攜梅充二牌同去。梅蘭芳在所著的「舞台生活四十年」一書中云：「鳳二爺的頭牌，我的二牌，鳳二爺的包銀是每月三千二百元，我祇有一千八百元。老實說，那時許少爺對我的藝術估價，是並不太高的。後來鳳二爺告訴我，我的包銀他最先祇肯出一千四百元，鳳二爺認為這數目太少，再三替我要求加到一千八百元。他先還是躊躇不定，最後鳳二爺跟他說：『你如果捨不得出到這個代價，那就在我的包銀裡面，勻給他四百元』。他聽了覺得情面難却，才答應了這個數目」，此可見鳳卿的為人，是何等的厚道，這在梅蘭芳是一生難忘的。尤其那時梅蘭芳尚無藉藉之名，經鳳卿這麽一提拔，才紅起來，成為空前絕後的名脚。同時王鳳卿和梅蘭芳在上海合演全部「寶蓮燈」，帶劈山救母」，以李永利的兒子李萬春飾沉香，連李萬春都帶紅了。

王鳳卿與梅蘭芳合作，一直到民國二十年，梅蘭芳南遷上海，才留居於北平。民國二十六年尚小雲在北平重修第一舞台，率重慶社出演，二牌老生即由鳳卿來充任。和三牌武生楊盛春，同其他的如武二花范寶亭，武旦閻世善，花旦何雅秋，小丑慈瑞泉，及尚小雲的弟弟小生尚富霞，兒子武生尚長春，共同出演。結果以「浣紗計」，「全部混元盒」，飽受劇壇稱許，於是鳳卿便又與尚小雲合作起來。猶之當年梅之視王，也長稱他一輩，呼「鳳二爺」的。那時尚小雲的本戲如：「琵琶緣」、「漢明妃」、「龍女牧羊」、「比目魚」，「青城十九俠」、「九曲黃河陣」、「北國佳人」、「一粒金丹」等，也都陸續推出來。尤其日本鬼子佔領北平，尚小雲八年未出京，便與王鳳卿株守於糧食店之中和戲院。仍與范寶亭、任志秋、尚富霞、楊盛春、章三奎、沈三元等，依靠票價便宜，來苟延過活。正像雷喜福、王少樓、翔雲燕、安舒元、金鶴年們，在廣德樓唱「八仙得道」的情形差不多。

王鳳卿那時的名聲已有些走下坡，恰如齊如山先生所說：「王鳳卿越唱越退步，余叔岩越不唱越進步」。何況那時譚派流行之後，什麽言派、余派、馬派、高派，都在北平滿天飛，一出台都是活蹦亂跳的，混身都是俏頭。唯王鳳卿仍是我行我素的抱着汪大頭那一派死唱，人們都聽慣了譚派，對他那種調都覺得不對路了。同時王為鴉片所累，身體削瘦衰弱，已非當年英偉煥發，身段做派雖有功力，但不是過於隨便，便是失之古板。年青的顧曲周郎視為古董，不敢領教，老一輩的戲迷，也都抱着敬老的態度來捧場。也多不存奢望，能在一齣戲裡聽到一兩句好腔，也就滿足了，因此，人都比其為早年的老旦謝寶雲，也稱他為「王一句」。

民國三十二年左右，范寶亭以烟後痢病故，尚小雲曾於來信中提及王鳳卿，仍在中和戲院，並說鳳二爺的戲，已是魯殿靈光，看一回少一回了，這確是實情，如果今日找出鳳卿為蓓開唱片灌的「魚藏劍」、「文昭關」、「硃砂痣」、「取成都」；為大中華唱片公司灌的「蘇武牧羊」，「霸王別姬」等唱片，來聽一聽。像「魚藏劍」中那段西皮快板：「正在街頭閒站定，見位軍爺相貌奇，頭戴珠冠雙鳳翅，身穿一件滾龍衣」；及「文昭關」中的二黃慢板：「一輪明月照窗前，愁人心中似箭穿，實指望逃吳國借兵回轉，又誰知昭關又有阻攔」。甚麽余派呀！楊派呀，還不是從這裡變化出來的。

勝利後，王鳳卿爲了八年抗戰的勝利，及國民政府的還都，會與張榮奎唱過一次「戰長沙」，後以年老重聽，便謝絕舞台了。晚年即居宣武門外的大馬神廟十八號的老宅中，北院是其兄瑤卿，其則居南院。瑤卿的太太是楊朵仙的女兒，亦即楊寶忠、楊寶森兄弟的姑母。膝下無子，僅有一女兒鐵瑛，亦唱青衣，得自乃父眞傳。會與小生徐和才，老旦李金泉，小丑張金樑，拍過一部電影紀錄片「孔雀東南飛」，玩藝規矩，唯限於天賦，未能走紅。

鳳卿的太太是名旦錢寶蓮的女兒，却生了兩個兒子。長子文榮，字少卿，早年學譚派老生。從賈麗川、賈洪林、鮑吉祥都學過戲，王鳳卿携梅蘭芳初次到上海，他就跟着唱過「魚藏劍」、「瓊林宴」、「空城計」。旋又改習胡琴，拜曹心泉爲師正式當文場，陳德霖的師傅田寶琳爲鳳二爺操琴，因年紀大了，便由少卿來爲老太爺操琴。後來有位北京大學的教授劉天華，建議梅蘭芳在旦角的配腔上，另添上海人唱「蘇州灘黃」所用的蘇胡，也就是今日之二胡。因爲胡琴和二胡係兩種音域，一高一低，一寬一亮，唱來省力，聽來悅耳，遂首創旦角托腔加二胡。這爲梅蘭芳首次拉二胡的便是王少卿。迨梅的姨父徐蘭沅年老耳聾，少卿便將二胡交給徒弟倪秋萍，正式成爲梅蘭芳的琴師了。他的手音特佳，迴環繇邈，富麗淸逸，對梅蘭芳幫助甚大，並爲梅創了許多新腔。

鳳卿的次子爲文榮，字幼卿，小時也學過老生。民國十年會隨父親及梅蘭芳唱過「汾河灣」的丁山娃娃腔，在滬濱爲人稱讚。民國十三年，改習青衣，其伯父瑤卿傳授最力。其歌喉天賦，淸婉自如，唱工不弱尙小雲，程硯秋。南北評劇家如林屋山人、張謬子、馮叔鸞、俱捧之甚力，許爲陳德霖，余紫雲之後繼。惜扮像不佳，倒嗓後，又聲不如昔，故蹉跎一生，未能走紅。僅助其伯父在古瑁軒以授徒爲業。梅蘭芳的兒子葆玖，攻青衣，便是由王幼卿教出來的。

「有子萬事足」，王鳳卿的晚年除了讀書寫字之外，便是玩玩古董、名瓷、及書畫，以消永日。其學養俱深，人品在梨園界爲人稱道。其來往的朋友亦以書畫界的朋友爲多，如顏伯龍、徐燕孫、陳半丁、于非闇、李苦禪，都是他的座上客。

順德羅癭公所著「鞠部叢談」會云：「王鳳卿好翁覃溪，所藏至夥。一夕，吾與梁節菴、顧印伯、易石甫、陳石遺集其家，鳳卿遍出所藏乞題，節菴甚樂，乃各爲一詩題其上，鳳卿嘗藏梁任公小楷金面摺扇，甚寶愛之，當黨禁時，扃鐍甚固，不敢示人。入民國後，乃裝潢求題。鳳卿又丐余仿唐人寫經書華嚴一則，並丐慶小山畫佛其端，裝手卷珍護之，其嗜好亦非後輩所能及也」。

這是很公允的話，可惜於民國四十七年，其子少卿病歿後，其亦於次年以中風久病而逝世，從此汪調也眞的成了絕响了。

章太炎致善耆書

在滿清諸親貴中，以肅親王善耆為比較開通，當時頗有人傳言謂其有意交結革命黨以謀篡奪大位者，蓋自丙午丁未（民前五六年）以後善耆對革命黨人表示好意，約有數端，一為丙午年湖北日知會劉靜菴等之獄，劉等數人得以改死刑為監禁，聞是善耆轉圜之力。二為丁未安慶徐錫麟之獄，清廷以徐罪大惡極，多主抄家滅族之議，獨善耆以為時方預備施行立憲，不當用此殘酷刑罰，致失人心，故乃處以斬刑。三為引用老革命黨員皖人程家檉（字韻生）為府中幕僚，頗示優待，清宣統間，同盟會員在北京開設報館者，有白逾桓田桐景定方諸人，家檉實為之助，善耆固亦知之。四為庚戌（民前二年）黃復生汪兆銘之炸彈案。時善耆方任民政部尚書，力主從寬處理，故得判為監禁。是皆有善耆曲意交歡革命黨之明證也。當戊申己酉（民前四五年）間，善耆曾派程家檉竇金三萬元赴東瀛諸同盟會本部，謂此舉只對革命黨表示好意，並無其他條件，時孫總理與黃克强均不在日本，並不與聞其事。當會中庶務一職者為湘人劉揆一，(字霖生)劉乃徵問各幹事意旨，衆中有謂雖渴不飲盜泉水者，有主張此欵既出諸餽贈好意，收受無礙者，結果卒為一部幹事收受，致引起黨內絕大糾紛。事後章太炎語人，謂此欵如用途正當，收受無礙，惜未開會解決，致貽同志以口實云。己酉間，太炎特致書善耆，勸其加入同盟會，合謀革命。函由日本同志攜往北京遞進，書投後，善耆密語程家檉，謂不願入會，願相扶助，囑代轉達。其後數月，有日本人加藤佐夫為少數革命黨人某等致書善耆，要求撥出西藏為民主政治實驗國，善耆乃與諸王公討論此事，卒為多數親貴反對而止，事雖未就，亦足以知其服善好義之心，為滿人中絕無僅有者也。茲附錄章太炎當日致善耆書如次：

肅親王左右，僕向與都人語，知營州貴胄，首推賢王，中更多難，陷於凶人，天誘其衷，俾無隕越，懷抱革命之志，宜不與賢王外交，雖賢王亦或以虺蛇豺虎視之，雖然豈效氐羌狹隘，以部落相殘為事者，勞心鞅掌，祇欲復我主權，過此則無所問，員輿甚廣，寧一物之不容，渝關以東，王家故國，積方五百萬里，視英德日本諸國且二三倍，雄畧之主，足以回旋，昔人所謂劃玉斧標銅柱者，僕輩常矢此志未嘗渝也，若其淹滯神州，不以東歸為樂，八旗諸姓，獨同視為國民，昔北魏遼金之胄，同化中國者衆矣，亡人若得歸國，順民之志，統一齊州，豈於珠申一族，而當異視，版籍權利，同符漢民，今日言此，不啻息壤之言也，馳說者不達斯指，私擬吾黨以為欲如王家高宗所為，斬刈準噶爾，使無噍類，狹隘之見，非文明國人所應效，種族革命之義，豈云爾乎，僕申此義，以為無忤賢王，所以奮筆馳書而無怍也，方今邊疆多事，東亞阽危，王家所謂大帝國者，威靈所及不出方隅，瀕海諸州，既為他人宰制，比聞西藏開放之議，讙然載塗，此土大遙，度王家亦未能遠馭，空橐五百萬里之金藏，以資他人，此僕輩所爲摧心憤氣者，以是觀之，並包數族而爲一大帝國者，非獨王家不能鎭撫，雖以亞歷山大、成吉斯汗處之，猶不可終日，瓦解之勢，速於逝駒，粲然明矣，賢王以世嫡裔孫，代爲藩輔，未嘗於中國得尺寸權藉，遭時多故，愓然不寧，重以仁心爲質，胸無畛界，度越常人固當千萬，故僕敢以二策爲賢王陳之，一爲淸室計者，當旋軫東歸，自立帝國，而以中國歸我漢人，此非僕一介之私言也，日本有賀長雄，嘗於日俄戰爭時，從軍遼左，記其所見於書曰，「今欲使東三省保其秩序，無受外侵者，惟返淸帝於奉天爲可，不然雖鞭之長，不及馬腹，他日復失，未可知也」，何者，八旗口籍，不逾千萬，其人材亦至乏矣，今時所謂英駿者，特於陸軍有步伐馳驟之長耳，政治之材，猶其所短，既欲覊制漢人，使就軌範，而又當分布於東三省，譬若千石之粟，供百萬軍，其勢固不能徧給，縱令得志，蒙回衞藏之屬，猶不能及，與爲他人蠶食而有之也，孰與滿漢分而有之，若能大去燕京，復遼東之故國，外兼蒙古，得千四百萬方里，其幅員等於中國本部，然後分置郡縣，務農開礦，使朔漠不毛之地，化爲上腴，地小則人材不憂其乏，勢分則民族不憂其訌，其賢於兼治中國萬萬也，文政既成，申其軍實，南與中國，東與日本爲唇齒之同盟，誰復能睥睨東亞耶，夫德意志聯邦，以民族相類，合之則强，此滿蒙之勢也，奧大利與匈牙利以民族相殊，兼之助亂，此滿漢之勢也，今而後知旅落以爲大者，無寧輯安同族之爲愈也，二爲賢王計者，賢王於宗室中稱爲鉅人長德，固與方域之見殊矣，革命之業，亦何不可預，昔露西亞皇族，有克魯泡特金者，爵爲上公，而作無政府黨之首領，聲施赫然，光於日月，此猶其未成者耳，事若獲成，則米拉保，巴德利顯理輩，曾不足比其一髮，何者，以民而抗政府，猶云爲己，以皇族而抗政府，則明其爲博愛大同之志也，吾黨所持革命以後，惟建設共和政府，二王三恪之號，慮不足以辱賢王，要使千載而下，覩其史書，瞻其銅像，然後貴耳，邇者吾黨聲氣，駸駸日驟，日本露西亞諸黨人多有交臂請盟者，湘粵之域，小有折傷，要不足以損毫髮，賢王於此，其能入我同盟也，如上二策，惟所取攜，要之必以一身主動，而後國家之事從之，王家慶邸，既怯懦無果斷，陸軍懷兵柄之爭，又令北洋陰懷異志，失今不圖，令發難在彼，賢王雖智力絕人，亦安所發舒耶，投間抵隙，今其時矣，書此達意，非敢以口舌取人，亦以結同德於好也。章炳麟白。

心算神童簡志輝

劉桂英

十七歲的我國神算子簡志輝，今年二月將應美國ＡＢＣ電視公司的邀請，赴美國及北美十二個國家做心算巡迴表演，並且考慮接受美國免費給予天文及電子的專業訓練。

現就讀省立台中一中的簡志輝，對於廿位數字的加減乘除，都能迅速的以心算正確算出結果。民國六十年五月，他曾赴日本接受富士電視公司的電腦挑戰。這場公開性的表演算，簡志輝以三秒鐘的時間，輕易的答出「某年某月某日換算爲星期幾」答案，擊敗了電腦，引起日本教育界人士的震驚。

據六十年十月份的讀者文摘，法國育嬰堂收養一位名叫弗婁利的小孩，能在五秒中心算答出「年月日換算星期幾」的答案，被譽爲「破世界紀錄的神算子」。簡志輝這一成就已刷新了這位法籍「神算子」的「紀錄」。

當日本富士電視公司將簡志輝的紀錄送至美國ＡＢＣ電視公司時，美國人士爲之譁然，爲了親自證實我國這位神算子的成績，美國ＡＢＣ電視公司，透過美國新聞處正式邀請他明年二月間赴美，對ＡＢＣ電視公司的觀衆做公開表演。

簡志輝這次赴美，除了表演迅速算出廿位數字的加減乘除外，還將以三秒鐘的時間，來回答前後四百年中某年某月某日換算星期幾，對簡志輝而言並不太困難。他說，只要將每年最複雜的二月份日期，換算成星期幾之後，則一年份的換算均告完成。

「既然能將前後四百年的某年某月某日換算成星期幾，那麼是不是也能將中國的農曆與陽曆做一換算呢？」當一個日本數學家對簡志輝提出這個問題後，簡志輝不斷的演算，不斷的研究，最後他回答的結果是：目前尙不可能做到。

簡志輝自己也說不出自己心算能力特別強的原因，他承認除了數學外，對其他的學科並不感興趣；但他婉拒了教育部保送他進入台中師專數學系就讀，因他希望能夠接受電子的專業訓練。

這位出生在南投縣集集鎭的神算子，在家中排行老么，上面有兄姐五人，父親服務於警界。此次赴美將由他的母親做監護人，因爲美國ＡＢＣ電視公司指定，監護必須爲直系血親。六十年間赴日時，簡志輝的監護人是他的舅舅。

由於家庭經濟不太良好，簡志輝願將他印好的前後四百年年月日換算星期表，拿出來出售，每份五元，購洽處是台中市文祥街一之一號。

這位神算子說，雖然他考慮接受美國給他的深造機會，但有朝一日，在天文及電子科學上有了成就，他將回到祖國，善盡他應盡的國民義務，爲國家作有利於科學發展的工作。

目睹熊虎鬥

・英濤・

民國二十八年，在吉林饒河黑虎林邊，李氏宗祠地閣樓東南，發生了一塲怵目驚心的熊虎惡鬥，眞是驚險萬狀，那時筆者親身目睹雖事隔多年，記憶猶新。

那是一個煦陽和暖的星期天，我隨嬸母、二姐暨家人等，前往祖塋黑虎林內桑隴；正當忙於採桑之際，西南山麓間，突然傳來一陣尖銳的吶喊：「黑瞎子！黑瞎子來了……大夥兒快往家裡跑哇……跑不及的就地躺下去裝死好了……快！」（黑瞎子是東北鄉土對狗熊的稱呼，狗熊是不吃死人的）我初以爲頑童在惡作劇，繼而喊聲越來越大，抬頭一望果見馬鞍山坡出現了一隻黑毛白脖兒的大狗熊，高約五尺，長有六尺，向黑虎林奔來。就在這一剎那，又聞曠野驚呼：「不得了！……老虎也來了！快逃命啊！……」

這時，充滿了恐懼與好奇心的我，本能地藏身桑墩後面，打樹縫枝間放眼望去，又瞥見對面山坳，正蹲踞着一隻褐黃虎，身長足夠五尺以上，牠正虎視眈眈地盯向狗熊。遠遠望去，牠的皮毛光潔明亮，黑色斑紋隱約可見，身邊還依偎着兩隻小乳虎，一會兒跳過來，忽而又蹦過去，反復追逐，相互嬉戲。正當我看得出神時，村上忽又傳來一陣緊鑼密鼓及梆子聲！正在田野工作中男女老少，都拋牛撇犁，大呼小叫，匆忙急促紛紛奔逃。這時我楞在一旁，已跌進十分驚恐迷惘之中；驀地回首，急忙轉身拔腿就跑，踉踉蹌蹌地追隨家人，逃奔到李氏宗祠閣樓上去了。祠役招呼我們坐下，他又回身扯起吊梯，閉緊樓門，虛掩閣窗；取下獵槍洋炮，裝上鐵沙火藥，然後獻茶向我們說：「三奶奶、二姑姑、小叔們儘管放心，別怕！這是常有的事，沒有啥，一會兒過去就好了。」

此後，他便走到邊窗去，將槍伸向假定目標；一面防止熊虎來竄擾，一面給我們壯胆，保衛我們的安全。我在驚魂甫定之餘，也湊近窗欄憑隙窺視，發現漫山遍野靜得出奇，連個鬼影也瞧不見了。

頃刻之間，只聽得那狗熊拉開嗓門兒大嗥一聲！牠便朝着李氏宗祠閣樓東南約兩百步的丘陵低地蹀蹀而來，對面山坳那只老虎一見狗熊趨向平原，大概是認爲侵犯着牠的地盤了吧，大大咆哮一聲！跳下山崗，帶着乳虎追蹤而至，其勢洶洶，狗熊行動雖笨，可也並不示弱。面對老虎，微傾前身，兩掌抱住一棵粗如碗口的大榆樹，偌大榆樹硬是被牠連根拔斷，於是將樹身挾於腋下，邊啃邊拖！邊吭邊拉！並一鼓作氣甩出數碼。猛虎顧及乳虎安全，初尚未敢貿然撲熊。大熊見虎猶豫不定，接二連三又來了一手大搬家，牠將丘陵地上百數十斤重的石墩，運用兩掌掮撼撥動，如捧籃球一般，丟出七八碼以外；緊接着，牠還不甘心似的，更將荒蕪滿地的亂石蒺藜，連檢帶拔，也收拾得一乾二凈，然後走得距虎五十碼地，悠然自得蹲伏下來，毿毛擦掌，準備一戰。此刻，踞伏於艷陽底下的猛虎，毿弄小兒，似無鬥志，嗣經一餐早茶光景，大熊似已久待不耐，一聲怒嗥！突然起步，搖搖擺擺，向虎兜去。猛虎見狗熊逼近撲來，即驅乳虎於一旁：接着昂首怒吼，騰蹤而起，躥越熊背，往復跨躍，圍繞挑釁，攻擊再三，企圖乘隙撲殺大熊。熊即向虎舞臂擦掌，泚牙咧嘴，頻頻伸舌（熊舌如利銼）猛虎一個鷂子翻身，直奔大熊肚腹抓來。大熊急扭身軀，力向外閃，竟使猛虎兜撲一空。猛虎忿然回轉逆襲，意欲力抓大熊背脛；不料又被大熊當胸一掌，打得猛虎虎悶吭一聲，接連翻了幾個觔斗。未待猛虎爬起站穩，大熊先自退後數尺，瞄準虎腹，集中力量，猛衝過去，拿頭便撞。就聽「咕咚」一聲，乖乖，驟將猛虎撞了個四脚朝天，痛倒在地，翻滾不已。少頃，帶着乳虎逃奔松林。

移時，敗陣猛虎帶乳虎去而復返，逕奔先前丟滿墩之地而來，覓一高崗，蹲踞虎視，精神奕奕，氣燄萬丈。遽而大吼一聲，示意大熊易地決鬥。

而大熊亦就向虎對嗥一聲，迅即施展故技，再次重闢戰場，猛虎怒吼一聲，猛躥過去，那知大熊毫不含糊，反攫虎背。虎抓熊首，熊挖虎面，一捋一扼，揪搏一團，鬥到難分難解關頭，猛虎突然哀鳴一聲，掙脫大熊，跳出丈外，踞伏一旁，呼呼喘息。此時，兩隻乳虎，驟跟着一前一後躍向大熊，初似怯懼，徘徊踟躕，及見大熊無動靜，乃敢進前躥蹦圍擾，這一隻啃着熊肘啐啐吼吼，那一隻咬定熊尾活蹦亂跳，直要得大熊團團轉顧此失彼，無可奈何。就在這一瞬間，大熊伸伸臂叉開兩掌，分別抓起乳虎後育，易如探囊似的，一手一隻扔還老虎，虎以大熊不噬其子，乃欣然低伏，樂舐二犢，熊見猛虎疏於防禦，突地使了一個金牛鬥角之勢嗥叫了一聲，悶頭硬向猛虎衝去。說時遲那時快，遙聞「噗咚」一聲，熊已斜撞在虎的屁股上。猛虎忍痛縱身反撲，意在抓破大熊胸腹，不料竟將虎額送上，大熊乘勢猛擊兩掌，打得虎口鮮血直流，頭昏腦脹，蹣跚倒退。大熊見機不宜錯過，遂又旋轉，對正虎腰，縱身俯衝，猛虎頓即癱瘓倒臥，這時大熊撲上虎膀，看準虎胯，只聞「嘶！嘶！刷……」地一響，大若芭葉的一塊皮肉，整個被撕了下來，猛虎既知非熊敵手，全盤鬥志斲喪已盡，於是忍痛爬起，拚命力掙，長嘯一聲，跳出險界，一跛一拐地領着乳虎，落荒而逃。熊見猛虎兩次敗北，也無意窮趕逼追，只見牠就地轉了幾個圈子，傻裡傻氣地撒了一泡尿，然後搖晃着身子，大嗥了一聲，蹣蹣獨行而去。

張宗昌批訃聞

·滿弓刀·

張宗昌任山東軍務督辦時，有一次，濟南當地的一位紳士，因父親去世，恭恭敬敬地送上訃聞。張宗昌立命秘書辦稿批示，秘書只好委婉地報告，就是送一幅祭幛就行了。張宗昌罵一聲說：「要你批，你就得批，媽拉巴子，你是幹嘛的？」

那秘書唯唯而退，只好就訃聞內容，批示下：

「訃聞悉，查該『先嚴×××府君』，素不見經傳，竟招搖若此，居心叵測，至為顯然！既然『如廁時不豫，藥石罔效，壽終正寢』，豈『廁所』即『正寢』歟？其危言聳聽，本應重懲，姑念初犯，著予免究，惟入廁後有無其它隱情，仍應妥為調查，詳細具報，以資存備。

至於該『不孝男×××』始曰『侍奉無狀』，繼則曰『隨侍在側，親視含殮』前後矛盾，殊不足以採信，顯然砌詞粉飾，不孝已極，著其將所『泣』之『血』裝瓶呈府，以資化驗，用證眞偽，並不准以豬血狗血冒充之，是為至要。又死者已矣，入土為安，烏得挾『鄉、世、戚、學、姻、友』諸『誼』自飾，諱衆取寵，莫此為甚，著其自行議處，尅日具報，免干究戾。凜遵毋違為要。此批。件存。」

松花江上

撈死魚

——王夢蓮——

松花江，這條奔騰在藍天白雲、青山翠谷之間的滔滔碧流，是發源於長白山上的我國有名的巨川。它所經流的兩岸，是我國最大的寶庫——聞名於世的「松遼平原」。那裡有取之不盡的煤鐵礦藏，有伐之不竭的原始森林，有滿山遍野的大豆高粱與東北三寶——人參、貂皮、烏拉草。

松花江流域生活得最快樂的人們，是那些撐起銀帆、盪着碧綠江水、與雲爲伴、鳥爲伍的撒網打槳的漁人。

然而曾幾何時，自小豐滿發電廠的八十公尺高壩工程完竣後，漁人的美好生活却遭受到無情的破壞——魚量自小豐滿以下百里範圍內大量減少，魚船任意往來的自由也受到了阻碍。

雖然小豐滿的高大水壩給漁人帶來了困難，但不久後，却又發現了另外的好處。那就是在水壩之上，造成一個面積一千平方公里、蓄水量三〇五億立方公尺的人造汪洋大湖。湖的壩口泄水處，就是聲勢雄壯、山谷齊鳴的大瀑布。而那烟波浩渺的大湖下面，則藏着無數的魚蝦。這些魚蝦，就隨着排泄出去的水——大瀑布，經年不斷的從閘門口衝出。當這些魚蝦由高達八十公尺的壩上摔到底下水平時，已嗚呼哀哉了。這種意外的財富，被附近的居民及視水壩如仇敵的漁人發現之後，眞是歡喜若狂。於是他們就織成一個像蝴蝶那樣的大網兜，再用粗鐵條把網口撐圓，綁在一根長短粗細適宜的竹竿上。他們將這種專爲撈死魚的簡單工具製好後，即駕着一種極爲輕巧靈便的小船（吉林人稱這種小船爲「小圍合」，上可乘二人，一人操槳，一人持網竿），衝入了茫茫的大江，在飛濺的浪花中，緊打槳、忙揮竿，追逐那些死魚。這種動作如被不知內情的外行人看見，還當他們駕船在大江上撲蝴蝶呢。

撈魚的場面是美麗而動人的。你立在岸邊上瞅吧：萬里碧空如洗，幾片白雲飄飄；青山綿亙，翠崗起伏，連天綠色無邊無際；週圍蒼松翠柏迎風呼嘯，田禾散發着陣陣迷人的香味。而在那波浪滔滔、烟水茫茫的大江之上，只見小舟圍合如葉，忽而前後忽而左右，隨着翻滾波浪，緊跟着翻白的魚踪舞了起來。打槳的忙而不亂，持網的快而不慌；那矯健、敏捷、準確的身手，正如東北那句有名的俗諺「鐵杓煎鷄蛋，一下子一個」。

但是，在這美麗動人的場面中，也經常出現叫人提心吊膽的鏡頭。這是因爲上場的新手，不僅動作生硬，不能互相配合；更因手忙脚亂，常將圍合弄得東搖西擺，甚致有翻船的危險。在這種情形下，很多漏網的或趕不上撈的死魚，都隨波逐流向下游的吉林市，去過最後一道「關」去了。

吉林市吃江鮮的共分三大類：一是富有人家用錢購買，二是中產階級自己臨江垂釣；三是既無錢而又饞的人，當這些從上游漏網的死魚突然被他們發現後，就大撈其死魚。他們經過一陣子觀察研究後，就不約而同的想出了一個巧的絕招，用幾根短竿接連成一條從橋上可觸及江面的大長竿，然後在長竿的前頭拴個大網兜。如此這般，這些打撈死魚的人們，在每日早晚空閒或業餘時間，就肩扛着他們那得意的傑作——大竿子，到江橋上去開始他們的工作了。

當你來到松花江橋上散步時，可發現在他們這些撈魚的當中，有各種不同的類型與神態：有的口含香烟，脚踏着節拍，悠閒自得，獨來獨往「耍單幫」；有的父子或兄弟兩個，邊撈死魚邊話家常，有的扛着網竿、拿着筐簍，像出去郊遊一般。

這些人來到橋上後，先把那隻長得微微抖的大竿子，從靠上游那邊的橋欄伸下去，然後再把竿尾那個柔軟的皮環套在手腕上，以防萬一神經緊張或馬虎大意時，手握不住，掉在大江裡弄不上來。一切工作準備就緒後，他們就「狼視鷹顧」般的注視着茫茫的江面，等着死魚的光臨。

在橋上持着笨重的大竿子撈死魚，不如在圍合上拿着輕巧的短竿方便靈活。所以死魚出現的時候，不管左方或右方，就得趕緊移動脚步，找好方位，同時要把網口直線對準漂過來的死魚，並且不斷的校正。當死魚接近網口時，趕快準確無誤的把竿子稍稍向前推出，去迎接最前面的死魚入網。死魚入網後，爲了爭取間多撈幾條（魚多的時候），不必立即把竿子提起把魚取出；因魚網的口始終頂水向着上游，所以網兜永遠是被水流沖得飽飽的，死魚一旦入網，不必擔心它會跑出來。這時再繼續以極敏捷的動作。把左右的死魚順着前後抄進網中。這樣，巴掌大的魚，一次可撈上三五條；一部份人吃魚的問題，就這樣簡單的解決了。

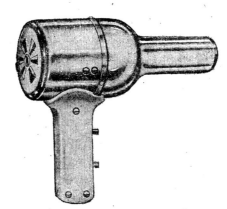

迎春史話

近春春在鳳城頭，簇簇衣冠進土牛；
鋪展煙光來紫陌，追隨笑語到紅樓。
……錢牧齋：立春詩

立春是春季的第一天，從這天起，萬物昭蘇；古語說「一年之計在於春」，無論在事實上或感情上，這一天都是令人歡欣的。所以古時叫他爲「春節」（後漢書楊震傳：「冬無宿雪，春節未雨，百僚心焦，而繕修不止，誠致旱之象也。」）而我國歷來重農，立春正告訴人春耕要開始了，所以政府又制定每年二月四日或五日的立春爲農民節，以表示重農之意。

臺灣過去也行「迎春」和「鞭春」之禮，連雅堂臺灣通史風俗志載：「立春之前一日牛，置於東郊之外，至日，有司往，有司豫塑春迓，謂之迎春；男女盛服觀，衣香鬢影，雜喧滿道。春牛過處，兒童爭摸其耳，或鞭其身，謂可得福。迎春如在歲首，尤形熱鬧，宛然太平景象也。這是合於古禮的，禮月令：「立春之日，天子親率公卿諸侯大夫，以迎春於東郊。」漢書禮儀志：「立春之日，夜漏未盡五刻，京都百官皆衣青衣，郡國縣道官以至令吏，皆服青幘，立青旛，施土牛耕人於門外，以示導民」。到宋時，據東京夢華錄說：「立春之前五日，並造土牛及耕夫犂具於大門之處；是日，有司爲壇以祭先農，官吏各具綵仗擊牛者三，所以示勸農之意。」「立春之前一日，開封府進春牛入禁中鞭春。」「先農」就是神農氏，炎帝也；北平的「先農壇」就是皇帝在立春這一天，祭先農的所在。

京都風俗：「立春之儀，前一日，順天府尹往西直門外一里，地名春場，迎春牛芒神入府署中。搭蘆蓬二，東西各南向，東設芒神，西設春牛，形式彩色，皆按干支，准令男女縱觀；至立春時，官吏皂役，鼓樂送回春場，以順天府衆役打焚，故謂之打春。」而春牛和芒神的形式和服色，早在上一年的六月，順天府就移文欽天監擇定，並即依式畫成「春牛圖」，於立春日進呈皇帝。

爲立春應景的，還有「春盤」「春餅」等，四時寶鑑：「立春之日，唐人作春餅生菜，號春盤。」宋史禮志；「立春賜春盤。」春盤的內容，據摭遺：「東晉李鄂，立春日命以蘆菔，芹芽爲菜監，相饋餉。」燕都遊賞錄：「凡立春日於午門賜百官春餅」。宋時又在宮禁門帳上貼「春帖子」。歐陽修和司馬光的詩文集中，載有很多五言七言的春帖子詞；春帖子又叫「春書」，張子容詩：「拾樵供歲月，帖牖作春書。」而且此風也行於民間了。

最有趣而春意盎然的，莫如武則天的「簪旛勝」。武則天是個爭強好勝的女人，覺得春已來而百花未放，未免美中不足；她要以人定來勝天，於立春日命宮女剪綵爲花，繫在枝頭，並命學士賦詩上壽。宋之問曾有應制詩說：「金閣妝仙杏，瓊筵開綺梅，人間都未識，天上忽先開；蝶繞香絲住，蜂憐艷綵迴，今年春色早，應爲剪刀催。」「勝」本是女人頭上插的花，用金銀或羅帛製成，立春日頭簪綵勝，唐時還僅是宮中和少女們的熱鬧玩意，千金月令：「唐制：立春賜三宮綵勝各有差。」酉陽雜俎：「立春日，士大夫之家，剪紙爲小旛，或懸於佳人之首，或綴於花下，又剪爲春蝶，春錢，春勝，以戲之。」到宋時就無分男女，製作也越發精緻名貴，東京夢華錄：「立春日，自郎官御史寺監長貳以上，皆賜春旛勝，以繼爲之，宰執親王近臣皆賜金銀旛勝，入賀訖，戴歸私第。」

清代毘陵名人手扎序

·惲茹辛·

武進係由延陵、毘陵、晉陵、蘭陵、南蘭陵、及陽湖、常州諸邑之一再遞嬗衍變，迨民國成立，陽湖武進兩邑合併，直屬江蘇省政府，武進縣之名，於焉奠定。

武進位於長江之南，太湖之北，東鄰江陰、無錫，西界丹陽、金壇；爲京滬鐵路之中心區，爲江蘇六十一縣中之一等縣。全縣面積二．四五九．二五方公里（全省第二），人口八四二．七六九人（全省第三），其中男性四五〇．四八六人，女性三九二．二八三人，每方公里平均人口三四二．六九人。物產豐富，民風淳樸，交通發達，教育普及；而名勝古蹟尤多，今試畧舉其較著者於次：

一、第宅：鍾期故宅、王祥故宅、李僕射宅、陸龜蒙宅、楊龜山宅、胡氏山堂、薛將軍故居、表忠府、四老堂、留瓢堂、來鳥堂、及昔賢堂等。

二、齋館：鄒道鄉讀書處、鈕氏賦歸軒、孫氏館、陳渡草堂、道源草堂、王文肅讀書處、菱溪草堂、青門草堂、凝秀軒、西青小隱、邱家園、陶園、半園、來鶴莊、東園、謝園、王園、曦舟亭、浩然亭、問春亭、愛梅亭、仰止亭、及甘泉亭等。

三、樓台：極高明、懷李樓、飛霞樓、花月樓、百尺樓、陳氏樓、如雲樓、金牛台、及百牙琴台等。

四、基址：武進故城、蘭陵故城、利城故城、毘陵城、闔閭城、大姑城、小姑城、方城、圓城、韓城、青城、淹城、孟城、伍子胥盟壇、抱朴子盟壇、皇業寺、丞相宅、馬蹟寨、顧坡、郭坡、及梅花塢等。

五、坊市：澄清坊、世賢坊、清和坊、進賢坊、鼎新坊、仁育坊、義正坊、惠民坊、雙桂坊、蓮花坊、金牛坊、早科坊、狀元坊、千秋坊、橫林市、奔牛市等。

六、營壘：胥城、黃山門、游塘營、及西營等。

七、池井：鳳凰池、雙鏡池、椀池、鄒道鄉洗硯池、蘇東坡洗硯池、星月池、臥冰池、白蓮池、浣紗池、血河池、龍井、巽泉井、蕭井、及天井等。

八、泉石：高氏父子泉、小甯泉、玉泉、一壺泉、縣學泉、龍泉、龜山泉、落星石、劍石、肺石、靈石、文石、武石、及觀音石等。

九、花木：隋柏、鐵樹、獨孤樹、香海棠、朱籐、菩提樹、香樟樹、梠樹、紫籐、及杻樹等。

十、書畫：南唐徐鉉書「常州」二大字於城廂鼓樓、北宋蘇軾書「護國寺」三大字於羅漢橋、又書「敕建端明禪寺」六大字於懷南鄉、元趙孟頫書「玄妙」二大字於玄妙觀、清林菁書「三吳第一樓」五字於城廂鼓樓、道士李懷仁畫「龍」於玄妙觀、徐友畫「清濟貫河圖」於太平寺、及唐僧貫休畫「十八羅漢」於問津巷內。

十一、陵墓：周吳季子札墓、吳王夫差墓、晉右將軍曹橫墓、隋司徒陳杲仁墓、齊高帝泰安陵、武帝景安陵、明帝興安陵、梁文帝建陵、梁武帝脩陵、簡文帝莊陵、漢揚州刺史劉繇墓、三國吳大將軍左都護諸葛瑾墓、南唐將軍柴克宏墓、宋郎中鄒霖墓、元常州推官毛祥墓、明尚書徐莊裕問墓、參議惲紹芳墓、清尚書唐執玉墓、大學士劉綸墓、侍郎錢維城墓、巡撫惲世臨、及巡撫惲光宸墓等。

十二、寺觀：天甯寺、清涼寺、能仁寺、千峯寺、太平寺、玄妙觀、含輝觀、玉龍觀、三和觀、白龍庵、彌陀庵、萬壽庵、靈官廟、東嶽廟、天福院、及白雲禪院等。

十三、山嶺：黃山、觀音山、孟城山、九龍山、固山、烏鴉山、馬蹟山、龜山、巴斗山、夫椒山、棋山、鶴山、獨孤山、鳳凰山、許墓嶺、及黃坡嶺等。

十四、河港：城河、運河、孟河、午

塘河、永濟河、南新河、養濟河、太平河、白龍河、曹村河、浦河、蠡河、青城河、舜河、太湖、陽湖、芙蓉湖、戚墅港、平塘港、申港、及大江等。

以上爲武進名勝古蹟之犖犖大者；而名聞江南爲全國人士所心儀者，厥爲矗立於太湖中與東、西洞庭兩山、成鼎足而三之馬蹟山，其天然景物之秀麗、奇幻，涉足其間者，每流連而忘返。至雄踞城東、號稱江南四大古剎之一之天寧寺，在昔高僧之多，藏經之富，寺產之鉅，飲饌之精，尤名著全國。

武進得山川之靈秀，人數蔚起，誠如曾文正國藩薦舉人材疏中有云：「常州奎婁應度，人才輩出」。張文襄之洞亦嘗論：「幕府人才，謂從我所願，必舉盛宣懷爲總文案；惜兩湖幕府之爵祿不足以靡之」。曾、張二氏爲清季名臣、儒將，所言洵非溢美。試觀趙惠甫烈文、劉開生翰清、周韜甫騰虎等，悉爲當時曾幕之參與密勿者，其鴻籌碩畫，備受曾氏之倚重信賴，而可知矣。

有清一代，武進於科舉方面得狀元者四人，榜眼者六人，探花者四人。職官方面得宰輔者四人，八卿（吏、戶、禮、兵、刑、工部尚書、暨理藩院尚書及左都御史）者六人，總督者三人，巡撫者十五人。至傳臚、進士，及巡撫以下，爲數尤多。清初邱維正上儀，唐雪谷宇昭，及惲仲升日初與惲南田壽平父子等之高風亮節與文學藝術造詣之深之精，三百年來，均爲世所重。乾嘉諸儒，其文事勳績，更顯赫一時，惲子居敬之爲陽湖派宗師，張皋文惠言之爲常州詞派領袖，劉愼涵綸之位居宰輔，管陽復貞之總督漕運。再則有痛論時政之洪稚存亮吉，一代詩傑之黃仲則景仁，勤政愛民之左仲甫輔，清操自勵之惲潔士秉怡，文名藉甚之劉芙初嗣綰，從容死義之湯雨生貽汾，公而忘私之龔聲甫鏜，英敏積學之方彥聞履籛等，其道德文章，嘉言懿行，亦皆稱譽鄉里，知名國內者。咸同以還，因政治環境與夫文化學術之演變，影響所及，雖邑少顯宦，然鄉多碩儒。光緒十八年壬寅會試，武進陽湖兩邑，同時一榜成「進士」者有惲孟樂毓嘉、張筱浦鶴齡、屠敬山寄、汪子淵洵，及劉葆眞可毅等五人，時稱「五鳳齊飛」，士林傳爲佳話。此後之盛杏蓀宣懷、莊思緘蘊寬、與趙竹君鳳昌等，雖未直接參與維新，而幕後之襄贊革命，亦頗著業績。

武進文風之盛，人才之多，著述之豐，事功之偉，其人其事，或載之於縣志，或筆之於傳狀，或誌之於譜諜，或錄之於史書者雖多，惟於「名人手札」，尚少專書，不無遺憾。有之，則僅趙于岡起刋刻之「約園藏墨」，收錄惲南田壽平字刻凡二十四石。周贊襄輯刻之「松烟肥研齋惲帖二卷」，收先生手錄詩一七二首及蔣輯甌香館詩集外者內詞二首尤罕見。惲次遠彥彬輯刻「惲氏先德遺墨」，收錄惲衷白厥初、惲香山本初、惲仲升日初、及惲南田壽平等詩文手札三種。及宣統元年上海書畫會刋印之「寶惲帖式」，收錄惲南田壽平手札、題畫詩等。民國六年上海有正書局刋印之「甌香館法書」，收錄惲南田壽平撫古、題畫、詩稿、手札等。上列鄉賢墨寶，雖極可貴，然既非全邑文獻，且亦不足以代表有清一代。第捨此而外，則又別無所覯。樹勳懷高山景行之意，存闡發幽光之旨，竊不自量，除已於去秋景印鄉前輩張季易維驤編著、蔣竹莊維喬增訂「清代毘陵名人傳」，廣爲發行，以資紀念外；並着手整理多年來蒐集之百家鄉儒函牘手蹟，經釐訂審定，分上中下三卷，彙成一編，而名之曰「清代毘陵名人手札」。

本手札屬鄉邦文獻之一部分，雖未能盡諸家之長，竊手蹟之全，而精神學力，文采所寄，已足代表清代十朝、二百七十六年中世運之盛衰，政治之得失，學術之變遷，使當時之功過是非，忠奸賢愚，一一顯現於殘楮零縑之中，藉供後之學者援以爲探索研討之資也。

樹勳不敏，自慚才識譾陋，對本書之編印，不免有遺珠之憾，諸祈並世　賢達正之，是所幸焉！

邑後學惲樹勳茹辛序於香港中山圖書公司，歲在癸丑農曆十月初八日。

僑教先進

俞叔文先生傳

余少颿

公諱安鼐。字叔文。晚號彌遯老人。以字行。其先浙江山陰縣人。祖吉甫公宦遊粵東。遂占番禺籍。考少甫公。歷宰潮陽大埔豐順和平澄邁靈山花縣清遠諸邑。咸有政聲。長兄伯敭先生。遜清光緒舉人。公獨不習舉子業。負笈譯學館。研求經世之學。鼎革後不滿於時局。遯跡香江。設塾課徒。紳商均遣子弟從遊。館規綦嚴。科目酌施古今。尤諄諄以辨華夷明體用詔諸生。今紳商僑領有聲於時者。若鄧肇堅李福逑簡悅強劉鎮國諸先生。與胡木蘭曹麗姬簡笑嫻周淑珍諸女士。皆當年受業。民國十二年癸亥。與賴荔垞洪興錦李海東諸公創學海書樓。被推任司理。廣羅圖籍。開瀹民智。與香港大學馮平山圖書館並駕。駸駸乎有海濱鄒魯之風。嘗編存書目一卷印行。文獻足徵。每值休沐日開講經史古文辭。聽衆率常座滿。有侍函丈數十年風雨無間者。大戰猝發。日軍侵港。書樓被豪強侵佔。藏書沒入學府。戰事既平。公歸亟奔走謀恢復。嚮之所失。終獲完璧。而公亦垂垂老矣。斯時董事諸公。或已歸道山。或年高不任講席。而政府頒行中學會考制度。課程繁重。公順應時勢。增訂教範。延聘梁寒操羅香林饒宗頤鄭水心陳荊鴻孫甄陶黃維琩吳天任諸教授。以時啓廸後進。至今人猶津津樂道。公擁臯比五十年。初自設硯。繼應德明敦梅麗澤寶覺諸校聘。雖年登大耋無倦容。每謂過商侯評註古文。秕誤滋多。曾著辨正一書。風行遐邇。曩在羊城。與丘倉海黎季裴劉伯端陶質生石懋軒爲詩鐘會。蒞港後復與江霞公葉遐菴熊天翼鄭韶覺李鳳坡爲文酒會。拈鬮聯句。視枚馬無多讓。儕輩有獺祭而乞靈於書樓擬瓻借圖逞者。公笑而予之不少吝。用是凡親顏色者樂以師事焉。少時與長兄唱和甚勤。其後南北睽違。仍置郵疊韻無間。今水周堂僅餘鱗爪。亦賴公珍藏耳。乙未重陽。新會盧湘父陳玉泉二老邀約爲千歲宴。嗣後歲凡數集。公酒酣諧謔。出語驚四筵。小說家某詗得之。衍爲求壽記長編刊諸日報。銷紙頓增。洵屬文壇佳話。公體力素強。暮年齒脫落不補。而飲啖如常人。戊戌殘臘。始患便閟。猶力疾爲弟子解惑。小極中從無呻吟聲。且與眞光學校商朗誦錄音。己亥元日占七律。有靈臺養得春常在句。其神智清健又如此。越十二日。從容而逝。溯生於遜清同治十三年甲戌十月初七日。春秋八十六。虞祭既畢。東蓮覺院院長林楞眞女居士奉栗主於院之副堂以祀公。用報教澤云。元配方氏前卒。側室吳氏。後公逝十載。子男三。長人銑娶譚慧科。姬人陳小梅。次人鎏未婚。次人鐙娶馮錦梅。女人鋭事母如北宮。孫男壽樳娶李佩妍。壽樤娶黃英蓮。壽穀未婚。壽誠幼學。孫女秀舜適李錫瑜。壽韶適張洪宏。曾孫年登。曾孫女年茵年芝。高門賢裔。長幼男女婿姬各專一業。均以有爲見稱於時。名德有後。不其信歟。贊曰：生秉夙慧。觸幾開先。泥塗帖括。經世惟研。鑪峯帳敞。化溢三千。薪傳釵弁。芳競蘭荃。西堂夢應。郵遞吟牋。機雲譽早。南北旌懸。紳耆避席。髦彥執鞭。文星之耀。以永後賢。

中華民國六十二年歲次癸丑孟冬上澣姪婿余祖明拜譔

戴雨農的懋績殊勳

。鄭修元。

一、前言

軍事委員會調查統計局之前身軍委會特務處，雖係民二十一年四月一日始行正式成立。而戴笠將軍個人秉承　委員長之命令，單槍匹馬，歷盡艱辛，從事情報調查工作，却早在民十六年國民革命軍尚未完成北伐以前，即經開始，以迄民國三十五年三月十七日不幸在南京上空墮機殉職，歷時近二十年之久，其追隨領袖爲黨國効命之忠勇事蹟，若求鉅細靡遺，悉行蒐集列舉，恐非數百萬言莫辦。故祇能擇其犖犖大者，而又大都爲筆者所較熟悉之史事，扼要記述以饗讀者，並乞本局先進及讀者先生有所指正。

二、有關中美合作所之鱗爪

一、追述中美合作所成立之緣起

早在民國三十年（一九四一年）十二月八日珍珠港事變以前，戴先生便曾電令我駐美大使館副武官蕭勃同志，與美國戰略局局長鄧諾文將軍協商，以打擊和牽制日軍。因鄧諾文將軍已于同年八月以前，派海登博士和魯西在重慶進行「黃龍計劃」，雖經數次晤談，未獲結果。

另一方面，美國海軍中有幾位熟悉中國情形的軍官，如艦隊訓練處督導兼任海軍部內管制委員李威嚴上校、海軍情報處遠東組長麥克倫上校和部內管制委員會的紀錄官梅樂斯上校，對中國的情勢非常關心，而且當時美國軍艦已經實施武裝護航。爲了能夠得到日本軍艦在太平洋西岸活動的情報，爲了能夠迅速接獲太平洋的氣象資料，他們以爲最好能由海軍派些觀察員到中國去，和中國人合作由中國人代爲蒐集，一定能事半功倍。後來他們幸與我蕭勃副武官熟悉，大家曾熱烈地討論此一構想，蕭勃同志除了積極贊助以外，並願負責聯繫此事。在珍珠港事變的三個月前，美國陸軍方面，亦曾派遣代表團，前來我國，由麥格魯德准將率領，美海軍方面的李上校曾要求派一海軍觀察員隨行，未獲同意。迨珍珠港事變爆發後，李上校遂將前此構想，建議于海軍軍令部金氏上將，乃有派遣梅樂斯來華之事實。

梅樂斯氏是美海軍中的著名電機水雷工程專家，曾在美國亞洲艦隊服役，巡弋遠東，遍歷我國各大港埠八年之久。對我國沿海和長江一帶的地勢港灣甚至民情風俗，頗多了解。所以金氏上將邀選梅氏來華。當梅啓程來華之前，金氏上將邀同李威廉將軍（原爲上校，斯時已晉升爲將軍。）蕭勃副武官和梅樂斯，在華盛頓大飯店討論到：

「如果允許美國海軍在中國放手去做，將可以做那些工作？並將以何種方式合作去有效地打擊中美的共同強敵日本？」

蕭勃兄當時秉承戴先生的一貫指示，提到包括交換情報、訓練游擊隊、從敵後策應美海軍、打擊敵人等項目，同時也提出很多中國可以協助美軍的方法。但金氏上將當時尙將信將疑，尤其對我國敵後工作的是否確具能力，有所垂詢。蕭兄乃就討論中參閱的中國地圖，手指沿海各地，予以說明：

「無論梅樂斯君欲往何地，我方敵後工作人員，均可派人護送，並可保證安全到達，完成任務。我相信一切合作計劃，均可順利進行。」

金氏上將聽到蕭兄上述聲明之後，覺其如此簡單明快，不禁起立歡呼：「祇此一言，大事已定。」於是梅樂斯氏根據此次會談結果，草擬他的「友誼合作計劃」，確定由美方供給技術（包括人員），器材，械彈，與我國情報機構合作。由我國提供人員，在中國沿海及被日軍攻佔地區，建立水雷爆破站、氣象報告站、情報偵察站、電訊情報偵譯站、以及行動爆破站等等機構。並先運黃色炸藥、手榴彈、快槍、磁電水雷機、偵測機等器材，運往印度，以便轉運來華應用。該項計劃，隨奉美海軍部批准，並提交蕭副武官請示中國政府先作原則上的同意。幾天之後，　蔣委員長復電到美，表示歡迎。並指定由戴笠將軍負責合作。梅樂斯氏乃于民國三十一年（一九四二年）四月五日離美，經巴西轉印度來華。當時金氏上將交付他的任務是：

「盡你所能，很快建立一些基地，準備接應美海軍於三、四年之內在中國沿海地方登陸。同時應盡力協助海軍騷亂敵軍。」

上述情況，即中美合作所成立之緣起，至於此後之合作實況，以及中美雙方人員共同努力所獲得之輝煌戰果，已有雜誌刊載，本文不再贅述。

二、美海軍軍官筆下之戴（笠）、梅（樂斯）會見紀畧：

一位美國海軍軍官杜彬斯氏，曾於三十五年間在美國一家雜誌上刊出一篇命題爲「戴笠將軍與中美合作所」的文章，文中對于梅樂斯上校初履重慶與戴笠將軍會晤的情況，以及中美合作的初期工作概畧，描寫得甚爲生動，特摘述如次：

美海軍部於一九四二年，就派遣梅樂斯上校到中國來，搜集氣象情報。日本在那個時期，因爲西太平洋的氣象，是在西伯利亞形成，南下中國，東向日本本島，然後越過太平洋，所以有遠較美國艦隊便利的事實。日本因爲從東北起，南下經過中國淪陷區，直到澳洲的附近，都有它的氣象報告，所以能夠預知太平洋氣象的狀況。而美國艦隊則不得不盲目地從東太平洋前進，因此美海軍部必須深入敵後，建立一個與敵人同樣完善甚至更好的氣象報告網，唯有在中國才能解決這個問題，梅樂斯乃被派擔任是項任務，並於一九四二年五月三日飛抵重慶。當他下機時，有一位中國人在人叢中走來問他：

「你認識蕭上校嗎？」（筆者按，蕭上校名勃，別號信如。湘籍，當時在我駐美大使館任副武官，蕭兄係戴將軍的學生，受命在美接洽中美合作事務。精明幹練出力最多，現居台北。）

梅上校回答：「是的，我認識。」

於是他的行李就被人代爲提着，走過海關檢查員的面前，他舉步登上石級進入重慶市區，由戴將軍的心腹譯員劉鎮芳、潘彼得（筆者按：潘彼得同志中文名字爲潘景翔。劉潘兩同志均爲戴將軍所訓練的外事訓練班第一期的最優秀人材。劉鎮芳兄在中美合作所全期中，一直擔任雨公與梅樂斯將軍之聯絡官。精明幹練，備著辛勞。極爲戴、梅兩將軍所倚重。來台以後曾任台灣省政府外事主任有年。）二人迎候着，他倆將他用車迎往神仙洞街一所圍有高牆的大房子，門前站有崗警，裡面有幾位僕人。劉鎮芳對上校說：

「這是你的住屋。」

梅當時問他：「這屋子是誰的？」

「戴將軍爲你預備下的，他希望你能住得舒服。」

翌日戴將軍過訪，他有矮小而結實的身材，膚色較普通人黑一點。他有一副嚴肅的臉和突出的下顎，他穿了一套無領章的藏青色中山裝。他的態度謙恭而沉着，梅樂斯在和他談話的時候，發覺他的一雙凝視着的黑眼珠，正在估量着他的身體。這一次的會面，僅是一種初見面寒喧性的談話。談話完畢，戴將軍特設宴替他洗塵。那天晚宴，梅樂斯吃了好多樣精美的中國菜餚，但是席上却沒有任何家禽的食品。他於是問戴將軍：

「我發現你的菜餚當中，沒有家禽。」

「有人告訴我，你是不吃家禽的。」

梅氏笑着答應：「是的。」不過他心中却很納悶，他不喜歡吃什麽東西的情報，已經先他本人，被戴將軍打聽到了。

此後他倆討論着收集情報的佈置，但大部份時間，却花在亞洲戰局的談話裡。梅樂斯在戴將軍的態度和談吐間，看到他具有西方人的性格。他待人殷勤而週到，但無東方許多政界著名人物的過份客氣，也沒有當時若干人對白種人傲慢的神氣。

過不了幾天，戴將軍的情報網就發生了效力。所有淪陷區各城市，如安南、緬甸、巴黎、婆羅洲、台灣及菲律賓都有報告到達重慶，他要梅樂斯給他一個對等的幫忙。他需要無線電器材，他的游擊隊及工作人員，缺乏武器彈藥，及現代技術訓練。他需要一般性情報，以補助他亞洲方面情報之不足。雙方以技術、服務及供應品互相交換，對工作也很有裨益。

此際，他們兩人間，業已建立互信，但梅氏需要知道較多的情況，乃向戴將軍語及：

「你若允許，我要到沿海一帶去看看。美國海軍部在派遣人員和運送供應物品之前，先想將共同行動的可能性，得到較爲明確的情況。」

戴將軍當時慨然答道：

「好的，我跟你一同去。」

梅樂斯和戴氏每天不分晝夜地在路上跋涉着，梅氏第一次認清他驚人的精力，他每天走三十英里，有時和他們的幹部討論問題，常常直到天明。他在敵後和自由中國地區發揮了極大的權力。至此，梅氏對於戴將軍是否有能力派送人員和器材到淪陷區去，以及他們的保護，已屬毫無疑問。

日軍在那時期，每天都有進展。有一次他沒有同戴將軍在一起，他忽然落在一支行動迅速的敵人部隊後面。幸虧他的衞隊認識路徑，抄着山中隱蔽的小路，方得脫險。

日本特務沒有偵知和戴將軍同行的一位新人是誰，他們誤認爲是一位蘇聯的空軍顧問，不管他究竟是誰，他與戴將軍總是他們值得追求的目標。日機不時跟在後面，轟炸他們曾經逗留一夜的住處。當他們於一九四二年七月四日下午四時抵達廈門附近的海澄時，日輕轟炸機十四架飛臨該城上空，從事轟炸，戴將軍幸未被炸中。

他們兩人討論過每一種可能的項目，如氣象台、佈雷隊、海岸巡查隊、游擊隊。戴將軍所最關心的似乎是訓練游擊隊及其所需的武器，梅氏初尚不明用意，迨過了兩個月，他才發覺戴將軍就是所有組織的游擊隊的總指揮官。」

三、梅樂斯中校初期對戴將軍之信服。

按梅氏原爲海軍少校，於奉派來華時，始晉升爲中校。當其抵達重慶不久，於第一次應戴先生之邀，參加有軍統局高級幹部在座之工作會報，據他事後發表當時觀感說：

「軍統局的高級幹部，沒有一個是唯唯否否的人，當戴將軍要我簡報我的提議時，他們都非常專心的注意傾聽，然後毫無顧忌的發問，並且說出他們贊成或反對的理由來。我所提出的每一個細節，他們都獲得了充份瞭解，也充分的發揮了他們的意見。當戴將軍表示原則同意以後，並且歸納了大家的意見作出了結論，他們點頭都表示贊同。」

在這次會報中，梅樂斯中校提議最多的也是比較急迫的，是氣象情報的蒐集，及無線電密碼偵譯的進行，和在中國沿海日軍經常使用的水域中佈雷。戴先生除表示同意他的要求外，並且說明氣象台最好是專業性的，並應配備精良的新式器材，但也可以利用軍統局散佈各地的祕密組織和電台配合蒐集，相互參證。尤其在美方器材未到，氣象台未能建立之前，此種配合蒐集，當更具價值。當時梅中校將信將疑，又不便提出詰詢，只好默然不語。殊不料數日以後，敵後情報相繼如雪片飛來。舉凡中國敵後沿海各地，甚至遠到越南、緬甸、泰國、菲律賓、婆羅洲、台灣各地的敵情和氣象報告，都相繼轉送梅樂斯氏參閱。由此他才知道戴先生領導的軍統局組織，遍及敵後和海外地區，而發動工作的神速，效率的高超，確具有不可輕視的力量，因而他對戴先生的欽佩和信賴，也從此奠定了最深厚的基礎。

四、東南考察團之雪泥鴻爪

民三十四年一月初，蒙雨公派我爲東南考察團團長、視察軍統局及中美合作所在東南各地之組織工作以及部隊與各訓練班，戴先生當時所下手令，其原文如左：

「本局對東南各部份工作，應即派遣一考察團，除由修元同志擔任團長外，另由組訓處經理處第一處或中美合作所各選派一幹員，共同前往爲團員，對東南各單位之工作與人事及經理之情形，必須詳加考察，并擬具整理辦法，隨時電局核示，即忠義救國軍與別動軍各縱隊及中美合作所各訓練班，各情報與行動之機構，亦在考察之列也。此外如各地郵電檢查所，各地交通檢查所，亦須乘便考察也。所以出發考察之團員旅費，准予從優發給，但絕不准接受各地組織之招待。關於此項考察工作之實施，應即由本局祕書室，召集各主管部門會商辦理，極遲須於本月十二日出發，笠，一月九日。

此一考察團之人員除筆者奉派忝任團長外，其他有關部門派出之同志計爲：

王維一兄（第一處副處長）、周關錩兄（中美合作所聯絡官）、吳鴻源同志（組訓處股長）、葉世棪同志（經理處股長）、盧傑卿同志（第三處文書股長）、翟湧泉同志（電訊人員）。

中美合作所美方人員爲「費爾勃拉」少校。

團中人員奉派定後，蒙戴先生於一月十一日晚間邀集全團同志至其公館聚餐，並即席指示考察工作之機宜，餐後命我等原地休憩，他親自趕繕致忠義救國軍官兵文告一通，其內容如次：

「笠因在渝事多，致不能多赴前方與我忠救軍全體同志見面商談，但方寸間無時不想念到本軍之一切也。當此勝利在望，而吾人之工作倍形困難之時，吾人應如何上下團結一德一心，加強組訓、整飭紀律，以求本軍力量之堅強，并與民衆密切合作，以打倒敵寇剷除奸僞，此爲我全體同志急須切實檢討急起直追者也。故在當前情勢之下，本軍必須嚴密組織，着重訓練，在人事方面，必須注意戰功，注意其人之品德，而後注意其學識能力。有功者，必予升遷，必予獎勵。有罪者，必予嚴懲，有過者，必予訓誡，藉以振作人心、鼓勵士氣。」

對經理方面，在本軍今日之情形，節流重於開源，緊縮重於增加。對無用之組織，不可講求表面，必須實行緊縮。對無用之人員，應即詳行考核，切實予以裁汰，各團士兵之缺額，應多方設法補充，隨時隨地實施訓練。對全體官兵之生活，應多發給實物，力求營養之增進。而各級幹部，尤須涓滴歸公，力行節約，幷須與士兵共同甘苦。對有眷屬隨身之官兵，應盡量裁遣，對在前方結婚之官兵，務必嚴行懲處，減少拖累，增加力量。此爲本軍當前迫不及待急須切實解決之問題也。姑息足以敗事，顧慮太多，亦足以敗事。萬希本軍各級幹部同志，須時刻念着革命　領袖在「八一三」之後，付與吾人之使命。敵寇不除，是吾人之恥，如京滬光復，不是本軍之衝鋒陷陣首先進入者，即是吾人失職，吾人必無以對　領袖與先烈。吾人欲達成此目的，當然需要與盟友合作，當然需要運用一切力量；但吾人本身如不堅強，無力量，則合作與運用均無補益也。目下時機已迫，稍縱即逝，本軍實東南抗戰主力，吾人應以劍及履及之精神，爭取勝利。凡參加本軍工作者，吾人要求其能盡忠職守，勇敢善戰，即一士兵一伙夫，我各級幹部亦須隨時注意考核，據實呈報總部，總部必須一面詳行註記，一面查明獎勵。至於擾民之事，應嚴格制止，澈底調查。擅取民物者，與強姦婦女者，及任意拉夫者，必須查明當場槍決，幷須廣事宣傳。本軍如不能遵此意旨，切實做到，則革命之部隊，將爲民衆必須打倒之對象矣。吾人有何力量？可能達到殺敵除奸之任務乎？笠因與我同志，成敗與共，生死相同，因關係密切，不得不掬誠以奉告。臨頴神馳，極望我全體官兵同志，努力自愛，自強不息，以達成吾人神聖抗戰之使命爲幸。餘由鄭修元、王維一諸同志面達，敬祝進步勝利。」

戴先生幷在文末附註：

「此件即由祕書室加以裝訂，交修元同志帶去，幷另抄兩份，分送第一處與中美所。」

在本團出發東南考察之前夕，戴將軍親筆書給我們携備之文告，共爲兩份，除上述致忠義救國軍全體官兵外，另一份係致本局東南地區各組織之全體同志，詞意簡切，語重心長。其全文如次：（按此文告，係雨公書於三十四年一月九日午夜。）

「查本局之工作，雖有祕密與公開之分，及有軍事與政治之別，但吾人工作之目的，在於求得三民主義之實現，則毫無二致也。吾人始終認定，唯有三民主義方能挽救中國之危亡。唯有蔣委員長才能領導中國革命，故吾人必須有忠實之思想，堅實之信仰，不怕困難，不辭艱危，百折不囘，再接再厲之精神，作有計劃有步驟之鬥爭，方能戰勝一切，以底於成。本局成立已十有三年矣，此十三年之過程中，吾人則抱此崇高之目的與堅強之決心，以從事於革命領袖所付與吾人之使命也。吾人賴　領袖之愛護與先烈之犧牲，已奠定革命工作之基礎，已造成光榮燦爛之歷史。惟道高一尺，魔高一丈，加以抗戰八年來國民道德之低落，生活環境之惡劣，與乎吾人修養之不足，致年來本局工作同志思想與行爲，日形腐敗，組織與訓練日益鬆懈，致工作熱情日形消沉，工作成績日益低落，笠目擊心傷，心所謂危，長此以往，若不徹底整飭，挽救此莫大之危機，吾人將何以對領袖與先烈？即吾人之本身，亦將無生路可走也。」

「吾人對抗戰，絕不能期待盟邦之勝利，吾人對建國，必須負起責任。在此抗戰建國重大之責任，蓋殺敵除奸，肅清貪污，鎮壓反動，係本局工作同志責無旁貸義不容辭者也。吾人既負此艱鉅之任務，應力求自身之健全，一個革命者必須做到不怕死、不要錢、不爲名、不爭功，愛國家、愛百姓、愛部屬、愛團體，見義勇爲、當仁不讓、樹立正氣、轉變風氣，此爲本局工作同志，應密切注意努力實踐者也。爲期達成此崇高之理想與目的，萬希我各級負責同志，必須公忠體國，刻苦自勵，處處以身作則，事事開誠佈公，無地域之觀念，無學系之派別，相親相愛，互信共信，分工不忘合作，公開不忘祕密，密切聯繫，通力合作，以各種不同之方式，達成吾人神聖之使命。各單位同志中，如有行爲不檢，或意志消沉，或思想乖異，或生活腐敗者，我各級負責同志，必須竭誠規勸，嚴行糾正。如再不悔悟，則團體敗類，必須掃除。姑息足以敗事，吾人工作之成敗，繫革命之興替，革命之成就，繫國家之安危。萬望我同志以自力更生之精神，配合盟友之行動，發揚工作之成績，取得盟友之信心，此實我東南各單位之同志，應共體斯旨，切實遵行者也。笠與諸同志成敗與共，榮辱相同，即死生亦莫不相同相共也。因關係之密切，故掬誠以奉告。餘由修元同志等面達，敬祝努力進步！」

筆者按：上項致局屬東南各單位之文告，經於視察至每一單位，在舉行工作座談會之際，即由筆者向與會同志高聲朗誦，有些單位負責同志，且索去錄存全文，奉爲圭臬。筆者於朗誦文告之後，即以團長身分，代表戴先生向各該單位全體同志備致慰勞之忱，聞者甚爲動容。

筆者奉戴將軍派爲東南考察團團長時，在軍統局本部之職務，爲第三處處長，三處掌管之業務有如下三大項目：

第一項爲對敵僞之行動破壞等工作。

第二項爲對僞軍之策反工作。

第三項爲有關業務之工作。

處內編制設有第一、第二、第三，三個科，即依上項業務，分別主管各該項工作。蒙戴將軍界筆者以考察重任者，由於此行應行考察之工作單位，爲軍統局在東南各地之祕密站組，以及由本局派員掌握之各軍政機關的情報調查等機構，此兩者均連帶負有對敵僞情報行動破壞等項任務。此外如中美合作所之各訓練班以及忠義救國軍之所屬部隊，及其派入陷區以敵後之祕密工作機構，均與三處所掌管之業務，息息相關，並使內勤部門負責人員，藉此對外勤單位之實際情況，多所瞭解，以爲今後審核外勤單位有關行動破壞策反等項工作，有所依據，而較易收到指導適切之效益。故筆者拜命之餘，初時亦深感任重道遠，恐難做到「不辱使命」，甚至有負厚望。但因戴雨公素對同志派遣某項任務，必經事前多方考慮，方下達命令，極少變更或中止派遣者，而每一受命之同志，無不欣然從命，悉力以赴。而筆者亦因自廿八年底由滬特區書記，內調局本部之後，五年來均在內勤部門服務，對外勤單位之實際情況，有時不免深覺隔膜。希望藉此機會，多所了解，俾有益於爾後在內勤作業時，易於針對情況，適切措置。

筆者一行，於卅四年一月十二日啓程，由重慶乘民航機飛赴昆明。在昆明等候達二十日左右，始獲乘美軍運輸機，飛往江西之贛州。當天中午在湖南省芷江機場降落加油，并與本團全體同人在機場附近，進用午膳。因避日軍之空襲，晝間未克飛行，於入夜後始由芷江東飛。在經衡陽領空時，飛行高度達一萬餘公尺。晚間十時左右，始安全到達贛州。當我們在昆明起飛時，曾由美方人員講授跳傘要領及示範動作，除各人配備降落傘外，并各携帶武器僞幣，以備萬一被擊落後跳傘脫險之需。迨抵贛州，承本局贛站負責人鄧樹勛兄（湘籍、軍校六期學長。）及財政部貨運局贛州貨運站站長蔡志謙同志（蔡兄鄂籍，現在台北經商。）供應晚餐，晚宿贛州招待所。翌日由蔡站長派出卡車一輛，并挑選警衛同志五名（內中一名幼年兵孫實楚當時年僅十一歲，現在台灣某軍事單位服務，任少校輔導長），駕駛一員，專載本團人員循省道經雩都而至興國，視察江西省站工作。在興國停留兩天，繼續東行，歷經贛省之寧都、廣昌、南豐、南城、黎川等縣而進入閩省之光澤、邵武轉抵建陽。斯時在建陽有兩個單位，一爲中美合作所之東南辦事處，由中美合作所之參謀長李崇詩兄（湘省平江籍，軍校六期，現任國大代表，居住台北）兼辦事處主任。一爲水陸交通統一檢查處建陽檢查所，所長徐滌寰兄（粵省梅縣人，軍校高教班八期同組同學）。本團抵建陽時，承李徐兩兄接待照顧。

建陽辦事處，爲中美合作所設在東南地區之最大指揮機構，職責重要，事務繁冗，中美所在東南方面之所屬工作單位及訓練機構，受該處指導監督者，無慮數十個之多。本團當經決定，先至閩皖浙三省地區分別視察所屬各單位之後，歸途中最後一站，止于建陽。以便將視察所得，屬於建陽辦事處有關單位之情況，提出商討，或可易收事半功倍之效。故本團初抵建陽，未多逗留，即行驅車建甌東峯，視察東南訓練班（即中美合作第七班，副主任林超兄，別號卓凡，浙省籍，出身軍校六期）。其時東南班第一期業已結訓，第二期亦正籌辦中，（按該班一、二兩期同志，現有多人在台灣警政界服務。）約留三、四日即轉至南平，視察南平工作組。旋由南平，循閩省公路經沙縣、三元而抵當時省會之永安，視察閩省府調查室之工作。調查室主任易珍（湖南醴陵人、軍校六期），并以是項公職，兼負督導局屬閩南、閩北兩局之工作。本局在永安另設有電訊工作隊，隊長張興聲同志，現亦在台。在永安駐留一週，再驅車沿公路經連城抵達龍巖。由於中美合作所之第六班（班副主任陳達元兄現在台任監察委員，職司風憲，甚著清望。）設在華安，由龍巖至華安未乘卡車，改由水道經漳平而至華安。途中有幾處河面狹仄，亂石阻道。小舟行於中流，水勢湍急，狀極驚險。舟抵華安船埠，陳副主任率衆相迎。我們在華安會集合班中各部門工作同志，舉行工作座談會，由各部門主管報告該部門工作概況，以及困難所在，由我一一擇要摘記，最後由我起立致詞，並答覆在座諸同志所提出之問題。

在華安中美第六班考察竣事，於卅三年農曆除夕前二三日，轉抵閩南站所在地之漳州，下榻於青年社。本團視察漳州時，重要工作爲邀集中美雙方人員，研商加強海防情報工作之部署，以及氣象情報之蒐集工作。於集會商討工作竣事，並舉行中美同人春節聯歡餐會，觥籌交錯，極一時之盛。

漳州事畢，再度折返建陽，北向崇安、分水關越武夷山而至江西鉛山。第三戰區長官部，即駐該地。由本局浙江站長毛萬里兄兼任三戰區調查室主任。在鉛山未多勾留，即取道上饒、玉山，經浙省之常山、開化、遂安、而達淳安。該地有財政部貨運局（局長係雨公兼任），蘇浙皖邊區貨運站，負責人爲張性白先生。另有一個浙西行動工作隊，隊長爲徐一帆同志。嗣由淳安西向，進入皖省徽州府歙縣地境，中美合作所之第一訓練班即設該縣之雄村。（代副主任汪浩然先生籍隸安徽舒城，出身軍校五期，現居新竹）是時已屆三月下旬，本團全體人員即在該班參加本局工作十三週年紀念大會，筆者應邀出席致詞，並以雨公之親筆文告，向參加大會之同志與受訓學員宣讀一遍，晚間曾有慶祝晚會之舉行。

當我們在漳州公畢再度折返建陽時，我曾電呈戴先生，擬請對本團資歷最深之團員王維一兄，給予副團長名義，其理由爲行將前往忠義救國軍視察部隊，對於檢閱、講評、指導、諸般任務，需有軍事專才多所臂助。維一兄出身於黃埔軍校第七期，早年曾在國軍部隊中供職。奉派參加本團時，係屬本部第一處（主管軍事情報及忠救軍作戰指導）副處長，階級亦爲少將。筆者雖亦曾於民卅年間蒙雨公保送中央軍校高等教育班第八期受訓，究屬半路出家，對軍事方面之學養，不及維一兄遠矣。電報發出之後，翌日即接奉雨公核准之覆電。（按本局對於無線電之通訊，自民廿年四月組織開始不久，便已具有是項設備，局本部所屬外動單位之通訊聯絡，即藉此無線電台爲之。抗戰期間，在各淪陷地區之潛伏單位，均有電台之配備，否則所獲情報，便無法迅速報局，收到時效。本團出發東南考察，亦携有專用電台，團員翟湧泉同志，即負此電台責任。行程所至，隨時隨地，可以與局本部電訊總台聯絡。其時本局工作效率之高，此項無線電報之功能，實居極其重要之地位。）

本團一行，由浙西之淳安前往忠義救國軍防地，係取水道經建德、桐廬，舟行建德、桐廬間，風光旖旎，俗塵盡滌。（筆者於民四十一年秋間曾在「暢流半月刊」刊出一篇「人間至樂——旅行、讀書、爲善」拙作，內中有句云：「富春江上，人在畫圖之中。」即爲此次旅途所領畧者。）而至昌化。在分水至於潛之中途廍車埠，本局設有東南特別站，曾畧駐考察。昌化縣之河橋鎮駐有忠義救國軍之第三縱隊，指揮官爲鮑步超兄（鮑兄浙省遂安籍，黃埔軍校六期，來台後，曾任國軍×師師長及台灣省中部地區司令官，年前依例退役，現居台北）。

（未完・待續）

折戟沉沙記林彪（十四）

岳騫

陳明仁自非善類，尤其強迫非戰鬥人員守城，以快私憤，更非軍人所應爲。本刊正連載中之「血戰常德三十年」，守城之師長余程萬力逼常德縣長戴九峰出城。戴縣長本來準備與常德城共存亡，余師長向他說：我是個捍衛國家的軍人，我是不會反對你守土的，可是時代變了，武器變了，戰略戰術一齊也要變。你是個行政官，在砲火連天的圍城裏，你能行什麽政，你在這裏完全是多餘的，現在常德存亡關鍵，不是增加幾百普通人士所能駐守而是在援軍早日開到，用大量的軍力來反攻，只要你不離開常德縣境，你也不能算是不守土，你現在可率領縣警與難民出城了。」這不僅是仁者之言，也是一個大將應有的風度，余程萬不要常德縣長守常德，陳明仁硬要遼北省政府主席守四平街一地，相較之下，賢與不肖相去自太遠。但當時正在用人之際，陳明仁又剛剛打了空前勝仗，陳誠便將其免職，自難免爲人所指責，更使黃埔系將領爲之不平。

廖耀湘是新六軍的軍長，也是東北國軍主力，但由於陳誠到任之後，撤銷東北保安司令長官，杜聿明失職入關，五十二軍軍長趙公武也辭職而去，自然就引起廖耀湘的疑懼，不服陳誠調遣，誤了幾次戎機（下面再詳談）。

總之陳誠到東北之後，造成將相（指東北耆舊與熊式輝時代之文官）不和，將（指陳明仁、廖耀湘）帥不和，加之敵人愈來愈強，國際形勢愈來愈惡化，陳誠又有什麽回天的本領。

陳誠在民國三十六年九月三日接任東北行轅主任後，於當日下午四時，假東北行轅第二招待所花園草坪上，舉行露天茶會與東北各界晤談。中央社瀋陽分社記者陳嘉驥在出席此項茶會時，會單獨與陳誠對談約三十分鐘，談話筆錄如后：

陳嘉驥：勝利以來，共軍以游擊戰術，使國軍沒法捕捉其主力，目前似乎很難有一套徹底辦法，以破其游擊戰術，未悉陳總長認爲對否。

陳誠：共軍的游擊戰術確很頑強，當年江西剿匪時，曾針對其游擊戰術實施碉堡政策甚收效果，今後政府自當設法將共軍徹底撲滅。

陳嘉驥：共軍此次實施第五次攻勢之前，曾以林彪假死消息矇騙東北軍，因而大上其當。

陳誠：你可把情形說出來。

陳嘉驥：在今年五月初，東北軍方得自哈爾濱敵後傳來消息：「林彪在哈爾濱主持一次會議時，因爲當塲辱罵僞哈爾濱市長李兆麟，致其在塲身爲李兆麟之子的衛隊長所不能忍受，遂在怒不可遏時，在身後對準林彪射出一槍，林彪因而負傷，迨抬至醫院後，林彪即因傷重不治身死。因而哈爾濱已亂成一團，已而實施戒嚴，李兆麟父子及全家均已被捕，並將株及許多無辜」。

陳誠：我在南京也看到這個消息。

陳嘉驥：不久，東北軍方又得到了消息，共軍在松花江有異常大規模調動，但我們發佈戰報裡，猶自圓其說的謂：「共軍大規模集結，係因恐怕國軍趁林彪身亡時進攻去接收哈爾濱」。不久共軍即發動了此空前的第五次攻勢，當我們大夢初醒時，共軍已越過農安迫至懷德了。

陳誠：你說的很有道理。

陳嘉驥：其他戰場亦有類似情形：如劉伯承在黃泛區被擊斃消息傳出不久，即率領數萬人向大別山區流竄。陳毅被擊斃消息傳出不久，他便自魯西向沂蒙山區反撲。尤其最近共軍僞造高樹勛在山西南部陽城反正消息，掩蓋了陳賡部調動渡黃河攻擊洛陽陰謀，共軍能用同一方法，連續欺騙政府，而政府似乎迄今並未覺察。

陳誠：你是那個報館記者。

陳嘉驥：中央社瀋陽分社記者。

陳誠：很好很好。劉伯承這次進入大別山區僅約二、三萬人，國軍現已將大別山要隘封鎖，不難予以解決。陳賡渡黃河如提早二個月，對國軍在山東方面或有影響，現在陳毅部主力已被國軍驅逐到黃河北岸，因此陳賡部目前渡黃河進犯，反給國軍造成捕捉消滅共軍主力之機會（筆者曾就此談話撰發新聞剪報現仍留存）。

陳嘉驥：陳總長對東北大局有何看法。

陳誠：東北共軍在蘇俄接濟下力量大增，所以國軍亦極需補充兵力，目前最重要先求安定及改善公教人員生活，並杜絕貪污不法。東北行轅即將着手策劃公教配給制度，首先實施食糧配給，然後再及其他。

陳誠與陳嘉驥這項談話，對東北戰局並未說出可行辦法，但對劉伯承、陳賡所作判斷完全與事實不符，此亦非陳誠好爲大言，實由當時將驕兵惰，不能作戰。即以劉伯承攻入大別山而論，安徽省主席李品仙搜刮十年之後，所積聚不可勝計，據安徽人傳說，僅支持李宗仁競選副總統，鈔票用卡車日夜向南京運輸，此等官吏用以對敵豈非笑談。但陳誠身爲參謀總長，根本不明敵情，根據錯誤情報擬訂戰畧，局勢安得不壞。故東北局勢，使陳誠不去亦必然失守，但陳誠不去可能不會崩潰得如此之速。

陳誠於民國三十六年九月以參謀總長兼任東北行轅主任，三十七年一月即因病辭職。陳誠在東北期間，總共亦不過半年，所指揮的戰事，只有林彪發動的第六次攻勢及國軍在打通遼西走廊的一次戰役，在軍事方面影響並不大。但陳誠到東北之後，軍政方面的人事變動則至大。由於東北保安司令長官部撤銷，原任保安司令長官杜聿明離開東北入關，原保安司令長官部參謀長趙家驥調去錦州任第二訓練處處長，幾員戰將新一軍軍長孫立人先已去職，七十一軍軍長陳明仁因受控調職，五十二軍軍長趙公武解職。幹員紛紛他去，剩下唯一宿將新六軍軍長廖耀湘又驕姿跋扈，不聽指揮，陳誠雖然平日不可一世，此時也感到捉襟見肘，不易爲力。

陳誠去東北，決不可能扭轉軍事方面劣勢，但以陳誠得君之專，威望之隆，他可以有權力徹底檢討東北情勢，爲亡羊補牢之舉，不應該坐以待斃。此點是整個局勢的轉捩點，陳誠未能把握住，深爲可惜。是知時勢造英雄易，英雄造時勢難，非有絕大智慧與勇氣的人，皆無從着手。

就在東北發動第六次攻勢之後，民國三十六（一九四七）年十二月二十六日中央社記者陳嘉驥在錦州見到趙家驥，兩人曾有一番對話，茲錄於下：

陳：東北局勢在僅數個月之間，竟有這麼大的變化，實出乎一般人料想之外。

趙：馬歇爾之調處松花江停戰，已伏下今日局面之病根。當時東北共軍是一羣未經訓練烏合之衆，在東北地方上亦無根無基，倘當時得容國軍跟踪追擊，大部份共軍均可驅散，少數來自關內林彪的基本隊伍，讓他到冰天雪地的邊區裡去打游擊好了；你沒到過黑龍江北部邊區，那種荒凉閉塞非想像所能及，共軍不全被凍死才怪。三十五年五月間，杜長官曾向來東北視察的白部長提出要求，立即自關內加派兩個軍來，他保證幾個月內在東北封凍以前，將中東鐵路在內的東北大部地區光復，惜此議未能實現，如今共軍羽翼已成，並已深入農村，老百姓雖心向中央，但被迫下反處處與國軍爲敵矣！且國軍多係江南子弟，那裡見過關外這種冷法，在冰天雪地裡自無法對抗共軍裹脅之東北農村子弟，且如今敵衆我寡，共軍走到那裡就在那裡補給，與國軍完全仰賴空運的情形無法相比了。

陳：那麼東北局勢很難挽回了？

趙：挽回是可挽回，然需痛下決心。在純軍畧上來講，吉林、長春、四平（時吉林國軍尚未轉進長春，四平尚未棄守）這些據點還守他作什麼，這樣消耗下去國家也受不了。今年六月間四平街大戰時，安東之撤退即係我的主張，當時有許多人覺得可惜，並且有人駡我，現在大概已經明白，當時如不及時撤退，不但安東仍然要丟，並且起碼要陪上一、二師人，空要面子吃眞虧的事，在軍事作戰時不能做。按照目前情形來看，我主張瀋陽也不可要，守住錦州這個通往關內的喉嚨眼就行了，遼西走廊形勢這樣好，有二十萬人就可擋住共軍五十萬，其餘的部隊可調到關內去，東北國軍係國家最精銳部隊，在東北打疲了，換換環境士氣會好起來，關內共軍解決了，然後全力來對付東北，那時我們的大軍到了，無論瀋陽、長春、吉林、哈爾濱，還怕共軍不給我們滾！

陳：瀋陽撤退恐怕辦不到吧！

趙：瀋陽不撤就得增加兵力，山海關、綏中、興城、溝幫子、打虎山、新民、瀋陽，就等於是散落在地上的珠子，如不把它用線串起來，怎麼成爲項鍊？怎能發揮作用？所以，要想守瀋陽必須把這些聯起來成一條線，然後慢慢擴充武力向有戰爭價值的點伸張成面，這雖是理論亦是事實。

陳：今年八月間，我在阜新與九十三軍王世高師長晤談時，王師長對東北局勢看法與參謀長看法差不多，且當時王師長對熱東敵情判斷，與事後該地區軍事發展絲毫不爽，不知參謀長認識此人否？

趙：王師長我認識，來錦州後還見過面，九十三軍訓練極爲充足，裡面人才很多，抗戰時期拱衛大後方很少耗損，所以戰鬥力很強，出關以來表現至佳。

陳：這次攻勢勝算如何？

趙：這是國軍爲了確保遼西走廊暢通的一次攻勢，也就是想把珠子串起來，重要是非常重要，只是我們兵力顯然不夠，然而多頭並進也能給共軍以相當困擾。現在林彪主力正向遼西移動中，將來國軍很難維持交通線的暢通，除非是增加新的兵力，我的看法這次攻勢的結果維持下去很難。我的這些意見只是我們私下談話，你寫新聞時不要引用，等吃過飯我搖個電話，介紹你與孫司令官和盧軍長談一談。

持趙家驤這種看法的人也很多，但是，人人都不敢說，有的人即使敢說；也因人微言輕，未必有效，只有陳誠身爲參謀總長，有權指揮陸海空軍，對當前局勢如能提出建設性意見，當局未嘗不能採納。

陳誠接任之後，已看出一項危機，即關內外聯絡全靠一北寧鐵路，如果北寧路被切斷，關外國軍補給就要靠海道與空運，勢難持久，當時就佈置兵力向遼西走廊進行掃蕩，力求鞏固北平與瀋陽交通。爲了增強進攻遼西的兵力，陳誠特地自蘇北將原東北軍系統的四十九軍調去遼西，四十九軍軍長王鐵漢是九一八事變時，北大營守軍團長。

林彪也料定陳誠到東北之後，要採取主動，乃先發制人，於三十五年十月一日起向中長路發動第六次攻勢。林彪當時攻勢分爲兩路，以主力圍攻昌圖、開源，一部進攻撫順，向瀋陽展開鉗形攻勢。

陳誠眼見東北兵力分散，不易集中優勢兵力對付林彪攻勢，飛電華北勦匪總司令傅作義請援，傅作義派出暫三軍安春山，九十二軍侯鏡如出關增援。暫三軍是傅作義自己帶的部隊，安春山更是一位勇敢樸實的戰將，九十二軍軍長侯鏡如是黃埔軍校一期學生，但九十二軍卻是「雜牌」改編，二十一師是張宗昌舊部劉珍年部改編，一四二師則是商震舊部，還有一個暫編五十六師則是原東北軍騎二軍何柱國部步兵旅改編。但這一軍戰鬥力相當強，尤其二十一師更出類拔萃。林彪向開源進攻時，守城部隊五十三軍是正牌東北軍，軍長原爲萬福麟，長城抗戰時，聽到日軍進攻就退，給國人印象甚差，有「長腿萬福麟」之謠，是說萬福麟及其部隊跑得快。但此時的軍長換了周福成，戰鬥力已非昔比，共軍屢攻不下，九十二軍趕到，內外夾擊，將共軍擊退。

另一支共軍已攻下彰武，安春山率暫三軍趕到，共軍曉得國軍作戰特性，專佔領城市據點。因此，彰武共軍自動撤去西北方藏匿，準備俟暫三軍進城後，再予以包圍。誰知安春山更了解共軍特性，一任彰武空城，不加理會，率軍直撲西北方，尋找共軍決戰。共軍事先未料及國軍突然進攻，倉猝應戰，處處失了先機，損傷重大，狼狽潰逃，是爲有名之彰武大捷。

戰事結束後，陳誠將安春山請到瀋陽，介紹給所有高級將領見面，安春山穿一套灰棉布軍服，腰繫一皮帶，軍裝布棉鞋，腿打布綁腿，加之身材瘦小，更顯得委瑣，比起其他將領戎裝畢挺，氣宇軒昂，不能相比。陳誠當時感慨萬端，指着安春山向大衆說道：「你們看看人家這身裝束，可就是能打仗。」

共軍圍攻瀋陽失敗，轉頭去攻永吉，永吉當時爲吉林省政府所在地，省主席梁華盛，守軍六十軍軍長曾澤生，是雲南部隊，當時在東北作戰之雲南部隊有在錦州之九十三軍盧濬泉，在永吉之六十軍曾澤生，兩支部隊均勇敢善戰，六十軍轄一八二師、一八四師及暫二十一師，當國軍第一次攻吉長時，一八四師師長潘朔端在鞍山率部投共軍，是爲國軍在東北公開投共之始，但到了國軍收復安東時，一八四師由團長楊朝綸率領，全部反正，當即由楊朝綸升任師長。

共軍進攻永吉，以爲永吉爲雲南部隊六十軍駐守，戰鬥力不會太強，攻下永吉，正好雪彰武戰敗之恥，誰知六十軍戰鬥力出乎意料之強，前後血戰二十日，共軍始終無法攻下永吉，而新一軍在四平街戰後，逐步推進，已開入長春，到十一月六日，共軍攻永吉達二十日，師老無攻，林彪乃下令撤退。（未完．待續）

謙廬隨筆

廿九

矢原謙吉遺著

余幸以友情難却，得爲三峽之遊，山光水色，實爲余生平所僅見。自得畧識此鬼斧神工之畫境後，余於品評天下名山勝水之時已審愼多矣。

此行唯一美中不足之處，厥爲再抵酆都所目睹之一幕人間慘劇。

是時，余在大餐間外之甲板上遠眺，見有二三「遞飄」小舟，逐浪而來。未識何故，我輪鼓輪向右廻轉，輪激浪起，漩渦益衆，一舟距輪尾較近，忽如落葉，被浪捲覆，除舟子外，尚有男女各一，箱籠數事，均陷波濤。岸邊江上，尚有小舟十餘，似亦目擊此事，故遂槳棹幷舉，飛抵該處。而令余大驚者，厥爲彼輩爭先撈取箱籠，而無人投一瞬於載沉載浮之一雙男女也。

尤奇者，輪上「大副」與水手數人，均憑欄指點，時向撈取箱籠者，呼以戲謔之語；而「救命圈」雖在咫尺之處，但煩舉手之勞，亦始終無人取之擲於水中也。余始則大驚，繼乃大奇，終則大憤，乃飛步取之，投向溺者。再欲取另一「救生圈」，竟有二水手執余臂而阻之曰：

「君若甘他日溺死，悉聽尊命。惟勿連累我等，否則惟有白刀進紅刀出而已！」

是時，輪亦忽速，瞬息即棄其餘之「遞飄」小舟而去。執余臂之二水手，亦露齒而笑曰：

「適才魯莽，幸勿罪我。日後當知我二人乃君之救命恩人也！」

言訖，揚長而去。余猶憤然，而「大副」已至，首致歉仄之忱，繼謂彼雖目睹其事，亦深信二水手所爲，實出善意，絕不能以之爲罪也。

余怪而問之，二副曰：

「川江險灘重重，舟覆人溺之事，久已習以爲常，故人皆迷信，寧信其有，毋信其無。

俗謂溺死者必得一「替身」後，始可超生再世，皆日夕以覓人爲念。故每有落水者，人皆信其爲溺死鬼所擇之「替身」。援手而救之，必觸鬼怒，而思報復，則將來溺死者，即爲此救溺者於不死之人也！

以是，於川江拯一溺者，直若引火上身，絕不爲同舟者所諒，蓋此輩深恐連累也。」

晩餐時，余以此陋習詢諸船長，而所答畧同。余亦惟有撫膝嗟嘆而已：人命之賤，人情之薄，一至於此，復何言哉？

途中，至少亦有三五次，遙見浮尸逐波而至，水手遂以長竿阻之勿近，思收其骸骨以葬之者，絕無一人。蓋咸信一對此所謂「水大棒」之浮尸，稍表憐憫，即必觸水鬼之怒，定將興風作浪，必至船覆人溺而後已。余以爲見死不救，行同禽獸，而猶覥顏嘵嘵，自以爲是者，直豕犬不如矣。今日言之，猶覺憤然。

※ ※ ※

有濱田君者，余稔之逾十載矣。謀面雖稀，而友情頗洽，蓋彼以長袖善舞，久居江南，所交結者恒當朝顯要；而余則懸壺糊口，不預國家大事，亦不介入政壇是非。是故，「河水不犯井水」，濱田君遂於余無所戒備，遇則盡歡，談則言所欲言，每以當世之秘辛見告。余雖姑妄聽之。孰謂事後竟其應若响，且多屬幕後挿曲，殊不足爲外人道者。

「冀察特殊化」醞釀方殷之際，此君突以身患絕症聞，遂萬念俱灰，洗手不再問凡間事，更盡售其所有，買棹東歸，不復作返華計矣。行前嘗爲北國之遊，與諸舊識一訣，余宴之於豐澤園，席未終而彼已醺醺然，或乃「酒入愁腸」所然歟？

既醉之後，乃更口若懸河，言及當世秘聞，如數家珍，而余亦大飽耳福矣。

宴後，余邀之來舍，車過中南海門前時，濱田君忽詢余曰：

「曩聞故都一公安局長，曾於此一帶懸有小木牌曰：「騎者慢行，謹防墮馬！」此事果確否？」

余沉思曰：

「昔日似曾見之，今已不知其去向矣！」

濱田君莞爾而笑曰：

「此一公安局長，苟非極善做官者，即爲一位老實人，乃信中南海門前墮馬而死者，盡係騎術欠精之故耳。」

余聞而心動，請聞其詳，濱田君曰：

「君憶長城之戰乎？當時，何應欽以軍政部長之尊，銜命北來，爲「軍分會」之主人，而該分會組織既無定章，職權更欠分明；人浮於事，叠床架屋，更屬餘事。

即以參謀長一職而論，同時見於報章者，即有三人之多。或謂熊斌，或謂黃紹紘，或謂王倫。其實，熊係以參謀本部之身份，出長何氏幕僚。黃則由蔣手令，以內政部長兼任「參謀團團長」；王則實爲何之股肱，晝夜隨節於中南海內，實爲三傑中，眞正握有實權之一人。

日軍既據密雲，前鋒直接平郊，三十萬華軍，且戰且走，頗有繞城而過之勢。是時，何之左右，甚至黃郛與張羣之流，均力主立訂城下之盟，庶免塗炭，或竟迅速遠引，一走了之。而王倫獨持異議，堅欲屯軍都下，決一死戰，且欲立調全部炮兵，包圍東交民巷，饗以排炮，令其內之外使外僑，悉數與日人同歸於盡；藉以使外邦遷怒於日軍之迫我太甚，致遭此池魚之殃也。

聞其言者，皆駭然失措，力斥爲妄，而何爲城下盟之志亦立決。塘沽協定既成，王雖未獲譴，而意殊憤憤，每謂「豎子不足與謀，苟納吾言。斷不致有今日也。」

未幾，遂以清晨墮馬暴斃於中南海前，喧傳故都矣。

王夙嗜騎射，每晨必策馬奔馳於中南海內，逾一小時始罷。遇難之日，突有一汽車，高速猛馳於馬後，且長鳴車笛不休，馬不能耐，乃驚馳如狂。倉卒間王亦墮鞍，而足猶在蹬，拖曳而行數十武後，已面目殘破，腦漿塗地矣。

肇事之車，自無踪跡。而論者或謂王之慘死，乃日人報復之舉。或謂有人慮其使氣僨事，恐貽日方他日以口實，遂斷然出此一舉。

逾二三年，財孔有上海「公館秘書」鐵健生者，精幹而剛直，疾宵小如仇。公館中人，咸側視之。而鐵復屢以「清君側」爲言，苦諫於「部座」之前，而終不聽，反遭內外之忌；乃興擇木而棲之志，藉返里省親爲由，偕其妻北上，欲附李思浩，更不復作南歸計。

第其牢騷滿腹，更値氣盛，遂於言談間，屢有「昏君」之詆，更於相國府第之贓跡醜聞，亦言必有盡，未加避諱，令聞者頗有頓開茅塞之感。

鐵亦酷嗜馳馬，居停上海時，亦每晨必一試身手。既居故都有頃，此嗜復熾，遂每晨馳馬如故。一日行及中南海前，突有汽車狂奔於其後，且奔且鳴長笛，馬驚而狂，鐵遂死於蹄下，一若當日王倫之暴卒也。

鐵故後未久，又有「進德社」中人物呂志伊者，中南海前墮馬之事。

呂是時年近六十，而以出身北洋講武堂故，頗有廉頗之風，健飯善騎，一若壯年。以與遠在江南之合肥有舊，步武遂漸唯金陵之馬首是瞻，頗不爲進德社內若干中堅所諒，而尤爲蕭仙閣，潘毓桂輩之眼中釘。

華北風雲日緊，呂氏南向之志亦愈堅，而尤對蕭之所爲，深惡痛絕。嘗於進德社中，笑詢二十九軍諸將領曰：

「君等知『洞簫』二字之典故乎？此蓋與貴軍及冀察局勢，均大有關係也。」

衆聞而異之，問其故。呂曰：

「二十九軍，衆志成城，冀察天下，眞一鐵桶江山也。所惜者，鐵桶上有一洞耳，故能予敵以可乘之機。古聖先賢蓋已早見於此，遂以『洞蕭』之名，促我警省。是則『有洞必爲蕭，有蕭必有洞』也！」

蕭振瀛聞而大恚，亦無如之何。有頃，人忽爭傳呂於寓所中，設有秘密電台，與南方互通消息。當局既未動聲色，謠遂不久而息。未幾，此一善駕之老軍人，亦突然於清晨試馬之際，墮斃於中南海前，蹄踐腦裂而死。

有此三人之暴卒，坊間遂知：中南海前，實爲一不祥之地。而熱心公益之公安局長，遂不憚煩冗，遍掛木牌，以警來者也。」

濱田君語竟，余爲之愕然若失者久之。余雖不識王倫，猶憶其暴斃後一日，管翼賢私語余曰：

「人言王乃日方所殺，唯余頗疑之。今炮轟之議，早成過去。日方於二十九軍尙致優柔，更何患於一無兵無勇之王倫乎？奈何非置其於死地不可？」

余亦以爲然。次日，報章爭載：王之侍妾，以懷孕之身，已仰藥殉之於靈前矣。

鐵健生其人，余亦有一面之雅，頗覺其風度器宇，均不類「財神」之夾袋人物。余友丁春膏，在政界以爲官狷介著稱，與鐵頗有惺惺相惜之感。鐵北來後，迭爲丁府上賓，余亦於丁處得識其賢伉儷。鐵夫人患糖尿症頗重，而久婚不孕，故失歡於翁姑，拒其返里。鐵以妻故，未能晨昏定省者，已數載矣。鐵夫人望子心切，席間曾屢詢余：糖尿病亦可爲受孕之障碍乎？是後，并曾兩顧余之診所，倩余處方以除此無後之憂。

鐵暴卒後，而兩老悲痛欲絕，遷怒於其媳之「尅夫絕後」，電囑移櫬歸葬，而拒伊伴靈返里，櫬未發，鐵夫人已自盡於靈前。

王鐵二人之下場，既雷同若是；其夫人之殺身以殉，亦如出一轍。世事之奇，竟有如是者！

（未完・待續）

橫渡塔里木沙漠記

烈日黃沙中的古絲道

張大軍

民國三十八年作者由新疆南行，橫渡塔里木沙漠，此爲途中所記。

六月二十八日上午十時西行，除了依司馬衣、吐爾遜兩位維族同伴留在且末外，又添了一個脚夫卡爾，讓他專管牲畜和帶路。他曾走過由且末到和闐或喀什十餘趟，沿途的情況他是熟悉的，甚至失迷了足跡，他摸着驢的糞粒也能找到路，我們十分需要這樣的人，一個大瀚海中的舵手。

由且末經過開頭漫、青克力克、樹唐阿各力、安得爾河、野鳥井子、亞通古斯才到民豐，這些小站如果在夏天，確是碧日、黃沙、熱風、苦水包圍着旅者，恰巧我們正是在夏天，其中苦難是可以想像的了。但我想古代高僧法顯循此道攀越崑崙而至印度，尤其歷代經營西域的名將、外國的旅行家，莫不是循此道而完成他們偉大的任務的，我爲何怯懦。

這條道路，就是有名的絲道，兩千餘年來的中西交通，絲道有很大的功勞，千百年來中原與西域時斷時續的往還，塔里木盆地的變亂，古絲道上的城市由於變亂的糟蹋，人民逃避他方，更由於大風沙的南掩，絲道被掩沒，城市被摧毀，眼睜睜的看着荒蕪了！悽涼了！人煙絕跡了！行旅商賈改道了！公吏驛夫稀寥了！數千年滄桑，變成一條日落黃昏的沙道，如今我們仍在黃沙中掙扎。

由且末到民豐是十二個驢站，八個馬站，沿途沒有村鎮和人家，沒有可購買的糧食，除了兩、三站是甜水外，餘均苦且鹹的井水，行人過此莫不苦極。我們出發時已是二十八日的上午十一時，卡爾說最好夜間走，我因爲要察看沿途的景象，只好在白晝試一試。

出了且末的美麗綠島，向西行，不久到康下羊不克，再西行到克勒那斯克，大約有十五公里，這一段草原、農田，稀疏的牧民和牛羣散佈在原野上，可是出了克勒那斯克景色就大變，沙浪滾滾，眞的是入了瀚海，駱駝在大沙漠中一步步的邁着方步，鈴聲慢慢的響着，彷彿是待罪的囚徒，一點精神都沒有，乘在馬上的伙伴在驕陽下，更是幽靈一般的搖擺着，無精打采的蠕動着。

沙崗越來越多了！有的沙崗很像一座小山，我們乘馬越過去，費了很大的氣力，但接着又來了一道沙崗，這是千百年來北方的風捲着黃沙滾滾南下而形成的。似乎沙漠越來越大，沙崗也愈來愈多，過了十餘個沙崗，人馬就已經沒有氣力了。尤其到了中午，太陽更爲熾熱，而曝晒的沙坵更熱，四周蒸氣和熱風沒有什麼分別，人馬儼如蹲在熱鍋中的螞蟻。

沙漠中無一寸土地可以休息，除非想死便在熱沙中躺下，一躺下恐怕再也起不來了。只有趕着牲畜快走，或者喝水解熱。當熱得無法支撐的，眞希望上帝突然降下一棵樹，甚至突然下一陣雨，許多奇奇怪怪的幻想不住的在腦海中盤旋着。

幻想都是不能成爲事實的，只有慢吞吞的，一步步的前行，翻過一個大沙崗後，大家聚集吃了一點乾粮。可愛的阿克也爬出布袋，滿身大汗，好像是洗過澡似的，給牠一片麵餅，牠狼吞虎嚥的吃下去，看樣子實在太餓了。

吃過乾糧後也不能不走，混過日正當中的時刻，太陽漸漸的西垂了，希望它西垂得快一點。大漠裡也吹起一陣輕風，仍帶着熱味，可是這時移動的不僅是人馬，而沙漠裡的黃色細沙也在不平均的，成堆的相擁相擠，從風起處，都把沙吹成一條條的浪痕。在寂寞單調的沙漠中，我們的駝馬在沙漠中慢慢的移動，風時強時弱的吹着，沙漠中的細沙也像海中的浪潮一樣，時高時低，雖無澎湃之聲，確有滾滾沙流。

美麗的景色映着太陽西斜的餘暉，金黃的光線平射在黯黃色沙原上，映照着地上滾滾的沙河和天上迷濛的沙霧交織成一片單調而又壯麗的景緻。我們立馬在茫茫的沙原之上，踏着沙浪，迎着沙浪，落日正紅，餘光正豔，天上地下都混成一色！

在迷濛的沙霧中以冷水混着砂塵又吃過一頓晚餐，馬及駱駝和阿克也吃了些草和麵餅，阿克出了布袋後便跑了，跑了很遠，牠在那金色的餘暉中大便，一個黑影在淡淡的金光中搖動着，相映成一幅極美麗的圖畫。

「我的小寶貝又回來了！」馬兆麟跑去迎接牠，抱在懷裡眞比他的兒子或姑娘都愛。

大家一陣大笑，笑馬兆麟那種癡情的樣子。

「你知道阿克愛你嗎？」馬木提在譏笑着說。

「當然！不要胡說！……」馬兆麟的臉都紅了。

卡爾催我們前行，我們不得不聽他的話，大家都稱他爲總司令，因爲他操着道路熟悉的權威。天幕張起來，駱駝的鈴聲又在沉寂的夜幕中叮咚的響起來，大家又爬過一道一道的沙崗。

走了約莫半小時，卡爾令我們停下，他用微弱的燈光找足跡，足跡被風沙掩埋，又得或左或右的去找糞粒，糞粒是行路的標誌，尋覓的結果也沒有，他提着一盞油燈在沙原中儼如鬼火一樣飄來飄去，在遠遠的地方，突然燈光熄滅了！我們都大聲的喊着：

「卡爾！卡爾！這裡！……」

在黝黑的穹廬下，只有星光在閃爍，不久聽到卡爾的回聲，阿克也在布包中掙扎、嘶鳴，彷彿生了病似的哭泣着……。

「卡爾！我們在這裡！……」

「卡爾！……」

我用電筒照着，不久卡爾從一個沙崗後面爬回來。原來他跌倒在沙崗上滾到一個窪地裡，燈因此熄滅了。我們重燃起油燈。在我們左方隱約有駝鈴的響聲，一串、一串的叮咚聲響，但沒有人聲。

卡爾又去探聽，原來是一個商隊，才知道他前所引導的路線是錯的，趕快向左方移，及至會面方知是在阿吉爾見到的艾沙克老維族，顯然他是趕上我們了。大家相聚甚歡，慶幸我們有了同伴，人多在路上行走是比較方便的。

我們隨着艾沙克阿洪向西南行，約莫半小時之久，在黑夜中摸到開頭曼。

開頭曼是一個小站，有三個維族住在那裡。我們因爲在路上躭誤了時間，不能不在這裡休息，艾沙克阿洪依然趕着駝隊又前行，不僅我們與他們不能結伴，而且也落伍了。

這一夜宿在沙漠上，沙漠的風仍如白晝，又不斷的從天空中落下細細的黃土和沙塵，臉上總是蒙上一層厚厚的土。……

拂曉後，時間已到二十九日，我們爲了要在太陽出來前趕路，急急忙忙的出發了。由開頭曼到阿克巴這段行程更不平凡。出了開頭曼，即遇到龍捲風，沙石在天空中捲成一條黑色的巨柱，彷彿古代皇宮的石柱一般豎立在天地間。然而這沙柱並不是不動的，它南來北往的移動。第一個未消滅接着又來了第二個，第三個，大的小的，前後錯雜的豎立着，這是一個偉大而美妙的造化。太空由於灰沙柱的旋轉，似乎也混濁了，細沙紛紛的落下來，忽然間，分明的看到高空極目處一片黃雲飛來了！

「沙！……」阿不都哈則孜指着空中的沙雲說。

「呼！……」刹那之間，撲到我們的頭上來，天地也昏暗了。

穆罕默勒突然跳下馬來，卡爾也喊叫着。

「魔鬼來了！快！……」

什麽魔鬼簡直是胡說，我心裡也在想。但是眼前的風越來越大了，大家幾乎都喘不過氣來，大的旋風襲來了。疾風加雜着大量的沙土、石子、枯枝一齊襲來，馬四處奔逃，人在旋風的控制下眼看看被沙埋沒了，唯有駱駝在沙崗的窪處俯着，我同馬兆麟伏在兩峰駱駝的中間，卡爾隨着馬跑了，還有幾個維族同伴也不知那裡去了。天昏地暗，沙浪滾滾，埋上我的腿部，又埋向身上，我仍然不敢動，僅藉駱駝的胯間一點空隙呼吸。最後眞的喘不過氣來，我方伸一下脖子，將頭部露出沙面。

這樣天旋地轉的情形下，約莫有兩個小時。沙柱的中心離開我們，暴雨的中心也離開我們了，但索索的黃沙、石子等仍不斷的從空中降下來，一直等到東方的陽光照耀到我們時狂風方才悄悄的停息。但遠遠的蒼穹下仍有一簇一簇的沙柱在空中旋轉。

事後檢點人馬，除了剩兩峰駱駝外，馬也不知那裡去了！不久，阿不都哈則孜、馬木提從沙中爬起來，莫罕默勒和卡爾失蹤了。

我們坐在那仍在游動的沙崗上，一面等候；一面尋找，不知道經過多少時間，僅覺得奇渴無比。遠看一道沙崗上有人在蠕動，大家都大聲的叫喊，僅見卡爾牽着一匹馬在時隱時現，我想莫罕默勒是失蹤了，極爲懊喪。

卡爾看到我放聲大哭，以爲大家今生沒有見面的機會了。不久又看到一個黑影在沙中浮動，後面還有一串黑影，我禱告上蒼希望那是莫罕默勒，及至走近時果然是他牽着一匹馬。這樣，經過一場颶風，我們僅剩了兩峰駱駝、兩匹馬；一切的用具、水箱、糧食完全化爲烏有。

這是一個危險的行程，既沒有糧食，又沒有水。水比糧食還重要，一天不吃飯還可以維持，但不能一天不喝水。我們爲着生命安全，只好急速的趕着牲畜向阿克巴前進。

炎熱的沙漠開始蒸人了！尤其太陽更令人厭惡。愈厭惡，它愈發着無比的威力，除了道旁有少數紅柳外，似乎找不到一點植物。沿途是沙山和荒原，到中午烈日如火，熱風如蒸，愈走愈感覺到熱力加重，大家都乾渴得難受，再加上疲勞。漸漸的，我感到喉辣頭昏，不久喉中充滿了可怕的黏液，四肢發軟，脊背發酸。莫罕默勒從馬上一頭栽向沙地上，不能動彈了，大家急忙跳下駱駝去扶他，僅見他兩眼泛白，手足發抖，如何去救他呢？大家都蜷曲在駱駝的陰影下，卡爾在哭泣，阿不都哈則孜顯然也不能支持了，流着眼淚，一句話也不能講，馬兆麟攜着他半死的阿克用一塊布遮在頭上，鼻子大量的流血。我蜷在駱駝的腹下，噓着長氣作深呼吸，忍耐着這種恐怖的死神降臨。

我很後悔，既然失去馬匹和水箱，就不應再前進，何必冒此大險呢？明知到休息的地方還很遙遠，可是大家總希望能夠早一點到達。我出着大汗，鼻子流着大量的血，忍受着無情的熱風和火燄般的撲來，唯一的希望是太陽從速降下去，黑夜速客。希望大家多支持幾小時，等黑暗來臨時趁着風凉到休息站找一點水喝。大家都睡在沙原上，昏迷着，馬兆麟發着狂語；莫罕默勒四肢冰冷，喃喃囈語，已接近死神身旁了。

卡爾突然坐起來，抱着一匹馬的脖子，從腰間取出一把尖刀，刺的一聲穿到馬的喉管上去，馬在狂跳，他俯在傷口上狂飲馬血，馬兆麟也爬起來爭飲馬血，阿不都哈則孜也去爭飲，不知他們是那裡來的勇氣，滿臉、滿手、滿身都是馬血，馬也被按倒，卡爾用手捧着一點腥而黏的馬血，讓我喝，我搖一搖頭，他將馬血塞到莫罕默勒的嘴裡。

這一幕慘劇演了一小時之久，馬血喝過似乎尚未解決渴的問題，不過是比原先好一點了，卡爾的精神似乎比前好，但我已不能支持了，兩眼冒着火花，喘息一刻刻的加急，我向馬兆麟招手，他爬到我面前來，摸一摸我的頭。他指着卡爾，我的兩耳也聾了，聽不出他說什麽，僅是頭昏暈的厲害，四肢癱軟不能動彈了。

在夢中似乎喝水，似乎喝什麽東西，最後醒過來，我滿手是血，滿臉都是血，另一匹馬也倒在沙地上，我知道喝的是馬血。

日頭西斜了！我骨節疼痛異常，兩個人將我扶到駱駝背上，我不能騎坐，他們將我綁在駱駝背上，其他的人都走路，在黑夜中又顛簸着前行，不知走了多少時間，總算到達阿巴克。不知從什麽地方弄來一盆水，我一口氣喝完，比玉露、瓊漿都好，皮膚也漸漸的滋潤了，筋骨也沒以前疼痛，我便躺在沙地上昏昏的睡去。……

夜半醒來，周身血腥味仍未去掉，僅見一盆水在門外放着，我又一口氣喝完，大漠的空寂伴着我這死而復甦的人，口中腥臭，苦味極濃，我偷偷的檢點睡在地上的伙伴，在微弱的電筒光下，總是少莫罕默勒，我將馬兆麟叫醒，他迷迷糊糊的說：

「死了！死了」

我不禁淚下。

「埋了沒有？」我還惦念着他。

「埋什麽？……」他似乎忘了。

「莫罕默勒埋了沒有？」我又問。

「沒有！……」

我搖一搖頭，悲嘆我的伙伴死得悲慘。

天未明，我將他們叫醒又繼續前進，我的高燒已經退了，四肢仍無力，一整天沒有吃什麽東西，腹內空空，騎在駝背上，仍如入五里霧中。……

由阿克巴到青克里克九十餘公里，沿途仍是沙山與沙嶺，紅柳叢與荒野包圍着我們，我時而令卡爾折紅柳枝來嚼，藉以解除飢渴，頭部依然疼痛，如大病初癒。在黑夜裡藉微弱的電光，發現許多骨骼。走了不遠又發現許多死驢，難道比我們先走的商隊也遭遇到颶風了嗎？他們沒有驢子，那裡來的死驢呢？眞令人不解。

沙漠裡的夜非常短促，往往走不到一站太陽就上升了。太陽好像是我們的敵人，大家都恨它出來太快了。走了不久，趕快找一些比較大的紅柳叢處避下，逃避中午的炎熱和沙漠中輻射的熱燄。

因爲沒有帶水的器具，乾渴依然如故，躺在紅柳叢中等着太陽西沉再走完那一段死亡的路途。不久，由青克里克來了一羣驢子，有三個維族趕着，我向他們求一點水喝，一個維族小伙子從驢上拿了一個水筒，扁扁的，我幾天來初次喝到甜水，他很慷慨的分給我們的同伙，我極感謝他的救命恩情。

太陽西下，我們又出發，到夜十二時方到青克里克，兩個維族老人守站，專供給旅客食宿，他們在荒漠中既不耕田，又不經商，專靠政府一點津貼過活。老人替我們煮了一鍋包谷粥，我們好像一羣乞丐一樣頃刻之間吃光了。他很感到驚異，又懷疑我們是一羣賊娃子（土匪），爲什麽每一個人的身上都帶着血跡呢？夜間那兩個維族老人溜走了，據說是逃到沙漠裡去了，恐怕我們傷害他們。

我在一個小水塘裡洗了澡，安然的睡在蘆草棚裡，我覺得生平沒有這一夜睡得甜蜜。

香港詩壇

六十二年除夕感　　涂公遂

嚴寒凋歲月，永夜守愁思，聖道憂將絕，虛名有不爲，枯心攀孔孟，抱腹恤齊夷，矢溺隨窮變，痴懷刮目奇。親朋疏問訊，素志任沉消，閱世癃肝膈，卜居老市朝，白雲昏故岫，蒼海斷歸橈，孨字成饘粥，吟情挾夢遙。宵聲憐刻漏，世味辨寒溫，邪説非爲是，仇鄰怨答恩，差堪甘淡泊，微感失田園，天壤能容我，書城許自尊。有身終執着，無礙惜居諸，盈篋紛文稿，映顏曬簡書，蜉蝣爭日月，魑魅耀衣車，往事撥灰燼，新吾悼故余。

和公遂除夕韻　　郭亦園

壽歲梅宜放，憂時客有思，餘生深自愧，大道共誰期，飛淚悲三魯，採薇困四夷，滄桑容易變，王霸漫稱奇。銅臭盈闤市，汚腥不易消，焚書誰作賈，狎鷺慣尋潮，秋老思紅葉，春新看翠條，閑甌應尙在，相與遣良宵。嗟余方抱疾，無暇語寒溫，多業因成劫，小閑亦是恩，好花開雅苑，芳草長名園，一榻冬陽裡，悠然道自尊。人老嫌身累，年殘夢已虛，愴懷悲往事，閉戶讀奇書，春好宜沽酒，脚疲莫賣車，明朝登市去，醉漢漫譏余。

慰亦園病中　　涂公遂

空前大劫臻高壽，小厄何嫌無妄憂，離合悲歡原倚伏，窮通得失任沉浮，清泉碧石媚雲壑，修竹芳蘭美渚丘，淡蕩春風迎健步，定知含笑下高樓。

公遂以詩慰問依韵賦謝　　亦園

存亡自覺平常事，飽腹翻增臥食憂，道義親朋分厚薄，繁華門第有沉浮，忘機鷗鷺長依海，滿目金銀莫問丘，多謝新詩添美意，爲公笑下仲宣樓。

壽亦老次元韵　　李任難

山長水遠路茫茫，鄧尉梅開送暗香，臥榻向隨詩作伴，懸弧今與聖同光，端知起廢宜重健，敢信懷才未肯狂，料得元宵燈火後，東風容易醉千觴。

探　春　癸丑歲晚圍爐　　包天白

薄暝催寒，窮陰逼凍，客裡歲闌無緒。白髮愁痕，青衫淚滴，都入斷腸吟句。悔半生萍迹，早負了梅花一樹。封將百尺鄉書，莫托啼鴻吩咐。且約重簾暖護，今夕夢回何處，唯有冰蟾影，肯爲我多情留顧，來過前汀，還照舊盟鷗鷺。

溪頭行　二十一韵　　徐義衡

歲聿已云暮。結伴訪溪頭。先聚台中市。買車入南投。初經延平鎮。再轉鹿谷陬。鹿谷梅正放。問誰以詩酬。松竹同傲冷。蒼勁似蟠虬。相對成雅趣。令我忘百憂。山徑再盤旋。風清鳥語柔。鳳凰山在望。嘉樹鬱悠悠。壑邃千杉秀。林深一望幽。入門對松柏。參天無匹儔。修篁與銀杏。各自成巨邱。範林接苗圃。隨處見嘉猷。大學池瀲灩。雙橋翠欲流。神樹巍然茂。生意足千秋。得年二千八。生氣尙長留。賓館何多姿。倚山自築樓。近谷親猨鶴。引池戲鶖鷗。觀日隨雲起。待月共神遊。佳餚列鹿脯。玉筍亦珍羞。淸心良自得。久住不知愁。有意隔塵緣。在此靜中求。

溪頭雜詠　　徐義衡

（一）鹿谷探梅

谷聚松筠氣象舒。梅花十畝繞田閭。溪光清映冰肌秀。日影橫穿玉質初。香雪隄邊人欲醉。鳳凰山近景無虛。結廬我願師和靖。長伴瓊姿自靜居。

（二）鳳山對月

鳳凰山下築新樓。傍谷臨溪景物幽。三面高峯嵐抹黛。一庭疏影月當頭。天清才見千松秀。壑邃彌驚萬木秋。諸相色空誰解得。且從物外細推求。

（三）雙橋擁翠

松檜櫻梅擁碧池。雙橋翠影兩虹垂。清涼恬靜非塵世。一幅丹青畫亦詩。

（四）古樹長春

高枝巨幹葉遮天。保壽二千八百年。萬劫千災都不怕。潔身永保等神仙。

歲晚屏東即景　　徐義衡

氣候屏東好。嚴寒不見霜。紅蓮催臘鼓。黃菊待春光。晚豆才登市。早田遍插秧。長年多愛日。冬暖夏清涼。

壽亦老次原韵　　徐義衡

回春氣候豈迷茫。梅自清新菊自香。試步君能扶玉杖。閑吟我尙惜駒光。莫將嵩慶今年廢。應學耶神舉世狂。南極一星長朗照。期頤同祝共稱觴。

編餘漫筆

編者

本期佳作甚多，特別要向讀者推荐的是李璜先生大作「胡政之先生二三事」，李先生爲舉世知名史學家，已不必介紹。李先生與胡政之先生交情如此之深且久，李先生未寫此文之前，頗少人知。李先生大文與正在連載中的陳紀瀅先生之「胡政之與大公報」均屬不可多見之佳作，兩篇參看，對胡政之先生更加深一層認識與敬佩。讀了此類文章，讀者固然受益，編者更受益。兩年以來，本刊發表了許多篇眞實史料，絕妙文章，編者自覺比起過去在學校讀書更長見識，所以目前雖處於焦頭爛額之境，仍然要堅決支持下去，即原於此。

「閻錫山與日本」，也是一篇未之前聞的史料，作者是根據日本方面資料寫成，日本人所叙述，容有過當之處，但大體說來，並非無稽。如抗戰期間任僞山西省長之蘇體仁，勝利後，政府派去太原「肅奸」機構，即奉到閻錫山指示，不得逮捕，是其出任僞省長確得閻氏同意。不過，閻氏自從民國元年任山西都督起，至三十八年山西陷共止，即以自固吾圉爲目的。此項作法，就好處言確盡了保境安民之責，民國十七年以前，北方軍閥混戰，幾無寧日，而山西獨得保全，晉民實蒙其福。就壞處言，則形成割據，阻碍國家統一。此事之功過且不論，但閻氏基於此一政策，但求保持山西地盤，則不計毁譽，故袁世凱稱帝，閻氏勸進，受封侯爵；張作霖自稱安國軍總司令，閻氏也列名擁戴，並任副司令；日本侵華，閻氏也可能與其虛與委蛇，希望日軍不犯山西，結果日軍固未能拖閻氏下水，閻亦未騙了日本，彼此均未吃虧。今日論此事，決不能以此入閻氏之罪。而閻氏最後表現，非常人可能，大義凜然，晚節足稱，平生小事原不必計較，但本刊意在發掘史料，既有此事，即應刊出，是是非非，惟待後世史家評定。

章太炎致善耆書是一篇「奇文」，章氏晚年雖有瘋子之稱，早年則頗有見地。實則早於章氏者有日本長岡護美子爵，通過羅振玉向清廷建議，以親藩分封滿蒙，自成一國，爲中日俄之間緩衝國，此議已上樞廷，爲榮祿所否決，如長岡之議得行，東北將早失三十年。章氏此議與長岡不同，但亦同樣行不通。因爲當章氏致書善耆時，東三省居民百分之九十皆漢人矣，安能與中國本土分割。也因此，辛亥革命時，清室御前會議，亦有遷都熱河之計，終以熱河與關內無殊，即使遷去亦不能自固，最後仍不免遜位一途。

掌故（五）

數位重製・印刷　秀威資訊科技股份有限公司
https://www.showwe.com.tw
114 台北市內湖區瑞光路 76 巷 65 號 1 樓
電話：+886-2-2796-3638
傳真：+886-2-2796-1377
劃　撥　帳　號　19563868　戶名：秀威資訊科技股份有限公司
讀者服務信箱：service@showwe.com.tw
網　路　訂　購　秀威網路書店：http://store.showwe.tw
國家網路書店：http://www.govbooks.com.tw

2020 年 7 月
全套精裝印製工本費：新台幣 35,000 元（全套十二冊不分售）

Printed in Taiwan　ISBN:9789863268130 CIP:856.9

本期刊僅收精裝印製工本費，僅供學術研究參考使用

ISBN 978-986-326-813-0
9 789863 268130 35000